印度古代史诗
摩诃婆罗多
MAHĀBHĀRATA

[印]毗耶娑 著

（四）

黄宝生
李　南
段　晴　译
葛维钧
郭良鋆

中国社会科学出版社

为俱卢族增光的难降之子先站起身来,将铁杵砸在正在起身的激昂头上。(7.48.12)

这支箭脱离甘狄拨神弓,像兀鹰一般迅疾,将信度王的头颅取下,好似兀鹰叼住树顶的鸟。胜财(阿周那)再以一些箭推动那头颅继续向高处飞去。(7.121.32—33)

说罢,他就用左脚去触那王中之狮的头,把它拨来拨去。(9.58.5)

大力士马嘶用手揪住从床上起身的猛光的发髻,将他摔倒在地。(10.8.16)

莲花眼啊!你看我的这些儿媳失去夫主,披头散发,像雌鸭那样哀号,摩豆族后裔啊! (11.16.18)

目 录

导言 ·· 黄宝生（1）

第七 德罗纳篇

德罗纳挂帅篇（第1—15章）·························（3）
灭敢死队篇（第16—31章）·························（38）
激昂阵亡篇（第32—51章）·························（75）
立誓篇（第52—60章）······························（111）
诛胜车篇（第61—121章）···························（131）
瓶首阵亡篇（第122—154章）························（283）
德罗纳阵亡篇（第155—165章）······················（369）
祭放那罗延宝篇（第166—173章）····················（404）

第八 迦尔纳篇

迦尔纳篇（第1—69章）·····························（435）

第九 沙利耶篇

沙利耶伏诛篇（第1—16章）·························（665）
进入池塘篇（第17—28章）··························（714）
朝拜圣地篇（第29—53章）··························（750）
杵战篇（第54—64章）·····························（826）

第十 夜袭篇

夜袭篇（第1—9章）································（861）
芦苇篇（第10—18章）·····························（885）

第十一 妇女篇

除忧篇（第1—8章） ··· (903)
妇女篇（第9—25章） ··· (913)
葬仪篇（第26章） ·· (937)
献水祭篇（第27章） ··· (939)

导　　言

一　关于《德罗纳篇》

　　《德罗纳篇》描写德罗纳担任俱卢族军队统帅五天期间的战斗情况。这是《摩诃婆罗多》描写十八天大战的四篇（《毗湿摩篇》、《德罗纳篇》、《迦尔纳篇》和《沙利耶篇》）中篇幅最长的一篇。对于战斗的各种程式化描写，各篇都是一致的，而在《德罗纳篇》中的表现尤为充分。例如，第22章关于各种战马的描写和第80章关于各种旗幡的描写，表明史诗作者对于战争细节描写津津乐道，不厌其详。第138章和第159章关于挑灯夜战的描写、第149章至第154章关于罗刹瓶首的战斗描写也颇有特色。

　　毗湿摩倒在"箭床"上后，俱卢族将士们盼望迦尔纳担任军队统帅。难敌王征求迦尔纳的意见。迦尔纳认为最适合的人选是德罗纳，因为他德高望重，是俱卢族和般度族双方武士的教师爷。于是，难敌王任命德罗纳为俱卢族军队统帅。大战继续进行。

　　第一天（第7—16章）：难敌要求德罗纳活捉坚战。德罗纳答应这个要求，但同时要求难敌带兵引开阿周那，因为有阿周那保护，就无法活捉坚战。战斗开始后，德罗纳驰骋战场，奋勇杀敌。双方武士捉对厮杀。眼看德罗纳一路杀到坚战面前时，阿周那迅速赶来，击退了德罗纳和俱卢族军队。双方军队收兵回营后，德罗纳再次向难敌强调，要想抓住坚战，就要设法引开阿周那。以三穴国善佑王为首的敢死队自告奋勇，愿意承担这个任务。

　　第二天（第17—31章）：敢死队在战场上向阿周那挑战，阿周那与敢死队展开激战。趁此机会，德罗纳率领军队冲向坚战。般度族军队奋勇阻截德罗纳，许多武士为此阵亡。德罗纳多次发起进攻，没有获得成功。难敌亲自率领象军，进攻怖军，也被怖军击溃。这时福授王骑着大象冲向怖军，一次又一次击溃般度族军队。

阿周那正在与敢死队交战，发现坚战这边遭到福授王进攻，情况危急。于是，他赶紧歼灭敢死队，前来援助坚战。阿周那与福授王展开激战。福授王使出毗湿奴法宝，直刺阿周那胸膛。黑天挺身挡住飞来的法宝。阿周那埋怨黑天没有恪守"只担任御者而不直接参战"的诺言。黑天告诉阿周那，这个毗湿奴法宝原本是他赐予阿修罗那罗迦的，又由那罗迦传给福授王。它能杀死任何人，如果不由他本人挡住，就会杀死阿周那。然后，阿周那按照黑天的吩咐，用箭射死福授王的大象和福授王本人。接着，阿周那大肆杀戮俱卢族军队。而德罗纳也大肆杀戮般度族军队。双方军队伤亡惨重。

第三天（第32—60章）：难敌埋怨德罗纳没有兑现诺言，活捉坚战。德罗纳再次强调要在战斗中将阿周那引开。于是，敢死队再次向阿周那挑战，引开阿周那。德罗纳排出车轮阵容，向阿周那发起强大攻势。坚战委派阿周那之子激昂前去攻破德罗纳的阵容。激昂表示父亲阿周那只教给他破阵的方法，而没有教给他退出的方法。坚战表示只要他攻破敌人阵容，他们就会在后面一直跟随他，保护他。威武勇猛的激昂先后战胜难敌、难降和迦尔纳，闯入敌阵，坚战率领军队跟随在后。然而，胜车王率领军队冲上前来，截断了他们的去路。这样，激昂孤身一人，陷入敌军重围。俱卢族德罗纳、慈悯、迦尔纳、马嘶、巨力和成铠六位大勇士围攻激昂一人。激昂浴血奋战。最后，德罗纳射断他的刀，迦尔纳射碎他的盾，难降用铁杵将他砸死。

双方军队收兵回营。阿周那在击败敢死队后，也返回营地。他得知激昂已经阵亡，直接原因是胜车王阻截住保护激昂的般度族军队。于是，他发誓在明天的战斗中一定要杀死胜车王，否则，他就跳入烈火中。胜车王从俱卢族探子口中得知阿周那的誓言，十分恐惧，请求难敌允许他离开军队。难敌劝阻他，德罗纳也答应在战斗中保护他。而黑天也从般度族探子口中得知德罗纳安排了保护胜车王的严密措施。为了保证阿周那明天取胜，黑天在夜里托梦给阿周那，带他一起凌空前往大神湿婆住地，求得"兽主法宝"。

第四天（第61—160章）：德罗纳排定俱卢族军队阵容，将胜车王安排在阵容中最安全的地方。阿周那一心要杀死胜车王，奋勇作战，先后打败难耐、难降和德罗纳的军队，闯入俱卢族军队阵容内部。闻杵王愤怒地向黑天投去伐楼拿法宝，而这个法宝从黑天身上反弹回去，砸死了闻杵本人。因为按照这个法宝的使用规则，不能用来打击不参加战斗的人，否则就会落到使用者本人身上。而黑天只是阿周那的御者，并不直接参加战斗。接着，阿周那又在战斗中杀死前来阻截的甘波阇王善巧以及其他许多俱卢族武士。

眼见阿周那突破阵阵防线，难敌埋怨德罗纳没有阻截住阿周那。德罗纳表示自己要兑现活捉坚战的诺言，不能前去追赶阿周那。于是，德罗纳亲自为难敌披上一件能抵挡一切武器的铠甲，让他放心去与阿周那战斗。这件铠甲当初是由大神湿婆赐给因陀罗，因陀罗穿上它而战胜弗栗多。此时，阿周那已经冲到胜车王跟前。难敌赶到后，与阿周那展开了激战。

坚战担心阿周那寡不敌众，便委派萨谛奇前去支援阿周那。萨谛奇一路奋勇杀敌，赶往阿周那那里。而这边的般度族军队也遭到俱卢族军队猛烈攻击。坚战越来越担心阿周那的安危，又委派怖军前去支援阿周那。怖军突破德罗纳的阻截，杀入敌军阵容，与萨谛奇和阿周那会合。怖军遭到以迦尔纳为首的俱卢族武士们的围攻。在战斗中，怖军杀死了持国的许多儿子，最后败在迦尔纳手下。而迦尔纳想到自己对贡蒂的承诺（即只与阿周那决一生死），没有杀死怖军，只是用弓尖敲打怖军，用语言奚落他。

萨谛奇赶过来援救怖军，而俱卢族战将广声上前阻截萨谛奇。广声将萨谛奇打倒在地，揪住他的头发，用脚踩他的胸脯。这时，阿周那在一旁用箭射断了广声举刀的手臂。广声指责阿周那违反战斗规则，在战场上袭击没有与自己交战的人。而阿周那反驳说自己曾经发誓"谁也不能杀死在我的射程之内的自己人"。因此，他为了保护萨谛奇而采取这一行动，合乎正法。然后，广声坐在战场上，实行死前的斋戒（即绝食而死）。萨谛奇不顾双方武士的劝阻，举刀砍下了席地而坐的广声的头颅。

这时，太阳西沉，即将落山。黑天催促阿周那赶快杀死胜车王。而难敌也催促迦尔纳阻截阿周那，只要坚持到太阳落山，阿周那的誓言落空，他就该跳入烈火中。阿周那经过浴血奋战，终于用箭射下胜车王的头颅。

这一天的战斗，双方军队没有按照常规在日落之后收兵回营，而是继续进行夜战。战斗残酷激烈，胜负难分。面对作战凶猛的迦尔纳，般度族军队纷纷溃逃，坚战萌生撤退之意。阿周那准备与迦尔纳决一死战，而黑天建议由怖军之子瓶首与迦尔纳交锋。瓶首是罗刹，在夜间威力更加强大，而且擅长幻术。迦尔纳抵挡不住瓶首的凶猛打击，只能使出法宝，用因陀罗标枪杀死瓶首。瓶首阵亡，般度族将士们悲痛忧伤，而黑天满怀喜悦。阿周那大惑不解，黑天便向他说明迦尔纳的这支因陀罗标枪百发百中，但只能使用一次。迦尔纳原本是留着用来杀死阿周那的，现在杀死了瓶首，这支标枪也就失效了。

激战进行到下半夜，双方将士困倦不堪，战斗在睡眼蒙眬中进行。经阿周那提议，双方军队暂停战斗，休息片刻。将士们纷纷躺在战车上、马背上、象肩上和地上入睡，战场上一片寂静。

第五天（第161—173章）：夜晚过了四分之三，战斗又继续开始。随后，曙光渐渐出现。德罗纳在战斗中杀死了木柱王和毗罗吒王。看到德罗纳大肆杀戮般度族军队，难以抵御，黑天向阿周那建议用计谋取胜，让人告诉德罗纳说马嘶已经战死。对此，阿周那不赞成，而其他人都赞成，坚战也勉强赞成。于是，怖军用铁杵砸死了一头名叫"马嘶"的大象，然后，冲向德罗纳，高声喊道："马嘶死了！"德罗纳一听说自己的儿子马嘶死了，心头发紧，肢体发沉，但他怀疑这是假话。于是，他询问以诚实闻名的坚战。在黑天的怂恿下，坚战也以谎言回答德罗纳说马嘶死了。德罗纳听后，万念俱灰，不想再活在这个世上了。他继续战斗了一阵后，放下武器，坐在车座上，实施瑜伽。而猛光不顾双方武士的劝阻，趁此机会，挥剑砍下了德罗纳的头颅。德罗纳被杀死后，俱卢族溃不成军，四散而逃。

马嘶得知父亲被杀死，发誓要为父亲复仇。他立即投入战斗，使出那罗延法宝，杀戮般度族军队。黑天知道那罗延法宝的使用规则，便吩咐般度族军队将士们放下武器。因为那罗延法宝不杀害放下武器的人，般度族军队躲过了这场灾厄。马嘶又使出火神法宝，焚烧般度族军队，阿周那则使出梵法宝，化解火神法宝的威力。正当马嘶不知

导　言

所措时，毗耶娑仙人出现，向马嘶说明黑天和阿周那是那罗延和那罗的化身，而马嘶本人是楼陀罗的化身，都受到大神湿婆的恩宠。于是，马嘶和阿周那双方收兵回营。

以上是《德罗纳篇》的故事主线，即德罗纳担任俱卢族统帅五天期间的战况。在婆罗多族大战中，德罗纳和毗湿摩一样，也是一位享有崇高威望的大武士。但毗湿摩是刹帝利武士，德罗纳是婆罗门武士。德罗纳在战斗中的表现和悲剧性结局需要联系他一生的经历予以说明。

德罗纳的父亲是婆罗堕遮仙人。婆罗堕遮在一次祭祀活动中，偶然看见天女诃哩达吉的玉体，控制不住自己的情欲，精液泄出。他将精液放入一个木钵，由此，诞生了德罗纳。① 德罗纳从小在净修林里学习吠陀和武艺，与水滴王之子木柱是同学。两人亲密无间。木柱表示自己将来继承王位后，让德罗纳享有他的王国和财富。后来，木柱回国继承王位。德罗纳也娶妻慈悯，生子马嘶。在持斧罗摩向婆罗门施舍财产时，他到晚了，财产已经施舍完毕，于是，持斧罗摩把全部法宝赐给了他。随后，德罗纳前去拜见木柱王。不料，木柱王以两人现在地位和财富不相配，翻脸不认他这个朋友。德罗纳一气之下，前往象城，担任了俱卢族和般度族的武艺教师。

德罗纳收下全体王子为学生后，要求他们答应学成武艺后，为他做一件事。其他王子都默不作声，惟有阿周那一口承应，德罗纳高兴地拥抱他，流下喜悦的泪水。阿周那精心侍奉师父，又勤奋学习武艺，成为德罗纳心爱的弟子。后来，尼沙陀王子独斫也来拜师学艺，而德罗纳考虑到独斫是尼沙陀人（即以渔猎为生的首陀罗），没有接受他。于是，独斫在森林中用泥土塑了德罗纳的像，拜德罗纳为师，独自潜心学习武艺。在一次森林狩猎中，般度之子们发现独斫箭术超凡。德罗纳得知这一情况，便找到独斫，表示愿意接受他为学生，但要以他的右拇指作为酬金。独斫不假思索地砍下了自己的右拇指，交给德罗纳。德罗纳采取这种残忍的方式，以保证在箭术上没有人能胜过阿周那。由于独斫是首陀罗，德罗纳并不以为自己的行为违背正

---

① 德罗纳的字义为木钵，因此，德罗纳又名钵生或罐生。

法，阿周那本人也满怀喜悦。又有一次，德罗纳和弟子们一起在恒河中沐浴。一条鳄鱼咬住德罗纳小腿。其他弟子都慌了手脚，而阿周那敏捷地用箭射死了鳄鱼。德罗纳为此赐给阿周那名为"梵天之首"的无上法宝。[1]

在般度之子们完成学业，掌握武艺后，德罗纳要求他们为他夺取木柱王的王国。他们征服木柱王后，德罗纳还给木柱王一半国土，以表示他们现在地位相等，可以成为朋友。木柱王怀恨在心，举行祭祀求取能杀死德罗纳的儿子。这样，从祭火中诞生了儿子猛光和女儿黑公主。后来，德罗纳为了维护自己的声誉，也将猛光收为弟子，向他传授武艺。[2] 德罗纳和木柱王之间的恩怨，透露印度古代婆罗门和刹帝利之间的矛盾冲突，这在《摩诃婆罗多》中多有表现。这也说明在婆罗门种姓中也会出现武士的原因。

作为宫廷武艺教师，德罗纳亲身经历俱卢族和般度族之间的王权之争，完全了解难敌对般度之子们施加的种种迫害。难敌纵火紫胶宫的阴谋失败，阿周那为般度五子赢得黑公主后，德罗纳赞同毗湿摩的意见，要求持国召回般度五子，分给他们一半国土。[3] 在大战爆发前，德罗纳向难敌明确表示阿周那是世上最伟大的弓箭手，他器重阿周那胜过自己的儿子马嘶。他竭力劝说难敌与般度五子和好。[4]

尽管德罗纳的感情在般度五子一边，但作为武士，他必须为供养他的主子效力。大战开始时，坚战按照古代礼节，向老师德罗纳致敬，请求他允许自己投入战斗。德罗纳向他表示"俱卢族已用财富将我捆住"，同时表示"我为俱卢族作战，但希望你获胜"。他也向坚战指出，在战场上没有人能杀死他，除非他自己想死，丢下武器。他说道："如果我在战场上听到说话可信的人，宣布极其可怕的消息，就会抛弃武器。"[5] 这里，预示了德罗纳最后阵亡的方式。

在难敌任命德罗纳为军队统帅时，德罗纳询问难敌有什么愿望？

---

[1] 《初篇》第 121—123 章。
[2] 《初篇》第 144—145 章。
[3] 《初篇》第 196 章。
[4] 《斡旋篇》第 137 章。
[5] 《毗湿摩篇》第 41 章。

难敌要求他活捉坚战。德罗纳听到难敌的愿望是活捉坚战，而不是杀死坚战，心里很高兴，还以为难敌准备先打败般度族，然后与般度族重归于好。听了难敌的解释，他才知道难敌想要活捉坚战，与他再进行掷骰子赌博，再将般度之子们流放森林。因为他认为杀死坚战不解决问题，反而会激怒阿周那，将他们斩尽杀绝。德罗纳得知难敌的险恶用心后，在答应活捉坚战时，向难敌提出一个条件，要求他在战斗中引开阿周那。① 德罗纳提出这个条件，一方面是给难敌出难题，另一方面是尽量避免自己与阿周那发生激战。经过两天的战斗，德罗纳没有活捉坚战。面对难敌的埋怨，德罗纳一再强调要在战斗中引开阿周那。②

应该说，德罗纳在五天的战斗中还是尽到统帅的职责，编排阵营，奋勇杀敌，但在与般度五子交战时，肯定会手下留情。阿周那发誓要杀死胜车王，德罗纳也向难敌承诺保护胜车王。阿周那前来突破防线时，德罗纳也与阿周那展开激战，但最终还是放过了阿周那。③难敌埋怨德罗纳偏爱般度之子们，没有履行保护胜车王的诺言，让阿周那突破了防线。德罗纳一方面强调黑天驾驭的战车神速，另一方面强调自己要兑现活捉坚战的诺言，不能去追赶阿周那。同时，德罗纳将自己拥有的那件能抵御一切武器的神奇铠甲赐给难敌，以示对他的忠诚。德罗纳亲自为难敌系上这件铠甲，让他去阻击阿周那。④

德罗纳努力要求自己尽到统帅的职责，为俱卢族效劳，但心里始终认为这场血腥战争的罪责在难敌一方，一有机会就要表达出来。难降与萨谛奇交战，败下阵来，德罗纳便指责他说："从前你抓起骰子的时候，难道不知道这些骰子会变成毒蛇般可怕的箭？尤其是你对般度之子们恶语相向，黑公主从前遭受的苦难正是由你而起。你的尊严和骄傲到哪里去了？你吹嘘的大话到哪里去了？你把毒蛇般的普利塔之子们惹怒之后，想溜到哪里去？"（7.98.5—7）胜车王情况危急时，难敌前来向德罗纳求救。德罗纳再次提到那场由沙恭尼设计的掷

---

① 《德罗纳篇》第11章。
② 《德罗纳篇》第32章。
③ 《德罗纳篇》第66—67章。
④ 《德罗纳篇》第69章。

骰子赌局现在要见分晓，胜车王正是这场战争赌局的赌注。① 胜车王被阿周那杀死后，难敌陷入绝望，再次埋怨德罗纳偏爱阿周那，而轻视他们。德罗纳沉痛地向难敌指出，自从毗湿摩倒下后，他就明白俱卢族已经胜利无望。他又历数难敌掷骰子赌博、羞辱黑公主、流放般度五子和拒绝和解等等一系列错误行为，说明这一切是难敌咎由自取。② 战斗到第四天后半夜，难敌又埋怨德罗纳偏袒般度之子们，没有充分施展威力。德罗纳听了这话，又高兴，又气愤。他向难敌指出阿周那不可战胜。同时，他严厉训斥难敌："你生性残忍，怀疑一切人，即使那些为你谋利益的人，你也会这样责备他们。……你为什么要让所有这些无辜的国王去拼死呢？你是仇恨的根源，因此，你去迎战阿周那吧！"（7.160.27—29）

尽管如此，德罗纳始终奋力作战。他在与阿周那交战中，也使出了他的一切神奇武器，而阿周那应付自如。德罗纳对此感到高兴，认为自己有这样一位学生，就说明他这位教师胜过大地上所有的通晓武艺者。③ 也正因为看到德罗纳不可战胜，黑天才不得不施展计谋，让坚战谎称马嘶已经战死。德罗纳也出于对坚战的信任，相信了这个谎言，最后决定放下武器，实施瑜伽，前往天国。④

在形式上，德罗纳是被猛光杀死的。这里面也含有因果报应的意味，是德罗纳和木柱王之间冤仇的了结。而按照史诗作者的描写，德罗纳此时死期已到，天国众仙人正在召唤他："在战场上放下武器，德罗纳啊！站到我们这里来吧！从此，你不要再做残酷的事了。尤其你是婆罗门，通晓吠陀和吠陀支，崇尚正法和真理，不能再做这些事情了。箭无虚发者啊！放下武器，走上永恒之路吧！你在人世的期限已满。"（7.164.90—92）因此，德罗纳放下武器，实施瑜伽，而获得解脱，如同发光体升空而去，进入梵界。猛光杀死的只是德罗纳的躯壳而已。

按照《摩诃婆罗多》中《初篇》的描写，婆罗多族大战实际上是

---

① 《德罗纳篇》第 105 章。
② 《德罗纳篇》第 125—126 章。
③ 《德罗纳篇》第 163 章。
④ 《德罗纳篇》第 164—165 章。

神魔大战，俱卢族一方武士大多是阿修罗转生，而般度族一方武士大多是天神下凡。毗湿摩和德罗纳，还有与德罗纳同为俱卢族宫廷武艺教师的慈悯，虽然在大战中属于俱卢族一方，却都是天神下凡。毗湿摩是婆薮神下凡，德罗纳是天国祭司毗诃波提下凡，慈悯是楼陀罗神下凡。[1]因此，他们依照自己的社会身份为俱卢族作战，而依照自己的内心良知，始终同情般度之子们。另外，为俱卢族殊死奋战的迦尔纳、马嘶和成铠也都是天神下凡，而怖军之子瓶首是罗刹。由此可见，《摩诃婆罗多》中对于神、魔和人的描写都不是简单化的。应该说，这是史诗作者基于对人类社会复杂性的深刻体认。

二 关于《迦尔纳篇》

德罗纳战死后，由迦尔纳担任俱卢族大军统帅。第一天，俱卢族大军排出鳄鱼阵，般度族大军排出半月阵，双方展开激战，互有伤亡，但般度族占据上风。第二天拂晓，迦尔纳向难敌保证今天要与阿周那决一死战，同时表示自己缺乏一位合适的御者，希望能让沙利耶担任自己的御者。于是，难敌请求沙利耶担任迦尔纳的御者。沙利耶开始表示不愿意，认为自己作为刹帝利国王担任车夫之子迦尔纳的御者，这是难敌贬低他。难敌讲述从前梵天大神担任湿婆大神的御者、摧毁阿修罗三城的故事，终于说服沙利耶。但沙利耶提出一个条件：作为御者，他有权对迦尔纳说一切话，无论中听或不中听。

然后，迦尔纳率领大军前往战场。一路上，迦尔纳充满自信，而沙利耶不断地嘲笑他，贬损他，扰乱他的情绪。沙利耶还讲述了一只乌鸦不自量力与天鹅较劲的故事，将迦尔纳比作乌鸦。迦尔纳也气愤地不断责骂沙利耶。

战斗开始后，残酷激烈，双方伤亡惨重。坚战也在与迦尔纳的战斗中身负重伤，退下战场。迦尔纳渴望与阿周那交战，而黑天让怖军抵挡迦尔纳，安排阿周那前去看望坚战。黑天的用意是等迦尔纳精疲力竭时，再让阿周那与他交战。阿周那见到坚战后，坚战严厉责备他

---

[1] 《初篇》第61章。

没有杀死迦尔纳。阿周那气愤至极，甚至想举剑杀死坚战。在黑天的劝慰下，双方才平息怒气。

阿周那重新投入战斗。在激战中，怖军击倒难降，用剑剖开他的胸膛，痛饮他的鲜血，实现了自己过去立下的誓言。然后，阿周那和迦尔纳进行决战。这时，德罗纳之子马嘶劝说难敌停止战争，与般度族兄弟讲和，但难敌认为事情到这地步，已经没有退路。而且，他相信迦尔纳能战胜阿周那。

在阿周那和迦尔纳的决战中，迦尔纳向阿周那射出一支蛇口箭。这支箭是一条对阿周那怀有杀母之仇的毒蛇的化身。而黑天及时压低战车，以致这支蛇口箭只是射碎阿周那的头冠，而没有射中阿周那的头颅。阿周那向迦尔纳发起更加猛烈的反击。在激战中，迦尔纳战车的一只车轮突然陷入地里，应验了从前一位婆罗门对迦尔纳的诅咒。这时，迦尔纳请求阿周那遵守刹帝利武士战斗规则，暂停战斗。而黑天指责迦尔纳现在才想起正法，从前迫害般度族兄弟时，怎么不想起正法？这些话也激发阿周那的复仇心。阿周那趁迦尔纳拼命拽拉那只下陷的车轮时，用一支锋利的合掌箭射下了迦尔纳的头颅。

按照《迦尔纳篇》精校本编者的看法，这一篇的核心故事是怖军杀死难降和阿周那杀死迦尔纳，其他内容和描写都是在史诗发展过程中逐渐充实进去的。

迦尔纳是《摩诃婆罗多》中一位性格复杂的悲剧人物。他是贡蒂婚前与太阳神的私生子。贡蒂害怕遭到亲属指责，便偷偷将婴儿迦尔纳放在篮子里，遗弃在河中。她深情地祈祷众天神保佑这个孩子。篮子随着河水漂流，被车夫升车之妻罗陀捡到。这样，迦尔纳由这对车夫夫妇抚养长大，成了车夫之子。而贡蒂也念念不忘这个孩子，曾暗中派遣密探找到这个孩子的下落。[①]

正是由于车夫之子这个身份，迦尔纳的人生道路坎坷不平，历尽艰难。他在少年时代也拜德罗纳为师，学习武艺，并与难敌结为朋友。他看到阿周那武艺高强，也向德罗纳求教使用梵天法宝的诀窍，却遭到德罗纳拒绝。德罗纳告诉他，这种武艺只能传授给婆罗门和刹

---

① 参阅《初篇》第104章，《森林篇》第290—293章。

帝利。于是，迦尔纳乔装婆罗门，从持斧罗摩那里学到这种武艺。然而，有一天，持斧罗摩枕在迦尔纳的大腿上瞌睡。一条小爬虫咬破迦尔纳的大腿吸血。迦尔纳忍住疼痛，毫不动弹，以免惊醒师父。持斧罗摩醒来后，依据迦尔纳的这种顽强毅力，认定他不是婆罗门。迦尔纳承认自己是车夫之子。于是，持斧罗摩诅咒他说，他掌握的梵天法宝，在他作战的生死关头不起作用。①在此期间，迦尔纳还在无意中射杀一位婆罗门的一头奶牛，这位婆罗门诅咒他说，他将来在与对手作战时，车轮会陷进地里。②

持国诸子和般度诸子学成武艺后，举行了一次校场比武。在比武中，阿周那的武艺出类拔萃。在比武即将结束时，迦尔纳来到校场，准备与阿周那比武。贡蒂见此情景，顿时昏厥过去。而教师爷慈悯要求迦尔纳通报自己的王族门庭。迦尔纳羞愧地低下了头。这时，难敌挺身而出，说迦尔纳如果不是王子，没有资格参加比武，那么，他现在就封迦尔纳为盎伽王。而后，车夫升车挂着拐杖颤颤巍巍前来唤回迦尔纳。怖军知道了迦尔纳是车夫之子，便刻毒地嘲骂他。难敌愤怒地反驳怖军说，刹帝利依靠的是力量，而不是出身，况且般度族兄弟的出身也是可疑的。③ 从此，迦尔纳对难敌怀抱知遇之恩，而对般度族兄弟充满仇恨。

在木柱王为黑公主举行的比武选婿大典上，乔装婆罗门的阿周那赢得黑公主。迦尔纳作为盎伽国国王，也与包括难敌在内的各地国王参加了这个选婿大典，但都拉不开那张比武用的硬弓。众国王不满木柱王将黑公主嫁给婆罗门，想要杀死木柱王。迦尔纳奋勇当先，与阿周那交战。最后，他慑于阿周那的威力，退出战斗。④般度族五兄弟赢得了黑公主，也暴露了自己的真实身份。于是，迦尔纳怂恿难敌趁早

---

① 参阅《迦尔纳篇》第29章和《和平篇》第2—3章。其中那条小爬虫，《迦尔纳篇》中说它是因陀罗的化身，而《和平篇》中说它是一位阿修罗的化身。
② 参阅《迦尔纳篇》第29章和《和平篇》第2章。
③ 参阅《初篇》第125—127章。
④ 参阅《初篇》第176—181章。一些抄本对这个事件有不同的描写。有的抄本说迦尔纳出于对婆罗门的尊敬，退出比武；有的抄本说迦尔纳上前比武时，黑公主当众宣布她不能接受一个车夫之子。

11

消灭般度族五兄弟。①然而，这种主张遭到毗湿摩和德罗纳反对。于是，持国王召回般度族五兄弟，分给他们一半国土。后来，难敌依靠沙恭尼设置掷骰子赌博骗局，赢得坚战五兄弟的王国和黑公主。黑公主被难降拽到大会堂后，迦尔纳也追随难敌和难降，当着般度五子的面羞辱黑公主说，她现在的主人不是般度五子，而是持国诸子；她现在是女奴，可以另选一个丈夫。②而在般度族五兄弟流亡森林期间，又是迦尔纳怂恿难敌前往森林，企图羞辱落难的般度族五兄弟。③迦尔纳的这一切举动都是在不知道自己的真实身份的情况下做出的，一是出于对恩主难敌的效忠，二是出于一个车夫之子对鄙视自己的般度五子的报复心。

在般度五子流亡森林期满的第十二年，因陀罗乔装婆罗门向迦尔纳乞讨耳环和铠甲。迦尔纳身上的耳环和铠甲是天生的，保护他不被任何人杀死。因陀罗为了保护自己的儿子阿周那，才施展这个计谋。而太阳神为了保护自己的儿子迦尔纳，事前也托梦告知迦尔纳，叮嘱他不要上当。但是，迦尔纳表示不能拒绝婆罗门的请求，一个人的名誉比生命更重要。这样，迦尔纳将自己天生的耳环和铠甲从身上割下，施舍给了乔装婆罗门的因陀罗。不过，迦尔纳也遵照太阳神的指点，向因陀罗求取百发百中的"力宝"标枪。因陀罗虽然赐给迦尔纳"力宝"标枪，但在使用上加以限制，即只能用它杀死一个敌人。④后来，在婆罗多族大战期间，迦尔纳在与瓶首交战中提前使用了"力宝"标枪，⑤没能让它在与阿周那决战中发挥作用。从这件事可以看出，迦尔纳是一位富有刹帝利气质的勇士，不仅武艺高强，而且尊敬婆罗门，乐于向婆罗门慷慨布施。

在婆罗多族大战爆发前夕，黑天出使俱卢族，而难敌拒绝和解。于是，黑天单独会见迦尔纳，向他透露他的出身秘密，希望他站在般度族一边，作为般度族的长子，继承般度的王位，同时也能成为黑公

---

① 参阅《初篇》第194章。
② 参阅《大会篇》第63章。
③ 参阅《森林篇》第226章。
④ 参阅《森林篇》第284—294章。
⑤ 参阅《德罗纳篇》第154章。

主的丈夫。迦尔纳感谢黑天的好意，但表示不能接受黑天的建议。理由一是车夫升车夫妇将他抚养长大，情同父母，这种感情关系已经无法改变；二是他依靠难敌，享受了十三年王权生活，现在不能背信弃义。他也祝愿坚战担任国王，并对自己过去说了许多伤害般度族兄弟的话表示歉疚。他还为般度族着想，要求黑天对他俩的这次谈话保密。①

听到和谈破裂的消息，贡蒂痛苦不堪，亲自前往恒河岸边，找到迦尔纳，向他说明他的出生真相，请求他与般度族兄弟团聚。但迦尔纳表示为时已晚，在这样的时刻采取这样的行动，他将受到天下刹帝利武士耻笑。然而，迦尔纳也不忍心断绝母子亲情，向贡蒂表示，他将在大战中只与阿周那决战，无论他俩之中谁战死，贡蒂都能继续保留五位儿子。贡蒂看到自己无法说服迦尔纳，只能接受这种命运的残酷安排。②

俱卢族和般度族双方准备开战。难敌请求毗湿摩担任俱卢族军队统帅。毗湿摩答应担任统帅的条件之一是不与迦尔纳同时出战，迦尔纳当即表示同意。在开战前一天，毗湿摩向难敌列举俱卢族和般度族双方大武士时，贬低迦尔纳，称他为只是"半个武士"。德罗纳也附和毗湿摩的意见。迦尔纳气愤地再次表示，在毗湿摩担任统帅期间，他决不出战。③

毗湿摩担任俱卢族军队统帅十天，最后在战场上倒下，躺在"箭床"上。迦尔纳前去看望毗湿摩，请求他宽恕自己过去多有冒犯之处，并允许自己投入战斗。毗湿摩向他说明自己早已知道他是贡蒂之子，过去对他态度粗暴，并非仇恨他，而是担心家族分裂，才故意说话尖刻，杀他威风。毗湿摩也劝说迦尔纳与般度族兄弟团聚。而迦尔纳依然表示"贡蒂抛弃我，车夫抚养我；我享用难敌的财富，不能背信弃义"④。

毗湿摩倒下后，迦尔纳虽然知道德罗纳对自己抱有成见，但为了

---

① 参阅《斡旋篇》第138—141章。
② 参阅《斡旋篇》第142—144章。
③ 参阅《斡旋篇》第153章和第165章。
④ 参阅《毗湿摩篇》第117章。

俱卢族的利益，毅然向难敌推荐德罗纳担任俱卢族军队统帅。①在德罗纳担任统帅的五天期间，迦尔纳奋勇作战，并不顾个人安危，在与瓶首交战中提前使用了"力宝"标枪。这是他的护身法宝，原本要留到与阿周那决战时使用的。在德罗纳战死后，迦尔纳义不容辞地担任俱卢族军队统帅，最终惨死在自己的异父同母兄弟阿周那的手中。

迦尔纳一生饱受磨难，起因于他的"车夫之子"的身份。他本质上是一位刹帝利武士，却始终只能以"车夫之子"的身份生活在社会中，屡遭屈辱和挫折。而且，在不明真相的情况下，他将社会对他的不公正，转化为对般度族兄弟的仇恨。待他知道自己的真实身份后，一切都为时已晚。时间已经设定他在社会中的位置，无法逆转。他也勇敢地面对现实，愿以生命换取人格的尊严和武士的荣誉。

将《摩诃婆罗多》中有关迦尔纳的事迹贯穿起来，便能构成一部情节跌宕起伏和人物感情丰富复杂的悲剧。迦尔纳显然是种姓社会中门第和等级观念的牺牲品，充分体现社会环境对个人命运的制约。他的悲剧命运蕴含着对种姓制度和血统论的质疑。这种质疑在《摩诃婆罗多》中时常会自觉或不自觉地流露出来。在校场比武一幕中，难敌为迦尔纳辩护时曾说道："勇士的出身，江河的源头，都是难以追溯明白的。"（1. 127. 11）而且，即使所谓血统不纯，也不妨碍成为优秀的人物。最突出的例子就是毗耶婆和维杜罗都是血统不纯的混血儿，但在《摩诃婆罗多》中却是无与伦比的大智者。

这里，我们可以顺便论及"诅咒"问题。按照本篇中的描写，迦尔纳曾经先后遭到持斧罗摩和一位婆罗门仙人的诅咒，以致在与阿周那决战的生死关头，车轮下陷，梵天法宝也失去应有的作用，而被阿周那杀死。这种"诅咒"现象在《摩诃婆罗多》中屡见不鲜。②摩诃毗奢遭到梵天诅咒，下凡转生为福身王，③婆薮神神光遭到极裕仙人诅咒，下凡转生为毗湿摩，④正法神遭到矛尖曼陀仙人诅咒，下凡转

---

① 参阅《德罗纳篇》第5章。
② 印度学者罗曼古迪（P. V. Ramankutty）著有《〈摩诃婆罗多〉中的诅咒母题》（德里，1999），对《摩诃婆罗多》中的诅咒现象作了分类研究，可参阅。
③ 《初篇》第91章。
④ 《初篇》第93章。

生为维杜罗，① 般度遭到紧陀摩仙人诅咒，无法生育子嗣，② 五位天女遭到一位婆罗门仙人诅咒，下凡转生为五条鳄鱼，③ 友邻遭到投山仙人诅咒，下凡转生为蟒蛇，④ 难敌遭到弥勒仙人诅咒，在大战中被怖军用铁杵打断大腿，⑤ 黑天遭到甘陀利诅咒以及商波遭到诸位仙人诅咒，雅度族自相残杀而毁灭，⑥ 诸如此类，不胜枚举。

  诅咒源于原始巫术。巫术是一种前于宗教的古老社会现象，表达了原始初民企图以幻想手段征服自然的强烈愿望。在四部吠陀中，《梨俱吠陀》是颂神诗集，而《阿达婆吠陀》是巫术诗集。前者试图以抚慰和祈求的方式控制难以驾驭的自然和社会力量，而后者主要采取下达指令的方式。这大体上反映了宗教和巫术的区别。在吠陀文献中，充分体现印度古人对"语言魔力"的崇拜。在《阿达婆吠陀》的咒语诗中，既有驱邪咒语，也有祝福咒语。作为这种原始巫术的遗风，在《摩诃婆罗多》中既有上述诅咒现象，也有祝福或赐予恩惠的现象。赐予恩惠者大多是天神和婆罗门仙人，赐予的恩惠有生育儿子、长寿、死而复活和神奇的武器等等。敝衣仙人赐给贡蒂求子咒语，⑦ 小耶阇仙人赐予木柱王恩惠，让他获得儿子（猛光），⑧ 死神阎摩赐予莎维德丽恩惠，让她的公公双眼复明和收复国土、父亲生育百子、她本人也生育百子以及丈夫复活，⑨ 阇摩陀耆尼仙人赐予儿子持斧罗摩恩惠，让他的母亲复活、弟兄们康复、他本人常胜和长寿，⑩ 毗耶娑仙人赐予持国王的御者全胜恩惠，让他具有天眼，能目睹大战中发生的一切事件，以便报告持国王，⑪ 诸如此类，也是不胜枚举。

  在史诗的描写中，这些诅咒和恩惠都能获得实现。但这种发出诅

---

① 《初篇》第 57 章。
② 《初篇》第 109 章。
③ 《初篇》第 208 章。
④ 《森林篇》第 176 章。
⑤ 《森林篇》第 11 章。
⑥ 《妇女篇》第 25 章和《杵战篇》第 2 章。
⑦ 《初篇》第 104 章。
⑧ 《初篇》第 155 章。
⑨ 《森林篇》第 281 章。
⑩ 《森林篇》第 116 章。
⑪ 《毗湿摩篇》第 2 章。

咒和赐予恩惠的神奇能力并非人人具备。它们主要体现在婆罗门仙人身上，并与苦行相联系。苦行（tapas）一词的本义是"光"和"热"。按照印度古人的想法，通过修炼苦行、修习瑜伽和恪守戒律能积聚非凡的精神潜力。甚至天王因陀罗也惧怕人间修炼严酷苦行的婆罗门仙人，经常派遣天女下凡引诱他们，破坏他们的苦行。凭借这种苦行的威力，憍尸迦仙人愤怒的目光能使一只雌鹤坠地而死，[1] 甘陀利愤怒的目光能使坚战的脚指甲变形。[2]

在《摩诃婆罗多》中，这些有关诅咒和恩惠的描写具有神化婆罗门威力和提高婆罗门地位的作用，有助于巩固婆罗门教。我们应该注意到，这种将主观幻想等同于客观现实的诅咒和恩惠，一方面体现原始巫术思维的持久影响力，另一方面也在逐渐转化为神话传说母题（motif）。史诗中的这类描写几乎已经成为一种惯用的表达方式，并不着眼其是否真实可信。它们主要用于推崇遵行正法的婆罗门，将他们视为维护社会秩序的权威。他们发出诅咒或赐予恩惠，一般都含有因果报应的意蕴，从而具有道德惩戒的作用。

三　关于《沙利耶篇》

《沙利耶篇》描写婆罗多族大战最后一天的战斗。在迦尔纳作为俱卢族统帅战死后，慈悯劝说难敌向般度族求和，因为毗湿摩、德罗纳和迦尔纳都已倒下，现在的形势是敌强我弱，求和是最恰当的选择，这样还能保持自己的王国。难敌认为慈悯的话说得有道理，但他已与般度之子们结下深仇，坚战不可能再信任他。而且，他曾经是大地之主，怎么还可能在别人施舍的土地上苟活呢？因此，现在只有一条路，那就是勇敢地投入战斗，捐躯疆场，以求升入天国。

然后，难敌请求德罗纳之子马嘶担任军队统帅，而马嘶推荐沙利耶，沙利耶慨然允诺。于是，难敌任命沙利耶为军队统帅。战斗开始后，沙利耶始终率领俱卢族军队奋勇作战，直至自己被坚战用标枪刺死。沙利耶阵亡后，难敌竭力鼓舞士气，试图挽回败局。但是，面对

---

[1] 《森林篇》第197章。
[2] 《妇女篇》第11章。

般度族武士们的强大攻势，俱卢族将士伤亡惨重，溃不成军。最后，难敌看到自己的十一支大军已经全部覆灭，便独自逃跑，躲进了一个池塘。

此时已是黄昏，般度族兄弟们找不到难敌，便返回营地。于是，俱卢族剩下的三员大将慈悯、马嘶和成铠悄悄来到池塘边，请求难敌与他们一起继续战斗。难敌表示要休息一夜，明天再继续战斗。恰巧，有一帮猎人前来池塘饮水，偷听到他们的谈话，便报告般度族兄弟们。于是，般度族兄弟们带领军队来到池塘，慈悯、马嘶和成铠只得逃离。

坚战在池塘边向难敌挑战，而难敌表示愿意把大地交给坚战，自己到森林里去隐居。但坚战表示不愿意接受难敌赠送大地，想要战胜他而获得大地。在坚战种种话语的刺激下，难敌手持铁杵，走出池塘，但希望按照战斗规则进行一对一的决斗。坚战虽然指出当时俱卢族六位大勇士联手杀死阿周那之子激昂，但仍然同意难敌的要求，并慷慨地表示只要难敌杀死般度五子中的任何一个，整个王国就归他。黑天责备坚战做出这种轻率的决定，因为难敌的杵战武艺高强，世上无人能战胜他。而怖军表示自己一定能战胜难敌，请黑天放心。

在怖军和难敌之间的杵战即将开始之时，黑天的兄长大力罗摩来到。他是在俱卢族和般度族大战前，对黑天单方面支持般度族表示不满，而独自前去朝拜圣地。他离开了四十二天，朝拜了三十多处圣地。这样，第34章至第53章描述大力罗摩朝拜的这些圣地及其相关传说，约占本篇全部篇幅的三分之一。

按照大力罗摩的建议，怖军和难敌进行杵战的地点移到吉祥的普五地区。两人杵战武艺精湛，激战良久，难分胜负。黑天告诉阿周那，如果遵照规则进行战斗，怖军无法战胜难敌。而一旦难敌战胜怖军，他就会成为国王。因此，就像众天神经常采用幻术战胜阿修罗那样，让怖军采取非法手段战胜难敌，实现他打断难敌大腿的誓言。于是，阿周那就用手击打自己的大腿，向怖军示意。怖军明白阿周那的示意，趁难敌在战斗中跃身跳起的机会，用铁杵砸断了难敌的双腿。难敌倒地后，怖军欣喜若狂，用脚踩难敌的头。坚战立即加以劝阻。

大力罗摩看到怖军采用非法手段①战胜难敌，气愤不过，举起手中的犁头，冲向怖军。黑天急忙拦住大力罗摩，向他说明怖军当初在大会堂发过誓言，要打断难敌的大腿，而履行诺言是刹帝利的法则。而且，过去弥勒仙人也诅咒过难敌，说怖军会打断他的大腿。因此，怖军这样做没有什么错。大力罗摩听后，依然愤愤不平，登车离去。

在般度族军队也要离开时，难敌愤怒地指责黑天一再用卑劣的非法手段取胜，杀害了毗湿摩、德罗纳、广声、迦尔纳和他。而黑天历数难敌过去对般度族兄弟们犯下的种种罪恶，下毒、纵火、设赌博骗局和凌辱黑公主，直至在大战中许多人合伙杀死阿周那之子激昂，说明难敌罪有应得。难敌则高傲地宣称自己活着时统治大地，死后升入天国，还有什么比这更好的结局？难敌说完这些话，天国为他降下花雨。看到这种景象，般度族人感到羞愧。而黑天安慰他们说："你们的心里不应该认为国王难敌是依靠诡计杀死的。面对人多势众的敌人，就应该采取各种手段杀死他们。当初天神诛灭阿修罗，走的就是这样一条路。善者走过的道路，所有人都可以跟着走。"

然后，般度族军队返回营地。到达营地后，阿周那战车上旗幡的标志猿猴消失不见了，随即战车连同马匹自动着火焚毁。黑天解释说，这辆战车在大战中遭到各种兵器焚烧，由于他在车上，才没有被焚毁。现在，使命已经完成，它就被梵天兵器的光焰焚烧成灰了。

夜晚，为了求取吉祥，黑天吩咐般度族兄弟们到营地外的河边过夜。同时，黑天受般度族兄弟们的委托，前去象城安抚持国和甘陀利。黑天向持国指出这一切都是俱卢族自己的错误造成，也是命运的安排。他希望他俩节哀，也希望他俩今后善待般度族之子们。黑天完成安抚任务后，预感夜半可能出事，当夜赶回般度族兄弟们那里。

而在俱卢族返回营地后，难敌的一些信使去向马嘶汇报了情况。马嘶、慈悯和成铠赶到难敌那里。马嘶发誓要为难敌和父亲德罗纳复仇，杀尽般遮罗人。于是，难敌任命马嘶为俱卢族军队统帅。马嘶拥抱难敌，向他告别，与慈悯和成铠一起消失在暮霭中。

在《沙利耶篇》中，描写沙利耶担任俱卢族军队统帅直至阵亡的

---

① 按照战斗规则，杵战双方不能打击对方脐下部位。

篇幅只占全篇的四分之一。确实，在毗湿摩、德罗纳和迦尔纳阵亡后，已很难指望沙利耶能扭转局面。沙利耶是般度之子偕天和无种的舅父。在俱卢族和般度族备战期间，他本来是率领军队前来加盟般度族的。由于在途中受到俱卢族款待，他便赐予难敌一个恩惠。而难敌选择的恩惠是要他担任俱卢族的军队统帅。由于赐予恩惠的话已经出口，沙利耶只得认可。然后，他向般度族兄弟们通报了这个情况。坚战表示理解，也希望他兑现诺言，只是请求他在大战中，当迦尔纳和阿周那进行车战时，遏制迦尔纳的威力，保护阿周那。沙利耶欣然答应坚战的这个请求。① 后来，大战开始时，坚战向沙利耶重申了这个请求，沙利耶表示他将为敌人作战，同时也会实现坚战的这个愿望。② 从沙利耶在整个大战中的表现看，他说到做到，自始至终为难敌奋勇作战，而在担任迦尔纳的战车御者时，则与迦尔纳作梗，保护阿周那。显然，沙利耶体现了史诗时代重诺言的武士风范。

大力罗摩是黑天的兄长，但在对待这场战争的态度上与黑天有差异。般度族兄弟们流亡森林十二年，又隐姓埋名在摩差国生活一年后，黑天建议先派遣使者要求难敌按照协议归还般度族一半国土，如果难敌拒绝，那就准备用武力夺回。当时，在场的大力罗摩赞同采用和平方式解决问题，也希望难敌能归还般度族一半国土，今后大家共享安定幸福。同时，他又将般度族丢失国土归罪于坚战迷恋掷骰子。他的这种看法立即遭到同为苾湿尼族后裔的萨谛奇严厉斥责。③

这样，在俱卢族和般度族备战时期，他在观点上与黑天有歧异，但在参战问题上采取了保持中立的态度。他当面向难敌表示既不帮助般度之子们，也不帮助难敌。④ 在大战爆发前不久，他再次向黑天表达自己认为俱卢族和般度族都是他们的亲戚，应该一视同仁。而且，怖军和难敌两位精通杵战的英雄都是他的学生。他不忍心看到俱卢族人毁灭，因此，他决定前往婆罗私蒂河朝圣。⑤ 他朝拜圣地四十二天回

---

① 《斡旋篇》第8章。
② 《毗湿摩篇》第41章。
③ 《斡旋篇》第1—3章。
④ 《斡旋篇》第7章。
⑤ 《斡旋篇》第154章。

来，赶上目睹大战最后一天怖军和难敌的杵战场面。他依然同情难敌，但也不为难黑天。

《沙利耶篇》描写的重点是在难敌，因为难敌的最后倒下，也就意味大战的结束。实际上，难敌心里也明白败局已定，他现在只是为维护自己作为刹帝利武士的名誉而战。他最终也达到了这个目的，天国为他降下了花雨。

至此，我们可以简要地回顾他的一生。他是持国的长子，与般度的二儿子怖军同一天出生（1.114.14）。持国是般度的兄长，由于天生眼瞎，而由弟弟般度继承了王位。因此，难敌出生时，持国曾询问众婆罗门以及毗湿摩和维杜罗，坚战（般度长子）出生在前，作为这个家族的长子将来获得王国，这一点没有异议。但难敌是紧接坚战之后生下的，是否也能成为国王？①这一个询问埋下了俱卢族和般度族此后王权之争的种子。

由于般度早逝，持国实际上成了摄政王。般度五子和持国百子一起在象城俱卢族王宫中长大。这些王子中，怖军力气最大，无论赛跑或角力，持国之子们都敌不过他。当时，少年难敌的心中就滋生了罪恶的念头：只要设法先除掉怖军，然后，再制伏怖军的弟兄们，他就可以统治大地了。这样，他曾经将熟睡的怖军捆绑起来，抛入河中。又有一次，趁怖军睡着的时候，放出毒蛇咬他。还有一次，给怖军的饭里下毒药。但是，怖军身强力壮，一次又一次摆脱了这些灾厄。②

后来，王子们长大成人。在校场比武后，臣民们都盼望般度长子坚战能登基为王。难敌满怀妒忌，要求持国将般度五子送往多象城去居住，等他继承王位后，再让他们回来。般度五子听从持国的吩咐，和母亲贡蒂一起前往多象城。然而，狠毒的难敌事先为般度五子在多象城建造了一座易燃的紫胶宫，准备纵火烧死他们。由于维杜罗暗中相助，般度五子才幸免葬身火海。③此后，般度五子隐居他乡，直至在般遮罗国木柱王的选婿大典上赢得黑公主，才暴露了真实身份。面对纵火紫胶宫阴谋破产的现实，难敌与迦尔纳合谋趁早举兵消灭般度五

---

① 《初篇》第 107 章。
② 《初篇》第 119 章。
③ 《初篇》第 129—136 章。

子。持国心中也愿意这样，但不敢轻举妄动，最后还是听从毗湿摩、德罗纳和维杜罗的忠告，分给般度五子一半国土。①

般度族在分给他们的一半国土上建都天帝城，政绩辉煌，征服四方，举行了盛大的王祭。难敌参加王祭后，妒火中烧，对沙恭尼说："我要么跳进火里，要么吞下毒药，要么投水自尽，我不能再活下去了。"（2.43.27）于是，沙恭尼帮他出了掷骰子赌博的主意。持国想要先听取维杜罗的意见，难敌明白维杜罗不会同意，便以自己"必死无疑"要挟持国。于是，持国不顾维杜罗反对，依从儿子难敌，邀请坚战前来象城大会堂中掷骰子。②坚战在掷骰子中输掉一切后，难敌命令难降将黑公主强行拽到大会堂，当众加以羞辱。这激发怖军发誓要在今后的战斗中撕开难降的胸膛喝血和打断难敌的大腿。持国发觉事态严重，才答应黑公主的请求，释放了般度五子。但难敌不死心，又说服持国召回坚战，进行第二次掷骰子赌博。坚战赌输后，按照赌博协议，必须和弟兄们一起流亡森林十二年，第十三年还要隐姓埋名度过。③

难敌性格中的一个明显特点是，遇到挫折便寻死觅活，而一旦得势就嚣张猖狂。这实际上是他内心虚弱的表现。在般度五子流亡森林期间，有一次，难敌带领军队前往森林，想要亲眼看看般度五子在森林中受苦受难。不料，在森林中与健达缚们发生冲突，难敌被俘。结果，还是般度族五子将他救出。于是，难敌羞愧难当，吩咐众人回城，自己决意留在这里"绝食至死"。经众人再三劝说，迦尔纳又向他保证将来打败般度五子，他才起身回城。④

难敌从小依仗持国的权位，目空一切，为所欲为。他虚荣心强，妒忌心重，一心霸占王位。持国一方面溺爱儿子，另一方面也愿意儿子继承王位，因此，不可能有效地管束儿子，反倒听任儿子摆布。难敌剥夺般度五子的王国后，更加有恃无恐。般度五子十三年流放生活期满后，要求他归还一半国土，而他蛮横地宣称"不会给般度之子们

---

① 《初篇》第194—198章。
② 《大会篇》第44—45章。
③ 《大会篇》第53—67章。
④ 《森林篇》第226—240章。

甚至针尖一般大的领土"。(5.57.18）难敌固执己见，无论长辈们怎么劝说都不行。在黑天作为般度族使者前来谈判时，他还妄图对黑天下手。①他迷信武力，一意孤行，导致俱卢族和般度族大战爆发。

　　大战开始时，在军事力量对比上，俱卢族明显占据优势。但难敌挑起的这场战争在道义上站不住脚，因而俱卢族军队缺乏一种同仇敌忾的精神。面对战事接连受挫的形势，难敌决心顽抗到底，宁可战死疆场，也不向般度族求和。在迦尔纳担任统帅期间，马嘶曾劝说难敌向般度族求和；②在迦尔纳倒下后，慈悯也劝说难敌向般度族求和，③他都认为为时已晚。虽然他仇恨般度五子，必欲置之死地而后快，但他心中还是明白自己对般度五子有理亏之处。他认为求和为时已晚的理由就是自己过去对般度五子做了许多恶事，般度五子不可能再信任他和原谅他。同时，他认为自己曾是大地之主，现在俯首称臣，这种屈辱无法忍受。再有，许多盟友已经为他捐躯，现在他为了自己活命而求和，必将遭世人唾骂。因此，他只有战斗到底一条路。

　　在大战最后一天，他一直战斗到俱卢族全军覆灭，才逃离战场，躲进池塘。般度五子率领军队追到这里，向他挑战。他面对现实，表示认输，愿意交出大地。但坚战坚持要通过战斗决胜负，于是，他接受挑战。在这场杵战中，他也表现出刹帝利武士应有的英雄气概。当时，坚战同意进行一对一的杵战，并让他从般度五子中任选一人。他本可以从般度五子中选择最有把握战胜的一位对手，战胜了便可获得王国，但他高傲地让般度五子自己推出人选。④这样，他就与般度五子中杵战武艺最高强的怖军进行决战，战斗激烈，难分胜负。最后，怖军按照黑天和阿周那的旨意，故意违反杵战的规则，打断了难敌的双腿。难敌倒下后，痛斥黑天一贯依靠非法手段取胜，并为自己遵循刹帝利正法战死疆场而自豪。⑤

　　显然，在《摩诃婆罗多》中，刹帝利武士们十分注重战斗规则。

---

① 《斡旋篇》第128章。
② 《迦尔纳篇》第64章。
③ 《沙利耶篇》第3—4章。
④ 《沙利耶篇》第31章。
⑤ 《沙利耶篇》第60章。

在场的大力罗摩就对怖军违反杵战规则表示极大的愤慨。从《摩诃婆罗多》提到的一些规则看，如不杀害退出战斗的人、没有防备的人、与别人作战的人、转过脸去的人、兵器损坏的人和失去铠甲的人等等，①体现一种公平战斗的原则，强调武士应当依靠勇气和武艺取胜。但是，战争的实际情况要比这些规则更复杂。而且，运用计谋取胜也不应该排除在公平战斗的原则之外。战争毕竟不是竞技游戏。中国古代孙子有"兵以诈立"说，韩非子有"战阵之间，不厌诈伪"说，都是强调在战争中要运用计谋。尤其是在强弱不等的情况下，弱者更需要运用计谋取胜。这一点，黑天看得很清楚。

更重要的是，战争不是孤立的现象，它与政治和经济密切相连。战斗规则是社会规则的组成部分，隶属于社会规则。难敌对于黑天的指责局限在战斗规则上，而黑天对难敌的批驳则联系他一生的邪恶行径。难敌在倒下后，委托全胜向父母转达的话中，强调般度之子们用非法手段杀死他时，这样说道："就像趁人熟睡或不注意时杀死人，或用毒药毒死人，他们违反规则，用非法手段杀死了我。"（9.63.27）恰恰在无意中透露出他过去就是用这类手段对付般度之子们的。这是史诗作者巧妙使用的一个画龙点睛的笔法，其中隐含有因果报应的意味，也体现他们观察社会现象的宏观眼光。

四 关于《夜袭篇》

马嘶、慈悯和成铠离开难敌后，来到营地附近一座森林中休息。马嘶满怀忧伤和愤怒，无法入睡。他在夜里看到一只猫头鹰偷袭在树上安睡的许多乌鸦，由此得到启发，决定偷袭在营地中安睡的般度族将士。他唤醒慈悯和成铠，征求他俩的意见。慈悯认为杀死熟睡的人，违反战斗规则，还是等到明天天亮后，再去消灭敌人。而马嘶认为般度族首先违反战斗规则，杀死了包括他父亲在内的多位武士，因此，哪怕来世转生为蛆虫或飞蛾，他也要这么做。看到劝阻不成，慈悯和成铠便跟随他出发。

---

① 《毗湿摩篇》第1章。

来到营地门口，马嘶受到一个威力无比的庞大生物阻挡。无奈之下，他祈求大神湿婆庇护。他愿意以自己作为祭品供奉大神。大神显身，赐给他一把利剑。然后，他进入营地，慈悯和成铠把守营地门口。就这样，马嘶杀死了营地中以猛光为首的所有熟睡中的般遮罗族和般度族将士，包括德罗波蒂的五个儿子。

接着，他们三人赶到奄奄一息的难敌那里。马嘶向他报告夜袭成功的消息。难敌听后感到欣慰，说道："恒河之子（毗湿摩）、迦尔纳和你的父亲没有为我做到的事，现在由你、慈悯和成铠一起做到了。"他向他们表示以后在天国相会，便断气死去。

坚战听到夜袭的消息，悲痛欲绝，哀叹道："我们战胜了敌人，却又被敌人战胜。"黑公主德罗波蒂坚决要求杀死马嘶，并以取回马嘶头上天生的摩尼珠为凭证，否则她就绝食至死。怖军立刻前去追杀马嘶。坚战、阿周那和黑天也跟随而去。

他们在跋吉罗提河岸找到马嘶。马嘶向他们使出梵颅法宝，于是，阿周那也使出梵颅法宝。那罗陀和毗耶娑两位仙人为了维护三界的利益，立即站在这两个燃烧的法宝之间。这样，灵魂完善的阿周那收回了法宝，而灵魂不完善的马嘶无法收回法宝。最后，经毗耶娑劝说，马嘶将这个法宝投向了般度族妇女的子宫。而黑天表示他会让阿周那的儿媳（至上公主）的胎儿死后复活。他还指出马嘶将尝到自己恶行的苦果，在大地上游荡三千年，满身病痛，散发脓血味，栖居人迹罕至的森林。

般度族兄弟取回马嘶的摩尼珠，交给德罗波蒂。坚战询问黑天，马嘶怎么会独自杀死营地中的所有将士。黑天为他讲述大神湿婆的传说，说明这是大神赐给马嘶的恩惠，而不是马嘶的业绩。最后，黑天吩咐坚战不要把这件事再放在心上，继续做自己应该做的事。

《夜袭篇》的篇幅并不长，却为婆罗多族大战的悲惨结局画上了沉重的句号。大战的结果是双方军队都全军覆灭，般度族方面剩下般度五子、黑天和萨谛奇七个人，俱卢族方面剩下马嘶、慈悯和成铠三个人。

马嘶是德罗纳的儿子。少年时代，他与般度五子一起跟随父亲学习武艺。在所有的弟子中，德罗纳最器重阿周那，因而传授给他梵颅法宝，并嘱咐他不能对凡人使用这个法宝。① 从本篇中我们得知，当时马嘶也向父亲乞求这个法宝。德罗纳也传授给他，同样嘱咐他不能对凡人使用这个法宝。②最终，马嘶违背父亲的嘱咐，用这个法宝对付般度之子们，而阿周那用这个法宝抵挡马嘶的法宝，并非针对马嘶，没有违背德罗纳的嘱咐。

马嘶知道父亲宠爱阿周那胜过他这个儿子，但他并无怨言，在对待俱卢族和般度族王权之争的问题上，他的立场一直是与父亲保持一致的。在难敌率领军队攻打摩差国时，马嘶向迦尔纳明确表示自己同情般度之子们，不愿与阿周那交战。③在德罗纳担任俱卢族军队统帅期间，难敌埋怨马嘶与他父亲德罗纳一样偏袒般度五子，没有竭尽全力消灭敌人。而马嘶也承认说："我确实一向喜欢般度五子，我父亲也是如此。"他还指责难敌"贪得无厌，欺诈成性"。尽管如此，他仍然向难敌表示在战斗中他还是会全力以赴，与般度族人交战的。④但是，在德罗纳被般度族施计杀死后，马嘶决心为父亲复仇，对般度五子的态度发生了根本变化。而怖军违反杵战规则，打断难敌的双腿，更增强了他复仇的决心。他对躺倒在地的难敌说道："我的父亲被那些卑鄙小人用奸计杀死了。然而，国王啊！他的遭遇还比不上你今天的遭遇给我带来的痛苦。"这样，他向难敌发誓，要不惜一切手段杀死所有敌人。⑤ 最终，他以暗夜偷袭的方式，杀尽在营地中熟睡的所有般度族将士。般度五子事先得到黑天保护，没有睡在营地内，才幸免于难。

从马嘶在婆罗多族大战中立场和态度的变化，可以看出人在社会中采取的行为方式都不是无缘无故的，而是受着一定的社会关系和利益的制约，包括政治经济和精神伦理的诸多因素。否则，就很难理解毗湿摩、德罗纳和慈悯都同情般度五子，为何还要为难敌作战？迦尔纳是贡蒂之子，为何不肯回归般度族？但是，个人行为的合理性并不

---

① 《初篇》第123章。
② 《夜袭篇》第13章。
③ 《毗罗吒篇》第45章。
④ 《德罗纳篇》第134—135章。
⑤ 《沙利耶篇》第64章。

等同于社会行为的合理性。两者可能相合，也可能相悖。可以说，马嘶为父复仇，具有个人行为的合理性，而缺乏社会行为的合理性。因此，他最后不仅受到黑天诅咒，也受到毗耶娑的指责。[1]这也是人类社会中不少优秀人物遭遇悲剧的原因之一。

按照这部史诗中的说法，马嘶是大神湿婆、死神、爱神和愤怒神的部分化身的合而为一。[2]德罗纳死后，他为了替父复仇，在与般度族军队作战时使出了那罗延法宝，却未能奏效。当时，毗耶娑就向他指出黑天和阿周那是那罗延和那罗的化身。那罗延曾经修炼六万六千年苦行，受到大神湿婆恩宠。同时，毗耶娑也指出马嘶本人是楼陀罗（湿婆）的化身。[3]这次，他夜袭成功，独自杀死营地中所有的般度族将士，也正是大神湿婆赐予他的威力。

史诗的叙事常与神话交织在一起。但史诗人物基本上都按照人间方式行事，天神的参与往往是隐在的，具有神秘的象征意义。在《摩诃婆罗多》中，毗湿奴和湿婆都被称为至高之神，具有创造、毁灭和保护的功能。只是毗湿奴的保护功能更为突出，而湿婆的毁灭功能更为突出。不过，从《摩诃婆罗多》的总体倾向看，它更推崇毗湿奴为至高之神。

这部史诗一开始就已交代，婆罗多族大战发生在"迦利时代和二分时代之间"。（1.2.9）也就是说，此时在人类社会中正法已经不占据优势。因此，这场大战对于人类必定是毁灭性的，而且有可能是非正义一方获胜。只是由于有毗湿奴的化身黑天的保护，正义一方才勉强获胜，但付出的代价也是惨重的。而在对于人类的这种毁灭性打击中，大神湿婆发挥了重要作用。他不仅帮助马嘶夜袭般度族营地，也在大战中帮助阿周那歼灭敌人。[4]当然，对于人类的这种毁灭性打击归根结底是人类自己造成的。人类只是将自己无法驾驭和控制的自然或社会中的破坏力归诸神的作用。

---

[1] 《夜袭篇》第16章。
[2] 《初篇》第61章。
[3] 《德罗纳篇》第172章。
[4] 《德罗纳篇》第173章。

五 关于《妇女篇》

　　大战结束，持国为死难的一百个儿子痛苦悲伤。全胜、维杜罗和毗耶娑安慰他。全胜的安慰中含有责备之意，说明他咎由自取，不该忧伤。维杜罗强调人生无常，人们贪恋欲乐，陷入业报轮回的深渊，希望持国依靠智慧，走上解脱之路。毗耶娑指出这场大战出于神的安排，天意无法违背，也就不必为之忧伤。

　　然后，持国和甘陀利带领宫中的妇女们前往战场哀悼阵亡的将士们。途中，遇见慈悯、马嘶和成铠。他们三人安慰了持国之后，害怕见到般度之子们，又迅速逃跑。而坚战听说持国前往战场，便与兄弟们一起去见持国。

　　在恒河岸边，数以千计的妇女们围住坚战，向他哭诉。坚战和兄弟们依次向持国俯首致敬。继坚战之后，怖军上前行礼时，黑天将怖军拽开，换上一座怖军的铁像。持国以为自己拥抱的是怖军，愤怒地用力将铁像碾碎。然后，在黑天的抚慰下，持国平息愤怒，依次拥抱怖军、阿周那、偕天和无种，向他们表示祝福。

　　在般度五子拜见甘陀利时，毗耶娑劝说甘陀利要克制愤怒，不要诅咒他们。她指责怖军违反杵战规则，打断难敌双腿。怖军请求她宽恕，但也指出难敌的种种恶行。她又指责怖军残忍地喝下难降的鲜血。怖军解释说他只是用嘴唇接触一下，并非真喝，而他这样做，是为了实现自己的誓言。然后，坚战向甘陀利请罪。甘陀利从蒙眼的布条中瞥见坚战的脚指头，顿时，她的愤怒的眼光使坚战的脚指甲变形。般度之子们赶紧后退，而此时，甘陀利的愤怒已经平息。然后，所有的人一起前往战场。战场上尸横遍地，食肉的禽兽和罗刹出没，成千上万妇女围着阵亡的父亲、儿子和兄弟哀悼哭泣。甘陀利凭借天眼看到这一切。于是，她指责黑天对这场大战负有责任，因为他有能力阻止而没有加以阻止。她凭借自己的苦行诅咒黑天的家族在三十六年后也将遭到与俱卢族和般度族同样的悲惨结局。黑天对她的诅咒表示理解，但指出大战的责任在包括甘陀利在内的俱卢族一方，不能推到他身上。

坚战按照持国的吩咐，为所有的阵亡将士举行了火葬。然后，所有的人一起前往恒河，为阵亡的将士们举行献水祭。这时，贡蒂失声痛哭，向般度五子透露迦尔纳是他们的长兄，请他们也为他举行献水祭。般度之子们听此消息，倍感痛苦，按照母亲的要求，也为迦尔纳举行了献水祭

《妇女篇》是这部史诗中富有抒情色彩的一篇，充满忧伤和哀痛之情。按照坚战回答持国询问的说法，这场大战的"阵亡者有十六亿六千零二万个，还有失踪的英雄二万四千一百六十五个"。(11.26.9—10)而阵亡将士们的妻儿父母则是战争悲惨后果的最直接承受者。持国和甘陀利失去以难敌为首的一百个儿子。尽管在难敌倒下后，黑天受般度之子们委托，连夜赶到象城安慰过持国和甘陀利。①此刻，他俩依然悲愤交加。正如甘陀利沉痛地责问怖军道："为什么不为我们这对失去王国的老人留下一个儿子？为什么不为我们这对失明的老人留下一根拐杖。"（11.14.21）黑公主德罗波蒂失去五个儿子，贡蒂失去迦尔纳，同样悲痛难忍。

甘陀利凭借天眼，描述了战场上阵亡将士的妻子或母亲们哀悼丈夫或儿子的凄惨情状。其中有些描述令人触目惊心："大地上遍布成堆成堆砍断的头颅、手臂和各种肢体，杂乱无序。妇女们看到无头颅的躯体和无躯体的头颅，亦惧亦喜，困惑不安。她们拼接头颅和躯体，仔细察看，发现对不上，痛苦地说道：'这部分不是他的。'她们逐一拼接利箭砍断的手臂、大腿和脚，满怀痛苦，一次又一次昏厥。有些尸首已经遭到鸟兽吞噬，婆罗多族妇女们认不出自己的丈夫。有些妇女凝望着被敌人杀死的兄弟、父亲、儿子或丈夫，用手掌拍打自己的头顶。"（11.16.50—54）甘陀利的具体描述几乎涉及大战中所有著名的将士。阵亡将士们的妻子、女儿和母亲的凄厉哭声是对这场战争浩劫的强烈控诉。而甘陀利正是在这种悲惨的氛围中，愤怒地向黑天发出了严酷的诅咒。

黑天虽然接受甘陀利的诅咒，但向甘陀利申明这场战争浩劫的责任不在他，而在难敌，甘陀利作为难敌的母亲也有过失。其实，甘陀

---

① 《沙利耶篇》第62章。

利是一位正直、忠贞而富有智慧的女性。她听了黑天的话后,也似乎感到有点愧疚,因而"保持沉默,眼中充满忧伤"。(11.26.6)

大战结束了,葬仪也完成了,而战争留下的精神创伤将延续下去。

本卷中的《德罗纳篇》由段晴译第1—121章,李南译第122—151章,郭良鋆译第152—173章,《迦尔纳篇》由李南译,《沙利耶篇》由葛维钧译,《夜袭篇》和《妇女篇》由我译。我也对本卷译文作了校订。

黄宝生

第七　德罗纳篇

德罗纳挂帅篇

一

镇群说：
听说精力、威力、气力、勇气和果敢都无与伦比的天誓（毗湿摩）被般遮罗王子束发杀死，(1)英勇的持国王心中痛苦不堪，梵仙啊！当父亲被杀以后，他做了些什么呢？(2)尊者啊！他的儿子（难敌）本希望以毗湿摩和德罗纳为首的战车勇士们打败般度族的大弓箭手们，一举夺得王国。(3)尊者啊！当所有弓箭手的首领（毗湿摩）倒下之后，俱卢族后裔（持国）做了些什么，把这讲给我听吧，婆罗门翘楚啊！(4)

护民子说：
听说父亲被杀，俱卢族后裔持国王忧心忡忡，不得安宁。(5)正当国王冥思苦想，饱受痛苦煎熬，心灵纯洁的牛众之子（全胜）又一次到来。(6)大王啊！全胜从营地出发，于夜晚到达象城。安必迦之子持国向全胜询问。(7)持国本希望儿子们获胜，现在闻悉毗湿摩被杀，心中郁闷，如染沉疴的病人，哭诉着。(8)

持国说：
亲人啊，折损了灵魂伟大、威力骇人的毗湿摩之后，为命运所驱使的俱卢族人如何是好？(9)那光辉的、难以征服的英雄倒下之后，俱卢族人沉入痛苦的海洋，他们如何是好？(10)全胜啊！灵魂伟大的般度族大军斗志昂扬，作战凶猛，足以令三界丧魂落魄。(11)俱卢族雄牛天誓（毗湿摩）被杀之后，国王们做了些什么？全胜啊，讲给我听吧！(12)

全胜说：
国王啊，请你专心听我讲述天誓（毗湿摩）在战场上被杀之后，你的儿子们做了些什么。(13)国王啊！真正英勇的毗湿摩被杀之后，你们的人和般度族人都默默沉思。(14)重温刹帝利之法，他们感到又惊又喜。而他们又抱怨着自己的法，向那灵魂伟大者鞠躬行礼。(15)他们用许多支笔直的箭，为威力无限的毗湿摩制作卧榻和枕头，人中之虎啊！(16)他们守护着毗湿摩，相互交谈，然后向恒河之子（毗湿摩）告别，围着他施右旋礼。(17)他们双眼赤红，怒目相视。在命运的驱使下，这些刹帝利重新投入战斗。(18)

尔后，喇叭齐鸣，鼓声震天，你方和敌方的军队又走上战场。(19)王中之王啊！白昼已尽，恒河之子（毗湿摩）已倒下，英雄们怒不可遏，心灵受到命运的摧残。(20)婆罗多族俊杰们不顾灵魂伟大的恒河之子的良言忠告，纷纷拿起兵器，齐赴战场。(21)由于你和你儿子的昏庸，由于福身王之子（毗湿摩）被杀，俱卢族人连同所有的国王犹如受到死神的召唤。(22)他们失去了天誓（毗湿摩），惶惶不安，好似羊群失去牧羊人，又迷失在豺狼出没的森林中。(23)那位婆罗多族魁首倒下后，俱卢族大军好似天穹失去了星辰，空中失去了风，(24)大地不生禾苗，语言没有了修饰，又似从前钵利被杀之后的阿修罗军队，(25)一个臀部优美的寡妇①，一条水流枯竭的河道，森林中失去了鹿王又受到群狼围攻的雌鹿。(26)婆罗多族俊杰啊！恒河之子（毗湿摩）倒下后，婆罗多族大军犹如一座大山洞，其中的狮子已亡，任凭侵占。(27)好似大海上的一只破船，任凭风吹浪打，婆罗多族大军任凭强悍、英勇、胜利在望的般度族人肆意践踏。(28)这支军队的马、车和象陷入混乱，士兵们大多精神沮丧，一片凄凉的景象。(29)

失去了天誓（毗湿摩），众国王和士兵全都惊恐不安，犹如陷入地狱。俱卢族人想起了迦尔纳，因为他能与天誓（毗湿摩）媲美。(30)他们想念这位武艺高超之人，犹如想念一位光辉的客人，又如罹难的人想念亲友。(31)婆罗多子孙啊！国王们呼喊着："迦尔纳！迦尔纳！这位罗陀之子，车夫之子，为了我们的利益时刻准备捐躯。(32)闻名遐迩的迦尔纳和他的大臣及朋友已经十天没有参战了，

---

① 守寡的女人即使再美丽也不可梳妆打扮。

叫他来吧，不要耽搁！"（33）

毗湿摩曾经为具有力量和勇气的战车武士们排名论次，当着所有刹帝利的面，称大臂迦尔纳为半个武士，尽管这个人中雄牛足可以一当二。（34）数尽战车武士和大武士，迦尔纳最为出类拔萃，为天下的英雄所公认，甚至可以与他的父亲（太阳神）、财神和水神较量。（35）国王啊！由此，迦尔纳生气地对恒河之子（毗湿摩）说："只要你活着，俱卢后裔啊，我决不会参战。（36）倘若你在大战中打败了般度族人，我将向难敌告退，进入森林，俱卢后裔啊！（37）倘若你毗湿摩被般度族人杀死而上了天堂，我将驱单车杀死所有你所谓的战车武士。"（38）说过这些后，大王啊，名声显赫的迦尔纳经你儿子同意，十天没有参战。（39）

国王啊，毗湿摩威力无比，作战勇猛，在战斗中大肆杀戮般度族士兵们。（40）这位威风凛凛、信守诺言的英雄被杀之后，你的儿子们想起了迦尔纳，犹如期待过河的人想起了船。（41）你的儿子们以及所有的国王都呼喊着："迦尔纳！"他们说道："现在是时候了。"（42）我们的心都向往迦尔纳，犹如落难之人企盼朋友。他从持斧罗摩那里学得诸般武艺，威力不可阻挡。（43）国王啊！他能够在战场上保护我们免遭大灾难，犹如乔宾陀（黑天）经常保护天国众天神。（44）

护民子说：

全胜一再称赞迦尔纳是战场上最杰出的武士，持国王像蛇一般叹着气，对他说道：（45）"你们的心都向往日神之子迦尔纳。你们看到这位罗陀为车夫所生之子舍生忘死。（46）但愿这位真正勇敢的武士在战场上不会使大家失望。众人已是张皇失措，不堪痛苦，丧魂落魄而盼望救护。（47）这位杰出的弓箭手的确能在战场上填补由毗湿摩死去而为俱卢族人造成的缺口。（48）他一定能填补这个缺口，给敌人带去恐惧，让我的儿子们对胜利的希望得以实现。"（49）

以上是吉祥的《摩诃婆罗多》中《德罗纳篇》第一章(1)。

二

全胜说：

车夫升车之子（迦尔纳）得知毗湿摩被杀死，像俱卢族人的同胞兄弟那样准备救助你儿子的军队脱离灾难，犹如救助深海中一条破裂的船。（1）听说永不退却的大勇士、人中因陀罗、福身王之子（毗湿摩）被杀后，折磨敌人的优秀弓箭手迦尔纳迅疾赶来。（2）优秀的战车勇士毗湿摩被敌人杀死后，迦尔纳迅疾赶来。犹如父亲拯救儿子们，他要拯救俱卢族人，拯救你儿子的军队，好似拯救一条正在沉入海中的船。（3）

迦尔纳说：

毗湿摩坚定，智慧，勇敢，威武，克己，坚持真理，具备英雄的一切美德，精通各种神奇的兵器。他谦恭，知廉耻，言辞和善，持之以恒。（4）毗湿摩是婆罗门之敌的诛杀者，总是知恩图报。这些品质在他身上，犹如月亮上永恒的标记。倘若这位诛灭敌雄者已经安息，我则视天下的武士都已被杀光。（5）因为业行无常，在这个世界上没有永恒不灭的事物。今天，严守大誓愿的毗湿摩倒下了，谁能毫无疑虑，保证说太阳明天还会升起？（6）他拥有婆薮神的威力，诞生自婆薮神的精气，曾为大地的统帅，又将归于婆薮神。你们就为财富和子嗣们，为大地和俱卢族，也为这支军队悲伤吧！（7）

全胜说：

具有大威力、大光辉、赐人恩惠的人间豪杰福身王之子（毗湿摩）倒下后，迦尔纳悲伤地流着泪，极力安抚失败的婆罗多族后裔们。（8）国王啊！你的儿子们以及军士们听了罗陀之子（迦尔纳）的这些话，号啕大哭起来，眼里流出痛苦的泪，声泪俱下。（9）大战重又开始，军队在国王们的鼓动下投入战斗。战车大勇士中的雄牛迦尔纳对战车勇士中的雄牛们说了一番令人兴奋的话。（10）

迦尔纳说：

世界无常，来而复去，想来想去，今日方知万物无常。不然的话,为什么你们都还挺立,而那像山一般坚固的俱卢族雄牛却在战场上倒下了呢?(11)大勇士福身王之子(毗湿摩)倒下,犹如太阳自天空坠落地面。国王们抵挡不住胜财(阿周那),好似树木抵挡不住山风。(12)在敌人的打击下,将领牺牲,士兵痛苦不安,无精打采,无依无靠。而我要像那位灵魂伟大者一样,保护俱卢族军队。(13)让这副重担落在我肩上吧!看到了世界无常,连精于战斗的人也倒在战场,那我在战场上还怕什么?(14)我将驰骋战场,用笔直飞行的箭把俱卢族雄牛们①送往阎摩殿。要么我活下来,享有世上至高的荣誉,要么我被敌人杀死,长眠于战场。(15)坚战意志坚定,聪明睿智,通晓正法真谛。狼腹(怖军)的勇气赛过一百头大象。阿周那是天神魁首的儿子。面对这样的军队,恐怕连众天神也难以战胜。(16)在这支军队中,那一对孪生兄弟在战斗中活像是一对阎摩,还有萨谛奇和提婆吉之子(黑天)。这样的军队好似死神之口,若是懦夫接近它,必不得生还。(17)智者们认为,强大的苦行力只能用苦行力对付,武力则以武力对付。我的决心如高山一般坚定,定要打退敌人,保卫自己人。(18)御者啊,我知道他们的威力,但我今天要去战胜他们。我不能容忍背叛朋友的人。当军队崩溃之际,谁鼎力相助,谁就是朋友。(19)我将完成这项善人的高尚事业,或者,我将舍弃生命,追随毗湿摩而去。我将在战场上消灭所有敌人,或者,我被敌人杀死,前往英雄的世界。(20)御者啊!当妇女和儿童哭喊的时候,当持国之子的威力受挫的时候,我知道我的使命,因此,我将战胜持国之子的一切敌人。(21)在这场恐怖的战斗中,我将保卫俱卢族人,消灭般度之子们,哪怕抛弃生命。我将在战场上打败一切敌人,把王国交给持国之子。(22)

请给我披上那漂亮的金铠甲!它金光夺目,又兼有宝石的璀璨。请给我戴上灿若太阳的头盔,挂上毒蛇一般的弓和箭吧!(23)装上十六只箭囊吧!取来神弓、箭、标枪和铁杵,还有那闪耀金光的螺号!(24)拿来象征胜利的金制象索②,拿来象征胜利、以青莲为徽的幡幢吧!先用柔软的布将它擦得锃亮,再系上绚丽多彩的花环和网

---

① 指般度族人。俱卢族和般度族都是俱卢的后裔,因此,般度族也可称为俱卢族。
② 象索是一种锁链,系在象脚上,以限制象的步伐。

缦。(25)御者之子啊！速速牵来上乘的快马，为它们配上金制的马具！肥壮的驷马白净若云，洗过了澡，也为它们念过了净身的咒语。(26)快快驾出那辆上等的战车吧！车身裹以金网，镶嵌以五光十色、如日月般灿烂的宝石，各种物品和武器俱全，驷马为它驾辕。(27)备足各种迅猛的弓，坚韧的上等弓弦，盛满了箭的大箭囊，还有护身的铠甲！(28)姑娘们啊！快快取来一切出征用品，盛满了酒的英雄金杯，将花环系在我身上，让胜利的战鼓赶快敲响吧！(29)车夫啊！快快出发！去迎战有冠者（阿周那）、狼腹（怖军）、正法之子（坚战）和那对孪生兄弟。我与他们交战，或者我杀死他们，或者我被敌人杀死而去追随毗湿摩。(30)依我看，国王们难以战胜这支军队，因为其中有坚持真理的国王坚战，有怖军和阿周那，有婆薮提婆之子（黑天），有萨谛奇和斯楞遮耶人。(31)纵然毁灭一切的死神时刻保持警觉，在战场上亲自保护有冠者（阿周那），我也将与他交战，或者我杀死他，或者我沿着毗湿摩的路，走向阎摩。(32)我说过，我不会不进入这些勇士的队伍中。我的同伴们绝非背叛朋友的人，绝非不堪一击的附庸，绝非灵魂邪恶之辈。(33)

全胜说：

迦尔纳登上那辆吉利、精美和坚固的战车，向胜利进发。这辆战车有辕木和旗杆，镶嵌金子，由快速似风的骏马驾辕。(34)这位灵魂伟大的、战车勇士中的雄牛备受俱卢族人崇敬。他手持硬弓，驱使着骓骓白马，奔向婆罗多族雄牛（毗湿摩）安息在那里的战场。(35)迦尔纳乘坐的这辆大战车装有护栏，树有旗帜，装饰有金子、珍珠、宝石和金刚石，由骏马驾辕，犹如威力无限的太阳乘坐着轰鸣的云朵。(36)漂亮的大勇士升车之子（迦尔纳）灿若火焰，手中持弓，站在他自己的这辆漂亮的、灿若火焰的战车上，犹如天神之首（因陀罗）亲自站在飞车上。(37)

以上是吉祥的《摩诃婆罗多》中《德罗纳篇》第二章(2)。

三

全胜说：

灵魂伟大的、威力无限的毗湿摩躺在箭床上，好似被狂飙飓风吹干的大海。（1）大弓箭手左手开弓者（阿周那）用神奇的兵器击倒了他，也粉碎了你的儿子们的胜利希望，以及他们的福祉和庇佑。（2）他如同想要渡海的人们在深海中可以栖息的一座岛屿，而如今被箭流覆盖，犹如被亚牟那河的水流淹没。（3）他像不可抗衡的美那迦高山被击倒在地，像天上的太阳坠落地面。（4）犹如亘古时百祭（因陀罗）不可思议地败在弗栗多的手下，毗湿摩倒在战场上令全军困惑。（5）你的严守誓愿的父亲是天下武士中的魁首，所有弓箭手的楷模，却被胜财（阿周那）的利箭覆盖。（6）升车之子（迦尔纳）看到人中雄牛、婆罗多族魁首、英雄毗湿摩躺在英雄之床上。（7）他走下战车，痛苦不堪，热泪盈眶，双手合十，一面向毗湿摩敬礼，一面说道：（8）

"我是迦尔纳，祝你吉祥！婆罗多子孙啊！今天你要开口对我说话，用你那神圣而吉祥的语言！请你睁开眼睛看看我！（9）如果像你这样恪守正法的长者也躺倒在大地上，那么，在这世上，没有人能尝到善行的果报。（10）俱卢族的佼佼者啊！若论积累财富、策划谋略、调兵遣将和使用武器，我看俱卢族中再没有像你这样的首领。（11）你智慧，圣明，能使俱卢族人转危为安，你却抛弃了无舟可济的众多武士，前往祖先的世界。（12）从今天起，婆罗多族魁首啊，般度族人要毁灭俱卢族人，犹如愤怒的老虎吞噬羚羊。（13）俱卢族人领教过甘狄拨神弓呼啸的威力，今天将战战兢兢地面对左手开弓者（阿周那），犹如阿修罗面对手持金刚杵的因陀罗。（14）今天在战斗中，甘狄拨神弓发出雷鸣般的咆哮，将把俱卢族人和国王们吓得心惊肉跳。（15）英雄啊！有冠者（阿周那）的箭会毁灭持国之子们，如同熊熊燃烧的烈焰烧尽森林。（16）在森林中，只要风与火携手并进，这两位神祇就能焚烧他们想要焚烧的一切。（17）毫无疑问，普利塔之子（阿周那）正好比熊熊的烈焰；毫无疑问，人中之虎啊，那黑天正像是风。（18）听到五生螺号的鸣声，听到甘狄拨神弓的咆哮，婆罗多子孙啊，所有的军士都会陷入恐慌。（19）折磨敌人者（阿周那）以猿猴为幢首的战车冲过来的时候，除你以外，没有国王能受得住那战车的轰鸣。（20）智者们都说阿周那行为神奇，除了你之外，哪一个国王能够在战场上与他交战？（21）这智慧的人曾与三眼神（湿婆）进行过一场非凡的战斗，由此获得灵魂不完善的人难以获得的恩惠。（22）

"今天，我已经无法忍受这位能征善战的般度之子（阿周那）。他是一条毒蛇，一蟄即能致人死命。在得到您的允诺之后，我将面对这条令人恐惧的毒蛇，或是走向死亡，或是走向胜利。"（23）

以上是吉祥的《摩诃婆罗多》中《德罗纳篇》第三章(3)。

四

全胜说：

听了他的一番悲诉，年迈的俱卢族老祖父毗湿摩心中欢喜，开口说了这些符合时间和场合的话：（1）"犹如大海对于河流，太阳对于群星，善人对于真理，土地对于种子，（2）雨水对于众生，你成为朋友们的支柱吧！让亲友们依赖你而生存吧，犹如众天神依赖千眼者（因陀罗）。（3）你总是迎合持国之子（难敌），迦尔纳啊，你前往王城，凭借自己的臂力和勇气打败了甘波阇人。（4）你打败了住在耆利婆罗阇城的以那伽那吉为首的国王们，战胜了安波私吒人，毗提诃人和犍陀罗人。（5）那些居住在雪山要塞中的吉罗陀人能攻善战，迦尔纳啊，从前是你将他们归顺在难敌的麾下。（6）只要有战斗，你总是为难敌冲锋陷阵。你豪气冲天，战胜了多少英雄豪杰，迦尔纳啊！（7）正像拥有亲朋眷属的难敌，孩子，你成为所有俱卢族人的归宿吧！（8）我对你施以吉祥的祝福，去吧！去和敌人战斗吧！去指挥俱卢族人吧！把胜利交给难敌吧！（9）你和难敌一样，同是我们的孙子。从道义上讲，我们全都属于你，犹如属于他。（10）人中俊杰啊，智者们说，世上善人与善人的联合，胜过血缘的纽带。（11）信守诺言吧，认定这支军队就是自己的军队，像难敌那样保护俱卢族军队吧！"（12）

听了这番话，日神之子迦尔纳礼敬毗湿摩的双足，然后疾速来到战场上。（13）他看到那无可比拟的庞大阵容，勉励所有装备精良、胸膛宽阔的武士们。（14）俱卢族人看到大弓箭手迦尔纳准备参加战斗，他们劈里啪啦地以掌击臂，发出阵阵狮子吼，扯动弓弦，以各种声响向迦尔纳表示致敬。（15）

以上是吉祥的《摩诃婆罗多》中《德罗纳篇》第四章(4)。

五

全胜说：

看到人中之虎迦尔纳挺立在战车上，国王啊，难敌满心欢喜，说了这番话：（1）

"依我看，有您保护这支军队，它便又有了救星。让我们采取什么有效而又有益的行动吧！"（2）

迦尔纳说：

请你吩咐吧，人中之虎，你最圣明，国王！只有当事之主才能看清什么是当务之急，旁人则不行。（3）所有的人都希望听到你的话，国王啊，我想你不会说出不适宜的话。（4）

难敌说：

毗湿摩担任军队的统帅，靠的是年长、勇气和博学，以及具备武士的所有美德。（5）迦尔纳啊！他为我消灭了大量敌人，获得了无以复加的崇高荣耀。他灵魂伟大，以卓越的战绩，保护了我们十天之久。（6）他完成了艰巨的任务，就要登上天堂，你认为继他之后谁能担当军队的统帅呢？（7）军队没有领袖，在战斗中连片刻都支持不住，武士中的魁首啊，犹如水中的船没有了引航人。（8）好比没有舵手的船，没有御者的车，任意载驱载驰，没有统帅的军队也是如此。（9）你仔细看看吧，在我所有灵魂伟大的武士中挑选一位合格的、可以继承福身王之子（毗湿摩）的军队领袖吧！（10）您说谁是战场上的统帅，我们全体就将一起拥戴他为领袖，尊敬的朋友啊！（11）

迦尔纳说：

这些灵魂伟大的人个个都是英雄好汉，都可以胜任军队统帅，此事毋庸多议。（12）他们出身名门望族，身体强壮，具有知识、力量、勇气和智慧，知恩图报，知廉耻，在战场上视死如归。（13）但是，不可能让所有的人一起来做军队的统帅，只有一个人可以当选，他要具备特殊的品德。（14）他们彼此不相上下，你如果推重其中一人，其他人就会不高兴。显然不会为你出生入死。婆罗多子孙啊！（15）但是，德罗纳适合出任军队统帅，他年高德劭，是武士中的魁首，所有武士的师爷。（16）德罗纳是优秀的吠陀学者，难以战胜，能与太白金星或鸯耆罗①相媲美。有他在，还有谁能出任军队统帅呢？（17）若是德罗纳奔赴战场，在你的所有国王中，没有一个武士会不追随他投身战斗。（18）历数天下军队首领，历数天下武士和智者，他都首屈一指，国王啊，他正是你的老师。（19）因此，难敌啊，快快任命师爷为军队统帅吧，犹如众天神想要战胜阿修罗，任命迦缔吉夜为天兵统帅！（20）

全胜说：

国王难敌听了迦尔纳的话，对站在军队中间的德罗纳说道：（21）"您属于最高种姓，又出身望族。您见多识广，年高资深，聪明睿智。您英勇善战，不可战胜。您精通利益和策略，又善于克己。（22）您苦行高深，知恩图报，年长，具备所有的美德。作为国王们的保护者，没有任何人可与您相提并论。（23）您来保护我们大家吧，犹如因陀罗保护众天神！我们盼望您担任统帅，打败敌人，至尊婆罗门啊！（24）犹如迦波林（湿婆）之于众楼陀罗神，火神之于众婆薮神，财神之于众药叉，因陀罗之于众天神，（25）极裕仙人之于众婆罗门，太阳之于众发光体，阎摩之于众祖先，水神伐楼拿之于众阿提迭神，（26）月亮之于群星，优沙那之于众提迭，您是统帅中的魁首，担任我们的军队统帅吧！（27）让这十一支大军听凭您的调遣吧，无咎

---

① 太白金星和鸯耆罗是两位著名的仙人。

的人啊！用它们排出阵容，消灭敌人吧，犹如因陀罗消灭檀那婆们！（28）您行走在我们的前面吧，犹如迦缔吉夜行走在众天神前面；我们跟随您冲向战场，好似众雄牛跟随雄牛王。（29）您是手持硬弓的弓箭手，只要看见您在前面挽开神弓，阿周那就不敢冲向我们。（30）若是您出任军队的统帅，人中之虎，我定会在战场上打败坚战和他的亲朋好友。"（31）

难敌说完这番话，众国王齐呼"德罗纳胜利"。他们以巨大的狮子吼让你的儿子倍感兴奋。（32）武士们满怀喜悦，颂扬这婆罗门中的至尊。以难敌为首，他们全都渴望获得赫赫盛名。（33）

德罗纳说：

我通晓吠陀和六吠陀支，人间政事论，湿婆的弓箭和其他各种兵器。（34）你们渴望胜利，我也希望证实你们称颂我的种种美德，我将与般度族人交战。（35）

全胜说：

国王啊，您的儿子得到了应允，便按照规定的仪式任命德罗纳为军队统帅。（36）众国王在难敌带领下为德罗纳举行军队统帅的灌顶礼，犹如从前以天帝释为首的众天神为塞建陀举行灌顶礼。（37）德罗纳被任命为统帅后，鼓乐齐鸣，人们高声欢呼，喜气洋洋。（38）恭贺之声不绝于耳，吉祥的祝福响成一片，伴随着御者和吟游诗人的赞美歌声，（39）伴随着众婆罗门魁首欢呼胜利的声音，伴随着吉祥的舞蹈，德罗纳受到了应有的礼遇。人们都认为般度族人已经被打败了。（40）

以上是吉祥的《摩诃婆罗多》中《德罗纳篇》第五章(5)。

六

全胜说：

大勇士婆罗堕遮之子（德罗纳）获得了军队统帅的地位，渴望战斗，排定阵容后，与你的儿子们一起出发。（1）信度王、羯陵伽王和你的儿子毗迦尔纳全副武装，排列在右翼。（2）沙恭尼率领犍陀罗族

13

的英武的骑士们位于翼端，手持锃亮的长矛。（3）慈悯、成铠、奇军和毗文沙提在难降的率领下，精神振奋，护卫左翼。（4）以善巧为首的甘波阇人和塞种人以及耶婆那人骑着快马，位于他们的翼端。（5）摩德罗人、三穴人、安波私吒人、西方人和北方人，尸毗人、苏罗塞那人、首陀罗人和摩罗陀人，（6）妙雄人、吉达婆人、东方人和南方人，以您的儿子（难敌）为前驱，行进在迦尔纳的身后。（7）日神之子迦尔纳行进在所有弓箭手的前面，鼓舞着所有的勇士，为这支大军增添了力量。（8）那面闪亮的高高竖起的大幢，以象索作幢首，鼓舞着自己的大军，像太阳一般光辉灿烂。（9）无论谁看到了迦尔纳，都不再在意毗湿摩的缺失。国王们和俱卢族人一扫心中的愁云，（10）许多武士高兴地聚在一起议论："般度族人在战场上看见迦尔纳，就会坚持不住。（11）在战场上，迦尔纳甚至能够战胜以因陀罗为首的众天神，何况缺乏威力和勇气的般度之子们。（12）臂力强大的毗湿摩在战场上留下了普利塔之子们，毫无疑问，迦尔纳将以利箭把他们消灭殆尽。"（13）他们相互这样议论着，喜形于色。国王啊！他们敬重罗陀之子（迦尔纳），一边赞颂，一边行进。（14）

德罗纳为我方布下战车阵容，国王啊，而法王（坚战）高兴地为灵魂伟大的敌方布下苍鹭阵容，婆罗多子孙啊！（15）人中雄牛，遍军（黑天）和胜财（阿周那）位于阵前，高擎以猿猴为幢首的大旗。（16）威力无限的普利塔之子（阿周那）的这面大旗，是所有武士仰望的至高点，是所有弓箭手的目标，高高地耸入太阳的轨道。（17）它照亮灵魂伟大的般度族大军，犹如世界末日来临时燃烧的太阳映照大地。（18）阿周那为弓箭手之最，甘狄拨神弓为弓弩之最，黑天为众生之最，妙见为飞轮之最。（19）这辆战车由白马驾辕，载着这四种精华，位于敌人的最前列，犹如高高举起的死神之轮。（20）这样，两个灵魂伟大的人各据军队之首：迦尔纳位于你方军队之首，胜财（阿周那）位于敌方军队之首。（21）迦尔纳和般度之子（阿周那）都渴望杀死对方，在战场上怒目相视。（22）

猛然间，战车大勇士德罗纳开始挺进，可怕的响声震撼大地。（23）此时，狂风吹起大量尘土，像一幅幅丝绸遮天蔽日。（24）天上没有云，却下起了肉雨、骨雨和血雨。成千上万只秃鹫、兀鹰、鹳、苍鹭和乌鸦盘旋在军队的上方，国王啊！（25）豺狼成群结队，发出骇人的号叫，围着您的军队从右向左转，伺机噬肉喝血。（26）一颗燃烧放光的流星拖着尾巴划过天穹，坠落在战场上，引起巨响和震动。（27）这位大军统帅向前挺进时，国王啊，甚至连太阳周围的巨大晕轮也释放电闪雷鸣。（28）这些和其他许多可怕的征兆，预示在这场战斗中将有许多英雄遭到毁灭。（29）

　　俱卢族和般度族大军的鏖战开始了，双方都力图杀死对方，喧嚣声响彻整个世界。（30）般度族人和俱卢族人互相仇恨，武士们渴望胜利，互相用利箭杀戮对方。（31）大光辉的大弓箭手（德罗纳）迅速冲向般度族大军，射出数百支利箭。（32）般度族人和斯楞遮耶人看到德罗纳冲了过来，以密集的箭雨迎接他，国王啊！（33）般度族大军和般遮罗人一起被德罗纳搅乱、劈开和驱散，犹如乌云被狂风驱散。（34）在战场上，德罗纳轮番使出诸般神奇兵器，顷刻间就让般度族人和斯楞遮耶人尝到苦头。（35）以猛光为首的般遮罗人遭到德罗纳杀戮，犹如檀那婆们遭到因陀罗杀戮，战栗不安。（36）大勇士祭军之子（猛光）通晓神奇的兵器，多次用箭雨击溃德罗纳的军队。（37）他强壮有力，逐渐以箭雨抵挡住德罗纳的箭雨，然后杀戮俱卢军队。（38）这时，大臂的德罗纳撤回兵马，在战场上调整自己的军队，再次朝猛光扑去。（39）他向猛光泼洒浓密的箭雨，犹如因陀罗在盛怒之下向檀那婆们迅猛地泼洒箭雨。（40）般度族人和斯楞遮耶人在德罗纳的箭雨下战栗，一次又一次溃退，好似鹿群面对狮子。（41）强壮有力的德罗纳左突右进，冲击般度族军队，好似旋转的火轮。国王啊，这仿佛是奇迹！（42）德罗纳驾驶着卓越的战车杀戮敌军。那战车犹如一座在空中飞行的城市，依照兵书装备齐全，旗帜随风飘扬，旗杆明亮似水晶，马匹腾跃，车声隆隆，直教敌人闻风丧胆。（43）

　　　　　　　　　以上是吉祥的《摩诃婆罗多》中《德罗纳篇》第六章(6)。

七

全胜说：

看到德罗纳杀戮马匹、车夫、车兵和大象，般度族人没有惊慌，从四面八方包围德罗纳。（1）国王坚战对猛光和胜财（阿周那）说："挡住这罐生子，努力从四面包围他！"（2）于是，所有的大勇士、阿周那和水滴王之孙（猛光）及其随从们，一起围截德罗纳。（3）羯迦夜族王子们、怖军、妙贤之子（激昂）、瓶首、坚战、双生子、摩差王和木柱王的儿子们，（4）黑公主的五个儿子兴奋不已，勇旗、萨谛奇、愤怒的显光和大勇士尚武，（5）这些和其他一些国王都追随坚战，他们屡建战功，无愧于自己的家族和威名。（6）

看到军队在战场上遭到般度族人阻击，婆罗堕遮之子（德罗纳）怒目圆睁。（7）他怒火中烧，挺立在战车上勇猛作战，横扫般度族军队，如同狂风驱散云团。（8）他东奔西突，冲向车、马、人和象。德罗纳虽已年迈，却仍然好似少年郎，勇猛地驰骋在沙场上。（9）国王啊，他的枣红色的驷马血统纯正，迅疾如风，不惊不乱，虽已是浑身鲜血淋漓，却更加光彩夺目。（10）般度族战士们看见这位信守誓言的德罗纳冲来，犹如看见愤怒的死神降临，纷纷夺路而逃。（11）无论是逃走的，还是重新返回的，无论是盯住看的，还是在等待的，都发出极其恐怖的呼喊。（12）这样的呼喊令勇士精神振奋，令懦夫魂飞魄散，充斥天地之间，响遍四面八方。（13）

德罗纳再一次在战斗中通报自己。他变得凶狠暴戾，向敌人射去数百支箭。（14）强壮有力的德多纳像死神一般杀戮智慧的坚战的军队，他虽然年迈，却像个少年郎。（15）这位凶猛的大勇士吼叫着，射落了许多头颅和戴着臂饰的臂膀，让许多战车空了车座。（16）主人啊！在战场上，战士们受不了德罗纳兴奋的吼叫和箭的威力，犹如牛群受不了严寒而瑟瑟发抖。（17）德罗纳战车的隆隆声，弓弦的嘣嘣声，弓的振动声，形成巨大的共鸣，响彻天穹。（18）他射出成千上万支箭，飞向四面八方，击中象、马、战车和步兵。（19）般遮罗人和般度族人一起逼近德罗纳，而他的弓威力无穷，利箭如同燃烧的火焰。（20）德罗纳将他们连同车、象和马一起送往阎摩殿。不久，他使大地布满血的泥浆。（21）

但见德罗纳不断地投掷出强劲的兵器，不断地发射利箭，织出了一张箭网，覆盖四面八方。（22）但见他的幡幢穿行在步兵、车兵、骑兵和象兵中间，犹如闪电穿行在云雾中。（23）德罗纳斗志昂扬，用箭消灭了羯迦夜国的五个王子和般遮罗国王。他手持弓和箭，又扑向坚战的大军。（24）怖军、胜财（阿周那）、悉尼之孙（萨谛奇）、木柱王之子（猛光）、尸毗之孙迦尸王和尸毗王都兴奋异常，呐喊着，向德罗纳发射箭流。（25）这时，德罗纳的弓射出各种金羽毛箭，穿透他们以及马和象的躯体，又带着被血染红的羽毛钻入地下。（26）被箭杀死的战士尸横遍野，翻倒的战车、倒毙的象和马覆盖大地，犹如世界末日的乌云布满天空。（27）为了你儿子们的幸福，德罗纳在战场上杀死了保护萨谛奇、怖军和阿周那军队的尸毗之孙、激昂和迦尸王，以及其他许多英雄。（28）

俱卢王啊！灵魂伟大的德罗纳在战场上完成了所有这些业绩后，前往天堂，犹如世界末日的太阳烧毁了世界之后，重回天庭，国王啊！（29）这位英雄驾驶着金车，在战场上杀死了成千上万的般度族战士之后，被水滴王之孙猛光杀死了。（30）在消灭了由视死如归的勇士们组成的大军之后，智慧的德罗纳到达最高归宿。（31）国王啊！这位乘坐金车的英雄完成了难以完成的任务后，被行为凶猛残酷的般度人和般遮罗人杀死了。（32）国王啊！当师爷在战场上被砍倒的时候，空中响起一切众生和所有战士的喊声。（33）"悲哉！悲哉！"这发自一切众生的巨大悲鸣声回荡在天、地、空、四面八方和水域中。（34）大勇士德罗纳被砍倒在战场上，天神、祖先以及他生前的亲朋好友都亲眼目睹。（35）般度族人取得了胜利，发出阵阵狮子吼，巨大的吼声震撼大地。（36）

以上是吉祥的《摩诃婆罗多》中《德罗纳篇》第七章(7)。

八

持国说：

　　般度族人和斯楞遮耶人怎么会在战场上杀死德罗纳呢？天下武士中，他对诸般武艺最为娴熟。（1）是不是他的战车断裂了，或者是他的弓折断了，还是因为他不小心而遭到了致命的一击？（2）水滴王之孙（猛光）是怎样杀死德罗纳的？孩子啊，德罗纳一再发射无数金羽毛箭，敌人难以战胜他。（3）这位婆罗门魁首身手敏捷，武艺高超，熟谙战术，善于远射，克己自律，精通各种战斗方式。（4）般遮罗王子（猛光）侥幸地杀死了这位永不退却的俊杰，这位在战场上奋力作战、创造可怕业绩的大勇士。（5）依我看，既然连德罗纳这样的英雄也被灵魂伟大的水滴王之孙（猛光）杀害了，那么，天命显然比人力更强大。（6）你告诉我这位通晓四种兵法的英雄、弓弩兵器的大师德罗纳已被杀害。（7）他的那辆光辉的战车铺有虎皮，裹有金子。今天听说这位英雄被杀，我的悲痛将无法释怀。（8）全胜啊，大概不会有人因为他人的不幸而死去，因为我闻听德罗纳遇害后，竟然还活着，没有死去！（9）我的心一定坚如金刚，居然在闻听德罗纳遇害之后没有碎成百瓣儿！（10）

　　众婆罗门和王孙们侍奉他，渴望聆听关于梵学、吠陀以及兵法的教诲，他怎么会被死神夺走呢？（11）我无法接受德罗纳的阵亡，就像无法接受大海干涸、弥卢山移位和太阳陨落一般。（12）他是狂妄之徒的惩戒者，是守法之人的保护者。这个折磨敌人的人竟然为了我可怜的儿子丧失了性命。（13）我的愚笨的儿子们把胜利的希望寄托在他的威力上，他的智慧不亚于毗诃波提和优沙那，他怎么会被杀死呢？（14）强壮的枣红色信度马为他的战车驾辕，佩戴着金花环，快速如风，嘶鸣声超过战场上的任何声响。（15）强壮有力、声声嘶鸣的信度马擅长驾车，易于驾驭，在战场上斗志顽强，应该不会疲弱懈怠吧？（16）它们在战场上禁得住大象的咆哮、螺号和鼓乐的喧嚣，弓弦泼洒的箭雨以及其他武器的攻击。（17）这些骏马不怕疲劳和痛

第七　德罗纳篇　　　　　　　　7.8.36

苦，从不喘息，迅疾如飞。有它们为德罗纳的战车驾辕，便意味着敌人的失败。（18）有这样的骏马和人中英雄一起驾驶金光四射的战车，孩子啊，怎么没有踏平般度族军队呢？（19）

德罗纳这位英雄站在这辆金光闪闪的宝车上，呐喊着，在战场上怎样战斗？（20）天下的弓箭手都从他的知识中汲取养分，这信守诺言的大力德罗纳在战场上怎样战斗？（21）他俨然是天庭中的天帝释，天下弓箭手的最高楷模。哪些战车勇士曾与这位威力骇人的英雄交战？（22）般度族人看见他驾驶着金光四射的战车，难道没有逃跑吗？他变幻神奇的武器，始终如一地消灭着敌军。（23）是不是法王（坚战）和他的弟弟们在般遮罗王子（猛光）协同下，指挥所有军队从四面八方包围德罗纳？（24）一定是普利塔之子（阿周那）用利箭挡住了其他战车武士，所以那造孽的水滴王之孙（猛光）才骑到了德罗纳的身上。（25）除了那凶狠残暴、受到阿周那保护的猛光，我看没有谁能够成为这位英雄的杀手。（26）那下贱的般遮罗王子（猛光）得到各方英雄的簇拥，羯迦夜国王、车底国王、迦卢沙国王、摩差国王和其他国王们，（27）蜂拥而上，围困师爷，犹如无数蚂蚁围困一条蛇。依我看，师爷一定是陷入了困境，那下贱的般遮罗王子（猛光）便乘机杀死了他。（28）他掌握四吠陀和第五吠陀，是所有婆罗门的庇护所，犹如大海之于江河。如此的年高德劭的婆罗门怎么死于刀下呢？（29）

他易于冲动，又有耐性，总是因为我而受苦。贡蒂之子不配得到他的业果。（30）天下弓箭手都仰仗他的业绩，他信守誓言，武艺高强，怎么会被贪图荣华的人杀死呢？（31）这位人中俊杰是品质高贵的大力士，好比天上的天帝释，怎么会被普利塔的儿子们杀死，好比巨鲸被小鱼儿们杀死？（32）他身手敏捷，强壮有力，手持硬弓，消灭敌人。只要到了他的眼皮下，想要活命也活不成。（33）德罗纳活着的时候，有两种声音永远不会离开他：莘莘学子吟诵吠陀的声音，弓箭手们扯动弓弦的声音。（34）他的威力超过狮子和大象，难以战胜，荣誉和力量无与伦比。全胜啊！这是怎么回事？我无法接受德罗纳的被杀。（35）哪些灵魂伟大的武士护卫他的右轮和左轮？这位英雄在战场上交战时，谁为他打先锋？（36）哪些英雄不惜捐弃生命，

19

勇敢面对死神？哪些英雄在德罗纳的战斗中始终坚定不移？（37）即使在灭顶之灾中，一个高贵的人也会竭尽全力，冲锋陷阵。德罗纳就具备这样的品质。（38）孩子啊，我的神志不清了！全胜啊，停一下再讲吧！待我恢复知觉后，再向你询问吧！（39）

以上是吉祥的《摩诃婆罗多》中《德罗纳篇》第八章(8)。

九

护民子说：

持国这样询问御者之子（全胜）后，悲痛欲绝，感到儿子们胜利无望，跌倒在地。（1）他倒在地上，不省人事。仆人们一边扇风，一边为他喷洒含有香料的凉水。（2）看到持国倒下，婆罗多族女子们将他团团围住，纷纷用手抚摸伟大的国王。（3）她们慢慢地把国王从地上搀起来，扶到椅子上。这些肢体优美的女子们含着眼泪，喉咙哽咽。（4）国王靠在座椅上，仍然昏迷不醒，一动也不动，周围的人为他扇风。（5）大地之主渐渐恢复了知觉，颤抖着，继续向身为御者的牛众之子（全胜）询问事情的原委：（6）

"无敌（坚战）好比冉冉升起的太阳，以自己的光辉驱散黑暗。当他冲过来时，是谁抵挡他而保护德罗纳？（7）无敌坚战势不可挡，犹如众多领头的公象无法阻挡一头颞颥开裂的公象。它怒气冲冲，为了与母象交配，执迷不悟，情绪亢奋，凶猛地攻击另一头与它竞争的公象。（8）在战场上，英雄坚战孤身一人便能打败所有的武士。这大臂的人中豪杰聪明睿智，信守诺言，他以可怕的目光便可焚毁难敌的整个军队。（9）他能用目光致人死命，一心追求胜利，又有弓箭手们悉心保护；他调伏自我，备受世人尊敬。有哪些英雄阻截他？（10）贡蒂之子（坚战）是优秀的弓箭手，永不退却的人中之虎。我们有哪些英雄逼近这位难以战胜的国王？（11）当怖军凶猛地冲向德罗纳时，又有哪些英雄阻截他？（12）

"那英勇盖世的战车勇士毗跛蔌（阿周那）好似乌云袭来，释放电闪雷鸣。（13）犹如因陀罗呼风唤雨，以猿猴为幢首者（阿周那）

泼洒箭雨,蔽天遮日。手掌声和车轮声响彻四面八方。(14)他的弓如同闪电,他的战车犹如乌云,车轮滚滚好比雷鸣,箭声呼啸,这一切令人恐怖。(15)他的愤怒超过乌云,行动迅疾如思想,善于打击人的要害;他手持利箭,以血为水,(16)浸泡整个大地,让大地布满尸体。他凶狠暴戾,挥舞铁杵,目标直指难敌。(17)智慧的维阇耶(阿周那)手持甘狄拨神弓,在战斗中泼洒在石头上磨尖的兀鹰羽毛箭。面对这样的英雄,你们怎么想?(18)阿周那冲向你们,甘狄拨神弓发出可怕的声音,大军没有毁灭吧?(19)除了德罗纳之外,胜财(阿周那)没有用箭把你们都驱散吧?犹如疾风吹倒成片的芦苇,驱散漂浮的云。哪个人能在战场上抵挡住手持甘狄拨神弓的英雄?(20)军队魂飞魄散,恐怖袭上英雄们的心头,哪些人没有弃德罗纳而去,哪些懦夫吓得逃跑了?(21)哪些武士不惜捐弃自己的躯体,勇敢面对死神,冲向甚至能战胜神魔的胜财(阿周那)?(22)我军抵挡不住驾驭白马者(阿周那)的攻击,受不住甘狄拨神弓发出雨季雷鸣般的呼啸。(23)那辆战车有遍军(黑天)做御者,有胜财(阿周那)做战士,我认为连天神和阿修罗也战胜不了它。(24)

"般度之子无种是个细皮嫩肉、英俊潇洒的青年英雄;他聪明睿智、灵巧机敏,在战场上确实勇敢。(25)他一声大吼,便吓坏所有俱卢族人。当聪明的无种冲过来时,哪些英雄围截他?(26)偕天在战场上横扫群敌,是难以战胜的胜利者。他冲上前来时,犹如愤怒的毒蛇。(27)他遵守高贵的誓言,箭无虚发,知廉耻,不可战胜。他冲向德罗纳时,哪些英雄围截他?(28)

"善战(萨谛奇)曾横扫妙雄国王的千军万马,娶了可爱的、肢体完美的博遮公主为妻。(29)这位人中雄牛永远信奉真理,意志坚定,英勇果敢,坚持梵行。(30)他强壮有力,信守誓言,从不消沉,不可战胜,在战斗中如同黑天,与黑天没有两样。(31)这位英雄听命于胜财(阿周那),对他行尊师之礼,诸般武艺与普利塔之子(阿周那)不相上下,是谁抵挡他而保护德罗纳?(32)他是苾湿尼族中的英雄豪杰,弓箭手中的佼佼者,武艺、荣誉和勇气都与罗摩相媲美。(33)信奉真理,意志坚定,克己自律,英勇果敢,坚持无上梵行,沙特婆多族后裔(萨谛奇)具备所有这些品德,犹如黑天集三界

于一身。（34）这位大弓箭手具有这样的品德，连天神也难以阻挡，有哪些英雄冲上前去围截他？（35）

"般遮罗人中血统高贵的英雄优多贸阁为所有血统高贵的人所喜爱，在战场上永远战绩辉煌。（36）这位俊杰为胜财（阿周那）效力而与我作对，威力如同阎摩、财神、太阳神、大因陀罗和伐楼拿。（37）这位著名的大勇士在战斗中不顾死活地冲向德罗纳时，哪些英雄围截他？（38）勇旗孤身背离车底族、投靠般度族。当他冲过来时，是谁阻截他而保护德罗纳？（39）英雄具旗曾杀死在西部山口避难的妙见王子，是谁挡住他而保护德罗纳？（40）人中虎束发前世曾是女儿身。他是祭军之子，能辨善恶是非，打仗时从不气馁。（41）他曾使灵魂伟大的天誓（毗湿摩）丧命战场。当他冲向德罗纳时，哪些英雄围截他？（42）

"英雄激昂集所有美德于一身，胜财（阿周那）都不如他。他总是披挂诸般武器，永远坚持真理和梵行。（43）他的勇气可与黑天相比，力量可与胜财（阿周那）媲美；他的光辉如同太阳，智慧如同毗诃波提。（44）这灵魂伟大的激昂活像张开大口的死神。当他冲向德罗纳时，哪些英雄围截他？（45）年轻的妙贤之子（激昂）好像曙光神，是敌雄的诛杀者。当他冲向德罗纳时，你们心中怎么想？（46）黑公主的五子皆是人中之虎，当他们在战场上冲向德罗纳时，犹如河流涌向大海，哪些英雄阻截他们？（47）这些孩子放弃了十二年的嬉戏，恪守最高誓言，为了学习武艺而侍奉毗湿摩。（48）国武、武天、武法和高慢是猛光的几个儿子。哪些英雄阻截他们而保护德罗纳？（49）

"在苾湿尼族人看来，大弓箭手显光在战场上以一当百，是谁阻截他而保护德罗纳？（50）羯陵伽人晚福曾在战斗中夺走新娘，斗志高昂，勇不可挡，是谁阻截他而保护德罗纳？（51）羯迦夜族五兄弟遵行正法，真正英勇；他们的脸色红似胭脂虫，身着红铠甲，手持红武器，竖着红旗。（52）这些英雄是般度族母系的表兄弟，求胜心切。当他们冲过来要杀死德罗纳时，哪些英雄围截他们？（53）尚武是战争之主，在多象城中，许多愤怒的国王想要杀死他，与他交战六月之久，也不能取胜。（54）他是卓越的弓箭手，大力士，信守誓言。是谁阻截这位人中之虎而保护德罗纳？（55）大勇士迦尸王子对美女垂涎欲滴,在波罗奈城的战斗中,尚武用月牙箭将他从战车上射落。(56)大弓箭手猛光是普利塔之子们的军师,专与难敌作对,为杀死德罗纳而生。(57)他在战场上能杀光所有的武士,将他们活活刺穿。当他冲向德罗纳时,哪些英雄阻截他?(58)束发之子武天就像是在木柱王的怀抱中长大的,诸般武艺,样样精通。是谁阻截他而保护德罗纳?(59)

"优湿那罗王子是诛灭强敌的大勇士,他的庞大的车队如同兽皮,包裹整个大地。(60)他视民如子,曾经以美味肴馔和丰厚的酬礼,顺利地完成了十次马祭。(61)英雄的优湿那罗王子在祭祀中施舍无数奶牛。臣民们享用他的布施,犹如享用恒河水。(62)当这难以完成的业绩完成时,天神们喊道:'前无古人,后无来者,这绝非凡人可为!(63)寻遍三界,寻遍不动物和动物,已生的,将生的,或现在的,我们没有见到第二个。(64)除了优湿那罗王子这位尸毗王之外,世上没有凡人可以担负这样的重任,达到他的境界。'(65)当他的孙子尸毗王如同张开大口的死神冲向德罗纳时,是谁阻截他?(66)诛灭敌人的摩差国毗罗吒王的车队在战斗中企图接近德罗纳时,哪些英雄上前阻截?(67)狼腹之子瓶首经过一天孕育便出生,力大无比,十分英勇,是个善于变幻的可怕的罗刹,我万分惧怕他。(68)他盼望般度族获胜,成为我的儿子们的障碍。是谁阻截大臂的瓶首而保护德罗纳?(69)

"这些人和其他许多人为了他们不惜在战斗中捐躯,全胜啊,他们还有什么是不能战胜呢?(70)普利塔之子们有持沙楞伽神弓的人中之虎(黑天)庇护,为他们谋求利益,他们怎么会败北呢?(71)黑天永远是世界之师,世界之主。那罗延(黑天)是战争的保护神,具有神圣的灵魂。(72)智者们颂扬他的神圣业绩,我也虔诚地颂扬他,为了让我自己保持镇定。"(73)

以上是吉祥的《摩诃婆罗多》中《德罗纳篇》第九章(9)。

一〇

持国说：

全胜啊，请听黑天的神圣业绩！乔宾陀（黑天）完成的业绩，没有任何凡人能完成。（1）这灵魂伟大的人在牧牛人家中长大，还是个孩子的时候，就以他的臂力闻名三界，全胜啊！（2）他杀死了居住在阎牟那河边森林中的马王。这马王力量大如高耳神马，快速似风。（3）他还是个孩子时，就用双臂杀死了化作雄牛的檀那婆。这个檀那婆穷凶极恶，如同母牛们的死神降临。（4）莲花眼（黑天）还杀死了强大的阿修罗，诸如波罗楞钵、那罗迦、瞻婆、比特以及形体如山的牟罗。（5）同样，黑天凭借勇气，在战斗中杀死威力强大、有妖连撑腰的刚沙及其帮凶们。（6）安乐国王刚沙的二弟名叫妙名，威风凛凛，是整个大军的统帅。（7）这位勇猛的苏罗塞那国王和军队在战场上覆灭在诛敌者黑天和力天的手下。（8）名叫敝衣的婆罗门仙人动辄发怒，而对黑天夫妇的侍奉表示满意，赐予诸多恩惠。（9）英雄的莲花眼（黑天）又在选婿大典之上击败所有的国王，驮走了犍陀罗国王的女儿。（10）愤愤不平的国王们仿佛天生就是马匹，只得为婚车驾辕，身上平添了鞭笞的伤痕。（11）遮那陀那（黑天）施展手段，借他人之手杀死了整个大军的统帅妖连。①（12）勇敢的皇家军队统帅车底王，曾为献礼之事进行挑衅，强大有力的黑天杀死了他，犹如杀死一头畜牲。②（13）提迭们的梭跛城飞行空中，受到沙鲁瓦保护，难以攻破，而摩豆族后裔（黑天）施展威力，把它摔到大海中。（14）

他曾在战场上打败了盎伽人、梵伽人、羯陵伽人、摩揭陀人、迦尸人、憍萨罗人、婆蹉人、伽尔伽国、迦卢沙人和崩德罗人，（15）阿凡提人、南方人、山地人、德舍罗伽人、迦湿弥罗人、奥罗萨人、毕舍遮人、沙门德罗人、（16）甘波阇人、伐陀达那人、朱罗人和般

---

① 黑天借助般度族怖军之手杀死自己的仇敌妖连。参阅《大会篇》第18—22章。
② 般度族举行王祭时，黑天作为首席客人接受献礼，车底王童护表示不满，挑衅闹事，最后被黑天杀死。参阅《大会篇》第33—42章。

底耶人，全胜啊，还有三穴人、摩罗婆人和难以战胜的德罗德人。（17）莲花眼（黑天）也曾战胜从四面八方蜂拥而至的塞种骑兵和耶婆那人及其随从们。（18）以前，他曾潜入海中战斗，在海怪护卫的海底，战胜了伐楼拿。（19）在战斗中，感官之主（黑天）杀死了生活在地下深处的五生①，由此得到了神奇的五生螺号。（20）在甘味林中，大力士黑天与普利塔之子（阿周那）结伴，令火神心满意足，得到了难以抵御的火神法宝飞轮。（21）他骑在大鹏金翅鸟的背上，威慑永寿天宫，从大因陀罗的宫殿中取回了波利质多树。（22）天帝释知晓他的勇猛，宽恕了他的行为。我还没有听说哪一个国王没有被黑天战胜过。（23）

在我的聚议厅中，莲花眼（黑天）展现了大神通，全胜啊，除了他以外还有谁能做到？（24）我因为虔诚，看到了黑天就是自在天，我熟知的一切仿佛展现在我的眼前。（25）全胜啊，英勇而智慧的感官之主（黑天）的业绩无边无际。（26）伽陀、商波、始光、毗杜罗陀、阿迦婆诃、阿尼娄陀、美施和沙罗纳，（27）优罗牟迦、尼沙陀、耆利、英勇的跋波鲁、普利图、毗普利图、沙弥伽和镇敌，（28）他们个个力大无比，都是苾湿尼族的英雄，能征善战。他们出现在战场上，不知怎么都投靠般度族军队。（29）他们受到灵魂伟大的苾湿尼族英雄美发者（黑天）的召唤。在我看来，这是一切危险所在。（30）哪里有遮那陀那（黑天），哪里就有那戴着野花环的持犁罗摩。这位英雄如同盖拉瑟山的顶峰，力气比得上十万头象。（31）全胜啊，婆罗门称婆薮提婆之子（黑天）为万物之父，而他将为般度族的利益而战斗。（32）孩子啊，如果美发者（黑天）为了般度族的利益披挂上阵，那么，在对方的军队中，将无人可与他较量。（33）倘若所有俱卢族人真的战胜所有般度族人，这个苾湿尼族后裔就会为了般度族的利益拿起神奇的武器。（34）这大臂的人中之虎会在战场上杀死所有的国王和俱卢族人，把大地奉送给贡蒂之子。（35）是哪辆战车在战场上迎战这辆以感官之主（黑天）为御者和以胜财（阿周那）为战士的战车？（36）俱卢族人的胜利已经没有任何指望。因此，

---

① 五生是一个化身贝螺的阿修罗名。

那场战斗是如何进行的,请你向我细细讲述吧!(37)

阿周那是美发者(黑天)的灵魂,黑天也是阿周那的灵魂。胜利永远属于阿周那,光荣永远属于黑天。(38)美发者(黑天)的功德不可胜数。那难敌昏了头,不了解摩豆族后裔黑天。(39)由于命运的捉弄,难敌混沌愚昧,死亡的套索已摆在他眼前,他仍不了解陀沙诃族的黑天及般度族的阿周那。(40)这两位灵魂伟大的人是远古的天神那罗和那罗延。他们在大地上化作人形,看上去是两个人,却共有一个灵魂。(41)他们两个英名盖世,坚不可摧。如果他们愿意,只要动个念头就能毁灭这支军队。但因为化身为人,他们不想这样做。(42)毗湿摩的被杀和德罗纳的被杀犹如时代转向而世人迷惘,(43)任何人逃脱不掉死亡,无论他曾经修习梵行,诵习吠陀,还是举行祭祀,参加战斗。(44)全胜啊!毗湿摩和德罗纳是举世敬仰的英雄,武艺高超,在战场上勇不可挡。听说了他们已经被杀,我怎么还活着?(45)从前,当财产归属坚战时,我们妒忌。今天,毗湿摩和德罗纳死后,我们只好认可。(46)俱卢族由于我而遭到这样的毁灭。御者啊,要杀死业果成熟的人,连稻草也会变成金刚杵。(47)坚战获得了一统世界的王权。在他的愤怒之下,两个大弓箭手毗湿摩和德罗纳已经丧命。(48)按照本性,正法而不是非法总要降临人间。残酷的时刻正在来临,一切行将毁灭。(49)在我看来,孩子,聪明人设想的事情是一回事,由于命运作祟,事情的发展又是一回事。(50)因此,把这不可避免的灭顶之灾发生的过程如实地讲给我听吧!这灾难不可逾越,不可思议。(51)

以上是吉祥的《摩诃婆罗多》中《德罗纳篇》第十章(10)。

全胜说:

好吧!我将向您讲述亲眼看到的一切,德罗纳是怎样被般度族人和斯楞遮耶人杀死而倒下的。(1)大勇士婆罗堕遮之子(德罗纳)担任军队统帅后,他在军队中对你的儿子说道:(2)"继俱卢族雄牛、恒河之子（毗湿摩）之后，国王，你今天委任我做军队的统帅。（3）你的行为应该得到相应的果报，大王，我应该实现你的什么愿望呢？说出你的愿望吧！"（4）于是，难敌与迦尔纳和难降等人商量了一番，对难以战胜的师爷、胜利者中的佼佼者说道：（5）"若是你让我选择，就请你生擒活捉坚战，那最优秀的战车勇士，把他带到我面前。"（6）俱卢族师爷听了您儿子的话后，说了这番使整个军队高兴的话：（7）"贡蒂之子坚战王吉祥幸运，因为你今天请求我抓住他而不是杀死他，难以战胜的人啊！（8）人中之虎，为什么你不希望杀死他呢？难敌啊，你想要这样做，当然不是头脑发昏。（9）是不是正法之子（坚战）真的没有仇敌？你竟然希望他活着，却又要保护自己的家族！（10）婆罗多族俊杰啊，或许是你要在战场上打败般度族人之后，再把王国的一部分还给他们，重修兄弟之谊？（11）贡蒂之子坚战王生来吉祥幸运，聪明睿智，确实在世上没有怨敌，因为连你也喜爱他！"（12）

婆罗多子孙啊！听了德罗纳这样说，你的儿子心中积蓄的感情一下子宣泄出来，（13）即使是与毗诃波提一样的人也无法掩盖自己的心态，国王啊，你的儿子高兴地说道：（14）"尊师，在战场上杀死贡蒂之子（坚战）不是我的胜利。坚战被杀后，普利塔之子（阿周那）一定会杀光我们所有的人。（15）连众天神也不能在战斗中杀死他。只要他在他们之中活下来，就会把我们斩尽杀绝。（16）如果把那恪守诺言的人带来，再次掷骰子将他击败，那么忠实于他的贡蒂之子们将再次跟随他进入森林。（17）显然，这样我才能获得长久的胜利。因此，我无论如何都不希望杀死法王（坚战）。"（18）聪明的德罗纳洞悉事物真谛，得知他的悖谬的意图后，思忖片刻，有条件地答应他的选择。（19）

德罗纳说：

英雄啊，倘若阿周那在战场上不保护坚战，你就可以认为那般度长子已在我的指掌之间。（20）在战场上，即使因陀罗率领众天神和众阿修罗也敌不过普利塔之子（阿周那），因此，孩子，我也担当不起这个重任。（21）毫无疑问，他是我从前的学生，跟我学习过诸般武艺。他年轻有为，声誉卓著，不达目的绝不罢休。（22）他又从因陀罗和楼陀罗那里得到了许多武器，而且又被你激怒。国王，我不能不辜负你了。（23）想办法把他从战场上引开吧！只要把普利塔之子（阿周那）引开，法王（坚战）也就被你战胜了。（24）人中雄牛，如果你认为抓住他就是胜利，那么，采用这个办法就一定能抓住他。（25）我抓住这个信守诺言、坚持正法的国王以后，国王啊，毫无疑问，我今天就会把他交给你处理。（26）把人中之虎贡蒂之子胜财（阿周那）引开，哪怕就让坚战在战场上在我面前停留片刻也行。（27）有翼月生（阿周那）在眼前，即使是以因陀罗为首的众天神和阿修罗也休想在战场上抓住普利塔之子坚战。（28）

全胜说：

尽管德罗纳对于抓住坚战王的承诺是有条件的，你的那些幼稚愚蠢的儿子们竟然以为坚战已经是囊中之物。（29）你的儿子知道德罗纳对般度族有偏心，为了让他坚守诺言，便扩散这个计谋。（30）难敌把要抓住般度之子（坚战）的计划传达给所有各路军队，敌人的惩戒者啊！（31）

以上是吉祥的《摩诃婆罗多》中《德罗纳篇》第十一章(11)。

全胜说：

你的军士们听说要抓住坚战，便发出阵阵狮子吼，伴以箭的呼啸和螺号的吹奏。（1）婆罗多子孙啊！这一切都很快被法王（坚战）获悉，他通过自己的耳目了解到婆罗堕遮之子（德罗纳）的意图。（2）于是，法王（坚战）把兄弟们和所有军队召集到一起，对胜财（阿周那）说了这番话：（3）"人中之虎啊！你听听德罗纳今天的企图，请出谋划策吧，让他的企图落空。（4）敌人的惩戒者，德罗纳的承诺确实是有条件的，他把这个条件就押在箭无虚发的你的身上。（5）大臂的人，你今天就紧挨着我作战，不让难敌依靠德罗纳实现他的愿望。"（6）

阿周那说：

我无论如何不做杀害老师之事，同样我也不愿意抛弃你，国王啊。(7) 般度后裔啊，我宁可在战场上抛弃自己的生命，也不愿迎战师爷，不愿离开你。(8) 国王，持国之子意欲在生擒你之后实现的野心，他今生今世无论如何办不到。(9) 纵然是天穹星辰陨落，大地迸裂，只要我活着，德罗纳休想抓到你。(10) 纵然是手持金刚杵者（因陀罗）亲自率领众天神和众提迭为他助战，他也别想在战场上生擒你。(11) 只要我活着，王中之王啊，你就不必惧怕德罗纳，即使他是天下武艺高超的勇士中的俊杰。(12) 我不记得我说过什么谎言，我不记得我败给过什么人，我也不记得我有什么诺言没有完全兑现。(13)

全胜说：

然后，国王啊，在般度族营地中，螺号吹响，大鼓小鼓敲响。(14) 灵魂伟大的般度族人发出狮子吼，拨弄弓弦、拍击手掌，可怕的喧嚣声直上穹庐。(15) 听到灵魂伟大的般度之子吹响螺号，你的队伍中也奏响了鼓乐。(16) 于是，你的和他们的军队，布阵完毕，慢慢地互相接近，准备交战。(17) 一场令人毛发竖立的激战开始了。这是般度族人和俱卢族人的激战，也是德罗纳和般遮罗王子（猛光）的激战。(18) 斯楞遮耶人奋力拼杀，也无法击溃德罗纳的军队，国王，因为这支军队受到德罗纳的保护。(19) 同样，你儿子的能征善战的战车勇士们也无法击溃有冠者（阿周那）保护的般度族军队。(20) 这两支各自受到保护的军队停滞不前，就好像两座繁花锦簇的森林处在夜晚的沉睡之中。(21)

于是，国王啊，驾驶金车者（德罗纳）驾着那辆灿若太阳的战车冲了出来，在敌人的队伍中横冲直撞。(22) 这辆战车在战场上快速移动，般度人和斯楞遮耶人心惊胆战，竟把那一辆车看成了多辆。(23) 德罗纳射出的可怕的箭飞向四面八方，使般度之子的军队惊恐不安。(24) 德罗纳犹如白日正午时分灼热的太阳，光芒万丈。(25) 尊者啊！犹如檀那婆们不敢在战场上正视愤怒的大因陀罗，般度族军队中没有一个人敢正视德罗纳。(26) 威武的德罗纳震慑住敌军后，迅速用利箭袭击猛光的军队。(27) 他以笔直的箭遮蔽四面八方和天空。水滴王之孙（猛光）在哪里，他就在哪里摧毁般度族军队。(28)

以上是吉祥的《摩诃婆罗多》中《德罗纳篇》第十二章(12)。

一三

全胜说：

德罗纳使般度族军队陷入混乱。他横冲直撞，消灭般度族军队，好似烈火焚烧干草。（1）眼看着那驾驶着金车的德罗纳在战场上犹如翻腾的火焰，焚烧一支支军队，斯楞遮耶人战栗不安。（2）他手疾眼快，连续扯动弓弦，弓弦作响犹如滚滚雷鸣。（3）武艺娴熟的德罗纳射出可怕的利箭，击倒了车兵、骑兵和步兵，还有许多大象和马匹。（4）犹如夏季结束时，隆隆作响的乌云和狂风一起倾泻石雨，他把恐惧带给敌人。（5）国王啊，德罗纳左右驰骋，搅乱敌阵，使敌人恐惧剧增，到了无人能承受的地步。（6）他那疾速行驶的战车犹如云团，那镶金的弓一再闪现，好像黑云中的闪电。（7）

这位驾车的英雄信守诺言，聪明睿智，坚守正法，骁勇无比。他似乎引发了一条恐怖的大河，犹如时代末日来临。（8）这条河源于德罗纳的愤怒，河中充满食肉猛兽，四面八方的军队犹如注满河床的洪流，倒下的英雄们犹如被洪水卷走的大树。（9）鲜血是河水，战车是旋涡，象和马筑成河堤，铠甲是一叶叶小舟，人肉是淤泥。（10）脂肪、骨髓和骨头是砂砾，发髻是泡沫，战场是笼罩在河上的云团，长矛是游鱼。（11）人、象和马汇成的河，飞驰的箭是河中的激流，尸体是漂浮的坚果树干，臂膀是蛇。（12）头颅是布满河床的石头，剑是鳄鱼，战车和大象是池塘，各种装饰品是荷花。（13）战车大勇士们形成数以百计的旋涡，地上的尘土是一串串涟漪。那些无畏的勇士在战斗中容易渡过这条河，而懦夫难以渡过。（14）英雄是水中猛兽，活人是往来的商贩，被砍断的华盖是大天鹅，顶冠是水鸟。（15）车轮是乌龟，铁杵是鳄鱼，箭矢是小鱼。这条河吸引了成群成群的乌鸦、兀鹰和豺狼前来光顾。（16）王中俊杰啊！强大有力的德罗纳在战斗中用箭杀死数以百计的敌人，这条河把他们送往祖先的世界。（17）数以百计的尸首拥塞河道，头发变成浮萍和水草。德罗纳引发的这条河使懦夫们惊恐万状。（18）

第七 德罗纳篇

婆罗多子孙啊！德罗纳所向披靡，以坚战为首的勇士们从各个方向围攻他。（19）你方的勇士们手持硬弓，也从各个方向冲向他们，发起反攻，令人汗毛竖立。（20）诡计多端的沙恭尼冲向偕天，以利箭射向他以及他的车夫、幡幢和战车。（21）玛德利之子（偕天）并不十分愤怒，射落了沙恭尼的幡幢和车夫，又射断他的弓，继而以六十支箭射击舅舅。（22）妙力之子抓起铁杵，从上乘的战车上跳下，国王啊，用铁杵将偕天的车夫击倒在战车下。（23）然后，两个大力士手持铁杵，弃车而战。这对英雄在战场上犹如两座顶峰突兀的高山在戏耍。（24）德罗纳以十支箭射向般遮罗王，而遭到他的许多支箭反击，于是又射出一百支箭。（25）怖军以二十支利箭射中毗文沙提，而毗文沙提纹丝不动。这简直是个奇迹。（26）猛然间，毗文沙提剥夺了怖军的马匹、幡幢和弓，大王啊，他因此得到全体将士的敬仰。（27）但是，英雄的怖军怎能容忍敌人在战场上获胜，他挥舞铁杵把所有训练有素的战马击倒在地。（28）

英勇的沙利耶王笑呵呵地用箭射击自己亲爱的外甥无种，仿佛在和他开玩笑，惹他恼怒。（29）而威武的无种在战斗中击倒沙利耶的战马、华盖、旗帜、车夫和弓，吹响了螺号。（30）勇旗射断慈悯射来的许多支箭后，向他发射七十支箭，又以三支箭射倒他的幡幢。（31）慈悯向他泼洒密集的箭雨。这位婆罗门在战场上阻截勇旗，与他交战。（32）萨谛奇笑呵呵地以一支铁箭射中成铠的胸口，又向他发射七十支箭。（33）安乐王（成铠）反过来用七十七支利箭射中萨谛奇。萨谛奇纹丝不动，犹如疾风无法撼动的大山。（34）军主迅速地击中善佑的要害部位，而善佑也用长矛刺中军主的锁骨。（35）毗罗吒和英勇的摩差人一起抵御日神之子迦尔纳，这简直是奇迹。（36）车夫之子（迦尔纳）如此勇敢凶猛，凭借无数利箭抵挡住整个大军。（37）

木柱王亲自迎战福授，大王啊，两位武艺高超的勇士之间的战斗犹如绚烂的画面，让所有的生灵为之震撼。（38）国王啊！英勇的广声在战场上以密集的箭雨笼罩大勇士祭军之子（束发）。（39）于是，束发大怒，民众之主啊，他射出九十支箭，让月授之子（广生）战栗不已，婆罗多子孙啊！（40）希丁波和指掌两个罗刹都有可怕的业绩，他俩展开一场奇迹般的战斗，一心想要杀死对方。（41）他俩能施展百种幻术，狂妄自大，互相较量幻术，时隐时现，令人瞠目结舌。（42）显光迎战阿奴文陀，战斗激烈可怕，犹如在天神和阿修罗的大战中，因陀罗和波罗两位大力士展开激战。（43）罗奇蛮和武天之间展开一场可怕的厮杀，国王啊，犹如从前毗湿奴和希罗尼亚刹之间的一场鏖战。（44）

尔后，布卢子呐喊着冲向激昂，国王啊，他的马匹速度飞快，战车装备齐全。（45）大力士布卢子迅速接近激昂，渴望与他交战。于是，克敌者激昂与他展开一场大战。（46）布卢子向妙贤之子（激昂）泼洒箭雨，阿周那之子（激昂）将他的旗帜、华盖和弓射落在地。（47）妙贤之子（激昂）以七支快箭射中布卢子，又以五支箭射中他的驷马和车夫。（48）激昂一再发出狮子般的吼声激励他的军队。他迅速地抽出一支能致布卢子死命的利箭。（49）此时，诃利迪迦之子（成铠）以两支箭射断了他的箭已在弦的弓。诛灭敌雄的妙贤之子（激昂）扔掉断弓，抄起雪亮的大刀和盾牌。（50）他挥舞大刀，举着镶嵌星星的盾牌，灵活地变化路径，展现自己的英雄气概。（51）他忽而左，忽而右，忽而低，忽而高，国王啊，刀和盾的攻防特性已无法分辨。（52）激昂纵身一跃，吼叫着跳到布卢子的车辕上，然后站在布卢子的战车上，抓住他的头发。（53）激昂一脚踢死他的车夫，用刀砍断他的旗杆，将布卢子提起，犹如金翅鸟擒住巨蛇而搅得大海动荡不安。（54）众国王目睹布卢子被抓住头发，如同一头雄牛被雄狮击倒而失去知觉。（55）

眼见布卢子落入阿周那之子（激昂）之手，被他拖来拖去无可奈何，信度王胜车忍无可忍。（56）他拿起装饰着孔雀翎毛和上百只连成串的銮铃的盾牌，抄起大刀，呐喊着从战车上跳下来。（57）黑王子（阿周那）之子（激昂）瞥见信度王，便将布卢子抛在一边，如老鹰般从战车上飞身而起，又迅速地落在地上。（58）敌人们向他投来标枪、三叉戟和剑，他或用刀拨开，或用盾牌挡住。（59）这位大力士向众武士显示自己的臂力之后，再次举起他的大刀和盾牌。（60）这位勇士朝父亲的不共戴天的仇敌增武之子（胜车）扑去，犹如猛虎扑向大象。（61）二人短兵相接，挥刀交战，斗志昂扬，犹如老虎与狮子互相以牙和爪撕咬。（62）二人都是人中雄狮，刀和盾互相碰击，忽起忽落，杀得难解难分。（63）挥舞的大刀发出呼啸，而刀来盾挡，打得不分胜负。（64）两个灵魂伟大的人忽而走外线，忽而走内线，仿佛是两座插上翅膀的山。（65）尔后，闻名退迩的妙贤之子（激昂）挥刀砍来时，胜车击中了他的盾牌。（66）那把大刀扎入光芒四溢的金盾牌中。信度王用力一拔，刀断了。（67）他发觉刀已断，跳出六步，一眨眼的工夫，便跳上自己的战车。（68）

激昂也退出战斗，跃上豪华的战车，而众国王从四面八方围堵他。（69）于是，大力士阿周那之子（激昂）眼睛盯住胜车，高举刀和盾牌，放声呐喊。（70）诛灭敌雄者妙贤之子（激昂）放弃了信度国王，开始折磨他的军队，犹如太阳灼烤大地。（71）沙利耶在战斗中掷出一杆镶金的铁标枪，如同掷出一团火苗窜腾的可怕烈火。（72）激昂跳开，擒住那标枪，将这兵器收入囊中，仿佛金翅鸟捉住跌落下来的蛇。（73）目睹他身手敏捷，威力无比，国王们齐声发出狮子吼。（74）尔后，诛灭敌雄者妙贤之子（激昂）挥臂再将沙利耶的镶嵌吠琉璃的标枪投出。（75）这标枪如同蜕了皮的蛇，击中沙利耶的战车，杀死了他的车夫，使车夫从战车上坠落。（76）

尔后，毗罗吒和木柱，勇旗和坚战，萨谛奇、羯迦夜族兄弟和怖军，猛光和束发，以及那对孪生兄弟和黑公主的五个儿子们，齐声高呼："妙哉！妙哉！"（77）各种射箭声和狮子吼骤然响起，令永不退却的妙贤之子（激昂）满心欢喜。但是，你的儿子们却不能容忍敌人胜利的景象。（78）他们突然从四面八方向妙贤之子（激昂）泼洒利箭，犹如乌云向大山降雨。（79）为了给你的儿子们做好事，也为了替自己的车夫报仇，诛灭敌人的沙利耶愤怒地冲向妙贤之子（激昂）。（80）

以上是吉祥的《摩诃婆罗多》中《德罗纳篇》第十三章（13）。

一四

持国说：
全胜啊，听了你绘声绘色描述那些捉对厮杀的战斗，我真羡慕那些有眼睛的人。(1) 俱卢族和般度族的战争就像是天神和阿修罗的战争,世上的人们将会作为传奇来讲述。(2) 我听你描述这场奇妙的战争,不知餍足,因此,请你把妙贤之子(激昂)和沙利耶之间的较量讲给我听吧!(3)

全胜说：

眼见车夫倒毙,沙利耶抡起铁杵,愤怒地咆哮着,从豪华的战车上跳下来,(4) 他如同已点燃的世界毁灭之火,又如手持刑杖的死神。而怖军紧握大铁杵,迅速地向他冲去。(5) 妙贤之子(激昂)也抄起雷电般的大铁杵,朝沙利耶喊道："来啊,来啊!"而怖军奋力拦住他。(6) 拦住妙贤之子(激昂)后,怖军气势汹汹,逼近沙利耶,如同屹立在战场上的一座高山。(7) 摩德罗国王看见大力士怖军后,也迅速扑向他,犹如老虎扑向大象。(8) 于是,器乐奏响,上千只螺号吹响,狮子吼和鼓声震耳欲聋。(9) 数以百计观战的俱卢人和般度人不约而同高喊着"妙哉!妙哉!"(10) 婆罗多子孙啊!众国王中,除了摩德罗王以外,没有人能够在战场上抵御怖军的攻势。(11) 同样,这个世界上除了狼腹(怖军)之外,谁能抵抗灵魂伟大的摩德罗王的铁杵的威力呢?(12) 怖军挥舞的大铁杵贴满金箔,惹人喜爱,金光灿灿。(13) 同样,沙利耶的铁杵如同大闪电,忽而劈直线,忽而划出圆弧。(14) 沙利耶和狼腹(怖军)像两头雄牛咆哮着,兜着圈,斜拿着的铁杵好似雄牛的角。(15) 无论是转圈移动的路数,还是挥杵攻击的次数,两位人中雄狮都不分上下。(16)

沙利耶的大铁杵被怖军击中,迸发出骇人的火花,碎成粉末。(17)同样,怖军的铁杵被敌人击中,犹如无数萤火虫在雨季的夜晚围绕大树飞舞。(18) 婆罗多子孙啊!摩德罗王在战场上掷出的铁杵释放许多光焰,照亮了天空。(19) 同样,怖军朝敌人抛出的铁杵,犹如大流星从天空陨落,烧灼着敌方的军队。(20) 两支无与伦比的铁杵相互碰撞之后,犹如两条雌蛇喘息着发出一道道火舌。(21)他俩互相用铁杵攻击对方,好似两只猛虎用利爪,又似两头公象用利牙。(22)尔后,两个灵魂伟大的勇士都被杵顶击中,顿时鲜血流淌,犹如两棵鲜花盛开的金苏迦树。(23) 两位人中雄狮的铁杵砰然撞击,犹如因陀罗的雷杵炸出霹雳,响彻四面八方。(24) 摩德罗王的铁杵击中怖军的左右,他依然纹丝不动,犹如遭到砍劈的大山。(25)同样,大力士摩德罗王遭到怖军的铁杵打击,犹如大山遭到雷击,依然屹立不动。(26)他俩高擎铁杵,迅猛扑向对方,又在近距离兜起圈子。(27)尔后,他们做八步跳跃,像两头公象冲向对方,猛然抡起铁杵打击对方。(28)由于用力过猛,两个英雄遭到铁杵沉重打击,同时跌倒在地,如同因陀罗的两顶幡幢。(29)

沙利耶王浑身颤抖,不断地喘着粗气。大勇士成铠迅速地赶到他的身边。(30)大王啊!看到他被铁杵击倒,神志不清,像蛇一般蠕动着,(31)大勇士成铠忙将摩德罗王连同铁杵一起抱到车上,驮着他迅速离开战场。(32)怖军摇摇晃晃像喝醉了一般,一眨眼的工夫,又站了起来,粗大的手臂中依然握着铁杵。(33)看到摩德罗王逃跑,你的儿子们以及象兵、车兵、马兵和步兵全都失魂落魄,尊者啊!(34)在渴望胜利的般度族人的进攻面前,你的军队吓破了胆,四散而逃,犹如被风驱散的乌云。(35)般度族大勇士们打败了持国之子们,国王啊,声名卓著的般度族人在战场上光彩熠熠。(36)他们兴高采烈,发出狮子吼,吹响螺号,敲击着大鼓、小鼓和各种手鼓。(37)

以上是吉祥的《摩诃婆罗多》中《德罗纳篇》第十四章(14)。

一五

全胜说:
眼见你的军队溃不成军,英勇的牛军在战场上魔幻般地舞弄着兵器,独自抵挡般度族人。(1)牛军射出的箭,在射穿人、马、车和象之后,继续飞向四面八方。(2)这大臂英雄的成千上万支长箭闪射光焰,仿佛夏季太阳的光束。(3)大王啊!在他的攻击下,车兵和骑兵纷纷倒在地上,好似被风吹倒的树干。(4)国王啊!在战场上,他击倒了数以百计、千计的战马、战车和大象。(5)看到他在战场上毫无惧色,独往独来,众国王联合起来,将他团团围住。(6)

无种之子百军冲向牛军,向他发射十支能穿透人的要害的铁箭。(7)迦尔纳之子（牛军）射断无种之子（百军）的弓，射倒他的旗帜，黑公主的儿子们为营救自己的兄弟，一起冲上前去。(8)一时间，他们泼洒的箭雨令人无法看见迦尔纳之子（牛军）。在德罗纳之子（马嘶）的带领下，战车勇士们呼啸着冲向黑公主的五个儿子。(9)大王啊！他们以形形色色的箭矢迅速笼罩黑公主的儿子们，犹如乌云遮蔽高山。(10)般度之子们出自护犊之情，也迅速发起反攻。般遮罗人、羯迦夜人、摩差人和斯楞遮耶人都高高举起他们的武器。(11)随后，在般度之子们和你的儿子们之间展开了一场令人毛骨悚然的恶战，犹如天神和檀那婆之间的大战。(12)就这样，俱卢族人和般度族人情绪亢奋，投入战斗，彼此怒目相对，充满敌意。(13)由于愤怒，这些威力无限的勇士们的身体看上去像在天空中激战的金翅鸟和蛇王。(14)因为有了怖军、迦尔纳、慈悯、德罗纳、德罗纳之子（马嘶）、水滴王之孙（猛光）和萨谛奇，整个战场光辉灿烂，犹如许多太阳升起在世界的末日。(15)这是一场大力士们互相杀戮的激战，如同檀那婆和天神之间的激战。(16)

尔后，坚战的大军向你的大军杀来，喧腾的声音如大海卷起狂澜，大勇士纷纷逃窜。(17)目睹大军在敌人的猛攻下业已溃散，德罗纳说道："英雄们啊！不要逃跑！"(18)然后，他驱赶着枣红马，怒气冲天，仿佛一头有四支牙的公象冲入般度族大军，直奔坚战。(19)坚战以犀利的苍鹭羽毛箭射中德罗纳。德罗纳射断他的弓后，迅猛地朝他扑去。(20)为般遮罗人增光的车轮的卫士鸠摩罗挡住直扑而来的德罗纳，犹如海岸挡住大海。(21)看到鸠摩罗挡住婆罗门雄牛德罗纳，人们发出狮子般的吼声："妙哉！妙哉！"(22)大战中，愤怒的鸠摩罗似狮子般咆哮不已，一箭射中德罗纳的胸膛。(23)但是，在战场上，大力士德罗纳身手敏捷，不知疲倦，以数千支箭阻截鸠摩罗。(24)婆罗门魁首（德罗纳）继而杀死了英雄鸠摩罗，这位车轮卫士一向信守高尚的誓言，操练武艺，持之以恒。(25)

然后，婆罗堕遮之子德罗纳到达军队的中央，肆意纵横驰骋。他是你军队的护卫，战车勇士中的雄牛。(26)他以十二支箭射中束发，二十支箭射中优多贸阇，五支射中无种，七支射中偕天，(27)十二

第七 德罗纳篇

支射中坚战,分别以三支射中黑公主的五个儿子,五支射中萨谛奇,十支箭射中摩差王。(28)德罗纳在战场上横冲直撞,打乱迎面而来的武士们的阵脚。他勇往直前,急于捕获贡蒂之子坚战。(29)于是,瑜甘陀罗奋起拦截怒气冲冲的大勇士婆罗堕遮之子(德罗纳),犹如拦截被飓风搅动的大海。(30)婆罗堕遮之子(德罗纳)以数支笔直的箭射中坚战,又以一支月牙箭将瑜甘陀罗从车座上射落。(31)尔后,毗罗吒、木柱、羯迦夜族兄弟们、萨谛奇、尸毗王、般遮罗王子虎授和英勇的狮军,(32)这些和其他许多武士想要保护坚战,围堵他的道路,射出许多利箭。(33)般遮罗王子虎授以五十支犀利的箭射中德罗纳,国王啊,人们发出欢呼。(34)狮军也迅速射中德罗纳,高兴得突然大笑起来,让这位严守誓愿的大勇士吓了一跳。(35)尔后,德罗纳怒目圆睁,扯动弓弦,发出巨大的击掌声,朝狮军扑去。(36)强大有力的德罗纳接近之后,以两支月牙箭分别将狮军和虎授戴着耳环的头颅从躯干上射落。(37)他以箭雨杀死众多般度族大勇士之后,如死神般挺立在坚战的面前。(38)

　　信守誓言的德罗纳出现在武士们面前,坚战的军队中响起高喊声:"国王被抓住了!"(39)目睹德罗纳的英勇,武士们在说:"今天持国之子难敌将大功告成,战斗的胜利就要属于我们的国王。"(40)你方的人们正这样交谈着,伴随战车的轰鸣,大勇士贡蒂之子(阿周那)迅速赶来。(41)他在战场上制造出一条河,血是水流,车是旋涡,河中布满英雄的白骨,卷走无数尸首。(42)箭流是大泡沫,长矛是鱼群。般度之子(阿周那)迅疾渡过这条河,驱散俱卢族人。(43)然后,有冠者(阿周那)一下子冲到德罗纳的军队面前,以一张巨大的箭网将他们覆盖,使他们茫然不知所措。(44)闻名遐迩的贡蒂之子(阿周那)迅速搭箭上弦,连连发射,没有人可以察觉到其中的间隔。(45)天、地、空中和四面八方无法分辨,都变成了箭的世界。(46)国王啊,他手持甘狄拨神弓,用箭制造出一片黑暗,战场上什么也看不见。(47)

　　太阳落山,尘埃笼罩,此时无论敌人或朋友,什么都无法分辨。(48)于是,德罗纳和难敌等撤出战场。在确信敌人惊恐不安而无心恋战之后,(49)阿周那也慢慢地将自己的队伍撤出。般度族人、斯楞遮耶人和般遮罗人兴高采烈，以悦人的话语赞美普利塔之子（阿周那），犹如仙人们赞美太阳。（50）就这样，在战胜敌人之后，阿周那在黑天的陪伴下朝自己的营帐走去，心情愉快，走在所有军士的后面。（51）他的战车上镶嵌着各种名贵的宝石，诸如绿宝石、红宝石、金、银、钻石、珊瑚和水晶。在这美丽的战车上，般度之子（阿周那）光彩熠熠，犹如月亮照耀在繁星璀璨的夜空。（52）

以上是吉祥的《摩诃婆罗多》中《德罗纳篇》第十五章(15)。
《德罗纳挂帅篇》终。

灭敢死队篇

一六

全胜说：

两支军队各自回到营地，民众之主啊，按部就班地宿营。（1）德罗纳撤回军队后，心情沮丧，来到难敌面前，羞愧地说了这些话：（2）"我曾对你说过，有阿周那在，即使是天神们也休想在战场上抓住坚战。（3）在战场上，普利塔之子（阿周那）会让你们的一切努力落空。请不要怀疑我的话，黑天和般度之子（阿周那）是不可战胜的。（4）但是，如果用什么办法将以白马驾辕者（阿周那）引开，坚战便会很快听任你的摆布。（5）让人在战斗中向他挑衅，把他引到别的地方。贡蒂之子（阿周那）不打败这个挑衅者是绝不会回头的。（6）趁这空当儿，我将让猛光眼睁睁地看着我突破般度族军队，擒获法王（坚战），国王啊！（7）如果坚战身边缺了阿周那，仍不离开战场，你只要看到我冲过去，便可知他已被活捉。（8）这样，国王，毫无疑问，我将在顷刻间将正法之子坚战连同他的部下带到你面前，听凭你的发落。（9）只要般度之子（坚战）在战场上仅仅停留片刻，他就会告别战场，但不是作为胜利者。"（10）

听了德罗纳的这番话，国王啊，三穴国国王和兄弟们一起说道：（11）"国王啊！我们总是受这持甘狄拨神弓者欺负。尽管我们没有得罪他，他还是要加害我们，婆罗多族雄牛啊！（12）我们铭记着从前的种种羞辱，愤怒之火烧得我们总是夜不能寐。（13）现在，他手持神奇的武器，来到我们的视野之内，我们将做到我们心里想做的事情。（14）这将让你高兴，也让我们保全名誉。我们将把他引到战场之外，把他消灭。（15）今天，这个大地上要么没有阿周那，要么没有三穴国王。我们向你发誓，这不会成为妄言。"（16）

婆罗多子孙啊！这样说过后，真车、真法、真铠、诚箭和诚行，（17）这五兄弟和上万名战车勇士一起发出战斗誓言，然后转回，国王啊！（18）摩罗婆人、敦地羯罗人和三万名战车勇士，三穴国的人中之虎钵罗斯他罗王善佑，（19）摩奇罗人、拉里特人、摩德罗人和上万名战车勇士也同五兄弟一起发誓。（20）又有来自其他各地的上万名卓越的战车勇士前来发誓。（21）他们各自带来火，祭过火之后，穿上拘舍草衣和华丽的铠甲。（22）英雄们身擐铠甲，涂抹酥油，身着拘舍草衣，弓弦做腰带，将成千上万的祭礼送给婆罗门。（23）他们一向举行祭祀，已有子嗣，死后保证前往福地，也就不在乎捐躯，可以为了荣誉和胜利牺牲自我。（24）那些通过梵行、诵习吠陀、祭祀和慷慨布施才能进入的世界，他们盼望通过战斗迅速进入。（25）他们每一个人都让婆罗门心满意足，施舍金子、牛和服饰，相互交谈。（26）然后，他们点燃祭火，对着祭火发出战斗誓言。他们意志坚决，以火为证，立下誓言。（27）

在发誓要杀死胜财（阿周那）之后，为了让所有的生灵都能听见，他们又大声说道：（28）"说谎者的世界，杀害婆罗门者的世界，嗜酒者的世界，玷污师母的世界，（29）掠夺婆罗门财产者的世界，辱没国王恩赐者的世界，将求助者拒之门外者的世界，杀害乞丐者的世界，（30）纵火烧屋者的世界，杀牛者的世界，损害他人者的世界，以婆罗门为敌者的世界，（31）在妻子经期因愚昧而与妻子同房者的世界①，在祭祖期间媾欢者的世界，戕伤自我者的世界，（32）侵吞他人寄存之物者的世界，破坏学问者的世界，因愤怒而战斗者的世界，追随卑鄙小人者的世界，（33）无信仰者的世界，抛弃祭火和祖先者的世界，以及其他犯罪者的世界，（34）如果我们没有在战斗中杀死

---

① 按照印度古代传统经典规定，妇女的经期为十六天，其中有四天或六天禁止同房。

胜财（阿周那）而返回，或者惧怕他的打击而逃跑，我们就将堕入这样的世界。（35）但是，如果我们在战场上完成了这个世上难以完成的任务，毫无疑问，我们将进入我们向往的功德者的世界。"（36）

这样说过之后，国王啊，他们重返战场。英雄们面朝南，呼叫阿周那。（37）听到那些人中之虎呼叫，摧敌城堡者普利塔之子（阿周那）对就在身边的法王（坚战）说道：（38）"我曾经发誓，只要受到挑战，就决不退却。这些敢死队员一再向我叫战。（39）善佑同他的兄弟们一道在战场上呼叫我，请允许我去杀掉他和他的同伙。（40）我无法忍受这种挑衅，人中雄牛，我向你发誓，我要在战场上杀死这些敌人！"（41）

坚战说：

亲人啊，德罗纳想要干什么，你都听说了。你的行动应使他的希望破灭才对。（42）德罗纳是强大有力的英雄，精通武艺，不怕疲劳，大勇士啊，他发誓要捉住我。（43）

阿周那说：

国王啊，这是真胜，他今天将在战斗中保护你。只要这个般遮罗王子还活着，师爷就不能够遂愿。（44）如果人中之虎真胜在战场上被杀害，国王，即使所有的军士都围在你身边，你也无论如何不要再停留。（45）

全胜说：

国王应允了翼月生（阿周那）的请求，拥抱他，以亲切的目光注视着他，赐予他许多祝福。（46）尔后，强大有力的普利塔之子（阿周那）离开坚战，前去迎战三穴国人，犹如一只饥饿的雄狮，为了摆脱饥饿而扑向鹿群。（47）这时，难敌的军队欣喜若狂，乘阿周那离开之机，怒气冲冲地急于捉住法王（坚战）。（48）两支大军迅速接近，犹如雨季里洪水暴涨的恒河和萨罗优河迅速汇合。（49）

以上是吉祥的《摩诃婆罗多》中《德罗纳篇》第十六章(16)。

一七

全胜说：
敢死队站在一处平坦的阵地上，国王啊，他们异常兴奋，战车排列成半月阵。（1）这些人中之虎见到有冠者（阿周那）冲过来，尊者啊，兴奋地高声呐喊。（2）呼声铺天盖地，充斥四面八方，由于到处布满人群，而没有回响。（3）胜财（阿周那）发现他们兴高采烈，便微微露出笑容，对黑天说了这些话：（4）"以提婆吉为母的人啊，瞧瞧，三穴国的兄弟们即将死在战场上，应该号啕大哭，却还在得意洋洋。（5）然而，毋庸置疑，这也应该是三穴国兄弟们高兴的时候，因为他们即将前往无上的世界，那是懦夫们无缘到达的地方。"（6）

大臂的阿周那对感官之主（黑天）这样说过后，逼近摆好阵容的三穴国兄弟们的军队。（7）翼月生（阿周那）拿起镶金的天授螺号，鼓足劲儿吹起来，螺声响彻四方。（8）这螺声令敢死队的勇士们惊恐，他们一动不动地呆在战场上，仿佛变成了石头人。（9）他们的马匹睁大眼睛，竖着耳朵，梗着脖子，腿脚僵直，屎尿失禁，口吐鲜血。（10）等他们恢复知觉，又调整好队伍，一时间万箭齐发，射向般度之子（阿周那）。（11）而迅疾勇猛的阿周那仅以五支快箭就将万箭斩断。（12）尔后，三穴国兄弟各以十支箭射中阿周那，阿周那叫他们每人各中三支箭。（13）他们又各以五支箭射中阿周那，国王，英勇的阿周那再让他们各中两箭。（14）他们再一次愤怒地把许多利箭射向阿周那和美发者（黑天），犹如大雨朝池塘倾泻。（15）成千上万支箭飞向阿周那，犹如成群结队的蜜蜂飞向森林里花团锦簇的大树。（16）这时，妙臂以三十支坚固的铁箭射中壮实的阿周那的顶冠。（17）这些金羽箭扎在顶冠上，这戴冠的人好似一根耸立的祭柱顶端镶了金子。（18）在战斗中，般度之子（阿周那）以一支月牙箭射破妙臂的手套，接着又向他泼洒箭雨。（19）尔后，善佑、妙车、妙法、妙弓和妙臂以十支箭射中阿周那。（20）而以猿猴为幢首的阿周那以许多支利箭射中他们，又以几支月牙箭射断他们的金制幡幢。(21)他射断妙弓的弓之后，再以箭射倒他的驷马，随后将他戴着头盔的头颅从躯干上射落。(22)英雄妙弓倒下去时，跟随他的武士们吓破了胆，纷纷逃向难敌的军队。(23)

尔后，愤怒的因陀罗之子（阿周那）撒出一张张割不断的箭网，歼灭敌方大军，犹如太阳以光辉驱散黑暗。(24)大军溃散，逃往四面八方。阿周那怒不可遏，三穴国人满怀恐惧。(25)他们遭到阿周那笔直的箭的杀戮，呆在那里发蒙，仿佛吓呆了的一群鹿。(26)尔后，三穴国王大怒，对大勇士们说："够了，不要逃跑！你们是英雄，不应该害怕。(27)你们曾在所有武士面前立下庄重的誓言。你们是先锋，回到难敌的军队那里，将何言以对？(28)在战场上如此作为，我们怎能不被世人耻笑？你们统统回去，尽力拼搏吧！"(29)听了国王的话，国王啊，英雄们不住地呐喊着，吹响螺号，相互激励。(30)尔后，这些敢死队和那罗延牧牛人们又转回来，视死如归。(31)

以上是吉祥的《摩诃婆罗多》中《德罗纳篇》第十七章(17)。

一八

全胜说：

看到敢死队又转回来，阿周那对灵魂伟大的婆薮提婆之子（黑天）说：(1)"感官之主啊，策马冲向那些敢死队。我想他们不会活着离开战场了。(2)请见识见识我的臂膀和弓箭的可怕威力吧！我今天将横扫这些勇士，犹如愤怒的楼陀罗杀戮畜牲。"(3)

不可战胜的黑天微笑着以美好的祝福令他愉悦，驱车将阿周那送往他想去的地方。(4)这辆由白马驾辕的战车在战场上放射着耀眼的光芒，犹如天神之车在空中行驶。(5)仿佛从前在天神和阿修罗大战中，天帝释的战车忽而旋转，忽而前进，忽而后退。(6)那罗延族人怒不可遏，手持五花八门的兵器，包围胜财（阿周那），以箭雨将他覆盖。(7)婆罗多族雄牛啊！顷刻间，他们令贡蒂之子胜财（阿周那）和黑天消失不见。(8)愤怒的阿周那勇气倍增，迅速擦拭甘狄拨神弓，紧握着它。(9)他脸上眉头紧锁，这是愤怒的征候。般度之子

（阿周那）吹响了那个叫做天授的大螺号。（10）他掷出那件名为陀湿多的杀敌法宝，变幻出数以千计的形体。（11）被这形形色色的幻影所迷惑，敌人们互相以为对方就是阿周那，自相残杀起来。（12）"这是阿周那，这是乔宾陀，这两个人是雅度后裔和般度之子！"他们这样叫喊着，糊里糊涂地在战场上自相残杀。（13）被这无上法宝所迷惑，武士们自相残杀。在战场上，他们仿佛是鲜花盛开的金苏迦树。（14）那法宝将众勇士射出的成千上万支箭化为灰烬，并将他们送往阎摩殿。（15）

然后，毗跋蹉（阿周那）笑着，以他的箭袭击拉里特、摩罗婆和摩奇罗以及三穴国的勇士们。（16）在死神的驱使下，这些遭到这位英雄杀戮的刹帝利们继续向普利塔之子（阿周那）泼洒各种箭雨。（17）在可怕的箭雨笼罩下，看不见阿周那在何处，战车在何处，美发者（黑天）在何处。（18）勇士们以为击中了目标，高兴地互相叫喊着："两个黑王子已被杀死！"将衣服摇来晃去。（19）尊者啊，英雄们敲响上千面大鼓，奏响器乐，吹响螺号，发出高昂的狮子吼。（20）

此时，黑天浑身冒汗，疲惫不堪，对阿周那说："普利塔之子啊，你在哪里？我看不到你，杀敌者啊，你是否还活着？"（21）善解人意的般度之子（阿周那）理解化身为人的黑天的心情，便使出风神法宝，驱散武士们释放的箭雨。（22）然后，尊者风神将这些敢死队连同马匹、大象、战车和兵士一并吹走，犹如扫尽枯叶。（23）国王啊！他们乘风而去，煞是好看，仿佛是鸟儿纷纷飞离大树，尊者啊。（24）胜财（阿周那）搅得他们蒙头转向之后，又不失时机地以利箭成百上千地将他们射杀。（25）他以许多月牙箭射落他们的头颅和握着兵器的手臂，还将他们如同象鼻的大腿射落在地。（26）胜财（阿周那）使他们一个个肢残形缺，断了脊梁，缺了腿脚，丢了脑袋、眼睛或手指。（27）那些依照工艺制作的战车如同健达缚城，阿周那的箭使它们支离破碎，也杀死驷马、车兵和大象。（28）旗幢折断的战车到处都是，一片狼藉，仿佛是砍光了树冠的棕榈树林。（29）那些大象倒下，连同身上卓越的勇士和他们的刺棒、旗幡和兵器，仿佛是被因陀罗的雷电击倒的长满树木的山。（30）那些战马长着牦牛尾般的尾巴，身被铠甲，被普利塔之子（阿周那）的箭射中，连同骑兵一道倒在地上，内脏和眼睛都流了出来。（31）铠甲、长矛和标枪已破碎，步兵们失去了利爪般的刀，悲惨地倒毙在地。（32）许多士兵已经被杀，许多正在遭到杀戮，一些已经倒下，一些正在倒下，乱跑着，呼叫着，整个战场笼罩在恐怖之中。（33）扬起的漫天尘埃又被血雨清洗。到处堆满无头躯体，大地变得拥塞难行。（34）

毗跋蘇的战车在战场上令人恐惧，犹如末日来临，楼陀罗以杀戮牲畜为游戏。（35）武士们连同马、车和象遭到普利塔之子（阿周那）杀戮，面向着他死去，前往天帝释那里做客。（36）婆罗多族俊杰啊！尸横遍野，到处是被砍倒的大勇士，仿佛四周挤满了亡灵。（37）正当阿周那厮杀正酣时，德罗纳排好了军队的阵容，向坚战发起进攻。（38）勇士们排列有序，骁勇善战，想要擒获坚战。一场激战开始了。（39）

以上是吉祥的《摩诃婆罗多》中《德罗纳篇》第十八章(18)。

一九

全胜说：

度过了那一夜，大勇士婆罗堕遮之子（德罗纳）对国王难敌说了许多的话，国王啊！（1）他施展计谋，让普利塔之子（阿周那），与敢死队交战。普利塔之子（阿周那）为了消灭敢死队而离开战场后，（2）德罗纳排好阵容，朝般度族大军进发，婆罗多族俊杰啊！他一心要生擒法王（坚战）。（3）看到婆罗堕遮之子（德罗纳）排出金翅鸟阵容，坚战排出半圆阵容以对。（4）大勇士婆罗堕遮之子（德罗纳）是金翅鸟的喙，国王难敌和跟随在后面的兄弟们做鸟头。（5）成铠和优秀的慈悯构成鸟的双眼。生护、安福和英勇的迦罗迦尔舍，（6）羯陵伽人、狮子国人、东方人、休罗人、阿毗罗人、德舍罗伽人、塞种人、耶婆那人、甘波阇人和杭萨波德人，（7）他们组成鸟的项颈，还有苏罗塞那人、德罗德人、摩德罗人、羯迦夜人和成千上万的象、马、车和步兵。（8）广声、舍罗、沙利耶、月授和波力迦由庞大的军队簇拥着组成鸟的右翼。（9）阿凡提国的文陀和阿奴文陀，甘波阇王善巧，组成左翼，以德罗纳之子（马嘶）为先锋。（10）构成鸟背的是羯陵伽人、安波私吒人、摩揭陀人、崩德罗人、摩德罗人、犍陀罗人、沙恭尼东方人、山地人和婆娑提人。（11）构成鸟尾的是日神之子迦尔纳以及他的儿子、亲属和朋友，率领着一支庞大的军队，竖起形形色色的幡幢。（12）胜车、怖车、航海商会王、伽耶王、胜地王、费利舍、迦罗特和大力士尼奢陀王，（13）国王啊！在庞大的军队的簇拥下，他们面向着梵天的世界，个个骁勇善战，位于阵容上方。（14）

这是德罗纳排出的阵容，由步兵、马兵、车兵、象兵组成。当这支大军前进时，犹如飓风掀动的海洋。（15）这些渴望战斗的勇士从各个侧翼向前涌动，犹如夏季里从各个方向涌起的挟带雷电的云团。（16）东光王（福授）的大象装备齐全，站在中央，光彩熠熠，犹如初升的太阳，国王啊！（17）他佩戴花环，撑着白色华盖，犹如满月之夜的月亮与昴星相遇。（18）那头似醉如疯的大象仿佛是一堆黑眼膏，犹如一座被大雨冲刷过的大山。（19）众多来自山地的国王簇拥着这位国王，兵器和装饰光怪陆离，犹如众天神簇拥着天帝释。（20）

坚战看到这样非凡的、在战场上无敌可破的阵容时，对水滴王之孙（猛光）说道：（21）"驷马色如白鸽者啊！请施展策略吧，别让我今日落入那婆罗门的掌中！"（22）

猛光说：

守信的人啊！不管德罗纳如何奋力作战，你都不会落入他的掌中。今天我将抵御德罗纳和他的随从。（23）只要我活着，俱卢后裔啊，你就不必提心吊胆。德罗纳在战场上无论如何都不能把我战胜。（24）

全胜说：

这样说过后，强壮有力的木柱王之子（猛光）射出许多箭，这以色白如鸽的驷马曳车的勇士，亲自迎战德罗纳。（25）见到猛光立在面前，如同见到恶兆，德罗纳顿时情绪低落。（26）而你的儿子丑面看到猛光，这位折磨敌人者一心要让德罗纳高兴，挺身阻截猛光。（27）在英雄的水滴王之孙（猛光）和丑面之间展开了一场激战，婆罗多子孙啊！（28）水滴王之孙（猛光）很快撒出箭网将丑面覆盖，并以箭流包围婆罗堕遮之子（德罗纳）。（29）看到德罗纳受阻，你的儿子勇猛地释放形形色色的箭雨，困住水滴王之孙（猛光）。（30）

正在般遮罗族和俱卢族的先锋在战场上厮杀得难解难分的时候，德罗纳的箭已经消灭了坚战的许多人马。（31）犹如云被风吹散，飘往各处，普利塔之子（阿周那）的军队被打得七零八落。（32）这场战斗的正常状态只持续了片刻，后来，国王啊，它如同疯了一般，已经没有界限。（33）武士们彼此分不出谁是自己人，谁是敌人，全凭口令或推测来进行战斗。（34）

头顶的宝石、胸前的金佩饰和刀光盾影，使他们仿佛拥有太阳的光彩。（35）在战场上，车、象、马之上遍插幡幢，形状犹如散布在云中的野鹤。（36）人与人厮杀，凶猛的马与马厮杀，车夫与车夫厮杀，象与象厮杀。（37）顷刻之间，一场可怕的混战在身负高大旗帜的群象之间展开。（38）这些象的躯体挤在一起，互相对抗，象牙和象牙撞击摩擦，生出带烟的火花。（39）象身上旗幡散乱，象牙碰撞出火花，犹如云团挟裹闪电出现在天空。（40）大地上到处是奔突、咆哮和跌倒的象，好似秋天的天空布满云团。（41）被箭雨和标枪击中的大象发出阵阵哀鸣，犹如雨季的云团隆隆作响。（42）在标枪和箭的打击下，一些雄壮的大象吓呆了，另一些则鸣叫着逃离战场。（43）一些象被另一些象以象牙击伤，发出可怕的哀叫，仿佛是灾难之云的轰鸣。（44）一些象被另一些更强壮的象击退，又受到刺棒的驱使，冲上前来。（45）一些御象的武士被另一些御象的武士用箭和矛击中，从象背跌落到地上，手中的武器和刺棒脱落。（46）无人驾驭的群象东冲西撞，仿佛扯开的云团从一片云中脱落，又加入到另一团云中。（47）一些大象驮着被武器杀死的武士，仿佛是独行者跑向四面八方。（48）

在这场屠杀中，群象已经遭到或正在遭到长矛、刀剑和斧钺的打击，纷纷惨叫着倒下去。（49）那些倒下去的躯体如同一座座山，大地突然受到沉重的打击，也在颤抖，也在呻吟。（50）到处是遍体鳞伤的象，依然背负着旗幡和御象者，大地上仿佛布满山丘。（51）象背上的驭象者在战斗中被战车勇士以月牙箭刺穿心窝，跌落下来，松开了手中的长矛和刺钩。(52)还有一些象被铁箭刺穿，发出麻鹬般的惨叫，东奔西闯，将敌人和自己人都践踏在脚下。(53)大地布满象群、马群、车群和尸体，成了血和肉的泥滩。(54)大象用牙尖挑起那些庞大的战车，连同战车勇士一起掀翻。这些车有的还有车轮，有的丢了车轮。(55)失去车夫的战车，失去骑手的战马，死了驭象者的象，带着浑身的箭伤东奔西跑。(56)父亲在那里杀儿子，儿子在那里杀父亲，因为这场战斗混乱至极，什么都无法辨别。(57)

人们陷在血的泥浆中，直到踝关节，好像高大的树木陷入森林大火中。(58)鲜血浸染战袍、铠甲、华盖和旗帜，一切看上去都是红色的。(59)无数的马匹、战车和人被击倒，接着又被无数车轮碾过。(60)这真像是军队的海洋，无数大象构成巨大的波涛，死去的人们构成浮藻，无数战车构成一个个旋涡。(61)武士们的坐骑是大船，追求的财富是胜利。即使沉入海中，他们也不迷糊。(62)这些顽强的武士受到箭雨的袭击，虽被打丢了自己的标识，却没有任何人丧失心智。(63)这场可怕的、骇人听闻的战斗就这样进行着，德罗纳使敌人迷惑，朝坚战冲去。(64)

以上是吉祥的《摩诃婆罗多》中《德罗纳篇》第十九章(19)。

二〇

全胜说：

看到德罗纳步步逼近，坚战无所畏惧，以密集的箭雨迎接他。(1)坚战的军队中喧嚣骤起，犹如象群的首领受到雄狮的攻击。(2)勇士真胜英勇绝伦，看到德罗纳想要生擒坚战，便朝师爷冲过去。(3)师爷与般遮罗王子（真胜）交战，使双方的军队动荡不已，犹如因陀罗与毗娄遮那之子（钵利）交战。(4)师爷以十支能穿透要害的利箭射断真胜的箭已上弦的弓，又迅速地射中真胜。(5)威武的真胜飞快地拿起另一张弓，以二十支苍鹭羽毛箭射中德罗纳。(6)发觉真胜正在猛攻德罗纳，般遮罗王子狼氏以数百支利箭射向德罗纳。(7)看到大勇士德罗纳在战场上被箭覆盖,般度族人呐喊着,挥舞着衣裳,国王啊。(8)强壮有力的狼氏无比愤怒,以六十支箭射中德罗纳的胸口,国王啊,这简直是个奇迹。(9)被箭雨覆盖的大勇士德罗纳怒目圆睁,迅猛地发起攻击,势不可挡。(10)他射断了真胜和狼氏的弓,以六支箭将狼氏连同车夫和马匹一起击毙。(11)真胜拿起另一张更加迅猛有力的弓,射中德罗纳,以及他的马、车夫和旗帜。(12)德罗纳不能忍受般遮罗王子(真胜)的打击,迅速射箭,企图消灭他。(13)德罗纳上千次地泼洒箭雨,射击他的驷马、幡幢、弓和弓柄,以及两侧的车夫。(14)这样,尽管弓一次又一次被射断,通晓各种兵器的般遮罗王子(真胜)依然与驾驭枣红马的德罗纳战斗。(15)德罗纳瞄准在战场上斗志昂扬的真胜,以半月箭射落了那灵魂伟大的人的头颅。(16)这位伟大的般遮罗族战车勇士被杀死,坚战害怕德罗纳,驾着快马逃走了。(17)

般遮罗人、羯迦夜人、摩差人、车底人、迦卢沙人和憍萨罗人都兴奋地朝德罗纳扑来,企图救助坚战。(18)诛灭敌群的师爷一心想要生擒坚战,横扫面前的千军万马,犹如烈火吞噬棉花堆。(19)德罗纳摧毁了一支又一支军队。摩差王的弟弟百军向德罗纳发起了攻击。(20)百军呐喊着,以六支经过铁匠打磨而灿若阳光的利箭射中德罗纳以及他的驷马和车夫。(21)而德罗纳迅速以剃刀箭,把大喊大叫的百军戴着耳环的头颅从躯干上射落。于是,摩差人纷纷逃跑。(22)

战胜摩差人之后,婆罗堕遮之子(德罗纳)接二连三战胜车底人、迦卢沙人、羯迦夜人、般遮罗人、斯楞遮耶人和般度族人。(23)看见他驾驶着金色战车,怒气冲冲地摧毁各路大军,犹如烈火焚毁森林,斯楞遮耶人不寒而栗。(24)德罗纳动作敏捷,不断地拉开那张强劲的弓,杀戮敌人,弓弦声响彻四面八方。(25)他敏捷的双手射出凶猛的箭,射倒大象、战马和步兵,杀死车夫和驭象人。(26)犹如寒季结束,轰鸣的乌云伴着狂风泼洒石雨,德罗纳将恐惧带给敌人。(27)这位强壮有力的英雄、大弓箭手纵横驰骋,搅乱敌人,为朋友解除恐惧。(28)德罗纳威力无穷,我们看到镶金的弓在四面八方闪现,好似云中的闪电。(29)德罗纳大肆杀戮般度族军队,犹如

受到天神和阿修罗崇敬的毗湿奴消灭提迭的军队。（30）

这位勇士讲真话、聪明睿智、强壮有力、真正勇敢、威力无穷，造就了一条可怕的大河，仿佛世界末日降临。（31）这条大河难以渡过，铠甲是波涛，幡幢是旋涡，卷走无数生灵，大象和马匹是大鳄鱼，刀是鱼。（32）这条大河十分可怕，英雄的骨头是卵石，战鼓和铙钹是鳖鱼，铠甲和盾牌是小舟，勇士的头发是水藻和水草。（33）箭是激流，弓是水流，手臂是蛇。这条可怕的大河席卷战场，冲走俱卢族人和斯楞遮耶人。人头是石块，标枪是鱼，铁杵是木筏。（34）这条汹涌的大河卷走英雄们，顶饰是泡沫，流出的内脏是爬虫，血肉是淤泥。（35）这条恐怖的大河难以渡过，大象是鳄鱼，骑兵是鲨鱼，旗幡是树木，无数的刹帝利淹没其中，尸首成堆。这就是德罗纳造就的一条通往地狱的河。（36）这条河的四周，成群的食肉兽发出嗥叫，成群的野狗和豺狼游荡，凶残可怕的食人妖怪出没其中。（37）

优秀的战车勇士德罗纳如同死神摧毁各路大军。贡蒂之子（坚战）率领人马从各个方向对德罗纳展开攻势。（38）你方的国王们和王子们高举武器，从各个方向抵挡那些英勇的大弓箭手。（39）信守诺言的德罗纳仿佛一头颞颥开裂的大象，冲垮战车队伍，击倒坚战。（40）然后，他逼近毫无畏惧、英勇厮杀的忏摩王，以九支箭射中他。忏摩王从战车上跌落下来。（41）德罗纳冲进敌军中央，纵横驰骋。他是他人的保护者，而自己不需要任何人保护。（42）他以十二支箭击中束发，二十支射中优多贸阇，以一支月牙箭将施财送到阎摩殿。（43）他以八十支箭射中武铠，二十六支射中善巧，以一支月牙箭把武天从车座中射落。（44）他以六十四支箭射中瑜达摩尼瑜，以三十支箭射中萨谛奇。然后，驾驶金车的德罗纳迅速冲向坚战。（45）

于是，王中俊杰、赌博者坚战乘着快马逃走。般遮罗王子迎战德罗纳。（46）德罗纳杀死了手中持弓的般遮罗王子，连同他的马匹和车夫。这个王子从战车上坠落到地上，如同一颗恒星从天穹陨落。（47）这个为般遮罗族增光的王子被杀死之后，响起一片震耳的呐喊："杀死德罗纳！杀死德罗纳！"（48）于是，强大有力的德罗纳又向狂怒的般遮罗人、摩差人、羯迦夜人、斯楞遮耶人和般度族人发起进攻。（49）萨谛奇、显光、猛光、束发、晚福、奇军、军丸和妙光,(50)所有这些和其他许多不同地区的王公们,德罗纳都在俱卢人支持下在战场上将他们击败。(51)大王啊,你方在大战中取得胜利,他们从各个方向杀戮在战场上逃窜的般度族人。(52)犹如檀那婆遭到灵魂伟大的因陀罗杀戮,般遮罗人、羯迦夜人和摩差人胆战心惊,婆罗多子孙啊!(53)

以上是吉祥的《摩诃婆罗多》中《德罗纳篇》第二十章(20)。

二一

持国说:

般度人和所有般遮罗人在大战中被婆罗堕遮之子(德罗纳)击溃,是否还有人出来迎战?(1)在战场上怀有崇高的信念,为刹帝利争得荣誉,只有人中雄牛们能做到,懦夫们做不到。(2)御者啊,在军队溃散时挺身而出,这样的人才是英雄。哎!看到德罗纳站在那里,竟然没有一个男儿挺身而出。(3)德罗纳全身披甲,谙熟各种兵器,如同一头张开大口的猛虎,又如一头颞颞开裂的大象,随时准备在战场上抛弃生命。(4)他是大弓箭手,人中之虎,敌人的克星;他知恩图报,热爱真理,一心要为难敌谋利益。(5)看到英雄的婆罗堕遮之子(德罗纳)站在军队中,哪些英雄挺身而出?全胜啊!请你讲给我听吧!(6)

全胜说:

看到德罗纳在战斗中以箭驱散涌上前来的般遮罗人、般度人、摩差人、斯楞遮耶人和车底人,(7)看到德罗纳的弓释放的箭流,剥夺他们的性命,犹如信度河的激流卷走小船,(8)俱卢人发出狮子吼,各种鼓乐齐鸣,车兵、象兵、步兵和马兵从四面八方围堵敌人。(9)难敌国王位于军队中央,在自己人的簇拥下,看到这种场面,十分高兴,微笑着对迦尔纳说:(10)"你看,罗陀之子(迦尔纳)啊!德罗纳手持硬弓,以箭驱散般遮罗人,就像一头狮子将林中鹿群吓得四处奔跑。(11)我想他们不会再回来战斗了,因为他们已经被德罗纳击溃,就像大树被风吹倒。(12)他们遭到这位灵魂伟大者的金羽毛箭袭击，一个个蒙头转向，夺路而逃。（13）他们受到俱卢族武士和灵魂伟大的德罗纳围截，挤成一团，犹如遭遇大火的许多大象。（14）他们被德罗纳的箭射中，好似挨了黑蜜蜂的蛰，一心想要逃跑，却又相互缠住。（15）这个怒气冲天的怖军，身边没有般度人和斯楞遮耶人，被我的武士们团团围住，迦尔纳啊！他仿佛在咒骂我。（16）很显然，傻瓜也会看清今天这世界上只有德罗纳，而般度之子今天一定无望保住性命和王国。"（17）

迦尔纳说：

只要大臂英雄还活着，他就不会放弃战斗，也不会不发出狮子吼，人中之虎啊！（18）但我也认为般度人不会在战场上被摧毁，这些勇士强壮有力，谙熟各种兵器，作战凶猛。（19）般度之子们牢记着下毒、纵火、掷骰子赌博和流亡森林带给他们的苦难，他们不会离开战场。（20）威力无限的大臂狼腹（怖军）受到欺辱，这位贡蒂之子将消灭众多出类拔萃的战车勇士。（21）他将使用刀、弓和标枪，率领战马、战象、战士和战车，以铁杵杀死我们成群成群的武士。（22）以萨谛奇为首的战车勇士，般遮罗人、羯迦夜人和摩差人，特别是般度人都会跟随他。（23）他们都是强壮有力的英雄，威武的战车大勇士，更何况受到愤怒的怖军激励。（24）这些俱卢族雄牛将从四面八方向德罗纳发起进攻，簇拥着狼腹（怖军），犹如云团簇拥太阳。（25）他们一心一意要打击信守诺言、无人保护的德罗纳，正像一群飞蛾扑向灯火。毫无疑问，他们精通武艺，善于阻击。（26）我认为婆罗堕遮之子（德罗纳）的负担过于沉重，我们必须迅速赶到他那儿。不要让他们杀死信守诺言的德罗纳，犹如一群乌鸦杀死大象。（27）

全胜说：

听了罗陀之子（迦尔纳）的话，难敌国王率领兄弟们前往德罗纳战车所在的地方，国王啊！（28）那里叫喊声四起，般度人驾驭毛色不一的优等战马转回来，想要杀死孤身作战的德罗纳。（29）

以上是吉祥的《摩诃婆罗多》中《德罗纳篇》第二十一章(21)。

二二

持国说:

以怖军为先锋的武士们愤怒地向德罗纳发起进攻,全胜啊!请把他们的战车的标识讲给我听。(1)

全胜说:

看见狼腹(怖军)驾着羚羊鹿色的驷马前进,英雄悉尼之孙(萨谛奇)驾着银色驷马跟进。(2)甘波阇骏马身被绿鹦鹉的羽毛,载着无种迅速地向你方逼近。(3)色似乌云,快速似风,几匹迅猛的黑马驮着高举武器的人中之虎偕天。(4)所有的军士跟随坚战前进,驾驭着披金的战马,疾速如风。(5)紧跟在国王之后的是般遮罗王木柱,顶着金华盖,由自己的人们护卫。(6)大弓箭手寂畏行驶在国王们中间,为他驱车的马匹额上有黄斑,能够承受战场上一切噪音。(7)行进在寂畏之后的是毗罗吒,由众多的战车大勇士簇拥。羯迦夜族兄弟们和束发,还有勇旗,同样在各自的军队簇拥下,跟随在摩差王的后面。(8)

杀敌勇士摩差王驾驭着与粉红喇叭花同色的漂亮骏马。(9)色黄如金、迅疾如飞的战马佩戴金环,载着毗罗吒国王的儿子(优多罗)。(10)羯迦夜族五兄弟乘着色似胭脂虫的驷马,浑身放着金光,幡幢火红。(11)这些英雄佩戴金项环,个个能征善战,铠甲护身,看上去真像下雨的云。(12)色似古铜,如同尚未烧制的泥罐,几匹训练有素的战马驮着威力无比的般遮罗王子束发。(13)般遮罗族大勇士共有一万二千名,其中六千名跟随着束发。(14)尊者啊,那些长着梅花鹿斑的战马欢快地载着人中之虎童护之子(勇旗)。(15)勇旗是车底族雄牛,力大无穷,难以战胜。他一路奔来,驾驶着甘波阇花斑马。(16)那些信度骏马色如稻草烧出的青烟,迅疾如飞,载着羯迦夜王子巨武。(17)

眼似茉莉花,色如荷花,那些波力迦骏马佩戴饰物,载着英勇的束发之子武天。(18)那些色如麻鹬的骏马载着迦尸王阿比菩的儿子奔赴战场。他年轻娇嫩，却是个大勇士。（19）那些黑颈白身的骏马，迅疾如思想，听命于驾车的车夫，载着王子向山，国王啊！（20）那些色如豌豆花的骏马载着子月奔向战场。他是普利塔之子（怖军）从烟氏仙人那里求得的儿子。（21）他神采奕奕，犹如千轮月亮。在俱卢族名叫升月的城堡中，他诞生于榨取苏摩汁的过程中，因此得名子月。（22）色似娑罗树花，又似朝阳的那些骏马，载着值得称赞的无种之子百军。（23）那些色似孔雀颈项的骏马，配有金光闪闪的鞍鞯，载着黑公主之子、人中之虎闻业。（24）那些色似青椋鸟的骏马载着黑公主之子闻称奔赴战场。他博学多闻，仿佛是阿周那的化身。（25）那些红褐色的战马载着少年激昂奔向战场。人们说他在战场上甚至超过黑天和阿周那一倍半。（26）

尚武是持国的儿子中惟一站在般度族一边的，几匹高头大马载着他奔赴战场。（27）那些色如稻草秆的骏马经过精心装饰，兴奋地载着敏捷的晚福奔赴喧嚣的战场。（28）那些听命于车夫的白蹄马，身披金片护甲，载着妙思王子奔赴战场。（29）那些色如素绢的骏马身被金护甲、项戴金环，富有耐力，载着有序。（30）那些品种最优的骏马色如黄金，经过精心装饰，项戴金环，载着人们交口称颂的迦尸王。（31）那些红色的骏马载着向前挺进的真坚。无论是诸般武艺，还是吠陀梵学，他都精通。（32）那些色泽如鸽的骏马载着猛光。他是般遮罗军队的首领，担负着杀死德罗纳的使命。（33）跟在他后面的是真坚、作战凶猛的妙思、有序和迦尸王（阿比菩）之子施财。（34）他们驾驭着佩戴金环的甘波阇优等快马，令敌军闻风丧胆，犹如阎摩和俱比罗。（35）六千名钵罗跋德罗迦人和般遮罗人高擎着武器，驾驭不同颜色的骏马，战车和幡幢绚丽多彩。（36）他们挽弓释放箭雨，驱散敌人。他们决意共同迎接死亡，跟随在猛光之后。（37）

那些色似黄绢的骏马驮着显光，佩戴精制的金环，情绪激昂。（38）阿周那的舅舅贡提婆阇王布卢吉多，驾驭着驯服的、色如彩虹的骏马奔来。（39）那些骏马色如繁星点缀的夜空，载着娄遮摩那王来到战场。（40）那些白蹄花斑骏马全身披挂金网，载着妖连之子偕天。（41）那些骏马色如蓝莲花茎，夹带着斑点，迅疾如鹰，载着苏达曼。（42）那些色如红兔、夹有白道的骏马载着般遮罗族牛王之子狮军。（43）著名的镇群王是般遮罗族人中之虎，他的那些骏马色似芥子花。（44）那些色如黑豆的快马身躯魁伟，佩戴金环，马背如同奶酪，马面如同月亮，载着般遮罗王快速前进。（45）那些勇敢英俊的骏马载着执杖。它们色如芦苇秆，又似荷花蕊。（46）那些骏马色似鸳鸯肚，佩戴金环，载着憍萨罗王子妙武。（47）那些高大美丽的杂色骏马载着骁勇善战的真坚。它们健壮、驯顺，佩戴金环。（48）舒伽罗冲向前去。他的马匹、弓弩、幡幢和铠甲浑然一色，皆为白色。（49）那些来自海边的骏马灿若月亮，载着威力可怕的海军之子月天。（50）

那些色如蓝莲花的骏马佩戴着纯金饰物和绚丽的花环，载着尸毗王奇车冲向战场。（51）那些色如豌豆花的骏马身上红白条纹相间，载着作战凶猛的车军。（52）那些色似鹦鹉的骏马载着杀死强盗的国王。人们说他是最勇敢的男人。（53）那些色如金苏迦花的骏马载着花械。他佩戴美丽的花环，配备花色的铠甲、武器和幡幢。（54）尼罗冲向前去，幡幢、铠甲、弓弩、战车、马匹浑然一色，皆为青色。（55）奇异冲向前去，战车、幡幢和弓上镶嵌着美丽的宝石，马匹、幡幢和旗杆色彩斑斓。（56）那些色如莲叶的骏马载着娄遮摩那的儿子金色。（57）那些勇敢善战的骏马载着杖旗，产自舍罗弹宅和阿努弹宅，睾丸发白，色似鸡卵。（58）那些色如阿吒芦舍迦花的骏马载着般底亚王，十四万战车勇士跟随着他。（59）那些毛色不一、模样各异的骏马载着以车轮为幢徽的英雄瓶首。（60）

坚战站在军队中，金色的骏马跟随着他。他通晓正法，是国王中的翘楚。四周围钵罗跋德罗迦人驾驶着颜色不一、高低错落的神奇骏马。（61）王中王啊！这些跃跃欲试的勇士们高擎金色的幡幢，和怖军在一起，看上去如同众天神们和因陀罗在一起。（62）猛光的光辉盖过所有聚集起来的人，而婆罗堕遮之子（德罗纳）的光辉也盖过所有的军队。（63）

以上是吉祥的《摩诃婆罗多》中《德罗纳篇》第二十二章(22)。

二三

持国说：

以狼腹（怖军）为首的战车勇士们转回来参加战斗，在战场上连天神的军队也会恐慌。（1）这个人一定是与好运相连，一切目标在他身上都能实现。（2）坚战曾被放逐，成了束发的苦行者，披着兽皮，不为世人所知，在森林中度过漫长的岁月。（3）正是他率领大军卷土重来。对于我的儿子，这除了命运安排，还能是什么？（4）人肯定要受命运束缚，被命运牵着走，而由不得自己的意愿。（5）坚战因掷骰子陷入厄运，吃了很多苦。他又因好运眷顾而得到众多的帮手。（6）"羯迦夜国、迦尸国、憍萨罗国一半已属于我，还有车底国、梵伽国也归顺了我。（7）父亲啊！大地大部分已属于我，普利塔之子的国土，也是我们的。"御者啊！愚蠢的难敌曾经这样对我说。（8）德罗纳在庞大的军队中受到很好的保护，却在战斗中被猛光杀死，这除了命运安排，还能是什么？（9）德罗纳是国王中的大臂者，永远乐于战斗，精通诸般武艺，死神怎么会光顾他呢？（10）我陷入困境，神志不清，听说毗湿摩和德罗纳被杀死，我不能再活下去。（11）孩子啊！当初看到我贪恋儿子，奴婢子（维杜罗）对我说过的话，① 现在在难敌和我身上都实现了，御者啊！（12）但是，那也是十分残酷的，如果抛弃了难敌，我希望剩下的儿子活下去，而让他们饱尝痛苦。（13）一个人若是放弃正法而追求财富，他就会遭到世人的摈弃而落得悲惨的下场。（14）今天，领袖已被杀死，王国丧失元气，我甚至连王国的剩余部分也看不到了，全胜啊！（15）两位首领已经死去，王国还能剩下什么呢？我们一向依靠这两位坚忍不拔的人中雄牛活着。（16）请明明白白地说给我听吧，战斗是如何进行的。谁参加战斗，谁驱逐敌人？哪些卑鄙小人因害怕而逃跑？（17）请告诉我胜财（阿周那）这位战车勇士中的雄牛做了些什么，让我们的人对这位堂兄弟惧怕万

---

① 参阅《初篇》第107章。

分？（18）般度人卷土重来，全胜啊，我的剩余的军队遭到残酷打击时，我方英雄们在那里阻截什么人？（19）

以上是吉祥的《摩诃婆罗多》中《德罗纳篇》第二十三章(23)。

二四

全胜说：

般度人卷土重来，乌云蔽日般围住德罗纳，我们看到后，恐惧万分。（1）他们掀起的尘埃笼罩你的军队。因为视线受阻，我们以为德罗纳已被杀死。（2）难敌看到英勇的大弓箭手们渴望完成残酷的事业，急忙催促自己的军队：（3）"众国王！你们要尽一切能力、力量和勇气，用一切办法，抵御般度族军队。"（4）于是，你的儿子难耐冲向怖军，远远望见之后，便泼洒箭雨，希望救护德罗纳的生命。（5）他怒气冲冲，在战场上以箭覆盖怖军，犹如覆盖死神。怖军也以箭回击他，开始了一场激战。（6）

那些听命于自在天的英雄们，个个聪明睿智，能征善战，将生死置之度外，在战斗中抵御敌人。（7）英勇的战斗明星悉尼之孙（萨谛奇）冲了过来，试图进攻德罗纳，国王啊，成铠上前阻截他。（8）愤怒的悉尼之孙（萨谛奇）以箭流抵挡愤怒的成铠。疯狂的成铠阻截悉尼之孙（萨谛奇），犹如阻截一头疯狂的大象。（9）卓越的弓箭手信度王抵挡大弓箭手武法射出的箭流，奋力保护德罗纳。（10）愤怒的武法射断信度王的旗帜和弓之后，又以许多铁箭射击他的所有要害处。（11）信度王身手敏捷，立即拿起另一张弓，在战斗中以许多铁箭射中武法。（12）妙臂奋力保护德罗纳，阻挡自己英雄的兄弟，为般度族奋战的大勇士尚武。（13）尚武射出两支锋利的黄色剃刀箭，射断正在射击的妙臂的双臂。那双臂好像一对铁闩，还握着弓和箭。（14）

摩德罗王阻截以法为魂的般度族俊杰坚战王，犹如堤岸拦住汹涌的大海。（15）法王（坚战）朝摩德罗王射出许多能射穿要害的利箭。摩德罗王以六十四支箭射中坚战后，发出吼叫。（16）般度族魁首以两支剃刀箭射断这吼叫之人的旗幡和弓，众人发出呼叫。（17）与此同时，波力迦王带着军队，射箭抵挡率领军队冲向前来的木柱王。（18）一场恶战在这两位年长者以及他们率领的军队之间爆发，仿佛是两头颞颥开裂的象王率领象群展开搏斗。（19）阿凡提国的文陀和阿奴文陀率领军队进攻摩差王毗罗吒及其率领的军队，犹如从前因陀罗和火神进攻钵利。（20）摩差人与羯迦夜人的这场混战像是发生在天神和阿修罗之间，战场上到处是无畏的马、车和象。（21）

无种之子百军冲向前来，撒开一张张箭网，会主有业阻截他，从而保护德罗纳。（22）无种之子（百军）在战斗中射出三支锋利的月牙箭，砍下有业的头颅和双臂。（23）勇猛的子月冲上前来，朝德罗纳释放箭流。毗文沙提阻截这位英雄。（24）全副武装的子月满腔愤怒，朝自己的叔叔毗文沙提连射数箭，但自己也前进不得。（25）

这时，怖车射出六支迅疾的铁箭，将沙鲁瓦王子连同马匹和车夫一起送往阎摩殿。（26）闻业驱车来到，那些马匹好像孔雀一般。大王啊！奇军之子，也就是你的孙子，上前迎战。（27）你的这两个孙子都难以战胜，展开了激战，互相渴望杀死对方，为父亲建功立业。（28）看到向山站在战场前面，德罗纳之子（马嘶）为了维护父亲的荣耀，放箭阻截他。（29）向山愤怒地发射利箭，射中这位以狮子尾为幢徽、一心保护父亲的勇士。（30）德罗纳之子（马嘶）便向黑公主之子（向山）泼洒箭雨，人中雄牛啊，犹如播种的季节播撒种子。（31）

罗奇蛮阻截诛灭强盗者，那位在两军中被誉为最勇敢的人，国王啊！（32）诛灭强盗者射断了罗奇蛮的弓和幢徽，婆罗多子孙啊，又向他撒开一张张箭网，大放光彩。（33）大智慧的毗迦尔纳在战场上阻截冲向前来的祭军之子束发。这是一个青年迎战另一个青年。（34）于是，祭军之子（束发）用箭网罩住毗迦尔纳。你的儿子强壮有力，摆脱了箭网，光彩熠熠。（35）在战场上，英勇的优多贸阇冲向德罗纳，盎伽陀便以牛犊牙箭阻截他。（36）两个人中雄狮展开激战，兴奋不已，也为所有的军队增添喜悦。（37）英勇的贡提婆阇王布卢吉多冲向德罗纳，强壮有力的大弓箭手丑面阻截他。（38）布卢吉多用一支铁箭，射中丑面的眉心，那张脸变得好像一朵带着茎秆的荷花。(39) 迦尔纳泼洒箭雨，阻截冲向德罗纳的羯迦夜五兄弟。他们的战车上红旗飘扬。(40) 五兄弟怒气冲天，朝他放出一簇簇箭。而迦尔纳撒出一张张箭网，将他们罩住。(41) 迦尔纳和那五兄弟互相用箭覆盖，在箭的笼罩下，不见了他们的身影，也不见他们的马匹、车夫、幡幢和战车。(42)

你的儿子难胜，还有胜利和取胜，这三个英雄阻截尼罗、迦尸王和阇耶三人。(43) 他们之间展开了一场可怕的战斗，使观看的人倍感兴奋。一边好比是狮子、老虎和狼，另一边好比是大象、水牛和野牛。(44) 萨谛奇在战场上冲向德罗纳，忏摩杜尔提和毗诃特两兄弟使用锋利的箭阻截他。(45) 这两个人和一个人之间的战斗简直是奇迹，犹如森林里一头狮子和两头颞颥开裂的大象搏斗。(46) 同时，愤怒的车底王射出利箭，阻截生性好战的安波私吒王，从而保护德罗纳。(47) 安波私吒王射出一支能射穿人骨的利箭，车底王被射中，松开还带着箭的弓，从战车跌落到地上。(48)

高大的有年之子慈悯射出许多小头箭，阻截怒气冲冲的苾湿尼王子晚福，从而保护德罗纳。(49) 凡是看到精通诸般武艺的慈悯和苾湿尼王子激战的人，都被这场战斗深深吸引，心无旁骛。(50) 不知疲倦的佩珠王冲上前来，月授之子（广声）阻截他，为德罗纳增添光彩。(51) 他迅速射断月授之子（广声）的弓和幡幢，又把他的旗杆、车夫和华盖从战车上射落。(52) 于是，月授之子（广声），这位以祭柱为幢徽的杀敌者，迅速跳下战车，挥舞大刀杀死了佩珠王及其驷马和车夫，摧毁了他的幡幢和战车。(53) 接着，他跃上自己的战车，拿起另一张弓，亲自驾驭马匹，国王啊，把般度族军队驱散。(54) 使用铁杵、铁锤、飞轮、飞镖和战斧，又使用尘土、风、火、水、灰烬、石头、草和树，(55) 瓶首一路砍，刺，杀，冲，掷，想要接近德罗纳，让全军恐慌。(56) 但是，罗刹指掌精通各种兵器和武艺，愤怒地杀向罗刹瓶首。(57) 发生在这两个罗刹首领之间的战斗，犹如从前商波罗和天王（因陀罗）之间的战斗。(58)

在你们和他们之间这样的捉对厮杀数以百计，发生在战车、战象、战马和步兵之间。愿您吉祥！(59) 一方一心一意要保卫德罗纳，另一方一心一意要杀死德罗纳，这样的战斗前所未见，前所未

闻。(60)但见这样的战斗遍及战场，数不胜数，主人啊！有的可怕，有的壮观，有的残酷。(61)

以上是吉祥的《摩诃婆罗多》中《德罗纳篇》第二十四章(24)。

二五

持国说：

这些军队被抵挡回去，又反攻回来，普利塔之子们和我方的勇士们如何战斗？(1)阿周那怎样对付敢死队？全胜啊！敢死队又如何对付普利塔之子（阿周那）？(2)

全胜说：

这些军队被抵挡回去，又反攻回来，你的儿子亲自率领象军冲向怖军。(3)犹如大象对大象，雄牛对雄牛，受到难敌王挑战，怖军冲向象军。(4)普利塔之子（怖军）骁勇善战，双臂力大无穷，很快突破象军，尊者啊！(5)那些大象高耸如山，流淌汁液，在怖军的铁箭打击下，晕头转向，失去了疯劲。(6)犹如大风驱散密布的乌云，风神之子（怖军）驱散象军。(7)怖军把箭射向那些大象，如同初升的太阳把光芒洒向万物。(8)那些大象被怖军数以百计的箭射中，犹如天上的乌云被阳光穿透。(9)看到风神之子（怖军）如此摧残大象，难敌怒不可遏，冲上前去，向他发射许多利箭。(10)怖军双眼血红，渴望消灭难敌王，刹那之间，射出许多锋利的羽毛箭。(11)难敌所有的肢体都中了箭。他勃然大怒而又微笑着向般度之子怖军发射许多闪闪发光的铁箭。(12)般度之子（怖军）迅速以两支月牙箭射断难敌的弓和以战象为徽标的幡幢。那幢徽镶嵌着各色珠宝。(13)

安伽王看到难敌遭到怖军打击，尊者啊，他驱象赶来，想要搅乱怖军。(14)那头象冲向前来，发出的吼叫好似云中雷鸣。怖军猛力射出一支铁箭，射中它的颞颥之间。(15)铁箭穿透象的躯体，钻入地下。大象倒下，好像被金刚杵击倒的一座山。(16)弥戾车王随同毙命的大象一起倒下。狼腹（怖军）动作敏捷，以一支月牙箭砍下他的头颅。(17)这位英雄倒下后，他的队伍溃不成军，马、象和战车

惊惶失措，夺路而逃，将步兵践踏在脚下。（18）

正当所有的大军向四面八方溃逃时，东光王（福授）驾驭着战象向怖军发起了攻击。（19）这头战象中的佼佼者，因陀罗曾凭借它战胜提迭和檀那婆。它突然冲了过来。（20）战象愤怒地瞪圆双眼，蜷缩起双耳、双脚和象鼻，好像要摧毁般度之子（怖军）。（21）全军上下爆发出叫喊声："哎呀！怖军被大象踩死了。"尊者啊！（22）般度族军队为这声音所震慑，匆忙赶往狼腹（怖军）那里。（23）坚战王以为狼腹（怖军）被杀，和般遮罗人一起将福授王团团围住。（24）那些出类拔萃的战车勇士们包围福授王，向他射出成百上千支锋利的箭。（25）这位山地国王用刺棒回击箭矢，用战象驱散般度人和般遮罗人。（26）国王啊！我们看到年迈的福授王驾驭战象，驰骋战场，真是太奇妙了。（27）

陀沙尔那国王驾驭战象冲向东光王。这头战象速度极快，淌着汁液，横冲直撞。（28）两头模样可怕的战象开始了一场战斗，好像古代两座覆盖森林而长有翅膀的山。（29）东光王的战象一个冲撞转身，刺破了陀沙尔那国王的战象的侧胁，把那头战象击倒。（30）随即，福授王使用七支阳光般闪耀的长矛，杀死这个从象座上跌落的敌人。（31）坚战靠近福授王，率领战车大军将他团团围住。（32）福授王骑在战象上，四周是包围他的战车，仿佛是山上森林中熊熊燃烧的一团烈火。（33）那些战车紧紧地围成了一个圆圈，勇猛的弓箭手们泼洒着箭雨，那头战象在圆圈中徘徊。（34）然后，东光王抱紧战象，突然驱使它冲向萨谛奇的战车。（35）那头巨象卷住悉尼之孙（萨谛奇）的战车，使劲将它抛出。而萨谛奇跳了下来。（36）车夫扶起那些高大的信度马，赶到萨谛奇身旁，又启动战车。（37）

这时，这头战象抓住机会，迅速冲出了战车的包围圈，一路摔倒所有的国王们。（38）人中雄牛们被这只急速奔跑的战象吓得魂飞魄散。明明是一头象，国王们竟然以为是上百头象出现在战场上。（39）福授王骑在战象上，追杀那些般度人，犹如天王（因陀罗）骑在爱罗婆多象背上，追杀檀那婆们。（40）般遮罗人四处逃跑，他们的象和马发出可怕的鸣叫。（41）般度人在战场上遭到福授王追杀，怖军勃然大怒，又朝着东光王冲过来。（42）怖军冲过来时，这头战象用鼻子喷水，泼洒他的马匹。那些马匹受到惊吓，又拉着怖军离开了战场。（43）于是，格利提之子光节又快速向福授王冲过来，一路泼洒箭雨，如同死神站在战车上。（44）这时，这位形体优美的山地国王射出一支笔直的箭，将光节送往阎摩殿。（45）这位英雄倒下，妙贤之子（激昂）、黑公主的儿子们、显光、勇旗和尚武一起向这头战象发起攻击。（46）他们一心要杀死这头大象，一面可怕地呐喊着，一面朝它泼洒箭流，好似乌云降下倾盆大雨。（47）战象接受技艺高超的驭手用脚后跟、刺钩和大脚趾作出的示意，挺直象鼻，耷拉耳朵，闭紧双眼，飞奔向前。（48）它把尚武的马匹踏在脚下，踩死尚武的车夫。你的儿子尚武慌忙跳上妙贤之子（激昂）的战车。（49）

象背上的国王不断地向敌人发射箭矢，犹如太阳将光芒洒向万物。（50）阿周那之子（激昂）以十二支箭射中他，尚武以十支，黑公主的儿子们和勇旗各以三支射中他。（51）那象身上插满敌人奋力射来的箭，仿佛一团巨大的乌云被太阳光穿透。（52）在敌人利箭的折磨下，在驭手的技艺和力量的驱策下，这头象摔倒左右两侧的敌人。（53）福授王一次又一次驱赶敌军，犹如牧人在林中用棍棒驱赶牲畜。（54）般度人在逃跑时，发出嘈杂的喊叫，正像受到秃鹫袭击的乌鸦在迅速飞散时发出鸣叫。（55）这象之王受到驭手刺钩的刺激，好似古代长了翅膀的山，国王啊！它带给敌人强烈的恐惧，正像波涛汹涌的大海让商队胆战心惊。（56）此时在战场上，象、车、马和国王们吓得四处奔跑，可怕的喧嚣声充满天、地和空，覆盖四面八方，国王啊！（57）福授王全仗这头卓越的战象，勇猛地闯入敌人的阵列，国王啊，犹如昔日毗娄遮那在战场上闯入由众天神精心保护的天兵军队。（58）狂风吹起，尘土笼罩天空和军队。所有的人都把这头象当作从四面奔突而来的象群。（59）

以上是吉祥的《摩诃婆罗多》中《德罗纳篇》第二十五章(25)。

二六

全胜说：

你问我普利塔之子（阿周那）在战场上的事迹，国王啊！现在请听我讲述他的战斗事迹。(1) 看到尘土四起，听到象的鸣叫，面对被福授王击溃的军队，贡蒂之子（阿周那）对黑天说：(2) "东光王驱使着战象驰骋沙场，诛灭摩图者啊！那喧嚣声肯定是因他而起。(3) 在我看来，他精湛的驭象术不在因陀罗之下，在这世界上数一数二。(4) 那象也是最优秀的，在战场上永远没有与之相匹敌的对手。它执行任务，不知疲倦，优秀之处无法用任何言语形容。(5) 它经得住各种兵器打击，甚至不惧怕接触火，无瑕的人啊！显然，它今天孤军作战也能消灭般度族军队。(6) 除了我们两个以外，无人能够降伏那头战象。快走，到东光王那里去。(7) 福授王仗着与因陀罗的友情和战象的力量，倚老卖老，得意洋洋。今天，我要送他去做诛灭波罗者（因陀罗）的座上宾。"(8)

听了左手开弓者（阿周那）的话，黑天驱车赶往福授王践踏般度族军队的地方。(9) 尔后，在行进途中，敢死队的一万四千名大勇士赶来，向阿周那挑战。(10) 一万名勇士来自三穴国，国王啊！四千名是婆薮提婆之子（黑天）的追随者。① (11) 看到军队被福授王击溃，而自己又受到敢死队的挑战，尊者啊，阿周那的心分成了两半。(12) "怎样做才更好呢？"他考虑着，"是离开这里，还是去坚战那里？" (13) 阿周那凭借智慧做出判断，俱卢后裔啊，他决意消灭敢死队。(14)

以猿猴为幢徽的因陀罗之子阿周那突然转回，决意在战场上独自消灭数以千计的战车勇士。(15) 这也是难敌和迦尔纳两人的计谋，为了杀死阿周那，安排了这样双重的会战。(16) 般度之子（阿周那）确实处于两难，但他决意单车战群雄，使敌方的计谋落空。(17) 这时，国王啊，敢死队的大勇士们向阿周那射出数万支笔直的箭。(18) 在箭的覆盖下，已看不见贡蒂之子（阿周那）和黑天，也看不见那些马匹和战车，国王啊！(19) 正当遮那陀那（黑天）发蒙冒汗时，阿周那用金刚杵法宝，消灭了大多数勇士。(20)

数以百计被斩断的手臂还握着箭、弓弦和弓，旗幡、马匹、车夫和战车勇士都倒在地上。(21) 那些战象被普利塔之子（阿周那）的

---

① 在大战前夕，按照阿周那和难敌的选择，黑天本人支持般度族，而将自己的军队交给俱卢族。

箭射中,失去驭手,倒在地上。它们装备精良,仿佛一座座长满树木的山,一团团带雨的云。(22)那些马匹被普利塔之子(阿周那)的箭射中,和骑手一起倒在地上,命殒气绝,身上的披巾和辔头残破,马具断裂。(23)那些被有冠者(阿周那)以月牙箭削断的手臂,有些手中握着宝剑、盾牌和刀,有些握着铁锤和斧子。(24)那些被阿周那以箭砍下的头颅滚落在地,尊者啊,有些像初升的太阳,有些像水中的莲花,有些像月亮。(25)翼月生(阿周那)怒气冲冲,用各种经过装饰的、吞噬生命的利箭杀戮敌人,敌军像在烈火中燃烧。(26)胜财(阿周那)摧毁敌军,犹如一头大象摧残池塘中的莲花。所有的生灵都为他喝彩:"妙哉!妙哉!"(27)摩豆族后裔(黑天)看到普利塔之子(阿周那)创造的业绩如同婆薮之主(因陀罗),惊诧不已,击掌以示敬意。(28)几乎杀光所有在场的敢死队后,普利塔之子(阿周那)催促黑天说,"去福授王那里。"(29)

以上是吉祥的《摩诃婆罗多》中《德罗纳篇》第二十六章(26)。

二七

全胜说:

依照普利塔之子(阿周那)的愿望,黑天驱赶马匹前往德罗纳的军队。这些白马快速似思想,披挂黄金装饰品。(1)正当俱卢族魁首(阿周那)前去营救正在遭受德罗纳摧残的自己人时,善佑和他的弟兄们从后面赶来,渴望与他交战。(2)于是,拥有白马的胜利者(阿周那)对不可战胜的黑天说:"这个善佑和他的弟兄们在向我挑战,永不退却者啊!(3)我们军队的北翼已被攻破,诛灭敌人者啊,此刻,我的心思又因为这些敢死队,分成了两半。(4)我是消灭这些敢死队呢,还是去保护遭受打击的自己人?你知道我的思想,怎样做更好呢?"(5)

听了这番话,陀沙诃族后裔(黑天)掉转马头,驶向向般度之子(阿周那)挑战的三穴国王。(6)随即,阿周那用七支快箭射中善佑,又用两支剃刀箭射断他的幡幢和弓。(7)普利塔之子(阿周那)又迅速用六支铁箭将三穴国王的兄弟连同马匹和车夫，一起送往阎摩殿。（8）这时，善佑瞄准阿周那，投出像蛇一般的铁标枪，又朝婆薮提婆之子（黑天）投出长矛。（9）阿周那以三支箭击断了那根标枪，又以三支箭击断那支长矛。他射出一簇簇箭矢，直到把善佑打得失去知觉才罢休。（10）

犹如婆薮之主（因陀罗）降下瓢泼大雨，阿周那一路挺进，泼洒箭雨。国王啊！你的军队中无人可以阻挡这位勇士。（11）就这样，胜财（阿周那）一路前进，用箭消灭俱卢族大勇士们，好似烈火焚烧干草。（12）犹如生灵无法忍受火烤，你的军队无法忍受聪明的贡蒂之子（阿周那）的威力，国王啊！（13）般度之子（阿周那）泼洒的箭雨笼罩所有军队。他像金翅鸟扑向猎物那样扑向东光王。（14）吉湿奴（阿周那）挽开的那张弓在战场上，能为受难的婆罗多子孙造福，而让敌人增添眼泪。（15）阿周那拉开这张弓，消灭众刹帝利，国王啊！这都是你的儿子掷骰子赌博行骗造成的。（16）你的军队在普利塔之子（阿周那）打击下崩溃了，大王啊，犹如一只船撞上山崖。（17）这时，一万名弓箭手转回来，怒气冲冲，下定决心，要在战场上战胜阿周那。（18）战车勇士普利塔之子（阿周那）通晓危机法，心中无所畏惧。在战斗中，他能够承受一切负担，因而也勇挑重担。（19）犹如一头愤怒的、颞颥开裂的六十岁大象践踏芦苇丛，普利塔之子（阿周那）蹂躏你的军队。（20）

在你的军队遭受蹂躏时，福授王驾驭他的战象突然朝胜财（阿周那）冲来。（21）人中之虎（阿周那）毫不畏惧，站在战车上迎战福授王。这是一场战车和战象之间的激战。（22）不论是战车还是战象，都按照经典全副武装，福授王和胜财（阿周那）两个英雄在战场上开始了周旋。（23）福授王如同因陀罗骑在如同乌云的象王身上，向胜财（阿周那）泼洒箭雨。（24）骁勇的因陀罗之子（阿周那）未待箭雨落下，就以箭雨粉碎福授王的箭雨。（25）东光王抵挡住箭雨，再用箭袭击大臂的普利塔之子（阿周那）和黑天，婆罗多子孙啊！（26）福授王先撒出一张巨大的箭网，然后驱使大象去杀死他们两个。（27）看到那头大象如同愤怒的死神冲过来，遮那陀那（黑天）赶紧移动战车，让大象位于车的左侧。（28）在这头大象掉转身子的时候，胜财

（阿周那）有机会将它和驭手一起杀死，但他考虑到战斗规则，没有这样做。（29）但是，那头战象仍在摧毁象、车和马，把它们送往死神的世界。于是，尊者啊，胜财（阿周那）发怒了。（30）

以上是吉祥的《摩诃婆罗多》中《德罗纳篇》第二十七章(27)。

二八

持国说：

愤怒的般度之子（阿周那）对福授王做了些什么？东光王又如何对付普利塔之子（阿周那）？请如实地讲给我听吧。（1）

全胜说：

当陀沙诃族后裔（黑天）和般度之子（阿周那）与东光王纠缠时，所有的生灵都认为他们两个到达了死神的身旁。（2）福授王从大象的肩头，对准战车上的两位黑王子，不断地泼洒箭雨，人主啊！（3）福授王扯圆了弓，向提婆吉之子（黑天）发射黑铁制成、在石头上磨尖的金羽毛箭。（4）福授王射出的箭犀利无比，触上它就像触到了火。那些箭穿透提婆吉之子（黑天）的身体，又钻入地下。（5）普利塔之子（阿周那）射断福授王的弓，射碎他的箭囊，游戏般地与福授王交战。（6）福授王掷出十四支锐利的长矛，像阳光一样闪亮。左手开弓者（阿周那）将它们每一支都截成三段。（7）然后，诛灭巴迦者之子（阿周那）用箭网击毁战象的铠甲，使战象看上去好似一座拨开云雾的山王。（8）东光王朝婆薮提婆之子（黑天）投出一根金柄铁制标枪，阿周那将它断成两截。（9）他以箭射断福授王的华盖和幡幢，又笑着，迅速地以十支箭射中这位山地国王。（10）被这些美丽的苍鹭羽毛箭射中，福授王对灵魂伟大的般度之子（阿周那）大为恼怒。（11）他对准拥有白马者（阿周那）的头，掷出多支长矛，并发出吼叫。在这个回合中，阿周那的顶冠被长矛打歪。（12）于是，翼月生（阿周那）扶正顶冠，对福授王说："在这个世界上，你要瞄得准些。"（13）

听了阿周那的话，福授王勃然大怒，抓起一张闪闪发光的弓，朝般度之子（阿周那）和乔宾陀（黑天）泼洒箭雨。（14）普利塔之子（阿周那）再次射断他的弓，射碎他的箭囊。他又迅速，以七十二支箭射中他的要害。（15）尽管这样中箭，福授王并不慌乱。他口念咒语，将刺钩变为毗湿奴法宝，愤怒地投向般度之子（阿周那）的胸膛。（16）美发者（黑天）挺身挡住普利塔之子（阿周那），用自己的胸膛接住福授王掷出的能够毁灭一切的法宝。（17）那法宝在美发者（黑天）的胸膛上变成了象征胜利的花环。这时，阿周那心中不悦，对美发者（黑天）说：（18）"遮那陀那啊！你说过：'我不参战，只是驾驭马匹。'莲花眼啊！你没有信守自己的诺言。（19）假如我遭逢不幸，或没有了抵御的能力，你可以这样做。但只要我还站着，你就不应该这样做。（20）你也知道，我只要拿着弓和箭，便能够战胜整个世界，战胜天神、阿修罗和人。"（21）

尔后，婆薮提婆之子（黑天）回答阿周那，说了一番重要的话："普利塔之子啊！请听这个秘密吧！这是以前发生的事情，无罪的人啊！（22）我有四个形体，始终努力保护一切世界。我将自己一分为四，维护一切世界的利益。（23）我的一个形体留在大地上修炼苦行。另一个形体观察世界行善和作恶。（24）还有一个形体下凡到人间行动。第四个形体要沉睡一千年。（25）当我的这个形体在千年的尽头醒来，他会在那时向应该获得恩惠的人赐予最高的恩惠。（26）大地知道这一时刻来到了，她为那罗迦向我请求一个恩赐。请你听听这个请求吧。（27）'请让我的儿子免于天神和阿修罗的杀戮吧！让我的儿子备上毗湿奴法宝吧！你能赐给我这个恩惠。'（28）当时，我听了这个请求，就把百发百中的毗湿奴法宝赐给了大地的儿子。（29）我说道：'大地啊！让这个百发百中的法宝保护那罗迦吧！谁也不能杀害他。（30）有这个法宝的保佑，你的儿子将能摧毁任何顽敌，在任何世界、任何时候都不可战胜。'（31）'这样就好！'说罢，智慧的大地女神如愿以偿，离去了。从此，那罗迦克敌制胜，无敌天下。（32）东光王从那罗迦那里得到我的这个法宝，它能杀害一切世界的任何人，包括因陀罗和楼陀罗在内，尊者啊！（33）为了你的缘故，我才毁约，收走这个法宝。这个大阿修罗已经失去这个无上法宝，普利塔之子啊，你杀死他吧！（34）在战斗中难以战胜的福授王是你的敌人，

也是天神的敌人。你杀死他吧！就像我当年为了世界的利益杀死那罗迦。"（35）

听了灵魂伟大的美发者（黑天）的话，普利塔之子（阿周那）向福授王猛烈发射利箭。（36）思想高尚的大臂普利塔之子（阿周那）不慌不忙，将一支铁箭射入战象的颞颥之间。（37）铁箭击中战象，正如金刚杵击中大山。整个箭连同羽毛一起扎进大象躯体，就像蛇钻进蚁垤。（38）大象肢体僵直，两枚象牙插进了地里，发出痛苦的鸣叫，辞别了生命。（39）随后，般度之子（阿周那）用一支锐利的半月箭射穿福授王的心脏。（40）心脏被阿周那射穿，福授王丧失性命，弓和箭从手中脱落。（41）那优美的刺钩从他的头上落下，犹如因莲花杆受到剧烈震动，一片莲花瓣从莲花上坠落。（42）戴着金环的福授王从身擐金甲、体形如山的大象上跌落下来，犹如鲜花盛开的迦尼迦罗树被风吹折，从山顶滚落。（43）

因陀罗之子（阿周那）在战场上杀死了这位像因陀罗一样骁勇而又是因陀罗朋友的国王。尔后，阿周那击败你的其他许多渴望胜利的人，犹如大风折断许多树木。（44）

以上是吉祥的《摩诃婆罗多》中《德罗纳篇》第二十八章(28)。

二九

全胜说：

威力无限的东光王一向是因陀罗的朋友，受他宠爱。普利塔之子（阿周那）杀了他后，围着他行右旋礼。（1）

然后，犍陀罗王的两个儿子在战场上进攻阿周那。他们是雄牛和不摇两兄弟，是征服敌人城堡的英雄。（2）两个英雄的弓箭手一个从前面，一个从后面接近阿周那，猛烈地射出许多速度飞快的利箭。（3）普利塔之子（阿周那）也射出许多利箭，将妙力之子雄牛的马匹、车夫、弓、华盖、战车和幡幢全都射得粉碎。（4）接着，阿周那又以大量的箭和其他各种兵器，打乱以妙力之子为首的犍陀罗族军队。（5）胜财（阿周那）愤怒地用箭将五百名高擎着武器的犍陀罗英雄送往死神的世界。（6）大臂英雄雄牛急忙跳下马匹倒毙的战车，跨上兄弟的战车，拿起另一张弓。（7）雄牛和不摇两兄弟同乘一辆战车，不停地向毗跋蓌（阿周那）泼洒箭雨。(8) 你的两个灵魂伟大的小舅子，雄牛和不摇两个王子向普利塔之子（阿周那）发起猛烈的攻击，犹如弗栗多和波罗在攻击因陀罗。(9) 犍陀罗族两兄弟箭箭射中目标，不断地攻击般度之子（阿周那），犹如夏天雨季的两个月不停地用雨水折磨世人。(10) 雄牛和不摇两个王子，都是人中之虎，并肩站在战车上。国王啊！阿周那用一支箭就杀死了他们两个。(11) 两个大臂英雄一般模样，形同狮子，眼睛发红。这对同胞兄弟丢失性命，从战车上跌落。(12) 他俩为亲友所喜爱，如今躯体从战车落到地上，而他俩纯洁的名誉传遍十方。(13)

看到两位舅舅在战场上毫不退却，双双被杀，你的儿子们洒下许多眼泪，民众之主啊！(14) 眼见两位亲兄弟被杀，擅长百种幻术的沙恭尼施展幻术，迷惑两位黑王子。(15) 铁杵、铁球、石块、百杀器、标枪、棒槌、铁冎、剑、铁叉、铁锤和梭镖，(16) 振荡器、双刃剑、利爪、铁杵、战斧、剃刀箭、马蹄箭、牛犊牙箭和三尖箭，(17) 飞轮、箭、投枪和其他各式各样的兵器，从四面八方朝阿周那飞来。(18) 驴、骆驼、水牛、狮子、老虎、豹子、熊、狼、兀鹰、猿猴和蛇蝎，(19) 各种饥饿的罗刹和猛禽，都凶狠地向阿周那扑来。(20)

英勇的贡蒂之子胜财（阿周那），谙熟各种天神法宝，猛然撒出一张张箭网，将它们全部射中。(21) 它们遭到英雄坚硬的利箭杀戮，发出阵阵凄厉的惨叫，全部灭亡。(22) 这时，黑暗开始包围阿周那的战车。黑暗中传出咒骂他的恶言恶语。(23) 阿周那使用一种叫做"星辉"的大法宝，驱散了黑暗。黑暗刚消失，又出现了令人恐怖的洪水。(24) 为了消除洪水，阿周那使用了太阳法宝，很快就晒干了大部分水。(25) 就这样，妙力之子（沙恭尼）不断制造种种幻象，阿周那笑颜以对，借助法宝的威力很快消灭这些幻象。(26) 种种幻术破灭，又遭到阿周那的利箭射击，沙恭尼惊恐地驱策快马逃跑，好似粗俗的下等人。(27)

尔后，阿周那向敌人显示操弄兵器的娴熟技艺，向俱卢族军队泼洒滂沱箭雨。(28) 你儿子的军队在普利塔之子（阿周那）的打击下，分成两股，大王啊，好像恒河撞上大山。(29) 遭到有冠者（阿周那）折磨的大勇士们，一部分投奔德罗纳，另一部分向难敌靠拢，国王啊！(30) 我们已经看不到笼罩在黑暗中的大军，只能听到南边传来的甘狄拨神弓的呼啸。(31) 那甘狄拨神弓的呼啸盖过螺号声、鼓声和各种乐器的奏鸣，直冲云霄。(32) 此时，在战场的南面，众勇士与阿周那的战斗犹酣。而我跟随着德罗纳。(33) 阿周那驱散了你儿子的各路大军，婆罗多子孙啊，好似大风吹散天空中的云团。(34) 犹如婆薮之主（因陀罗）泼洒倾盆大雨，那大弓箭手冲向前来，泼洒滂沱箭雨。无人能抵挡这位凶猛的人中之虎。(35) 你的人经不住阿周那的攻击，惊慌失措，东奔西窜，还杀死了不少自己人。(36) 阿周那放出的那些苍鹭羽毛箭能够穿透任何躯体，像蝗虫那样袭来，铺天盖地。(37) 这些箭射穿了马匹、车夫、大象和步兵后，又插入地下，仿佛群蛇钻进蚁垤。(38) 阿周那从来不向那些象、马和人射第二箭，个个都是一箭命中，倒地丧命。(39) 到处横卧着被杀死的人、马和象，躯体上还插着箭。狗在狂吠，豺狼在号叫，阵地前沿一片狼藉。(40) 在箭的袭击下，父亲顾不得儿子，朋友顾不得朋友，儿子也顾不得父亲。在普利塔之子（阿周那）的打击下，人们一心只想保全自己，也顾不得自己的坐骑。(41)

以上是吉祥的《摩诃婆罗多》中《德罗纳篇》第二十九章(29)。

三〇

持国说：

全胜啊！军队被般度之子（阿周那）击溃，人们纷纷逃跑。你们当时怎么想？(1) 军队溃散又看不到可以立足的地方，这样的局面难以驾驭。全胜啊！把情形描述给我听吧。(2)

全胜说：

尽管如此，那些愿意为你的儿子效力的英雄豪杰，为了捍卫自己的荣誉仍然追随德罗纳。(3) 他们高举武器，逼近坚战，身处险境，却无所畏惧，创造着高尚的业绩。（4）他们利用威力无限的怖军、英勇的萨谛奇和猛光出现的疏忽，反扑过去，国王啊！（5）凶猛的般遮罗人高喊着："德罗纳！德罗纳！"以此激励自己的武士。而你的儿子们督促俱卢人，高喊道："别让德罗纳被杀！"（6）一些人高喊："杀死德罗纳！"另一些人则高呼："别让德罗纳被杀！"俱卢人和般度人在进行一场以德罗纳为筹码的赌博。（7）

不论德罗纳杀向哪支般遮罗车队，般遮罗王子猛光都挡在前面。（8）战斗激烈可怕，章法全乱，英雄与英雄相逢，懦夫也遇上强敌。（9）敌军无法使般度人动摇，而般度人牢记自己经历的苦难，使敌军动摇。（10）他们知廉耻，怒不可遏，在勇气的驱使下，全然不顾生命，要在大战中杀死德罗纳。（11）威力无比的英雄们以生命为赌注，他们之间的激战，犹如铁块和岩石相撞。（12）连年迈的长者也不记得曾经发生过这样的战斗，确实是前所未闻，前所未见，大王啊！（13）

在这场英雄相遇的激战中，大地承受着大量军队交战的重压，仿佛颤抖不已。（14）你的愤怒的侄子无敌（坚战）的军队涌动如潮，发出的吼声使天庭惊呆。（15）德罗纳逼近般度族军队，在战场上纵横驰骋，以利箭击溃成千上万般度人。（16）德罗纳摧残敌军，创造奇迹。这时，军队统帅（猛光）亲自迎上前去，阻挡德罗纳。（17）德罗纳和般遮罗王子（猛光）开始了一场奇迹般的较量。我以为，这场战斗无可比拟。（18）

尔后，尼罗像一团烈火，箭作火花，弓作火苗，焚烧俱卢族军队，犹如烈火焚烧干草垛。（19）威武的德罗纳之子（马嘶）面对焚烧军队的尼罗，彬彬有礼，笑容可掬，以温和的语气说道：（20）"尼罗啊，何必用箭火烧死众多士兵？你还是与我一个人战斗吧。你若是恼怒，就用快箭射我吧！"（21）德罗纳之子（马嘶）如同用莲花合成，眼似莲花瓣，脸庞似绽开的莲花。尼罗以几支箭射中了他。（22）突然中箭后，德罗纳之子（马嘶）用三支犀利的月牙箭射断敌人的弓、幡幢和华盖。（23）尼罗跳下战车，手持盾牌和宝刀，如鸟扑食，企图从德罗纳之子（马嘶）的躯干上摘取头颅。（24）德罗纳之子（马嘶）依然笑容可掬，却以一支月牙箭，将高举宝刀的尼罗的头颅从躯干上摘下。这头颅佩戴耳环，鼻子端正，无罪的人啊！（25）他面如满月，眼似莲花瓣，身躯高大，肤色如莲花萼，倒地死去。（26）威力似火的尼罗被老师之子（马嘶）杀死后，般度族军队陷入惊慌之中。（27）般度族大勇士们都在思索："因陀罗之子（阿周那）怎能救我们摆脱敌人呢？"尊者啊！（28）此时，强大有力的阿周那正在南边打击敌人，消灭敢死队残部和那罗延军队。（29）

以上是吉祥的《摩诃婆罗多》中《德罗纳篇》第三十章（30）。

三一

全胜说：

狼腹（怖军）无法忍受他的军队横遭杀戮，以六十支箭射中波力迦，十支射中迦尔纳。（1）德罗纳想要杀死他，向他的要害部位疾速射出许多锋利可怕的铁箭。（2）接着，迦尔纳向他射出十二支箭，马嘶射出七支，难敌王射出六支。（3）大力士怖军也对所有的人进行回击，射中德罗纳五十支箭，射中迦尔纳十支，（4）射中难敌十二支，射中德罗纳之子（马嘶）八支。他在战场上冲向他们，发出大声吼叫。（5）

怖军不顾生命，视死如归，而坚战督促战士们："你们要保护怖军！"（6）以萨谛奇为首，威力无比的勇士们，包括玛德利和般度的两个儿子，赶到怖军身旁。（7）这些人中雄牛与怖军会合，情绪激昂，想要粉碎由大弓箭手们保护的德罗纳的军队。（8）以怖军为首的战车大勇士们一起冲过来。而战车勇士中的魁首德罗纳从容地迎战他们。（9）他们个个都是大力士，大勇士，英雄好汉，战斗明星。而你的武士们也将死亡的恐惧置之度外，迎着般度人冲上去。（10）

骑兵与骑兵交战，战车勇士对战车勇士，标枪对标枪，大刀对大刀，战斧对战斧。（11）勇士们拔刀相向，展开了一场残酷的屠杀。象军相逢，战斗格外激烈。（12）有人从象背上跌落，有人从马背上栽下，有人中箭从战车上滚落，尊者啊！（13）在混战中，有人跌倒在地，失去铠甲，大象踏上他的胸脯，踩碎他的头颅。（14）一些大象残杀跌倒在地的人，用象牙挑破许多战车勇士。（15）数以百计的大象，象牙上挂着湿漉漉的人肠，横冲直撞，践踏数以百计的人。（16）还有一些大象，踩踏着那些戴着铁铠甲跌倒在地的人、马、车和象，犹如踩踏粗壮的芦苇。（17）

  一些国王感到羞愧，在大限来临时，躺倒在痛苦不堪的兀鹰羽毛箭床上。（18）父亲驱车前进，杀死儿子。儿子也神志不清，肆无忌惮地杀向父亲。（19）车轴断裂，幡幢破碎，华盖落地，马匹驾着半截车辀奔跑。（20）大地上，到处是握着刀的胳膊，戴着耳环的头颅，大象摔碎的战车。（21）战象被战车勇士用铁箭击中，倒下丧命。战马遭到战象打击，和它的主人一起倒地。（22）一场残忍的肆无忌惮的大战愈演愈烈。"哎呀，父亲！""哎呀，儿子！""朋友，你在哪里？""站住！""你逃往哪里？"（23）"打！""夺过来！""杀死他！"就这样，伴着大笑，伴着呐喊，伴着怒吼，人们发出各种各样的喊叫。（24）人血、马血和象血流到一起，平息了大地的尘土，令懦夫们魂飞魄散。（25）

  英雄们揪住对方的头发，无情地拳打脚踢，指甲挠，牙齿咬。在这里，想要寻找安全岛也找不到。（26）这里，一位英雄高举的手臂被砍下来，手中还握着刀；另一位英雄的手臂也被砍落，手中还握着带箭的弓，或握着刺钩。（27）那里，一个人对另一个人呼喊，另一个人转身跑掉；这个人追上另一个人，把他的头颅从躯体上砍下。（28）有的人迎声而上，有的人闻声而逃。有的人射出利箭杀死自己人，也杀死敌人。（29）一头形同山峰的大象被铁箭射中，倒在地上，犹如夏季河中的堤坝。（30）一头大象浑身淌汗，好似一座山上流淌溪水。它刚刚撞死一名战车勇士，用脚将马匹和车夫踩倒在地。（31）看到精通武艺的英雄们互相残杀，鲜血流淌，许多胆小和心软的人都昏厥过去。（32）一切都陷入混乱，什么也辨别不清。尘土笼罩军队，战斗失去控制。（33）

  此时，军队统帅说道："是时候了！"他催促一向奋勇向前的般度人加速前进。（34）声誉卓著的般度人执行他的命令，杀向德罗纳的战车，犹如天鹅扑向湖水。（35）"抓住！""快跑！""别怕！""打烂！"这些混乱的叫喊声都冲着难以战胜的德罗纳的战车而去。（36）

第七 德罗纳篇

于是,德罗纳、慈悯、迦尔纳、德罗纳之子(马嘶)、胜车王、阿凡提国的文陀和阿奴文陀,还有沙利耶王,一起抵御这些英雄。(37)般遮罗人和般度人在崇高的正法激励下,攻不破,打不垮,即使中箭受伤,也不放弃攻打德罗纳。(38)德罗纳满腔怒火,射出成百支箭,大肆杀戮车底人、般遮罗人和般度人。(39)他发出的弓弦声和击掌声响彻四面八方,尊者啊!犹如天上的雷霆,吓倒许多般度人。(40)

这时,力士吉湿奴(阿周那)消灭了敢死队,赶到德罗纳正在折磨般度人的战场。(41)渡过以箭流为漩涡、以鲜血为湖水的大湖,消灭了敢死队之后,翼月生(阿周那)出现了。(42)他闻名遐迩,威力如同太阳。我们看见了他的闪闪发光的标志,以猿猴为徽的幡幢。(43)这般度之子仿佛是世界末日的太阳,以武器为光芒,晒干了敢死队海洋后,又来灼烤俱卢人。(44)阿周那以武器的光辉灼烤所有俱卢人,犹如世界末日燃起的熊熊大火焚烧一切众生。(45)象、马、车和兵士,遭受他数以千计的箭流打击,纷纷中箭倒地,丢掉武器。(46)遭到普利塔之子(阿周那)的利箭打击,有些人痛苦地呻吟,有些人大声地喊叫,有些人倒地丧命。(47)那些倒下的人,或者站起来转身逃跑的人,阿周那便不再杀害他们,因为他牢记着武士的规矩。(48)车、马、象被摧毁,俱卢人大多转身逃跑,呼叫着:"迦尔纳!迦尔纳!哎呀!老天!"(49)

升车之子(迦尔纳)听到这些寻求庇护的俱卢人的呼叫声,应答道:"不要怕!"然后向阿周那冲去。(50)迦尔纳是婆罗多族战车武士中的佼佼者,受到所有婆罗多人的喜爱。他通晓法宝,使出了火神法宝。(51)迦尔纳手持发光的弓,射出发光的箭流,而胜财(阿周那)撒出箭网驱散他的箭流。阿周那以法宝抵挡法宝,一面放箭,一面呐喊。(52)猛光、怖军和大勇士萨谛奇逼近迦尔纳,各以三支笔直的箭射中他。(53)罗陀之子(迦尔纳)以箭雨挡住阿周那的法宝,又放出三箭分别将那三人的弓射断。(54)三个英雄的武器被毁,犹如没有了毒液的蛇,开始投出战车上的标枪,发出狮子般的吼叫。(55)从手臂顶端投出的大枪闪闪发光,好似长蛇,势不可挡,飞向升车之子(迦尔纳)。(56)强壮有力的迦尔纳分别射出三支笔直的利箭,粉碎了那些标枪。然后,他发出吼叫,向普利塔之子(阿周那）发射利箭。（57）阿周那以七支快箭射中罗陀之子（迦尔纳），又以三支利箭杀死迦尔纳的弟弟。（58）尔后，普利塔之子（阿周那）以六支笔直的箭杀死胜敌，又以一支月牙箭猛然砍下站在战车上的毗波吒的头颅。（59）在持国之子们的眼前，当着车夫之子（迦尔纳）的面，有冠者（阿周那）独自一人连杀迦尔纳的三个同胞兄弟。（60）

这时，怖军从自己的战车上纵身跃下，犹如金翅鸟降落。他挥起宝刀，接连杀死十五个迦尔纳的两翼卫士。（61）怖军又跳上自己的战车，拿起另一张弓，用十支箭射中迦尔纳，又用五支箭射中他的车夫和马匹。（62）猛光也拿起宝刀和闪光的盾牌，杀死月铠和补卢族后裔巨武。（63）尔后，般遮罗王子（猛光）跨上自己的战车，拿起另一张弓，以七十三支箭射中迦尔纳，在战场上发出吼叫。（64）悉尼之孙（萨谛奇）也拿起另一张弓，闪亮如同彩虹。他以六十四支箭射中迦尔纳，发出狮子般的吼叫，（65）他又漂亮地放出两支月牙箭，射断迦尔纳的弓，再以三支箭射中迦尔纳的胸膛和双臂。（66）尔后，难敌、德罗纳和胜车王将正在下沉的迦尔纳从萨谛奇之海中救出。（67）而猛光、怖军、妙贤之子（激昂）、阿周那、无种和偕天在战场上保护萨谛奇。（68）这样，一场不顾性命、旨在毁灭的残酷战斗在你方弓箭手和敌方的弓箭手们之间爆发了。（69）

象、马、车和步兵与步兵、车、象和马厮杀，战车勇士与象、步兵和马纠缠厮杀，战车勇士和步兵与战车勇士和象厮杀。（70）马与马、象与象、战车勇士与战车勇士、步兵与步兵厮杀。（71）无畏的大勇士们之间的这场混战让食肉的凶禽猛兽兴高采烈，为阎摩王国增添人口。（72）无数的象、车、马和步兵被步兵、车、马和象杀死。象杀死象，战车勇士杀死高举武器的战车勇士，马杀死马，成群的步兵杀死步兵。（73）战车勇士杀死象，上乘战象杀死高头大马，马杀死人，杰出的战车勇士杀死马匹。尸体躺倒在地，舌头伸出，眼睛凸出，牙齿脱落，铠甲和装饰破碎。（74）勇士们被敌人用多种锐利兵器杀死，面露恐惧，倒在地上，又遭到马蹄和象足的乱踩乱踏，车轮的残酷碾压。（75）一边是人与人互相残杀，一边是食肉禽兽和罗刹兴高采烈。愤怒的大力士们互相残杀，竭力施展自己的威力。（76）正当两支大军互相敌视，凶猛残杀，沉浸在血流之中，太阳悄悄落山

了。于是，双方各自返回自己的营地，婆罗多子孙啊！（77）

以上是吉祥的《摩诃婆罗多》中《德罗纳篇》第三十一章(31)。《灭敢死队篇》终。

激昂阵亡篇

三二

全胜说：

我们被威力无限的翼月生（阿周那）击溃，坚战受到保护，而德罗纳未能兑现诺言。（1）你的所有武士在战场上被打败，铠甲破碎，满身灰尘，四下张望，惊恐不安。（2）经德罗纳允许，他们撤出战斗，情绪沮丧，成为在战场上得势的敌人嘲笑的对象。（3）所有的生灵都在颂扬翼月生（阿周那）的无量美德，称赞黑天对阿周那的友谊。而你的武士们犹如受到谴责，保持沉默，陷入沉思。（4）

拂晓时分，难敌因敌人占优势而忧心忡忡。他能说会道，当着所有人的面，既恭顺，又傲慢，对德罗纳激动地说了这些话：（5）"优秀的知梵者啊！我们肯定成了你要消灭的一方，因为坚战到了你的身边，而你也不抓住他。（6）其实只要你想抓住，在战场上任何到你眼前的敌人都无法逃脱，即使受到般度之子们和天神们保护也无可奈何。（7）你已经高兴地赐给我恩惠，却又不兑现。高尚的人从来不会让信赖他们的人失望。"（8）

听了这番话，德罗纳心中不悦，对国王说："你不该这样说。为了你的利益，我已竭尽全力。（9）即使整个世界参战，天神、阿修罗、健达缚、药叉、蛇和罗刹一起上阵，也无法在战场上战胜受有冠者（阿周那）保护的人。（10）有宇宙创造者乔宾陀（黑天）在，有军队之敌阿周那在，除了三眼神（湿婆）之外，谁的军队能够占上风呢？（11）我实言相告，今天也不会两样。今天，我会杀死他们中的一位大勇士。（12）我将排出连众天神也无法攻破的阵容。但是，国王啊，你务必设法将阿周那引开。（13）他在战斗中无所不知，无所不能。他从这里或那里获得了全部知识。"（14）

75

德罗纳说完,那些敢死队的勇士们又开始向阿周那挑战,把他引到战场南边。(15)在那里,阿周那与敌人之间展开了一场无论何处都闻所未闻、见所未见的激烈战斗。(16)

然后,德罗纳排定的阵容开始挺进,犹如中午的太阳发出灼人的光芒,不可逼视。(17)激昂遵父兄之命前去破阵,婆罗多子孙啊,他在战场上从几个方向突破那难以突破的车轮阵。(18)他完成了难以完成的业绩,杀死了数千名英雄之后,与六位英雄遭遇,最后败在难降之子手中。(19)我们欢欣鼓舞,般度人悲痛欲绝。妙贤之子(激昂)被杀后,国王啊,大军撤出了战场。(20)

持国说:

听到人中雄狮之子(激昂)在战场上被杀死,全胜啊,我的心都碎了,他还没有成年啊!(21)立法者们制定的刹帝利法过于残酷。那些渴求王国的英雄们竟然把武器用在一个孩子身上。(22)这孩子尽管生活在无比舒适的环境中,却毫无畏惧地驰骋沙场,牛众之子啊!告诉我,这么多武艺娴熟的勇士是怎样杀死他的?(23)妙贤之子(激昂)威力无穷,如何在战场上游戏般地突破车轮阵?全胜啊,讲给我听吧!(24)

全胜说:

你向我询问激昂之死,王中之王啊!我将全部讲给你听。国王啊!请你专心听取这孩子如何游戏般地突破军阵。(25)恐惧笼罩你的武士们,犹如在杂草丛生、树木繁茂的森林中,生灵们被大火包围。(26)

以上是吉祥的《摩诃婆罗多》中《德罗纳篇》第三十二章(32)。

三三

全胜说:

般度族五兄弟在战场上的业绩令人生畏,以业绩证明自己的艰苦卓绝。有黑天相助,连众天神也难以战胜他们。(1)论气质、业绩、世系、智慧、天性、荣誉和财富,过去和将来都没有人能与黑天的美德相比。（2）国王坚战忠于真理和正法，慷慨施舍，具有尊敬婆罗门等诸多美德，永远受到天界的欢迎。（3）国王啊！世界末日的毁灭者、英勇的持斧罗摩和战场上的怖军，人们说这三位旗鼓相当。（4）手持甘狄拨神弓者（阿周那）在战场上总能实现誓愿，我认为这位普利塔之子在大地上无与伦比。（5）永远尊敬师长，谦恭，律己，有教养，英俊，勇敢，无种集这六种美德于一身。（6）博学多闻，深沉，随和，诚实，英勇，英雄偕天可与天神双马童媲美。（7）黑天的众多美德，般度诸子的众多美德，集合起来，都体现在激昂一个人身上。（8）他坚定像坚战，行为像黑天，业绩像业绩骇人的怖军。（9）他英俊、勇敢和博学像胜财（阿周那），律己又像偕天和无种。（10）

持国说：

御者啊！我想听全部的情形，那不可战胜的妙贤之子激昂怎样在战场上被杀死？（11）

全胜说：

大王啊！师爷布下车轮阵，将那些和因陀罗一般英勇的国王都安排在内。（12）所有的王子聚在一起。他们全都发过誓，幡幢全都镶嵌金子。（13）他们全都身着红色戎装，全都佩戴红色饰物，全都打出红色旗帜，全都佩戴金环。（14）弓箭手们紧握着弓，数以万计。你那漂亮的孙子罗奇蛮位列阵容前方。（15）他们同甘共苦，相互激励，相互竞争，相互照应。（16）迦尔纳、难降和慈悯这些大勇士簇拥着国王难敌。他雍容华贵，俨然天神之王，罩着一顶白色的华盖，牦牛尾拂尘徐徐摇曳，如同一轮升起的太阳。（17）德罗纳作为统帅位于军队前方。吉祥的信度王好似弥卢山岿然不动。（18）以马嘶为首，你的三十个儿子站在信度王侧翼，大王啊，仿佛是三十三天神。（19）犍陀罗王赌徒（沙恭尼）、沙利耶和广声这些大勇士也威风凛凛地站在信度王的侧翼。（20）

以上是吉祥的《摩诃婆罗多》中《德罗纳篇》第三十三章(33)。

三四

全胜说：

普利塔之子们以怖军为先锋，向这支由德罗纳保护而难以战胜的军队发起进攻。（1）萨谛奇、显光、水滴王之孙猛光、英勇的贡提婆阇王和大勇士木柱王，（2）阿周那之子（激昂）、武法、英勇的巨武、车底王勇旗、玛德利的双生子和瓶首，（3）勇敢的瑜达摩尼瑜、不可战胜的束发、难以战胜的优多贸阇和大勇士毗罗吒，（4）黑公主的五个义愤填膺的儿子、勇敢的童护之子、威风凛然的羯迦夜族兄弟和数以千计的斯楞遮耶人，（5）这些和其他许多成群结队的武士们，个个精通武艺，作战勇猛。他们渴望战斗，猛然向德罗纳发起进攻。（6）

英勇的德罗纳毫不慌乱，以巨大的箭流阻截来犯的群雄。（7）犹如汹涌的洪水撞上屹然耸立的大山，般度人无法接近德罗纳，好似海水无法漫过海岸。（8）德罗纳的弓放出无数的箭。在箭的打击下，般度人休想在德罗纳面前停留片刻。（9）我们看到德罗纳的臂力造就的奇迹，那些般遮罗人和斯楞遮耶人竟然无法靠近他。（10）

看到德罗纳气势汹汹地扑过来，坚战反复思索抵御德罗纳的办法。（11）坚战认为没有其他人能对付德罗纳，于是就将无人能够承受的重担放到了妙贤之子（激昂）的肩上。（12）威力无限的激昂不亚于婆薮提婆之子（黑天）和阿周那。坚战对这位诛灭敌雄的勇士说道：（13）"去吧，孩子，好好干，不要让阿周那指责我们。我们不知道怎样破这车轮阵。（14）大臂英雄啊！除了你、阿周那、黑天和始光，没有第五个人能够破这车轮阵。（15）激昂啊！孩子，你能赐予我们这个恩惠。这是你的父辈、舅舅们和所有武士向你乞求的恩惠。（16）孩子，胜财（阿周那）从战场上返回，会谴责我们。因此，赶快拿起武器，去粉碎德罗纳的军队吧！"（17）

激昂说：

德罗纳摆出最佳的军阵，坚固而又严整。我渴望为父辈取得胜利，要冲进去，击破它。（18）父亲教给了我破阵的方法。但是，一

旦遇到险境，我并不能走出来。(19)

坚战说：

最卓越的武士啊！你去破阵，凭借武力为我们杀出一条通道。无论你走到哪里，我们都将跟随你，孩子啊！(20) 你在战斗中与胜财（阿周那）不相上下，孩子，派你作为先遣，我们都跟随你，从各个方面保护你。(21)

怖军说：

我也将跟随你，还有猛光、萨谛奇、般遮罗人、羯迦夜兄弟、摩差人和所有的钵罗跋德罗迦人。(22) 一旦你突破敌阵，我们将一次又一次地冲入，杀死那些大勇士。(23)

激昂说：

我将闯入难以抵御的德罗纳的军队，像一只愤怒的飞蛾扑向燃烧的火焰。(24) 今天，我创下的业绩将有利于两个世系家族。我将让母舅欢喜，也让父亲欢喜。(25) 今天，所有的生灵将目睹我在战场上把敌军成群成群地歼灭，尽管我孤身作战，还是个孩子。(26)

坚战说：

妙贤之子啊！凭你这样说，愿你的力量倍增！你定能突破难以突破的德罗纳的军阵。(27) 这些人中之虎、大弓箭手都在保护你。他们能攻善战如同沙提耶、楼陀罗和摩录多，勇猛如同婆薮、火神和太阳神。(28)

全胜说：

听了这番话，激昂催促车夫道："妙友啊！快快策马，冲向德罗那的军阵！"(29)

以上是吉祥的《摩诃婆罗多》中《德罗纳篇》第三十四章(34)。

三五

全胜说：

妙贤之子（激昂）听了智慧的法王（坚战）的话，催促车夫冲向德罗纳的军队，婆罗多子孙啊！(1) 他催促车夫说："前进！前进！"

79

国王啊,车夫却回答激昂说:(2)"千岁啊!般度人压在你肩头的担子过于沉重。你要先理智地忖度自己是否能胜任,尔后才可以去战斗。(3)德罗纳师爷久经沙场,谙熟各种无上兵器。而你虽然通晓战斗,却在荣华富贵中长大。"(4)

此时,激昂大笑,对车夫说道:"御者啊!在战场上,德罗纳算什么?整个刹帝利武士又能怎样?(5)纵然是帝释天骑上爱罗婆多象,还有众天神助威,我也要在战场上与他较量。今天,我全不把这些刹帝利武士放在眼中。这支敌军还抵不上我的十六分之一。(6)纵然在战场上遇到我的舅舅,那位征服一切的毗湿奴,以及我的父亲阿周那,车夫之子啊!我也不会害怕。"(7)这样,激昂把车夫的话全当耳旁风,催促车夫道:"前进吧!冲向德罗纳的军队,莫耽搁!"(8)于是,车夫策动那些披戴金甲的三岁骏马,心里却闷闷不乐。(9)那些马匹迅猛勇敢,在妙友的驱策下,驶向德罗纳的军队,冲向德罗纳,国王啊!(10)

看到激昂冲了过来,以德罗纳为首的俱卢人迎上去。而般度人跟在激昂的后面。(11)他的幡幢高高耸立,以迦尼迦罗树作幢首。阿周那之子(激昂)身擐金铠甲,胜似阿周那。他渴望战斗,向以德罗纳为首的大勇士们发起进攻,犹如一头幼狮袭击象群。(12)那些保卫军阵的武士们奋力反击,好似恒河流入大海时涌起漩涡。(13)双方英雄搏斗着,厮杀着,一场激烈可怕的战斗爆发了,国王啊!(14)随着这场骇人的战斗进展,德罗纳眼睁睁看着阿周那之子(激昂)攻破并闯入他的阵地。(15)

大力士激昂闯入敌阵,奋勇杀敌。高举兵器的象、马、车和步兵的洪流团团将他围住。(16)这时,响起各种鼓乐声,叫声,喊声,咆哮声,呼声,狮子吼,喝令声"站住!站住!"(17)恫吓声"休走!站住!到我这儿来!"不断出现的叫喊声"这是我!在这里!"(18)象吼声,丁当声,笑声,马蹄声,车轮声。伴随这些震撼大地的声响,俱卢人冲向阿周那之子(激昂)。(19)英雄激昂沉着镇定,眼疾手快,又谙熟人体要害,率先放出致命的武器,杀死冲上前来的敌人。(20)就这样,在战场上,俱卢人冲向激昂,遭到各式利箭杀戮,犹如飞蛾扑向烈火。(21)

激昂很快使俱卢人的躯体和肢体覆盖大地，如同在祭祀仪式上，用拘舍草铺盖祭坛。（22）阿周那之子砍断你的武士们的臂膀，数以千计。那些臂膀套着皮护袖和皮护指，握着弓、箭、刀、盾、刺钩、缰绳、长矛或战斧；（23）握着铁球、铁嘴投枪、剑、梭镖、铁叉、飞镖和铁闩、标枪或振荡器；（24）或握着刺棒、大螺号、长戈、头发、锤子、投石器、套索、铁闩或石头；（25）戴着腕环或臂钏，涂着沁人心脾的香料或油膏。（26）这些断臂颤动着流淌鲜血，仿佛是被金翅鸟扯断的一条条五头蛇，尊者啊！（27）

那些头颅的鼻子、面孔和头发俊美，面部没有疤痕，戴着美丽的耳环，因愤怒而紧咬嘴唇，鲜血不断流淌；（28）戴着美丽的花环、头冠和顶饰，珠光宝气，仿佛从茎上摘下的荷花，灿若太阳和月亮；（29）散发着纯洁的香气，活着时能说会道有益而动听的话语。翼月生之子（激昂）让敌人这样的头颅布满大地。（30）

那些战车俨如健达缚城堡，按照工艺组装而成，现在却已丢了辕头、旗杆、车栏；（31）丢了车轮、车轴、车毂和车辆，车上不见人影；车轮、附件和车座不知去向，一应什物全都破碎；（32）所有的部件都被摧毁，车上的武士也被杀死。数以千计的战车就这样毁在激昂的箭下，四面八方，随处可见。（33）

大象、骑象的武士、旌旗、刺钩、幡幢、箭囊、铠甲、鞍鞯、颈锁和披毯，（34）銮铃、象鼻、象牙、挡箭牌和护腿的步兵，都被激昂用尖锐锋利的箭击碎。（35）

那些上等骏马，林寿马、山地马，甘波阇马、阿罗吒马和波力迦马，尾巴、耳朵、眼睛稳定，迅疾如飞，（36）适合训练有素的武士乘坐，携带梭镖、宝剑和投枪等武器。这些马的身上，拂尘和披巾早已散落；（37）这些马的舌头伸出，眼球掉出，内脏流出，骑手丧命，各种马具破碎，成群的食肉兽兴高采烈。（38）这些马的铠甲和护身已经破碎，浸泡在自己的屎、尿和血泊之中。激昂就这样杀戮你的无数上等骏马，威风凛凛。（39）

激昂独自一人，好似昔日不可思议的毗湿奴，创造了难以创造的业绩。他摧毁你的由三个兵种组成的大军，也杀死你的成群成群的步兵，婆罗多子孙啊！（40）看到妙贤之子（激昂）孤身一人以他的利箭猛烈打击整个大军，犹如战神塞健陀横扫阿修罗大军，（41）你的武士们和你的儿子们四下张望，他们嘴巴发干，眼睛乱转，浑身冒汗，汗毛竖立。（42）眼见无望战胜敌人，他们一心只想逃跑，但求保全性命，相互叫喊着族名。（43）他们顾不得受伤的儿子、父亲、朋友和亲戚，策马驱象，迅速逃离。（44）

以上是吉祥的《摩诃婆罗多》中《德罗纳篇》第三十五章（35）。

三六

全胜说：

看到军队被威力无限的妙贤之子（激昂）击溃，难敌在盛怒之下亲自向他冲过去。（1）看到国王在战场上转身冲向妙贤之子（激昂），德罗纳对武士们说："救回国王！（2）在英勇的激昂让我们眼睁睁地看着他杀死目标之前，快冲过去，不要害怕，保护俱卢族国王！"（3）于是，那些知恩图报的力士，难敌的朋友们，以胜利者的姿态围住你那英雄的儿子，保护他免遭危险。（4）德罗纳、德罗纳之子（马嘶）、慈悯、迦尔纳、成铠、妙力之子（沙恭尼）、巨力、摩德罗王、普利、广声和舍罗，（5）还有布卢子和牛军，放出无数支利箭，以密集的箭雨扼制妙贤之子（激昂）。（6）他们分散他的注意力，救出难敌。而阿周那之子（激昂）似乎不能容忍失去到口的食物。（7）他释放巨大的箭流，迫使马匹、车夫和大勇士们掉转方向，然后发出狮子吼。（8）

听到激昂发出饿狮捕肉般的吼叫，以德罗纳为首的战车勇士们群情激愤，不能容忍。（9）他们用车队包围激昂，尊者啊！向他发射一簇簇利箭，形成各式各样的箭网。（10）你的侄孙（激昂）以利箭将所有的箭在空中截断，又向他们进行反击。这简直是奇迹。（11）激昂发射毒蛇般的利箭，毫不退缩。他们怒不可遏，将他团团围住，一心要杀死他。（12）你的军队如同汹涌的大海，激昂独自一人如同一道堤岸，阻挡海怪出没的大海。（13）英雄们展开了激战，互相杀戮，激昂和他的敌人们没有一个转身逃跑。（14）

第七 德罗纳篇

在这场可怕骇人的战斗中,难借以九支箭射中激昂,(15)难降射中十二支,有年之子慈悯射中三支,德罗纳射中十七支。这些箭如同毒蛇。(16)毗文沙提射中二十支,成铠射中七支,巨力射中八支,马嘶射中七支,(17)广声射中三支箭,摩德罗国王射中六支箭,沙恭尼射中二支,难敌国王射中三支。(18)大王啊!骁勇的激昂挽弓进行回击,射中他们每人三支箭,犹如跳舞一般。(19)

这时,遭到你的儿子们的打击,激昂愤怒满腔,显示他源于武艺和勇气的惊人力量。(20)那些驯顺的骏马听从车夫的命令,速度快似金翅鸟和风。激昂迅速冲向岩石之子,一面喝道:"站住!"一面以十支箭射中他。(21)激昂笑着,用这十支箭将岩石之子的车夫、马匹、幡幢、双臂、弓和头颅射落到地上。(22)

英雄的岩石王被妙贤之子(激昂)杀死,整个军队军心动摇,一心盼着逃命。(23)这时,迦尔纳、慈悯、德罗纳、德罗纳之子(马嘶)、犍陀罗王、舍罗、沙利耶、广声、迦罗特、月授和毗文沙提,(24)牛军、苏舍那、罐破、刺穿、弗楞达罗迦、罗力特、波罗拔呼、长目和难敌,个个义愤填膺,纷纷泼洒箭雨。(25)这些大弓箭手射出无数笔直的利箭。激昂愤怒地取出一支能穿透敌人躯体的箭,射向迦尔纳。(26)那支快箭穿透迦尔纳的铠甲和躯体,又钻入地下,犹如一条蛇钻入蚁垤。(27)这致命的一击使迦尔纳疼痛难忍,在战场上摇摇晃晃,仿佛地震时山在摇动。(28)尔后,强壮有力的激昂又愤怒地以三支利箭杀死苏舍那、长目和罐破三人。(29)迦尔纳射中激昂二十五支铁箭,马嘶射中二十支,成铠射中七支。(30)但见天帝释之孙(激昂)浑身上下中箭,愤怒地在军队中横冲直撞,犹如手执套索的死神。(31)

沙利耶就在他的身旁。于是,这位大臂英雄向他泼洒箭雨,发出大声吼叫,恐吓你的军队。(32)沙利耶被谙熟兵器的激昂以笔直的箭击中要害,国王啊,瘫倒在车座上,昏厥过去。(33)看到沙利耶遭到名声显赫的妙贤之子(激昂)这样的打击,整个军队当着德罗纳的面,纷纷逃跑。(34)看到大臂的沙利耶被金羽毛箭覆盖,你方士兵慌忙逃窜,犹如鹿群受到狮子袭击。(35)激昂在战斗中赢得荣誉,受到祖先、天神、遮罗纳、悉陀和药叉们的崇敬,也受到大地上一切

众生的崇敬。激昂光彩照人，好似投入了酥油的祭火。（36）

以上是吉祥的《摩诃婆罗多》中《德罗纳篇》第三十六章（36）。

三七

持国说：

大弓箭手阿周那之子（激昂）用箭大肆杀戮，我方哪些武士射击他呢？（1）

全胜说：

国王啊！请听这个孩子怎样进行一场激烈的战斗。他企图突破德罗纳亲自保护的车轮阵。（2）看到妙贤之子（激昂）在战场上以快箭挫败摩德罗王，沙利耶的弟弟愤怒地发射利箭，向激昂冲去。（3）他以十支箭射中马匹、车夫和阿周那之子（激昂），高声喝道："站住！站住！"（4）阿周那之子（激昂）射落了他的头、手和脚，射断他的弓，射死他的马匹和车夫，射倒他的华盖、幡幢、旗杆和各种用具。（5）他还用箭摧毁了车轮、车轭、车辕、箭囊、车底、旗帜、两个护轮卫士和所有的部件。因为他灵巧敏捷，没有人看见他的动作。（6）沙利耶的弟弟倒地丧命，衣服和饰物破碎，犹如一座高塔被狂风吹倒。跟随他的人吓丢了魂，四处逃散。（7）目睹阿周那之子（激昂）的业绩，周围一切生灵发出喝彩声："妙哉！妙哉！"婆罗多的子孙啊！（8）

沙利耶的弟弟被杀死后，许多武士通报自己的家族、住地和姓名，向阿周那之子（激昂）扑过来。（9）他们个个义愤填膺，手执各种兵器，力大无穷，带着车、马、象和步兵。（10）箭声，马蹄声，车轮声，呼声，喊声，叫声，狮子吼，咆哮声，（11）弓弦声，击掌声，向阿周那之子（激昂）发出的恫吓声："只要我们活着，你就别想活着离开！"（12）

看到他们这样喊叫，妙贤之子（激昂）微微一笑。谁先冲过来，他就以羽毛箭射中谁。（13）在战场上，英雄阿周那之子（激昂）展示形形色色轻巧的兵器，轻松地和他们周旋。（14）从婆薮提婆之子

（黑天）和胜财（阿周那）那里得来的这些兵器，激昂耍起来，与黑天和阿周那没有差别。（15）他将沉重的负担远远地抛开，一次又一次获得成功。他搭箭，放箭，无人能察觉其中的差别。（16）从各个方向能看到他那张拉成圆盘状的弓在闪动，犹如光辉灿烂的太阳的圆盘在驱除黑暗。（17）可以听到可怕的弓弦声和击掌声，犹如夏天乌云释放的雷鸣声。（18）妙贤之子（激昂）知廉耻，不受辱，尊敬他人，相貌英俊。他愿意对那些英雄弓箭手们表示敬意，但依然和他们交战。（19）他先温和，后残酷，国王啊，犹如秋季里，大雨过后，太阳照射。（20）愤怒的激昂射出数以百计在石头上磨尖的各种金羽毛箭，犹如太阳放射它的光芒。（21）名声显赫的激昂以无数马蹄箭、牛犊牙箭、长箭、铁箭、半铁箭、月牙箭和合掌箭，（22）当着德罗纳的面，射击战车大军。于是，在箭的打击下，这支军队转身逃跑。（23）

以上是吉祥的《摩诃婆罗多》中《德罗纳篇》第三十七章(37)。

三八

持国说：

我的心十分矛盾，既羞愧又满意，全胜啊！妙贤之子（激昂）击退了我儿子的军队。（1）牛众之子啊！请再详细地讲述这孩子的游戏吧，那好似塞健陀和阿修罗之间的一场游戏。（2）

全胜说：

好吧！我现在就把那场极其可怕的厮杀讲给你听。那是发生在一个人和众多武士之间的激烈的战斗。（3）勇猛顽强的激昂站在战车上，让你方所有的战车勇士感到兴奋，他们也都是勇猛顽强的克敌者。（4）德罗纳、迦尔纳、慈悯、沙利耶、德罗纳之子（马嘶）、博遮王、巨力、难敌、月授之子（广声）和大力士沙恭尼，（5）还有其他各地的国王们和王子们，各个兵种的武士们，激昂如同旋转的火轮，用箭攻击他们。（6）威武勇猛的妙贤之子（激昂）施展无上的武器，消灭敌人，出现在四面八方，婆罗多子孙啊！（7）

目睹威力无限的妙贤之子（激昂）的所作所为，你的武士们一次又一次地战栗不安。（8）这时，威武的大智慧者德罗纳兴奋得瞪大眼睛，迅速对慈悯说话。（9）尊者啊，他看到激昂在战场上如此精通武艺，仿佛要用话语刺中你儿子的要害，说道：（10）"这少年激昂走在普利塔之子们的前列，让所有的朋友和坚战王欣喜不已，（11）让无种、偕天、怖军和般度之子（阿周那）兴高采烈，还有其他亲属、亲戚、中立者和朋友们。（12）我看在这战场上没有与他旗鼓相当的弓箭手。如果他愿意，他是能够消灭这支军队的。但不知何故他不愿意这样。"（13）

你的儿子听了德罗纳的这番话，听出话音里的喜悦心情。他对阿周那之子（激昂）满怀愤怒，看了看德罗纳，似乎微微一笑。（14）然后，难敌对迦尔纳、波力迦、慈悯、难降、摩德罗王和其他大勇士们说：（15）"在所有刹帝利武士中，师爷最精通吠陀。他不愿意杀死那愚蠢的阿周那之子（激昂）。（16）如果他在战场上扯开弓，连死神也难得逃脱，更何况其他凡夫俗子呢？我对你们说的是实话。（17）他在保护阿周那之子（激昂），因为阿周那是他的弟子。儿子们、弟子们以及他们的子嗣对于遵行正法的人们是宝贵的。（18）那个傻瓜自以为是，以为自己很英勇，其实是受到德罗纳的保护。你们不要迟疑，赶快把他杀掉吧！"（19）

听到国王这样说，那些义愤填膺的武士们冲向妙贤之子（激昂），想要当着德罗纳的面杀死他。（20）俱卢族之虎难降听了难敌的话之后，对难敌说道：（21）"大王啊！我告诉你，我要杀死他。今天就让般度的儿子们和般遮罗人眼睁睁地看着，我要吞掉妙贤之子（激昂），犹如罗睺吞噬太阳。"（22）然后，他提高了嗓门，又对俱卢族国王说道："那两个极其傲慢的黑王子若是听说我消灭了妙贤之子（激昂），就会离开活人世界，而进入幽灵世界，这毫无疑问。（23）听说他俩死了，般度两个妻子所生的儿子们连同他们的朋友，也就会在一天之内，因无能而丢弃生命。（24）因此，只要消灭了这一个敌人，也就消灭了你的所有敌人。请祝福我吧，国王啊！我要杀死你的这个敌人。"（25）

这样说过后，国王啊！你的儿子难降吼叫着冲向妙贤之子（激昂），愤怒地泼洒箭雨。（26）你的儿子怒气冲冲地扑过来，那克敌英雄激昂向他射出二十六支利箭。（27）这时，难降满腔愤怒，像一头颞颡开裂的大象向妙贤之子（激昂）开战，激昂迎战。（28）两个人都是驾驭战车的好手，一左一右，展开搏斗。战车盘旋着，转出美丽的花样。（29）这时，众人擂起了腰鼓、小鼓、铜鼓、吉迦罗鼓、大鼓、半月鼓、恰恰鼓，响声震耳欲聋，中间夹杂着狮子吼，如同从海中升起一般。（30）

以上是吉祥的《摩诃婆罗多》中《德罗纳篇》第三十八章(38)。

三九

全胜说：

尽管箭伤布满全身，那聪明的激昂依然笑对敌人，对站在面前的难降说道：（1）"多么幸运，我能在战场上与你这狂妄之徒相逢。你全然无视正义，凶暴残忍，飞扬跋扈。（2）你曾在大会堂，当着持国王的面，用尖刻的话激怒法王坚战。胜利冲昏你的头脑，也对怖军口出狂言。（3）你夺取他人的财富，暴躁、不安分、贪婪、无知、恶毒、凶狠。（4）你夺走了我的父辈，那些优秀的弓箭手们的王国。由于激怒了那些灵魂伟大的人，你就要尝到果报了。（5）你马上就要得到你横行不法的果报。邪恶的人啊，今天，我要当着所有武士的面，用箭惩罚你。（6）今天，在战场上，我将摆脱愤怒的负担，为了愤恨难平的黑公主，为了一直在企盼机会的我的父亲。（7）今天，俱卢后裔啊，我将在战斗中还清怖军的债。只要你不放弃战斗，你就别想活着离开。"（8）

这样说完，诛灭敌雄的大臂英雄搭上一支闪耀着死神、火神和风神光辉的箭，能致难降以死命。（9）这支箭迅速击中难降的胸膛，穿透他的锁骨。之后，激昂又射了二十五支箭。（10）难降受到了致命的打击，疼痛难忍，一下子坐到车座上，昏了过去，大王啊！（11）车夫快速驱车，拉着失去知觉的难降离开战场的中心。难降已被妙贤之子（激昂）的箭击成重伤。（12）看到这个情景，般度人、黑公主的五个儿子、毗罗吒、般遮罗人和羯迦夜人发出狮子吼。（13）般度族军队兴高采烈，奏响了所有各种乐器。（14）他们看到妙贤之子（激昂）的一举一动，看到那狂妄自大的顽敌被打败，个个喜笑颜开。（15）黑公主的五个大勇士儿子以阎摩、风神、天帝释和双马童的画像为幢徽。（16）萨谛奇、显光、猛光、束发、羯迦夜人、勇旗、摩差人、般遮罗人和斯楞遮耶人，（17）以及以坚战为首的般度人，满怀喜悦。他们一齐上阵，企图冲破德罗纳的军阵。（18）于是，你的那些渴望胜利、决不回头的英雄们和敌人展开了一场大战。（19）

　　大王啊！难敌对罗陀之子（迦尔纳）说道："你看，英雄难降败在激昂的手下。（20）激昂如同灼人的太阳，在战场上杀戮敌人，般度人高举武器，跑过来保护他。"（21）于是，迦尔纳为你的儿子谋利益，愤怒地向难以接近的激昂泼洒箭雨。（22）英雄迦尔纳在战场上藐视群雄，他用无比犀利的箭射向激昂的随从们。（23）灵魂伟大的激昂一心想要进攻德罗纳，迅速地射中罗陀之子（迦尔纳）七十三支箭。（24）在战场上，没有人能阻挡激昂冲向德罗纳。他横扫众多卓越的战车勇士，犹如手执金刚杵的因陀罗横扫阿修罗。（25）迦尔纳受到所有弓箭手尊敬，求胜心切，以上百支箭射中激昂，展示他的锐利兵器。（26）威武的迦尔纳是罗摩的弟子，精通兵器的武士中的佼佼者。他在战场上用各种兵器打击难以被敌人战胜的激昂。（27）尽管遭到罗陀之子（迦尔纳）的兵器之雨袭击，妙贤之子（激昂）在战场上如同天神一般毫不畏缩。（28）阿周那之子（激昂）发射在石头上磨尖的月牙箭，射断众多勇士的弓，然后袭击迦尔纳，将他的幡幢和弓射落在地。（29）看到迦尔纳陷入困境，迦尔纳的弟弟举起一张结实的弓，迅速冲向妙贤之子（激昂）。（30）于是，普利塔之子们和他们的随从们高声呼喊，奏响各式鼓乐，为妙贤之子（激昂）喝彩。（31）

　　以上是吉祥的《摩诃婆罗多》中《德罗纳篇》第三十九章(39)。

四〇

全胜说：

迦尔纳的弟弟咆哮着，手中执弓，不断扯开弓弦，迅速地插入两个灵魂伟大者的战车之间。（1）他以十支箭射中难以征服的激昂，也射中他的华盖、幡幢、车夫和马匹，面露微笑。（2）激昂创造的非凡业绩与他的父辈和祖辈不相上下。看到他遭到利箭打击，你们的人兴奋不已。（3）而激昂笑嘻嘻地扯开弓，一箭射落他的头颅。他从战车上跌落地面，（4）犹如迦尼迦罗树被狂风吹倒，从山上坠落。国王啊，看到弟弟被杀，迦尔纳痛苦不安。（5）

妙贤之子（激昂）用苍鹭羽毛箭迫使迦尔纳掉头后，又迅速冲向其他大弓箭手。（6）尔后，象、马、车和步兵仿佛布下天罗地网。闻名遐迩的激昂好像一条发怒的大鱼，冲破了这张网。（7）迦尔纳被激昂的数支箭击伤，不得不驾驶快马离开战场。于是，军队崩溃。（8）激昂的带着利刃的箭如蝗虫一般铺天盖地。箭雨之下什么也看不清，国王啊！（9）你的许多武士死在利箭之下，战场上除了信度王之外，再无人立足，国王啊！（10）

尔后，人中雄牛妙贤之子（激昂）吹响螺号，飞快地冲向婆罗多族大军，婆罗多族雄牛啊！（11）激昂在婆罗多族大军中旋转着，犹如烈火落入干草堆，迅猛地焚毁敌人。（12）激昂闯入大军，以利箭摧毁车、象、马和人，致使地上布满无头躯干。（13）在激昂的弓中射出的上等利箭打击下，人们只顾保命，在逃跑中甚至杀死迎面碰上的自己人。（14）那些硕大的宽口箭凶猛可怕，迅疾飞落战场，摧毁车、象和马。（15）放眼望去，战场上到处是被砍断的胳膊。断臂上还戴着金首饰、腕环和护指皮套，握着武器和刀剑。（16）数以千计的箭、弓、剑、尸体、戴着花环和耳环的头颅遍布大地。（17）车的部件、车座、辕木、前舆、车轴、扭曲的车轮、残破的战车、长矛、弓、武器和倒下的大幡幢，（18）以及被杀死的武士、马和大象，顷刻间使大地惨不忍睹，无路可通，民众之主啊！（19）

遭到杀戮的王子们互相呼救,婆罗多族俊杰啊,他们的高声惨叫令懦夫们越发胆战心惊,回荡在四面八方。(20)妙贤之子(激昂)冲入敌阵,一路砍杀马、车和象。他纵横驰骋,消灭四面八方的敌人。(21)一时间,我们无法看到他,婆罗多子孙啊!他被军队和尘土遮住,正在剥夺象、马和国王们的性命。(22)刹那间,我们又看到了激昂,犹如看到了中午的太阳,国王啊!他正在折磨敌群。(23)因陀罗之孙(激昂)在军队中光辉灿烂,仿佛因陀罗亲临战场。(24)

以上是吉祥的《摩诃婆罗多》中《德罗纳篇》第四十章(40)。

四一

持国说:

这个孩子享有荣华富贵,而以不可阻挡的力量称雄;这个王族子弟骁勇善战,又奋不顾身。(1)那些三岁骏马载着他深入敌军,坚战的军队中有哪位战车勇士跟随他?(2)

全胜说:

坚战、怖军、束发、萨谛奇、无种、偕天、猛光、毗罗吒、木柱王、羯迦夜王和勇旗,他们群情激昂,还有摩差国王子们,都跟随他冲进战场。(3)这些武士队列整齐,冲向前去保护激昂。看到这些英雄冲过来时,你们的人转身逃跑。(4)看到你儿子的大军掉头逃跑,你的英勇的女婿冲过来阻截敌军。(5)国王啊,信度王子胜车王拦住渴望保护儿子的普利塔之子们的军队,(6)这勇猛的大弓箭手增武之子使出法宝,拦住普利塔之子们的军队,犹如拦住从山坡冲下的象群。(7)

持国说:

全胜啊!我看这过重的负担就落在信度王的肩上了,他只身抵御那些愤怒的、想要保护儿子的般度人。(8)在我看来,信度王身上的力量和勇气是一个奇迹。他具有伟大的灵魂,请把他的超凡的勇气和业绩讲给我听吧!(9)这信度王曾经怎样布施,怎样祭供,怎样修炼严酷的苦行,因而能只身抵御愤怒的般度人?(10)

第七　德罗纳篇

全胜说：

在争夺黑公主之战中，他被怖军打败。缘于这个耻辱，那国王渴望得到神的恩惠，修炼大苦行。（11）他克制诸根，拒绝一切感官对象的诱惑，忍受饥渴和灼烤，瘦弱不堪，青筋暴露，吟诵永恒的吠陀，取悦沙尔婆神。（12）世尊沙尔婆神怜惜虔诚的信徒，对他产生了同情。那诃罗神对梦中的信度王子说："我很满意，请选择一个恩惠吧！胜车啊！你想要什么？"（13）听到沙尔婆神这样说，克己自律的信度王子胜车向楼陀罗神鞠躬，双手合十，说道：（14）"般度之子们英勇顽强，威力吓人。但愿我能在战场上一个人抵御他们全体。"婆罗多子孙啊！（15）听到胜车这样说，神中之主对他说："卓越的人啊！我赐给你这个恩惠。除了普利塔之子胜财（阿周那）之外，（16）你将在战场上抵御般度的四个儿子。""好吧！"国王这样回答神中之主后，便醒过来。（17）

他凭借神赐的恩惠和法宝的力量，独自一人抵挡般度族军队。（18）他的击掌声和弓弦令敌方的武士们恐惧，而你的军队则兴高采烈。（19）国王啊，刹帝利们看到信度王肩负起重担，便呐喊着，冲向坚战的军队。（20）

以上是吉祥的《摩诃婆罗多》中《德罗纳篇》第四十一章(41)。

四二

全胜说：

王中之王啊！你问我信度王的英雄业绩，请听这一切吧，我将讲述他如何与般度人战斗。（1）那些信度产的高头大马训练有素，听从车夫的指挥，迅疾如风，载着他前进。（2）他的战车如同健达缚城堡，按照工艺组装而成；车上的大旗以银制的野猪为旗徽，闪闪发光。（3）白色的华盖和旗幡，牦牛尾拂尘，具备这些帝王的标志，他宛若天空中的群星之主。（4）战车的铁制护栏镶嵌着珍珠、钻石、珠宝和金子，犹如天空中布满群星。（5）他拉开那张巨大的弓，射出无数支箭，填补了阿周那之子（激昂）冲开的缺口。（6）他以三支箭射中萨谛奇，八支射中狼腹（怖军），六支射中猛光，十支射中毗罗吒。(7)他以五支利箭射中木柱王，十支射中束发，二十五支射中羯迦夜兄弟，分别以三支箭射中黑公主的五个儿子。(8)他以七十支箭射中坚战，又撒出一张巨大的箭网将其余的人击退。这真像是一个奇迹。(9)

这时，威武的正法之子（坚战）以一支浅黄色的月牙箭瞄准胜车的弓，笑着将它射断。(10)一眨眼的工夫，胜车又拿起一张弓，射中坚战十支箭，又射中其他人各三支箭。(11)在领教了胜车的机灵敏捷之后，怖军迅速地以三支月牙箭再次将胜车的弓、幡幢和华盖射落到地上。(12)强壮有力的胜车又拿起另一张弓，上好弓弦，摧毁了怖军的幡幢、弓和马匹，尊者啊！(13)怖军的弓被射断，他从马匹倒毙的上等战车上跳下来，又跳上萨谛奇的战车，犹如一头狮子跃上山顶。(14)

目睹信度王令人信服的重大业绩，你的武士们兴高采烈，齐声呼喊："妙哉！妙哉！"(15)他独自一人，凭借法宝的威力抵挡住愤怒的般度人。一切众生称颂他的业绩。(16)妙贤之子（激昂）先前消灭无数优秀的武士和大象而为般度人开辟的道路又被信度王封锁住了。(17)英雄的摩差人、般遮罗人、羯迦夜人和般度人轮番逼近信度王。(18)但是，无论哪一个企图冲破德罗纳布下的军阵，都被信度王挡了回去，因为他得到天神的恩惠。(19)

以上是吉祥的《摩诃婆罗多》中《德罗纳篇》第四十二章(42)。

四 三

全胜说：

信度王把渴望胜利的般度人挡在外面，你方和敌方发生了一场可怕的厮杀。(1)信守诺言而勇猛的阿周那之子（激昂）闯入难以抵御的敌军，搅乱阵容，好似海怪搅乱大海。(2)克敌制胜的妙贤之子（激昂）泼洒箭雨，搅乱敌军，俱卢族俊杰们按照身份排列向他发起进攻。(3)他们与他之间展开一场残酷的战斗。威力无限的俱卢人不

住地泼洒箭雨。(4)

阿周那之子(激昂)受到车队和敌人拦截。他杀死了牛军的车夫,又射断他的弓。(5)强壮有力的激昂又用笔直的箭,射中他的马匹。于是,那些迅疾如风的马匹拉着他逃离战场。(6)趁此机会,激昂的车夫将战车驶开。这时,战车武士们高兴地喊道:"妙哉!妙哉!"(7)激昂如同一头雄狮,愤怒地冲向前来,用箭杀戮敌人。于是,婆娑提王迅速冲向激昂。(8)他向激昂射出六十支金羽毛箭,说道:"只要我活着,你就别想活着离开战场。"(9)妙贤之子(激昂)向身擐铁甲的婆娑提王射出一支能即刻毙命的箭,穿透了他的心脏。婆娑提王倒地丧命。(10)

目睹婆娑提王被杀,刹帝利雄牛们群情激愤,国王啊!他们包围你的侄孙,渴望杀死他。(11)他们纷纷扯开各式各样的弓,一次又一次。妙贤之子(激昂)和他的敌人之间的战斗愈演愈烈。(12)愤怒的翼月生之子(激昂)射断他们的箭和弓,射断他们戴着耳环和花环的躯体和头颅。(13)但见那些断臂还握着刀剑、铁叉或战斧,还戴着护指皮套和金首饰。(14)花环、装饰物、衣服、倒下的大幡幢、盔甲、盾牌、项链、王冠、华盖和拂尘,(15)车的部件、车座、辕木、车栏、车轴、破碎的车轮和车轭,(16)车底、旗幡、车夫、马匹、支离破碎的战车和被杀死的大象,遍布大地。(17)被杀死的刹帝利武士们,个个都是英雄好汉,身为各地的国王,曾经满怀胜利的希望,现在横尸遍野,使大地变得惨不忍睹。(18)

愤怒的激昂驰骋在战场的四面八方,行体消失不见。(19)我们只能看到他的金铠甲、装饰品、弓和箭。(20)他以箭夺取武士们的性命,好似中午的太阳,谁也不敢用双眼逼视他。(21)

以上是吉祥的《摩诃婆罗多》中《德罗纳篇》第四十三章(43)。

四四

全胜说:

阿周那之子(激昂)索取众英雄的性命,仿佛死神于世界末日毁灭一切众生的生命。（1）激昂强壮有力，是天帝释的孙子，像天帝释一样勇敢。他搅乱敌军，大放光彩。（2）深入敌军后，王中之王啊，激昂犹如毁灭刹帝利王族的死神。他逮住了真闻，犹如老虎逮住一头健壮的鹿。（3）真闻被抓后，战车大勇士们纷纷拿起各种兵器，迅速迫近激昂。（4）这些刹帝利雄牛争先恐后，高喊着："我先来，我先来！"一起涌向前去，企图杀死阿周那之子（激昂）。（5）激昂消灭了这些涌上前来的刹帝利武士，犹如大海中的一条大鲸鱼吞噬一群小鱼。（6）凡是冲到他身边的武士们，没有一个能够再回来，犹如河水不再从大海回流。（7）如同一条破船漂荡在大海上，既受到大鲨鱼的袭击，又惧怕飓风的袭击，你的军队惊恐不安。（8）

　　这时，一个名叫金车的摩德罗王子，强壮有力，无所畏惧，安抚惊恐不安的军队，说道：（9）"英雄们，你们不用怕。有我在，激昂算得了什么？毫无疑问，我将活捉他。"（10）这样说过后，英勇的金车向妙贤之子（激昂）冲去。他驾驶着一辆装备齐全、光芒四射的战车。（11）他一面高喊着，一面以三支箭射中激昂的胸，又各以三支犀利的箭射中激昂的右臂和左臂。（12）而翼月生（阿周那）之子射断了金车的弓，又很快地将他的左臂、右臂和眉目清秀的头颅射落到地上。（13）骄傲的沙利耶之子金车本想活捉敌人，却被名声显赫的妙贤之子（激昂）杀死。（14）

　　看到金车被杀，国王啊，那些沙利耶之子的同龄好友，在战场上作战凶猛的王子们，高擎着镶金旗帜的大勇士们，（15）纷纷拉开棕榈树一般高大的弓，泼洒箭雨，将阿周那之子（激昂）团团围住。（16）这些英雄豪杰个个武艺娴熟，力大过人，年轻而刚烈。而妙贤之子（激昂）孤身作战，却不可战胜。（17）看到他们用箭流覆盖激昂，难敌十分高兴，认为他已经到了阎摩殿。（18）王子们三支三支地射出各种金羽毛箭，一眨眼的工夫就不见了激昂的身影。（19）我们再见到激昂时，尊者啊，他的身上，以及他的车夫、马匹、幡幢和战车上都插满了箭，好像一只箭猪身上的鬃毛。（20）

　　激昂被箭深深刺中，怒不可遏，好像大象被刺棒刺痛。他放出健达缚法宝，施展战车幻术。（21）那是阿周那通过修炼苦行，从冬布鲁等健达缚那里获得的法宝。激昂用这个法宝迷惑敌人。（22）他只

94

是一个人，却时而变成一百个，时而变作一千个，犹如旋转的火轮，在战场上飞快地施展法宝。（23）凭借战车的驰骋和法宝的幻影，折磨敌人的激昂迷惑国王们，国王啊，将他们碎躯百段。（24）他在战斗中用利箭遣送他们的生命，这些躯体倒地后，也就到达另一个世界，国王啊！（25）翼月生（阿周那）之子以犀利的月牙箭粉碎他们的弓、马匹、车夫、幡幢、戴着腕环的胳膊以及头颅。（26）一百个王子就这样被激昂杀死，倒在地上，好似一片长了五年正当结果的芒果林遭到砍伐。（27）这些本该过舒适生活的年轻王子仿佛是愤怒的毒蛇。眼见他们被一个人杀害，难敌感到害怕。（28）目睹车兵、象兵、马兵和步兵已溃不成军，急躁的难敌急忙冲到激昂的面前。（29）他们二人之间的战斗仿佛只进行了一刹那，你的儿子就身中百箭而逃离战场。（30）

以上是吉祥的《摩诃婆罗多》中《德罗纳篇》第四十四章(44)。

四五

持国说：

御者啊，正如你向我讲述的那样，这场发生在一个人和许多人之间的战斗激烈可怕，那个灵魂伟大的人取得胜利。（1）妙贤之子（激昂）的勇敢仿佛是奇迹，令人难以置信。但是，对于那些皈依正法的人来说，这不是奇迹。（2）那么，百名王子遭到杀戮，难敌离开战场以后，我的人马采取什么对策来对付妙贤之子（激昂）呢？（3）

全胜说：

他们嘴巴发干，眼睛乱转，浑身是汗，汗毛竖立。他们一心只想逃离战场，失去战胜敌人的勇气。（4）他们撇下已被杀死的兄弟、父亲、儿子或亲朋好友，急忙驱马策象逃离。（5）看到他们溃逃，德罗纳、德罗纳之子（马嘶）、巨力、慈悯、难敌、迦尔纳、成铠和妙力之子，（6）群情激愤，一起朝不可战胜的妙贤之子（激昂）冲过去。但是，他们大部分也都被你的侄孙杀得掉转了脸。（7）只有罗奇蛮冲到了激昂的面前。他在舒适生活中长大，但精通箭术，威力巨大，因年轻气盛而无所畏惧。(8)他的父亲急于保护儿子,转身回来,跟随他,其他大勇士也追随难敌返回。(9)他们向激昂射出无数支箭,犹如乌云向大山泼洒倾盆大雨。激昂一人拼杀群敌,好似狂风驱散满天乌云。(10)你的孙子罗奇蛮也是一个难以战胜的勇士,面容姣好,挺立在父亲身边,高举着弓。(11)他在荣华富贵中长大,好似财神的儿子。在战场上,疯狂的激昂逼近他,犹如逼近一头疯狂的大象。(12)罗奇蛮接近诛灭敌雄的激昂,用锐利的箭射中他的双臂和胸膛。(13)

大臂的激昂像一条遭到棍击的蛇,怒不可遏。大王啊!你的侄孙对你的孙子说道:(14)"你好好看看这个世界吧!你就要去另一个世界了。当着你众亲友的面,我要送你去阎摩殿。"(15)

说罢,诛灭敌雄的大臂英雄妙贤之子(激昂)射出一支月牙箭。这支箭活像一条刚刚蜕了皮的蛇。(16)它脱离激昂的双臂,夺走罗奇蛮美丽的头颅。那头颅鼻子端正,眉毛修长,披一头卷发,戴着耳环。看到罗奇蛮被杀,所有的人都发出惊呼。(17)心爱的儿子倒在地上,难敌满腔愤怒。这位刹帝利雄牛对刹帝利们高喊道:"杀死他!"(18)

于是,德罗纳、慈悯、迦尔纳、德罗纳之子(马嘶)、巨力和诃利迪迦之子成铠六名战车勇士上前围堵。(19)阿周那之子(激昂)以利箭将他们射中,把他们击退。然后,愤怒的激昂猛然向信度王的大军冲去。(20)全副武装的羯陵伽人、尼沙陀人和英勇的迦罗特之子指挥象军挡住他的去路,一场激战开始了,打得难解难分,民众之主啊!(21)阿周那之子(激昂)摧毁凶猛的象军,犹如狂风驱散空中密集的乌云。(22)尔后,迦罗特王子向阿周那之子(激昂)发射箭流,以德罗纳为首的其他战车勇士们也返回来,一面发射出最好的兵器,一面朝激昂扑过来。(23)阿周那之子(激昂)用箭截住他们,然后迅速向迦罗特王子发射无数箭流,一心要杀死他。(24)他射落迦罗特王子的弓、箭囊、双臂、戴着王冠的头、华盖和幡幢,也射死他的车夫和马匹。(25)迦罗特王子出身名门,富有教养、学问、力量和声誉,拥有武器和军队。他被杀死后,大部分英雄也掉头而去。(26)

以上是吉祥的《摩诃婆罗多》中《德罗纳篇》第四十五章(45)。

四六

持国说：
稚嫩而不可战胜的妙贤之子（激昂）闯入军阵，在战场上从不后退，创下与他的门第相配的业绩。（1）他驾驶着那些强悍的三岁骏马，犹如遨游在天空，有哪些英雄围截他？（2）

全胜说：
般度后裔激昂闯入你的军队，以犀利的箭使所有的国王转身逃窜。（3）德罗纳、慈悯、迦尔纳、德罗纳之子（马嘶）、巨力和诃利迪迦之子成铠六名战车勇士将他团团围住。（4）看到信度王肩负沉重的负担，大王啊，你的军队向坚战发起进攻。（5）其他的战车大勇士们拉开如棕榈树一般高大的弓，向英雄的妙贤之子（激昂）泼洒箭雨。（6）但是，诛灭敌雄的妙贤之子（激昂）在战场上以箭使所有精通诸般武艺的大弓箭手们目瞪口呆。（7）他以五十支箭镞锋利的箭射中德罗纳，以二十支射中巨力，以八十支射中成铠，以六十支射中慈悯。（8）阿周那之子（激昂）拉圆了弓，放出十支迅猛的金羽毛箭，将马嘶射中。（9）他以一支浅黄色的、无比锋利的耳箭于群敌之中射中迦尔纳的一只耳朵。（10）他将慈悯的马匹和两侧车夫击倒在地，又以十支箭射中他的胸口。（11）尔后，当着你的英雄儿子们的面，强壮有力的激昂杀死了为俱卢族增光的英雄费楞达罗迦。（12）

激昂无所畏惧，杀死敌方一个又一个勇士。德罗纳之子（马嘶）以二十五支小头箭击中他。（13）而阿周那之子（激昂）当着持国之子们的面，迅速以许多利箭将马嘶射中，尊者啊！（14）德罗纳之子（马嘶）又以六十支凶猛的、箭刃锋利的箭射中激昂，却不能使他动摇，正像不能使美那加山动摇。（15）光辉有力的激昂又以七十三支金羽毛箭射中攻击他的德罗纳之子（马嘶）。（16）为了保护儿子，德罗纳将一百支箭射向激昂。马嘶也为了在战场上保护父亲，向激昂射出十六支箭。（17）迦尔纳向激昂射出二十二支月牙箭，成铠射出十四支，巨力射出十五支，有年之子慈悯射出十支。（18）遭到四面八方的利箭袭击，激昂向他们每人回击十支箭。（19）憍萨罗王以一支耳箭射中激昂的心口，激昂却让他的马匹、幡幢、弓和车夫统统跌落到地上。（20）这时，失去战车的憍萨罗王手持刀和盾，想要从激昂的躯干上砍下他的戴着耳环的头颅。（21）激昂以一箭射穿身为憍萨罗王的巨力王子的心。心被射穿，巨力倒了下去，国王啊！（22）

激昂击溃成千上万灵魂伟大的勇士。他们手持刀和弓，说着不吉利的话。（23）妙贤之子（激昂）杀死巨力后，驰骋战场，泼洒箭雨，震慑住你的大弓箭手和勇士们。（24）

以上是吉祥的《摩诃婆罗多》中《德罗纳篇》第四十六章(46)。

四七

全胜说：

激昂又以一支耳箭射中迦尔纳的耳朵，再以五十支箭射中他，使他怒气冲天。（1）于是，罗陀之子（迦尔纳）以同样多的箭射中他。激昂满身是箭，大放光彩，婆罗多子孙啊！（2）愤怒的激昂也让迦尔纳流淌鲜血。英雄的迦尔纳也满身是箭，浸透鲜血，光彩照人。（3）这两个灵魂伟大的勇士浑身披箭，流淌鲜血，好像两株鲜花盛开的金苏迦树。（4）激昂又消灭迦尔纳的六个精通诸般武艺的臣僚，连同他们的马匹、车夫、幡幢和战车。（5）激昂镇定自若，分别以十支箭击中其他大弓箭手。这真像是奇迹！（6）他又以六支笔直的箭杀死年轻的摩揭陀王子马旗，连同车夫和马匹。（7）尔后，激昂以马蹄箭杀死以象为幢徽的马提伽婆多族的博遮王，一面放声呐喊，一面继续放箭。（8）

难降之子以四支箭射中他的驷马，以一支箭射中车夫，又以十支箭射中阿周那之子（激昂）。（9）激昂气的眼睛发红，以七支快箭射中难降之子，高声说道：（10）"你父亲已放弃战斗，像懦夫一样逃走。幸运的是，你还知道战斗。但是，你今天无法逃脱了。"（11）这样说罢，激昂向难降之子射出一支由工匠抛光的铁箭。而德罗纳之子（马嘶）以三支箭将这支箭截断。（12）阿周那之子（激昂）射断他的幡幢后,又以三支箭射中沙利耶,而沙利耶以九支兀鹰羽毛箭射中他。(13)阿周那之子(激昂)射断沙利耶的幡幢,射死他两侧的车夫,又以六支铁箭射中沙利耶。沙利耶只好退到另一辆战车上。(14)激昂杀死胜敌、月旗、云速、妙光和日光五人后,又射中了妙力之子(沙恭尼)。(15)妙力之子(沙恭尼)以三支箭射中激昂后,对难敌说道:"在他把我们一个一个地杀掉之前,让我们一起把他消灭。"(16)

尔后,日神之子雄牛迦尔纳对德罗纳说道:"在他把我们全部消灭之前,快告诉我们怎样杀死他吧!"(17)于是,大弓箭手德罗纳对所有的人说道:"你们之中有谁发现了这少年的破绽吗?(18)他今天赶上了他的父亲。你们看看,这般度族的人中之狮纵横驰骋,动作敏捷。(19)在他的行车轨道上,只见他扯圆了弓,迅速搭箭和放箭。(20)他仿佛用箭摧残着我的生命,使我眩晕,但这诛灭敌雄的妙贤之子却又让我高兴。(21)这妙贤之子(激昂)驰骋在疆场上,使我欣喜不已。怒气冲冲的大勇士们都没有发现他的破绽。(22)他的身手敏捷,将长箭射向四面八方。我看不出他在战场上和手持甘狄拨神弓者(阿周那)有什么差别。"(23)

这时,被阿周那之子(激昂)的箭射伤的迦尔纳又对德罗纳说道:"我遭到激昂打击,仍然坚守在这里,因为我应该坚守在这里。(24)那光辉少年的箭好生厉害。今天,这些威力可怕似火的箭削弱了我的心。"(25)师爷面露微笑,心平气和地对迦尔纳说道:"他的铠甲是穿不透的。这个少年勇猛果敢。(26)我曾教给他父亲披戴铠甲的技巧,这个攻克敌人城堡者一定也通晓全部技巧。(27)但是,如果箭射得准,他的弓、弓弦、缰绳、马匹和两侧的车夫可以被射穿。(28)如果可能的话,就这样办吧,大弓箭手,罗陀之子(迦尔纳)啊!但是,先要让他转过身去,然后实施打击。(29)只要他手中持弓,连天神和阿修罗都战胜不了他。倘若你想这样,就设法毁掉他的战车和弓。"(30)

听了师爷的话,日神之子迦尔纳迅速用箭射断身心敏捷的激昂的弓。(31)博遮王(成铠)杀死他的马匹,乔答摩之孙(慈悯)杀死两侧的车夫,其余的人向断了弓的激昂泼洒箭雨。(32)在这危急时刻,六名大勇士毫无怜悯地迅速向这个战车失灵而孤身一人的少年泼洒箭雨。(33)激昂弓断了,车毁了,依然遵循着自己的法则。英俊的激昂手执刀和盾,腾空而起。(34)阿周那之子(激昂)轻如毛发,凭借轻巧和力量,在空中行走,如同金翅鸟。(35)"这执刀者没准儿会落在我头上",大弓箭手们在战场上抬头仰望,寻找着他的破绽,向他射击。(36)德罗纳射断了他的那把手柄镶嵌宝石的刀。罗陀之子(迦尔纳)以许多利箭毁坏了他的卓越的盾牌。(37)

激昂没有了刀,没有了盾牌,浑身是箭,又从空中落到地面上。他举起一个车轮,愤怒地朝德罗纳冲过去。(38)激昂的肢体闪闪发光,沾有车轮的尘土。他手中高擎着车轮,在战场上,像黑夜一般美丽,仿佛在模仿黑天。(39)流淌的鲜血将他的战袍染成一色,双眉和额头皱成一团,发出洪亮的狮子吼,威武的激昂在战场上力大无比,站在众国王中间,光彩夺目。(40)

以上是吉祥的《摩诃婆罗多》中《德罗纳篇》第四十七章(47)。

四八

全胜说:

他是毗湿奴(黑天)的妹妹(妙贤)的欢心,装备着毗湿奴的武器。这位大勇士在战场上光彩照人,仿佛是另一个遮那陀那(黑天)。(1)风吹起他的卷发的梢头,他高擎着车轮武器,大地之主们看到这连众天神都难得一见的形体。(2)众国王恐惧万分,将激昂的车轮击碎。于是,大勇士激昂拿起一柄大铁杵。(3)弓、战车、刀和车轮都被敌人毁坏,激昂手持大铁杵,朝马嘶奔去。(4)看到高高举起的铁杵,犹如看到放光的雷电,那人中雄牛从战车上跳下来,跨出去三大步。(5)激昂举铁杵杀死了马嘶的马匹和两侧的车夫。他浑身插满了箭,看上去像是一头箭猪。(6)接着,他砸扁了妙力之子迦罗盖耶,又杀死跟随他的七十七名犍陀罗人。(7)尔后,他杀死梵婆娑提族的十名战车勇士,捣毁了羯迦夜人的七辆战车,杀死了十头战象,又挥舞铁杵摧毁了难降之子的战车和马匹。(8)

于是，难降之子发怒，尊者啊！他也拿起一柄铁杵，朝激昂冲过去，一面喊道："站住！站住！"（9）两个英雄高举着铁杵，决意拼个你死我活。一对堂兄弟展开了搏斗，仿佛从前三眼神和死神之间的一场较量。（10）他俩互相用铁杵击中对方，摔倒在地。这两个折磨敌人者倒在战场上，犹如放倒的两面因陀罗旗幡。（11）为俱卢族增光的难降之子先站起身来，将铁杵砸在正在起身的激昂头上。（12）

由于铁杵的巨大力量，也由于精疲力竭，妙贤之子（激昂）倒在地上，失去知觉。这样，诛灭敌雄者激昂孤身一人，在战场上被众人杀死，国王啊！（13）英雄的激昂曾经搅乱整个大军，犹如大象践踏满塘荷花。现在他被杀死，好似一头林中大象被众多猎手杀死。（14）你们的人将倒在地上的英雄团团围住。他好似冬末燃烧森林的大火最终熄灭。（15）他好似摧折无数树冠的飓风，最终平息。他好似灼烤婆罗多族大军的太阳最终落山。（16）他好似被吞食的月亮，好似枯竭的大海。他面如满月，眼睛好似覆盖上乌鸦的翅膀。（17）

看到激昂倒在地上，你的那些大勇士欣喜若狂，一再发出狮子般的吼声。（18）民众之主啊！你们一方处于极度喜悦之中，而另一方英雄们的眼睛里滚下了泪水。（19）天上众生看到英雄倒下，仿佛月亮从天穹陨落，民众之主啊！他们高声说道：（20）"他孤身一人，被持国一方以德罗纳和迦尔纳为首的六名大勇士杀死，躺倒在地。我们认为这不合正法。"（21）

英雄倒下后，大地显得格外美丽，仿佛圆月闪烁在群星璀璨的夜空。（22）遍地布满金羽毛箭，血流成河，到处是英雄们的头颅，还佩戴着闪闪发光的耳环；（23）到处是五颜六色的毛毯、旗幡、拂尘、鞍鞯和破碎的华贵衣裳；（24）车、马、人和象的漂亮饰物，锋利的、浅黄色的刀剑好像蜕了皮的蛇；（25）破碎的弓、箭、梭镖、双刃剑、标枪和振荡器，还有其他各式各样的武器，大地蔚为壮观。（26）那些倒毙的马匹流淌着鲜血，旁边躺着被激昂杀死的骑手，大地变得高低起伏。（27）那些被箭杀死的大象连同刺钩、象夫、护甲、武器和旗幡一起倒下，如同高山崩塌。（28）大地上那些失去马匹、车夫和武士的上等战车又遭到大象践踏，如同被搅乱的湖水。（29）步兵尸横遍野，都还握着各种兵器。大地上恐怖的景象令懦夫们心惊胆

战。（30）

激昂的光辉可比日月，看见他倒在地上，你们的人极度喜悦，而般度族人痛苦不安。（31）目睹激昂这个未成年的孩子被杀死，国王啊！整个军队当着法王（坚战）的面逃跑。（32）看到妙贤之子（激昂）倒下，军队溃散，坚战对自己的英雄们说道：（33）"这个从不逃跑的英雄被杀死后，已经前往天堂。大家稳住，不要害怕，我们定能在战场上战胜敌人。"（34）说完这些话，这位具有大威力和大光辉的优秀武士法王（坚战）为了消除忧伤的武士们的痛苦，又说道：（35）"阿周那之子（激昂）在战斗中，先杀死了众多毒蛇般的王子们，然后才离去。（36）在杀死成千上万的武士和憍萨罗大勇士之后，激昂与黑天和阿周那齐名，一定到达了因陀罗的殿堂。（37）在摧毁了数以千计的车、人、马和象之后，他仍不满足于自己的战绩。他造的是福业，不必为他悲伤。"（38）

我们在杀死他们卓越的武士之后，带着流淌鲜血的箭伤，在黄昏时分撤回营地。（39）我们和敌人互相瞪视着，缓慢地撤离战场，国王啊！我们已经精疲力竭，几乎失去知觉。（40）

尔后，白昼与黑夜之间那美妙的间歇时刻到来，尽管伴随着豺狼的不吉利的嗥叫。太阳宛如莲花花环，渐渐下沉，挂在西山上。（41）优质的刀、标枪、双刃剑、车栏和盾牌，以及其他装饰物，统统失去光泽，太阳使天地一色，呈现可爱的火的模样。（42）大地仿佛在呻吟，因为承受着无数倒毙的大象重压。这些大象犹如被金刚杵劈倒的、有硕大云团环绕的山峰，身上还装饰着旗幡、刺钩和铠甲，身旁还卧着它们的驭手。（43）大地蔚为壮观，到处是破碎的大型战车，犹如一座座被敌人摧毁的城堡，马匹、车夫和步兵倒毙，车具、旗杆和幡幢散落，人主啊！（44）大地笼罩在恐怖之中，惨不忍睹，到处是倒毙的车、马和骑兵，各种残破的器具和饰物。那些死尸或伸出舌头，或龇出牙齿，或掉出眼球，或流出内脏。（45）那些被杀死的人好像无人照顾而睡在地上，武器、铠甲和饰物都已残破。这些睡惯了宝榻锦衾的汉子，现在却与死象、死马和破碎的战车相伴。（46）

野狗、豺和乌鸦，还有巴荼鸟、兀鹰、狼和鬣狗，以及其他嗜血的鸟类，都兴奋不已；一群群凶暴的罗刹和毕舍遮也都出现在战场上。（47）它们撕开皮肤，吸吮脂肪和血液，然后吞噬肉和骨髓，撕咬肠膜，笑着，唱着，将许多尸体拖来拖去。（48）成堆的躯体是河，血是水，战车是船只，大象是山峡，人头是石头，肉是淤泥，各种破碎的兵器是花环，（49）出类拔萃的武士们造成这条河，如同吠多罗尼河充满恐惧，难以渡过。它汹涌澎湃地从战场中间流过，令人生畏，把生者运往死者的世界。（50）各种各样凶残的毕舍遮，面目狰狞，成群结队，在这里又吃又喝。野狗、豺和食肉禽也分享着同样的食物，满怀喜悦，让所有的生灵惊恐不安。（51）

夜幕降临，战场上充满挺立的无头尸，如同阎摩王国。人们一面注视着这阴森恐怖的战场，一面慢慢地离开。（52）人们看到激昂横卧在战场上，身上珍贵的饰物已经失落或破碎，这个与天帝释相仿的大勇士已被打倒，仿佛祭坛上撤走了祭品的祭火。（53）

以上是吉祥的《摩诃婆罗多》中《德罗纳篇》第四十八章（48）。

四九

全胜说：

战车军团的首领、英雄的激昂被杀之后，所有的人都离开战车，脱掉铠甲扔下弓。（1）他们围着国王坚战坐下，陷入痛苦的沉思，缅怀激昂。（2）这时，国王坚战悲痛欲绝，为英勇的侄子激昂，一个大勇士之死而悲诉道：（3）

"激昂他一心要创造有利于我的战绩，冲破德罗纳的大军，闯入敌阵，犹如狮子闯入牛群。（4）英雄的大弓箭手们在战场上对他进行反击。他们个个武艺精湛，作战凶猛，却被激昂击溃而撤退。（5）我们的死敌难降在战场上前来应战，激昂以箭很快让他失去知觉，掉头撤离。（6）在跨越了难以跨越的德罗纳军队之海后，英雄的激昂遇到难降之子，进入了阎摩的世界。（7）激昂被杀，我该如何面对贡蒂之子阿周那呢？我有何面目去见吉祥的妙贤呢？她将再也见不到亲爱的儿子了。（8）面对黑天和阿周那，我们将说些什么毫无意义、前言不搭后语、不成道理的话呢？（9）我总是想做好事，盼望胜利，却对妙贤、黑天和阿周那做下了这等祸事。（10）贪婪的人不识危险。贪婪源于愚痴。贪吃蜂蜜的人看不到眼前的陷阱。我正是如此。（11）他还是个孩子，本应享受美味，乘好车，睡好床，佩戴上好的首饰，我们却让他在战场上冲锋在前。（12）这样一个稚嫩的孩子，犹如一匹骏马，还缺乏战斗经验，如何能在危险重重的时刻获得平安呢？（13）

"我们今天也会和他一起躺倒在这大地上，那怒火中烧的毗跋蔟（阿周那）悲伤的眼神就能把我们烧死。（14）他没有贪欲、有思想、知廉耻、忍让、形体优美、健壮有力、礼貌待人、英勇、和善和忠于真理。（15）他功勋卓著，众天神对他的业绩赞不绝口。英勇的阿周那消灭了全甲族和迦罗盖耶人。（16）住在金城的宝罗摩族是大因陀罗的敌人。阿周那一眨眼的工夫就将他们全部歼灭。（17）凡是乞求庇护的人，即使是敌人，威武的阿周那也给予庇护。而我们今天却不能够把他的亲生儿子救出险境。（18）持国的大军已经惊恐万分，普利塔之子（阿周那）因儿子被杀而震怒，他将把俱卢族彻底消灭。（19）那卑鄙的难敌，连同他的卑鄙的帮凶们，将清楚地看到自己一方毁灭，将痛苦地丧失生命。（20）当我目睹因陀罗的孙子，无比英勇的激昂被杀之后，无论是胜利还是王国，无论是长生不死还是与众天神同住，都不再令我心动。"（21）

以上是吉祥的《摩诃婆罗多》中《德罗纳篇》第四十九章(49)。

五〇

全胜说：

这可怕的、毁灭生灵的一天结束，太阳下山，吉祥的傍晚降临。(1)所有的军队返回营地，婆罗多族雄牛啊！以猿猴为幢徽的阿周那用各种法宝歼灭了一批批敢死队，（2）跨上凯旋的战车，返回自己的营地。吉湿奴（阿周那）声音嘶哑，一路上对乔宾陀（黑天）说：(3)"为什么我的心在颤抖，嗓子发紧，美发者（黑天）啊！出现了种种不祥的征兆，四肢也发沉，不退者啊！（4）不祥的预感紧紧地缠扰我，无法从心头排除。大地上，无论从哪一个方向，都出现了

凶兆，使我心惊肉跳。（5）所有事物以各种方式显示出凶险的迹象。但愿我的兄长国王连同他的大臣们都平安无事。"（6）

婆薮提婆之子说：

很明显，你的兄长连同他的大臣们都会安好，不用担心。但这不祥之兆会应验在其他人身上。（7）

全胜说：

于是，两位英雄在做过黄昏祷告之后，一面谈论这场毁灭英雄的战斗中发生的事情，一面驾车前行。（8）黑天和阿周那在完成了难以完成的任务之后，回到自己的营地。而这里没有欢乐，没有灯光。（9）诛灭敌雄的毗跋蕨（阿周那）看到营地中的衰败景象，心情紧张，对黑天说道：（10）"今天没有听到夹杂着鼓声的喜庆器乐声，遮那陀那啊！也没有伴随鼓声的螺号声。今天也听不到伴随铜铃的琵琶声。（11）我的军队中的赞颂诗人们不再歌唱或吟诵那些吉祥动听的赞歌。（12）武士们看见我以后，低下头，转身走开。他们不再像从前那样，在我完成任务后，向我问候。（13）但愿今日我的兄弟们个个平安，摩豆族后裔啊！在见到所有的亲人之前，我的心绪无法安宁。（14）赐人荣誉的人啊！但愿般遮罗王和毗罗吒安然无恙，但愿所有的武士都还齐全，不退者啊！（15）今天，妙贤的儿子没有兴高采烈地和兄弟们一道，像往常那样，笑着迎接我从战场归来。"（16）

两人这样交谈着，走进自己的军营。他们看到所有般度人的神态都不正常，个个失魂落魄的样子。（17）见过兄弟们和儿子们之后，以猿猴为幢徽者（阿周那）没有见到妙贤之子（激昂），困惑地说道：（18）

"你们所有人的脸色都阴沉沉的。我没有看见激昂，而你们也没有高高兴兴地迎接我。（19）我听说德罗纳布下了车轮阵。除了激昂以外，你们中间没有人能够在战场上突破这个阵容。（20）但我没有教给他退出敌阵的办法。但愿你们没有把这个孩子送入敌阵，（21）但愿这位大弓箭手诛灭敌雄的妙贤之子突破敌阵之后，与敌人反复交战，没有被杀死而躺倒在地。（22）他长着一双褐色的眼睛，一对长臂，犹如群山之上的雄狮，可与毗湿奴比美，你们说，他怎么会在战场上被杀死？（23）这娇嫩的少年，大弓箭手，因陀罗的孙儿，我永远的爱子，你们说，他怎么会在战场上被杀死？（24）他是苾湿尼族女人喜爱的英雄，始终为我宠爱，也永远是母亲的宠儿。是哪一个人受到死神催促而杀死了他？（25）以他的勇敢、博学和大度，他很像苾湿尼族雄狮，那灵魂伟大的美发者（黑天）。他怎么会在战场上被杀死？（26）他永远是妙贤的宠儿，也是德罗波蒂和美发者（黑天）的宠儿，如果我见不到儿子，我将前往阎摩殿。（27）

"这孩子长了一头柔软的卷发，一双幼鹿的眼睛，像一头醉象那样勇敢，又像一棵小娑罗树那样挺拔。（28）他总是未语先笑，富有教养，一向按照老师的话做。虽然还是孩子，却完成了非孩子可以胜任的业绩。他说话让人爱听，不知妒忌。（29）他富有勇气，大臂，眼长似鹿。他虔诚而富有同情心，控制自我，不流于粗俗。（30）他知恩图报，有知识，精通诸般兵器，从不退缩。他乐于战斗，永远给敌人增添痛苦。（31）他善于为自己人做有利的事，渴望父辈胜利。他在战场上绝不先动手，镇定自若。倘若我见不到这个儿子，我将前往阎摩殿。（32）他长着好看的前额，漂亮的卷发，眉毛、眼睛和嘴唇都美丽。我见不到他的面孔，我的心如何能够平静？（33）他的声音如弦乐般悦耳动听，又如雄杜鹃的鸣叫。听不到他的声音，我的心如何能够平静？（34）他的体态举世无双，就是在三十三天中也难得觅到。今天，我见不到这位英雄，我的心如何能够平静？（35）他懂得请安问候，总是听从长辈的话。倘若我今天见不到他，我的心如何能够平静。（36）

"他还稚嫩，却总有一股男子汉的气概。他睡惯了宝榻锦衾，在所有的宠儿中至尊至宠。现在，他一定是睡在地上，就像无人疼爱的孩子一般。（37）从前，他睡觉的时候，最美丽的女人们侍候他。今天，他伤痕累累，那些不吉祥的豺狼围他身旁。（38）从前，总是御者、歌手和诗人将他从睡梦中唤醒。今天，一定是食肉兽的嘶鸣将他唤醒。（39）平日里，他那张美丽的脸总有华盖为他遮阳。今天，一定是战场上的尘土让他遍体蒙灰。（40）哎呀，我真是不幸！儿啊！即使我永远看着你，也还不能满足，死神却把你强行带走。（41）这阎摩城肯定是一向行善的人们的归宿。今天，你以自身的光辉照亮它，使它变得可爱迷人。（42）毗婆薮之子（阎摩）、好客的伐楼拿、

百祭（因陀罗）和财神一定会欢迎你这位无所畏惧的人到来。"（43）

阿周那哀恸不已，犹如一个商船沉没的商人，满怀痛苦，向坚战问道：（44）"般度之子啊！这位人中雄牛在战场上奋勇作战，但愿他在杀戮了无数敌人之后，上了天堂。（45）他孤立无援，与众多的人中雄牛交战，一定渴望得到援助而想念我。（46）我想，这孩子遭到无数支箭打击的时候，会呼喊道：'父亲，快快到我这儿来啊！'他就这样被许多心狠手辣的人杀死了。（47）想来我的儿子是妙贤所生，也是黑天的外甥，绝不会说出这样的话。（48）看不到大臂红眼的激昂，我的心竟然没有破碎。想必这颗心是由金刚石制成，太坚固了。（49）那些凶狠的家伙能射穿人的要害部位，可是，怎么能向一个还是孩子的大弓箭手射出无数的箭呢？他是婆薮提婆之子（黑天）的外甥，我的儿子！（50）每当我杀敌归来时，这个天性乐观的孩子总是跑上前来欢迎我。他今天怎么不来见我呢？（51）一定是他躺倒在地，鲜血流淌，以他的肢体美化大地，犹如坠落的太阳。（52）一旦听说激昂战死疆场，妙贤一定会痛不欲生。看不到激昂，妙贤会对我说什么？黑公主又会对我说什么？面对这两个伤心欲绝的人，我将说什么？（53）倘若目睹夫人哭哭啼啼，因忧伤而消瘦，而我的心没有碎成千瓣，那它必定是由金刚石制成的。（54）

"持国的儿子们兴高采烈，我听到了他们狮子般的吼声。黑天也听到了尚武在怒骂那些武士：（55）'你们这些大勇士不能战胜毗跋蘖（阿周那），却杀死一个孩子。你们高兴什么？不懂正法的人啊！让你们见识见识普利塔之子（阿周那）的力量吧！（56）在战场上做了得罪黑天和阿周那的事情之后，你们还狮子般地吼叫什么？痛苦的时刻已经到来，你们还得意洋洋！（57）你们很快就会尝到恶业的果报。你们严重违背正法，果报怎么会姗姗来迟？'（58）大智慧的吠舍女之子（尚武）向他们说了这些话后，便丢下兵器走开，只有愤怒和痛苦伴随着他。（59）黑天啊！你为什么没有在战场上告诉我这件事？我会把那些残酷的大勇士们统统歼灭。"（60）

阿周那沉浸在丧失儿子的强烈痛苦中，婆薮提婆之子黑天安抚他，说道，"不要这样！（61）这是所有英雄的刹帝利们的必经之路。他们永不退却，以战斗为生。（62）这是通晓法论的人们为那些永不退却的战斗英雄们安排的归宿,以此为归宿的俊杰啊!(63)永不退却的英雄们在战斗中必死无疑。激昂肯定去了有德之人的世界,毫无疑问。(64)婆罗多族雄牛啊!'我们愿在战场上面向前方,迎接死亡。'这是所有英雄豪杰追求的目标,赐人以荣誉的人啊!(65)激昂在战场上勇往直前,杀死了众多英勇的大力士王子们,得到了英雄豪杰向往的死法。(66)不要悲伤,人中之虎啊!刹帝利死在战场,这是古代立法者确立的永恒法则。(67)婆罗多族俊杰啊!你哀伤不已,你的所有兄弟也都精神沮丧,还有你的朋友们和那些国王们。(68)你应该用委婉的言辞抚慰他们,赐人以荣誉的人啊!凡是应当懂得的,你都懂得。你不应该哀伤不已。"(69)

就这样,普利塔之子(阿周那)听了创造奇迹的黑天劝说后,对所有哽咽不止的兄弟们说:(70)"那大臂的激昂肩膀宽宽,眼睛大似莲花。他发生了什么事,我希望如实听到。(71)你们看着吧!我在战场上将把我儿子的敌人连同他们的亲友统统杀死,还有他们的象、车和马。(72)你们个个精通诸般武艺,手中握有兵器,而你们当中为何只有激昂死去,尽管他已和因陀罗会合?(73)如果我知道所有般度人和般遮罗人没有能力保护我的儿子,那么我就会保护他。(74)尽管你们都站在战车之上,不停地泼洒箭雨,敌人为何无视你们,而将激昂置于死地?(75)啊!你们没有男子汉气概,你们没有勇气,因此你们眼睁睁地看着激昂在战场上被打倒。(76)我应该谴责自己,因为明知你们软弱无力,怯懦无能,不堪重负,我还要离开。(77)天啊!原来你们手中的盾牌和武器不过是摆设罢了,你们的话也只是当众说说而已,你们根本保护不了我的儿子。"(78)

这样说罢,这位拥有弓和宝刀的人不再言语。没有一个人敢对毗跋蔌(阿周那)望上一眼。(79)他像死神一般发怒,大口大口地喘着粗气。他泪流满面,忍受着丧失儿子的痛苦折磨。(80)除了婆薮提婆之子(黑天)和般度族长兄(坚战)以外,朋友们中没人敢对阿周那说话,敢看他一眼。(81)大家焦躁不安的时候,这两个友善可亲的人怀着对阿周那的尊敬和爱戴,能够与他说上话。(82)于是,面对受丧子之痛折磨而愤怒的莲花眼(阿周那),国王说了一番话。(83)

以上是吉祥的《摩诃婆罗多》中《德罗纳篇》第五十章(50)。

五一

坚战说：

大臂的人啊！你出发去歼灭敢死队以后，师爷发起攻势，拼命要抓住我。(1) 我们调集在战场上奋力作战的车军，全面抵御德罗纳排定阵容的敌军。(2) 我在车军的保护下，抵御德罗纳。但德罗纳迅速以无数的利箭打击和杀戮我们。(3) 在德罗纳的打击之下，我们甚至不能够观察德罗纳的军队，更谈不上突破他的军队。(4) 妙贤之子（激昂）英雄气概天下无双，我们对他说："孩子，去破阵吧！"勇士啊！(5) 他就这样被我们派了出去，好像一匹烈马，挑起了不堪承受的重担。(6) 这孩子有你教导的战术和浑身的勇气，闯入了敌人的军队，犹如金翅鸟闯入大海。(7) 我们在战场上紧紧跟随英雄的妙贤之子，希望和他一起闯入敌军。(8) 尔后，亲人啊！那卑鄙的信度王胜车凭借楼陀罗神赐给他的恩惠，将我们挡在外面。(9) 于是，德罗纳、慈悯、迦尔纳、德罗纳之子（马嘶）、巨力和成铠六名战车勇士将妙贤之子（激昂）包围。(10) 受到包围后，那孩子在战场上竭尽全力，与所有的大勇士交战。但他们人多势众，使他丧失了战车。(11) 激昂被他们剥夺战车后，处在极度的危险之中，难降之子将他杀死。(12) 激昂杀死了成千上万的象、马、车和步兵，杀死了一百名卓越的王子，杀死了许多前所未闻的英雄，(13) 并且在战场上把巨力王送上天堂之后，他作为最高正法的化身，也走向了死亡。(14) 事情的结果就是这样，伴随着我们悲伤的增长，这位人中之虎到达了天堂。(15)

全胜说：

阿周那听了法王（坚战）说的这番话，叹了一口气，喊道："哎呀，儿子啊！"然后，痛苦地倒在地上。(16) 所有的人都哭丧着脸，围住胜财（阿周那）。大家都心情沉重，眼也不眨地互相对望着。(17) 一会儿，阿周那恢复了知觉。他愈发激愤，发烧般颤栗不止，不停地喘着粗气。(18) 他一边搓手，一边喘着气，眼中含泪，像醉汉一样目光游移不定,说了这些话:(19)"我对你们发誓:明天,我要杀死胜车,如果他不是因为怕死而叛离持国之子们。(20)他休想得到我们的宽恕,也休想得到人中俊杰黑天和你的宽恕。大王啊!明天,我将杀死胜车。(21)他为了帮助持国,竟然忘记了与我的友情,成为杀死这个孩子的罪魁祸首。明天,我要杀死胜车。(22)无论何人,若是在战场上为了保护他而与我战斗,哪怕是德罗纳和慈悯两位英雄,我也要用箭将他们覆盖。(23)倘若我在战场上没有这样做到,人中雄牛啊!就让我去不了勇士们景仰的、有德之人的世界。(24)

"弑母弑父者的世界,与老师的妻子通奸者的世界,挑拨离间者的世界,(25)嫉恨善人者的世界,散布谣言者的世界,夺人寄存物者的世界,背信弃义者的世界,(26)对女子先享用后指责者的世界,杀害婆罗门者的世界,杀牛者的世界,(27)只顾自己享用牛奶粥、大麦食品、蔬菜、豆饭、面饼、面包和肉类者的世界,倘若我在战场上不能杀死胜车,我情愿即日堕入这样的世界。(28)冒渎饱学吠陀或修过严酷苦行的婆罗门者的归宿,冒渎长者、善人或师长者的归宿,(29)以脚接触婆罗门、牛或火者的归宿,向水中吐痰或拉屎撒尿者的归宿,倘若我不能杀死胜车,我将得到这样可怕的归宿。(30)裸体沐浴者、怠慢来客者的归宿,行贿者、说谎者或欺骗者的归宿,伪装自身者或告假状者的归宿,(31)仆从、妻儿和依附者在场,却贪吃美味而不与他们分享的小人的归宿,倘若我不能杀死胜车,我将得到这样可怕的归宿。(32)灵魂卑劣,抛弃恭敬从命的仆人而不赡养,责怪做好事的人,(33)不将祭品赠给受之无愧的邻居,却赠给不配得到的首陀罗女之夫,(34)饮酒,目无法度,忘恩负义,中伤兄弟,倘若我不能杀死胜车,我将迅速得到与这些人同样的归宿。(35)我这里提到或没有提到的所有背离正法的人,倘若今夜过去后,明天我不能杀死胜车,我将很快得到与这些人同样的归宿。(36)

"请你们再听取我的另一个誓言,如果太阳落山的时候,这个罪人还没有被杀死,我便在这里跳入熊熊燃烧的大火中。(37)无论是天神、阿修罗和人,或者鸟类和蛇类,或者祖先和夜行罗刹,或者梵天和神仙,或者动物或不动物,以及其他一切,全都不能保护我的这个敌人。(38) 纵然他进入地下世界，或者登上天穹，进入天神之城或提底之城，我也定要于黎明时分发动猛烈的攻势，以数百支箭取下敌人的首级。"(39)

这样说过之后，阿周那左右摆动甘狄拨神弓。弓的声响越过他的话音，直冲霄汉。(40) 阿周那的誓言刚落，遮那陀那（黑天）吹响了五生螺号。随即，愤怒的胜财（阿周那）也吹响了天授螺号。(41) 那五生螺号凭借黑天口中吹出的气息，从滚圆的螺体发出强有力的声音，震撼包括地下、空中和四面八方在内的整个世界，犹如世界末日来临。(42) 这位灵魂伟大的人发誓之后，四下里响起各种器乐声和般度人的狮子吼。(43)

以上是吉祥的《摩诃婆罗多》中《德罗纳篇》第五十一章(51)。《激昂阵亡篇》终。

立 誓 篇

五二

全胜说：
探子听到了缅怀儿子的般度之子们大声说的话，将此来报，胜车顿时站了起来。(1) 忧愁使他心慌意乱，痛苦使他六神无主，他好像沉入了深邃浩淼的苦难之海。(2) 信度王满怀心事，来到众国王的议事厅，当着众位人主的面，诉说悲苦。(3) 他惧怕激昂之父，怀着羞愧，说了这些话："据说是陀罗萌生爱欲，致使阿周那降生在般度的土地上，(4) 据说这个心肠歹毒的家伙要将我打发到阎摩的国度。你们各自珍重吧！我渴望活命，我要回家了。(5) 那普利塔之子（阿周那）想要我的命，诸位强大有力的刹帝利雄牛啊！请你们保护我吧！但愿英雄们赐予我无畏！(6) 德罗纳、难敌和慈悯，还有迦尔纳、摩德罗王、波力迦和难降等人，甚至可以救下遭到死神打击的人，(7) 难道这么一个阿周那要杀我，你们这些大地之主就不能够联合起来保护我吗？(8) 听说般度族人群情激昂，我感到万分恐惧。我四肢瘫软，诸位国王啊，就像一个行将死亡的人。(9) 确实，手持甘狄拨神弓者（阿周那）发誓要杀死我，因此那些般度人竟然在悲哀的时刻欢呼起来。（10）无论天神和健达缚，还是阿修罗、蛇和罗刹，统统束手无策，更何况人主们？（11）因此，请允许我离开。诸位人中雄牛啊！但愿你们吉祥平安！我要消失得无影无踪，让般度人寻不到我。"（12）

胜车因惧怕而心慌意乱，这样发出悲诉。而难敌王一向把自己的事情看得比他人的性命更重要，对他说道：（13）"不要怕，人中之虎啊！你待在众刹帝利英雄之中，谁又能在战斗中将你奈何？人中雄牛啊！（14）我、日神之子迦尔纳、奇军、毗文沙提、广声、舍罗、沙利耶，还有难以抵御的牛军，（15）多友、伽耶王、博遮王、甘波阇王、善巧、诚誓、大臂的毗迦尔纳、丑面和娑诃，（16）难降、妙臂、高擎武器的羯陵伽王、阿凡提国的文陀和阿奴文陀、德罗纳、德罗纳之子和妙力之子，（17）何况你自己也是战车勇士中的佼佼者，光辉无比的英雄豪杰，信度王啊，你怎么会惧怕般度人呢？（18）我的十一支大军奋勇作战，时刻保护你。你不要害怕，信度王啊，消除你的恐惧吧！"（19）

信度王经过你的儿子这番劝慰，国王啊，他和难敌一起，当夜来到德罗纳处。（20）他向德罗纳行触足礼后，谦卑地坐下，民众之主啊，然后询问道：（21）"论目标命中率、远距离射击、身手敏捷和打击力度，请您说说我与翼月生（阿周那）之间的差别吧！（22）我希望如实知道我与阿周那之间在知识上的差别，祖师爷啊！请如实告诉我吧！"（23）

德罗纳说：

孩子啊！你与阿周那受过同样的训练。但阿周那修习瑜伽，并经历了苦难的生活，故而比你更胜一筹。（24）但你无论如何用不着在战场上害怕阿周那，因为毫无疑问，孩子啊！我会保护你，让你免遭危险。（25）受到我的臂膀保护的人，连众天神都对他无可奈何。我会排出一个阵容，让普利塔之子（阿周那）无法攻破。（26）因此，去战斗吧，不要害怕！奉行自己的正法吧！沿着先辈的道路走下去吧！人主啊！（27）你按照规矩学习了吠陀，很好地供养祭火，完成各种各样的祭祀。你不应当害怕死亡。（28）你已经获得那些卑微的人难以获得的大福分，你将到达至高无上的天界，那是依靠臂力和勇气才能赢得的世界。（29）俱卢人、般度人、苾湿尼人以及其他人，包括我和儿子，都注定是无常的。你想想吧！（30）我们一个接一个，都会被强大的时间杀死，各自根据自己所造的业，前往另一个世界。（31）苦行者依靠修炼苦行到达的世界，刹帝利勇士们依靠刹帝利法也能够到达。"（32）

全胜说：

国王啊！经过德罗纳这番劝慰，信度王摆脱了对普利塔之子（阿周那）的恐惧，决心参加战斗。（33）

以上是吉祥的《摩诃婆罗多》中《德罗纳篇》第五十二章(52)。

五三

全胜说：

在普利塔之子胜财（阿周那）立下誓言要杀死信度王之后，大臂的婆薮提婆之子（黑天）对他说道：（1）"你仅仅得到兄弟们的首肯，便立下誓言：'我将在明天杀死信度王。'这的确是鲁莽之举。（2）你没有同我商议，就接过了这副过于沉重的负担。我们如何才能不被世人耻笑呢？（3）我向持国之子的营地派遣了探子，他们很快就回来向我们报告了情况。（4）你发誓要杀死信度王之后，喧嚣的狮子吼和器乐声已被敌人听到。（5）持国之子们和信度人都感到害怕，认为，'这狮子吼不是没有来由的'，便严阵以待。（6）大臂者啊！俱卢人那边喧嚣声起，象、马、步兵和战车都发出可怕的声响。（7）他们认为，胜财（阿周那）得知儿子被杀，肯定满怀悲痛，怒不可遏，当夜就会出战。因此，俱卢人严阵以待。（8）他们忙于应战之时，听到了信守诺言的你立下誓言，要杀死信度王，莲花眼啊！（9）于是，胜车王和所有难敌的大臣们都吓得没了主意，如同一群小鹿。（10）这位妙雄人和信度人的君王情绪低落，忧心忡忡，和大臣们起身走进自己的营帐。（11）

"在议事的时候，他征询了所有应对措施。在国王们的聚会上，他对难敌说了这些话:(12)'胜财(阿周那)认定我是杀死他儿子的元凶,明天要与我决战。他在军中立下誓言要杀死我。(13)无论天神和健达缚,还是阿修罗、蛇和罗刹,都不能够改变左手开弓者(阿周那)的誓言。(14)请大家在战场上保护我,千万不要让胜财(阿周那)踩在你们的头上,击中他的目标。请做出相应的部署吧!(15)倘若我在战场上得不到保护,俱卢后裔啊,请你允许我离开,国王啊!让我回老家去。'(16)

"难敌听了他的话后,垂头丧气,心中不安。得知你的诅咒后,他陷入沉思。(17)信度王看到难敌痛苦的样子,慢吞吞地说出事关自身利益的话:(18)'我看你们当中没有这样的英雄,这样的弓箭手,能够在战场上以自己的武器反击阿周那的兵器。(19)有婆薮提婆之子(黑天)协助,谁敢与手持甘狄拨神弓的阿周那对垒呢?即使百祭(因陀罗)显身也不敢。(20)听说从前在雪山上,大光辉的大自在天曾与徒步的普利塔之子(阿周那)交战。(21)后来,受天王派遣,他就凭一辆战车杀死了成千上万住在金城的檀那婆。(22)现在,贡蒂之子(阿周那)与智慧的婆薮提婆之子(黑天)结盟,我认为他们能够杀死包括天神在内的所有三界。(23)我希望你准我还乡,或者让灵魂伟大的德罗纳和他英勇的儿子保护我。'(24)

"阿周那啊!国王为此亲自哀求师爷。现在,一切准备就绪,战车也都备好。(25)迦尔纳、广声、德罗纳之子(马嘶)、难以战胜的牛军、慈悯和摩德罗王,这六人担任先锋。(26)德罗纳排定阵容,前半是车阵,后半是莲花阵。胜车位于莲花的中心,守在针形的队列中。这位信度王得到许多作战凶猛的勇士保护。(27)论使用弓和兵器,论勇气、生命和力量,普利塔之子(阿周那)啊!这六名战车勇士绝对是不可抗拒的。不首先战胜他们及其随从,便接近不了胜车。(28)你想想这六个人各自的威力吧,要战胜这六位齐心合力的人中之虎,实在不可能。(29)为了我们自身的利益,我们还是应该与足智多谋的大臣和朋友一道,再行商讨战术,以确保事业的成功。"(30)

阿周那说:

你认为持国之子的六名战车勇士力大无穷,我看他们的威力还不及我的一半。(31)诛灭摩图者啊！我渴望杀死胜车，你将目睹我用兵器摧毁他们所有人的兵器。(32)我要当着德罗纳及其随从们的面，让信度王的人头落地，让他们哭天喊地。(33)众沙提耶、众楼陀罗、众婆薮、双马童、众摩录多和因陀罗，众毗奢神和众阿修罗，(34)众祖先、众健达缚、众金翅鸟，还有大海、高山、天穹、空界、大地以及四方八面的方位神，(35)家养和野生的生物，动物和不动物，——纵然所有这一切都成为信度王的保护者，诛灭摩图者啊！(36)你明天也会在战场上看到我用箭杀死他。黑天啊！我手握兵器，向你赌咒发誓。(37)

大弓箭手德罗纳担当了这个邪恶罪人的保护者，美发者啊，我将首先冲向他。(38)难敌认为这场赌博输赢全靠他。因此，我将冲破他的前沿部队，直取信度王。(39)你明天将在战场上看到我用锋利而锃亮的铁箭粉碎那些大弓箭手，犹如用金刚杵击碎山峰。(40)人、象和马的躯体被利箭刺破，鲜血流出，正在倒下，或者已经倒下。(41)甘狄拨神弓射出的箭迅疾如同思想和风，剥夺数以千计的人、象和马的性命。(42)人们将在战场上目睹这件恐怖的法宝，它是我从阎摩、俱比罗、伐楼拿和因陀罗那儿获得的。(43)你将在战场上看到我用梵天法宝摧毁所有保护信度王的人的兵器。(44)美发者（黑天）啊！你明天将在战场上看到国王们的头颅被迅猛的箭射落，布满大地。(45)我要让众食肉禽兽满足，让敌人四散逃命，让亲者快，让信度王倒地丧命。(46)信度王这个作恶多端的人，可恶的亲戚，生在一个罪恶的国度，一旦遭到我的打击，他将让他的亲人悲痛。(47)那些行为邪恶的信度人尝遍人间的美味，将在战场上遭到我的利箭打击，和他们的国王一起灭亡。(48)

天亮时，我将这样行动，黑天啊！让难敌知道，在这个世界上，没有能与我匹敌的弓箭手。(49)人中雄牛啊！有这张甘狄拨神弓，有我这位战士，有你这位车夫，感官之主啊，还有什么是我不能征服的呢？(50)正如月亮中有印记，大海中有水，遮那陀那啊，你要知道我的誓言完全真实。(51)不要低估了我的兵器，不要低估了这把结实的弓，不要低估了我的双臂的力量，不要低估了我胜财（阿周那）。(52)只要上战场，我就必定胜利，不会失败。你要知道，凭我的这个誓言，胜车在战场上必死无疑。(53) 婆罗门那里确实有真理，善人那里确实有谦卑，能人那里确实有财富，那罗延那里确实有胜利。(54)

全胜说：

对感官之主（黑天），也是自己对自己这样说过之后，因陀罗之子阿周那以低沉的声音吩咐美发者（黑天）说：(55)"黑天啊！夜过破晓时分，你务必将我的战车准备好，因为一场大战即将来临。"(56)

以上是吉祥的《摩诃婆罗多》中《德罗纳篇》第五十三章(53)。

五四

全胜说：

那一夜，婆薮提婆之子（黑天）和胜财（阿周那）沉浸在悲伤和痛苦之中，像蛇一样发出叹息，不能入睡。(1) 众天神和因陀罗知道那罗和那罗延处在愤怒中，便惶恐不安，心想："会发生什么事呢？"(2) 干燥的狂风肆虐着，预示恐怖即将来临。太阳上面出现了无头尸和棒槌。(3) 天空无云，却雷霆大作，伴随着狂风和闪电。大地连同山岭和森林一起震动。(4) 大王啊！海怪居住的大海翻腾不已，条条大河逆向倒流。(5) 车兵、马、人、象的上嘴唇敲打着下嘴唇。似乎为了让食肉禽兽们高兴，似乎为了壮大阎摩王国，(6) 牲畜们屎尿失禁，发出阵阵哀鸣。看到出现这种种令人毛骨悚然的可怕征兆，(7) 而这正是在听说了大力士左手开弓者（阿周那）的严酷誓言之后，你的武士们惶恐不安，婆罗多族雄牛啊！(8)

这时，大臂的诛灭巴迦者之子（阿周那）对黑天说道："你去好好安慰你的妹妹妙贤和她的儿媳吧。(9) 无瑕的人啊！设法消除悲痛中儿媳和婆婆的忧伤吧，摩豆族后裔啊！请用温和而真实的话语宽慰她们吧！"(10)

于是，婆薮提婆之子（黑天）心情沉重，来到了阿周那的家，安慰因失去儿子而悲痛不已的妹妹，说道：(11)"苾湿尼族女人啊！不要和你的儿媳一道为那个孩子悲伤不已。所有生灵都有时间的定数，胆怯的女人啊！（12）你的儿子死得其所，无愧于名门望族的血统，不愧为英雄，特别是不愧为刹帝利。不要难过了。（13）他是幸运的。作为英雄的战车大勇士，他与他的父亲一般勇敢。按照刹帝利的规矩，他得到了英雄们企盼的归宿。（14）战胜了众多敌人，把他们打发到死神那里，他到达了有德之人的世界。那是永恒的世界，一切愿望都能满足的世界。（15）善人们通过苦行、梵行、学问和智慧企求达到的归宿，你的儿子达到了。（16）你是英雄的母亲，英雄的妻子，英雄的儿媳，英雄的亲属，不要再为儿子难过了，贤淑的女子啊！他已经到达了最高归宿。（17）

"那卑鄙的信度王，杀害这个孩子的凶手，他和他的亲朋好友会得到骄横的果报。（18）今夜将过去，美臀女啊！这个罪孽深重的人即使逃到天国永寿宫，也休想摆脱普利塔之子（阿周那）。（19）明天你将听说，信度王的头颅已在战场上被砍下，滚落到普五地区之外。你就不要忧伤，不要哭了。（20）这位英雄遵守刹帝利法，已经到达善人的世界，那是我们和其他以武器为生的人希望去的地方。（21）他胸膛宽阔，臂长，永不退却，驱逐敌雄。美臀女啊！你的儿子已经去了天堂，摆脱烦恼吧。（22）他与生俱来的英雄气概像他的父亲，也随他的母亲。在杀死了成千上万的敌人之后，这位英雄的战车大勇士才死去。（23）王后啊，好好安慰儿媳吧！刹帝利女人啊，不要过度悲伤！明天，你听到那大好消息后，就摆脱悲伤吧，让人喜悦的女人啊！（24）普利塔之子（阿周那）许下的诺言不会改变。你丈夫想要办的事情不会没有结果。（25）纵然天亮后，人、蛇类、毕舍遮、夜行罗刹、飞禽、天神和阿修罗都来到战场支持信度王，他也将不复存在。"（26）

以上是吉祥的《摩诃婆罗多》中《德罗纳篇》第五十四章(54)。

五五

全胜说：
妙贤沉浸在失去儿子的痛苦中，听了灵魂伟大的美发者（黑天）

的这番话，悲痛万分地哭诉道：(1)"哎呀，我的儿啊！我多么愚昧！儿啊！你像父亲一般勇敢，怎么会走上了战场却一去无回？(2)孩子啊！你那色似青莲花的脸庞，美丽的牙齿，迷人的双眼，如何能被战场的尘土覆盖？(3)毫无疑问，看到你这位永不退却的英雄倒在地上，看到你美丽的头颅、脖颈、双臂和肩膀，看到你宽宽的胸膛和平展的腹部，(4)看到你四肢缠满迷人的饰物，看到你美丽的眼睛，看到你浑身的武器创伤，所有众生定然会以为看到了升起的月亮。(5)从前，你躺在床上，拥在锦衾之中。你习惯了荣华富贵的生活，如今遍体箭伤，怎能就这么睡在地上？(6)从前这大臂的英雄身边有众多美女侍奉，如今他倒在战场上，怎能与豺狼为伴？(7)从前总有快乐的御者或歌手和诗人赞颂他，如今身边充满食肉兽可怕的嗥叫声。(8)主啊！有众多的般度人保护，有众多的苾湿尼英雄和般遮罗英雄在，是谁把他杀死，好像无依无靠的孤儿？(9)

"儿啊！无邪的人啊！我看你总是看不够。我多么命苦啊！今天，我肯定要去那阎摩殿。(10)儿啊！我何时才能再见到你那没有瘢痕的脸庞，大大的眼睛，漂亮的卷发？你说话优雅，气味芳香。(11)让怖军的军队见鬼去吧！让普利塔之子（阿周那）的弓箭见鬼去吧！让苾湿尼英雄们的勇气见鬼去吧！让般遮罗人的军队见鬼去吧！(12)让羯迦夜人、车底人、摩差人和斯楞遮耶人统统见鬼去吧。他们竟然听任你在战场上被杀死。(13)见不到激昂，我的眼睛里只有悲哀，如今我看这大地仿佛空空荡荡，黯然无光。(14)你是婆薮提婆之子（黑天）的外甥，手持甘狄拨神弓者（阿周那）的儿子，我怎么会看到你这位英雄丧失战车，被他人杀死呢？(15)哎呀，英雄啊！你从我的眼前消失，仿佛在梦中出现的财宝。天啊！人生无常，好似水中的气泡转瞬即逝！(16)你叫我如何抚慰你的娇小的媳妇，她为了你而痛苦不堪，仿佛失去了牛犊的母牛。(17)儿子啊！你还未到成熟结果时就离我而去，让我对你好生思念。(18)那死神的行径确实连智者们也难以把握。纵然有黑天庇护，你还是死在战场，好似一个无依无靠的孤儿。(19)

"举行祭祀的人，乐于施舍的人，灵魂净化的婆罗门，修习梵行的人，在圣地沐浴的人，(20)知恩图报的人，慷慨大度的人，顺从师长的人，支付丰厚的祭祀酬金的人，但愿你达到他们所达到的归宿。(21) 英雄们冲锋陷阵，勇往直前，在杀死了敌人之后牺牲在战场，但愿你达到他们所达到的归宿。(22) 布施数千头奶牛的人，提供丰厚祭品的人，随人心愿布施各种用具的人，(23) 修习梵行、严守誓言的牟尼，不嫁二夫的贞洁妇女，儿啊！但愿你达到他们所达到的归宿。(24) 品行端正的国王，洁身自好、行善积德，度过人生四阶段而灵魂净化的人，(25) 同情弱者的人，总是与人有福同享的人，摒弃邪恶的人，儿啊！但愿你达到他们所达到的归宿。(26) 信守诺言的，遵行正法的人，顺从师长的人，善待宾客的人，儿啊！但愿你达到他们所达到的归宿。(27) 智者们在适宜的时候与自己的妻子同房，从不与他人之妻偷情，儿啊！但愿你达到他们所达到的归宿。(28) 善待一切众生的人，摒弃妒忌的人，不伤害他人的人，宽宏大量的人，儿啊！但愿你达到他们所达到的归宿。(29) 戒绝蜜食、肉食和酒的人，不傲慢的人，不说假话的人，不为他人制造麻烦的人，儿啊！但愿你达到他们所达到的归宿。(30) 善人们知廉耻，通晓一切经典，热爱知识，克制感官，儿啊！但愿你达到他们所达到的归宿。"(31)

可怜的妙贤忍受着悲痛的煎熬，不停地哭诉着。般遮罗公主（黑公主）在毗罗吒女儿的陪同下来到她的身旁。(32) 她们都悲痛欲绝，哭泣流泪，哀恸不已。国王啊，妙贤仿佛失去理智，晕倒在地，不省人事。(33) 黑天痛苦不堪，急忙救护他的凄惨的妹妹，把凉水喷洒在她的脸上，用各种宽慰的话语安抚她。(34) 看着妹妹神志不清，哭哭啼啼，肝肠寸断，浑身颤抖不止，那莲花眼的黑天对她说了这番话：(35) "妙贤啊！不要再为儿子伤心。般遮罗公主啊！请安慰优多罗吧！激昂是刹帝利中的雄牛，已经去了令人向往的地方。(36) 面容姣好的女人啊！激昂已经名扬天下。但愿我们家族的男子都能前往激昂去的地方。(37) 但愿我们和我们的朋友能取得同样的成绩，正像你的大勇士儿子独自一人所取得的那样。"(38)

克敌制胜的大臂黑天这样安抚妹妹、黑公主和优多罗之后，回到普利塔之子（阿周那）那里。(39) 然后，威武的黑天向众国王和众亲友告别，进入内室。国王啊！其他人回到自己的住处。(40)

以上是吉祥的《摩诃婆罗多》中《德罗纳篇》第五十五章(55)。

五六

全胜说：

莲花眼黑天进入阿周那的无可比拟的房间后，用水净手，在吉祥的地面上，用琉璃一般的拘舍草铺出一张美丽的床。（1）他先把那些上乘的兵器摆在床的周围，又按照规矩用花环、炒米、香料和其他吉祥物装饰这张床。（2）然后，普利塔之子（阿周那）用水净手，训练有素的仆人们为他举行例行的对大力三眼神的祭拜。（3）心情愉快的普利塔之子（阿周那）也用香料和花环装饰摩豆后裔（黑天），向他奉上晚间的祭品。（4）乔宾陀（黑天）微笑着对阿周那说："普利塔之子啊！睡吧！祝你吉祥，我走了。"（5）随即，吉祥的黑天布置好门卫和手持兵器的哨兵，在达禄迦陪伴下，进入了自己的营帐。他躺在洁白的床上，思索着种种应该做的事情。（6）

那一夜，般度人的营帐中没有一人入睡，民众之主啊！清醒陪伴着所有的人。（7）"那灵魂伟大的手持甘狄拨神弓者蒙受失去儿子的痛苦，当即立下誓言，要杀死信度王。（8）那么，这大臂的因陀罗之子、诛灭敌雄者如何实现他的誓言呢？"人们这样思索着。（9）"灵魂伟大的般度之子做出的这个决定太危险。失去儿子的痛苦煎熬着他，使他立下这样的大誓言。（10）难敌的兄弟们个个勇气过人，他的军队也阵容浩大。他已经把所有这一切都调动起来，以保护信度王。（11）但愿胜财（阿周那）在战场上杀死信度王之后，还能归营。但愿阿周那战胜群敌，实现自己的誓言。（12）要是没有杀死信度王，他就将跳入烈火中。普利塔之子胜财（阿周那）不可能把这当儿戏。（13）阿周那死了，正法之子（坚战）如何再做国王？般度之子（坚战）把胜利的希望都寄托在他的身上。（14）如果我们做过什么好事，布施过，祭供过，那么，就让这些善行的果报都用来支援阿周那战胜敌人吧！"（15）君主啊！人们这样谈论着，企盼着胜利，漫漫的长夜终于熬到了头。（16）

在夜半时分，遮那陀那（黑天）醒来，想起普利塔之子（阿周那）的誓言，对达禄迦说道：（17）"阿周那的亲人被杀害，他痛苦不堪，立下誓言说：'我明天要杀死胜车！'达禄迦啊！（18）难敌闻听这一消息后，定将召集他的大臣们商议，如何叫普利塔之子（阿周那）不能在战场上杀死胜车。（19）精通用兵之道的德罗纳和他的儿子将率领所有的大军保卫胜车。（20）那独一无二的英雄，千眼因陀罗，提迭和檀那婆的诛灭者，连他也不能在战场上杀死德罗纳要保护的人。（21）我明日要设法让贡蒂之子阿周那在太阳落山之前杀死胜车。（22）对于我来说，无论妻子、朋友、亲属或亲戚，没有任何人能比贡蒂之子阿周那更重要。（23）达禄迦啊！我不能看到这个世界缺少阿周那，哪怕只是片刻的时间。这样的情况不会出现。（24）为了阿周那，我将消灭敌人的各个军团，连同他们的马、车和象，连同迦尔纳和难敌。（25）明天，让三界目睹我在鏖战中施展英雄气概吧，为了阿周那，我将驰骋疆场，达禄迦啊！（26）明天，数千国王和数百王子将带着他们的马、象和车逃离战场，达禄迦啊！（27）明天你将看到，为了般度之子，我将在战斗中愤怒地使用飞轮，打击和摧毁国王们的军队。（28）明天，天神、健达缚、毕舍遮、蛇和罗刹，一切世界都将认清我是左手开弓者（阿周那）的朋友。（29）谁要是与他为敌，也就是与我为敌；谁随顺他，也就是随顺我。让人凭借智慧，知道阿周那是我身体的另一半。（30）

"在今夜天亮之前，你务必按照经典，备好上乘的战车，驱车而来。你是个坚守诺言的人。（31）请将我的月光神杵、标枪、飞轮、弓和箭，御者啊，还有一切必备的车具都装到车上。（32）请在车座上为我的幡幢金翅鸟留好位置，在战斗中为战车增添光彩。（33）请备好华盖，还有那些马匹，装饰有毗首羯磨制造的、灿若太阳和火的神奇金网。（34）请套上这几匹精锐的骏马：钵罗诃迦、云花、塞尼耶和妙颈。然后，你也要披挂停当，站着待命，达禄迦啊！（35）听到五生螺号吹出可怕的雄牛声调，你要迅速来到我的身边。（36）一天之内，我要消除姑姑的儿子、我的表兄（阿周那）的所有愤怒和苦恼，达禄迦啊！（37）我将采取一切办法，叫毗跋蕤（阿周那）在战场上，当着持国之子们的面，杀死胜车。（38）御者啊！我告诉你，无论毗跋蕤（阿周那）力图杀死谁，他一定会获得胜利。"（39）

达禄迦说：

人中之虎啊！有你担任他的御者，胜利一定属于他，哪里还有失败可言？（40）我一定照你的吩咐去做。让这一夜为胜利者的胜利带来吉祥的黎明。（41）

以上是吉祥的《摩诃婆罗多》中《德罗纳篇》第五十六章(56)。

五七

全胜说：

贡蒂之子胜财（阿周那）具有不可思议的勇气。他背诵咒语，守护自己的誓言，蒙眬入睡。（1）在梦中，以金翅鸟为幢徽的大光辉者来到以猿猴为幢徽者的身旁。阿周那饱受痛苦折磨，处在沉思冥想之中。（2）出于对黑天的虔诚和爱慕，以法为魂的胜财（阿周那）在任何状况下从不忘记起身迎接黑天。（3）他站起来迎接乔宾陀（黑天），为他献上座椅。而毗跛蒁（阿周那）自己不想坐下。（4）大光辉的黑天知道普利塔之子（阿周那）的决心，便坐着对站在一旁的贡蒂之子（阿周那）说道：（5）"普利塔之子（阿周那）啊！不要心情沮丧。时间是不可战胜的。时间按照至高规则控制一切众生。（6）优秀的辩士啊！你为何忧愁？说出来吧！智者从不忧伤，因为忧伤毁坏事业。（7）忧伤的人日益衰竭，使仇者快，亲者痛。因此，你不应该忧伤。"（8）

婆薮提婆之子（黑天）这样说罢，不可战胜的智者毗跛蒁（阿周那）如实说了这些话：（9）"我立下了大誓言，要杀死胜车王。美发者（黑天）啊！明天，我将杀死那个灵魂邪恶、杀死我儿子的仇敌。（10）据说为了阻止我实现誓言，持国之子们将信度王安置在后面，让所有的大勇士保护他。（11）他们有十一支大军，黑天啊！那是难以战胜的。倘若誓言落空，像我这样的人怎么能活下去？（12）英雄啊！我感到痛苦，担心不能信守诺言。我还要告诉你，在这个季节，太阳行走很快。"（13）

以金翅鸟为幢徽的黑天闻听普利塔之子（阿周那）苦恼的根由后，他触过水，面向东方而坐。（14）大光辉的莲花眼（黑天）为了帮助般度之子（阿周那）杀死胜车，说了这些话：（15）"普利塔之子（阿周那）啊！有一件永远至高无上的兵器，叫做'兽主法宝'，大自在天曾用它在战斗中消灭所有的提迭。（16）如果你今天能找到它，你明天就能杀死胜车。现在，你开始用心想那位以雄牛为幢徽的天神。（17）胜财啊！你要沉思入定，取悦这位天神。你诚心诚意，赢得他的恩典，就会得到那件伟大的法宝。"（18）

听了黑天的话，胜财（阿周那）触过水，坐在地上，聚精会神，心想跋婆神。（19）当入定到吉祥的梵天界那一刻，阿周那看见自己和美发者（黑天）一道升到空中。（20）空中布满发光的星体，悉陀和遮罗纳出没其中。普利塔之子（阿周那）和美发者（黑天）在空中行走速疾似风。（21）威武的美发者（黑天）挽住他的右臂，他们一边走着，一边观看种种奇异的景致。（22）以法为魂的阿周那看到北边的白山，看到财神花园里有莲花点缀的池子。（23）他看到天下第一河恒河，水量充沛，周围是常年开花结果的树木，到处是水晶和玉石。（24）随处可见狮子和老虎，成群结队的走兽，美丽的净修林，珍禽异鸟。（25）在曼陀罗山各处，紧那罗的歌声回荡，金峰和银峰高耸，各种药草闪闪发光，曼陀罗树鲜花盛开。（26）他又经过如同一堆黑油膏的黑山、圣洁的雪山之麓、有珠山、梵顶山以及许多河流和居民村落。（27）妙峰山、百峰山、舍尔雅底森林以及圣洁的马首地和阿达婆地域。（28）众山之王牛牙山和曼陀罗大山，山上布满美丽的仙女和英俊的紧那罗。（29）普利塔之子（阿周那）和美发者（黑天）在行进中，观看这些大山，山上到处喷涌甘泉，金矿石点缀其中。（30）他又看到一片土地，像月光一般闪闪发亮，四围有城堡环绕。他还看到许多奇妙的大海，里面充满宝藏。（31）

他一路看着天上、空中和大地，又来到一个叫做毗湿奴足的地方。奇怪的是，他和黑天一道，像射出的箭一般落了下来。（32）这时，普利塔之子（阿周那）看见一座仿佛燃烧的山，光辉可比行星、恒星、月亮、太阳和火焰。（33）到达那座山后，阿周那在山顶上看到那个以雄牛为幢徽的天神。他灵魂伟大，长期修炼苦行。（34）他自身放射光芒，好像集一千个太阳于一身。他手执三叉戟，束有顶髻，肤色黄白，身着树皮和鹿皮衣。（35）这位天神威力巨大，肢体奇异，仿佛长着千万双眼睛。他有雪山神女相伴，还有成群成群发光的精灵围绕身边。（36）他们唱歌跳舞，弹奏乐器，拍打节拍，欢呼跳跃。芳香氤氲缭绕。（37）他手中持弓，永不退转，是一切众生的保护者。那些宣讲吠陀的牟尼用神圣的赞歌赞颂他。（38）

婆薮提婆之子（黑天）看见他，便和普利塔之子（阿周那）走上前去，以头触地。以法为魂的黑天口中念诵永恒的吠陀。（39）他是世界的缘起，一切的缔造者；他无生、自在、无灭，是思想的最高源泉；他是空，是风，是星体的宝库。（40）他是雨水的制造者，大地的最初来源；他是天神、檀那婆、药叉和人类成功的保证。（41）他是瑜伽行者清晰可见的至高的梵，知梵者的宝藏；他是动物和不动物的创造者和毁灭者。（42）他是世界毁灭时的怒火，伟大的灵魂，天帝释，太阳，一切属性的缘起。黑天用语言、思想、智慧和行为向这位大神致敬。（43）黑天和阿周那来到这里向跋婆神寻求庇护。他是无生者，一切原因的灵魂。渴望获得微妙的至高灵魂的智者都注视他。（44）阿周那也一次又一次地向这位天神致敬，知道他是已成和将成的生灵的惟一起源，万物的过去、现在和未来。（45）

这时，沙尔婆笑着对这两个到来的人说："欢迎你们，两位人中俊杰，起身吧！一路辛苦了。两位英雄，你们心中有何愿望，快快说出来吧。（46）你们为何事来到这里？我会成全你们。说出自己的愿望吧，我将满足你们所有的愿望！"（47）

听了天神的话，思想高尚的婆薮提婆之子（黑天）和阿周那站起身来，双手合十，赞颂沙尔婆道：（48）"敬礼跋婆，沙尔婆，楼陀罗，赐人恩惠的神，永远威严的兽主，迦波尔迪！（49）敬礼大神，毗摩，三眼神，商部，统治者，诛灭薄伽者，诛灭安陀迦者！（50）敬礼鸠摩罗的父亲，永远的青颈者，创造者，紫色神，烟色神，猎神，不败神！（51）敬礼头束青色顶髻者，手持三叉戟者，天眼者，毁灭者，保护者，三眼者，猎手，众婆薮之精液！（52）敬礼不可思议者，安必迦之夫，受一切天神赞美者，以雄牛为幢徽者，黄肤色者，束发者，梵行者！（53）敬礼水中的苦行者，尊敬婆罗门者，不可战胜者，宇宙的灵魂，宇宙的创造者，宇宙的覆盖者！（54）敬礼，向你敬礼啊！永远受人供奉者，众生的起源，以吠陀为嘴者，沙尔婆，商迦罗，湿婆！（55）向你敬礼啊！语言之主，众生之主。向你敬礼啊！宇宙之主，五大之主。（56）向你敬礼啊！你有千头千臂，你是愤怒的化身。向你敬礼啊！你有千眼千足，你的事迹不可胜数。（57）向你敬礼啊！你有金子的色彩，身着金色的铠甲。你总是同情虔诚的人，但愿你成全我们的愿望，主啊！"（58）

婆薮提婆之子（黑天）和阿周那这样赞颂大神后，为了获得法宝继续取悦跋婆。（59）阿周那满怀喜悦，向以雄牛为幢徽者行礼。他睁大眼睛，注视着这座容纳一切精力的宝库。（60）他看见自己按照婆薮提婆之子（黑天）吩咐每夜奉献的供品就在三眼神的身旁。（61）般度之子（阿周那）由衷崇敬沙尔婆和黑天。他对商迦罗说道："我想要法宝。"（62）知道普利塔之子（阿周那）想要的恩惠，天神微笑着对婆薮提婆之子（黑天）和阿周那说：（63）"两位杀敌英雄啊！这附近有一座神奇的甘露湖。我的神奇的弓和箭就存放在那里。（64）我曾经用它在战斗中消灭所有天神的敌人。两位黑王子啊！你们去把那无上的弓和箭取来吧！"（65）

"遵命！"这样说过之后，两个英雄在大神的仆从们陪伴下，前往那座充满奇迹的天湖。（66）按照以雄牛为标志的湿婆神的指引，那罗和那罗延两位仙人从容地前往那个满足一切愿望的圣地。（67）阿周那和黑天来到犹如一轮太阳的湖旁，看见水中有一条可怕的蛇。（68）他们又看见另一条更加可怕的千头蛇，色泽似火，喷吐着大火。（69）黑天和普利塔之子（阿周那）触过水后，双手合十，一面走近那两条蛇，一面向以雄牛为幢徽者致敬。（70）他俩通晓吠陀，一边吟诵着吠陀中献给楼陀罗神的百首颂歌，一边全心全意向不可估量的跋婆神鞠躬敬礼。（71）于是，慑于楼陀罗神的大威力，两条大蛇蜕去蛇的形象，变成了弓和箭，一对杀敌的兵器。（72）这两位灵魂伟大的人高兴地拿起光辉灿烂的弓和箭，带着它们回到大神那里，交给他。（73）

这时，从湿婆神的肋下转出一个梵行者，双眼黄褐，力大，青颈，红发，是苦行的化身。（74）他握住那张宝弓，调整好位置，按照规则拉开那箭在弦上的宝弓。（75）注意他如何握弓，如何扯弦，如何站立，又听到跋婆念诵的咒语，具备不可思议的勇气的般度之子阿周那掌握了要领。（76）那位力量超凡的英雄将那支箭射入湖中，又把那张弓投入湖中。（77）阿周那知道跋婆已经满意，记得在森林中赐给他的恩惠，以及商迦罗本人的模样，心里想道："就让我如愿以偿吧！"（78）跋婆知道这就是他的心愿，高兴地赐予他这个恩典，给了他这件恐怖的"兽主法宝"，让他实现誓言。（79）难以战胜的阿周那汗毛竖立，认为要做的事情已经成功。黑天和阿周那高兴地向大自在天俯首行礼。（80）

　　得到跋婆的允许之后，阿周那和美发者（黑天）顷刻间就回到了自己的营帐。两个英雄充满喜悦，犹如渴望杀死瞻婆的因陀罗和毗湿奴得到跋婆允诺，兴奋不已。（81）

以上是吉祥的《摩诃婆罗多》中《德罗纳篇》第五十七章(57)。

五八

全胜说：

　　黑天和达禄迦交谈着，夜渐渐过去了。国王啊！坚战国王醒过来。（1）击拍者、歌手、迎客官、诗人和御者纷纷赞颂这位人中雄牛。（2）舞者跳起舞蹈，歌喉甜美的歌者唱起歌曲，颂扬俱卢族的事迹。（3）小鼓、恰恰鼓、半月鼓、腰鼓、大鼓、牛嘴鼓、战鼓、螺号和响亮的铜鼓，（4）婆罗多子孙啊，技艺娴熟的乐师们兴高采烈，将这些以及其他所有的乐器奏响。（5）那雷鸣般的声响直达天庭，唤醒了睡梦中的王中俊杰坚战。（6）在高贵华丽的卧榻上舒服地睡过一觉后醒来，他起身走向浴室，进行必不可少的洗漱。（7）一百零八名经过沐浴、身穿白衣的青年澡匠，手捧满满的金水罐走上前来。（8）坚战在宝座上坐定之后，披上轻盈的薄衣，接受各种水的沐浴，有些加了旃檀香料，有些念过咒语。（9）训练有素而强劲有力的澡匠用药液揉搓他的全身，再用加了香料的水为他沐浴。（10）这大臂者以乳黄色的檀香油涂抹全身之后，戴上花环，穿上洁净的衣裳，面向东方，双手合十站定。（11）

　　贡蒂之子（坚战）遵行善人之路，默诵祷词，然后虔诚地进入燃烧着祭火的殿堂。(12) 他以经过咒语净化的祭品供奉熊熊燃烧的祭火之后,从殿堂里走出。(13) 人中之虎坚战王来到第二座院落,看到那里聚集着许多精通吠陀的婆罗门雄牛。(14) 他们个个克己自律,诵习吠陀,严守誓言,完成祭祀后的沐浴。他们有上千名追随者。那里还有八千名太阳的崇拜者。(15) 大臂的般度之子(坚战)把令人喜欢的谷物、蜂蜜、酥油和最好的吉祥果子献给这些婆罗门,赢得他们的祝福。(16) 随后,般度之子(坚战)施舍给每一个婆罗门一块金币、一百匹经过装饰的马、衣服和其他受欢迎的礼物。(17) 般度之子(坚战)还把产奶的黄母牛连同公牛一起施与他们。这些牛的牛角镶金,牛蹄镶银。然后,他向他们右绕而行。(18) 万字符、金瓶、金盆、花环、水罐和燃烧的火焰,(19) 装满谷物的钵盂、漂亮的首饰、盛妆的美丽女子、酸奶、酥油、蜂蜜和水,(20) 吉祥鸟和其他供奉物品,贡蒂之子(坚战)一一观看和触摸后,来到院落外面的房间。(21)

这时,守候在那里的仆人们为大臂的坚战安置一把圆形金椅,镶嵌有珍珠和琉璃,(22) 铺有昂贵的垫子和精美的罩布。这椅子由天上的工匠毗首羯磨亲手制成。(23) 这灵魂伟大的人在椅子上坐定之后,仆人们奉上各式各样美丽而昂贵的首饰。(24) 佩戴好首饰,穿好衣服,灵魂伟大的贡蒂之子(坚战)容光焕发,国王啊!让敌人增添忧愁。(25) 仆人们挥动着白如月光的金柄拂尘,贡蒂之子(坚战)像是挟裹闪电的云朵。(26) 御者们赞美他,诗人们向他致敬,歌手们为他唱歌,他是令俱卢族快乐的人。(27)

然后,诗人们的声音很快转向高亢,出现车轮声和马蹄声,(28) 还有象铃声、螺号声和人的脚步声,大地仿佛在抖动。(29) 随即,一名门卫来到内室,双膝跪地,向受人敬仰的世界之主俯首行礼。(30) 这名年轻的门卫双耳戴着耳环,腰间佩剑,身摞铠甲,俯首行礼后,向灵魂伟大的法王(坚战)报告说,感官之主(黑天)来到。(31) 人中之虎(坚战)欢迎摩豆族后裔(黑天),并吩咐道:"请为他准备水和最高贵的座椅!"(32) 请苾湿尼族后裔(黑天)进入和入座后,两人互致问候。然后,坚战开始询问。(33)

以上是吉祥的《摩诃婆罗多》中《德罗纳篇》第五十八章(58)。

127

五九

坚战说：

诛灭摩图者啊！夜里睡得舒服吗？不退者啊！愿你头脑清晰，精神爽快。（1）

全胜说：

婆薮提婆之子（黑天）也相应问候了坚战。这时，门卫报告说，大臣们都在等候朝见。（2）得到国王许可后，大臣们进来。他们是毗罗吒、怖军、猛光和萨谛奇，（3）束发、双生子（无种和偕天）、显光、羯迦夜兄弟、俱卢族的尚武和般遮罗族的优多贸阇。（4）这些以及其他许多刹帝利来到灵魂伟大的刹帝利雄牛前，依次就座。（5）黑天和萨谛奇两位大力士具有伟大的光辉和灵魂。这两位英雄同坐在一张坐席上。（6）于是，当着众位在座的人，坚战话语甜美，对眼似莲花的诛灭摩图者（黑天）说道：（7）

"我们全都仰仗你一人，好似众天神仰仗千眼神。我们向你祈求战斗的胜利和永久的幸福。（8）你清楚我们如何丧失王国，黑天啊，敌人逼迫我们流亡，让我们受尽诸般苦难。（9）万物之主啊！你总是关怀虔诚的人。我们所有人的幸福系在你身上，我们的生存系在你身上，诛灭摩图者啊！（10）苾湿尼族后裔啊！让我的心依靠你，让阿周那立下的誓言成为现实。（11）请把我们从充满苦难和怨愤的海洋中拯救出来吧！今天，我们想要到达彼岸，你就是我们的船，摩豆族后裔啊！（12）在战场上，即使像作武那样的战车勇士无法做到的事，黑天啊，你这位御者凭借努力可以做到。"（13）

婆薮提婆之子说：

在所有的世界中，即使在天界，也没有哪个弓箭手能与普利塔之子胜财（阿周那）相媲美。（14）他英气勃发，精通诸般兵器，勇猛有力，热爱战斗，却又沉着冷静，威力堪称人中之冠。（15）他年轻，肩膀如雄牛，臂长，力大，步履如狮子和雄牛，光辉吉祥，一定能战胜你的一切敌人。（16）我将竭尽全力，让贡蒂之子阿周那如同熊熊的烈火,焚毁持国之子的军队。(17)那个罪孽深重的小人,杀死激昂的元凶,今天,阿周那会用箭将他送上不归之路。(18)今天,秃鹫、兀鹰和豺狼,还有其他食肉禽兽,将会吞噬他的肉。(19)即使连因陀罗在内的众天神都成为他的保护神,他也会在大战中被杀死,前往阎摩殿。(20)今天,在杀死信度王后,阿周那将回到你身边。国王啊!不要发愁,不要烦恼,你的前景美好。(21)

以上是吉祥的《摩诃婆罗多》中《德罗纳篇》第五十九章(59)。

六〇

全胜说:

他们这样交谈着,胜财(阿周那)来到,要见婆罗多族俊杰坚战王以及他的众多好友。(1)他走进优美的房间,行礼问安之后,站在前面。般度族雄牛(坚战)站起身,亲切地拥抱了阿周那。(2)坚战吻过他的头顶,又用手臂拥抱他,将最好的祝福施给他,微笑着说道:(3)"显然,阿周那啊!战场上的伟大胜利一定属于你,看你的模样,看你的身影!而且,遮那陀那(黑天)也充满喜悦。"(4)于是,阿周那对他说道:"国王吉祥!我见到了一件无比奇妙的事情,它源自美发者(黑天)的恩惠。"(5)接着,阿周那为了安慰朋友们,便如实地讲述与三眼神(湿婆)会面的情形。(6)大家惊异不已,以头叩地,向以雄牛为标志的大神行礼,不断地说着"善哉,善哉"。(7)

朋友们得到正法之子(坚战)允许后,全副武装,满怀喜悦,迅速奔赴战场。(8)萨谛奇、黑天和阿周那向国王致敬后,也高兴地从坚战的处所走出。(9)萨谛奇和遮那陀那(黑天)两个难以战胜的英雄同乘坐一辆战车,来到阿周那的住处。(10)到了那里,感官之主(黑天)像个熟练的车夫,准备战车。这是在战场上最佳战车勇士的战车,众猴之王是它的标识。(11)这辆上乘的战车装备停当,发出的声响如同云中雷鸣,光辉如同经过冶炼的黄金,又如一轮朝阳。(12)

尔后，人中之虎（黑天）一身戎装，作为助手，向完成早祷的普利塔之子（阿周那）报告说，车已备好。（13）于是，世上人中俊杰阿周那身擐金甲，手执弓和箭，围着战车右绕而行。（14）那些年事已高的婆罗门知识渊博，精通礼仪，控制感官。在他们的胜利祝福声中，阿周那登上这辆大型战车，（15）犹如光芒四射的旭日跃上东山之巅。这辆上乘的战车事先也被念过保证战斗胜利的咒语。（16）

阿周那是战车武士中的佼佼者，一身金色的戎装，光辉灿烂，位于金色的战车上，犹如太阳位于弥卢山顶。（17）萨谛奇和遮那陀那（黑天）也跟随普利塔之子（阿周那）登上战车，好似双马童跟随因陀罗前往沙利耶提的祭典。（18）此时，优秀的御者乔宾陀握住车辔，犹如从前因陀罗讨伐弗栗多时，摩多梨为他执辔驾车。（19）普利塔之子（阿周那）站在最佳战车上，有他俩相伴，仿佛驱逐黑暗的月亮有金星和水星相伴。（20）诛灭群敌者阿周那出发，前去杀死信度王，犹如因陀罗偕同水神（伐楼拿）和密多罗出发，前去参加达罗迦之战。（21）各式乐器奏响吉祥的乐曲，御者和诗人为行进中的阿周那吟唱赞美词。（22）御者和诗人的吟唱表达对胜利的希望和对吉日的祝福，与乐曲相配合，令英雄们心生欢喜。（23）在他身后，清风徐徐，送来阵阵幽香，令普利塔之子（阿周那）心旷神怡，从而令敌人干枯萎缩。（24）吉兆纷纷显现，预示着般度人的胜利，而你们的人却得到相反的征兆，尊者啊！（25）

目睹种种预示胜利的吉兆，阿周那对右侧的大弓箭手萨谛奇说道：（26）"萨谛奇啊！看来今天在战场上，胜利必将属于我，因为随处可见吉祥的预兆，悉尼族雄牛啊！（27）我要直取信度王，这个想要前往阎摩世界的人正等着看我施展威力。（28）杀死信度王，是我的首要任务，但保护法王（坚战）也是我的重要职责。（29）大臂者啊！你今天就去保护国王吧，因为由你担当护卫，就像由我亲自担当护卫一样。（30）在大战中，只有将这任务交给你或者大勇士始光，我才能无所顾忌地去杀信度王，人中雄牛啊！（31）你丝毫不必顾及我，沙特婆多族后裔啊，你要专心致志，竭尽全力保护国王！（32）大臂的婆薮提婆之子（黑天）和我在哪里，哪里肯定无灾无难。"（33）阿周那这样说罢，诛灭敌雄的萨谛奇回答道："好吧！"说

完,他就前往国王坚战那里。(34)

以上是吉祥的《摩诃婆罗多》中《德罗纳篇》第六十章(60)。《立誓篇》终。

诛胜车篇

六一

持国说:

激昂遇害后的第二天,那些悲痛不已的般度人做了些什么?我方哪些人参加了战斗?(1)俱卢人明明知道左手开弓者(阿周那)的业绩,你说说,我们的人得罪了他之后,怎么不心惊胆战呢?(2)失去儿子的痛苦让他怒火中烧,这位人中之虎来到战场,仿佛死神降临,我们的人怎样面对他呢?(3)在战场上看到怀有丧子之痛的阿周那,看到他的以猿猴为标志的幡幢和挥舞的大弓,我们的人怎么办呢?(4)

全胜啊!难敌在战场上发生了什么事?我听到哀叹声四起,使我郁闷不乐。(5)信度王驻扎的地方,总能传来悦耳动听的声响,今日不复听到。(6)在我的儿子们的营帐中,那些御者、诗人和舞伎载歌载舞,今日不复听到。(7)过去我一直听到那里传来声响,如今他们精神沮丧,我已听不到他们的声响。(8)全胜啊!往日我坐在坚持真理的月授王的营帐中,听到悦耳的声响,朋友啊!(9)可是今日里,我真是德匮福浅,感觉到儿子们的营地毫无生气,充满悲戚之声。(10)毗文沙提、丑面、奇军、毗迦尔纳和其他儿子们,我也没有听到他们的声响。(11)大弓箭手德罗纳之子(马嘶)是我的儿子们的庇护者,婆罗门、刹帝利、吠舍和学生们,都喜欢侍奉他。(12)他喜欢争论、谈话和闲聊,欣赏各种歌曲、祭祀歌、乞讨歌、祈祷歌,乐此不疲,昼夜不分。(13)俱卢族、般度族和沙特婆多族的老老少少都敬重他。御者啊!从德罗纳之子(马嘶)的家中,我也听不到往日的喧闹。(14)大弓箭手德罗纳之子(马嘶)身边总不离歌者和舞者的侍奉,如今他们悄然无声。(15)一到晚上,文陀和阿奴文陀的营帐中总是人声鼎沸，今天却没了动静。羯迦夜人的营地同样一片沉寂。（16）朋友啊！这些羯迦夜人一向是欢快活泼，今天听不到他们击掌唱歌和结伴跳舞的声音。（17）月授之子（广声）是学问的宝库，许多执掌祭祀的祭司喜欢侍奉他，如今听不到他们的声响。（18）德罗纳的屋中总有弓弦声、诵读吠陀声、刀剑声和车轮声，如今我听不到。（19）那些来自各个地区的歌声和器乐声，今日都听不到。（20）

想当初，不退者遮那陀那（黑天）悲悯苍生，从水没城来，希望求得和平。（21）御者啊！我曾对那愚蠢的难敌说，"儿子啊！让婆薮提婆之子（黑天）从中斡旋，与般度人媾和吧！（22）我看是时候了。难敌啊！不要违背我的意愿。美发者（黑天）为了大家的利益而祈求和平，倘若你拒绝，你便从此再无胜利可言。"（23）然而，他拒绝了陀沙诃族后裔（黑天），这位弓箭手中的雄牛。他出于蛮横，不听从黑天劝和的游说。（24）尔后，他撇开我，采纳难降和迦尔纳二人的主意。这坏了心肠的家伙已在死神的掌握之中。（25）我不希望掷骰子，维杜罗也不赞成。信度王不愿意掷骰子，毗湿摩也不乐意。（26）沙利耶、广声、多友、伽耶、马嘶、慈悯、德罗纳，都不希望掷骰子，全胜啊！（27）我的儿子若是听取这些人的意见，照着去做，他和他的亲朋好友早已生活在无忧无虑之中了。（28）

般度之子们温文尔雅，在亲戚们中间说话甜蜜可爱。他们出身高贵，惹人喜爱，富有智慧，定将获得幸福。（29）以法为重的人总能得到幸福，即使在死后，也能得到福祚和恩惠。（30）凭借他们的能力，理应享有大地的一半。这祖传的大地以大海为界，也是属于他们的。（31）般度之子们会坚定地遵行正法之路。他们会听取我们的亲戚们的话。（32）沙利耶、月授、灵魂伟大的毗湿摩、德罗纳、毗迦尔纳、波力迦和慈悯，（33）还有其他德高望重的婆罗多族老者，他们若是为你说话，孩子啊，般度之子们是会听从他们的忠告的。（34）难道你认为他们当中有谁会讲不利于你的话吗？黑天不会背离正法之路，而所有的人都会跟你走。（35）我也曾对那些英雄说过合乎正法的话，他们都会照着去做，因为般度之子们以正法为灵魂。（36）

御者啊！我就这样，反复唠叨劝说儿子。但那傻瓜不听我的劝告，我认为这是时运流转。（37）有狼腹（怖军）和阿周那，苾湿尼族英雄萨谛奇、般遮罗族优多贸阇和难以战胜的瑜达摩尼瑜，（38）难以抵御的猛光、战无不胜的束发、阿湿摩迦人、羯迦夜人和苏摩迦族武法，（39）车底王、显光、迦尸王子超胜、黑公主的五个儿子、毗罗吒、大勇士木柱王、人中之虎无种和偕天，还有军师诛灭摩图者（黑天），（40）谁在这世上与他们交战还妄想活下去呢？当他们施展神奇的兵器时，谁能对付他们呢？（41）除了难敌、迦尔纳和妙力之子沙恭尼以外，第四人便是难降。此外，我找不见第五人。（42）有遍军（黑天）亲自执辔，有阿周那全身披甲做战士，般度人无往而不胜。（43）在你告诉我那两位人中之虎毗湿摩和德罗纳已经身亡之后，难敌不会不想起我的苦心忠告吧？（44）维杜罗说的话富有远见，我想，我的儿子们看到被他言中的结果，定然痛苦不安。（45）胜财（阿周那）会消灭我的整个大军，好似冬末的大火借助风势，烧尽所有的干草。（46）

全胜啊！你擅长叙述。请把在那天黄昏对普利塔之子（阿周那）犯下罪过之后发生的一切都讲给我听吧！在激昂被杀之后，朋友啊，你们的心情如何？（47）我们的人在严重地得罪他之后，根本无法承受这位手持甘狄拨神弓者在战场上的所作所为。（48）难敌作何打算？迦尔纳作何打算？难降和妙力之子（沙恭尼）出了什么主意？我的所有儿子统统卷入了这场战争之中，全胜啊！（49）都是这个傻瓜的错误决策导致这场战祸，朋友啊！贪婪使他狡诈，愤怒使他灵魂扭曲。（50）这个傻瓜贪图王位，被贪欲冲昏了头。他做出的决定无论是对是错，全胜啊！讲给我听吧！（51）

以上是吉祥的《摩诃婆罗多》中《德罗纳篇》第六十一章（61）。

六二

全胜说：
好吧，我把一切都讲给你听。我是所有事件的目击者。你犯下了大错，请冷静地听着吧！（1）犹如水流走后才筑堰，国王啊，你现在悲叹无济于事，婆罗多族雄牛啊，不要难过！（2）毁灭之神安排的奇妙运数是绕不过去的。婆罗多族魁首啊，不要难过！这是自古以来的运数。（3）倘若你先前能够阻止贡蒂之子坚战和你儿子之间的赌局，灾难就不会降临在你头上。（4）倘若你在大战到来之时能够阻止狂热的人们，灾难就不会降临在你头上。（5）倘若你从前曾命令俱卢人，将那不服管教的难敌关押起来，灾难就不会降临在你头上。（6）而般度人、般遮罗人、苾湿尼人和其他家族的人，也不会知晓你头脑的偏袒不公。（7）倘若你尽到父亲的责任，将儿子带上正路，依法行事，灾难就不会降临在你头上。（8）你在世上聪明过人，竟会抛弃永恒的正法，听从难敌、迦尔纳和沙恭尼的主意。（9）国王啊！你贪恋财富，我听了你的全部诉说，那仿佛是掺了毒药的蜂蜜。（10）

　　从前，黑天没有像敬重你那样敬重般度之子坚战、毗湿摩和德罗纳，国王啊！（11）自从了解到你已背离为王之道，黑天便不再这样敬重你。（12）普利塔之子们遭到恶言恶语的中伤，你置若罔闻，一心只想把王国留给儿子们。你现在是自食其果。（13）后来，祖传的王国被夺走，你这无罪的人啊！你把普利塔之子们征服的整个大地弄到手。（14）般度曾经赢得王国，并为俱卢族争得荣誉，而这些奉行正法的般度之子们更胜一筹。（15）他们的诸般业绩一遇到你，都化为乌有，因为你贪得无厌，剥夺了他们父传的王权。（16）国王啊，若是你在大战来临之际，严厉地斥责你的儿子们，从多方面指出他们的错误，今天的一切也就不会发生。（17）那些国王在战场上奋力作战，毫不怜惜自己的生命；那些刹帝利雄牛冲进普利塔之子们的战阵，奋力拼杀。（18）那是由黑天和阿周那保护的军队，由萨谛奇和狼腹（怖军）保护的军队，除了俱卢人之外，谁敢与这样的军队较量呢？（19）有浓发者（阿周那）作为他们的战士，有遮那陀那（黑天）作为他们的军师，有萨谛奇和狼腹（怖军）作为他们的禁卫，（20）除了俱卢人及其追随者们之外，有哪个人间的弓箭手敢与他们战斗呢？（21）那些热爱刹帝利而忠诚勇敢的国王能够做到的一切，俱卢人都能做到。（22）这场发生在俱卢与般度族人中之虎们之间的战斗异常惨烈，请听我如实讲述这一切吧！（23）

　　　　以上是吉祥的《摩诃婆罗多》中《德罗纳篇》第六十二章（62）。

六三

全胜说：

夜过天明，优秀的武士德罗纳开始为所有的军队编排阵容。（1）英雄们吼叫着，义愤填膺，焦躁不安，互相渴望杀死对方，国王啊！可以听到他们发出的各种声响。（2）他们在战场上，时而扯开弓，时而用手触摸弓弦，喘着粗气，叫嚷着："胜财在哪里？"（3）一些武士抛掷着出鞘的刀剑。那些刀剑都经过淬火，锋刃犀利，色如虚空，刀柄华美。（4）成千上万名英雄豪杰渴望战斗，纷纷耍弄着弓和刀，显示他们娴熟的武艺。（5）另一些武士挥舞着铁杵，询问般度之子在哪里？他们的铁杵系有鸾铃，镶嵌金子和钻石，涂抹檀香膏。（6）还有些武士臂膀粗壮，自恃力大，桀骜狂妄，挥动着铁闩，构筑起空中屏障，好似高高耸立的因陀罗旗幡。（7）英雄们渴望战斗，各就各位，佩戴着形形色色的花环，手执各种兵器。（8）"阿周那在何处？""乔宾陀在何处？""那傲慢的狼腹（怖军）在何处？""他们的同盟者在哪里？"英雄们在战场上喊叫着。（9）德罗纳亲自吹响螺号，驱策马匹，迅速地纵横驰骋。（10）

在所有这些好战的军队整装待发之际，国王啊！婆罗堕遮之子（德罗纳）对胜军说：（11）"你、月授之子（广声）和大勇士迦尔纳，还有马嘶、沙利耶、牛军和慈悯，（12）一万马匹，六万战车，一万四千头颞颥开裂的战象，（13）两万一千名全副武装的步兵，你们都站到离我三伽毗由提①的地方。（14）你待在那里，即使是众天神连同因陀罗也奈何不了你，更何况般度族呢？信度王啊！你尽管放心。"（15）听了这番话，信度王胜车松了一口气，前往指定的地方。犍陀罗武士们陪随他，还有许多大勇士、身擐铠甲的骑兵和手持标枪的英勇战士们。（16）胜车王的七千匹马都善于驰骋，配有拂尘、花环和金制饰物。王中之王啊，还有两千匹信度马。（17）

---

① 伽毗由提是长度单位，大约相当于4.5英里。

精通御象的驭手们骑在发狂的大象身上。这些大象，形状骇人，披戴护甲，勇猛凶悍。（18）你的儿子难耐率领这样的一千五百头大象，立在所有阵列之前，做好战斗的准备。（19）你的另外两个儿子难降和毗迦尔纳为了有效地保护信度王，也挺立在队伍前列。（20）婆罗堕遮之子（德罗纳）布下了轮座阵和车阵，长十二伽毗由提，后半部宽五伽毗由提。（21）这是德罗纳亲自布下的阵容，由车、马、象和步兵组成，来自各地英勇的国王们排列阵中。（22）在这阵容的后半部中，有难以攻破的莲花阵。在莲花阵的中央，又藏有针尖阵。（23）将这样的大型阵容部署停当之后，德罗纳也站好位置。在针尖的部位，有大弓箭手成铠把守。（24）其后有甘波阇王和水连，尊者啊，难敌率领群臣位列其后。（25）一万名永不退却的勇士把守在车阵部位，保卫针尖阵。（26）在他们之后，才是处于重兵包围之中的国王胜车，国王啊！他守在针尖阵的末端。（27）王中之王啊！在车阵的前沿，有婆罗堕遮之子（德罗纳）把守，博遮王在后面亲自保护着他。（28）

德罗纳身披白铠甲，头戴白顶冠，胸宽臂大，站在那里挽开弓弦，犹如愤怒的死神。（29）德罗纳的战车配有红马，以祭坛和黑鹿皮为幡幢标识。看到这辆战车，俱卢人由衷欢悦。（30）目睹德罗纳部署的阵容如同翻腾的海洋，连悉陀和遮罗纳也惊讶不已。（31）生灵们都认为，这阵容将会吞噬整个大地，连同高山、海洋、森林以及城市和乡村。（32）这个巨大的车阵汇集了无数的车、人、马和象，形状神奇，可怕的喧嚣声令敌人心肝俱裂，难敌王看到后，心生欢喜。（33）

以上是吉祥的《摩诃婆罗多》中《德罗纳篇》第六十三章(63)。

六四

全胜说：

阵容排定，喧声四起，尊者啊！人们擂响铜鼓和大鼓。（1）军队中人声鼎沸，器乐奏起，螺号吹响，喧嚣声令人毛骨悚然。（2）婆罗多人渴望战斗，逐渐发起了攻势。可怕的时刻到来，那左手开弓者（阿周那）出现了。(3) 成千上万只渡鸦和乌鸦在阿周那之前飞跃嬉戏，婆罗多子孙啊！(4) 当我们前进的时候，众多叫声怪异的野兽和呈现凶兆的豺狼在我们的右侧发出嘶鸣。(5) 飓风骤起，燃烧的彗星纷纷坠落。在这恐怖的时刻，整个大地都在晃动。(6) 贡蒂之子（阿周那）来到战场，四面刮起可怕的狂风，夹杂雷霆，飞沙走石。(7) 无种之子百军和水滴王之孙猛光，这两个智慧的武士排定了般度族军队的阵容。(8)

于是，在一千辆战车、一百头战象、三千匹战马和数万名步兵的簇拥下，(9) 你的儿子难耐站在所有军队之前，占据了一千五百弓的地盘，说道：(10) "手持甘狄拨神弓者（阿周那）威力强大，作战勇猛，但是今天，我要拦住他，如同堤岸拦住大海。(11) 今天，我要让人们看到，那狂躁的、难以战胜的胜财（阿周那）在战场上滞留在我这里，如同石尖碰上石头。"(12) 这样说过之后，大王啊！这灵魂伟大的、智慧的大弓箭手站好了位置，其他大弓箭手们围绕他，国王啊！(13)

犹如愤怒的毁灭之神，犹如手持金刚杵的因陀罗，犹如手持刑杖的死神，因时间的催促而急不可耐，(14) 犹如不可动摇的手持三叉戟者（湿婆），犹如手持套索的伐楼拿，犹如世界末日的熊熊烈火将焚毁众生，(15) 犹如毁灭全甲族的胜利者伽耶王，怒不可遏，充满力量，信守诺言，定要实现大誓言，(16) 阿周那披甲执刀，头戴金冠，身着白色的铠甲和衣服，佩戴美丽的臂钏和耳环。(17) 由那罗延（黑天）陪随，那罗（阿周那）登上上乘的战车，在战场上摇动甘狄拨神弓，犹如一轮升起的太阳。(18) 威武的胜财（阿周那）将战车停在大军的前沿，箭雨落下的地方，然后吹响螺号。(19) 这时，果敢的黑天也配合普利塔之子（阿周那），用力吹响众螺之首五生螺号，尊者啊！(20)

随着他俩的螺号声起，民众之主啊，你的军队中，武士们禁不住毛发竖立，颤栗不止，没有了主意。(21) 就像所有的生灵听到雷霆声那样，你的武士们听到那螺号声，惶恐不安。(22) 所有的牲畜屎尿失禁。整个军队也和牲畜一样，惊慌失措。(23) 国王啊！人们只要听到那螺号声,便会精神沮丧,尊者啊,有些人失去知觉,有些人浑身发抖。(24)那只猿猴也和幢首上的生灵们一起,张嘴高声嘶叫,恫吓你的战士们。(25)

尔后,众多的螺号吹响,伴随着铜鼓、大鼓和小鼓的擂响,你的武士们重新振作起来。(26)各种器乐声,喊叫声,咆哮声,击掌声,狮子吼,大勇士们的挑战声,(27)响成一片,让懦夫们更加恐惧。而诛灭巴迦者之子(阿周那)兴奋异常,对陀沙诃族后裔(黑天)说道:(28)"感官之主啊!策马前往难耐那里!冲破象军后,我要进入敌阵。"(29)大臂的美发者(黑天)听见左手开弓者(阿周那)这样说,便策马前往难耐那里。(30)

可怕的混战随即爆发。它发生在单数和多数之间,是一场摧毁车、马、象和人的战斗。(31)普利塔之子(阿周那)像一团挟裹着暴雨的云,向敌人泼洒箭雨,犹如乌云向山脉倾泻雨水。(32)你方所有的战车勇士也都熟练而敏捷,迅速朝黑天和胜财(阿周那)撒去箭网。(33)这时,大臂的普利塔之子(阿周那)在战场上遭到敌人抵御,怒上心头,以箭将众多战车勇士的头颅从躯干上取下。(34)大地上落满美丽的头颅,眼睛还在翻动,嘴唇紧咬,戴着耳环和头盔。(35)武士们的头颅散落地上,好像遭到踩躏的一簇簇莲花。(36)国王啊!各种美丽的金子被血水污染,看上去如同云团中的一道道闪电。(37)国王啊!头颅掉在地上的声音,仿佛熟透的多罗树果实落在地上。(38)有的无头躯体依然挺立着,或者手中还拿着弓,或者已将刀剑抽出,或者单臂高高举起。(39)这些人中雄牛不知道自己的人头已经落地。他们怒不可遏,渴望在战场上战胜贡蒂之子(阿周那)。(40)马头、象鼻、英雄们的臂膀和头颅散落在大地上。(41)

"那是普利塔之子(阿周那)。""普利塔之子(阿周那)在哪里?""这是普利塔之子(阿周那)。"主人啊,在你的军队中,武士们好像只知道有普利塔之子。(42)时间一长,他们迷惑了,以为整个世界都变成了普利塔之子。他们开始互相残杀,到后来甚至杀自己。(43)许多英雄呻吟着,浑身是血,丧失理智,深陷痛苦,躺倒在地,呼喊着亲友。(44)握着标枪、飞镖、梭镖、剑、斧钺、木杵、半月刀、弓或长矛,(45)握着箭、盾牌或铁锤,戴着臂钏,在战场上,到处散落这些臂膀,如同铁闩,又似巨蟒。(46)这些臂膀已被利箭斩断,仍在蹦动着,旋转着,挥舞着,翻滚着。(47)无论是谁,他只要在战场上敢于抵抗普利塔之子(阿周那),那毁灭之箭即刻射中他的身躯。(48)

战车纵横驰骋,普利塔之子(阿周那)一边跳着舞,一边挽弓射箭。没有人看得见他的空隙。(49)般度之子(阿周那)迅速地拿箭、搭箭和射箭,轻盈敏捷,令他的敌人们惊讶不已。(50)翼月生(阿周那)的箭穿透大象和象兵,穿透战马和骑兵,穿透车兵和御者。(51)无论是在兜圈子的,在战斗的,还是站在他面前的,没有般度之子(阿周那)杀不了的人。(52)犹如天空中升起的太阳,驱除浓密的黑暗,阿周那用苍鹭羽毛箭消灭象军。(53)你的军队中充满被砍倒和杀死的大象,看上去仿佛世界末日大地上层峦叠嶂。(54)

犹如众生永远难以凝视中午时分的太阳,敌人们在战场上也难以凝视愤怒的胜财(阿周那)。(55)折磨敌人者啊!这时,在箭矢的打击下,你儿子的军队开始瓦解,四散逃跑。(56)你的军队遭到杀戮,犹如乌云被狂风驱散,甚至不敢回头张望。(57)驭手们用刺棒、弓柄和吆喝声驱赶着马匹,同时牵动缰绳,用脚后跟踹,嘴里发出激烈的叫喊。(58)在阿周那的打击下,你的骑兵、车兵和步兵们迅速驱赶马匹,匆匆逃跑。(59)另外一些人用脚后跟、脚趾和刺钩驱赶着大象。还有一些人被箭射得迷迷糊糊,竟然朝阿周那跑去。你的武士们已经丧失勇气,神志不清。(60)

以上是吉祥的《摩诃婆罗多》中《德罗纳篇》第六十四章(64)。

六五

持国说:

前沿部队遭到阿周那杀戮而崩溃时,有哪些英雄前去迎战他?(1)难道说他们忘记了自己的决心,一头钻进车阵,依赖德罗纳,犹如躲进安全的围墙?(2)

全胜说：

你的军队被阿周那击溃，丧失了勇气，丧失了士气，此刻只想着逃跑。（3）诛灭巴迦者之子（阿周那）以他的利箭肆意杀戮，没有人敢在战场上正视阿周那。（4）国王啊！你的儿子难降看到军队落得这般下场，怒不可遏，迎上前去，与阿周那交战。（5）这位英雄身擐华丽的金铠甲，头戴镶金的顶冠，骁勇善战。（6）难降指挥庞大的象军，包围了阿周那，国王啊，仿佛要吞下整个大地。（7）象的鸾铃的丁当声，螺号的呜呜声，弓弦的蹦动声，象的鸣叫声，（8）大地、四方和空中充满这样的喧嚣，一时间，恐怖弥漫。（9）胜财（阿周那）看到那些战象在刺钩的驱使下，疯狂地冲过来，奋拉着长鼻子，犹如一座座插上翅膀的山。（10）人中雄狮胜财（阿周那）发出洪亮的狮子吼，用箭射击敌人的象军。（11）

阿周那闯入象军之中，犹如摩竭鱼在大海中以气息掀起巨浪。（12）四面八方，无处不见这克敌城堡者（阿周那），仿佛世界毁灭之时的太阳超越极限，灼烤一切。（13）马蹄声，车轮声，喊叫声，弓弦声，还有天授螺号和甘狄拨神弓发出的声响，（14）使这些大象知觉混乱，减却勇猛。它们被左手开弓者（阿周那）的利箭射中，犹如被毒蛇咬中。（15）在战场上，甘狄拨神弓释放出数千数万支犀利的箭，使群象遍体鳞伤。（16）这些遭到阿周那杀戮的大象，发出高声的哀鸣，接连不断地倒在地上，好像被斩断翅膀的群山。（17）有些大象被箭射中颚部、颞颥和太阳穴，不断地发出麻鹬般的哀鸣。（18）有冠者（阿周那）用许多笔直的月牙箭，削掉了骑在象背上的勇士们的头颅。（19）那些戴着耳环的头颅落在地面上，仿佛是普利塔之子（阿周那）用一堆堆莲花向神献祭。（20）象群在战场上四处乱跑，而那些人就挂在象身上，丢了铠甲，浑身是伤，鲜血流淌。（21）

有些人两个或三个一起倒在地上，因为他们被同一支射出的箭击中。（22）无论是战车武士们的弓弦和弓，还是幡幢、车轭和车辕，阿周那都以笔直的月牙箭将它们击碎。（23）人们看不见阿周那如何搭弓，如何瞄准，如何放箭，又如何取箭，而只看见他手持那张扯圆了的弓跳着舞。（24）一些大象被铁箭深深刺中，即刻栽倒在地，口中吐着鲜血。（25）在这场大混战中，大王啊，四下里可以看到无数站立着的无头尸。（26）在战场上到处可以看到被斩断的胳膊，还握着弓或刀，戴着护指、臂钏和金首饰。（27）到处是车具、车座、车辕、旗杆、绳索、散落的车轮、折断的车轴和车轭。（28）到处是铠甲、弓和箭，到处是花环、首饰、衣物和倒下的大幢。（29）到处是被杀死的象和马，到处是倒地死去的武士，大地看上去阴森恐怖。（30）

就这样，难降的军队遭到有冠者（阿周那）杀戮，国王啊！与指挥官们一起惊慌逃跑。（31）难降也被箭射伤，惊恐地和军队一道，进入了车阵，寻求德罗纳的庇护。（32）

以上是吉祥的《摩诃婆罗多》中《德罗纳篇》第六十五章（65）。

<h1 style="text-align:center">六六</h1>

全胜说：

左手开弓者胜财（阿周那）在消灭了难降的军队以后，一心要进攻信度王，来到德罗纳的阵前。（1）征得黑天同意，阿周那向站在阵前的德罗纳双手合十，说道：（2）"祝福我吧，婆罗门！请你祝我吉祥！我希望得到您的恩赐，进入这难以攻破的军阵。（3）您对于我，如同父亲，如同法王（坚战），如同黑天。我对你说的是真话。（4）长者啊！无罪的人，您如何保护马嘶，您就应当永远这样保护我，婆罗门魁首啊！（5）我希望依靠您的恩赐，在战场上杀死信度王，最优秀的双足者，主人，请维护我的誓言！"（6）

听了这番话，师爷微笑着回答道："毗跋蔟啊，如果你打不赢我，就休想战胜胜车王。"（7）说罢，德罗纳大笑起来，朝阿周那以及他的战车、马匹、幡幢和车夫泼洒犀利的箭雨。（8）阿周那以箭流抵挡住德罗纳的箭流，又以更猛烈的箭流攻击德罗纳。（9）国王啊，对德罗纳表示敬意后，他遵行刹帝利法，向德罗纳射出九支箭。（10）德罗纳用箭射断了阿周那的箭，又向黑天和般度之子（阿周那）发射似毒药似火焰的箭。（11）正当般度之子（阿周那）想要以箭射断德罗纳的弓时，英勇的德罗纳不慌不忙，抢先以箭射断了灵魂伟大的阿周

那的弓弦。（12）德罗纳也射中了马匹、幡幢和车夫。然后，他笑着，将无数支箭射向英雄阿周那。（13）

在这当口儿，阿周那准备好了一张大弓，想要压倒师爷这位精通武艺的优秀武士。他迅速射出六百支箭，仿佛只射出一支箭。（14）接着，他又射出一千七百支不可抵挡的箭和上万支其他的箭，杀戮德罗纳的军队。（15）这位武艺高超娴熟的力士射出的箭不偏不倚，无数的人、马和象中箭倒地，丧失生命。（16）在战场上，战车武士们纷纷逃跑，连同马匹一起中箭，或失去武器，或丢了性命，从上等的战车上跌落下来。（17）众多的战象倒了下去，犹如被金刚杵击碎的山头，被狂风吹散的乌云，被大火烧毁的房屋。（18）数千匹战马倒在阿周那的箭下，犹如雪山山脊上众天鹅遭到洪水冲击。（19）车、马、象和步兵汇成壮观的洪流，而般度之子（阿周那）射出的箭犹如世界末日太阳的光芒，将它们全部吸干。（20）

在战场上，般度之子（阿周那）的箭犹如太阳的光芒，灼烤着俱卢族英雄豪杰。德罗纳犹如乌云，以迅猛的箭雨挡住般度之子（阿周那）的箭，正像乌云遮住太阳的光芒。（21）这时，德罗纳用力射出一支吞噬敌人生命的铁箭，击中胜财（阿周那）的胸部。（22）阿周那四肢颤抖不已，犹如地震时山岳摇撼。但是，他依靠顽强的毅力，也以多支箭射中德罗纳。（23）德罗纳又以五支箭击中婆薮提婆之子（黑天），以七十三支射中阿周那，以三支射中他的幡幢。（24）国王啊！勇敢的德罗纳更胜徒弟一筹。就在这一眨眼的工夫，他的箭雨遮盖住阿周那。（25）我们看到婆罗堕遮之子（德罗纳）放出的箭连成一片，他的弓拉成了一个奇异的圆。（26）在战场上，国王啊，德罗纳释放出无数支苍鹭羽毛箭，直逼婆薮提婆之子（黑天）和阿周那。（27）

看到德罗纳与般度之子（阿周那）这样交战，大智慧的婆薮提婆之子（黑天）想起那应该完成的任务。（28）于是，婆薮提婆之子（黑天）对胜财（阿周那）说道："普利塔之子，大臂的普利塔之子，请不要浪费我们的时间吧！（29）让我们撇下德罗纳，去做更重要的事情吧。"普利塔之子（阿周那）回答黑天道："美发者（黑天）啊！如你所愿。"（30）于是，大臂的毗跋蒺（阿周那）向前挺进，将德罗纳甩在右面。他转过身，一边行进，一边放箭。（31）这时，德罗纳笑道："般度之子啊，你要去哪里？不是说在战场上，不打败敌人，你不退回吗？"（32）

阿周那说：

您是我的老师，不是我的敌人。我是您的徒弟，犹如您的儿子。在这个世界上，没有人能够在战场上战胜您。（33）

全胜说：

大臂的毗跋蔌（阿周那）一心要杀死胜车王，他一面这样说着，一面迅速冲向敌军。（34）般遮罗族的两名护车卫士，灵魂伟大的瑜达摩尼瑜和优多贸阇也跟随他闯入你的军队。（35）于是，大王啊！伽耶王、沙特婆多王成铠、甘波阇王和闻寿前来抵御胜财（阿周那），（36）还有数万辆战车跟随着他们。阿毗沙诃人、苏罗塞那人、尸毗人和婆娑提人，（37）摩遮罗人、拉里特人、羯迦夜人、摩德罗人和那罗延族护牛人，还有那些甘波阇人，（38）从前在战场上被迦尔纳征服的人，都是公认的英雄好汉，在婆罗堕遮之子（德罗纳）的带领下，不惜生命，迎战阿周那。（39）愤怒的阿周那忍受着丧子的痛苦，在激战中舍生忘死。他擐甲戴盔，精通诸般武艺，犹如毁灭一切的死神。（40）他像一头象王冲入军队。他们围堵这位人中之虎、勇敢的大弓箭手。（41）于是，展开了一场令人毛骨悚然的战斗，发生在相互照应的武士们和阿周那之间。（42）武士们联合起来，共同抵御前来杀害胜车王的这位人中雄牛，犹如共同抵御已经来临的瘟疫。（43）

以上是吉祥的《摩诃婆罗多》中《德罗纳篇》第六十六章(66)。

六七

全胜说：

勇敢有力的普利塔之子（阿周那）受到他们的阻截，后面又有战车武士中的佼佼者德罗纳紧紧追击。（1）他发射一簇簇利箭，犹如太阳放射自己的光芒，折磨俱卢族军队，犹如疾病折磨身体。（2）马匹被射中，幡幢被射断，大象带着它的驭手一同倒下，华盖被射破，车轮被射飞。(3) 受到箭矢折磨，军队东逃西窜，这就是鏖战的场面，战场上什么也无法辨认。(4) 他们互相进攻，国王啊，阿周那不断用箭震撼你的军队。(5) 信守诺言的阿周那一心希望实现诺言，这位以白马驾车者冲向以红马驾车的最优秀的战车勇士。(6)

师爷以二十五支能穿透要害的利箭射向自己的入室弟子、大弓箭手。(7) 精通一切武艺的优秀武士毗跋蔟（阿周那）也快速迎上去，发射利箭，摧毁迅猛射来的箭。(8) 灵魂无限的阿周那一面以月牙箭抵挡住对方迅速射出的月牙箭，一面使出那件梵天法宝。(9) 我们看到，德罗纳不愧为师爷，在战场上的技艺堪称奇迹。尽管阿周那年轻，作战英勇，但无法射中德罗纳。(10) 犹如巨大的乌云倾泻滂沱大雨，德罗纳这朵乌云以箭雨向普利塔之子（阿周那）这座山头泼洒。(11) 光辉的阿周那以梵天法宝回击箭雨，尊者啊，他以箭克箭。(12)德罗纳以二十五支箭射击以白马驾车者（阿周那），以七十支箭射击婆薮提婆之子（黑天）的双臂和胸部。(13) 智慧的普利塔之子（阿周那）一面笑着，一面在战场上将箭河之源师爷释放的利箭抵挡回去。(14)

尽管两位卓越的战车武士受到德罗纳打击，他们还是避开了这位难以战胜的人，犹如避开世界末日烧起的大火。(15) 佩戴顶冠和花环的贡蒂之子（阿周那），避开德罗纳的弓射出的利箭，冲向博遮族军队。(16) 他避开德罗纳，好似绕开美那伽山，插入成铠和甘波阇王善巧之间。(17) 俱卢族俊杰啊！那博遮王（成铠）也不是好对付的，他沉着冷静，很快将十支苍鹭羽毛箭射中人中之虎（阿周那）。(18)国王啊，阿周那在战场上，以一支利箭射中沙特婆多族后裔（成铠），又以另外三支箭将他射得几乎晕过去。(19) 而博遮王笑着，分别以二十五支箭射向普利塔之子（阿周那）和摩豆族婆薮提婆之子（黑天）。(20) 阿周那射断了博遮王的弓，又以七十三支箭射中他，那些箭似火焰，又似愤怒的毒蛇。(21) 此时，大勇士成铠又拿起另一张弓，迅速以五支箭射中阿周那的胸膛，婆罗多子孙啊！(22) 然后，他又一次将五支利箭射中普利塔之子（阿周那）。而普利塔之子（阿周那）以九支箭射中成铠的胸口。(23)

看到贡蒂之子（阿周那）在成铠的战车前滞留，苾湿尼族后裔（黑天）思忖道："我们不应该耽搁时间。"（24）于是，黑天对普利塔之子（阿周那）说道："不要对成铠手软！忘掉他与俱卢族的亲戚关系，摧毁他！消灭他！"（25）于是，阿周那用数支箭将成铠射得头晕目眩，然后驱策快马冲向甘波阇族军队。（26）以白马驾车者（阿周那）冲进去后，诃利迪迦之子（成铠）怒不可遏，搭箭上弓，却与两位般遮罗勇士遭遇。（27）这两位般遮罗勇士是跟随阿周那的护车卫士。成铠以他的战车和箭拦截迎面而来的这两位勇士。（28）博遮王以纯铁箭射击他俩，三支射中瑜达摩尼瑜，四支射中优多贸阇。（29）他俩也各以十支箭射中成铠，斩断了他的幡幢和弓。（30）诃利迪迦之子（成铠）气得发昏，拿起另一把弓，射断他俩手中的弓，并向这两个英雄泼洒箭雨。（31）他俩随即上好另外两把弓的弦，与博遮王展开厮杀。此刻，毗跛蒛（阿周那）已经进入敌人的阵营。（32）尽管这两个人中雄牛奋力拼杀，试图闯入持国的军队，但遭到成铠阻截，终未到达入口处。（33）

以白马驾车、诛灭敌人者（阿周那）迅速在战场上打击数支军队。他尽管已将成铠置于死地，却没有杀死他。（34）看到阿周那如此闯入，英勇的闻杵王勃然大怒，挥舞着一张大弓，冲了过去。（35）他以三支箭射中普利塔之子（阿周那），以七十支箭射中遮那陀那（黑天），又以一支锋利的剃刀箭射落普利塔之子（阿周那）的旗幡。（36）盛怒之下，阿周那以九十支笔直的箭狠狠地射中闻杵，犹如用刺棒猛刺一头大象。（37）闻杵无法忍受般度之子的勇敢，以七十七支铁箭击中阿周那。（38）愤怒的阿周那射断了他的弓，射碎他的箭囊，又以七支笔直的箭射中他的胸部。（39）闻杵气得发昏，拿起另一把弓，以九支箭射中因陀罗之子（阿周那）的双臂和胸膛。（40）克敌者阿周那微笑着，以数千支箭打击闻杵，婆罗多子孙啊！（41）这位大勇士迅速杀死闻杵的马匹和车夫。接着，这位大力士以七十支铁箭射中闻杵。（42）英勇的闻杵王放弃被杀死的马匹和战车，在战场上高举铁杵，向普利塔之子（阿周那）扑去。（43）

英雄国王闻杵是伐楼拿的儿子。河水清凉的食叶河是他的母亲。（44）为了儿子的缘故，他的母亲曾对伐楼拿说了这样的话："愿我的儿子在这个世界上不会被敌人杀死。"（45）伐楼拿高兴地回答："我赐予他恩惠，给他一件法宝。你的儿子有了它，就不会被杀死。（46）无论如何，凡人不会永生不死。有生必有死，最美的河啊！（47）但是，凭借这件法宝的威力，他在战场上永远不会轻易被敌人战胜。你就不要再忧心忡忡了！"（48）说罢，伐楼拿将念过咒语的铁杵赐予他。有了这件法宝，闻杵举世无敌。（49）而尊贵的水神又对他说道："不要用它打击不参加战斗的人，否则，它会落到你的身上。"（50）

闻杵用这足以杀死英雄的铁杵朝遮那陀那（黑天）砸过去。英勇的黑天以他坚实的肩膀承受了这一打击。（51）这铁杵没有撼动梭利（黑天）分毫，犹如风不能撼动文底耶山。但它如同魔法施展不当，反害了施展魔法者自己。（52）铁杵打死了站在近旁的、怒不可遏的闻杵。在杀死英雄闻杵之后，铁杵落到地上。（53）看到杀敌英雄闻杵被自己的兵器杀死，军队中一片"啊！啊"的叫声。（54）国王啊！那铁杵被闻杵砸向不参加战斗的美发者（黑天），所以它才会杀死闻杵。（55）他在战场上走向毁灭的方式，恰如伐楼拿所言。在所有弓箭手目睹下，闻杵丧命，倒在地上。（56）食叶河心爱的儿子倒下，犹如枝干纵横的树王被风折断。（57）看到克敌者闻杵被杀死，所有的士兵和军队首领纷纷夺路而逃。（58）

这时，甘波阇族王子、英雄善巧驱策快马朝杀敌者翼月生（阿周那）冲过来。（59）婆罗多子孙啊！普利塔之子（阿周那）向他射出七支箭。这些箭穿过英雄的身体，扎进地里。（60）善巧在战场上被甘狄拨神弓发出的利箭深深刺中，也以十支苍鹭羽毛箭射中阿周那。（61）他以三支箭射中婆薮提婆之子（黑天），又以五支箭射中普利塔之子（阿周那）。而普利塔之子（阿周那）则射断了他的弓和幡幢，尊者啊！（62）般度之子以两支无比犀利的月牙箭射中善巧，而善巧以三支箭射中普利塔之子（阿周那），随即发出狮子吼。（63）英雄善巧怒气冲冲，向手持甘狄拨神弓者投出一支可怕的、系有鸾铃的标枪。（64）犹如一颗燃烧的大彗星，火花四溅，这支标枪击中大勇士，穿透他的身体，扎入地里。（65）普利塔之子（阿周那）的勇敢顽强令人难以想象，他以十四支铁制苍鹭羽毛箭射中善巧以及他的马

四、旗幡、弓和御者,又以许多支利箭将他的战车击碎。(66)般度之子再以一支宽刃箭射穿善巧的心脏。这位甘波阇族王子的决心和威力化为乌有。(67)致命部位被射穿,英雄善巧四肢僵直,顶冠和臂钏脱落,栽倒下去,好像被放倒的幡幢。(68)犹如春天里,生长在山顶上的一棵迦尼迦罗树,亭亭玉立,枝繁叶茂,却被狂风吹折。(69)英俊的善巧,长着一双栗色的眼睛,睡惯了甘波阇的锦衾绣褥,现在却倒在地上。甘波阇族王子就这样被普利塔之子(阿周那)一箭射死。(70)你儿子的军队看到闻杵和甘波阇族善巧被杀死,纷纷逃跑。(71)

以上是吉祥的《摩诃婆罗多》中《德罗纳篇》第六十七章(67)。

六八

全胜说:

英雄善巧和闻杵被杀死后,你的众多武士无比愤怒,迅速冲向普利塔之子(阿周那)。(1)阿毗沙诃人、苏罗塞那人、尸毗人和婆娑提人向胜财(阿周那)泼洒箭雨,国王啊!(2)般度之子以箭消灭了其中六百名高贵的武士,于是,他们纷纷逃命,好似胆怯的小鹿逃离老虎。(3)然后,他们又返回,将普利塔之子(阿周那)团团围住。普利塔之子(阿周那)求胜心切,在战斗中奋力杀敌。(4)敌人冲上前来,胜财(阿周那)迅速用甘狄拨神弓放出箭矢,砍下他们的头颅和臂膀。(5)落下来的头颅密密麻麻铺满大地,而乌鸦、秃鹫和黑鸟仿佛形成战场上的阴霾。(6)

武士们遭到屠杀,闻寿和无退寿怒不可遏,与胜财(阿周那)交战。(7)这两个英雄出身高贵,臂力强大,逞强好胜,一左一右,朝阿周那泼洒箭雨。(8)这两名弓箭手渴望获得伟大的荣誉,国王啊,为了你儿子的利益,想要杀死阿周那。(9)他们怒气冲天,以一千支笔直的羽毛箭覆盖阿周那,犹如两团乌云向池中倾泻雨水。(10)

尔后,优秀的战车勇士闻寿愤怒地朝胜财(阿周那)掷出一支浅黄色的、锋利的长矛。(11)杀敌者阿周那被这强大有力的敌人重重地刺伤,在战场上昏死过去,让美发者(黑天)大为惊慌。(12)在这个时刻,大勇士无退寿又以一支无比犀利的铁叉击中般度之子。(13)这无疑是在般度之子的伤口上又撒了一把盐。灵魂伟大的普利塔之子(阿周那)受了重伤,依偎在旗杆上。(14)民众之主啊!你的军队中爆发出巨大的狮子吼,武士们都以为胜财(阿周那)已经被杀死。(15)黑天看到普利塔之子(阿周那)失去知觉,十分焦急,以亲切的言辞安慰胜财(阿周那)。(16)而那两位优秀的战车勇士目标明确,继续向胜财(阿周那)和苾湿尼族婆薮提婆之子(黑天)泼洒箭雨。(17)在箭雨笼罩下,车轮、车杆、战车、马匹、旗幡和旗杆全都看不见了,战场上仿佛出现了奇迹。(18)

毗跋蒎(阿周那)慢慢地苏醒过来,婆罗多子孙啊,仿佛到达死神的城堡之后又回来。(19)他看到战车和黑天已被箭网笼罩,也看到那两个敌人就在面前,犹如两团燃烧的烈焰。(20)于是,大勇士普利塔之子(阿周那)使出天帝释法宝,射出成千上万支笔直的箭,(21)这些箭打击那两个大弓箭手,击落他俩射出的箭。他俩的箭被普利塔之子的箭射碎,漫天飞舞。(22)般度之子以猛烈的箭迅速摧毁那些箭后,开始与大勇士们交战。(23)翼月生(阿周那)射出的箭流削掉了那两个武士的头颅和臂膀。他俩倒在地上,犹如被风折断的两棵树。(24)闻寿和无退寿被杀死,举世震惊,仿佛看到干涸的大海。(25)普利塔之子(阿周那)又杀死跟随他俩的五百名战车勇士,然后冲向婆罗多族军队,一路上杀死无数卓越的武士。(26)

目睹闻寿和无退寿被杀,万寿和长寿怒气冲天,婆罗多子孙啊!(27)这两位人中俊杰是那两个武士的儿子,为父亲遇难而悲痛。他俩冲向贡蒂之子(阿周那),发射各种各样的箭。(28)盛怒之下,阿周那射出笔直的利箭,顷刻间就将他俩送往阎摩殿。(29)刹帝利雄牛们无法抵御普利塔之子(阿周那)对军队的蹂躏,正像莲花池无法抵御一头大象的践踏。(30)

愤怒的盎伽人用象军包围般度之子。他们数以千计,个个都是训练有素的象兵。(31)在难敌的指挥下,以羯陵伽国王为首的西方和南方的国王们也驾驭高耸如山的大象冲向前来。(32)阿周那迅速用甘狄拨神弓射出利箭,将扑过来的勇士们的头颅和披金挂银的臂膀射下。（33）大地上布满头颅和戴着臂钏的手臂，犹如布满了金矿石，一条条蛇蜿蜒其中。（34）胳膊被箭射断，头颅被箭射落，看上去好像是飞鸟从树上坠落。（35）那些大象被数千计的箭射伤，鲜血流淌，犹如雨季的一座座山峰上流淌着红矿石染红的溪流。（36）一些弥戾车人被毗跋蕨（阿周那）的利箭杀死后，倒在象背上，身体扭曲，丑态百出。（37）他们身着奇装异服，手持奇形怪状的兵器，浑身沾满血污，死在各种各样的箭下。（38）数以千计的大象连同象兵和随从，被普利塔之子的箭击倒，肢体破碎，口吐鲜血。（39）那些大象或鸣叫，或跌到，或四下乱奔，在各种声响惊吓下，肆意践踏。那些用于后备的大象也狂躁不安，变得与剧烈的毒药一般。（40）

　　耶婆那人、巴罗陀人、塞种人和苏尼伽人，通晓阿修罗幻术，目光凶狠，令人恐惧。（41）生自牛腹的弥戾车人、达尔婆人、阿毗婆罗人、德罗德人、崩德罗人和波力迦人，个个都像是死神派来的杀手。（42）这样的士兵成千上万，数也数不尽，密集如雨，蝗虫般蜂拥而至。（43）那些弥戾车人，或剃光了头，或剃了阴阳头，或蓄着长发，或留着胡须，肮脏不堪。胜财（阿周那）的箭像阴霾那样笼罩这支军队，他用法宝的幻力消灭所有这些弥戾车人。（44）这些成群结队的山区洞穴居民被数以百计的箭射中，恐惧万分，逃离战场。（45）弥戾车人的象、马和驭手被无数的利箭射倒，乌鸦、苍鹭和豺狼高兴地吸吮地上的鲜血。（46）

　　阿周那造出了一条汹涌恐怖的河，鲜血构成洪流和波涛，步兵、马、车和象筑成堤岸，箭雨落下组成木筏，头发成为水草和水藻，（47）头盔成为小鱼。它犹如世界末日死神造就的一条河。河中流淌的是从王子们身体中流出的高贵的血，是象、马、车兵和骑兵们的高贵的血，而大象又阻塞河床。（48）整个大地都淹没在鲜血中，犹如因陀罗降下暴雨，不分高冈和低洼。（49）这位刹帝利雄牛将六千名英雄好汉送往死神世界，又将一千名英雄好汉送往那里。（50）那些装备齐全的大象被数千支箭射中，横尸疆场，仿佛一座座被金刚杵击倒的山峰。（51）阿周那横冲直撞，杀戮马匹、车兵和大象，犹如一头颞颥开裂的醉象肆意践踏芦苇丛。（52）又如大火借助风势，焚烧充满树木、藤萝、灌木、枯枝和枯草的森林。（53）愤怒的胜财（阿周那）好比般度族大火，借助黑天的风势，以箭为烈焰，焚烧你的军队森林。（54）胜财（阿周那）手中持弓，仿佛在混战中跳舞，让那些车座空无一人，让那些人都躺倒在大地上。（55）

满腔怒火的阿周那闯入了婆罗多族军队，以金刚杵般的利箭使大地浸泡在血水中。这时，安波私咤王的闻寿前来拦截他的去路。（56）闻寿奋力拼搏，但阿周那很快以锋利的苍鹭羽毛箭将他的马匹射倒，尊者啊，又以另一些箭将他的弓射断，然后继续向前挺进。（57）在战场上，安波私咤王怒目圆睁，紧握铁杵，向战车大勇士普利塔之子（阿周那）和黑天扑来。（58）这位英雄笑着举起铁杵，阻挡战车前进，婆罗多子孙啊！尔后，他抡起铁杵，砸向美发者（黑天）。（59）看到美发者（黑天）遭到铁杵打击，诛灭敌雄的阿周那面对安波私咤王，怒不可遏，婆罗多子孙啊！（60）在战场上，他以无数金羽毛箭覆盖那位手持铁杵的、卓越的战车勇士，犹如乌云遮住升起的太阳。（61）尔后，普利塔之子（阿周那）又以一些箭将那位灵魂伟大者的铁杵击碎。这简直是奇迹。（62）安波私咤王看到铁杵被击毁，又拿起另一枚大铁杵，再次朝阿周那和婆薮提婆之子（黑天）抡去。（63）安波私咤王高举铁杵的双臂犹如因陀罗的幡幢。阿周那以两支马蹄箭射断他的双臂，又以一支羽毛箭射落他的头颅。（64）安波私咤王被杀死，倒了下去，引起大地的回响，仿佛系在器械上的绳索脱落，因陀罗的幡幢倒下。（65）

普利塔之子深入了车阵，围在数以百计的大象和马匹之中，已经看不到他了，犹如太阳被乌云遮住。（66）

以上是吉祥的《摩诃婆罗多》中《德罗纳篇》第六十八章(68)。

六九

全胜说：

贡蒂之子（阿周那）一心要杀死信度王，闯入了德罗纳的军队，突破了难以突破的博遮王的军队。（1）国王啊，左手开弓的阿周那杀死了甘波阇族王子善巧，消灭了勇敢的闻杵。（2）于是，军队全面崩

第七　德罗纳篇

溃,四处逃散。你的儿子看到自己的军队溃败,便前往德罗纳那里。(3)他急急忙忙,独自驱车来到德罗纳面前,对他说:"那人中之虎捣毁这支大军,闯了进来。(4)请你运用智慧,好好想想吧,为了杀死阿周那,阻止这残酷的屠杀,下一步该做什么?(5)愿你吉祥,请你做出安排吧,不要让人中之虎胜车遭到杀害。你是我们最后的依靠了。(6)胜财(阿周那)是火,借助愤怒的风势,要焚烧我的军队,犹如升腾的烈火焚毁干草。(7)折磨敌人者啊!这贡蒂之子所向披靡,攻破军队后,胜车王的护卫们就会陷入危险。(8)所有的国王都坚信,优秀的知梵者啊,胜财(阿周那)休想活着闯过德罗纳这一关。(9)可是,光辉的人啊!普利塔之子就在你的眼皮底下闯了过去。今天看来一切都不正常,这不是我的军队。(10)

"大福大德者啊,我知道你热衷于般度族利益。婆罗门啊!我想不清楚我该怎么办。(11)婆罗门啊!我尽我所能,给予你最高的待遇。我尽我所能,让你高兴。但你感觉不到。(12)无比勇敢的人啊!尽管我们一向真心待你,你却不喜欢我们。你始终喜欢对我们不怀好意的般度之子们。(13)你食我们的俸禄,却总是对我们使坏。我不知道你竟是沾了蜜的剃刀。(14)你若是没有赐给我们这样的恩惠,说是要制服般度人,我也就不会阻挠信度王返回家园。(15)我真是个傻瓜,竟然夸口说你会保护他,糊里糊涂地劝慰信度王,却把他交给了死神。(16)一个人即使落入阎摩的牙缝中,他还有望脱身。而胜车王在战场上落入阿周那掌中,他无论如何也逃不脱。(17)以红马驾车者啊,请你采取行动,让信度王得到保护吧!我痛苦烦恼,请你不要为我的胡言乱语生气,请你保护信度王吧!"(18)

德罗纳说:

我不介意你的话,你就如同我的马嘶一般。我要对你实言相告,但愿你照着去做,民众之主啊!(19)黑天是卓越的御者,他的马匹也是飞驰的骏马。尽管路径显得狭窄,胜财(阿周那)依然能够快速挺进。(20)你有没有注意到,有冠者(阿周那)射出的箭流落在他的战车后面一牛吼[①]的地方,可见他的速度之快。(21)我已年迈,如

[①] 一牛吼为长度单位,指牛的鸣叫声传送的距离。

今不能跑得这样快。但是，普利塔之子们的大军已经来到阵前。（22）我要当着所有弓箭手的面，活捉坚战。大臂者啊，我已经在刹帝利们中间这样发过誓。（23）胜财（阿周那）已经撇下他，而他就在我的面前。所以，我放弃阵口，没有去追翼月生（阿周那）。（24）这是你惟一的敌人，他的出身和业绩与你相当。去和他战斗吧，你有辅臣们支持，不要害怕，因为你是这个世界的主人。（25）你是英勇的国王，精明强干。你既然与般度人结仇，英雄啊，你就赶快亲自前往胜财（阿周那）那里吧！（26）

难敌说：

胜财（阿周那）是精通一切武艺的优秀战士，连你这一关都闯过去了，师爷，我又怎能截住他呢？（27）即使手持金刚杵的摧毁城堡者（因陀罗）在战场上能被战胜，这攻克敌人城堡者阿周那也不可能被战胜。（28）博遮王是诃利迪迦的儿子，而你如同天神，都被阿周那凭借兵器的威力战胜。他杀死了闻寿。（29）他也杀死了善巧和闻杵王。闻寿和无退寿，以及数以百计的弥戾车人也都被他杀死。（30）这般度之子在战斗中歼灭了许多敌人，难以战胜，精通兵器的师爷啊，请你告诉我，我该怎样与他交战？（31）倘若你认为我能够胜任这场战斗，就请你今天教导我。我只能仰仗你，听你指挥。请捍卫我的荣誉吧！（32）

德罗纳说：

俱卢后裔啊！你说的是实话，胜财（阿周那）难以战胜。但是，我将做出安排，管教你能与他相抗衡。（33）让世上所有弓箭手今天目睹一个奇迹吧，让婆薮提婆之子（黑天）眼看着贡蒂之子（阿周那）今天滞留在你那里。（34）国王啊！我要为你系上这件金铠甲。这样，在战场上，任何箭矢和兵器都奈何不了你。（35）即使天神、阿修罗、药叉、蛇、罗刹和人，整个三界与你战斗，你也不必害怕。（36）无论黑天，贡蒂之子（阿周那），还是其他武士，没有人能在战斗中用利箭射穿你的铠甲。（37）你披上这身铠甲，赶快上战场，亲自迎战愤怒的阿周那吧！他将奈何不了你。（38）

全胜说：

说完这番话，德罗纳立即用手触水，依照仪规默诵咒语，为你的儿子系上那件金光闪闪的、奇妙的铠甲。(39) 在这场大战中，为了你儿子的胜利，这位优秀的知梵者以他的学识让全世界震惊。(40)

德罗纳说：

愿梵天保佑你平安，愿所有的婆罗门保佑你平安，愿杰出的蛇类也祝福你，婆罗多子孙啊！(41) 愿迅行王、友邻王、敦杜罗摩、跋吉罗陀以及所有的王仙保佑你平安。(42) 在这场大战中，愿你永远获得来自单足、多足和无足生灵的祝福。(43) 愿婆婆诃、婆婆陀、沙姬永远保佑你。无罪的人啊！愿吉祥天女和阿容达提保佑你。(44) 愿阿私多、提婆罗、众友、鸯耆罗、极裕和迦叶波保佑你，国王啊！(45) 今天，愿陀多、毗陀多、世界之主、方位和方位之主，还有六面的迦缔吉夜（战神）保佑你。(46) 愿尊者毗婆薮全方位保佑你。愿四头方位象、大地、虚空、苍穹和行星保佑你。(47) 蛇中魁首湿舍永远在地下支撑大地，国王啊，愿它祝福你。(48)

甘陀利之子啊！从前，提底之子弗栗多在战场上耀武扬威。数以千计的天神败在他的手下，身体破碎，(49) 这些天国居民失去光辉和力量，惧怕大阿修罗弗栗多，和因陀罗一起来到梵天那里寻求庇护。(50)

众天神说：

众天神正在遭受弗栗多蹂躏，至高之神啊！你是众天神的庇护者。无上之神啊！请你拯救我们吧，为我们解除大恐怖吧！。(51)

德罗纳说：

看到众天神精神沮丧，梵天对站在身旁的毗湿奴以及以天帝释为首的众天神说了一番实实在在的话：(52) "以因陀罗为首的众天神和众婆罗门永远在我的庇护之下。弗栗多产生于陀湿多的难以抗拒的威力。(53) 从前，陀湿多修炼了一百万年苦行，众天神啊！弗栗多被造出来后，曾经得到大自在天的允诺。(54) 正是由于他的恩赐，这敌人才强大有力，肆意杀戮。如果不去商迦罗的住地，你们就无法见到诃罗神。(55) 只有见到他，你们才能消灭敌人。快快去曼陀罗山吧，他就在那里。他是苦行的源泉，捣毁陀刹祭祀者，手持三叉戟者，一切众生之主，毁灭薄伽眼睛者。"(56)

众天神在梵天的带领下来到曼陀罗山，看到积聚成堆的光辉，仿佛百万个太阳。（57）他说道："众天神啊！欢迎你们。请说吧，我能为你们做些什么？见到了我，就不会没有收获。愿你们的愿望得到满足！"（58）听了这番话，天国居民们回答道："弗栗多夺走了我们的光辉。但愿你成为我们天国居民的庇护者。（59）请你看看，我们的身体遭受打击，伤痕累累。我们求你保护，请你作为我们的庇护者，大自在天啊！"（60）

大自在天说：

众天神啊！我完全清楚这强大而可怕的魔法出自陀湿多的威力，灵魂不完善者难以抵御。（61）毫无疑问，帮助天国居民是我应尽的义务。天帝释啊！拿去这件金光闪闪的铠甲吧，它是在我的肢体上生出的。一边在心里默念咒语，一边把它系在身上，天王啊！（62）

德罗纳说：

说完这番话，赐予恩典之神把这件铠甲连同咒语赠给他。在这件铠甲保护下，天帝释前往弗栗多的军队。（63）在大战中，各种箭流袭来，都穿不透绑带和铠甲的结合处。（64）这样，在战斗中，天王亲自杀死了弗栗多。他把念过咒语的绑带和铠甲赠给了盎耆罗仙人。（65）盎耆罗仙人把这件事告诉了通晓咒语的儿子毗诃波提。而毗诃波提又告诉了智慧的火邻仙人。（66）而火邻仙人把铠甲赠给了我。为了保护你的身体，我今天用咒语把这件铠甲系在你的身上，卓越的国王啊！（67）

全胜说：

这样说过后，师爷中的雄牛、大光辉的德罗纳又和气地对你的儿子说道：（68）"我用梵线为你系上这件铠甲，国王啊！正像当年梵天在战场上为毗湿奴系上这件铠甲。（69）在因达罗迦而起的战争中，梵天曾为天帝释系上这件铠甲，我也这样为你系上这件神奇的铠甲。"（70）

这位婆罗门依照仪规默念咒语，为难敌王系上那件铠甲，将他送上大战的战场。（71）大臂的难敌由灵魂伟大的师爷为他系好铠甲，率领上千辆战车以及三穴国武士，（72）还有上千头气势汹汹的醉象和一万匹马，战车大勇士们前呼后拥。（73）大臂的难敌朝阿周那的战车进发，一路上奏响各种乐器，如同毗娄遮那之子（钵利）。（74）

婆罗多子孙啊！看到俱卢后裔（难敌）出发，犹如无底的海洋开始涌动，你的军队中响起了呐喊声。(75)

以上是吉祥的《摩诃婆罗多》中《德罗纳篇》第六十九章(69)。

七○

全胜说：

大王啊！普利塔之子（阿周那）和苾湿尼族后裔（黑天）双双闯入，人中雄牛难敌在后面追赶。(1)而伴随着巨大的喧嚣声，般度人和苏摩迦人迅速地冲向德罗纳。于是，战斗开始。(2)这场发生在般遮罗人和俱卢人阵前的战斗残酷激烈，令人毛骨悚然。这是一个奇迹。(3)国王啊，这是我们见所未见、闻所未闻的奇迹。战斗发生时，太阳正处在天空中央，民众之主啊！(4)

以猛光为首的普利塔之子们的大军排开阵列，武士们一齐向德罗纳的军队泼洒箭雨。(5)我方以武士魁首德罗纳为先锋，也朝以水滴王之孙（猛光）为首的普利塔之子们倾泻箭雨。(6)这两支配备战车的军队蔚为壮观，犹如冬季结束时，两团巨大的云朵由对吹的风吹着，彼此接近。(7)两支军队会合后，造成一股巨大的冲力，好似雨季的恒河和阎牟那河中水流汹涌。(8)军队就是巨大的云团，挟裹着象、马和战车，来势凶猛；铁杵是闪电，各种兵器构成前面的风。(9)婆罗堕遮之子（德罗纳）是狂风，带来成千上万的箭流，洒向般度族军队的烈火。(10)这位婆罗门魁首搅乱般度族军队，犹如夏季结束时吹来的飓风搅动大海。(11)般度人竭尽全力，冲击德罗纳，好似汹涌澎湃的洪流想要冲破大坝。(12)德罗纳抵挡住愤怒的般度人、般遮罗人和羯迦夜人，犹如高山抵挡住潮水。(13)其他的国王，那些强大有力的英雄们，也在战场上从四面八方包围和阻截般遮罗人。(14)在战斗中，水滴王之孙（猛光）率领着般度人，一次又一次地向德罗纳发起攻击，力图冲破敌阵。(15)正像德罗纳向水滴王之孙（猛光）泼洒箭雨，猛光也向他泼洒箭雨。(16)若将猛光比作巨云，宝剑便是前面的风，挟裹着长矛、投标和双刃剑，弓弦是

闪电,弓声是惊雷。(17)这巨云向四面八方泼洒箭流和石雨,杀死无数优秀的战车勇士和马匹,将整个大军笼罩。(18)

不论德罗纳以箭进攻哪一组车队,水滴王之孙(猛光)总是以箭将他引开。(19)尽管德罗纳在战场上奋力拼杀,他的军队在接近猛光后,被分割成了三股。(20)一些武士退到博遮王处,一些退到水连处,还有一些在般度人的攻击下,投奔德罗纳。(21)战车勇士中的翘楚德罗纳重新调整他的军队。但大勇士猛光又把他们冲散。(22)持国的军队分裂成三股,遭受般度人和斯楞遮耶人杀戮,好似失去保护的畜群,在森林中遭到猛兽追杀。(23)在人们看来,在这场激烈的战斗中,是死神在吞噬被猛光打得晕头转向的武士们。(24)正像一个昏君的国度频遭饥荒、瘟疫和盗寇侵袭,般度人也是这样一次又一次进攻你的军队。(25)兵器和铠甲受到阳光曝晒,眼睛受到军队扬起的尘土折磨。(26)

被割裂成三股的军队遭受般度人杀戮,德罗纳怒不可遏,用箭驱散般遮罗人。(27)德罗纳用箭蹂躏和杀戮敌方军队,他的形体犹如世界末日的大火。(28)这位大勇士在战场上,一箭接一箭射穿战车武士、马、象和步兵,民众之主啊!(29)在战场上,在般度族武士中,没有人能够受得住德罗纳的弓射出的利箭,婆罗多子孙啊!(30)一边是太阳当头的灼烤,一边是德罗纳的箭的折磨,水滴王之孙(猛光)的军队各处都出现混乱。(31)你的军队中,凡是经水滴王之孙(猛光)扫荡过的地方,仿佛是被火烧过的枯林。(32)德罗纳和水滴王孙(猛光)的箭摧残着双方的军队。武士们个个视死如归,竭尽全力与敌人搏斗。(33)交战双方,无论是你的武士还是敌方武士,婆罗多族雄牛啊,没有人胆怯而逃离战场,大王啊!(34)

同胞兄弟毗文沙提、奇军和大勇士毗迦尔纳将贡蒂之子怖军围住。(35)阿凡提的文陀和阿奴文陀以及英勇的忏摩杜尔提,他们三人担任你的三个儿子的后援。(36)大勇士波力迦王出身高贵,威武有力,率领军队和大臣们,围攻黑公主的五个儿子。(37)尸毗王牛舍率领一千名优秀武士,围攻勇敢的迦尸王之子。(38)贡蒂之子无敌(坚战),好似一团烈火。摩德罗国沙利耶王包围了这位国王。(39)英雄难降急不可耐,将自己的军队排列成阵,愤怒地冲向卓越的战车勇士萨谛奇。（40）我也全身披挂，率领自己的军队和四百名大弓箭手，围攻显光。（41）沙恭尼率领军队和七百名甘陀罗武士，拿着弓、标枪、箭和刀剑，围攻玛德利之子。（42）阿凡提的文陀和阿奴文陀两位大弓箭手为了朋友甘冒生命危险，在战场上奋勇迎战摩差王毗罗吒。（43）祭军之子束发是中流砥柱，战无不胜。波力迦国王奋力抵御这位勇士。（44）般遮罗王子猛光仿佛是愤怒的化身。阿凡提国王率领着妙雄人和残忍的钵罗跋德罗迦人围攻他。（45）瓶首是罗刹英雄，作战凶猛，愤怒地冲向战场。阿罗瑜达迅速上前迎战。（46）罗刹王指掌是愤怒的化身。大勇士贡提婆阇率领一支庞大的军队围攻他。（47）

信度王在所有军队的后方，婆罗多子孙啊！受到最杰出的弓箭手们和以慈悯为首的战车武士们保护。（48）信度王有两位杰出的车轮卫士，德罗纳之子（马嘶）保护右轮，国王啊，车夫之子（迦尔纳）保护左轮。（49）担任信度王后卫的是以月授之子（广声）为首的武士们，慈悯、牛军、舍罗、沙利耶和难胜。（50）他们个个都是大弓箭手，熟谙战略，精通战斗，努力保护信度王，参加战斗。（51）

以上是吉祥的《摩诃婆罗多》中《德罗纳篇》第七十章（70）。

七一

全胜说：

国王啊！请听我描述俱卢人和般度人之间展开的这场奇妙的战斗吧。（1）普利塔之子们攻到守护在阵口的婆罗堕遮之子（德罗纳）的面前，与他交战，试图攻破德罗纳的军队。（2）武士们保卫自己的和德罗纳的阵营，在战场上与普利塔之子们交战，冀盼获得伟大的荣誉。（3）阿凡提的文陀和阿奴文陀满腔愤怒，为了你儿子的利益而战，以十支箭射中毗罗吒。（4）大王啊！毗罗吒全然不顾，冲向这两位英勇的武士，与他俩及其随从交战。（5）他们之间的战斗异常残酷，鲜血流淌，犹如在森林中，一头狮子与两头颞颡开裂的象王搏斗。（6）大力士祭军之子（猛光）在战斗中射击勇猛的波力迦王，使用锋利可怕、足以穿透要害和骨头的箭。（7）波力迦王怒不可遏，以九支在石头上磨尖的金羽毛箭猛烈射击祭军之子（猛光）。（8）这场战斗十分恐怖，箭矢和标枪来回穿梭，令懦夫们胆战心惊，让英雄们精神振奋。（9）他俩释放的箭遮蔽天空，布满四野，什么也无法辨别。（10）尸毗王牛舍率领军队迎战大勇士迦尸王子，犹如一头大象迎战另一头大象。（11）波力迦王怒气冲冲，在战场上迎战黑公主的五个大勇士儿子，好似心与五个感官搏斗。（12）五个英雄以箭流从四面八方打击他，犹如感官对象不断地挑衅身体，人中俊杰啊！（13）

在战斗中，你的儿子难降以九支笔直的利箭射向苾湿尼族后裔萨谛奇。（14）萨谛奇真是英勇顽强。他被强壮有力的大弓箭手严重射伤，几乎要昏死过去。（15）苾湿尼族后裔（萨谛奇）缓过气来，迅速以十支苍鹭羽毛箭射中了你的大勇士儿子。（16）两人狠狠射击对方，都中箭受伤，国王啊！在战场上光彩熠熠，犹如两棵鲜花绽放的金苏迦树。（17）

指掌被贡提婆阇的箭射伤，满腔愤怒，看上去像是一棵美丽无比的金苏迦树，树上开满鲜花。（18）罗刹也用许多铁箭射中贡提婆阇，在你方军队阵前发出可怕的吼叫。（19）尔后，两个英雄在战场上继续交战，所有的生灵似乎看到从前天帝释和瞻婆交战。（20）

玛德利的两个儿子怒气冲冲，在战斗中用箭打击在战场上逞勇显威的仇敌沙恭尼，婆罗多子孙啊！（21）大王啊，人类的毁灭之根正在滋长延伸。它是你栽下的，由迦尔纳培育壮大。（22）它就是愤怒之火，由你的儿子点燃，熊熊燃烧，将焚毁整个大地，国王啊！（23）在般度两个儿子的箭的胁迫下，沙恭尼不得不转过身去，不知道怎样在战斗中施展威力。（24）玛德利的两个大勇士儿子看到沙恭尼掉转了身，又朝他泼洒箭雨，犹如两团乌云朝一座大山倾泻大雨。（25）遭到许多笔直的利箭的打击，妙力之子（沙恭尼）驱策快马跑向德罗纳的阵营。（26）

瓶首以中等速度冲向奋勇作战的罗刹英雄阿罗瑜达。（27）大王啊，这两人之间的战斗无比奇妙，正像从前罗摩和罗波那展开的战斗。（28）国王坚战在战场上先是以五十支箭射中摩德罗王，然后又射中他七支。（29）随后这两人之间的战斗恰如奇迹一般，国王啊，

第七　德罗纳篇　　　　　　　　7.72.17

犹如从前发生在商波罗和天王之间的一场大战。（30）你的儿子毗文沙提、奇军和毗迦尔纳，率领着一支庞大的军队，与怖军展开了战斗。（31）

以上是吉祥的《摩诃婆罗多》中《德罗纳篇》第七十一章(71)。

七二

全胜说：

在这场令人毛骨悚然的战斗中，般度人向被割裂成三股的俱卢人发起全面的进攻。（1）大臂的怖军进攻水连。坚战率领军队在战场上包围成铠。（2）猛光像光芒四射的太阳，在战场上冲向泼洒箭雨的德罗纳，大王啊！（3）战斗就这样在俱卢人和苏摩迦族人之间展开。所有的弓箭手都义愤填膺，迅速地冲向对方。（4）一场充满恐怖、毁灭众生的战斗正在进行，武士们捉对厮杀，毫不畏惧。（5）

大力的德罗纳在与大力的般遮罗王子较量，射出一股股箭流，看上去像奇迹一般。（6）德罗纳和般遮罗王子将无数的人头射落，仿佛遍地是折断的朵朵莲花。（7）在所有的军队中，到处散落着英雄们的衣服、首饰、兵器、幡幢和铠甲。（8）披戴金铠甲的肢体沾满鲜血，看起来仿佛一朵朵乌云挟裹着闪电。（9）在战场上，大勇士们拉开棕榈树般高大的弓，用箭射倒象、马和人。（10）灵魂伟大的英雄们在厮杀中失落刀剑、盾牌、弓、头颅和铠甲。（11）在这乱成一片的战场上，大王啊！可以看到无数的无头尸站立着。（12）尊者啊，秃鹫、苍鹭、婆吒鸟、兀鹰、乌鸦、豺和其他食肉兽也纷纷出现。（13）国王啊！它们噬肉，饮血，扯下毛发，吸吮骨髓。（14）它们或者拖曳着整具尸体，或者拉扯着残肢断臂，把人、马和象的头颅翻来滚去。（15）

那些弓箭手们精通武艺，久经战斗洗礼，渴望获得战斗胜利，奋勇作战。（16）你的武士们在战场上纵横驰骋，施展各种剑术。手持宝刀、飞镖、投枪、铁叉、长矛和梭标，（17）还有铁杵和铁闩，或者仅仅挥舞不拿任何武器的双臂，人们在战场上愤怒地互相厮

159

杀。(18)车兵对车兵，骑兵对骑兵，象兵对象兵，步兵对步兵。(19)一些人似乎醉了，疯了，在战场上高声吼叫，互相残杀，如同歌舞伎在舞台上表演。(20)

战斗激烈，超出常规，民众之主啊！这时，猛光让他的马匹与德罗纳的马匹纠缠。(21)那些骏马快速如风，毛色鲜亮，或白如鸽，或红如血。国王啊！在战场上，它们掺杂在一处，犹如彤云挟着闪电。(22)英雄猛光看到德罗纳近在咫尺，便放下弓，拿起刀和盾牌，婆罗多子孙啊！(23)诛灭敌雄的水滴王之孙（猛光）一心要完成难以完成的任务，凭借车辕，纵身跃上德罗纳的战车。(24)他或是站在车辕的中央，或是站在车辕的连接处，时而跃上马的后部，仿佛在对他的军队行礼。(25)他站在那些红马上，挥舞着刀，跳过来，跃过去。德罗纳竟找不到打击他的机会，简直是一个奇迹。(26)犹如兀鹰向林中俯冲是为了捕捉猎物，猛光纵身一跃是为了杀死德罗纳。(27)德罗纳以一百支箭射碎木柱之子（猛光）的百月盾牌，又以十支箭射断他的刀。(28)大力的德罗纳以六十四支箭射死他的马匹，射断幡幢和华盖，又以两支月牙箭射死两侧的车夫。(29)

尔后，德罗纳将弓直拉到耳旁，迅速向他射出一支无与伦比的夺命箭，犹如手持金刚杵者（因陀罗）掷出了金刚杵。(30)但是，萨谛奇以十四支箭粉碎了这支箭，将已经落入师爷口中的猛光救了出来。(31)犹如猎物落入狮子口中，般遮罗王子（猛光）落入人中之狮德罗纳口中，悉尼族雄牛（萨谛奇）将他救回。(32)看到萨谛奇在大战中充当般遮罗王子的保护人，德罗纳迅速向他射去二十六支箭。(33)然后，德罗纳又仿佛要吞噬斯楞遮耶人，悉尼之孙（萨谛奇）以二十六支利箭射中他的胸口。(34)趁着沙特婆多族后裔（萨谛奇）追逐德罗纳，所有渴望胜利的般遮罗族战车武士一拥而上，救出猛光。(35)

以上是吉祥的《摩诃婆罗多》中《德罗纳篇》第七十二章(72)。

七三

持国说：

那支箭被苾湿尼族英雄萨谛奇射断，猛光被他救走，全胜啊！（1）人中之虎德罗纳，这位精通一切武艺的优秀武士，愤怒的弓箭手，在战场上对悉尼之孙（萨谛奇）做了些什么？（2）

全胜说：

遭到攻击的德罗纳犹如一条巨蛇，愤怒是毒液，弓是张大的嘴，犀利的箭矢是牙齿，磨尖的铁箭是毒牙。（3）他怒不可遏，双眼通红，喘着粗气。人中豪杰令那些红马振奋，飞速奔驰。（4）它们仿佛要腾空而起，跃上天空。借助这些马，德罗纳一路射出金羽毛箭，冲向萨谛奇。（5）箭矢落下好似倾盆大雨，战车隆隆好似云中雷声，挽弓射出的一支支铁箭好似一道道闪电，（6）长矛和剑好似霹雳，马匹好似风，愤怒好似速度，吹送不可抵御的德罗纳之云。（7）战胜敌人城堡的英雄悉尼之孙（萨谛奇）作战凶猛，看到德罗纳冲来，笑着对车夫说：（8）"这个凶残的婆罗门不务正业，成为持国之子难敌王的靠山，制造痛苦和恐怖。（9）快马加鞭吧，高高兴兴地冲向这位王子们的师爷！他总是自以为了不起。"（10）

摩豆族后裔（萨谛奇）的那些骏马色泽如银，快速如风，朝着德罗纳飞驰而去。（11）箭网笼罩，可怕的黑暗无边无际，其他勇士们似乎都已束手无策。（12）德罗纳和沙特婆多族后裔（萨谛奇）都擅长快速使用兵器，这两个人中雄狮泼洒的箭雨看不到间歇。（13）箭流互相撞击产生的声响听上去像是因陀罗释放的霹雳。（14）那些被铁箭射断的箭，犹如被毒蛇咬死的蛇，婆罗多子孙啊！（15）两人发出的弓弦声和击掌声听来可怕，仿佛是山峰不断遭到金刚杵打击。（16）国王啊，两人的战车、马匹和车夫都被金羽毛箭覆盖，色彩绚丽。（17）民众之主啊，那些锃亮笔直的铁箭犹如刚刚蜕了皮的毒蛇，可怕地落下。（18）两人的华盖倒下了，幡幢倒下。两人浑身沾满鲜血，一心想战胜对方。（19）两人的肢体流淌鲜血，仿佛两头大

象流淌液汁。两人互相发射着致命的利箭。(20)

吼叫声、呐喊声、螺号声和鼓声都已偃息,大王啊!人们一声不发。(21)各路大军一片寂静,武士们停止厮杀,人们充满好奇,都在观看他俩的车战。(22)车兵、象兵、马兵和步兵围在四周,目不转睛地观看这两个战车武士中的雄牛。(23)象军站定不动,马军站定不动,车军也站定不动,互相保持对峙的阵容。(24)那些马匹装饰有绚丽的珍珠和珊瑚,宝石和金子,幡幢和金甲,(25)旌旗、鞍垫、披巾、锋利锃亮的兵器和拂尘。(26)那些大象的额头、颞颥和齿龈部位装饰有金银饰品和花环。婆罗多子孙啊!(27)好似热季过后的滚滚云团,其间有一行行仙鹤,一群群萤火虫,又有彩虹和闪电。(28)我们的和坚战的军队都驻足观看萨谛奇和灵魂伟大的德罗纳之间的这场战斗。(29)以梵天和天帝释为首的众天神,还有成群的悉陀、遮罗纳、持明和大蛇,也都站在空中飞车上观看。(30)两个人中之狮你来我往,以各种奇妙的兵器互相打击,令他们叹为观止。(31)

德罗纳和萨谛奇显示出对兵器的驾轻就熟。两个大力士彼此以箭射中对方。(32)光辉的人啊,陀沙诃族后裔(萨谛奇)在战斗中用坚硬的箭射断德罗纳的箭,又迅速射断了他的弓。(33)仅仅一眨眼的工夫,婆罗堕遮之子(德罗纳)又给另一张弓上好了弦。但是很快地,萨谛奇又射断了这张弓。(34)德罗纳旋即手中又握住新的弓,但只要上好了弦,就被一支支利箭射断。(35)德罗纳看到萨谛奇在战场上的非凡业绩,王中之王啊,他心中思忖道:(36)"在这位沙特婆多族魁首的手中,兵器的力量得以发挥,犹如在罗摩、作武、胜财和人中之虎毗湿摩手中一般。"(37)婆罗门俊杰(德罗纳)目睹萨谛奇像婆薮之主(因陀罗)那样敏捷后,心中暗生敬佩。(38)这位精通武艺的武士魁首感到满意。以婆薮之主(因陀罗)为首的众天神从未见过动作这样轻快敏捷。(39)民众之主啊,所有天神、健达缚、悉陀和遮罗纳全都知道了萨谛奇和德罗纳的业绩。(40)

毁灭刹帝利的德罗纳又拿起一把弓。这位精通武艺的优秀武士用各种兵器战斗,婆罗多子孙啊!(41)萨谛奇使出魔幻的兵器阻截德罗纳的兵器,又以许多利箭射中德罗纳。这简直是奇迹。(42)你的精通武艺的武士们看到他娴熟的武艺,看到他的非凡业绩在战场上无人可比,都钦佩不已。(43)德罗纳射出什么兵器,萨谛奇也射出什么兵器。然而,折磨敌人的师爷沉着应战。(44)大王啊!精通弓术的德罗纳在盛怒之下,使出法宝,想要杀死萨谛奇。(45)看到那件凶猛可怕、所向披靡的火神法宝,大弓箭手萨谛奇也使出水神法宝。(46)看到他俩动用法宝,四下里"啊!啊!"声起,空中的生灵们也停止在空中飞行。(47)他俩的火神法宝和水神法宝虽然搭在弓箭上,但没有发生碰撞。此时,太阳开始西斜。(48)

尔后,般度之子坚战王、怖军、无种和偕天都来保护萨谛奇。(49)毗罗吒、羯迦夜人和以猛光为首的武士们,还有摩差人和沙鲁瓦王子的军队,迅速朝德罗纳冲来。(50)以难降为先锋,数千名王子前来增援已被敌人包围的德罗纳。(51)国王啊!一场战斗在你的和他们的弓箭手之间展开,整个世界笼罩在箭网下,尘土弥漫。(52)一切都陷入混乱,什么也无法看清。武士们在尘土的遮障下,战斗变得更加残酷。(53)

以上是吉祥的《摩诃婆罗多》中《德罗纳篇》第七十三章(73)。

七四

全胜说:

太阳逐渐西斜。武士们披着阳光,蒙着尘土,动作变得缓慢。(1)武士们或站着,或正在战斗,或重新返回战场,都企盼着胜利,而白日正在悄悄离去。(2)企盼胜利的军队僵持不下。阿周那和婆薮提婆之子(黑天)朝信度王进发。(3)贡蒂之子(阿周那)用利箭杀出刚能容下战车行进的路,遮那陀那(黑天)就沿着这样的路前进。(4)灵魂伟大的般度之子的战车到达哪里,你的军队就在哪里崩溃,民众之主啊!(5)英勇的陀沙诃族后裔(黑天)施展他的御车术,让战车旋转出各种花样。(6)阿周那的箭镌刻名字,颜色浅黄,好似世界末日的火焰。这些厚实的笔直的箭缠着皮筋,能够飞得很远。(7)这些竹制或铁制长箭,箭镞各不相同,和飞鸟一起在战场上吸吮人们的鲜血。（8）阿周那站在战车上，把箭射到一牛吼远，而那箭射死敌人之时，正是战车越过一牛吼时。（9）那些骏马驾车奔驰的速度可比金翅鸟，可比风神。感官之主（黑天）这样驶来，让整个世界惊诧不已。（10）民众之主啊！太阳之车、因陀罗之车、楼陀罗之车和财神之车都不能这样奔驰。（11）在战场上，从未有过另一辆战车能像阿周那之车这样奔驰，快速如同思想。（12）

在战场上，国王啊，诛灭敌雄的美发者（黑天）闯入敌军中间后，依旧策马疾驰，婆罗多子孙啊！（13）那些骏马来到车流之中，饥渴疲劳，艰难地拉着那辆战车。（14）它们被许多作战凶猛的武士用各种兵器打得多处受伤，但仍然不住地旋转出各种花样，（15）驶过无数被杀死的马、象、车和人，犹如越过千座山峦。（16）

这时，阿凡提国的一对英雄兄弟，国王啊，率领军队向马匹疲惫的般度之子发起攻击。（17）兄弟二人十分兴奋，射中阿周那六十四箭，射中遮那陀那（黑天）七十箭，又以一百支箭射中马匹。（18）大王啊！在战场上，愤怒的阿周那用九支笔直的箭射中他们两个。阿周那通晓致命部位，而他的箭能穿透致命部位。（19）两兄弟也是怒气冲天，用箭流覆盖毗跋蒺（阿周那）和美发者（黑天），发出狮子吼。（20）在战场上，以白马驾辕的阿周那迅速以两支月牙箭射断两兄弟精致的弓，随后又射断了他俩金光闪闪的幡幢。（21）国王啊！于是，这两兄弟满腔愤怒，在战场上各拿起另一张弓，以无数支箭射向阿周那。（22）般度之子胜财（阿周那）同样满腔愤怒，再次用两支箭射断他俩的弓。（23）然后，他又迅速用在石头上磨尖的金羽毛箭射死两兄弟的马匹、步兵和两侧的车夫。（24）他以一支马蹄箭把其中哥哥的头颅从躯体上射落。被杀死的哥哥如同被风折断的树干，倒在地上。（25）

看到文陀被杀，威武的大力士阿奴文陀放弃马匹倒毙的战车，握起一把铁杵，（26）这位大勇士也是优秀的杵战武士。他记着杀兄之仇，在战场上手持铁杵，仿佛跳着舞，冲向前去。（27）愤怒的阿奴文陀举起铁杵砸在诛灭摩图者（黑天）的前额上，却不能动摇他，正如不能动摇美那伽山。（28）阿周那用六支箭射断了他的脖子、双腿、双臂和头颅。阿奴文陀肢体破碎，倒了下去，犹如一座崩塌的山

峰。(29)

目睹两兄弟被杀，随从们群情激愤，冲上前来，射出千百支箭。(30) 婆罗多族雄牛啊！阿周那迅速以箭将他们射倒，好似大火焚烧冬季过后的森林。(31) 胜财（阿周那）艰难地从这两兄弟的军队中冲出来，好像太阳冲破云层，高高升起。(32) 俱卢人见到他，先是惊恐万分，继而又兴奋不已。他们像雨点一般从四面八方朝普利塔之子（阿周那）围拢过来，婆罗多族雄牛啊！(33) 俱卢人发现阿周那已经疲惫不堪，也清楚信度王还在远处。他们发出阵阵狮子吼，从四面八方将他团团围住。(34)

人中雄牛阿周那看到俱卢人群情激愤，微微一笑，缓缓地对陀沙诃族后裔（黑天）说了这番话：(35) "马匹中箭伤，疲惫不堪，而那信度王尚在远处。依你看，下一步最好做什么？(36) 黑天啊！请你如实说吧。你的智慧永远高人一等。般度人有你作眼睛，就能在战场上打败敌人。(37) 请听我的想法，下一步是不是应该这样做：让这些马好好松弛一下，拔掉它们身上的箭，摩豆族后裔啊！"(38) 听了普利塔之子这样说，美发者（黑天）回答道："普利塔之子啊！你刚才说的，也正是我的意见。"(39)

阿周那说：

我来阻截所有的军队，美发者啊！你按照要求，做这下一步该做的事吧！(40)

全胜说：

胜财（阿周那）不慌不忙地从车座上下来，手执甘狄拨神弓，如山一般岿然不动。(41) 渴望胜利的刹帝利们以为这是一个机会，呼喊着冲向站在地上的胜财（阿周那）。(42) 庞大的车队围住阿周那一人，一张张拉圆了的弓向他释放出利箭。(43) 愤怒的武士们施展各种兵器，以无数的箭覆盖普利塔之子，好似乌云遮蔽太阳。(44) 刹帝利们迅猛地冲向刹帝利雄牛。这些高贵的战车武士冲向战车武士中的雄狮，好似疯狂的大象们冲向一头雄狮。(45) 普利塔之子展示出他的双臂的巨大力量，愤怒地抵挡来自四面八方的军队。(46) 威武的阿周那以兵器抵挡住四下里敌人的兵器，迅速地以无数的箭笼罩他们所有的人。(47) 在那里的空中，民众之主啊，密集的箭互相摩擦起火，火光熊熊。（48）在那里，大弓箭手们流淌鲜血，喘着粗气，折磨敌人的马匹和大象遍体鳞伤，发出嘶鸣。（49）战场上，充满敌意的英雄们渴望胜利，情绪激昂。这么多愤怒的武士集中在一处，连空气都变热了。（50）

　　箭是波浪，幡幢是旋涡，大象是鳄鱼，步兵是大量的鱼，螺号声和鼓声是涛声，这是不可逾越的海洋。（51）茫茫苍苍，无边无垠，幽暗恐怖，顶冠是一只只乌龟，旗幡是一圈圈泡沫。（52）这是战车汇成的海洋，不可摇撼，大象的身躯是礁石，而普利塔之子用箭构成堤岸，挡住海洋。（53）

　　这时，在战场上，大臂的遮那陀那（黑天）不慌不忙，对人中俊杰、亲爱的阿周那说道：（54）"阿周那，在这战场上，没有马匹需要的水池。这些马儿需要饮水，而这里没有池塘。"（55）

　　"这儿有！"沉着的阿周那一边说着，一边将兵器插入地下，造出一个美妙的水池，供马儿饮用。（56）普利塔之子还像陀湿多那样，造出一座奇妙的箭舍，箭做的梁，箭做的柱，箭做的屋顶。他是奇迹的创造者。（57）面对大战中由普利塔之子（阿周那）建造的这座箭舍，乔宾陀（黑天）笑着称赞道："善哉，善哉！"（58）

　　以上是吉祥的《摩诃婆罗多》中《德罗纳篇》第七十四章（74）。

七五

全胜说：

　　灵魂伟大的贡蒂之子（阿周那）造出了水后，又造出了箭舍，阻挡敌人的军队。（1）大光辉的婆薮提婆之子（黑天）迅速跳下战车，卸下那些被苍鹭羽毛箭射伤的马匹。（2）众悉陀和遮罗纳以及武士们目睹这前所未见的奇迹，四下里响起狮子吼。（3）所有人中雄牛都不能够抵挡住徒步而战的贡蒂之子（阿周那），这简直是奇迹！（4）战车如潮，无数的象和马涌来。面对众多的武士，普利塔之子（阿周那）毫不慌张。（5）国王们向般度之子发射箭流，而以法为魂、诛灭敌雄的因陀罗之子（阿周那）毫无惧色。（6）英勇的阿周那将扑面而来的箭网、铁杵和投枪——收下,犹如大海接纳百川。(7)普利塔之子(阿周那)凭借强大的臂力和武器的威力,将所有王中之王的利箭统统收下。(8)面对普利塔之子(阿周那)和婆薮提婆之子(黑天)的英雄气概,大王啊!俱卢人钦佩他俩创造的绝妙奇迹:(9)"这世上还会发生或曾经有过比这更令人称奇的奇迹吗?普利塔之子(阿周那)和乔宾陀(黑天)竟然在战场上卸下了马匹!(10)这两位人中俊杰在战场上镇定自若,施展巨大的威力,使我们充满恐惧。"(11)

于是,在阿周那在战场上建造的这座箭舍中,感官之主(黑天)喜笑颜开,好像处在女人堆中,婆罗多子孙啊!(12)莲花眼黑天就在你所有将士的眼前,旁若无人地遛马。(13)黑天精通养马术,为马儿解除疲劳、疼痛和痉挛,拭去吐出的白沫,治疗伤口。(14)他用双手拔出马匹身上的箭,为它们清洗皮毛,牵着它们溜达,让它们饮水。(15)待这些马匹饮过水,洗过澡,吃过草料,解除疲劳后,黑天又高兴地将它们套在那辆上乘的战车上。(16)精通一切武艺的优秀武士、大光辉的梭利(黑天)登上那辆卓越的战车,载着阿周那,飞驰而去。(17)

战场上,俱卢族卓越的军队将领们看到,饮过水的马匹又驾驶着那位优秀的战车武士的战车,顿时情绪低落。(18)犹如毒蛇被打掉了毒牙,国王啊,他们喘着粗气,纷纷议论道:"嗨,晦气!真倒霉,让普利塔之子(阿周那)和黑天跑掉了!(19)他俩全副武装,在所有刹帝利的注视下,同乘一辆战车驶去,全然不把我们的军队放在眼里,好像在与孩子做游戏一般。(20)我们的呐喊和拼搏阻挡不住这两个折磨敌人者。他俩展示了自己的英雄气概,当着所有国王的面跑掉了。"(21)

看到他俩离去,另一些武士说道:"全体俱卢人啊!快快行动起来,去消灭黑天和有冠者(阿周那)吧!(22)陀沙诃族后裔在战场上藐视我们,竟然当着我们全体弓箭手的面,套上车,直奔胜车王而去。"(23)国王啊,在战场上目睹这个前所未见的伟大奇迹后,还有一些国王在一起交头接耳议论道:(24)"各路军马以及持国国王都陷入了危险境地。由于难敌的错误,刹帝利和整个大地面临着毁灭,(25)而国王却意识不到这一点。"一些刹帝利这样议论着。婆罗多子孙啊，还有一些刹帝利说道：（26）"那信度王算是进了阎摩殿了。持国之子（难敌）既无见地，又无谋略。但愿他能采取必要的措施。"（27）

这时，太阳正在西斜。般度之子加速冲向信度王。饮过水后，驷马更加欢腾。（28）精通一切武艺的优秀武士、大臂的阿周那飞驰向前，犹如愤怒的死神，武士们无法阻挡。（29）为了进攻信度王，折磨敌人的般度之子驱散整个军队，仿佛一头雄狮追逐鹿群。（30）陀沙诃族后裔（黑天）一面驱策那些似苍鹭的马匹快速深入敌军，一面吹响五生螺号。（31）贡蒂之子（阿周那）向前方放射出的箭，却在他的身后落下。那些马匹快速似风，载着他快速奔跑着。（32）旌旗迎风招展，车声隆隆如云中雷鸣，战车武士们看到了以猿猴为标志的可怕的幡幢，个个忧心忡忡。（33）四周弥漫的尘埃将太阳遮蔽，武士们在战场上遭到利箭打击，不敢观看那两位黑王子。（34）

胜财（阿周那）一心要杀死胜车王，而满腔愤怒的国王们和其他许多刹帝利已将他团团围住。（35）在大战中，人中雄牛普利塔之子正在挡开纷飞的箭矢时，难敌迅速向他冲过来。（36）

以上是吉祥的《摩诃婆罗多》中《德罗纳篇》第七十五章（75）。

<h1 style="text-align:center">七六</h1>

全胜说：

看到婆薮提婆之子（黑天）和胜财（阿周那）闯入军队，你方军队的将领们因恐惧而逃散，国王啊！（1）但是，这些灵魂伟大的人既愤怒，又羞愧，在本性的驱使下，又坚定地返回胜财（阿周那）那里。（2）他们怒不可遏，在战斗中冲向般度之子。今天他们不再返回，正像百川到海不返回。（3）卑劣小人此时才退转，犹如邪教徒躲避吠陀，这是注定要下地狱的人所犯的罪过。（4）

穿越车阵之后，这两个人中雄牛得到解脱，犹如太阳和月亮从罗睺的口中脱身。（5）两位黑王子冲破大军的天罗地网，心情舒畅，仿佛鱼儿挣脱了大网。（6）德罗纳的军队难以攻破，而这两个灵魂伟大的人冲破了各种武器的阻挡，好似世界末日升起的两轮太阳。（7）摆脱了各种武器的阻挡后，这两个灵魂伟大的人反以各种武器阻挡敌人。（8）他俩获得解脱，犹如与大火擦身而过，好似两条小鱼从鲨鱼口中逃生。他俩搅乱大军，犹如摩竭鱼搅动大海。（9）他俩闯入德罗纳的军队时，你的武士们以及你的儿子们以为他俩闯不过德罗纳这一关。（10）但是，他们看到这两位大光辉者闯过了德罗纳的军队，国王啊，也就不再对信度王的生命抱有希望。（11）国王啊，你的儿子们曾经满怀希望，认为这两位黑王子逃不脱德罗纳和诃利迪迦之子（成铠）的掌心，主人啊！（12）他们的希望落空了。这两个折磨敌人者闯过了难以闯过的德罗纳的军队和博遮王的军队。（13）看到他俩冲出来，犹如两团熊熊燃烧的火焰，他们对信度王的生命不再抱有希望。（14）

　　黑天和胜财（阿周那）无所畏惧，而给敌人增添恐惧。他俩互相谈论要杀死胜车王：（15）"持国的六名大勇士将信度王安置在中间，他只要进入我们的视野，就别想逃脱。（16）在战场上，即使天帝释和众天神充当他的保护者，我们也要杀死他。"（17）两位大臂的黑王子互相间这样交谈着，寻找信度王。你的儿子们听到了这些话。（18）这两位克敌者好像两头穿越了沙漠的大象，在经历了饥渴之后饮足了水，精神焕发。（19）这两个大臂的勇士仿佛翻越了遍布老虎、狮子和野象的崇山峻岭，征服了死亡和衰老。（20）你们的人认为他俩的神色就是这样。看到他俩脱身而出，四周响起一片叫喊声。（21）

　　他俩摆脱了如同毒蛇和烈火的德罗纳，也摆脱了其他国王们，犹如两轮光辉闪射的太阳。（22）这两个克敌者摆脱了如同大海的军队，满怀喜悦，犹如渡过大海。（23）他俩在战斗中摆脱了德罗纳和诃利迪迦之子（成铠）保护下的箭流，好似因陀罗和火神，光彩熠熠。（24）这两位黑王子身上布满婆罗堕遮之子（德罗纳）的利箭，鲜血流淌，看起来好似两座开满迦尼迦罗花的山。（25）他俩好比从湖中脱身，德罗纳是湖中的鳄鱼，一根根长矛是险恶的毒蛇，一支支铁箭是凶猛的鲨鱼，刹帝利们是湖水。（26）如同太阳和月亮摆脱黑暗，他俩摆脱德罗纳的武器之云，击掌声和弓弦声好比云中雷鸣，铁杵和箭好比一道道闪电。（27）普利塔之子（阿周那）和黑天犹如徒手游过了五条大河与信度河的汇合处，河床在夏末涨满了水，水中鳄鱼熙熙攘攘。（28）这两个黑王子，两个大弓箭手，举世闻名，摆脱德罗纳的兵器和军队的堵截，所有生灵都赞叹不已。（29）

他们俩搜寻就在附近的胜车王，想要杀死他，犹如两头猛虎准备捕杀麋鹿。（30）你的武士们认为这就是他俩显示的神色，大王啊，胜车王必死无疑。（31）大臂的黑天和般度之子高度警觉，瞪着血红的眼睛。他俩发现了信度王，高兴得连声叫喊。（32）梭利（黑天）手中握辔，普利塔之子（阿周那）手中执弓，两人光辉灿烂，好似太阳和火。（33）摆脱了德罗纳的军队，看见信度王近在咫尺，两人分外高兴，仿佛是两只雄鹰看到了肉块。（34）瞥见信度王就在近旁，两人怒不可遏，猛然向他冲去，犹如两只雄鹰迅速冲向肉块。（35）

看到感官之主（黑天）和胜财（阿周那）冲过去，为了保护信度王，你勇敢的儿子，（36）国王难敌精通驭马术，身穿德罗纳为他系上的铠甲，在战场上单车追上前去，主人啊！（37）你的儿子超过黑天和普利塔之子这两个大弓箭手之后，又返身来到莲花眼的黑天面前，人主啊！（38）你的儿子追上胜财（阿周那）时，所有军队中各种乐器齐鸣，欢快喜悦。（39）看到难敌挺身站在两位黑王子的面前，伴随着螺号声和鼓声，四下里响起狮子吼叫。（40）这些保护信度王的勇士们，个个似一团火焰，看到你的儿子出现在战场，欢欣鼓舞。（41）黑天看到难敌率领随从追赶上来，国王啊，他及时地对阿周那讲了一番话。（42）

以上是吉祥的《摩诃婆罗多》中《德罗纳篇》第七十六章(76)。

七七

婆薮提婆之子说：

胜财（阿周那）啊！你看，难敌追上来了。我认为我们面临危险。没有哪个战车武士能与他相匹敌。（1）持国之子（难敌）是大弓箭手，射程很远。这位大力士精通武艺，兵器凶狠，作战勇猛。（2）他在荣华富贵中长大，受到大勇士们敬重。他精明强干，普利塔之子啊，一向仇视般度人。（3）无罪的人啊！我看是你与他决战的时候了。你们两个的赌局到了，或是胜利，或是反之。（4）普利塔之子啊！你向他喷射心中郁结已久的愤怒的毒液吧！这个大勇士是般度人受苦受难的根源。（5）他现在已到达你的射程内，抓住自己成功的机会吧！这个渴求王国的国王怎么会来与你决战呢？（6）这是命运使然，现在把他送到了你的射程内。胜财（阿周那）啊！你就让他丧命吧！（7）王权冲昏了他的头脑，他不知道什么是苦难，人中雄牛啊，也不知道你的战斗威力。（8）普利塔之子啊，无论是天神、阿修罗或人，三界中无人能够在战场上战胜你，更何况这孤单的难敌呢？（9）普利塔之子啊，是命运驱使他来到你的战车之前，杀死他，大臂者啊，犹如因陀罗杀死弗栗多！（10）

无罪的人啊！是他胆大妄为，经常给你带来不幸。是他施展诡计，在赌局中赢了法王（坚战）。（11）尊贤礼士的人啊！你们纯洁无瑕，他却总是阴险邪恶，对你们做了许多残忍的恶事。（12）他永远是个卑鄙下贱的小人，一向随心所欲。你要做出高尚的战斗决心，莫犹豫，杀死他！普利塔之子啊！（13）他施展诡计夺得王国，又将你们流放森林，还有黑公主经历的苦难，勇敢的般度之子啊，你要牢记心中！（14）他来到你的箭的射程之内，这是天意。为了阻挠你的事业，他跑到你的面前，这是天意。（15）他还知道应该在战场上与你决战，这是天意。普利塔之子啊！你怀抱的所有愿望都将实现，这是天意。（16）因此，普利塔之子啊，你要在战场上杀死这持国之子，这个家族的败类，正像从前因陀罗在天神和阿修罗的战斗中杀死瞻婆。（17）杀死了他，你再粉碎这支失去保护者的大军吧！铲除那些恶人的根基吧！以这样的沐浴来结束战争吧！① （18）

全胜说：

普利塔之子（阿周那）对黑天说："遵命！这正是我要做的事情。先不管其他，到难敌那儿去！（19）他长期无忧无患地享有我们的王国。我要在战斗中施展威力，砍下他的脑袋。（20）黑公主哪堪忍受这样的羞辱，被揪住头发拖来拖去，我要为她雪耻！"（21）这两位黑

---

① 这里的沐浴指祭祀结束后的沐浴，用以比喻杀掉难敌，也就结束了战争。

王子这样交谈着，兴奋地在战场上驱策上乘的白马，想要杀死难敌王。（22）

婆罗多族雄牛啊，你的儿子来到他俩附近，尽管面临重大危险，他毫无惧色，尊者啊！（23）他能够毫不迟疑地迎战阿周那和黑天，全体刹帝利都为此敬佩他。（24）这时，民众之主啊，看到国王来到战场上，你的大军中爆发巨大的欢呼声。（25）在他们可怕的欢呼声中，你的儿子威风凛然，阻截敌人。（26）贡蒂之子（阿周那）受到你的弓箭手儿子阻截，这位折磨敌人的勇士怒不可遏。（27）看到难敌和胜财（阿周那）怒目相向，四周模样可怕的国王们都注视着他俩。（28）看到普利塔之子（阿周那）和婆薮提婆之子（黑天）愤怒的样子，你的儿子渴望战斗，微笑着发出挑战。（29）这时，陀沙诃族后裔（黑天）和般度之子胜财（阿周那）兴奋地大声呐喊，各自吹响优质的螺号。（30）俱卢人看到他俩兴奋的模样，都不再为你儿子的生还抱有希望。（31）所有的俱卢人陷入极度的悲伤，都认为你的儿子已经是火神口中的祭品。（32）看到黑天和般度之子兴奋的模样，武士们魂飞魄散，都念叨着："国王死定了！国王死定了！"（33）

听到众人的喧哗声，难敌说道："你们不用害怕！我会把这两位黑王子送到死神那里去。"（34）国王企盼胜利，对所有的武士们这样说过后，又满腔愤怒地对普利塔之子（阿周那）说道：（35）"普利塔之子啊！你若是般度生的儿子，你就赶快使出你的绝妙的武器，不管天上的，还是人间的，朝我这儿来吧！（36）不论你有何等力量，不论美发者（黑天）有何等勇气，都赶快向我使出来吧！让我们见识你的英雄气概。（37）人们都说你创造了许多业绩，令国王们交口称赞，而我们没有见到。所有这些，你都亮出来吧。"（38）

以上是吉祥的《摩诃婆罗多》中《德罗纳篇》第七十七章(77)。

<h1 style="text-align:center">七八</h1>

全胜说：

国王这样说过后，用三支能穿透要害的箭射中阿周那，又以四支威力巨大的箭射中驷马。（1）他以十支箭射中婆薮提婆之子（黑天）的胸口，用一支月牙箭射断了黑天的策马棒，使它落到地上。（2）普利塔之子镇定自若，迅速地朝难敌射出十四支在石头上磨尖的彩色羽毛箭，但都从他的铠甲上落下。（3）阿周那看到这些箭落空，又接连射出九支和五支利箭，还是从他的铠甲上落下。（4）

看到二十八支箭全部落空，诛灭敌雄者黑天对阿周那说了这番话：（5）"我见到了前所未见的事情，仿佛看到山在移动。普利塔之子啊，你射出的箭竟然不中目标。（6）婆罗多族雄牛啊，甘狄拨神弓的威力，你的拳头和双臂的力量，是否还跟从前一样？（7）是否你和这个敌人最后较量的时间今天还没有到达？我向你发问，请你告诉我吧！（8）普利塔之子（阿周那）啊！我看到你的这些箭，感到十分奇怪。它们在战场上飞向难敌的战车，却都落了空！（9）你的这些箭像金刚杵那样可怕，能够劈开敌人的躯体，今天却没有施展威力，普利塔之子啊，这是何等的笑话！"（10）

阿周那说：

黑天啊！这都是德罗纳为持国之子出的主意。他为难敌披上了这件能抵挡各种武器的铠甲。（11）三界的力量都已注入到这件铠甲中，黑天啊！只有德罗纳知道它。我也从这位人中魁首那里知道它。（12）任何箭都不能够穿透这铠甲，乔宾陀啊，即使因陀罗亲自在战场上使用金刚杵也无济于事。（13）黑天啊！你也知道它，为何还要为难我呢？三界中曾经发生的事，正在发生的事，（14）以及将来发生的事，你无所不知。你全知全能，没有人比得上你，诛灭摩图者啊！（15）难敌在德罗纳的帮助下穿上了这件铠甲，黑天啊，所以他无所畏惧地站在战场上。（16）但是，他却不知道下一步要做的事情。摩豆族后裔啊，他就像娘们儿一样穿着这身铠甲。（17）遮那陀那啊！请看看我的双臂和弓的威力吧！即使这俱卢人有这身铠甲保护，我也将打败他。（18）天神之主曾把这件光辉的铠甲赐给盎耆罗，天神之主也将这件铠甲连同咒语赠给了我。（19）若是这件天神传下来的铠甲确系梵天亲自打造，它也保护不了这愚笨的人。他将死在我的箭下。（20）

全胜说：

这样说过后，阿周那先对那些箭念咒语，然后取出。他将取出的那些箭搭在弓的中央，挽弓射出。而德罗纳之子（马嘶）使用一件能阻截一切兵器的武器，将那些箭截断。（21）以白马驾车的阿周那看到那位宣梵者（婆罗门）从远处截断了他的箭，十分惊奇，告诉黑天说：（22）"我不能够两次使用这件武器，遮那陀那啊！它会打到我身上。你今天就看看我的力量吧。"（23）

这时，难敌在战斗中以九支笔直的、毒蛇般的利箭射中两位黑王子。然后，又在战场上向他俩泼洒猛烈的箭雨。（24）你的军中，人人兴高采烈，奏响种种乐器，狮子般的吼声接连不断。（25）战场上，普利塔之子愤怒地舔着嘴角，但没有发现难敌的哪一部分肢体不在铠甲的保护之下。（26）于是，他射出数支利箭，支支都像死神一般，杀死难敌的驷马和两侧的车夫。（27）英勇的左手开弓者（阿周那）射断了难敌的弓，射破了他的皮护指，射碎了他的战车。（28）难敌丧失战车后，阿周那又以两支利箭射中难敌的两个手掌心。（29）看到难敌遭到胜财（阿周那）的利箭打击，处境危险，卓越的弓箭手们一拥而上营救他。（30）成千上万辆战车，全身披挂的象和马，愤怒的步兵，将胜财（阿周那）团团围住。（31）

无论阿周那和乔宾陀（黑天），还是他们的战车，此时已经看不到了。他们掩盖在箭雨下，包围在人流中。（32）于是，阿周那施展武器的威力，杀戮这支军队。数以千计的战车勇士和大象倒了下去，肢体残缺不全。（33）这些被杀死或正在被杀死的勇士阻挡住了那辆卓越的战车。阿周那处在一牛吼方圆的包围圈中。（34）于是，苾湿尼族英雄急忙对阿周那说道："用力挽开你的弓吧，我将吹响我的螺号。"（35）于是，阿周那用力挽开甘狄拨神弓，泼洒猛烈的箭雨，伴之以手掌声，歼灭敌人。（36）美发者（黑天）吹响五生螺号，声音嘹亮。他汗流满面，眼睫毛上沾满尘埃。（37）伴随螺号声和弓声，或强或弱的俱卢人纷纷倒在地上。（38）

摆脱这些勇士之后，阿周那的战车驰向前，如同疾风吹动的一团云。此刻，胜车王的保护者们以及他们的随从惶恐不安。（39）信度王的保护者们猛然间瞥见了普利塔之子，发出各种各样的喊叫声，连大地也为之震动。（40）伴随着螺号声、箭的呼啸声和可怕的喊叫，灵魂伟大的武士们发出阵阵狮子吼。（41）听到你的军队中爆发可怕的喧嚣，婆薮提婆之子（黑天）和胜财（阿周那）吹响了螺号。(42) 这高昂的螺号声响彻大地、高山、大海、岛屿和地下世界。国王啊！(43) 这声音响彻四面八方，回荡在俱卢人和般度人的军队中，婆罗多族俊杰啊！(44) 你的战车大勇士们看到黑天和胜财（阿周那），顿时怒气冲天，迅速行动起来。(45) 你方武士们看到这两位大福大德的黑王子，全副武装，愤怒地朝他俩冲去。这简直是奇迹。(46)

以上是吉祥的《摩诃婆罗多》中《德罗纳篇》第七十八章(78)。

七九

全胜说：

你方武士们看见苾湿尼安陀迦族和俱卢族的这两位英雄后，个个奋勇当先，一心要杀死他们。维阇耶（阿周那）也同样冲向敌人。(1) 武士们的庞大战车装饰有金银，铺有虎皮，车声隆隆，好似熊熊大火烧遍十方。(2) 大地之主啊，他们的弓背镶金，金光刺眼。他们发出怪异的咆哮，犹如愤怒的毒蛇。(3) 广声、舍罗、迦尔纳、牛军、胜车、慈悯、摩德罗王，以及战车勇士中的佼佼者德罗纳之子（马嘶），(4) 这八位大勇士似乎要吞下整个虚空，他们的战车铺有虎皮、装饰有金月亮，照亮十方。(5) 他们全副武装，义愤填膺，战车隆隆如同云中雷鸣。他们以无数利箭覆盖十方，覆盖普利塔之子。(6) 品种纯正的各色马匹载着这些战车大勇士飞驰，光辉灿烂，照亮十方。(7) 这些骏马品种优良，速度迅猛，产自不同的地域，或产自山区，或产自河流，或产自信度国。(8) 为了营救你的儿子，这些俱卢族优秀武士迅速从四面八方冲向胜财（阿周那）的战车。(9) 这些人中豪杰吹响大螺号，声音响彻天空、大地和大海，国王啊！(10)

婆薮提婆之子（黑天）和胜财（阿周那）也吹响了螺号。这是一切众生中的两位豪杰吹响世上最优秀的两支螺号。贡蒂之子（阿周那）吹响天授螺号，美发者（黑天）吹响五生螺号。(11) 胜财（阿周那）吹响的天授螺号声响彻大地、空中和四面八方。（12）婆薮提婆之子（黑天）吹响的五生螺号声同样响彻天地，压倒了其他一切声音。（13）这震撼一切的螺号声令懦夫们心生恐惧，令勇士们精神振奋。（14）伴随着螺号声声，人们擂响了大鼓、恰恰鼓、大罐鼓和战鼓，王中之王啊！（15）大勇士们想要保护难敌，义愤填膺，不能忍受他俩的螺号声。这些卓越的弓箭手是来自各地的国王，受到自己的军队保护。（16）这些英雄的战车武士们按捺不住，也吹响了各自的大螺号，以此回应美发者（黑天）和阿周那的螺号声。（17）尊者啊！螺号声催促着你的大军，战车武士、象和马仿佛焦躁不安。（18）天空充满英雄们吹响的螺号声，仿佛回响着恐怖的雷鸣声。（19）犹如世界末日的景象，巨大的螺号声响彻十方，整个军队惊恐不安。（20）

尔后，难敌和八位大勇士为了保护胜车王，将般度之子团团围住。（21）德罗纳之子（马嘶）以七十三支箭射中婆薮提婆之子（黑天），以三支月牙箭射中阿周那，以五支射中幡幢和马匹。（22）阿周那看到遮那陀那（黑天）被射中，满腔愤怒，以六百支箭回击德罗纳之子（马嘶）。（23）英勇的阿周那以十二支箭射中迦尔纳，以三支射中牛军，又一箭射断沙利耶王握在掌中的、搭上了箭的弓。（24）沙利耶王又拿起另一张弓，射击般度之子。广声以三支在石头上磨尖的金羽毛箭射中般度之子。（25）迦尔纳以三十二支，牛军以五支，胜车王以七十三支，慈悯以十支，摩德罗王以十支，在战场上射中阿周那。（26）尔后，德罗纳之子（马嘶）以六十支箭射向普利塔之子，以七十支箭射中婆薮提婆之子（黑天），紧跟着又射中普利塔之子（阿周那）五支。（27）

人中之虎以白马驾车，以黑天为御者，此时笑着展示他的轻盈敏捷的身手，射击所有这些勇士。（28）在战场上，他以十二支箭射中迦尔纳，以三支箭射中牛军，一箭射断沙利耶王握在掌中的弓。（29）他以三支箭射中月授之子（广声），以十支火舌一般的利箭射中沙利耶王，又以八支箭射中德罗纳之子（马嘶）。（30）以二十五支箭射中慈悯，以一百支箭射中信度王，然后，阿周那又以七十支箭射中德罗纳之子（马嘶）。（31）广声在盛怒之下，射断诃利（黑天）的策棒，然后以七十三支箭射中阿周那。（32）尔后，驾驭白马者（阿周那）

怒不可遏，用数百支利箭驱散冲来的敌人，犹如狂风扫荡云团。（33）

以上是吉祥的《摩诃婆罗多》中《德罗纳篇》第七十九章(79)。

八〇

持国说：

全胜啊！把普利塔之子们和我方勇士们的幡幢描述给我听吧！那些幡幢形状不一，光辉灿烂，美丽吉祥。（1）

全胜说：

听着吧，那些灵魂伟大的勇士们的幡幢各色各样。让我告诉你它们的形状、色彩和名称。（2）在那些杰出的战车勇士的战车上，幡幢各式各样，王中之王啊！犹如燃烧着的火焰。（3）这些金制的幡幢装饰有金顶和金环，好似大金山上一个个金顶峰。（4）幡幢周匝有许多旗旒，色彩缤纷的旗帜环绕幡幢。（5）微风吹动，彩旗飘拂，宛若舞伎们在舞台中央曼舞。（6）这些彩虹般的旗帜在风中舞动，为战车勇士们的大战车增添光彩，婆罗多族雄牛啊！（7）

我们看到，在战场上，胜财（阿周那）的幡幢以猿猴为标志。那猿猴面目狰狞，尾若狮子尾，十分可怕。（8）手持甘狄拨神弓者（阿周那）的幡幢以猿猴为标志，国王啊！周围装饰有旗帜，令军队惧怕。（9）

我们看到，德罗纳之子（马嘶）的幡幢上有狮子尾，闪耀着旭日的光芒，婆罗多子孙啊！（10）德罗纳之子（马嘶）的金制幡幢如同因陀罗的旗帜，高高地耸立着，随风摇曳，令俱卢族勇士们心生欢喜。（11）

升车之子（迦尔纳）的幡幢上有金制象索，在战斗中仿佛占满空间。（12）迦尔纳的幡幢装饰有金环和旗帜，在战场上随风摇曳，仿佛在战车上跳舞。（13）

乔答摩之孙慈悯是般度之子们的婆罗门教师，声誉斐然，拥有一顶装饰完美的雄牛幡幢。（14）大型战车与雄牛交相辉映，光彩熠熠，犹如摧毁三城者（湿婆）的战车与雄牛交相辉映。（15）

牛军金制的孔雀幡幢，镶嵌珍珠和宝石，仿佛发出啼鸣，为先锋部队增添光彩。（16）这位灵魂伟大者的战车因孔雀幡幢光彩熠熠，王中之王啊，好似战神塞建陀的战车。（17）

摩德罗国王沙利耶的幡幢上有一把无与伦比的金铧，光辉灿烂，如同火焰。（18）金铧在战车上金光灿灿，尊者啊，好似能使一切种子吐芽的悉多女神，美丽吉祥。（19）

信度王的幡幢顶上，一只银制的野猪披着金网，水晶般闪闪发光。（20）在银制旗幡的辉映之下，胜车王宛若从前天神和阿修罗大战中的普善神。（21）

智慧的月授之子（广声）热爱祭祀，以祭柱为标志。他的幡幢看上去灿若太阳和月亮。（22）国王啊！月授之子（广声）幡幢上的金制祭柱闪闪发光，犹如盛大的王祭上高高耸立的祭柱。（23）

大王啊，舍罗王的幡幢上有银制的大象，装饰有一些肢体美丽的金制孔雀。（24）这顶幡幢为你的大军增光，婆罗多族雄牛啊，犹如大白象为天王的大军增光。（25）

国王的幡幢上有一头珍珠制成的大象，缀满金子，成百鸾铃丁当作响，在精美的上等战车上光彩夺目。（26）国王啊，在这顶大幡幢的辉映下，民众之主啊，你的儿子，这位俱卢族雄牛，在战场上更添光彩。（27）

这九顶无上幡幢巍然矗立在你的阵营中，犹如世界末日的太阳照耀在战场上。（28）这第十顶便是阿周那的大猿猴幡幢，它的光辉衬托着阿周那，犹如雪山与火交相辉映。（29）

折磨敌人的大勇士们迅速地拿起色彩绚丽的各种大弓，一齐对准阿周那。（30）普利塔之子歼灭敌人，业绩神奇，他也挽开了甘狄拨神弓，国王啊，这一切由你失策造成。（31）由于你的错误，各地国王带着车、马和象应召而来，人们纷纷战死疆场。（32）以难敌为首的勇士们与般度族雄牛之间的战斗爆发了，互相发出吼叫。（33）贡蒂之子（阿周那）以黑天为御者，在战场上创造了惊人的奇迹。他毫不畏惧，独自一人迎战众敌。（34）他一心要打败这些人中之虎，杀死胜车王。这位大臂者拉开甘狄拨神弓，神采奕奕。（35）大王啊，折磨敌人的阿周那射出成千上万支箭，遮住了你的勇士们。（36）你

178

的那些人中之虎，所有的战车大勇士，也在战场上从四面八方放出箭流，让普利塔之子（阿周那）从视线中消失不见。（37）俱卢族雄牛阿周那被那些人中雄狮团团围住，巨大的喧嚣声从军中升起。（38）

以上是吉祥的《摩诃婆罗多》中《德罗纳篇》第八十章（80）。

八一

持国说：

阿周那已经到达信度王跟前，婆罗堕遮之子（德罗纳）率领俱卢人围攻般遮罗人，此时他们在做些什么？（1）

全胜说：

下午时分，在令人汗毛竖立的战场上，大王啊！般遮罗人和俱卢人为了德罗纳而展开一场战斗。（2）般遮罗人精神振奋，决心要杀死德罗纳。他们呼叫着泼洒箭雨，尊者啊！（3）般遮罗人和俱卢人之间这场可怕的战斗激烈而壮观，犹如天神和阿修罗之间的战斗。（4）所有般遮罗人和般度人到达德罗纳的战车跟前，一心要冲破他的军队，使出各种大型武器。（5）战车勇士们挺立在战车上，以中速向德罗纳的战车靠近，大地为之震颤。（6）

羯迦夜族战车大勇士巨武冲向德罗纳，发射许多利箭，犹如伟大的因陀罗释放一道道雷电。（7）声名卓著的忏摩杜尔提迅速上前迎战，发射成百上千支利箭。（8）车底国雄牛勇旗生来力量非凡，快速冲向德罗纳，好像因陀罗冲向商波罗。（9）看到他突然冲过来，犹如死神血口大开，大弓箭手英弓迅速迎上前去。（10）大王啊！坚战渴望胜利，率领军队站在那里，英勇的德罗纳阻截他。（11）你的儿子毗迦尔纳英勇过人，主人啊！他迎战冲向前来的、骁勇善战的无种。（12）杀敌英雄丑面向冲向前来的偕天发射数千支快箭。（13）虎授阻截人中之虎萨谛奇，一再向他发射磨尖的利箭，令他颤抖。（14）黑公主的五个儿子都是战车勇士中的佼佼者，愤怒地发射优质利箭。月授之子（广声）阻截这群人中之虎。（15）怖军愤怒地冲上前来，令人恐惧。形貌可怕的战车大勇士鹿角之子（指掌）上前迎战

他。(16)在战场上，他俩展开了一场人和罗刹之间的战斗，犹如从前罗摩奋战罗波那。(17)

婆罗多族魁首啊！坚战以九十支笔直的箭射中德罗纳所有的致命部位，婆罗多子孙啊！(18)名声显赫的贡蒂之子（坚战）激怒了德罗纳，婆罗多族魁首啊，德罗纳以二十五支箭射中坚战的胸口。(19)在所有弓箭手众目睽睽之下，德罗纳又射出二十支箭，射中他的马匹、车夫和幡幢。(20)以法为魂的般度之子眼疾手快，以箭雨抵挡住德罗纳射来的箭。(21)弓箭手德罗纳怒不可遏，旋即在战斗中射断了灵魂伟大的法王（坚战）的弓。(22)看到坚战的弓已断，这位战车大勇士抓紧时机，以数千支箭从各个方向朝他射去。(23)

看到国王坚战消失在婆罗堕遮之子（德罗纳）的箭雨中，所有的生灵都认为他已经被击倒。(24)有些人认为声名显赫的婆罗门已经迫使坚战王掉头逃窜，或者认为他已被抓走。(25)法王（坚战）陷入极度的危险中，在战斗中扔掉那张被婆罗堕遮之子（德罗纳）射断的弓，又拿起另一张神奇、迅猛而富有杀伤力的弓。(26)在战场上，英勇的坚战以上千支箭击碎德罗纳射来的箭，这简直是奇迹。(27)国王气得双眼通红，在击碎那些箭以后，又在战斗中抓起一根足以捣碎山峰的标枪。这根可怕的金柄标枪系有八个鸾铃，令人心生恐惧。(28)这位大力士用力掷出这根标枪后，兴奋地放声呐喊，令所有的生灵心惊肉跳，婆罗多子孙啊！(29)看到法王（坚战）在战场上举起标枪，人人都脱口而出："保佑德罗纳平安！"(30)这根标枪脱离国王的臂膀，犹如一条蜕皮的蛇，照亮天空和四面八方，好似一条口中喷火的蛇，到达德罗纳身边。(31)民众之主啊，通晓兵器的优秀武士德罗纳看到这根标枪迅猛飞来，便使出梵天法宝。(32)这件法宝将那根可怕的标枪化为灰烬，随即又向声誉卓著的般度之子的战车飞去。(33)大智慧的国王坚战同样运用梵天法宝，平息了向他飞来的德罗纳的法宝，婆罗多子孙啊！(34)

在战场上，坚战以五支笔直的箭射中德罗纳，又以一支锋利的马蹄箭射断他的巨弓。(35)刹帝利的毁灭者德罗纳扔掉断弓，猛然将一根铁杵掷向正法之子（坚战），尊者啊！(36)折磨敌人的坚战瞥见铁杵马上要砸下来，愤怒地抓起一根铁杵，抛了出去。(37)两根猛然掷出的铁杵互相撞击,迸发出一个火球,然后落到地面上。(38)德罗纳怒不可遏,尊者啊,他以四支磨尖的优质利箭射死法王(坚战)的驷马,(39)一箭射断他的彩虹一般的弓,一箭射断他的幡幢,又以三支箭射击坚战。(40)

坚战迅速从马匹倒毙的战车上跳下。这位国王失去武器,高举双臂挺立着,婆罗多族雄牛啊!(41)德罗纳看到坚战脱离了战车,尤其是失去了武器,便开始打击敌人和所有的武士们,主人啊!(42)他严守誓言,身手敏捷,发射成批的利箭,冲向国王,犹如强壮的狮子扑向麋鹿。(43)看到坚战受到歼敌者德罗纳追赶,般度人立刻发出"啊!啊!"的惊呼声。(44)"国王被德罗纳抓住了!国王被抓走了!"尊者啊!般度族军队中到处传来这样的大声呼叫。(45)尔后,国王跳上偕天迅速驶来的战车,贡蒂之子坚战依靠那些快马疾驰而去。(46)

以上是吉祥的《摩诃婆罗多》中《德罗纳篇》第八十一章(81)。

八二

全胜说:

勇敢顽强的羯迦夜国王巨武冲过来,忏摩杜尔提以数支箭射中他的胸口,大王啊!(1)国王巨武一心要攻破德罗纳的军队,在战斗中迅速以九十支笔直的箭射中了忏摩杜尔提。(2)忏摩杜尔提满腔愤怒,以一支锋利锃亮的月牙箭射断灵魂伟大的巨武的弓。(3)然后,趁这位优秀的弓箭手的弓被射断,忏摩杜尔提又迅速以一支笔直的箭射中他的心窝。(4)巨武又拿起另一张弓,微笑着,让战车大勇士忏摩杜尔提丧失了马匹、车夫和幡幢,(5)再以一支锃亮锋利的月牙箭,从国王的躯体上取下了他的头颅,上面的一副耳环还闪着金光。(6)这颗突然被射落的头颅的头发卷曲,戴着顶冠,滚落到地面上,犹如一颗星从天空坠落。(7)大勇士巨武在战场上杀死忏摩杜尔提后,欢欣鼓舞,为了声援普利塔之子,又向你的军队发起猛攻。(8)

勇敢的勇旗冲向德罗纳，大弓箭手英弓上前阻截，婆罗多子孙啊！（9）两位英雄相遇，以箭为牙齿，各自向对方射出数千支箭。（10）两个人中之虎展开搏斗，犹如两头象王在森林中疯狂地搏斗，（11）又似两头愤怒的老虎，在山洞中相遇，勇猛搏斗，一心要杀死对方。（12）民众之主啊！这场战斗十分激烈，引人注目，成群悉陀和遮罗纳目瞪口呆，咂嘴称绝。（13）愤怒的英弓仿佛笑着，以一支月牙箭将勇旗的弓射成两段，婆罗多子孙啊！（14）大勇士车底王扔掉断弓，抓起一支硕大的金柄铁标枪。（15）他用双臂奋力将这根威力巨大的标枪掷向英弓的战车，婆罗多子孙啊！（16）标枪直指英雄，狠狠地击中英弓。英弓的心脏被射穿，一下子从战车上跌落到地面上。（17）三穴国的这位大勇士被杀死，你的军队也到处被般度人击溃，主人啊！（18）

丑面在战场上朝偕天射出六十支箭，又发出大声吼叫，威胁般度之子（偕天）。（19）愤怒的玛德利之子（偕天）仿佛笑着对准丑面射出十支箭。这是堂兄弟向迎面而来的堂兄弟放箭！（20）看到大力士偕天在战场上勇猛过人，丑面以九支箭击中他。（21）大力士偕天以一支月牙箭射断丑面的幡幢，又以四支利箭射死他的驷马。（22）偕天再以一支锃亮锋利的月牙箭将车夫的头颅从躯干上摘下，那耳环还闪着金光。（23）在战斗中，偕天以一支锋利的马蹄箭射断俱卢后裔（丑面）的大弓，又以五支箭射中他。（24）国王啊！丑面失魂落魄，放弃马匹倒毙的战车，登上无敌的战车，婆罗多子孙啊！（25）

在大战中，诛灭敌雄的偕天怒气冲天，以一支月牙箭杀死处在军队中的无敌。（26）人中之主车底国王无敌从车座上跌落，让你的军队惊恐不安。（27）杀死无敌之后，大臂的偕天更显辉煌，犹如十车王之子罗摩杀死了大力士佉罗。（28）人主啊，看到大力士王子无敌被杀，三穴国的武士们发出一片"啊！啊！"的惊叫声。（29）国王啊，无种片刻间又在战斗中打败了你的儿子，大眼的毗迦尔纳。这简直是奇迹。（30）

虎授用无数笔直的箭，让萨谛奇连同马匹、车夫和幡幢都消失在大军中。（31）英勇的悉尼之孙（萨谛奇）眼疾手快，用箭挡住这些箭，然后将虎授连同马匹、车夫和幡幢全部射倒。（32）看到少年摩揭陀王子被射倒，主人啊，摩揭陀人从四面八方奋勇冲向萨谛奇。(33)他们发射和投掷成千上万的箭、长矛和飞镖，还有投枪、铁杵和棒槌。(34)在战场上，众英雄围攻作战凶猛的沙特婆多族后裔（萨谛奇）。而强壮有力的萨谛奇作战凶猛，微笑着，轻而易举地击败所有这些敌人，人中雄牛啊！(35)看到死里逃生的摩揭陀人四下逃散，在萨谛奇的箭的攻击下，你的军队也溃散了，主人啊！(36)这位声誉卓著的摩豆族俊杰在战场上摧毁你的军队后，挥舞着那张卓越的弓，光彩照人。(37)你的军队被这长臂的、灵魂伟大的沙特婆多族后裔击溃后，惊恐不安，不敢再战。(38)此时，德罗纳怒不可遏，瞪大眼睛，亲自冲向功勋卓著的萨谛奇。(39)

以上是吉祥的《摩诃婆罗多》中《德罗纳篇》第八十二章(82)。

八三

全胜说：

黑公主的五个儿子都是大弓箭手。声誉卓著的月授之子（广声）以五支箭分别射中他们五人后，又射出七支箭。（1）他们突然遭到凶暴的月授之子猛烈打击，国王啊！一时间晕头转向，不知道怎样反击。（2）折磨敌人的无种之子百军以两支箭射中人中雄牛月授之子，高兴地叫喊起来。（3）这样一来，其他几个也奋勇作战，很快各以三支笔直的箭在战场上射中急不可耐的月授之子（广声）。（4）大王啊！声誉卓著的月授之子（广声）射出五支箭，分别射中他们每人的心窝。（5）五兄弟被灵魂伟大的月授之子击中后，驱动战车将这位勇士团团围住，以箭向他猛攻。（6）愤怒的阿周那之子用四支犀利的箭，把月授之子的驷马送往阎摩殿。（7）怖军之子射断了灵魂伟大的月授之子的弓，大喝一声，又射出数支利箭。（8）坚战之子将他的幡幢射落在地。无种之子又将车夫从车座上射落。（9）思想高尚的偕天之子看到月授之子已被兄弟们打得掉转了头，便以一支马蹄箭射落他的头颅。（10）月授之子佩戴金首饰的头颅滚落到地上，照亮了战场一方土地，犹如旭日初升。（11）看到灵魂伟大的月授之子人头落地，国

王啊,你的人马惊慌失措,纷纷逃跑。(12)

指掌满腔愤怒,在战场上与大力士怖军展开较量,犹如罗波那之子奋战罗什曼那①。(13)见到罗刹与人在战场上交战,所有的生灵惊奇不已,倍感兴奋。(14)怖军嬉笑着,以九支利箭射中怒不可遏的罗刹王鹿角之子(指掌),国王啊!(15)罗刹王在战场上被射中,发出可怕的吼叫,他的随从们便向怖军冲去。(16)指掌以五支笔直的箭射中怖军。这位歼敌者迅速摧毁了跟随怖军的三十辆战车,继而又摧毁了四百辆战车。然后,他再以一支羽毛箭射中怖军。(17)大力士怖军被罗刹王的箭深深刺中,跌坐在车座上,感到头晕目眩。(18)风神之子(怖军)恢复神志后,怒不可遏,拉开了那张能承受强力的、可怕的弓,以无数支利箭射中指掌的全身。(19)罗刹王的身体好似一堆青黛眼膏插上了许多箭,国王啊,犹如鲜花盛开的金苏迦树照亮四方。(20)在战场上,罗刹王被怖军的弓中飞出的箭射伤,想起兄弟也死在这位灵魂伟大的般度之子手上。(21)他变幻出穷凶极恶的面目,对怖军说道:"普利塔之子,你等着!今日在战场上,要让你见识我的厉害。(22)你这心肠歹毒的人!一个卓越的罗刹名叫钵迦,他强壮有力,是我的兄弟,被你所杀,不过没有发生在我的眼皮下!"(23)

这样说过后,罗刹隐身不见,以强大的箭雨向怖军猛烈泼洒。(24)怖军在战场上不见罗刹的身影,于是让无数支笔直的箭布满天空。(25)罗刹被怖军射中,一眨眼的工夫又回到战车上。他钻入地下,变小之后又猛然腾入空中。(26)他忽而大,忽而小,变化出种种形态。他忽而高喊,忽而低语,声音四下里可闻。(27)于是,般度族军队中的许多马、象和步兵在战场上遭到杀戮,战车勇士们纷纷中箭跌落下战车。(28)他造成了一条河,血作水,战车作旋涡,象是充斥其中的鳄鱼,华盖是天鹅,肉是淤泥,断臂是水蛇,(29)成群的罗刹出没其中。国王啊,这条河运载许多车底人、般遮罗人和斯楞遮耶人。(30)

国王啊,看到罗刹王在战场上无所畏惧,纵横驰骋,施展威力,

---

① 罗什曼那是《罗摩衍那》中罗摩的弟弟,罗波那之子是因陀罗耆。

般度人惊恐不安。(31)而你的军队欢欣鼓舞,鼓乐狂奏,令人汗毛竖立。(32)听到你的军队中发出这种可怕的喧嚣声,般度之子按捺不住冲动,犹如蛇不堪忍受人的击掌声。(33)般度之子气得眼睛通红,好像火在燃烧。他使出陀湿多法宝,好似陀湿多亲临现场,尊者啊!(34)这时,四下里显现出成千上万支箭,驱使你的军队向四处逃散。(35)怖军在战场上使出这个法宝,摧毁了罗刹王的巨大幻力,使他受到重创。(36)罗刹王被怖军多处击伤,在战场上撇下怖军,逃入德罗纳的军队中。(37)

国王啊!罗刹王被这位灵魂伟大的人击败,四面八方响起般度人的阵阵狮子吼。(38)他们兴高采烈,向大力士风神之子(怖军)顶礼膜拜,犹如众风神顶礼膜拜在战场上打败波罗诃罗陀的天帝释。(39)

以上是吉祥的《摩诃婆罗多》中《德罗纳篇》第八十三章(83)。

八 四

全胜说:

指掌在战斗中纵横驰骋,无所畏惧。希丁芭之子(瓶首)迅速冲过来,以数支利箭击中他。(1)这两位罗刹雄狮之间的战斗令人心生恐惧。他俩施展各种幻术,犹如天帝释和商波罗之间的一场战斗。(2)指掌怒不可遏,攻击瓶首。而瓶首则以二十支铁箭击中指掌的胸口,然后像狮子一般咆哮不已。(3)国王啊,指掌同样连连射中作战勇猛的希丁芭之子,高兴地发出叫喊,喊声响彻天地。(4)两个大力士罗刹王怒不可遏,互相使用幻术作战,彼此不分高低。(5)这两个狂傲的罗刹施展百种幻术,互相迷惑对方。他俩都擅长幻术,展开了幻术大战。(6)在战斗中,只要瓶首使出一种幻术,国王啊!指掌便以另一种幻术挫败对方的幻术。(7)

看到罗刹王指掌精通幻术,展开幻术战,般度人愤愤不平。(8)这些卓越的武士怒不可遏,在怖军的率领下驱使战车,冲向指掌,国王啊!(9)一圈圈的战车将他团团围住,尊者啊!武士们从各个方向朝他放箭，犹如用火把围攻一只野象。（10）指掌施展兵器幻术，击退般度人的箭流。他从战车的包围中脱身，好似野象脱离森林大火。（11）他扯开令人生畏的弓，弓弦声犹如因陀罗的霹雷声。他以二十五支箭射中风神之子（怖军），以五支射中怖军之子，以三支射中坚战，以七支射中偕天。（12）他以七十三支箭射中无种，分别以五支箭射中黑公主的五个儿子，然后发出可怕的吼叫。（13）怖军以九支箭射中这个罗刹，偕天射中五支，坚战射中一百支。无种射中六十四支，五兄弟每人射中三支。（14）

在战斗中，大力士希丁芭之子先射中罗刹五十支箭，再以七十支箭射中他，然后发出吼叫。（15）这位大弓箭手被四面八方的大勇士射中，他也让他们每人中了五支箭。（16）婆罗多族俊杰啊，愤怒的罗刹希丁芭之子在战斗中以七十支箭射中另一位愤怒的罗刹。（17）大力士罗刹王遭到强壮有力的希丁芭之子重创后，急忙发射许多在石头上磨尖的金羽毛箭。（18）这些笔直的利箭刺入罗刹的身体，好似被激怒的、凶猛有力的蟒蛇钻入山中。（19）

般度人焦急不安，和希丁芭之子瓶首一起，从四面八方射出犀利的箭，国王啊！（20）在战场上，在企盼胜利的般度人打击下，罗刹王犹如大火烧过的山峰，又如破碎的黑颜料堆。（21）瓶首用双臂将他举起，抡了一圈又一圈，然后狠命地把他摔到地上，犹如把一只盛满水的水罐砸在石头上。（22）在战场上，愤怒的怖军之子（瓶首）富有勇气和力量，又身手敏捷，令所有的武士惧怕。（23）罗刹萨罗迦滕迦吒（指掌）被摔得粉身碎骨，死在英勇的瓶首手下。（24）这个夜游者（罗刹）被杀死后，普利塔之子们心情愉快，一边摇晃着衣服，一边发出阵阵狮子吼。（25）

婆罗多族雄牛啊，你的武士们看到大力士罗刹王指掌被杀死，那可怕的样子就像崩塌的山峦，纷纷发出"啊！啊！"的惊呼声。（26）这出乎意料，人们满怀好奇，都来观看。这倒在地上的罗刹就像是一堆木炭。（27）瓶首杀死了罗刹，那个优秀的力士后，放声吼叫，犹如婆薮之主（因陀罗）杀了波罗。（28）在完成了这个难以完成的壮举后，瓶首受到父辈以及亲友的致敬。瓶首杀死了敌人指掌，犹如摘下成熟的指掌果，满心欢喜。（29）这时，喧嚣声起，伴随着螺号声

和各种箭声。俱卢人听到后，也发出强大的呼喊，声音震撼大地。(30)

以上是吉祥的《摩诃婆罗多》中《德罗纳篇》第八十四章(84)。

八五

持国说：

全胜啊！请如实告诉我萨谛奇怎样在战斗中阻截婆罗堕遮之子（德罗纳），我真是太好奇了。(1)

全胜说：

大智慧的国王啊！请听德罗纳与以萨谛奇为首的般度人之间的这场令人汗毛竖立的战事吧！(2) 尊者啊！看到军队遭到萨谛奇杀戮，德罗纳亲自冲向英勇顽强的萨谛奇。(3) 看到大勇士婆罗堕遮之子（德罗纳）猛然冲来，萨谛奇以二十五支小头箭袭击他。(4) 德罗纳作战勇敢，迅速瞄准萨谛奇，以五支在石头上磨尖的金羽毛箭射中他。(5) 国王啊！这些箭穿透坚固的铠甲，啃啮敌人的肉，然后进入地下，好似一条条嘶鸣的蛇。(6) 长臂的萨谛奇被激怒，犹如一头遭到刺棒猛击的大象。他以五十支火舌一般的铁箭射中德罗纳。(7) 婆罗堕遮之子（德罗纳）在战斗中被萨谛奇射中后，仍然迅速地用许多箭射中奋力作战的萨谛奇。(8) 这位大弓箭手、大力士愤怒地再以一百支笔直的箭射击沙特婆多族后裔（萨谛奇）。(9) 民众之主啊，在战场上，萨谛奇遭到婆罗堕遮之子（德罗纳）沉重打击，不知道该如何应对。(10) 国王啊，看到德罗纳在战场上不断释放利箭，萨谛奇神情沮丧。(11) 民众之主啊！你的儿子们和武士们瞧见他那副模样，满心欢喜，发出阵阵狮子吼。(12)

国王啊！婆罗多子孙啊！听到那令人生畏的吼叫，得知摩豆族后裔（萨谛奇）正在遭受打击，坚战对所有的武士说道：(13)"坚持真理的萨谛奇是苾湿尼族杰出的英雄。他在战斗中遭到英雄打击，正像太阳遭到罗睺吞噬。快去吧，冲向萨谛奇正在战斗的地方。"(14) 人中之主啊！坚战对般遮罗王子猛光说道："水滴王之孙（猛光）啊！

还等什么？快去进攻德罗纳！你难道没有看见德罗纳已经对我们构成巨大威胁？（15）在战场上，大弓箭手德罗纳正在戏耍萨谛奇，犹如一个童子戏耍一只拴在绳上的鸟儿。（16）连你一道，以怖军为首的所有战车勇士们都奋勇向前，到萨谛奇的战车那里去吧！（17）我将带领军队，跟在你们后面。萨谛奇已经掉进阎摩的牙缝里，你现在就去把他解救出来吧！"（18）

这样说过后，为了营救萨谛奇，般度族国王率领所有军队在战场上冲向德罗纳。（19）四面八方的般度人和斯楞遮耶人准备围攻德罗纳一人，发出大声叫喊。祝你吉祥！（20）这些人中之虎接近大勇士婆罗堕遮之子（德罗纳）以后，向他泼洒锋利的苍鹭和孔雀羽毛箭。（21）德罗纳微笑着，亲自迎战这些英雄，犹如用水和坐席迎接到来的宾客。（22）国王啊，犹如客人们来到好客主人的家，英雄们满足于弓箭手德罗纳献上的箭。（23）主人啊！所有这些武士都不能正视婆罗堕遮之子（德罗纳），犹如不能正视中午时分的太阳。（24）优秀的武士德罗纳以密集的箭雨折磨所有的大弓箭手，就像太阳以炽烈的光芒灼烤万物。（25）国王啊！般度人和斯楞遮耶人在战场上遭到杀戮，找不到保护者，犹如象群陷入泥潭。（26）但见德罗纳的长箭射向四面八方，犹如太阳灼热的光芒。（27）

这时，德罗纳杀死了二十五名般遮罗人，他们都是著名的大勇士，受到猛光敬重。（28）人们看到，英雄德罗纳杀死般度族和般遮罗族军队中一批又一批优秀的武士。（29）他杀死了一百名羯迦夜人之后，又将他们驱散到四周，大王啊，德罗纳挺立着，犹如张开大口的死神。（30）大臂的德罗纳战胜了数以百计和千计的般遮罗人、斯楞遮耶人、摩差人、羯迦夜人和般度人。（31）遭到德罗纳利箭杀戮的人们发出哀叫，犹如遭到大火焚烧的林中居民。（32）此时，国王啊，众天神、健达缚和祖先们纷纷议论道："这些般遮罗人、般度人和军队一起开始逃跑了。"（33）

德罗纳在战场上杀戮苏摩迦人，无人能接近他，也无人能射中他。（34）正当英雄们遭到残酷的屠杀时，普利塔之子（坚战）猛然间听到了五声螺号声。（35）婆薮提婆之子（黑天）用力吹响螺号之王，声音激越嘹亮。此时，众英雄正在为保卫信度王而战，在维阇耶

（阿周那）的战车前充满持国的武士们发出的喧嚣声。（36）甘狄拨神弓的响声消失在周围的噪声中，般度族国王心中惶惑，思忖道：（37）"这螺号之王声音嘹亮，而俱卢人兴奋的呐喊一浪接一浪，难道是普利塔之子（阿周那）情况不妙？"（38）

这样思索后，贡蒂之子无敌（坚战）忧心忡忡，对沙特婆多族后裔（萨谛奇）说了一番话。（39）他眼含泪花，话语哽咽，感到一阵阵的眩晕，但一心想着下一步应该做的事情，对悉尼族雄牛悉尼之孙（萨谛奇）说道：（40）"悉尼之孙啊，患难之中，朋友相助，是古代圣人们确认的永恒法则。现在是履行这一法则的时候了！（41）我思前想后，悉尼族雄牛啊，数遍所有的战斗，没发现有谁比你更够朋友，萨谛奇啊！（42）我认为，凡是永远乐观的人，永远忠诚的人，他定能在危难时刻担负重任。（43）正像美发者（黑天）永远是般度人的庇护者，你也是这样。苾湿尼族后裔啊！你的勇敢可与黑天相媲美。（44）我将委你以重任，而你能够担起它。你永远不会让我的期望落空。（45）阿周那是你的兄弟，虽为同龄人，却也是你的老师。人中雄牛，在这战斗危急时刻，你要鼎力相助！（46）你是恪守誓言的英雄，为朋友消除恐惧。英雄啊，你言而有信，业绩非凡，举世闻名。（47）悉尼之孙啊！谁能为朋友而战，为朋友捐躯，这相当于把整个大地布施给婆罗门。（48）我们听说，许多国王把整个大地按照仪规布施给了婆罗门之后，得以升入天国。（49）正是这样，我双手合十，向你乞求，以法为魂者啊！你的果报会与布施大地者相同，甚至超过这样的果报，君主啊！（50）黑天一向是这样的一个人，为朋友解除恐惧，在战场上置生命于不顾。而你，萨谛奇，是第二个这样的人！（51）一个为荣誉而英勇战斗的英雄，只有英雄才能成为他的助手，而不是其他凡夫俗子。（52）当阿周那处在危难时刻，摩豆族后裔啊，除了你以外，无人能在战场上保卫阿周那。（53）

"阿周那曾经夸奖你的种种业绩，讲得我满心欢喜。他一再称赞你说：（54）'萨谛奇对各种兵器驾轻就熟，战术多变，勇敢敏捷，智慧，诸般武艺样样精通，是个英雄，在战场上从不迷惑。（55）他肩膀和胸脯宽阔，臂长，弓大，力大，富有勇气，灵魂伟大，是大勇士。（56）他是我的学生，也是我的朋友。他喜欢我，我也喜欢他。

萨谛奇作我的助手，一定能消灭俱卢人。（57）王中之王啊！为了我们的目的，无论是美发者（黑天）、罗摩、阿尼娄陀或者大勇士始光，（58）无论是伽陀、婆罗纳或商波和苾湿尼人，为了协助我们而站在战场的最前沿。（59）我也同样会选择人中之虎，这位真正英勇的悉尼之孙作副将，因为对于我来说，没有人可与他媲美。'（60）

"这是胜财（阿周那）在双林对我说过的话，亲人啊！在一次高贵者的集会上，你不在场，他如实讲述了你的这些美德。（61）你不要辜负胜财（阿周那）的期望，苾湿尼族后裔啊，也不要辜负我和怖军的期望。（62）我朝拜圣地到达多门城时，亲眼目睹你对阿周那忠心耿耿。（63）我们在水没城时，你对我们忠诚不贰，悉尼之孙啊，这般友情我在其他人那里未曾体验到。（64）你的出身高贵，对朋友和老师忠诚，摩豆族后裔啊，与你的这种友情、勇气和高贵的出身相称，（65）与你的誓言相称，大臂者啊，为了表示你的同情，你应该完成这个任务，大弓箭手啊！（66）难敌由德罗纳为他披上铠甲，突然降临，而那些俱卢族大勇士早已赶到。（67）悉尼之孙啊，听听吧，这大声的喧嚣都是冲着阿周那的，摩豆族后裔啊，你应当迅速前往阿周那那里。（68）德罗纳若是向你进攻，我们和怖军会全力以赴，率领军队阻挡他。（69）

"悉尼之孙啊，你看，在战场上，武士们纷纷逃跑，喊声震天，婆罗多族军队正在土崩瓦解。（70）左手开弓者（阿周那）搅得持国之子的军队动荡不安，犹如涨潮时分，狂风搅得大海波浪翻腾。（71）战车、士兵和马匹奔腾驰骋，扬起的尘土笼罩军队。（72）诛灭敌雄者翼月生（阿周那）处在信度人和妙雄人包围中，他们都是备受崇敬的英雄，擅长用指甲和标枪战斗。（73）为了信度王，所有这些勇士全然不顾生死。不拦截住这支军队，就不能杀死胜车王。（74）你看，持国之子的军队中，箭、标枪和幡幢如同森林，里面充满象和马，难以接近。（75）你听，战鼓声，螺号声，狮子吼，车轮声，响成一片。（76）你听，这是数以千计的大象、步兵和骑兵发出的声音。听听吧，这声音震撼着大地。（77）前有信度王的军队，后有德罗纳的军队，人中之虎啊，人多势众，甚至能打击天王因陀罗。（78）他陷入这无边无际的军队中，可能活不成了。他若是在战斗中被杀死，像我这样的人可怎么活啊！我将活受煎熬！（79）般度之子（阿周那）年轻英俊，肤色黝黑，头发浓密，对各种兵器驾轻就熟，战术多变。亲人啊！太阳升起的时候，这位大臂者闯入了婆罗多族军队。（80）一天就要过去了，苾湿尼族后裔啊！我不知他是否还活着。这俱卢族军队就像海洋一般。（81）

"亲人啊！大臂的毗跋蕨（阿周那）一人闯入了在大战中连天神也难以抵御的婆罗多族军队。（82）今日在战斗中，我不知怎么头脑迟钝。勇猛的德罗纳在战斗中打击我的军队，大臂者啊，你已经亲眼目睹这位婆罗门的所作所为。（83）纵然事情千头万绪，你也能明察秋毫，权衡轻重，解决当务之急，摩豆族后裔啊！（84）我认为在一切任务中，最紧迫的是要在战场上保护阿周那。（85）我不为陀沙诃族后裔（黑天）担忧，因为他是世界的保护者，世界的君王。亲人啊！哪怕三界一齐上阵，他也能够取胜，（86）更何况持国之子的这些残兵败将？人中之虎啊，我对你说的都是实话。（87）可是，苾湿尼族后裔啊！阿周那在战斗中遭到许多人打击，可能会丢掉性命，所以我心神不安。（88）你去跟随他吧！在这样的时刻，受我这样的人的嘱托，像你这样的人应该去跟随他。（89）

"在战场上，在苾湿尼族众英雄当中，传说有两位大勇士，始光和大臂的你，沙特婆多族后裔啊！你俩闻名遐迩。（90）论武艺，你堪与那罗延媲美；论力量，你比得上商迦尔舍那（大力罗摩）；论勇气，人中之虎啊，你与胜财（阿周那）不相上下。（91）你精通一切战斗，甚至超越了毗湿摩和德罗纳。今天，世上的圣人都说你是人中之虎。（92）摩豆族后裔啊！人们都说，这世上没有萨谛奇办不到的事情。大力士啊，你就去做我吩咐你的事情吧！（93）你与阿周那在世人中享有崇高的威望，大臂者啊！不要做出与这声望不符的事情。（94）不要顾忌这可爱的生命，像英雄那样行动吧！悉尼之孙啊！陀沙诃人在战场上从不吝惜自己的生命。（95）在战场上逃避战斗，迟疑不决，或者逃跑，都是小人和懦夫的行径，绝非陀沙诃人所为。（96）亲人啊！悉尼族雄牛啊！以法为魂的阿周那是你的老师，而婆薮提婆之子（黑天）既是你的，也是聪明的普利塔之子（阿周那）的老师。（97）考虑到这两个原因，我才对你这样说。你不要忽视我说的话，因为我是你的老师的老师。(98)这是婆薮提婆之子（黑天）的想法，也是我的和阿周那的想法。我对你说的都是实话。到胜财（阿周那）那里去吧！(99)真正的勇敢者啊！请听从我的这些话，你就闯入心思邪恶的持国之子的大军中去吧！(100)你设法闯入之后，与那些大勇士交战，沙特婆多族后裔啊！在战场上展示自己的威力吧！"(101)

以上是吉祥的《摩诃婆罗多》中《德罗纳篇》第八十五章(85)。

八六

全胜说：

法王（坚战）的这番话甜蜜可爱，发自肺腑，及时而美妙。(1)婆罗多族俊杰啊！悉尼族雄牛萨谛奇听了之后，回答坚战说：(2)"不退者啊！你为了翼月生（阿周那）所说的每一句话我都听到了。你的话美妙，合情合理，能带来荣誉。(3)在这样的时刻，你明察我的忠诚，王中之王啊，你可以像盼咐普利塔之子那样盼咐我。(4)为了胜财（阿周那），我根本不在乎性命，更何况有你的指令，在大战之中我有什么不能做呢？(5)受你派遣，我甚至可以与天神、阿修罗和人三界战斗，更何况这些残兵败将？(6)我即刻就去与难敌的军队战斗，并在战场上赢得胜利。国王啊！我对你承诺。(7)我将平安地与胜财（阿周那）会合，等到杀死了胜车，国王啊，我再回到你的身边。(8)但是，人主啊！婆薮提婆之子（黑天）和智慧的阿周那嘱咐过的所有的话，我必须告诉你。(9)

"在众武士中间，婆薮提婆之子（黑天）也在一旁听着，阿周那曾语重心长地反反复复叮嘱我：(10)'摩豆族后裔啊！今天，我做出高尚的决定，要杀死胜车，你要小心地保护国王。(11)只有把国王托付给你，或者是大勇士始光，大臂者啊，我才能放心地去杀胜车。(12)你知道德罗纳是公认的最优秀的武士，作战勇猛，你也始终听到德罗纳的誓言，摩豆族后裔啊！(13)婆罗堕遮之子（德罗纳）一心要活捉法王（坚战）。他也有能力在战斗中活捉坚战。(14)所以，我把人中俊杰法王（坚战）托付给你，因为我今日要去杀死信度王。(15)待杀死了胜车，我就会返回，摩豆族后裔啊！以防德罗纳在战场上强行抓走法王（坚战）。(16)若是婆罗堕遮之子（德罗纳）抓走了人中俊杰，摩豆族后裔啊！我就杀不了那信度王，我会非常难过。(17)人中俊杰啊！若是说话诚实的般度之子（坚战）被抓，显然，我们就会再次回到森林中去。(18)如果愤怒的德罗纳在战场上抓走坚战，显然，我所取得的胜利也就毫无意义。(19)大臂的摩豆族后裔啊！今天，你要为了我的友谊，为了胜利，为了荣誉，在战场上保护好国王。'(20)

"君主啊！左手开弓者（阿周那）把你托付给了我，他始终提防着婆罗堕遮之子（德罗纳）对你的威胁。(21)大臂的君王啊！他也看到，在战场上，除了始光之外，无人可与德罗纳对阵。他认为我也能与智慧的德罗纳较量。(22)我不能毁掉自己的名声，不能违背老师的话。大地之主啊！我不能弃你而去。(23)师爷身手敏捷，身擐射不透的铠甲，若要在战场上逮住谁，就像是少年与鸟儿嬉戏。(24)若是以鳄鱼为幢首的黑天之子（始光）手中持弓，站在这里，我可以把你托付给他。他可以保护你，正像阿周那一样。(25)你要保护自己！如果我走了，谁来保护你？我去了般度之子（阿周那）那里，谁能在战斗中抵御德罗纳？(26)国王啊！你大可不必为阿周那担忧。这位大臂者遇到困难也不会泄气。(27)无论是妙雄族、信度族和补卢族武士，北方人和南方人，或者其他任何大勇士，(28)国王啊，哪怕是以迦尔纳为首的闻名遐迩的高贵的战车武士们，都不及愤怒的阿周那的十六分之一。(29)即使是整个大地都行动起来，包括众天神、阿修罗、人、罗刹、紧那罗和蟒蛇，国王啊，(30)还有一切动物和不动物，也不能在战场上与阿周那相抗衡。大王啊，明白这个道理后，你就打消对阿周那的忧虑吧！(31)

"这两位黑王子是真正英勇的大弓箭手。只要有这两位英雄，就不会出现失败之事。(32)你想想，你的兄弟具有神奇的力量，精通诸般武艺，足智多谋，作战勇猛，知恩图报，富有同情心。(33)你也想想，一旦我离开这里去支援阿周那，德罗纳会在战场上使出什么花招，国王啊！(34)国王啊！师爷千方百计，一心要抓住你，以兑现自己的诺言,婆罗多子孙啊!(35)今日你要保护你自己!如果我走了,谁来保护你,而让我放心地去支援翼月生(阿周那)呢?普利塔之子啊!(36)我对你说的是实话,俱卢后裔啊!大王啊!在大战中,不把你安顿好,我哪里也不去。(37)智者中的佼佼者啊!请你运用智慧,经过深思熟虑,确定最佳方案之后,国王啊,再给我下命令吧!"(38)

坚战说:

大臂的摩豆族后裔啊!尽管你这样劝说,但我心中挂念以白马驾辕者(阿周那),仍然不得安宁,尊者啊!(39)我会尽最大努力保护好自己,你得到我允许,到胜财(阿周那)那里去吧!(40)是留你在战斗中保护我呢,还是让你去支援阿周那,我用心考虑了这两者后,更倾向于让你走。(41)准备出发吧,到胜财(阿周那)那里去!大力士怖军会保护我的。(42)水滴王之孙(猛光)和他的兄弟、大力士国王们和黑公主的五个儿子都会保护我,亲人啊,这毫无疑问。(43)羯迦夜族五兄弟、罗刹瓶首、毗罗吒、木柱王和大勇士束发、(44)强壮有力的勇旗、贡提婆阇、无种、偕天以及般遮罗人和斯楞遮耶人,尊者啊,他们都会齐心合力保护我,亲人啊,这毫无疑问。(45)在战场上,德罗纳率领军队以及成铠不可能接近我,伤害我。(46)在战场上,折磨敌人的猛光将奋勇当先,抵挡住愤怒的德罗纳,犹如堤岸阻挡住水怪出没的大海。(47)在战场上,哪里有诛灭敌雄的水滴王之孙(猛光),德罗纳的军队就别想从哪里强行通过。(48)他是为了消灭德罗纳而从火中诞生。他身披铠甲,携带箭、刀和弓,装饰优美。(49)悉尼之孙啊!你放心去吧!不要为我担忧!愤怒的猛光能够在战场上抵挡住德罗纳。(50)

以上是吉祥的《摩诃婆罗多》中《德罗纳篇》第八十六章(86)。

八七

全胜说:

听了法王(坚战)的这番话,悉尼族雄牛还是担心撇下大地之主

（坚战）会遭到普利塔之子（阿周那）的责备。(1) 然而，为了防止世人对自己的流言蜚语，认为自己不愿意到翼月生（阿周那）那里去是出于胆怯，(2) 人中雄牛啊，作战勇猛的萨谛奇在深思熟虑之后，对法王（坚战）说了这番话：(3) "民众之主啊！倘若你认为你能得到保护，那么，祝你吉祥！我将按照你的吩咐，跟随毗跋蕤（阿周那）。(4) 国王啊！我实言相告，对于我来说，三界之中没有比般度之子（阿周那）更亲的人了。(5) 赐人荣誉者啊！根据你的命令，我这就去跟随阿周那。为了你，没有任何事情能难倒我。(6) 人中俊杰啊！对我来说，老师的话至关重要，而你的话对我更重要。(7) 黑天和般度之子（阿周那）这两位兄弟做事总是要让你高兴，王中雄牛啊，你要知道我做事也总是要让他们两个高兴。(8) 我俯首接受你的命令，去支援般度之子，君王啊！我会突破难以突破的军阵，人中俊杰啊！(9) 我将进入德罗纳的军队，犹如一条愤怒的大鱼进入大海。我将勇往直前，到达胜车王那里，国王啊！(10)

"在那里，胜车王惧怕般度之子，只能依赖他的军队，受到以德罗纳之子（马嘶）、迦尔纳和慈悯为首的最杰出的战车武士们保护。(11) 民众之主啊！我估计从这里到普利塔之子准备杀死胜车的地方有三由旬距离。(12) 国王啊！尽管他在三由旬以外，我也会怀抱坚强的决心，前去追随他，直到杀死信度王。(13) 没有长者的命令，谁会去战斗呢？国王啊！在你的命令下，像我这样的人怎么会不去战斗呢？我熟悉我要去的那个地方，君王啊！(14) 我要去搅动这军队的海洋，里面充满铁棒、长矛、铁杵、标枪、刀、盾、剑、刺棒、箭和其他精良的兵器。(15)

"你看见由一千头大象组成的大军了吧？那些大象凶猛顽强，都出自名叫安阇纳的种群。(16) 骑在这些象身上的是众多醉心于战斗的弥戾车武士，国王啊！那些大象流淌着液汁，犹如乌云在下雨。(17) 它们在骑象人的驱使下，绝不会退转。国王啊！除了杀死它们，没有其他取胜的途径。(18)

"国王啊！你看见四面八方的战车武士了吧？他们叫做'金车勇士'，个个都是王子，大勇士。(19) 民众之主啊！他们擅长车战，熟谙兵器，也会御象。他们也精通弓术和拳法。(20) 他们擅长杵战，也善于肉搏。他们的刀法娴熟，刀和盾也得心应手。（21）他们都是英雄好汉，富有知识，争强好胜，永远渴望在战场上取胜。（22）国王啊！被迦尔纳征服以后，他们效忠难降。连婆薮提婆之子（黑天）也曾称赞他们是'高贵的战车武士'。（23）他们始终愿意为迦尔纳效力，服从迦尔纳。正是根据他的指令，国王啊，他们停止了追击驾驭白马的阿周那。（24）现在，他们没有受伤，不疲劳，擐甲握弓，一定是根据难敌的命令，正在等待我的到来。（25）俱卢族后裔啊！为了让你高兴，我要在战场上粉碎他们，然后去跟随左手开弓者（阿周那）。（26）

"国王啊！你看见另外七百头大象了吧？那些大象备有鞍鞯，由吉罗陀人驾驭。（27）吉罗陀王曾被左手开弓者（阿周那）逮住。为了求得自己的性命，他献上这些盛装的大象和仆从。（28）他们过去都是为你效劳的仆从，今天却准备与你战斗。看看，这就是时间的流转！（29）其中那些身材高大的吉罗陀人作战凶猛。他们精通驭象之术，都是火神的后裔。（30）他们过去在战场上败在阿周那的手下，此刻又听从难敌的命令要奋力与我作战。（31）国王啊！我要以箭击溃这些作战勇猛的吉罗陀人，赶到般度之子那里，去杀死信度王。（32）

"那些魁梧的大象出自安阇纳种群，既凶猛暴戾，又训练有素，而且面部的颡颥开裂。（33）这些大象披挂金甲，在战斗中攻击准确，国王啊，每一头都好似爱罗婆多。（34）这些象来自北部山区，骑在它身上的是勇猛凶残的陀私优武士，身擐黑铁铠甲。（35）有些是牛的杂种，有些是猿猴的杂种，有些是其他牲畜的杂种，还有一些是人的杂种。（36）这支弥戾车人的军队呈现烟黑色，由住在雪山城堡的那些恶人组成。（37）

"难敌掌握整个象群，又有慈悯、月授之子和优秀的战车武士德罗纳，（38）还有信度王和迦尔纳，他便藐视般度人。在命运的驱使下，他以为大功已经告成。（39）所有这些人都已到达我的铁箭射程之内，谁也不能逃脱，贡蒂之子啊，即使他们的速度快似思想。（40）他们受到一向依靠他人勇气活命的难敌尊崇。而在我的箭流打击下，他们将走向灭亡。（41）

"国王啊！你可曾听说那些称作甘波阇人的战车勇士，他们打着金幡幢，难以抵御。（42）这些勇士富有知识，通晓弓术。他们尤其团结，喜欢互相帮助。（43）他们是难敌大军中凶猛的勇士，婆罗多子孙啊，在俱卢族英雄们的保护下，精神抖擞，正在等待我的到来。（44）大王啊！他们高度警惕，准备迎接我的挑战。我将摧毁他们，犹如烈火吞噬枯草。（45）

"因此，国王啊！请装备车马的助手将箭囊和一应用具按照要求安放在战车上。（46）这场战斗将使用各种兵器，要按照军师们五方面①的要求装备这辆战车。（47）因为我将与凶猛如毒蛇的甘波阇人会战。他们善于使用各种兵器，变换各种战斗方式。（48）我也将与吉罗陀人会战。他们凶狠如毒药，擅长攻击，一向受到难敌王的纵容，而愿意为他效劳。（49）我也将遭遇像天帝释一样勇敢的塞种人。他们像熊熊的烈火，难以征服。（50）国王啊！在这战场上我还将遭遇其他众多的各类武士。他们作战凶猛，像死神一样难以抵御。（51）因此，国王啊，请你给我的战车套上那些骏马。它们应当精力充沛，具备吉祥的特征，撒过欢儿，饮过水。"（52）

国王命人在萨谛奇的战车上安置好箭囊等一应用具和各类兵器。（53）然后，人们卸下四匹骏马，给它们喝了美味而有兴奋作用的饮料。（54）这四匹马饮过水，撒过欢儿，洗过澡，吃过食，经过装饰，拔除了躯体上的箭镞，然后，又戴上金环。（55）这些马匹金光灿烂，训练有素，迅疾如飞，神采焕发，沉着稳健。人们按照要求将它们套在车上。（56）一顶大幡幢以金鬃狮子为标志，周匝悬挂着镶嵌黄金、宝石和珊瑚的各种彩旗，还装饰有白云般的旗帜。（57）金柱撑起高高的华盖，车上装有许许多多的兵器。人们按照要求，将这些装备齐全的马匹套在车上。（58）

达禄迦的弟弟担任萨谛奇的车夫。他也是他的亲密朋友，向他报告说战车已经准备就绪，犹如摩多梨向因陀罗报告。（59）于是，他沐浴洁身，完成祈福仪式。光辉吉祥的萨谛奇接受上千名已经完成学业的婆罗门为他祝福，赐给他们金币。（60）这个有资格享用牛奶蜂

---

① 五方面指战车武士、车夫、马匹、幡幢和兵器，即战车的五个要素。

蜜的人在喝过盖拉沃特蜜酒之后，醉醺醺光彩照人，两眼通红。（61）他握着英雄酒杯，一阵狂喜涌遍全身。他的光辉倍增，好像火焰在燃烧。这位战车武士中的佼佼者把弓和箭握在怀中。（62）经过婆罗门的祈祷平安仪式，他身擐铠甲，装扮一新。姑娘们向他献上炒米、香料和花环，令他喜悦。（63）萨谛奇双手合十，向坚战行触足礼。待坚战亲吻过他的头顶，他登上大战车。（64）那些信度马精神振奋，体格健壮，迅疾如飞，不可战胜，载着他驶向胜利。（65）

这时，浑身透着快乐的萨谛奇对怖军说道："怖军啊！好好保护国王。这是你头等重要的事情。（66）我将攻破和闯入那支时运已尽的军队。不论将来还是现在，保护国王是最重要的。（67）你了解我的勇气，我也了解你，克敌者啊！如果你真心对我好，怖军啊，那就请回吧！"（68）怖军听了之后，对萨谛奇说："你去完成任务吧！人中俊杰啊，我会保护好国王！"（69）摩豆族后裔（萨谛奇）回答怖军说："普利塔之子啊！回吧，快回吧！今天胜利一定属于我，（70）正如一切吉祥的征兆向我预示的那样。只要你是热爱我的朋友，今天务必听我的话！（71）毫无疑问，待灵魂伟大的般度之子（阿周那）杀死罪恶的信度王之后，我会回来拥抱以法为魂的国王（坚战）。"（72）

这样说过后，灵魂伟大的萨谛奇告别怖军。他注视着你的军队，好像一头猛虎盯住鹿群。（73）人主啊，你的军队看到萨谛奇虎视眈眈的样子，失魂落魄，颤栗不止。（74）猛然间，萨谛奇朝你的军队冲了过来。国王啊！根据法王（坚战）的命令，他急于见到阿周那。（75）

以上是吉祥的《摩诃婆罗多》中《德罗纳篇》第八十七章（87）。

八八

全胜说：

渴望战斗的萨谛奇冲向你的军队，大王啊！法王（坚战）在自己的军队簇拥下，也跟在萨谛奇后面，试图接近德罗纳的战车。（1）作战勇猛的般遮罗王子（猛光）和施财王在般度族军队中高声喊

第七 德罗纳篇

道：（2）"前进啊！杀啊！快快攻上去！这样，作战勇猛的萨谛奇就能顺利地闯过去。（3）许多大勇士都在企图打败他。"他俩一面这样喊着，一面勇猛地朝你的大军扑过来。（4）

萨谛奇的战车后面，响起巨大的呼喊声："我们一定要消灭胆敢阻拦者！"（5）你儿子的大军颤栗不止，大王啊！这支大军已被沙特婆多族后裔（萨谛奇）冲散。（6）你的大军被冲散后，大勇士悉尼之孙（萨谛奇）歼灭了阵前的七名大弓箭手。（7）众英雄遭到这位大臂武士的打击，目睹他威力非凡，纷纷吓破了胆，逃离战场。（8）尊者啊，大地上，到处是毁坏的战车，车轴断裂，车底破碎，车轮脱落，幡幢倒下。（9）轴干、旗帜、金制头盔、抹了檀香膏和戴着臂钏的断臂，民众之主啊！（10）那些大腿好似象鼻，又好似蜷曲的蛇，遍布大地，人中俊杰啊！（11）那些大眼睛武士的头颅滚落在地，脸庞灿若月亮，戴着美丽的耳环，婆罗多子孙啊！（12）许多肢体破碎的大象横卧疆场，高耸如山。大地上仿佛遍布山丘而更加壮观。（13）许多马匹的金制鞍具上装饰有珍珠网络，胸甲绚丽多彩。它们被那长臂武士击倒在地，失去生命，依然光彩熠熠。（14）

沙特婆多族后裔（萨谛奇）粉碎你的不同兵种之后，闯入你的军队，搅乱你方阵容。（15）萨谛奇想要沿着胜财（阿周那）走过的路向前挺进时，遭到了德罗纳拦截。（16）萨谛奇遭遇到婆罗堕遮之子（德罗纳）后，尊者啊，不能再向前挺进，犹如愤怒的大海撞上了堤岸。（17）在战场上，德罗纳截住大勇士萨谛奇，以五支能穿透要害的利箭射中他。（18）萨谛奇在战场上以七支在石头上磨尖的苍鹭和孔雀金羽毛箭射中德罗纳，国王啊！（19）德罗纳再以六支箭射击他以及他的马匹和车夫。大勇士萨谛奇忍无可忍。（20）他发出狮子吼，先射中德罗纳十支箭，再射中六支箭，继而是八支箭。（21）在战场上，萨谛奇再以十支箭射中德罗纳，一支箭射中车夫，四支箭射中驷马，一支箭射中幡幢，尊者啊！（22）德罗纳迅速发射大量的箭，犹如成群的蝗虫，覆盖萨谛奇以及他的马匹、御者、战车和幡幢。（23）萨谛奇毫不慌乱，也以许多箭覆盖德罗纳。这时，德罗纳说道：（24）"你的师父放弃战斗，像个懦夫似的溜走了。我仍在战斗，他却避开我，从右边跑掉了。（25）摩豆族后裔啊！倘若你不像你师父那样，

在战场上撇下我迅速跑掉,那么只要我还在战斗,你今天就别想活着逃脱。"(26)

萨谛奇说：

遵照法王（坚战）的命令,我要沿着胜财（阿周那）的路前进。婆罗门啊！祝你平安！我可不能浪费时间。(27)

全胜说：

这样说过后,悉尼之孙（萨谛奇）撇下师爷,突然离去。国王啊！他对御者说道：(28)"德罗纳会千方百计阻挠我。御者啊！你要努力驾车前进,在战场上注意听我的口令。(29)在那边,可以看到大光辉的阿凡提军队。跟在他们后面的是南方大军。(30)紧随其后的是波力迦大军,在波力迦人旁边,严阵以待的是迦尔纳的大军。(31)御者啊！这几支大军彼此独立,又互相依赖,不会离开战场。(32)御者啊！你要赶到他们之间的空地,欢快地策马前进。你保持中速,带我到那里去。(33)那里有众多的波力迦人,高擎着各式各样的兵器。那里还有众多的南方武士,以车夫之子（迦尔纳）为先锋。(34)那里可望见迦尔纳的大军由象、马和车组成,步兵们来自不同地区。"(35)对御者说完这些话,萨谛奇甩开婆罗门（德罗纳）,径直闯入凶悍的迦尔纳的大军。(36)大臂的萨谛奇一去不返,德罗纳怒气冲冲,紧追不舍,朝他释放许多利箭。(37)

萨谛奇以利箭打击迦尔纳的大军,闯入望不到尽头的婆罗多族军队。(38)萨谛奇闯入后,武士们纷纷逃离,愤怒的成铠上前拦截萨谛奇。(39)面对冲上前来的成铠,英勇的萨谛奇以六支箭击中他,又迅速以四支箭射中他的驷马。(40)接着,萨谛奇以十六支笔直的飞箭射中成铠的胸口。(41)沙特婆多族后裔（萨谛奇）的利箭威力强大。大王啊！遭到这些利箭打击,成铠怒不可遏。(42)国王啊！他搭上一支似蛇又似火的牛犊牙箭,把弓弦直拉到耳边,射中萨谛奇的胸部。(43)这支羽毛箭穿透他的铠甲和身体,带着血,直入地下。(44)然后,国王啊！精通武艺的成铠又以数支箭射断了箭还在弦上的萨谛奇的弓。(45)国王啊！在战场上射中真正英勇的萨谛奇后,愤怒的成铠又以十支箭射中他的胸口。(46)在善使标枪的武士中,萨谛奇堪称佼佼者。弓被射断后,他投出一支标枪,刺中成铠的右臂。(47) 英雄的萨谛奇又拿起一张坚实的弓，迅速地射出成百上千支箭，(48) 把成铠连车带人团团围住。萨谛奇在战场上用箭覆盖住诃利迪迦之子（成铠）后，(49) 以一支月牙箭射落车夫的头颅。车夫被杀死，从成铠的大战车上跌落。而车夫一死，驷马脱缰狂奔。(50) 但是，博遮王（成铠）毫不惊慌，亲自控制驷马。他手执弓与箭，巍然挺立，赢得所有武士的敬仰。(51) 他稍事喘息，又策马前行。他全无惧色，却令敌人胆寒。因为萨谛奇已经通过，成铠便向怖军冲去。(52)

王中之王啊！萨谛奇从德罗纳的军队中闯出来，抓紧时间，迅速冲向甘波阇人的大军。(53) 国王啊，在那里，真正英勇的萨谛奇遭到许多战车勇士的利箭阻截，动弹不得。(54) 德罗纳求战心切，调整好整个阵容，把责任委托给博遮王（成铠），而自己在战场上奋力追赶萨谛奇。(55) 德罗纳在萨谛奇后面紧追不舍，般度族军队中的勇士们愤怒地阻击德罗纳。(56) 以怖军为首的般遮罗人遇到优秀的战车武士成铠后，失去锐气，国王啊！他们遭到成铠勇猛的阻击。(57) 般遮罗人尽管有些沮丧，仍然奋力作战。而成铠以箭流抵挡住这些马匹已经疲惫的敌人。(58) 在战场上，般遮罗人受到博遮王（成铠）遏制，但这些高贵的英雄们追求崇高的荣誉，依然渴望与博遮王（成铠）的军队交战。(59)

以上是吉祥的《摩诃婆罗多》中《德罗纳篇》第八十八章(88)。

八九

持国说：

全胜啊！这支大军由多兵种构成，被视为优秀的军队，依规则而布局，且兵多将广。(1) 我们始终敬重这支大军，它也热爱我们。这支大军兵强马壮，蔚为壮观。它久经考验，英勇顽强。(2) 武士们既不年迈也不幼小，既不瘦弱也不肥胖，充满活力，舒展自如，体格强壮，健康无病。(3) 胄甲齐全，配备多种兵器，通晓各种武器使用方法。(4) 精通登上、跳下、冲刺和躲闪，以及有效打击，进攻和撤退。(5) 驾驭象、马和车的技能经过仔细考核。依据考核，支付合理的酬金，(6) 而不依靠亲戚，不依靠阿谀奉承，不依靠朋友。我的军队中，没有应召而来而得不到供养的人。(7) 他们出自名门贵胄，知足常乐，体格健壮，谦恭有礼。他们获得恩惠，享有荣誉，聪明睿智。(8) 许多优秀的大臣和功勋卓著的人中俊杰们如同护世天王一般保护他们，孩子啊！(9) 守护这支军队的还有许多国王，为了我们的利益，自愿带着军队和随从，前来支援我们。(10)

这支军队犹如浩瀚的海洋，四面八方的河流汇入其中；战车和马匹好像没长翅膀的飞鸟，盘旋其上。(11) 战士们好比永不消退的可怕海水，那些牲畜好比起伏的波涛；无数的投掷器、刀、铁杵、标枪和飞镖好比是海中的鱼群。(12) 到处是幡幢和饰物，珠光宝气的冠巾，奔驰的象和马，犹如风动潮涌。(13) 德罗纳好比深邃的海底，成铠好比大漩涡，水连好比大鳄鱼，迦尔纳好比升起的月亮，搅得大海翻腾不息。(14) 般度族雄牛（阿周那）和萨谛奇都凭一辆战车勇猛地劈开我的军队海洋而去，全胜啊！(15) 左手开弓者（阿周那）和沙特婆多族后裔（萨谛奇）这两位高贵的战车勇士进入之后，我看不见我的大军还能剩下什么，全胜啊！(16)

看到这两位勇敢无畏的武士冲到了那里，看到信度王已在甘狄拨神弓的射程之内，(17) 在命运的催促下，俱卢人采取了什么应对措施？在这场残酷的战斗中，他们落得怎样的下场？(18) 孩子啊！我认为是死神吞噬这些集合在一起的俱卢人，今天在战场上看不到他们往日的勇气。(19) 黑天和般度之子（阿周那）在战场上双双闯入，竟毫无损伤，全胜啊！竟无人能够阻挡。(20) 经过考核之后，许多大勇士受到供养，得到合理的酬金，也受到好言相待。(21) 孩子啊！我的军中，没有人无缘无故接受供养，都是按照业绩获得食物和酬金。(22) 全胜啊！在我的军中，不会克扣任何战士的酬劳，孩子啊！也不会以铜币支付酬劳。① (23) 我尽我所能尊重他们，给予他们赏赐、荣誉和坐席，孩子啊！我的儿子、亲属和朋友们也是这样。(24) 而他们走上战场，都败在左手开弓者（阿周那）手下，也被悉尼之孙

---

① 意思是支付的都是金币。

（萨谛奇）击溃。这若不是命运作祟，还能是什么？（25）不管是被保护者，还是保护者，全胜啊，都将落得同样的下场！（26）

我那愚蠢至极的儿子看到阿周那在战场上挺立在信度王的跟前时，他采取了什么对策？（27）他看到在战场上萨谛奇无所畏惧地闯入后，难敌认为当务之急应该做什么？（28）这两名卓越的战车勇士通晓诸般武艺。看到他俩闯入军队后，我们的人决定怎样进行战斗？（29）我料想，目睹陀沙诃族后裔黑天和悉尼族雄牛（萨谛奇）效忠阿周那，我的儿子们一定满怀忧伤。（30）我料想，看到沙特婆多族后裔（萨谛奇）和阿周那闯入军队，俱卢人纷纷逃跑，我的儿子们一定满怀忧伤。（31）我料想，看到战车武士们失去战胜敌人的勇气，一心只想逃跑，我的儿子们一定满怀忧伤。（32）我料想，看到武士们被沙特婆多族后裔（萨谛奇）和阿周那杀死，车座上空空如也，我的儿子们一定满怀忧伤。（33）我料想，看到数千勇士失去马、象和车，在战场上仓皇逃跑，我的儿子们一定满怀忧伤。（34）我料想，看到萨谛奇和普利塔之子（阿周那）使马背上失去骑士，勇士失去战车，我的儿子们一定满怀忧伤。（35）我料想，看到成群成群的步兵在战场上四散而逃，所有的人对胜利已经绝望，我的儿子们一定满怀忧伤。（36）我料想，看到这两个战无不胜的英雄刹那间就闯过了德罗纳的军队，我的儿子们一定满怀忧伤。（37）

孩子啊！当我听说黑天和胜财（阿周那）这两个永不退转的勇士，还有沙特婆多族后裔（萨谛奇），接连闯入了我的军队，我感到天旋地转。（38）悉尼族优秀的战车武士（萨谛奇）越过博遮王（成铠）的军队，闯入我的军队后，俱卢人怎么样了？（39）般度人在战场上被德罗纳拦住后，战斗如何进行？全胜啊！请你讲给我听吧！（40）德罗纳是强大有力的英雄，武艺娴熟，勇敢坚定。般遮罗人如何在战场上与这位大弓箭手交战？（41）他们盼望法王（坚战）赢得胜利，视德罗纳为宿敌。大勇士婆罗堕遮之子（德罗纳）也同样视般遮罗人为仇敌。（42）阿周那为了杀死信度王，做了些什么，把这一切都讲给我听吧。全胜啊！你善于陈述。（43）

以上是吉祥的《摩诃婆罗多》中《德罗纳篇》第八十九章(89)。

九〇

全胜说：

婆罗多族雄牛啊！这是你自己失误而酿成的灾难，英雄啊，你不应该像凡夫俗子那样悲恸不已。（1）他知道你缺乏正气，偏袒自己的儿子；知道你对正法三心二意，对般度之子们心怀妒忌；也一再听到你悲悲切切，絮絮叨叨，王中俊杰啊！（2）他通晓一切世界的真谛，是一切世界的尊师。因此，婆薮提婆之子（黑天）制造了这场俱卢族大战。（3）这场大毁灭归罪于你自己的错误。婆罗多子孙啊！从开始，中间，以至后来，始终没见你做过一件好事。你是失败的根源。（4）今天，你已经知道世界的缘由，因此，你要镇定地听我讲述这场如同发生在天神和阿修罗之间的可怕的战斗。（5）

真正英勇的悉尼之孙（萨谛奇）闯入你的军队后，以怖军为首的普利塔之子们也朝你的军队进逼。（6）大勇士成铠在战场上独自抵御突然间杀气腾腾冲来的般度人及其随从们。（7）诃利迪迦之子（成铠）在战场上抵挡住般度族军队，犹如堤岸挡住了汹涌澎湃的大海。（8）在战场上，普利塔之子们齐心合力，竟然越不过成铠。人们认为成铠的勇敢堪称奇迹。（9）此时，大臂的怖军以三支铁箭射中成铠，随即吹响螺号，所有的般度人为之振奋。（10）偕天以二十支箭，法王（坚战）以五支箭，无种以一百支箭射中了成铠。（11）黑公主的儿子们以七十三支箭，瓶首以七支箭，猛光以三支箭，而毗罗吒、木柱王和祭军之子（猛光）分别以五支箭射中成铠。（12）束发微笑着，先以五支飞箭射中成铠，继而又以二十支箭射中他。（13）国王啊！成铠让所有这些大勇士每人中了五支箭，又以七支箭射中怖军。成铠奋战不息，将怖军的弓和幡幢从战车上射落到地上。（14）愤怒的大勇士成铠乘怖军的弓被射断，迅速以七十支利箭射中怖军的胸部。（15）强悍的怖军被成铠的利箭深深刺伤，在车中摇摇晃晃，犹如地震时高山摇动。（16）

看到怖军这种状况，以法王（坚战）为首的武士们释放许多可怕的利箭，打击成铠。（17）尊者啊！为了保护风神之子（怖军），车队围住成铠，武士们兴奋地在战场上向他发射利箭。（18）大力士怖军恢复知觉后，在战斗中握住一支金柄铁标枪，从自己的战车掷向成铠的战车。（19）那标枪脱离怖军的手臂，好似一条蜕了旧皮的蛇，闪耀可怕的光焰，朝成铠飞去。（20）标枪如同世界末日的烈焰迅猛扑来，成铠用两支箭将它一截为二。（21）这支镶金标枪断裂落地，照亮四面八方，国王啊，犹如从天而坠的大流星。看到标枪被击落，怖军怒不可遏。（22）怖军怒气冲冲，拿起另一张迅猛有力、响声巨大的弓，在战场上拦截成铠。（23）力气非凡的怖军以五支箭射中成铠的胸口。国王啊！这都是由于你的失策造成！（24）

尊者啊！博遮王（成铠）所有的肢体都被怖军射伤，好像战场上的一棵无忧树，开满鲜红的花朵。（25）于是，愤怒的成铠仿佛微笑着，以三支箭射中怖军，又在战斗中向所有的人猛烈射击。（26）这位大弓箭手让那些奋力作战的大勇士每人中了三支箭，而那些大勇士各以七支箭射中成铠。（27）愤怒的大勇士仿佛微笑着，在战场上以一支马蹄箭削断了束发的弓，婆罗多子孙啊！（28）弓被射断，束发怒气冲天。在战场上，他迅速拿起一把刀，拿起一面百月盾牌。（29）他挥舞着这面镶金大盾牌，将刀掷向成铠的战车。（30）在战场上，这把大刀砍断了成铠的箭搭在弦上的弓，又扎入地下，仿佛一颗星从天空陨落。（31）乘此机会，大勇士们在战场上迅速射箭，深深地刺中成铠。（32）

于是，婆罗多族俊杰啊，诛灭敌雄的成铠扔掉那把断弓，又拿起另一把弓。（33）他在战斗中让那些般度人每人中了三支箭。他先射中束发三支箭，再射中五支箭。（34）名闻天下的束发也拿起另一张弓，向诃利迪迦之子（成铠）射出许多龟爪箭。（35）国王啊！这诃利迪迦的亲生子愤怒地朝大勇士祭军之子（束发）猛冲过去。（36）在战场上，祭军之子（束发）正是灵魂伟大的毗湿摩的死因。国王啊！这位英雄展示着自己的力量，犹如老虎朝大象示威。（37）两位克敌勇士相遇，犹如两头方位象，又似两团熊熊的烈焰，互相发射大量的箭矢。（38）他俩挥动最好的弓，搭上一支又一支箭，接连发射上百支箭，好似太阳放射光芒。（39）两位战车大勇士互相以利箭折磨对方,犹如世界末日的两轮太阳大放光芒。(40)成铠以七十三支箭射中勇猛的大勇士祭军之子(束发)后,又射中他七支箭。(41)祭军之子(束发)深深中箭,痛苦地坐在车座上,失落手中的箭和弓,陷入了昏迷。(42)婆罗多族雄牛啊!看到束发坐在车座上,你的武士们对成铠表示钦佩,挥舞衣服。(43)

车夫发现束发被成铠的箭击伤,急忙载着这位大勇士离开战场。(44)普利塔之子们看到束发坐在车座上,立即在战场上排开战车,将成铠围住。(45)大勇士成铠创造了无与伦比的奇迹,独自一人在战场上抵御住普利塔之子们及其随从。(46)大勇士成铠战胜普利塔之子们后,又打败英勇非凡的车底人、般遮罗人、斯楞遮耶人和羯迦夜人。(47)般度人在战场上遭到成铠杀戮,四散奔逃,不能沉着应战。(48)成铠在战斗中战胜以怖军为首的般度之子们后,挺立在战场上,好像一团无烟的烈火。(49)大勇士们在战场上被成铠驱散,在箭雨袭击下,纷纷掉头而去。(50)

以上是吉祥的《摩诃婆罗多》中《德罗纳篇》第九十章(90)。

九一

全胜说:

国王啊!你向我发问,请聚精会神听我回答。这支大军被灵魂伟大的成铠驱散,(1)武士们羞愧难当,而你们的人兴高采烈。处于汪洋之中的般度人渴望一座岛屿。(2)国王啊!听到你们的人在大战中发出可怕的呐喊声,悉尼之孙(萨谛奇)迅速冲向成铠。(3)诃利迪迦之子成铠满腔愤怒,朝悉尼之孙(萨谛奇)泼洒利箭。于是,萨谛奇大怒。(4)悉尼之孙(萨谛奇)朝成铠射出一支锋利的月牙箭和四支其他的箭。(5)四支箭杀死了他的马匹,月牙箭射断了他的弓。萨谛奇再以数支箭杀死了他的后卫和车夫。(6)真正英勇的萨谛奇让成铠失掉战车,又以许多笔直的箭让他的军队备受折磨。(7)在悉尼之孙(萨谛奇)的箭的打击下,军队溃散。真正英勇的萨谛奇乘机脱身离去。(8)

国王啊!请听这位勇士在你的军队中的所作所为。他已经越过德

第七　德罗纳篇

罗纳的军队大海。（9）在战斗中打败成铠后，这位勇士满心欢喜，对毫不慌张的御者说："慢慢走！"（10）他看到你的军队中布满车、马、象和步兵，又对御者说道：（11）"德罗纳军队的左侧，庞大的象军如同乌云，金车为其首领。（12）御者啊！这些武士在战场上难以抵御。按照难敌的指令，他们阻截我，不怕丢掉性命。这些王子个个是大弓箭手，勇敢顽强的武士。（13）这些三穴国高贵的战车勇士，幡幢镶有金子，面对着我，英勇无畏，准备与我交战。（14）御者啊，立即策马载我去那里！我要让德罗纳看着我与三穴国武士们交战。"（15）

车夫按照沙特婆多族后裔（萨谛奇）的心愿缓缓前行。战车灿若太阳，旗幡闪耀光芒。（16）车夫辔绳在握，那些骏马在战场上迅疾如风，毛色如同素馨、月亮和银子。（17）看到色如螺贝的骏马驱车而来，众英雄指挥象军包围这辆战车，从四面八方射出各式各样的利箭，足以穿透万物。（18）沙特婆多族后裔（萨谛奇）也以无数利箭射击象军，犹如夏末的巨大云团向群山降雨。（19）悉尼族英雄射出的箭，其触如金刚杵。群象不堪箭的摧残，纷纷逃离战场。（20）这些大象的象牙破碎，浑身流血，头顶和颞颥破裂，耳朵、面颊和象鼻绽开，驭手和旗帜失落。（21）象甲已损，鸾铃已残，幡幢已倒，骑士已死，毛毯已丢，国王啊！这些大象四散逃跑。（22）这些大象遭到沙特婆多族后裔（萨谛奇）的铁箭和牛犊牙箭的杀戮，发出各种哀叫，好似乌云雷声滚滚。（23）

就在象军处于崩溃的时刻，大勇士水连奋力驱使大象来到银马战车之前。（24）这位英雄戴着金臂钏，金光闪闪，神采奕奕；耳环、顶冠和螺号一应俱全；身上涂抹红色檀香膏。（25）他头戴闪亮的金环，胸佩金首饰、颈上的项链金光闪闪。（26）他骑在象头上，挥动镶金的弓，大王啊，犹如挟裹闪电的云团。（27）摩揭陀王的大象突如其来，萨谛奇奋起抵抗，犹如堤岸挡住波涛汹涌的大海。（28）看到大象被悉尼之孙（萨谛奇）的利箭射退，国王啊，大力士水连在战场上怒不可遏。（29）大弓箭手水连怒气冲冲，以数支强劲有力的箭射中悉尼之孙（萨谛奇）宽阔的胸膛。（30）他趁苾湿尼族英雄（萨谛奇）正在挽弓之际，又以一支浅黄色的、锋利的月牙箭，射断了他的弓。（31）婆罗多子孙啊！射断萨谛奇的弓之后，英勇的摩揭陀王

微笑着，再以五支利箭射中他。(32)

大臂英雄被水连的多支箭射中，却毫不颤动，简直是奇迹。(33)这位力士毫不慌张，只想着射箭，拿起另一张弓，口中说道："等着，你等着！"(34) 说罢，悉尼之孙（萨谛奇）微笑着，将六十支箭狠狠地射中水连宽阔的胸膛。(35) 他以一支浅黄色的马蹄箭于握弓处射断了水连的大弓，然后又射中他三支箭。(36) 水连扔下弓和箭，迅速朝萨谛奇投出一支标枪，尊者啊！(37) 在战场上，那支可怕的标枪刺穿摩豆族后裔的左臂，然后钻入地下，发出巨蛇一般的叹息。(38) 真正英勇的萨谛奇左臂受伤，以三十支利箭打击水连。(39) 大力士水连抓起一把刀，举起一面镶有百月的牛皮大盾牌。他把刀投向沙特婆多族后裔（萨谛奇）。(40) 这把刀砍断悉尼之孙（萨谛奇）的弓之后，跌落在地，如同火轮落地，闪闪发光。(41)

于是，萨谛奇拿起另一把能射穿所有躯体的弓。这弓粗如娑罗树干，声响如同因陀罗的霹雳。他愤怒地挽开弓，一箭射中了水连。(42) 摩豆族俊杰微笑着，以两支剃刀箭砍断水连的两只戴着首饰和臂钏的胳膊。(43) 铁门一般的双臂从大象身上坠落，犹如两条五头蛇从山上掉下。(44) 然后，萨谛奇以第三支剃刀箭砍下他的头，连同美丽的牙齿、下颏、耳环和鼻子。(45) 被砍掉头颅和臂膀，光秃秃的躯干显得狰狞恐怖。水连的鲜血浸湿了象身。(46) 沙特婆多族后裔在战场上杀死水连后，又迅速将驭象手从象的躯干上射落，民众之主啊！(47) 这头大象浑身浸透水连的鲜血，精致的宝座斜吊在一边。(48) 这头大象遭到沙特婆多族后裔的箭的打击，发出可怕的哀叫，在逃跑中践踏自己的军队。(49)

目睹水连被苾湿尼族雄牛杀死，尊者啊！你的军中响起一片"啊！啊！"的惊叫声。(50) 你的战士们失去战胜敌人的勇气，只想着逃命，纷纷转身，逃向四方。(51) 国王啊！正在此时，优秀的武士德罗纳驱策快马，来到大勇士萨谛奇跟前。(52) 俱卢族雄牛们看到悉尼之孙（萨谛奇）如此凶狂，愤怒地同德罗纳一起围攻他。(53) 在俱卢人、沙特婆多族后裔（萨谛奇）和德罗纳之间爆发了一场可怕的战斗，国王啊！犹如天神和阿修罗之间的一场大战。(54)

以上是吉祥的《摩诃婆罗多》中《德罗纳篇》第九十一章(91)。

九二

全胜说：

所有的武士迅速投入战斗，大王啊，奋力向萨谛奇泼洒箭雨。(1)德罗纳以七十七支利箭射中他，难耐射中十二支箭，难偕射中十支箭。(2) 毗迦尔纳以三十支锋利的苍鹭羽毛箭射中他的左胁和胸口。(3) 丑面射中十支箭，难降射中八支箭，奇军则以两支箭射中了悉尼之孙（萨谛奇），尊者啊！(4) 国王啊！难敌和其他战车大勇士们也在战场上用滂沱的箭雨打击萨谛奇。(5) 悉尼之孙（萨谛奇）遭到你的大勇士儿子们来自四面八方的射击，也以箭还击他们每一个人。(6) 他以三支箭射中婆罗堕遮之子（德罗纳），以九支射中难偕，以二十五支射中毗迦尔纳，以七支射中奇军，(7) 以十二支射中难耐，以四支射中毗文沙提，以九支箭射中诚誓，以十支箭射中取胜。(8)

在射中金钏之后，大勇士萨谛奇挥动着弓，迅速冲向你的大勇士儿子（难敌）。(9) 他以箭狠狠地射向整个世界的国王、一切武士中的佼佼者。两人之间展开了一场恶战。(10) 在战场上，这两位大勇士挽弓搭箭和射箭，互相使对方淹没在利箭中。(11) 被俱卢族国王射伤的萨谛奇更显英俊，鲜血直流，好似檀香树流淌汁液。(12) 你的儿子被沙特婆多族后裔的箭流射伤，光彩熠熠，犹如系有金环的祭柱高高耸立。(13) 国王啊！在战斗中，摩豆族后裔微笑着，突然以一支马蹄箭射断俱卢族国王手中的弓，又以许多箭射中断了弓的难敌。(14) 国王在战斗中被动作敏捷的敌人以多支箭击伤，无法忍受敌人获胜的势头。(15) 他拿起一把弓柄镶金、难以抵御的弓，迅速以一百支箭射中萨谛奇。(16) 被你的强壮有力的弓箭手儿子射中，萨谛奇怒不可遏，向你的儿子发起进攻。(17)

你的大勇士儿子们看到国王受到攻击，迅速用箭雨覆盖沙特婆多族后裔。(18) 遭到你众多的大勇士儿子围攻，萨谛奇让他们每人中了五支箭，继而又让他们各中七支箭。(19) 萨谛奇迅速以八支箭射中难敌,然后笑着射断那把让敌人胆寒的弓。(20)他以数支箭射落难敌的幡幢,幢首是由珍珠镶成的象。这位声誉卓著的勇士以四支利箭射死驷马之后,再以一支马蹄箭射死他的车夫。(21)趁此时机,他兴奋地再向俱卢族国王大勇士发射许多能穿透要害的利箭。(22)在战斗中,遭到悉尼之孙(萨谛奇)的利箭打击,国王啊,你的儿子难敌急忙逃跑,跳上了弓箭手奇军的战车。(23)

看到国王在大战中遭到萨谛奇打击,犹如空中月亮遭到罗睺吞噬,整个世界发出"啊!啊!"的惊叫声。(24)大勇士成铠听到这巨大的喧嚣,立即冲向摩豆族后裔战斗的地方。(25)他挥动着上等的弓,驱策马匹,催促车夫道:"快跑!快跑!"(26)大王啊!看到成铠冲上前来,犹如张开大口的死神,萨谛奇对御者说道:(27)"弓箭手成铠驱车冲来,你要驱车迎头冲向这位所有弓箭手中的佼佼者。"(28)

装备精良的马匹速度飞快,萨谛奇与弓箭手中的楷模博遮王(成铠)相遇。(29)两个人中之虎相逢,愤怒至极,好似两头猛虎,又好似两团燃烧的烈火。(30)成铠让悉尼之孙(萨谛奇)中了二十六支箭,以七支尖锐锋利的箭射中他的车夫。(31)他以四支最锋利的箭射中沙特婆多族后裔的四匹驯良的信度马。(32)他打着金幡幢,身擐金铠甲,臂戴金腕环,挽开弓背镶金的大弓,发射金羽毛箭。(33)而悉尼之孙(萨谛奇)急于想见到胜财(阿周那),迅速将八十支箭射到成铠身上。(34)折磨敌人的成铠被强大的敌人射中,这位难以抵御的武士站立不稳,犹如地震时高山摇晃。(35)萨谛奇迅速地以六十三支利箭射中成铠的四匹骏马,以七支箭射中他的车夫。(36)萨谛奇又搭上和射出一支金光灿烂的金羽毛箭,犹如释放一条愤怒的蛇。(37)这支凶猛的箭仿佛是阎摩的刑杖,穿透金光四射的铠甲,进入成铠的身体,又沾着鲜血,插入地下。(38)

成铠在战斗中被沙特婆多族后裔的箭击伤,鲜血流淌,摇摇晃晃,丢下手中的弓,倒在战车上。(39)成铠有狮子一般的牙齿,勇气无限,现在被萨谛奇的箭击伤,双膝跪倒在车座上,人中雄牛啊!(40)成铠如同千臂(作武),又如不可侵扰的大海。萨谛奇击退他之后,扬长而去。(41)到处是刀、标枪和弓,象、马和车,数以百计的刹帝利雄牛鲜血淋淋。（42）悉尼族雄牛在这样的大军中杀开一条路，在众武士的注视下，从中间走过，犹如因陀罗在阿修罗军队中杀开一条路。（43）强壮有力的诃利迪迦之子（成铠）缓过气来，抓起另一把大弓，挺立在战场上，抵御般度人。（44）

以上是吉祥的《摩诃婆罗多》中《德罗纳篇》第九十二章(92)。

九三

全胜说：

这里那里的军队都被悉尼之孙（萨谛奇）驱散，婆罗堕遮之子（德罗纳）便向他泼洒箭雨。（1）当着所有军队的面，德罗纳和沙特婆多族后裔展开了一场激战，犹如钵利和婆薮之主（因陀罗）展开大战。（2）德罗纳以三支状似毒蛇的美丽铁箭射中悉尼之孙（萨谛奇）的额头。（3）萨谛奇额头上插上这三支笔直的箭，大王啊！好似一座拥有三个山峰的山。（4）婆罗堕遮之子（德罗纳）看准时机，在战斗中发射另一些响声如同因陀罗的霹雳的箭。（5）陀沙河族后裔武艺娴熟，以两支绝妙的羽毛箭就截断了德罗纳的弓中射出的那些箭。（6）看到他身手敏捷，民众之主啊，德罗纳笑了笑，迅速以二十支箭射中悉尼族雄牛。（7）他继而射出五十支箭，又射出一百支箭，显出他的敏捷胜过萨谛奇。（8）国王啊！这些穿透人体的箭从德罗纳的战车飞出，犹如愤怒的巨蛇从蚁垤窜出。（9）同样，萨谛奇射出的成千上万支嗜血之箭笼罩德罗纳的战车。（10）尊者啊！我们无法辨别杰出的婆罗门与沙特婆多族后裔之间，究竟谁更眼疾手快。两个人中雄牛势均力敌。（11）

愤怒的萨谛奇以九支笔直的箭狠狠地射中德罗纳，又以许多利箭射中他的幡幢，并让婆罗堕遮之子（德罗纳）眼睁睁地看着自己的车夫身中百支箭。（12）大勇士德罗纳领教了萨谛奇的敏捷，以七十支箭射中萨谛奇，让他的每匹马各中三支箭，并以一支箭射中他的战车上的幡幢。（13）然后，德罗纳在战斗中以一支金羽毛月牙箭射断灵魂伟大的摩豆族后裔的弓。（14）大勇士萨谛奇愤怒地扔下那张弓，抡起一根大铁杵,掷向婆罗堕遮之子(德罗纳)。(15)这根缠有布带的铁杵突然飞来,德罗纳以许多支形形色色的箭将它击落。(16)真正英勇的萨谛奇拿起另一张弓,以许多支在石头上磨尖的箭射中英雄德罗纳。(17)他在战场上射中德罗纳后,发出狮子吼。精通一切武艺的优秀武士德罗纳怒不可遏。(18)他握住一支金柄铁标枪,奋力掷向摩豆族后裔的战车。(19)像死神一般凶猛的标枪没有击中悉尼之孙(萨谛奇),而击穿他的战车,钻入地下,发出可怕的声响。(20)接着,国王啊,悉尼之孙(萨谛奇)以一支羽毛箭射中德罗纳,击中他的右臂,婆罗多族雄牛啊!(21)国王啊!在战场上,德罗纳以一支半月箭射断摩豆族后裔的大弓,再以一支战车标枪击中他的车夫。(22)被战车标枪击中的车夫昏晕过去,倒在车座上,躺了片刻。(23)

国王啊!此刻萨谛奇创造了非凡的业绩。他亲自掌握辔绳,继续与德罗纳战斗。(24)大勇士萨谛奇以一百支箭射中婆罗门,民众之主啊,他在战场上喜形于色。(25)德罗纳向他射出五支箭,婆罗多子孙啊!这些箭刺破他的铠甲,在战场上喝到了他的鲜血。(26)被许多可怕的箭射中,萨谛奇勃然大怒,也朝着乘坐金车者(德罗纳)射出许多箭。(27)他将灵魂伟大的德罗纳的车夫一箭射倒在地,又以许多箭射击那些失去车夫的马匹,迫使它们狂奔乱跑。(28)这辆金光闪耀的战车在战场上奔跑,绕了上千圈,国王啊,犹如光辉的太阳不停地旋转。(29)

"快!抓住德罗纳的马!快啊!"所有的王子和国王发出叫喊。(30)国王啊!这些大勇士在战场顾不得萨谛奇,一齐忙着赶往德罗纳那里。(31)看到所有的人在沙特婆多族后裔的箭的打击下,纷纷逃跑,你的军队陷入一片混乱。(32)那些快如疾风的骏马遭到苾湿尼族后裔的箭的打击,载着德罗纳重新回到阵容的入口处,把守自己的位置。(33)英勇的德罗纳看到阵容已被般度人和般遮罗人冲散,放弃了追逐悉尼之孙(萨谛奇)的企图,而努力保护阵容。(34)在抵挡住般度人和般遮罗人之后,德罗纳站在那里,犹如重新点燃的火焰。他心中怒火燃烧,仿佛世界末日升起的太阳。(35)

以上是吉祥的《摩诃婆罗多》中《德罗纳篇》第九十三章(93)。

九四

全胜说：

这位人中英豪、悉尼族俊杰战胜德罗纳以及你方以成铠为首的众多武士之后，俱卢族第一雄牛啊！笑着对车夫说道：（1）"我们在这里不过是做做样子而已，御者啊！美发者（黑天）和翼月生（阿周那）已经焚毁了敌人。我们在这里击倒的人是已被人中雄牛（黑天）和天王之子（阿周那）击倒的人。"（2）说罢，这位悉尼族雄牛，强壮有力的杀敌者，大战中最杰出的弓箭手，突然向四周发射无数的箭，犹如雄鹰扑向猎物。（3）那些毛色如月亮和螺贝的马匹载着这位人中英豪深入敌军。四周围的俱卢人不能阻挡这位无与伦比的人中俊杰，犹如不能阻挡太阳的光芒。（4）他的勇气无人匹敌，精力旺盛，难以抵御，威力如同千眼神，光辉如同晴空的太阳，婆罗多子孙啊！所有的军队都不能抵挡他。（5）

王中俊杰妙容精通各种战斗，手中持弓，身披金甲，满腔愤怒，勇猛地阻截冲向前来的萨谛奇。（6）婆罗多子孙啊！两人之间的这场激战十分惨烈，你的武士们和苏摩迦族的武士们都称赞这场战斗，犹如众天神称赞弗栗多和因陀罗之间的一场激战。（7）在战场上，妙容向沙特婆多族俊杰射出上百支锋利的箭，但没等到这些箭到达，悉尼族雄牛就用箭将它们击断。（8）同样，妙容挺立在卓越的战车上，不管好似天帝释化身的萨谛奇射来什么箭，都被他以利箭一劈为二或一劈为三。（9）威力强大的妙容看到自己的箭都被萨谛奇的快箭击毁，怒火中烧，又射出许多金光闪闪的箭。（10）接着，他挽弓至耳，射出三支烈火般的、犀利的羽毛箭，穿透萨谛奇护身的铠甲，钻入他的身体。（11）这位王子又搭箭上弓，迅速以四支光辉闪耀的箭射中毛色如银的驷马。（12）

悉尼之孙（萨谛奇）勇猛如同因陀罗，遭到打击后，迅速以犀利的箭射死妙容的马匹，然后纵声大吼。（13）接着，悉尼族英雄以一支金刚杵般的月牙箭，砍下车夫的头，再以一支剃刀箭砍下了妙容的头。(14)他让那颗佩戴耳环、面如满月、容光焕发的头颅与躯体分了家,犹如从前手持金刚杵者(因陀罗)在战场上砍下力量非凡的阿修罗波罗的头,国王啊!(15)

在战场上消灭了这位王孙公子,勇猛的雅度族雄牛心中无限喜悦。国王啊,灵魂伟大的萨谛奇光彩照人,宛若天神之王(因陀罗)。(16)他一面用箭流击退你的大军,一面沿着阿周那走过的路前进。骏马为他驾辕,这位人中豪杰让整个世界惊讶不已。(17)优秀的武士们聚在一起,称赞他的惊人业绩,说他消灭了所有射程之内的敌人,犹如大火烧毁一切。(18)

以上是吉祥的《摩诃婆罗多》中《德罗纳篇》第九十四章(94)。

九五

全胜说:

灵魂伟大的、智慧的苾湿尼族雄牛萨谛奇在战场上打败妙容后,对御者说道:(1)"这里布满战车、马和象,箭和标枪是波涛,刀剑是鱼儿,铁杵是鳄鱼,武士们兵器的撞击声是波涛的喧哗。(2)它夺取人的性命,凶猛暴戾,器乐声此起彼伏。它难以征服,为渴望胜利的武士们带来痛苦。(3)这就是德罗纳的大军之海。虽然在战斗中受到食肉兽一般的水连军队的包围,我们越过这难以越过的海洋。(4)因此,剩下的那些军队在我看来不过是水浅的小溪。你放心大胆地策马前行吧!(5)依我看,在战场上打败了难以抵御的德罗纳及其随从后,左手开弓者(阿周那)已经近在咫尺。(6)打败了英勇善战的成铠后,我看就要到达胜财(阿周那)身旁了。看到一支又一支军队,我毫不畏惧。他们仿佛是夏日里的干草,遇上我这熊熊烈焰。(7)

"看啊!般度族俊杰有冠者(阿周那)经过的地面上,倒卧着大量的步兵、马、车和象,造成道路崎岖不平。(8)依我看,以白马驾车、以黑天为御者的阿周那就在附近,威力无限的甘狄拨神弓的声音已经能听到。(9)正如各种征兆向我预示的那样,阿周那一定会在太阳落山之前杀死信度王。(10)让马儿慢慢跑,以缓解疲劳吧!你要

第七 德罗纳篇

努力驶向敌人的军队,那里有以难敌为首的、身摆铠甲的武士们。(11)那里有作战凶猛的甘波阇人,全副武装,行为残酷;那里有善于攻击的耶婆那人,手持弓箭。(12)那里有塞种人、吉罗陀人、德罗德人、钵尔钵罗人、铜裹人和众多的弥戾车人,手持各种兵器。所有这些敌人都面朝我,准备决一死战。(13)你要载着我在战场上消灭这些车、马、象和步兵,越过这恐怖的深堑。"(14)

车夫说:

真正英勇的苾湿尼族后裔啊!即使是满腔愤怒的持斧罗摩站在我的面前,我也无所畏惧。(15)或者是最优秀的战车武士德罗纳、慈悯和摩德罗王站在我的面前,仰仗你,我也照样无所畏惧,大臂的人啊!(16)敌人的惩治者啊!你曾在战场上战胜过许多强敌,无论何时,我都毫无畏惧,更何况遇到这种微不足道的战斗,英雄啊!(17)长寿的人啊,我应该沿着哪条路把你送到胜财(阿周那)身旁?苾湿尼族后裔啊!你的愤怒要向哪些人倾泻?死亡将降临在哪些人的头上?今天你要让哪些人进入阎摩殿?(18)你作战勇猛,仿佛世界末日的死神,哪些人目睹你的英雄气概后,会在战场上逃之夭夭?大臂者啊!今天,阎摩王回想起哪些人?(19)

萨谛奇说:

犹如婆薮之主(因陀罗)消灭檀那婆,我将消灭这些秃头勇士,实现我的誓言。载我到甘波阇人那里去吧!今天,我要在消灭他们之后,立即去与般度之子(阿周那)会合。(20)今天,一旦秃头军队被歼灭,所有军队遭到一次又一次杀戮,车夫啊,以难敌为首的俱卢人将见识我的威力。(21)今天,俱卢族军队将在战场上四分五裂。听到他们的哀号,难敌将痛苦万分。(22)今天在战场上,我将展示师父传授的套路。他灵魂伟大,是般度人中的佼佼者,以白马驾车。(23)今天,看到数以千计的杰出武士死在我的箭下,难敌王将陷入痛苦。(24)今天,我身手敏捷,快速射箭,俱卢人只能见到火圈一样的弓。(25)看到大军遭到杀戮,武士们全身中箭,鲜血直流,难敌将痛苦万分。(26)今天,我浑身透着愤怒,杀死一个又一个勇士,难敌将认为这世界上还有第二个阿周那。(27)今天,看到数以千计的国王被我杀死在疆场上,难敌王将痛苦万分。(28)今天,在

众国王中，我要杀死数千名国王，以显示我对灵魂伟大的般度之子们的热爱和忠诚。（29）

全胜说：

听了这些话，御者策马疾驰。这些马匹训练有素，善于驾车，毛色如月。（30）这些骏马，快如思想，迅疾如风，一路奔驰，仿佛饮下虚空，载着萨谛奇来到耶婆那人那里。（31）众多的耶婆那武士身手敏捷，在战斗中遭遇从不退转的萨谛奇，向他泼洒箭雨。（32）如风卷残云，萨谛奇迅速以许多笔直的箭击碎那些箭和兵器，国王啊！这些箭没有触及他。（33）他勇猛非凡，以许多锋利的金羽毛箭和兀鹰羽毛箭射落了许多耶婆那人的头颅和臂膀。（34）那些箭穿透钢制和铜制铠甲，穿透他们的身体，直入地下。（35）在英勇的萨谛奇的攻击下，数以百计的弥戾车人倒地丧命。（36）他将弓扯得溜圆，射出的箭接连不断，一次射穿五个、六个、七个或八个耶婆那人。（37）民众之主啊！数以千计的甘波阇族人、塞种人、沙钵罗人、吉罗陀人和钵尔钵罗人，也同样死在他的箭下。（38）

悉尼之孙（萨谛奇）杀戮你的军队，把大地变成血肉模糊的沼泽，泥泞难行。（39）陀私优人剃光头发而佩戴头盔的头颅散落在地，好似一只只失去羽毛的鸟。（40）无头尸布满疆场，全身流淌鲜血，仿佛空中布满彤云。（41）他们连同马匹和战车，被那些触如霹雳的、笔直的利箭射中，尸横遍地。（42）全副武装的军队所剩无几，七零八落，性命难保，魂飞魄散，全被萨谛奇打败，大王啊！（43）他们吓得或用脚踹，或用鞭抽，催促马匹加速，四下里逃散开去。（44）婆罗多子孙啊！驱散了战场上难以战胜的甘波阇人的军队，驱散了耶婆那人的军队和塞种人的军队，（45）真正英勇的人中之虎萨谛奇满怀喜悦。他战胜了你们的军队，敦促车夫道："前进！"（46）

民众之主啊，众遮罗纳看到这阿周那的后续保护者一路行来，都抑制不住喜悦。你的武士们也纷纷对他表示钦佩。（47）

以上是吉祥的《摩诃婆罗多》中《德罗纳篇》第九十五章(95)。

九六

全胜说：

战胜了耶婆那人和甘波阇人，优秀的战车勇士萨谛奇在你的军队中间穿行，前往阿周那那里。（1）这位人中之虎以箭为牙齿，以美丽的铠甲为皮肤，像老虎追杀鹿群一般，追杀你的军队，让你的军队饱受惊吓。（2）他乘着战车一路行来，用力地舞动着他的弓。这张弓，弓背贴金，镶嵌金色的月亮，威力强大。（3）这位勇士戴着金臂钏和金头盔，身擐金铠甲，打着金旗，灿若弥卢山的顶峰。（4）在战斗中，他的弓呈圆盘状，他的威力如同光辉的太阳。这位人中太阳光彩照人，犹如秋日里升起的太阳。（5）这位人中雄牛，眼若雄牛，肩膀宽阔若雄牛。他走在你的武士们中间，犹如雄牛走在母牛群中。（6）在战场上，你的武士们接近他，试图杀死他，犹如一群猛虎接近一头颞颥开裂的象王。萨谛奇好似一头疯狂的象王，正站在一群疯狂的大象中间。（7）他已经越过德罗纳的军队，越过难以越过的博遮王（成铠）的军队，越过水连的武士之海，越过甘波阇人的军队；（8）他也摆脱了成铠，越过军队组成的海洋。此时，你的战车勇士们满腔愤怒，将萨谛奇团团围住。（9）

难敌、奇军、难降、毗文沙提、沙恭尼、难偕、年轻的难耐和迦罗特，（10）还有其他许多英雄，个个手持兵器，难以抵御。萨谛奇走在前面，他们怒不可遏，从后面追来。（11）尊者啊！你的大军大声喧哗，仿佛涨潮时狂风掀动海洋发出巨响。（12）悉尼族雄牛看到所有这些武士朝他奔来，微笑着对御者说道："慢慢前行！（13）这持国之子的军队猖狂嚣张，象、马、车和步兵朝我狂奔而来。（14）御者啊！车声隆隆，响彻四面八方、大地和虚空，也震动了海洋。（15）我要在大战中阻挡这军队海洋，犹如堤岸抵挡满月时涌起的海潮。（16）车夫啊，请看我在大战中施展因陀罗一般的威力。我将以利箭消灭敌人的军队。（17）请看那些步兵、马、车和象在战斗中倒在我的箭下。我的箭如同烈火，将使成千上万的武士尸骨不全，性命不

存。"（18）

　　威力无限的萨谛奇这样说着，你的军队迅速来到附近，渴望战斗，呐喊着："杀啊！快上！站住！看啊！看啊！"（19）萨谛奇以利箭打击这些叫嚷着的英雄。他歼灭了三百匹马和四百头象。（20）在他和这些弓箭手之间展开了一场激战，一场大屠杀，仿佛从前发生在天神和阿修罗之间的激战。（21）尊者啊！你的儿子的军队如同层层乌云压来，悉尼之孙（萨谛奇）以毒蛇般的利箭进行反击。（22）英勇的萨谛奇在战场上被一张张箭网覆盖，但他毫不慌乱，大王啊，杀死你的许多武士。（23）王中之王啊！我亲眼目睹了这个非凡的奇迹，萨谛奇的箭竟然无一虚发，君王啊！（24）这个军队的海洋以车、象和马为海水，以步兵为海浪，遇到悉尼之孙（萨谛奇）这道堤岸，就停顿下来。（25）四面八方的军队都遭到他的利箭杀戮，人、象和马一次又一次慌忙退回，仿佛受到严寒侵袭的牛群，四处乱转。（26）我看不到没有被萨谛奇的箭射中的步兵、战车、大象、骑兵和马匹。（27）国王啊！萨谛奇消灭了这样多的军队，连翼月生（阿周那）也没有完成这样的杀戮。婆罗多族雄牛，悉尼之孙（萨谛奇）的战绩甚至超过了阿周那。（28）

　　此时，难敌王以三支箭射中沙特婆多族后裔（萨谛奇）的车夫，以四支锋利的箭射中他的驷马。（29）他又接连以三支箭和八支箭射中萨谛奇。难降以十六支箭射中悉尼族雄牛（萨谛奇）。（30）沙恭尼以二十五支箭，奇军以五支箭，难偕以十五支箭，射中萨谛奇的胸部。（31）蕊湿尼族之虎被这些箭射中后，笑了笑，大王啊！他让他们每人中了三支箭。（32）萨谛奇的箭威力强大，狠狠地刺入敌人的身体。他在战场上纵横驰骋，像雄鹰一般轻盈敏捷。（33）他射断了妙力之子（沙恭尼）的弓，射破了他的护手皮套，又以三支箭射中难敌的胸口。（34）悉尼族雄牛以百支箭射中奇军，以十支箭射中难偕，以二十支箭射中难降。（35）

　　民众之主啊！这时，你的小舅子（沙恭尼）又拿起一张弓，接连以八支箭和五支箭射中萨谛奇。（36）难降以十支箭，难偕以三支箭，丑面以十二支箭，射中萨谛奇，国王啊！（37）难敌以七十三支箭射中摩豆族后裔，婆罗多子孙啊，随即以三支利箭射中他的车夫。（38）

所有的勇士齐心协力，奋勇作战。萨谛奇又让他们每人身中五支箭。（39）战车勇士中的佼佼者萨谛奇迅速以一支月牙箭射中你儿子的车夫。车夫毙命，跌倒在地。（40）车夫跌落后，驷马拉着你的儿子的战车，风一般地离开战场。（41）尔后，国王啊，你的儿子们和其他武士都看到国王的战车离去，民众之主啊，也纷纷逃离，数以百计。（42）看到这支军队逃跑，萨谛奇射出大量在石头上磨尖的金羽毛箭，婆罗多子孙啊！（43）驱散了四周你的所有人马，萨谛奇前去追随拥有白马者（阿周那）的战车，国王啊！（44）看着他一面行进，一面取箭和射击，保护车夫和自己，你的武士们也对他表示敬佩。（45）

以上是吉祥的《摩诃婆罗多》中《德罗纳篇》第九十六章（96）。

九七

持国说：

悉尼之孙（萨谛奇）击溃了这支大军，前去追随阿周那，全胜啊，我的那些不知羞耻的儿子们做了些什么？（1）目睹悉尼之孙（萨谛奇）的所作所为如同左手开弓者（阿周那），这些濒临死亡的人怎么还能坚持战斗呢？（2）这些被打败的武士们说了些什么？名声显赫的萨谛奇如何在战场上闯关而过？（3）全胜啊！我的儿子们还都活着，悉尼之孙（萨谛奇）如何得以在战场上扬长而去？请你如实地讲给我听吧！（4）我从你口中听到的可真是太奇妙了，他只身一人与众多敌人战斗，对手都是大勇士。（5）依我看，时运倒转，我的儿子们福祚浅薄，所以在战斗中遭到这位灵魂伟大的沙特婆多族后裔杀戮。（6）全胜啊！让所有般度人待着吧！我的大军还填不饱这怒气冲冲的萨谛奇一人！（7）他在战场上战胜了武艺高超、作战勇猛的德罗纳，再来杀戮我的儿子们，也就像雄狮杀戮鹿群一般。（8）以成铠为首的诸多勇士奋战沙场，也不能杀死萨谛奇这位人中雄牛。（9）名声显赫的悉尼之孙（萨谛奇）创造了如此战绩，甚至赛过翼月生（阿周那）。（10）

全胜说：

这都归咎于你的失策，难敌的劣迹。婆罗多子孙啊！请专心听我叙述！（11）依照你的儿子的命令，武士们相互发誓愿为决死勇士，下定决心，投入战斗。（12）以难敌为先锋的三千名勇士，还有塞种人、甘波阇人、波力迦人、耶婆那人和巴罗陀人、（13）俱宁陀人、坦伽纳人、安波私吒人、毕舍遮人和曼陀罗人，一齐向悉尼之孙（萨谛奇）扑过去，犹如飞蛾扑火。（14）以石头为兵器的山地人，五百名英雄的战车勇士，全副武装，冲向悉尼之孙，国王啊！（15）一千辆战车、一百辆大战车、一千头大象和两千匹马，（16）还有无数步兵，一齐冲向悉尼之孙，大勇士们一路泼洒箭雨。（17）婆罗多子孙啊！难降口中喊着："杀死他！"鼓动所有这些勇士包围萨谛奇，大王啊！（18）

我们目睹了悉尼之孙（萨谛奇）创造的伟大奇迹。他一个人毫不慌乱，与众多武士展开搏斗。（19）他消灭了车军、象军、骑军和所有陀私优人。（20）破碎的车轮，毁坏的精良兵器，断裂的车轴、车辕、车杆和绳索，（21）断裂的衡木，倒下的幡幢，还有铠甲和拂尘，狼藉遍野。（22）花环、饰物、衣服和轴干，布满大地，犹如繁星缀满天穹，尊者啊！（23）战死疆场的上等宝象，身形如山，出自安阇纳种群，或伐摩那种群，或妙颜种群，或大莲花种群，（24）还有的出自爱罗婆多种群，或其他种群，每一头都拥有完美的象牙。国王啊！如此众多的大象被杀死，躺倒在地。（25）国王啊！萨谛奇还杀死了许多骏马。这些骏马出自林寿种群，或山地种群，或甘波阇种群，或阿罗吒种群，或波力迦种群。（26）悉尼之孙（萨谛奇）射死了数百数千名步兵，他们来自不同的国度，属于不同的种姓。（27）难降对那些遭到杀戮的陀私优人说道："你们这些不懂正法的人，为何逃跑？回去战斗！"（28）

你的儿子难降观察了所有的人马之后，催促以石头为武器的山地勇士们说：（29）"你们擅长石战，而萨谛奇对此则一窍不通。你们去杀死那个不懂石战的好战之徒！（30）俱卢人同样不擅长石战。你们冲上去，不要害怕！萨谛奇奈何不了你们！"（31）于是，那些山地勇士举起像小象一般的巨石，挺身来到萨谛奇面前，企图杀死他。（32）

在你的儿子的催促下，其他许多武士也举着各种投掷器，从四面八方围堵沙特婆多族后裔，一心要杀死他。（33）这些想要进行石战的武士冲向前来，萨谛奇挽弓搭箭，接连射出三百支箭。（34）山地武士们制造出密集的石雨，悉尼族雄牛以蛇一般的铁箭粉碎了石雨。（35）那些碎石仿佛一群群闪闪发光的萤火虫，落下来，砸死许多武士，尊者啊！响起一片"啊！啊！"的叫喊声。（36）高举着巨石的五百名勇士就这样折断了胳膊，跌倒在地，国王啊！（37）这简直是奇迹，他杀死了数千名奋勇当先、以石头为武器的英雄。（38）

这时，羊面人又从四面八方以石雨相攻，还有手执铁器和铁叉的德罗德人、伽沙人和坦伽纳人，（39）安波私吒人和俱宁陀人。而大力士萨谛奇心明眼亮，以铁箭粉碎一阵又一阵石雨。（40）利箭击碎空中的石头，国王啊！象、马、车和步兵闻声而逃。（41）碎石纷纷坠落，人和飞鸟都无法停留，犹如遭到黄蜂蜇咬。（42）那些死里逃生的大象，流淌鲜血，颤颤开裂，转身逃离萨谛奇的战车。（43）在摩豆族后裔打击下，你的军队发出可怕的呼叫声，尊者啊，犹如海潮呼啸。（44）

德罗纳听到这喧嚣声，对御者说道："御者啊！这个沙特婆多族大勇士在战场上已被激怒。（45）他像死神一般驰骋在战场上，把这支大军割裂成数段。御者啊！请驱车前往那响声激烈的地方！（46）一定是萨谛奇与那些以石头为武器的勇士们交战。所以，这些战车勇士才会被飞驰的马匹拉着逃走。（47）武士们丢了武器，丢了铠甲，身体受伤，倒了下去。在混战中，车夫们已经无法控制马匹。"（48）

睿智的婆罗堕遮之子（德罗纳）说完，车夫回答这位优秀的武士说道：（49）"长寿的人啊！俱卢族军队四下里逃散。你看，在战斗中被打垮的武士们慌不择路，东窜西奔。（50）这些般遮罗族勇士与般度人齐心合力，从各处冲向前来，一心要杀死你。（51）敌人的惩戒者啊！什么是当务之急，或留，或走，由你定夺！萨谛奇已离得很远了。"（52）

车夫与德罗纳这样交谈着，尊者啊！可以看见悉尼之孙（萨谛奇）正在杀戮众多的战车勇士。（53）你的那些武士在战场上遭到萨谛奇杀戮，纷纷撇下萨谛奇的战车，逃向德罗纳的军队。（54）难降

率先同许多战车勇士一道退转回来。所有的人都吓破了胆,一起跑向德罗纳的战车。(55)

以上是吉祥的《摩诃婆罗多》中《德罗纳篇》第九十七章(97)。

九八

全胜说:

看到难降的战车出现在身旁,婆罗堕遮之子(德罗纳)对难降说道:(1)"难降啊,为何所有的战车都跑过来?国王可否平安?信度王是否还活着?(2)您是王子,是国王的弟兄,是大勇士,怎能不顾储君的地位而在战场上临阵脱逃呢?(3)你亲自与般遮罗人和般度人结下了不共戴天的仇恨,才与一个萨谛奇交手,怎么就吓成这副模样呢?(4)从前你抓起骰子的时候,难道不知道这些骰子会变成毒蛇般可怕的箭?(5)尤其是你曾经对般度之子们恶语相向,黑公主从前遭受的苦难正是由你而起。(6)你的尊严和骄傲到哪里去了?英雄啊!你吹嘘的大话到哪里去了?你把毒蛇般的普利塔之子们惹怒之后,想溜到哪里去?(7)婆罗多族军队正在遭难,国王难敌也一样,可你这位强悍的弟兄却只想着逃跑。(8)这支军队已经陷入恐怖,溃不成军,你难道不应该凭借自己的臂力来保护它吗?你今天胆怯地逃离战场,只能让敌人得意洋洋。(9)杀敌者啊!连你这个军队的首领也逃走,连你这个保护者也恐慌,哪个懦夫还能够坚守阵地呢?(10)

"无罪的人啊!今天你刚刚与沙特婆多族后裔一人交战,就一心只想着逃离战场。(11)俱卢后裔啊,若是他日你在战场上看见手持甘狄拨神弓者(阿周那),或是怖军,或是那一对双生子,你该怎么办?(12)翼月生(阿周那)的箭具有太阳和火的威力,萨谛奇的箭在战场上不能与之相比,而你已经吓得逃跑。(13)倘若你拿定主意要逃跑,那就干脆把大地和平地归还法王(坚战)吧!(14)翼月生(阿周那)的铁箭如同蜕了皮的蛇,在它们进入你的身体之前,你就与般度人媾和吧!(15)在灵魂伟大的普利塔之子们还未在战场上杀死你们一百个兄弟,还未夺回大地之前,你就与般度人媾和吧!(16)

在正法之子坚战王和闻名战场的黑天还未发怒之前,你就与般度人媾和吧!(17)在大臂的怖军还未深入大军,消灭你的弟兄们之前,你就与般度人媾和吧!(18)从前毗湿摩就曾对你的兄弟难敌说过:'般度人在战场上是不可战胜的,可亲的人啊!与般度人讲和吧!'但是,你那愚蠢的兄长难敌没有采纳。(19)既然他执意要打仗,你就努力与般度人战斗吧!快快驾驶你的战车回到萨谛奇那里!(20)军队缺少了你,便会溃散,婆罗多子孙啊,为了自身的利益,去迎战真正英勇的萨谛奇吧!"(21)

德罗纳说完后,你的儿子一言不发,听见了也像没听见一样,又回到萨谛奇那边。(22)他和勇往直前的弥戾车人的军队一起,到达战场,奋力与萨谛奇展开厮杀。(23)

最优秀的战车勇士德罗纳怒不可遏,保持中速,向般遮罗人和般度人进发。(24)德罗纳进入般遮罗族军队后,击溃了数以百计和千计的武士。(25)尔后,大王啊,德罗纳在战场上通报自己的名字后,开始大肆杀戮般度人、般遮罗人和摩差人。(26)正当婆罗堕遮之子(德罗纳)击败一支又一支军队时,光辉的般遮罗王子雄旗冲上前来。(27)他以五支笔直的箭射中德罗纳,以一支箭射中幡幢,以七支箭射中车夫。(28)大王啊!我目睹了发生在战场上的这个奇迹。德罗纳面对这个勇猛的般遮罗王子,竟然不能在战斗中接近他。(29)尊者啊!般遮罗人看到德罗纳遭到阻截,盼望正法之子(坚战)获胜的武士们将德罗纳团团围住。(30)他们向孤立无援的德罗纳发射火焰般的利箭,投掷贵重的标枪和各式各样的兵器,国王啊!(31)德罗纳击毁四周飞来的箭,国王啊,犹如大风驱散空中的乌云。(32)

尔后,诛灭敌雄的德罗纳搭上一支可怕的箭,如同太阳和烈火,对准雄旗的战车。(33)这支箭穿透般遮罗王子,国王啊,沾着鲜血,迅速钻入地下,好似一缕火焰。(34)般遮罗王子立即从战车上摔下来,犹如高山之巅的占婆树被风折断。(35)身为大弓箭手和大力士的王子被杀死后,般遮罗人迅速从四面八方包围德罗纳。(36)婆罗多子孙啊!奇旗、妙弓、奇铠和奇车都为兄弟殉难而悲痛。(37)他们渴望战斗,一起冲向德罗纳,向他泼洒箭雨,犹如夏末的乌云降下大雨。(38)

遭到众多大勇士王子的攻击，德罗纳大怒，让这些少年在战场上失去马匹、御者和战车。（39）誉满天下的德罗纳又以一些锋利的月牙箭射落他们的头颅，犹如摘下花朵。（40）国王啊！这些充满活力的王子被杀死，从战车滚落到地面，仿佛在天神和阿修罗的大战中，提迭和檀那婆倒在地上。（41）威武的婆罗堕遮之子（德罗纳）在战场上消灭这些王子后，挥舞他的那张弓背镶金、难以抵御的弓。（42）

看到天神般的般遮罗大勇士们横遭杀戮，猛光怒不可遏，眼中淌出泪水。这位愤怒的勇士在战场上直逼德罗纳的战车。（43）看到般遮罗王子在战斗中用箭笼罩住德罗纳，人们爆发出"啊呀！啊呀！"的惊呼声。（44）虽然被灵魂伟大的水滴王之孙（猛光）用箭笼罩住，德罗纳不慌不忙，微笑着沉着应战。（45）大王啊，般遮罗王子气得发昏，愤怒地以九十支笔直的箭射中德罗纳的胸部。（46）名扬寰宇的婆罗堕遮之子（德罗纳）被这位力士的箭深深刺中，坐在车座上，头晕目眩。（47）英勇果敢的猛光看到他这种状况，立即抛下弓，拿起一把大刀。（48）这位大勇士迅速从战车上跳下，飞快地跃上婆罗堕遮之子（德罗纳）的战车，尊者啊！他怒目圆睁，两眼通红，一心要把德罗纳的头从身体上砍下来。（49）然而，大力士德罗纳已经缓过气来，国王啊！他抓起弓，以近距离作战的一拃箭与大勇士猛光交战。（50）这种名叫一拃箭的近距离作战兵器，为德罗纳所熟知，国王啊，他以这种箭射向猛光。（51）英勇的大力士被这些箭射中，攻势受挫，迅速从战车上跳下。（52）

战车大勇士猛光跃上自己的战车，拿起一张大弓，在战场上射击德罗纳。（53）他俩的战斗堪称奇迹，赢得众生敬仰，无论是刹帝利，还是其他武士。（54）般遮罗人叫嚷着："德罗纳在战斗中遇上了猛光，他肯定会屈服于我们的国王。"（55）德罗纳眼疾手快，射落了猛光的车夫的头，犹如从树上摘下一个成熟的果子。灵魂伟大的猛光的马匹疾驰而去。（56）那些马匹疾驰而去后，勇敢的德罗纳在战场上驱散这里和那里的般遮罗人和斯楞遮耶人。（57）威武的克敌者德罗纳战胜了般度人和般遮罗人。然后，他重整自己的阵容，严阵以待。君王啊！般度人没有能力在战场上战胜他。（58）

以上是吉祥的《摩诃婆罗多》中《德罗纳篇》第九十八章(98)。

九九

全胜说：

国王啊！难降朝悉尼之孙（萨谛奇）冲去，一路上射出数千支箭，犹如乌云下雨。（1）他在战斗中以六十支箭射中萨谛奇，继而又射中十六支箭。而萨谛奇犹如美那伽山岿然不动。（2）英勇的萨谛奇以无数支箭笼罩住难降，好似蜘蛛用丝缠住闯入网中的飞虫。（3）国王看到难降被数百支箭笼罩住，催促三穴国武士冲向萨谛奇的战车。（4）三千名残酷无情的三穴国战车勇士，个个骁勇善战，来到萨谛奇的面前。（5）他们用庞大的车队围住萨谛奇，下定决心，互相发誓要做战场上的决死勇士。（6）他们冲向前去，在战斗中泼洒箭雨。萨谛奇射击先锋部队中的五百名勇士。（7）他们很快倒了下去，死在悉尼族俊杰的箭下，仿佛被飓风吹折的大树。（8）民众之主啊！大地上到处是破碎的战车、折断的幡幢和倒毙的披着金甲的马匹。（9）这些马匹的身躯被萨谛奇的箭射破，鲜血流淌，大王啊！像是鲜花盛开的金苏迦树。（10）你的武士们在战场上遭到萨谛奇杀戮，找不到保护者，犹如陷入泥潭的象群。（11）因此，所有的武士又转回到德罗纳那里，犹如蟒蛇们害怕众鸟之王而躲进洞穴。（12）英雄萨谛奇以毒蛇般的利箭杀死五百名武士后，慢悠悠地继续朝胜财（阿周那）的战车进发。（13）

这位人中俊杰一路前行，你的儿子难降迅速以九支笔直的箭射中他。（14）大弓箭手萨谛奇以五支锋利的秃鹫金羽毛箭回击他。（15）婆罗多子孙啊！难降微笑着，先后以三支箭和五支箭射中萨谛奇，大王啊！（16）悉尼之孙（萨谛奇）笑了笑，在战斗中以五支飞箭射断难降的弓，然后继续朝阿周那行去。（17）苾湿尼族英雄一路行去，难降怒不可遏，掷出一根全铁标枪，想要杀死他。（18）萨谛奇射出锋利的苍鹭羽毛箭，将你儿子的可怕的标枪射碎成百段，国王啊！（19）人主啊！你的儿子又拿起一张弓，以十支箭射中萨谛奇，发出狮子吼。（20）愤怒的萨谛奇在战斗中以多支火焰般的箭射中你儿

225

子的胸部，打得他晕头转向。然后，又以八支尖嘴铁箭射中他。(21)难降以二十支箭回击萨谛奇。但是，大王啊，沙特婆多族后裔再以三支迅猛有力的笔直的箭射中难降的胸部。(22)尔后，这位满腔愤怒的大勇士以数支笔直的利箭杀死难降的马匹和车夫，(23)以一支月牙箭射断他的弓，以五支月牙箭射破他的护手皮套，以两支月牙箭射断幡幢和旗杆，以数支利箭射杀两侧的车夫。(24)断了弓，失了车，死了马匹和车夫，难降被三穴王用自己的战车救走。(25)

婆罗多子孙啊！大臂的悉尼之孙（萨谛奇）追了难降一阵子，但想起怖军的话，也就没有杀死他。(26)婆罗多子孙啊，因为怖军曾在大会堂中央，当着所有人的面，发过誓要在战场上杀死你的儿子们。(27)所以，萨谛奇在战场上打败难降后，君王啊，便匆匆离开，沿着阿周那走过的路行去。(28)

以上是吉祥的《摩诃婆罗多》中《德罗纳篇》第九十九章(99)。

一〇〇

持国说：

在我的军队中，难道就没有大勇士能杀死萨谛奇，甚至都不能阻挡他前进吗？(1)在战场上，竟然只有真正英勇的、力大如同天帝释的萨谛奇一人创造业绩，仿佛大因陀罗战胜众檀那婆。(2)难道萨谛奇所行之处是无人之境？这人中雄牛竟然独自打垮浩大的军队。(3)悉尼之孙（萨谛奇）独自一人，如何把与他交战的众多灵魂伟大的武士甩在身后？全胜啊！讲给我听吧！(4)

全胜说：

国王啊！那些军队汇集了车、象、马和步兵，杀气腾腾，犹如世界末日来临。(5)赐人荣誉者啊！我以为，你的军队每天排列的阵容，世上没有一个能与之相比。(6)众天神和众遮罗纳聚在一起说："在大地上，这种阵容空前绝后。"(7)民众之主啊！在胜车王被杀这一天，德罗纳布下的阵容前所未有。(8)军队的洪水在战斗中互相冲击，犹如飓风掀动大海，发出巨响。(9)人中魁首啊！在你的和般度

族军队中，聚集的国王有数百数千之多。（10）那些愤怒的勇士作战凶猛，吼声震天，令人汗毛竖立。（11）

尊者啊！怖军、猛光、无种、偕天和法王（坚战）高声呐喊着：（12）"来啊！杀啊！奋勇前进！摩豆族和般度族两位英雄已经闯入敌军啦！"（13）他们催促士兵们："赶快行动吧，让他俩顺利地杀死胜车！如果他俩牺牲了，俱卢人就会达到目的，战胜我们！（14）你们大家齐心合力，赶快去将那军队的海洋搅得人仰马翻，就像飓风掀动大海。"（15）在怖军和般遮罗王子鼓动下，那些武士不顾自己宝贵的生命，在战场上杀向俱卢人。（16）这些光辉的武士为了升上天国，为了朋友的事业，毫不顾忌生命，宁愿战死疆场。（17）国王啊！你的武士们同样追求伟大的荣誉，决心投入崇高的战斗，坚守在战场上。（18）

这场恐怖的大战正在进行，萨谛奇一路斩杀敌兵，赶往阿周那那里。（19）那些铠甲在太阳光的照射下明晃晃的，直刺周围武士们的眼睛。（20）大王啊！般度人奋勇作战，难敌毫无惧色，深入敌人大军。（21）一场激战在难敌与般度人之间展开，婆罗多子孙啊，导致无数武士走向毁灭。（22）

持国说：

般度族全军出动，难敌亲自闯入，会遇到麻烦。御者啊！但愿他不会逃离战场。（23）在大战中，一人迎战多人，特别是作为一个国王，在我看来非同寻常。（24）他成长在舒适安逸中，享受荣华富贵，是世界之主。他单独面对众多武士，但愿他不会转身逃走。（25）

全胜说：

国王啊！听我讲述你儿子的奇迹般的战事吧！婆罗多子孙啊！他独自力战群雄，真是个奇迹。（26）在战场上，般度族军队突然遭到难敌侵袭，犹如一池荷花突然遭到一头野象践踏。（27）俱卢后裔啊！看到军队遭到你的儿子袭击，怖军立即率领般遮罗人冲上前去。（28）难敌以十支箭射中怖军，让玛德利的双生子各中三支箭，又以六支箭射中毗罗吒和木柱王，以一百支箭射中束发，（29）以二十支箭射中猛光，以七支箭射中正法之子（坚战），以十支箭射中羯迦夜族兄弟们，让黑公主的五个儿子各中三支箭。（30）在战场上，难敌又以锋利的箭射中数以百计的其他武士,以及大象和战车,犹如愤怒的死神毁灭众生。(31)依仗娴熟的武艺和兵器的威力,他消灭一批又一批敌人。人们只看见那张挽成圆圈的弓,而看不见他搭箭和放箭。(32)

尊者啊!他杀敌正酣时,般度的长子(坚战)以两支月牙箭将他那把弓背镶金的大弓砍成三截。(33)坚战以许多利箭准确地射中难敌。但是,这些箭只要碰到他的铠甲,立即折断,落在地上。(34)这时,普利塔之子们高兴地围在坚战身边,犹如在诛灭弗栗多的战斗中,众天神和大仙人们高兴地围在天帝释身边。(35)于是,国王难敌拿起一张坚固的弓,说道:"等着!你等着!"朝般度族国王(坚战)冲去。(36)国王啊,你的大勇士儿子口中正说着,那些渴望胜利的般遮罗人已经兴奋地迎上前来。(37)德罗纳一心要在战场上活捉般度之子(坚战),截住这些般遮罗人,仿佛高山挡住飓风刮来的云雨。(38)国王啊!这场大战就是一次大屠杀,仿佛是楼陀罗的游戏,夺走所有生灵的躯体。(39)

以上是吉祥的《摩诃婆罗多》中《德罗纳篇》第一百章(100)。

— ○ —

全胜说:

大王啊!下午时分,伴随着雷鸣般的吼声,战斗在德罗纳和苏摩迦人之间展开。(1)人中英豪(德罗纳)在战场上乘着赤马驾驭的战车,聚精会神,以中速驶向般度人。(2)这位生自宝钵的大弓箭手、大力士为了你的利益而奋力作战,发射各种锋利的羽毛箭。(3)婆罗多子孙啊!威武的婆罗堕遮之子(德罗纳)仿佛在战场上做游戏,消灭一批又一批卓越的武士,国王啊!(4)

羯迦夜族英雄五兄弟中的老大巨武,是大勇士,作战勇猛,迎战德罗纳。(5)他发射无数利箭,覆盖师爷,仿佛乌云向香醉山泼洒大雨。(6)大王啊!德罗纳满腔愤怒,向巨武发射十支在石头上磨尖的金羽毛箭,接着又发射七支箭。(7)德罗纳的弓中发出的这些箭可怕似毒蛇,巨武在战斗中兴奋地以十支箭将它们一一射断。(8)婆罗门魁首目睹他的敏捷轻巧，笑了笑，又向他发射出八支笔直的利箭。（9）看到从德罗纳的弓中飞来的这些箭，巨武以同样多的结实的利箭将它们截住。（10）大王啊！看到巨武完成难以完成的业绩，你的武士们都惊讶不已。（11）

于是，大王啊，威武的德罗纳对这位羯迦夜王子刮目相看，在战斗中使出梵天法宝。（12）大臂的、永不退却的羯迦夜王子在战斗中也以梵天法宝反击这飞来的梵天法宝。（13）国王啊！他在战场上击溃了婆罗堕遮之子（德罗纳）的法宝之后，以六十支在石头上磨尖的金羽毛箭射中这位婆罗门。（14）人中魁首德罗纳向巨武射出一支铁箭，穿透他的铠甲，又钻入地下。（15）这支箭在战场上穿透羯迦夜王子，又钻入地下，仿佛一条蜕了皮的黑蛇钻入蚁垤，王中魁首啊！（16）大王啊！巨武被通晓武艺的德罗纳重重击伤，满腔愤怒，瞪大了美丽的双眼。（17）他以七十支在石头上磨尖的金羽毛箭射中德罗纳，又以一支月牙箭射中车夫的双臂和胸部。（18）尊者啊！德罗纳虽被巨武多处射中，仍然朝羯迦夜王子的战车发射利箭。（19）德罗纳先打乱大勇士巨武的阵脚，然后向这位羯迦夜王子射出一支犀利的箭，婆罗多子孙啊！（20）羯迦夜王子顿时被深深地刺中胸口，大王啊！这位人中之虎被击穿心脏，从战车上滚落下来。（21）

羯迦夜族大勇士巨武被杀死，国王啊，童护之子（勇旗）怒不可遏，对车夫说道：（22）"御者啊！前进！到全副武装的德罗纳那里去！他正在大肆杀戮羯迦夜人和般遮罗族军队。"（23）听了他的话，车夫驱策甘波阇快马，将这位战车勇士中的佼佼者拉到德罗纳那里。（24）车底族雄牛勇旗浑身充满力量，猛然扑向德罗纳，犹如飞蛾扑向火焰。（25）他以六十支箭射中德罗纳以及马匹、战车和幡幢，然后又射出一些利箭，犹如打击一头熟睡的老虎。（26）强壮有力的车底王奋勇作战，德罗纳以一支锋利的马蹄箭将他的弓从中间砍断。（27）大勇士童护之子（勇旗）又拿起另一把弓，再以一些坚硬的利箭射中德罗纳。（28）大力士德罗纳杀死了他的马匹和御者，然后又向他射出二十五支箭。（29）

在战场上，车底王丧失了战车，丧失了弓，愤怒地将一根铁杵掷向婆罗堕遮之子（德罗纳）。（30）形状可怕而令人恐怖的铁杵突然飞来，婆罗堕遮之子（德罗纳）射出数千支箭，将这根沉甸甸的镶金铁杵击落。（31）这根系有红色花环和布条的铁杵被德罗纳击落在地，好似一颗星星从天穹陨落。（32）暴躁的勇旗看到铁杵被击落，又迅速地掷出一根长矛和一根镶金标枪。（33）在大战中，大力士德罗纳双手敏捷，以三支箭射断那根长矛，又迅速射断那根标枪。（34）在战场上，威武的婆罗堕遮之子（德罗纳）渴望杀死勇旗，向他射出一支犀利的箭，想要结果他的性命。（35）这支箭穿透威力无限的勇旗的铠甲和心脏，又钻入地下，犹如天鹅一头扎入荷花池。（36）国王啊！英雄德罗纳在大战之中消灭了勇旗，犹如饥饿的青䴙鸟吞噬一只飞虫。（37）

车底王被杀之后，他的精通武艺的儿子怒不可遏，立即填补父亲的空缺。（38）德罗纳笑了笑，以几支箭便打发他去了阎摩殿，犹如大森林中，一头硕大的猛虎杀死一头幼鹿。（39）婆罗多子孙啊！正当般度人遭受挫折时，英勇的妖连之子亲自迎战德罗纳。（40）大王啊！他很快以利箭覆盖德罗纳，让他隐没在箭下，犹如乌云遮住太阳。（41）看到他如此敏捷灵巧，刹帝利的灾星德罗纳很快射出成百成千支利箭。（42）德罗纳用箭覆盖住站在战车上的妖连之子，然后当着所有弓箭手的面，杀死这位战车勇士中的佼佼者。（43）

无论谁接近德罗纳，德罗纳就像死神一样将他吞噬，犹如死神吞噬一切命数已尽的生灵。（44）大弓箭手德罗纳在战斗中通报自己的名字，以千万支箭打得般度人晕头转向。（45）那些在石头上磨尖的金羽毛箭刻有德罗纳的名字，在战场上杀死四面八方的人、象和马。（46）他们遭到德罗纳杀戮，犹如大阿修罗们遭到天帝释杀戮。般遮罗人颤栗不已，好似遭到严寒侵袭的牛群。（47）婆罗多族雄牛啊！德罗纳在军队中大肆杀戮，般度人发出可怕的哀叫。（48）在战场上，婆罗堕遮之子（德罗纳）的箭雨打得般遮罗族大勇士们晕头转向，双腿僵直。（49）

大王啊！车底人、斯楞遮耶人和苏摩迦人渴望与德罗纳交战，兴奋地冲过来。（50）这些人中之虎竭尽全力接近大光辉的德罗纳，叫喊道："杀死德罗纳！杀死德罗纳！"他们一心要将德罗纳送往阎摩殿。（51）婆罗堕遮之子（德罗纳）以无数的箭将这些奋勇作战的勇士送到阎摩那里，特别是那些车底族勇士。（52）婆罗多子孙啊，这些车底族勇士遭到毁灭，般遮罗人在德罗纳的箭的打击下，颤抖不已。（53）尊者啊，他们目睹德罗纳如此显赫的战绩，开始呼唤怖军和猛光，说道：（54）"这婆罗门一定修过难以修行的大苦行，因此在战斗中如此勇猛，焚烧刹帝利雄牛们。（55）战斗是刹帝利的法，至高的苦行是婆罗门的法。一个修过苦行又博学多识的人，即使目光一瞥，也能烧毁一切。（56）许多刹帝利雄牛触及他的武器，犹如触及烈火，难以脱身，而被焚毁，婆罗多子孙啊！（57）大光辉的德罗纳凭借他的军队、勇气和精神，打得所有的人晕头转向，大肆杀戮我们的军队。"（58）

听了他们的话，武法挺身而出，以一支半月箭射断了德罗纳的带箭的弓。（59）刹帝利的灾星德罗纳越发愤怒，拿起另一张光芒四射、威力更大的弓。（60）强壮有力的师爷搭上箭，挽弓至耳旁，然后射出。这支箭锋利，锃亮，结实，富有杀伤力。（61）它杀死武法之后，又钻入地下。武法被射穿心脏，从战车上摔下来，倒在地上。（62）

猛光之子被杀死，全军上下颤栗不安，大勇士显光驱车上前迎战德罗纳。（63）他以十支箭射中德罗纳的胸口，以四支箭射中车夫，再以四支箭射中他的四匹马。（64）师爷以十六支箭射中他的右臂，以十六支射中他的幡幢，以七支箭射中他的车夫。（65）车夫被杀后，那些马浑身覆盖着婆罗堕遮之子（德罗纳）在战场上射出的箭，拉着战车，飞奔而去，尊者啊！（66）

看到显光的战车逃离，他的车夫已被杀死，般遮罗人和般度人陷入大恐惧。（67）尊者啊！德罗纳在战场上驱散了联合作战的车底族、般遮罗族和斯楞遮耶族的勇士们，大放光彩。（68）年迈的德罗纳肤色黝黑，白发垂耳，年逾八旬，仍然驰骋战场，犹如一个十六岁的少年。（69）大王啊！德罗纳纵横驰骋，消灭敌人，毫无惧色，敌人们还以为他是手执金刚杵者（因陀罗）。（70）

尔后，大王啊，智慧的木柱王说道："他杀戮刹帝利们，犹如一头贪婪的猛虎杀戮一群幼鹿。（71）邪恶狡诈的难敌将会转生苦难的世界。正是因为他的贪心，这些刹帝利雄牛才在战场上横遭杀戮。（72）数以百计的勇士尸横大地，肢体破碎，犹如被肢解的雄牛，全身浸透鲜血,成为野狗和豺狼的美味佳肴。"(73)说罢,大王啊,大军统帅木柱王让普利塔之子们担任先锋,冲向德罗纳。(74)

以上是吉祥的《摩诃婆罗多》中《德罗纳篇》第一百零一章(101)。

一〇二

全胜说:

般度族阵容被搅乱,普利塔之子们、般遮罗人和苏摩迦人已经退到很远的地方。(1)战斗惨烈,令人汗毛直竖。世界好像到了末日,正在经历毁灭,婆罗多子孙啊!(2)勇猛的德罗纳在战场上不时发出怒吼,般遮罗人和般度人惨遭杀戮。(3)法王坚战左顾右盼,寻不到保护者,王中之王啊,他在思考怎么办。(4)坚战的目光寻遍四面八方,希望看到左手开弓者(阿周那)的身影,但他既没有看到普利塔之子(阿周那),也没有见到摩豆族后裔。(5)他看不到以猿猴为幢徽的人中之虎,听不到甘狄拨神弓的声响,六神不安。(6)他也看不到苾湿尼族首屈一指的战车勇士萨谛奇,满怀焦虑的法王坚战看不到这两个人中雄牛,无法平静。(7)

举世闻名的大臂法王(坚战)害怕遭到世人谴责,思念起悉尼之孙(萨谛奇)的战车:(8)"悉尼之孙(萨谛奇)诚实可靠,为朋友解除恐惧。我在战斗中派遣他去接应翼月生(阿周那)。(9)今天,我这一份担忧变成了两份,既惦记着萨谛奇,又担心着般度之子胜财(阿周那)。(10)我让萨谛奇去接应阿周那,我又该派谁去接应这位沙特婆多族后裔呢?(11)如果我努力照应自己的兄弟,而不关心萨谛奇,世人将会谴责我。(12)他们会说:'法王坚战为了照应兄弟,宁愿舍弃真正英勇的苾湿尼族萨谛奇。'(13)为了免遭世人非议,我还是派遣普利塔之子狼腹(怖军)去追随灵魂伟大的摩豆族后裔(萨谛奇)。(14)这样,我对作战勇猛的苾湿尼族英雄萨谛奇,就跟我对诛灭敌人者阿周那的喜爱一样。(15)

"这位悉尼族后裔被我委以过重的任务。这位大力士尊重朋友,受朋友之托,冲进了婆罗多族大军,犹如摩竭鱼冲进了大海。(16)

听那声音，那是勇往直前的英雄们在齐心合力奋战智慧的苾湿尼族勇士！（17）他们人多势众，我看是时候了！还是让般度之子弓箭手怖军前往那两个大勇士那里。（18）在这个世界上，没有什么是怖军不能抵御的。他能够在战斗中，凭借自己的臂力，与大地上所有骁勇的弓箭手对阵。（19）正是依靠这个灵魂伟大者的臂力，我们才得以从林居地返回，才能够在战斗中立于不败之地。（20）若是般度之子怖军到达沙特婆多族后裔（萨谛奇）身边，那么沙特婆多族后裔和翼月生（阿周那）在战斗中便有了保护者。（21）实际上，我不必为战场上的沙特婆多族后裔和翼月生（阿周那）担忧，他俩有婆薮提婆之子（黑天）的保护，自己又精通诸般武艺。（22）然而，我必须平息自己的焦虑。因此，我还是要派怖军去追随沙特婆多族后裔（萨谛奇）。我认为我这样安排，是对萨谛奇尽到责任。"（23）

国王啊！正法之子坚战拿定主意后，对车夫说道："载我去怖军那里！"（24）听了法王（坚战）的话，通晓马术的御者将那辆镶金战车驶到怖军身边。（25）到达怖军那里，国王想到目前的状况，黯然神伤。他指示道：（26）"你的兄弟驷马单乘便能打败众天神、众健达缚和众提迭，但我现在看不见他的标志，怖军啊！"（27）怖军对为此而来的法王（坚战）说道："我从未见到和听到你这样忧伤。（28）从前，我们遭受苦难而垂头丧气，您总是我们的支柱。振作起来！振作起来！王中之王啊！你下命令吧，我能为你做什么？（29）赐人荣誉者啊！没有我办不到的事情！俱卢族俊杰啊，下命令吧！不要忧心忡忡！"（30）

国王泪水盈眶，满脸愁容，犹如黑蛇一般叹着气，对怖军说了这番话：（31）"五生螺号的声音听来是闻名遐迩的婆薮提婆之子（黑天）愤怒地吹响。你的兄弟胜财（阿周那）今天肯定已被杀死，躺倒在地。（32）他被杀之后，一定是遮那陀那（黑天）在战斗，正是依靠这位勇士的勇气，般度族才得以生存。（33）危难时，我们寻求他的庇护，犹如众天神寻求千眼大神庇护。这个英雄为了攻击信度王，闯入了婆罗多族军队。（34）怖军啊！我们知道他去了，还没有返回。他肤色黝黑，头发浓密，年轻英俊，臂长，（35）胸膛宽阔，肩膀厚实，勇气如同疯象，双眸红似鹇鸠眼，专给敌人增添痛苦。（36）克

233

敌者啊，愿你吉祥！我的痛苦由此而起，为了阿周那，也为了沙特婆多族后裔（萨谛奇）。（37）犹如点燃的火焰随着浇下的酥油，越燃越旺，我看不到他的旗徽，越来越焦急。（38）你要知道，人中之虎沙特婆多族大勇士随后去追随你的大勇士兄弟。见不到这位大臂者，我感到沮丧。（39）精通战斗的黑天一定还在战场上战斗，正是依靠这位勇士的勇气，般度人才得以生存。（40）贡蒂之子啊，如果你认为应该照我的话去做，那就前往胜财（阿周那）和大勇士萨谛奇那里吧！知法的人啊，我是你的长兄。（41）你对萨谛奇的关心应该胜过对阿周那的关心。你若是希望帮助我，普利塔之子啊，你就去追随左手开弓者（阿周那）。这是一条灵魂不完善的人无法行走的可怕的路。"（42）

怖军说：

那辆战车从前载过梵天、自在天、因陀罗和伐楼拿。两位黑王子正是乘这辆战车而去，不会有什么危险。（43）我俯首接受你的命令，这就出发！你不要担忧！待我与那些人中之虎会合后，再把消息传递给你。（44）

全胜说：

这样说过后，他将坚战托付给猛光和朋友们，然后出发。大力士怖军反复嘱咐猛光，说了这些话：（45）"大臂的人啊！你是知道的，大勇士德罗纳现在千方百计要活捉法王（坚战）。（46）水滴王之孙啊，我此番离去，并非无比紧迫的事情，保护国王倒是我们的当务之急。（47）但是，普利塔之子坚战这样吩咐了我，我不能顶撞他。我只好毫不迟疑地执行法王（坚战）的话，去那该死的信度王那里。（48）你今天一定要在战斗中努力保护普利塔之子坚战。这是战场上所有事情中最重要的事情。"（49）大王啊！猛光对狼腹（怖军）说："大臂的人啊！如你所愿！你放心地去吧，普利塔之子！（50）只要是德罗纳在战场上杀不死猛光，他就别想在战场上抓住法王（坚战）。"（51）

于是，般度之子（怖军）把国王托付给猛光，向长兄打过招呼后，前往翼月生（阿周那）那里。（52）婆罗多的子孙啊！法王当时紧紧拥抱这位贡蒂之子，亲吻他的头，向他表达吉祥的祝福。（53）

大臂的怖军身摆铠甲，佩戴美丽的耳环和臂钏，手执盾牌，拿着箭，在战车勇士中首屈一指。（54）他的黑铁铠甲镶有金子，光彩熠熠，威风十足，好似缠绕山峰的乌云挟带闪电。（55）他身着黄、赤、青、白诸色的衣裳，脖子上也戴着护甲，好似乌云伴有彩虹。（56）

　　正当怖军出发，渴望与你的军队作战，又传来五生螺号的响声，民众之主啊！（57）听到那震撼三界的可怕的巨大响声，大臂的正法之子（坚战）又对怖军说道：（58）"这是苾湿尼族的英雄猛力吹响的螺号声，响彻大地和虚空。（59）一定是左手开弓者（阿周那）身陷绝境。他手持飞轮和铁杵，只身奋战所有的俱卢人。（60）今天，尊贵的贡蒂、黑公主、妙贤和众亲友都看到了凶险的征兆。（61）怖军啊，你要加快速度，前往胜财（阿周那）那里！我一心想要见到他，同时也为沙特婆多族后裔担心，已经头昏脑涨，分不清东南西北了。"（62）他反复对怖军说道："快快去吧！快快去吧！"让兄长满意的弟弟怖军接受兄长的命令，擂响战鼓，一遍遍吹响螺号。（63）他发出狮子吼，不断地扯动弓弦，一副凶神恶煞的样子，猛然向敌人冲去。（64）那些驯顺的骏马速度快似思想和风，在车夫除忧驾驭下，载他前去。（65）普利塔之子（怖军）一路厮杀，不断地用手扯动弓弦，搅乱和打击前沿部队。（66）般遮罗族和苏摩迦族勇士们紧紧地跟随这位冲锋陷阵的大臂勇士，犹如众天神跟随因陀罗。（67）

　　大王啊！众兄弟率领着军队围堵怖军，他们是难撼、奇军、罐破和毗文沙提，（68）丑面、难偕、毗迦尔纳、舍罗、文陀和阿奴文陀兄弟、妙面、长臂和妙容，（69）弗楞达罗迦、妙手、苏室纳、长目、无畏、凶业、美铠和难解。（70）这些战车勇士中的佼佼者率领着各种军队和随从，奋勇作战，将怖军团团围住。（71）

　　看到这些人围上来，勇敢的贡蒂之子怖军，迅猛地冲向他们，犹如雄狮扑向弱小的鹿群。（72）众英雄使出各种神奇的大型兵器，以箭围攻怖军，仿佛滚滚乌云想要遮住升起的太阳。（73）怖军迅猛地冲过他们，直逼德罗纳的军队，向位于前面的象军泼洒箭雨。（74）风神之子（怖军）不消片刻，便以无数快箭将象军驱向四面八方。（75）仿佛林中的兽群听到八足兽的吼叫，所有的大象惊恐地逃跑，发出可怕的鸣叫。（76）

怖军迅猛地闯过象军，冲向德罗纳的军队。师爷阻截他，犹如堤岸拦住翻滚而来的大海。（77）德罗纳微笑着，以一支铁箭击中他的额头，般度之子（怖军）仿佛成了一轮向上放射光芒的太阳。（78）德罗纳以为怖军会与翼月生（阿周那）一样，想到"这是我的师爷"，而向他行礼，于是，对狼腹（怖军）说道：（79）"怖军啊！你身陷群敌，若是在战场上战胜不了我，就闯不进敌人的军队，大力士啊！（80）如果说你的兄弟和黑天经我许可进入了这支军队，你却不能进入！"（81）

听了师爷这番话，怖军全无惧色。他怒气冲冲，两眼通红，一面喘着气，一面对德罗纳说道：（82）"你这婆罗门中的败类！阿周那绝不是得到了你的允许才进入战场。他难以抵御，甚至能闯入天帝释的军队。（83）他不过是对你表示了充分的尊重。我可不是软心肠的阿周那，德罗纳！我是怖军，是你的仇敌。（84）我们以为'你是我们的父辈、师长和朋友，我们是你的儿辈。'所有人都对你毕恭毕敬。（85）你现在对我们这样说话，看来一切都已颠倒。如果你认为自己是敌人，那么好吧！我怖军会像对付敌人那样对付你。"（86）

这时，怖军抡起铁杵，犹如死神挥舞起刑杖，将它掷向德罗纳。国王啊！德罗纳急忙从战车上跳下。（87）这铁杵捣毁了德罗纳的战车、驷马、车夫和幡幢，也砸死了众多的武士，犹如狂风吹折许多树木。（88）你的儿子们又将这卓越的战车勇士围住。这时，优秀的武士德罗纳跃上另一辆战车。（89）于是，大王啊，勇敢的怖军愤怒地向位于前面的战车部队泼洒箭雨。（90）你的大勇士儿子们在战场上遭到杀戮。但他们渴求胜利，继续与力量骇人的怖军交战。（91）

尔后，难降一心要杀死般度之子（怖军），愤怒地向他投去一根锋利的、全铁的战车标枪。（92）简直太奇妙了！你儿子掷出的那根大标枪飞来时，怖军竟然将它斩成两段。（93）这位力士满腔愤怒，再分别以三支利箭，杀死了罐破、苏室纳和长目三兄弟。（94）尔后，在你的英勇奋战的儿子们中间，他又杀死了那个为俱卢族增光的英雄弗楞达罗迦。（95）怖军再分别以三支箭杀死了你的三个儿子，无畏、业凶和难解。（96）大王啊！你的儿子们遭到这位强者的杀戮，但他们依然从四面八方围攻优秀的武士怖军。（97）而贡蒂之子怖军笑着，用箭将文陀和阿奴文陀连同你的儿子妙铠送往阎摩殿。(98) 婆罗多族雄牛啊!尔后,他在战场上很快射中你的英勇的儿子妙容。妙容倒地死去。(99)

没有花费多少时间,般度之子(怖军)就用箭将车军驱向四面八方。(100) 犹如鹿群受到车轮声和吼叫声惊吓,民众之主啊,你的儿子们在战场上遭到杀戮,被怖军吓破了胆,连车带人四下里逃散。(101) 贡蒂之子(怖军)追赶你的儿子们的大军,国王啊!在战场上打击四周围的俱卢人。(102) 大王啊!你的人马遭到怖军追杀,纷纷在战场上避开怖军,策马逃遁。(103) 大力士般度之子(怖军)在战场上战胜他们,发出狮子吼和击臂声,(104) 大力士怖军发出响亮的击掌声,将这些战车勇士甩在身后,冲向德罗纳的军队。(105)

以上是吉祥的《摩诃婆罗多》中《德罗纳篇》第一百零二章(102)。

一〇三

全胜说:

怖军冲出车军,犹如太阳冲出黑暗。为了阻截他,师爷向他泼洒箭雨。(1) 怖军仿佛把那些发源于德罗纳上乘之弓的箭流统统喝下。他冲向堂兄弟们,以幻力使军队神志不清。(2) 在你的儿子们的怂恿下,最优秀的弓箭手们在战场上以最快的速度从四面八方包围怖军。(3) 婆罗多子孙啊!怖军受到包围,依然微笑着,高举起可怕的铁杵,发出狮子吼。这位力士迅速将这铁杵掷出,打击他们。(4) 灵魂坚强的怖军掷出这根可怕的铁杵,犹如因陀罗掷出金刚杵,国王啊,它闪发着光焰,巨大的声音响彻大地,吓坏了你的儿子们。(5) 看到这根铁杵砸下来,迅猛有力,周身闪发光焰,你的人马纷纷逃离,发出骇人的惊叫。(6) 尊者啊!听到铁杵发出的令人无法忍受的呼啸,许多人纷纷倒下,一些战车勇士从战车上跌落。(7) 贡蒂之子(怖军)所向披靡,在战场上驱散敌人,犹如鸟王金翅鸟迅速地将千军万马甩在身后。(8)

正当车军首领中的首领怖军横冲直撞时,婆罗堕遮之子(德罗纳）迎上前来，大王啊！（9）在战场上，德罗纳以箭流阻截怖军，突然发出令般度人恐惧的吼声。（10）大王啊！德罗纳和灵魂伟大的怖军之间展开了一场可怕的战斗，犹如发生在天神和阿修罗之间。（11）在战斗中，德罗纳的弓释放出大量利箭，射死数百数千个英雄。（12）这时，般度之子（怖军）从战车上跳下，紧闭双眼，快步朝德罗纳冲去，国王啊！（13）好似一头雄牛欢快地迎接大雨，人中之虎怖军冒着箭雨而上。（14）尽管在战场上遭受袭击，尊者啊！这位大力士一手抓住德罗纳战车的车辕，将他的战车掀翻。（15）国王啊，德罗纳在战场上被怖军抛下来，却敏捷地登上另一辆战车，驶回阵容的入口处。（16）就在这一刹那间，怖军的车夫迅速驱策马匹。俱卢族后裔啊，这简直是奇迹。（17）

尔后，大力士怖军回到自己的战车上，迅猛冲向你儿子的军队。（18）在战斗中，他消灭武士们，犹如狂风摧折树木。他一路行来，冲散军队，好像信度河迅猛冲向群山。（19）怖军与由成铠守护的博遮族军队短兵相接。国王啊！他消灭了许多武士之后，扬长而去。（20）尊者啊！他的击掌声和弓弦声令军队胆战心惊。他战胜了整个大军，犹如一头猛虎战胜了牛群。（21）他闯过了博遮族军队，闯过了甘波阇族军队，又将许多精通战斗的弥戾车人甩在后面。（22）这时，贡蒂之子（怖军）看见了正在作战的人中雄牛萨谛奇，便奋力驱车，快速前进。（23）

大王啊！般度之子怖军渴望见到胜财（阿周那），在战场上将你的武士们甩在身后。（24）勇敢的怖军终于看见了阿周那，这位人中雄牛为了杀死信度王，正在奋勇作战。（25）瞧见阿周那，怖军发出巨大的吼声。普利塔之子（阿周那）听到了他发出的巨大吼声。（26）尔后，普利塔之子（阿周那）也大吼一声，摩豆族后裔（黑天）跟着大吼一声，大王啊！他们两个奔驰而来，犹如两头咆哮的雄牛。（27）婆薮提婆之子（黑天）和阿周那都听到了骁勇的怖军的吼声，急于见到狼腹（怖军），也一再发出吼声。（28）

听到怖军的声音，也听到弓箭手翼月生（阿周那）的声音，大王啊，正法之子坚战感到高兴。（29）国王听到那巨大的吼声，忧愁消失。他为胜财（阿周那）祝福，愿他在战场上获得胜利。（30）作战勇猛的怖军吼声不断，长臂的正法之子坚战脸上露出笑容。（31）这位优秀的执法者思忖片刻，在心里说道："怖军啊！你果然把消息传递过来，你果然执行了长者的话。（32）般度之子啊！与你为敌的人们都休想在战斗中取胜。真是好运当头，左手开弓者胜财（阿周那）还活在战场上！（33）真是好运当头，真正英勇的英雄萨谛奇安然无恙！真是好运当头，我听到了婆薮提婆之子（黑天）和胜财（阿周那）的吼声！（34）真是好运当头，翼月生（阿周那）在战场上杀敌无数，却仍然活着！他曾经在战斗中战胜天帝释，让火神心满意足。（35）真是好运当头，翼月生（阿周那）消灭了无数敌军，却依然活着！仰仗他的臂力，我们所有人得以活下来。（36）他曾经单人独乘战胜了连天神也难以战胜的全甲族。真是好运当头，这个普利塔之子（阿周那）还活着！（37）他曾经在摩差城战胜所有前来夺牛的俱卢人。真是好运当头，这个普利塔之子（阿周那）依然活着！（38）他曾经凭借威武的臂力，在大战中诛杀了一万四千名迦罗盖耶族阿修罗。真是好运当头，这个普利塔之子（阿周那）还活着！（39）他曾经凭借武器的威力，为了难敌而战胜强有力的健达缚王。真是好运当头，这个普利塔之子（阿周那）还活着！（40）他头戴顶冠，强壮有力，以白马驾车，以黑天为御者，永远让我喜欢。真是好运当头，翼月生（阿周那）还活着！（41）

"失去亲子的痛苦折磨他，但他依然决心完成难以完成的任务。他已经立下誓言，要杀死胜车王。胜财（阿周那）能否在战场上杀死信度王？（42）在太阳下山之前，我能否与阿周那重逢？在婆薮提婆之子（黑天）保护下，那时他是否已经实现了誓言？（43）信度王一心为难敌谋利益。他是否会被翼月生（阿周那）击毙，而让他的敌人们快乐？（44）看到信度王在战场上被翼月生（阿周那）杀死后，国王难敌是否肯与我们媾和？（45）看到众多兄弟被怖军在战场上杀死后，这愚蠢的难敌是否肯与我们媾和？（46）看到其他许多武士尸横遍野，这愚蠢的难敌是否会后悔？（47）已经牺牲了一个毗湿摩，我们之间的冤仇是否能就此了结？为了保全剩下的人，难敌是否肯媾和？"（48）

坚战满怀慈悲，如此这般思绪万千。与此同时，国王啊，恐怖的

战斗依然在进行。(49)

以上是吉祥的《摩诃婆罗多》中《德罗纳篇》第一百零三章(103)。

一〇四

持国说：

大力士怖军这样发出云中雷鸣般的吼声，有哪些英雄阻截他？(1)全胜啊！我看三界之中，没有人敢在战场上挺立在发怒的怖军面前。(2)他在大战中高举铁杵，如同死神，我看没有人敢挺立在战场上，孩子啊！(3)他以战车摧毁战车，以大象摧毁大象，谁能在战场上面对他？怕是百祭（因陀罗）显身也不行。(4)怖军怒气冲冲，一心要杀死我的儿子们，有哪些人为了难敌的利益而挺身站到他的面前？(5)怖军好比森林大火，我的儿子们好比草堆，在阵地前沿燃烧起来后，哪些英雄站到了前面？(6)眼看我的儿子们在战场上遭到怖军杀戮，犹如一切众生遭到死神杀戮，有哪些人出来抵挡怖军？(7)怖军之火熊熊燃烧，就要吞噬我的儿子们，有哪些英雄出来抵挡他？全胜啊！请你讲给我听吧！(8)

全胜说：

大勇士怖军这样发出吼声时，强有力的迦尔纳一声厉喝，冲了上去。(9)强有力的迦尔纳怒不可遏，渴望战斗，用力扯开大弓，展示他的威力。(10)迦尔纳和怖军相遇，战车勇士与骑兵们听到他俩发出的击掌声，浑身颤栗不止。(11)在战场上听到怖军可怕的吼声，刹帝利雄牛们都认为那声音连接了天和地。(12)灵魂伟大的般度之子在战场上再一次发出可怕的吼声，所有武士手中的弓掉落在地上。(13)所有的牲口吓得屎尿失禁，魂飞魄散，大王啊！(14)国王啊！在怖军和迦尔纳的这场激战中，出现了种种可怕的征兆。(15)

尔后，迦尔纳以二十支箭击中怖军，又迅速以十五支箭射中他的车夫。(16)大力士怖军在战斗中动作敏捷，笑了笑，以六十四支箭回击迦尔纳。(17)大弓箭手迦尔纳又射出四支箭。国王啊！未等这些箭到达，怖军用数支笔直的箭将它们射碎成几截，显示出他身手敏捷。(18)迦尔纳以一簇簇箭覆盖般度之子怖军。在被迦尔纳的箭覆盖的情况下,(19)这位大勇士在握弓处射断迦尔纳的弓,又以许多笔直的箭射中迦尔纳。(20)业绩骇人的大勇士、车夫之子迦尔纳拿起另一张弓,上好弦,又在战场上射中怖军。(21)勇猛的怖军怒不可遏,随即以三支笔直的箭射中车夫之子的胸膛。(22)迦尔纳的胸口中了三支箭,光彩熠熠,犹如一座巍峨耸立的山上有三个顶峰,婆罗多族雄牛啊!(23)迦尔纳被利箭射中,鲜血流淌,犹如山上流下一道道饱含赤垩的溪流。(24)遭受如此沉重的打击,迦尔纳只是微微摇晃了一下。他搭箭上弓,再次射中怖军,尊者啊!随即又射出成百成千支箭。(25)突然之间,怖军又被手持坚弓的迦尔纳用箭覆盖。而般度之子(怖军)笑了笑,迅速射断了他的弓弦。(26)这位大勇士以一支月牙箭打发迦尔纳的车夫去了阎摩殿,又在战斗中让他的骖马丢了性命。(27)大勇士迦尔纳从马匹倒毙的战车上跳下来,民众之主啊,登上了牛军的战车。(28)

威武的怖军在战场上打败了迦尔纳,发出大声吼叫,犹如云中雷鸣。(29)听到怖军的吼叫,坚战满心欢喜,知道怖军已经战胜了迦尔纳,婆罗多子孙啊!(30)般度族军队四下里吹响了螺号。你的人马听到了敌军的喧嚣,都默不作声。普利塔之子(阿周那)挥舞甘狄拨神弓,黑天也吹响了螺号。(31)然而,怖军的吼声盖过所有的声音,大王啊,传遍所有的军队,婆罗多子孙啊!(32)

尔后,那两位克敌者又互相射箭,只是罗陀之子(迦尔纳)显得软弱,而般度之子(怖军)显得凶猛。(33)

以上是吉祥的《摩诃婆罗多》中《德罗纳篇》第一百零四章(104)。

一〇五

全胜说:

军队动荡不定,阿周那、沙特婆多族后裔和怖军都去追杀信度王,你的儿子前往德罗纳那里。他独自驱车快速前行,心中想着紧迫要做的事情。(1)你的儿子的战车迅疾如思想和风,以最快的速度赶

241

到德罗纳那里。（2）你的儿子气急败坏，双眼通红，对德罗纳说道："阿周那、怖军和不可战胜的萨谛奇，（3）这些大勇士打败了千军万马，已经到达信度王附近。他们个个都是敌人的惩戒者，不可战胜的，在这里并肩战斗。（4）或许大勇士普利塔之子（阿周那）在战场上能越过你，怎么萨谛奇和怖军也能越过你呢？赐人荣誉者啊！（5）这可真成了世界奇闻，犹如大海干涸。婆罗门魁首啊，你竟然败在沙特婆多族后裔和阿周那手下，（6）也败在怖军手中。世人议论纷纷：'精通弓术的德罗纳怎么会在战场上被打败呢？'（7）我这薄命之人看来注定要在战场上灭亡，因为三个战车勇士都越过了你这位人中之虎。（8）事已如此，下一步怎么办，你说说你的想法吧！过去的事已经过去，赐人荣誉者啊，想想剩下的事吧！（9）保护信度王是当务之急，你说说怎么办，赶快安排吧！"（10）

德罗纳说：

这件紧迫的事情，我已考虑再三，大王啊，请听我的想法。般度族三个大勇士已经闯了过去。无论他们在后在前，情况都很危急。（11）黑天和阿周那在哪里，我认为哪里的情况就危急。婆罗多族军队现在前后两面受敌。（12）我认为当务之急是保护信度王。他惧怕愤怒的阿周那，应该得到我们很好的保护，孩子啊！（13）萨谛奇和狼腹（怖军）两位英雄已经到达信度王附近。那场掷骰子赌局是沙恭尼的馊主意，现在要见分晓。（14）那次在大会堂里，没有赢家，也没有输家。但是，今天在这里，我们赌博的双方就要分出胜负了！（15）沙恭尼在俱卢族聚会上掷出的那些可怕的东西，他从前以为那不过是骰子而已，其实是不可抵御的箭。（16）你要知道，军队就是赌博者，这里同样聚集着许多俱卢人，而骰子正是箭矢，民众之主啊！（17）毫无疑问，信度王正是这场赌局的赌注，国王啊，我们与敌人围绕信度王开了一盘大赌局。（18）大王啊！你们所有的人都应当在战场上按照部署保卫信度王，不惜牺牲自己的性命。我们赌博的双方这次肯定会分出胜负。（19）最佳弓箭手们都要努力保卫信度王。你自己也赶快到那里去，保护这些弓箭手！（20）我必须留在这里，以便调兵遣将，阻挡般遮罗人、般度人和斯楞遮耶人的联合进攻。（21）

根据师爷的指令，难敌带着随从迅速出发。他决心要完成这个艰巨的任务。（22）般遮罗族的两个护轮勇士瑜达摩尼瑜和优多贸阇沿着军队的外围，向左手开弓者（阿周那）靠拢。（23）大王啊，在此之前，渴望战斗的阿周那闯入你的军队时，他们两个被成铠挡住了，国王啊！（24）匆忙赶路的婆罗多族力士难敌与同样匆忙赶路的这对兄弟展开了一场激烈的战斗。（25）两兄弟举着弓，朝难敌冲过来。他们两个都是著名的大勇士，刹帝利武士中的佼佼者。（26）瑜达摩尼瑜满腔愤怒，迅速照着你的儿子的胸膛射出三百支铁箭。（27）王中之王啊！难敌也杀死了般遮罗王子优多贸阇的驷马和两侧的车夫。（28）马匹和车夫都在战斗中被杀死，优多贸阇迅速登上兄弟瑜达摩尼瑜的战车。（29）他上了兄弟的战车后，以许多利箭射击难敌的马匹。那些马匹中箭倒地。（30）那些马匹倒地后，瑜达摩尼瑜乘机以一支优质的箭射断难敌的弓和箭囊。（31）你的大勇士儿子从马匹和车夫倒毙的战车上跳下，拿起铁杵，朝这两个般遮罗王子冲去。（32）看到这位敌堡的征服者愤怒地冲了过来，瑜达摩尼瑜和优多贸阇从车座上跳下。（33）尔后，难敌在战场上用铁杵捣毁了那辆金碧辉煌的战车，连同马匹、御者和幡幢。（34）你的儿子捣毁这辆战车后，自己的马匹和御者也已死亡，这位折磨敌人者便迅速登上摩德罗王的战车。（35）般遮罗族这两个卓越的大力士王子也登上另一辆战车，驶向胜财（阿周那）。（36）

以上是吉祥的《摩诃婆罗多》中《德罗纳篇》第一百零五章(105)。

一〇六

持国说：

在阿周那的战车附近，迦尔纳和怖军这两位大力士的交战情况如何？（1）罗陀之子迦尔纳先前在战斗中已被怖军打败，这位大勇士怎么又向怖军冲去？（2）或者，怖军怎样在战场上反击车夫之子？车夫之子是著名的大勇士，大地上屈指可数的战车勇士。（3）正法之子坚战若是甩掉了毗湿摩和德罗纳，除了弓箭手迦尔纳以外，他就无需再惧怕什么人。（4）他只要想到大勇士迦尔纳，便会夜不成寐。怖军在战场上怎样与车夫之子交战？（5）迦尔纳崇敬婆罗门，富有勇气，在战斗中永不退却。怖军在战场上怎样与优秀的武士迦尔纳交战？（6）两个英雄相遇在阿周那的战车附近，车夫之子和狼腹（怖军）怎样交战？（7）

在此之前，他们之间的兄弟关系已经明了。这车夫之子也是重情义的人。他若记起贡蒂的话，如何与怖军交战？（8）而怖军想起从前与车夫之子结下的仇恨，这位英雄在战场上怎样与迦尔纳交战？（9）御者啊！我的儿子难敌总是希望迦尔纳能在战场上战胜所有的般度人。（10）我这愚蠢的儿子把胜利的希望寄托在他身上，他怎样与业绩骇人的怖军交战？（11）正是依靠这个车夫之子，我的儿子们才与那些大勇士结仇。怖军怎样与这个车夫之子交战？（12）若是怖军记起过去种种侮辱中伤来自这个车夫之子，他怎样与这个车夫之子交战？（13）这个英勇的车夫之子曾经独自驱车征服整个大地，怖军怎样与他交战？（14）他生下来身上就有耳环和铠甲，怖军在战场上怎样与这个车夫之子交战？（15）他们两个之间展开了战斗，那么，谁是胜利者？全胜啊，你擅长叙述，请你如实讲给我听吧！（16）

全胜说：

怖军摆脱优秀的战车勇士罗陀之子（迦尔纳），动身前往黑天和阿周那两位英雄那里。（17）他上路后，罗陀之子（迦尔纳）追上前来，大王啊！向他泼洒苍鹭羽毛箭雨，犹如乌云向高山倾泻大雨。（18）强有力的升车之子（迦尔纳）面如绽开的荷花，在战场上笑着向行进中的怖军挑战。（19）怖军无法忍受迦尔纳在战场上的挑衅，将战车转过半圈，迎战车夫之子。（20）在两车对战中，迦尔纳全副武装，奋勇作战。怖军向这位精通一切武艺的优秀武士泼洒笔直飞行的大铁箭。（21）他一心想要杀死迦尔纳，了结冤仇。大力士的怖军开始打击迦尔纳，打算在杀死他以后，再杀死所有其他武士。（22）折磨敌人的般度之子怒气冲冲，迫不及待，向迦尔纳投掷各种锐利的兵器，泼洒箭雨，尊者啊！（23）闻名遐迩的车夫之子依靠武器的幻力，将步履犹如疯象的怖军释放的箭雨全部吞没。（24）

大王啊！迦尔纳同样富有学识，这位大弓箭手像教头那样在战场上兜着圈子。（25）看到怖军作战凶猛，罗陀之子（迦尔纳）面带微笑，毫不迟疑地冲向狼腹（怖军）。（26）当着周围参战英雄们的面，贡蒂之子（怖军）无法忍受迦尔纳在战斗中的那种微笑。（27）待他冲上来后，强有力的怖军愤怒地以数支牛犊牙箭，射中他的胸口，仿佛以刺棒击中一头大象。（28）他又射出七十三支犀利的金羽毛箭，射中车夫之子的身披美丽铠甲的车夫。（29）而英雄迦尔纳分别以五支箭，射中那些身披金网、迅疾如风的马匹。（30）尔后，不到一眨眼的工夫，在怖军的战车上，出现了一张由迦尔纳制造的箭网。（31）般度之子连同战车、幡幢和御者，全都笼罩在迦尔纳的弓中射出的箭下。（32）

迦尔纳以六十四支箭射穿了怖军坚固的铠甲，又愤怒地以数支能穿透要害的铁箭射中他的两胁。（33）狼腹（怖军）毫不顾忌从迦尔纳的弓中射出的那些威力巨大的箭。他毫不慌乱，直逼迦尔纳。（34）怖军身上挂着迦尔纳的弓中射来的箭，犹如一条条毒蛇，国王啊！但是，他在战斗中却感觉不到疼痛。（35）尔后，威武的怖军在战场上以三十二支锋利的、威力强大的月牙箭射中迦尔纳。（36）迦尔纳一副轻松的样子，向一心要杀死信度王的大臂怖军泼洒箭雨。（37）战斗中，罗陀之子（迦尔纳）不免手软。而怖军记起从前的仇恨，充满愤怒。（38）暴躁的怖军无法忍受他的轻慢，这个克敌者迅速向他泼洒箭雨。（39）怖军在战场上射出的这些箭，国王啊，犹如从四面八方飞来的可怕的鸟，嘶鸣着落下。（40）大王啊！这些从怖军的弓中射出的金羽毛箭飞向罗陀之子（迦尔纳），犹如狼群扑向一头小鹿。（41）尽管优秀的战车勇士迦尔纳完全被这些箭覆盖，国王啊，他依然在战场上泼洒猛烈的箭雨。（42）而不等这些由战斗明星射出的、金刚杵一样的箭落下，狼腹（怖军）就用许多月牙箭将它们射断。（43）

婆罗多子孙啊！日神之子迦尔纳再一次在战斗中以箭雨覆盖大勇士怖军。（44）婆罗多子孙啊！人们在战场上看到怖军身上插满了箭，犹如一头浑身是刺的箭猪。（45）迦尔纳的弓中射出的这些金羽毛箭，经过石头的打磨而锃亮。英雄怖军在战场上身被这些箭，犹如太阳携带着自己的光芒。（46）怖军全身流淌鲜血，光彩熠熠，犹如森林中一株开满金色花朵的波罗奢树。(47)大王啊!大弓箭手怖军无法忍受迦尔纳在战场上的所作所为,怒目圆睁。(48)他以二十五支铁箭射击迦尔纳,犹如许多充满毒液的蛇爬上一座白色的山。(49)怖军的勇敢可比天神,他又接连以六支箭和八支箭在这场大战中射击车夫之子的数处要害。(50)尔后,威武的怖军满腔愤怒,迅速地射断迦尔纳的弓和其他一切器具。(51)他又抓紧时机,射死驷马和车夫,用一些如同太阳光芒的铁箭射中迦尔纳的胸部。(52)所有这些箭,尊者啊,在射穿迦尔纳以后,钻入地下,犹如太阳的光芒穿透云层。(53)迦尔纳折了弓,中了箭,深感力不从心,尽管一身英雄豪气,也还是跑向另一辆战车。(54)

以上是吉祥的《摩诃婆罗多》中《德罗纳篇》第一百零六章(106)。

一〇七

持国说:

我的儿子们总是把胜利的希望寄托在他的身上,全胜啊!看到他逃离战场,难敌说了些什么?尔后,孩子啊,迦尔纳又在战场上做了些什么?(1)

全胜说:

看到怖军在战场上犹如一团熊熊燃烧的火,迦尔纳又登上另一辆依照规则装备起来的战车。他冲向般度之子(怖军),犹如被飓风掀动的大海汹涌奔腾。(2)民众之主啊!看到升车之子(迦尔纳)愤怒的样子,你的儿子们都以为,那怖军已是毗婆薮之子(迦尔纳)口中的祭品。(3)罗陀之子(迦尔纳)发出巨大的弓弦声和可怕的击掌声,冲向怖军的战车。(4)于是,国王啊,车夫之子和怖军之间展开了一场惨烈的厮杀,民众之主啊!(5)两个大臂的勇士怒气冲冲,一心要杀死对方。他们互相瞪视,仿佛要烧死对方。(6)这两个大勇士气得眼睛发红,愤怒地喘着粗气。这两个克敌者在战斗中互相接近,打击对方。(7)他俩互相搏斗,犹如一对愤怒的猛虎,又似一对迅疾的兀鹰,也像一对狂怒的八足兽。(8)

第七　德罗纳篇

尔后，克敌者怖军想起在赌局中、森林里和毗罗吒城中经历的苦难。(9) 他想起你的儿子们夺走了他们的王国和大量的珠宝，你和你的儿子们总是让他们遭受折磨。(10) 他想起你企图烧死无辜的贡蒂和他的儿子们，在大会堂上，那些灵魂邪恶的人羞辱黑公主。(11) 他想起这样的话："再去选择另一位丈夫吧！你的丈夫们已不复存在。普利塔之子们都掉进了地狱，他们都是废物，像空心芝麻。"(12) 俱卢族子孙啊！他想起俱卢人当着你的面说过的那些话。他想起你的儿子们企图像享用女奴那样享用黑公主。(13) 他想起般度之子们身着黑鹿皮衣，即将出发，迦尔纳在大会堂当着你的面，说出刺耳的话。(14) 他想起你的儿子身处顺境，将身处逆境、气得失去理智的普利塔之子们视为草芥而得意洋洋。(15) 狼腹（怖军）想起从幼年起就历经的苦难，这以法为魂的杀敌者已全然不顾自己的性命。(16) 此时，这位婆罗多族之虎完全抛弃了自我，挽开那张弓背镶金、难以抵御的大弓，朝迦尔纳冲去。(17)

怖军向迦尔纳的战车射出在石头上磨得锃亮的箭，交织成了一张张箭网，遮住了太阳的光芒。(18) 尔后，升车之子（迦尔纳）笑了笑，迅速射出许多犀利的羽毛箭，粉碎了怖军的一张张箭网。(19) 升车之子（迦尔纳）这位大臂的大勇士力大无穷，以九支威力强大的利箭射中怖军。(20) 狼腹（怖军）被这些箭射中，犹如大象被刺棒击中。他毫不慌张，向车夫之子冲去。(21) 般度族雄牛迅猛地冲向前来，迦尔纳也迎上前去，犹如一头疯象冲向另一头疯象。(22)

尔后，迦尔纳兴奋不已，吹响了螺号，如同擂响一百面鼓，震撼整个军队，仿佛波涛汹涌的大海。(23) 看到由车、马、象和步兵组成的大军群情激昂，怖军接近迦尔纳，用箭覆盖他。(24) 而迦尔纳也用箭覆盖般度之子（怖军），同时驱使自己的色似天鹅的骏马与那些色似羚羊鹿的马交错在一起。(25) 看到色似羚羊鹿、快速如风的马与白马纠缠在一起，你的儿子们的军队中发出"啊！啊！"的惊呼声。(26) 这些迅疾如风的骏马混杂在一起，更加光彩夺目，大王啊，犹如空中白云与黑云间杂交错。(27) 看到迦尔纳和狼腹（怖军）满腔愤怒，眼睛气得发红，你的大勇士们吓得浑身颤抖。(28)

婆罗多族俊杰啊，他俩交战的战场像阎摩的王国一样可怕，像死神的城堡一样恐怖。（29）大勇士们仿佛在观看一场奇妙的竞技，两人在对抗中分不清谁胜谁负。（30）国王啊！他们只是看到他俩的大型兵器的互相冲击碰撞。这是由于你和你的儿子失策造成，民众之主啊！（31）这两个杀敌者互相用利箭覆盖对方。他俩泼洒的箭雨交织成笼罩天空的箭网。（32）这两个大勇士都想以犀利的箭杀死对方，犹如两团倾泻雨水的乌云，蔚为壮观。（33）这两个杀敌者射出无数镶金的箭，使天空更加明亮，犹如无数流星划过，君王啊！（34）他俩射出的那些苍鹭和孔雀羽毛箭，宛如秋天的空中一行行恣意飞翔的仙鹤。（35）

黑天和阿周那看见克敌者怖军与车夫之子鏖战，认为怖军的负担过重。（36）许多人、马和象在箭的射程之外，依然被升车之子（迦尔纳）和怖军射出的箭狠狠击中，倒了下去。（37）随着一批批人、马和象丧失生命，正在倒下，或已经倒下，大王啊，你的儿子们正在经历一场大屠杀。（38）顷刻间，尸横遍野，到处是丧失生命的人、马和象，婆罗多族雄牛啊！（39）

以上是吉祥的《摩诃婆罗多》中《德罗纳篇》第一百零七章(107)。

一〇八

持国说：

我认为怖军的勇敢真是一个奇迹，他能够在战场上与步伐灵巧的迦尔纳交战。（1）哪怕是众天神手持一切武器，率领药叉、阿修罗和人一齐上阵，迦尔纳也在战场上抵御得了。（2）他为何不能在战场上打败这光辉灿烂的般度之子呢？孩子啊！说给我听吧！全胜啊！（3）他俩之间这场以生命为赌注的战斗进展如何？我认为胜与败在此一举。（4）只要在战场上有迦尔纳在，我的儿子难敌就能战胜普利塔之子们以及乔宾陀（黑天）和沙特婆多族后裔（萨谛奇）。（5）然而，听说迦尔纳不止一次在战斗中被业绩骇人的怖军打败，我感到大惑不解。（6）由于我的儿子行为邪恶，我认为俱卢族必定毁灭，所以迦尔纳战胜不了大弓箭手普利塔之子们，全胜啊！（7）只要迦尔纳与般度

之子们交战，永远都是般度之子们在战场上打败迦尔纳。（8）

孩子啊！哪怕是众天神和婆薮之主（因陀罗）也不能战胜般度之子们。我那傻儿子难敌不明白这一点。（9）我的儿子夺走普利塔之子坚战的财富，犹如夺走财神的财富，好似一个贪图蜂蜜的傻瓜，不知道会跌落万丈深渊。（10）这诡计多端的家伙依靠诡计夺取了灵魂伟大的人们的王国，还自以为般度之子们已被打败，而藐视他们。（11）我的灵魂不完善，一味溺爱自己的儿子，因此，坚持正法、灵魂伟大的般度之子们也受到我的虐待。（12）普利塔之子坚战高瞻远瞩，总是希望和平。我的傻儿子们还以为他无能，嗤之以鼻。（13）心中牢记所有的苦难和屈辱，大臂的怖军与车夫之子交战。（14）因此，全胜啊，讲给我听吧！迦尔纳和怖军这两位优秀武士各自都想杀死对方，如何在战场上交战？（15）

全胜说：

国王啊，请听迦尔纳和怖军之间的战况。他俩一心要杀死对方，犹如森林中的两头野象。（16）愤怒的日神之子（迦尔纳）施展威力，以十三支箭射中愤怒而勇猛的克敌者怖军。（17）婆罗多族俊杰啊，日神之子（迦尔纳）以许多迅猛有力、箭头尖锐的镶金利箭射击怖军。（18）迦尔纳正在射箭，怖军以三支利箭射断了他的弓，又以一支月牙箭将他的车夫从车座射落到地上。（19）日神之子雄牛（迦尔纳）想要杀死怖军，拿起一支柄上镶嵌黄金和各色琉璃的标枪。（20）大臂的罗陀之子（迦尔纳）紧握这支大标枪，仿佛紧握另一支死神的标枪，高高举起，对准怖军掷出，足以结束怖军的性命。（21）罗陀之子（迦尔纳）掷出这支标枪，犹如摧毁城堡者（因陀罗）掷出金刚杵，然后，强有力的车夫之子发出大声吼叫。你的儿子们听到这吼叫声，兴奋不已。（22）那支像太阳和火一般闪闪发光的标枪，脱离迦尔纳的臂膀刚刚飞到空中，怖军就用七支利箭将它射断。（23）怖军射断这支像刚刚蜕了皮的蛇一般的标枪后，尊者啊，仿佛前来索取车夫之子的性命。（24）他怒气冲冲，在战场上射出许多在石头上磨得铿亮的孔雀羽毛箭和金羽毛箭，犹如一根根阎摩的刑杖。（25）

大光辉的迦尔纳再拿起一把弓背镶金、难以抵御的弓，挽弓射出九支箭。（26）国王啊，般度之子怖军以九支笔直的箭射断富军（迦尔纳）射出的这九支长箭，大王啊，然后发出狮子般的吼声。（27）仿佛两头强壮的雄牛为争夺一头雌牛而互相怒吼，又像是一对猛虎互相咆哮。（28）他俩一心要打击对方，互相寻找对方的破绽，犹如牛圈中互相瞪视的两头牛。（29）犹如两头大象以象牙彼此攻击，他俩将弓扯得溜圆，互相射击对方。（30）他俩怒目圆睁，瞪视对方，大王啊，互相泼洒箭雨，打击对方。（31）他俩忽而嘲笑对方，忽而责骂对方，不时地吹响螺号，战斗不休。（32）尊者啊！怖军再次在握弓处射断迦尔纳的弓，随即用箭将那些色似螺贝的马匹送往阎摩殿。（33）

看到迦尔纳陷入困境，国王难敌气得浑身哆嗦，对难胜下令道：（34）"难胜啊！快去！这般度之子就要吞噬罗陀之子（迦尔纳）。快去杀了那嘴上没毛的家伙，给迦尔纳鼓劲儿！"（35）你的儿子（难胜）听后，对你的儿子（难敌）说道："好吧！"他冲向酣战中的怖军，向他泼洒利箭。（36）他以九支箭射中怖军，以八支箭射中驷马，以六支箭射中车夫，以三支箭射中幡幢，然后又以七支箭射中怖军。（37）怖军满腔愤怒，以飞箭射穿难胜的致命处，将他连同马匹和御者一起送往阎摩殿。（38）你的儿子一身珠宝，却遍体鳞伤，躺在地上，蛇一般扭动着。迦尔纳悲痛流泪，围着你的儿子右旋致礼。（39）

怖军微笑着，继续将无数的箭堆积在失去战车的宿敌身上。迦尔纳浑身是箭，犹如布满尖刺的百杀器。（40）升车之子迦尔纳尽管浑身中箭，这位折磨敌人者依然在战场上不躲避犹如愤怒化身的怖军。（41）

以上是吉祥的《摩诃婆罗多》中《德罗纳篇》第一百零八章（108）。

一〇九

全胜说：

迦尔纳失去战车，又被怖军打败。他迅速登上另一辆战车，向般度之子射箭。（1）他俩将弓拉圆，互相用箭射击对方，犹如两头大象互相用象牙攻击。(2) 迦尔纳强有力地射出一簇簇箭，强有力地发出吼叫，射中了怖军的胸膛。(3) 怖军以十支笔直的箭反击迦尔纳，又以二十支笔直的箭射中他。(4) 迦尔纳以九支箭射中怖军的胸口，国王啊，又以一支利箭射中他的幡幢。(5) 普利塔之子怖军以六十三支箭反击迦尔纳，好似以刺棒打击大象，又似以长鞭抽打骏马。(6) 大王啊！迦尔纳被闻名遐迩的般度之子重重地击中。这位英雄舔着嘴角，两眼气得通红。(7)

于是，大王啊，他向怖军射出一支能够穿透所有躯体的箭，好似因陀罗向波罗掷出金刚杵。(8) 这支从车夫之子的弓中射出的花羽毛箭在战场上穿透普利塔之子之后，又钻入地下。(9) 怖军毫不迟疑，将一根六棱钢杵朝车夫之子掷去。这根沉甸甸的钢杵有四腕尺长，镶有金环。(10) 犹如因陀罗用金刚杵砸死阿修罗们，这位愤怒的婆罗多子孙用这根钢锤砸死了升车之子（迦尔纳）的那些训练有素的骏马。(11) 随后，大臂的怖军以两支剃刀箭，婆罗多族雄牛啊，射断了升车之子（迦尔纳）的幡幢，又射死了他的御者。(12) 迦尔纳只好放弃那辆马匹和车夫倒毙、幡幢倒下的战车，气愤地站在那里挽弓射击，婆罗多子孙啊！(13) 我们此时见识了罗陀之子（迦尔纳）的非凡勇气，这位优秀的战车勇士失去了战车，依然抵御敌人。(14)

看到优秀的战车勇士升车之子（迦尔纳）在战场上失去战车，国王啊，难敌对丑面说道：(15) "丑面啊！罗陀之子遭到怖军打击，失去了战车。你去给这位大勇士、人中魁首送一辆战车吧！"(16) 婆罗多子孙啊！听了难敌的话，丑面急忙驶向迦尔纳，同时以箭抵挡怖军。(17) 看到丑面来到战场上增援车夫之子，风神之子（怖军）兴奋地舔着嘴角。(18) 于是，大王啊，般度之子一面以利箭抵挡住迦尔纳，一面驱车冲向丑面。(19) 顷刻间，大王啊，怖军以九支笔直的花羽毛箭将丑面送往阎摩殿。(20)

丑面死后，升车之子（迦尔纳）登上这辆战车，犹如光辉灿烂的太阳，国王啊！(21) 看到丑面被击中致命部位，鲜血流淌，躺倒在地，迦尔纳热泪盈眶，一时间停止不前。(22) 迦尔纳向死者施过右旋礼后，离他而去。英雄叹着长长的热气，没有任何举动。(23) 国王啊！趁着空隙，怖军朝车夫之子射出十四支装饰着秃鹫羽毛的铁箭。(24)这些巨大威力的金羽毛箭金光闪闪,照亮了天下十方,穿透迦尔纳的铠甲,(25)喝到车夫之子的鲜血,犹如死神派遣的一条条嗜血的、愤怒的蛇。(26)然后,这些箭进入地下,好似愤怒的蟒蛇半身钻进山洞。(27)

罗陀之子(迦尔纳)不再迟疑,以十四支极其锋利的镶金铁箭回击怖军。(28)这些可怕的箭穿透怖军的左臂,又进入地下,好似群鸟飞进麻鹬山。(29)这些铁箭进入大地时,闪闪发光,犹如太阳落山时,霞光万道。(30)怖军在战场上被这些能穿透要害的铁箭射中,鲜血汩汩流出,犹如山中泉水。(31)怖军奋力以三支金翅鸟般迅猛的箭射中车夫之子,又以七支箭射中他的车夫。(32)大王啊!声誉卓著的迦尔纳遭到怖军沉重打击,惶恐不安,驱策快马,逃离战场。(33)而大勇士怖军挽开他那张镶金的弓,挺立在战场上,犹如燃烧的祭火。(34)

以上是吉祥的《摩诃婆罗多》中《德罗纳篇》第一百零九章(109)。

一一〇

持国说:

我认为命运至高无上。呸!人的努力毫无价值!升车之子(迦尔纳)尽了努力,还是不能在战场上打败般度之子!(1)我不止一次地听到难敌这样念叨:"迦尔纳能在战场上打败普利塔之子们和乔宾陀(黑天)。在这世上,我还未见到能与迦尔纳匹敌的武士。(2)迦尔纳是强有力的勇士,坚韧不拔的弓箭手,百折不挠。"御者啊,愚蠢的难敌从前对我这样说过:(3)"有富军(迦尔纳)支持我,连众天神也奈何不了我,国王啊,更何况这些失去元气、精神不振的般度之子们?"(4)看到迦尔纳被打败,从战场上退下,好似一条失去毒液的蛇,难敌这下该如何说?(5)

哎呀!难敌真是昏了头,派遣毫无战斗经验的丑面上阵,犹如让飞蛾扑入火中。(6)即使马嘶、摩德罗王、慈悯和迦尔纳联合起来,也未必能够直面怖军,全胜啊!(7)他们都知道他具备风神的威力,力量抵得上一万头大象，意志残酷，令人恐惧。（8）他们明明知道他的力量、愤怒和勇气，知道他行为暴戾，如同死神阎摩，为什么还要在战场上招惹他呢？（9）只有大臂的车夫之子迦尔纳一人，依仗自己的臂力，能在战场上与怖军交战，全然不把他放在眼里。（10）而怖军在战场上打败了迦尔纳，犹如摧毁城堡者（因陀罗）战胜了阿修罗。因此，没有人能在战场上战胜这位般度之子。（11）怖军为了寻找胜财（阿周那），独自一人击溃了德罗纳，闯入我的军队，有谁还想活命，敢进攻他呢？（12）全胜啊！谁还能够挺立在怖军的面前，犹如檀那婆挺立在举起了金刚杵的大因陀罗面前？（13）人若是到达死神的城堡，再无退转；若是到达怖军的身边，也不会返回。（14）那些愚蠢的家伙真是昏了头，竟然冲向愤怒的怖军，犹如飞蛾扑向烈火。（15）

那时，在大会堂上，所有的俱卢人都听到，暴戾的怖军愤怒地赌咒发誓，要杀死我的儿子们。（16）一定是想起了这番诅咒，难降和他的弟兄看到迦尔纳战败之后，吓得要命，不再接近怖军。（17）全胜啊！那个心思邪恶的家伙不止一次在集会上说过："迦尔纳、难降和我，我们将在战场上战胜般度之子们。"（18）现在他看到迦尔纳失去战车，被怖军打败，一定会为拒绝了黑天而后悔不迭。（19）看到全副武装的兄弟们在战斗中被怖军杀死，我的儿子一定会为自己的过错而痛苦不堪。（20）愤怒的怖军手持可怕的兵器，仿佛死神的化身，想要活命的人谁敢与这位般度之子作对呢？（21）依我看，人若到了牝马口中，[①] 或许还能逃脱，但若到了怖军面前，再无逃脱的可能。（22）般度之子们、般遮罗人、美发者（黑天）和萨谛奇，若是在战场上被激怒，都毫不吝惜自己的性命。（23）

全胜说：
俱卢子孙啊！这场大屠杀正在进行，你为此悲痛不已。毫无疑问，你正是这个世界毁灭的根源。（24）你听信儿子们的谗言，亲自铸成这深重冤仇。犹如一个注定要死的人，即使有人劝说，也不再服用治病的良药。（25）大王啊！你自己喝下了难以化解的毒药，人中

---

① 根据印度神话，牝马口是地下烈火的喷口，位于南极海中。

魁首啊，你现在就接受它的所有后果吧！（26）武士们作战，已经竭尽全力，可你还要责怪他们。我现在如实把战况讲给你听。（27）

看到迦尔纳被怖军打败，尊者啊，你的儿子们怒不可遏。那五个兄弟个个都是大弓箭手。（28）难耐、难偕、猖狂、难持和庆胜，身披漂亮的铠甲，迎着般度之子扑过去。（29）他们将大臂的狼腹（怖军）团团围住，用箭覆盖四面八方，犹如成群的蝗虫铺天盖地。（30）怖军微笑着迎战这群突如其来、美若天神的少年们。（31）

看到你的儿子们接近了怖军，罗陀之子（迦尔纳）也冲向大力士怖军，（32）向他发射在石头上磨尖的金羽毛箭，国王啊！怖军迅速朝他冲去，一路遭到你的儿子们围堵。（33）这时，俱卢族人围住迦尔纳，将无数支笔直的箭射向怖军。（34）怖军以二十五支箭将这些手持硬弓的人中雄牛连同他们的马匹和车夫送往阎摩殿，国王啊！（35）他们和车夫一起丧失性命，从战车上跌落下来，犹如一株株花枝招展的大树被狂风吹折。（36）我们看到了怖军神奇的威力，他竟然用箭阻截住升车之子（迦尔纳），杀死了你的儿子们。（37）车夫之子遭到怖军从各个方向射来的利箭阻截，大王啊，只能眼巴巴望着怖军。（38）怖军气得双眼通红，直盯着迦尔纳，一次又一次愤怒地挽开手中的大弓。（39）

以上是吉祥的《摩诃婆罗多》中《德罗纳篇》第一百一十章（110）。

— — —

全胜说：

看到你的儿子们纷纷倒下，迦尔纳心中充满愤怒，失去了生的乐趣。（1）升车之子（迦尔纳）仿佛感到是自己犯下过错，情急之中，愤怒地朝怖军扑过去。（2）罗陀之子（迦尔纳）以五支箭射中怖军，然后微笑着，又以七十支在石头上磨尖的金羽毛箭射中了他。（3）普利塔之子狼腹（怖军）不能忍受他的嘲笑，以一百支笔直的箭射中罗陀之子（迦尔纳）。（4）怖军再以五支犀利的飞箭射中他之后，以一支月牙箭射断了车夫之子的弓，尊者啊！（5）婆罗多子孙啊！沮丧的迦尔纳再拿起一张弓,用箭覆盖怖军。(6)怖军却杀死他的驷马,又杀死他的御者,以此作为反击,然后一阵狂笑。(7)这位人中雄牛又用箭射断了他的弓,大王啊!这张弓背镶金的弓落下,发出巨响。(8)

大勇士迦尔纳从战车上跳下,拿起一根铁杵,在战场上掷向怖军。(9)狼腹(怖军)见到铁杵猛然飞临,当着所有军队的面,用箭阻截。(10)接着,英勇的般度之子迅速射出几千支箭,想要杀死迦尔纳。(11)迦尔纳在大战中用箭阻截这些箭,又用箭射落了怖军的铠甲。(12)然后,当着一切众生的面,迦尔纳又向他射出二十五支小头箭。这简直是奇迹。(13)大王啊!此时,愤怒的怖军在战场上将九支笔直的箭射向车夫之子,尊者啊!(14)这些犀利的箭穿透他的铠甲,又穿透他的右臂,然后钻入地下,犹如一条条毒蛇钻入蚁垤。(15)

看到愤怒的罗陀之子(迦尔纳)在战场上徒步与怖军作战,国王难敌说道:"你们快快行动,驶向罗陀之子(迦尔纳)的战车!"(16)国王啊!你的儿子们听到兄长的话,急忙冲向般度之子,在战斗中向他发射利箭。(17)奇异、斑驳、斑目、美奇、弓弧、花械和奇铠,个个都通晓战场上的诸般武艺。(18)他们一起猛然扑向怖军。国王啊!大勇士怖军射死了这些奋不顾身的勇士,连同他们的马匹、车夫和幡幢。他们倒在地上,好似被风吹折的树木。(19)国王啊!看到你的大勇士儿子们被杀死,迦尔纳泪流满面,陷入绝望。(20)勇敢的迦尔纳又登上一辆装备齐全的战车,投入战斗,迅猛地冲向般度之子。(21)

他俩互相以在石头上磨尖的金羽毛箭射对方,大王啊,光彩熠熠,好似两棵鲜花绽放的金苏迦树。(22)般度之子怒气冲冲,以三十六支犀利的、威力强大的月牙箭射破了车夫之子的铠甲。(23)他俩都以红檀香膏涂身,又添上一身箭伤,沾满鲜血,光彩熠熠,好似世界末日升起的两轮太阳。(24)他俩全身流淌鲜血,护身的铠甲被箭射碎。失去铠甲的两个武士真像是两条蜕了皮的蛇。(25)仿佛是两头猛虎以利齿互相撕咬,这两个征服敌人的人中之虎不断射出虎齿般的利箭,互相摧残。(26)犹如竞技场中的两头大象用象牙搏斗,

这两个勇如疯象的武士互相用利箭攻击对方。(27)他俩在战斗中互相以箭网罩住对方,两辆战车的隆隆声响彻四面八方。(28)

大王啊!他俩驱使战车兜着一个又一个圈子。这两个灵魂伟大者仿佛正是弗栗多和手持金刚杵者(因陀罗)。(29)怖军用佩戴首饰的双臂挽弓射箭时,犹如乌云挟带着闪电。(30)弓声如同雷鸣,怖军如同巨大的云团裹着箭雨,朝迦尔纳这座山峰倾泻,大王啊!(31)婆罗多子孙啊!般度之子的弓中飞出上千支箭,射向迦尔纳,犹如乌云朝山峰泼洒大雨。(32)此刻,你的儿子们见识了怖军的威力,那些苍鹭羽毛箭覆盖住迦尔纳。(33)怖军这样与迦尔纳交战,普利塔之子(阿周那)、闻名遐迩的美发者(黑天)、萨谛奇和两名护轮卫士都兴奋不已。(34)大王啊!你的儿子们这下可见识了自信的般度之子,见识了他的双臂的威力,他的勇敢坚强。(35)

以上是吉祥的《摩诃婆罗多》中《德罗纳篇》第一百一十一章(111)。

一一二

全胜说:

听到怖军的弓弦声和击掌声,罗陀之子(迦尔纳)无法忍受,恰如一头发情的雄象无法忍受与它竞争的雄象的鸣叫。(1)升车之子(迦尔纳)暂且退到怖军的射程之外,便看到了你的从战车坠落的儿子们。(2)看到被怖军杀死的你的儿子们,迦尔纳心中难受,充满痛苦,大口地喘着热气,再次冲向怖军。(3)迦尔纳气得双眼通红,像蟒蛇那样喘息着,频频发射利箭,犹如太阳放射光芒。(4)一支支箭从迦尔纳的弓中射出,好似太阳放射的光芒交织成网,笼罩住狼腹(怖军),婆罗多族雄牛啊!(5)美丽的孔雀羽毛箭从迦尔纳的弓中飞出,射中普利塔之子怖军,犹如众鸟飞进栖息处。(6)金羽毛箭不断地从迦尔纳的弓中飞出,犹如排列成行的天鹅。(7)国王啊!升车之子(迦尔纳)的箭从弓中飞出,又仿佛从幡幢、车具、华盖、车辕和车轭中飞出。(8)升车之子(迦尔纳)射出的各种镶金羽毛箭飞行空中,迅猛有力,布满整个天空。(9)

面对像死神一样奋勇扑来的迦尔纳，狼腹（怖军）怒不可遏，全然不顾自己的性命，以九支箭射中了他。（10）面对迦尔纳的不可抵御的威力，面对巨大的箭流，英勇的怖军毫不慌张。（11）般度之子粉碎了升车之子（迦尔纳）的箭网，再以二十支利箭射中迦尔纳。（12）正像此前车夫之子用箭覆盖他那样，般度之子也在战场上用箭覆盖迦尔纳。（13）婆罗多子孙啊！目睹怖军作战勇猛，你的武士们兴奋不已，遮罗纳们也兴高采烈。（14）广声、慈悯、德罗纳之子（马嘶）、摩德罗王、胜车、优多贸阇、瑜达摩尼瑜、萨谛奇、美发者（黑天）和阿周那，（15）国王啊，俱卢族和般度族的这十位卓越的大勇士用力发出狮子吼，喝彩道："好啊！好啊！"（16）

国王啊！在这令人汗毛竖立的喧嚣声中，难敌迅速对你的儿子们发话。（17）他对国王们和王子们，特别是对兄弟们说道："愿你们吉祥！你们去把迦尔纳从怖军那里救出来吧！（18）赶在怖军的弓中射出的箭杀死罗陀之子（迦尔纳）之前，大弓箭手们，奋力保护车夫之子吧！"（19）听到难敌的命令，尊者啊，七个兄弟冲向怖军，怒气冲冲地将他包围起来。（20）他们接近贡蒂之子后，向他泼洒箭雨，仿佛雨季时，大团大团的乌云将暴雨向山峰倾泻。（21）这七名大勇士愤怒地打击怖军，仿佛到了众生毁灭的时刻，七颗行星攻击月亮。（22）

而后，国王啊，贡蒂之子怖军用左拳紧握那张镶金的弓。（23）他知道这些不过是平凡的人，搭上七支箭，用力射向他们，仿佛太阳放射出光芒。（24）大王啊！怖军回想起从前的仇恨，仿佛将你的儿子们的性命从他们的躯体中逐出。（25）婆罗多子孙啊！怖军射出的这些在石头上磨尖的金羽毛箭穿透婆罗多族子孙们的躯体，继续飞向空中。（26）这些镶金的箭穿透他们的心脏，大王啊，好似在空中飞行的金翅鸟。（27）这七支镶金的箭饱饮了你的儿子们的鲜血，箭头上沾着鲜血，又飞了起来，王中之王啊！（28）他们被箭射穿致命部位，从战车上跌落在地，仿佛几棵长在山顶的大树被一头大象撞折。（29）胜敌、御敌、奇异、花械、坚固、奇军和毗迦尔纳，这七个人被杀落车下。（30）就在罗陀之子（迦尔纳）的眼前，大臂的般度之子杀死他们，发出可怕的狮子吼。（31）婆罗多子孙啊！这一声吼

叫仿佛通知英勇的法王（坚战），自己在战斗中获得重大胜利。（32）

听到弓箭手怖军的大声吼叫，法王（坚战）在战场上高兴至极。（33）大王啊！伴随着四下里各种器乐齐鸣，普利塔之子（坚战）愉快地听取怖军的吼声。（34）听到狼腹（怖军）发出这个预定的信号，他满怀喜悦，在战场上冲向优秀的武士德罗纳。（35）

大王啊！难敌看到你的三十一个大勇士儿子已被杀死，想起了奴婢子（维杜罗）的话。（36）"维杜罗提出的忠告果然应验了。"国王想到这里，不知如何是好。（37）在那次掷骰子赌博的时候，你的心思邪恶的儿子和迦尔纳都在大会堂上对黑公主说过刻毒的话。（38）民众之主啊，就在般度之子们的面前，在你和所有俱卢人的面前，也在师爷的面前，他们说道：（39）"般度之子们全都完了，黑公主啊，他们都下了永恒的地狱。你另外选择夫主吧！"这种行为的果报现在来到了。（40）黑公主被带到大会堂后，你的儿子们对她口出恶言，激怒了手持硬弓的般度之子们。（41）怖军终于吐出积压了十三年的怒火，非要杀死你的所有儿子不可，俱卢子孙啊！（42）尽管维杜罗费了许多口舌，却没能让你选择和平。婆罗多族魁首啊！你和儿子正在得到果报。毗迦尔纳已被杀死，王中因陀罗啊，英勇的奇军也已被杀。（43）无论你的儿子之中那些卓越的儿子们，还是其他的大勇士，只要闯入大臂怖军的视野，让他看到，他就会迅速将你的儿子们统统杀死。（44）为了你的缘故，我才不得不眼睁睁地看着军队遭受般度之子（怖军）和雄牛（迦尔纳）射出的成千成千支利箭的杀戮。（45）

以上是吉祥的《摩诃婆罗多》中《德罗纳篇》第一百一十二章(112)。

一一三

持国说：

御者啊！我认为这主要归罪于我的严重失策。现在，我们痛苦不堪，全胜啊！（1）"让过去成为过去吧！"我心中曾如此想。可是现在，我应该怎么办呢？全胜啊！（2）我已经镇定，全胜啊，请讲给我

听，由于我的失策，英雄们怎么遭遇毁灭？（3）

全胜说：

大王啊！迦尔纳和怖军英勇非凡，在大战中不住地泼洒箭雨，仿佛两个雨量充沛的云团。（4）怖军的在石头上磨尖的金羽毛箭刻有怖军的名字，射进迦尔纳的躯体，仿佛要毁坏他的性命。（5）同样，迦尔纳在战场上射出成百成千支箭，犹如一条条毒蛇，覆盖在怖军身上。（6）大王啊！他俩的箭飞落四面八方，你的军队陷入混乱，犹如动荡不定的大海。（7）克敌者啊！怖军的弓中射出的箭如同可怕的毒蛇，你的军队中的武士们遭到杀戮。（8）但见大地上遍布倒下的象、马和人，国王啊，犹如被狂风吹倒的树木。（9）你的武士们在战场上遭到怖军的弓中射出的利箭杀戮，一边逃跑，一边念叨着："这是什么？"（10）在迦尔纳和般度之子（怖军）迅猛有力的利箭威胁下，信度人、妙雄人和俱卢人的军队纷纷逃离。（11）他们饱受箭的折磨，马、人和象被杀死，抛下迦尔纳和怖军，向四下里逃散。（12）"一定是众天神为了普利塔之子的缘故，迷惑我们，所以，迦尔纳和怖军射出的箭全都杀戮我们的军队。"（13）你的武士们吓得要命，一边这样说，一边逃到箭的射程之外，站在那里观战。（14）

战场上涌现出一条骇人的大河，尤其让懦夫们增添恐惧。（15）象、马和人流淌的鲜血汇成这条河，里面充满失去生命的人、象和马。（16）到处是车轴干和旗杆，象、马和车的装饰物，残缺不全的战车，断裂的车轮、车轴和衡木。（17）到处是贵重的、镶金的弓，数以千计的金羽毛箭和铁箭。（18）它们从迦尔纳和般度之子的弓中射出，仿佛一条条刚刚蜕了皮的蛇。到处是飞镖、长矛、大刀和斧钺。（19）到处是镶金的铁杵、铁锤和三叉戟，各式各样的金刚杵、标枪、铁闩和百杀器，大地由此更显光彩，婆罗多子孙啊！（20）到处是金臂钏、腕环、耳环和闪闪发光的宝石，婆罗多子孙啊！还有护甲、护臂、项链和金首饰。（21）散落的衣服、华盖、牦牛尾拂尘和扇子，破碎的象、马、人、兵器和战车上的饰物。（22）各种各样的生命和物件中箭倒下，遍布大地，犹如天空中繁星闪烁。（23）

他俩创造的非凡业绩真是不可思议的奇迹。看到这种奇迹，悉陀们和遮罗纳们都惊讶不已。（24）犹如烈火借助风势焚烧干草，升车之子（迦尔纳）借助怖军的攻势，作战更加凶猛，击毁幡幢和战车，杀戮象、马和人。（25）婆罗多子孙啊！犹如两头大象搏斗殃及脚下的芦苇丛，迦尔纳和怖军的激烈厮杀殃及战场上的所有军队。（26）

以上是吉祥的《摩诃婆罗多》中《德罗纳篇》第一百一十三章（113）。

一一四

全胜说：

大王啊！迦尔纳以三支箭射中怖军，又泼洒一阵阵奇妙的箭雨。（1）大王啊！般度之子怖军遭到车夫之子打击，毫不慌张，犹如一座大山遭到砍劈。（2）王中因陀罗啊！怖军在战斗中以一支锋利的、带羽毛的浅黄色耳箭射中迦尔纳的耳朵，（3）将一个大耳环从迦尔纳的耳朵射落到地上，犹如将一颗燃烧发光的星星从天穹射落，大王啊！（4）大力士怖军微笑着，再以一支月牙箭狠狠地射中车夫之子的胸口。（5）婆罗多子孙啊！怖军又迅速在战斗中射出十支威力强大的铁箭，好似阎摩的刑杖。（6）这些箭射中车夫之子的额头，尊者啊，犹如受他驱使的几条蛇钻入蚁垤。（7）这些箭插在额头，车夫之子更显光彩，犹如戴上蓝色莲花编制成的花环。（8）

在战斗中遭到这个凶猛的弓箭手打击，迦尔纳满腔愤怒，迅速发起猛烈的攻势，想要杀死怖军。（9）国王啊！强有力的迦尔纳怒不可遏，朝他射出一百支秃鹫羽毛箭，婆罗多子孙啊！（10）般度之子在战场上不把迦尔纳放在眼里，对他的英勇不以为然，向他泼洒猛烈的箭雨。（11）折磨敌人的迦尔纳愤怒地面对愤怒的化身般度之子，以利箭射中他的胸膛。（12）两人好似两团乌云，在战场上泼洒箭雨，互相以击掌声恐吓对方。（13）两人在战场上愤怒地进行攻击和反击，互相以箭网覆盖对方。（14）

大臂的怖军用一支马蹄箭射断了灵魂伟大的罗陀之子（迦尔纳）的弓，再以一支羽毛箭射中他。（15）灵魂伟大的车夫之子扔掉那张断弓，又拿起一张威力更大、更具杀伤力的弓。（16）看到俱卢族、妙雄族和信度族军队惨遭屠杀，铠甲、幡幢和兵器散落一地，（17）

第七　德罗纳篇

看到无数的象、马和人丢了性命，尸横遍野，车夫之子勃然大怒，身体仿佛在燃烧。（18）罗陀之子挽开镶金的大弓，可怕的眼睛瞄准怖军。（19）愤怒的车夫之子不断地发射利箭，犹如秋日里中午的太阳放射光芒。（20）国王啊！正如太阳的身体放射一道道光芒，升车之子（迦尔纳）可怕的身体放射数百道箭。（21）他的双手不停地取箭、搭箭和挽弓放箭，而在战场上，没有人能看到这些动作的转换。（22）迦尔纳左右开弓，大王啊，那可怕的武器在他手中变成一个圆圈，犹如一个火轮。（23）那些锋利的金羽毛箭从迦尔纳的弓中飞出，大王啊，铺天盖地，遮住太阳的光芒。（24）天空中只见从那张弓中飞出的一簇簇笔直的金羽毛箭。（25）那些从升车之子（迦尔纳）的弓中飞出的箭，犹如天空中排列成行的苍鹭，国王啊！（26）升车之子（迦尔纳）发射的秃鹫羽毛箭，经过在石头上打磨而锃亮，饰有金箔，迅猛有力，闪闪发光。（27）这些镶金的箭借助弓力飞腾而起，不断地飞向普利塔之子的战车。（28）迦尔纳发射的这些镶嵌宝石的箭，数以千计，布满空中，好似成群结队的蝗虫。（29）从升车之子（迦尔纳）的弓中飞出的这些箭，接连不断地落下，看起来仿佛是一支长长的箭。（30）犹如乌云用暴雨笼罩山峰，愤怒的迦尔纳用箭雨笼罩怖军。（31）

　　婆罗多子孙啊！你的儿子们和俱卢人一道，目睹了怖军的力量、勇气、威武和坚强。（32）滂沱的箭雨，犹如汹涌的大海，愤怒的怖军毫不在乎，朝迦尔纳冲去。（33）民众之主啊！怖军的那张弓背镶金的大弓挽成了圆圈，犹如另一张天帝释的弓，从中飞出的箭，仿佛布满整个天空。（34）怖军仿佛用那些笔直的金羽毛箭在空中编制了一个金花环。（35）于是，那些撒在空中的一张张箭网，纷纷被怖军的羽毛箭击碎。（36）战场上空布满迦尔纳和怖军两人的箭网和箭流，那些迅疾飞行的金羽毛箭互相撞击而迸发出火花。（37）车夫之子藐视灵魂伟大的怖军的英勇，以各种各样的箭覆盖他，逼近他。（38）尊者啊！他俩撒出的一张张箭网，犹如一股股互相纠缠的风。（39）迦尔纳怒气冲冲，杀气腾腾，朝怖军射出经过铁匠打磨的镶金利箭。（40）怖军用箭将它们在空中一一射断成三截，胜出升车之子（迦尔纳）一筹，同时喝道："你站住！"（41）

强壮有力的般度之子怒不可遏,如同燃烧的烈火,再次泼洒猛烈的箭雨。(42)升车之子迦尔纳毫不畏惧,运用箭的幻力,接收般度之子射来的所有的箭。(43)日神之子迦尔纳用笔直的箭射断怖军的箭囊、弓弦以及马匹的辔绳和腹带。(44)接着,迦尔纳射死了他的驷马,再以三支箭射中他的车夫。车夫迅速跳下,跑向萨谛奇的战车。(45)罗陀之子(迦尔纳)得意洋洋,怒气冲冲,犹如世界末日的烈火,又射断了幡幢和旗杆。(46)大王啊!怖军失去弓,抓起一支战车标枪,对准迦尔纳的战车,愤怒地投了出去。(47)这支镶金标枪如同陨落的大流星扑面而来,升车之子(迦尔纳)以十支箭射断了它。(48)国王啊!标枪被迦尔纳的箭射断成十截,坠落下来。升车之子(迦尔纳)精通诸般兵器,为了朋友而射出这些箭。(49)

贡蒂之子怖军拿起一张镶金盾牌,抄起一把刀,或战死,或战胜,想要拼个明白。而迦尔纳微笑着,猛然间射破了他的盾牌。(50)大王啊!怖军失去战车,失去盾牌,气得发昏。他瞄准迦尔纳的战车,迅速掷出手中的刀。(51)这把锋利的刀砍断了升车之子(迦尔纳)的弓和弓弦,落到地上,犹如一条蛇从天而降。(52)车夫之子笑了笑,愤怒地拿起另一张弓。这张弓强劲有力,弓弦结实,富有杀伤力。(53)真正英勇的怖军强壮有力,愤怒地跳向空中,令迦尔纳恐慌不安。(54)看到怖军渴望取胜,在战斗中采取这种动作,罗陀之子(迦尔纳)蜷缩起身体,躲避怖军。(55)看到迦尔纳心慌意乱,蜷缩在车座上,怖军抓住他的幡幢,站在地上。(56)所有的俱卢人和众遮罗纳对这一举动表示敬佩,这怖军竟然企图将迦尔纳杀下战车,正如金翅鸟想要杀死蛇。(57)他的弓断了,又失去战车,但他坚持自己的法则,将自己的战车置于身后,继续投入战斗。(58)

躲过这次打击,罗陀之子又愤怒地朝他冲过去。般度之子挺立在战场上,准备迎接新的回合。(59)两位大力士相会在这广袤的竞技场上,进行较量,仿佛夏末时分,天空中两团咆哮的乌云相遇。(60)两个愤怒的人中雄狮展开战斗,在战场上互不相容,犹如天神和檀那婆交战。(61)面对冲向前来的迦尔纳,贡蒂之子武器耗尽,看到被阿周那杀死的大象横尸遍野,如同一座座山。为了给战车制造路障,他进入其中。(62)面对大量的死象,战车难以前进。般度之子为保存生命，不给罗陀之子（迦尔纳）用武的机会。（63）为了建立一个可靠的据点，敌人城堡的征服者普利塔之子站在那里，举起一头被胜财（阿周那）的箭射死的大象。（64）迦尔纳再以箭射碎这头死象。于是，般度之子呐喊着，把象的肢体掷向迦尔纳。（65）愤怒的般度之子在地上看到什么，就抓起什么向迦尔纳扔去，无论是车轮、马匹，还是大象。（66）

无论怖军扔过来什么，迦尔纳都以利箭将他们射碎。而迦尔纳想起贡蒂的话，不杀死这个没有武器的人。（67）罗陀之子迦尔纳跑过去，用弓尖敲打怖军，微笑着反复对他说道：（68）"嘴上没毛的家伙！白痴！贪吃鬼！毛孩儿，没学过武艺就别打仗！战场上的懦夫！（69）哪儿有美味佳肴，琼浆玉液，般度之子啊，你这傻瓜，你就适合待在哪儿，就是别来打仗！（70）傻瓜怖军啊！你就成为牟尼，到森林里去吃野果吧！贡蒂之子啊！你毕竟不擅长打仗！（71）我看啊，你适合吃野果和根茎，也这样供奉客人。你毕竟不适合舞刀弄枪，狼腹啊！（72）你适合以花果根茎为食，在森林中坚守誓言和苦行。怖军啊，你就是不擅长打仗！（73）战斗和牟尼生活截然不同，狼腹（怖军）啊！到森林里去吧！你不适合战斗！孩子啊，但愿你热爱林居生活。（74）你适合在家里催促厨子、仆人和奴婢，狼腹啊，为了点儿吃的东西生气，殴打这些人。"（75）民众之主啊，迦尔纳提起幼年时代发生的一些不愉快的事情，对他说了一些尖刻的话。（76）雄牛迦尔纳再次用弓接触身体紧缩的怖军，笑着对他说道：（77）"到别处去打仗吧！别跟我这样的人打仗。与我这样的人交战，都会落得这样或更惨的下场。（78）去找那两个黑王子吧！他俩会在战场上保护你。你或者回家吧，贡蒂之子啊！你一个小孩儿，打什么仗？"（79）

国王啊！迦尔纳让怖军失去战车之后，就这样当着苾湿尼族雄狮和灵魂伟大的普利塔之子（阿周那）的面，奚落怖军。（80）国王啊！这时，在美发者（黑天）的催促下，以猿猴为幢首者（阿周那）朝车夫之子发射用石头打磨得锃亮的箭。（81）普利塔之子用双臂从甘狄拨神弓中发射镶金的箭，落到迦尔纳身上，犹如一群天鹅飞入麻鹬山。（82）胜财（阿周那）用甘狄拨神弓射出的箭犹如一条条蛇，将车夫之子（迦尔纳）从怖军身旁驱走。（83）迦尔纳的弓已被怖军射断，又遭到胜财（阿周那）的箭的攻击，他乘着那辆大战车，迅速从怖军身旁离去。（84）人中雄牛怖军也登上萨谛奇的战车，在战场上跟随着兄弟左手开弓者（阿周那）。（85）

　　胜财（阿周那）气得双眼发红，迅速瞄准迦尔纳，射出一支铁箭，犹如死神紧追死亡。（86）从甘狄拨神弓迸发出的这支铁箭，迅速飞向迦尔纳，犹如金翅鸟出现在天空，扑向一条蟒蛇。（87）这时，德罗纳之子（马嘶）以一支羽毛箭将空中的这支铁箭射断。这位大勇士企图将迦尔纳从胜财（阿周那）的威胁中解救出来。（88）阿周那大怒，以六十四支箭镞锋利的箭射中德罗纳之子（马嘶），大王啊，一边喝道："不要跑！站住！"（89）遭到胜财（阿周那）的箭的打击，德罗纳之子（马嘶）迅速躲进军队中，那里布满疯象和战车。（90）战场上，无数张弓背镶金的弓砰砰作响，然而强悍的贡蒂之子的甘狄拨神弓的声响盖过了它们的声响。（91）胜财（阿周那）紧紧追赶跑出去不远的德罗纳之子，同时发射利箭，让整个军队心惊肉跳。（92）阿周那用苍鹭和孔雀羽毛箭粉碎人、象和马的躯体，摧残整个军队。（93）婆罗多族魁首啊！因陀罗之子（阿周那）奋力消灭这支由象、马和人组成的军队。（95）

　　　　　以上是吉祥的《摩诃婆罗多》中《德罗纳篇》第一百一十四章(114)。

<h2 style="text-align:center">一一五</h2>

持国说：

　　一天又一天，我的光辉的名誉日趋黯淡，全胜啊！我的许多将士已被杀死。依我看，这是时运倒转。（1）愤怒的胜财（阿周那）闯入了我的军队。原本它在德罗纳之子（马嘶）和迦尔纳的保护下，连众天神也无法闯入。（2）黑天和怖军英姿勃发，勇猛过人，得到他俩和悉尼族雄牛（萨谛奇）相助，阿周那勇气倍增。（3）从那时起，忧愁便烧灼我的心，犹如火焰燃烧我的卧室。我看连同信度王在内的众国王都已岌岌可危。（4）信度王曾经严重地得罪有冠者（阿周那），如今到了他的眼皮底下，还怎能活着脱身呢？（5）全胜啊！我推想信度王是保不住的了。我询问你，请你如实地告诉我战斗的进展情况。（6）他孤身闯入，一次又一次地将这整个大军搅得人仰马翻，犹如一头狂怒的大象闯入了莲花池。（7）告诉我吧，这位苾湿尼族英雄（萨谛奇）怎样为了胜财（阿周那）的利益奋勇作战？全胜啊！你擅长叙述。（8）

全胜说：

人中英豪怖军在前进中遭到日神之子（迦尔纳）的打击，国王啊，在众英雄之中，悉尼族英雄（萨谛奇）看到后，即刻驱车追了过去。（9）犹如夏季之末的乌云发出雷鸣，犹如雨季之末的太阳闪耀光芒，他手持硬弓，杀戮敌人，吓得你儿子的军队颤抖不已。（10）由毛色似银的驷马驾车，这位人中英雄奔驰在战场上，婆罗多子孙啊！你的所有战车勇士都不能阻挡这位摩豆族俊杰。（11）

但是，王中俊杰指掌冲了出来。他暴躁鲁莽，战斗中从不退却，手中持弓，身披金甲，前来阻截摩豆族俊杰萨谛奇。（12）他俩之间的这场战斗，谁也没有遇到过，婆罗多子孙啊！你方和敌方的武士们全都注视着这一对战场上的明珠。（13）王中俊杰指掌抢先朝萨谛奇射出十支箭。但是，不等这些箭到达，悉尼族雄牛就用箭将它们射断。（14）指掌挽弓至耳，再射出三支锋利的羽毛箭，支支如同火焰，穿透萨谛奇的护甲，进入了他的身体。（15）以这三支威力如火似风的箭射穿萨谛奇的躯体后，指掌又迅速以四支火焰般的利箭射中毛色似银的驷马。（16）勇猛的悉尼之孙（萨谛奇）威力如同手持飞轮者（黑天），遭到指掌打击后，以四支迅猛的箭击倒他的驷马。（17）随后，他砍落了车夫的头颅，又以一支犹如世界末日烈火的月牙箭，从指掌的躯体上摘下那颗戴着耳环、面如满月、光彩照人的头颅。（18）杀敌英雄、摩豆族雄牛在战场上杀死这个王孙公子后，又去追随阿周那，一路击退你的军队，国王啊！（19）

苾湿尼族俊杰一路行来，纵横驰骋于群敌之中，以箭杀戮俱卢族各路军队，如同疾风驱散一团团乌云。（20）那些信度马毛色似牛奶、茉莉花、月亮和雪，身披金网，训练有素，载着这位人中雄狮纵横驰骋。（21）于是，以你的儿子、杰出的武士难降为前锋，婆罗多子孙啊,你的儿子们和其他武士迅速行动,一起冲上前去,阿阇弥吒后裔啊!(22)各路军队从战场四面八方包围和攻击悉尼之孙(萨谛奇)。但是,这位沙特婆多族英雄豪杰以箭网挡住所有的军队。(23)杀敌者悉尼之孙(萨谛奇)挡住敌人后,迅速举起弓,以火舌般的羽毛箭射死了难降的驷马,阿阇弥吒后裔啊!(24)

以上是吉祥的《摩诃婆罗多》中《德罗纳篇》第一百一十五章(115)。

一一六

全胜说:

大臂的萨谛奇为胜财(阿周那)谋利益,遇到急事就迅速行动,此刻冲向难降的战车。(1)那些打着镶金幡幢的三穴国大弓箭手们阻截这个闯入军队海洋的阿那尔多人(萨谛奇)。(2)这些杰出的弓箭手用车队从四面八方围堵萨谛奇,愤怒地将一簇簇箭射向他。(3)真正英勇的萨谛奇在大战中,孤身一人战胜了五十名英勇奋战的王子。(4)他已置身于婆罗多族军队的中心,这里充满击掌声,这里犹如刀剑、标枪和铁杵组成的大海而无舟可渡。(5)在战场上,我们看到悉尼之孙(萨谛奇)行迹奇妙,刚刚在西边看到他,忽而又在东边看到他。(6)这位勇士忽而北,忽而南,忽而东,忽而西,驰骋疆场,犹如跳舞一般,又仿佛化成一百辆战车。(7)看到他的行迹如同雄狮逞威,三穴国武士们惊恐不安,纷纷逃回自己的军队。(8)

另外一些苏罗塞那族勇士挺身而出,在战场上阻挡萨谛奇,射出一簇簇箭,犹如以刺钩打击一头疯狂的大象。(9)萨谛奇具有不可思议的勇气,仿佛顷刻间就将这些奋勇作战的武士击退。尔后,他又与羯陵伽人交战。(10)这位大臂者越过难以越过的羯陵伽族军队后,便来到了普利塔之子胜财(阿周那)的身边。(11)犹如一个在水中泅渡的人,筋疲力尽时忽逢陆地,看到这位人中之虎,萨谛奇松了口气。(12)

看到他的到来,美发者(黑天)对阿周那说道:"普利塔之子啊!悉尼之孙(萨谛奇)来到这里追随你。(13)他真正英勇,既是你的学生,又是你的朋友。这位人中雄牛将所有这些武士视同草芥,战胜了他们。(14)他给予俱卢族军队可怕的打击,他对你比生命更宝贵。有冠者(阿周那),萨谛奇来了!(15)他以箭击败了德罗纳和博遮王成铠。翼月生(阿周那),萨谛奇来了!(16)他是武艺高强的英雄,遵照法王(坚战)的意愿,杀死了一批又一批优秀的武士。翼月生(阿周那),萨谛奇来了!(17)就是为了见到你,这位大力士闯入千军万马,创造了难以创造的业绩。般度之子,萨谛奇来了!(18)在战场上,他凭单车战胜了以师爷为首的战车大勇士。普利塔之子(阿周那),萨谛奇来了!(19)受正法之子(坚战)派遣,他凭借自己的臂力,冲破了这支大军。普利塔之子,萨谛奇来了!(20)俱卢人中,没有哪个武士可以与他相匹敌。贡蒂之子,真正英勇的萨谛奇来了。(21)他击溃千军万马,从俱卢族军队中闯出,犹如雄狮从牛群中闯出。普利塔之子,萨谛奇来了!(22)他将数千国王的面似莲花的头颅撒向大地。萨谛奇赶来了。(23)在大战中,他战胜了难敌及其兄弟们,杀死了水连。萨谛奇赶来了。(24)他造就了一条大河,鲜血是水流,血肉是淤泥。他视俱卢人为草芥。萨谛奇来了!"(25)

然而,贡蒂之子(阿周那)并不高兴,对美发者(黑天)说道:"大臂者啊!萨谛奇来到我这里,并不令我喜悦。(26)我不知道法王(坚战)那里会发生什么事情,美发者啊!离开这位沙特婆多族后裔,不知法王(坚战)是死是活?(27)他应该保护国王,大臂者啊,他怎么能撇下国王,前来追随我呢?黑天啊!(28)国王面临德罗纳的威胁,而信度王还没有被杀死,广声又在战场上迎战悉尼之孙(萨谛奇)。(29)压在我身上的担子更加沉重了,这都是因为信度王。我既要关心国王的情况,又要保护萨谛奇。(30)我还要杀死胜车王,而日头已经偏西。大臂的萨谛奇现在疲惫不堪,精神不足。(31)他的驷马和车夫也都疲劳乏力。而广声和他的助手恰恰是以逸待劳,黑天啊!(32)此刻,萨谛奇还能平安无事吗?富有威力、真正英勇的悉尼族雄牛萨谛奇已经越过了大海,会不会在这牛蹄坑中翻倒?(33)广声灵魂伟大,精通诸般武艺,是俱卢族俊杰。萨谛奇遇上他,但愿能够平安无事。(34)美发者啊!依我看,这是法王(坚战)失误,他全然不顾来自师爷的威胁,派遣萨谛奇来到这里。(35)德罗纳始

终想要抓走法王（坚战），犹如盘旋于空中的兀鹰盯上了一块肉。国王不知是否安康？"（36）

以上是吉祥的《摩诃婆罗多》中《德罗纳篇》第一百一十六章（116）。

<h1 style="text-align:center">一一七</h1>

全胜说：

看见这位作战凶猛的沙特婆多族后裔冲向前来，广声满腔愤怒，猛然冲了过去，国王啊！（1）大臂的俱卢子孙对悉尼族雄牛说道："今天我交了好运，你闯到了我的眼皮底下。（2）今天，在这战场上，我终于能够如愿以偿。你若是不逃离战场，就休想活着从我手中脱身！（3）陀沙诃族后裔啊，你这一向自以为是英雄的狂妄之徒！我今天要在战场上杀死你，让俱卢族国王难敌高兴。（4）今天，美发者（黑天）和阿周那两位英雄会看到你死在我的箭下，躺倒在地。（5）今天，正法之子（坚战）听到你被我杀死，定然懊悔不迭，不该叫你闯入这里。（6）今天，普利塔之子胜财（阿周那）将知道我的厉害，看到你被杀死，倒地躺在血泊中。（7）今天，能与你交战，是我长久以来的心愿，犹如天神和阿修罗大战中，天帝释与钵利交战。（8）沙特婆多族后裔啊！我今天将给予你一场异常恐怖的战斗，叫你真正领教我的勇气、力量和大丈夫气概。（9）今天，你在战场上被我杀死后，前往阎摩殿，好比罗波那之子被罗摩的兄弟罗什曼那杀死。（10）摩豆族后裔啊！今天，你被杀死后，毫无疑问，黑天、普利塔之子（阿周那）和法王（坚战）就会丧失勇气，放弃战斗。（11）摩豆族后裔啊！今天，我以利箭惩罚你，好叫那些被你在战场上杀死的武士们的妻子欢欣鼓舞。（12）摩豆族后裔啊！你既然闯到我的眼皮底下，就别想逃脱，好比一头小鹿闯入狮子的地盘。"（13）

国王啊！萨谛奇微笑着回答他说："俱卢子孙啊！我在战场上从不知什么叫害怕。（14）谁若是要叫我放下兵器，他只有在战场上杀死我。谁若是能在战场上杀死我，他就能永远杀死敌人。（15）说这许多废话有何用？还是拿出行动吧！你好比是秋日的云，光打雷，不见结果！（16）听罢你这番叫嚷，我禁不住要笑。俱卢子孙啊！就让这企盼已久的战斗展现在这世上吧！（17）你渴望战斗，我也迫不及待，今天不杀了你，我决不撤回！你这卑鄙的小人！"（18）

两个人中雄牛唇枪舌剑，恶语相向，愤怒至极，都想杀死对方，开始交战。（19）两个人中之虎狭路相逢，勇猛有力，在战场上好似两头春情发动的公象，怒气冲冲，为争夺一头母象而展开较量。（20）广声和萨谛奇这两位克敌者互相泼洒可怕的箭雨，好似两团乌云一起降雨。（21）婆罗多族魁首啊，月授之子（广声）以快箭覆盖悉尼之孙（萨谛奇），一心要杀死他，用利箭射击他。（22）月授之子（广声）以十支箭射中萨谛奇，又射出许多利箭，决意要杀死这位悉尼族雄牛。（23）民众之主啊！不等这些利箭到达，萨谛奇就用兵器的幻力，将它们在空中吞没，君王啊！（24）这两个出身名门望族、为俱卢族和悉尼族增光的英雄，各自向对方泼洒箭雨。（25）犹如两头猛虎以爪相斗，又似两头大象以牙搏击，他俩各自以战车标枪投向对方，以利箭射向对方。（26）他俩都击伤对方肢体，使对方鲜血流淌，令对方措手不及，以各自的生命作为赌注。（27）

就这样，这两位业绩卓著、为俱卢族和苾湿尼族增光的英雄互相交战，犹如两头象王互相搏斗。（28）他俩都以进入梵天世界为目标，都盼望早日登上最高境界，互相打击对方。（29）就在持国之子们眼前，萨谛奇和月授之子（广声）互相兴奋地泼洒箭雨。（30）人们看到这两个武士领袖交战，好似两头象王为了一头母象而搏斗。（31）

两人都射死了对方的驷马，又射断了对方的弓。两人都失去战车，在战场上用刀作战。（32）他俩都手持一面牛皮制作的、光彩熠熠的大盾牌，拔刀出鞘，在战场上挪步作战。（33）这两个杀敌者怒气冲冲，移动各种步法，不断兜着圈子，你杀过来，我杀过去。（34）他俩手执大刀，身披漂亮的铠甲，佩戴金臂钏，在战场上你来我往，奋勇作战，国王啊！（35）王中之王啊，两个英雄搅成一团，厮杀片刻，又在所有武士的注视下喘息片刻。（36）两把刀砍破了两面闪闪发光的挡箭大盾牌，两个人中之虎又开始用手臂搏斗。（37）两人都是胸膛宽阔，臂长，武艺高强，铁闩般的手臂扭在一起。（38）两人互相用手臂搏击拽拉，显示一身的功夫和力量，国王啊，令所有的武士兴奋不已。（39）国王啊！两个人中豪杰在战场上厮杀，发出可怕的吼叫声，仿佛金刚杵击中高山。（40）好似两头雄象以獠牙相斗，又似两头雄牛以角相拼，两个灵魂伟大的俱卢族和沙特婆多族雄牛展开激战。（41）

沙特婆多族后裔在战斗中耗尽兵器，婆薮提婆之子（黑天）对阿周那说道："你看，他是所有弓箭手的一面旗帜，失去了战车，依然奋勇作战。（42）般度之子啊，他步你的后尘，闯入婆罗多族军队，与所有英勇非凡的婆罗多族勇士交战，婆罗多子孙啊！（43）这位优秀的武士本来已经精疲力竭，却遇上求战心切的慷慨布施者（广声）猛扑过来，阿周那啊！"（44）

此时，广声怒气冲冲，奋力打击作战凶猛的萨谛奇，犹如一头疯象打击另一头疯象，国王啊！（45）两位杰出的武士美发者（黑天）和阿周那站在战车上，观看他俩激战。（46）黑天对大臂的阿周那说道："你看，苾湿尼族和安陀迦族之虎（萨谛奇）已处在月授之子（广声）的控制下。（47）他精疲力竭，站在地上，仍然创造了难以创造的业绩。阿周那啊，去保护你的弟子英雄萨谛奇吧！（48）不要让这位诛灭敌雄者为了你的缘故败在这位热爱祭祀者（广声）的手下。人中之虎啊，迅速采取行动吧！"君王啊！（49）而胜财（阿周那）心情愉快，对婆薮提婆之子（黑天）说道："你看，这俱卢族雄牛正在和苾湿尼族俊杰做游戏，仿佛在森林中，一头狮王正在和一头疯狂的大象做游戏。"（50）

婆罗多族雄牛啊！在那些军队中发出一阵阵"啊！啊！"的惊叹声，因为大臂的广声奋力将萨谛奇打倒在地。（51）好似一头雄狮拽住一头大象，俱卢族俊杰慷慨布施者（广声）拽住沙特婆多族俊杰（萨谛奇）。（52）然后，在战场上，广声一手拔刀出鞘，一手揪住萨谛奇的头发，用脚猛踹他的胸部。（53）国王啊！看到广声在战场上拽住沙特婆多族后裔，婆薮提婆之子（黑天）再次对阿周那说道：（54）"你看，苾湿尼族和安陀迦族之虎已经处在月授之子（广声）的控制下，大臂者啊，他是你的学生，弓术不在你之下。（55）如果广声在战场上胜出苾湿尼族真正英勇的萨谛奇，萨谛奇的威名就会成问题。"（56）

大臂的般度之子（阿周那）听了婆薮提婆之子（黑天）的话，心中对战场上的广声产生敬意：(57)"他拽拉这位沙特婆多族俊杰，仿佛在战场上戏耍。他为俱卢族增光，令我心中喜欢。(58)他不会杀死这位杰出的苾湿尼族英雄，犹如一头雄狮在森林中拽拉一头大象。"(59)大臂的普利塔之子阿周那在心中对这位俱卢族勇士表示敬意后，对婆薮提婆之子（黑天）说道：(60)"摩豆族后裔啊！我双眼紧盯着信度王，没有注意到萨谛奇。为了这位雅度族后裔（萨谛奇），我就做一件勉为其难的事吧。"(61)般度之子（阿周那）对婆薮提婆之子（黑天）这样说过后，以一支箭射断了热爱祭祀者（广声）拿着刀的胳膊。(62)

以上是吉祥的《摩诃婆罗多》中《德罗纳篇》第一百一十七章(117)。

一一八

全胜说：

那只完美的手臂握着刀，戴着闪亮的臂钏，落到地上，让世上一切生灵感到痛心。(1)这只手臂正要出击，却被有冠者（阿周那）暗中砍断，猛然间坠落到地上，犹如一条五头蛇。(2)俱卢后裔（广声）眼见自己被普利塔之子（阿周那）变成了废人，便抛下萨谛奇，开始愤怒地指责般度之子：(3)"贡蒂之子（阿周那）啊！你干下了残忍的勾当。你没有与我交战，却趁我不注意，砍断了我的手臂。(4)你将对正法之子坚战如何交代？你难道要这样说：'趁广声正在作战，我在战场上杀死了他？'(5)这难道是灵魂伟大的因陀罗亲自教给你的兵法吗？是楼陀罗、德罗纳或慈悯教给你的吗？普利塔之子啊！(6)你应该比世上其他人更懂得自己的法则，怎么能在战场上袭击一个没有与自己交战的人呢？(7)有教养的人从不攻击心不在焉的人，受了惊吓的人，失去战车的人，求饶的人，落难的人。(8)这是卑鄙者的行为，恶人的行径，普利塔之子啊，你怎么会做出这种不光彩的事？(9)人们常说，世上高贵的人易于做高贵的事，胜财啊，要叫高贵的人做卑鄙的事，难上加难。(10)普利塔之子啊，一个人和谁生活在一处，生活在什么地方，他很快就染上他们的习性。这也在你的身上得到验证。（11）你出身王族，而且是俱卢的子孙，品行端正，信守誓言，怎么会违背刹帝利的法则呢？（12）你为了苾湿尼族后裔而做下这件卑劣的事，一定是婆薮提婆之子（黑天）的主意，不符合你的行为。（13）如果不是黑天的朋友，谁会给一个正在与别人作战而不加注意的人造成这样的伤害呢？（14）苾湿尼族和安陀迦族都是低贱的人，天生行为不端，理应受到谴责。普利塔之子（阿周那）啊！这种人怎么成了你的榜样？"（15）

这样说过后，闻名遐迩的、以祭柱为幢徽的大臂广声撒下萨谛奇，在战场上坐下实行死前的斋戒。（16）他福相俱全，以左手铺开箭矢，一心盼望进入梵天世界，用气息祭供气息。（17）双眼盯住太阳，清净的心安放水中，他冥想伟大的奥义书，修炼瑜伽，缄默不语。（18）

所有军队中的人都谴责黑天和阿周那，而称赞人中雄牛广声。（19）遭到责备的两位黑王子无一句怨言，而受到赞扬的以祭柱为幢徽者（广声）也无一丝喜悦。（20）国王啊！你的儿子们七嘴八舌，胜财（阿周那）心中不能忍受他们的话和广声的话。（21）婆罗多子孙啊！般度之子翼月生（阿周那）不恼不愠，微笑着开口说话，而话中带刺：（22）"所有的国王都知道我立下的伟大誓言，谁也不能杀死在我的射程之内的自己人。（23）以祭柱为幢徽者啊！你记好了，你没有资格指责我！自己若是不懂法则，就没资格指责他人。（24）你在战场上举起武器，想要杀死苾湿尼族英雄，因此我砍断了你的手臂。这合乎正法，无可指摘。（25）激昂还是个孩子，他失去兵器、战车和铠甲时，遭到杀害，你们有谁遵行正法，不予赞赏？"（26）

普利塔之子（阿周那）这样说罢，广声以头触地，用左手扔掉他的右臂。（27）听了普利塔之子（阿周那）的这番话，以祭柱为幢徽的大光辉者（广声）沉默不语，低下了头，大王啊！（28）

阿周那说：

舍罗之兄啊！我喜爱你，如同喜爱法王（坚战）、人中豪杰怖军、无种和偕天。（29）我和灵魂伟大的黑天都许可，你就前往功德圆满者的世界吧，像尸毗王和优湿那罗王子一样！（30）

第七　德罗纳篇

全胜说：

此时，萨谛奇摆脱了月授之子（广声），站起身来，拿起一把刀，想要砍下这位灵魂伟大者的头颅。（31）萨谛奇确实想要杀死这个纯洁无瑕、慷慨布施的舍罗之兄。他已经在无意中遭到般度之子（阿周那）袭击。（32）他被砍掉了一只手臂，坐在地上，犹如被砍掉长鼻的大象。这时，所有军队中的人发出叫喊，谴责心肠狠毒的萨谛奇。（33）尽管受到黑天、灵魂伟大的普利塔之子（阿周那）、怖军、两名护轮卫士、马嘶和慈悯的阻拦，（34）也受到迦尔纳、牛军和信度王的阻拦，萨谛奇依然不顾武士们的怒吼，杀死了信守誓言的广声。（35）尽管这位俱卢族魁首已经坐下实行死前的斋戒，尽管他已在战场上被普利塔之子（阿周那）砍下了手臂，萨谛奇还是用刀砍下了他的头颅。（36）萨谛奇杀死了这个实际上已被阿周那杀死的俱卢族俊杰，武士们无人为他的行为喝彩。（37）

所有的悉陀、遮罗纳和人，目睹了千眼神（因陀罗）一般的广声在战场上实行死前斋戒时被杀死，（38）对他肃然起敬；众天神也为他的业绩惊叹不已。武士们议论纷纷，说法不一：（39）"这不是苾湿尼族后裔的过错，这是事该如此。我们不要发怒，愤怒给人造成痛苦。（40）他应该被这位英雄杀死，我们不必多虑。创造主安排萨谛奇出现在战场上，成为他的死神。"（41）

萨谛奇说：

你们这群非法之徒，披着正法的外衣，满口正法，纷纷对我说："不该杀死他，不该杀死他！"（42）那少年妙贤之子（激昂）失去兵器，仍被你们杀死，你们的正法哪里去了？（43）我曾经在一次发狠时立下这样的誓言，无论哪个活着的人在战场上将我摔倒，粗暴地用脚踢我，我就会杀死这个敌人，即使他是一个缄默不语的修行者。（44）我手臂和眼睛齐全，还在抵抗，你们却认为我已经死去。你们也太轻率了，诸位俱卢族雄牛啊！我对他的反击完全正当。（45）普利塔之子（阿周那）出于对我的友爱，也是为了恪守自己的誓言，他射断了广声拿着刀的手臂，我因此得以脱身。（46）该发生的终会发生，这是命运使然。他在这场搏斗中被杀死，哪里有不合正法的道理？（47）从前，蚁垤在大地上诵唱这首偈颂："凡是让敌人痛苦的

事，就是应该做的。"（48）

全胜说：

大王啊！听了这些话，俱卢族和般度族的武士们都不说什么，只是心中默默敬佩广声。（49）他在一次次大祭中受到经咒净化，施舍的金钱成千上万，声誉卓著，如同森林中的牟尼，没有人为他遇害感到高兴。（50）这位勇士赐人恩惠，头发青黑，目赤似鸽眼，他那被砍下的头颅犹如马祭中安放在祭坛上方的、被砍下的马头。（51）他英勇地死于兵器而获得净化。这位赐人恩惠者值得享有恩赐。他在大战中捐出首屈一指的躯体，升天而去，以无上的德行布满天地。（52）

以上是吉祥的《摩诃婆罗多》中《德罗纳篇》第一百一十八章（118）。

一一九

持国说：

没有败在德罗纳、罗陀之子（迦尔纳）、毗迦尔纳和成铠的手下，这位英雄按照坚战的嘱托，闯过了军队海洋。（1）他在战斗中不可阻挡，怎么会被俱卢后裔广声抓住，用力摔倒在地？（2）

全胜说：

国王啊！倘若你感到疑惑，就请听听悉尼之孙（萨谛奇）和广声从前的身世吧，国王啊！（3）传说月神是阿多利仙人的儿子，水星是月神的儿子。水星有一个因陀罗般的独生子补卢罗婆娑。（4）传说补卢罗婆娑生下长寿，长寿生下友邻。友邻生下天神般的王仙迅行。（5）迅行让天乘生下大儿子雅度。传说雅度一脉中诞生了天粪。（6）这个雅度后裔生了儿子苏罗。苏罗之子是闻名遐迩的人中豪杰婆薮提婆。（7）苏罗弓术高超，在战场上与作武相媲美。像他一样英勇的国王悉尼也诞生在这个家族。（8）

时逢灵魂伟大的提婆迦的女儿举行选婿大典，国王啊，天下的刹帝利蜂拥而至。（9）悉尼战胜所有的国王，为婆薮提婆赢得提婆吉公主，将她抱上了战车。（10）看到提婆吉上了苏罗后裔悉尼的战车，大光辉的人中雄牛月授王无法容忍，国王啊！（11）两人之间展开了一场战斗，美妙奇异，持续了足足半日，国王啊，两位力士之间的这场徒手搏斗犹如发生在天帝释和波罗诃罗陀之间。（12）悉尼猛力将月授王摔倒在地，一手举刀，一手抓住他的头发，用脚猛踹。（13）当时数千国王在场，众目睽睽。悉尼心生怜悯，又放掉了月授王，说道："活着吧！"（14）

尊者啊！遭到悉尼这般作践，月授王难消心头之恨，开始敬拜大神。（15）赐人恩惠的大神对他表示满意，赐给他恩惠。国王选择了这个恩惠：（16）"尊神啊！我希望要一个儿子，他能够打败悉尼的子孙，当着数千国王的面，在战场上用脚踹他。"（17）听了月授王的话，国王啊，天神允诺道："就这样吧！"说罢，消失不见了。（18）凭此恩赐，月授得到了慷慨布施的广声。而月授之子（广声）在战场上将悉尼之孙（萨谛奇）击倒。（19）

国王啊！你既然问到我，我便把这原委讲给你听。人中雄牛啊！因为在战场上，无人能战胜沙特婆多族后裔。（20）沙特婆多人为数众多，在战场上个个都是射箭高手，熟悉各种武艺，能够战胜天神、檀那婆和健达缚，从不惊慌失措。他们凭借自己的勇气战无不胜，从不借助他人的力量。（21）婆罗多族雄牛啊！若论力气，天下无人可与苾湿尼族武士相匹敌，无论是过去、现在或未来。（22）他们从不怠慢亲友，乐于服从长者的命令。无论是天神、阿修罗和健达缚，还是药叉、蛇和罗刹，都不可能战胜苾湿尼族英雄，人又怎么可能呢？（23）他们从不毁坏婆罗门、老师和亲友的财物，永远是他们的保护者，不论他们陷于何等困境。（24）他们拥有财富，却不趾高气扬。他们尊敬婆罗门，讲真话，不藐视强者，同时救助弱者。（25）他们永远忠于天神，克己，慷慨布施，不狂妄自大，因此，苾湿尼族英雄们的车轮不可阻挡。（26）即使有人能够移走弥卢山，即使有人能够渡过大海，但没有人能够与苾湿尼族英雄交战，以胜利而告终，国王啊！（27）因为你感到疑惑，我把这一切讲给你听，俱卢族国王啊，你严重地失策，人中豪杰啊！（28）

以上是吉祥的《摩诃婆罗多》中《德罗纳篇》第一百一十九章（119）。

一二〇

持国说：

俱卢后裔广声在这种情况下被杀死后，战事又如何发展？全胜啊！请讲给我听吧！（1）

全胜说：

广声去了另一个世界后，婆罗多子孙啊，大臂的阿周那催促婆薮提婆之子（黑天）道：（2）"黑天啊！快快策马，前往胜车王那里。这日头正匆匆向西山倾斜，大臂者啊！（3）人中之虎啊！这是我努力要办到的事情。而胜车王还在俱卢族军队大勇士们的保护之下。（4）黑天啊！让驷马加快速度吧！要赶在太阳落山之前，让我实现誓言，杀死胜车王。"（5）

于是，通晓驭马术的大臂黑天驱策毛色似银的马匹，驶向胜车王。（6）箭无虚发的阿周那乘着快马飞速向前，大王啊，军队的首领们急忙迎战。（7）难敌、迦尔纳、牛军、摩德罗王、马嘶和慈悯，还有信度王也亲自上阵。（8）毗跋蓤（阿周那）赶到，怒目圆睁，盯住就在面前的信度王，仿佛要将他烧死。（9）

看到阿周那冲向胜车王的战车，国王难敌慌忙对罗陀之子（迦尔纳）说道：（10）"日神之子啊！战斗的时刻到了！灵魂伟大的人啊，展示你自身的力量吧！迦尔纳啊，干吧！不要让胜车王在战场上被阿周那杀死！（11）白日的时间剩下不多，人中豪杰啊，现在你就用箭流打击这个敌人吧！拖到这一天结束，人中翘楚者啊，胜利就能属于我们，迦尔纳啊！（12）倘若我们护住信度王，直到太阳落山，贡蒂之子（阿周那）的誓言就落空，他就该跳入火堆之中。（13）赐人荣誉者啊！若是大地上没有阿周那，他的兄弟们以及随从们便不可能取得哪怕是片刻时间的胜利。（14）般度之子（阿周那）一死，这大地上没有了荆棘，迦尔纳啊，我们将享受这大地，连同山林和花园。（15）赐人荣誉者啊！普利塔之子（阿周那）已被命运搅昏头脑，倒行逆施。他不晓得什么该做，什么不该做，竟然在战场上立下这个誓言。（16）般度之子有冠者（阿周那）为了杀死胜车王而立下这个誓言，也就导致自己的毁灭，迦尔纳啊！（17）罗陀之子（迦尔纳）啊！你是难以抵御的，只要你活着，翼月生（阿周那）怎么能够在太阳落山之前杀死信度王呢？（18）胜车王由摩德罗王和灵魂伟大的慈悯保护，胜财（阿周那）怎么能在战场上杀死他？（19）有德罗纳之子（马嘶）、我和难降保护，受命运催促的毗跋蔌（阿周那）怎么能接近信度王？（20）众多英雄参战，日头已经偏西，赐人荣誉者啊，我怀疑普利塔之子（阿周那）还能得到胜车王。（21）迦尔纳啊！你和我，还有其他大勇士们，一起竭尽全力，与普利塔之子（阿周那）交战吧！"（22）

　　罗陀之子（迦尔纳）听了你的儿子的这番话，尊者啊，对俱卢族魁首难敌说道：（23）"英勇的弓箭手怖军箭无虚发，我在战斗中已经不止一次遭到他的箭网沉重打击。（24）想到应该坚持战斗，我直到现在还挺立在战场上，赐人荣誉者啊！我浑身的箭伤火烧火燎，肢体运转失灵。（25）国王啊！我将尽最大的努力在战场上作战，不让般度族俊杰杀死信度王。（26）只要我还在战斗，只要我还在发射利箭，英勇的左手开弓者胜财（阿周那）就别想得到信度王。（27）凡是有能力的人，一向为你效劳的人所能做的一切，我会做到。但能否获胜，则取决于天命。（28）今天，我为了你，会凭借自己的勇气，与阿周那交战，人中之虎啊！但能否获胜，则取决于天命。（29）今天，我和普利塔之子（阿周那）之间的战斗将残酷激烈，令人毛发直竖，俱卢族俊杰啊，让一切众生都看着吧！"（30）

　　迦尔纳和俱卢后裔（难敌）在战场上交谈之间，阿周那已以无数利箭射向你的军队。（31）他以尖嘴利箭射断许多不知退却的英雄们的臂膀。那些臂膀好似铁闩，又似象鼻。（32）大臂的阿周那再以利箭射落他们的头颅，射断大象的象鼻和马的颈脖，射碎四周战车的车轴。（33）骑兵们浑身是血，手中握着标枪和长矛，毗跋蔌（阿周那）以剃刀箭将他们一一射断成两截或三截。（34）骏马和大象数以千计地倒下，幡幢、华盖、弓、拂尘和头颅纷纷坠落。（35）犹如熊熊烈火焚烧干草，普利塔之子（阿周那）摧毁你的军队，不一会儿便让大地上血流成河。（36）真正英勇的阿周那强壮有力，难以抵御，在消

灭你的军队的大量武士后，到达信度王那里。（37）

毗跋蓰（阿周那）在怖军和沙特婆多族后裔（萨谛奇）的掩护下，犹如熊熊燃烧的火焰，婆罗多族俊杰啊！（38）看到翼月生（阿周那）英姿勃发，你的那些享有威名的人中雄牛和大弓箭手们无法忍受。（39）难敌、迦尔纳、牛军、摩德罗王、马嘶和慈悯，还有信度王本人，（40）群情激愤，一起上前包围有冠者（阿周那），以保护信度王。战车纵横驰骋，阿周那手舞足蹈，发出弓弦声和击掌声。（41）那些武士个个精通战斗，无所畏惧，将通晓战斗的普利塔之子（阿周那）团团围住，好似围住张开大口的死神。（42）他们将信度王置于身后，渴望杀死阿周那和不退者（黑天）。太阳已经变红，他们盼望着太阳落山。（43）他们用蛇一般的长臂拉开弓，朝翼月生（阿周那）射出数百支箭，犹如一道道太阳的光芒。（44）作战凶猛的有冠者（阿周那）将这些射出的箭射断成两截、三截或八截，然后又在战斗中将他们个个射中。（45）以狮子尾为幢徽的慈悯之子（马嘶），冲出来阻截阿周那，展现自己的能力，国王啊！（46）他以十支箭射中普利塔之子（阿周那），以七支箭射中婆薮提婆之子（黑天），挺立在战车道上，保护信度王。（47）

那些俱卢族俊杰，个个都是大勇士，他们以庞大的车队从四面八方包围阿周那。（48）他们挽弓射箭，遵照你的儿子的指令，保护信度王。（49）此时，英雄普利塔之子（阿周那）展示他的臂力，他的用之不竭的箭和威力不减的甘狄拨神弓。（50）阿周那以兵器抵挡德罗纳之子（马嘶）和有年之子（慈悯）的兵器，又让所有的武士每人身中九支箭。（51）德罗纳之子（马嘶）以二十五支箭射中了他，牛军以七支箭，难敌以二十支箭，迦尔纳和沙利耶王各以三支箭射中他。（52）他们冲着阿周那咆哮，一次又一次射中他，不停地晃动着弓，从四面八方围堵他。（53）大勇士们盼望着太阳落山，迅速用战车围成一个紧密的圆圈。（54）他们冲着他呐喊，摇晃着弓，释放可怕的箭流，犹如云团向大山倾泻雨水。（55）英雄们的臂膀如同铁闩，国王啊，将无数神奇的大兵器投向阿周那的每个肢体。（56）

真正英勇的阿周那强壮有力，难以抵御，在消灭你的军队的大量武士后，到达信度王那里。（57）在战场上，就在怖军和沙特婆多族后裔（萨谛奇）的眼前，迦尔纳用箭阻截阿周那，婆罗多子孙啊！（58）众目睽睽之下，大臂的普利塔之子（阿周那）以十支箭在战场上射中车夫之子（迦尔纳）；（59）沙特婆多族后裔（萨谛奇）以三支箭，尊者啊，怖军以三支箭，普利塔之子（阿周那）再以七支箭射中迦尔纳。（60）大勇士迦尔纳让他们每人身中六十支箭，国王啊，出现了迦尔纳一人奋战众人的场面。（61）尊者啊！我们看到了车夫之子创造的奇迹。他只身一人，怒不可遏，在战场上阻截三名战车勇士。（62）在战场上，大臂的翼月生（阿周那）以一百支箭射中日神之子迦尔纳的所有要害。（63）威武的车夫之子全身肢体流淌鲜血，而这位英雄仍然以五十支箭回击翼月生（阿周那）。而阿周那在战场上目睹迦尔纳的驾轻就熟的功夫，无法忍受。（64）

尔后，普利塔之子胜财（阿周那）射断了他的弓，又迅速以九支箭射中他的胸口。（65）胜财（阿周那）感到时间紧迫，在战场上迅速射出一支光辉如同太阳的箭，想要杀死迦尔纳。（66）这支箭飞来时，德罗纳之子（马嘶）以一支迅猛锋利的半月箭将它射断。这支箭被射断，坠落到地上。（67）威武的杀敌者车夫之子迦尔纳拿起另一张弓，渴望予以有力反击，以数千支箭覆盖翼月生（阿周那）。（68）这两个大勇士犹如两头雄牛，又如两头雄狮，互相发出吼叫，以笔直的箭流遮蔽天空。两人淹没在箭流中，依然互相射击。（69）"我是普利塔之子（阿周那），你等着！""我是迦尔纳。翼月生（阿周那）！你等着！"他们彼此威胁，以语言之箭攻击对方。（70）两个英雄在战场上交战，战法奇妙，动作轻巧娴熟，成为聚集在这里的所有武士注目的焦点。（71）在战场上，悉陀、遮罗纳和风神侍者们，齐声称赞这两个英雄。大王啊！他俩进行交战，都想杀死对方。（72）这时，国王啊！难敌对你们的人说道："大家奋力保护罗陀之子（迦尔纳）吧！雄牛罗陀之子（迦尔纳）对我说过，他不在战场上杀死阿周那，就决不回转。"（73）

国王啊！就在这时，阿周那在见识了迦尔纳的威力后，将弓拉至耳边，射出四支优质的箭，将迦尔纳的驷马送往死神的世界。（74）他再以一支月牙箭，把迦尔纳的车夫从车座上射落，又当着你的儿子的面，用箭覆盖迦尔纳。（75）迦尔纳在战场上失去马匹和车夫，笼罩在箭网中，昏头涨脑，不知如何应对。（76）马嘶看到迦尔纳失去战车，让他登上自己的战车，大王啊，并继续与阿周那交战。（77）摩德罗王以三十支箭射中贡蒂之子（阿周那），慈悯以二十支箭射中婆薮提婆之子（黑天），并以十二支箭射中胜财（阿周那）。（78）信度王以四支箭，牛军以七支箭，分别射中了黑天和普利塔之子（阿周那），大王啊！（79）贡蒂之子胜财（阿周那）进行反击，以六十四支箭射中德罗纳之子，以一百支箭射中摩德罗王。（80）他以十支月牙箭射中信度王，以三支箭射中牛军，以二十支箭射中慈悯，然后，放声呐喊。（81）

你们的人都希望破坏左手开弓者（阿周那）的誓言，一起上阵，迅速冲向胜财（阿周那）。（82）此时，阿周那使出一件布满锋刃的兵器，令持国之子们胆战心惊。俱卢人奋起反击，驾驶着一辆辆昂贵的战车，一路泼洒箭雨。（83）鏖战骤起，异常惨烈，令人感到天旋地转，婆罗多子孙啊！而王子阿周那佩戴顶冠和项链，毫不慌乱，发射利箭。（84）这左手开弓者（阿周那）要从俱卢人那里讨回王国，十二年来遭受的苦难都浮现在眼前。这灵魂伟大的人用甘狄拨神弓射出不可计量的箭，笼罩天地十方。（85）天空中出现燃烧的流星，成群结队的乌鸦降落在尸体上。佩戴顶冠和项链的阿周那怒不可遏，手持弓弦黄褐色的湿婆之弓杀戮敌人。（86）佩戴顶冠和项链的阿周那是天下闻名的征服敌军者。他以那张弓发射利箭，驱散飞来的箭，将俱卢族英雄们从骏马和大象背上射落。（87）

战场上，国王们面目狰狞，紧握沉重的铁杵、铁闩、刀剑、标枪和其他大型武器，迅猛地冲向普利塔之子。（88）而这位英勇的大弓箭手让这些冲向前来的国王，连同他们的车、马、象和步兵，在战场上失去武器，丢掉性命，让阎摩的王国人丁兴旺。（89）

以上是吉祥的《摩诃婆罗多》中《德罗纳篇》第一百二十章（120）。

一二一

全胜说：

普利塔之子胜财（阿周那）在战场上纵横驰骋，让人看来仿佛同时出现在所有的方向，施展各种奇妙的兵器。（1）般度之子（阿周那）犹如中午当空灼热的太阳，一切众生不敢逼视他。（2）我们看到战场上，从这灵魂伟大者的甘狄拨神弓射出的一簇簇箭，好似空中的一排排天鹅。（3）他用兵器阻截英雄们从四面八方掷来的兵器。他以凶暴的行为展现勇猛的自我。（4）阿周那一心想要杀死胜车王，奋力闯过这些优秀的战车勇士，国王啊，仿佛用铁箭将他们击昏。（5）胜财（阿周那）以黑天为车夫，迅疾地驰骋在战场上，将箭射向四面八方，煞是好看。（6）天空中飞舞着这位灵魂伟大的英雄射出的箭，一团团，一簇簇，成千上万。（7）这位般度之子，伟大的弓箭手，取箭、挽弓、射箭，我们的眼睛无法跟上他的速度。（8）国王啊！贡蒂之子在战场上，将四面八方所有的战车勇士打得晕头转向，然后冲向胜车王，以六十四支笔直的箭射中他。（9）

信度王被手持甘狄拨神弓者阿周那的箭射中，怒不可遏，犹如被刺棒击中的大象。（10）以野猪为幢徽的信度王迅速在战场上向左手开弓者（阿周那）发射笔直飞行的兀鹰羽毛箭。这些利箭经过铁匠打磨而锃亮，犹如一条条毒蛇。（11）他以三支铁箭射中甘狄拨神弓，以六支铁箭射中阿周那，以八支射中他的驷马，以一支射中他的幡幢。（12）阿周那驱散信度王射来的箭后，同时射出两支箭，将他的车夫的头颅从躯干上射落，并射断他的装饰华丽的幡幢。（13）信度王的这顶巨大的野猪幡幢被箭射得粉碎，幢杆断裂而倒下，好似一团火焰。（14）

正在此刻，太阳迅速西斜，遮那陀那（黑天）赶紧对般度之子（阿周那）说道：（15）"胜财（阿周那）啊！射下灵魂邪恶的信度王的头颅吧！太阳正在落下优美的西山。听我的话，杀死胜车王吧！（16）信度王的父亲是举世闻名的增武。他经过很长时间，才得到儿子信度王，（17）也就是杀敌者胜车。当时，空中传来无形的话音，好似云中擂响的鼓声，对国王说：（18）'这是你的儿子，具有出身高贵、品性良好和自制力强等等两大世系共同的美德。他是世界上优秀的刹帝利，永远受到勇士们敬仰。（19）但是，在一次与敌人的战斗中，有个在大地上著名的敌人会愤怒地砍下这个弓箭手的头颅。'（20）信度王听了这番话，思忖良久，克敌者啊！出于对儿子的爱,他忧心忡忡,对所有的亲属说道:(21)'我的儿子在战斗中肩负重任,若有谁将我的儿子的头颅砍落在地,毫无疑问,他的头颅就会碎成百瓣。'(22)这样说过后,增武把胜车扶上王位,自己前往森林,专心修炼苦行。(23)这个威武的人仍在普五地区以外,修炼着严酷的难以忍受的苦行,以猿猴为幢徽的人啊!(24)杀敌者啊!你在这场大战中,使用能创造奇迹的、可怕的法宝,砍下胜车的头颅,(25)风神之子(怖军)的兄弟啊,然后迅速让这带着耳环的头颅落到信度王增武的怀抱中,婆罗多子孙啊!(26)你若是让他的头颅落在地上,你的头颅就会碎成百瓣。这是毫无疑问的。(27)俱卢族俊杰啊!你要依靠法宝这样做,而不要让那位国王察觉。(28)在整个三界中,因陀罗之子啊,还没有任何你办不到事情。"(29)

听了这番话,阿周那舔了舔嘴角。他的那支箭施过神圣的咒语,触到它如同触到因陀罗的雷电。(30)它能够担负一切重任,始终受到熏香和花环的供养。为了杀死信度王,阿周那迅速射出这支箭。(31)这支箭脱离甘狄拨神弓,像兀鹰一般迅疾,将信度王的头颅取下,好似兀鹰叼住树顶的鸟。(32)胜财(阿周那)再以一些箭推动那头颅继续向高处飞去。他使仇者伤悲,亲者快慰。(33)

此时,般度之子(阿周那)用一些箭让那头颅变成了迦昙花,将它送出普五地区以外。(34)尊者啊!此时,你的亲戚,威武的国王增武正在进行黄昏默祷。(35)阿周那让那颗长着黑发、戴着耳环的头颅落到坐在那里的信度国王的怀中。(36)这颗戴着漂亮耳环的头颅落到国王增武的怀中时,他没有察觉,克敌者啊!(37)智慧的增武完成默祷,站起身来,那颗头颅一下子滚落到地上。(38)就在这位国王的儿子的头颅滚落到地上的一瞬间,他的头颅碎成了百瓣,克敌者啊!(39)

一切众生惊讶不已。婆薮提婆之子(黑天)称赞大勇士毗跋蕹(阿周那)。(40)看到信度王胜车被杀死,你的儿子们的眼中涌出痛苦的泪水。(41)怖军在战场上仿佛向般度之子(坚战)通报消息,发出的狮子吼惊天动地。(42)正法之子坚战听到这巨大的吼叫声,得知信度王已被灵魂伟大的翼月生(阿周那)杀死。(43)这时,他命令鼓乐齐鸣,让自己的武士们同享喜悦。他满怀战斗激情,向德罗

纳发起了进攻。(44)

而后，国王啊，在太阳落山的时候，德罗纳与苏摩迦人展开了一场战斗，令人毛发直竖。(45) 国王啊！在信度王被杀死后，那些大勇士竭尽全力作战，一心要杀死德罗纳。(46) 般度人取得胜利，杀死了信度王，陶醉在胜利中，纷纷与德罗纳交战。(47) 阿周那杀死信度王后，也在战场上与你的武士们、那些优秀的战车勇士交战，大王啊！(48) 这位佩戴顶冠和项链的英雄实现自己立下的誓言后，开始扫荡周围的敌人，犹如天神之王消灭天神的敌人，又似太阳驱除黑暗。(49)

以上是吉祥的《摩诃婆罗多》中《德罗纳篇》第一百二十一章(121)。《诛胜车篇》终。

瓶首阵亡篇

一二二

持国说：

告诉我，全胜啊！英雄的信度王（胜车）被左手开弓者（阿周那）杀死后，我的武士们做了些什么？(1)

全胜说：

目睹信度王在战斗中被普利塔之子杀害，尊者啊！有年之子慈悯怒不可遏。(2) 他向般度之子泼洒密集的箭雨，而德罗纳之子（马嘶）也驱策战车向普利塔之子颇勒古拿（阿周那）冲去。(3) 两位卓越的战车武士以阵阵利箭之雨，从战车上两面夹击这位杰出的战车武士。(4) 在两人密集箭雨的夹击下，大臂的战车武士魁首痛苦不堪。(5) 贡蒂之子胜财（阿周那）不想在战斗中杀死教师（慈悯）和教师之子（马嘶），做出尊师之举。(6) 他用武器抵挡有年之子（慈悯）和德罗纳之子（马嘶）的武器，不想杀死他俩，只是徐徐放箭。(7) 尽管阇耶（阿周那）放出的那些箭不太迅猛，但由于数量太多，也使他俩吃尽苦头。(8) 于是，国王啊！遭到贡蒂之子的利箭折磨，有年之子（慈悯）瘫倒在车座上，昏厥过去。(9) 看到主人被箭击昏，车夫以为他已经身亡，驾车载着他驶离战场。（10）有年之子慈悯在交战中失去知觉后，大王啊！马嘶也驱车离开般度之子。（11）

看到有年之子慈悯被箭击昏，大弓箭手普利塔之子在车上哀叹道：（12）"预见到这一切，大智者奴婢子（维杜罗）早在毁灭家族的罪人难敌出生之际，就对国王（持国）说过：（13）'最好现在就把这个家族的败类送往另一个世界！因为他会给俱卢族精英们造成巨大的危害。'（14）那位坦诚相告者的话不幸言中。为此，我今天才亲眼目睹慈悯倒在箭床上。（15）这真是为刹帝利的行为抹黑，给力量和英雄气概丢脸。因为，谁会像我这样，与一位婆罗门教师为敌？（16）慈悯是仙人之子，我的师父，又是德罗纳的至交，却饱受我的利箭折磨，躺倒在车座上。（17）我本不想攻击他，但他却被我的箭重重击伤，昏倒在车座上，使我心如刀割。（18）我遭受箭击，陷入困境，因此，才用许多箭向这位令人瞩目、神采奕奕的慈悯进行还击。（19）看哪！黑天啊！慈悯就这样可怜地躺在自己的车上，令我比儿子被杀还要难过。（20）人中雄牛们从教师处获得知识后，遵其心愿予与回报，升入天国。（21）而卑鄙邪恶之徒从教师处获取知识后，反将其杀害，堕入地狱。（22）我今天用箭雨将教师慈悯射倒在战车上，我做下的这件事肯定会让我下地狱。（23）从前，我在慈悯那里习武时，他对我说过：'俱卢后裔啊！万万不可打击师父！'（24）然而，我却违背了这位品行端正、灵魂高尚的教师的教导，在战斗中向他泼洒箭雨。（25）我向这位值得尊崇、永不退却的乔答摩（慈悯）致敬，苾湿尼族人啊！我真该被诅咒，因为我竟然打击他。"（26）

左手开弓者（阿周那）就这样为慈悯哀叹着。此时，罗陀之子（迦尔纳）看到信度王被杀，便冲上前来。（27）眼见罗陀之子（迦尔纳）扑了过来，大勇士普利塔之子微笑着向提婆吉之子（黑天）说了这些话：（28）"那边，升车之子（迦尔纳）正向萨谛奇的战车扑去。广声在战斗中被杀，肯定使他忍无可忍。（29）策马赶往迦尔纳去的地方，遮那陀那啊！别让雄牛（迦尔纳）得逞，而让萨谛奇重蹈月授之子（广声）的覆辙！"（30）左手开弓者（阿周那）这样说完，大光辉的大臂美发者（黑天）以适合时宜的话语答道：（31）"大臂的沙特婆多族雄牛（萨谛奇）独自一人就足以同迦尔纳抗衡，般度之子

284

啊！更何况还有木柱王的两个儿子与他携手作战呢！（32）目前，你还不宜与迦尔纳交战。普利塔之子啊！因为，他持有婆薮之主（因陀罗）赐予的标枪，犹如巨大的流星，熠熠放光。为了你，它受到敬拜和保护，诛灭敌雄者啊！（33）因此，迦尔纳要去攻打沙特婆多人（萨谛奇），就随他去吧，贡蒂之子啊！至于这个灵魂邪恶的家伙的死期，我心里有数。"（34）

持国说：

广声和信度王阵亡后，英雄的迦尔纳如何与苾湿尼族人（萨谛奇）交战？（35）失去战车的萨谛奇又登上哪一辆战车？两名般遮罗族车轮卫士情况如何？请把这些都告诉我，全胜啊！（36）

全胜说：

好吧，我要将大战中发生的一切，原原本本向你道来。你要保持镇定，听听自己的倒行逆施吧！（37）其实，黑天的心里早就明白，主公啊！英雄的萨谛奇会被以祭柱为旗徽者（广声）击败。（38）国王啊！大力士遮那陀那（黑天）通晓过去未来之事。因此，他将车夫达禄迦唤来，下令道："你要准时把我的车备好。"国王啊！（39）无论是天神，还是健达缚、药叉、蛇族、罗刹和人类，都无法战胜两位黑王子。（40）以老祖宗（梵天）为首的众天神和众悉陀都知道他俩威力无比。请听这场战斗的实况吧。（41）

眼见萨谛奇丧失战车，迦尔纳举起兵器，摩陀婆（黑天）猛地吹响螺号，发出雄牛声调。（42）达禄迦听到螺号声，明白它的指令，驾着以金翅鸟为旗徽的战车向萨谛奇驶去。（43）悉尼之孙（萨谛奇）在美发者（黑天）的应允下，登上达禄迦驾驭的如日似火的辉煌战车。（44）塞尼耶、妙颈、云花、钵罗诃迦四匹高头大马驾车，套着金挽具，随意奔驰，速度奇快。（45）他登上那辆天车般的战车，冲向罗陀之子（迦尔纳），一路发射许多利箭。（46）此时，两位车轮护卫瑜达摩尼瑜和优多贸阇也离开胜财（阿周那）的战车，扑向罗陀之子（迦尔纳）。（47）而罗陀之子（迦尔纳），大王啊！也是怒气冲冲，在战斗中泼洒箭雨，冲向永不退却的悉尼之孙（萨谛奇）。（48）无论天上还是地上，无论天神、健达缚还是阿修罗、蛇族和罗刹，这样的战斗都是闻所未闻。（49）整个军队连同车、马、人和象都停下来，大王啊！观看他俩战斗，目迷心醉。（50）大家都在观赏两位人中魁首展开的超凡战斗，国王啊！以及达禄迦的御术。（51）站在车上的迦叶波子孙、御者（达禄迦）驾车前进，后退，转弯，转圈，停止，令人叹为观止。（52）众天神、健达缚和檀那婆，都在空中凝神观望迦尔纳与悉尼之孙（萨谛奇）战斗。（53）天神般的迦尔纳和善战萨谛奇强大有力，骁勇过人，为了朋友而在战场上展开较量。（54）他俩互相泼洒箭雨，大王啊！迦尔纳用阵阵箭雨折磨悉尼之孙（萨谛奇）。（55）俱卢后裔（广声）和水连之死使迦尔纳满怀悲痛，忍无可忍，犹如一条大蛇，咝咝喘息。（56）这位克敌者在战斗中怒气冲冲，仿佛要用目光之火焚烧悉尼之孙（萨谛奇），一次又一次地发动猛攻。（57）看到他气势汹汹，萨谛奇以密集的箭雨予以还击，恰似一头大象反击另一头敌对的大象。（58）这两位英勇绝伦的人中之虎在战斗中遭遇，如同两头猛虎相斗，将对方击伤。（59）

尔后，克敌者悉尼之孙（萨谛奇）频频射出通体铁制的利箭，将迦尔纳刺得遍体鳞伤。（60）他以一支月牙箭，将他的车夫从车座上射下，又用利箭射死四匹白马。（61）接着，就在你儿子的眼前，人中雄牛用一百支箭，把旗幡射得碎成百片，使迦尔纳失去战车。（62）于是，国王啊！你方的人中雄牛们心情沮丧。迦尔纳之子牛军和摩德罗王沙利耶，（63）还有德罗纳之子（马嘶），从四面八方包围悉尼之孙（萨谛奇）。接着，一片混乱，什么都分辨不清。（64）萨谛奇使英雄的车夫之子（迦尔纳）失去战车，国王啊！全军上下响起一片"啊！啊！"的惊叫声。（65）而迦尔纳遭受沙特婆多人（萨谛奇）利箭折磨，国王啊！也惶恐不安，登上难敌的战车，国王啊！发出叹息。（66）此时，他仍然珍视与你儿子之间自孩提时代起就存在的友谊，仍在恪守要使你儿子得到王位的誓约。（67）

在迦尔纳丧失战车后，国王啊！萨谛奇克制自己，并未屠杀以难降为首的你的勇敢的儿子们。（68）为了维护怖军昔日立下的誓言，他仅仅使他们失去战车，惊恐惶惑，而不夺走他们的性命。（69）怖军曾发誓要杀死你的儿子们；而在第二次掷骰赌博时，普利塔之子（阿周那）也发誓要杀死迦尔纳。（70）尽管以迦尔纳为首的杰出的战车武士们奋力拼杀，却未能杀死萨谛奇。（71）为了升入天国，为了取悦法王（坚战），萨谛奇仅凭一张弓，就打败了德罗纳之子（马嘶）、成铠以及其他大勇士和数以百计的刹帝利雄牛。(72) 敌人的折磨者萨谛奇骁勇如同两位黑王子。盖世英雄只有三人：黑天、弓箭手普利塔之子（阿周那）和人中之虎悉尼之孙（萨谛奇），第四人尚未出现。(73)

持国说：

青年萨谛奇如同婆薮提婆之子（黑天），登上婆薮提婆之子的不可战胜的战车后，使迦尔纳失去战车。(74) 萨谛奇以自己的臂力为荣，在达禄迦驾驭的战车上作战，后来，是否又登上其他战车？(75) 我很想听到这些，而你擅长讲述。我认为他是不可抵御的。讲给我听吧，全胜啊！(76)

全胜说：

请听我如实道来，国王啊！达禄迦的思想高尚的弟弟很快送来另一辆装备齐全的战车。(77) 车辕系缚铁索、金环和布条，车身镶嵌千颗星星，还有一面以雄狮为旗徽的旗帜。(78) 这辆车由配有金马具、速疾如风、色白似月、妙不可言的高头大马驾驭。(79) 这些骏马披挂各种漂亮的金甲，民众之主啊！车身布满丁当作响的铃铛，车上的标枪和长矛犹如闪电。(80) 这辆战车满载作战所需的各种物资和许多武器，发出云中雷鸣般的沉重响声，驶向前来。(81) 悉尼之孙（萨谛奇）登上它，向你军驶去。而达禄迦也如愿去往美发者（黑天）身旁。(82)

大王啊！迦尔纳也得到一辆战车，由洁白如螺似乳、身披各式金甲、快速驰骋的骏马驾驶。(83) 这辆上等战车配备金肚带，金幡幢，各种机械和旗帜，满载兵器，由一名优秀御者驾驭。(84) 这辆战车送到面前后，迦尔纳登上它，又向敌人冲去。你问我的问题，我都做了解答。(85) 此外，你还应该听听你的失策造成的损失，你的三十一个儿子死在怖军手里。(86) 他们以丑面为首，精通各种武艺。还有数以百计的英雄被沙特婆多人（萨谛奇）和阿周那杀害。(87) 他们以毗湿摩和福授王为首。尊者啊！都是由于你的失策，国王啊！导致他们毁灭。(88)

以上是吉祥的《摩诃婆罗多》中《德罗纳篇》第一百二十二章(122)。

一二三

持国说：

敌我双方英雄如此进行战斗，全胜啊！怖军在做什么？讲给我听吧，全胜啊！（1）

全胜说：

怖军失去战车，又受到迦尔纳唇枪舌剑的攻击，怒不可遏，对颇勒古拿（阿周那）说道：（2）"什么'你这个阉人、白痴、饭桶啊！'什么'对武器一窍不通的人啊！趁早别去打仗啦！小毛孩子啊！战场上的懦夫啊！'（3）迦尔纳当着你的面这么说我，胜财啊！谁对我这么说，我就要杀了谁，而他就这么说了，婆罗多子孙啊！（4）这一誓言，大臂者啊！是你和我共同订立。毫无疑问，贡蒂之子啊！我的誓言也就是你的誓言。（5）人中翘楚啊！记住我说了要杀死迦尔纳，你要实现这个誓言！胜财啊！"（6）

听了怖军的这番话，英勇绝伦的阿周那在战斗中冲到迦尔纳身旁，说道：（7）"迦尔纳啊！迦尔纳！你这缺乏眼光的人啊！车夫之子啊！你这自吹自擂又不懂正法的人啊！现在，听听我要对你说的话。（8）战斗对于英雄们来说只有两种结果：胜利或者失败。二者并不确定。罗陀之子啊！即使婆薮之主（因陀罗）作战也是如此。（9）你曾遭到善战（萨谛奇）打击，失去战车，几乎丧命，而你也曾使怖军失去战车。（10）在战斗中，怖军竭尽全力，履行英雄的职责，奋勇作战，绝不后退，你明明知道战斗之法，却仍对他口出恶言，罗陀之子啊！这违背正法。（11）而般度之子怖军曾经在全体战士、美发者（黑天）和我的眼前，在战斗中多次使你失去战车，却从未对你说过一句侮辱的话。（12）鉴于你对狼腹（怖军）说了这么多刺耳的话，加之你们一伙人趁我不在场时杀害了妙贤之子（激昂），（13）因此，今天你就要尝到你的狂妄之果。当初你击断激昂的弓，思想邪恶的人啊！就是为了自取灭亡。（14）为此，白痴啊！你和你的随从、军队和牲畜都将死在我的手中。该做什么你就做吧！你就要大祸临头了。(15)我手触武器立下誓言：我要在战斗中，让你眼睁睁地看着我杀死牛军！对于其他那些昏头昏脑冲到我面前的国王，我也要斩尽杀绝！(16)蠢人啊！愚蠢的难敌看到你这个智慧浅薄又妄自尊大的家伙倒卧疆场时，他会追悔莫及。"(17)

就在阿周那发誓杀死迦尔纳之子（牛军）之际，战车武士们爆发出一阵巨大的喧嚣。(18)极其可怕的恶战四起，而在此时，千道光芒的太阳带着余晖，向西山沉去。(19)完成誓言①的毗跋蔌（阿周那）站在阵地前沿，国王啊！美发者（黑天）拥抱他，说道：(20)"多么幸运！吉湿奴啊！你完成了大誓言。多么幸运！罪人增武及其儿子（胜车）都已被消灭。(21)即使天神的军队在战场上与持国之子的军队交锋，婆罗多子孙啊！也会垂头丧气，吉湿奴啊！对此不应怀疑。(22)我仔细思索，寻遍三界，除你之外，人中之虎啊！没有发现一个能与这支军队交战的人。(23)众多国王集合于持国之子的麾下，力量强大，与你不相上下甚或超过你，身披铠甲，要与你这位愤怒者交战，却无人能够近前。(24)你的英勇和力量堪与楼陀罗、天帝释和死神相比。今天，你这位折磨敌人者独自一人在战斗中展示的骁勇善战，无人可以匹敌。(25)就这样，等你消灭灵魂邪恶的迦尔纳及其扈从后，我再来欢庆你战胜和消灭敌人。"(26)

阿周那回答他说："仰仗你的恩惠，摩陀婆啊！我才完成这个连天神都难以完成的誓言。(27)毫不奇怪，谁得到你的护佑，谁就能获胜，摩陀婆啊！由于你的恩惠，坚战将会得到整个大地。(28)这是你的重任，苾湿尼族人啊！这是你的胜利，主人啊！你要使我们兴旺发达，鞭策我们吧！诛灭摩图者啊！"(29)普利塔之子如是言毕，黑天微笑着，驱马缓行，让他观看战场上令人毛骨悚然的景象。(30)

黑天说：

渴望在战斗中获胜，渴望美名传扬，然而，这些英雄的国王被你的利箭击中，倒卧在地。(31)武器和饰物四处散落，马匹、大象和战车被摧毁，铠甲支离破碎，他们陷入极其悲惨的境地。(32)国王们有的还活着，有的已经死去。死者们光彩熠熠，仿佛依然活

---

① 指阿周那已经完成杀死胜车的誓言。

7.123.33

着。(33)看哪！大地布满他们的金羽毛箭，各种锐利的武器，各种坐骑。(34)铠甲、盾牌、项圈、佩戴耳环的头颅、冠冕、花环、顶珠和衣裳，(35)项链、臂钏和其他各种闪闪发亮的金首饰，婆罗多子孙啊！将大地装点得绚丽多彩。(36)拂尘、漂亮的扇子、旗幡、马匹、战车、大象、各式各样的马披和马饰，(37)还有五彩缤纷的象披和昂贵的战车护栏布满大地，看哪！宛若铺上了一块块花布。(38)有些人从装备精良的大象身上跌下，和大象一同倒地，犹如一头头雄狮，从遭到雷劈的山巅坠落。(39)看哪！还有成群成群的步兵和骑兵同马匹一起倒在地上，血流如注。(40)

全胜说：

就这样，黑天向有冠者（阿周那）展示战场上的景象。接着，他又与自己人一起，欢快地吹响五生螺号。(41)

以上是吉祥的《摩诃婆罗多》中《德罗纳篇》第一百二十三章(123)。

一二四

全胜说：

尔后，坚战王跳下战车，婆罗多子孙啊！流着喜悦的泪水，拥抱两位黑王子。(1)他擦干白莲般光洁明亮的脸庞，对婆薮提婆之子（黑天）和般度之子胜财说：(2)"多么幸运，我亲眼目睹两位大勇士在战斗中完成使命。多么幸运，卑鄙的罪人信度王被杀死。(3)黑天啊！多么幸运，你们建立的功业使我欣喜万分。多么幸运，众多的敌人已沉入悲痛的海洋。(4)你是一切世界的导师，三界中谁若得到你的护佑，就没有做不成的事情，诛灭摩图者啊！(5)由于你的恩惠，乔宾陀啊！我们将会战胜敌人，一如昔日由于你的恩惠，镇伏巴迦者（因陀罗）战胜众檀那婆。(6)谁若令你满意，苾湿尼族人啊！就必定能够征服大地甚或征服三界，摩陀婆啊！(7)谁若令你这位天王庇护者满意，在战斗中既不会犯罪，也不会失败，摩陀婆啊！(8)由于你的恩惠，感官之主啊！吉祥的天王天帝释才得以站在战斗的前沿，征服三界。(9)由于你的恩惠，众神之主啊！众天神才获得永生，享有不灭的世界，黑天啊！（10）由于你的恩惠，诛敌者啊！天帝释变得英勇超群，消灭成千成千的提迭，获得天王的地位。（11）由于你的恩惠，感官之主啊！动物与非动物的世界不会偏离自己的道路，英雄啊！坚持祈祷和祭祀。（12）当初，这世界曾是一片汪洋，笼罩在黑暗之中。由于你的恩惠，人中翘楚啊！才获得光明。（13）你是一切世界的创造者，至高的灵魂，永不退转者。那些向你寻求庇护的人，感官之主啊！无论何时都不会迷惘。（14）你无始无终，永恒不变，是天神，世界的创始者。那些对你虔诚的人，感官之主啊！没有渡不过的难关。（15）你是古代的至高原人，是古人中的至高者。谁若向你这位至高者寻求庇护，便获得至高幸福。（16）你歌颂四吠陀，而四吠陀也歌颂你。谁若向你这位灵魂伟大者寻求庇护，便获得无上幸福。（17）你是胜财（阿周那）的朋友，为胜财谋利益，是胜财的保护者。谁若向你寻求庇护，欢乐倍增。"（18）

大地之主国王（坚战）如是言毕，两位灵魂伟大者美发者（黑天）和般度之子兴高采烈，对他说：（19）"罪人胜车王被你的怒火焚毁。虽然持国之子的强大军队在战斗中气焰嚣张，（20）却已经被消灭，正在被消灭，或者将要被消灭，婆罗多子孙啊！这些俱卢族人因为你的愤怒而灭亡，诛敌者啊！（21）你这位英雄用目光杀敌。思想邪恶的难敌已经把你激怒，将与众亲友一起在战斗中丢掉性命。（22）俱卢族老祖宗毗湿摩被你的怒火杀死。在此之前，就连众天神也无法战胜他，现在他却躺在箭床上。（23）谁若惹怒你，诛敌者啊！不仅难以在战斗中获胜，还要命殒气绝，般度之子啊！（24）谁若惹怒你，他的王国、生命、爱子和各种各样的幸福欢乐转瞬之间荡然无存，赐人荣誉者啊！（25）你始终恪守国王职责，我认为，当俱卢族人将你惹怒时，便与儿子、亲属和牲畜一同灭亡了，坚战啊！"（26）

尔后，浑身箭伤的大臂者怖军和大勇士萨谛奇向杰出的尊长（坚战）致敬。两位大弓箭手站在那里，身旁围着般遮罗人。（27）看到两位英雄怖军和萨谛奇喜形于色，双手合十站在面前，贡蒂之子向他俩表示祝贺，说道：（28）"多么幸运，我看到你们两位英雄得以从军队的大海中逃生，德罗纳是海中难以战胜的鳄鱼，诃利迪迦之子（成铠）是鲨鱼。多么幸运，大地上的所有国王都在战斗中被击败。（29）

多么幸运,我看到你们二位在战斗中获胜。多么幸运,德罗纳和大力士诃利迪迦之子(成铠)在战斗中被打败。(30)多么幸运,我看到你俩渡过军队之海。两位英雄以战斗为荣,从不临阵脱逃,就像我的生命。多么幸运,我又见到你们。"(31)

说罢,般度之子国王(坚战)拥抱人中之虎善战(萨谛奇)和狼腹(怖军),流下喜悦的泪水。(32)然后,民众之主啊!看到己方获胜,般度族全军上下无不欣喜万分,又全心全意投入战斗。(33)

以上是吉祥的《摩诃婆罗多》中《德罗纳篇》第一百二十四章(124)。

一二五

全胜说：

信度王阵亡后,国王啊!你儿子难敌泪流满面,忧愁悲伤,失去战胜敌人的勇气,思忖道:"大地上找不到能与阿周那相匹敌的武士。(1)一旦阿周那发怒,无论是德罗纳,还是罗陀之子(迦尔纳)、马嘶和慈悯都无法站在他的面前。"尊者啊!(2)"普利塔之子在战斗中击败我所有的大勇士后,又杀死信度王,真是势不可挡!(3)这支俱卢族大军全军覆灭,无人能够拯救,哪怕是毁城者(因陀罗)亲自出马。(4)我所依赖的高举武器作战的勇士,迦尔纳战败,胜车阵亡。(5)迦尔纳在大会厅中对般度诸子恶语相加,如今在战斗中被击败,而信度王殒命沙场。(6)仰仗迦尔纳的英雄气概,我将前来乞求和平的不退者(黑天)视同草芥。如今这个迦尔纳却在战斗中被击败。"(7)

这样思忖着,国王啊!你那冒犯全世界的儿子无精打采,向德罗纳走去,与他会面,婆罗多族雄牛啊!(8)随后,他向德罗纳讲述俱卢族人遭到大屠杀,敌人胜利,持国众子遭受灭顶之灾。(9)

难敌说：

看哪!师父啊!那些灌顶的国王惨遭杀戮。我让我的老祖宗、勇敢的毗湿摩打先锋。(10)束发用欺诈的手段将他杀害,满足了心愿,又与全体般遮罗人一起到达军队的前沿。(11)而左手开弓者(阿周那）歼灭七支大军后，又杀死你的另一位难以战胜的弟子胜车王。(12)许多盼望我们胜利、援助我们的朋友都已前往阎摩殿，对他们欠下的债教我如何偿还？（13）那些大地之主一心想让我得到大地，此刻却抛弃大地上的荣华富贵，躺倒在大地上。(14)我真是个懦夫！竟让朋友们遭到毁灭。即使我举行一千次马祭，也无法洗清自己的罪孽。(15)我是个贪婪、罪恶和违背正法的人，他们为我而战，渴望胜利，却前往毗婆薮之子（阎摩）的府第。(16)为什么大地不在众位国王面前裂开一道缝，好让我这个行为堕落、伤害朋友的人跳进去？(17)老祖宗毗湿摩战死疆场，浑身浸满鲜血，躺在众位国王中间，我却不能保护他。(18)这位征服另一世界的不可战胜者，与我这样一个伤害朋友、违背正法的低贱小人相遇时，又会说些什么？(19)

看哪！大勇士、大弓箭手水连为我英勇奋战，时刻准备抛弃自己的生命，死在萨谛奇手中。(20)眼见甘波阇王、指掌以及其他许多朋友纷纷阵亡，今天我活着还有什么意义？(21)这些永不退缩的英雄为我竭尽全力，奋勇搏杀，一心击败我的敌人，却战死沙场。(22)今天，我要全力以赴，偿清对他们所欠的债，折磨敌人者啊！要向他们敬献阎牟那河水，让他们满意。(23)我对你以实相告，一切武士之魁首啊！以我的善行、英勇和儿子们起誓：(24)不是我在战斗中将般遮罗人连同般度族人统统消灭后，获得安宁，就是我战死后，去往朋友们的世界。(25)由于没有得到妥善保护，此刻，我的那些朋友不再一心支持我们，开始为般度诸子，而不是为我们着想，大臂者啊！(26)在战斗中，恪守誓言者（毗湿摩）亲自安排自己的死亡；而由于胜财（阿周那）是您的优秀弟子，您便轻视我们。(27)所有那些希望我们获胜的人都已阵亡。我看现在只有迦尔纳还在盼望我们胜利。(28)蠢人不知何为真正的朋友，当他委托他认作朋友的人做什么事情时，必定达不到目的。(29)我就是一个糊涂、贪婪和邪恶的家伙，就这样对那些行为狡诈的假朋友委以重任。(30)唉！胜车被杀，英勇的月授之子（广声）以及阿毗沙诃人、苏罗塞那人、尸毗人和婆娑提人也都阵亡。(31)这些人中雄牛为我而战，战死在有冠者（阿周那）手中。今天，我就要去往他们所去的地方。(32)失去

这些人中雄牛，我活着还有什么意义？您是般度五子的老师，因此请准许我这样做。(33)

以上是吉祥的《摩诃婆罗多》中《德罗纳篇》第一百二十五章(125)。

<h1 style="text-align:center">一二六</h1>

持国说：

信度王在战斗中被左手开弓者（阿周那）杀死，广声阵亡，爱卿啊！当时你们的心情怎样？(1) 难敌在俱卢族议事会上对德罗纳说了这些话后，德罗纳又说些什么？把这些都讲给我听吧，全胜啊！(2)

全胜说：

看到信度王和广声被杀，婆罗多子孙啊！你的军队大声哀叫。(3) 他们全都蔑视你儿子的策略，就因为他的策略导致了成百成百刹帝利雄牛的阵亡。(4) 然而，听到你儿子的这番话，德罗纳心烦意乱，思忖片刻后，沉痛地说道：(5) "难敌啊！你为什么要这样用语言之箭刺伤我？我总说左手开弓者（阿周那）不可战胜。(6) 在有冠者（阿周那）的保护下，束发杀害了毗湿摩。俱卢后裔啊！这就足以说明阿周那不可战胜。(7) 看到天神和人类都不能杀死者（毗湿摩）在战斗中被杀死，我就知道这支婆罗多族军队将不复存在。(8) 我们认为他是三界一切人中最杰出的英雄，他被杀死后，剩下的人中我们还有谁可依赖？(9) 当初，沙恭尼在俱卢族大会厅中掷出的不是骰子，而是折磨敌人的一支支利箭。(10) 这些利箭，尊者啊！正由阇耶（阿周那）发射出来消灭我们。对此，维杜罗早就向你提出警告，你却总是不明白。(11) 为了你的利益，灵魂伟大而沉着稳重的维杜罗反复向你诉说谋求和平的话，你却充耳不闻。(12) 就是因为你无视他的话，难敌啊！就是因为你，才导致这场骇人听闻的大屠杀。(13)

"黑公主血统高贵，遵行一切正法。当初，你不能这样对待她，当着我们众人的面，命人将她强行带到大会厅。(14) 甘陀利之子啊！现在你尝到这种不法行为的恶果。倘若不是这样，你在另一个世界中就会陷入更大的罪恶。（15）在掷骰赌博中，你用欺骗手段赢了那些般度之子，又让他们身着鹿皮衣，流放森林。（16）除我之外，世上还有哪个被称作婆罗门的人，会与这些亲如儿子、始终遵行正法的人为敌？（17）当时，你在持国的赞许下，与沙恭尼一起，在俱卢族大会厅中激起般度五子心生怒火。（18）难降与迦尔纳勾结起来火上浇油，你又轻视奴婢子（维杜罗）的话，从而使这股怒火越烧越旺。（19）

"你们依靠信度王包围和击败阿周那之子（激昂），为何他在你们中间会被人杀死？（20）为何你本人、迦尔纳、慈悯、沙利耶王和马嘶依然活着，俱卢后裔啊！而信度王却被杀死？（21）众国王不离左右，保护勇猛的信度王，为何他仍在你们中间被杀死？（22）这位国王特别希望我和你，难敌啊！能够把他从阿周那的手里救出。（23）然而，他却未能从颇勒古拿（阿周那）的手中逃脱。因此，我对于能否保住自己的性命，也不抱任何希望。（24）除非我将般遮罗人连同束发统统杀死，否则，总感到自己陷在猛光的罪恶泥潭中。（25）

"我未能救出信度王，本已忧心如焚，你为何还要用语言之箭伤害我？婆罗多子孙啊！（26）你在战场上再也看不见恪守誓言、不倦行动的毗湿摩的金旗幡了，怎么还能企盼胜利？（27）就连信度王和广声都在众位大勇士中间被杀死，你认为还有谁能侥幸活下？（28）如果说难以战胜的慈悯依然活着，国王啊！那是因为他没有效仿信度王，对此我很赞赏。（29）毗湿摩建立赫赫功勋，在战斗中，即使众天神连同婆薮之主（因陀罗）也杀不死他，俱卢后裔啊！当我目睹他就在你和你弟弟难降的眼前被杀死时，（30）我就想到大地已经不属于你，国王啊！那边，婆罗多子孙啊！般度族和斯楞遮耶人的各路人马正在集结，向我冲来，尊者啊！（31）为了你的利益，持国之子啊！我将在战场上建功立业，不把般遮罗人消灭干净，我誓不卸甲！（32）国王啊！请你告诉我那正在作战的儿子马嘶：'保住性命，不要放过苏摩迦人。（33）要遵从父亲对你的教诲，坚持慈悲、克制、诚实和正直。（34）你精通正法、利益和爱欲，不要违背正法和利益，处处事事要将正法放在首位。（35）你要用心注意让婆罗门满意，尽力为他们服务，不要做令他们不悦的事情，因为他们如同火焰。'（36）至于我，尽管受到你的语言之箭折磨，诛敌者啊！现在就要深入军队进行一场大战，国王啊！（37）难敌啊！倘若你有能力，就请保护军队吧！俱卢族人和斯楞遮耶人怒气冲冲，即使在夜间也要打仗。"（38）

说罢，德罗纳向般度族和斯楞遮耶人进发，一路挫败众刹帝利的锐气，犹如太阳驱散群星的光芒。（39）

以上是吉祥的《摩诃婆罗多》中《德罗纳篇》第一百二十六章（126）。

一二七

全胜说：

难敌王受到德罗纳的这番激励后，怒不可遏，决心投入战斗。（1）其时，你儿子难敌对迦尔纳说："看哪！般度之子有冠者（阿周那）在黑天的协助下，突破了师父（德罗纳）布下的连众天神也难以突破的阵容。（2）你、灵魂伟大的德罗纳和众武士魁首奋勇作战，依然眼睁睁地看着信度王丧失性命。（3）看哪！罗陀之子啊！普利塔之子独自在战斗中消灭大地上杰出的国王们，仿佛狮子杀死鹿群。（4）我亲自出马奋战疆场，诛敌者啊！然而，天帝释之子（阿周那）使我的军队所剩无几。（5）如果德罗纳不愿意，即使颇勒古拿（阿周那）拼尽全力，又怎能在战斗中突破那难以突破的阵容？（6）由于灵魂伟大的师父一直喜爱颇勒古拿（阿周那），因此，不与他交战，为他放开通道，灭敌者啊！（7）瞧瞧我的不幸，折磨敌人的德罗纳答应在战斗中保障信度王的安全，却又为有冠者（阿周那）放开通道。（8）如果我早就准许信度王回家，在战斗中就不会发生这场屠杀。（9）胜车为了活命，曾希望回家。德罗纳答应在战斗中保障他的安全，我这个卑鄙的家伙才拦住他。（10）今天，就在我们这些灵魂邪恶者的眼前，以奇军为首的我的兄弟们在战斗中与怖军遭遇，纷纷丧命。"（11）

迦尔纳说：

不要指责师父，这位婆罗门正在奋力搏杀。我认为，般度五子不可战胜，即使精通武艺的德罗纳也无法战胜他们。（12）正是这样，白马驾车者（阿周那）越过他闯入军队。我认为，命中注定的事情无论如何不会改变。（13）尽管我们竭尽全力战斗，难敌啊！信度王依然被杀，国王啊！这说明，命运至高无上。（14）虽然我们始终和你一起，依靠计谋和勇气，在战场上竭尽全力，然而，命运挫败我们的英雄气概，将我们甩在后面。（15）被命运唾弃的人，无论在哪儿做什么，都会遭到命运打击。（16）坚韧不拔的人应当毫不犹豫地做应当做的事情，而成功与否，取决于命运。（17）普利塔诸子遭人暗算和施毒，婆罗多子孙啊！又在紫胶宫中遭人纵火，还在掷骰赌博中遭到惨败。（18）根据王国法令，他们被流放森林。我们费尽心机策划这一切，却被命运挫败。（19）现在，你要竭尽全力，殊死战斗。命运将根据你和他们的努力，决定取舍。（20）在我们看来，他们并未刻意行善积德，英雄啊！而你也并未犯下愚蠢的恶行，俱卢族魁首啊！（21）命运是衡量一切的尺度，无论是善行还是恶行。命运独断专行，众生皆睡独他清醒。（22）大战发生时，你军浩浩荡荡，战士不计其数，而般度之子的人马却没有那么多。（23）他们以弱小的力量，导致你们众多战士灭亡。我怀疑，正是命运的作用，使我们威风扫地。（24）

全胜说：

他们两人就这样交谈了许多，人中之主啊！此时，般度族的各路人马出现在战场上。（25）接着，你方和敌方战斗又起，战车和战象挤作一团。国王啊！这都是你的失策造成。（26）

以上是吉祥的《摩诃婆罗多》中《德罗纳篇》第一百二十七章(127)。

一二八

全胜说：

你的象军和骑兵部队士气高昂，人中之主啊！冲向般度族军队，在四面八方开战。（1）般遮罗人与俱卢族人交战，准备前往庞大的阎摩王国和另一个世界。（2）勇士与勇士交锋，在战斗中彼此以箭矢、长矛和标枪迅速刺中对方，把他们送往阎摩殿。（3）车兵和车兵之间也展开残酷的大战，相互打击，鲜血流淌。（4）大王啊！愤怒的大象相遇后，气势汹汹地用象牙将对方挑穿。（5）骑兵们为了获得大荣誉，在激战中用飞镖、标枪和战斧将对手击伤。（6）成百成百的步兵，大臂者啊！手持各种武器，国王啊！始终英勇奋战，消灭对方。（7）我们只有听到人们报出部族、家族和姓名，尊者啊！才能将般遮罗人和俱卢族人分清。（8）双方战士们在战场上英勇无畏地冲锋陷阵，用利箭、标枪和战斧将对手送往另一个世界。（9）此时，太阳已经落山，国王啊！加之战士们发射的成千上万支箭，天地十方已不如先前那般明亮。（10）

就这样，般度族人鏖战正酣，大王啊！难敌毫不畏惧，深入他们的军队。（11）由于信度王被杀，难敌满怀悲痛，抱着必死的决心闯入敌军。（12）车声隆隆，发出巨响，仿佛令大地震颤不已，你儿子冲向般度族军队。（13）于是，在他和他们之间，婆罗多子孙啊！爆发了一场足以令全部军队毁灭的大混战。（14）仿佛正午的骄阳以道道光焰灼烤万物，你儿子在战场中央，以阵阵箭流折磨敌军。（15）在战斗中，般度族人无法凝视婆罗多子孙（难敌），对战胜敌人失去信心，拼命逃逸。（16）你那灵魂伟大的儿子手中持弓，用光洁锋利的金羽毛箭杀敌，般遮罗人四处奔逃。般度族战士们纷纷中箭，随即倒地。（17）在战斗中，你的国王儿子立下你军前所未有的战功，民众之主啊！（18）那支般度族军队在战斗中被你儿子粉碎，犹如一池盛开的莲花遭到一头大象蹂躏。（19）由于你儿子锐气逼人，般度族军队丧失士气，如同由于风吹日晒，池塘干涸，一池莲花枯萎失色。（20）

看到般度族军队遭到你儿子杀戮，婆罗多子孙啊！般遮罗人在怖军的率领下，纷纷向他冲去。（21）而他向怖军射去十箭，向玛德利的双生子各射三箭，向毗罗吒和木柱王各射六箭，向束发射去百箭，（22）向猛光射去七十箭，向正法之子（坚战）射去七箭，又向羯迦夜人和车底人放出许多利箭。（23）然后，他向沙特婆多人（萨谛奇）射去五箭，德罗波蒂五子各三箭，又在战斗中向瓶首射击数箭，随即发出狮子般的吼声。（24）在战斗中，他以阵阵利箭消灭了数以百计的武士及其大象、马匹和战车，犹如愤怒的死神毁灭众生。（25）

正当他杀敌之际，般度长子（坚战）发出两枚月牙箭，将他的镶金巨弓击断为三截，尊者啊！（26）坚战又准确地连发十支利箭，穿透他的要害部位后，纷纷扎入地里。（27）于是，众武士欢天喜地，将坚战团团围住，仿佛众天神为了诛灭弗栗多而将毁城者（因陀罗）围在中间。（28）接着，尊者啊！坚战王在战斗中又向你儿子射去一支势不可挡的利箭。他被狠狠刺中，瘫倒在上等的战车里。（29）然后，王中之王啊！四周围的般遮罗族战士们兴高采烈，大声叫喊道："国王被杀死啦！"（30）那里还传来阵阵可怕的放箭声，尊者啊！此时，只见德罗纳迅速出现在战场上。（31）而难敌也拿起一张坚弓，一面扑向般度之子国王（坚战），一面兴奋地喝道："站住！站住！"（32）般遮罗人渴望擒获国王（难敌），迅速向他冲去。德罗纳努力保护俱卢族魁首，将他们击退，犹如太阳驱散被狂风卷起的漫天乌云。（33）接着，国王啊！你方与敌方的军队相遇，斗志旺盛，这场大战越来越激烈。（34）

以上是吉祥的《摩诃婆罗多》中《德罗纳篇》第一百二十八章（128）。

一二九

持国说：
教师（德罗纳）具有控制能力，对我的逾越经典的儿子难敌说了那番恰当的话后，怒气冲冲，深入般度族人中。（1）勇敢的大弓箭手德罗纳深入敌军后，驱车在战场上东奔西突，这时，般度族人如何围堵他？（2）灵魂伟大的教师在战斗中歼灭敌人时，谁保护他的右车轮？谁又保护他的左车轮？（3）这位一切武士之魁首纵横驰骋，身体舞动，宛若一团愤怒的火焰，又如何遭遇死亡？（4）

全胜说：
傍晚，普利塔之子（阿周那）和大弓箭手萨谛奇杀死信度王，与国王（坚战）会合后，双双冲向德罗纳。（5）同样，坚战和般度之子怖军分别率军迅速向德罗纳进发。（6）同样，聪明的无种、难以战胜的偕天、猛光、百军、毗罗吒以及羯迦夜人、摩差人和沙鲁瓦王的军队都向德罗纳发起进攻。(7)同样,猛光的父亲木柱王在般遮罗人的护卫下,国王啊!向德罗纳挺进。(8)德罗波蒂的五个大弓箭手儿子和罗刹瓶首率军向大光辉的德罗纳冲去。(9)六千名钵罗跋德罗迦和般遮罗族战士以束发为前锋,向德罗纳发起攻势。(10)同样,其他的般度族人中之虎大勇士也集结起来,冲到婆罗门雄牛德罗纳面前。(11)

就在这些英雄投入战斗之时,婆罗多族雄牛啊!夜色恐怖,足以令胆小者魂飞魄散。(12)国王啊!这个夜晚凶险骇人,给武士们带来死亡,象、马和人殒命沙场。(13)在这个可怕的夜晚,豺狼张开喷火的大口,四处号叫,显得更加阴森可怖。(14)猫头鹰也出现了,预示着大恐怖,特别预示俱卢族军队大难临头。(15)

然后,王中之王啊!军队中传来巨大的声响,大鼓声和小鼓声,(16)象吼声、马嘶声和马蹄声,嘈杂喧闹,响彻四方。(17)接着,在夜晚,大王啊!德罗纳与斯楞遮耶人之间爆发了一场残酷激烈的大战。(18)世界笼罩在黑暗中,军队扬起的尘土四处弥漫,什么都看不清楚。(19)人、马和象的鲜血流淌在一起,我们便又看不到地上的尘土,令人惊恐不安。(20)到处传来武器的碰撞声,犹如夜间山上燃烧的竹林发出的劈啪声,令人毛骨悚然。(21)夜晚降临,黑暗笼罩,敌我难辨,国王啊!大家似乎都处于一种癫狂的状态。(22)接着,王中之王啊!鲜血遏止了尘土的飞扬,金甲和饰物驱除了黑暗。(23)那支珠宝黄金装饰的婆罗多族军队,宛若群星璀璨的夜空,婆罗多族雄牛啊!(24)战场上旗幡飘飘,梭镖林立,回响着豺狼和乌鸦的叫声,以及各种可怕的象吼声、马嘶声和战士们的呐喊声。(25)这些声音汇聚成喧嚣的巨大声浪,令人汗毛直竖,仿佛伟大的因陀罗的雷杵声响彻四面八方。(26)

在这黑夜中,大王啊!将士们的臂钏、耳环、金首饰和兵器使婆罗多族军队大放光彩。(27)在夜色中,缀着金饰的大象和战车就像电光闪闪的漫天乌云。(28)宝剑、标枪、棒槌、箭矢、铁杵、飞镖和梭镖四处飞舞,好似一团团光彩熠熠的火焰。(29)难敌是刮在前面的狂风,战车和大象是团团乌云,鼓乐声是雷声,密布的弓和旗幡是一道道闪电。(30)德罗纳和般度五子是乌云,刀剑、标枪和棒槌

第七　德罗纳篇

是雷霆，箭矢是滂沱大雨，其他武器则是阵阵狂风。这暴风雨既冷又热，（31）猛烈，恐怖，令人惊愕，毁灭生命。渴望战斗的勇士们纷纷投身到这支极其可怕的军队中。（32）这个夜晚阴森恐怖，巨大的声响四处回荡，令懦夫心生恐惧，令勇士欢乐倍增。（33）在这场残酷而恐怖的夜战中，般度族人与斯楞遮耶人联合起来，气势汹汹地向德罗纳发动进攻。（34）然而，国王啊！那些冲到灵魂伟大者（德罗纳）面前的人，不是被打得掉头逃跑，就是被送往阎摩殿。（35）

以上是吉祥的《摩诃婆罗多》中《德罗纳篇》第一百二十九章(129)。

一三〇

持国说：

威力无边、难以战胜的（德罗纳）怒不可遏，闯入斯楞遮耶人后，你们大家是怎么想的？（1）这位灵魂无限者对我那逾越经典的儿子难敌说完话后，闯入敌军，这时，普利塔之子怎么应对？（2）英雄的信度王和广声被杀以后，不可战胜、强大有力的德罗纳向般遮罗人冲去。（3）镇伏敌人者（德罗纳）闯入敌军时，难以战胜者（阿周那）想些什么？而难敌认为应该抓紧时机做些什么？（4）哪些人紧随在这位施与恩惠的英雄、婆罗门魁首的身后？这位勇士作战时，哪些英雄为他殿后？他在战斗中消灭敌人时，哪些人为他打前锋？（5）我想，在婆罗堕遮之子（德罗纳）利箭的折磨下，所有般度族人犹如冬季瘦弱的牛群，瑟瑟发抖，全胜啊！（6）这位大弓箭手、诛敌者、人中之虎闯入般遮罗人后，如何阵亡？（7）在夜晚，所有的军队会合，所有的大勇士相遇，以各种方式互相打击。当时你们有哪些智者在场？（8）你说我军在战斗中被打败，被消灭，挤作一团，战车武士们失去战车。（9）在夜晚，在当时当地，你如何分清永不退却的普利塔之子的军队和俱卢族军队？全胜啊！（10）

全胜说：

国王啊！在夜晚，惨烈的夜战展开时，般度五子与各路军队一起，向德罗纳冲去。（11）尔后，德罗纳以阵阵利箭，将羯迦夜人和

301

猛光诸子统统送往死神的世界。（12）那些冲到他面前的大勇士，国王啊！全都被他送往另一个世界，婆罗多子孙啊！（13）正当英雄的大勇士婆罗堕遮之子（德罗纳）诛灭敌人时，国王啊！威风凛凛的尸毗王勃然大怒，向他冲去。（14）眼见这位般度族大勇士向自己扑来，德罗纳朝他射去十支通体铁制的利箭。（15）而尸毗王也以三十支锋利的箭回击，接着，又微微一笑，用一支月牙箭将他的车夫射翻。（16）德罗纳先射死这位灵魂伟大者的马匹和车夫，然后将他的头颅连同头盔从躯体上射落。（17）

由于与怖军有杀父之仇，愤怒的羯陵伽王子与羯陵伽军队一起，在战斗中冲到怖军身旁。（18）他向怖军连发五箭，又射去七箭。接着，他又朝除忧射去三箭，朝旗幡射去一箭。（19）愤怒的狼腹（怖军）跳下战车，猛冲到这位愤怒的羯陵伽英雄车前，挥拳将他打死。（20）他在战斗中被大力士般度之子几拳打死后，全身的骨头立即散落一地。（21）迦尔纳与羯陵伽王子的几位大勇士兄弟怒不可遏，纷纷向怖军射去毒蛇般的铁箭。（22）于是，怖军离开敌手的战车，来到陀罗婆车前，挥拳猛打正在频频放箭的陀罗婆。就这样，他也被大力士般度之子打死，坠落在地。（23）打死他后，大王啊！大力士怖军冲到胜赐车前，发出一阵阵狮子般的吼声。（24）他咆哮着，当着迦尔纳的面，抓住胜赐的左臂，一巴掌就送了他的命。（25）迦尔纳朝般度之子掷去一支镶金标枪，而般度之子微笑着抓住它。（26）难以战胜的狼腹（怖军）在交战中向迦尔纳掷回那支标枪。它正在空中飞舞，沙恭尼以一支浸油的利箭将它击断。（27）

然后，国王啊！你的儿子们冲向怖军的战车，以密集的箭雨覆盖狼腹（怖军）。（28）而怖军仿佛微笑着，在战斗中用利箭将猖狂的车夫和马匹统统送往阎摩殿。于是，猖狂跳上丑耳的战车。（29）那镇伏敌人的兄弟俩同乘一辆战车，在阵地前沿冲向怖军，仿佛水主（伐楼拿）和密多罗双双冲向提迭魁首多罗迦。（30）尔后，你的两个儿子猖狂和丑耳同乘一辆战车，向怖军射去多支利箭。（31）接着，般度之子就在迦尔纳、德罗纳之子、难敌、慈悯、月授和波力迦的眼前，（32）克敌者一脚就将英雄的猖狂和丑耳的那辆战车踹入地里。（33）然后，气势汹汹的怖军又挥拳打死你的两个强大骁勇的儿子猖狂和丑耳，用脚将他们踏碎。（34）于是，军中响起一片悲鸣哀号声，国王们看到怖军后纷纷议论："这是楼陀罗扮作怖军的样子与持国众子搏杀。"（35）如是言毕，婆罗多子孙啊！众国王四散而逃，神志不清，各自赶着车马狂奔，甚至连两人结伴的情形都没有。（36）

尔后，在夜晚，当军队遭到重创后，眼如盛开莲花的大力士狼腹（怖军）受到王中雄牛们高度赞扬。这位大力士来到人中之主坚战面前，向他致敬。（37）双生子、木柱王、毗罗吒、羯迦夜人和坚战欣喜若狂，向狼腹（怖军）致以崇高的敬意，一如安陀迦被诛后，众天神向诃罗（湿婆）致敬。（38）然后，你的儿子们犹如伐楼拿之子，个个怒火满腔，渴望战斗，与灵魂伟大的教师一起，率领战车、步兵和大象，迅速包围狼腹（怖军）。（39）于是，在这漆黑一团、阴森恐怖的夜晚，在灵魂伟大的王族优秀武士之间，爆发了一场惨烈无比的战斗，令人惊异，令豺狼、乌鸦和兀鹰欢快。（40）

以上是吉祥的《摩诃婆罗多》中《德罗纳篇》第一百三十章(130)。

— 三 —

全胜说：

儿子（广声）坐地斋戒时，被萨谛奇杀死。因此，月授怒不可遏，对萨谛奇说：（1）"昔日，灵魂伟大的诸天神制定了刹帝利正法，沙特婆多人啊！你为什么背弃它，而热衷于强盗行径？（2）一位恪守刹帝利正法的智者，怎能在战斗中攻击一个放下武器、停止战斗、可怜无助的乞求者？（3）的确，你和大臂者始光两人是在战斗中享有盛誉的苾湿尼族大勇士，沙特婆多人啊！（4）那么，你为什么还要对我儿子犯下如此凶残卑鄙的罪行？他已被普利塔之子砍断臂膀，正坐地斋戒。（5）沙特婆多人啊！我以两个儿子、祭祀和善行起誓，在今夜结束之前，若你这以英勇为荣的家伙，（6）连同儿子和弟弟，没有得到普利塔之子吉湿奴（阿周那）的保护，却没有被我统统杀死，就让我堕入可怕的地狱，苾湿尼族败类啊！"（7）

这样说完后，大力士月授怀着满腔怒火，用力吹响螺号，发出狮子吼。(8)然后,生着荷叶眼、狮子牙的大力士沙特婆多人(萨谛奇)勃然大怒,对月授说:(9)"你那英雄的儿子、大勇士广声被杀死了。同样,国王啊!因兄弟遇难而衰弱的舍罗也被杀死了。(10)今天,我还要将你和儿子、牲畜以及亲友一并杀死。现在,你就做好决一死战的准备吧!尤其是,你是俱卢后裔。(11)坚战王永远保持一切不朽的美德:布施,克制,纯洁,不杀生,知廉耻,坚定,宽容。(12)你早就被这位以战鼓为旗徽者的威力杀死,还将与迦尔纳和妙力之子(沙恭尼)一起,在战斗中走向灭亡。(13)我以黑天的双足和自己的善行起誓,我怀着满腔怒火,要在战斗中杀死你这个罪人和你的儿子!除非你弃战逃跑,才能幸免一死。"(14)

两位人中翘楚如是言毕,气得双眼血红,开始相互放箭。(15)接着,难敌率领千头大象和万辆战车上阵,将月授围在中间。(16)年轻的大臂者、你的妻舅沙恭尼是一切武士魁首,身体如同金刚杵,怒气冲冲,因陀罗般英勇的儿孙和兄弟们簇拥着他。(17)这位智者的整整十万骑兵从四面八方护卫着大弓箭手月授。(18)在强大武士们的保护下,月授用箭雨覆盖萨谛奇。眼见他被那些利箭覆盖,猛光勃然大怒,与大军一起冲向前去。(19)于是,国王啊!浩荡的大军相互攻打,发出震天吼声,犹如狂风劲吹,大海咆哮。(20)

尔后,月授向沙特婆多人射去九箭,而萨谛奇以十箭射伤这位俱卢族魁首。(21)他在交战中被手持坚弓的大力士深深刺中,瘫倒在车座上,失去知觉。(22)看到英雄的大勇士月授昏迷不醒,车夫载着他匆匆撤离战斗。(23)目睹他被善战(萨谛奇)的箭击中,不省人事,德罗纳之子(马嘶)怒不可遏,在战斗前沿向沙特婆多人冲去。(24)看见他冲向悉尼之孙(萨谛奇)的战车,怖军之子(瓶首)勃然大怒,上前将敌手阻拦。(25)瓶首的战车庞大恐怖,用黑铁制成,覆盖熊皮,驾车的牲畜非马非象,类似于大象。(26)战车为八轮,高高飘扬的旗帜上,栖息着一只威严的兀鹰王,双目圆睁,发出叫声。(27)这辆巨大的战车竖着浸血的旗帜,以肠子花环为饰物,装有八只车轮,瓶首站在上面。(28)面目狰狞的罗刹大军,手持铁叉、铁锤、石块和树木,簇拥着他。(29)看到他巨弓在握,仿佛世界末日手执刑杖的死神现身,众国王惊恐万状。(30)你儿子的军队惊悚不已,骚动不安,仿佛遭到狂风袭击的恒河,波涛汹涌,旋涡阵阵。(31)瓶首发出狮子吼,吓得大象屎尿失禁,人们觳觫不已。(32)夜间,众罗刹变得更为强大有力,从四面八方释放猛烈的石雨,纷纷落地。(33)同样,铁轮、火箭、飞镖、长矛、铁叉、百杀器和梭镖也接连不断地落下。(34)目睹这场恐怖激烈的战斗,众国王、你的儿子们和迦尔纳惊骇万分,四散奔逃。(35)

在那里,只有以武器和力量为荣耀的、骄傲的德罗纳之子(马嘶)一人,面无惧色,射出利箭,破除瓶首制造的幻象。(36)幻象被破除,瓶首怒不可遏,放出可怕的利箭,射中马嘶。(37)仿佛一群气得发昏的蛇,猛地钻进蚁垤,那些在石头上磨尖的金羽毛箭在穿透慈悯之子(马嘶)身体后,沾满鲜血,迅速扎进地里。(38)威武的马嘶勃然大怒,出手敏捷,连发十箭,射中气势汹汹的瓶首。(39)瓶首被德罗纳之子(马嘶)深深刺中要害,疼痛剧烈,抓起一只具有十万辐条的飞轮。(40)它边缘如剃刀,光辉似朝阳,镶嵌宝石钻石。怖军之子(瓶首)一心要杀死马嘶,掷去飞轮。(41)飞轮猛地向德罗纳之子(马嘶)飞去,被他用利箭击落于地,犹如一个倒霉者希望落空。(42)瓶首眼瞅着飞轮被击落,迅即用利箭覆盖德罗纳之子(马嘶),好似罗睺遮住太阳。(43)

吉祥的瓶首之子犹如一堆黑眼膏,拦住冲上前来的德罗纳之子(马嘶),恰似山王挡住狂风。(44)马嘶饱受怖军之孙黑眼膏的利箭折磨,俨若弥卢山受到乌云倾泻的倾盆大雨侵扰。(45)而马嘶骁勇如同楼陀罗、优般陀罗(毗湿奴)和因陀罗,沉着镇定,一箭击断黑眼膏的旗幡。(46)尔后,他用两箭射死车夫,三箭击断三旗杆,一箭射断弓,四箭射死四匹马。(47)黑眼膏失去战车,手中举起一柄缀满金珠的宝剑,马嘶以一支锋利的箭,将它击为两截。(48)国王啊!希丁芭之孙又挥舞一根镶金铁杵,飞速投出,而德罗纳之子仍旧以利箭将它击落。(49)接着,黑眼膏猛地跃入空中,犹如乌云发出雷鸣,从天空洒下一阵树雨。(50)然后,德罗纳之子用利箭射中天上那变幻多端的瓶首之子,恰似太阳以光芒穿透云层。(51)黑眼膏纵身一跃,又落在自己的镶金战车里,宛若降下一座吉祥高耸的眼膏山。(52)接着,德罗纳之子杀死了身披铁甲的怖军之孙黑眼膏,一

如大神（湿婆）诛灭安陀迦。（53）

目睹大力士儿子被德罗纳之子马嘶杀死，臂钏晃动的瓶首气急败坏，来到他面前。（54）尽管英雄的慈悯之子（马嘶）歼灭般度族军队，犹如熊熊烈火焚毁森林，瓶首却毫不胆怯，对他说道：（55）"站住！站住！德罗纳之子啊！你休想从我的手中逃命！今天，我将杀死你，就像火神之子击穿麻鹬山。"（56）

马嘶说：

去吧，孩子啊！你去和别人打仗吧，勇如天神者啊！因为，希丁芭之子啊！老子与儿子厮杀不合适。①（57）我确实不想对你发火，希丁芭之子啊！人要是充满怒气，就可能自取灭亡。（58）

全胜说：

听了这番话，饱受丧子之痛的怖军之子气得双眼血红，对马嘶说道：（59）"德罗纳之子啊！难道我是胆小鬼，就像战场上的卑鄙小人？我确是怖军所生，生在显赫的俱卢族。（60）我是在战斗中永不退却的般度五子的儿子，是罗刹王，力量与十首王（罗波那）不相上下。（61）站住！站住！德罗纳之子啊！你休想从我的手中逃命！今天，我将在战场上摧毁你对战斗的信心。"（62）如是言毕，力量奇大的罗刹气得双眼血红，怒冲冲地向德罗纳之子扑去，恰似雄狮扑向象王。（63）瓶首冲着战车武士雄牛德罗纳之子泼洒车轴大小的箭矢，一如乌云降下倾盆大雨。（64）那箭雨尚未落到德罗纳之子身上，就被他用箭矢阻挡。于是，在空中仿佛展开另一场箭与箭的战斗。（65）此时，武器撞击，迸发火花，宛若夜空中布满萤火虫，流光溢彩。（66）

看到幻象被以战斗自豪的德罗纳之子破除，瓶首重又隐身不见，制造幻象。（67）他变成一座层峦叠嶂、林木葱郁的高山，流泻着以铁叉、飞镖、刀和铁杵为水流的大瀑布。（68）看到那黑眼膏堆似的大山流泻无数兵器，德罗纳之子镇定自若。（69）然后，德罗纳之子仿佛微笑着，使出金刚杵法宝。这座山王在这件法宝的打击下，顷刻被摧毁。（70）接着，他又变作天上携带彩虹的乌云，在战斗中用阵

---

① 马嘶与般度五子同辈，都是德罗纳的弟子。瓶首是怖军之子，亦即马嘶的儿辈，故马嘶如此称呼他。

阵石雨，凶猛地覆盖德罗纳之子。（71）此时，精通武艺的优秀武士德罗纳之子使出风神法宝，驱散那团升起的乌云。（72）人中翘楚德罗纳之子用无数利箭覆盖各个方向，歼灭车兵十万。（73）然后，他看见瓶首依旧乘着战车，挽弓搭箭，在众多罗刹的簇拥下，从容不迫地向自己进发。（74）这些罗刹貌似狮虎，勇如疯象，或骑象，或乘车，或骑马。（75）希丁芭之子的随从个个生有硕大的头颅、面庞和颈脖，属于补罗斯迭族和亚杜达那族，凶猛骁勇。（76）英雄的大力士们手持各种兵器，身披各式铠甲，佩戴各样饰物，怒目圆睁，发出骇人的吼声。（77）

瓶首和作战凶狂的众罗刹在战斗中拥上前来，你儿子忧心忡忡。见此情景，德罗纳之子对他说：（78）"等一等，难敌啊！你不必惊慌。你现在与自己的英雄兄弟们以及因陀罗般勇武的众国王在一起。（79）我向你郑重起誓，我将消灭你的敌人，你不会失败，请你让军队放心。"（80）

难敌说：

你这样说，我毫不奇怪。因为你胸怀博大，对我们又忠心耿耿，乔答弥（慈悯）之子啊！（81）

全胜说：

十万名在战斗中大放光彩的车兵围在难敌身边。他对马嘶说完这些话后，又对妙力之子（沙恭尼）说：（82）"你率领六万象军去攻打胜财（阿周那）。迦尔纳、牛军、慈悯和尼罗，（83）北方人、成铠、多友、闻置、难降、尼贡跛、罐破和巨步，（84）胜城、坚车、举旗、金莲、沙利耶王、阿卢尼、天帝军、全胜、维阇耶和庆胜，（85）莲目、补卢、迦罗提、胜铠、妙容以及六万步兵也将跟随你上阵。（86）舅父啊！去杀死怖军、双生子和法王（坚战），就像天王杀死众阿修罗，我对你寄予胜利的希望。（87）他们已经饱受德罗纳之子利箭的重创，遍体鳞伤。去杀死贡蒂诸子吧！舅父啊！一如火神之子（迦绨吉夜）消灭众阿修罗。"（88）听罢你儿子的这番话，国王啊！妙力之子（沙恭尼）为了使你的儿子们高兴，渴望消灭般度五子，迅速向敌军进发。（89）

与此同时，在夜晚，德罗纳之子与罗刹展开一场激战，犹如天帝释与波罗诃罗陀进行战斗。（90）瓶首怒气冲冲，朝着乔答弥之子（马嘶）发出十支坚硬的箭，如毒液，似烈火，射中他的胸膛。（91）他被怖军之子射出的箭狠狠击中，如同被风撼动的大树，在车中瑟瑟发抖。（92）瓶首又以一支合掌箭，迅速击断德罗纳之子手中那张光辉夺目的弓。（93）接着，德罗纳之子拿起另一张强劲的大弓，泼洒利箭之雨，犹如乌云倾泻暴雨。（94）然后，婆罗多子孙啊！慈悯之子（马嘶）朝那些凌空飞行者（罗刹）射出凌空飞行的杀敌金羽毛箭。（95）在这些利箭的打击下，这支胸膛宽厚的罗刹军队，犹如一群遭到群狮袭击的凶狂大象，乱成一团。（96）强大有力者（马嘶）以利箭消灭众罗刹及其马匹、车夫和车辆，仿佛世界末日火神焚毁众生。（97）他用利箭摧毁罗刹大军，如同昔时大神（湿婆）焚毁天上三城，大放光彩。（98）胜利者魁首德罗纳之子歼灭你的敌人，犹如世界末日的熊熊烈火焚毁一切众生，光焰四射。（99）在战斗中，婆罗多子孙啊！除了英雄的大力士罗刹王瓶首外，在数千名般度族国王中，敢于凝视德罗纳之子的人，一个都没有。（100）

婆罗多族魁首啊！瓶首再次气得双眼血红，拍着巴掌，紧咬下唇，气呼呼地对自己的车夫说："送我到德罗纳之子那里！"（101）这位诛敌者乘着飘扬胜利旗帜的可怕战车，又一次向德罗纳之子冲去，要与他进行一对一的决斗。（102）然后，愤怒的罗刹向德罗纳之子掷去一只八轮飞器，由楼陀罗打造，极其骇人。（103）德罗纳之子把弓留在车上，跳下车，一把抓住它，向瓶首扔回。与此同时，瓶首也从车上跳下。（104）这只锋利至极、大放光芒的飞器将战车连同马匹、车夫和旗幡一并击碎后，劈开大地，扎了进去。（105）德罗纳之子居然跳下车，抓住商迦罗打造的那件可怕武器，目睹这一壮举，众生称颂不已。（106）

尔后，国王啊！怖军之子登上猛光的战车，又朝德罗纳之子的宽阔胸膛射去锋利的箭矢。（107）猛光也不慌不忙，向德罗纳之子的胸脯射出毒蛇般的金羽毛箭。（108）接着，德罗纳之子向他俩放出成千成千的铁箭，却被他俩用火焰般的利箭一一击落。（109）于是，在这两位人中雄狮与德罗纳之子之间，爆发了一场极其激烈的战斗，令众武士兴奋不已，婆罗多族雄牛啊！（110）

此时，怖军率领一千辆战车、三百头大象和六千名骑兵来到这里。（111）以法为魂的德罗纳之子继续从容不迫地与怖军的罗刹儿子、猛光及其扈从们交战。（112）在此，德罗纳之子展示的神勇令人叹为观止，一切众生难以企及，婆罗多子孙啊！（113）眨眼之间，他用利箭歼灭了罗刹大军，连同马匹、车夫、战车和大象。（114）而怖军、希丁芭之子（瓶首）、水滴王之孙（猛光）、孪生子、正法之子（坚战）、维阇耶（阿周那）和不退者（黑天）只能眼睁睁看着。（115）在笔直飞行的铁箭猛烈打击下，大象犹如一座座双峰山，纷纷倒地。（116）到处都是砍断的象鼻，颤动不已。一时间，大地仿佛爬满一条条蛇。（117）国王们的那些金杖和华盖坠落在地，犹如世界末日升起的日月星辰布满天空，光彩熠熠。（118）

大旗是青蛙，大鼓是乌龟，华盖是一行行游动的天鹅，拂尘是泛起的泡沫。（119）苍鹭和兀鹰是大鳄鱼，各种武器是形形色色的鱼，毁弃的战车构成宽大的河岸，旗帜是美丽的树木。（120）箭镞是各种小鱼，标枪和梭镖是猛蛇，令人毛骨悚然，骨髓和肌肉是大团的淤泥，无头尸是遗弃的船只。（121）毛发是一丛丛污秽的水草，足以令胆小者魂飞魄散。大象、马匹和战士们的躯体灭亡。（122）德罗纳之子制造了这条汹涌澎湃的血河，血浪滔滔，战士们的痛苦号叫便是它的喧嚣声。（123）阎摩府是恐怖至极的海洋，这条血河正流向它。德罗纳之子歼灭众罗刹后，又朝希丁芭之子（瓶首）放箭。（124）大力士德罗纳之子怀着满腔怒火，再次向狼腹（怖军）、水滴王之孙（猛光）和普利塔诸子发射密集的铁箭。（125）

这位勇士杀死木柱王的名叫妙车的儿子，接着又在战斗中消灭妙车的弟弟闻胜。（126）诛灭力军、胜军和胜马后，王中之王啊！德罗纳之子又将闻名送往阎摩府。（127）随后，他以另外三支锋利的羽毛箭，将戴着金花环的大力士胜敌送往天帝释的世界。（128）他杀死波哩沙陀罗和狂妄的月天，又在战斗中以十箭射死贡提婆阇的十个儿子。（129）马嘶怒不可遏，将一支笔直飞行的箭搭上弓，拉至耳畔，瞄准瓶首，迅速射出这支阎摩刑杖般可怕的利箭。（130）这支大羽毛箭刺穿罗刹的胸膛后，猛地扎入大地，大地之主啊！（131）大勇士猛光认为他已经倒地身亡，王中之王啊！便把他从德罗纳之子身旁带

309

走,安放在另一辆车上。(132)

就这样,国王啊!英雄的德罗纳之子在战斗中击败坚战的车军,使他们撤离战场。尔后,他发出吼声,受到一切众生和你儿子们的赞颂,婆罗多子孙啊!(133)现在,被成百成百的利箭射中的罗刹毙命倒地,尸横遍野,大地仿佛堆满一座座山峰,无路可行,极其恐怖。(134)众天神、天女、祖先、悉陀、健达缚、毕舍遮、蛇族、鸟类、罗刹和鬼怪,都对这位德罗纳之子称颂不已。(135)

以上是吉祥的《摩诃婆罗多》中《德罗纳篇》第一百三十一章(131)。

一三二

全胜说:

眼看木柱王诸子、贡提婆阇诸子以及成千上万的罗刹死在德罗纳之子手中,(1)坚战、怖军、水滴王之孙猛光和善战(萨谛奇)下定决心,准备血战到底。(2)月授又在战场上看见萨谛奇,怒不可遏,从四面八方放出密集箭雨覆盖他。(3)你方和敌方都渴求胜利,展开了一场可怕的战斗,令恐惧倍增。(4)

为了援助沙特婆多人(萨谛奇),怖军向俱卢后裔(月授)连射十箭,而月授也以百箭回击这位英雄。(5)年迈的月授犹如友邻之子迅行王,集一切美德于一身,现在满怀丧子之痛。沙特婆多人(萨谛奇)勃然大怒,(6)向他连发十支足以击落金刚杵的利箭,又向他投去一支标枪,接着又连发七箭。(7)尔后,怖军为了援助萨谛奇,将一根崭新、坚固而骇人的铁闩掷向月授的头部。(8)萨谛奇在战斗中怀着满腔怒火,又朝月授的胸膛射去一支烈火般锋利而美丽的羽毛箭。(9)可怕的铁闩和利箭同时落在月授身上,将这位大勇士击倒。(10)看到儿子昏倒,波力迦冲上前来,泼洒箭雨,犹如乌云降下及时雨。(11)此时,怖军为了支援萨谛奇,向来到阵前的灵魂伟大的波力迦连射九箭。(12)大臂的波罗底波之子(波力迦)勃然大怒,朝着怖军的胸脯投去一支标枪,俨若毁城者(因陀罗)掷出金刚杵。(13)大力士怖军被标枪击中,浑身颤抖,昏厥过去。在他恢复知

觉后，向波力迦掷去一根铁杵。（14）这根由般度之子掷出的铁杵将波力迦斩首，他像被雷霆击中的山王，倒地身亡。（15）

人中雄牛、英雄的波力迦被杀后，你的十位如同十车王之子（罗摩）的儿子上前攻打怖军。（16）怖军以十支铁箭杀死你的十个儿子，又用利箭覆盖迦尔纳的爱子牛军。（17）尔后，迦尔纳的兄弟、闻名遐迩的牛车以铁箭打击怖军，也被这位大力士杀死。（18）接着，英雄的怖军用铁箭杀死你妻弟的七名战车武士，婆罗多子孙啊！后又诛灭百月。（19）看到大勇士百月被诛，沙恭尼的兄弟们，英雄的迦阇刹、沙罗跋和毗普怒不可遏，扑向怖军，用利箭打击他。（20）那位力大过人者遭到铁箭打击，犹如雄牛遭到暴雨袭击，但他仍以五箭射死五名战车武士。目睹这些英雄被杀，众国王魁首觳觫不已。（21）

接着，愤怒的坚战就在罐生（德罗纳）和你儿子们的眼皮底下，摧毁你的军队，无瑕者啊！（22）在战斗中，坚战将成群成群的安波私吒人、摩罗婆人、勇敢的三穴人和尸毗人送往死神的世界。（23）国王又大肆杀戮阿毗沙诃人、苏罗塞那人、波力迦人和婆娑提迦人，使大地变得血污泥泞。（24）在激战中，国王啊！坚战用利箭将大批大批的约泰耶族、阿罗吒族和摩德罗族的勇士送往死神的世界。（25）对着坚战的战车，"杀死他！抓住他！俘虏他！打死他！把他千刀万剐！"喊声响成一片。（26）

看到各路军队溃逃，在你儿子（难敌）的催促下，德罗纳向坚战泼洒箭雨。（27）德罗纳愤怒至极，向国王（坚战）发射风神法宝，而坚战以神奇武器挫败他的神奇武器。（28）看见武器受挫，婆罗堕遮之子（德罗纳）怒不可遏，急于杀死般度之子，冲着坚战接连使出伐楼拿、阎摩、火神、陀湿多和日神法宝。（29）大臂的正法之子（坚战）毫不畏惧，用武器将罐生（德罗纳）掷出和正在掷出的武器一一击毁。（30）为了实现誓约，为了你儿子的利益，婆罗多子孙啊！罐生（德罗纳）一心要消灭正法之子（坚战），又使出因陀罗和生主的两件法宝。（31）俱卢族之主（坚战）步如狮象，胸膛宽阔，双眼又大又红，威力强大，使出另一件因陀罗法宝，挫败那两件法宝。（32）法宝接二连三受挫，德罗纳气急败坏，迫不及待要杀死坚战，又使出梵天法宝。（33）接着，可怕的黑暗笼罩四处，我们什么也看不清，一切众生陷入极度恐慌，大地之主啊！（34）看到梵天法宝升空，王中之王啊！贡蒂之子坚战也使出梵天法宝，阻截那件武器。(35)于是，军中众英雄豪杰齐声夸赞两位精通武艺的人中雄牛——大弓箭手德罗纳和普利塔之子。(36)

然后，德罗纳抛开贡蒂之子，怒睁着红铜色的双眼，用风神法宝歼灭木柱王的军队，婆罗多子孙啊！（37）遭到德罗纳的杀戮，这些般遮罗人十分恐惧，就在怖军和灵魂伟大的普利塔之子（阿周那）眼前奔逃。(38) 接着，有冠者（阿周那）和怖军率领两支庞大的车队截住己方军队后，又突然将你的军队团团包围。(39) 毗跋蔟（阿周那）攻击右翼，狼腹（怖军）攻击左翼，婆罗堕遮之子（德罗纳）受到猛烈的箭流两面夹击。(40) 此时，大王啊！羯迦夜人、斯楞遮耶人、威力强大的般遮罗人、摩差人和沙特婆多人，紧随他俩身后。(41)尔后，那支婆罗多族军队遭到有冠者（阿周那）杀戮。尽管德罗纳和你儿子亲自上前阻止，大王啊！也挡不住战士们逃跑。(42)

以上是吉祥的《摩诃婆罗多》中《德罗纳篇》第一百三十二章(132)。

一三三

全胜说：

眼看般度族大军涌向前来，难敌感到它不可阻挡，便对迦尔纳说：（1）"忠实于朋友的迦尔纳啊！你为朋友效力的时刻来到了。请在战斗中保护全体战士吧，大力士啊！（2）他们陷入般遮罗人、摩差人、羯迦夜人和般度族大勇士的重重包围中。这些大勇士满腔愤怒，像蛇一样嘶嘶喘息着。（3）那些胜利在望的般度族人欢声雷动，众多的般遮罗族战车武士个个好似天帝释。"(4)

迦尔纳说：

即使毁城者（因陀罗）来到这里保护普利塔之子，我也能立刻将他打败，再杀死般度之子。（5）我向你发誓，婆罗多子孙啊！我定将般度五子连同般遮罗人一起统统消灭，请你放心。（6）我誓将胜利奉献给你，一如火神之子将胜利奉献给婆薮之主（因陀罗）。因为，我正是为了完成你挚爱的事业而活着，国王啊！（7）在普利塔诸子中，颇勒古拿（阿周那）最为强大有力。我将向他掷去一支天帝释制作的百发百中的标枪。（8）这位大弓箭手殒命后，赐人荣誉者啊！他的兄弟们或是受你统治，或是重回森林。（9）只要我一息尚存，俱卢后裔啊！你就不必有丝毫的担忧。我将在战斗中击败联合作战的般度五子。（10）我还要发射阵阵箭流，粉碎所有这些般遮罗人、羯迦夜人以及苾湿尼人，把大地献给你。（11）

全胜说：

车夫之子迦尔纳如是言毕，有年之子大臂者慈悯仿佛微笑着说道：（12）"说得好！说得好！迦尔纳啊！假若仅凭语言就能成功，罗陀之子啊！那么，有你这位保护者，俱卢族雄牛（难敌）就能得到保护了。（13）迦尔纳啊！你总是在俱卢后裔（难敌）面前大吹大擂。不过，你既未显出有多英勇，也未显出有多强大。（14）我们倒是看到你多次与般度五子交锋，却回回惨遭败绩，车夫之子啊！（15）当时，持国之子（难敌）被众健达缚俘获，迦尔纳啊！全军都投入战斗，只有你一人临阵脱逃。（16）还有，迦尔纳啊！毗罗吒城一战，全体俱卢族人连同你和你弟弟们一起，都败在普利塔之子手中。（17）在战场上，即使颇勒古拿（阿周那）单独与你交战，你都不是对手，又怎能战胜全体般度五子连同黑天呢？（18）你吹嘘过分，迦尔纳啊！停止夸夸其谈，去战斗吧！车夫之子啊！真正的好汉决不把勇武放在嘴上。（19）车夫之子啊！你就像干打雷不下雨的秋云，一事无成，迦尔纳啊！然而，国王却不明白这一点。（20）只要看不见普利塔之子，罗陀之子啊！你便聒噪不休，而一旦看到普利塔之子来到近前，就难以听到你的叫喊。（21）没有遭到颇勒古拿（阿周那）箭击时，你便鼓噪不休。而一旦被普利塔之子的利箭击中，就难以听到你的叫喊。（22）刹帝利靠臂膀称雄，婆罗门靠语言称雄，颇勒古拿（阿周那）靠弓箭称雄，而迦尔纳靠空想称雄。"（23）

遭到有年之子慈悯这一番恶语奚落后，武士魁首迦尔纳回答道：（24）"英雄们总是像雨季的乌云那样吼叫，恰似适时播下的种子，很快结出果实。（25）在这战斗前沿，肩负重任的英雄们说些豪言壮语，我看不出有什么过错。（26）一个人决心承担重任时，命运必定前来协助他。(27)我已下定决心挑起重担。如果此时我大声吼叫,婆罗门啊!对你有什么危害?(28)英雄们像饱含雨水的乌云,决不会徒劳无益地干吼,智者们掂量自身的实力后,才会怒吼。(29)今天,我要与联合起来的黑天和般度之子奋战一场,我能很快获胜。因此,我才吼叫,乔答摩之孙啊!(30)你和随从们就等着瞧我这吼声的成果吧!婆罗门啊!待我在战场上将般度五子连同黑天和沙特婆多人(萨谛奇)一并消灭后,向难敌呈献一片没有荆棘的大地。"(31)

慈悯说:

对于你这些谵妄之语,我不敢苟同,车夫之子啊!因为,你总是肆意贬损两位黑王子和般度之子法王(坚战)。(32)毋庸置疑,迦尔纳啊!在战斗中,哪一方拥有武艺精湛的黑天和般度之子(阿周那),哪一方必定获胜。因为,即使众天神、健达缚、药叉、人类、蛇族和罗刹一齐披挂上阵,也无法战胜他俩。(33)尤其是,正法之子坚战善待婆罗门,言而有信,谦恭有礼,尊师敬神,一向恪守正法,且武艺高强,沉着坚定,知恩图报。(34)他的弟弟们强壮有力,精通一切武器,对师长言听计从,足智多谋,声名广被,始终奉守正法。(35)他们的亲属也都勇似因陀罗,是忠心耿耿的优秀武士。他们是猛光、束发、丑面之子和镇群,(36)月军、贤军、法称、陀罗婆、陀罗、富月、环月、狮月和妙贯,(37)还有木柱王诸子以及通晓强大兵器的木柱王本人。摩差王及其部属也都为了般度五子的利益,奋力拼搏。(38)此外,还有百军、妙齿、闻军、闻旗、力军、胜军、胜马和车辇,(39)毗罗吒英俊的兄弟月升和欲车、孪生子、德罗波蒂五子以及罗刹瓶首。他们为谁作战,谁就不会走向灭亡。(40)确实,怖军和颇勒古拿(阿周那)仅仅依靠武器的威力,就足以彻底毁灭整个世界,包括天神、阿修罗、人类、药叉、罗刹、大象、蛇族以及其他众生。(41)至于坚战,仅用可怕的目光就足以焚毁大地。而且,力大无穷的梭利(黑天)为他们披挂上阵,迦尔纳啊!你怎么可能战胜这些敌手?(42)而你总是在战场上胆敢与梭利(黑天)交战,车夫之子啊!真是不自量力!(43)

全胜说:

听了有年之子、师父慈悯这些话,婆罗多族雄牛啊!罗陀之子迦尔纳笑着回答道：（44）"婆罗门啊！你说的有关般度五子的一番话，千真万确。除此之外，般度五子还有许多其他美德。（45）在战斗中，即便是以婆薮之主（因陀罗）为首的众天神与众提迭、药叉、健达缚、毕舍遮、罗刹和蛇族集结在一起，也无法击败普利塔诸子。尽管如此，我将用婆薮之主（因陀罗）赐予的标枪战胜普利塔诸子。（46）天帝释赐给我的这支标枪百发百中，婆罗门啊！凭借它，我将在战斗中诛灭左手开弓者（阿周那）。（47）般度之子阿周那一死，他的兄弟们和黑天失去了他，无论如何不可能占有大地。（48）一旦把他们消灭干净，大地连同海洋，就会轻而易举地掌握在俱卢后裔（难敌）的手中，慈悯啊！（49）毫无疑问，在这世上，依靠良好的计策，任何目的都能达到，我对此心中有数，故而我呐喊。慈悯啊！（50）而你年事已高，身为婆罗门，又不会打仗，却偏爱普利塔诸子，并且头脑昏聩，看不起我。（51）倘若你胆敢再对我出言不恭，婆罗门啊！我就挥剑割下你的舌头，思想邪恶者啊！（52）鉴于你想在战场上吹捧般度五子，婆罗门啊！并恐吓俱卢族各路军队，思想邪恶者啊！在此，我也要对你忠言相告，你听着，再生者啊！（53）

"难敌、德罗纳、沙恭尼、丑面、庆胜、难降、牛军、摩德罗王、月授、普利、德罗纳之子、毗文沙提和你本人，（54）个个武艺高强。若这些人披挂上阵，联袂作战，又有什么样的敌人，哪怕是威力可敌天帝释的敌人，能够战胜他们？（55）这些大力士英雄通晓兵法，能征善战，熟知正法，渴望升入天国，甚至能在战斗中消灭众天神。（56）眼下，他们全副武装，为了消灭般度五子，为了让俱卢后裔（难敌）获胜，准备奋战。（57）我认为，胜败与否全靠命运，即便对于力大无比的人也是如此。大臂者毗湿摩不也身中数百箭，躺在那里吗？（58）毗迦尔纳、奇军、波力迦、胜车、广声、阇耶、水连和善巧，（59）战车武士魁首舍罗和英勇的福授以及其他众天神也难以战胜的国王，（60）这些英雄力大无比，却被般度五子在战斗中一一杀害。在你看来，除了命运作祟，又能是什么原因？卑鄙的人啊！（61）你一向对难敌的敌人赞不绝口，再生者啊！然而，即使他们当中的勇士，也是成百成千地被消灭。（62）整个俱卢族和般度族双方军队都在不断减员，在这方面，我怎么也看不出般度五子有什么特殊的威力。(63) 你向来认为般度一方力量强大，再生者败类啊！现在，我就要为了难敌的利益，竭尽全力去与他们作战。能否获胜，由命运决定。"(64)

以上是吉祥的《摩诃婆罗多》中《德罗纳篇》第一百三十三章(133)。

一三四

全胜说：
目睹车夫之子（迦尔纳）恶言恶语对待舅舅，德罗纳之子（马嘶）猛地举起宝剑，迅速向他扑去。(1)

马嘶说：
迦尔纳啊！蠢货啊！马上给我站住！卑鄙小人啊！你等着瞧吧，我今天要让你身首分家，思想邪恶者啊！(2)

全胜说：
看到他向迦尔纳冲去，大王啊！难敌王亲自出面，与人中翘楚慈悯一起上前劝阻。(3)

迦尔纳说：
这位英雄自以为骁勇善战，却思想邪恶，是再生者败类。别拦着他，让他领教领教我的厉害，俱卢族魁首啊！(4)

马嘶说：
我们倒是会原谅你的过错，思想邪恶的车夫之子啊！但是，颇勒古拿（阿周那）会灭掉你的嚣张气焰。(5)

难敌说：
马嘶啊！消消气，你应当原谅车夫之子，赐人荣誉者啊！无论如何也不该跟他斗气。(6) 你、迦尔纳、慈悯、德罗纳、摩德罗王和妙力之子（沙恭尼），大业成功与否，系于你们身上。消除怒气吧，再生者翘楚啊！(7) 那边，婆罗门啊！般度族倾巢出动，从四面八方向这里挺进，渴望与罗陀之子（迦尔纳）交战，大声发出挑战。(8)

全胜说：
于是，战车武士魁首、威武勇猛的迦尔纳举起弓，准备依靠自己臂膀的力量投入战斗。他位于俱卢族诸英雄豪杰中，宛若天帝释在成群的天神簇拥下。（9）接着，大王啊！伴随阵阵狮子吼，满腔愤怒的迦尔纳与般度五子展开了战斗。（10）国王啊！般度族人和声名显赫的般遮罗人一看到大臂者迦尔纳，便高声叫道：（11）"这就是迦尔纳！""迦尔纳在哪儿？""嘿！迦尔纳！站住！在大战中同我们打一仗，灵魂邪恶者啊！卑贱小人啊！"（12）还有的人看见罗陀之子（迦尔纳）后，气得双眼血红，说道："杀死这个狂妄而愚蠢的车夫之子！（13）王中之虎们让他活着没有益处。这个罪人一向与普利塔之子们不共戴天。（14）他对难敌总是言听计从，是诸恶之源。杀死他！"众刹帝利一边议论，一边冲了过去。（15）大勇士们在般度之子的激励下，为了杀死车夫之子（迦尔纳），以密集的箭雨将他覆盖。（16）

然而，目睹这些大勇士全都扑向自己，车夫之子（迦尔纳）既不惊慌，也不害怕。（17）看到军队冲来，不可战胜的迦尔纳如同面对汹涌的海洋，又如面对坚固的城市，想要取悦你的儿子们。（18）这位身手敏捷的大力士以阵阵箭流，阻截四面八方的敌军，婆罗多族雄牛啊！（19）接着，成百成千的国王拉开弓，用箭雨阻击罗陀之子（迦尔纳），与他交战，仿佛成群的提迭与天帝释交锋。（20）而迦尔纳以密集的箭雨，驱散众国王从四面八方发射的箭雨，主公啊！（21）他们展开一场进攻与反击的战斗，犹如天神和阿修罗大战时，天帝释与众檀那婆交战。（22）在此，我们目睹了车夫之子在战斗中身手不凡，机敏灵巧。敌人竭尽全力，也不能接近他。（23）大勇士罗陀之子（迦尔纳）挡住众国王的阵阵箭流后，又向车辕、车辕、华盖、旗幡和马匹射去标有自己姓名的利箭。（24）然后，这些国王饱受迦尔纳的折磨，张皇失措，俨若一群遭到寒流袭击的牛，在战场上东逃西窜。（25）我们看到，在迦尔纳的打击下，四处都是倒地丧命的马匹、大象和车兵。（26）整个大地，国王啊！处处布满勇往直前的勇士们被砍落的头颅和臂膀。（27）战场上到处是死者的尸首，垂死或呻吟的伤者，俨若阴森的阎摩府。（28）

目睹迦尔纳的英雄气概后，难敌王来到马嘶身旁，说道：（29）"看哪！身披铠甲的迦尔纳只身与众国王交战。敌军不堪迦尔纳的利箭折磨，望风而逃，恰似阿修罗军队被迦缔吉夜打得一败涂地。（30）

看到这支军队在战斗中被机智的迦尔纳击败,毗跋薮(阿周那)冲上前来,一心要将车夫之子(迦尔纳)置于死地。(31)因此,我们要采取措施,以防般度之子在我们眼前,在战斗中杀害大勇士车夫之子(迦尔纳)。"(32)于是,为了保护车夫之子(迦尔纳),德罗纳之子、慈悯、沙利耶王和大勇士诃利迪迦之子(成铠)纷纷向普利塔之子冲去。(33)看到贡蒂之子冲上前来,犹如弗栗多冲向天神军队,威风凛凛的迦尔纳也如同天帝释,上前迎战。(34)

持国说:

看见颇勒古拿(阿周那)如同世界末日的死神阎摩,怒气冲冲,御者啊!接下来日神之子迦尔纳做些什么?(35)这位大勇士总是向普利塔之子挑战,希望战胜令人闻风丧胆的毗跋薮(阿周那)。(36)而现在,日神之子迦尔纳突然与恨之入骨的宿敌狭路相逢,御者啊!接下来他采取哪些行动?(37)

全胜说:

眼见般度之子向自己冲来,迦尔纳毫不慌乱,也向胜财(阿周那)冲去,仿佛一头大象冲向敌对的大象。(38)看到日神之子(迦尔纳)猛扑过来,威武的克敌者般度之子用笔直飞行的利箭阻截他。(39)而迦尔纳用箭网罩住他,尊者啊!接着,怒不可遏的迦尔纳又连发三支笔直飞行的利箭。(40)他敏捷的身手使大力士普利塔之子忍无可忍,向他发射在石头上磨得锃亮的、笔直飞行的利箭。(41)勇武的克敌者冲着车夫之子(迦尔纳)一连射出三十支箭。接着,怀着满腔怒火,又以一箭射中他。(42)这位大力士仿佛笑着,又放出一支铁箭,射中他的左手掌。遭到猛击,他的弓从手中落下。(43)然而,不到眨眼的工夫,手疾眼快的大力士又拿起这张弓,用阵阵箭流覆盖颇勒古拿(阿周那)。(44)而胜财(阿周那)仿佛微笑着,婆罗多子孙啊!以箭雨击溃车夫之子(迦尔纳)放出的箭雨。(45)

这两位大弓箭手遭遇后,国王啊!互相用箭雨覆盖对方,积极进攻和反击。(46)于是,在战场上,迦尔纳和般度之子展开了一场神奇的战斗,仿佛两头愤怒的公象为争夺一头母象展开搏斗。(47)目睹迦尔纳的英雄气概后,大弓箭手普利塔之子迅速将他的弓拦腰击断。(48)这位克敌者用月牙箭将四匹马送往阎摩殿,接着,又取下

318

车夫身上的头颅。（49）此时，般度和普利塔之子连发四箭，射中弓折、马死、车夫身亡的迦尔纳。（50）这位人中雄牛中箭后，迅速跳下马匹倒毙的战车，又迅速登上慈悯的战车。（51）看到罗陀之子（迦尔纳）吃了败仗，婆罗多族雄牛啊！你的军队被胜财（阿周那）的利箭驱散，逃向十方。（52）

眼见他们四散而逃，国王啊！难敌王上前阻拦，说了这些话：（53）"不要逃跑，诸位勇士啊！站住，诸位刹帝利雄牛啊！为了杀死普利塔之子，我要亲自出战。我要将普利塔诸子连同般遮罗人和苏摩迦人统统消灭。（54）今天，普利塔诸子将要看到我与手持甘狄拨神弓者（阿周那）交战，威力如同世界末日的死神。（55）今天，武士们将要看到我在战斗中撒出成千成千张箭网，犹如成群成群的蝗虫。（56）今天，战士们将要看到我在战斗中挽弓放出箭雨，俨若夏末的乌云降下大雨。（57）今天，我将要用笔直的箭战胜普利塔之子。坚持战斗吧！众勇士啊！丢掉对颇勒古拿（阿周那）的恐惧。（58）一旦遇上我的勇武，颇勒古拿（阿周那）将无可奈何，恰似海洋撞击海岸。"（59）说罢，难以战胜的国王怒气冲冲，双眼血红，在大军的簇拥下，向颇勒古拿（阿周那）进发。（60）

看到大臂者出发，有年之子（慈悯）来到马嘶身旁，说了这些话：（61）"这位大臂国王真是气昏了头，竟然想要同颇勒古拿（阿周那）交战，简直就是飞蛾扑火！（62）假如你不想让我们大家眼睁睁看着人中之虎与普利塔之子交战，丢掉性命，那么，就拦住俱卢后裔。（63）假如你不愿俱卢后裔、英雄的国王进入颇勒古拿（迦尔纳）利箭的射程，那么，就赶紧阻止他。（64）假如你不愿国王被普利塔之子那些蜕皮的蛇一般可怕的箭流击得粉碎，那么，就阻止他出战。（65）我们都站在一边袖手旁观，赐人荣誉者啊！国王却亲自上阵，孤立无援，与普利塔之子作战，我看这未免太不合适。（66）我认为，倘若俱卢后裔与有冠者普利塔之子交锋，就好似大象与猛虎交战，性命难保。"（67）

经舅父这么一说，武士魁首德罗纳之子立即对难敌说道：（68）"只要我一息尚存，甘陀利之子啊！你就不应当去打仗。你这不是小看我吗？俱卢后裔啊！我向来为你的利益着想。（69）能否打败普利

塔之子,你根本不必担心。你站着吧,让我上前拦截普利塔之子,难敌啊!"(70)

难敌说:

师父袒护般度五子,就像对待自己的儿子,你也从不干涉他们的所作所为,再生者翘楚啊!(71)或许我时运不济,或许你对法王(坚战)或德罗波蒂情有独钟,在战斗中从未大显身手,原因何在,我不得而知。(72)咳!只怪我贪得无厌!为此,我的所有不可战胜的亲友本应享受幸福,如今却遭受极大的痛苦。(73)你这位慈悯之子作战如同大自在天(湿婆),明明有能力却不消灭敌人,除你以外,还有哪位杰出武士会这样做?(74)马嘶啊!让我满意吧!消灭我的那些敌人。即便天神也无法在你武器的射程内停留,无瑕者啊!(75)德罗纳之子啊!你将般遮罗人和苏摩迦人以及他们的随从统统消灭。然后,在你的保护下,我们将消灭剩下的敌人。(76)婆罗门啊!那些赫赫有名的苏摩迦人和般遮罗人气势汹汹,在我的各路军队中纵横驰骋,犹如森林大火。(77)大臂者啊!把他们和羯迦夜人全都截住。人中俊杰啊!否则,这些受到有冠者(阿周那)保护的人就会把我们彻底消灭。(78)无论你是先做,还是后做,尊者啊!这项任务早晚都是你的,大臂者啊!你就是为歼灭般遮罗人而生。(79)确实,你将会令整个世界变得不剩一个般遮罗人,不退者啊!这是悉陀们所言,将会实现。(80)在你的武器射程内,就连以婆薮之主(因陀罗)为首的众天神也无法停留,普利塔诸子和般遮罗人更不在话下。我说的都是实话。(81)

以上是吉祥的《摩诃婆罗多》中《德罗纳篇》第一百三十四章(134)。

一三五

全胜说:

难敌这样说完,作战凶狂的德罗纳之子回答道:"诚如你所言,大臂的俱卢后裔啊!(1)我确实一向喜爱般度五子,我父亲也是如此。他们也很喜欢我俩。然而,在战时,情况不是这样,俱卢族魁首啊！我们将生死置之度外，尊者啊！全力以赴，无畏战斗。（2）我、迦尔纳、沙利耶王、慈悯和诃利迪迦之子（成铠）转瞬之间就能歼灭般度族军队，王中翘楚啊！（3）如果我们不上阵，俱卢族魁首啊！他们不到眨眼工夫也能消灭俱卢族军队，大臂者啊！（4）我们竭尽全力与般度族人交战，而他们也渴望与我们交锋。两强相争，力量抵消，婆罗多子孙啊！（5）因而，我要对你以实相告，只要般度五子还活着，我们就不可能很快打败般度族军队。（6）般度五子强大有力，为自身利益而战，为什么不能消灭你的军队？婆罗多子孙啊！（7）而你，国王啊！贪得无厌，欺诈成性，俱卢后裔啊！目空一切又怀疑一切，自然极不信任我们。（8）尽管如此，我依然准备为你捐弃生命，为你全力赴战，俱卢之子啊！（9）我将与敌人作战，打败各路英雄豪杰。为了使你高兴，在战斗中我将与般遮罗人、苏摩迦人、羯迦夜人以及般度五子交锋，克敌者啊！（10）今天，般遮罗人和苏摩迦人遭到我的箭火焚烧后，将会像一群遭受狮子袭击的牛，逃向四方。（11）今天，正法之子国王（坚战）和苏摩迦人在领教我的威力后，将会感到整个世界都充满马嘶。（12）正法之子坚战在战斗中目睹般遮罗人和苏摩迦人一并被杀光，将会心情沮丧。（13）那些在战斗中与我交手的人都将被我杀死，婆罗多子孙啊！因为，英雄啊！凡是撞到我臂弯里的人都别打算逃命。"（14）

　　大臂的人中翘楚对你儿子难敌说完这些话后，一心想要使你的儿子们高兴，动身奔赴战斗，令一切弓箭手胆战心惊。（15）然后，慈悯之子（马嘶）对般遮罗人和羯迦夜人说道："众位大勇士啊！全都冲着我的身体打呀！展示你们使用武器的灵巧身手，沉着迎战吧！"（16）话音刚落，众武士向德罗纳之子投去一阵武器之雨，大王啊！犹如团团乌云降雨。（17）德罗纳之子击毁这些箭矢，尔后，又在般度五子和猛光面前消灭十名英雄，主公啊！（18）那些般遮罗人和斯楞遮耶人在战斗中遭到杀戮，纷纷避开德罗纳之子，向十方逃逸。（19）

　　看到那些般遮罗和苏摩迦勇士四处逃窜，大王啊！猛光在战斗中向德罗纳之子冲去。（20）一百名身佩金饰、一往无前的英勇车兵簇拥着他，车声隆隆，犹如饱含雨水的乌云发出雷鸣。（21）目睹战士们遭到屠杀,般遮罗王子、大勇士猛光对德罗纳之子说道:(22)"愚蠢的教师之子啊!你杀死其他人有什么用?你要是条好汉,就上来跟我打,我将杀死你。现在,站在我面前别跑!"(23)

说完,威风凛凛的猛光朝着教师之子的致命部位射去利箭,婆罗多族雄牛啊!(24)这些金羽毛箭光洁锐利,足以击碎一切身躯,成排成行迅速飞来,刺入德罗纳之子的身体,宛若一群可怕的采蜜的蜜蜂,飞到一棵鲜花盛开的树上。(25)德罗纳之子被深深刺中,如同被踩了一脚的蛇,勃然大怒。然而,高傲的德罗纳之子毫不慌张,手持利箭说道:(26)"猛光啊!等一会儿,站着别动!我这就用利箭送你去阎摩府。"(27)诛灭敌雄者德罗纳之子话音刚落,就施展敏捷的身手,用阵阵箭流从四面八方覆盖水滴王之孙(猛光)。(28)在战斗中,作战凶狂的般遮罗王子被德罗纳之子的箭雨覆盖,用言语威胁德罗纳之子道:(29)"你既不了解我的身世,婆罗门啊!又不知道我的誓言。我要先杀了德罗纳,然后杀死你。愚蠢透顶的家伙啊!因此,由于德罗纳还活着,我在今天的战斗中不杀死你。(30)待到这个黑夜过去,愚蠢透顶的家伙啊!我在战斗中先杀了你父亲,再把你送到死神的世界。这就是我下定的决心。(31)你就坚持战斗吧,显示你对俱卢族忠心耿耿,与普利塔诸子不共戴天,但你休想从我手里逃生!(32)你摒弃婆罗门之道,沉湎于刹帝利之行,像你这样的再生者,就应该全民共诛之,卑鄙小人啊!"(33)

听罢水滴王之孙(猛光)这番刻毒的话,再生者翘楚勃然大怒,厉声喝道:"站住!站住!"(34)他仿佛双目喷火,怒视水滴王之孙(猛光),蛇一般咝咝喘息着,用利箭将他覆盖。(35)这位战车武士魁首身边环绕着般遮罗各路军队,王中翘楚啊!在交战中被德罗纳之子的利箭覆盖。(36)然而,大臂者毫不动摇,凭借自己的勇气,向马嘶发射各种各样的箭。(37)于是,这两位大弓箭手又怒气冲冲,在战场上以生命为赌注,互相以箭流阻击,向四面八方释放箭雨。(38)

目睹德罗纳之子与水滴王之孙(猛光)之间令人恐惧的恶战,众悉陀、遮罗纳和风行者齐声赞美。(39)两人的箭流布满天空和四面八方,造成一片昏暗,因此,不见作战双方的身影。(40)两人仿佛在战场上舞蹈,将弓拉圆,奋力搏杀,渴望战胜对方,消灭对方。(41)两位大臂者进行交锋,展示轻盈灵巧的非凡身手,博得战场上数千名优秀武士的同声喝彩。(42)看到他俩在战场上鏖战,犹如两头在森林中搏斗的野象,双方军队中响起一片喧腾的欢呼声。(43)狮子吼声四起,号角齐鸣,尊者啊!成百成千件乐器齐声奏响。(44)

在这场令懦夫恐惧倍增的激战中,似乎只有片刻时间双方势均力敌。(45)大王啊!德罗纳之子摧毁灵魂伟大的水滴王之孙(猛光)的旗幡、弓、华盖、两侧的车夫、御者和四匹马后,又展开进攻。(46)灵魂无限者(马嘶)向全体般遮罗人射去成百成千支笔直的利箭,使他们望风而逃。(47)目睹德罗纳之子创下如同婆薮之主(因陀罗)的伟大战绩,婆罗多族雄牛啊!般度族军队惊慌失措。(48)大勇士马嘶以百箭射杀百名般遮罗人,又以三支利箭杀死三位大勇士。(49)德罗纳之子在木柱王之子(猛光)和颇勒古拿(阿周那)的眼皮底下,消灭了众多排列在前的般遮罗人。(50)这些般遮罗人和斯楞遮耶人在战斗中遭到杀戮,纷纷避开德罗纳之子,到处丢车弃旗,落荒而逃。(51)大勇士德罗纳之子在战斗中击败敌人后,宛若雨季到来时的乌云,发出巨大吼声。(52)马嘶消灭众多勇士后,犹如世界末日将一切众生烧成灰烬的烈火,大放光芒。(53)威风凛凛的德罗纳之子在战斗中击败成千上万名敌人后,受到俱卢族人称颂,俨若天王诛灭群敌,光彩熠熠。(54)

以上是吉祥的《摩诃婆罗多》中《德罗纳篇》第一百三十五章(135)。

一三六

全胜说:

然后,大王啊!坚战和般度之子怖军从四面八方将德罗纳之子团团包围。(1)接着,难敌王在婆罗堕遮之孙(马嘶)的协同下,在战斗中冲向般度之子。于是,大王啊!一场令懦夫恐惧倍增的恶战开始了。(2)坚战怒气冲冲,将成群成群的安波私吒人、摩罗婆人、梵伽人、尸毗人和三穴人送往死神的世界。(3)而怖军对阿毗沙诃国和苏罗塞那国那些作战凶狂的刹帝利大肆杀伐,使大地遍布血污的泥淖。(4)国王啊!在战斗中,有冠者(阿周那)用利箭将许多约泰耶人、阿罗吒人和摩德罗人送往死神的世界。(5)许多大象遭到突如其来的铁箭猛烈袭击后,宛若一座座双峰山,轰然倒地。(6)大地到处布满砍断的象鼻,仍在抽动痉挛,好似爬满一条条蠕动的大蛇。(7)地上散落国王们丢弃的镶金华盖,犹如世界末日的天空布满日月星辰,璀璨夺目。(8)

此时,在红马驾驶的战车旁,响起一片嘈杂的呐喊声:"打呀!杀呀!别怕他,射死他,粉碎他!"(9)德罗纳愤怒至极,在战斗中使出风神法宝,如同难以抵挡的狂风驱散云彩,消灭他们。(10)遭到德罗纳杀戮,那些般遮罗人吓得望风而逃,而怖军和灵魂伟大的普利塔之子(阿周那)只能眼睁睁地看着。(11)

随后,有冠者(阿周那)和怖军率领一支庞大的车队,突然包围了你的军队。(12)狼腹(怖军)和毗跋蓰(阿周那)一左一右,两面夹击,分别向婆罗堕遮之子(德罗纳)倾泻猛烈的箭流。(13)同时,大王啊!斯楞遮耶人、般遮罗大勇士、摩差人以及苏摩迦人跟随他俩。(14)同样,你儿子的许多武艺精湛的优秀车兵,连同一支大军,也赶往德罗纳的战车那里。(15)接着,这支婆罗多族军队遭到有冠者(阿周那)杀戮,又受到黑暗和困倦的侵袭,再次崩溃。(16)尽管德罗纳和你儿子(难敌)亲自上前阻止,大王啊!也挡不住战士们逃跑。(17)这支饱受般度之子利箭折磨的大军,在世界被黑暗笼罩的时刻,朝各个方向溃逃。(18)成百成百的国王,大王啊!被恐惧压倒,在那里丢车弃马,逃往四面八方。(19)

以上是吉祥的《摩诃婆罗多》中《德罗纳篇》第一百三十六章(136)。

一二七

全胜说:

萨谛奇看见月授挥动着一张大弓,便对御者说道:"把我带到月授那里。(1)说实话,御者啊!今天若不在战斗中杀死敌人——俱卢族的卑鄙小人波力迦之子（月授），我誓不从战场上返回。"（2）于是，御者赶着那些快如思想、色似海螺、不可言状的信度骏马，驶往战场。（3）这些快速如同思想和风的骏马载着善战（萨谛奇），国王啊！犹如从前天上的马匹载着准备消灭提迭的因陀罗。（4）看到沙特婆多人（萨谛奇）在战场上向自己猛扑过来，大臂者月授不慌不忙上前迎战。（5）仿佛乌云降雨，月授泼洒阵阵箭雨，覆盖悉尼之孙（萨谛奇），俨若乌云遮住太阳。（6）而萨谛奇毫不惊慌，在交战中发射箭流，从四面八方将俱卢族雄牛覆盖，婆罗多族雄牛啊！（7）月授连射六十箭，刺中摩豆族人（萨谛奇）的胸膛，国王啊！萨谛奇也用利箭射中月授。（8）两位人中雄牛互相中箭受伤，宛若春季两棵鲜花盛开的金苏迦树，光彩夺目。（9）这两位为俱卢族和苾湿尼族增光的勇士浑身流淌鲜血，怒目相向，仿佛以目光烧灼对方。（10）这两位诛敌者乘车在战场上转圈，形象恐怖，好似两片泼洒大雨的乌云。（11）他俩遍身插箭，血肉模糊，王中之王啊！活像两只箭猪。（12）两人通体遍布金羽毛箭，国王啊！恰似雨季两棵布满萤火虫的参天大树，熠熠闪光。（13）这两位大勇士浑身是箭，在战场上放射出耀眼的光芒，一如两头愤怒的大象，全身遍布火炬。（14）

然后，大王啊！在交战中，大勇士月授用一枚半月箭击断摩豆族人（萨谛奇）的大弓。（15）他抓紧这个时机，向萨谛奇射出二十五箭，随即又迅速连发十箭。（16）而萨谛奇举起另一张更为强劲的弓，迅速向月授射去五箭。（17）接着，国王啊！萨谛奇仿佛微笑着，在交战中用另一支月牙箭射断波力迦之子（月授）的金旗幡。（18）月授看见旗帜被射落，并未张皇失措，向悉尼之孙（萨谛奇）一连发射二十五箭。（19）而愤怒的沙特婆多人（萨谛奇）也在交战中以一枚锋利的马蹄箭击断弓箭手月授的弓。（20）此刻，国王啊！月授如同一头象牙折断的大象，而萨谛奇又朝他射去一百支笔直的金羽毛箭。（21）接着，大勇士、大力士月授拿起另一张弓，用箭雨覆盖萨谛奇。（22）萨谛奇勃然大怒，在激战中向月授发射利箭，而月授也用箭网折磨萨谛奇。（23）

为了援助沙特婆多人（萨谛奇），怖军朝波力迦之子（月授）发出十箭。然而，月授毫不胆怯，又向悉尼之孙（萨谛奇）放箭。（24）

接着，为了支援沙特婆多人（萨谛奇），怖军之子也朝月授的胸膛，投去一根崭新的、坚固而可怕的铁闩。（25）眼见在激战中一根形状可怕的铁闩飞落下来，俱卢后裔（月授）仿佛微笑着，将它击为两截。（26）那根大铁闩断成两截，犹如被金刚杵劈裂的巨大山峰，坠落在地。（27）

然后，国王啊！在战斗中，萨谛奇用一支月牙箭射断月授的弓，用五支箭射破皮护指。（28）他又连发四箭，迅速将四匹骏马送到死神身旁，婆罗多子孙啊！（29）战车武士猛虎、悉尼族雄牛微微一笑，以一支弯头月牙箭取下车夫身上的头颅。（30）尔后，国王啊！沙特婆多人（萨谛奇）又放出一支在石头上磨尖的金羽毛箭，宛若熊熊烈火，极其可怕。（31）主公啊！大力士悉尼之孙（萨谛奇）射出这支可怕的利箭，迅速落到他的胸口上，婆罗多子孙啊！（32）大勇士、大臂者月授被大力士沙特婆多人（萨谛奇）深深射中，倒地身亡。（33）

目睹月授在那里被杀死，众多大勇士放出密集箭雨，纷纷向善战（萨谛奇）冲去。（34）看到善战（萨谛奇）被利箭覆盖，坚战率一支大军冲向德罗纳的军队。（35）随后，愤怒的坚战在婆罗堕遮之子（德罗纳）眼前，用利箭击溃你的大军。（36）眼见坚战击溃军队，德罗纳气得双眼血红，迅猛冲上前去。（37）他向普利塔之子（坚战）射去七支利箭。而这位大臂者自己也被深深射中。随即，他舔着嘴角，射断坚战的旗帜和弓。（38）那王中翘楚的弓被射断，他抓紧时间，迅速拿起另一张坚固的弓。（39）国王旋即冲着德罗纳及其马匹、车夫、旗幡和战车射出上千支箭，仿佛是个奇迹。（40）德罗纳遭到箭的猛烈打击，瞬间痛苦不堪，瘫倒在车座上，婆罗多族魁首啊！（41）瞬间过后，再生者翘楚恢复知觉，勃然大怒，使出风神法宝。（42）然而，英勇的普利塔之子毫不慌张，拉开弓，在交战中用法宝镇住那件法宝，婆罗多子孙啊！（43）

尔后，婆薮提婆之子（黑天）对贡蒂之子坚战说道："大臂者坚战啊！听我对你说。（44）停止同德罗纳作战，婆罗多族魁首啊！因为德罗纳一直力图在战斗中俘获你，（45）所以，我认为，你与他作战不合适。那个为消灭他而生的人，明天将要杀死他。（46）抛开教师吧！前往难敌王那里。在那里，战车武士之虎怖军正与俱卢族人交战。"（47）听了婆薮提婆之子（黑天）的话，法王坚战对眼前酷烈的战斗略作思索。（48）随后，他迅速前往杀敌者怖军鏖战正酣的地方。在那里，他大肆杀戮你的将士们，一如死神张开大口。（49）车声隆隆，震撼大地，犹如夏末时节，云中雷鸣响彻十方。（50）般度之子（坚战）为正在杀敌的怖军作后盾，而德罗纳也趁着夜色，歼灭般度族和般遮罗人。（51）

以上是吉祥的《摩诃婆罗多》中《德罗纳篇》第一百三十七章（137）。

一三八

全胜说：

这场令人毛骨悚然的恶战正在进行，世界笼罩在黑暗和尘土中，大地之主啊！战士们站在战场上，彼此不能看清。（1）他们凭借姓名判断，杀死人、马和象，进行这场令人毛发直竖的血腥大战。（2）双方的英雄们，德罗纳、迦尔纳和慈悯，怖军、水滴王之孙（猛光）和萨谛奇，相互袭扰，打击对方的军队，王中魁首啊！（3）在黑暗和尘土中，军队处处遭到这些大勇士的杀戮，逃向四面八方。（4）这些战士惊慌失措，四处逃窜，大王啊！在战斗中一面仓皇奔逃，一面惨遭杀戮。（5）在战斗中，成千成千的大勇士相互残杀。在黑暗中，他们失去视觉，懵懵懂懂，这都是你儿子的失策所致。（6）在这黑暗笼罩的战场上，婆罗多子孙啊！别说是全体战士，就连军队的首领们也都晕头转向。（7）

持国说：

他们陷入浓重的黑暗中，受到般度族人袭扰，威风扫地，这时，你们的心情怎样？（8）世界笼罩在黑暗之中，全胜啊！敌军和我军如何重现身影？（9）

全胜说：

然后，难敌命令各路军队统帅将所有的残存部队重新布阵。（10）在这个夜晚，德罗纳打前锋，沙利耶王殿后，德罗纳之子和妙力之子

（沙恭尼）列阵两翼，国王啊！而国王亲自负责保卫全军。（11）国王啊！难敌和颜悦色地对成群结队的步兵们说："把你们的精良武器统统放下，大家都手举点燃的灯炬。"（12）听到王中翘楚的命令，他们高兴地举起灯炬。于是，那支军队在夜色中，在火光的照耀下，再次变得清晰明亮。（13）所有这些排列有序的灯炬刹那间照亮军队，连同那些贵重的神奇饰物和飞落的闪光兵器。（14）于是，步兵们手中的灯火照耀着整个军队，宛如夜空中层层乌云被道道闪电照亮。（15）就这样，军队被照亮，王中之王啊！德罗纳身披金甲，如熊熊烈火，光焰四射；似正午骄阳，灿灿放光。（16）此时，火光映照在那些金首饰、纯金箭筒和光洁的兵器上。（17）火光也映照在铁杵、投石器、闪光的铁卂和战车的标枪上，阿阇弥吒后裔啊！不断产生新的火光。（18）那里，华盖、拂尘、大火炬和金花环纷纷晃动着，国王啊！熠熠放光。（19）于是，在各种兵器和饰物发出的光芒以及无数灯光的照耀下，人中之主啊！这支军队显得更加光辉灿烂。（20）那里，英雄们掷出的一件件磨亮的杀人武器，沾满鲜血，闪发出一束束夺目光芒，俨若夏末天空中一道道闪电。（21）将士们快速冲锋，迅猛杀敌，身体颤动，面庞犹如在风中摇曳不停的大莲花。（22）仿佛大森林中燃起熊熊大火，太阳黯然失色，同样，婆罗多子孙啊！你的军队在各种光束的照耀下，显得极其恐怖。（23）

看到我军被灯光照亮，普利塔诸子立即下令，让那些步兵在所有军队中点燃灯炬。（24）于是，他们在每头大象身上放置七盏灯，每辆战车十盏，每匹马背两盏。此外，还放置在战车两翼和尾部以及旗幡上。（25）他们又在整个军队的左右两侧、前后两头、中间和周围布置了大批手擎灯火的战士。接着，两军的人员开始行动。（26）在所有军队中，众多步兵与无数象兵、车兵和骑兵混编在一起，另有一些人站在中间，手执点燃的灯火照亮般度之子的军队。（27）在这支光芒四射的军队的辉映下，你那流光溢彩的军队更加光辉夺目，恰似熊熊烈火在灿烂阳光的照耀下，更为光焰灼人。（28）两军的光芒普照天空、大地和四面八方，明亮的光辉使得你的军队和他们的军队更为清晰可见。（29）那直射天空的光芒惊动了所有天神、健达缚、药叉、阿修罗、悉陀和天女，国王啊！他们一同前来。（30）由于汇聚

第七　德罗纳篇

了大批大批的天神、健达缚、药叉、阿修罗王、天女以及成群成群的正要升天的阵亡英雄，战场看上去犹似天界。（31）

大军中布满车、马和象，在灯光的照耀下，到处都是愤怒的战士，倒毙的或狂奔的马匹。排列着车、马和象的大军如同天神和阿修罗的军队阵容。（32）在夜色中，众国王之间的战斗激烈展开，纷飞的标枪是阵阵狂风，硕大的战车组成团团乌云，车马的声响构成雷鸣，各式兵器是滂沱大雨，鲜血则汇成滚滚洪流。（33）在这场战斗中，灵魂伟大的婆罗门魁首德罗纳像一团大火，烧灼般度族人，恰似雨季末的正午骄阳，用炽烈的阳光灼烤万物，人中因陀罗啊！（34）

以上是吉祥的《摩诃婆罗多》中《德罗纳篇》第一百三十八章（138）。

一三九

全胜说：

烟尘滚滚、漆黑一团的世界重现光明后，英雄们相互进攻，渴望杀死对方。（1）他们手持标枪、利剑和其他兵器，在战场上遭遇后，国王啊！互相瞪视，充满仇恨。（2）四面八方被成千成千盏灯照亮，大地宛若群星璀璨的夜空，婆罗多子孙啊！（3）在成百成百燃烧的火把照耀下，战场好似世界毁灭时遭火焚烧的大地。（4）各个方向都被无处不在的灯火照亮，仿佛雨季之夜布满萤火虫的树林。（5）接着，各路人马纷纷投入战斗，英雄与英雄交手，大象与大象较量，骑兵与骑兵交锋。（6）在你儿子的命令下，在这恐怖的夜晚，车兵兴奋地与优秀的车兵交战。（7）尔后，大王啊！阿周那迅速地驱散俱卢族军队，歼灭众国王。（8）

持国说：

难以战胜者（阿周那）忍无可忍，怒气冲冲地闯入我儿子的军队时，你们的心情怎样？（9）这位克敌者闯入我军时，将士们想些什么？而难敌想要采取什么应急措施？（10）在战斗中，哪些人冲到这位克敌制胜的英雄面前？哪些人护卫德罗纳的右轮？哪些人护卫左轮？（11）这位英雄在战场上歼灭敌人，哪些英雄担任他的后卫？哪些英雄担任他的前锋?(12)这位不可战胜的大弓箭手、英勇的人中之虎冲入般遮罗人中。他随着战车前进,仿佛在舞蹈。(13)愤怒的德罗纳如同烈火,用利箭焚毁成群的般遮罗车兵,怎么会走向死亡?(14)你总是说敌人沉着冷静,不可战胜,而一提到我的车兵们在战斗中的表现,则是遭到杀戮,垂头丧气,溃散而逃,失去战车。(15)

全胜说:

这个夜晚,难敌明白德罗纳求战心切,大王啊!就对惟命是从的弟弟们发话。(16)他们是毗迦尔纳、大臂者奇军、难袭、长臂以及他们的随从。(17)他说:"众位大勇士,你们要尽力做好德罗纳的后卫。诃利迪迦之子保护右轮,沙利耶王保护左轮。"(18)接着,你的儿子又命令三穴国所有幸存的大勇士为德罗纳打前锋,说道:(19)"师父在奋力战斗,般度五子也在奋力战斗。师父在战场上杀敌时,你们一定要竭尽全力保护他。(20)大力士德罗纳作战身手敏捷,英勇超群,甚至能战胜众天神,更不用提普利塔诸子以及苏摩迦人。(21)众位大勇士啊!你们要齐心协力,千方百计保护德罗纳,使他免遭般遮罗大勇士猛光的毒手。(22)在般度族军队中,除了猛光,我还没有看出哪位武士能够战胜德罗纳,众位国王啊!(23)我认为,只要我们全心全意保护好这位婆罗堕遮之子(德罗纳),他定将消灭苏摩迦人和斯楞遮耶人及其国王们。(24)一旦把位于军队阵前的斯楞遮耶人全部歼灭,德罗纳之子无疑会在战斗中灭掉猛光。(25)同样,大勇士迦尔纳将在战斗中击败阿周那,而我也将披挂上阵,战胜怖军。(26)这样,显而易见,我的胜利将会地久天长。为此,你们必须在战斗中保护好德罗纳,众位大勇士啊!"(27)

如是言毕,婆罗多族魁首啊!你的儿子难敌在那个恐怖的黑夜向军队发号施令。(28)于是,在夜色中,婆罗多族雄牛啊!在渴望胜利的两军之间爆发了那场可怕的大战。(29)阿周那向俱卢族军队投掷各种兵器,俱卢族人也向阿周那投掷各种兵器,互相打击。(30)在战斗中,婆罗堕遮之子(德罗纳)和德罗纳之子分别用笔直的箭覆盖斯楞遮耶人和般遮罗王。(31)般度族和般遮罗军队与俱卢族人相互残杀时,尊者啊!响起可怕的吼声。(32)这一夜发生的战斗如此

血腥恐怖，其惨烈程度不论我们还是先人都前所未见。（33）

以上是吉祥的《摩诃婆罗多》中《德罗纳篇》第一百三十九章（139）。

一四〇

全胜说：

这场灭绝一切众生的残酷夜战正在进行，民众之主啊！正法之子坚战（1）对般度族人、般遮罗人和苏摩迦人说道："冲向德罗纳，发起进攻，一定要杀死他！"（2）在国王的命令下，国王啊！这些般遮罗人和苏摩迦人纷纷发出可怕的吼声，向德罗纳扑去。（3）我们也怒不可遏，拼足勇气，竭尽全力，高声呐喊，冲上前去迎战。（4）

看到坚战冲向德罗纳，一心要杀死他，诃利迪迦之子成铠向坚战扑去，犹如一头春情发动的大象扑向另一头。（5）悉尼之孙（萨谛奇）朝四面八方泼洒箭雨，国王啊！位于阵前的俱卢后裔普利向他冲去。（6）般度之子大勇士偕天想要接近德罗纳，冲向前来，国王啊！日神之子迦尔纳截住他。（7）怖军俨若张开大口的死神，冲了过来，难敌亲自出阵，上前迎战。（8）妙力之子沙恭尼，国王啊！迅速拦截精通一切武艺的优秀武士无种。（9）杰出的战车武士束发乘车冲了过来，国王啊！有年之子慈悯在战斗中将他阻挡。（10）向山乘着孔雀般的骏马驾驶的战车奋力冲来，大王啊！难降奋力将其阻拦。（11）精通百种幻术的怖军之子（瓶首）冲了过来，为了维护父亲的荣誉，马嘶上前阻击。（12）大勇士木柱王率领军队和扈从，一心要抓获德罗纳，牛军在战斗中拦截他。（13）毗罗吒猛冲过来，想要杀死德罗纳。摩德罗王勃然大怒，将其阻挡，婆罗多子孙啊！（14）在战斗中，无种之子百军猛扑过来，企图杀死德罗纳，奇军立即用利箭阻截他。（15）接着，武士魁首大勇士阿周那冲了过来，大王啊！罗刹王指掌将他拦截。（16）同样，大弓箭手德罗纳在战斗中兴奋地杀敌，般遮罗王子猛光上前阻截。（17）般度五子的其他大勇士也展开攻势，国王啊！而你的战车武士们给予有力的阻击。（18）

在大战中，但见成百成千的象兵迅速冲向象兵，激烈交战。（19）在这夜半时分，国王啊！但见许多骏马奔驰，相互冲击，犹如一座座带翼的山峰。（20）骑兵们手持标枪、梭镖和宝剑展开交锋，大王啊！各自发出吼声。（21）在那里，大群大群的人遭遇之后，展开混战，以棒槌、铁杵以及其他各式兵器打击对方。（22）

此时，诃利迪迦之子成铠怀着满腔怒火，挡住正法之子坚战，俨若海岸挡住波涛汹涌的大海。（23）而坚战先向诃利迪迦之子（成铠）射去五箭，接着又连发二十箭，喝道："站住！站住！"（24）成铠勃然大怒，尊者啊！以一支月牙箭射断正法之子（坚战）的弓，又向他一连射去七箭。（25）正法之子坚战立即举起另一张弓，以十箭射中诃利迪迦之子（成铠）的双臂和胸口。（26）尊者啊！这位摩豆族人在交战中被正法之子（坚战）射中，浑身颤抖，气急败坏地射出七箭。（27）普利塔之子射断他的弓，射破他的皮护指，国王啊！又一连发出五支在石头上磨尖的利箭。（28）这些利箭穿透他那昂贵的镶金铠甲后，扎入地里，犹如五条凶猛的蛇钻入蚁垤。（29）然而，转瞬之间，他又拿起一张弓，朝般度之子接连射去六十支箭，又向车夫射去九支。（30）灵魂无限的般度之子把大弓放在车上，婆罗多族魁首啊！投出一支蛇一般的标枪。（31）般度之子掷出的这支镶金大标枪穿透成铠的右臂，插入地面。（32）与此同时，普利塔之子重新拿起弓，用许多笔直的箭覆盖诃利迪迦之子（成铠）。（33）

尔后，在战斗中，这位英雄、苾湿尼族最杰出的战车武士用不足一眨眼的工夫，使坚战失去马匹、车夫和战车。（34）接着，般度长子在交战中举起剑和盾，而摩豆族人（成铠）用利箭将它们击毁。（35）然后，在战斗中坚战又拿起一支威力无比的金杆长矛，飞快地向诃利迪迦之子（成铠）投去。（36）眼见正法之子（坚战）手中掷出的长矛迅猛飞来，手疾眼快的诃利迪迦之子（成铠）仿佛微笑着，将它击为两段。（37）接着，在战场上，成铠怒气冲冲，向正法之子（坚战）泼洒上百支箭，用许多利箭射穿他的铠甲。（38）灵魂伟大者的铠甲被诃利迪迦之子（成铠）的箭射碎后，国王啊！宛若自天而降的无数星斗，洒落战场。（39）正法之子坚战在利箭的打击下，弓折车毁，铠甲破碎，立即撤离战场。（40）而大力士成铠击败正法之子坚战以后，继续护卫德罗纳的车轮。（41）

以上是吉祥的《摩诃婆罗多》中《德罗纳篇》第一百四十章(140)。

第七　德罗纳篇

一四一

全胜说：

在战斗中，国王啊！普利拦住冲上前来的战车武士魁首悉尼之孙（萨谛奇），犹如拦住一头前来饮水的大象。（1）萨谛奇勃然大怒，冲着他的心口连发五支利箭，使他顿时鲜血流淌。（2）同样，在交战中，俱卢后裔（普利）也向作战凶狂的悉尼之孙（萨谛奇）一连射去十支利箭，击中胸口。（3）大王啊！他俩怒气冲冲，双眼血红，挽弓放箭，竭力射伤对方。（4）大王啊！两人愤怒地泼洒猛烈的武器之雨，仿佛阎摩和死神互相放箭。（5）两人在交战中对峙，用箭雨覆盖对方，国王啊！似乎一时难分高下。（6）尔后，大王啊！愤怒的悉尼之孙（萨谛奇）仿佛笑着，在战斗中射断灵魂伟大的俱卢后裔的弓。（7）接着，他又迅速朝这位折弓者连发九支利箭，射中心口，喝道："站住！站住！"（8）那位克敌者被大力士敌手深深射中后，拿起另一张弓，对沙特婆多人（萨谛奇）予以回击。（9）他以三箭射中沙特婆多人后，民众之主啊！仿佛笑着，又用一支锐利的月牙箭射断他的弓。（10）弓被射断，大王啊！萨谛奇气得发昏，朝着他宽阔的胸膛投去一支威力强大的标枪。（11）他的身体被标枪刺穿后，从上等战车上跌落，仿佛一颗光焰闪耀的流星恰巧自天而降。（12）

目睹这位英雄被杀，大勇士马嘶在战斗中向悉尼之孙（萨谛奇）猛扑过去，泼洒箭流，俨如乌云向弥卢山倾泻大雨。（13）看到他满腔愤怒，扑向悉尼之孙（萨谛奇）的战车，国王啊！大勇士瓶首冲他高声吼道：（14）"站住！站住！德罗纳之子啊！你今天休想活着逃出我的手心！我要杀了你，就像室建陀王杀死牛魔王摩希舍。今天，我将在战场上摧毁你的战斗信心。"（15）言毕，诛灭敌方英雄的罗刹怒睁着红铜色的双眼，冲向德罗纳之子，恰似雄狮扑向象王。（16）瓶首往战车武士雄牛德罗纳之子身上倾泻车轴一般的箭矢，犹如乌云降下倾盆大雨。（17）然而，德罗纳之子撇嘴一笑，在交战中用毒蛇般的利箭，迅速击毁飞到面前的这阵箭雨。（18）接着，他又向罗刹王瓶首射去成百成百支快速而锋利的箭矢，支支射中要害，克敌者啊！（19）那罗刹遍体插箭，立于阵前，大王啊！宛若一只浑身是刺的豪猪。（20）

尔后，威风凛凛的怖军之子满腔愤怒，用许多挟带雷鸣的利箭，射向德罗纳之子。（21）他放出马蹄箭、半月箭、铁箭、蛙嘴箭、猪耳箭、莲花箭，还有锋利的无耳箭。（22）那无与伦比的武器之雨不断袭来，挟着雷鸣般的声响，而愤怒的德罗纳之子毫不惊慌。（23）这位大光辉者使出念过咒语的神奇武器，以许多可怕的利箭摧毁那难以抗衡的武器之雨，宛若大风驱散漫天乌云。（24）于是，大王啊！天空中似乎展开另一场骇人的箭流大战，令战士们欢欣鼓舞。（25）无数武器碰撞，火星四溅，夜空中仿佛布满萤火虫，流光溢彩。（26）为了取悦你的儿子们，德罗纳之子向罗刹泼洒无数箭矢，覆盖四面八方。（27）就这样，在这夜色浓重的夜半时分，德罗纳之子与罗刹展开一场大战，恰似天帝释与波罗诃罗陀交战。（28）

尔后，瓶首怒不可遏，在交锋中向德罗纳之子连射十箭，如同世界末日的烈火，射中胸部。（29）大力士德罗纳之子在战斗中被罗刹射出的箭击中，站立不稳，犹如一棵大树在风中摇摇晃晃。他靠在旗杆上，昏厥过去。（30）然后，国王啊！你方全军上下，发出一片"啊！啊！"的惊叫声，以为他已经被杀死，民众之主啊！（31）看到马嘶的这种状况，般遮罗人和斯楞遮耶人发出狮子吼。（32）尔后，折磨敌人的大力士马嘶恢复知觉，用左手拉开弓。（33）他将弓拉至耳畔，瞄准瓶首，迅速射出一支俨若阎摩刑杖的可怕利箭。（34）这支上等的羽毛箭迅猛有力，穿透罗刹的心口，钻入地里，大地之主啊！（35）大王啊！这位力量强大的罗刹王被崇尚战斗的德罗纳之子深深射中，瘫倒在车座上。（36）看见希丁芭之子昏迷不醒，车夫十分慌张，立即驱车从德罗纳之子的面前逃离战场。（37）就这样，大力士德罗纳之子在战斗中击伤罗刹王瓶首，随后，发出大声吼叫。（38）他受到你的儿子们和全体武士的交口称颂，婆罗多子孙啊！全身上下犹如正午的骄阳，熠熠放光。（39）

怖军正在攻打婆罗堕遮之子（德罗纳）的战车，难敌王亲自向他发射利箭。（40）怖军向他连发九箭，尊者啊！难敌以二十箭予以回击。(41) 在战场上，只见他俩都被箭矢覆盖，仿佛天空中日月双辉被漫天乌云遮蔽。(42) 此时，难敌王向怖军射去五支羽毛箭，婆罗多族魁首啊！喝道："站住！站住！"(43) 怖军用九箭击断他的弓和旗帜，又向俱卢族魁首一连射去九十支笔直的箭。(44) 于是，难敌勃然大怒，尊者啊！在全体弓箭手眼前，国王啊！向怖军发射利箭。(45) 怖军击毁从难敌弓中发出的那些箭，又向俱卢后裔接连射去二十五支小头箭。(46) 难敌气急败坏，尊者啊！以一支马蹄箭射断怖军的弓，又用十箭还击。(47) 大力士怖军立即拿起另一张弓，迅速向国王射去七支锋利的箭。(48) 就是这张弓也迅即被身手敏捷的难敌射断。同样，第二、第三、第四、第五张弓也被射断。(49) 大王啊！只要怖军拿起一张新弓，马上就被击断。大王啊！你的儿子确乎是胜利在望，十分凶狂。(50)

看到自己的弓接二连三被击断，怖军在激战中投出一支通体铁制、闪闪发光的标枪。(51) 而当着灵魂伟大的怖军和所有人的面，俱卢后裔将这支尚未飞到的标枪击为三截。(52) 然后，大王啊！怖军挥舞一根光辉夺目的沉重铁杵，猛力掷向难敌的战车。(53) 在这一回合中，这突如其来的沉重铁杵砸死了你儿子的马匹和车夫，婆罗多族雄牛啊！(54) 而你的儿子，王中之王啊！跳下镶金战车，迅速登上灵魂伟大的南陀迦的战车。(55)

怖军以为你的大勇士儿子已被杀死，便发出巨大的狮子吼，仿佛威吓俱卢族人。(56) 你方众将士也认为国王已经遇害，从四面八方纷纷发出"啊！啊！"的哀号声。(57) 听到所有将士惊恐的叫声，又听到灵魂伟大的怖军的吼声，国王啊！(58) 坚战王也以为难敌已被杀死，迅速前往普利塔之子狼腹（怖军）那里。(59) 般遮罗人、羯迦夜人、摩差人和斯楞遮耶人，民众之主啊！则纷纷冲向德罗纳，渴望与他交战。(60) 于是，在那里，在德罗纳与敌人之间，又爆发一场惨烈的大战，双方互相残杀，淹没在恐怖的黑暗中。(61)

以上是吉祥的《摩诃婆罗多》中《德罗纳篇》第一百四十一章(141)。

一四二

全胜说：

偕天冲上前来，企图靠近德罗纳，民众之主啊！日神之子迦尔纳在战斗中阻截他，婆罗多子孙啊！（1）偕天向罗陀之子（迦尔纳）连发九箭，接着又向他射去十支笔直的利箭。（2）迦尔纳身手敏捷，立即用上百支笔直的箭还击，射断他的弓弦和弓。（3）于是，威武的玛德利之子拿起另一张弓，朝迦尔纳连发二十箭，仿佛是奇迹。（4）迦尔纳以多支笔直的箭射死他的马匹，又迅速用一支月牙箭将他的车夫送往阎摩殿。（5）失去战车的偕天举起剑和盾，迦尔纳仿佛笑了笑，又以箭矢将它们摧毁。（6）然后，在交锋中，偕天向日神之子（迦尔纳）的战车投去一根镶金铁杵，又大又沉，极其可怕。（7）偕天掷出的那根铁杵突然袭来，迦尔纳用利箭阻击，将其射落于地。（8）一看铁杵被击落，偕天立刻向迦尔纳投去一支标枪，也被他用箭击断。（9）于是，偕天慌慌张张，急忙跳下优等的战车，大王啊！看到迦尔纳站在那里，便抓起一只车轮向升车之子（迦尔纳）扔去。（10）那车轮疾飞而来，犹如死神高举的飞轮，车夫之子（迦尔纳）射出数千支箭，将其击毁。（11）目睹车轮被这位灵魂伟大者摧毁，自己又被利箭阻遏，偕天弃战而去。（12）

婆罗多族雄牛啊！罗陀之子（迦尔纳）紧追了偕天一会儿，民众之主啊！笑着对偕天说：（13）"英雄啊！在战场上别与比你优秀的战车武士作战，玛德利之子啊！去与你差不多的人交战吧！不要怀疑我的话。"（14）他用弓端戳着偕天，又说："那边，阿周那正在战场上与俱卢族人奋力拼杀。你去他那里吧！玛德利之子啊！或者，若你愿意，也可以回家。"（15）如是言毕，战车武士魁首迦尔纳仿佛微笑着，乘车向般遮罗人和般度族军队进发。（16）大勇士杀敌者（迦尔纳）信守诺言，虽然得到杀掉玛德利之子（偕天）的机会，国王啊！但想起贡蒂的话，就未在战斗中杀死他。（17）国王啊！偕天饱受迦尔纳的利箭和语言投枪的折磨，灰心丧气，对生活悲观失望。（18）

接着，在战斗中，大勇士又迅速登上灵魂伟大的般遮罗王子镇群的战车。（19）

毗罗吒持弓率军向德罗纳猛扑过去，摩德罗王用箭流覆盖他。（20）在战场上，两位勇猛的弓箭手展开一场战斗，国王啊！一如昔日瞻婆和婆薮之主（因陀罗）交战。（21）大王啊！摩德罗王迅速向军队统帅毗罗吒射出上百支笔直的利箭。（22）国王立即反击，先向他射去九支利箭，接着又放出七十三箭，后来又连发百箭。（23）在交战中，摩德罗王杀死他的四匹驾车的马，又将车夫和旗幡从车上射下。（24）大勇士迅速跳下马匹倒毙的战车，站在地上，挽弓放出许多利箭。（25）百军看到兄弟马匹被杀，当着众人的面，驱车疾驰而来。（26）看到百军在大战中冲了过来，摩德罗王立刻射出许多支箭，将他送往阎摩府。（27）在这位英雄阵亡之际，优秀的战车武士毗罗吒迅速登上那辆旗幡飘扬的战车。（28）尔后，他圆睁双目，因愤怒而勇气倍增，用羽毛箭迅速覆盖摩德罗王的战车。（29）摩德罗王勃然大怒，用上百支笔直的箭，猛力射中军队统帅毗罗吒的胸口。（30）毗罗吒被深深击中，大王啊！瘫倒在车座上，陷入深度昏迷，婆罗多族雄牛啊！车夫载着身负箭伤的他撤离战斗。（31）接着，婆罗多子孙啊！在夜晚，在战斗英雄沙利耶王成百成百利箭的杀戮下，那支大军四处逃遁。（32）

看见那支军队四散而逃，王中之王啊！婆薮提婆之子（黑天）和胜财（阿周那）马上前往沙利耶王所在的地方。（33）而罗刹王指掌驱策一辆优异的八轮战车，国王啊！上前迎战他俩。（34）这辆可怕的巨大战车用黑铁制成，由形象骇人的马面毕舍遮驾驭，车上飘着血淋淋的旗帜，装饰血红的花环，覆盖熊皮。（35）高耸的旗帜顶端栖着一只兀鹰王，双目圆睁，两翼色彩斑斓，发出凄厉的叫声，令人毛骨悚然。（36）那罗刹犹如一堆裂开的黑眼膏，国王啊！挡住阿周那的去路，恰似山王挡住飓风，国王啊！向阿周那劈头盖脸，泼洒成百成百支箭。（37）一场人与罗刹的激烈战斗在战场上展开，令全体旁观者兴奋不已，婆罗多族雄牛啊！（38）阿周那向他连射上百支羽毛箭，又以九支利箭击断高耸的旗幡。（39）接着，阿周那以三箭杀死车夫，以三箭击断三旗杆，以一箭射断弓，又以四箭杀死四匹马。丧失战车的指掌举起一柄宝剑,也被阿周那一箭射为两半。(40)然后,普利塔之子又向罗刹王射去四支锋利的箭,婆罗多族雄牛啊!他被射中后,吓得落荒而逃。(41)

　　阿周那将他打败后,立即前往德罗纳那里,国王啊!一路向人、马和象放箭无数。(42)在声名显赫的般度之子杀戮下,大王啊!战士们俨若被狂风摧折的树木,纷纷倒地。(43)你儿子们的军队被灵魂伟大的颇勒古拿(阿周那)击溃,四散而逃,民众之主啊!(44)

　　以上是吉祥的《摩诃婆罗多》中《德罗纳篇》第一百四十二章(142)。

一四三

全胜说:

　　百军快速放箭,袭击你军,你儿子奇军上前拦截,婆罗多子孙啊!(1)无种之子(百军)猛力向奇军射去一支铁箭,而他以十支利箭还击。(2)在交战中,大王啊!奇军又冲着百军的胸口射出九支利箭。(3)无种之子用笔直的利箭,将他的铠甲从身上射落,这简直是奇迹。(4)你儿子失去铠甲,国王啊!愈加光彩照人,王中之王啊!宛若一条适时蜕皮的蛇。(5)接着,大王啊!在交锋中,无种之子又用利箭射断奋力厮杀者(奇军)的旗帜和弓。(6)这位在激战中丢甲折弓的大勇士,大王啊!抓起另一张粉碎敌人的大弓。(7)接着,在战斗中,愤怒的婆罗多族大勇士奇军迅速向无种之子射出九箭。(8)而人中翘楚百军于盛怒之下,尊者啊!杀死奇军的四匹马和车夫。(9)强壮有力的大勇士奇军纵身跳下战车,向无种之子连射二十五箭。(10)他正忙着放箭,无种之子在战斗中用一支半月箭,射断镶嵌宝石的弓。(11)他弓断车毁,马匹和车夫毙命,便迅速登上灵魂伟大的诃利迪迦之子(成铠)的战车。(12)

　　大勇士木柱王率领军队,企图靠近德罗纳,牛军一边发射成百成百支箭,一边飞快向他冲去。(13)在交战中,祭军(木柱王)向大勇士迦尔纳之子(牛军)连放六十箭,射中双臂和胸膛,无瑕者啊!(14)牛军怒不可遏,向站在战车上的祭军射出许多利箭,击中胸口。(15)他俩在交锋中都被对方的利箭刺中,遍体插箭,大王啊!犹如两只浑身带刺的豪猪,光彩熠熠。(16)在大战中,两人都被笔直飞行的金羽毛箭射得铠甲破碎,浑身鲜血流淌,光辉夺目。(17)两人在战场上,仿佛两棵金光灿烂的如意神树,又好似两株鲜花盛开的金苏迦树。(18)然后,国王啊!牛军向木柱王射出九箭,又连射七十箭,再射出三箭。(19)接着,迦尔纳之子放出成千上万支箭,大王啊!好似乌云降雨。(20)于是,在恐怖的深夜,国王啊!木柱王的军队被利箭射得铠甲破裂,在战场上仓皇逃窜。(21)四面八方都是他们丢弃的闪闪发光的灯炬,国王啊!大地宛若晴朗无云、星光灿烂的夜空。(22)大地上散落着许多臂钏,大王啊!犹如雨季时节乌云携带一道道闪电。(23)

随后,苏摩迦人惧怕迦尔纳之子,纷纷逃跑,恰似在那场达罗迦引起的战争①中,众檀那婆惧怕因陀罗,惶恐不安。(24)苏摩迦人在战斗中不堪他的打击,四处溃逃,在灯光的照耀下,大王啊!十分显眼。(25)迦尔纳之子在战斗中击败他们后,俨若中午的太阳,光辉夺目,婆罗多子孙啊!(26)在你方与敌方数千名王族武士中,只有威风凛凛的牛军一人站在那里,大放光彩。(27)他战胜众位苏摩迦大勇士后,立即前往坚战王所在的地方。(28)

向山怒气冲冲地在战场上歼敌,你儿子大勇士难降向他冲去。(29)他俩展开的那场交锋,国王啊!美妙神奇,如同万里无云的晴空中,水星与太白金星遭遇。(30)向山在战场上艰苦奋战,难降用三箭射中他的前额。(31)这位大臂者被你持弓的大力士儿子狠狠射中后,犹如峰顶高耸的山岭,光彩熠熠。(32)而大勇士向山在交战中先是以九箭,继而以七箭射中难降。(33)在那里,婆罗多子孙啊!你儿子建立了难以建立的功绩,放出猛箭将向山的马匹射翻。(34)他又以一支月牙箭,射倒这位弓箭手的车夫和旗幡,国王啊!又将战车射碎成百块。(35)随后,主公啊!在盛怒之下,他又用笔直的箭将旗帜、箭囊、马勒和马具统统击得粉碎。(36)那以法为魂者虽然丧失战车,却依旧手持战弓,岿然挺立,与你儿子搏杀,

---

① 指为了解救毗诃婆提之妻达罗迦,在神魔之间展开的那场战争。

放箭无数。(37)难降身手敏捷,用一支马蹄箭射断他的弓,又连发十支月牙箭折磨这位断弓者。(38)

看到他失去战车,他的大勇士兄弟们率领大军迅速赶来。(39)然后,他跳上子月的辉煌战车,抓起一张弓,大王啊!向你儿子射箭。(40)接着,你方众武士在大军的簇拥下冲了过来,在战斗中将你儿子团团围住。(41)于是,婆罗多子孙啊!在阴森的夜半时分,你方与敌方之间展开一场大战,为阎摩王国增添人口。(42)

以上是吉祥的《摩诃婆罗多》中《德罗纳篇》第一百四十三章(143)。

一四四

全胜说:

无种在战斗中迅猛歼灭你的军队,妙力之子(沙恭尼)愤怒地冲上前去,喝道:"站住!站住!"(1)仇人相见,分外眼红,这两位英雄都急切要杀死对方,拉圆弓互射利箭。(2)妙力之子(沙恭尼)迅疾发射箭雨,国王啊!无种也在激战中展示娴熟的武艺。(3)在战斗中,这两位勇士布满箭刺,大王啊!宛若两株长满尖刺的木棉树,光彩照人。(4)国王啊!他们两人怒目圆睁,双眼血红,侧目相视,恨不得眼中喷火焚毁对方。(5)你的妻弟怒不可遏,仿佛微笑着,用一支锋利的倒钩箭射中玛德利之子的心口。(6)无种被你那执弓的妻弟重重击伤后,瘫倒在车座上,晕厥过去。(7)看到不共戴天又不可一世的宿敌陷此绝境,国王啊!沙恭尼犹如夏末的乌云,发出雷鸣般的吼声。(8)随后,般度之子无种恢复知觉,犹如大口洞开的死神,再次冲向妙力之子(沙恭尼)。(9)他满腔愤怒,冲着沙恭尼连发六十箭。接着,婆罗多族雄牛啊!又朝胸口连射一百支铁箭。(10)然后,他射断带箭之弓的握弓部位,又迅速将旗幡从战车上射断落地。(11)沙恭尼遭此重创,大王啊!瘫倒在车座上。车夫看见你妻弟失去知觉,倒了下去,无瑕者啊!迅速驾车载着他从军队前面驶离。(12)于是,普利塔诸子及其随从们发出欢呼。镇伏敌人的无种在战斗中击败敌人后,怒气冲冲地对车夫说:"送我去德罗纳的军队!"(13)听

到睿智的玛德利之子的话，国王啊！车夫把他送往德罗纳正在拼杀的战场。（14）

在战斗中，束发企图靠近德罗纳，民众之主啊！有年之子慈悯立即奋力冲上前去。（15）看到乔答摩（慈悯）赶到德罗纳身旁，束发仿佛微笑着，向这位克敌者射出九支月牙箭。（16）为了使你的儿子们高兴，大王啊！教师先冲他连发五箭，后又连射二十箭。（17）于是，两人之间爆发了一场可怕的大战，民众之主啊！一如在天神和阿修罗大战中，商波罗和天王交战。（18）这两位大勇士用箭网笼罩天空，使得恐怖的夜晚变得更加恐怖。（19）这个夜晚，婆罗多族魁首啊！在英勇的战士们眼中，如同世界毁灭之夜，令人毛骨悚然。（20）大王啊！束发用一支半月箭，将乔答摩（慈悯）的巨弓连同弓弦和弦上之箭一并射断。（21）慈悯怒不可遏，国王啊！投出一支骇人的金杆标枪，尖端锋利，经过工匠打磨而光洁锃亮。（22）束发放出许多利箭，将飞来的标枪射断。这支光芒四射的标枪坠落地上。（23）此时，战车武士魁首乔答摩（慈悯）举起另一张弓，大王啊！用利箭覆盖束发。（24）在交战中，战车武士魁首束发被声名卓著的慈悯的利箭覆盖，瘫倒在车座上。（25）看到他在战斗中被击倒，有年之子慈悯接连发射许多箭，仿佛急于杀死他，婆罗多子孙啊！（26）目睹大勇士祭军之子（束发）正在撤出战斗，般遮罗人和苏摩迦人从四面八方围了过来。（27）

同样，你的儿子们也率领一支大军将再生者俊杰（慈悯）团团围住。于是，战斗又起。（28）车兵们彼此进攻，国王啊！战场上响起云中雷鸣般的喧嚣声。（29）民众之主啊！骑兵与象兵冲到对手面前，激烈交战，国王啊！战斗十分残酷。（30）步兵飞奔向前，大王啊！脚步声震撼大地，宛若一位受到惊吓的妇人颤抖不已。（31）车兵迅猛地冲向车兵，国王啊！恰似许多鸟儿捕捉成群飞蛾。（32）同样，就在那里，颞颥开裂的大象奋力阻截颞颥开裂的大象，婆罗多子孙啊！（33）在战场上，骑兵与骑兵争战，步兵与步兵交锋，个个满腔愤怒，相互难分高下。（34）在夜色中，双方军队时而前进，时而后退，时而迂回。在那里，喧嚣之声，响彻四方。（35）车、马和象身上点燃的灯火，大王啊！犹如一颗颗自天而降的大流星。（36）婆罗多族魁首啊！在战斗前沿，在灯火照耀下，国王啊！夜晚亮如白昼。（37）仿佛笼罩世界的黑暗被太阳扫除，那遮蔽战场的可怕黑暗也被点燃的灯火驱散。（38）这些灯盏光芒四射，就连众多灵魂伟大者身上熠熠闪光的兵器、甲胄和珠宝饰物，也都黯然失色。（39）在这场充满喧嚣声的夜战中，父亲在战斗中杀死儿子，婆罗多族翘楚啊！（40）由于神志不清，儿子杀死父亲，舅父杀死外甥，亲友杀死亲友。（41）敌我双方军队中，自相残杀的情况比比皆是。这一夜，进行了一场令人魂飞魄散的血腥混战。（42）

以上是吉祥的《摩诃婆罗多》中《德罗纳篇》第一百四十四章(144)。

一四五

全胜说：

这场令人毛骨悚然的混战正在激烈进行，大王啊！猛光向德罗纳冲了过去。（1）他摩擦着上好的硬弓，不住地拉开弓弦，冲到德罗纳的镶金战车前。（2）在般遮罗人和般度族人的簇拥下，大王啊！猛光冲向德罗纳，企图将他置于死地。（3）眼见教师魁首德罗纳在战斗中陷入重围，你的儿子们从各个方向奋力援救德罗纳。（4）于是，两支浩浩荡荡的军队在夜色中遭遇，如同两个风暴肆虐、波涛汹涌、生物躁动的可怕海洋交汇。（5）

尔后，大王啊！般遮罗王子迅速朝德罗纳的心口连射五箭，发出狮子吼。（6）在交锋中，德罗纳向他连射二十五箭，婆罗多子孙啊！又用一支月牙箭，射断他的辉煌的弓。（7）遭到德罗纳重创，婆罗多族雄牛啊！猛光咬紧嘴唇，迅即扔掉断弓。（8）然后，大王啊！威武的猛光愤怒地拿起另一张上等的弓，急于结果德罗纳的性命。（9）这位诛灭敌雄者将神弓拉至耳畔，放出一支足以杀死德罗纳的可怕利箭。（10）大力士在大战中射出的骇人利箭，宛若升起的太阳，将那支军队照亮。（11）看到这支恐怖的箭，国王啊！众天神、健达缚和人们都说："但愿德罗纳有福！"（12）在这支箭尚未到达教师的战车时，国王啊！迦尔纳出手敏捷，将箭击成十二截。（13）国王啊！那箭被车夫之子迦尔纳的利箭击中,尊者啊!立即变成碎片落地。(14)迦尔纳在战斗中用笔直的箭击断猛光的箭以后,又向他本人连射十箭。(15)接着,德罗纳之子射去五箭,德罗纳本人射去七箭,沙利耶王射去九箭,难降射去三箭。(16)难敌射去二十箭,沙恭尼也射去五箭。就这样,大勇士们全都迅速朝般遮罗王子射箭。(17)七位英雄为保卫德罗纳而战,猛光虽然遭到箭击,国王啊!却毫不惊慌,对他们全体进行还击,向每人射去三箭,又朝德罗纳、德罗纳之子、迦尔纳和你儿子射箭。(18)这些战车武士魁首遭到这位弓箭手箭击后,立刻反击,再次向猛光各发五箭。(19)

树军满腔愤怒,国王啊!射出一支羽毛箭,随即又射三箭,喝道:"站住!站住!"(20)而猛光马上回击,在交战中冲他连发三支锋利的金羽毛箭,支支都在石头上磨得锃亮,笔直飞行,足以索命。(21)英勇的猛光又用一支月牙箭,从树军身上砍下那颗佩戴闪亮金耳环的头颅。(22)在战斗中,这颗紧咬下唇的头颅落地,好似成熟的棕榈果被大风吹落。(23)

接着,英雄(猛光)再次向那些英雄射去利箭,用月牙箭击断精通武艺的罗陀之子(迦尔纳)的弓。(24)弓被击断,迦尔纳怒不可遏,就像一头凶猛异常的狮子被砍断尾巴。(25)他气得双眼通红,呼呼喘气,举起另一张弓,向大力士猛光倾泻阵阵箭流。(26)而那六位英勇的战车武士雄牛瞧见迦尔纳震怒的样子,立即上前将般遮罗王子团团围住,一心要杀死他。(27)看到猛光站在你方六位卓越的武士面前,我们都认为,他已落入死神口中。(28)

然而,就在此时,陀沙诃族人萨谛奇一边泼洒箭雨,一边向英勇的猛光靠近。(29)看到作战凶狂的大弓箭手萨谛奇冲上前来,罗陀之子(迦尔纳)射出十支笔直飞行的箭。(30)大王啊!萨谛奇在众英雄眼前向他连射十箭,喝道:"不许逃走!站住!"(31)于是,力量强大的萨谛奇与灵魂伟大的迦尔纳展开一场可怕的战斗,恰似钵利与婆薮之主(因陀罗)交战。(32)刹帝利雄牛萨谛奇用击掌声威吓众刹帝利,向莲花眼迦尔纳还击。(33)而大力士车夫之子(迦尔纳)将弓拉得铮铮作响,仿佛令大地震颤,大王啊!上前迎战萨谛奇。(34)迦尔纳用成百成百支大箭、倒钩箭、铁箭、小牛牙箭和剃刀箭反击悉尼之孙（萨谛奇）。（35）同样，苾湿尼族优秀的战车武士善战（萨谛奇）也向迦尔纳泼洒阵阵箭雨。这场战斗双方一时难分高下。（36）

接着，大王啊！迦尔纳之子（牛军）全副武装，与你军将士一起，迅速从四面八方向萨谛奇发射利箭。（37）萨谛奇怒火中烧，主公啊！用武器阻击他们和迦尔纳的武器，射中牛军的胸口。（38）英勇的牛军被箭深深刺中，民众之主啊！扔掉弓，昏倒在车里。（39）尔后，大勇士迦尔纳以为牛军已经遇害，忍受着丧子之痛，狠命地打击萨谛奇。（40）大勇士善战（萨谛奇）遭到迦尔纳打击，立即向迦尔纳接二连三发射许多利箭。（41）接着，这位沙特婆多人（萨谛奇）朝迦尔纳射去十箭，又朝牛军射去七箭，击断他俩的皮护指和战弓。（42）他俩为另外两张令敌人胆寒的弓上好弦，从各个方向向善战（萨谛奇）发射利箭。（43）

这场毁灭英雄豪杰的大战正在进行，国王啊！传来甘狄拨神弓惊天动地的巨响。（44）听到隆隆的战车声和铮铮的甘狄拨神弓声，国王啊！车夫之子（迦尔纳）对难敌说道：（45）"那边，阿周那杀死所有的尸毗族人中雄牛和补罗族大弓箭手后，又让甘狄拨神弓发出铮铮巨响。（46）战车隆隆作响，好似婆薮之主（因陀罗）的战车。显然，般度之子正在创造与自身的英雄气概相符合的业绩。（47）那边，国王啊！婆罗多族军队已经溃不成军，无论如何也集结不起来。（48）仿佛涌满天空的乌云被狂风吹散，一旦我军与左手开弓者（阿周那）遭遇，便如同大海中的一条破船。（49）国王啊！成百成百的武士魁首被甘狄拨神弓发出的利箭射中，四处逃窜，大声呼喊，在这夜半时分，王中之虎啊！俨若空中响起阵阵雷鸣。（50）听啊！在阿周那的战车周围，'啊！啊！'的哀号声、狮子吼和各种叫喊声响成一片。（51）不过，卑鄙的沙特婆多族人萨谛奇在我们当中，假若我们能擒获这一目标，将会战胜所有的敌人。（52）这边，般遮罗王子正与德罗纳交锋，国王啊！被人中豪杰众武士团团包围。（53）如果我们杀死萨谛奇和水滴王之孙猛光，大王啊！毫无疑问，胜利一定属于我们！（54）我们要像包围妙贤之子那样，大王啊！将这两位大勇士苾湿尼族人（萨谛奇）和水滴王之孙（猛光）严密包围，努力杀死他俩。（55）

344

得知萨谛奇牵制住许多俱卢族雄牛,婆罗多子孙啊!于是,左手开弓者(阿周那)在前面冲向德罗纳的军队。(56)趁着普利塔之子尚未发现萨谛奇陷入重围,立即让大量优秀战车武士向那里进发。(57)命令这些勇士迅速放出利箭,让摩豆族人(萨谛奇)即刻前往另一个世界。"(58)

听了迦尔纳的意见,仿佛因陀罗在战斗中对闻名遐迩的毗湿奴发话,国王啊!你的儿子对妙力之子(沙恭尼)说道:(59)"你在一万头永不退却的大象和一万辆战车的围绕下,向胜财前进!(60)难降、难拒、妙臂和难攻在大批步兵的簇拥下,将随你前往。(61)杀死两名黑王子,大臂舅父啊!以及法王、无种、偕天和怖军,婆罗多子孙啊!(62)正如众天神把胜利的希望寄托于天王,我把胜利的希望寄托于你。舅舅啊!杀死贡蒂诸子,一如火神之子(迦缔吉夜)诛灭众阿修罗。"(63)你的儿子这样说完,妙力之子(沙恭尼)便与你的儿子们以及大军一道,向普利塔诸子进发,主公啊!(64)为了让你的儿子们高兴,为了消灭般度五子,你军与敌军再次交战。(65)妙力之子(沙恭尼)向般度族军队挺进时,国王啊!车夫之子(迦尔纳)率领一支大军,(66)快速冲向沙特婆多人(萨谛奇),一路发射千百支箭。同样,全体般度族人也将萨谛奇团团围住。(67)与此同时,灵魂伟大的德罗纳,婆罗多子孙啊!与英勇的猛光和般遮罗人进行着一场大规模的夜战。(68)

以上是吉祥的《摩诃婆罗多》中《德罗纳篇》第一百四十五章(145)。

一四六

全胜说:

然后,那些作战凶狂的武士个个怒不可遏,快速冲向善战(萨谛奇)的战车。(1)国王啊!他们乘着装备齐全的镶金战车,与骑兵和象兵一起,将沙特婆多人(萨谛奇)严密包围。(2)此时,这些大勇士团团包围萨谛奇,发出阵阵狮子吼,威吓他。(3)这些大勇士向真正英勇的萨谛奇迅速泼洒猛烈的箭雨,急于杀死这个摩豆族人。(4)

看到他们飞速扑来,诛灭敌雄者、大臂悉尼之孙(萨谛奇)奋力抗击,发射许多利箭。(5)在此,作战凶狂的大弓箭手、英雄的萨谛奇用笔直的利箭,射落许多头颅。(6)这位摩豆族人又用马蹄箭,射断你军许多象鼻、马颈和握紧武器的臂膀。(7)大地落满拂尘和白华盖,婆罗多子孙啊!宛若群星密布的天空,主公啊!(8)在战斗中,那些与善战(萨谛奇)作战的战士,婆罗多子孙啊!发出凄厉的惨叫,犹如鬼魂哭嚎。(9)那巨大的声响在大地上回荡,使夜晚更加阴森恐怖。(10)

目睹军队在善战(萨谛奇)利箭的打击下崩溃,耳闻深夜中令人毛发直竖的凄厉叫声,(11)你的儿子,国王啊!卓越的战车武士连连催促车夫说:"把马儿赶到发出声音的地方去。"(12)于是,在他催促下,御者驱策骏马,驶向善战(萨谛奇)车辆所在的地方。(13)难敌精通武艺,身手敏捷,手执坚弓,不知疲倦,怒冲冲地朝善战(萨谛奇)猛扑过去。(14)然后,摩豆族人拉满弓,冲着难敌射出十二支吮吸血肉的利箭。(15)难敌一上来就挨了他的箭击,不禁勃然大怒,遂以十箭还击悉尼之孙(萨谛奇)。(16)于是,婆罗多族雄牛啊!在全体般遮罗人与婆罗多后裔之间,展开了一场骇人听闻的混战。(17)在战斗中,愤怒的悉尼之孙(萨谛奇)冲着你大勇士儿子的胸口连射八十箭,婆罗多子孙啊!(18)尔后,在交战中,用箭矢将他的马匹送往阎摩殿,又迅速以一支羽毛箭将车夫从车上射落。(19)而你的儿子站在马匹倒毙的车上,民众之主啊!冲着悉尼之孙(萨谛奇)的战车发射利箭。(20)不过,出手极快的悉尼之孙(萨谛奇)在交锋中,国王啊!将你儿子发出的那五十支箭悉数击断。(21)此时,他在战斗中射出另一支月牙箭,猛然击断你儿子那张大弓的握弓部位,尊者啊!(22)一切世界的强大主人失去战车和弓,迅速登上成铠的辉煌战车。(23)在难敌撤离的夜半时分,悉尼之孙(萨谛奇)用利箭驱散了你的军队,民众之主啊!(24)

沙恭尼率领数千战车、数千大象和数千战马,国王啊!将阿周那团团包围,遂使喧嚣声四起。(25)这些刹帝利在死神的催促下,纷纷向阿周那投射威力巨大的神奇武器,与阿周那交战。(26)阿周那勃然大怒,阻击成千成千的车、象和马的进攻,展开一场大屠杀。(27)然后,勇敢的妙力之子沙恭尼仿佛微笑着,在交战中向阿周那发射利箭。(28)他又以一百支箭阻截阿周那的巨大战车,而阿周那在战斗中向他发射二十箭,婆罗多子孙啊!(29)接着,胜财(阿周那)又朝其他大弓箭手每人射去三箭,在战斗中,以阵阵密集箭雨阻击和歼灭你方众武士,国王啊!就像手持金刚杵者(因陀罗)消灭众阿修罗。(30)大地遍布数以千计的断臂和破碎的躯体,大王啊!宛若布满鲜花。(31)

他又冲沙恭尼射出五支笔直的箭,冲优楼迦两次分别射去三支大铁箭。(32)优楼迦同样向他射箭,并打击婆薮提婆之子(黑天),又发出怒吼,震撼大地。(33)然而,阿周那动作敏捷,射断沙恭尼的弓,将四匹马送往阎摩殿。(34)于是,妙力之子(沙恭尼)跳下战车,婆罗多子孙啊!迅速登上优楼迦的战车,民众之主啊!(35)这父子两位大勇士同登一辆战车,向普利塔之子泼洒箭雨,犹如两朵升起的乌云,向高山倾泻大雨。(36)而般度之子向他俩发射利箭,大王啊!又射出成百成百支箭,驱散你的军队。(37)仿佛层层云霭被狂风吹散,国王啊!各路军队被击溃,民众之主啊!(38)这支在深夜遭到杀戮的军队,婆罗多族魁首啊!人人吓破了胆,四下里张望,仓皇逃窜。(39)在恐怖的黑暗中,有些人抛弃坐骑,有些人驱策坐骑,惊恐不安,纷纷逃跑。(40)婆薮提婆之子(黑天)和胜财(阿周那)战胜你方众武士后,婆罗多族雄牛啊!兴高采烈,吹响螺号。(41)

大王啊!猛光向德罗纳连射三箭,又迅速以一支利箭击断弓弦。(42)刹帝利的毁灭者、英勇的德罗纳将那张弓扔到车里,拿起另一张更加强劲有力的弓。(43)然后,德罗纳向猛光连射七箭,国王啊!又在交锋中朝车夫射去五箭。(44)大勇士猛光迅速用箭阻截他,又成百成千地歼灭俱卢族军队。(45)你儿子的军队遭到屠杀,尊者啊!形成一条可怕的血流滚滚的河。(46)这条出现在两军之间的血河挟裹大批人、马和象,仿佛吠多罗尼河,国王啊!流向阎摩王国。(47)击溃这支军队后,威武勇猛的猛光犹如群神中的天帝释,光彩夺目。(48)此时,猛光、束发、双生子、善战(萨谛奇)和般度之子狼腹(怖军)全都吹响大螺号。(49)战胜你方数千名战车武士后,胜利在望的般度族大勇士们发出巨大的狮子吼。(50) 就在你儿子、迦尔纳、英勇的德罗纳和德罗纳之子的眼前,他们欣喜若狂,民众之主啊!(51)

以上是吉祥的《摩诃婆罗多》中《德罗纳篇》第一百四十六章(146)。

一四七

全胜说:

看到自己的军队遭到那些灵魂伟大者杀戮,四处奔逃,你儿子勃然大怒,民众之主啊!(1) 这位能言善辩者怒不可遏,迅即来到迦尔纳和胜利者魁首德罗纳面前,说道:(2)"目睹信度王战死在左手开弓者(阿周那)手里,你俩满怀愤怒,才开始进行这场战斗。(3) 你俩明明能够取胜,却显出不能取胜的样子,坐视般度五子的军队杀戮我的军队。(4) 如果你俩想抛弃我,那么当时就不该对我说'我俩将战胜般度五子',两位赐人荣誉者啊!(5) 正是听了你俩对我做出保证的话,我才与般度五子为敌,导致大批武士灭亡。(6) 假若你俩还不想抛弃我,两位人中雄牛啊!那么就施展你俩的实力,勇敢战斗吧,两位英勇超群者啊!"(7)

两位英雄在你儿子语言之鞭的鞭策下,犹如两条被激怒的蛇,投入战斗。(8) 于是,在战场上,两位战车武士魁首、世间最优秀的弓箭手向以悉尼之孙(萨谛奇)为前锋的普利塔诸子猛冲过去。(9) 同样,普利塔诸子也在自己军队的簇拥下,联手向那两位不住怒吼的英雄扑了过来。(10) 接着,大弓箭手、一切武士魁首德罗纳怒气冲冲,迅速向悉尼族雄牛射去十箭。(11) 迦尔纳射去十箭,你儿子七箭,牛军十箭,妙力之子(沙恭尼)也射了七箭。俱卢后裔啊!他们在战斗中将悉尼之孙(萨谛奇)团团包围。(12)

目睹德罗纳在战斗中歼灭般度族军队,苏摩迦人立即从四面八方向他发射阵阵箭雨。(13) 民众之主啊!德罗纳夺去众多刹帝利的性命,国王啊!恰似太阳用光辉驱除黑暗,婆罗多子孙啊!(14) 在德罗纳的屠杀下,民众之主啊!我听到般遮罗人相互呼唤,人声嘈杂。(15)很多人想要活命，有的扔下儿子，有的丢下父亲，有的撇下兄弟，有的抛开舅舅，有的不管外甥，有的抛弃其他亲友，纷纷夺路而逃。(16)还有不少般度族战士头脑发昏，在战斗中懵懵懂懂冲向德罗纳，去往另一世界。(17)就这样，在夜晚，在灵魂伟大者们的打击下，国王啊！般度族军队丢下成千成千的火把，四散而逃。(18)这一切就发生在怖军、维阁耶（阿周那）、不退者（黑天）、孪生子、正法之子（坚战）和水滴王之孙（猛光）的眼前。(19)世界笼罩在黑暗里，什么都分辨不清，然而，俱卢族军中的灯光，却照亮敌人逃跑的行踪。(20)于是，两位大勇士德罗纳和迦尔纳放出无数利箭，国王啊！从背后攻击这支逃窜的军队。(21)

般遮罗人全面崩溃，遮那陀那（黑天）忧心忡忡，对颇勒古拿（阿周那）说：(22)"这两位大弓箭手德罗纳和迦尔纳正以阵阵利箭，猛烈打击水滴王之孙、萨谛奇和般遮罗人。(23)他俩的箭雨打垮我们众多大勇士，贡蒂之子啊！军队溃退，拦都拦不住。(24)我们两人要集结各路军队，布好阵容，让他们高举武器，同我们一起，奋力阻击德罗纳和车夫之子（迦尔纳）。(25)因为，这两位勇士强壮有力，精通武艺，胜利在望，倘若我们掉以轻心，他俩就会在今夜气势汹汹地灭掉军队。那边，勇猛的怖军已让军队返回，正在前进。"(26)看到狼腹（怖军）来到战场，国王啊！遮那陀那（黑天）仿佛要让般度之子高兴，又说道：(27)"那边，战功赫赫的怖军在苏摩迦人和般度族人簇拥下，正怒气冲冲，迅猛冲向两位大力士德罗纳和迦尔纳。(28)为了鼓舞各路军队的士气，你要同他以及般遮罗大勇士们联手作战，般度之子啊！"(29)

尔后，两位人中之虎摩陀婆（黑天）和般度之子与德罗纳和迦尔纳遭遇，停在战斗前沿。(30)接着，坚战的那支大军重返战场，而德罗纳和迦尔纳又在战斗中消灭敌人。(31)在夜晚，发生了那场激烈的大规模遭遇战，国王啊！犹如月出时分，两座大海涌起浪潮。(32)接着，你军将士如同喝醉了酒，纷纷丢掉手中灯炬，在黑夜中同般度族人厮杀起来。(33)四周阴森恐怖，烟尘滚滚，一片黑暗，渴望获胜的将士们只能依靠通报姓名交战。(34)仿佛在选婿大典上，大王啊！只听得在战场上国王们一一通报姓名。(35)武士们愤怒地交战，或胜或败，忽而静默无声，忽而大声喧哗。（36）哪里看到灯光闪烁，俱卢族魁首啊！勇士们便冲向哪里，如同飞蛾扑火。（37）就这样，般度族人和俱卢族人鏖战正酣，王中之王啊！四周阴森森的夜色变得更加浓重。（38）

以上是吉祥的《摩诃婆罗多》中《德罗纳篇》第一百四十七章(147)。

一四八

全胜说：

然后，诛灭敌雄者迦尔纳在战场上看见水滴王之孙（猛光），就朝他的胸口射出十支打击要害的利箭。（1）猛光也迅即向他回射五箭，尊者啊！兴冲冲地喝道："站住！站住！"（2）在交锋中，这两位杰出的大勇士皆以利箭覆盖对方，接着，再次拉满弓互相放箭射击。（3）尔后，迦尔纳在交战中连发数箭，射中般遮罗族首领猛光的车夫和四匹马。（4）他以数支利箭，击断他的优异的弓。又用一支月牙箭，将他的车夫从车座上射翻。（5）猛光失去战车，马匹和车夫倒毙，便抄起一根可怕的铁闩，杀死迦尔纳的马匹。（6）他被迦尔纳的多支毒蛇般的利箭射中后，徒步走到坚战军中，登上偕天的战车，尊者啊！（7）

迦尔纳的车夫又将另外几匹骏马套上战车。这些信度马善于驾车，色似海螺，速度奇快。（8）仿佛乌云向群山浇注大雨，罗陀之子（迦尔纳）以百发百中的利箭，大肆折磨般遮罗族大勇士们。（9）般遮罗族大军饱受迦尔纳的折磨，俨若一头牝鹿遭到狮子袭击，吓得拼命奔逃。（10）但见到处有人从马背上、象背上和战车上纷纷坠落地上。（11）战士们在大战中奔逃，迦尔纳用马蹄箭砍下他们的臂膀和佩戴耳环的头颅。（12）民众之主啊！他又砍断许多象兵和骑兵的大腿，尊者啊！（13）许多在战斗中逃跑的大勇士，肢体被砍断，牲畜损伤，却毫不知晓。（14）般遮罗人和斯楞遮耶人在激战中遭到杀戮，一有风吹草动，就以为是车夫之子（迦尔纳）。（15）他们神志不清，在混战中，遇到自己一方逃跑的战士，便误以为是迦尔纳，随即仓皇逃窜。(16)迦尔纳对那些被击溃的逃军紧追不舍,婆罗多子孙啊!从背后放箭打击。(17)在灵魂伟大者的追击下,他们昏头昏脑,面面相觑,不知所措,无法停住脚步。(18)在迦尔纳和德罗纳的利箭打击下,国王啊!般遮罗人四下里张望,纷纷逃跑。(19)

然后,坚战王看到自己的军队溃逃,便有撤退之意,对颇勒古拿(阿周那)说:(20)"看哪!在这恐怖的夜半时分,大弓箭手迦尔纳手持战弓站在那里,犹如灼烤万物的太阳。(21)在迦尔纳的利箭打击下,普利塔之子啊!你的亲友们孤立无援,哀号之声不绝于耳。(22)从他搭箭放箭的方式,我看到他充满胜利的勇气,必将消灭我们!(23)在你看来,现在到了消灭迦尔纳的时候,那你就动手吧,胜财啊!"(24)

听了这些话,大臂的普利塔之子(阿周那)对黑天说:"贡蒂之子国王(坚战)惧怕罗陀之子(迦尔纳)的非凡勇气!(25)迦尔纳的军队一再得势,您应当立即采取行动,因为我们的军队正在逃跑。(26)他们被德罗纳的利箭击溃,诛灭摩图者啊!又被迦尔纳吓破了胆,无法站住。(27)我看到迦尔纳无所畏惧,左冲右突,向逃跑的优秀战车武士们放出利箭。(28)我不能容忍他在我的眼皮底下,在战斗前沿做出这种举动,苾湿尼族之虎啊!就像蛇无法忍受被脚践踏。(29)请您赶快驱车前往大勇士迦尔纳那里!不是我将杀死他,就是他将我杀死,诛灭摩图者啊!"(30)

婆薮提婆之子(黑天)说:

贡蒂之子啊!我看见勇气非凡的人中之虎迦尔纳如同天王,在战场上纵横驰骋。(31)除了你和罗刹瓶首外,人中之虎啊!再无别人能够在战斗中向他发起进攻,胜财啊!(32)但是,大臂无瑕者啊!我认为现在还不是你与车夫之子(迦尔纳)交战的时候。(33)因为,他还拥有婆薮之主(因陀罗)的标枪,犹如巨大的流星,闪闪发光。大臂者啊!他留着这支形状骇人的标枪,是用来对付你的。(34)不过,可以让大力士瓶首前去与罗陀之子(迦尔纳)交锋。因为他是强壮有力的怖军所生,勇武如同天神。(35)他拥有罗刹和阿修罗的各种神奇武器。而且,瓶首一向对你们忠心耿耿,为你们的利益着想。他将战胜迦尔纳,对此我毫不怀疑。(36)

全胜说：

大臂者莲花眼（黑天）对普利塔之子说完这些话后，便召唤那位罗刹，他即刻出现在面前。（37）他身披铠甲，佩带刀剑与弓箭，民众之主啊！向黑天和般度之子胜财（阿周那）致敬后，兴冲冲地说："我来了，对我下命令吧！"（38）

然后，陀沙河族人（黑天）仿佛微笑着，对这位色如乌云、嘴巴和耳环闪闪发光的希丁芭之子说道：（39）"瓶首啊！仔细听好我对你说的话，孩儿啊！现在，展示你的，而不是其他什么人的勇敢的时刻到了。（40）你拥有各式各样的兵器，精通罗刹幻术。你好似一只木筏，要将遭受灭顶之灾的众亲友解救出来。（41）看哪！希丁芭之子啊！迦尔纳在战斗前沿追击般度之子的军队，就像牧人驱赶牛群。（42）那边，足智多谋、坚定勇敢的大弓箭手迦尔纳正在般度之子的各路军队中，屠杀众位刹帝利雄牛。（43）这些手持坚弓、泼洒密集箭雨的武士，在他的箭火折磨下，无法驻足。（44）深夜，在车夫之子（迦尔纳）箭雨的折磨下，这些般遮罗人犹如一群受到狮子惊吓的鹿，四处逃窜。（45）就这样，这位车夫之子（迦尔纳）在战场上愈战愈勇。除你以外，无人能将他阻挡，威力骇人的勇士啊！（46）依靠力量和武器的威力，大臂者啊！你这就去完成这项无愧于母系、父系以及你自己的事业。（47）你无论如何也要将我们从困境中解救出来。因为，希丁芭之子啊！人们希望儿子们这样做。你这就去拯救亲属们吧！（48）你在战场上作战时，你的武器一向威力可怕，你的幻术又总是难以破解，怖军之子啊！（49）般度族人已被迦尔纳的利箭击溃，沉没在持国众子的海洋中。你要成为海岸，克敌者啊！（50）因为，在夜间，罗刹变得更加英勇无比，强大有力，难以制胜，个个都是纵横驰骋的勇士。（51）今夜，你就在战斗中用幻术杀死大弓箭手迦尔纳。而以猛光为先锋的普利塔诸子将要杀掉德罗纳。"（52）

听了美发者（黑天）的话，俱卢后裔啊！毗跋蒣（阿周那）也对克敌制胜的罗刹瓶首说道：（53）"瓶首啊！在所有军队中，我最器重你、长臂的萨谛奇和般度之子怖军。（54）今晚你就前去与迦尔纳进行一对一决战，大勇士萨谛奇将担任你的后卫。（55）在沙特婆多人（萨谛奇）的帮助下，在战斗中杀死勇士迦尔纳，一如从前因陀罗在

室建陀的协助下，诛灭多罗迦。"（56）

瓶首说：

杰出的人啊！我足以与迦尔纳、德罗纳以及其他精通武器、灵魂伟大的刹帝利相匹敌。（57）今夜，我将与车夫之子（迦尔纳）进行这样一场战斗，只要大地存在，人们就会谈论它。（58）在这场战斗中，我不放过任何人，无论是勇士，懦夫，还是合掌求饶者，按照罗刹法规，都要统统杀掉！（59）

如是言毕，诛灭敌雄的大臂者希丁芭之子就在混战中冲向迦尔纳，威吓你军。（60）看到他犹如嘴巴闪亮的蛇，怒气冲冲，攻上前来，杰出的弓箭手车夫之子（迦尔纳）上前迎击。（61）于是，迦尔纳和罗刹怒吼着，展开夜战，王中之虎啊！一如天帝释和波罗诃罗陀交战。（62）

以上是吉祥的《摩诃婆罗多》中《德罗纳篇》第一百四十八章（148）。

一四九

全胜说：

国王啊！看到瓶首飞速向车夫之子（迦尔纳）的战车冲去，一心要在战斗中杀死迦尔纳，（1）你的儿子便对难降说："这罗刹看到迦尔纳在战场上的迅捷勇猛，（2）就飞速扑向迦尔纳。你要截住这位大勇士，率领一支大军去大力士（迦尔纳）那里。（3）日神之子迦尔纳想要与罗刹交战，你带领一支军队在战斗中努力保护迦尔纳，赐人荣誉者啊！"（4）

这时，国王啊！武士魁首、辫发阿修罗强悍的儿子（足力）走近难敌，说道：（5）"难敌啊！在你的命令下，我愿将你的闻名遐迩的敌人、作战凶狂的般度五子连同随从们一并歼灭。（6）我的父亲辫发阿修罗曾是罗刹首领，卑鄙的普利塔诸子使用杀害罗刹的方法，将他杀害。我想要祭奠他。下命令让我去吧，主公啊！"（7）于是，国王高兴地反复对他说："我与德罗纳和迦尔纳诸位英雄一起，就能消灭敌人。不过，我还是命令你前去战斗，消灭瓶首。"（8）身躯庞大的辫发阿修罗之子说："遵命。"随后就向怖军之子瓶首挑战，泼洒各种武器。（9）

希丁芭之子只身一人，打击足力、迦尔纳和难以征服的俱卢族军队，犹如狂风吹散云层。（10）尔后，看到那辆魔幻战车，足力立即向瓶首射去大批大批的各类箭矢。（11）足力向怖军之子射出许多箭后，又以大量的箭驱散般度五子的军队。（12）在深夜，他击溃般度族各路军队，尊者啊！宛若狂风驱散重重云霭。（13）同样，俱卢族军队被瓶首的利箭驱散，在这夜半时分，国王啊！丢掉成千成千的火把，夺路而逃。（14）然后，在大战中，愤怒的足力用利箭打击怖军之子，恰似象夫用象钩击打巨象。（15）而瓶首将他的战车、车夫和全部武器统统击碎，发出极其可怕的吼叫。（16）接着，他又向足力、迦尔纳以及其他成千上万的俱卢族人泼洒密集的箭雨，一如乌云向弥卢山浇注滂沱大雨。（17）于是，在罗刹的打击下，俱卢族军队乱成一团，四军①开始自相残杀。（18）

大王啊！辫发阿修罗之子失去战车，车夫阵亡，气急败坏，在战斗中用拳头猛击瓶首。（19）遭到他的重拳打击，瓶首站立不稳，宛若一座长满树木草丛的大山，在地震中摇摇晃晃。（20）接着，怖军之子也举起诛灭敌群的铁闩般的臂膀，出拳猛击辫发阿修罗之子。（21）愤怒的希丁芭之子击打他，又迅速将他摔到地上，伸出因陀罗旗杆般的双臂使劲按住他。（22）足力用力挣脱后，在交战中也将罗刹瓶首举起摔倒在地，继而怒冲冲地使劲按住他。（23）瓶首和足力两人身材魁梧，咆哮不已，展开了一场令人汗毛直竖的恶战。（24）他俩法力广大，英勇绝伦，力图运用幻术压倒对方，俨若因陀罗与毗娄遮那之子（钵利）捉对厮杀。（25）两人先是变作火与海洋，后又变成大鹏金翅鸟与多刹迦，接着又依次变为云与风暴、雷与大山、象与虎、罗睺与太阳。（26）就这样，足力与瓶首造出百种幻象，恨不得即刻杀死对方，战斗神奇美妙。（27）他俩都用铁闩、棒槌、飞镖、铁锤、梭镖、铁杵以及山峰打击对方。（28）在战斗中，两位具有大

---

① 指象兵、车兵、骑兵和步兵四军。

法力的罗刹魁首忽而骑马,忽而骑象,忽而乘车,忽而步行。(29)

尔后,国王啊!瓶首急于杀死足力,愤怒地一跃而起,鹰隼般猛扑下来。(30)他抓住身躯庞大的罗刹王足力,举起后抛到地上,好似毗湿奴在战斗中对待摩耶。(31)接着,瓶首举起一把样式奇异的宝剑,从足力身上砍下面目狰狞的头颅。(32)罗刹瓶首揪住头发,提着血淋淋的头颅,飞速朝难敌的战车奔来。(33)来到面前,大臂罗刹大笑着,将那面目狰狞、头发凌乱的头颅扔到车上,发出雨季云中雷鸣般的可怕吼声。(34)然后,国王啊!他对难敌说道:"在此,你的朋友已被杀死,他的英勇你亲眼见过。你还会目睹迦尔纳和你自己的同样下场。"(35)言毕,他即向迦尔纳冲去,人中之主啊!冲着迦尔纳劈头盖脸放出数百支利箭。(36)于是,在战场上,人与罗刹之间,大王啊!爆发了一场令人惊恐的血腥大战。(37)

以上是吉祥的《摩诃婆罗多》中《德罗纳篇》第一百四十九章(149)。

一五〇

持国说:

在深夜,日神之子迦尔纳和罗刹瓶首捉对厮杀时,这场战斗怎样进行?(1)那可怕的罗刹如何作战?他的战车、幻术和全部武器又是什么样子?(2)他的马匹、车上的旗帜和弓的体积如何?铠甲和头盔又是什么样子?我询问你,请你都讲给我听,因为你擅长讲述,全胜啊!(3)

全胜说:

瓶首双眼血红,面色如铜,身躯庞大,肚子下垂,浑身毛发竖起,生有绿色胡须,耳朵似箭端,长着大下巴。(4)他的大嘴从左耳咧到右耳,獠牙尖利可怕,铜色的唇舌奇长无比,眉毛下垂,鼻子厚重。(5)他体蓝,颈红,身高如山,令人望而生畏,身躯庞大,臂膀粗大,脑袋硕大,力量强大。(6)他的皮肤粗糙,小腿结实而丑陋,臀部肥大,肚脐深陷。身材很高,体围却不够宽大。(7)他具有大法力,手戴饰物,臂佩腕环,胸覆金甲,犹如山腰燃着一圈火焰的高山。(8) 他头戴辉煌美丽的金冠，镶嵌各色珍宝，状如拱门，光华四射。(9) 他佩戴灿若朝阳的耳环和闪亮的金项圈，身披光彩夺目的青铜大铠甲。(10) 庞大的战车上饰有一百只丁当作响的小铃铛，插着血红的旗幡，覆盖熊皮，长一那尔婆①。(11) 战车上配备全套的精良武器，旗帜高扬，装有八只轮子，发出云中雷鸣般的巨响。瓶首乘着这辆战车。(12) 驾车的马匹如同大象，眼睛血红，样子可怕，随意变色，速疾力猛。(13) 嘴巴和耳环闪闪发光的罗刹毗卢波刹是他的御者，在战场上手执灿若阳光的缰绳策马前进。瓶首同他并肩而立，犹如太阳和曙光。(14) 仿佛大团云彩环绕大山，耸入云天的巨大旗帜在战车上高高飘扬，旗上栖着一只身体血红、极其骇人的食肉兀鹰。(15) 瓶首拉开坚韧的弓弦，其声如同婆薮之主（因陀罗）的雷鸣，弓宽一吉私古②，长十二阿罗德尼③。(16) 他用车轴般的利箭覆盖四面八方，在这毁灭众英雄的夜晚，向迦尔纳冲去。(17)

　　他稳稳站定在车上，拉开战弓，只听得弓弦发出雷鸣般的巨响。(18) 你的诸路军队被这巨响吓得颤抖不已，婆罗多子孙啊！宛若海浪翻滚不停。(19) 看到眼睛丑陋、面目狰狞的罗刹向自己扑来，罗陀之子（迦尔纳）仿佛笑着，迅速上前阻击。(20) 迦尔纳冲上前去，就近射击正在射箭的这个罗刹，恰似大象攻击大象，牛王攻击雄牛。(21) 民众之主啊！迦尔纳和罗刹激烈交锋，国王啊！一如因陀罗和商波罗进行恶战。(22) 他俩拿起威力巨大、声响骇人的弓，用阵阵大箭覆盖和击伤对方。(23) 接着，两人又把弓拉圆，放出笔直的箭，互相阻击，刺穿对方的铜甲。(24) 如同两只猛虎以利爪搏斗，又似两头巨象用象牙厮杀，他俩用战车标枪和箭矢击伤对方。(25) 他俩搭箭瞄准，射伤对方肢体，以密集的箭矢打击对方，互相不能看清。(26) 两人遍体鳞伤，鲜血喷涌，宛若两座溪水奔腾的赭石山，闪烁着耀眼光芒。(27) 这两位大光辉者被利箭射伤肢体，虽然互相奋力搏杀，却无法撼动对方。(28) 迦尔纳和罗刹这场以生命为赌注的夜战进行了很长时间，国王啊！似乎势均力敌。(29)

---

① 那尔婆，长度单位，约四百腕尺。一腕尺为从肘到中指尖的长度。
② 吉私古，长度单位，约二十四指宽，即一腕尺。
③ 阿罗德尼，长度单位，一肘尺，从肘到小指尖的长度。

第七 德罗纳篇

瓶首不断用利箭瞄准和发射,弓声铮铮,令敌我双方将士心惊胆战。而迦尔纳却无法胜过他,国王啊!(30)于是,精通武器的优秀武士迦尔纳使出神奇武器。看到迦尔纳使用神奇武器,怖军之子罗刹瓶首立刻施展大幻术。(31)一支形象可怖的罗刹大军,手持铁叉、铁锤、树木和石头围绕着他。(32)目睹他高举巨弓,俨若毁灭众生的死神,手执致命的骇人刑杖,冲上前来,国王们个个惊恐万状。(33)瓶首发出一声狮子吼,吓得大象屎尿失禁,人们魂飞魄散。(34)在夜半时分,罗刹军队变得更为强大有力,向四面八方投射密集而猛烈的石雨。(35)同样,铁轮、火箭、标枪、长矛、铁叉、百杀器和梭镖也不断落下。(36)

目睹这场凶猛恐怖的战斗,众国王、你的儿子们和战士们仓皇逃窜。(37)那里,只有以武器和力量自豪的、高傲的迦尔纳一人毫不惊慌,用箭矢破除瓶首制造的幻象。(38)幻象被破除,瓶首怒不可遏,放出可怕利箭,射入车夫之子(迦尔纳)体内。(39)在大战中,这些浸满鲜血的箭穿透迦尔纳的身体后,犹如一群愤怒的蛇,纷纷钻入地里。(40)威风凛凛的车夫之子(迦尔纳)勃然大怒,出手敏捷,气势压倒瓶首,用十箭射中他。(41)瓶首被车夫之子(迦尔纳)射中多处要害,疼痛万分,抓起一只神奇的千辐飞轮。(42)飞轮边缘如剃刀,光芒似朝阳,镶嵌珠宝。愤怒的怖军之子将它掷向升车之子(迦尔纳),恨不得即刻杀死他。(43)飞轮被猛力掷出,却遭到迦尔纳利箭阻击,坠落地上,犹如不幸者的愿望落空。(44)看到飞轮被击落,瓶首勃然大怒,用箭覆盖迦尔纳,一如罗睺遮住太阳。(45)而车夫之子(迦尔纳)具有楼陀罗、优般陀罗(毗湿奴)和因陀罗的勇气,毫不恐慌,迅速用羽毛箭覆盖瓶首的战车。(46)瓶首气急败坏,投出一根镶金铁杵。而它在飞行中,又被迦尔纳用箭击落。(47)于是,身躯庞大的瓶首纵身跃入空中,俨若乌云,发出怒吼,从天空降下一阵树雨。(48)接着,迦尔纳用利箭射中空中精通幻术的怖军之子,恰似太阳以光芒穿透云层。(49)迦尔纳射死他的所有马匹,将他的战车射碎成百块,又如同乌云降雨,向他泼洒箭雨。(50)他的身上插满了箭,连两指宽的空隙都没有。霎时间,他看起来活像一只浑身是刺的豪猪。(51)在交战中,瓶首被箭流覆盖,人们看不清

他的马匹、战车、旗幡和他本人。(52)

然而,这位通晓幻术者以武器摧毁迦尔纳的神奇武器,运用幻术,与车夫之子(迦尔纳)作战。(53)此时,他隐没在空中的箭网中,敏捷地施展幻术,与迦尔纳交战。(54)法力广大的怖军之子施展幻术,俱卢族魁首啊!制造大幻象,迷惑迦尔纳,婆罗多子孙啊!(55)这位面目狰狞的罗刹运用幻术,造出许多张丑陋的嘴巴,吞噬车夫之子(迦尔纳)的那些神奇武器。(56)随后,人们又看到,身躯庞大的罗刹在战斗中身体百处受伤,毫无生气和活力,从空中坠落。俱卢族雄牛们以为他被杀死,欢呼起来。(57)但是,人们看见他很快又以各种新的身形出现在各个方向。接着,他变得身躯高大,有一百个头和一百张肚皮。(58)只见这位大臂者高耸如同美那迦山。忽而这罗刹又变作大拇指般大小,像海浪似地猛地落下后,又斜向升起。(59)他使大地裂开后又沉入水中,然而,很快就见他又从另一个地方浮出水面。(60)他依靠幻术,游遍了天地四方,然后从天而降,再次身披铠甲站在镶金战车上。(61)他来到迦尔纳车旁,脸旁闪动着一对耳环,民众之主啊!镇定自若地对车夫之子(迦尔纳)说道:(62)"站住!车夫之子啊!你休想活着从我面前走开!今天,我将在战场上摧毁你的战斗信心。"(63)

言毕,凶残勇猛的罗刹气得双眼通红,跃入空中,纵声大笑,向迦尔纳实施打击,好似雄狮攻击象王。(64)仿佛乌云降下倾盆大雨,瓶首向战车武士雄牛迦尔纳倾泻滂沱箭雨,那些箭支支都有车轴大小。而迦尔纳从远处摧毁这场箭雨。(65)目睹幻象被迦尔纳破除,婆罗多族雄牛啊!瓶首又隐身制造一个幻象。(66)他变成一座层峦叠嶂的大山,高耸入云,林木茂密,奔腾着铁叉、飞镖、刀和铁杵的激流。(67)看到这座高山俨若一堆黑眼膏,流泻着许多充满锐利武器的瀑布,迦尔纳毫不慌张。(68)然后,迦尔纳仿佛微笑着,使出神奇武器。接着,那武器将那座山王抛起摧毁。(69)随后,凶猛的瓶首摇身变作天上一片带有彩虹的乌云,向车夫之子(迦尔纳)泼洒阵阵石雨。(70)此时,精通武器的优秀武士、日神之子雄牛迦尔纳挽弓搭上风神法宝,驱散了这片乌云。(71)迦尔纳以无数利箭笼罩各个方向,大王啊!摧毁了瓶首发射的武器。(72)

第七　德罗纳篇

尔后，大力士怖军之子笑了笑，在交战中向大勇士迦尔纳施展大幻术。（73）迦尔纳看见战车武士魁首瓶首在众多罗刹簇拥下，再次无所畏惧地驱车冲上前来。（74）他们英勇如同狮虎和疯象，或骑象，或乘车，或骑在马背上。（75）他们手持各种可怕武器，身披各式甲胄，佩戴各种饰物。目睹瓶首在这些凶恶罗刹的环绕下，恰似婆薮之主（因陀罗）在众风神簇拥下，大弓箭手迦尔纳开始与罗刹交战。（76）然后，瓶首向迦尔纳连射五箭，又发出一声可怕的吼叫，威吓众国王。（77）紧接着，瓶首用一支合掌箭，迅速将迦尔纳手中的巨弓连同许多箭统统击断。（78）于是，迦尔纳拿起另一张巨弓，高如彩虹，张力强劲，用力将它拉开。（79）随后，大王啊！迦尔纳朝这些空行者罗刹发射许多杀敌的金羽毛箭。（80）在利箭的折磨下，这支胸膛宽阔的罗刹军队，犹如林中一群遭受狮子侵扰的大象，惶恐不安。（81）

　　威武的迦尔纳用利箭消灭众罗刹及其马匹、车夫和大象，好似世界末日火神焚毁众生。（82）车夫之子（迦尔纳）歼灭罗刹军队后，宛若昔时大神（湿婆）在天上焚毁三城，大放光彩。（83）般度族数千名国王当中，尊者啊！连一个敢正视迦尔纳的人都没有，国王啊！（84）惟有罗刹王大力士瓶首是例外。国王啊！他怒气冲冲，具有可怕的勇气和力量，好似毗婆薮之子（阎摩）。（85）他满腔愤怒，双眼喷射烈火，国王啊！宛若一对大火把，燃烧中流淌油滴。（86）他拍着巴掌，咬紧嘴唇，再次登上战车，制造幻象。（87）驾车的几头驴子，个个形似大象，面如毕舍遮。他怒冲冲地对车夫说："带我去车夫之子那里！"（88）这位战车武士魁首乘着形状恐怖的战车，前去与车夫之子（迦尔纳）继续进行一对一的决斗，民众之主啊！（89）那罗刹气势汹汹，再次向车夫之子（迦尔纳）投去一个八轮飞器，由楼陀罗制造，极其可怕。（90）迦尔纳把弓放在车上，跳下车，一把抓住飞器掷回，而此时瓶首也从战车上跳下。（91）光辉熠熠的飞器将战车连同马匹、车夫和旗幡全都击得粉碎，尔后，砸开大地，钻了进去。众天神对此惊讶不已。（92）迦尔纳跳下战车，抓住天神制造的巨大飞器，此举赢得一切众生称颂。（93）折磨敌人的车夫之子迦尔纳创下这样的战绩后，重新登上战车，放出许多铁箭。（94）在一

359

切众生中,赐人荣誉者啊!没有一个人能够建立迦尔纳在恐怖大战中建立的功业。(95)

　　那罗刹遭到铁箭打击,犹如大山遭到暴雨侵袭。于是,他就像健达缚城堡似地,再次隐身不见。(96)就这样,这位法力广大的诛敌者施展幻术,出手敏捷,击毁了那些神奇武器。(97)尽管那些武器被罗刹用幻术摧毁,迦尔纳泰然自若,予以还击。(98)于是,大王啊!大力士怖军之子勃然大怒,将自身变形无数,恫吓众位人中之主。(99)接着,从四面八方涌来狮子、老虎、鬣狗和吐着火舌的蛇,还有生着铁喙的鸟。(100)在迦尔纳的弓发出的利箭打击下,瓶首又如同城市山林消失不见。(101)众罗刹、毕舍遮、亚杜达那和豺狼,从各个方向冲到迦尔纳面前,想要吃掉他,发出各种尖利的叫声威吓他。(102)迦尔纳用各种可怕的武器和利箭将它们一一击中。这些武器沾满它们的鲜血。(103)他以一件神奇武器破除罗刹的幻象,又用数支笔直的箭杀死他的那些马匹。(104)那罗刹只能眼睁睁地看着它们被利箭射得肢体破碎,后背断裂,倒地毙命。(105)看到幻术尽被破除,希丁芭之子对日神之子迦尔纳说:"我这就送你去死!"说毕,又隐身不见。(106)

　　　　　以上是吉祥的《摩诃婆罗多》中《德罗纳篇》第一百五十章(150)。

一五一

全胜说:

　　迦尔纳和罗刹正在进行这场战斗,骁勇的罗刹王阿罗瑜达出现了。(1)在成千上万面目狰狞、形象各异的英雄罗刹的簇拥下,他带领一支大军一起来到难敌面前,一路回忆着他的宿怨。(2)因为他的亲属、勇敢的食婆罗门者钵迦,威力强大的斑驳和朋友希丁波都已被杀死。(3)长期以来,他一直对宿敌耿耿于怀。获悉这场夜战,他打算在战斗中杀死怖军。(4)他疯狂如象,暴怒似蛇,渴望战斗,对难敌说了这番话:(5)"你是知道的,大王啊!怖军杀害了我的亲友罗刹希丁波、钵迦和斑驳。(6)他竟然藐视我们和其他罗刹,对罗刹女希丁芭做了最卑鄙的事儿，其他还用说吗？（7）国王啊！我亲自前来杀死他和他的同伙，消灭他的马匹、战车和大象，还要杀死希丁芭之子及其臣僚。（8）今天，我要同全体属下一起，将贡蒂诸子和以婆薮提婆之子（黑天）为首的所有人统统杀死，吃掉。你拦住整个军队，让我们同般度五子交战！"（9）听罢他的这些话，在众兄弟环绕下的难敌满心欢喜，向他致敬，说道：（10）"我的战士们急于歼灭敌军，因此，拦不住他们。我们将让你和你军打前锋，我们一起与敌人作战。"（11）

罗刹雄牛对国王说："就这样吧！"随后，与众食人者（罗刹）一起，迅速向怖军进发。（12）他像瓶首一样，大王啊！身体闪闪发光，乘着太阳般辉煌的战车。（13）他的庞大战车也发出无与伦比的隆隆巨响，有许多五彩拱门，车身覆盖熊皮，长一那尔婆。（14）套车的一百匹马也是速度飞快，身躯庞大如象，嘶鸣之声似驴，嗜食血肉。（15）他的战车发出的声响也如同大团乌云发出的雷鸣；他的巨弓也有坚韧的弓弦和强劲的力量。（16）他也拥有许多在石头上磨尖、大如车轴的金羽毛箭；他也像瓶首一样，是位大臂英雄。（17）他也有一面旗帜，宛若火焰和太阳，由豺狼和乌鸦守护；他的相貌也好似瓶首，无上吉祥，面部闪耀激动的光芒。（18）他大象般的身躯上，佩戴闪亮的腕环、闪亮的顶冠、花环、顶饰和宝剑，配备棒槌、火箭、铁杵、犁铧和弓。（19）他乘着那辆火光闪闪的战车，在战场上纵横驰骋，驱散般度族军队，恰似天空中一团挟着闪电的乌云，熠熠放光。（20）而般度族众武士英雄、杰出的大力士人中因陀罗们，国王啊！也在那里披坚执盾，兴奋地在四面八方展开战斗。（21）

以上是吉祥的《摩诃婆罗多》中《德罗纳》第一百五十一章(151)。

一五二

全胜说：

看见威力可怕的阿罗瑜达来到战场，所有的俱卢族人感到高兴。(1)以难敌为首，你的儿子们仿佛是想要渡海而无船的人们找到

了船。(2)这些国王感到自己绝处逢生,恭敬地欢迎罗刹王阿罗瑜达。(3)

夜里,迦尔纳和罗刹(瓶首)进行着超人的战斗,景象可怕。(4)般遮罗人和国王们微笑着观看这一切,而你的士兵们惊恐不安,国王啊!(5)德罗纳、德罗纳之子(马嘶)和慈悯等人喊道:"完了,完了!"确实,目睹希丁芭之子(瓶首)在战场上的业绩,你的军队乱了阵脚。(6)所有的士兵心慌意乱,失去理智,发出哀叫,对迦尔纳的生命不抱希望,大王啊!(7)难敌看到迦尔纳陷入困境,招呼罗刹王阿罗瑜达,说道:(8)"毗迦尔多那·迦尔纳精通战斗,创造丰功伟绩,正在与希丁芭之子(瓶首)交战。(9)看啊!这些英勇的国王遭到怖军之子(瓶首)的各种武器打击,犹如树木被大象踩倒。(10)希望得到你的同意,让我的这些国王在战场上分享你的福分,英雄啊!你施展威力,杀死他吧!(11)邪恶的折磨敌人者瓶首凭借幻力折磨毗迦尔多那·迦尔纳。"(12)

听了国王这番话,勇敢非凡的大臂罗刹说道:"好吧!"便冲向瓶首。(13)主人啊!怖军之子(瓶首)撇下迦尔纳,用箭射击冲过来的敌人。(14)两位愤怒的罗刹王展开战斗,犹如树林中,两头春情发动的大象为争夺雌象展开战斗。(15)摆脱了罗刹,优秀的武士迦尔纳驾着灿若太阳的战车冲向怖军。(16)看见瓶首在战斗中遭到阿罗瑜达攻击,犹如牛群之王遭到狮子攻击,怖军不顾迦尔纳冲上前来。(17)这位优秀的武士驾着灿若太阳的战车,冲向阿罗瑜达的战车,发射箭流。(18)看见怖军冲过来,主人啊!阿罗瑜达撇下瓶首,挑战怖军。(19)主人啊!诛灭罗刹者怖军猛然冲过去,向罗刹王及其同伙泼洒箭雨。(20)同样,克敌者阿罗瑜达也不断地向贡蒂之子(怖军)泼洒在石头上磨尖的、笔直飞行的箭雨。(21)所有可怕的罗刹渴望你的儿子们获胜,也手持各种武器,冲向怖军。(22)

大力士怖军遭到这些力士打击,便一次次连发五支利箭射杀他们。(23)那些天生粗壮的罗刹遭到怖军杀戮,狂呼乱叫,逃向四方。(24)罗刹王看见他们惧怕怖军,便迅速冲上前去,向这位大力士泼洒利箭。(25)怖军在战斗中向阿罗瑜达发射许多箭头锋利的箭,而阿罗瑜达在战斗中迅速砍断怖军射来的一些箭,也抓住一些箭。(26)勇敢骇人的怖军见到罗刹王,迅速向他掷出金刚杵一般的铁杵。(27)而罗刹用铁杵打击这枚迅速飞来、充满火焰的铁杵,使它回到怖军那里。(28)贡蒂之子(怖军)向罗刹王泼洒箭雨,而罗刹王用许多利箭阻截箭雨。(29)所有面目狰狞的罗刹士兵按照罗刹王的命令,砍杀战车和大象。(30)在罗刹们疯狂的打击下,般遮罗人、斯楞遮耶人以及马和大象不得安宁。(31)

看到战场上发生的这种恐怖景象,人中俊杰(黑天)对胜财(阿周那)说道:(32)"大臂者啊!你看,怖军受到罗刹王牵制,你快去接应他,不要耽搁,般度之子啊!(33)让大勇士猛光、束发、瑜达摩尼瑜、优多贸阇和德罗波蒂的儿子们一起冲向迦尔纳。(34)让无种、偕天和英勇的善战(萨谛奇)按照你的命令去杀死其他那些罗刹,般度之子啊!(35)而你自己,大臂者啊!要阻挡住以德罗纳为首的军队,人中之虎啊!因为我们面临巨大的危险。"(36)

黑天这样说罢,大勇士们按照他的命令,在战场上冲向毗迦尔多那·迦尔纳和其他那些罗刹。(37)威武的罗刹王拉开满弓,射出许多毒蛇般的利箭,射断怖军的弓。(38)这位大力士罗刹当着怖军的面,用许多利箭杀死怖军的马和车夫,婆罗多后裔啊!(39)失去了马和车夫,怖军从车座上下来,大吼一声,向罗刹王掷出沉重而可怕的铁杵。(40)这大铁杵落下时,发出可怕的声响,而狰狞的罗刹也大吼一声,用自己的铁杵进行回击。(41)看到罗刹王这个令人恐怖的举动,怖军感到兴奋,很快又掷出一枚铁杵。(42)这是一场发生在人和罗刹之间的可怕战斗,铁杵互相撞击,发出巨响,震撼大地。(43)他俩互相投掷铁杵后,又互相用拳头交战,发出金刚杵般的响声。(44)随后,他俩愤怒地随手就近拿起车轮、车轭、车轴、坐垫和其他物件,互相厮打。(45)他俩互相厮打,身上流淌鲜血,仿佛两头疯狂的大象互相攻击。(46)感官之主(黑天)一心为般度族谋利益,见此情景,为了保护怖军,调遣希丁芭之子(瓶首)。(47)

以上是吉祥的《摩诃婆罗多》中《德罗纳篇》第一百五十二章(152)。

一五三

全胜说：

看到怖军在附近战场上遭受罗刹攻击，婆薮提婆之子（黑天）对瓶首说道：(1)"大臂者啊！你看，怖军遭受罗刹攻击，就在你和所有军队的眼皮底下，大光辉者啊！(2)你先撇下迦尔纳，快去杀死罗刹王阿罗瑜达，然后，再杀迦尔纳，大臂者啊！"(3)听了苾湿尼族后裔（黑天）的话，英勇的瓶首撇下迦尔纳，与钵迦之弟罗刹王作战。这是一场在夜里进行的、两个罗刹之间的恶战。(4)阿罗瑜达的士兵们，这些面目狰狞的罗刹勇士手持弓箭猛扑过来。(5)大勇士善战（萨谛奇）满腔愤怒，手持武器，与偕天一起用利箭射杀他们。(6)有冠者毗跋蒺（阿周那）在战场上向四周发射利箭，射击那些刹帝利雄牛，国王啊！(7)而迦尔纳在战场上驱散以猛光和束发为首的般遮罗族大勇士国王们，国王啊！(8)勇敢骇人的怖军看到他们遭到杀戮，迅速冲向迦尔纳，在战场上发射利箭。(9)然后，无种、偕天和大勇士萨谛奇杀死众罗刹，冲到车夫之子（迦尔纳）那里，与迦尔纳交战，而般遮罗人与德罗纳交战。(10)

阿罗瑜达怒不可遏，用巨大的铁闩击中克敌者瓶首的头顶。(11)英勇的大力士怖军之子（瓶首）遭到打击，感到一阵昏晕，浑身僵直。(12)然后，他在战斗中向对手掷出装饰有百铃的镶金铁杵，犹如燃烧的火焰。(13)这位威力可怕者掷出的这枚铁杵响声巨大，迅速粉碎对手的马、战车和车夫。(14)凭借罗刹幻术，罗刹王很快从马匹、车轮、车轴、旗幡和车辕破碎的车上跳下。(15)凭借幻术，他降下一阵阵血雨，天空布满乌云，电光闪烁。(16)然后，闪电雷鸣，暴风骤雨，整个战场到处响起劈劈啪啪的声音。(17)看到罗刹（阿罗瑜达）运用这种幻术，罗刹瓶首也凭借幻力，腾空高飞，破坏这种幻术。(18)看到自己的幻术遭到破坏，具有幻力者（阿罗瑜达）又凭借自己的幻力，向瓶首泼洒可怕的石雨。(19)而英勇的瓶首用箭雨粉碎四面八方可怕的石雨，这仿佛是奇迹。(20)

然后，他俩互相投掷各种武器：铁闩、铁叉、铁棒、铁杵和铁槌，（21）三叉戟、宝剑、长矛、标枪和飞镖，铁箭、锋利的月牙箭、飞轮和战斧，（22）铁球、短镖、牛头箭和石臼。他俩又互相拔起各种枝叶繁茂的大树，互相厮打。（23）莎弥树、象树、迦利罗树和夏密耶迦树，婆罗多后裔啊！因古陀树、枣树和开花的拘毗陀罗树，（24）波罗奢树、阿利美陀树、毕洛叉树、榕树和无花果树，双方用这些大树厮打。（25）他俩还用各种山顶和成堆的矿石厮打，撞击的声响巨大，犹如金刚杵断裂。（26）国王啊！怖军之子（瓶首）和阿罗瑜达之间的战斗确实可怕，犹如从前两位猴王波林和妙项之间的战斗，国王啊！（27）他俩用各种可怕的武器和利箭互相攻击，用锋利的短刀互相厮杀。（28）然后，这两位身材魁梧的大力士互相扑在一起，用手臂抓住对方的头发。（29）国王啊！这两位身材魁梧的罗刹肢体破裂，流淌鲜血和汗水，犹如两座高山流淌雨水。（30）

然后，希丁芭之子（瓶首）迅速举起罗刹王，用力旋转后，把他摔在地上，砍下他的大脑袋。（31）大力士（瓶首）提起这颗佩戴耳环的脑袋，发出可怕的吼叫。（32）看到这位身材魁梧的克敌者、钵迦的亲属（阿罗瑜达）被杀，般遮罗人和般度族人发出狮子吼。（33）这位罗刹倒地死去，般度族人敲响数千张鼓，吹响数万个螺号。（34）这个夜晚为他们带来胜利，一排排火炬照得四周通光明亮。（35）大力士怖军之子（瓶首）将阿罗瑜达的没有知觉的脑袋扔到难敌面前，（36）难敌王看到阿罗瑜达被杀死，与士兵们一起惊慌失措，婆罗多后裔啊！（37）阿罗瑜达牢记深仇大恨，发誓要杀死怖军，自愿来到战场。（38）国王（难敌）以为怖军肯定会被他杀死，他的弟兄们将会长寿。（39）现在看到阿罗瑜达被怖军的儿子杀死，国王（难敌）只能承认怖军的誓言获得实现。（40）

以上是吉祥的《摩诃婆罗多》中《德罗纳篇》第一百五十三章(153)。

一五四

全胜说：
杀死阿罗瑜达后，罗刹瓶首满心喜悦，站在军队前列，发出各种吼叫声。(1) 听到他的令大象颤抖的吼叫声，你们一方的人恐惧万分，大王啊！(2) 大臂者迦尔纳看到大力士怖军之子（瓶首）与阿罗瑜达交战，便冲向般遮罗人。(3) 他挽满弓弦，向猛光和束发发射笔直的硬箭，每次连发十支。(4) 然后，他又向瑜达摩尼瑜、优多贸阁和高贵的武士萨谛奇发射优质的铁箭，使他们身体摇晃。(5) 也能看到他们将弓拉满成圆，从左右发射利箭，国王啊！(6) 在夜里，他们的弓弦声和车轮声格外响亮，犹如夏末的乌云，雷声隆隆。(7) 国王啊！那里的战场是乌云，弓弦声和车轮声是雷鸣，弓是闪电，箭流是暴雨。(8)

毗迦尔多那（迦尔纳）威武如同高山，巍然不动，在战场上粉碎向他射来的箭雨，消灭敌军，国王啊！(9) 灵魂高尚的毗迦尔多那（迦尔纳）一心为你的儿子谋利益，用无与伦比的、金刚杵般的金羽毛箭打击敌人。(10) 毗迦尔多那（迦尔纳）迅速发射利箭，粉碎一些人的旗幡，射穿一些人的身体，杀死一些人的马匹和车夫。(11) 他们在战场上得不到安全，都奔向坚战的军队。瓶首看到他们惊慌失措，扭头逃窜，怒不可遏。(12) 他站在镶有金银珠宝的战车上，发出狮子吼，冲向毗迦尔多那·迦尔纳，向他发射金刚杵般的利箭。(13) 他俩用长耳铁箭、蛙嘴箭、那利迦箭、棒杖箭、小牛牙箭、猪耳箭、弯角箭和剃刀箭雨覆盖整个天空。(14) 箭雨覆盖的天空中，那些火焰般的金羽毛箭斜向划过，仿佛是美丽的鲜花组成的花环。(15) 这两位大英雄势均力敌，同样威力无比，互相用至高的武器打击对方，在战场上看不出有什么差别。(16) 太阳之子（迦尔纳）和怖军之子（瓶首）之间的这场战斗美丽壮观，呈现武器撞击的可怕景象，犹如空中罗睺和太阳的激战。(17)

谙熟武艺的优秀武士不能胜过迦尔纳，国王啊！他便使用凶猛的武器。(18) 罗刹（瓶首）用这武器先杀死迦尔纳的马匹和车夫，然后，希丁芭之子（瓶首）很快让自己消失不见。(19)

持国说：

罗刹用欺诈手段打仗，消失之后，我方的人怎么办？请你告诉我，全胜啊！(20)

全胜说：

得知这个罗刹消失不见，所有的俱卢族人气愤地嚷嚷道："这个罗刹用骗术作战，在战场隐身不见，怎么不会杀死迦尔纳？"（21）迦尔纳轻松地使用各种神奇的武器，用箭网笼罩四面八方。整个天空变得一片漆黑，任何生物都无法停留。（22）车夫之子（迦尔纳）用箭覆盖整个天空，而他动作敏捷，旁人看不见他搭箭上弦，挽弓射箭，用手指触摸箭袋。（23）然后，我们看到罗刹（瓶首）在空中施展恐怖的幻术：一团红云，犹如熊熊燃烧的火焰。（24）俱卢族王啊！从云中迸出许多电光和燃烧的流星，爆发可怕的声音，犹如成千张鼓同时敲响。（25）从云中降下许多金羽毛箭、标枪、长矛和铁杵，还有战斧、涂过油的短刀、顶端闪亮的三股叉和投枪。（26）裹有铜皮而闪闪发光的门闩、美丽的棒槌、锋利的铁叉、系有金带的大棒槌和百杀器，从四面八方坠落。（27）数以千计的大石头伴随闪电雷鸣纷纷坠落，还有数以百计的飞轮和烈火般的剃刀。（28）

　　迦尔纳用箭流无法摧毁一阵阵降下的武器暴雨：标枪、石头、战斧、长矛、短刀、铁锤和霹雳闪电。（29）马匹被利箭射中倒下，大象被雷电击中倒下，大勇士们被石头击中倒下，全都发出高声的号叫。（30）瓶首从四面八方降下各种可怕的武器，但见难敌的军队遭到打击，痛苦万状，仓皇逃窜。（31）他们神情沮丧，躺在地上发出哀叫。但是，那些人中豪杰秉性高贵，没有扭头逃跑。（32）看到罗刹降下这种极其可怕的武器暴雨，军队纷纷倒地，你的儿子们陷入大恐怖。（33）数以百计的豺狼吐着火焰般的舌头，发出可怕的号叫，成群成群的罗刹发出吼叫，这些身为国王的勇士痛苦不安。（34）那些罗刹青面獠牙，吐着火舌，身体魁梧如同高山，手中紧握长矛，站在空中，犹如一堆堆乌云泼洒阵阵暴雨。（35）遭到这些利箭、长矛、铁叉、沉重的棒槌、闪亮的铁门、三叉戟、霹雳闪电、飞轮和百杀器的打击，士兵们纷纷倒地。（36）罗刹们又向你儿子的军队倾泻铁桩、火箭、石球、百杀器和裹有黑铁皮的木柱，造成悲惨可怕的局面。（37）那些英雄躺倒在地，内脏破碎，尸首分身，四肢断裂。那些马匹、大象和战车被石头砸碎。（38）瓶首运用幻术创造的这些妖魔面目狰狞，向大地上倾泻武器暴雨，既不放过胆怯者，也不放过求饶者。（39）

　　时神制造了这场毁灭刹帝利、杀戮俱卢族英雄的可怕暴行。那些俱卢族人溃不成军,在匆忙奔逃中高喊道:(40)"快逃吧!俱卢族人啊!一切都完了。以因陀罗为首的众天神为了般度族而杀戮我们。沉没的婆罗多族没有救命之岛了。"(41)俱卢族军队面临毁灭,陷入混乱,狂呼乱叫,部队之间的区分消失,互相不知道归属。(42)在这混乱而可怕的溃逃中,四周在人们眼中是一片虚空,国王啊!只见迦尔纳独自一人挺立在武器暴雨中。(43)车夫之子迦尔纳心中惭愧,用箭雨笼罩天空,对抗罗刹的神秘幻术,从事难以完成的高尚事业,在战斗中没有失去理智。(44)国王啊!所有的信度族人和波力迦族人都担心地望着迦尔纳,国王啊!眼看罗刹占据优势,而迦尔纳依然在战斗中镇定自若,他们对他充满崇敬。(45)瓶首掷出一个带有飞轮的百杀器,同时击中迦尔纳的四匹马。那些马顿时失去牙齿、眼睛和舌头,命殒气绝,屈膝倒地。(46)迦尔纳从马匹倒毙的战车上跳下来。面对俱卢族人逃跑,自己的神奇武器遭到幻术破坏,他并没有心慌意乱,而是冷静地想着下一步的对策。(47)看到这种可怕的幻术,所有的俱卢族人对迦尔纳说道:"迦尔纳啊!赶快用标枪杀死这个罗刹,俱卢族持国之子们就要毁灭了。(48)怖军和普利塔之子(阿周那)能对我们做什么?在这夜深时分,你杀死这个凶暴的罗刹吧!今天从这可怕的战场上逃生的人,还可以再与普利塔之子们交战。(49)所以,你用婆薮之主(因陀罗)给你的标枪,杀死这个面目狰狞的罗刹,迦尔纳啊!不要让所有像因陀罗一样的俱卢族英雄和士兵们在这场夜战中遭到毁灭。"(50)

迦尔纳看到罗刹在这深夜杀戮俱卢族军队,又听到俱卢族人这样大声叫喊,国王啊!他决心掷出标枪。(51)迦尔纳怒不可遏,像愤怒的狮子,不能忍受战场上受到这样的打击。他取出这支不可抗拒而确保胜利的无上标枪,想要杀死罗刹。(52)国王啊!这支标枪保存了许多年,准备用来在战场上杀死颇勒古拿(阿周那)。帝释天(因陀罗)将这支无上标枪送给车夫之子(迦尔纳),用来换取他的耳环。(53)这支标枪闪闪发光,渴望吮血,如同死神携带套索的黑夜妹妹,又如燃烧的流星。毗迦尔多那(迦尔纳)将它掷向罗刹。(54)看到车夫之子(迦尔纳)手持这支闪闪发光、致敌死命的优秀标枪,国王啊!罗刹仓皇逃跑,将自己幻化成像文底耶山脚一样庞大。(55)

国王啊！看到迦尔纳手中的标枪，空中的众生发出惊呼，狂风大作，雷电轰鸣。（56）燃烧的标枪将罗刹的幻术化为灰烬，也将罗刹坚硬的心脏击碎。然后，在黑夜中，闪闪发光的标枪向上升入星宿之中。（57）

这位英雄（瓶首）用各种神奇的武器与众人和众罗刹交战之后，被因陀罗的标枪击中，发出各种可怕的吼叫，失去生命。（58）即使他被标枪击中了致命部位，他仍然创造了另一个消灭敌人的神奇事迹，国王啊！他闪闪发光，犹如一团云，犹如一座山。（59）罗刹王瓶首命殒气绝，身体破裂，脑袋下垂，四肢僵硬，失去舌头，庞大的身躯从空中坠落地上。（60）业绩骇人的怖军之子（瓶首）以这种可怕的形体坠落。即使他已死去，仍然砸中你的一部分军队，压死许多俱卢族人。（61）然后，看到幻术被焚毁，罗刹被杀死，俱卢族人满怀喜悦，发出欢呼，四周伴随狮子吼，响起大小鼓声和螺号声。（62）迦尔纳受到俱卢族人崇敬，犹如因陀罗杀死弗栗多后，受到摩录多们崇敬。他跟随你的儿子上车，高兴地归回自己的军队。（63）

以上是吉祥的《摩诃婆罗多》中《德罗纳篇》第一百五十四章（154）。《瓶首阵亡篇》终。

德罗纳阵亡篇

一五五

全胜说：

看到希丁芭之子（瓶首）像一座被劈开的山那样死去，所有的般度族人黯然神伤，眼中含满泪水。（1）而婆薮提婆之子（黑天）却沉浸在欢乐之中，兴奋地发出狮子吼，似乎令般度族痛苦不安，婆罗多后裔啊！他一边大声吼叫，一边拥抱颇勒古拿（阿周那）。（2）他勒住马，大声吼叫，满怀喜悦跳着舞，犹如遭到风吹的树木。（3）不退者（黑天）又一次拥抱普利塔之子（阿周那），不断地拍打他，在车座上发出可怕的吼叫。（4）看到大力士婆薮提婆之子（黑天）心情愉快，国王啊！阿周那似乎心中不悦，对他说道：（5）"诛灭摩图者啊！

希丁芭之子（瓶首）被杀，大家极度悲伤，你却不合时宜地兴高采烈。（6）看到瓶首被杀，军队转身撤退。我们都为希丁芭之子（瓶首）遇害深感不安。（7）遮那陀那啊！肯定有不一般的原因，优秀的诚实者啊！我问你，请你如实告诉我。（8）如果这不是秘密，你应该告诉我，克敌者啊！请说说你怎么失去往日的稳重？诛灭摩图者啊！（9）我认为你的这种轻率行为犹如大海激动，弥卢山移动，遮那陀那啊！"（10）

婆薮提婆之子说：

我充满喜悦，胜财啊！请听我告诉你。你立刻会平静，感到高兴。（11）大光辉者啊！你要知道，迦尔纳的那支标枪对瓶首用过后已失效，这样，他实际上已在战斗中被杀死，胜财啊！（12）迦尔纳在战场上手持标枪，俨如迦缔吉夜（战神），在这世上有哪个人敢面对他？（13）幸运啊！他的铠甲失去了。幸运啊！他的耳环失去了。幸运啊！他的百发百中的标枪在瓶首身上用过后消失了。（14）如果迦尔纳披着铠甲，戴着耳环，这位力士独自一人就能战胜连同众天神在内的三界。（15）不管是婆薮之主（因陀罗）、俱比罗（财神）、风神、水神，还是阎摩，都不能在战场上靠近他。（16）你用甘狄拨神弓，我用妙见飞轮，也不能在战场上战胜这样一位人中雄牛。（17）为了你的利益，帝释天（因陀罗）用幻术取走了这位攻克敌人城堡者的耳环和铠甲。（18）迦尔纳割下自己的铠甲和洁净的耳环，给了帝释天（因陀罗），所以，他被称为毗迦尔多那（"割开耳朵者"）。（19）现在，迦尔纳像一条愤怒的毒蛇中了咒语而僵化，也像火焰熄灭的火。（20）

大臂者啊！这支用在瓶首身上的标枪，当时是灵魂高尚的婆薮之主（因陀罗）送给迦尔纳，（21）用来换取他的耳环和神奇的铠甲。雄牛（迦尔纳）得到这支标枪后，一直想要在战场上杀死你。（22）现在这支标枪虽然已经失去，人中之虎啊！我敢赌咒发誓，除了你以外，仍然没有一个人能杀死他，无罪者啊！（23）迦尔纳对婆罗门虔诚，说真话，实施苦行，奉守誓愿，对敌人也仁慈，由此，他被称作"雄牛"。（24）这位战场上的英雄，大臂者，总是高举着弓。犹如林中的雄狮蹂躏疯狂的象王们，他在战场上使武士之虎们威风扫地。(25)他像正午的太阳,没有人敢正面凝视,人中之虎啊!与你的灵魂高尚的勇士们作战时,他射出的箭网犹如秋日的太阳光芒万丈。(26)迦尔纳发射箭雨,犹如夏日的乌云倾泻暴雨。他泼洒神奇武器之雨,犹如饱含雨水的乌云。现在,他失去帝释天(因陀罗)给他的法宝,就与凡人一样了。(27)这就有了杀死他的机会。这个漏洞是他自己疏忽大意造成的。一旦他的车轮下沉,陷入困境,你要抓住这个机会杀死他。(28)为了你的利益,我用各种手段将妖连、车底王和大力士尼沙陀王独斫一个个全都杀死。(29)我还杀死其他一些罗刹王,杰出的希丁波、斑驳和钵迦,还有粉碎敌军的阿罗瑜达和勇敢凶猛的瓶首。(30)

以上是吉祥的《摩诃婆罗多》中《德罗纳篇》第一百五十五章(155)。

一五六

阿周那说:

遮那陀那啊!你凭借什么手段,为了我们的利益而杀死妖连等等国王?(1)

婆薮提婆之子说:

妖连、车底王和大力士尼沙陀王,如果过去不把他们杀死,他们现在就会制造恐怖事件。(2)难敌肯定会选择这些大勇士。他们一向与我们作对,肯定会依附俱卢族。(3)这些英雄灵魂高尚,武艺娴熟,斗志顽强,会像天神那样保护持国之子的所有军队。(4)车夫之子(迦尔纳)、妖连、车底王和尼沙陀之子(独斫)依附难敌,就会折磨整个大地。(5)请听我说,胜财啊!只有使用手段,才能杀死他们。不使用手段,即使众天神也不能在战斗中战胜他们。(6)普利塔之子啊!他们中每一个都能与由护世天王们保驾的整个天神军队作战。(7)

妖连受到卢醯尼之子(大力罗摩)的攻击,怒不可遏,想要杀死我们,掷出红头铁杵。(8)它像一团火划过天空,犹如帝释天放出的雷电。(9)见到这铁杵飞来,卢醯尼之子(大力罗摩)掷出名为桩耳的武器，予以对抗。（10）受到这武器猛烈撞击，那铁杵坠落地上，仿佛劈开大地，震撼群山。（11）那时，有一位强悍可怕的罗刹女，名叫老妖。是她促成这位克敌者妖连的诞生。（12）他原来由两位母亲各自生出半个身体，而由老妖捏合在一起，所以，他得名妖连。（13）普利塔之子啊！这个罗刹女连同她的儿子和亲属，在地上被这根铁杵和这件桩耳武器杀死。（14）失去了铁杵，妖连在激战中，当着你们的面被怖军杀死，胜财啊！（15）如果威武的妖连依然手持铁杵，连因陀罗在内的众天神都不能在战场上杀死他，人中俊杰啊！（16）

德罗纳为了你的利益，担任真正勇敢的尼沙陀之子（独斫）的老师，而设法剁去了他的拇指。（17）坚定勇敢的尼沙陀之子（独斫）戴上护指套，犹如另一个在林中游荡的罗摩。（18）普利塔之子啊！独斫不失去拇指，天神、檀那婆、罗刹和蛇都不可能在战斗中战胜他。（19）紧握拳头，武艺高强，日夜不停地射箭，任何凡人都不可能逼视他。（20）为了你的利益，我在战场上，当着你的面，杀死了勇敢的车底王。（21）所有的天神和阿修罗都不可能在战场上杀死他。而我生来就是要杀死他和其他天神之敌。（22）

为了世界的利益，人中之虎啊！在你的协助下，怖军杀死了希丁波、钵迦和斑驳。他们都是婆罗门和祭祀的破坏者，威力如同罗波那。（23）同样，具有幻力的阿罗瑜达被希丁芭之子（瓶首）杀死，而我又施展手段，让迦尔纳用标枪杀死希丁芭之子（瓶首）。（24）如果迦尔纳在激战中没有用标枪杀死怖军之子瓶首，我也会杀死他的。（25）因为这个罗刹仇视婆罗门和祭祀。为你们着想，我过去没有杀死他。（26）因为他破坏正法，灵魂邪恶，才这样死去，无罪者啊！同时我也用这个手段，让帝释天（因陀罗）所赐的标枪用过后作废。（27）

般度之子啊！因为他们都破坏正法，我应该杀死他们。为了确立正法，我立下永久的誓言：（28）我发誓永远忠于吠陀、真理、自制、纯洁、正法、廉耻、吉祥、坚定和宽容。（29）你不要为毗迦尔多那·迦尔纳感到烦恼，我会告诉你杀死他的办法。（30）狼腹（怖军）也会在战场上杀死难敌，般度之子啊！我会告诉你杀死他的办法。(31)面对敌军，混乱的叫喊声越来越响，你的军队逃向四面八方。(32)俱卢族人抓住机会歼灭你的军队。优秀的武士德罗纳正在焚烧我们的军队。(33)

以上是吉祥的《摩诃婆罗多》中《德罗纳篇》第一百五十六章(156)。

一五七

持国说：

车夫之子（迦尔纳）的标枪只能杀死一个英雄，为什么他不放过所有的人而将它掷向普利塔之子（阿周那）？(1)一旦阿周那被杀死，所有的般度族人和斯楞遮耶族人也都会被杀死。杀死了这一个英雄，我们怎么会在战斗中不取得胜利？(2)颇勒古拿（阿周那）曾经发誓决不拒绝挑战。车夫之子（迦尔纳）应该主动向他挑战。(3)全胜啊！请你告诉我，为什么雄牛（迦尔纳）在与颇勒古拿（阿周那）决战时，没有用帝释天（因陀罗）所赐的标枪杀死他？(4)我的儿子缺乏智慧，没有助手，计谋总是被敌人破坏，他怎么可能战胜敌人呢？(5)迦尔纳的这支标枪无与伦比，是胜利的保障，但被婆薮提婆之子（黑天）让它在瓶首身上用过后作废。(6)正像一个残疾人手中的吉祥果被强人夺走，这支百发百中的标枪在瓶首身上用过后就化为乌有。(7)犹如猪狗相斗，两败俱伤，猎人得利，智者啊！我认为迦尔纳和希丁芭之子（瓶首）交战，婆薮提婆之子（黑天）得利。(8)如果瓶首杀死迦尔纳，最大的得益者是般度族；如果毗迦尔多那（迦尔纳）杀死瓶首，由此失去标枪，得益者依旧是般度族。(9)睿智的人中之狮婆薮提婆之子（黑天）老谋深算，为了般度族的利益，让瓶首与车夫之子（迦尔纳）交战。(10)

全胜说：

知道迦尔纳想要做的事，诛灭摩图者（黑天）派遣罗刹王（瓶首）与迦尔纳决战。(11)大臂者遮那陀那（黑天）为了摧毁这支百发百中的标枪，才派遣大英雄瓶首，国王啊！这都是你的失策造成的后果。(12)如果黑天不帮助普利塔之子（阿周那）逃脱大勇士迦尔

373

纳之手,那么,我们肯定会成功,俱卢族支柱啊!(13)持国啊!没有瑜伽之主遮那陀那(黑天),普利塔之子(阿周那)肯定会在战场上连同车马和旗幡,一齐翻倒在地。(14)国王啊!由于黑天施展种种手段保护普利塔之子(阿周那),他才面对敌人,战无不胜。(15)尤其是黑天保护般度之子(阿周那)避开这支百发百中的标枪。否则,这支掷出的标枪肯定会杀死贡蒂之子(阿周那),犹如雷电击毁树木。(16)

持国说:

我的儿子逞强好斗,受奸臣操纵,还自以为聪明,由此,他失去杀死阿周那的手段。(17)牛众之子啊!你怎么也忽略了这一点?大智者啊!你没有提醒这件事。(18)

全胜说:

难敌、沙恭尼、难降和我,天天夜里考虑这个问题。(19)每天天亮后,我们告诉迦尔纳说:"撤下所有的军队,迦尔纳啊!杀死胜财(阿周那)。然后,我们就能像享用仆人一样,享用般度族人和般遮罗人。(20)一旦普利塔之子(阿周那)被杀死,苾湿尼族后裔(黑天)就会指派另一个般度之子作战。让黑天也被杀死吧!(21)黑天是般度族的根,普利塔之子(阿周那)就像挺拔的树干,其他几个普利塔之子就像树枝,般遮罗人是树叶。(22)般度之子们以黑天为靠山,以黑天为力量,以黑天为庇护。黑天是他们的归依,犹如月亮是星宿的归依。(23)因此,车夫之子啊!别管那些树叶、树枝和树干,杀死黑天吧!他无论何时何地,都是般度族的根。"(24)

如果迦尔纳杀死雅度族后裔(黑天),毫无疑问,整个世界就会在你的控制之下,国王啊!(25)如果这位灵魂高尚的雅度族和般度族的宠儿被杀死,躺倒在地,那么,国王啊!整个大地连同高山、大海和森林都会归你统治。(26)天王醒来天亮时,我们决定对不可估量的感官之主(黑天)下手,而在战斗中,我们又糊涂了。(27)盖沙婆(黑天)总是保护贡蒂之子阿周那,不愿意让阿周那在战斗中遭遇车夫之子(迦尔纳)。(28)不退者(黑天)总是指派另外一些高贵的勇士与迦尔纳交战,心里想着怎样让那支百发百中的标枪失效,主人啊!(29)

勇士之虎啊！真正勇敢的大臂者萨谛奇询问黑天有关大勇士迦尔纳的事，说道：（30）"无比勇敢者啊！车夫之子迦尔纳决心要掷出标枪，为什么他不掷向颇勒古拿（阿周那）？"（31）

婆薮提婆之子说：

以难敌为首，难降、迦尔纳、沙恭尼和信度王经常一起商议，说道：（32）"迦尔纳啊迦尔纳！无比勇敢的大弓箭手啊！优秀的胜利者啊！你的这支标枪不能掷向别人。（33）它只能掷向大勇士普利塔之子胜财（阿周那），因为他是他们之中享有最高声誉者，犹如众天神中的婆薮之主（因陀罗）。（34）一旦他被杀死，所有的般度族人和斯楞遮耶人就会失魂落魄，犹如众天神失去火神。"（35）迦尔纳答应道："好吧！"悉尼族雄牛啊！在迦尔纳的心中，一直想着要杀死手持甘狄拨神弓者（阿周那）。（36）优秀的武士啊！我总是迷惑罗陀之子（迦尔纳），因此，他没有将标枪掷向白马驾车的般度之子（阿周那）。（37）因为我知道渴望战斗的颇勒古拿（阿周那）的死因，我夜不能寐，忧心忡忡，优秀的武士啊！（38）看到这支标枪在瓶首身上用过后消失了，悉尼族雄牛啊！我明白胜财（阿周那）已从死神嘴边逃脱。（39）我对父母、你们兄弟以及自己生命的保护都不及在战场上对毗跋蕤（阿周那）的保护。（40）失去了普利塔之子胜财（阿周那），即使有比三界统治权更宝贵的东西，我也不愿意享有，沙特婆多族后裔啊！（41）因此，看到普利塔之子胜财（阿周那）仿佛死里逃生，善战啊！我现在满心欢喜。（42）正是这样，我派遣罗刹与迦尔纳作战，因为在夜战中没有人能阻遏迦尔纳。（43）

全胜说：

提婆吉之子（黑天）一心为胜财（阿周那）谋利益，始终为他做好事，对萨谛奇讲了这些话。（44）

以上是吉祥的《摩诃婆罗多》中《德罗纳篇》第一百五十七章(157)。

一五八

持国说：

迦尔纳、难敌和妙力之子沙恭尼，尤其是你，都对权术一窍不通。（1）你们知道这支标枪在战斗中能杀死一个人，即使以婆薮之主（因陀罗）为首的众天神也不能抵御它。（2）全胜啊！为什么迦尔纳在以前的战斗中不将标枪掷向提婆吉之子（黑天）或颇勒古拿（阿周那）？（3）

全胜说：

民众之主啊！每天从战场上回来，我们总是在夜里商议，俱卢族俊杰啊！（4）我们对迦尔纳说道："迦尔纳啊迦尔纳！明天天亮后，你应该将这支标枪掷向盖沙婆（黑天）或阿周那。（5）然而，天亮后，国王啊！命运作怪，迦尔纳和其他的勇士们又都忘却这个决定。（6）我认为命运至高无上，迦尔纳标枪在握，却没有在战场上杀死普利塔之子（阿周那）或提婆吉之子黑天。（7）迦尔纳手中的标枪如同深沉的黑夜。命运夺走了他的智慧，他没有将它掷出。（8）受到天神幻术迷惑，迦尔纳没有用这支因陀罗标枪杀死提婆吉之子黑天或如同帝释天的普利塔之子（阿周那），主人啊！（9）

持国说：

你们毁于命运，也毁于你们自己和盖沙婆（黑天）的智慧。因陀罗标枪杀死了如同草芥的瓶首后，消失了。（10）由于这个愚蠢行为，迦尔纳、我的儿子们和所有的其他国王都将走向阎摩殿。（11）请你再告诉我，瓶首死后，俱卢族和般度族之间的战况。（12）那些排成队形的武士，斯楞遮耶人和般遮罗人怎样冲向德罗纳，进行战斗？（13）由于月授之子（广声）和信度王阵亡，德罗纳怒不可遏，奋不顾身，深入敌军。（14）德罗纳如同张开血口的老虎，又如张开大口的死神，冲向前来，般度族人和斯楞遮耶人怎样抵抗他？（15）以难敌为首，德罗纳之子（马嘶）、迦尔纳和慈悯在战场上怎样保护这位老师？（16）左手开弓者（阿周那）和狼腹（怖军）一心想要杀死婆罗堕遮之子（德罗纳），我方军队在战场上怎样抵御他俩，全胜啊！请你告诉我。（17）一方信度王被杀，另一方瓶首被杀，双方都满腔愤怒，他们怎样进行夜战？（18）

全胜说：

国王啊！罗刹瓶首在夜里被迦尔纳杀死，你的军队渴望战斗，发出欢呼。（19）在这夜深时分，他们快速地冲向般度族军队，进行杀戮，国王（坚战）陷入焦虑之中。（20）折磨敌人者啊！大臂者（坚战）对怖军说道："大臂者啊！你要阻截持国之子的军队！由于希丁芭之子（瓶首）被杀，我的头脑一片糊涂。"（21）这样命令怖军后，国王坐在自己的车上，泪流满面，长吁短叹。他看到迦尔纳勇敢非凡，心中惶恐不安。（22）黑天见他神情沮丧，便说道："别沮丧，贡蒂之子啊！你不应该像普通人那样软弱无力，婆罗多族俊杰啊！（23）振作起来，国王啊！投入战斗，担负起你的职责吧！主人啊！如果你变得软弱无力，我们就难以保证胜利。"（24）

听了黑天的话，法王坚战用手擦干眼泪，对黑天说道：（25）"大臂者啊！你知道正法的至高归宿。一个不知报恩的人，就会得到杀害婆罗门罪的果报。（26）我们住在森林里的时候，灵魂高尚的希丁芭之子（瓶首）还年幼，他就帮助我们，遮那陀那啊！（27）知道驾驭白马的般度之子（阿周那）去寻找天神武器，这位大弓箭手便来到迦摩耶迦侍奉我，和我们住在一起，直到胜财（阿周那）回来，黑天啊！（28）在香醉山远游中，我们越过许多险阻，这位灵魂高尚者用背驮着疲乏的般遮罗公主。（29）战斗开始后，这位灵魂高尚者为我完成难以完成的业绩。（30）我天生喜欢偕天，遮那陀那啊！但我加倍喜欢罗刹王瓶首。（31）这位大臂者对我忠诚。他喜欢我，我也喜欢他，所以，忧伤折磨我，令我痛苦不安，苾湿尼族后裔啊！（32）

"你看，苾湿尼族后裔啊！我的军队被俱卢族人击溃。你看，德罗纳和迦尔纳这两位大勇士正在奋力作战。（33）你看，般度族军队在这深夜遭到他俩杀戮，犹如大树林遭到两头疯象践踏。（34）不顾怖军的臂力和普利塔之子（阿周那）的各种武器，俱卢族人勇敢地冲来，摩豆族后裔啊！（35）德罗纳、迦尔纳和难敌王在战斗中杀死了罗刹，兴高采烈，大声吼叫。（36）我们都活着，你也活着，遮那陀那啊！希丁芭之子（瓶首）怎么会被车夫之子（迦尔纳）杀死呢？（37）迦尔纳无视我们所有这些人，当着左手开弓者（阿周那）的面，杀死了怖军之子大力士罗刹，黑天啊！（38）激昂被灵魂邪恶的持国之子们杀死时，黑天啊！大勇士左手开弓者（阿周那）没有在场。（39）我们所有人受到灵魂邪恶的信度王阻截，德罗纳和他的儿子成为这件事的起因。（40）这位老师亲自告诉迦尔纳杀害激昂的办法。

激昂挥剑作战时,他又将激昂的剑砍成两截。(41)激昂陷入困境,成铠立即残忍地杀死马匹和两侧的车夫,而其他的弓箭手一齐攻打妙贤之子(激昂)。(42)

"黑天啊!为了很小的缘由,手持甘狄拨神弓者(阿周那)杀死了信度王,雅度族俊杰啊!这个行为并不令我十分高兴。(43)如果般度族人以正规的方式消灭敌人,我认为首先应该在战斗中杀死德罗纳和迦尔纳。(44)因为他俩是我们痛苦的根源,人中雄牛啊!在战斗中有他俩在,难敌充满信心。(45)应该杀死德罗纳,应该杀死车夫之子(迦尔纳)及其追随者,大臂者(阿周那)却杀死来自远方的信度王。(46)惩处车夫之子(迦尔纳)的任务肯定要由我来完成,因此,英雄啊!我要亲自上战场杀死迦尔纳。大臂者怖军正在与德罗纳的军队交战。"(47)

这样说罢,坚战迅速前往战场,挽开大弓,吹响可怕的螺号。(48)带领一千车兵、三百象兵、五千马兵和三千钵罗跛德罗迦族士兵,束发迅速跟随在国王后面。(49)以坚战为首的般度族人和般遮罗人全副武装,敲响战鼓,吹响螺号。(50)于是,大臂者婆薮提婆之子(黑天)对胜财(阿周那)说道:"坚战满腔愤怒,迅速出发,想去杀死车夫之子(迦尔纳)。但不能指望他这样做。"(51)说罢,感官之主遮那陀那(黑天)立即策马追赶已经走远的国王。(52)

看到正法之子坚战忧心如焚,失去理智,匆忙出发,想要杀死车夫之子(迦尔纳),毗耶娑走上前来,对他说道:(53)"幸运啊!颇勒古拿(阿周那)在战场上与迦尔纳遭遇,还得以活命。迦尔纳想要杀死左手开弓者(阿周那),藏着那支标枪。(54)幸运啊!吉湿奴(阿周那)没有与他单独作战,婆罗多族雄牛啊!他俩互争高下,会从四面八方投掷神奇的武器。(55)一旦遭到武器打击,痛苦不堪,车夫之子(迦尔纳)肯定会在战斗中掷出因陀罗标枪,坚战啊!(56)这样,就会发生可怕的灾难,婆罗多族俊杰啊!幸运啊!这个罗刹在战场上被车夫之子(迦尔纳)杀死,赐人荣誉者啊!(57)这个罗刹其实是被死神杀死的,以因陀罗标枪为缘由。那是为你着想,他在战斗中被杀死。(58)别发怒,婆罗多族俊杰啊!别伤心,因为一切有生命者都会有这个结局,坚战啊!(59)你与所有灵魂高尚的弟弟和国王们一起，国王啊！在战场上与俱卢族人作战吧！到第五天，这大地就会属于你，婆罗多族后裔啊！（60）你永远要考虑正法，人中之虎啊！考虑仁慈、苦行、施舍、宽容和真理，般度之子啊！（61）哪里有正法，哪里就有胜利。"毗耶娑对般度之子说完这些话，便消失不见。（62）

以上是吉祥的《摩诃婆罗多》中《德罗纳篇》第一百五十八章(158)。

一五九

全胜说：

瓶首在那个夜里被车夫之子（迦尔纳）杀死后，正法之子坚战充满痛苦和愤怒。（1）看到怖军阻截住你的大军，坚战对猛光说道："你去阻截罐生（德罗纳）！（2）你是折磨敌人的勇士，披戴铠甲，手持弓箭刀剑。你从火中诞生，就是为了杀死德罗纳。你愉快地在战场上驰骋吧！不必害怕。（3）让镇群、束发、丑面之子和誉财兴奋地从四面冲向罐生（德罗纳）。（4）让无种、偕天、德罗波蒂的儿子们和钵罗跋德罗迦人，让木柱王、毗罗吒以及他们的儿子和兄弟们，（5）让萨谛奇、羯迦夜族人、般度族人和胜财（阿周那），快速冲向前去杀死婆罗堕遮之子（德罗纳）！（6）让我们所有的车兵、象兵、马兵和步兵在战场上压向大勇士德罗纳！"（7）

听了灵魂高尚的般度之子（坚战）的命令，所有的人迅速冲向罐生（德罗纳），渴望战斗。（8）优秀的武士德罗纳在战场上抵挡这些突然奋勇冲向前来的般度族人。（9）难敌王想救德罗纳的命，愤怒地拼尽全力，冲向般度族人。（10）于是，般度族人和俱卢族人互相发出吼叫。双方疲倦的马、象和士兵开始交战。（11）大王啊！这些大勇士在战斗中精疲力竭，睡眼蒙眬，手足无措。（12）

这一夜的三个夜摩①残酷恐怖，吞噬生命。他们互相砍伐杀戮，仿佛度过一千个夜摩。（13）这一切都在睡眼蒙眬中进行。所有的刹

---

① 一个夜摩（y!?ma）为三小时，三个夜摩为一整夜。

帝利都失去勇力，情绪低落。你方和敌方的武士们失落武器和箭。(14)就这样熬着时间，他们出于廉耻心，顾及自己的正法，没有离开自己的部队。(15)有些人睡眼蒙眬，失去武器，躺在地上，有些人躺在象背上、车座上和马背上，婆罗多后裔啊！(16)有些国王睡眼蒙眬，明明还醒着，却动弹不得。那些武士互相在战斗中将对方送往阎摩殿。(17)还有一些人在睡梦中，失去知觉，不分敌我，既杀敌人，也杀自己人。(18)在这场大战中，他们睡眼蒙眬，发出各种呓语，竭力站住想战斗，而瞌睡的眼皮耷拉下来。(19)还有一些勇士睡眼蒙眬，依然在这可怕的黑夜中，在战场上互相杀戮，国王啊！(20)还有许多人在战斗中睡着了，稀里糊涂，不知道自己已被敌人杀死。(21)

人中雄牛毗跋蕨（阿周那）看到军队这等模样，大声吼叫，震撼四方，说道：(22)"你们连同象马都疲惫不堪，睡眼蒙眬。整个军队都笼罩在黑暗和大量尘土中。(23)士兵们啊！如果你们想要休息，就休息吧！就在战场上，闭一会儿眼睛吧！(24)睡一会儿，解除疲劳，等月亮升起，俱卢族和般度族再为升入天国而互相交战吧！"(25)听了这位奉行正法者的话，通晓一切正法的士兵们都表示赞同，互相说话。(26)他们高喊道："迦尔纳啊迦尔纳！难敌王啊！停战吧！因为般度族军队已经停战。"(27)颇勒古拿（阿周那）这样宣布之后，般度族军队和你的军队都停止了战斗，婆罗多后裔啊！(28)

灵魂高尚的众天神、众仙人和所有高贵的士兵也都高兴地赞同阿周那的话。(29)国王啊！所有的士兵都赞赏这种仁慈的话，婆罗多后裔啊！他们疲惫不堪，立刻躺下，婆罗多族雄牛啊！(30)你的军队得到休息，感到舒服，他们赞美英雄阿周那：(31)"你是吠陀，你是武器，你是智慧和勇敢，大臂者啊！你是正法，怜悯一切众生，无罪者啊！(32)我们得到你的安抚，盼望你幸福，普利塔之子啊！祝你幸福！你的心愿和希望，很快就会实现，英雄啊！"(33)大勇士们赞美这位人中之虎后，被睡意压倒，变得一片寂静，民众之主啊！(34)

他们有些躺在马背上，有些躺在车座上，有些躺在象肩上，有些

第七　德罗纳篇

躺在地上。(35)他们带着武器、棒槌、刀剑、战斧和长矛，披戴铠甲，一个一个都睡着了。(36)那些大象睡眼蒙眬，吞蛇的鼻子沾满尘土，呼出的鼻息使大地变凉。(37)地上这些喷吐鼻息的大象看上去很壮观，犹如群山布满咝咝吐气的大蛇。(38)那些马匹系着金缰绳，鬃毛和车辕缠在一起，用马蹄踢踏大地，使平地凹凸不平，国王啊！所有的人连同他们的坐骑都睡着了。(39)沉沉入睡的军队无声无息，犹如高明的画家画在布上的一幅奇妙图画。(40)那些年轻的刹帝利佩戴耳环，身上带有箭伤，伏在大象的颞颥之间睡着了，仿佛伏在美女的双乳之间。(41)

然后，睡莲之主月亮①装饰因陀罗方位②，皎洁似美女面颊，令人赏心悦目。(42)一会儿，这位尊贵的主人，以兔子为标志的月亮展现光芒，吞没周围的光线。(43)随后，月亮慢慢地发射金子般闪耀的光线，构成一张大网。(44)明亮的月光驱逐黑暗，渐渐布满四面八方和天地。(45)很快，世界仿佛通体明亮，不可名状的黑暗迅速隐退。(46)月亮将世界照得如同白昼，国王啊！那些夜行的生物，有些继续游荡，有些不再游荡。(47)军队被月光照醒，犹如大片的莲花在水中醒来，国王啊！(48)犹如大海随着月亮升起，潮汐起伏，军队之海随着月亮升起，人潮涌动。(49)民众之主啊！世上这场战斗又开始了，为了毁灭这个世界，而获得至高世界。(50)

以上是吉祥的《摩诃婆罗多》中《德罗纳篇》第一百五十九章(159)。

一六〇

全胜说：

于是，难敌充满愤怒，走近德罗纳，想要激起他的喜悦和勇气，说道：(1)"在战场上，不能仁慈。这些精疲力竭、情绪低落的敌人已经得到休息，个个目标明确。(2)为了讨你喜欢，我们才手下留情。现在，般度族人已经完全解除疲劳，变得更加强大有力。(3)一

---

① 睡莲在月亮升起之时开花。
② 因陀罗方位指东方。

旦他们失去威风和力量，总会受到你的保护，因而越来越兴旺。（4）尤其是，你拥有以梵宝为首的一切神奇武器。（5）因此，我实话对你说，在这世上，无论是般度族，还是我们，或者其他的弓箭手，都不是你作战的对手。（6）婆罗门俊杰啊！毫无疑问，你精通一切武艺，能用神奇武器消灭天神、阿修罗和健达缚的世界。（7）般度之子们尤其惧怕你，而你想着他们是你的学生，或者是我自己背运，你总是宽容他们。"（8）

你的儿子的这番话既让他高兴，又惹他生气，国王啊！德罗纳气愤地对难敌说道：（9）"难敌啊！我虽然年老，但在战场上仍然尽心竭力。所有这些人都不通晓武艺，而我通晓武艺。如果想要取得胜利，杀死这些人，对我来说，没有比这更容易的事了。（10）你权衡利弊吧！俱卢后裔啊！我将按照你的命令行事，决无二话。（11）我将奋勇作战，杀死所有般遮罗人后，我就卸下铠甲，发誓不再战斗。（12）你以为贡蒂之子阿周那已在战场上精疲力竭，大臂俱卢后裔啊！请听我如实告诉你他的威力。（13）左手开弓者（阿周那）一旦发怒，天神、健达缚、药叉和罗刹在战斗中都不能抵御他。（14）在甘味林，这位灵魂高尚者迎战尊神天王（因陀罗），用利箭阻挡降雨的因陀罗。（15）药叉、蛇、提迭和其他自恃有力者都被这位人中因陀罗杀死，这些你也是知道的。（16）在巡游牧场时，他打败以奇军为首的健达缚们。而你们被健达缚们抓住，是这位坚强的弓箭手救了你们。（17）众天神战胜不了天神之敌全甲族，而这位英雄在战斗中战胜了他们。（18）住在金城的数以千计的檀那婆也被这位人中之虎战胜，凡人怎么能够战胜他？（19）尽管我们奋勇作战，你的军队依然遭到这位般度之子杀戮，民众之主啊！"（20）

听到德罗纳这样赞美阿周那，国王啊！你的儿子气愤地说道：（21）"今天，我、难降、迦尔纳和我的母舅沙恭尼要将婆罗多族军队分为两部，在战斗中杀死阿周那。"（22）听了他的话，德罗纳仿佛微笑着附和他，说道："祝你好运！（23）有哪个刹帝利能杀死这位光辉如同火焰、手持甘狄拨神弓而无法杀死的刹帝利雄牛呢？（24）财神、因陀罗、阎摩、水神、阿修罗、蛇和罗刹都不能杀死持有武器的阿周那。（25）只有傻瓜才会说出你说的那些话，婆罗多后裔啊！

有谁与阿周那交战,而能平安回家?(26)你生性残忍,怀疑一切人,即使那些为你谋利益的人,你也会这样责备他们。(27)你为了自己的利益,冲向贡蒂之子吧!不要耽搁。你崇尚战斗,因为你是出身高贵的刹帝利。(28)你为什么要让所有这些无辜的国王去拼死呢?你是仇恨的根源,因此,你去迎战阿周那吧!(29)

"你的母舅(沙恭尼)聪明,奉行刹帝利正法,甘陀利之子啊!让这个邪恶的赌徒在战场上迎战阿周那吧!(30)这个赌徒精通掷骰子,阴险狡诈,诡计多端,他会在战场上战胜般度之子们。(31)由于愚蠢无知,你和迦尔纳经常沾沾自喜,当着持国王的面,夸口说:(32)'父亲啊!我、迦尔纳和弟弟难降,我们三人联手,就能在战场上杀死般度之子们。'(33)你的这些自吹自擂的话,在每次集会上都能听到。你要说话算数,与他们一起履行这个诺言吧!(34)你的敌人,这位不可抵御的般度之子就站在你面前。奉行刹帝利正法吧!你战死在阿周那手中也是值得赞美的。(35)你已经布施财物,享受美食,诵习吠陀,获得向往的富贵,该做的事都做了,不欠下什么,因此,不要害怕,与般度之子(阿周那)交战吧!"(36)这样说罢,德罗纳回到战场。他把军队分成两部,战斗开始。(37)

以上是吉祥的《摩诃婆罗多》中《德罗纳篇》第一百六十章(160)。

一六一

全胜说:

夜晚已经过了四分之三,战斗又开始。俱卢族人和般度族人都斗志昂扬,民众之主啊!(1)太阳的车夫曙光削弱月光,渐渐升起,使天空呈现古铜色。(2)俱卢族的军队分为两部,以难敌为先锋,德罗纳冲向苏摩迦人、般度族人和般遮罗人。(3)看到俱卢族军队分为两部,摩豆族后裔(黑天)对阿周那说道:"从左边对付这些俱卢族敌军,左手开弓者啊!"(4)胜财(阿周那)同意道:"就这么办!"便转到德罗纳和迦尔纳两位大弓箭手的左边。(5)攻克敌人城堡者(阿周那)知道黑天的意图,在阵地前沿遇到怖军。(6)

怖军说：

阿周那啊阿周那！毗跋蕤啊！听我说实话，现在是实现刹帝利妇女生子的目的的时候了。（7）如果这个时刻来到，你不争取成功，那么，你就显得毫无价值。你不要心慈手软。（8）勇敢地偿还你对真理、富贵、正法和名誉的债务吧！优秀的左手开弓者啊！冲破敌军，战斗吧！（9）

全胜说：

经怖军和盖娑婆（黑天）鼓动，左手开弓者（阿周那）冲向迦尔纳和德罗纳，从四面围堵。（10）阿周那站在阵地前沿焚烧刹帝利雄牛们，而刹帝利雄牛们努力冲向勇武的阿周那，但无法抵挡他，犹如无法抵挡越烧越旺的大火。（11）然后，难敌、迦尔纳和妙力之子沙恭尼向贡蒂之子胜财（阿周那）泼洒箭雨。（12）这位优秀的精通武艺者也泼洒箭雨，抵消他们的所有武器，王中因陀罗啊！（13）阿周那身手敏捷，以武器阻截武器，向他们每次连发十支利箭。（14）尘土飞扬，箭雨飘泼，出现可怕的黑暗和巨大的声响。（15）天地和四面八方无法辨认，军队迷失在尘土中，什么也看不清。（16）无论是他们，还是我们，互相都不能辨认，国王啊！国王们依靠通报名字，进行战斗。（17）国王啊！车兵们失去战车，互相碰撞，揪住头发、铠甲和手臂。（18）一些车兵的马匹死了，车夫死了，虽然他们看似活着，但已经吓得不能动弹。（19）失去生命的马匹和骑兵一起倒在死去的大象身上，堆积如山。（20）

然后，德罗纳转移到北边，站在那里，犹如一堆无烟之火。（21）见到他从阵地前沿转移到那一边，般度族士兵们胆战心惊，民众之主啊！（22）看到德罗纳吉祥富贵，光彩夺目，犹如燃烧的火焰，敌人们浑身发抖，神情沮丧，尊者啊！（23）他像颗颤开裂的大象向敌军挑战时，敌军无望取得胜利，犹如檀那婆无望战胜婆薮之主（因陀罗）。（24）有些人泄气，有些人发怒，有些人惊讶，有些人愤慨。（25）有些国王用手挤压手指，另一些人气昏了头，紧咬嘴唇。（26）有些人挥动武器，有些人摩拳擦掌，有些人威风凛凛，奋不顾身，冲向德罗纳。（27）尤其是饱受德罗纳利箭折磨的般遮罗人，尽管痛苦难熬，依然在战场上顽强抵抗，王中因陀罗啊！（28）

第七　德罗纳篇

然后，木柱王和毗罗吒在战斗中冲向德罗纳。而德罗纳在战场中猛冲猛杀，难以战胜。（29）民众之主啊！然后，木柱王的三个孙子和车底族大弓箭手们也在战斗中冲向德罗纳。（30）德罗纳用三支利箭剥夺木柱王孙子们的性命。他们倒地而死。（31）大勇士婆罗堕遮之子德罗纳在战斗中战胜所有的车底人、羯迦夜人、斯楞遮耶人和摩差人。（32）于是，木柱王和毗罗吒在战斗中愤怒地向德罗纳泼洒箭雨，大王啊！（33）然后，粉碎敌人者德罗纳用两支金黄的月牙箭将木柱王和毗罗吒送往阎摩殿。（34）毗罗吒和木柱王，羯迦夜人、车底人、摩差人和般遮罗人，木柱王的三个英雄孙子，都被杀死。（35）思想高尚的猛光看到德罗纳的这些业绩，心中充满愤怒和痛苦，当着众车兵的面，赌咒道：（36）"如果今天德罗纳从我这里逃脱，或者我逃离德罗纳，那就让我的祭祀功德、刹帝利威力和对婆罗门的善行都丧失吧！"（37）

在弓箭手们中间发誓后，诛灭敌雄的般遮罗王子（猛光）带着军队冲向德罗纳。般遮罗人从这一边进攻德罗纳，般度之子从另一边进攻德罗纳。（38）难敌、迦尔纳、妙力之子沙恭尼以及难敌的同胞兄弟们在战场上保护德罗纳。（39）德罗纳在战场上受到这些灵魂高尚者保护，般遮罗人即使奋勇作战，也不敢凝视他。（40）怖军对猛光很生气，尊者啊！用激烈的言词刺激他，人中雄牛啊！（41）"出生在木柱王家族，优秀的精通一切武艺者，就这样望着前面的敌人，怎么会被认为是刹帝利？（42）眼看自己的父亲和儿子被杀，况且已经当着众国王的面赌咒发誓，仍然放过敌人，这算什么人？（43）德罗纳仿佛是用自己的光辉点燃的烈火，以弓箭为燃料，以光焰焚烧刹帝利。（44）过去，他就消灭过般度族军队。你们站着，看我的行动！我要冲向德罗纳。"（45）

说罢，狼腹（怖军）愤怒地冲进德罗纳军队。他挽足硬弓，驱赶你的军队。（46）般遮罗王子猛光也冲进这支庞大的军队，在战场上与德罗纳相遇，展开激战。（47）这样的战斗，我们过去没有见到过，也没有听说过。太阳升起时，国王啊！战斗陷入一片混乱。（48）尊者啊！但见无数战车挤在一起，尸横遍地。（49）有些人逃往别处，在路上遭到另一些人袭击。有些人逃跑时，遭到后面的人袭击，也有

些人遭到两侧的人袭击。（50）这场混战残酷可怕，早晨的太阳在刹那之间升起了。（51）

以上是吉祥的《摩诃婆罗多》中《德罗纳篇》第一百六十一章(161)。

一六二

全胜说：

大王啊！全副武装的战士们在战场上迎接光芒万丈的朝阳。（1）太阳升起，如同炽热的金子，光芒万丈，照亮整个世界，战斗又开始了。（2）那些战士在太阳升起前就在交战，在太阳升起后，继续交战。婆罗多后裔啊！（3）骑兵与车兵交战，象兵与骑兵交战，步兵与象兵交战，骑兵与骑兵交战，步兵与步兵交战。这些战士或一起或分别倒在战场上。（4）在夜里，战士们奋勇作战，精疲力竭，又饥又渴，现在在阳光照射下，许多人失去知觉。（5）

螺号声、大小鼓声、大象嘶叫声和挽开弓弦声，（6）国王啊！步兵奔跑声和武器跌落声直上云霄，婆罗多族雄牛啊！（7）马的鼻息声、战车的刹车声、士兵的呐喊声和吼叫声，嘈杂混乱。（8）可怕的声音越来越响，充满天空。被各种武器击中的士兵发出痛苦的哀号。（9）跌倒或被击倒的步兵、马、车和象的声音在大地上听来十分凄惨。（10）

各路军队交战时，自己人杀自己人，敌人杀自己人，自己人杀敌人，敌人杀敌人。（11）英雄们的手臂掷向士兵和大象的武器，犹如扔向洗衣房的衣裳。（12）英雄们的手臂举起和拼杀的刀剑声，犹如衣服的洗濯声。（13）战士们用短剑、大刀、长矛和战斧混战一场，残酷可怕。（14）人的尸体汇成河流，大象和战马的尸体是源头，武器是布满河中的鱼，血肉是河中的污泥。（15）痛苦的号叫是涛声，旗幡和衣服是泡沫。这些英雄造成这条流向另一世界的河流。（16）

在夜战中遭受利箭长矛折磨，那些大象和战马已经疲惫不堪，昏昏沉沉，所有肢体僵硬不动。那些佩戴金耳环的英雄们唇焦口燥。（17）到处是散落的战斗用具，死人和垂死的人，成群成群的食肉兽，没有任何可供作战的车道。（18）那些如同大象的良种马富有勇气和力量，尽管遭受利箭折磨，心惊胆战，精疲力竭，仍然凭借毅力，拉动车轮下陷的战车。（19）除了德罗纳和迦尔纳之外，军队陷入困惑、混乱、恐惧和痛苦，婆罗多后裔啊！（20）他俩成为庇护者和避难所。谁与他俩交战，就会走向阎摩殿。（21）俱卢族大军和般遮罗族大军惶恐不安，挤成一团，什么也辨认不清。（22）在大地上发生的这场王族大屠杀，犹如死神的游戏，令胆小者越看越害怕。（23）看不见迦尔纳、德罗纳、阿周那、坚战、怖军、双生子、般遮罗王子（猛光）和萨谛奇，（24）看不见难降、德罗纳之子（马嘶）、难敌、妙力之子（沙恭尼）、慈悯、摩德罗王（沙利耶）和成铠，（25）也看不见其他人和我自己，看不见大地和四面八方，国王啊！因为所有的人都与军队混杂在一起，又被蒙上尘土。（26）

在可怕的混战中，升腾起尘土之云，人们以为第二天的黑夜降临。（27）分辨不清俱卢族人、般遮罗人和般度族人，也分辨不清天地、四面八方、平地和洼地。（28）人们在战斗中求胜心切，不管是敌人，还是自己人，只要自己的手碰到谁，就杀死谁。（29）飞扬的尘土、流淌的鲜血和劲吹的疾风，一起平息地上的尘土。（30）象兵、马兵、车兵和步兵鲜血流淌，犹如天国艳丽的波利质多树林。（31）然后，难敌、迦尔纳、德罗纳和难降四位勇士与般度族四位勇士交战。（32）难敌和弟弟难降与双生子交战，罗陀之子（迦尔纳）与狼腹（怖军）交战，德罗纳与阿周那交战。（33）所有的车兵从四面八方观看这场可怕而又神奇的大战，勇猛的车兵雄牛之间的非凡战斗。（34）他们观看奇妙的武士之间进行的奇妙战斗，占据各种车道，布满各种战车。（35）这些武士渴望战胜对方，奋勇作战，互相泼洒箭雨，犹如夏末的乌云。（36）这些人中雄牛站在灿若太阳的战车上，犹如秋天涌动的云团。（37）这些大弓箭手争强好胜，竭尽全力，互相进攻，犹如一群疯狂的大象。（38）

在时间来到的时候，身体的毁灭并不一定发生，所有的大勇士并不会同时死去。（39）到处是砍断的手臂、大腿和戴着美丽耳环的头颅，弓、箭、长矛、刀剑、战斧和三股叉，（40）那利迦箭、剃刀箭、钩爪箭、标枪、长矛和其他各种精良武器，（41）各种美丽的铠甲，各种美丽的战车残骸,倒毙的大象和马。(42)那些失去战士和旗幡的战车如同一座座空城,由无人驾驭的惊马拉着乱跑。(43)风儿不断吹拂那些服饰美丽的勇士尸体,还有散落的拂尘、铠甲和旗帜。(44)华盖、首饰、衣裳、芬芳的花环、项链、头冠、头饰和铃铛,(45)胸饰、珠宝、金首饰和顶珠。这战场犹如群星璀璨的天空。(46)

然后,怒不可遏的难敌与同样怒不可遏的无种交战。(47)玛德利之子(无种)将你的儿子置于右边,射出一百支箭,兴奋地大声吼叫。(48)在战场上,被怒不可遏的堂弟置于右边,你的儿子怒不可遏,从右边进行反击。(49)光辉的无种精通各种车道,阻截位于右边的你的儿子。(50)你的儿子从各个方向用箭网围堵和打击无种,迫使无种后退。士兵们发出赞叹。(51)而无种对你的儿子说道:"站住,站住!你要记住所有的痛苦都是由你的阴谋造成。"(52)

以上是吉祥的《摩诃婆罗多》中《德罗纳篇》第一百六十二章(162)。

一六三

全胜说:

然后,难降愤怒地冲向偕天,车速飞快,仿佛使大地震动摇晃。(1)粉碎敌人者玛德利之子(偕天)迅速射出月牙箭,砍下车夫戴有头盔的脑袋。(2)由于偕天动作敏捷,不管是难降,还是军队中任何士兵,都不知道车夫已经失去头颅。(3)马匹无人驾驭,随意乱跑,难降这才知道车夫已经死去。(4)优秀的车兵难降精通马术,亲自驭马,轻松自如,在战场上作战。(5)不管是自己人,还是敌人,都佩服他的这一举动。他驾着没有车夫的战车,无所畏惧地驰骋战场。(6)而偕天向那些马匹泼洒利箭。那些马匹遭到利箭袭击,飞快地到处乱跑。(7)难降拿起缰绳,就要放下弓;挽弓射箭,又要放下缰绳。(8)就在这空隙之间,玛德利之子(偕天)向他泼洒利箭。迦尔纳想要救助你的儿子,插入他俩中间。(9)

于是,狼腹(怖军)挽足弓弦,吼叫着向迦尔纳发射三支月牙箭，射中他的双臂和胸口。（10）迦尔纳犹如遭到袭击的蛇，奋起反击。怖军和罗陀之子（迦尔纳）展开了激战。（11）他俩像两头公牛，瞪圆眼睛，满腔愤怒，飞快地冲向对方。（12）这两位战斗能手贴得太近，不便于挽弓射箭，便展开杵战。（13）怖军迅速用铁杵打断迦尔纳的车辕，国王啊！这仿佛是奇迹。（14）然后，英勇的罗陀之子（迦尔纳）拿起铁杵，掷向怖军的战车。而怖军用铁杵击断他的铁杵。（15）怖军又拿起沉重的铁杵，掷向升车之子（迦尔纳）。迦尔纳用十支美丽的羽毛箭进行还击，还射出许多其他的箭。于是，那铁杵又回到怖军那里。（16）这铁杵击倒怖军的大旗，也击昏他的车夫。（17）怖军气得发疯，射出八支利箭，直指迦尔纳以及他的旗幡、弓和箭囊，婆罗多后裔啊！（18）于是，罗陀之子（迦尔纳）又用车箭迅速杀死怖军的色似羚羊的马匹和两侧的车夫。（19）由于战车失灵，克敌者怖军跳上无种的战车，犹如狮子跳上山峰。（20）

　　同样，德罗纳和阿周那这两位大勇士精通武艺，师生之间在战场上展开奇妙的战斗，王中因陀罗啊！（21）他俩精湛的武艺和绝妙的车技，令人们眼花缭乱，神魂颠倒。（22）我方和敌方的战士都停止了战斗，观看这场前所未见的师生之战。（23）这两位英雄在军队中间，互相占据各种车道，都想把对方置于右方。在场的战士们目睹他俩的勇武，惊讶不已。（24）德罗纳和般度之子（阿周那）之间的大战，大王啊！犹如空中两头兀鹰为了争夺一片肉而展开的激战。（25）德罗纳企图战胜贡蒂之子（阿周那）而做的一切，般度之子（阿周那）都微笑着予以反击。（26）德罗纳不能占据般度之子（阿周那）的优势，这位精通武器之道的勇士便使出各种天神武器。（27）而胜财（阿周那）一一击毁从德罗纳弓中射出的因陀罗武器、兽主武器、大匠武器、风神武器和伐楼拿武器。（28）般度之子（阿周那）按照规则用自己的武器击毁他的武器，然后，德罗纳又向普利塔之子（阿周那）泼洒种种至高的天神武器。（29）德罗纳想要取胜，向普利塔之子（阿周那）发射武器，阿周那都将它们击毁。（30）看到阿周那按照规则击毁这些天神武器，德罗纳在心中赞赏阿周那。（31）他认为有了这样一位学生，他自己就胜过大地上所有的通晓武艺者，婆罗多后裔啊！（32）在灵魂高尚的人们中间，德罗纳遭到普利塔之子

（阿周那）阻截。而他心中欢喜，微笑着奋力反击阿周那。（33）

然后，数以千计的天神、健达缚、仙人和悉陀站在空中，想要观战。（34）天空中充满天女、药叉和罗刹，因此，吉祥的天空又仿佛布满了云。（35）投掷的武器燃烧四面八方，天上一次又一次传来无形的声音，赞美灵魂高尚的德罗纳和普利塔之子（阿周那）：（36）"这不是凡人之战、阿修罗之战、罗刹之战、天神之战和健达缚之战，而肯定是至高的梵之战。这场战斗绝妙而神奇，我们见所未见，闻所未闻。（37）老师盖过般度之子，般度之子又盖过德罗纳，没有人能发现他俩武艺的差别。（38）如果楼陀罗一分为二，自己与自己战斗，倒可以用来比喻，但从未见过楼陀罗这样做。（39）老师有某方面的知识，般度之子也有知识和实践；老师有某方面的勇气，般度之子也有勇气和力量。（40）这两位大弓箭手在战场上不可能被敌人击垮。他俩只要愿意，就能摧毁连同天神在内的世界。"（41）大王啊！看到这两位人中雄牛，成群成群隐形和显形的众生说着这些话。（42）

然后，大智者德罗纳在战斗中掷出梵武器，折磨普利塔之子（阿周那）和隐形的众生。（43）于是，大地连同高山和森林震动摇晃，狂风怒吹，大海翻滚。（44）这位灵魂高尚者举起这件武器时，俱卢族和般度族双方军队以及一切众生都剧烈颤抖。（45）而普利塔之子（阿周那）毫不慌乱，用自己的梵武器击毁那件武器，王中因陀罗啊！一切得以稳定。（46）他俩之间谁也不能战胜谁，战场上又出现混战场面。（47）德罗纳和般度之子（阿周那）展开激战，混乱的战场上什么也看不清，民众之主啊！（48）遍布的箭网犹如空中密布的云网，没有一只飞鸟能在那里飞翔。（49）

以上是吉祥的《摩诃婆罗多》中《德罗纳篇》第一百六十三章（163）。

一六四

全胜说：

在人、马和象的这场屠杀中，大王啊！难降和猛光交战。（1）遭受难降利箭的折磨，猛光怒不可遏，驾着金车，向你儿子的马匹泼洒利箭。(2)大王啊！在水滴王之孙（猛光）利箭的覆盖下，难降的战车、旗幡和车夫都隐而不见。(3)在箭网的笼罩下，人中因陀罗啊！难降不能挺身面对灵魂高尚的般遮罗王子（猛光）。(4)水滴王之孙（猛光）用利箭击退难降后，又冲向德罗纳，在战斗中向他泼洒数千支箭。(5)这时，诃利迪迦之子成铠和他的三个同胞兄弟插入进来，阻截猛光。(6)人中雄牛双生子在后面保护着猛光。猛光冲向德罗纳，犹如一团燃烧的烈火。(7)这七位大勇士充满勇气，怒不可遏，舍死忘生，互相拼杀。(8)

国王啊！他们灵魂纯洁，行为纯洁，向往天国，互相都渴望胜利，而进行一场高尚的战斗。(9)这些国王血统和行为纯洁，富有智慧，向往至高的归宿，进行一场合法的战斗。(10)那里，没有耳箭、那利迦箭、毒箭和婆斯多迦箭。(11)没有针尖箭、赤色箭、牛骨箭、象骨箭、多头箭、恶臭箭和曲行箭。(12)它们使用正当而纯洁的武器，希望依靠合法的战斗赢得声誉和至高世界。(13)你方的四位勇士和般度族的三位勇士进行的激烈战斗，摒弃一切错误行为。(14)

猛光出手敏捷，看到双生子挡住那些车兵之雄牛，国王啊！他甩开他们，冲向德罗纳。(15)受到这两位人中之狮的阻截，那四位英雄聚在一起，犹如两座山之间的夹道风。(16)车兵雄牛双生子驾着两辆战车，与四位勇士交战。于是，猛光冲向德罗纳。(17)看到作战凶猛的般遮罗王子（猛光）冲向德罗纳，双生子又与四位勇士交战，难敌冲到他们中间。(18)大王啊！难敌发射吮血的利箭，萨谛奇见状，迅速冲向他。(19)俱卢族后裔（难敌）和摩豆族后裔（萨谛奇），这两位人中之虎相遇，互相微笑着，无所畏惧地走到一起。(20)他俩回想起儿时的种种趣事，心中喜悦，互相凝视，时不时发笑。(21)

然后，难敌王责备自己的行为，对他可爱的朋友萨谛奇说道：(22)"去他的愤怒！朋友啊！去他的贪欲！去他的愚痴！去他的暴躁！去他的刹帝利行为！去他的力量和勇气！(23)悉尼族雄牛啊！现在，你瞄准我，我也瞄准你。而过去，你比我的生命更可爱，我对于你也是一样。(24)我记得我俩儿时的所有趣事。如今在战场上，这一切都已过时。在愤怒和贪欲驱使下，如今我要与你交战，沙特婆多族后裔啊!"(25)国王啊!闻听这些话,通晓至高武器的萨谛奇举起利箭,笑着说道:(26)"王子啊!这里已不是过去我俩一起玩耍的大会堂和老师家。"(27)

难敌说:

悉尼族雄牛啊!我们儿时的玩耍在哪里?这场战斗又在哪里?①时神确实难以逾越。(28)我们渴望财富,可是,得到了财富又有什么用呢?出于贪婪财富,我们所有的人聚集在这里打仗。(29)

全胜说:

听了这些话,摩豆族后裔(萨谛奇)对国王说道:"刹帝利的行为就是这样,他们甚至会杀死老师。(30)如果你喜欢我,国王啊!你就杀了我,不要耽搁。通过你,我将进入善人的世界,婆罗多族雄牛啊!(31)你赶快在我身上施展你的才能和力量吧!我不愿意看到朋友们遭遇大灾难。"(32)这样说明道理后,萨谛奇沉着冷静,无所顾忌,迅速冲向前去,民众之主啊!(33)看到他冲过来,你的儿子便迎战,国王啊!你的儿子向悉尼之孙(萨谛奇)泼洒箭雨。(34)于是,俱卢族和摩豆族两头愤怒的雄狮展开激战,犹如大象和狮子搏斗。(35)

然后,难敌挽足弓弦,向作战凶猛的沙特婆多族后裔(萨谛奇)发射十支利箭。(36)萨谛奇回击他十支箭,然后,在战斗中又接连发射五百支、三百支和十支箭。(37)萨谛奇射断难敌搭上箭的弓,又迅速向他泼洒箭雨。(38)难敌被萨谛奇的利箭深深击中,痛苦难忍,退避到另一辆车上。(39)你的儿子休息一会儿,又冲向萨谛奇,向他的战车撒出箭网。(40)同样,萨谛奇也不停地向难敌的战车发射利箭,国王啊!一片混乱。(41)双方射出的箭飞落四方,犹如大火焚烧森林,发出巨响。(42)

看到优秀的车兵摩豆族后裔(萨谛奇)武艺高强,迦尔纳立刻冲过去,想要救助你的儿子。(43)大力士怖军不能容忍,也冲过去,向迦尔纳发射许多利箭。(44)迦尔纳仿佛笑着,用自己的利箭抵挡怖军的利箭,射断他的弓箭,射死他的车夫。(45)般度之子怖军满

---

① 意思是这两者不可比拟。

腔愤怒，拿起铁杵，在战斗中摧毁敌人的旗幡、弓和车夫。（46）迦尔纳怒不可遏，在战斗中用各种箭网和武器打击怖军。（47）激战进行中，正法之子（坚战）对般遮罗族人中之虎们和摩差族人中雄牛们说道：（48）"他们是我们的生命，他们是我们的头颅，他们是我们的力大无比的战士。这些人中雄牛正在与持国之子们交战。（49）为什么你们无动于衷，傻瓜似地站着？快到我们的勇士们作战的地方去！（50）摒弃烦恼，将刹帝利正法放在首位，无论取胜或战死，你们都会达到向往的归宿。（51）如果取胜，你们就会频频举行祭祀，慷慨布施；如果战死，你们就会成为天神，进入幸福世界。"（52）

在国王的催促下，大勇士们投入战斗，将军队分成四路，迅速冲向德罗纳。（53）般遮罗人从一边用许多箭射击德罗纳，以怖军为首的武士们从另一边阻截德罗纳。（54）般度之子们中三位正直的大勇士——双生子和怖军对胜财（阿周那）高喊道：（55）"阿周那啊！快将俱卢族人从德罗纳身边赶走！德罗纳失去保护，般遮罗人就能杀死他。"（56）于是，普利塔之子（阿周那）猛然冲向俱卢族人，而德罗纳冲向以猛光为首的般遮罗人。（57）德罗纳大肆杀戮般遮罗人，犹如从前愤怒的因陀罗在战斗中大肆杀戮檀那婆。（58）大王啊！敌军在战斗中遭到德罗纳的武器杀戮。但是，威武的大勇士们在战场上并不惧怕德罗纳。（59）大王啊！般遮罗人和斯楞遮耶人虽然遭到杀戮，依然在战斗中冲锋陷阵，扰乱大勇士德罗纳。（60）般遮罗人从四面八方冲上前去，而遭到德罗纳的利箭和标枪杀戮，发出可怕的叫声。（61）

般遮罗人在战场上遭到灵魂高尚的德罗纳发射的武器杀戮，般度之子们心生恐惧。（62）看到成群成群的人和马在战斗中遭到毁灭，大王啊！般度之子们感到胜利无望：（63）"精通至高武艺的德罗纳会不会消灭我们所有人，犹如冬季过后，点燃的大火焚烧干草？（64）没有人能在战斗中凝视他。通晓正法的阿周那也不能抵御他。"（65）看到贡蒂之子们遭受德罗纳的利箭折磨，心惊胆战，智慧吉祥的盖婆婆（黑天）对阿周那说道：（66）"这位武士统帅中的统帅在战场上，即使诛灭弗栗多者（因陀罗）也不能依靠武力战胜他。（67）般度之子啊！抛开正法，使用计谋取胜吧！让这位驾驭金车者（德罗纳）不

再能在战场上杀戮我们。(68) 我认为只有马嘶被杀死,他才会停止战斗。因此,让人告诉他马嘶战死了。"(69)

国王啊!贡蒂之子胜财(阿周那)不赞成,而其他人都赞成,坚战勉强赞成。(70) 然后,大臂者怖军用铁杵打死自己军队中的一匹名为"马嘶"的大象,国王啊!(71) 随后,怖军带着羞愧,在战斗中冲向德罗纳,高声喊道:"马嘶死了!"(72) 怖军心里想着是名为"马嘶"的大象死了,而嘴上说着假话。(73) 德罗纳听到怖军说出最可怕的话,心头一紧,肢体发沉,犹如沙堆沉水。(74) 但他深知自己的儿子英勇,怀疑这是假话。因此,听到说儿子死了,他保持镇定,没有动摇。(75) 德罗纳很快恢复理智,感到放心。他觉得自己的儿子不会被敌人制服。(76)

德罗纳冲向自己的死敌水滴王之孙(猛光),想要杀死他,向他泼洒成千支锋利的苍鹭羽毛箭。(77) 而两万名般遮罗族的人中雄牛们从四面八方,向在战场上驰骋的德罗纳发射利箭。(78) 折磨敌人的德罗纳怒不可遏,施展梵武器,杀戮般遮罗族勇士们。(79) 在大战中,德罗纳光彩熠熠,杀戮所有的苏摩迦人,砍下般遮罗人的脑袋和戴着金首饰的铁闩般的手臂。(80) 在战场上,遍地是被德罗纳杀死的国王们,犹如被大风刮倒的树木。(81) 大批倒毙的象和马造成血肉泥浆,大地无法行走,婆罗多后裔啊!(82) 杀死了两万名般遮罗族车兵,德罗纳站在战场上,犹如熊熊燃烧的无烟之火。(83) 然后,威武的德罗纳又愤怒地用月牙箭砍下施财的头颅。(84) 他又杀死五百个摩差人和六千个斯楞遮耶族人,还杀死一万头大象和一万匹马。(85)

看到德罗纳站在那里灭绝刹帝利,以运送祭品者(火神)为首,众仙人迅速来到那里。(86) 他们想把他带往梵界。众友、食火、婆罗堕遮、乔答摩、极裕、迦叶波和阿多利,(87) 众希迦多、众波利希尼、众伽尔伽、众矮仙、众摩利支波、众婆利古、众鸯耆罗、众苏奇摩和其他大仙人。(88) 他们一起对战斗英雄德罗纳说道:"你的战斗不合正法,你的死期已到。(89) 在战场上放下武器,德罗纳啊!站到我们这里来吧!从此,你不要再做残酷的事了。(90) 尤其你是婆罗门,通晓吠陀和吠陀支,崇尚正法和真理,不能再做这种事

了。(91)箭无虚发者啊！放下武器，走上永恒之路吧！你在人世的期限已满。"(92)

听了怖军的话和他们的话，又看到眼前的猛光，德罗纳在战场上精神沮丧。(93)他焦虑不安，便询问贡蒂之子坚战，自己的儿子究竟死了，还是没有死？(94)德罗纳坚信普利塔之子（坚战）即使为了争夺三界的王权，也不会说谎。(95)般度之子（坚战）从小就愿意对他说真话，因此，他询问坚战，而不询问其他任何人。(96)乔宾陀（黑天）知道武士统帅德罗纳能在大地上灭绝般度族，于是，焦急地对法王（坚战）说道：(97)"如果德罗纳愤怒地作战半天，我实话告诉你，你会全军覆灭。(98)你把我们从德罗纳的手中救出来吧！此刻，谎话胜过真话。为了救命而说谎，不算罪过。"(99)

他俩这样说话时，怖军对坚战说道："大王啊！我听到了杀死灵魂高尚者（德罗纳）的方法。(100)摩罗婆王帝铠深入你的军队，他的大象名为'马嘶'。(101)我奋力作战，将它杀死。然后，我对德罗纳说道：'马嘶死了，婆罗门啊！停止战斗吧！'(102)然而，这位人中雄牛不相信我的话。你想要胜利，就好好考虑乔宾陀（黑天）的话吧！(103)国王啊！你告诉德罗纳，有年之女（慈悯）的儿子已死了。听了你的话，这位婆罗门雄牛就会停止战斗，人中之主啊！因为你以诚实闻名于世。"(104)

听了怖军的话，又受到黑天的鼓励，也是势在必然，大王啊！坚战就这样说了。(105)坚战既慑于说谎话，又想取得胜利，因此，他含含糊糊地加上一句，说大象死了。(106)过去，坚战的战车腾空离地四指，现在说了谎话，车马也就着地了。(107)听了坚战的话，大勇士德罗纳为儿子遇难忧伤，万念俱灰，不想活了。(108)听了众仙人的话，他似乎觉得自己对灵魂高尚的般度之子们犯了罪。现在又听说自己的儿子死了，(109)国王啊！他精神沮丧，痛苦不安，望着猛光，再也不能像以前那样作战了，克敌者啊！(110)

看到德罗纳焦躁不安，因忧伤而神志不清，般遮罗王子猛光冲了过去。(111)这位英雄是人中因陀罗木柱王为了杀死德罗纳，举行大祭，从点燃的祭火中得到的。(112)他拿起可怕的胜利之弓，响声似雷，神奇的弓弦坚韧无比，不会磨损，然后取出毒蛇般的利箭。(113)这支毒蛇般的利箭犹如熊熊燃烧的烈火。般遮罗王子（猛光）想要杀死德罗纳，把它搭在弓上。(114)弓弦挽足成圆时，这支利箭闪闪发光，犹如夏末带有光环的太阳。(115)看到水滴王之孙（猛光）挽开仿佛燃烧的弓，士兵们仿佛觉得世界末日来临。(116)看到他将箭搭在弓上，威武的婆罗堕遮之子（德罗纳）认为自己身体的时限已到。(117)

这位灵魂高尚的老师努力抵挡，王中因陀罗啊！但是，他的武器不再显现。(118)他的箭消耗了四天，现在又过了一天的四分之三，已经消耗殆尽。(119)德罗纳忍受着丧子之痛，眼看箭已耗尽，各种天神武器也不听使唤。(120)在婆罗门仙人们的话语催促下，他想放下武器。但他仍然凭借自己的威力与非凡的猛光交战。(121)他拿起另一张鸯耆罗仙人赐予的神弓，向猛光发射梵杖般的利箭。(122)他满腔愤怒地泼洒大量箭雨，怒不可遏地打击猛光。(123)德罗纳用利箭射碎猛光的箭，射断他的旗幡和弓，射倒他的车夫。(124)

然而，猛光笑了笑，拿起另一张弓，用利箭射中德罗纳的胸膛。(125)这位大弓箭手在战斗中被箭深深射中，似乎有些慌乱。但他仍然用锋利的月牙箭射断了猛光的大弓。(126)难以抵御的德罗纳射断了猛光的弓、箭、铁杵和剑，民众之主啊！(127)然后，这位愤怒的折磨敌人者向怒容满面的猛光射出九支致人死命的利箭。(128)这位灵魂无限的大勇士掷出梵武器让自己的车马与猛光的车马连在一起。(129)那些快似疾风的鸽色和红色的马匹连在一起，光彩熠熠，婆罗多族雄牛啊！(130)这些在战场上连在一起的马匹光彩熠熠，犹如在雨季带着闪电雷鸣的云团，大王啊！(131)这位灵魂无限的婆罗门摧毁猛光的辕桦、轮桦和车桦。(132)弓被射断，车被毁坏，马匹和车夫倒毙，英雄猛光陷入绝境，抓起铁杵。(133)而真正勇敢的大勇士德罗纳愤怒地用迅猛的利箭摧毁了投掷过来的铁杵。(134)

看到自己的铁杵被德罗纳的利箭摧毁，人中之虎（猛光）拿起光洁明亮的宝剑和百月盾。(135)毫无疑问，在这种情况下，般遮罗王子（猛光）认定杀死灵魂高尚的、优秀的老师的时刻到了。(136)他有时站在自己的车座上，有时靠着车辕，高举闪亮的宝剑和百月盾，冲向前去。(137)大勇士猛光想要完成难以完成的任务，想在战斗中劈开德罗纳的胸膛。（138）他有时站在车辕中间，有时站在赤马身后。士兵们赞赏他的动作。(139）他有时站在车轭边上，有时站在赤马身上，德罗纳找不到下手的机会，这仿佛是奇迹。(140）猛光在战斗中追逐德罗纳，犹如兀鹰迅速追逐一块肉。(141）勇敢的德罗纳愤怒地用战车上的旗杆，逐一杀死猛光的鸽色马。(142）猛光的那些马倒地而死，德罗纳的那些赤马也摆脱与猛光战车的缠结，民众之主啊！(143）

看到那些马匹被优秀的婆罗门（德罗纳）杀死，大勇士水滴王之孙、祭军之子（猛光）怒不可遏。(144）虽然失去战车，这位优秀的剑手持剑冲向德罗纳，国王啊！犹如毗娜达之子（大鹏鸟）冲向一条蛇。(145）国王啊！他想要杀死德罗纳，那模样就像从前毗湿奴想要杀死希罗尼耶格西布。(146）他施展二十一种步法和动作，旋转，跳起，刺杀，跳下，快跑，紧追。(147）转圈，停止，砍劈，轻挑，水滴王之孙（猛光）手持剑和盾，施展武艺。(148）然后，婆罗门（德罗纳）在危难中，用一千支箭击落猛光的宝剑和百月盾。(149）德罗纳在近距离战斗中使用这些箭名为"一拃箭"。其他的人没有这种箭。(150）而慈悯、普利塔之子（阿周那）、德罗纳之子（马嘶）、迦尔纳、猛光、善战（萨谛奇）和激昂有这种箭。(151）

这位老师想杀死儿子般的学生，搭上一支最锋利的硬箭。(152）而悉尼族雄牛（萨谛奇）当着你儿子和迦尔纳的面，用十支利箭射断了那支箭，救出了就要被优秀老师吞噬的猛光。(153）灵魂高尚的黑天和胜财（阿周那）看到真正勇敢的萨谛奇面对德罗纳、迦尔纳和慈悯的围堵，驰骋在各种车道上。(154）他俩称赞在战场上永不退缩、摧毁一切神奇武器的苾湿尼族后裔（萨谛奇），说道："好啊！好啊！"然后，黑天和胜财（阿周那）冲向军队。(155）然后，胜财（阿周那）对黑天说道："盖娑婆啊！你看，真正勇敢的摩豆族后裔萨谛奇在老师和众多优秀武士中间游戏。(156）真正勇敢的萨谛奇让我高兴，也让玛德利的双生子、怖军和坚战王高兴。(157）为苾湿尼族增光的萨谛奇精通武艺而不骄傲，驰骋疆场，与大勇士们周旋。(158）悉陀们和士兵们都惊讶不已，赞赏他。看到他在战场上不可战胜，双方的所有战士都称赞沙特婆多族后裔（萨谛奇），说道：'好啊！好

啊！'"（159）

以上是吉祥的《摩诃婆罗多》中《德罗纳篇》第一百六十四章(164)。

一六五

全胜说：

在这场国王们的会战中，战斗残酷激烈，犹如愤怒的楼陀罗杀戮众牲畜。（1）战场上到处是砍断的手臂、头颅和弓，散落的华盖和拂尘，婆罗多后裔啊！（2）大地布满毁坏的车轮、战车、倒下的旗帜和战死的英勇骑兵。（3）俱卢族俊杰啊！但见那些在大战中箭倒地的战士肢体破裂，各自挣扎。（4）这场可怕的战斗犹如天神和阿修罗之间的战斗。法王坚战对刹帝利们说道："大勇士们啊！奋勇冲向罐生者（德罗纳）！（5）英雄水滴王之孙（猛光）正在与德罗纳交战，竭尽全力要杀死德罗纳。（6）从我们在大战中的种种情况看，今天，愤怒的水滴王之孙（猛光）将在战斗中杀死德罗纳。你们齐心协力，冲向罐生者（德罗纳）。"（7）

听了坚战的命令，斯楞遮耶族大勇士们奋勇冲向前去，想要杀死德罗纳。（8）而大勇士德罗纳知道自己必定要死，快速向他们对冲过去。（9）严守誓言的德罗纳冲过来时，大地摇晃震动，狂风大作，引起军队恐慌。（10）仿佛从太阳中坠落巨大的流星，伴随着灼热，造成大恐怖。（11）尊者啊！德罗纳的武器熊熊燃烧，战车嘎嘎作响，马匹流着眼泪。（12）大勇士德罗纳似乎失去威力，想起仙人们召唤他去天国的话，他准备通过漂亮的战斗抛弃生命。（13）

然后，木柱王之子（猛光）的军队从四面包围上来，德罗纳驰骋战场，焚烧成群成群的刹帝利。（14）这位粉碎敌人者杀死了两万刹帝利，又用尖端锋利的箭杀死十万刹帝利。（15）他站在战场上奋力作战，犹如无烟之火。他依靠梵武器，消灭刹帝利。（16）灵魂高尚的般遮罗王子（猛光）失去战车，所有武器被击毁，但毫不气馁。自信的怖军迅速赶往他那里。（17）克敌者（怖军）看到般遮罗王子就在德罗纳附近，让他登上自己的战车，说道：（18）"这里，除了你之

外，没有人能与老师交战。你赶快先杀死他！这个重任落在你身上。"（19）

听了怖军的话，大臂者（猛光）迅速拿起一张能承受一切拉力的、新的硬弓，冲了过去。（20）他愤怒地向难以抵御的德罗纳老师泼洒箭雨，想要遏制他。（21）这两位优秀的战斗英雄愤怒地互相抵挡，一再发射梵武器和各种天神武器。（22）大王啊！水滴王之孙（猛光）在战斗中摧毁了德罗纳的一切武器后，又用大量武器覆盖德罗纳。（23）永不退缩的猛光又击溃在战场上保护德罗纳的婆娑提族人、尸毗族人、波力迦族人和俱卢族人。（24）国王啊！那时，猛光用箭网覆盖四面八方，犹如太阳大放光芒。（25）然而，德罗纳又一次用箭射断他的弓，并射中他的要害部位，令他疼痛至极。（26）

于是，怖军愤怒地靠近德罗纳的战车，国王啊！他仿佛慢条斯理地对德罗纳说道：（27）"如果不是一些富有学养的婆罗门不满足于自己的职责而从事战斗，那么，刹帝利就不会走向灭亡。（28）人们知道，不伤害一切众生是最高的正法。而婆罗门是正法之根，你又是优秀的知梵者（婆罗门）。（29）婆罗门啊！你出于无知和愚蠢，想要为妻儿谋取财富，像希弗波迦（贱民）那样杀死了许多弥戾车人和其他各种人。（30）你像一个不懂得正法的人，为了一个儿子而杀死许多恪守自己职责的人。你不恪守自己的职责，难道不羞愧吗？（31）今天，你的儿子已经躺倒在地。你询问过法王（坚战），他也告诉了你。你不应该怀疑他的话。"（32）

听了怖军这些话，以法为魂的德罗纳想放下了弓，也愿意放下一切武器，说道："迦尔纳啊！大弓箭手啊！慈悯啊！难敌啊！（33）我一再告诉过你们要在战场上奋勇作战，但愿你们吉祥平安，不受般度族伤害。而我要放下武器了。"（34）说完这些话，大王啊！他高喊着马嘶的名字，放下武器，坐在车座上，实施瑜伽，赐予一切众生以无畏。（35）猛光知道机会来了，起身持剑，从车上跳下，迅速冲向德罗纳。（36）看到德罗纳这样处在猛光的控制下，众人和其他一切众生发出惊叫声。（37）在一片啊啊声和呸呸声中，德罗纳放下了武器，处于至高的平静状态。（38）已经说了那些话，这位大苦行者实施瑜伽，通体放光。这位老师与众仙人一起，前往难以到达的天国。（39）

德罗纳前往天国时,我们感到有两个太阳。如同太阳的德罗纳之月到达天国时,整个天空仿佛顿时布满光辉。(40)眨眼之间,那个发光体消失不见。德罗纳进入梵界,天国居民们发出欢呼声,而猛光浑然不知。(41)只有我们五个凡人看到灵魂高尚的德罗纳实施瑜伽,前往至高的天界。(42)那就是我、普利塔之子胜财(阿周那)、有年之子婆罗门慈悯、苾湿尼族婆薮提婆之子(黑天)和般度之子法王(坚战)。(43)所有其他的人都没有看到睿智的德罗纳依靠瑜伽获得解脱,前往至高领域。(44)凡人们都不知道他已经达到至高归宿,因为他们没有看到这位制服敌人的老师依靠瑜伽,与众仙人雄牛一起前往梵界。(45)

德罗纳已经放下武器,身上中了数百支箭,鲜血流淌。而滴水王之孙(猛光)尽管遭到一切众生唾骂,依然袭击他。(46)他抓住失去知觉、一声不吭的德罗纳的脑袋,用剑把它从身上砍下。(47)杀死了德罗纳,猛光兴高采烈,在战场上挥舞宝剑,发出狮子吼。(48)那是为了你,这位肤色黝黑、白发垂到耳边的八十五岁老人,像十六岁青年那样驰骋疆场。(49)当时,贡蒂之子大臂者胜财(阿周那)说道:"木柱王之子啊!让老师活着,不要杀死他。"(50)所有的士兵们也都叫喊道:"不能杀,不能杀!"阿周那悲悯地叫着跑过去。(51)正当阿周那和所有国王们叫喊着,猛光杀死了坐在车座上的人中雄牛德罗纳。(52)

克敌者(猛光)沾满鲜血,从车上跳到地上。他浑身鲜血,犹如太阳,形象可怕。就这样,士兵们眼看着德罗纳被杀死在战场。(53)国王啊!大弓箭手猛光将德罗纳硕大的头颅扔在你的军队面前。(54)国王啊!你的士兵们看到德罗纳的头颅,只想逃生,跑向四面八方。(55)而德罗纳升入天国,进入星宿的轨道,国王啊!我亲眼目睹德罗纳的最终归宿。(56)由于贞信之子黑仙(毗耶娑)的恩惠,我们看到这位大光辉者升入天国,行进中犹如燃烧着的一团无烟之火。(57)

德罗纳被杀死后,般度族人和斯楞遮耶人快速冲向失去勇气的俱卢族人。于是,你的军队溃散。(58)战场上许多马匹被利箭杀死。德罗纳死后,你的士兵们仿佛失去元气。(59)他们遭遇失败,对来世充满恐惧。他们失去了今生和来世的世界，也就找不到自信。（60）国王们寻找德罗纳的躯体，国王啊！但战场上布满数以万计的无头尸体，他们找不到。（61）般度族人取得胜利，也赢得来世的巨大声誉。他们拨箭敲鼓，发出狮子吼。（62）国王啊！怖军和水滴王之孙猛光在军队中互相拥抱跳舞。（63）怖军对折磨敌人的水滴王之孙（猛光）说道："水滴王之孙啊！等到车夫之子（迦尔纳）和邪恶的持国之子难敌在战斗中被杀死，我将再次拥抱得胜的你。"（64）这样说罢，般度之子怖军满怀喜悦，拍打手臂的声音震撼大地。（65）而你的军队听到这种声音，吓得在战场上乱跑，放弃刹帝利职责，只顾逃命。（66）般度族人在战场上消灭了敌人，取得胜利，赢得幸福，兴高采烈，民众之主啊！（67）

国王啊！德罗纳死后，俱卢族人备受武器折磨，失去将帅，溃不成军，陷入忧愁之中。（68）他们精神恍惚，失去勇气，情绪低落，无精打彩，巨大的哀鸣声围绕你的儿子。（69）他们浑身沾满尘土，颤抖着观望四面八方，含泪哽咽，犹如过去希尼耶格西布被杀死后，提迭们的神情。（70）他们犹如惊恐的小鹿，围绕在难敌王身边。而你的儿子不能停留，只能离开。（71）你的战士们又饥又渴，疲惫不堪，婆罗多后裔啊！又受到太阳曝晒，他们都神态迷糊。（72）犹如看到太阳坠落，大海干枯，弥卢山移位，婆薮之主（因陀罗）战败，（73）国王啊！俱卢族人看到不容侵犯的德罗纳倒地死去，惊恐万状，仓皇逃跑。（74）

犍陀罗王沙恭尼看到驾驭金车者（德罗纳）被杀死，恐惧地带着更加恐惧的车兵们一起逃跑。（75）车夫之子（迦尔纳）恐惧地带着快速奔跑的军队，和旗手们一起逃跑。（76）摩德罗王沙利耶环顾四周，恐惧地带着车兵、象兵和骑兵逃跑。（77）有年之子（慈悯）损兵折将，说着"完了，完了！"带着残剩的象兵和步兵逃跑。（78）国王啊！成铠在博遮族、羯陵伽族、阿罗吒族、波力迦族的残余部队簇拥下，带着快马逃跑。（79）看到德罗纳倒地而死，优楼迦受恐惧折磨，慌忙带着步兵们逃跑，国王啊！（80）难降年轻，英俊，以勇敢著称，也惊恐不安，在象兵们簇拥下逃跑。（81）大王啊！大勇士难敌也在象兵、车兵、骑兵和步兵的簇拥下逃跑。（82）俱卢族人溃不成军,披头散发,登上象、车和马,哪怕是别人的坐骑,纷纷逃跑,没有一处是两个人一起逃的。(83)人们心想:"这下完了。"失去勇气,精神萎靡,国王啊!你的士兵们丢盔弃甲,纷纷逃跑。(84)士兵们互相叫喊道:"站住,站住!"但是,他们连自己都不能站住,婆罗多族雄牛啊!(85)战士们从车上卸下马和倒毙的车夫。他们骑上马,用脚策马快速逃跑。(86)

军队失魂落魄,惊恐万状,纷纷逃跑。这时,德罗纳之子(马嘶)却像鳄鱼逆流而上。(87)他作战凶猛,勇如疯象,在消灭多路般度族军队后,好不容易突围出来。(88)看到俱卢族军队迫不及待地逃跑,德罗纳之子(马嘶)便走近难敌,说道:(89)"为什么军队惊慌失措地逃跑?婆罗多后裔啊!你为什么不阻止他们逃跑?王中因陀罗啊!(90)你已经失去常态,国王啊!以迦尔纳为首的这些国王也都不能顶住。(91)以往多次战斗中,军队也都没有这样逃跑,大臂者啊!你的军队是否安全?婆罗多后裔啊!(92)国王啊!哪一位车兵雄狮被杀了,你的军队才落到这般境地?俱卢后裔啊!请你告诉我!"(93)

听了德罗纳之子(马嘶)说的这些话,王中雄牛难敌不能开口说出那些可怕的话。(94)你的儿子犹如一条破船沉入忧愁之海,泪流满面,望着站在战车上的德罗纳之子(马嘶)。(95)然后,国王带着愧疚,对有年之子(慈悯)说道:"祝你幸运!请你讲述军队逃跑的原因吧!"(96)国王啊!有年之子(慈悯)一再陷入痛苦之中,向德罗纳之子(马嘶)讲述德罗纳遇难之事。(97)

慈悯说:

以优秀的勇士德罗纳为首,我们开始只与般遮罗人交战。(98)在战斗中,俱卢族人和苏摩迦族人混在一起,互相呐喊,用武器击倒对方身体。(99)然后,人中雄牛德罗纳施展梵武器,用月牙箭杀死成百成千敌人。(100)也是命运使然,般度族人、羯迦夜族人和摩差族人,尤其是般遮罗人,在战斗中,冲到德罗纳的战车前,遭到毁灭。(101)德罗纳用梵武器焚烧一千名车兵雄狮和两千头大象,将他们送到死神那里。(102)德罗纳肤色黝黑,白发垂到耳边,八十五岁的老人,像十六岁的青年那样驰骋疆场。(103)军队遭到打击,国王们遭到杀戮,般遮罗人尽管怒不可遏,仍然转身逃跑。(104)他们转身溃逃时,战胜敌人者(德罗纳)施展天神武器,犹如升起的太阳。(105)你的父亲威武显赫,冲到般度族人中间,射出的箭犹如光线,宛若中午的太阳,难以逼视。(106)他们遭到德罗纳烧灼,犹如遭到太阳烧灼,耗尽勇气和活力,失去知觉。(107)

看到他们遭到德罗纳的利箭打击,诛灭摩图者(黑天)渴望胜利,便对般度之子们说道:(108)"这位优秀的武士,车兵统帅中的统帅,即使是诛灭弗栗多者(因陀罗)也不能在战斗中战胜他。(109)般度之子们啊!你们要抛开正法,才能保障胜利,不至于让这位驾驭金车者(德罗纳)在战场上杀死我们所有人。(110)我认为只有马嘶被杀死,他才会停止战斗。让某个人对他谎称马嘶已在战斗中被杀死。"(111)贡蒂之子胜财(阿周那)不赞成,而其他所有的人都赞成,坚战也勉强赞成。(112)怖军羞愧地对你的父亲说:"马嘶被杀死了。"而你的父亲不相信。(113)他怀疑这是谎言。深爱儿子的父亲询问法王(坚战),你是否在战场被杀死。(114)坚战既害怕说谎,又渴望胜利。他说了"马嘶死了",又补上一句"大象死了",那是被怖军杀死的、摩罗婆王帝铠的一头高耸如山的大象。(115)他走近德罗纳,高声说道:"为了他,你投掷武器;看到他,你才活着。你的亲生儿子马嘶永远地死去了。"(116)

听到这个不幸消息,老师精神沮丧,放下各种天神武器,不能再像从前那样作战。(117)看到他忧伤至极,精神恍惚,行为残酷的般遮罗王之子(猛光)冲上前去。(118)洞悉世界真谛的德罗纳明白他是自己命中指定的杀手,便放下各种天神武器,在战场上静坐等死。(119)水滴王之孙(猛光)用左手抓住他的头发,在众英雄的呼喊声中,砍下了他的头颅。(120)"不能杀!不能杀!"他们从四面八方呼喊道。阿周那也从车上跳下,跑到那里。(121)他急忙高举双臂,一再说道:"通晓正法者啊!不要杀死老师,让他活着!"(122)尽管受到俱卢族人和阿周那阻拦,你的父亲还是被残忍的猛光杀死了,人中雄牛啊!(123)所以,整个军队恐慌地逃跑。你的父亲被杀死,我们也都丧失了勇气。(124)

全胜说:

听说父亲在战场上被杀死,德罗纳之子(马嘶)犹如被脚踩伤的

毒蛇，愤怒至极。(125)

以上是吉祥的《摩诃婆罗多》中《德罗纳篇》第一百六十五章(165)。《德罗纳阵亡篇》终。

祭放那罗延宝篇

一六六

持国说：

啊！听到年迈的婆罗门父亲被猛光用非法手段杀死，马嘶说些什么？（1）这位勇士一向携带凡人武器、风神武器、火神武器、梵武器、因陀罗武器和那罗延武器。（2）全胜啊！听说奉守正法的老师被猛光用非法手段杀死，马嘶说些什么？（3）灵魂高尚者（德罗纳）从罗摩那里获得弓箭吠陀，并将所有天神武器都传授给想当老师的儿子。（4）因为在这世界上，人们只希望一个人在品质上超过自己，那就是儿子，而不是任何其他人。（5）灵魂高尚的老师总是把秘诀传授给儿子或随身弟子。（6）

有年之女（慈悯）的儿子马嘶学会全部武艺后，在战场上，成为仅次于德罗纳的勇士，全胜啊！（7）他在武艺上直追罗摩，在战斗中如同摧毁城堡者（因陀罗），在勇气上如同作武王，在智慧上如同毗诃波提。（8）这位青年坚定似高山，光辉似烈火，深沉似大海，愤怒似毒蛇。（9）他是世间第一车兵，手持硬弓，不怕疲劳，快速似风，驰骋在战场上如同愤怒的阎摩。（10）他在战场上射箭时，大地也遭受折磨。而这位真正勇敢的英雄在战场上从不感到痛苦。（11）他通过吠陀和誓言得到净化，精通弓箭吠陀，他像大海一样沉着坚定，如同十车王之子罗摩。（12）听到奉守正法的老师在战斗中被猛光用非法手段杀死，马嘶说些什么？（13）灵魂高尚的马嘶注定要成为猛光的杀手，如同般遮罗族祭军之子（猛光）成为德罗纳的杀手。（14）听到老师被这个残酷、邪恶、凶暴和目光短浅的人杀死，马嘶说些什么？（15）

全胜说：

听说父亲被行为邪恶的人用卑鄙的手段杀死，德罗纳之子（马嘶）充满眼泪和仇恨，人中雄牛啊！（16）国王啊！他满腔愤怒，形体神奇，犹如世界末日，想要杀死一切众生的死神。(17) 他一再擦拭流泪的双眼，愤怒地喘着粗气，对难敌说道：(18) "我现在知道我的父亲放下武器后，被那些卑鄙小人杀死。我知道了残忍的正法之子（坚战）的卑鄙行为，打着正法的旗号，犯下这桩罪行。(19) 凡是参加战斗，必有胜败，国王啊！战死也受到赞赏。(20) 一个参加战斗的人在正当情况下战死，无须为他悲伤，因为这是婆罗门遵行的规则。(21) 毫无疑问，我的父亲已经前往英雄世界。人中之虎这样走向死亡，不必为之悲伤。(22) 然而这位遵行正法的人当着所有军队的面，被人揪住头发，这撕裂我的心。(23)

"人们出于贪婪、愤怒、无知、傲慢或轻薄无礼，做出不合正法之事。(24) 残忍的水滴王之孙（猛光）灵魂邪恶，藐视我，做出这种严重违背正法之事。(25) 般度之子（坚战）也说谎话，行为极其卑鄙。他和猛光都会遭受可怕的果报。(26) 法王（坚战）施展诡计，让老师放下武器。今天，大地将会吸吮他的鲜血。(27) 我会使用一切手段，努力杀死般遮罗人。我也会在战斗中杀死作恶的猛光。(28) 无论采取温和的手段，还是恐怖的手段，只有杀尽般遮罗人，我才能得到平静，俱卢后裔啊！(29)

"人中之虎啊！人们求取儿子，为的是在今生和来世摆脱大恐怖。(30) 我的父亲落到这般境地，仿佛没有亲人。而我作为他的儿子和学生，却像高山一样还活着。(31) 去他的，我的勇敢！德罗纳虽然有我这个儿子，却被人揪住头发。(32) 婆罗多族俊杰啊！我要做到偿还已经去了另一个世界的父亲的债。(33) 高尚的人从来不说赞美自己的话。可是，我无法承受父亲的死，我要在这里说说自己的威力。(34)

"今天，让般度之子们连同遮那陀那（黑天）看看我的威力，看我粉碎他们的所有军队，犹如世界末日来临。(35) 今天，我站在战车上，不管是天神和健达缚，还是阿修罗和罗刹，都不可能在战斗中战胜我。(36) 在这世上，没有一个通晓武艺的战士能超过我或阿周那。我冲入军队中间，使用各种天神制造的武器，犹如太阳站在闪耀的道道光芒中间。(37) 今天，我要在大战中使用瘦马之子们①，让他

---

① 瘦马之子是神化的箭名。

们施展威力,粉碎般度族人。(38)今天,人们会看到四面八方被我的利箭笼罩,国王啊!犹如暴风骤雨。(39)我会向四面八方撒出箭网,发出吼叫,消灭敌人,犹如狂风刮倒树木。(40)无论是毗跋蒌(阿周那)、遮那陀那(黑天)和怖军,还是双生子和坚战王,都不知道我的这种武器。(41)还有灵魂邪恶的水滴王之孙(猛光)、束发和萨谛奇,也都不知道我的这种能放能收的武器,俱卢族后裔啊!(42)

"从前,有一次,那罗延幻化成婆罗门来到,我的父亲按照礼仪向他致敬,供奉他。(43)尊者接受供奉后,赐给他恩惠。我的父亲选择了至高的那罗延法宝。(44)国王啊!然后,这位尊神说道:'无论在哪儿,没有人能在战斗中与你相比。(45)但是,婆罗门啊!你决不能轻率使用这件武器。它不杀死敌人,就不会返回。(46)没有它不能杀死的人,主人啊!它甚至能杀死不能杀死的人,因此,不要随意使用它。(47)在战斗中逃跑的人,放下武器的人,求饶的人,寻求庇护的人,(48)折磨敌人者啊!不能对这些人使用这件武器,因为在战斗中折磨不该杀死的人,他自己就会处处受折磨。'(49)然后,我的父亲接受了这件武器。这位尊神也对我说道:'有了这件武器,你将一次又一次泼洒天神武器之雨,在战斗中闪耀光辉。'(50)

"尊神这样说罢,便返回天国。这样,我的父亲从那罗延那里得到这件法宝。(51)我将带着它,在战斗中击溃般度族人、般遮罗人、摩差人和羯迦夜人,犹如沙姬之夫(因陀罗)击溃阿修罗。(52)我的箭会按照我的心意,杀死那些冲向前来的敌人,婆罗多后裔啊!(53)我将在战斗中,按照自己的意愿泼洒石雨,用铁头箭击溃大勇士们。毫无疑问,我也将泼洒各种战斧。(54)折磨敌人者啊!凭借这件那罗延法宝,我将制服般度族,击溃敌人。(55)这个该受谴责的般遮罗族恶棍,仇视朋友、婆罗门和老师,今天休想逃脱我的手掌。"(56)

听了德罗纳之子(马嘶)的这些话,军队重整旗鼓,人中俊杰们吹响大螺号。(57)他们兴奋地敲响数以千计的大鼓和小鼓。在马蹄和车轮折磨下,大地发出叫声。众声喧哗,直上云霄,回响大地。(58)般度族听到这种雷鸣般的声响,优秀的车兵们聚在一起,共同商议。(59)此时,德罗纳之子(马嘶)说完话,沾水净手,展现

那罗延法宝。(60)

以上是吉祥的《摩诃婆罗多》中《德罗纳篇》第一百六十六章(166)。

一六七

全胜说：

那罗延法宝一展现，狂风骤起，晴空飘雨，电闪雷鸣。(1) 大地摇晃，大海涌动，流向大海的河流逆转。(2) 婆罗多后裔啊！那里的山顶裂开，鹿群左绕般度之子们而行。(3) 黑暗弥漫，太阳昏沉，食肉兽纷至沓来，兴高采烈。(4) 众天神、檀那婆和健达缚胆战心惊，民众之主啊！看到这混乱景象，人们都询问怎么回事？(5) 看到德罗纳之子（马嘶）那形状可怕、令人恐惧的法宝，所有的国王都惶惶不安。(6)

持国说：

德罗纳之子（马嘶）极度悲伤，不能承受父亲的死。现在，他在战场上召回军队。(7) 般度之子们看到俱卢族人冲来，商量出什么办法保护猛光？全胜啊！请你告诉我！(8)

全胜说：

坚战先前已经看到持国之子们逃跑，现在又听到喧嚣声，便对阿周那说道：(9) "老师德罗纳在战斗中被猛光杀死，犹如大阿修罗弗栗多被手持金刚杵者（因陀罗）杀死。(10) 胜财啊！俱卢族人精神沮丧，失去在战斗中获胜的希望，只想保命，纷纷逃跑。(11) 有些国王驾车迅速逃跑，两侧的车夫死去，旗幡和华盖倒下，车辕断裂。(12) 有些国王失魂落魄地登上车座破裂、马匹癫狂的战车，惊恐地亲自用脚策马快跑。有些国王惶恐不安，驾着车轭、车轮和车轴破裂的战车逃跑。(13) 有些人身中铁箭，歪歪斜斜坐在象肩上，由忍受箭伤痛苦的大象驮着，逃向四面八方。(14) 有些人失去武器和铠甲，从坐骑跌落在地，有些人被车轮轧碎，有些人被马匹和大象踩死。(15) 有些人叫喊着：'父亲啊！儿子啊！'惊恐地逃跑。由于惊慌失措，他们互相找不到对方。(16) 有些人将受了重伤的儿子、父亲、

朋友或兄弟抬到车上，卸下他们的铠甲，用水替他们擦洗。（17）

"德罗纳被杀死，俱卢族军队在这种情况下，纷纷逃跑。是谁又召回他们？如果你知道，请告诉我。（18）马嘶声、象吼声和车轮声，混合成巨大的声响。（19）这些喧嚣的声浪出自俱卢族大海，一阵高似一阵，震撼我方军队。（20）听到这种可怕的声响，令人毛发直竖。我感到它仿佛要吞噬包括因陀罗在内的三界。（21）我认为这是手持金刚杵者（因陀罗）发出的可怕吼叫。显然是由于德罗纳被杀死，婆薮之主（因陀罗）前来帮助俱卢族。（22）胜财啊！听到这种沉重可怕的声音，我们的车兵勇士们精神沮丧，毛发直竖。（23）是哪位大勇士像天王（因陀罗）那样，稳住溃散的俱卢族军队，重新投入战斗。"（24）

阿周那说：

仰仗他的勇武，俱卢族人振作精神，鼓起勇气继续投身艰难的事业，吹响了螺号。（25）国王啊！老师放下武器而被杀死后，你怀疑还有谁稳住持国之子们，发出呐喊。（26）我要告诉你，这位大臂者具有羞耻心，步伐犹如疯象，行为凶猛，解除俱卢族人的恐惧。（27）在他出生时，德罗纳赐给众位值得尊敬的婆罗门一千头牛。他就是那个呐喊的人，名叫马嘶。（28）这位英雄一生下来，就像那匹高嘶马①那样发出嘶叫声，震撼大地和三界。（29）听到这声音，一位隐形的生灵给他取名"马嘶"，般度之子啊！他就是现在呐喊的这位勇士。（30）

行为残忍的水滴王之孙（猛光）冲向德罗纳，将他杀死，仿佛他没有保护者，而他的保护者就在一旁。（31）般遮罗王子（猛光）揪住我的老师的头发。德罗纳之子（马嘶）知道自己的威力，对此不会宽恕。（32）为了王国，你对老师说了谎话。你这位通晓正法的贤士，却做了一件严重违背正法的事。（33）德罗纳心想："般度之子通晓一切正法，又是我的学生，不会对我说谎。"他完全相信你。（34）你披着诚实的外衣，对老师说谎，补上一句"大象死了"。（35）于是，他放下武器，失去自我，失去知觉，精神恍惚，国王啊！正如你亲眼所

---

① 高嘶马是因陀罗的坐骑。

见。（36）他深爱儿子，满怀忧伤，垂头丧气。那是学生抛弃永恒的正法，杀死了这位老师。（37）你采取非法手段，杀死了放下武器的老师。现在，你和你的大臣们，如果可能，就去救助水滴王之孙（猛光）吧！（38）现在，我们所有人都无法救助水滴王之孙（猛光）。他就要被失去亲人而愤怒的老师之子（马嘶）杀死。（39）马嘶通常对一切众生十分友善，但听说他的父亲被揪住头发，他会在战斗中焚毁我们。（40）我虽然竭力喊叫，想救老师性命，但老师还是被不顾忌自己正法的学生杀死。（41）

我们的寿命已过大半，剩下的年头不多。现在我们做了这件严重违背正法的事，成了我们的心头病痛。（42）这位老师从感情上说，是我们的父亲；从正法上说，也是我们的父亲。可是，为了这短暂的王国，这位老师被杀死了。（43）民众之主啊！持国王将整个大地连同儿子们和一切无价之宝都交给了毗湿摩和德罗纳。（44）这位老师获得这样的财富，永远受到他人尊敬，依然待我胜过他的儿子。（45）他的勇力不减，只是听了你的话，才在战场上放下武器遭到杀害。如果他继续作战，即使百祭（因陀罗）也杀死不了他。（46）我们智慧短缺，行为卑劣，为了王国，伤害这样一位始终有恩于我们的年迈师长。（47）我的老师知道我对他的爱，认为我能为他抛弃儿子、兄弟、父亲和妻子。（48）然而，由于贪婪王国，在他被杀死时，我却撒手不管。因此，我将头朝下坠入地狱，国王啊！（49）为了王国，杀死这位年迈的、放下武器的婆罗门老师，犹如杀死一位牟尼，国王啊！活着还不如死了好。（50）

以上是吉祥的《摩诃婆罗多》中《德罗纳篇》第一百六十七章(167)。

一六八

全胜说：

听了阿周那的话，在场的大勇士们都不吭声，国王啊！他们对胜财（阿周那）说的话，既不表示赞同，也不表示反对。（1）然而，婆罗多族雄牛啊！大臂者怖军仿佛嘲弄贡蒂之子阿周那，愤怒地说道：(2)"你说话满嘴正法，好像是居住在林中的牟尼，放下刑杖、严守誓言的婆罗门，普利塔之子啊！(3)保护人不受伤害，自己避免伤害，对三种善者①宽容，刹帝利就能很快获得大地、正法、名誉和财富。(4)你是家族的支柱，具有刹帝利的一切品质，因此，今天你像愚人那样说话，显得不光彩。(5)你像沙姬之夫帝释天那样勇敢，贡蒂之子啊！你不会逾越正法，犹如大海不会逾越海岸。(6)你忍辱含垢十三年，一心想着正法，今天，谁不尊敬你？(7)幸运啊！你的心至今追随自己的正法，幸运啊！你的思想始终保持仁慈，永不退缩者啊！(8)然而，你遵循正法，王国还是被人非法夺走，德罗波蒂被敌人拖到大会堂。(9)我们都穿着树皮衣和羊皮衣，流亡森林。虽然我们不该如此，但敌人强迫我们受苦十三年。(10)无罪者啊！你已经忍受这些无法忍受的境遇。你执著刹帝利正法，接受了这一切。(11)

"我与你一起动手惩治这种非法行为。我要杀死这些抢夺王国的卑鄙小人以及他们的追随者。(12)过去，你说过我们要竭尽全力，奋勇作战，而现在你却责备我们。(13)你并不想履行自己的职责。你过去说的话是假的。我们备受恐惧折磨，你的话刺穿我们的心。(14)粉碎敌人者啊！犹如将盐撒在伤员的伤口上，你的语言之箭射碎我的心。(15)你奉守正法，但你不知道大量的非法行为。你不赞美自己和我们这些值得赞美的人，却赞美不及你十六分之一的人（马嘶）。(16)自己赞美自己的品质并不合适。但我要说，一旦我发怒，我能击碎大地，劈开高山。(17)我掷出沉重而可怕的镶金铁杵，能像狂风一样摧折高山般的大树。(18)人中雄牛啊！你知道我这个哥哥就是这样，无比勇敢的人啊！你不应该惧怕德罗纳之子（马嘶）。(19)毗跋蔌啊！你和所有的人中雄牛一起振作起来！我一个人手持铁杵，就能在大战中战胜他。"(20)

然后，般遮罗王子（猛光）对普利塔之子（阿周那）说话，犹如诃利（毗湿奴）对愤怒吼叫的希罗尼耶格西布说话：(21)"毗跋蔌啊！圣人们都知道婆罗门的职责：为人举行祭祀、教人诵习吠陀、施

---

① 三种善者指天神、婆罗门和老师。

舍、祭祀和接受施舍，（22）第六项是诵习吠陀，德罗纳履行了哪一项？我杀死了德罗纳，普利塔之子啊！你为什么要责备我？（23）他逾越自己的职责，实行刹帝利的职责。他用非凡的法宝屠杀我们，行为卑劣。（24）说是婆罗门，却使用不可抵御的幻术，因而，他也应该死于幻术，普利塔之子啊！这有什么不合适？（25）德罗纳被我惩处后，如果他的儿子愤怒地发出可怕的吼叫，我会失去什么呢？（26）我不认为德罗纳之子（马嘶）的呐喊有什么了不得。这只会使俱卢族人遭到杀戮，而他也救不了他们。（27）

"你奉守正法，而说我杀害老师。我却是为此而从祭火中诞生，成为般遮罗王的儿子。（28）胜财啊！无论你称他为刹帝利，还是称他为婆罗门，在战斗中的行为合适不合适都是一样的。（29）他总是气得发昏，用梵武器杀死不懂得这种武器的人，那为什么不能采取一切手段杀死他呢？人中俊杰啊！（30）通晓正法的人们说这种违背正法的人犹如毒药。你通晓正法和利益的真谛，理应知道，为什么还要责备我呢？阿周那啊！（31）我冲上前去杀死这个残忍的勇士不应该受到责备，毗跋蔌啊！你为什么不乐意呢？（32）我在战斗中砍下像烈火、太阳和毒药那样可怕的德罗纳的头颅，你怎么不赞赏这件值得赞赏的事呢？（33）

"他在战斗中杀死我的亲属，而不杀死别人的亲属，即使砍下了他的头颅，也难消我心中的怒火。（34）我没有像扔胜车的头颅那样，将他的头颅扔到尼沙陀人①中间，以致我心如刀绞。（35）我们都懂得不杀敌人不合正法，阿周那啊！刹帝利的正法就是杀或被杀。（36）般度之子啊！我是按照正法在战斗中杀死这个敌人，正像你杀死父亲的朋友福授王。（37）你在战斗中杀死祖父，认为自己符合正法，而我杀死邪恶的敌人，你为什么认为不合正法？（38）般度族长兄并非欺诈，我也没有违背正法，他是仇恨学生的罪人，阿周那啊！你战斗吧！胜利属于你。"（39）

以上是吉祥的《摩诃婆罗多》中《德罗纳篇》第一百六十八章（168）。

---

① 尼沙陀人是以渔猎为生的贱民。

一六九

持国说：

灵魂高尚的德罗纳依法学习了吠陀和吠陀支，是弓箭吠陀的化身，有廉耻。（1）大仙之子德罗纳遭到灵魂卑劣、残忍杀害老师的小人斥责。（2）而凭借他的恩惠，人中之雄牛们能完成众天神都难以完成的非凡事业。（3）德罗纳当着大家的面，遭到行为邪恶的人斥责时，竟没有人表示愤怒。去它的刹帝利！去它的愤怒！（4）全胜啊！告诉我，听了般遮罗王子（猛光）的话，普利塔之子们和所有大地上的王族弓箭手说了些什么？（5）

全胜说：

听了行为残忍的木柱王之子（猛光）的这些话，所有的国王都默不作声，民众之主啊！（6）而阿周那斜眼望着水滴王之孙（猛光），含泪叹息，连声说道："呸，呸，呸！"（7）坚战、怖军、双生子、黑天和其他人都羞愧地站着，国王啊！而萨谛奇开口说道：（8）"这里，没有一个人会当场杀死这个出言不逊的卑鄙罪人。（9）卑鄙小人啊！你用非法手段杀死老师，现在又责骂老师，你的舌头和脑袋怎么没有裂成百瓣呢？（10）你和所有的普利塔之子、安陀迦人、苾湿尼族人一起做了恶事，还在大庭广众炫耀。（11）你做了这样的恶事，还责骂老师，你应该被杀，不应该让你活上片刻。（12）你揪住老师的头发，将这灵魂高尚的善人杀死。除了你，卑鄙小人啊！哪个高尚的人会这样行事？（13）有了你这个玷污家族的人，你的前后七代亲人失去声誉，败落沉沦。（14）你对人中雄牛普利塔之子（阿周那）说到毗湿摩，而这位灵魂高尚者其实是自己安排这种结局的。（15）你的邪恶的兄弟（束发）杀死了他。在这世上，没有比般遮罗王子们更邪恶的了。（16）你的父亲创造束发就是为了杀死毗湿摩。阿周那保护束发，让他杀死灵魂高尚者（毗湿摩）。（17）有了你和你的兄弟这样的人，般遮罗人背离正法，成为伤害朋友和老师的卑鄙小人，受到一切人唾弃。（18）如果你再在我面前说这样的话，我就要用如金刚杵

般的铁杵砸碎你的头颅。"（19）

遭到沙特婆多族后裔（萨谛奇）责骂，水滴王之孙（猛光）满腔愤怒，仿佛笑着对萨谛奇说出这些刺耳的话：（20）"我已经听够你的话，摩豆族后裔啊！我也宽恕你，卑劣的人啊！你没有资格谴责光明正大的善人。（21）在这世上，宽容受到赞赏。但是，不应该对罪恶宽容，因为灵魂邪恶的人认为宽容的人可欺。（22）你行为卑劣，灵魂渺小，思想邪恶，从头到脚该受谴责，却还想谴责他人。（23）广声被砍断手臂，静坐待死，而你不顾劝阻，依然杀死了他，还有什么比这更严重的罪行？（24）德罗纳在战斗中使用天神武器。他放下武器，我便杀死了他，这有什么错？残忍的人啊！（25）一个人怎么能在战场上杀死一个被敌人砍断手臂、放弃战斗、像牟尼那样静坐的人呢？萨谛奇啊！（26）这位勇士施展威力，把你打倒在地时，你怎么没有呈现你的英雄气概，杀死他？（27）等普利塔之子打败了他，你这卑劣的人便趁势杀死威武的勇士月授之子（广声）。（28）每当德罗纳击溃般度族军队，是我冲向前去，发射数以千计的利箭。（29）你自己的所作所为犹如旃陀罗，该受谴责，怎么还想对我说出这些刺耳的话？（30）行为暴戾者是你，不是我。苾湿尼族卑鄙者啊！你是罪恶的渊薮，不要再说了！（31）你住嘴吧！不用再对我说了。你想要谴责我，这就是我对你的回答。（32）如果你还要愚蠢地对我说这种刺耳的话，我要在战斗中用利箭把你送往阎摩殿。（33）

"傻瓜啊！不能光是依靠正法。听着！他们也是依靠非法手段达到目的。（34）以前，他们用非法手段欺骗般度之子坚战，同样用非法手段折磨德罗波蒂，萨谛奇啊！（35）他们用非法手段剥夺了般度之子们和黑公主的一切财产，迫使他们流亡森林，傻瓜啊！（36）摩德罗王也是被敌人用非法手段从我们这里拉走。俱卢族祖父毗湿摩也是被我们用非法手段杀死。广声也是被你这位通晓正法的人用非法手段杀死。（37）在战斗中，敌人这样做，般度族人也这样做，通晓正法的英雄们为了保证胜利，都这样做，沙特婆多族后裔啊！（38）至高的正法难以理解，同样，非法也难以理解。现在，你与俱卢族人作战吧！不要回到你父亲的宫中。"（39）

听了这些残忍刺耳的话，吉祥的萨谛奇仿佛有点颤抖。（40）萨谛奇气得眼睛发红,像蛇一样喘息,将弓放在车上,拿起铁杵。他冲向般遮罗王子(猛光),愤怒地说道:(41)"我不对你说刺耳的话,我要杀死你这该死的人。"(42)大力士(萨谛奇)怒不可遏,猛然冲向般遮罗王子(猛光),就像死神冲向另一位死神。(43)大力士怖军受到婆薮提婆之子(黑天)催促,急忙从车上跳下,用双臂阻挡萨谛奇。(44)力士般度之子(怖军)用力拉住愤怒地冲向前去的力士萨谛奇,踉跄前行。(45)优秀的力士、悉尼族雄牛(萨谛奇)在第六步,被力士怖军拖住,停下脚步。(46)

萨谛奇被更有力的怖军拖住后,民众之主啊!偕天从车上跳下,用温和的话语对萨谛奇说道:(47)"人中之虎啊!我们没有比安陀迦族、苾湿尼族和般遮罗族更好的朋友,摩豆族后裔啊!(48)同样,安陀迦族和苾湿尼族,尤其是你和黑天,也没有比我们更好的朋友。(49)苾湿尼族人啊!即使走遍天涯海角,般遮罗族人也找不到有比般度族和苾湿尼族更好的朋友。(50)他认为你是这样的朋友,你也认为他是这样的朋友。你们是我们这样的朋友,我们也是你们这样的朋友。(51)你通晓一切正法,懂得为友之道,平静下来,消除对般遮罗王子(猛光)的怒气吧!悉尼族雄牛啊!(52)你宽恕水滴王之孙(猛光),让他也宽恕你。我们大家都宽容,有什么比宽容更好呢?"(53)

偕天这样安抚悉尼族后裔(萨谛奇),尊者啊!而般遮罗王子(猛光)笑着,说道:(54)"放开,怖军啊!放开作战疯狂的悉尼之孙(萨谛奇)!让他与我交战,犹如风吹高山。(55)我要用利箭打消他的怒气和活着作战的希望,贡蒂之子啊!(56)但眼前有更紧急的事要做,俱卢族人正向般度之子们冲来,我该怎么办?(57)或者,让颇勒古拿(阿周那)在战场上抵抗住所有的敌人,而我用箭射下他的头,(58)他以为我是在战斗中被砍断手臂的广声。放开他!不是我杀了他,就是他杀了我。"(59)

听了般遮罗王子(猛光)这些话,萨谛奇像蛇一样喘息。这位力士在怖军双臂紧挟下,不断挣扎。(60)尊者啊!婆薮提婆之子(黑天)和法王(坚战)费了很大的劲,才劝住这两位英雄。(61)劝住这两位眼睛都气得发红的大弓箭手后,渴望战斗的刹帝利雄牛们冲向

敌人，投入战斗。（62）

以上是吉祥的《摩诃婆罗多》中《德罗纳篇》第一百六十九章（169）。

一七〇

全胜说：

于是，德罗纳之子（马嘶）对敌人进行大屠杀，犹如世界末日死神毁灭一切众生。（1）旗帜是树，武器是山顶，死象是大石头，马匹是出没的紧布鲁沙[①]，箭和车座是缠绕的蔓藤，（2）回响食肉兽的嗥叫，充满成群的鬼怪和药叉，他用月牙箭杀死敌人，堆起这样的尸体之山。（3）然后，这位人中雄牛猛然发出吼叫，再次让你的儿子听他发出誓言：（4）"贡蒂之子坚战披着正法的外衣，对作战的老师说：'放下武器。'（5）因此，我要当着他的面，击溃他的军队。然后，我发誓要杀死邪恶的般遮罗王子（猛光）。（6）如果他们与我交战，我要杀死他们所有的人。我对你说的是真话，你就调集军队吧！"（7）

听了这话，你的儿子发出大声的狮子吼，驱散大恐怖。（8）于是，国王啊！俱卢族和般度族军队再次激烈交战，犹如两个涨潮的大海交汇。（9）愤怒的俱卢族人仰仗德罗纳之子（马嘶）而坚定，般度族人和般遮罗人因德罗纳被杀而勇猛。（10）他们都看到自己胜利的希望，无比兴奋。一场群情激昂的冲锋战出现在战场。（11）犹如两座高山碰撞，两个大海交汇，国王啊！俱卢族人和般度族人互相厮杀。（12）俱卢族和般度族军队都兴奋地吹响数千只螺号，敲响数万张战鼓。（13）士兵们造成的这种巨大声音犹如从前搅动乳海发出的神奇声音。（14）

德罗纳之子（马嘶）对准般度族和般遮罗族军队，祭起那罗延法宝。（15）于是，数以千计尖头锃亮的利箭出现在空中，犹如闪亮的毒蛇，吞噬般度族人。（16）这些利箭顿时覆盖四面八方、天空和军队，国王啊！犹如阳光顿时普照世界。（17）又出现许多黑铁球，大

[①] 紧布鲁沙又称紧那罗，人首马身。

地之主啊！犹如明净的空中出现许多发光的星体。（18）四周还出现各种喷火的百杀器，许多以剃刀为边缘的飞轮，犹如一轮轮太阳。（19）婆罗多族雄牛啊！看到空中布满各种武器，般度族人、般遮罗族人和斯楞遮耶族人都惊恐不安。（20）般度族的大勇士们越是作战，那件法宝越是增加威力，国王啊！（21）遭到那罗延法宝杀戮，犹如遭到烈火焚烧，战场上所有的般度族人痛苦不堪。（22）主人啊！这件法宝焚烧般度族军队，犹如冬末时节，大火焚烧干草。（23）

到处布满武器，军队遭到杀戮，正法之子坚战陷入极度的恐慌。（24）看到自己的军队失魂落魄，纷纷逃跑，又看到普利塔之子（阿周那）无所作为，正法之子（坚战）说道：（25）"猛光啊！你带上般遮罗族军队快逃！萨谛奇啊！你带上苾湿尼族人和安陀迦族人快回家去！（26）灵魂高尚的婆薮提婆之子（黑天）会保护自己安全。他能指导整个世界，何况他自己。（27）我们不必战斗了！我要对所有的士兵都这样说，因为我和兄弟们就要进入火中。（28）在越过了胆怯者难以越过的毗湿摩和德罗纳的战斗之海后，我和大队人马却会栽入德罗纳之子（马嘶）无水的牛蹄坑中。（29）让毗跋蹉（阿周那）的愿望赶快实现吧！因为我在战场上杀死了对我友好①的老师。（30）妙贤之子（激昂）这个孩子不善于作战，没有受到他保护，被众多强悍残忍的武士杀死。（31）黑公主在大会堂成了女奴，提出质问时，他和儿子默不作声，冷眼旁观。（32）在那些马匹疲惫时，持国之子（难敌）想要杀死颇勒古拿（阿周那），是他为难敌披戴铠甲，让他保护信度王（胜车）。（33）以真胜为首的般遮罗人为了我的胜利而作战。而他精通梵武器，将他们斩尽杀绝。（34）我们被非法逐出王国，向他求助，他还是希望我们去森林。（35）这个对我们极其友好的人被杀死了，为此，我和我的亲属将走向死亡。"（36）

贡蒂之子这样说完，陀沙诃族后裔（黑天）立刻用双臂挡住军队，说道：（37）"赶快扔下武器，从车上下来！灵魂高尚者（那罗延）制定了一个对付这件法宝的规则。（38）你们赶快从象、马和车上下来！这样，你们没有武器，站在地上，这件法宝就不会杀死你

---

① 从以下的叙述看，这显然是反话。

们。(39)因为战士们对抗这件法宝,俱卢族人会比你们更强大。(40)放下武器,从车上下来,这件法宝就不会在战场上杀死这样的人。(41)即使只是心中想要对抗,这样的人哪怕躲到地下,这件法宝也会杀死他。"(42)

听了婆薮提婆之子(黑天)的话,婆罗多后裔啊!战士们都愿意放下手中的武器。(43)般度之子怖军看到所有人都愿意放下武器,国王啊!他说出这些令人喜悦的话:(44)"任何人都不应该放下武器。我会用箭抵挡德罗纳之子(马嘶)的法宝。(45)我会像死神一样驰骋在战场上,用沉重的镶金铁杵制服德罗纳之子(马嘶)的法宝。(46)在这里,我的威力无人可比,就像太阳的威力没有一个星体可比。(47)你们看我的强壮的双臂,如同一对象王的象鼻,甚至能推倒雪山。(48)我拥有万象之力,在人间独一无二,犹如在天国众天神中,帝释天无可匹敌。(49)今天,我要在战斗中抵挡德罗纳之子(马嘶)光焰闪耀的法宝,让你们看看我强壮的双肩和双臂的威力!(50)如果没有一个人能抵御那罗延法宝,那么,今天,我要当着俱卢族人和般度族人的面,抵御这件法宝。"(51)

说罢,克敌者怖军驾着灿若太阳的战车,车声如同雷鸣,冲向德罗纳之子(马嘶)。(52)眨眼之间,勇敢敏捷的贡蒂之子(怖军)轻快地撒出箭网。(53)而德罗纳之子(马嘶)笑了笑,说上几句客套话后,便泼洒尖头闪亮、念过咒语的利箭。(54)普利塔之子(怖军)在战斗中犹如被发亮的嘴中喷火的毒蛇包围,又如被闪光的金子包围。(55)国王啊!怖军在战斗中的这种模样就像在晚上,山头被萤火虫包围。(56)德罗纳之子(马嘶)的法宝掷向怖军,大王啊!犹如火借风势,愈演愈烈。(57)看到这件威力可怕的法宝愈演愈烈,除怖军之外,般度族军队陷入大恐怖。(58)所有的人都将武器扔在地上,从车、马和象上跳下。(59)他们扔下武器,从坐骑上跳下,这件法宝的巨大威力落在怖军头上。(60)看到怖军被这件法宝的光辉笼罩,一切众生,尤其是般度之子们,发出"啊!啊!"的惊叫声。(61)

以上是吉祥的《摩诃婆罗多》中《德罗纳篇》第一百七十章(170)。

一七

全胜说：

看到怖军被那件法宝笼罩，胜财（阿周那）用伐楼拿法宝笼罩怖军，抵御那件法宝的威力。（1）由于阿周那动作敏捷，也由于那件法宝的光辉笼罩怖军，没有一个人看到伐楼拿法宝也笼罩怖军。（2）德罗纳之子（马嘶）的法宝笼罩住怖军以及他的马匹、车夫和战车，因此，犹如一团燃烧的火扔进另一堆火中，难以分辨。（3）国王啊！犹如夜晚结束时，所有的星体都落下西山，所有的箭都落下怖军的战车。（4）尊者啊！怖军连同战车、马匹和车夫都被德罗纳之子（马嘶）包围，陷入大火。（5）犹如时代末日，大火焚烧整个世界连同一切动物和不动物后，进入创造主口中，这件法宝笼罩怖军。（6）正如火进入太阳，或太阳进入火，没有人察觉这件法宝的光辉进入那里。（7）

看到这件法宝笼罩怖军的战车，德罗纳之子（马嘶）在战场上施展威风，无可匹敌，（8）又看到所有的般度族军队扔下武器，失魂落魄，以坚战为首的大勇士们扭头转向，（9）阿周那和婆薮提婆之子（黑天），这两位大光辉的英雄迅速从车上跳下，冲到怖军那里。（10）这两位大力士运用幻力进入德罗纳之子（马嘶）的法宝威力产生的光辉中。（11）由于已经放下武器，由于运用伐楼拿法宝，也由于这两位黑王子的英勇气质，那件法宝产生的火焰没有焚烧他俩。（12）然后，为了平息那罗延法宝，那罗和那罗延①用力拽拉怖军和他的所有武器。（13）大勇士贡蒂之子（怖军）受到拽拉，发出吼叫，难以战胜的、可怕的德罗纳之子（马嘶）的法宝愈演愈烈。（14）婆薮提婆之子（黑天）对怖军说道："般度之子啊！我们劝阻过你，贡蒂之子啊！你为什么不停止战斗？（15）如果靠战斗能征服俱卢族人，我们和这些人中雄牛都会投入战斗。（16）你的所有人都已经从车上跳下，

---

① 那罗和那罗延指阿周那和黑天。

贡蒂之子啊！你也赶快从车上跳下！"（17）

说罢，黑天将怖军从车上拉下。怖军气得眼睛发红，像毒蛇那样喘息。（18）把他从车上拉下，又把他的武器扔到地上后，烧灼敌人的那罗延法宝也平息下来。（19）难以抗拒的法宝威力按照规则平息下来后，四面八方所有空间清澈明亮。（20）凉风习习，鹿群和飞鸟安详，所有的战士和象马兴高采烈，人中之主啊！（21）可怕的法宝威力解除，婆罗多后裔啊！睿智的怖军光彩熠熠，犹如黑晚消逝，太阳升起。（22）残余的般度族军队看到法宝已经平息，兴高采烈，整装待发，想要杀死你的儿子。（23）

法宝受到遏止，般度族军队站在那里，大王啊！难敌对德罗纳之子（马嘶）说道：（24）"马嘶啊！你赶快再使用这件法宝吧！般遮罗人又整装待发，想要战胜我们。"（25）听了你儿子这样说，尊者啊！马嘶叹息着，对难敌王说了这些沮丧的话：（26）"国王啊！这法宝不能收回了。它不能使用两次。收回它，毫无疑问，它会杀死使用者。（27）婆薮提婆之子（黑天）利用规则制服了这件法宝，国王啊！否则，它就在战斗中杀死敌人了。（28）或战败，或战死，战死比战败更好。战败的敌人放下武器，与死去一样。"（29）

难敌说：

老师之子啊！如果这件法宝不能使用两次，那么，就用其他武器杀死这个杀死老师的人，优秀的精通武器者啊！（30）你拥有许多天神武器，像三眼神（湿婆）一样。如果你发怒，想要使用，那么，连摧毁城堡者（因陀罗）也不能逃脱你的手掌。（31）

持国说：

德罗纳被人用诡计杀死，法宝又被人制服，听了难敌这些话后，德罗纳之子（马嘶）又做了些什么？（32）他看到战场上普利塔之子们已经摆脱那罗延法宝，行走在军队前面，准备投入战斗。（33）

全胜说：

知道自己父亲被杀，以狮尾为旗徽的马嘶满腔愤怒，无所畏惧地冲向水滴王之孙（猛光）。（34）这位人中雄牛冲过去，迅速向那位人中雄牛射出二十五支小箭。（35）然后，国王啊！猛光向火焰般燃烧的德罗纳之子（马嘶）射出六十三支羽毛箭。（36）猛光用二十支在石头上磨尖的金羽毛箭射击他的车夫，用四支利箭射击他的四匹马。（37）一再遭到射击，德罗纳之子（马嘶）发出吼叫，仿佛震撼大地，仿佛要在大战中剥夺一切世界的生命。（38）而力士水滴王之孙（猛光）精通武艺，不辞艰辛，视死如归，冲向德罗纳之子（马嘶）。（39）优秀的勇士般遮罗王子（猛光）灵魂无限，向德罗纳之子（马嘶）的头上泼洒箭雨。（40）德罗纳之子（马嘶）在战斗中牢记杀父之仇，愤怒地用羽毛箭覆盖猛光，又向他发射十支利箭。（41）德罗纳之子（马嘶）用两支磨得相当锋利的剃刀箭砍断般遮罗王子（猛光）的旗帜和弓，又用其他的箭折磨他。（42）在这场大战中，德罗纳之子（马嘶）使猛光失去战车、马匹和车夫，还愤怒地用箭覆盖他的所有随从。（43）民众之主啊！般遮罗族军队遭到箭雨袭击，痛苦而慌乱地逃跑。（44）

看到战士们逃跑和猛光遭受折磨，悉尼之孙（萨谛奇）迅速策马冲向德罗纳之子（马嘶）的战车。（45）他用八支利箭射击怒不可遏的马嘶，又向他发射二十支各种形状的箭，还用四支利箭射击车夫和四匹马。（46）遭到善战（萨谛奇）的各种利箭袭击，大弓箭手德罗纳之子（马嘶）怒不可遏，笑着说道：（47）"悉尼之孙啊！我知道你偏袒杀死老师者。但是，在我的攻击下，你救不了他，也救不了你自己。"（48）说罢，德罗纳之子（马嘶）向沙特婆多族后裔（萨谛奇）射出一支灿若阳光的利箭，犹如因陀罗向弗栗多掷出金刚杵。（49）他射出的这支箭穿过铠甲和身体，钻入地下，如同一条蛇喘息着钻进洞里。（50）这位勇士的铠甲被穿透，犹如大象被刺棒击伤，弓箭失落，鲜血流淌。（51）他流着鲜血，瘫坐在车座上，他的车夫迅速驾车拉他离开德罗纳之子（马嘶）。（52）

烧灼敌人者（马嘶）又射出另一支笔直的羽毛箭，射中猛光的眉心。（53）般遮罗王子（猛光）原先就遭受重创，现在又遭到打击，身体瘫软，依靠旗杆支撑。（54）国王啊！猛光犹如遭到狮子折磨的醉象，般度族军队中五位车兵勇士迅速赶往他那里。（55）有冠者（阿周那）、怖军、补卢王增武、车底国青年王子和摩罗婆王妙容，从各处每人发射五支利箭。（56）德罗纳之子（马嘶）用二十五支毒蛇般的利箭，同时射断他们射来的二十五支利箭。（57）德罗纳之子

（马嘶）用七支利箭射击补卢王，用三支利箭射击摩罗婆王，用一支利箭射击普利塔之子（阿周那），用六支利箭射击狼腹（怖军）。(58)然后，这些大勇士一起进攻德罗纳之子（马嘶），同时发射许多在石头上磨尖的金羽毛箭。(59)车底王国青年王子向德罗纳之子（马嘶）发射二十支羽毛箭，普利塔之子（阿周那）发射八支，所有的人又各自发射三支。(60)然后，德罗纳之子（马嘶）向阿周那发射六支，向婆薮提婆之子（黑天）发射十支，向怖军发射五支，向青年王子发射四支，又用两支箭射断弓和旗帜，再次向普利塔之子（阿周那）泼洒箭雨，然后，发出可怕的狮子吼。(61)

德罗纳之子（马嘶）发射的这些黄色锋刃的可怕利箭覆盖前后左右、天地空中和四面八方。(62)德罗纳之子（马嘶）威武勇猛如同因陀罗，用三支利箭同时射穿坐在战车上的妙容的脑袋和他的因陀罗旗杆般的双臂。(63)他又用车镖袭击补卢王，用许多利箭粉碎他的战车，射断他的涂有上好檀香膏的双臂，用月牙箭砍下他的头颅。(64)他笑了笑，迅速用火焰般的利箭射向肤色如同青莲花的、车底国可爱的青年王子，将他连同马匹和车夫送到死神那里。(65)武士魁首、不可战胜的英雄德罗纳之子（马嘶）在战场上杀死他们后，高兴地吹响大螺号。(66)于是，所有的般遮罗人和般度之子怖军惊恐地撇下猛光的战车，逃向四方。(67)而德罗纳之子（马嘶）追赶这些溃逃的人们，从后面向他们泼洒利箭。他像死神一样，迅猛打击般度族军队。(68)刹帝利们在战场上遭到德罗纳之子（马嘶）杀戮，国王啊！出于恐惧，他们觉得四面八方都有德罗纳之子（马嘶）。(69)

以上是吉祥的《摩诃婆罗多》中《德罗纳篇》第一百七十一章(171)。

一七二

全胜说：

看到军队溃散，灵魂无限的贡蒂之子胜财（阿周那）想要杀死德罗纳之子（马嘶），便召回军队。(1)于是，国王啊！经过乔宾陀

（黑天）和阿周那努力，军队又站立在战场上。（2）毗跋蕤（阿周那）独自带领苏摩迦人和摩差人，抵御俱卢族人。（3）左手开弓者（阿周那）冲向以狮尾为旗徽的大弓箭手马嘶，说道：（4）"你的能力，你的勇气，你的知识，你的男子汉气概，你对持国之子们的爱和对我们的恨，你的至高威力，全都向我展示吧！（5）水滴王之孙（猛光）杀死德罗纳，破除了你的傲慢。他如同世界末日的烈火，在战斗中消灭敌人。你就与般遮罗王子（猛光），也与我和盖娑婆（黑天）交战吧！"（6）

持国说：

全胜啊！这位强大有力的老师之子应该受到尊敬。他热爱胜财（阿周那），因陀罗之子（阿周那）也热爱他。（7）毗跋蕤（阿周那）从来没有说过如此刺耳的话。这次，贡蒂之子（阿周那）为什么对朋友说这种刺耳的话？（8）

全胜说：

车底国青年王子、补卢王增武和精通箭术的摩罗婆王妙容都被杀死。（9）猛光、萨谛奇和怖军都被打败，又被坚战的话刺中要害。（10）想起过去的苦难，五内俱裂，主人啊！毗跋蕤（阿周那）痛苦不堪，产生了前所未有的愤怒。（11）因此，他像粗俗小人那样，对应该受到尊敬的老师德罗纳之子（马嘶）说了那些不合适的、粗鲁刺耳的话。（12）

国王啊！听了普利塔之子（阿周那）说的那些刺向要害的尖刻的话，这位优秀的大弓箭手气得直喘气。德罗纳之子（马嘶）生普利塔之子（阿周那）的气，尤其生黑天的气。（13）英勇的马嘶坚定地站在战车上，沾水净手，拿起众天神都难以抵御的火神法宝。（14）对准所有看得见和看不见的敌人，诛灭敌雄的老师之子（马嘶）愤怒地向四周发射念过咒语而像无烟之火那样燃烧的利箭。（15）空中出现阵阵箭雨，寒风吹起，太阳失去热力。（16）檀那婆们也在四面八方发出可怕的号叫，空中电闪雷鸣，降下血雨。（17）飞禽走兽、牛群和严守誓言、彻底控制灵魂的牟尼们也失去平静。（18）太阳暗淡无光，所有五大元素陷入混乱。三界焦躁不安，仿佛是浑身发烧的病人。（19）大象和各种陆地动物都受到灼热的箭的威力折磨，或喘息，或蹦跳，想要摆脱这种可怕的威力。（20）所有的水也受到烧烤，水中的生物也炎热难忍，惶恐不安，婆罗多后裔啊！（21）四面八方，天地空中，箭雨倾泻，发出如同大鹏鸟和狂风的喧嚣声。（22）

德罗纳之子（马嘶）的利箭迅猛如同金刚杵，敌人们遭到焚烧，纷纷倒下，犹如树木遭到大火焚烧。（23）大象们遭到焚烧，纷纷倒在地上，发出雷鸣般可怕的叫声。（24）另外一些大象遭到焚烧，到处乱跑，仿佛围困在森林大火中，惶恐不安。（25）那些马匹和车辆看似森林大火中燃烧的树顶，尊者啊！数以千计的战车纷纷倒塌。（26）婆罗多后裔啊！尊贵的火神在战场上焚烧军队，犹如时代末日，劫火焚烧一切众生。（27）看到般度族军队在大战中遭到焚烧，国王啊！你的军队高兴地发出狮子吼。（28）你的军队渴望胜利，满怀喜悦，迅速奏响数以千计的各种乐器，婆罗多后裔啊！（29）黑暗笼罩整个世界，国王啊！在战场上，看不见般度之子左手开弓者（阿周那）和所有的军队。（30）国王啊！过去，我们没有见过或听说德罗纳之子（马嘶）在愤怒中施展这样的法宝。（31）

然后，大王啊！阿周那放出梵武器。这是莲花生（毗湿奴）创制出来，用以抵御一切武器。（32）仿佛顷刻之间，黑暗消除，清风吹拂，四周晴朗。（33）我们看到了奇迹：整个般度族大军尽管遭到马嘶的法宝魔力焚烧，却没有死伤的痕迹。（34）英勇的大弓箭手盖娑婆（黑天）和阿周那摆脱黑暗，站在一起，看似空中的太阳和月亮。（35）那辆战车连同旗帜、马匹、车轴和优良的武器摆脱黑暗，光彩熠熠，足以令你方军队恐惧。（36）顿时，般度族军队兴高采烈，发出阵阵赞叹声，响起螺号声和鼓声。（37）

双方军队都以为盖娑婆（黑天）和阿周那两人已被烧死，而现在看到他俩摆脱黑暗，迅速走向前来。（38）他俩完好无损，喜气洋洋，吹着上等螺号。看到普利塔之子们兴高采烈，你方的军队惶恐不安。（39）看到这两位灵魂高尚的人摆脱黑暗，德罗纳之子（马嘶）深感痛苦，尊者啊！他想了一想："这是怎么回事？"（40）想过之后，王中因陀罗啊！他陷入沉思和忧伤，长长地喘着热气，精神沮丧。（41）然后，德罗纳之子（马嘶）扔下弓，快速从车上跳下，嘴里说着："呸！呸！这都是假的。"从战场上逃跑。（42）

然后，他看到了毗耶娑。毗耶娑是吠陀经典的编者，语言女神的居所，纯洁无垢，光泽如同湿润的乌云。（43）俱卢族支柱啊！德罗纳之子（马嘶）看到毗耶娑站在前面，便向他行礼，像一个不幸的人哽咽着说道：（44）"哦，哦！这是幻觉，还是偶然事故？我不知道这是怎么回事？为什么我的法宝无效？是我违反规则吗？（45）是一切反常，还是世界毁坏？这两位黑王子还活着，因为时神难以超越。（46）阿修罗、天神、健达缚、毕舍遮、罗刹、蛇、药叉、鸟和人，（47）都不能抵御我放出的法宝。这件燃烧的法宝完全用于杀死军队。（48）为什么它没有杀死具有凡人属性的盖娑婆（黑天）和阿周那？尊者啊！我问你，请你如实告诉我！"（49）

毗耶娑说：

你出于好奇，询问我这意义重大的问题。我将告诉你这一切，请你专心听着。（50）他的名字叫那罗延，比最老者还要老。为了完成一项使命，创世主让他生为正法之子。（51）他在美那迦山实施严厉的苦行，双臂上举，具有大威力，犹如火焰和太阳。（52）他眼睛似莲花，饮风维生，耗尽自己，长达六万六千年。（53）他又用两倍长的时间，实施其他的大苦行，威力充满天地之间。（54）依靠苦行的威力，他与梵同一，见到了宇宙之神、万物之源、世界之主。（55）那是连众天神也极难见到的自在天，比最小者还要小，比最大者还要大。（56）他是楼陀罗、自在主、雄牛、先知、不生者和至高者，居于一切动物和不动物的心中。（57）他难以抵御，难以见到，性情暴烈，灵魂伟大，毁灭一切，聪明睿智，手执神弓和一对箭囊，身披金铠甲，勇气无限。（58）他持有三叉戟、金刚杵、燃烧的铁叉、战斧、铁杵和宝剑。他长着漂亮的眉毛，头顶盘着发髻，装饰有月亮，身披虎皮，手持铁闩和刑杖。（59）他戴着美丽的臂镯，以蛇为祭祀圣线，身边环绕成群成群的毗奢神和精灵。他独一无二，是苦行的宝库。年老的长者们用祝福的话语赞美他。（60）他是水，天，空间，大地，月亮，太阳，风，火，量度，世界。行为不端者永远也看不到这位不生者。他杀死仇恨婆罗门者，是不死的源泉。（61）行为规范的婆罗门心中排除邪念，无忧无虑，能够看到他。他凭借苦行和虔诚，看到这位值得赞美的正法和宇宙的化身。看到这位神中之神，他的语言、

思想、智慧和身体都充满喜悦。(62)

那罗延看到了他,向他行礼致敬。他佩戴着珠串,是一切光源的宝库,万物之源。(63)他是赐予恩惠者,与肢体柔软媚美的波哩婆提结为伴侣,主人,无生者,自在主,镇定者,以原因为灵魂者,永不坠落者。(64)虔诚的莲花眼那罗延向这位诛灭安陀迦者行礼致敬,赞美这位眼睛畸形者[①]:(65)"尊者啊!如今的那些造物主、保护者、世界和以前的众天神都是你创造的。他们来到大地,保护大地,大神啊!这些都是你在从前创造的。(66)我们知道所有的天神、阿修罗、蛇、罗刹、毕舍遮、人、鸟、健达缚、药叉和其他各种鬼怪精灵,宇宙的一切,都是你创造的。对因陀罗、阎摩、伐楼拿、俱比罗、密多罗、工巧天和苏摩祭供,也就是对你祭供。(67)色、光、声、空、风、触、味、水、香、地、欲望、吠陀、梵、婆罗门、一切动物和不动物,都是你创造的。(68)正如水滴产生于水,各不相同,而这些水滴消失后,又成为统一的水,智者知道众生也是这样,产生和消亡,走向同一。(69)由神灵围绕的两只精神鸟,枝叶下垂的无花果树,七个保护者,另外十个支撑城堡者,都由你创造,而你又不同于他们。过去、现在和未来不可抗衡,宇宙一切都由你创造。(70)我虔诚崇拜你,请你垂恩吧!请你不要恶意伤害我。你是灵魂中的灵魂,独一无二。智者知道你这样,便走向纯洁的梵。(71)我愿意崇拜你,思念你和公牛,赞美你,神中魁首啊!你赐给我心中期望而又难以得到的恩惠吧!我赞美你,请你不要拒绝我。"(72)青项(湿婆)灵魂不可思议,手持三叉戟,永远受到仙人赞美。他赐予这位值得赐予的优秀天神恩惠。(73)

青项说:
那罗延啊!由于我的恩惠,在凡人、天神和健达缚中,你的力量和灵魂都将无可限量。(74)天神、阿修罗、大蛇、毕舍遮、健达缚、凡人和罗刹都不能与你抗衡。(75)金翅鸟、象和宇宙中任何动物,甚至任何天神,都不能在战斗中战胜你,(76)武器、金刚杵、火、风、潮湿、干燥、动物和不动物,(77)由于我的恩惠,都不会给你

[①] 楼陀罗(湿婆)大神长有三只眼睛。

造成痛苦。如果投身战斗，你会超过我。（78）

毗耶娑说：

你要知道，就这样，过去，梭利（那罗延）得到这些恩惠。于是，这位天神凭借幻力行走，迷惑世界。（79）从那罗延的苦行中诞生一位大牟尼，名叫那罗。他与那罗延神一样。你要知道，他就是阿周那。（80）他俩是古老的天神中最有成就的两位仙人，他俩在每个时代为了维持世间生活而降生。（81）大智者啊！你是楼陀罗的化身。凭借所有的祭祀业绩和大苦行，你具有威力和愤怒。（82）你像天神那样聪明睿智，知道世界由跋婆（湿婆）创造。你想取悦这位大神，约束自己，折磨自己。（83）你制作新的弓弦，以伟人的形象出现，用咒语、酥油和供品祭供大神，赐人荣誉者啊！（84）受到你的敬拜，古老的大神感到满意，赐给你许多你心中向往的恩惠，智者啊！（85）你和他俩的出生、业绩、苦行和瑜伽同样优异，也和他俩一样在每个时代，以崇拜林伽①的方式崇拜这位大神。（86）凡是知道跋婆（湿婆）是一切形态的起源，以崇拜林伽的方式崇拜这位主人，他就具有永恒的自我瑜伽和经典瑜伽。（87）天神、悉陀和大仙们都这样崇拜，在这世上追求永恒至高的地位。（88）盖娑婆（黑天）忠于楼陀罗，产生自楼陀罗。永恒的黑天应该受到祭供崇拜。（89）他知道大神是一切众生的源头，以崇拜林伽的方式崇拜大神。而以公牛为旗徽的大神也对他厚爱有加。（90）

全胜说：

听了毗耶娑的话后，大勇士德罗纳之子（马嘶）向楼陀罗致敬，也认为盖娑婆（黑天）值得崇敬。（91）他的灵魂得到控制，高兴得汗毛直竖，向大仙人致敬后，前去撤回军队。（92）然后，般度族也撤回军队，民众之主啊！德罗纳在战斗中倒下后，俱卢族军队情绪低落。（93）德罗纳战斗五天，杀死许多士兵后，国王啊！这位精通吠陀的婆罗门前往梵界。（94）

以上是吉祥的《摩诃婆罗多》中《德罗纳篇》第一百七十二章（172）。

---

① 林伽是男性生殖器，湿婆大神的象征。

一七三

持国说：

全胜啊！大勇士德罗纳战死后，我方和般度族又做了些什么？（1）

全胜说：

大勇士德罗纳被水滴王之孙（猛光）杀死后，俱卢族人溃散。（2）贡蒂之子胜财（阿周那）看到有一个为自己带来胜利的神奇现象，婆罗多族雄牛啊！便询问偶然来到的毗耶娑：（3）"我用闪亮的箭流杀敌时，我看到有一个像火焰一样的人行走在前面。（4）他举着燃烧的铁叉，所到之处，我的敌人就被粉碎，大牟尼啊！（5）他双脚不着地，也不掷出那支铁叉，而是凭借他的威力，从那支铁叉中释放数以千计的铁叉。（6）是他击溃所有的敌人，而人们以为是我击溃的。是他焚烧军队，而我只是在后面跟着焚烧。（7）尊者啊！请你告诉我，这位人中俊杰是谁？这位伟人手持铁叉，威力如同太阳，黑仙啊！"（8）

毗耶娑说：

他是生主中的第一位，富有威力的主人，世界，存在，大地，一切世界的主宰，统治者。（9）你看到的是自在主，赐予恩惠者，商迦罗，万物之源，世界之主，普利塔之子啊！你向这位大神寻求庇护吧！（10）这位大神是灵魂伟大的自在主，束有发髻的湿婆，三只眼睛，大臂，楼陀罗，有顶髻，身穿褴褛衣，仁慈地赐予虔诚者恩惠。（11）主人啊！他有各种各样的天国随从：侏儒，束发，秃头，短脖子，大肚子，（12）大个子，大力士，大耳朵，怪脸，瘸腿，奇装异服，普利塔之子啊！（13）这位备受崇敬的大神、大自在天、威力无比的湿婆，在这场令人毛发直竖的可怕战斗中，出于恩慈，行走在你的前面，普利塔之子啊！（14）除了这位具有多种形象的大神、大弓箭手、大自在天之外，有谁能哪怕在心中抵御这支由德罗纳、迦尔纳和慈悯这些大弓箭手和大武士保护的军队呢？普利塔之子啊！（15）

只要这位大神站在前面，就没有人能站在那里。这三界中，还没有发现与他相等者。（16）在战斗中，敌人只要闻到这位愤怒的大神的气味，就会失去知觉，浑身颤抖，大批地倒地死去。（17）

众天神站在天上向他致敬。在这世上，那些企求天国的人，（18）虔诚地向这位赐予恩惠的大神、乌玛的丈夫、湿婆、楼陀罗致敬。他们在今生获得幸福，死后走向至高归宿。（19）贡蒂之子啊！你要永远向这位平静的大神致敬！他是青项楼陀罗，微妙无比，光辉灿烂。（20）他有贝壳型卷发，形象可怕，眼睛褐色，赐予恩惠。他是阎摩使者，发髻显眼，品行端正，又名商迦罗。（21）他是令人向往者，眼睛褐色，又名斯塔奴和原人，头发褐色，秃头，瘦子，救度者。（22）他是制造光明者，圣地，神中之神，猛烈者，具有多种形象，又名沙尔婆，可爱者，衣着可爱者。（23）他有顶髻，妙嘴，千只眼，慷慨大度，住在山上。他是平静者，主人，身穿褴褛衣。（24）他是金臂者，凶猛者，方位之主，雨云之主，众生之主。（25）他是众树之主，众水之主，树木绕身，军队统帅，身居中央者。（26）他是持祭勺者，持弓者，又名跋尔伽婆，具有多种形象，宇宙之主，身穿褴褛衣。（27）他有千头、千眼、千臂和千脚。（28）

贡蒂之子啊！寻求他的庇护吧！他是赐予恩惠者，世界之主，乌玛的丈夫，眼睛畸形者，破坏陀刹祭祀者，众生之主，镇定者，万物之主，不灭者。（29）他有顶髻，旋转如公牛，肚脐如公牛，以公牛为旗徽，骄傲如公牛。他是公牛之主，公牛之角，公牛中的公牛。（30）他以公牛为标志，慷慨大度如公牛，眼睛如公牛，武器如公牛，箭如公牛，成为与公牛同一的大自在天。（31）他有大肚子，大身材，以豹皮为坐垫。他是世界之主，赐予恩惠，秃头，热爱梵，热爱婆罗门。（32）他手持三股叉，赐予恩惠，持有剑和盾。他是主人，持有三叉戟和利斧，一切世界的主人，自在天。我受到这位身穿褴褛衣的大神庇护。（33）永远向这位神主致敬！他是俱比罗的朋友，衣着漂亮，严守誓愿，优秀的持弓者。（34）他是持祭勺者，爱弓者，持弓者，弓距，弓术师。（35）向这位武器锐利的优秀天神致敬！向这位具有许多形象的天神致敬！向这位持有许多弓的天神致敬！（36）永远向斯塔奴致敬！向严守誓愿的优秀持弓者致敬！向摧毁三城者致敬！向诛灭跛伽者致敬！（37）向众树之主致敬！向众人之主致敬！向众水之主致敬！向祭祀之主致敬！（38）他是毁坏普善牙齿者，三眼神，赐予恩惠者，青项，赤褐者，金发者。向这位大神致敬！（39）

我要按照我的智慧和学识，对你讲述这位睿智的大神的神奇事迹。（40）一旦这位大神发怒，在这世界上，无论是天神和阿修罗，还是健达缚和罗刹，即使躲进洞穴，也不得安宁。（41）那时，跋婆（湿婆）发怒，无所畏惧，发出吼叫，挽弓射箭，破坏祭祀。（42）这位大自在天怒气冲冲，祭祀匆忙逃跑，众天神无处寻求庇护，不得安宁。（43）整个世界充满弓弦声和击掌声，普利塔之子啊！所有的天神和阿修罗都在他的控制下，纷纷倒下。（44）河水翻腾，大地摇晃，群山崩裂，所有的方位象昏晕。（45）整个世界笼罩在黑暗中，所有的发光体连同太阳都失去光辉。（46）众仙人满怀恐惧，发出呼叫，为了一切众生和自己的幸福，祈求和平。（47）商迦罗（湿婆）仿佛笑着冲向正在吃祭品的普善，敲碎了他的牙齿。（48）众天神颤抖着向他行礼后，纷纷逃跑。他又瞄准众天神发射燃烧的利箭。（49）国王啊！众天神出于恐惧，将最好的一份祭品分给楼陀罗，由此得到他的庇护。（50）他即使很生气，还是让祭祀继续进行。众天神都对他小心翼翼，直至今天还是这样。（51）

从前，强大的阿修罗们在天上有三座大城市，一座是铁的，一座是银的，另一座是金的。（52）铁城属于星眼，银城属于莲眼，最好的金城属于电环。（53）摩珂梵（因陀罗）用任何武器都不能攻破这三座城市。备受折磨的众天神便向楼陀罗寻求庇护。（54）以婆薮之主（因陀罗）为首的众天神对这位灵魂伟大者说道："楼陀罗啊！那些畜牲所作所为残酷可怕，世界之主啊！你应该消灭那些阿修罗。"（55）闻听此言，为众天神利益着想，他答应道："好吧！"他变成斯塔奴，整整站立了一千年。（56）当这三座城市在空中聚合时，一支三节箭粉碎了它们。（57）檀那婆们不敢凝视这三座城市以及由毗湿奴和苏摩神合成的、这支燃烧死神之火的利箭。（58）

这时，一个长有五绺头发的孩子自己来到乌玛的膝上。乌玛便询问众天神："这孩子是谁？"（59）帝释天（因陀罗）愤怒地举起金刚杵，而这个孩子定住了他的手臂。这个孩子就是尊神、一切世界之主。(60)而众天神和众生主都不知道这个如同朝阳的孩子就是世界之主。(61)然后,祖宗梵天走来,看到这位大自在天,知道他就是至高之神,便向他行礼。(62)于是,众天神抚慰取悦乌玛和楼陀罗。持金刚杵者(因陀罗)的手臂也恢复正常。(63)这位尊神是众天神中的魁首,陀刹祭祀的破坏者,以公牛为旗徽。他和妻子一起对他们表示满意。(64)

他是楼陀罗,他是湿婆,他是火神,他是沙尔婆,他是无所不知者,他是因陀罗,他是风神,他是双马童,他是闪电。(65)他是跛婆,他是雨云,他是大神,他是无罪者,他是月亮,他是自在主,他是太阳,他是伐楼拿。(66)他是时间,他是结束,他是死亡,他是阎摩,他是白天和黑夜,他是一月、半月、一季、黎明、黄昏和一年。(67)他是创造者,安排者,宇宙的灵魂,宇宙的创业者。他没有形体,而维持众天神的形体。(68)他受到众天神的赞美。他是一,他是多,他是一百、一千和一万。(69)他就是这样的大神。这位尊神又是不生者。我不能说尽这位尊神的所有品质。(70)

他乐意解救受到任何凶星折磨和犯有任何罪孽而前来寻求庇护的人。(71)他给人寿命、健康、权位、财富和其他各种愿望的东西,又收回这些东西。(72)据说,他的权力体现在以因陀罗为首的众天神身上。他评判世界上人的善恶。(73)据说,由于这种权力,他是一切愿望的主宰,五大元素的主宰。(74)他以各种方式和多种形体遍及一切世界。这位大神的嘴就在大海里。(75)这位大神经常住在火葬场。人们都到英雄之地祭供这位自在天。(76)人们说:他在这世上呈现多种多样辉煌而又恐怖的形体。(77)

在这世上,他有许多含有意义的名称,都是根据他的伟大、威力和业绩而起的。(78)在吠陀中,一种优秀的韵律名叫"百楼陀罗",用以赞颂灵魂伟大的天神,名叫"无限的楼陀罗"。(79)这位天神是天上和人间的愿望之主。他无所不在,无所不能,遍及宇宙一切。(80)婆罗门和牟尼们说他是最古老的存在。他是众天神中的第一位,火神从他的口中出来。(81)他总是保护牲畜,与它们一起娱乐,成为它们的主人,所以,他被称作兽主。(82)他的林伽总是遵守梵行,世人崇敬他,所以,他被称作大自在天。(83)仙人、天神、健达缚和天女们崇拜他的向上挺立的林伽。（84）林伽受到崇拜，大自在天商迦罗感到高兴，愉快，喜悦，欢喜。（85）他存在于过去、现在和未来，有许多动和不动的形体，所以，他被称作多种形象者。（86）他有一只闪耀光焰的眼睛，或者说，他的周身都由眼睛组成。由于发怒，他进入世界，所以，他被称作沙尔婆（"伤害者"）。（87）他的形体呈现烟色，所以，他被称作烟髻。一切神都在他之中，所以，他被称作一切形象者。（88）这位世界之主敬重天空、水和大地三位女神，所以，他被称作三眼神。（89）

他总是在一切事业中增长各种幸福，盼望人们吉祥平安，所以，他被称作湿婆（"吉祥平安"）。（90）他有千眼，万眼，周身都由眼睛组成，保护大宇宙，所以，他被称作大神。（91）他产生和维持生命，林伽永远挺立，保持向上燃烧，所以，他被称作斯塔奴（"挺立者"）。（92）他是人体中的失调和平衡。他是失调的生命、呼吸和身体中的风。（93）应该崇拜和供奉林伽形象。林伽崇拜者永远获得吉祥富贵。（94）他的双股一半是火，一半是月亮，身体吉祥。同样，他的灵魂一半是火，一半是月亮。（95）他的身体闪发大光辉，比天神还要吉祥。在凡人中间，他的发光的身体被称作可怕的火。（96）这位大自在天用这个吉祥的身体实施梵行，用另一个可怕的形体吞噬一切。（97）他燃烧，他凶猛，他暴烈，他威武，吞噬血、肉和筋，所以，他被称作楼陀罗。（98）

普利塔之子啊！就是这位大神，你看到他在你的前面，手持三叉戟，在战场上消灭敌人。（99）就是这位在战场上行走在你前面的尊神，他曾经赐给你武器，你用那些武器杀死檀那婆。（100）普利塔之子啊！吠陀中著名的"百楼陀罗"颂诗赞美神中之神楼陀罗赐予财富、名誉、寿命和福德，我已经向你说明。（101）它圣洁，能实现一切目的，涤除一切污垢，消除一切罪孽，驱除一切痛苦和恐惧。（102）一个人经常聆听这首由四部分组成的颂诗，就能战胜一切敌人，在楼陀罗世界受到敬重。（103）"百楼陀罗"颂诗涉及这位灵魂伟大者在战场上的神圣和吉祥的行为，一个人经常专心念诵和聆听，（104）经常虔诚崇拜这位宇宙之主，那么，一旦三眼神感到满意，他就能得到一切愿望的恩惠。（105）贡蒂之子啊！去吧！战斗吧！你

不会失败,你有遮那陀那(黑天)在身边担任参谋和卫士。(106)

全胜说:

在战场上,波罗奢罗之子(毗耶娑)对阿周那说完这些话,婆罗多族俊杰啊!按照原路离去了,克敌者啊!(107)

以上是吉祥的《摩诃婆罗多》中《德罗纳篇》第一百七十三章(173)。《祭放那罗延宝篇》终。《德罗纳篇》终。

第八　迦尔纳篇

迦尔纳篇

一

护民子说：

在德罗纳战死后，国王啊！以难敌为首的诸王忧心如焚，齐向德罗纳之子（马嘶）身边走去。（1）众人无不神情懊丧，神色哀戚，痛悼德罗纳的失去。尔后，他们围坐在慈悯之子（马嘶）的身旁，满怀忧伤。（2）由于考虑到了圣典中的教导，他们才感到片刻些许的安慰。当夜幕降临时，这些大地的统治者便分别回到各自的营帐。（3）然而，这些大地之主，尤其是车夫之子（迦尔纳）和善敌（难敌）国王，以及难降和沙恭尼，难以成眠。（4）俱卢后裔啊！他们虽然身在营帐，却并未感到快乐。一想到那场血腥的屠杀，他们根本无法入睡。（5）他们四人一起在难敌的帐中度过了那个夜晚，回忆着他们出于对灵魂伟大的般度之子们的极度仇恨，（6）将因掷骰赌博而陷入悲惨境地的黑公主带往大会厅，无不深感懊悔，极度不安。（7）一想到那场掷骰赌博对普利塔之子们造成的那些痛苦，国王啊！他们便坐卧不宁，感到长夜难挨，俨若度过了一百年。（8）

然后，夜过天明，众人按照圣典所训，举行了必要的仪式。（9）在行毕必要的仪轨之后，婆罗多子孙啊！他们心中感到宽慰。随即命令将士们披坚执锐，奔赴战场。（10）他们举行吉祥仪式，任命迦尔纳为最高统帅；向诸多杰出的再生者（婆罗门）献上许多凝乳、器皿、酥油和谷物，（11）还有金币、牛、珠宝和华贵的衣服，请他们为胜利祈祷；也请吟游诗人和歌手们为胜利吟唱赞美诗。（12）同样，国王啊！般度五子也做完了每日必行的晨祷。国王啊！尔后他们离开营帐，决心去战斗。（13）于是，在俱卢族与般度族之间展开了一场令人毛发竖起的激战。双方都希望将对方击败。(14) 在迦尔纳任最高统帅期间，国王啊！俱卢族与般度族之间展开的大战异常激烈，整整持续了两天。(15) 雄牛（迦尔纳）在战斗中杀敌无数，最后，却被颇勒古拿（阿周那）当着持国诸子的面杀死。(16) 于是，全胜前往象城，向持国讲述了在俱卢疆伽国发生的一切。(17)

镇群说：

听到恒河之子（毗湿摩）和德罗纳在战斗中被敌人杀害的消息，那位老王，安必迦之子（持国）本已经历了巨大的痛苦。(18) 现在他又获悉难敌的希望所在——迦尔纳阵亡的噩耗，再生者魁首啊！这位悲痛不已的老王还怎能活下去呢？(19) 这位国王将儿子们获胜的希望全都寄托在他的身上，现在他却倒下了，这位俱卢族后裔又怎能活下去呢？(20) 呜呼！如果国王听到迦尔纳的死讯，仍不舍弃生命，那么，我认为，人们即使身处困境，也很难死去。(21) 婆罗门啊！正如听到年高德劭的福身王之子（毗湿摩）、波力迦之子、德罗纳、月授和广声，(22) 以及其他朋友和子孙的死讯，他都不舍弃生命，我认为让一个人舍弃生命真是太难了！再生者啊！(23) 请将所发生的这一切都向我细细道来，苦行者啊！因为我对于先人们的伟大业绩总是百听不厌。(24)

护民子说：

迦尔纳一死，大王啊！哀伤不已的牛众之子（全胜）连夜策马，快速似风，驰往象城。(25) 他忧心如焚地到达象城，来到持国那再无亲朋满座景象的宫舍。(26) 他打量了神情懊丧的国王一眼，便双手合十向国王致敬，又俯首向国王行了触足礼。(27) 向国王持国正确地施礼完毕，他哀叹一声："唉！哀哉！"然后说道：(28)"我是全胜，大地之主啊！祝愿陛下安康！您正在因自身的过错而自食其果，愿您不要惊慌失措。(29) 当您回想起自己没有听从维杜罗、德罗纳、恒河之子（毗湿摩）和美发者（黑天）的忠告时，愿您不要悲伤。(30) 当您回忆起自己拒不接受罗摩、那罗陀、干婆①等人在大会厅中向您提出的忠告时，愿您不要悲伤。(31) 当您追忆起您的朋友

---

① 干婆为传说中的著名仙人，是沙恭达罗的养父，亦为《梨俱吠陀》中数首诗的作者。

毗湿摩、德罗纳等英豪为了您而在战斗中遭到敌人杀害时,愿您不要悲伤。"(32)

听罢御者之子(全胜)双手合十说出的这一席话,国王不禁痛苦不堪。他长叹一声,如是说道:(33)

"全胜啊!当英勇的、身怀神奇武艺的恒河之子(毗湿摩)倒下时;同样,当最杰出的弓箭手德罗纳倒下时,我的心啊万分悲痛!(34)这位勇猛的婆薮的后代(毗湿摩)每日里消灭数以万计披甲驾车的武士。(35)他却被躲在祭军之子束发身后的般度之子杀害。对此,我的心啊万分悲痛!(36)对这位灵魂伟大的人,婆利古后裔曾赠予最精良的武器;在他童年时,罗摩曾亲授他以弓箭术。(37)而那位德罗纳,由于他的恩惠,贡蒂之子们——那些力大无比的王子以及其他许多大地之子掌握了大勇士的武艺。(38)闻听信守誓约的大弓箭手德罗纳在交战中被猛光所杀的噩耗,我的心啊万分悲痛!(39)德罗纳武艺超群,在三界中无人可比。听到他的死讯,可教我方的人们如何是好!(40)在那位灵魂伟大的般度之子胜财(阿周那)发威将敢死队①的大军送入阎摩府之后;(41)在睿智的德罗纳之子(马嘶)的那罗延法宝被挫败,俱卢族大军落荒而逃之后,我方的人们又如何是好!(42)我的心在下沉。我想,在德罗纳殒命之际,我的军队四散奔逃,沉没于悲伤的海洋中,宛如一艘沉船上的水手们在汹涌的波涛中挣扎。(43)难敌、迦尔纳、安乐国王成铠、摩德罗国王沙利耶、德罗纳之子(马嘶)和慈悯,(44)我幸存的儿子们以及其他的人,全胜啊!他们在大军溃逃时,怎样地变了脸色?(45)牛众之子啊!请将战场上般度族大军与我方将士之间发生的一切情况全都如实道来。"(46)

全胜说:

听到般度族对于俱卢族的所作所为,陛下啊!您可不要太过悲痛。智者的心从不会为命运的安排而悲伤。(47)人们的目标可能实现也可能实现不了。因此,无论自己的目的能否达到,智者都不会感到丝毫的悲哀。(48)

---

① 敢死队指那些发誓绝不从战场上退却同时也不允许别人退缩的武士。

持国说：

在我听你讲时，是不会感到悲哀的。全胜啊！我认为这都是命中注定的。就请讲出你想要讲的一切吧。（49）

以上是吉祥的《摩诃婆罗多》中《迦尔纳篇》第一章(1)。

二

全胜说：

大弓箭手德罗纳一倒下，您的儿子们，那些大勇士立即变得个个唇干口燥，精神恍惚，悲痛欲绝。（1）这些全身武装的武士们，垂下头来。民众之主啊！由于被巨大的悲痛压倒，他们互不相视，默默无言。（2）当您的军队目睹了他们那黯然神伤的样子，婆罗多子孙啊！也都仰望天空，悲痛不已，惊恐万状。（3）看到德罗纳战死，王中之王啊！他们那沾满鲜血的武器纷纷从手中落地。（4）那些不情愿地抓在手中的武器，婆罗多子孙啊！也是有气无力地垂挂着。这些武器不被人们所见，大王啊！犹如白昼的星辰。（5）

看到自己的军队悲悲戚戚，木然不动地站在那里，宛若死一般的沉寂，大王啊！难敌王便说道：（6）"正是借重了诸位强健臂膀的力量，我才得以向般度族挑战，开始了这场交战。（7）然而在德罗纳倒下之际，前景却似乎变得十分暗淡。投身于战斗的武士们纷纷战死沙场。（8）既然效命疆场，一个武士既可能获胜，也可能牺牲。那么，这又有什么可奇怪的呢？面向各方去战斗吧！（9）现在，请看这位灵魂伟大的大弓箭手日神之子迦尔纳，他驰骋疆场，运用他那神奇的武器。（10）在战场上，只要一见到他，那位贡蒂之子胜财（阿周那）就会惊恐地逃回，恰似小鹿见到了狂怒的狮子。（11）就是他，仅用普通的人类战术，就令那位具有万象之力的大力士怖军陷入如此境地。（12）又是他，发出一声可怕的大吼，就以他那百发百中的标枪，使那位精通神奇的兵器和各种幻术、骁勇善战的瓶首殒命沙场。（13）今天，你们在战场上将会领略到这位英勇绝伦、恪守誓约、足智多谋的武士那永不衰竭的臂力。（14）你们还将目睹灵魂伟大的德罗纳之子（马嘶）和罗陀之子（迦尔纳）这两位武士与般度族和般遮罗族军队交锋时的英勇气概。（15）你们大家——诸位武士、智者、血统高贵的人、深有道行的人、武艺高强的人，大家今天都要互相看着。"（16）

他说完这番话后，大王啊！大力士日神之子迦尔纳便发出震天响的狮子吼，开始与敌人交战。（17）他在全体斯愣遮耶人和般遮罗人、羯迦夜人、毗提诃人的眼前展开了一场大屠杀。（18）他的弓射出成百上千阵箭雨，只见每支箭的箭头与前一支箭的箭尾紧密相连，仿佛是密集的蜜蜂。（19）他勇猛地拼杀，给般遮罗与般度军队以重创，消灭了成千上万名武士，最后却被阿周那杀害。（20）

以上是吉祥的《摩诃婆罗多》中《迦尔纳篇》第二章(2)。

三

护民子说：

听罢此言，大王啊！安必迦之子持国想象着难敌已经死亡，悲痛到了极点。他精神恍惚，倒在地上，犹如一头失去知觉的大象。（1）当这位王中至贤精神恍惚倒在地上时，王室的女眷们发出凄厉的哭喊声，婆罗多族魁首啊！（2）那声音响彻了整个大地，这些婆罗多族妇女都沉浸在极为可怕的悲痛的海洋之中。（3）甘陀利向国王走来，婆罗多族雄牛啊！也昏倒在地。后宫的女眷们也都如此。（4）于是，国王啊！全胜便开始对那些心受熬煎、神志不清、泪如雨下的妇女好言劝慰起来。（5）那些得到抚慰的妇女觳觫不止，宛若被风吹动的一片芭蕉林。（6）这时，维杜罗用水洒在俱卢王的身上，也开始安慰这位"慧眼者"①。（7）国王啊！他逐渐恢复意识，看到了那些妇女，主人啊！这位国王木然无语，仿佛是喝醉了酒。（8）尔后，他久久沉思，又连声长叹。他一味指责自己的儿子们，却对般度五子百般夸赞。（9）接着，他又责怪自己与妙力之子沙恭尼愚笨。他沉思良久，

---

① 慧眼者，意即具有智慧的眼睛，是对瞎王持国的一种委婉的称呼。

浑身簌簌发抖。(10) 重新控制了自己的头脑之后，意志坚强的国王又向牛众之子、御者全胜询问道：(11) "全胜啊！我听到了你所讲的那番话。御者啊！但愿难敌没有前往阎摩府！全胜啊！请将那已经讲述过的事情，重新如实道来。"(12)

听罢此言，镇群王啊！御者就向国王说道："国王啊！日神之子（迦尔纳）与儿子们、兄弟们以及车夫的其他儿子——那些随时准备沙场捐躯的大弓箭手和大勇士均被杀害。(13) 难降也被赫赫有名的般度之子杀害。在交战中，他的鲜血还被狂怒的怖军喝下。"(14)

以上是吉祥的《摩诃婆罗多》中《迦尔纳篇》第三章(3)。

四

护民子说：

闻听此言，大王啊！安必迦之子持国心中充满忧伤，对御者全胜说：(1) "爱卿啊！由于我鬼迷心窍，策略不当，致使日神之子殒命。听到这个噩耗，我心如刀割。(2) 我们两人都希望此后能依靠沙利耶统率武艺高强的将士们渡过苦难。告诉我，俱卢族与斯楞遮耶族中的武士，谁还活着，谁已死亡？"(3)

全胜说：

国王啊！在十天当中杀死无数般度族将士之后，那位骁勇无比、战无不胜的福身王之子（毗湿摩）倒下了。(4) 接着，金车——那位孔武有力、所向无敌的弓箭手德罗纳在战场上歼灭了般遮罗大军之后，也阵亡了。(5) 继毗湿摩与灵魂伟大的德罗纳之后，日神之子迦尔纳又消灭了残存的敌军之半数。尔后，他也被杀害了。(6) 大王啊！那位力大过人的王子毗文沙提在杀死了数以百计阿那罗多国武士后，也战死在沙场上。(7) 您那位勇敢的儿子毗迦尔纳，尽管丧失了坐骑与武器，却铭记着刹帝利的誓言，勇敢地挺立在敌人阵前。(8) 而怖军念念不忘难敌一手造成的许多不堪回首的痛苦往事，牢记着自己的誓言，将他杀死。(9) 孔武有力的文陀和阿奴文陀两位阿凡提国王子，在建立了难以建立的奇功伟业之后，也双双前往阎摩府。(10)

440

第八　迦尔纳篇　　8.4.31

那位英雄胜车，统治着以信度国为首的十个王国，却一直听从于您的命令。（11）国王啊！阿周那用利箭击溃了十一支大军①后，也将这位骁勇的人杀害。（12）同样，那位极其剽悍，作战时凶狂无比，对父亲惟命是从的难敌之子也被妙贤之子（激昂）杀死。（13）同样，臂力超凡、作战凶猛的勇士难降之子也被德罗波蒂之子发威送往阎摩府。（14）那位吉罗陀人以及住在海边的其他居民的首领，因陀罗本人最尊重的至爱好友，品德高尚，（15）一贯恪守刹帝利之道的大地之主福授王，也被胜财（阿周那）发威送往阎摩府。（16）国王啊！同样，俱卢族的亲属，赫赫有名的勇士月授之子广声，在交战中被萨谛奇杀死。（17）安波私吒国王闻寿，这位刹帝利的弓箭手，英勇无畏地驰骋疆场，也被左手开弓者（阿周那）杀死。（18）大王啊！您的儿子难降武艺高强，作战时一贯异常凶狂，也被怖军杀死。（19）国王啊！那位拥有无数神奇象军的善巧也在战斗中被左手开弓者（阿周那）杀死。（20）那位憍萨罗人的统治者在歼灭了成千上万敌人之后，即被妙贤之子发威送往阎摩府。（21）您的儿子，大勇士奇军在多次与怖军交锋后，最终被怖军杀死。（22）那位摩德罗国王子，令敌人闻风丧胆的勇士，佩剑执盾的英俊青年被妙贤之子杀死。（23）牛军（迦尔纳之子）在战场上与迦尔纳伯仲难分，武艺高超，英勇绝伦，意志坚定，却在迦尔纳的眼皮底下，（24）被想起自己的儿子激昂被杀、牢记誓言的胜财（阿周那）发威送往阎摩府。（25）那位一贯仇视般度五子的大地之主闻寿，在普利塔之子（阿周那）提醒他对他们的敌意之后，遭到杀害。（26）陛下啊！沙利耶之子，骁勇的金车在作战时被偕天杀死。国王啊！尽管他恰为偕天的表兄弟，是其舅父的儿子。（27）跋吉罗陀老王以及羯迦夜国王巨武，两人皆骁勇强悍过人，也双双殉难。（28）国王啊！那位大智大勇的福授之子，也被鹰隼般驰骋疆场的无种杀死。（29）还有您的老祖宗，波力迦王与其全体部下一起，皆被怖军发威送往阎摩府。（30）国王啊！摩揭陀国王妖连之子，大力士胜军，也被灵魂伟大的妙贤之子在交战中杀死。（31）国王啊！您的儿子丑面和另一位儿子，大勇士难偕，这两位

---

① 大军是军队的一种编制，由21870乘战车，同样数目的象兵，65610名骑兵，109350名步兵组成。参阅《初篇》2.19—22。

441

英雄王子双双死在怖军的铁杵下。（32）难耐、难拒以及大勇士难胜，在建立了难以建立的功勋之后，前往阎摩府。（33）您的大臣，英勇绝伦的御者牛铠，被怖军发威送往阎摩府。（34）那位具有万象之力的伟大国王也与他的部下一起，被般度之子，左手开弓者（阿周那）杀死。（35）大王啊！婆娑提的两千名精壮攻击手以及英勇的苏罗塞那国将士也全部捐躯沙场。（36）那些身披铠甲、凶狂无比的阿毗沙诃国攻击手，尸毗国武艺超群的战车武士，与羯陵伽国战士们一起遭到杀害。（37）那些生长于戈拘罗①、能征惯战的英雄，成千上万支敢死队，一旦遭遇普利塔之子（阿周那），全部前往阎摩府。（38）大王啊！您的两位妻弟，英勇绝伦的雄牛王和不摇王，为了您的利益，皆被左手开弓者（阿周那）杀死。（39）大王啊！威风凛凛的沙鲁瓦王，那位名副其实的大弓箭手被怖军杀死。（40）大王啊！勇武过人、并肩作战的奥伽凡王与毗含多王为了同盟者的利益，双双前往阎摩府。（41）同样，国王啊！那位优秀的战车武士忏摩杜尔提王也战死在怖军的铁杵之下。（42）同样，大弓箭手、大力士水连王在杀得敌人尸横遍野之后，战死在萨谛奇手下。（43）那位驾驭着一辆怪异驴车的罗刹王阿罗瑜达被瓶首发威送往阎摩府。（44）车夫和罗陀之子（迦尔纳）和他的兄弟们——那些大勇士以及羯迦夜国的武士们也都被左手开弓者（阿周那）杀死。（45）陛下啊！玛罗婆人，摩德罗人，勇猛的达罗毗荼人，约泰耶人，罗利特人，克苏德罗迦人，优湿那罗人，（46）摩吠罗人，敦离羯罗人，莎维德丽补多罗人，甘遮罗人，以及东方人，西方人，南方人，北方人，也都被阿周那杀死。（47）大群大群的步兵，成万成万的骑兵阵亡了；大批的车兵牺牲了；许多强壮无比的大象也倒下了。（48）大王啊！有多少英雄挥舞着战旗，披坚执锐，衣饰整齐，血统高贵，始终奋力作战。（49）他们战死在不倦征战的普利塔之子手下。其他力大无穷、竞相渴望杀敌的人也都命运相同。（50）这些以及其他许多国王，与所率的大军一起，皆战死疆场，数目成千上万。国王啊！这便是您所问的问题的答案。当迦尔纳与阿周那交锋时，也发生同样的杀戮。（51）犹如伟大的因陀罗

---

① 戈拘罗，黑天成长于这里。

诛灭弗栗多，罗摩诛灭罗波那，黑天在战斗中诛灭牟罗，婆利古族罗摩诛灭作武。（52）国王啊！那位作战凶狂无比的勇士（迦尔纳）与自己的亲友一起，进行了一场三界闻名的可怕大战。（53）那位凶狂无比的武士魁首迦尔纳与自己的全体亲属一起，在一对一的决战中，被阿周那杀死。（54）而他是般度族的头号敌人。在他的身上，寄托着持国之子们对于胜利的希望。国王啊！般度五子已经完成了您从前不相信他们能够完成的事情。（55）大王啊！尽管善意的朋友们并非没有向您指出这一点——那毁灭性的巨大灾难已经降临。（56）由于您一心只为儿子们着想，国王啊！纵容这些贪图王位的儿子屡屡作恶。现在，您的报应来了。（57）

持国说：

爱卿啊！你已经说出在交战中我方被般度族杀死的人员名单。全胜啊！请告诉我般度族一方被我方消灭的人员名单。（58）

全胜说：

那些英勇作战、高尚而又力大的贡提人，与他们的亲属以及群臣一起，在交战中被毗湿摩诛灭。（59）那位在战斗中与孔武有力的有冠者（阿周那）不分高下的真胜，在交锋时被信守誓约的德罗纳杀死。（60）同样，两位老王毗罗吒和木柱王，为了盟友而极其英勇地奋战，也与他们的儿子一起，在战斗中被德罗纳杀死。（61）那位天下无敌的勇士（激昂），虽然仍是个孩子，打起仗来却不在左手开弓的美发者（阿周那）和大力罗摩之下。（62）武艺超群的激昂在歼灭了大批敌人之后，被六名武艺高强的大勇士团团围住，他们无法伤害毗跛蔟（阿周那），便将他的儿子杀死。（63）大王啊！虽然丧失了战车，却依然恪守着刹帝利职责，英雄妙贤之子（激昂）被难降之子杀死在战场上。（64）而那位大弓箭手毗含多，武艺高超，作战时凶狂无比，被难降发威送往阎摩府。（65）佩珠与执杖，这两位作战时凶狂无比的国王，为了盟友极其英勇地奋战，却双双死在德罗纳的手中。（66）而统领着大军的大勇士安乐国王有辉，被婆罗堕遮之子（德罗纳）发威送往阎摩府。（67）花械与花武在杀死了大批敌人之后，双双被精通各种神奇车技的迦尔纳发威杀死在战场上。（68）坚强的羯迦夜人在沙场上堪与狼腹（怖军）相媲美，恰恰被羯迦夜人发威所杀，真正是兄弟相残。（69）骁勇的山国之主镇群王挥舞着铁杵作战，大王啊！被您的儿子丑面杀死。（70）人中之虎娄遮摩那[①]兄弟宛如两颗闪闪发光的行星，国王啊！却双双被德罗纳放箭送往天空。（71）其他许多极其英勇的国王也都奋勇作战，民众之主啊！他们在建立了难以建立的奇功伟业之后，也都前往阎摩府。（72）左手开弓者（阿周那）的舅舅贡提婆阇与补卢吉多被德罗纳的利箭送往战死者的领地。（73）迦尸王超胜在众多迦尸人护卫下，仍被婆薮陀那之子结果了性命。（74）威力无边的瑜达摩尼瑜和极其强悍的优多贸阇在杀死了千百名勇士之后，也战死在敌方手下。（75）还有般遮罗族刹多罗达磨和刹多罗婆尔摩，陛下啊！这两位弓箭手中翘楚，皆被德罗纳送往阎摩府。（76）国王啊！那位武士之主，束发之子刹多罗提婆，婆罗多子孙啊！被您的孙子罗奇蛮在交战中杀死。（77）妙奇与奇法父子，这两位大勇士极其勇猛地驰骋疆场，双双战死在德罗纳手下。（78）晚福在大肆杀戮之后，大王啊！被俱卢后裔波力迦王杀死。（79）大王啊！车底国战车武士魁首勇旗在建立了难以建立的奇功伟业之后，也前往阎摩府。（80）同样，陛下啊！那骁勇无比的真坚在为般度五子大肆杀戮之后，也被送往阎摩府。（81）童护之子妙旗在交战中歼灭大批敌人之后，大地之主啊！战死在德罗纳手下。（82）同样，骁勇的真坚，勇猛的醉马，英勇绝伦的日授，也被德罗纳的利箭射杀。（83）大王啊！希利尼曼英勇善战，建立了难以建立的奇功伟业之后，也前往阎摩府。（84）同样，为敌方英雄敲响丧钟的摩揭陀国王在英勇奋战时，国王啊！也被毗湿摩杀死。（85）婆薮陀那正在战场上猛烈杀敌时，被婆罗堕遮之子（德罗纳）发威送往阎摩府。（86）这些以及其他许多般度族大勇士皆被德罗纳发威杀死。这便是我对您所提的问题的回答。（87）

持国说：

言者中佼佼啊！在我方军队中最优秀的英雄们皆已阵亡的情况下，御者啊！请告诉我还有谁依然活着，未被杀死。（88）你已经告诉我那些战死者，而在我看来，你认为未被杀死的那些人也已升入天

[①] 娄遮摩那，意为闪耀，闪烁。

堂。(89)

全胜说：

国王啊！骁勇的再生者魁首德罗纳曾经给予他四种武器中许多光辉、神奇、强大的兵器。(90)他就是朝气蓬勃的德罗纳之子，武艺精湛，出手敏捷，拥有铁拳、锐器和利箭。这位大勇士仍在战场上，渴望着为您征战。(91)那位阿那尔多国的居民，诃利迪迦之子，沙特婆多人中至贤，本身又是安乐族人首领的武艺超群的大勇士成铠仍在战场上，渴望着为您征战。(92)有年仙人之子乔答摩（慈悯），国王啊！这位精通武艺的大力士，仍在战场上，手持张力巨大的神弓，准备去战斗。(93)在战场上无所畏惧的阿尔多耶那之子（沙利耶）是武士之首领，也是您方的俊杰。他将自己的外甥——般度五子抛弃，急于实现自己的诺言。(94)他在无敌（坚战）面前立誓要在战场上打下车夫之子的气焰；这位百战百胜，其勇武与天帝释难分高下的英雄沙利耶仍在战场上，渴望着为您征战。(95)犍陀罗国王带领自己的军队，与阿阇奈耶人、信度人、山地居民、河岸居民、甘波阇人、婆那瑜人以及波力迦人一起，仍在战场上，渴望着为您征战。(96)同样，人中因陀罗啊！您的儿子俱卢友登上熠熠生辉的战车，仍在战场上，宛若晴空中光芒四射的太阳本身，俱卢族英雄啊！(97)骁勇无比的难敌，在象军之中，与大军中的诸路英豪一起，乘着他的镶金战车，仍在战场上，渴望着战斗。(98)他是王中俊杰，具有莲花般的光辉，身披奇妙的金甲，显得光彩夺目，宛如轻烟缭绕的火焰，恰似云霭中金光闪闪的太阳。(99)同样，您的儿子，手执剑与盾的苏室纳和骁勇的真军，与奇军一起，仍在战场上，心中狂喜，渴望着战斗。(100)毫不谦逊的婆罗多族诸王子，强悍的花械、闻业、阇耶、沙罗以及诚誓与难撼，仍在战场上，渴望着战斗。(101)吉多婆人的首领，这位以勇猛为荣、每战必英勇杀敌的王子，拥有大批的步兵、骑兵、象兵、战车，仍在战场上，渴望着为您征战。(102)英勇的闻寿与闻械，花钏与奇铠，这些人中翘楚，优秀的武士，骄傲的、恪守誓约的英雄仍然在军中。(103)迦尔纳之子，灵魂高尚的真军仍在战场上，渴望着战斗。国王啊！而迦尔纳的另外两子，备受尊重，出手敏捷，依靠着若非重兵绝难击破的大军，仍在战场上，准备为您征战。（104）国王啊！在这些首领以及其他威力无边的武士魁首的陪伴之下，俱卢族王（难敌）犹如伟大的因陀罗，仍在他的象军之中，企盼着胜利！（105）

持国说：

你已经如实讲述从敌人手中活下来的人的情况。依据事实推断，我明白发生的这一切。（106）

护民子说：

听到自己军队中的英杰们被诛被杀、所剩无几的消息，安必迦之子持国满怀忧伤，说着这些话，头脑晕眩。（107）他在晕眩中说道："等一下！全胜啊！听到这个巨大的不幸，爱卿啊！我心慌意乱。"这位大地之主说完之后，失去了知觉。（108）

以上是吉祥的《摩诃婆罗多》中《迦尔纳篇》第四章（4）。

五

镇群说：

听到迦尔纳战死及其儿子们阵亡的消息，再生者中佼佼啊！人中因陀罗（持国）在稍微平静下来之后，又说了什么？（1）他陷入丧失儿子的巨大悲痛，请你告诉我，此刻，国王又说了什么？（2）

护民子说：

听到迦尔纳的死讯，令人震惊，难以置信，仿佛弥卢山可怕地崩塌，令众生惶惑不已。（3）仿佛智谋过人的跋尔伽婆（太白仙人）头脑变糊涂；又仿佛英勇绝伦、令敌丧胆的因陀罗败在敌人的手下。（4）仿佛光焰万丈的太阳自天空坠落大地；又仿佛永不枯竭的海水干涸了，令人不可思议。（5）仿佛天地各方的统治者全部毁灭，令人震惊；又仿佛无论功德罪愆，皆无业报可言。（6）国王持国细细地思索着这一切："并非如此。正如迦尔纳之死，（7）人们原本面临同样的命运，皆会死亡。"国王被悲痛之火灼烤着，像蛇那样喘息着。（8）他精神恍惚，情绪低落。大王啊！可怜的安必迦之子持国悲叹道："呜呼！呜呼！"哀伤不已。（9）

第八　迦尔纳篇

持国说：

全胜啊！英雄的升车之子（迦尔纳）骁勇如同狮象，肩膀犹如雄牛，他还具有雄牛般的双眼、步态和声音。（10）正如一头雄牛不会在另一头雄牛面前退却，这位身体坚如金刚杵的青年，也决不会从战场上退缩，哪怕敌人是伟大的因陀罗。（11）在他的开弓击掌声中，嗖嗖作响的箭雨之下，（敌军的）人、马、车、象纷纷从战场上四散而逃。（12）依靠这位杀敌无数、坚不可摧的大臂英雄，难敌煽起对力大过人的般度五子的敌对情绪。（13）这位战车武士中魁首、人中之虎、锐不可当的迦尔纳怎么会在交战中被普利塔之子杀害？（14）仗着自己的双臂之力，他总是无视不退者（黑天）和胜财（阿周那），无视那些苾湿尼族人以及其他敌人。（15）"我单枪匹马，就能从神车上一并击倒那两位不可战胜的英雄——持沙楞伽神弓和甘狄拨神弓①的勇士。"（16）他常常对头脑愚钝、利欲熏心、因觊觎王位而不得安宁、垂头丧气的难敌这样说。（17）他还征服了许多难以战胜的极其强大的敌人，计有：犍陀罗人、摩德罗人、摩差人、三穴国人、登伽纳人、塞种人，（18）般遮罗人、毗提诃人、古宁陀人、迦尸人、憍萨罗人、苏诃摩人、盎伽人、崩德罗人、尼沙陀人、万伽吉遮迦人，（19）婆磋人、羯陵伽人、多罗罗人、阿湿摩迦人以及哩希迦人。这位英雄征服他们，令他们交纳贡赋。（20）马中佼佼为高耳②，王中至贤为吠湿罗婆那（俱比罗），神中魁首为因陀罗，而武士之翘楚则为迦尔纳。（21）摩揭陀国王以安抚、敬重等手段得到迦尔纳为友之后，便向世上所有的刹帝利挑战，只将俱卢族与雅度族排除在外。（22）

闻听迦尔纳在一对一的决战中被左手开弓者（阿周那）杀害，我沉入悲伤的海洋，俨如大海中的一叶沉舟。（23）倘若在饱受如此痛苦之后，我还没有死去的话，全胜啊！我想我的心一定是坚硬无比，难以穿透，胜于金刚杵。（24）听罢亲朋盟友这种惨败的结局，御者啊！除了我，世上谁人不抛弃生命啊！（25）我宁愿服毒，投火，从高山之巅跳下，也无法忍受如此剧烈的悲痛！全胜啊！（26）

---

① 沙楞伽神弓为黑天使用的弓；甘狄拨神弓为阿周那使用的弓。
② 高耳是太阳神的坐骑。

8.5.27

全胜说：

在富贵、门第、名声、苦行、学识诸方面，世人公认您与友邻之子迅行王并驾齐驱。（27）您学识渊博如同大仙人，尽到自己的职责。国王啊！请镇定下来，莫要一味地悲伤。（28）

持国说：

我认为命运至高无上，可怜的人为努力无济于事。因为甚至连罗摩似的迦尔纳也会沙场殒命。（29）在歼灭了坚战大军和般遮罗车兵之后，在射出阵阵箭雨将四面八方的敌人杀得人仰马翻之后；（30）在战场上惊吓住普利塔诸子，一如执金刚杵者（因陀罗）惊吓住诸阿修罗，这位大勇士如何就会倒地身亡呢？恰似一棵大树被风暴摧折。（31）我望不到悲痛的尽头，宛若一个溺水的人望不到大海的尽头。我心中的焦虑有增无减。我真想死去。（32）听罢迦尔纳遇难，颇勒古拿（阿周那）获胜的消息，全胜啊！我认为，迦尔纳之死真是难以置信！（33）无疑，我这颗坚硬无比的心肯定质如金刚杵。因为即便听到人中之虎迦尔纳的死讯，它都没有破碎。（34）无疑，神灵早就为我注定了长寿之命。因为，听罢迦尔纳的噩耗，尽管我痛苦不堪，却依然活着。（35）唉！全胜啊！可叹到了今天，我的生活中缺朋少友。全胜啊！如今我已陷入遭人唾弃的苦境。我会变得可怜可悲，愚蠢可笑。（36）想当初我受到全世界的景仰，如今却惨遭败绩，御者啊！这教我如何继续活下去！全胜啊！我屡遭打击，痛苦倍增。（37）毗湿摩被害，灵魂伟大的德罗纳阵亡，车夫之子（迦尔纳）战死沙场，我已看不出我军还会有什么人能够生还。（38）全胜啊！这位射出无数利箭的勇士是我儿的最后希望之所在，然而他却殒命沙场。（39）失去了这位人中雄牛，我活着还有什么意义！毫无疑问，这位天下无敌的战车武士中箭，从车上坠落。（40）犹如一座被雷电劈倒的山峰，毫无疑问，他躺在那里，喷涌而出的鲜血染红了大地，恰似一头大象被另一头狂怒的大象杀死。（41）他是持国诸子的力量之所在，是般度五子惧怕的对象。正是他，这位弓箭手的楷模迦尔纳，却被阿周那杀害了。（42）他是英雄，是大弓箭手，为我的儿子们驱除恐惧。如今，这位英雄却倒卧在地，俨若被天帝释诛灭的波罗。（43）若想实现难敌的目标，除非是跛子能远行，穷人能享乐，滴

水能解渴。（44）我们计划的是一回事，结局却是事与愿违。唉！命运强大有力，迦罗①不可抗拒。（45）

御者啊！但愿我儿难降不是在逃跑时丢了命，不是那么凄凄惨惨，威风扫地，人格丧失。（46）但愿他在战时的表现不似那卑下的懦夫，爱卿啊！但愿那位英雄像所有牺牲了的刹帝利一样英勇赴死。（47）坚战再三提出"不要战争"的忠告，不啻为一服良药。然而，愚蠢的难敌却拒不接受。（48）灵魂伟大的毗湿摩躺在箭床上要水喝，普利塔之子射穿了地表。（49）看到般度之子使水汩汩流出，大臂毗湿摩说："孩子啊！与般度五子和解吧！（50）停止敌对吧，你们将赢得和平！让战争与我一起结束吧！你们要以手足之情与般度之子们和睦相处，共同拥有大地。"（51）我儿当时没有听从他这一番高瞻远瞩的话语，造成这个结果，现在一定是后悔莫及。（52）至于我，痛失大臣！痛失爱子！全胜啊！一场掷骰赌博使我陷入灾难境地，犹如一只断翅之鸟。（53）全胜啊！正如一群玩耍的孩子抓住了一只鸟，将其双翅剪断，又快乐地将其放掉。（54）由于剪去双翅，这只鸟已不再会飞。而我现在也就如同这只断翅之鸟！（55）我虚弱憔悴，财富耗尽，无亲无友，悲惨凄凉，又被敌人压倒。我还能去向何方？（56）

为了增强难敌的实力，那位勇士征服大地，却被强大有力的英雄般度五子击败。（57）请告诉我，在大弓箭手迦尔纳战死在有冠者（阿周那）手下之际，有哪些英雄在场？全胜啊！（58）但愿他在战斗中被般度五子杀害时不是孤身一人，被朋友们抛弃。爱卿②啊！在此之前，你已经讲过诸位英雄是如何牺牲的。（59）在战斗中，束发以一阵极其强劲的箭雨将那位一切武士之翘楚毗湿摩击倒，因为后者没有还击。（60）同样，全胜啊！木柱王之子猛光举剑将那位大弓箭手——在战场上已放下一切武器、打坐入定、身上又多处中箭的德罗纳杀害。（61）两人皆是在毫无设防的情况下被害的。尤其是，两人皆死于阴谋。这便是我听说的毗湿摩与德罗纳遇害的情况。（62）若是依法交战，就是持金刚杵者（因陀罗）亲自出马，也不能将毗湿摩

---

① 迦罗可指时间、命运、死神阎摩等。
② 原文是"英雄"之意，似不合适。故采用孟加拉写本等的用法，译为"爱卿"。

和德罗纳两人杀死。我对你讲的都是实话。(63)至于迦尔纳,这位与因陀罗并驾齐驱的英雄,当他鏖战正急,发射各种神奇的兵器时,死神怎么就会降临到他的身上呢?(64)毁城者(因陀罗)曾赠与他挟着电光、致敌死命的神奇的镶金标枪,用以交换他的耳环。(65)他拥有张着蛇口的镶金神箭,那檀香木羽毛箭能够杀死一切敌人,却躺倒在地。(66)他轻视以毗湿摩和德罗纳为首的那些骁勇善战的大勇士;他从食火仙人之子(持斧罗摩)那里学到了使用极其骇人的梵天法宝的方法。(67)这位大臂英雄看到以德罗纳为首的武士们在阵阵箭雨袭击下纷纷从战场上退却,便用利箭射断了妙贤之子的弓。(68)他使具有万象之力和风之速度、难以制胜的怖军——他的兄弟失去战车,并对其大肆取笑。(69)他以数支弯头箭击败偕天,使他失去战车,而出于道义与慈悲之心,未将他杀死。(70)他破除了作战勇猛的罗刹王子瓶首施展的千万种幻术,用天帝释的标枪夺去他的性命。(71)他在这些天的激战中,令胜财(阿周那)胆战心惊,不敢与他一对一地决战。这样一位英雄怎会沙场殒命?(72)

若非他的战车出现故障,弓箭折断,武器毁坏,他怎会遭敌毒手?(73)谁能够用强弓在战斗中击败迦尔纳——这位人中之虎在战场上射出无数支可怕的利箭,投出无数支神奇的标枪,迅猛如虎?(74)确实,正如你告诉我的那样,由于他的弓箭折断,或者战车陷入地里,或者武器丢失,导致了他的阵亡。我真看不出还有什么其他的原因致他死命。(75)这位灵魂伟大的人曾立下极其可怕的誓言:"不杀掉阿周那我决不洗脚!"(76)出于对他的畏惧,人中雄牛法王坚战在林中连续十三年未曾合眼成眠。(77)倚仗这位灵魂伟大者的英勇气概,我的儿子强行将般度五子的妻子带到大会厅。(78)迦尔纳就在大会厅的中央,当着般度五子的面,并在俱卢族众人面前,将般遮罗公主唤作"奴隶的老婆"。(79)他不顾及甘狄拨神弓发出的箭的威力,望着普利塔诸子说:"黑公主,你现在可没有丈夫了。"(80)仰仗着自己过人的臂力,他一刻也没有惧怕过普利塔诸子和他们的儿子以及遮那陀那(黑天),全胜啊!(81)我想,即使以婆薮之主(因陀罗)为首的众神冲到他的面前,爱卿啊!他也不会被杀死,更不用说般度五子了。(82)当升车之子(迦尔纳)戴上弓箭手的皮护套接触

450

弓弦时，没有人敢在他面前停留。（83）即使大地失去日月的光辉，这位在战场上从不退却的人中因陀罗也不会死亡。（84）

当初我那愚蠢邪恶的儿子与他的兄弟难降联合起来，硬要反对婆薮提婆之子（黑天）。（85）如今目睹了肩阔如雄牛的迦尔纳阵亡与难降之死，我想我儿一定是痛悔不已。（86）听到日神之子迦尔纳在一对一的战车决斗中被左手开弓者（阿周那）诛灭，看到般度五子获得胜利，难敌还有什么可说的！（87）耳闻难耐以及牛军阵亡的消息，目睹他的大队人马被大勇士们大肆杀戮、溃不成军的场面，（88）又看到他的国王们转过脸来想要逃跑，而他的战车武士们已经落荒而逃，我想我儿一定痛悔不已。（89）看到自己的军队士气低落，桀骜不驯、傲慢、幼稚、狂妄的难敌还有什么可说的！（90）看见自己的兄弟作战时被怖军杀死，其鲜血又被怖军喝下，难敌还有什么可说的！（91）我儿曾与犍陀罗国王一起在大会厅中说："迦尔纳必将在战斗中杀死阿周那！"现在迦尔纳被杀，他还有什么可说的！（92）当初妙力之子沙恭尼进行那场掷骰赌博、欺骗了般度五子之后，满心欢喜，如今迦尔纳被杀，爱卿啊！他还有什么可说的！（93）大弓箭手、沙特婆多族大勇士、诃利迪迦之子成铠看到迦尔纳牺牲，又说了些什么？（94）德罗纳之子（马嘶）聪明睿智，婆罗门、刹帝利和吠舍都想学会他的弓箭术，拜他为师。（95）马嘶年轻英俊，相貌堂堂，声誉卓著，全胜啊！在迦尔纳殒命之际，他说了些什么？（96）爱卿啊！深谙真谛、精通射箭术的武术教师，有年仙人之子慈悯在迦尔纳阵亡之时，又说了些什么？（97）战功赫赫的大弓箭手摩德罗国王沙利耶说了些什么？迦尔纳被杀是命中注定，也与他有关。（98）所有其他前来作战的大地之主目睹了日神之子阵亡之后，又作何言论？全胜啊！（99）

在战车武士之虎、人中雄牛、英雄迦尔纳牺牲之后，全胜啊！该轮到谁成为各路大军的统帅？（100）告诉我，战车武士之魁首摩德罗国王沙利耶是如何被任命去为日神之子驾驭战车的？全胜啊！（101）车夫之子（迦尔纳）作战时，是谁在保护他的（战车的）右轮？又是谁在保护他的左轮？又是谁站在那位英雄的身后？（102）哪些勇士没有将迦尔纳抛弃？哪些懦夫吓得仓皇逃窜？在你们陪随下，大勇士迦尔纳怎会被诛杀？（103）英勇的般度五子是如何攻击这位勇士的？他射出阵阵箭雨，犹如乌云泻下阵阵急雨。（104）告诉我，全胜啊！他那神奇的利箭如蛇头，怎么会变得无济于事？（105）我方军队中将帅损失惨重，元气大伤，全胜啊！我看不出还剩下什么人。（106）听到这两位英雄、大弓箭手、俱卢族之翘楚毗湿摩和德罗纳为我丧命的噩耗，我活着还有什么意义？（107）那立下赫赫战功、双臂具有万象之力的罗陀之子（迦尔纳）阵亡的消息也令我不堪忍受。（108）告诉我德罗纳死后，在战场上俱卢族众英雄与敌人之间发生的一切事情，全胜啊！（109）还请告诉我迦尔纳是如何与贡蒂诸子交战的，以及这位杀敌者是如何在战斗中灭寂的。（110）

以上是吉祥的《摩诃婆罗多》中《迦尔纳篇》第五章(5)。

六

全胜说

婆罗多子孙啊！那天，大弓箭手德罗纳阵亡，大勇士德罗纳之子（马嘶）的目标受挫。（1）大王啊！当俱卢大军溃逃之际，普利塔之子与众兄弟一起，却在战场上调兵遣将，严阵以待。（2）婆罗多族雄牛啊！您的儿子看到自己的军队四处逃散，命令他们稳住，奋力阻挡他们。（3）稳定住自己的军队后，依靠自己那过人的臂力，婆罗多子孙啊！您的儿子又与般度族交战多时。（4）般度族达到目的，兴高采烈，迎战多时。直到日暮时分，难敌才下令收兵。（5）大军回营，进入各自的营帐之后，俱卢族诸首领开始相互致意问候。（6）他们如天神一般，坐在铺有华贵床罩的睡椅、气派的坐椅和奢华的寝床上。（7）随后，难敌王适时地以极其和蔼可亲的语气对这些大弓箭手说道：（8）"诸位智者之至贤，请大家不要耽搁，即刻献计献策。诸位国王，在当前这种形势下，必须做些什么才能获取成功？"（9）

人中因陀罗如是说罢，在狮子座上就座的诸位人中雄狮便纷纷做出各种手势，表达各自渴望战斗的心情。（10）看到他们全都表示甘愿在战火中牺牲自己的生命，又观察到国王的面庞焕发朝阳般光辉，那位足智多谋、能言善辩的教师之子（马嘶）便说出这番话：（11）"智者宣称：热情、机遇、技能、策略是达到一切目的的手段。然而它们无不受制于命运。（12）我方的人中魁首——那些与天神并驾齐驱的大勇士均具有战略眼光和献身精神，武艺高超，忠心耿耿，却都被杀死。（13）尽管如此，我们也不应对胜利丧失信心。倘若我们能够正确地利用一切手段，即便是命运也会变得随顺。（14）故而我们应该任命人中佼佼、具有一切美德的迦尔纳为大军统帅，以便一举歼灭敌人。"（15）

听罢这番充满深情、真实吉祥又符合自身利益的动听话语，难敌心情愉悦。（16）大王啊！难敌稳定了自己的情绪，依靠自己强大的臂力，对罗陀之子（迦尔纳）说出这一番话：（17）"迦尔纳啊！我了解你的英勇以及对我的深情厚谊。尽管如此，大臂者啊！我还是要对你说上一些有益的话。（18）听完之后，英雄啊！你就按照你的意愿行事吧！你一向智慧超群，是我的最终依托。（19）我的两位统帅——天下无敌的战车武士毗湿摩与德罗纳皆已阵亡。你比他俩更为骁勇善战，就请出任我的统帅吧！（20）这两位大弓箭手年事已高，又偏袒胜财（阿周那）。然而，由于你为他们说话，罗陀之子啊！两位英雄仍受到我的尊敬。（21）爱卿啊！正是顾念与般度诸子的祖孙关系，在延续了十天之久的激烈大战中，毗湿摩才使他们免遭伤害。（22）在大战中，老祖宗毗湿摩放下了武器，被躲在束发身后的颇勒古拿（阿周那）杀害。（23）这位德高望重的人遭到杀害，躺在箭床上，人中之虎啊！是你的荐言才使德罗纳成为我军的首领。（24）然而，由于师徒关系（作祟），在这场战斗中，他又使普利塔之子免遭伤害，而这位老人自己却很快被猛光杀死。（25）我左思右想，也看不出哪位武士在作战时能与你相提并论，你的勇武就连那两位被诛灭的武士之魁首也无法相比。（26）毫无疑问，只有你才能为我们夺取胜利。过去、现在和将来，你都以此声名远播。（27）因此，你应该像牛那样，在这场战争中担负重任。请你自己任命自己为大军统帅吧！（28）犹如天神军队的最高统帅、勇武不衰的战神室建陀，请你为我支撑起持国的军队吧！俨若伟大的因陀罗诛灭檀那婆（众魔），请你全歼敌军！（29）当般度五子得知你这位大勇士仍在沙场奋战，便会同般遮罗人一起望风而逃，恰似众檀那婆看见了毗湿奴。因此，人中之虎啊！你就来统领这支大军吧！（30）一旦你决心留在战场上，般度五子及其大臣们连同般遮罗人和斯楞遮耶人，都会失魂落魄。（31）宛若冉冉升起的灿烂朝阳，以自己的光芒驱散黑暗，你也这样驱逐我们的敌人。"（32）

迦尔纳说：

甘陀利之子啊！从前我就在你的面前说过这些话："国王啊！我将战胜般度五子及其诸子以及遮那陀那（黑天）。"（33）我将成为你的军队统帅，这一点毫无疑问。大王啊！镇定下来，姑且认为般度五子已被击败。（34）

全胜说：

闻听此言，大光辉的难敌王与众国王一起站起身来，祝贺迦尔纳荣升大军统帅，如同百祭（因陀罗）与众神一起，祝贺室建陀成为天兵统帅。（35）尔后，国王啊！以难敌为首的渴望胜利的众国王便遵照仪轨，迅即为迦尔纳举行灌顶仪式，用金罐和陶罐，念过咒语，（36）盛满水，用象牙、犀牛角和大牛角或其他镶有珠宝的容器，用圣洁的香料和药草。（37）他们请迦尔纳坐在优昙钵木制成的、铺着丝绸的座椅上，按照圣典规则，用各色物品为他举行仪式。（38）"愿你在大战中击败普利塔诸子、乔宾陀（黑天）及其所有追随者！"婆罗多族雄牛啊！这便是众多的歌颂者和婆罗门对他的祝词。（39）"罗陀之子啊！为了我们的胜利，消灭普利塔诸子和般遮罗人吧！恰似初升的太阳总是以强烈的光芒将黑暗扫除。（40）他们和美发者（黑天）不敢直视你射出的箭，正如忘恩负义者不敢正视太阳炽热的光辉。（41）在战场上，普利塔诸子和般遮罗人都不敢站在全副武装的你的面前，犹如檀那婆不敢站在伟大的因陀罗面前。"（42）灌顶之后，罗陀之子（迦尔纳）显得英俊潇洒，光彩照人，无与伦比，仿佛是另一轮太阳。（43）将罗陀之子（迦尔纳）任命为军队统帅以后，你的儿子在死神的怂恿下，自以为已经大功告成。（44）国王啊！克敌制胜的迦尔纳成为军队统帅之后，也在太阳升起之时，命令大军披挂上阵。（45）婆罗多子孙啊！迦尔纳被你的儿子们簇拥着，显得光

彩夺目，俨如在那场以多罗迦①为祸首的战争中，室建陀被诸天神簇拥着。(46)

以上是吉祥的《摩诃婆罗多》中《迦尔纳篇》第六章(6)。

七

持国说：

日神之子迦尔纳成为军队统帅，也听了国王亲自对他所说的娓娓动听、兄弟情深的话语，(1) 便在日出时分命令大军准备出发，全胜啊！告诉我，这位大智者又做了些什么？(2)

全胜说：

了解到迦尔纳的心愿，婆罗多族雄牛啊！您的儿子下令奏乐，准备出发。(3) 离天亮还有很长时间，陛下啊！您的儿子突然大声疾呼："列队！列队！"(4) 国王啊！随即，象兵们整装待发，车兵们登上木栏战车，步兵们和骑兵们披上铠甲，(5) 武士们迅速行动，相互呼唤，发出一片惊天动地的喧嚷声。(6) 尔后，迦尔纳登上战车，竖有白色旗杆，配备有金背弓、象索和旗幡。(7) 还有装满利箭的箭袋、臂环、木护栏、百杀器②、铃铛、长矛、标枪和铁叉。(8) 但见车夫之子（迦尔纳）坐在这辆战车上，配有弓弩，灿若朝阳，旗幡飘扬。(9) 陛下啊！迦尔纳吹响了饰有金网的螺号，拨动了纯金镶嵌的巨弓。(10) 看到大弓箭手、战车武士魁首迦尔纳坐在战车中，宛若看到千百次将黑暗驱除的初升的太阳。(11) 陛下啊！俱卢族人不再想着毗湿摩的牺牲；人中之虎啊！他们也不再介意德罗纳或是其他什么人已经阵亡。(12) 随后，陛下啊！在阵阵催促武士前进的螺号声中，迦尔纳命令俱卢大军出发。(13)

---

① 多罗迦，魔名。该魔在波利耶多罗山苦修，并以此从大梵天那里得到他所要求的恩惠：任何人都无法将他杀死，除非是一名出生只有七天的婴儿。尔后，他便对诸神作威作福。诸神不堪压迫，又奈何不得他，来到大梵天处讨教剿灭该魔的方法。他们被告之，只有湿婆之子才可将其诛灭。于是，室建陀诞生，并在生后第七天消灭了多罗迦。

② 百杀器，一种杀伤力极大的投射器。在史诗中一般将其描述为一种布满尖利铁钉的石块或圆锥形木块。

这位大弓箭手、令敌人闻风丧胆的迦尔纳将军队排列成鳄鱼阵，怀着对胜利的渴望，前去攻打般度族。（14）迦尔纳本人位于鳄鱼阵的口部，国王啊！而骁勇的沙恭尼和大勇士优楼迦则分别站在鳄鱼的双眼部位。（15）德罗纳之子（马嘶）位于头部，而他的同胞兄弟们则在颈部。难敌国王处在腹部，一支强大的军队护卫他。（16）在鳄鱼的左脚，王中之王啊！有作战极其凶狂的成铠以及那罗延部队和牛护族①人。（17）而在右脚，国王啊！则有极为勇敢的乔答摩（慈悯），大弓箭手们——三穴国人以及南方人护在他的周围。（18）在左后脚部，站着沙利耶王及其摩德罗国大军。（19）而在右后脚部，大王啊！则是恪守誓言的苏室纳，周围有数千乘战车和数百头大象。（20）位于尾部的是由一支大军环绕的一对王族兄弟——伟大的英雄奇军与奇异。（21）

王中之王啊！人中佼佼迦尔纳这样列阵前进，法王（坚战）望着胜财（阿周那），说道：（22）"看哪！普利塔之子啊！在这场战争中，由众英雄和大勇士们守护的持国大军，英雄啊！已由迦尔纳排好阵容！（23）大臂者啊！这支持国大军已经连连损失最优秀的英雄，所剩者我认为不过同稻草一般，虚弱不堪。（24）这里只有一位大弓箭手与众不同，那就是车夫之子（迦尔纳）。三界中一切生物、非生物，包括诸天神、阿修罗、健达缚、紧那罗和大蛇，都无法战胜这位战车武士中翘楚。（25）大臂者啊！若今天你能将他杀死，颇勒古拿啊！胜利就是你的了。扎在我心头达十二年之久的芒刺也就可以拔除了。了解到这一点，大臂者啊！就按照你的意愿排兵布阵吧！"（26）

听罢兄长的这番话语，般度之子乘坐白马者（阿周那）将大军排列成与敌对峙的半月阵。（27）在左翼部署了怖军，国王啊！而右翼则部署了大弓箭手、大力士猛光。（28）中央是般度之子（阿周那）本人，以黑天为御者，而无种、偕天和法王坚战位居其后。（29）两位般遮罗王子瑜达摩尼瑜与优多贸阇担任战车车轮的护卫。交战时，在有冠者（阿周那）保护下，两人寸步不离阿周那左右。（30）余下的那些骁勇善战、披甲上阵的国王，皆依据各自的气质、力量和特长

---

① 牛护族，很可能为牧人部落，骁勇强悍，常被人雇来作战。

站在合适的位置上，婆罗多子孙啊！（31）这样布置好强大的兵阵之后，婆罗多子孙啊！般度五子和您方的大弓箭手们便决心开战了。（32）

看到车夫之子（迦尔纳）在战场上将您的大军列阵完毕，您的儿子（难敌）及其追随者们都认为般度五子已被消灭了。（33）同样，国王啊！坚战目睹般度大军业已严阵以待，也认为持国诸子与迦尔纳一起皆已殒命。（34）尔后，四面八方突然鼓乐大作，号角齐鸣。（35）国王啊！双方军队奏出的鼓乐之声惊天动地，同时，英雄的武士们发出渴望胜利的狮子吼。（36）此外，马嘶声、象吼声和隆隆作响的车轮声也响成一片，人中之主啊！（37）大弓箭手迦尔纳全身武装，出现在阵前时，婆罗多族雄牛啊！再无人想到德罗纳之死。（38）两支强大的军队皆人欢马叫，士气高涨，国王啊！他们都渴望战斗，准备迅速消灭对方。（39）王中之王啊！那里，在军中闪光的两位英雄——迦尔纳和般度之子出阵，相互对视之后，不禁怒火中烧。（40）当两军前进，相互遭遇时，仿佛都在手舞足蹈。从两军的两翼及其翼端，渴望战斗的武士们纷纷出阵。（41）随后，大王啊！一场动用人、马、车、象的大战开始了。双方都决心将对方置于死地。（42）

以上是吉祥的《摩诃婆罗多》中《迦尔纳篇》第七章(7)。

八

全胜说：

这两支由人、马、象组成的大军浩浩荡荡，士气高昂，俨如天神与阿修罗的大军。两军相遇之后，便开始交战。（1）接着，象兵、车兵、骑兵、步兵都在这场大战中英勇杀敌，在消灭肉体的同时，也消除了罪愆。[①]（2）人中雄狮砍下人中雄狮的头颅，一时人头铺满了大地，其光辉犹如日月，其芬芳宛若莲花。（3）战士们用半月箭、月牙箭和马蹄箭，用刀、梭镖和战斧砍下战士们的头颅。（4）臂膀粗长者

---

① 因战死者将会升天，故有此说。

8.8.5 摩诃婆罗多

的粗壮臂膀被臂膀粗长者砍下，落在地上，仍手握武器，臂戴臂钏。（5）这些连着血红的手指手掌的臂膀颤动着，将大地装点得绚烂多彩，仿佛是被大鹏金翅鸟诛杀的凶残的五头蛇。（6）英勇的武士们被敌人从马、车、象上击落，恰似天界的居民因耗尽功德而从天车上坠落。（7）另有数百名英勇的武士在交战中被英勇的武士们用沉重的棒槌、铁闩和铁杵击中，倒地身亡。（8）在激烈的混战中，战车被战车撞碎，狂怒的大象被狂怒的大象撞死，骑兵被骑兵消灭。（9）在这场毁灭性的战争中，战车被上好的战车和象兵捣毁，骑兵被步兵歼灭，步兵又被骑兵杀死。（10）同样，车、马、步兵被大象摧毁，而大象、战马、步兵又被战车诛灭①；车、象、步兵被战马击毁，而战马、战车、大象又被步兵消灭。（11）由人、马、象、车兵用手、足、武器、战车，在车兵、马、象、人之间制造着一场血腥的大屠杀。（12）

大军的勇士们正这样相互残杀之际，以狼腹（怖军）为首的普利塔之子们向我方逼近了。（13）猛光、束发、德罗波蒂的儿子们、波罗跋德罗迦王子们、萨谛奇、显光和达罗毗荼族军队，（14）再加上般底耶人、奥德罗人以及羯罗罗人，拥有大量财富，胸阔，臂长，身高，貌美。（15）国王啊！那些战士头戴饰冠，牙齿涂红，如狂怒的大象般勇猛，身着色彩斑斓的衣袍，涂着香粉，（16）身佩利剑，手持套索，能够制服大象，是死神的同伙，相互从不抛弃，（17）身佩箭筒，手执强弓，长发飘逸，叫声悦耳。他们便是萨谛奇手下的安陀罗国那些形象可怖、骁勇超群的步兵。（18）其他的勇士们，诸如车底国人、般遮罗人、羯迦夜国人、迦卢沙人、憍萨罗国人、迦尸国人、摩揭陀国人也都冲向前去。（19）他们的车、象以及优秀的步兵们发出各种声响，显得兴高采烈，似乎都在跳舞和欢笑。（20）在那大军的中央，骑着大象的狼腹（怖军）在大批英雄的簇拥下，正向您的军队进发。（21）只见那头象中魁首极其凶猛，披挂齐全，光彩照人，犹如太阳升起的乌陀耶山②上的那座大厦。（22）它那制作上乘的

---

① 原文意为："大象、步兵又被战车诛灭。"但根据上下文，此处采用了亚杜吉里·亚蒂拉杰·马特图书馆所藏写本的用法。
② 乌陀耶山，位于东方，传说日、月等从该山后升起。

铁甲，缀满华贵无比的珠宝，宛若秋日的夜空布满璀璨的群星。(23)怖军出阵，手持锋利的标枪，头戴精美的饰冠。他如日中天，光焰万丈，开始灼烧敌人。(24)

从远处看到他的大象后，本身也骑着大象的忏摩杜尔提冲上前来，斗志昂扬地向斗志更为昂扬的怖军挑战。(25)于是，两头大象开始恣意交锋，形象同样凶猛，俨如两座长着树木的大山。(26)两头大象交锋时，两位英雄也呐喊着将如同太阳光芒的长矛刺向对方。(27)几个回合后，他们又骑着象转起圈来，开始挽弓向对方放箭。(28)他们的呐喊声、击掌声、嗖嗖作响的射箭声令周围的人们兴奋不已。随即，两人又发出狮子吼。(29)两位同样是武艺超群的大力英雄，利用这两头象鼻上扬、身上旗帜随风飘扬的大象，捉对厮杀。(30)他们互相砍断对方的弓，然后互相吼叫着，向对方泼洒梭镖和长矛，恰似雨季中的两大团乌云泼洒雨水。(31)尔后,忏摩杜尔提用长矛猛地刺中怖军的胸膛，随着一声大喊，又向他连刺六矛。(32)这些长矛插在怖军的身上，他的身体因怒火中烧而闪闪放光，正如太阳透过云层的缝隙闪发光芒。(33)随后，怖军奋力投出一支灿若阳光、纯铁制成的长矛，径直向敌手飞去。(34)但见那位俱卢多国王挽弓连放十箭，将长矛射断，接着又向般度之子刺了一枪。(35)

此时，狂怒的般度之子取出弓来，弓弦响如隆隆雷声，放箭射向敌手的大象。(36)这样，这头大象在交战中遭受怖军那急流般的箭雨折磨，怎么也制服不住，不肯在战场上停留，仿佛是被风吹打的一片云彩。(37)现在，怖军的那头象中之王开始追击这头大象，如同风暴中被卷起的一团乌云追赶另一团乌云。(38)忏摩杜尔提拼命将自己的大象勒住，连发数箭，射中追击的怖军及其大象。(39)随后，这位人中雄牛又准确地射出一支剃刀箭，射断敌手的弓，折磨敌手的大象。(40)接着，忏摩杜尔提用大棒击中怖军，又放出多支铁箭，射中他的大象的所有致命部位。(41)怖军在他的大象倒地之前，一跃而下，站在地上，随即用铁杵将敌手的大象打死。(42)忏摩杜尔提从倒毙的坐骑上跳下，高举利剑冲上前来，而狼腹（怖军）用铁杵打击他。(43)忏摩杜尔提被击中，倒地死去，就躺在他的大象身旁，手中仍握着利剑，好似一头遭雷殛的雄狮倒在被雷电劈裂的大山

旁。(44)目睹声名广被的俱卢多国王殒命，婆罗多族雄牛啊！您的军队大惊失色，四处逃窜。(45)

以上是吉祥的《摩诃婆罗多》中《迦尔纳篇》第八章(8)。

九

全胜说：

然后，在战斗中，英勇的大弓箭手迦尔纳用许多弯头箭射杀般度族军队。(1) 同样，国王啊！怒火万丈的大勇士般度五子也在迦尔纳面前屠杀您儿子的军队。(2) 国王啊！大臂者迦尔纳也射出那些经铁匠之手磨亮的、如太阳般熠熠放光的铁箭，杀戮般度军队。(3) 在那里，婆罗多子孙啊！许多大象被迦尔纳的铁箭射中，大声号叫着，失魂落魄，虚弱不堪，四散而逃。(4) 正当这支军队遭到车夫之子（迦尔纳）大肆杀戮，陛下啊！无种飞速冲到车夫之子（迦尔纳）面前。(5) 同样，怖军也冲向忙于建立奇功伟业的德罗纳之子（马嘶）；萨谛奇则钳制住羯迦夜国的文陀和阿奴文陀两位王子。(6) 大地之主奇军冲向正在冲锋向前的闻业；同样，具有奇异的旗与弓的奇异也冲向向山。(7) 难敌冲向正法之子坚战王；而胜财（阿周那）愤怒地冲向敢死队。(8) 在这场英豪相残的战斗中，猛光杀向慈悯，束发向战无不胜的成铠发起进攻。(9) 同样，闻称与沙利耶交锋，大王啊！玛德利之子、勇猛的偕天则与您的儿子难降交战。(10)

在交战中，羯迦夜国的两位王子向萨谛奇放出一阵阵闪闪发光的箭雨，婆罗多子孙啊！而萨谛奇也用箭雨覆盖两位王子。(11) 那兄弟俩在交战中猛烈射击那位英雄的心窝，恰似两头大象用象牙攻击另一头敌对的大象。(12) 国王啊！在战斗中，那铠甲已被利箭射破的兄弟俩，又用多支利箭，射中行为正直的萨谛奇①。(13) 大王啊！而萨谛奇只是笑着将箭雨铺天盖地射向四面八方，婆罗多子孙啊！从而扼制住那两兄弟。(14) 尽管受制于悉尼之孙（萨谛奇）射出的箭雨，

---

① 萨谛奇，意即"行为正直"。

他俩还是迅速地用无数利箭包围悉尼之孙的战车。(15)在这场搏杀中,这位英雄射断了他俩神奇的弓,向他俩放出一阵铺天盖地、势不可挡的利箭。(16)他俩又取出另外两张闪亮的弓,用箭雨覆盖萨谛奇,显得身手敏捷,武艺高超。(17)他俩放出的一阵阵镶金苍鹭孔雀羽毛箭,将四面八方照亮后,纷纷落下。(18)在这场激战中,国王啊!他俩射出的利箭密密匝匝,搅得天昏地暗。这些大勇士相互射断了对方的弓。(19)

然后,大王啊!那位怒火冲天、作战凶狂无比的沙特婆多人(萨谛奇)在交战中抓起另一张弓,挽弓射出一支极其锋利的马蹄箭,砍下了阿奴文陀的头颅。(20)那颗硕大的饰有耳环的头颅落在地上,一如昔日大战中被砍下的商波罗①的头颅。它一落地,就使全体羯迦夜国人不胜悲哀。(21)目睹那位勇士被杀,他的兄弟、大勇士(文陀)又拉开另一张弓,阻击悉尼之孙(萨谛奇)。(22)他向萨谛奇猛力射去多支在石上磨尖的金羽毛利箭,大声喝道:"站住!站住!"(23)盛怒之下,那位羯迦夜大勇士又向萨谛奇放出许多火焰般的利箭,射中他的双臂和胸膛。(24)这位精通真理的沙特婆多人遍体箭伤,国王啊!他在沙场上大放光芒,俨如一株花繁叶茂的金苏迦树②。(25)在交锋中,萨谛奇被灵魂高尚的羯迦夜人射中,而他仿佛笑着,向羯迦夜人连发二十五箭。(26)两位臂力过人的武士拿起饰有百月的盾牌,举起锋利无比的宝剑,在战场上放射着光彩,犹如两位大力士瞻婆③与因陀罗在天神与阿修罗的大战中搏杀。(27)尔后,在这场激战中,两位武士转起圈来,接着又快速出剑,捉对厮杀。(28)沙特婆多人将羯迦夜人的盾牌劈为两半;同样,那位王子也将萨谛奇的盾牌一剑劈开。(29)羯迦夜王子劈开敌手那缀满成百上千簇星饰的盾牌之后,又转起圈来,时进时退。(30)正当他手执锋利无比的宝剑在战场上走着,出手极为敏捷的悉尼之孙(萨谛奇)一个侧劈,将他击

---

① 商波罗,一魔名。黑天之子始光六岁时被商波罗盗走,因后者得知日后自己将被始光杀死的预言。商波罗加害于始光不成,始光反被商波罗的妻子抚养成人。长大后,始光得知幼时的经历,遂向商波罗挑战,将其杀死。
② 金苏迦树,盛开美丽而无香气的红色花朵。
③ 瞻婆,魔名,在交战中为因陀罗所杀。

中。(31)在大战中，国王啊！那位羯迦夜人大弓箭手连同铠甲被劈为两半，倒地身亡，恰似被雷电劈倒的一座山峰。(32)在交战中将他诛灭之后，那位战车武士中佼佼、折磨敌人的勇士悉尼之孙（萨谛奇）便飞身登上瑜达摩尼瑜的战车。(33)重又登上另一辆装备齐全的战车后，萨谛奇又开始放箭消灭羯迦夜人的大军。(34)羯迦夜大军在战场上遭到杀戮，纷纷躲避敌人的那辆战车，向四面八方逃窜而去。(35)

以上是吉祥的《摩诃婆罗多》中《迦尔纳篇》第九章(9)。

一〇

全胜说：

大王啊！怒不可遏的闻业在交战中向大地之主奇军连放五十支利箭。(1)而阿毗沙罗国王也向闻业射出九支锋利的箭，又向其车夫射了五支。(2)随后，闻业盛怒之下向站在军队前沿的奇军射出一支锐利的铁箭，正中要害部位。(3)这时，声名显赫的闻称也连发九十支羽毛箭，将这位大地之主覆盖。(4)大勇士奇军恢复知觉以后，用一支月牙箭射断敌手的弓，又向他连发七箭。(5)闻业取出另一张镶嵌金饰、杀伤力极强的弓，射出潮水般的箭流，致使奇军的形体显得极其美妙。(6)国王啊！那位佩戴美丽花环的青年遍体插箭，宛若精心打扮后出现在集会上的一位青年，显得光彩照人。(7)随即，他愤怒地在战斗中用一支铁箭射中了闻业的胸膛，喝道："站住！站住！"(8)在交战中中箭负伤的闻业一时鲜血直流，仿佛一座大山淌出红赭石溪水。(9)他沐浴在鲜血之中，被鲜血染红了肢体，国王啊！好似一棵红花吐艳的金苏迦树在沙场上熠熠放光。(10)尔后，国王啊！闻业又冲向敌人，阻击敌手，将他的弓弩劈作两半。(11)婆罗多族至贤啊！此时，赫赫有名的闻业又向折了弓的奇军连射三百支铁箭。(12)接着，又猛地向他射出另外一支极其锋利的月牙箭，砍下了那位灵魂伟大者的戴着头盔的头颅。(13)那戴着硕大而又精美的头盔的头颅滚落到地上，宛如月亮忽然从太空坠落地面。(14)目睹阿毗沙罗王被杀,陛下啊!奇军的大队人马狂暴地冲了过来。(15)于是,怒火中烧的大弓箭手冲向敌军,发射利箭,俨若世界末日时,愤怒的死神(阎摩)消灭一切众生。闻业迅速放箭驱逐敌军,大放光彩。(16)

尔后,向山向奇异连射五箭,又对他的车夫射了三箭,对他的旗帜射了一箭。(17)奇异则向他连发九支箭头磨尖的苍鹭孔雀金羽月牙箭,射中他的双臂和胸口。(18)婆罗多子孙啊!向山又放箭射断他的弓,后又射出五支锐利的箭,给他以重创。(19)然后,大王啊!那(奇异)又向您的侄子投来一支难以抵御的金柄标枪,犹如投来一团熊熊烈火。(20)而向山在这场激战中只是微微一笑,就将那突如其来的、仿佛是自天而降的流星般的标枪劈作两半。(21)那支被向山的利箭射断的标枪落了下来,恰似时代末日的雷电令众生惊骇不已。(22)看到那标枪折损,奇异又举起一根饰有金网的大棒槌向向山掷去。(23)大棒槌在大战中杀死了向山的马匹与车夫,又击碎了他的战车,然后坠落地上。(24)与此同时,婆罗多子孙啊!向山从战车上跳下,向奇异掷去一支缀着金铃铛的标枪。(25)国王啊!思想高尚的奇异却一把抓住向他飞来的标枪,婆罗多子孙啊!随即又将它向向山掷了回去。(26)在战斗中,这枚大放光芒的标枪刺向骁勇的向山,将他的右臂穿透后,坠落地上,犹如一道闪电照亮了那一片地方。(27)尔后,国王啊!怒不可遏的向山一心要将奇异置于死地,便向他掷去一支镶金长矛。(28)长矛穿透了他的铠甲和心窝,猛地一下戳入大地,俨如一条巨蛇钻入洞穴。(29)国王啊!他被长矛击中倒地身亡,摊开了他的两条铁闩般的巨臂。(30)

目睹奇异被杀,您的武士们——那些在战斗中大放光彩的英雄顿时从四面八方冲向向山。(31)他们发射各种各样的利箭和缀满铃铛的百杀器覆盖向山,犹如浓云密雾遮住了太阳。(32)在大战中,大臂者(向山)撒开箭网,驱逐您的军队,犹如手持金刚杵者(因陀罗)驱逐阿修罗魔女。(33)您的军队在交战中遭到般度诸子杀戮,国王啊!顷刻之间四散而逃,恰似大风吹散了厚厚的云层。(34)遭到杀戮的军队四处逃遁之时,只有德罗纳之子(马嘶)一个人冲向大力士怖军。(35)随即,两人展开一场酷烈的鏖战,宛若在天神与阿

修罗大战中婆薮王（因陀罗）与弗栗多激烈厮杀。（36）

以上是吉祥的《摩诃婆罗多》中《迦尔纳篇》第十章(10)。

一一

全胜说：
　　然后，国王啊！身手极为矫捷的德罗纳之子（马嘶）展示娴熟的武艺，将箭射向怖军。（1）这位出手极快、谙熟要害部位的武士瞄准了怖军所有的致命部位，又一连射出九十支锐利的箭。（2）怖军遍体布满德罗纳之子放出的利箭，国王啊！好似辉煌的太阳在战场上光芒四射。（3）尔后，般度之子（怖军）射出一千支箭，覆盖德罗纳之子，又发出一声狮子吼。（4）国王啊！在交战中，德罗纳之子仿佛只是微微一笑，便以自己放出的箭挡住了袭来的阵阵箭雨。随即，他又发出一支铁箭，射中般度之子的额头。（5）般度之子前额负着利箭，国王啊！仿佛是森林中骄傲的犀牛长着犀角。（6）随后，在恶战中，英勇的怖军好像面露惊讶，用三支铁箭射中奋力拼杀的德罗纳之子的前额。（7）那位额前插着三支箭的婆罗门显得光彩照人，犹如雨季里沐浴在雨中的一座巍峨的三峰高山。（8）尔后，般度之子又向德罗纳之子连发数百支箭，却无法将他摇撼，恰似风无法撼动大山。（9）在激战中，德罗纳之子也兴奋地向般度之子连射了数百支利箭，同样无法将他摇撼，有如滚滚洪流无法冲垮大山。（10）
　　两位大勇士、勇猛善战的英雄驾驭着战车，英姿勃发，相互用可怕的利箭覆盖对方。（11）俨如两颗毁灭世界的、光焰炽烈的太阳，用各自的利箭之光焰，烧灼对方。（12）在大战中，他们奋力进攻和抵御，在进攻和抵御中，双方都无所畏惧。（13）两位大勇士所向无敌，交锋时犹如两只猛虎相斗，箭矢是利齿，弓弩是张开的血盆大口。（14）他俩都被箭网覆盖，不见踪影，宛如天空中的太阳与月亮被浓密的乌云遮蔽。（15）倏地，这两位克敌制胜的英雄又显出身影，一如天上的日月穿出云层。（16）此时，德罗纳之子将狼腹（怖军）置于自己的右方，向他发射数百支利箭，好似乌云向大山降下暴雨。(17)然而,怖军不能容忍敌手势占上风,国王啊!般度之子也将他置于自己的右方,进行反击。(18)他们继续沿着不同的方向绕圈,时进时退。此时,在这场大战中,两位英雄的厮杀已达到白热化的程度。(19)他们转圈走着各自的路线时,拉满了弓,放出箭雨打击对方。(20)两位大勇士奋力拼杀,欲将对方置于死地,同时又竭力想要捣毁对方的战车。(21)在交锋中,大勇士德罗纳之子使出大量精良的武器,般度之子也运用自己的兵器,将他的武器一一击回。(22)于是,大王啊!爆发了一场可怕的武器大战,犹如众生毁灭时,可怕的行星大相撞。(23)婆罗多子孙啊!他们投出的这些枪箭互相碰撞,放射光芒,照亮了四面八方,照亮了周围的各路大军。(24)这些密集的枪箭在空中飞舞,遮天蔽日,使太空呈现出一派骇人景象,国王啊!恰似众生毁灭时,天空布满了正在坠落的流星。(25)婆罗多子孙啊!那些枪箭相撞,迸发出火星和火焰,燃烧起熊熊烈火,烧灼双方的军队。(26)

　　大王啊!到达这里的悉陀们说道:"这场战斗胜过一切战斗。(27)任何一场战斗甚至都达不到这场战斗的十六分之一。这样的战斗过去不会发生,今后也不会再发生。(28)双方都是何等的学识渊博,英勇绝伦!怖军具有多么骇人的力量!这两位英雄又是如此地精通武艺!(29)他们是多么的生龙活虎!又是何等的武艺高强!他俩站在沙场上,俨如两位毁灭一切的阎摩。(30)他们生就如同两位楼陀罗,或者如同两轮太阳;这两位人中之虎犹如这场战争中的两位阎摩,令人望而生畏。"(31)这便是当时从众悉陀口中不断说出的话语。看到他俩在大战中建立的不可思议的奇功伟业,聚在一起的诸天神发出了狮子吼。(32)国王啊!这两位勇士在厮杀中已经伤害了对方,此时怒目圆睁,恶狠狠地瞪着对手。(33)由于愤怒,他们双眼血红,下唇打颤,咬紧牙齿,咬紧嘴唇。(34)两位大勇士用密集的箭雨将对方覆盖,恰似战场上的两团乌云,以箭矢为暴雨,以兵器为闪电。(35)两位大勇士击断了对方的旗幡,击倒了对方的车夫,击毙了对方的马匹后,又继续搏杀。(36)然后,大王啊!在这场激战中,他俩又愤怒地挽弓射箭,急欲将敌手置于死地。(37)这两支利箭闪闪放光,大王啊!具有雷霆万钧之力,势不可挡,分别击中这两位站在军队前沿的武士。（38）两位伟大的英雄被相互的利箭深深击中，从各自的战车座上跌下。（39）发现德罗纳之子已失去知觉，国王啊！车夫便驾车载着他在各方军队的注视下驶离战场。（40）同样，国王啊！般度之子的车夫也用战车将这位使敌手饱受折磨、现在却神志不清的武士送出战场。（41）

以上是吉祥的《摩诃婆罗多》中《迦尔纳篇》第十一章(11)。

一二

持国说：

请为我讲述阿周那与敢死队之间展开的战斗，以及我方的其他武士与般度诸子之间的战斗。（1）

全胜说：

国王啊！请听我如实讲述英雄们与敌人展开的这场消灭肉体与罪愆的战斗。（2）杀敌者普利塔之子深入海洋般的敢死队中，搅得天翻地覆，好似猛烈的狂风倒海翻江。（3）胜财（阿周那）用锋利的月牙箭砍下勇士们那些长着美丽的眼、眉、齿、面如满月的头颅，刹那间布满大地，犹如从茎梗上采下的朵朵莲花。（4）在战斗中，阿周那用剃刀箭射断敌手们的臂膀。那些巨臂浑圆、粗壮，涂着檀香及其他香料，手持武器，佩戴护套，俨若一条条五头蛇。（5）般度之子不断地用月牙箭射倒马匹、骑手、御者，射断旗幡、弓、箭以及手掌、胳膊。（6）在战斗中阿周那放出成千成千支箭，国王啊！将许多大象、马匹、战车手和骑手送往阎摩殿。（7）而那些武士也愤怒地呐喊着冲向这位武士魁首，一如一群春情发动的雄牛吼叫着追逐母牛。他们用箭射杀这位射杀他们的武士，如同雄牛用犄角追杀一个同类。（8）他与他们之间展开的那场大战令人毛发竖立，好似在征服三界时持金刚杵者（因陀罗）与众提迭之间的战争。（9）阿周那用自己的武器抵御四面八方袭来的敌人的武器。他发出吼叫，快速地射出许多利箭，夺去他们的性命。（10）到处是击断的车辕、车轮、车轴，倒毙的战车武士、马匹、车夫，散落的武器、箭筒，破碎的旗帜，（11）断裂的辔头，分离的车辕、车轭，失落的弯曲轭具，破裂的武器、车轮。他粉碎这些战车，仿佛是狂风吹散巨大的云团。（12）但见阿周那对敌军的杀戮令人惊骇不已，其威力足以与一千名大勇士协同作战相匹敌。（13）成群结队的悉陀、神仙和天国伶人欢呼喝彩。天鼓擂响，缤纷的花雨落在美发者（黑天）和阿周那的头上。一个声音从天上传来：（14）"美发者（黑天）和阿周那，是两位永远具有月之俊美、日之辉煌、风之力量、火之灿烂的英雄。（15）两位英雄战斗在同一辆战车上，天下无敌，恰似大梵天与伊沙那（湿婆神）。两位英雄是众生之至贤，是那罗与那罗延。"（16）

耳闻目睹这些神奇的景观之后，婆罗多子孙啊！马嘶鼓足勇气，冲向这两位黑王子。（17）德罗纳之子（马嘶）手持一支箭，对正在射出死神阎摩般的利箭的般度之子（阿周那）打了一声招呼，笑着说道：（18）"英雄啊！倘若你把我视作来到你面前的尊贵客人，那么，今天就请你竭尽全力给予我战斗的礼遇。"（19）如此这般受到渴望战斗的教师之子（马嘶）的挑战，阿周那感到自己十分荣幸，便对遮那陀那（黑天）说：（20）"敢死队应当由我去消灭。可是，德罗纳之子又向我提出挑战，大臂者啊！请你指示我，我应先履行哪一项职责呢？"（21）听罢此言，黑天便将根据挑战规则受到挑战的普利塔之子带到德罗纳之子的身旁，一如风神将因陀罗带到祭典上。（22）美发者（黑天）诚心诚意向德罗纳之子问候后，说道："马嘶啊！要坚定信心，迅速打击，坚决对抗。（23）依附主人者报答主人的时刻业已到来。婆罗门之间的争执是轻微的，而刹帝利之间的胜负是重大的。（24）你出于愚痴，想要从普利塔之子那里得到你无法承受的神奇礼遇，那你今天就铁下心来，与般度之子奋战一场吧！"（25）

闻听婆薮提婆之子（黑天）这番话，再生者魁首（马嘶）便说："就这样吧！"随即向美发者（黑天）放出六十支铁箭，向阿周那射出三支。（26）阿周那勃然大怒，用三支月牙箭将他的弓射断。于是，德罗纳之子又取出另一支威力更大的弓。（27）他拉开弓弦，眨眼之间，便将箭射向阿周那和美发者。他向婆薮提婆之子射去三支箭，而向般度之子射了上千支箭。（28）尔后，在激战中，奋力拼杀的德罗纳之子放出数十万支箭，数百万支箭，数亿支箭，困住阿周那。（29）

陛下啊！只见无数支箭从那位说梵者的箭筒、弓弩和弓弦，从手指、双臂、双手、胸膛、面孔、鼻孔和双眼，（30）从双耳、头颅、肢体和毛孔，从战车和旗帜中射出。（31）向美发者和般度之子撒出巨大的箭网之后，兴高采烈的德罗纳之子发出吼声，犹如大团的雨云发出雷鸣。（32）听到他的吼叫，般度之子对不退者（黑天）说："摩陀婆（黑天）啊！请看德罗纳之子对我的罪恶行径！（33）他用箭网将我俩笼罩，便以为我俩已经殒命。我要用我所学的武艺和我的力量打破他的如意算盘。"（34）这位婆罗多族俊杰将马嘶射出的每一支箭都射断为三节，俨若大风驱散漫天迷雾。（35）

接着，般度之子又用他的利箭歼灭敢死队及其马匹、车夫、战车、大象和步兵们，并毁坏他们的旗幡。（36）每一个在那里目睹此情此景的人，都仿佛感到自己已被利箭重重包围。（37）在这场恶战中，从甘狄拨神弓发射出的各种各样的羽毛箭消灭着大批的象和人，不论它们近在咫尺，还是远在一迦娄沙①之外。（38）那些春情发动的大象的鼻子被月牙箭砍断落地，宛若秋季里的参天大树遭斧砍伐。（39）很快，这些体大如山的大象便与骑手一起倒在地上，犹如被持金刚杵者（因陀罗）用雷杵击毁的群山。（40）胜财（阿周那）粉碎那些制作精良、如同健达缚城、由训练有素的快马驾驭、由作战时凶狂无比的武士乘行的战车，（41）又向他的敌人泼洒箭雨，大肆杀戮那些精心打扮过的骑兵和步兵。（42）胜财（阿周那）如同时代末日的太阳，以利箭为光焰，将难以干涸的敢死队之海烤干。（43）接着，他再次极其迅猛地向高山般的德罗纳之子射出太阳般的铁箭，恰似持金刚杵者（因陀罗）劈向一座大山。（44）渴望战斗的教师之子（马嘶）愤怒地向他及其马匹和车手放箭，但未能如愿，这些箭被普利塔之子一一击断。（45）然后，怒不可遏的阿周那倾泻出成筒成筒的利箭，有如倾其房中所有招待马嘶这位贵宾。（46）这样，般度之子将敢死队抛在一旁，向德罗纳之子冲去，一如施主对卑微的乞丐置之不理，走向值得尊敬的乞讨者。（47）

他俩如同太白金星和盎耆罗（木星）熠熠放光，爆发了一场激

---

① 迦娄沙，长度单位，相当于牛的吼叫声能达到的距离。

战,恰似太白金星和木星进入天空中同一星座。(48)两位令世界心惊胆战的武士用光焰闪耀的利箭折磨对方,好似两颗偏离轨道的行星。(49)然后,阿周那猛地用一支铁箭射中德罗纳之子的眉心,使他显得光彩照人,犹如光芒向上的太阳。(50)而两位黑王子也受到马嘶成百上千支利箭的猛烈打击,俨若时代末日两轮放射无数道光芒的太阳。(51)尔后,阿周那发射一种飞向四面八方的兵器,保护婆薮提婆之子。他又向德罗纳之子射出无数支利箭,支支都似雷,似火,更似毗婆薮之子(阎摩)的刑杖。(52)而威力强大、行为暴戾的马嘶也向美发者和阿周那的要害部位频频放箭。那些箭迅猛锐利,即便是死神本人中箭也会痛苦不堪。(53)阿周那挡住了德罗纳之子的箭,又用双倍的羽毛利箭阻截这位武士魁首以及他的马匹、车夫和旗帜。然后,他又向敢死队发起进攻。(54)普利塔之子箭无虚发,连连射断毫不退缩的敌人的弓、箭、箭筒和弓弦,射断他们的手、臂以及手中的武器,(55)毁坏他们的伞、旗、马匹、衣袍、花环和首饰,摧毁他们的盾牌、盔甲及战车,还砍下许多美丽的头颅。(56)由奋力拼杀的英雄们驾驭的装备精良的战车、战马和战象被普利塔之子的阵阵箭雨射中,与英雄们一起翻倒在地。(57)只见那些被月牙箭、半月箭以及剃刀箭射下的人头,似莲花,似太阳,似满月,饰有冠、冕和项圈,纷纷滚落地上。(58)尔后,羯陵伽、梵伽国、盎伽国和尼沙陀的英雄们,骑着天王(因陀罗)的神象般的战象,怀着天神之敌(阿修罗)般的愤怒和傲慢,向般度之子冲去,一心要杀死他。(59)普利塔之子射中那些大象的护甲、致命部位、象鼻、骑手和旗帜,然后,它们纷纷倒下,恰似遭到雷劈的山峰。(60)

在击溃象军之后,有冠者(阿周那)又射出许多灿若朝阳的利箭,覆盖教师之子(马嘶),一如挟带着厚厚云层的风遮住光芒四射的太阳。(61)而德罗纳之子用自己的箭挡住了阿周那的阵阵箭雨,又放出无数支箭,覆盖阿周那与婆薮提婆之子,随即发出吼声,俨如夏末时分的乌云遮住天空中的太阳或月亮,发出雷鸣。(62)饱受困扰的阿周那用坚不可摧的武器对准马嘶和您的大军,突然用箭雨造成黑暗,向他们全体射出许多美丽的羽毛箭。(63)在这场鏖战中,无人看见左手开弓者(阿周那)何时挽弓搭箭、瞄准放箭;人们只是看到大批的战象、战马、步兵和车兵纷纷中箭身亡。(64)然后,德罗纳之子一连射出十支锋利的铁箭,其速度之快仿佛只是射出一支箭,五支射中阿周那,五支射中不退者(黑天)。(65)这两位人中至贤犹如财神和因陀罗,此刻中箭流血。在场的人们认为他俩遭到武艺超群的马嘶重创,或许已经殒命。(66)此时陀沙诃国首领(黑天)对阿周那说:"你为什么疏忽大意?杀死那个武士!如果你对他掉以轻心,就会酿成大祸,一如有病不治。"(67)"就这样吧!"阿周那对不退者(黑天)说罢,兢兢业业,奋力拼杀,将无数支箭射向德罗纳之子。他射断了马嘶的马勒,又向那些马匹放箭,而它们却拉着马嘶驶向远离战场的地方。(68)这位鸯耆罗族魁首(马嘶)返回后,认真思索,认为胜利将永远属于苾湿尼族英雄(黑天)和胜财(阿周那)。于是,这位智者希望不再与普利塔之子交战。(69)当自己的敌手马嘶被马匹载离战场,仿佛是用咒语、药物、仪轨等方式将疾病从身体中驱除,(70)美发者与阿周那又向敢死队发起进攻。但见他俩的军旗猎猎,在风中飘舞;车轮隆隆,似洪水咆哮。(71)

以上是吉祥的《摩诃婆罗多》中《迦尔纳篇》第十二章(12)。

一三

全胜说:

与此同时,在般度族大军的北翼,车、象、马和步兵遭到执杖杀戮,发出一片喊叫声。(1)美发者(黑天)掉转车头,却并未让速度快似大鹏金翅鸟或风的马匹停步。他对阿周那说:(2)"摩揭陀国王有碾死敌人的大象助阵,骁勇善战。他武艺高强,力大无比,就是福授王也难与其相匹敌。(3)你先将他杀死,再去消灭敢死队!"话音刚落,他已将普利塔之子带到执杖面前。(4)那位摩揭陀人之魁首手持刺棒,好似彗星中不可抗衡的毗迦遮星。他摧毁敌军,恰如凶猛的毗迦遮星毁灭整个大地。(5)跨上他那装备精良、致敌死命、形似檀那婆象、吼如乌云发出雷鸣的战象,射箭歼灭成千成千的车、马、象、兵。(6)那战象迅速将许多战车踩在脚下,用脚碾碎车辆及其马匹和车手。他骑着战象,用象鼻与象的两条前腿杀死无数战象,俨若死神的车轮。(7)他击倒大批身披铁甲的人及其马匹和步兵,又借那头暴烈的象中魁首之力,将他们碾死,仿佛踩倒一片密密匝匝的、哗哗作响的芦苇丛。(8)

此时,阿周那乘着最好的战车向那头象中魁首冲去,在他的周围,簇拥着成千上万的人、马和象,弓弦声、击掌声、车轮声、小鼓声、大鼓声和各种螺号声响成一片。(9)然后,执杖向阿周那一连放出十二支威力无比的利箭,向遮那陀那(黑天)连发十六支;又分别向他们的马匹射出三支箭。接着,他发出一声呐喊,便狂笑不止。(10)尔后,普利塔之子连放多支月牙箭,射断执杖的带箭之弓和装饰精美的旗帜,又射倒他的众驭手以及保护象腿的步兵们。于是,山路城主(执杖)勃然大怒。(11)他一面企图用他那春情发动、颞颞开裂、快速似风的大象骚扰遮那陀那(黑天),一面向胜财(阿周那)连掷数支长矛。(12)接着,般度之子连发三支剃刀箭,砍下他的如同象鼻的双臂和面如满月的头颅,随即又向他的大象射去数百支箭。(13)浑身插满普利塔之子的镶金利箭,那头披着金甲的大象显得光彩夺目,恰似被熊熊大火点燃草木的大山在黑夜中放射光芒。(14)它痛苦不堪,吼叫着,如同乌云发出雷鸣。它奔跑着,步履蹒跚,摇摇晃晃,终于支持不住,与骑在颈上的驭手一起倒在地上,犹如一座被雷劈倒的高山。(15)

檀陀目睹自己的兄弟沙场殒命,立即骑着他那洁白如霜、佩戴金环、形似雪山山峰的大象冲来,一心要杀死因陀罗的兄弟(黑天)和胜财(阿周那)。(16)他向遮那陀那(黑天)掷去三支灿若阳光的长矛,又向阿周那投去五支,随即大吼一声。然后,般度之子砍下他的双臂。(17)那两条被锋利无比的马蹄箭砍下的臂膀,虽臂环脱落,却仍手握长矛,涂着檀香膏。它们同时从象背上落下,光彩熠熠,好似从高山之巅落下的两条大蛇。(18)接着,檀陀的头颅又被有冠者(阿周那)用半月箭射下,从象背上滚落地上,鲜血淋淋,红光闪闪,仿佛日落西山。(19)尔后,那普利塔之子又发出多支威力无边、灿若阳光的利箭,射向那头形似雪山山峰的大象。大象咆哮着倒身在地,宛若遭到雷劈的雪山山峰。(20)其他一些类似的象中魁首也想要击败左手开弓者（阿周那），都与那两头大象一样沙场殒命。于是，敌方大军开始崩溃。（21）大批大批的象、车、马、人相互残杀，倒在战场上。人们跌跌撞撞，互相猛烈攻打，这些来自各种家族的人纷纷倒地身亡。（22）

此时，如同诸天神环绕毁城者（因陀罗），众将士环绕阿周那，说道："英雄啊！那个敌人曾令我们心惊胆战，就像是众生见到死神。所幸的是，如今他已被你消灭。（23）如若你未能将这些饱受强敌折磨的人从恐惧中解救出来，那么，此刻因你歼灭敌人而使我们体验到的欢快就只能让我们的敌人体验了。"（24）听罢朋友们所说的这一番美妙言辞，阿周那满心喜悦。他如仪向人们行礼之后，又投身战斗，以便消灭敢死队。（25）

以上是吉祥的《摩诃婆罗多》中《迦尔纳篇》第十三章（13）。

一四

全胜说：

返回战场后，吉湿奴（阿周那）又杀死为数众多的敢死队，犹如偏离了轨道的火星。（1）在普利塔之子的利箭打击下，国王啊！人、马、车和象摇摇晃晃，步履踉跄，发出呼叫，失魂落魄，翻倒在地，陛下啊！（2）围堵马匹、御者和战车，射断他们的双手和手中的武器，砍下他们的双臂和头颅，（3）在战斗中，般度之子放出月牙箭、剃刀箭、半月箭和小牛牙箭，消灭那些奋勇拼杀的敌手。（4）正如一群雄牛为了争夺一头母牛，与另一头雄牛厮杀，此时，成百上千、成千上万的敌人冲向阿周那。（5）他们与他之间展开的那场战斗令人汗毛直竖，恰似在征服三界的争斗中，众提迭与持金刚杵者（因陀罗）之间进行的战争。（6）这时，利器（持国之子）向阿周那连发三箭，支支如同毒蛇，而阿周那从他的身躯上取下他的首级。（7）于是，那些武士盛怒之下，从四面八方向阿周那泼洒各种各样的武器，俨若夏季里大风吹送乌云向雪山泼洒雨水。（8）阿周那则用自己的武器挡住来自四面八方的敌手的各种武器，并以他那百发百中的利箭，将周围的敌人尽数歼灭。(9) 阿周那迅速射箭,摧毁敌军的车辕、马匹、车夫以及驾驶外侧马匹的车夫,射断辔头、缰绳、车轴和车辄,将这些战车的设施彻底毁坏。(10) 这些被摧毁的无数豪华战车,看上去犹如遭到火、水和风袭击的富人的豪宅。(11) 那些被因陀罗的金刚杵般的利箭射中要害部位的战象俨如高山顶上的房屋,在遭到雷、火和风的袭击后,轰然倾覆。(12) 大批大批的战马及其骑手被阿周那击中,倒在地上,舌头吐出,内脏流出,鲜血淋漓,衰弱不堪,其状惨不忍睹。(13) 陛下啊!被左手开弓者(阿周那)用铁箭射中的人、马和象步履蹒跚,跌跌撞撞,惨叫着倒下,失魂落魄。(14) 如同伟大的因陀罗打击檀那婆,普利塔之子用无数支在石上磨尖、剧毒如同雷杵的利箭消灭敌人。(15) 那些勇士身披昂贵的铠甲,身着各色衣袍,手执各式武器,被普利塔之子杀死,与战车和战旗一起躺倒在地。(16) 这些战败的武士行为纯洁,血统高贵,学识渊博,按照自己的业绩前往天界,仅把身躯留在了大地上。(17)

接着,您方的各位英雄、各国首领怒不可遏,率领各路兵马一齐冲向阿周那的战车。(18) 那些车载马驮的武士与步兵们一起,一心要将阿周那置于死地。他们冲向他,火速朝他发射各种各样的武器。(19) 而阿周那迅速放出无数利箭,如同一阵疾风,驱散这些乌云般云集的武士掷出的倾盆大雨似的兵器。(20) 普利塔之子正以自己的威力强大的武器为桥梁,试图越过不可泅渡的,充满车、马、象和兵的兵器洪流。(21) 于是,婆薮提婆之子(黑天)就对普利塔之子说道:"无辜者啊!你为何要玩这种游戏?速速粉碎这些敢死队,然后快去消灭迦尔纳!"(22) "好吧!"阿周那如是作答后,便神速地用武器猛烈打击敢死队的残部,俨若因陀罗歼灭众提婆。(23) 在这场恶战中,即使加倍留意,也无人能够看清阿周那何时张弓搭箭,何时瞄准,何时迅猛放箭。(24) 乔宾陀(黑天)说道:"妙哉!"驱赶着马匹前进。但见阿周那射出的天鹅般洁白的利箭落入敌军阵中,恰似一群天鹅飞落湖中。(25)

然后,乔宾陀(黑天)注视着正在进行血腥屠杀的战场,对左手开弓者(阿周那)说:(26) "普利塔之子啊!就是由于难敌的缘故,才发生了这场婆罗多族和大地上其他国王之间的可怕的大屠杀!(27)

看哪！婆罗多子孙啊！这些大弓箭手留下的镀金的弓！这些散落的束带和箭筒！（28）这些金羽毛弯头箭！这些用油浸过的、宛如蜕了皮的长蛇般的铁箭！（29）这些镀金的象牙柄剑！这些散落各处的、美丽的镶金长矛和弓弩！（30）这些脱落的镀金铠甲！婆罗多子孙啊！这些变形的镶金投枪和标枪！（31）这些系着金带的大棒槌！这些镶金的双刃剑和梭镖！（32）这些丢弃在地的饰有灿烂金柄的战斧！这些坠落于地的铁索和铁杵！（33）看呀！这些百杀器和各种大铁闩！这些散落在战场上的飞轮和铁锤！（34）那些持有各式兵器、渴望胜利的武士们，虽然已经气绝身亡，仍显得生气勃勃，仿佛依然活在人世上。（35）看哪！这成千成千的武士们！他们的肢体被棒槌击碎，头颅被铁杵击碎，或被象、马和车碾碎！（36）人、马和象被箭、标枪、双刃剑、长矛、剑、铁叉、飞镖、铁爪和大棒击中，（37）身体破碎，浸在血泊中，命殒气绝，遍布战场，杀敌者啊！（38）婆罗多子孙啊！大地布满涂着檀香粉、佩戴臂饰、臂环和皮护套的臂膀，光彩熠熠。（39）大地布满戴着护指、佩着饰物的断手，布满勇士们象鼻般的断腿，（40）布满眼似雄牛的武士们被砍下的、戴着精美头饰与耳环的头颅，光彩熠熠。（41）婆罗多族魁首啊！他们身首异处，尸横遍野，沾满鲜血，使得大地仿佛布满一团团即将熄灭的火焰。（42）看呀！那些缀满小金铃的华美战车，支离破碎；而不计其数的战马也倒在血泊中！（43）那些武士的雪白的大螺号散落在地，那些山岳般的大象倒伏于地，吐出舌头。（44）那些美丽的战旗，殒命的象兵，覆盖象背的毛毯，（45）五颜六色的破碎披巾，从倒下的大象身上坠落的无数破碎铃铛。（46）那些柄上镶嵌猫眼宝石的驱象刺棒落在地上，那些系在战车旗杆顶上的绳索。（47）那些散落在地的、覆盖马背的垫子、毯子和鹿毛毯色彩斑斓，镶嵌着各色珠宝，光彩夺目。（48）那些国王王冠上的珠宝，精美的金项链，散落各处的华盖、牦牛尾拂尘和扇子。（49）看哪！那些英雄的脸庞佩戴闪烁星月之光的精美耳环，蓄着精心修剪的胡须，布满血污的大地！（50）看哪！那些活着的人在四处发出呻吟声。许多人放下武器，侍奉他们，民众之主啊！（51）那些渴望胜利的武士怀着满腔悲愤，在阵亡将士亲友们不断发出的阵阵悲泣声中，迅速掩埋好尸体，旋即又奔赴战场。（52）

另一些高傲的武士应倒地的英雄和武士的恳求,前去取水。(53)许多前去取水的人丧失生命,阿周那啊!一些英雄看到取水归来的人,便已失去知觉。(54)人们看到水后,相互呼唤着拥了上来。看啊!婆罗多子孙啊!一些人喝了水后死去,另一些人喝着喝着就死去了。(55)至爱亲人啊!其他的武士们抛弃了自己的至爱亲人,就在这场大战中丧失生命。(56)人中至贤啊!看啊!另一些人又咬紧张开的嘴唇,眉头紧锁,面孔扭曲地环顾四周。(57)阿周那啊!你今天在这场大战中立下的战功,可与你或者天王本人在天界中立下的战功相媲美!"(58)

就这样,黑天带领有冠者(阿周那)巡视战场,向他描述战场的情况。他们走着走着,突然听到难敌军中传出一片巨大的喧嚣声。(59)号角齐鸣,鼓钹喧天,车鸣、马嘶、象吼之声与兵器撞击声响成一片,令人震惊。(60)黑天借助他那些快如疾风的战马突入您的军队。而他看到您的军队遭到般底耶王攻击,不禁驻足观阵。(61)这位优秀的弓箭手在战斗中以各种各样的箭矢歼灭成群成群的敌人,俨若死神阎摩追索命数已尽的人。(62)这位武士魁首放出阵阵利箭,射中无数象、马和人的身体,夺去他们的性命。(63)般底耶王用箭击断敌军的勇将们投向他的各种兵器。他消灭那些敌人,犹如天帝释消灭众阿修罗。(64)

以上是吉祥的《摩诃婆罗多》中《迦尔纳篇》第十四章(14)。

一五

持国说:

从前你也曾向我提起过这位享誉世界的英雄,全胜啊!但是,你没有讲述过他在战斗中的业绩。(1)今天,你就将这位英雄的骁勇、武艺、模样、活力、威力以及他的骄傲向我细细道来。(2)

全胜说:

在您看来,德罗纳、毗湿摩、慈悯、德罗纳之子(马嘶)、迦尔纳、阿周那以及遮那陀那(黑天)武艺高强,在战斗中无人可敌。(3)然而,般底耶王不认为迦尔纳和毗湿摩能与自己相提并论,也不承认自己会比婆薮提婆之子(黑天)和阿周那差上半毫半分。(4)王中翘楚般底耶精通一切武艺,对迦尔纳的军队大肆杀戮,一如死神降临。(5)那支由车、马、象和优秀的步兵组成的大军在般底耶王的重创下,如同陶工旋盘转着圈儿,乱作一团。(6)犹如风卷残云,般底耶王以他那百发百中的利箭驱散敌军,使他们失去马匹、车手、旗幡、战车和武器。(7)俨若诛敌者(因陀罗)用金刚杵诛灭敌人,般底耶王击断象兵的旗帜和武器,杀死鼻子受伤的大象以及保护象的步兵。(8)他消灭许多战马以及手执标枪和投枪、身佩箭袋的骑手,射中许多布邻陀人、伽沙人、波力迦人、尼沙陀人、安陀罗人和登伽纳人,(9)还有骁勇强悍、奋力拼杀的南方人和安乐族人。般底耶王杀得他们丢弃武器和铠甲,命丧沙场。(10)

　　看到般底耶王在这场战斗中以阵阵箭雨摧毁自己的四军[①],坚定无畏的德罗纳之子(马嘶)冲向这位坚定无畏的武士。(11)武士魁首马嘶无所畏惧,手舞足蹈,微微一笑,向般底耶王打了招呼,说出动听的话语:(12)"国王啊!荷叶眼啊!武艺绝伦者啊!体坚如金刚者啊!威武雄壮者啊!(13)你伸展长臂,拉开握在你掌中的巨弓,宛若巨大的云团,(14)向你的敌手倾泻阵阵猛烈的箭雨。在我看来,除我之外,在战场上你堪称天下无敌。(15)你单枪匹马,摧毁众多的车、象、马和兵,犹如森林中一头力量骇人的无畏雄狮,消灭许多鹿群。(16)天地之间响彻着你的战车车轮的巨大隆隆声,恰似雨季末催熟庄稼的太阳光芒。(17)从你的箭筒中取出毒蛇般的利箭,就同我一个人交锋吧!就像安陀迦[②]同三眼神(湿婆)单独交锋。"(18)

　　听罢此言,般底耶王说:"就这样吧!"德罗纳之子说:"出手吧!"随即向他发起进攻。摩罗耶之旗(般底耶王)立即还击,向他射去一支倒钩箭。(19)教师中翘楚德罗纳之子微微一笑,向般底耶王发出多支直刺要害、好似火焰的利箭。(20)然后,马嘶又一连射

[①] 四军指象兵、车兵、马兵和步兵。
[②] 安陀迦,是一个阿修罗,为湿婆所诛。

出九支锐利的苍鹭羽毛铁箭,这些箭以十种不同的方式在空中飞行。[1](21)而般底耶王用五支利箭射断了其中的五支,又用另四支箭击中那些马匹,使它们顿时丧命。(22)接着,般底耶王用利箭击断德罗纳之子的多支箭,又击断他那灿若阳光的拉开的弓弦。(23)诛敌者德罗纳之子将断弦的弓修好,又拉开弓弦,向般底耶王放出成千上万支箭,密密麻麻,遮天蔽日,充塞四面八方。(24)尽管人中雄牛般底耶王知道灵魂伟大的德罗纳之子放出的箭无穷无尽,他还是将它们一一击断。(25)德罗纳之子的敌手奋力击断那些飞来的箭,又以自己的利箭,吓跑马嘶的两名车轮护兵。(26)目睹敌手那敏捷的身手,德罗纳之子将弓拉圆,连连射箭,犹如雨神降雨。(27)仅仅在一天的八分之一的时间内,德罗纳之子射出的箭就需用八辆八头牛拉的大车来运送,陛下啊!(28)在场的人目睹马嘶愤怒如同死神,或者不如说如同毁灭死神者,都吓得魂飞魄散。(29)俨若夏季之末雨云将大雨浇向大地及其山岭树木,教师之子(马嘶)也将阵阵箭雨泼洒到敌军身上。(30)疾风般的般底耶王迅速用疾风般的利箭挡住雨云般的德罗纳之子发出的势不可挡的箭雨,随即发出吼叫。(31)而德罗纳之子击断高声吼叫的般底耶王那涂着檀香粉及其他香料、如同摩罗耶山[2]的旗帜,随后又杀死了他的四匹马。(32)马嘶一箭射死车夫,又用一支半月箭击断弦声如乌云发出雷鸣的弓,并将他的战车击成碎片。(33)德罗纳之子用武器挡住敌手的武器,并将那些武器全部击毁。他本可以杀死他,却没有杀死他,一心想与他继续交锋。(34)

此时,一头雄健有力、装备精良的象中魁首失去主人狂奔而来,寻求保护。伟大的摩罗耶之主(般底耶王)翻身跃上大象,恰似一头雄狮吼叫着跃上高山之巅。(35)接着,这位山中魁首策象前进,满腔愤怒,奋力投掷猛烈的武器。他吼叫着,向教师之子(马嘶)掷去一支灿若阳光的长矛。(36)德罗纳之子的顶冠镶嵌有宝石、金刚石和金子,装饰有绢绸、璎珞和珍珠。般底耶王将它击碎,接连不断欢

---

[1] 这些方式是上、下、直飞、横切等等。因为不同的肢体被箭刺穿需要以不同的方式运行的箭。

[2] 摩罗耶山位于南印度,盛产檀香树。

呼道："杀死你了！"（37）那顶头冠具有日月星辰和火焰之光辉，被长矛猛然击落，化为碎片，俨若一座林木蓊郁的山峰之巅被伟大的因陀罗的雷杵击中，坍塌地上。（38）于是，马嘶怒火中烧，仿佛是蛇王被击伤了脚。他取出十四支致敌死命的利箭，犹如死神的刑杖。（39）他用五箭射断那头大象的四足及长鼻，用三箭击断那位国王的双臂及头颅，又用六箭杀死跟随般底耶王的六位光辉的大勇士。（40）国王那两条浑圆的长臂涂着上好的檀香粉，饰有黄金、珠宝和钻石，一落到地上，立即扭曲起来，犹如被多尔刹（大鹏金翅鸟）诛灭的两条大蛇。（41）面如满月，愤怒的双眼似红铜，鼻梁高耸，佩戴耳环，这头颅滚落地上，熠熠放光，宛若位于两个星座之间的一轮明月。（42）接着，您的儿子（难敌）国王在众盟友簇拥下，来到精通武艺、圆满完成职责的教师之子（马嘶）面前，兴高采烈地向他表示最崇高的敬意，就好似毗湿奴征服钵利之后，受到众神之主敬拜。（43）

以上是吉祥的《摩诃婆罗多》中《迦尔纳篇》第十五章(15)。

一六

持国说：

全胜啊！当般底耶王被杀，英雄魁首迦尔纳大力追杀敌人之时，阿周那又在战场上做什么呢？（1）这位般度族英雄精通武艺，力量巨大，忠于职守，灵魂伟大的商迦罗（湿婆）使他获得众生尊崇。（2）凶猛杀敌的胜财（阿周那）令我心惊胆战。全胜啊！告诉我，这位普利塔之子在那时做些什么？（3）

全胜说：

般底耶王一被杀死，黑天立即对阿周那说出这些有益的话语："请看那位令人肃然起敬的国王以及退却的般度族人！（4）为了了却马嘶的心愿，迦尔纳正在消灭斯楞遮耶人，大肆杀戮人、马和象。"不可战胜的婆薮提婆之子对有冠者（阿周那）说道。（5）耳闻目睹自己的哥哥（坚战）处在巨大的危险之中，般度之子（阿周那）便说：

"感官之主啊！策马快行！"（6）于是，感官之主（黑天）驾驶那辆战无不胜的战车前进。接着，双方在那里极其可怕地遭遇了。（7）王中翘楚啊！迦尔纳与般度五子之间再度开战，从而使阎摩王国增添人口。（8）弓、箭、铁闩、剑、长矛、梭镖、铁杵、火箭、标枪、双刃剑和战斧，（9）棒槌、飞镖、带刺飞镖、短标枪和大刺钩，双方将士手持这些武器，冲锋陷阵，渴望战胜对方。（10）弓弦声、箭声、手掌声和车轮声响彻天地和四面八方，人们纷纷向敌人猛扑过去。（11）伴随这巨大的喧嚣声，兴奋不已的英雄们与英雄们鏖战着，渴望结束这场可怕的大战。（12）弓弦、皮护套和弓箭的嘈杂声，大象的吼叫声，被击倒的兵士们的号叫声汇成巨大的声浪。（13）听到各种各样的箭声和勇士们发出的骇人吼声，婆罗多子孙啊！士兵们或颤抖，或冲杀，或丧胆。（14）升车之子迦尔纳在战场上用利箭歼灭许多高声呐喊、发射箭雨的敌兵。（15）迦尔纳放出利箭，将般遮罗族英雄中的二十名战车武士，连同他们的马匹、车夫和旗帜，统统发送阎摩殿。（16）在交战中，许多般度族武士魁首、出手敏捷的威猛英雄阻截光辉的迦尔纳，从四面八方将他团团围住。（17）而迦尔纳以阵阵箭雨搅乱敌军阵脚，宛如群象之首闯入布满水鸟的莲花池。（18）罗陀之子（迦尔纳）突入敌阵中央，挥舞威力无比的弓，放出阵阵锋利的箭矢，射落敌众头颅无数。（19）武士们的盾牌和铠甲纷纷被击落，仿佛是人们献上的祭品。这些迦尔纳都是一箭命中，无需再发第二箭。（20）恰似车夫用鞭子抽打马匹，迦尔纳依靠弓、弓弦和护套，发射利箭，摧毁敌人的铠甲、身体和生命。（21）迦尔纳将般度人、斯楼遮耶人和般遮罗人引入他的弓箭射程之内，迅速射杀他们，犹如一头雄狮虐杀鹿群。（22）尔后，陛下啊！般遮罗王子们、德罗波蒂之子们、那对孪生子以及善战的萨谛奇联手作战，冲向迦尔纳。（23）

俱卢族、般度族和斯楼遮耶族人奋力搏杀，武士们奋不顾身，互相进攻。（24）那些大勇士身披坚甲，顶戴头盔，手持棒槌、铁杵和铁闩，（25）俨若一群天神高举棒杖，陛下啊！他们冲锋向前，叫着，跳着，向敌人挑战。（26）他们在激战中相互打击，杀戮，倒下，遍体流血，肝脑涂地，双目失明。（27）他们有的躺在那里，手执武器，鲜血溢满口齿，艳若石榴，仿佛仍旧活着。（28）有的则用梭镖、刀、

479

标枪、短标枪、弯刀、飞镖和长矛,(29)满腔愤怒,相互或砍,或劈,或投,或射,或刺,或打,或击。(30)他们相互残杀,纷纷倒在血泊中,丧失生命,犹若檀香树遭斧斫,滴着血红的汁液。(31)成千上万的车被车毁,人被人杀,马被马灭,象被象诛,纷纷倒地。(32)无数的旗帜、头颅、华盖、象鼻、人臂和武器被剃刀箭、月牙箭和半月箭击碎,丢弃在地。(33)在这场激战中,大批的人、马、象和车被摧毁。许多勇士被骑兵消灭,大象被砍去长鼻。(34)旗帜连同旗杆倒下,犹如山峰崩塌。战象和战车遭到步兵攻击。(35)骑兵们与步兵们迅速遭遇,受打击,被杀戮,纷纷倒下。同样,成群成群的步兵也被骑兵消灭,尸横战场。(36)那些死难者的面孔和肢体,宛若碾碎的莲花和凋谢的花环,大智者啊!(37)那些象、马和人原本极为美丽的形体,国王啊!此时却如同沾满污垢的衣衫,不堪入目。(38)

以上是吉祥的《摩诃婆罗多》中《迦尔纳篇》第十六章(16)。

一七

全胜说:

许多象兵跨上战象,在您的儿子激励下,怒气冲冲地向水滴王之孙猛光冲去,一心要将他置于死地。(1)尔后,婆罗多子孙啊!许多东方人、南方人、盎伽人、梵伽人、崩德罗人、摩揭陀人和铜裹国人,(2)美迦罗人、憍萨罗人、摩德罗人、陀沙尔那国人和尼沙陀人,这些精通象战的象兵中魁首,与羯陵迦人联手作战,(3)犹如向大山滂沱大雨的乌云,将箭矢、长矛和铁箭泼洒到般遮罗人身上。(4)那些战象在脚跟、拇趾和刺棒的驱策下,迫不及待地要摧毁敌人,而水滴王之孙向它们泼洒阵阵利箭和铁箭。(5)婆罗多子孙啊!他向这些体大如山的战象分别射去十支、八支、六支利箭。如同太阳被云层遮蔽,他被群象团团包围。(6)般度族和般遮罗族人手持锋利的兵器,呐喊着冲上前去,在开弓放箭声中向那些大象泼洒箭雨。(7)他们当中,有无种、偕天、德罗波蒂之子们、波罗跋德罗迦人、萨谛奇、束发和英勇的显光。(8)那些由弥庚车人驱使的暴怒的大象,用鼻子甩倒大批的人、马和车,用脚将他们踏碎。(9)它们用锐利的牙尖刺倒一些人,又将一些人挑起扔到地上,令人魂飞魄散。(10)然后,萨谛奇向立在面前的梵伽王的战象射去一支迅猛的铁箭,正中要害,使它倒在地上。(11)此时,梵伽王正要从被击倒的大象身上跳下来,萨谛奇又发出另一支铁箭,射中他的胸膛,使他倒在地上。(12)

与此同时,偕天奋力放出三支铁箭,击中了崩德罗国王的大象。这头大象奔突而来,好似一座移动的大山。(13)剥夺了这头大象的旗帜、驭手、护甲及其生命之后,偕天又向盎伽王冲了过去。(14)而无种让偕天钳制住盎伽王,自己则向盎伽王连放三支阎摩刑杖般的铁箭,又向他的战象射去一百支铁箭。(15)盎伽王向无种掷去八百支灿若阳光的长矛,而无种将它们一一击为三段。(16)接着,般度之子又射出一支半月箭,砍下他的头颅。于是,这位弥庚车人与大象一起倒下。(17)这位精通象术的教师之子一死,盎伽国众象兵个个怒不可遏,纷纷驱象向无种冲去。(18)那些大象身插迎风招展的旗帜,身披金肚带与金护甲,俨若一座座熊熊燃烧的山岭。他们渴望杀死无种,行动迅速。(19)美迦罗人、乌特迦罗人、羯陵伽人、尼沙陀人和铜裹国人也纷纷向无种发出箭矢与长矛之雨,一心要把他置于死地。(20)看到这些武士团团包围无种,犹如乌云蔽日,般度族、般遮罗族和苏摩迦族人怒火中烧,冲向前去。(21)于是,在战车武士们与战象武士们之间爆发了一场恶战,相互倾泻成千上万支长矛与利箭。(22)许多大象的颞颥、各个致命部位、象牙以及饰物等都被铁箭击穿。(23)偕天迅速放出六十四支锋利的箭,射杀八头巨象。它们与各自的骑手一起倒下。(24)而无种也奋力拉开上好的弓,射出许多笔直飞行的铁箭,杀死那些大象,俱卢后裔啊!(25)接着,悉尼之孙(萨谛奇)、般遮罗王、德罗波蒂之子们、波罗跋德罗迦人和束发也向那些大象泼洒阵阵箭雨。(26)于是,敌手的战象组成的群山,在般度族武士们组成的乌云倾泻的滂沱大雨般的利箭打击下,纷纷倒在地上,恰似被雷杵劈倒的座座山峰。(27)

在这样消灭了您的那些大象之后,般度族首领们将目光投向您那如同决堤的河水四处溃逃的军队。（28）般度之子的将士们注视了片刻，引起你的军队骚动不安。尔后，他们又向迦尔纳猛扑过去。（29）随即，大王啊！偕天怒冲冲地猛攻您的军队。难降便向他冲去，兄弟对兄弟开了战。（30）目睹两位英雄在那里鏖战正酣，诸国王挥舞自己的衣袍，发出一阵狮子吼。（31）然后，婆罗多子孙啊！您的儿子，这位弓箭手愤怒地向强壮的般度之子连发三箭，射中了胸膛。（32）接着，国王啊！偕天向您的儿子先射出一支铁箭，又连射了七十支铁箭，也向他的车夫两次连发三支铁箭。（33）国王啊！而难降在那场大战中先是射断了偕天的弓，又冲着偕天的双臂与胸膛，射出七十三支箭。（34）于是，偕天勃然大怒。在这场恶战中，这位武士中翘楚，吉祥的偕天拔出了剑，投向您的儿子。（35）那把长剑将难降的弓连同箭镞一并砍断后，落到地上，犹如一条大蛇自天而降。（36）此时，勇猛的偕天取出另一张弓，向难降射去一支致命的箭。（37）然而，那位俱卢族武士用锋利的宝剑，将那支光辉如同阎摩刑杖、正向他飞来的利箭劈作两半。（38）在交锋中，偕天也只是微微一笑，用数支利箭，击落那把突然向他袭来的宝剑。（39）随后，婆罗多子孙啊！在这场激战中，您的儿子向偕天的战车迅猛地连发六十四支箭。（40）然而，国王啊！偕天在交战中用五支箭，将这些猛然飞来的利箭一一射断。（41）在阻挡住您的儿子发射的那些威力强大的利箭之后，玛德利之子（偕天）反向他发射许多利箭。（42）大王啊！勇猛的偕天怀着满腔怒火，搭上一支比死神还可怕的利箭，用力挽弓，射向您的儿子。（43）国王啊！那箭迅猛地射中难降，穿透他的坚甲，戳入大地，犹如一条蛇钻入蚁垤。国王啊！随即您的儿子，那位大勇士便陷入昏迷之中。（44）看到难降昏迷不醒，车夫惊恐不安，迅速将遭受利箭重创的战车驶离战场。（45）般度之子在交战中击败难降之后，般度之兄啊！兴奋不已，又着手歼灭四面八方的难敌的军队。（46）国王啊！如同一个愤怒的人捣毁蚁垤，婆罗多子孙啊！那般度之子捣毁俱卢族大军。（47）

这时，勇猛的无种正在战斗中歼灭敌军，国王啊！日神之子迦尔纳拦住了他。（48）于是，无种冷笑着对迦尔纳说："这么久之后，由于诸神的恩惠，我终于被你看到了。（49）而你，罪人啊！也在交战中落到了我的视野里。正是你,是这一切灾难、敌对和争端的根源!(50)正是由于你的罪过,俱卢族才会变得衰落,才会相互攻击。今天我只有在战斗中杀了你,才算是达到了我的目的,才能解我心头之恨。"(51)闻听此言,车夫之子(迦尔纳)以符合一个王子,尤其是弓箭手身份的话语,对无种做出回答:(52)"孩子啊!开战吧!我们都想见识一下你的男子气概!英雄啊!你先在战斗中建立功业,然后再吹嘘也不迟!(53)孩子啊!是英雄好汉都会在战斗中奋力拼搏,不必自吹自擂。现在,你就竭尽全力同我交战吧!我会制伏你的傲气!"(54)

言毕,车夫之子便快速向般度之子发起进攻,在交手中向他射去七十三支箭。(55)无种被车夫之子射中后,婆罗多子孙啊!反过来也向车夫之子发出八十支箭,支支都如同毒蛇。(56)而弓箭手之魁首迦尔纳却用数支在石上磨尖的金羽毛箭击断般度之子的弓,接着又向他连发三十箭。(57)在战斗中,那些箭穿透他的铠甲,吸吮他的鲜血,俨若一群毒蛇钻透地表喝水。(58)此时,无种取出另一张威力无比的镀金的弓,向迦尔纳及其车夫分别射去二十支和三支箭。(59)尔后,大王啊!敌方英雄的消灭者无种,愤怒地射出一支极其锋利的马蹄箭,击断迦尔纳的弓。(60)接着,英勇的般度之子又笑着向举世闻名的大勇士、折了弓的迦尔纳一连射去三百箭。(61)眼见得迦尔纳遭到般度之子打击,陛下啊!那里的战车武士以及天上的诸神大惊失色。(62)此时,日神之子迦尔纳又取出另一张弓,连发五箭,射中无种的锁骨。(63)这些箭扎在玛德利之子(无种)的胸前,使他看上去光芒四射,犹如太阳将自己的光辉洒向大地。(64)然后,无种又向迦尔纳一连射出七支铁箭,陛下啊!他再次射断迦尔纳的弓的一角。(65)而在这场厮杀中,迦尔纳又取出另一张更具杀伤力的弓,射出阵阵箭雨,将无种团团围住。(66)尽管突然之间被迦尔纳的弓射出的箭围住,这位大勇士迅速用自己的箭将那些箭统统射断。(67)

于是,只见天上铺开一张由利箭织就的大网,仿佛空中飞舞着无数只萤火虫。(68)两位武士射出的成千上万支利箭覆盖天空,仿佛布满成群成群的蝗虫。(69)那一阵阵饰金的箭不断地在空中飞舞,恰似一队队排列成行的天鹅。(70)当空中笼罩着巨大的箭网,不见天日之时,一切众生都只能摸索着爬行,民众之主啊!(71)当四面八方、条条道路被密集的箭雨阻塞之时,两位品德高尚的武士好似两轮初升的朝阳光芒万丈。(72)在迦尔纳的弓发出的阵阵箭雨的打击下,王中之王啊!许多苏摩迦族人被箭射中,疼痛万分,伏倒在地。(73)同样,国王啊!您的军队在无种射出的无数利箭的打击下,如同被风吹散的云彩,四处溃散。(74)双方军队在这两位武士的威力巨大的神奇箭雨的打击下,纷纷逃离箭的射程,像旁观者似地站在一旁。(75)

那些人被迦尔纳和般度之子的利箭驱散后,这两位灵魂高尚的人又相互发射箭雨。(76)他们皆在阵前施展神奇的武器,很快便将对方包围,意欲杀死对方。(77)无种放出的苍鹭孔雀羽毛箭雨,仿佛凝固在迦尔纳的上方,将他遮盖得严严实实。(78)这两位武士仿佛进入由利箭构成的深宫,全然不见了踪影,国王啊!恰似日月双辉被滂沱大雨遮蔽。(79)然后,在厮杀中,迦尔纳怒火中烧,模样极其骇人。他发出阵阵箭雨,从四面八方围住般度之子。(80)国王啊!尽管般度之子在交战中被车夫之子(迦尔纳)的利箭覆盖,他却毫不惊慌,犹如太阳被云层遮挡。(81)接着,陛下啊!升车之子(迦尔纳)微微一笑,又在战斗中射出成百成千支箭,织就一张张箭网。(82)由于这位灵魂高尚的人放出的大量利箭,战场上笼罩着一片阴影。那些纷飞的利箭造成的阴影,恰如彤云密布造成的阴影。(83)尔后,大王啊!迦尔纳射断灵魂高尚的无种的弓,又仿佛微笑着,将他的车夫击中,从车座上栽了下来。(84)婆罗多子孙啊!他又用四支锋利的箭,迅速将无种的四匹马送往阎摩殿。(85)他又迅速射出多支利箭,陛下啊!粉碎那辆战车以及旗帜、旗杆、战车卫士、宝剑、百月盾①和其他一应设施。(86)马亡、车毁、甲裂的无种飞身下了车,民众之主啊!手执铁闩,站在那里。(87)他那高举着的、极其骇人的铁闩,国王啊!却被车夫之子以成百成千支利箭击毁。(88)看到他已失去武器,迦尔纳向他射去多支弯头箭,并不严重伤害他。

---

① 百月盾,缀有一百个月形图纹的盾牌。

（89）在交锋中，受到那位精通武艺、更为强大的武士打击，国王啊！无种心慌意乱，突然转身逃跑。（90）婆罗多子孙啊！罗陀之子（迦尔纳）一遍遍地放声大笑，追上他，抛出那张上了弦的弓，套住无种的脖颈。（91）于是，国王啊！无种的颈上环绕着那张巨弓，显得光辉四射，宛若天空中的一轮明月缭绕着一圈月晕，又似一朵白云被天帝释的弓（彩虹）围绕。（92）

这时，迦尔纳对他开言道："你说过的那些话都是废话！你现在再洋洋得意地对我这个该杀的人说话呀！（93）般度之子啊！不要与那些强悍的长辈作战！孩子啊！去同与你实力相当的人作战吧！般度之子啊！不要不好意思！玛德利之子啊！你或是回家，或是到黑天和颇勒古拿（阿周那）那里去！"（94）言毕，大王啊！他便放过了他。无种本已死到临头，国王啊！车夫之子（迦尔纳）却没有杀死他。回想起贡蒂的话语，国王啊！他便放过了他。（95）被车夫之子、那位弓箭手放走后，国王啊！般度之子满怀羞愧，来到坚战的车前。（96）吃尽车夫之子苦头的无种登上兄长的战车，忧伤不已，不住地长吁短叹，俨若一条被投入罐中的蛇。（97）

在交战中放走无种之后，迦尔纳又登上他那辆插有旗帜、由洁白如月的骏马驾驶的战车，迅速向般遮罗族人冲去。（98）看到那位大军统帅向般遮罗族车队冲来，民众之主啊！在般度族军队中响起一片巨大的叫喊声。（99）大王啊！那位强大有力的车夫之子如同转动的车轮，在那里制造一场大屠杀，此时正是日至中天时分。（100）陛下啊！我们看见大批大批的般遮罗族战车武士被那些轮断轴裂、旗帜破碎、车夫已亡或未亡的战车载走。（101）在那里，许多大象疯狂地到处乱窜，仿佛是一群被森林大火围困的大象在林中四处乱闯。（102）许多大象被灵魂伟大的迦尔纳击倒在地，陛下啊！它们或是颠颥破裂，或是鲜血淋漓，或是长鼻被砍断，或是肢体被刺破，或是尾巴被击断，如同一团团破碎的云朵。（103）又有一些大象，受到迦尔纳放出的成百支铁箭和长矛的惊吓，飞蛾扑火一般，纷纷向他冲去。（104）还有一些巨象，但见它们吼叫着，身上淌着鲜血，俨若一座座山峰上流着一条条小溪。（105）许多骏马失去了护胸和马尾束带，丢掉了金、银、铜制饰物，（106）没有了坐垫、嚼子、牦牛尾拂尘和鞍垫，失落了箭袋。（107）我们看到它们在战场上乱跑。它们的骑手，那些在战斗中大放光彩的勇士已经殒命沙场。（108）我们看到大批身披铠甲、顶戴头饰的骑手，人中之主啊！被标枪、宝剑和双刃剑刺中。（109）我们看到许多套着快马的镶金战车，由于车手被杀，便在战场上横冲直撞。（110）陛下啊！我们看到有些战车车轴和车辕断裂，车轮破裂，旗帜和旗杆折损，车杠、轭具和马勒破碎。（111）我们看到许多战车武士在丧失战车之后，慑于日神之子（迦尔纳）的利箭威胁，在战场上四处逃窜，民众之主啊！（112）你方胸前佩戴铃铛的武士们，笼罩在箭网中，无论失去武器还是依然手持武器，全都遭到杀戮。（113）我们看到配备有五颜六色美丽旗帜的步兵们在那里四处奔逃。（114）我们看到迦尔纳的弓发出的利箭射下大批头颅、臂膀、大腿和其他肢体，散落在战场上。（115）战士们遭遇迦尔纳射出的大批利箭的袭击和杀戮，面临一场巨大而又可怕的灾难。（116）那些在这场恶战中遭到车夫之子大肆杀戮的斯楞遮耶人，飞蛾扑火般冲到他的面前。（117）那位大勇士四处重创各路大军，众刹帝利躲避他，将他视同世界末日的熊熊烈火。（118）然而，对于那些死里逃生、溃不成军的般遮罗族大勇士们，骁勇的迦尔纳仍是穷追不舍，从后面向这些失落盔甲和旗帜的武士发射阵阵箭雨。（119）大勇士车夫之子以无数的利箭使他们吃尽苦头，宛若升至中天的太阳灼烤众生。（120）

以上是吉祥的《摩诃婆罗多》中《迦尔纳篇》第十七章（17）。

<h1 style="text-align:center">一八</h1>

全胜说：

正当您的儿子尚武①追击着您的大军，优楼迦冲到他的面前，说道："站住！站住！"（1）于是，国王啊！尚武向优楼迦射去一支箭头锐利的羽毛箭，恰似因陀罗用金刚杵劈向山峦。（2）优楼迦勃然大

---

① 尚武是持国之子，加入般度族阵营。

怒,在交锋中,以一支马蹄箭击断了您儿子的弓,又向他射去一支倒钩箭。(3)尚武气得眼珠血红,扔掉那张断弓,又取出一张更具威力的巨弓。(4)尔后,婆罗多族雄牛啊!他向沙恭尼之子优楼迦连放了六十支箭,向车夫放了三支,接着又打击优楼迦。(5)而优楼迦怒气冲冲地向他一连射去二十支镶金利箭。在与他交手当中,又击断他的金旗。(6)那面金光闪闪的大旗,国王啊!就这样旗杆断裂,变成碎片,落在尚武的面前。(7)眼见着自己的旗帜被击毁,尚武怒不可遏,冲着优楼迦的胸口连发五箭。(8)而优楼迦,陛下啊!猛然射出一支在油中浸过的月牙箭,婆罗多族魁首啊!砍下那位车夫的脑袋。(9)接着,他杀死尚武的四匹马,又向尚武本人射去五支箭。遭到强悍的优楼迦的重创,尚武登上了另一辆车。(10)在交锋中打败尚武之后,国王啊!优楼迦又快速冲向般遮罗人和斯楞遮耶人,放出无数利箭,大肆屠杀他们。(11)

大王啊!您的儿子闻业不及眨眼的工夫,便使镇定自若的百军失去了马匹、车夫和战车。(12)大力士百军站在无马驾驶的战车上,陛下啊!怒不可遏,向您的儿子掷去一根棒槌。(13)那根棒槌将他的马匹和车夫一并击为齑粉,婆罗多子孙啊!然后它又落下,猛然扎到地里。(14)于是这两位同为俱卢族增光添彩的英雄,在交战中受挫,丧失战车。他们同时后退,怒目相视。(15)尔后,您的儿子慌忙登上欲知的战车,而百军也迅速登上向山的车。(16)

子月怒冲冲地向沙恭尼放出锋利的箭,但不能动摇他,犹如洪水不能动摇大山。(17)看到父亲的头号敌人,子月发出数千支箭,将沙恭尼覆盖,婆罗多子孙啊!(18)而沙恭尼武艺高强,出手敏捷,在战场上总是居于胜利地位,立即用自己的羽毛箭将这些箭一一击断。(19)在交战中,沙恭尼以自己的利箭阻挡住那些箭之后,又怀着满腔怒火,向子月连放三箭。(20)英勇绝伦的国舅射出无数支利箭,将子月的马匹、旗帜和车夫击得粉碎,在场的人们都不禁大声喊叫起来。(21)陛下啊!那位马亡、车毁和弓折的弓箭手取出一张威力无边的弓,从车上跳到地下,射出在石上磨尖的金羽箭。(22)那些箭覆盖国舅的战车,如同成群成群的蝗虫覆盖这位大勇士。(23)妙力之子(沙恭尼)察看了一下车座,毫不惊慌。这位遐迩闻名的武士射出阵阵箭雨，粉碎那些利箭。（24）目睹子月那令人难以置信的超凡武艺，看到他竟然徒步与战车上的国王（沙恭尼）交锋，在场的众武士与天上的诸悉陀无不欢欣鼓舞。（25）国王迅猛地发射多支锋利的弯头月牙箭，击断子月的弓，毁坏他的箭袋。（26）而那位断了弓的武士在交战中又举起一把泛着猫眼石和蓝莲花色泽的象牙柄宝剑，大吼一声。（27）沙恭尼感到，足智多谋的子月挥舞着的那把晴空般闪亮的宝剑，与死神毫无二致。（28）突然间，大王啊！子月持剑在那里跑起了圆场，转了上千圈，表演二十四种显示其力量和技艺的剑术。（29）尔后，英勇的妙力之子向他射去许多支箭，他迅速用那把无与伦比的宝剑将这些飞射而来的箭一一斩断。（30）于是，敌方英雄的消灭者妙力之子勃然大怒，大王啊！他又向子月放出毒蛇般的利箭。（31）而子月凭借自己的力量和武艺，挥剑斩断这些箭，在战斗中展现他的矫健身手，多尔刹（大鹏金翅鸟）般的英雄气概。（32）正当他跑着圆场时，国王啊！沙恭尼射出一支极其锋利的马蹄箭，击断那把明晃晃的宝剑。（33）那把大宝剑被砍断后，一半坠落于地，带着剑柄的另一半仍握在子月的手中。（34）意识到自己的剑已被砍断，大勇士子月后退六步，将手中的残剑掷了出去。（35）在这一回合中，那镶金嵌钻的残剑将灵魂高尚的沙恭尼的弓连同弓弦一起击断，使之坠落地上。随即，子月便向闻称的那辆大战车走去。（36）而妙力之子又取出另一张难以抗衡的可怕的弓，向般度大军冲去，歼灭了大批敌军。（37）看到无畏的妙力之子在战场上左冲右突，民众之主啊！般度族军队中间响起一片巨大的叫喊声。（38）但见那武器齐备的骄傲的般度族大军被灵魂高尚的妙力之子击溃，四散而逃。（39）恰似天王消灭提迭的军队，国王啊！妙力之子也将般度族军队摧毁。（40）

国王啊！慈悯在战斗中阻击猛光，俨若沙罗跛（八足兽）在森林中阻击一头傲慢的大象。（41）遭到更为强健的乔答摩（慈悯）的阻击，婆罗多子孙啊！水滴王之孙（猛光）无法前进一步。（42）看到猛光的车就在乔答摩的身旁，一切众生大惊失色，认为猛光已是必死无疑。（43）众车兵与众骑兵惊慌失措，在那里议论纷纷："毫无疑问，德罗纳之死一定使这位人中佼佼怒不可遏！（44）有年之子（慈

第八　迦尔纳篇

悯）骁勇过人，精通天神的兵器，又智谋超群，那么今天猛光还能逃脱乔答摩的手心吗？（45）整个大军能躲过这场大难吗？这位婆罗门不会将我们斩尽杀绝吧？（46）他今天简直就与死神一模一样，说明他今天要在战斗中效法婆罗堕遮之子（德罗纳）。（47）这位教师出手敏捷，武器精良，极其英勇，总是百战百胜，现在又怒气冲冲。（48）今天，会看到水滴王之孙（猛光）在激战中转身逃跑。"就这样，敌我双方的将士七嘴八舌地议论着。（49）

　　然后，国王啊！怒火中烧的有年之子慈悯深吸了一口气，就开始袭击一动不动的水滴王之孙（猛光）的各个要害部位。（50）在这场恶战中，猛光受到灵魂高尚的乔答摩打击，神志不清，不知如何是好。（51）于是，他的车夫对他说："你还好吗？水滴王之孙啊！过去，我从未见过你在战斗中遭遇这种灾难。（52）万幸的是，那位再生者中翘楚发射的那些致命的箭，本是瞄准了你的一切要害部位，却没有射中。（53）我这就掉转车身往回返，就像被海浪冲回的河流。我想这位使你丧失勇气的婆罗门是不可杀害的。"（54）

　　车夫言毕，国王啊！猛光缓缓说道："我神志不清，兄弟啊！我遍体流汗。（55）看哪！我的身体在颤抖，汗毛直竖。在战斗中避开那个婆罗门，慢慢地驶向不退者（黑天）那里。（56）车夫啊！在交战中，只有到了阿周那或者怖军跟前，安全才会有保障。驭者啊！对此我深信不疑。"（57）尔后，大王啊！车夫快马加鞭，驾车前往与您的军队交战的大弓箭手怖军那里。（58）看到猛光的战车逃遁，陛下啊！乔答摩立即追了上去，射出成百上千支箭。（59）这位克敌者还不断地吹响螺号。他猛烈追击逃跑的水滴王之孙（猛光），俨若伟大的因陀罗追击商波罗。（60）

　　在战斗中，诃利迪迦之子（成铠）仿佛一再微笑着，阻击造成毗湿摩死亡的、难以制胜的束发。（61）束发迎战这位诃利迪迦族大勇士，向他发射五支锋利的月牙箭，击中他的锁骨。（62）大勇士成铠勃然大怒，国王啊！他连放六十支箭后，又笑着用一支箭射断他的弓。（63）而强悍有力的木柱王之子（束发）取出另一张弓，向诃利迪迦之子（成铠）怒喝道："站住！站住！"（64）接着，他连射了九十支极为锋利的金羽箭。然而，王中之王啊！这些箭被成铠的铠甲弹

489

回。（65）眼见得那些箭不起作用，纷纷落到地面上，强有力的束发又射出一支极其锐利的马蹄箭，击断了成铠的弓。（66）接着，他在盛怒之下，又向断角雄牛般的断弓成铠一连射去八十支箭，射中他的双臂与胸口。（67）身负箭伤的成铠难压怒火，主人啊！他取出另一张弓和成捆的箭。他射出数支利箭，击中束发的肩膀。（68）束发肩上插着多支利箭，宛若一棵枝繁叶茂的大树，光彩照人。（69）这两位相互重创的武士鲜血淋漓，恰似两头以角抵伤对方的雄牛。（70）两位大勇士奋力杀戮对方，驾驭着各自的战车，在战场上转了上千圈。（71）尔后，大王啊！成铠在又一回合中，向水滴王之孙（猛光）一连射去七十支在石上磨尖的金羽箭。（72）在交锋中，这位武士中魁首安乐国王又迅速向束发放出一支致命而可怕的利箭。（73）束发中箭后，国王啊！立刻神志不清。他在昏晕中，赶紧靠在旗杆上。（74）然后，他的车夫——那位最出色的驭手拉着他驶离战场。而饱受诃利迪迦之子（成铠）利箭折磨的束发不住地大口喘气。（75）在英勇的木柱王之子（束发）被击败之际，主人啊！般度族军队正在四面八方遭到杀戮，四处逃散。（76）

以上是吉祥的《摩诃婆罗多》中《迦尔纳篇》第十八章(18)。

一九

全胜说：

大王啊！白马驾车者（阿周那）此时也在击溃着您的部队，仿佛是一阵风将一堆棉花吹散到各处。（1）于是，三穴国人、尸毗国人和俱卢族人，沙鲁瓦国人、那罗延军队和敢死队，一齐向他冲了过去。（2）真军、真称、友天、闻胜、妙闻之子、奇军和友铠，婆罗多子孙啊！（3）还有三穴国王，在身为大弓箭手、手执各种兵器的众兄弟与儿子们簇拥下，（4）在战斗中一齐冲向阿周那，同时向他发射一阵阵箭雨，俨若一股股洪流奔向海洋。（5）冲向阿周那的武士有成千上万，却像蛇群见到多尔刹，转眼之间就毁灭了。（6）尽管在战场上遭到杀戮，他们却不离开般度之子，国王啊！恰似飞蛾扑火，尽管被烧灼,却不肯从火中后退。(7)在交锋中,真军向般度之子射了三箭,友天射了六十三箭,而月天射了七箭。(8)友铠射了七十三箭,妙闻之子也射了五箭,胜敌射了二十箭,善佑射了九箭。(9)而阿周那在那里用在石上磨尖的利箭杀死胜敌,从妙闻之子的躯体上取下戴着头盔的首级,又迅速用利箭将月天送往阎摩府。(10)大王啊!对于其他那些奋战的大勇士,他分别向每人射出五支箭,将他们击退。(11)

在交战中,真军怒不可遏,瞄准黑天掷出一支威力巨大的长矛,并发出一声狮子吼。(12)那极其可怕的铁制长矛刺穿灵魂伟大的摩陀婆(黑天)的左臂后,一头扎入大地。(13)在激战中,摩陀婆(黑天)被长矛击中,刺棒和缰绳从他手中滑落,民众之主啊!(14)声震天下的黑天复又拿起刺棒和缰绳,驱马驶向真军的战车。(15)看到黑天被刺伤,大力士普利塔之子胜财(阿周那)向真军发射利箭。(16)他在阵前用几支极为锋利的箭,从那位国王的躯体上射下佩戴耳环的硕大头颅。(17)将他杀死后,阿周那向友铠连放多支利箭,陛下啊!又向他的车夫发射一支锐利的小牛牙箭。(18)然后,强大的阿周那盛怒之下放出数百支箭,击倒成百成千支敢死队。(19)这位声名广被的武士以一支银羽马蹄箭,射下灵魂高尚的国王友天的首级。接着,他又愤怒地射中善佑的锁骨。(20)于是,全体敢死队怒不可遏,将胜财(阿周那)团团包围,向他发射潮水般的武器,呐喊声响彻四面八方。(21)

灵魂无限的大勇士吉湿奴(阿周那)勇武如同天帝释,遭到那些武器袭击,便施展因陀罗法宝,飞射出成千上万支箭,民众之主啊!(22)无数旗幡和弓弩在战斗中被击断之声,战车与车上的旗杆,箭筒和箭,(23)车轴、车轭、车轮、缰绳、辕杆和车护栏在战斗中被击毁之声,(24)飞石、飞镖、宝剑、棒槌、铁闩、标枪和长矛被击落之声,(25)百杀器、飞轮、胳膊和大腿,陛下啊!还有各种颈饰、腕环和臂钏,(26)项圈、金胸饰和铠甲,婆罗多子孙啊!以及华盖、扇子和头冠落地之声,汇成巨大的喧嚣声,民众之主啊!(27)但见佩戴耳饰、生着美目、面如满月的头颅布满大地,宛若天空中的群星。(28)但见颈佩美丽花环、衣着华丽、身敷檀香粉的阵亡者尸横遍野,这战场恐怖如同健达缚城。(29)四处布满阵亡的王子和刹帝利大力士以及倒毙的战象和战马,大地变得无路可通,仿佛壅塞着无数倒塌的山峰。(30)灵魂高尚的般度之子用月牙箭打击着敌众和不计其数的战象战马,而他的车轮已无路可走。(31)陛下啊!在这血污遍地的战场上,那些车轮一直下陷到轮心部位。(32)他那几匹快速似风似思想的马匹,拼尽全力拉动那些下陷的车轮。(33)遭受挽弓放箭的般度之子如此屠杀,军队无人恋战,几乎全部逃遁。(34)在战斗中击败为数众多的敢死队之后,大王啊!吉湿奴(阿周那)显得光彩照人,宛若一团熊熊燃烧的无烟烈火。(35)

大王啊!难敌王毫无惧色,亲自迎战正在放出无数利箭的坚战。(36)您的大力士儿子猛冲上去,法王(坚战)向他射箭,喝道:"站住!站住!"(37)作为反击,难敌也向坚战发出九支锋利的箭,又愤怒地向他的车夫射去一支月牙箭。(38)接着,坚战王向难敌射出十三支在石上磨尖的金羽箭。(39)这位大勇士用四支箭杀死难敌的四匹马,又用第五支箭取下车夫身上的头颅。(40)他用第六支箭射下那位国王的旗幡,用第七支射下他的弓,第八支射下他的剑。然后,法王(坚战)又向难敌王连发五箭。(41)于是,您的儿子从马匹倒毙的战车上跳了下来,站在地上,面临极大的危险。(42)目睹他身处险境,迦尔纳、德罗纳之子、慈悯以及其他人一齐猛冲过去,希望救出国王。(43)而全体般度之子簇拥着坚战,也冲向前去。于是,国王啊!一场恶战又开始了。(44)

在这场大战中,成千上万乐器齐声奏响,大地之主啊!吼叫声和欢呼声震天动地。般遮罗人冲锋向前,与俱卢人交战。(45)人们逼近人们,众象逼近众象,车手冲向车手,骑手冲向骑手。(46)大王啊!那些武士手执各种兵器捉对厮杀,在战场上形成令人不可思议的奇观。(47)武士们个个作战凶猛,一心要消灭对方。然而,他们在相互搏杀时,都恪守作战规则,无人从背后袭击对方。(48)然而,好景不长,国王啊!这场战争很快就演变为一场疯狂的混战。(49)驱车驰骋的车手在阵前向大象冲去,射出弯头箭,把它送到死神那里。(50)战象则冲到战马面前,掀倒许多战马。它们来势凶猛,迫使战马四处逃窜。(51)许多力大无比的大象追击着为数众多的战马,国王啊!它们或是用象牙杀死这些马,或是猛烈践踏。(52)在交战中，一些大象用象牙将战马连同骑手一并刺穿；另一些则抓住它们，凶猛地把它们摔到地上。（53）在各处受到步兵攻击的大象，抓住时机，逃向四面八方，同时发出可怕的哀嚎。（54）在大战中仓皇逃窜的步兵纷纷丢弃自己的饰物，散落在战场上。（55）那些大象弯下身子，用象牙戳住这些美丽的饰物，将它们捅碎。（56）而另一些大象则被飞镖、长矛和标枪狠狠击中两颊、颞颥和象牙周围部位。（57）还有些大象被布置在侧翼的战车武士和骑兵用棒槌极其残忍地劈开，倒在地上。（58）而有些大象凶狠地将车兵及其铠甲、旗帜和战车一起踏碎在地。（59）在这场恐怖的大战中，一些大象冲到战车前，陛下啊！卷起车辀，猛地将车摔到地上。（60）而有一头大象也被数支铁箭击中倒在地上，俨若一座遭到雷劈的山峰轰然坍塌。（61）

在肉搏战中，武士们与武士们厮杀起来，挥拳痛殴对方，抓住头发摔倒对方，厮打抓扯在一起。（62）有的武士高举双臂将敌手摔倒在地，用脚踩住胸口，猛地砍下他的头颅。（63）大王啊！有的武士用脚踢打已经死去的敌人；有的则将武器刺入仍然活着的敌人的身体。（64）于是，婆罗多子孙啊！那里展开了一场恶战。武士们或是挥拳对阵，或是扯发痛殴，或是用双臂角斗。（65）在许多情况下，当一对武士鏖战正酣，另一个武士会悄悄使用各种武器，夺走敌方武士的性命。（66）随着武士们陷入这场混战，成百成千的无头尸体出现了。（67）浸满鲜血的武器和盔甲，如同染成鲜红色的布匹，红光闪闪。（68）一场恐怖的大混战就这样发生着，仿佛是疯狂的竞技场，喧嚣声响彻全世界。（69）国王啊！饱受利箭之苦的众武士已分不清敌我，渴望取胜的众国王只是为战斗而战斗。（70）大王啊！武士们不论敌友，只要是遇到的人就将他杀死。双方军队的英雄们都已变得昏头昏脑，神志不清。（71）大王啊！到处都是破碎的战车，倒地的大象、战马和人。（72）大王啊！大地上血肉化为淤泥，血流成河，转瞬间变得无路可走。（73）迦尔纳杀戮着般遮罗人，胜财（阿周那）杀戮着三穴国人，而怖军，国王啊！则在俱卢人及其象军中展开大屠杀。（74）就这样，俱卢族和般度族两支大军都遭到杀戮，大王啊！而双方都渴望着大获全胜，此时已过正午。（75）

以上是吉祥的《摩诃婆罗多》中《迦尔纳篇》第十九章（19）。

二〇

持国说：

全胜啊！我听你讲了那么多令人无法忍受的极其痛苦的事情，我的儿子们损失惨重。（1）从你所讲的大战进展的情况来看，御者啊！我确信俱卢族完了！（2）在那场恶战中，难敌曾经失去战车。那么，当时正法之子（坚战）是如何作战的？而国王（难敌）又是如何还击的？（3）另外，下午时分的那场令人汗毛竖起的大战又是如何进行的？全胜啊！你善于讲述，请将这一切向我如实道来。（4）

全胜说：

双方各部分军队在战场上激战正酣，您的儿子登上了另一辆战车，民众之主啊！（5）他怀着满腔怒火，犹如一条怀有剧毒的蛇。难敌一眼看到法王坚战时，婆罗多子孙啊！他便对车夫说："车夫啊！快走！快走！（6）御者啊！快把我带到般度之子（坚战）那里！这位国王身着铠甲，头覆华盖，光彩熠熠。"（7）在国王的催促下，车夫驾驭着国王的上等战车向坚战冲过去。（8）

对此，坚战也是怒不可遏，俨若一头狂怒的雄牛。他催促自己的车夫道："驶向难敌那里！"（9）于是，这两位英雄、两兄弟、两位战车武士魁首相遇在战场上。这两位大弓箭手披坚执锐，极其骁勇，作战时凶狂无比，立即交手，互相发射利箭。（10）然后，陛下啊！难敌王在交锋中射出一支在石上磨尖的月牙箭，射断守法者（坚战）的弓。怒火冲天的坚战岂能忍受这种侮辱！（11）正法之子气得双眼血红，将断弓扔到一边，又在阵前取出另一张弓。（12）他将难敌的旗和弓一并射断。而难敌也取出另一张弓，向般度之子还击。（13）两人满怀愤怒，相互发射箭雨，恰似两头暴怒的狮子，都急于击败对方。（14）他俩厮杀着，宛若两头咆哮的雄牛。接着，这两位大勇士又走动着，观望着对方。（15）他俩都被对方满弓射出的利箭刺伤，大王啊！显得光彩夺目，犹如两棵红花盛开的金苏迦树。（16）尔后，国王啊！他俩在这场激战中又不断地发出可怕的狮吼声、击掌声和拨动弓弦声。（17）这两位战车武士之魁首还不时用力吹响螺号，大王啊！想方设法扰乱对方。（18）难以抗衡的坚战王迅猛似雷电，愤怒地冲着您儿子的胸膛连发三箭。（19）而您的儿子立即予以还击，向这位大地之主一连射出五支在石上磨尖的金羽毛箭。（20）接着，婆罗多子孙啊！难敌王投出一支极为锋利的全铁标枪，仿佛投出一颗巨大的流星。（21）而法王（坚战）立即射出三支在石上磨尖的利箭，将飞来的标枪击断，随即又飞速向难敌连放七箭。（22）那极其坚固的金杖标枪坠落在地，熠熠放光，好似闪着火光的巨大流星飞落下来。（23）目睹自己的标枪被击毁，民众之主啊！您的儿子便向坚战射去九支锋利的月牙箭。（24）这位折磨敌人的大力士虽遭重创，仍迅速地取箭瞄准难敌。（25）无比英勇的国王（坚战）将那支锋利的箭搭在弓上，怀着满腔怒火，向难敌射去。（26）那支箭射中您的大勇士儿子，使这位国王一时失去知觉，然后落到地上。（27）难敌勃然大怒，迅速举起一根棒槌，向般度之子冲去，一心想要结束这场战斗。（28）看到难敌挥舞着棒槌，一如手执刑杖的死神，法王（坚战）向您的儿子掷去一支大标枪。但见那标枪流光溢彩，速度飞快，恰似一颗灼灼放光的大流星。（29）那标枪击中站在车上的难敌，刺穿他的铠甲。他深受惊吓，昏倒过去。（30）然后，成铠飞速跑向您的儿子，来到陷入灾难海洋的国王面前。（31）怖军也手持一根镶金大铁杵，飞速冲到成铠面前，与他交战。于是，您的军队与敌军之间又展开了一场战斗。（32）

以上是吉祥的《摩诃婆罗多》中《迦尔纳篇》第二十章（20）。

二一

全胜说：

接着，您那作战凶猛的军队在迦尔纳率领下，再次投入这场如同天神和阿修罗之间的战争。（1）伴随象、车、人、马和螺号发出的喧嚣声，各种兵器飞落，成群结队的象兵、车兵、步兵和骑兵斗志昂扬，冲锋陷阵。（2）在这场恶战中，优秀的武士们使用锋利的战斧、利剑、梭镖、各式各样的利箭以及他们的牲畜，消灭象、车、马和人。（3）无数人头遍布大地，个个齿白，鼻挺，目秀，面美，佩戴华美的头冠和耳饰，如莲，如日，如月。（4）成千上万奔跑的人、马和象遭到成百上千的铁闩、铁杵、标枪、长矛、弯刀、火箭和棒槌的打击，致使血流成河。（5）人、车、马和象被毁灭，军队惨遭杀戮，战场上呈现一片令人毛骨悚然的恐怖景象，俨如众生毁灭之际先人之主（阎摩）的国土。（6）

这时，人中之神啊！您的如同天神之子的儿子们，这些俱卢族的雄牛，让力大无边的武士们担任前锋，与您的军队一起，冲向悉尼之孙（萨谛奇）。（7）这支充满人中翘楚与车、马、象的军队，发出海啸般的巨大声浪，犹如天神或者阿修罗的军队，闪耀着可怕的光辉。（8）然后，在战场上英勇堪与天王（因陀罗）本人相媲美，又与神中魁首（因陀罗）之弟（黑天）不相上下，太阳神之子（迦尔纳）向悉尼族英雄（萨谛奇）发射如同闪耀太阳光芒的利箭。（9）而悉尼族雄牛也立即应战，迅速向那位人中翘楚及其战车、马匹和车夫泼洒各种如同毒蛇的利箭。（10）战车武士雄牛富军（迦尔纳）饱受悉尼族雄牛的利箭折磨，您的盟友麾下的大勇士们带着战象、战车、战马和步兵，赶忙上前支援他。（11）而强大有力的萨谛奇在木柱王之子协助下，冲向遭到敌人快速冲击的、海洋般庞大的军队，大肆杀戮人、车、马和象。（12）此时，两位人中佼佼阿周那和美发者（黑天）做了每日必行的祈祷，如仪敬拜神主跋婆。随后，这两位立志杀敌的英雄便向您的军队冲去。（13）他们的战车由白马驾驶，发出隆隆的云中雷鸣声，车上的旗帜迎风飞舞。敌人们看到它驶来，失魂落魄。（14）

这时，阿周那开战了。他挽开甘狄拨神弓，仿佛是在跳舞，嗖嗖放箭，箭雨布满天空和四面八方。（15）犹如风卷残云，阿周那用利箭摧毁许多设备齐全、配有武器、饰有旗幡、如同天车的战车及其车手。（16）阿周那放出利箭，将插着旗帜、配备武器的大象及其象夫，战马及其骑手，还有许多步兵，统统送往阎摩殿。（17）于是，难敌独自冲到那位怒不可遏又势不可挡、好似死神的大勇士面前，向他发出各种各样的利箭。（18）而阿周那连射七箭，将难敌的弓、车夫、旗帜和马匹一一击毁。接着，又发一箭，击碎他的华盖。（19）阿周那又放出第九支箭，威力无比，直向难敌刺去，幸亏德罗纳之子（马嘶）将那支利箭击为九截。（20）其后，般度之子又连发数箭，击断德罗纳之子的弓，击毙他的骏马，又将慈悯的极具威力的弓射断。（21）接着，他射断了诃利迪迦之子（成铠）的弓，击毁他的旗幡和马匹，击断难降的威力无比的箭，又向罗陀之子（迦尔纳）冲了过去。（22）此时，迦尔纳抛开萨谛奇，迅速向阿周那射了三箭，向黑天连放二十箭，接着又向普利塔之子射了三箭。（23）与此同时，萨谛奇扑向迦尔纳，对他发射了九十九支凶猛的利箭，紧接着又向他连射一百箭。（24）

随后，般度族的全体英豪们合力围歼迦尔纳。各路英雄——瑜达摩尼瑜、束发、德罗波蒂诸子和波罗跛德罗迦族人，（25）优多贸阇、尚武、双生子和水滴王之孙（猛光），车底国、迦卢沙国、摩差国和羯迦夜国的军队，大力士显光和恪守誓约的法王（坚战），（26）偕同战车、战马、战象和骁勇强悍的步兵一起作战，把迦尔纳团团围住，向他投掷各式兵器，同时恶语相加，必欲置他于死地。（27）而迦尔纳放出无数利箭，击断这些势如疾雨的各种武器，仿佛狂风摧折大树，将敌军全部击溃。（28）但见迦尔纳怀着满腔怒火，摧毁战车武士、战象及其骑手、战马及其骑兵以及成批成批的箭。（29）般度族军队遭到迦尔纳的锐利武器杀戮，几乎个个武器丢失，肢体受伤，逃离战场。（30）这时，阿周那亲自用武器还击迦尔纳的武器，霎时间使四面八方天上地下都布满箭雨。（31）他的利箭纷纷落下，威力如同铁杵和铁闩，有些如同百杀器，还有些如同猛烈的金刚杵。（32）在这些利箭杀戮下，由步兵、马、车和象组成的俱卢族军队将士们，紧闭双目，四处奔窜。（33）许多人、马和象在战斗中被歼灭，还有许多被箭击中，仓皇逃窜。（34）

就这样，那些将士一心取胜，鏖战正酣之时，太阳移到西山，落了下去。（35）由于黑暗降临，大王啊！特别是尘土飞扬，无论好看或难看的东西，我们都看不清。（36）那些大弓箭手惧怕夜战，婆罗多子孙啊！便与所有的马匹一起，撤离战场。（37）夜幕降临，俱卢族人撤离之时，国王啊！获得胜利而兴高采烈的普利塔之子们也收兵回营。(38) 他们奏响各种乐器，发出狮子吼，手舞足蹈，以此耻笑敌人，为不退者（黑天）与阿周那欢呼。(39) 在那些英雄班师回营之后，所有的军队、所有的国王都为般度五子祈福。(40) 回营之后，满怀喜悦的国王们——俱卢族般度五子进入营帐休息过夜。(41) 而药叉、罗刹、毕舍遮和食肉兽则成群结队，来到像楼陀罗的竞技场那样恐怖的战场。(42)

以上是吉祥的《摩诃婆罗多》中《迦尔纳篇》第二十一章(21)。

二二

持国说：

阿周那显然没有按照自己的心愿将我们全军将士斩尽杀绝，因为只要他在战斗中挽开神弓，连死神本人也无法逃脱。(1) 普利塔之子独自一人抢走妙贤；独自一人让火神心满意足；独自一人征服整个大地，让所有国王交纳贡赋。(2) 他独自一人，用那张神弓歼灭了全甲族；与站在他面前乔装成猎人的沙尔婆（湿婆）对战。(3) 他独自一人保护了婆罗多族；独自一人博取了跛婆的欢心；独自一人战胜了我的所有威武勇猛的武士。这些武士不应遭受指责，反而应获得赞美，因为他们在与这样一位武士作战。告诉我他们做了些什么。(4)

全胜说：

被敌人打垮和击伤，丢盔弃甲，失去武器和坐骑，满怀悲愤沮丧，(5) 俱卢族人回到自己的营帐，复又商议起对策。他们如同遭人践踏的毒蛇，毒牙破碎，毒液流失。(6) 迦尔纳双手紧握，像一条愤怒的蛇那样叹息着。他眼盯着您的儿子，对大家说道：(7) "阿周那一向谨慎，坚定，技艺高超，性格坚强。况且，他总是适时地得到轴下生（黑天）提醒。(8) 今天，我们大家都被他那一阵突如其来的武器的袭击所蒙骗。不过，大地之主啊！明天，我定要挫败他的一切企图。"(9) 听罢此言，难敌说："就这样吧！"随即准许各位王中翘楚回营休息。那些国王舒适地度过一夜后，第二天情绪高涨，出发去战斗。(10) 他们看到，俱卢族魁首法王（坚战）依照毗诃波提（木星）和优沙那（太白金星）之法精心布置好了坚不可摧的阵容。（11）此时，难敌想到一向坚决抗敌、自我克制、肩阔如牛的迦尔纳。（12）国王一心想着迦尔纳这位车夫之子、大弓箭手作战如同毁城者（因陀罗），力量如同众风神，勇武如同作武王，犹如人们在危难之际想起亲人。（13）

持国说：

你们那脆弱的心转向日神之子迦尔纳时，你们也凝视着他，俨若挨冻的人仰望太阳。（14）继两军撤离后，又重新开战，全胜啊！日神之子迦尔纳在那里是如何战斗的？而全体般度族人又是如何与车夫之子（迦尔纳）作战的？（15）大臂者迦尔纳将要独自一人消灭普利塔之子们和苏摩迦人。人们公认，迦尔纳双臂之力堪与天帝释和毗湿奴相比。这位灵魂高尚的人的武器和骁勇都同样令人胆寒。（16）目睹难敌深受般度之子折磨，又看到般度诸子在大战中显示出的英勇无畏，（17）而难敌狂妄傲慢，渴望在战斗中依靠迦尔纳打败普利塔诸子和他们的儿子以及美发者（黑天）。（18）呜呼！哀哉！勇猛的迦尔纳在战争中未能战胜般度五子，这真是天大的不幸！无疑，这是命运使然！哎呀！那场掷骰赌博的可怕后果现在就要发生了！（19）哎呀！这由难敌造下的种种剧烈的痛苦就要由我来承受！全胜啊！这真是太可怕了！犹如万箭穿心！（20）爱卿啊！人们认为妙力之子（沙恭尼）是一位足智多谋的策略家。（21）尽管如此，全胜啊！随着这些神奇战斗的展开，我却始终听到我的儿子们阵亡和失败的消息。（22）在战场上，般度五子所向披靡，无人可以阻挡，犹似闯入一群妇女当中。唉！命运之力更为强大。（23）

全胜说：

人们不应该沉湎于对往事的思虑，这种思虑会毁灭一个人。（24）如今，事情的结果与您的预想相差甚远，就是因为当初您没有仔细考虑您的所作所为是否合适。（25）曾经多次有人向您进谏，国王啊！劝您不要同般度五子作战！然而由于昏聩，您不接受这些事关般度五子的忠告，民众之主啊！（26）您对般度五子犯下了许多可怕的罪行。正是由于您的缘故，才发生了如今这场国王之间惨绝人寰的大屠杀。（27）不过，现在这一切都已经过去，婆罗多族雄牛啊！不要再悲

伤！听我详细讲述所发生的这一场血腥屠杀。（28）

夜晚过去，天将破晓之时，大臂者迦尔纳走到难敌王面前，对他说：（29）"今天，国王啊！我将与赫赫有名的般度之子交锋。不是我杀了那位英雄，就是他灭了我。（30）国王啊！过去我和普利塔之子都有许多事情要做，国王啊！我与阿周那迄今没有正面交过手。（31）现在，民众之主啊！请听我以我的智慧起誓，婆罗多子孙啊！不在战场上消灭普利塔之子，我决不返回！（32）我军已经损失多员大将，今天我要出阵，而我已经失去天帝释赐我的那杆标枪，因此，普利塔之子会向我发起进攻。（33）那么，人中之主啊！请听我提出有益的建议吧！阿周那有武器，有财富，有勇气。（34）然而，论体格、身手的敏捷、箭的射程和武艺，左手开弓者（阿周那）却不是我的对手。（35）我那张唤作'取胜'的弓，为一切武器之最，它是毗首羯磨为了取悦因陀罗而制成。（36）就是用这张弓，国王啊！百祭（因陀罗）战胜了众提迭。听到这张弓的声音，提迭们就心智迷乱，无法辨认十方。天帝释将这张万人景仰的弓赐给了跋尔伽婆（持斧罗摩）。（37）跋尔伽婆又将这张威力无比的神弓转赠给我。带着这张弓，我将要与征服者之魁首、大臂阿周那交锋，恰似因陀罗迎战全体提迭。（38）这张持斧罗摩赠与的可怕的弓胜于甘狄拨神弓。就是用这张弓，持斧罗摩曾经二十一次征服大地。（39）持斧罗摩说过这张弓的神奇业绩，将它赠与我。我就要携带这张弓，与般度之子交手。（40）今天，难敌啊！我要在交战中杀死征服者之魁首、英雄阿周那，让你和朋友们都快活起来。（41）今天，消灭了仇敌，整个大地连同山峦、森林、海洋和岛屿全都属于您了，由您和您的子孙统治，国王啊！（42）今天，我没有做不成的事情，尤其是为了让你高兴满意。这就像热爱和遵行正法、自持力强的修行者定会成功。（43）

"阿周那在作战时压不倒我，正如树木压不住火。不过，我也必须讲讲我不如颇勒古拿（阿周那）的地方。（44）他的弓弦极其神奇，两只大箭囊中的利箭取之不尽，威力无比的甘狄拨神弓在战斗中从不毁损。（45）而我也拥有一张威力无比的神弓'取胜'，因此，国王啊！要论战弓，我比普利塔之子略胜一筹。（46）现在请听我讲讲英雄的般度之子胜过我的方面。为他挽缰驾车的人是陀沙诃族后裔（黑天），受到诸界的尊崇。（47）他那火神赠送的镶金神车，各个部位坚不可摧，英雄啊！那些骏马快如思想，神奇的旗帜和闪光的旗徽猿猴令人惊异。（48）宇宙的创造者黑天护卫着那辆车。尽管我在这些方面有所欠缺，我仍渴望与般度之子交战。（49）不过，沙利耶王——联军的荣耀，是一位同样的英雄。倘若他来做我的车夫，胜利必将属于您！（50）就让沙利耶王成为我的车夫吧！敌人无法将他攻破。让许多战车满载我的铁箭和秃鹫羽毛箭吧！（51）让许多第一流的战车，王中之王啊！套上最好的马匹！婆罗多族雄牛啊！让它们永远紧跟着我！（52）这样一来，我就会在质量上优于普利塔之子！沙利耶王胜过黑天，而我胜过阿周那。（53）正如诛敌者陀沙诃族后裔（黑天）通晓驭马术，大勇士沙利耶也谙熟驭马术。（54）正如在臂力方面，无人可与摩德罗国王（沙利耶）相比，在武器方面，任何弓箭手也无法与我相比。（55）同样，在驭马术上，任何人都不是沙利耶王的对手。他成为我的车夫，我就会胜过普利塔之子。（56）我希望，大王啊！您能做到这一点。敌人的镇伏者啊！这样做了以后，我的一切愿望都将实现！（57）然后，您就看吧，婆罗多子孙啊！看看我在战斗中会做到什么。今天，我将会千方百计战胜前来进攻的全体般度之子！"（58）

难敌说：

迦尔纳啊！我会按照你的想法去做这一切。车夫之子啊！许多配备箭袋和马匹的战车将跟随着你。（59）让那些战车满载你的铁箭和秃鹫羽毛箭。我们大家和全体国王，迦尔纳啊！都会跟随在你的身后！（60）

全胜说：

如是言毕，大王啊！您的威武的国王儿子便走到摩德罗国王（沙利耶）身边，向他讲了这些话。（61）

以上是吉祥的《摩诃婆罗多》中《迦尔纳篇》第二十二章(22)。

二三

全胜说：

大王啊！您的儿子谦恭地走到摩德罗国王身旁，出于信任，对他说了这些话：（1）"恪守誓言者啊！大吉大利者啊！令敌人加深痛苦者啊！摩德罗之主啊！战斗英雄啊！令敌军闻风丧胆者啊！（2）你已经听到了，言者中佼佼啊！迦尔纳说，在众多王中雄狮中，想要请你担任他的车夫。（3）因此，为了消灭普利塔之子，也为了我的利益，御者之魁首啊！你应该高兴地担任车夫。（4）除了你，世界上没有一个人能为他执缰驾车。就请你千方百计保护迦尔纳，一如大梵天保护商迦罗（湿婆）。（5）你也要像普利塔之子的朋友、为他执缰的优秀御者黑天那样，千方百计保护罗陀之子（迦尔纳）。（6）毗湿摩、德罗纳、慈悯、迦尔纳、你、英勇的安乐国王、妙力之子沙恭尼、德罗纳之子以及我本人组成我军，分为九个部分，将军啊！（7）现在，毗湿摩和灵魂高尚的德罗纳负责的那两部分已不复存在。他们打击敌军，却被敌军击溃。（8）那两位人中之虎年事已高，被敌人施展阴谋杀害。他俩立下难以企及的功绩之后，前往天国，无瑕者啊！（9）同样，我军其他许多人中之虎也在战争中被敌人杀害，升入天国。他们在竭尽全力拼杀之后，捐弃生命。（10）现在惟有大臂的迦尔纳忠于我们的利益，而你是举世闻名的大勇士，人中之虎啊！在他身上，寄托着我获胜的殷切希望！摩德罗王啊！（11）在战场上，黑天是为普利塔之子执缰的御者，在战斗中护卫普利塔之子。国王啊！你亲眼目睹他的所作所为。（12）以前，阿周那从未在战斗中如此凶猛地杀敌。而如今，摩德罗之主啊！只见他天天在战场上击溃敌人。（13）现在把剩下的敌军留给迦尔纳和你来对付，大光辉者啊！你要与迦尔纳一起协同作战，消灭这部分敌军。（14）正如黑暗一见到太阳和曙光就会消失，陛下啊！也让贡蒂之子们连同般遮罗人和斯楞遮耶人，一见到你俩就灭亡吧！（15）迦尔纳是战车武士之魁首，而你是御者中翘楚，论杀敌作战，你俩无敌于天下。（16）正如那位苾湿尼族人在任何情况下都保护般度之子,你也要在战场上时时处处保护日神之子迦尔纳!(17)由你担任他的车夫,他就会变得不可战胜,大地之主啊!即便是天帝释率领诸神前来攻打也不在话下,更不用提般度五子了!对我说的话你大可不必怀疑!"(18)

听罢难敌的话,沙利耶王不禁勃然大怒,他将眉头拧成三股,不停地摆动双手。(19)大臂者沙利耶一向以自己的门第、财富、学识和力量为荣,转动着气得血红的大眼珠,说道:(20)"你看不起我,甘陀利之子啊!毫无疑问,你不信任我,因为你不假思索就对我说:'你做车夫吧!'(21)你认为迦尔纳比我强,因而赞扬他!然而,我认为在战场上罗陀之子(迦尔纳)并不能与我相匹敌。(22)分配给我一个更重要的任务吧!大地之主啊!我在战场上消灭敌人后,将会从哪里来还回到哪里去!(23)或者,若你愿意的话,俱卢后裔啊!我也可单独出战。今天,请看我在战场上焚烧敌人,让你领略到我的英雄气概。(24)如果心中不愿意,俱卢族人啊!像我们这样的人是不会行动的。对此,你不要怀疑。(25)你无论如何不应该在战场上小看我。看看我这一副坚如金刚杵的臂膀吧!(26)看看我的绝妙的弓和毒蛇般的利箭!看看我的战车套着快速如风的骏马!甘陀利之子啊!看看我的这根镶金铁杵!(27)一旦我发怒,单凭我自己的威力,就能使大地开裂,使群山粉碎,使海洋枯竭,国王啊!(28)既然知道我是这样一位出色的杀敌能手,你为何还要派我去做卑微的升车之子(迦尔纳)的车夫呢?国王啊(29)你真不该委派给我这个任务!王中之王啊!我出身高贵,怎能听命于一个卑劣的小人?(30)有些人出于偏爱,将高贵者置于卑劣者的管辖之下,这是在犯混淆高低贵贱的罪孽。(31)根据圣典,大梵天从口中创造出婆罗门,从胸中创造出刹帝利,从双股中创造出吠舍,从双足中创造出首陀罗。而从这四种姓中,又由逆婚或顺婚①产生出一些特殊的种姓。(32)四种姓之间互相婚配产生其他种姓,婆罗多子孙啊!相传刹帝利是四种姓的保护者、摄取者和施予者。(33)为了世上人们的利益,在大地上设了婆罗门种姓。这些婆罗门主持祭祀,教授吠陀,接受纯洁的施

---

① 逆婚指高等种姓女子与低等种姓男子婚配,顺婚指低等种姓女子与高等种姓男子婚配。

舍。(34)务农、畜牧和布施是吠舍的职责；而首陀罗则被定为婆罗门、刹帝利和吠舍的奴仆。(35)同样，按规定车夫是婆罗门和刹帝利的仆人，而不是吠舍和首陀罗的仆人。请听听我的这些话吧！无瑕者啊！(36)我是灌顶即位的国王，出生在王仙家族；我是公认的大勇士，值得歌者们侍奉和赞颂。(37)既然我是这样一种人，敌军的毁灭者啊！我就不能在战场上去做车夫之子的车夫！(38)我无论如何也不会含垢忍辱去作战！今天，我敬请向你辞别，甘陀利之子啊！允许我从哪儿来还回哪儿去吧！"(39)

如是言毕，人中之虎、联军的荣耀沙利耶王立即起身，气冲冲地从众国王之中走出。(40)然而，您的儿子怀着爱心和敬意挽住他，说了这些令人愉悦的、足以成就一切事业的甜蜜话语：(41)"毫无疑问，沙利耶王啊！事实正如你所言。但我有我的想法，请听我说，人中之主啊！(42)迦尔纳并不比你强，对此我毫不怀疑。摩德罗国的统治者不会做虚妄不实之事。(43)你的先人们，那些人中至贤总是坚持正义。我想正因为如此，你才被称作阿尔达耶那后裔①。(44)你在大地上成为一支刺向敌人的沙利耶（投枪），荣誉赋予者啊！因此，你的名字才被称作'沙利耶'，大地之主啊！(45)你这位慷慨布施的人啊！你要为了我，完成一切你从前所说的要完成的事情，知法者啊！(46)罗陀之子（迦尔纳）和我都比不上你英勇，因此，我们才挑选你在战场上驾驭那些骏马。(47)正如迦尔纳在许多品质方面胜过胜财（阿周那），陛下啊！世人也公认你胜过婆薮提婆之子（黑天）。(48)迦尔纳在武器方面肯定超过普利塔之子，人中雄牛啊！而你在驭马术和力量上也肯定超过黑天！(49)毫无疑问，摩德罗王啊！你通晓的驭马知识，是灵魂高尚的婆薮提婆之子（黑天）的两倍！"(50)

沙利耶说：

甘陀利之子啊！既然你在大军之中说我胜过提婆吉之子（黑天），俱卢族人啊！这也就让我心满意足了。(51)我要如你所愿，英雄啊！在声名显赫的罗陀之子（迦尔纳）与般度族魁首交战时，担任他的车

---

① 阿尔达耶那后裔，意为坚持正义者的后代。

夫。(52) 不过，英雄啊！我还有一个条件，那就是在日神之子（迦尔纳）面前，我可以想说什么就说什么。(53)

全胜说：

国王啊！您的儿子和迦尔纳异口同声，婆罗多子孙啊！对摩德罗王说："好吧！"婆罗多族魁首啊！(54)

以上是吉祥的《摩诃婆罗多》中《迦尔纳篇》第二十三章(23)。

二四

难敌说：

请再听我对你讲，摩德罗之主啊！昔时诸神与众阿修罗之大战中发生的事情，主人啊！(1) 那是大仙人摩根德耶向我父亲讲述的。现在我要毫无保留地讲给你听，王仙中翘楚啊！你对此不要有丝毫的怀疑。(2) 诸神与众阿修罗之间爆发了一场大战，国王啊！挑起大战的祸端是多罗迦。我们听说当时众提迭被诸神打败。(3) 然而，在众提迭战败后，多罗迦的三个儿子多罗刹、莲目和电环，国王啊！(4) 立下极端的誓言，实行严酷的苦行。由于苦行，他们的身体变得衰弱不堪，敌人的镇伏者啊！(5) 他们的自制、苦行和誓言，国王啊！博得老祖宗（梵天）喜欢。于是，这位恩惠赐予者便向他们施与恩惠。(6) 国王啊！他们请求一切世界的老祖宗赐予一个恩惠，即无论何时，一切众生都无法将他们杀死。(7) 于是，世界之主梵天对他们说："没有长生不死这样的事，诸位阿修罗啊！放弃这个要求吧！选择另外一个令你们满意的恩惠！"(8) 然后，国王啊！他们反复商议多次后，躬身向一切世界之主致敬，说了这些话：(9) "神啊！老祖宗啊！请您给我们这样一个恩惠：让我们分住在三个城市中，并恩准我们在这个世界上漫游。(10) 千年之后，我们又相聚在一起，而这三个城市也要合为一体，无瑕者啊！(11) 其时，有哪位神中魁首能够一箭射穿那三座连为一体的城市，他才能置我们于死地，尊神啊！"天神回答他们说："就这样吧！"随即升入天界。(12)

他们获得恩惠后，兴高采烈，商量决定，请摩耶建造三城。摩耶是伟大的阿修罗工匠，永不衰老，受到全体提迭和檀那婆崇拜。（13）于是，睿智的摩耶凭借自己的苦行力量，造出三城：一座金城，一座银城，一座铁城。（14）金城建在天上，银城建在空中，铁城建在地上，都建成转轮状，大地之主啊！（15）每个城市长宽各一百由旬，布满房舍和宏伟的宫殿，还建有高大的城墙和拱门。（16）有各种住宅和门户，住着各色人等，但不显拥挤，有利健康。（17）国王啊！这些城市有各自的国王。美丽的金城属于灵魂高尚的多罗刹，银城属于莲目，铁城属于电环。（18）不久，这三位提迭王便以自己的力量征服了三界，又生活了许多年。对于他们，生主也徒有其名。（19）于是，数百万、数千万乃至亿万檀那婆魁首、无可匹敌的英雄从各地来到这里，投靠这三座坚不可摧的城市，渴望获得荣华富贵。（20）而摩耶则成为全体檀那婆所需一切物品的提供者。他们全都依靠他，无忧无虑地居住在那里。（21）三城中的居民，无论谁心中产生何种愿望，摩耶都会运用自己的魔力让他的心愿实现。（22）

　　多罗刹之子名唤诃利，强大有力。他实行严酷无比的苦行，为此老祖宗感到满意。（23）天神对他满意，他便请求赐予一个恩惠："让我们的城市出现一个湖。那些死于兵器的人被投入此湖后，会变得更为有力。"（24）得到这个恩惠后，多罗刹之子、英雄的诃利便在那里造了一座可使死人复活的湖，主人啊！（25）那些提迭无论以何种形态、何种装束被杀，投入该湖后，便仍以那种形态、那种装束复生。（26）得到那座湖后，三城的居住者便搅得一切世界不得安宁。面对这些依靠大苦行获得成功的提迭，众天神的恐惧与日俱增。国王啊！在交战中，无论如何都无法削减他们的人数！（27）他们贪婪愚蠢，利令智昏，恬不知耻地破坏一切正常的秩序。（28）由于得到恩惠，他们便有恃无恐，无时无处不在驱逐诸天神及其随从。他们随心所欲地四处游荡，（29）闯入天国居民钟爱的所有园林，闯入众仙人圣洁的静修林和祭祀场所，闯入百姓的村落。这些邪恶的檀那婆破坏一切行为准则。（30）

　　于是，所有的天神一起来到老祖宗面前，敌人的征服者啊！控诉阿修罗们的罪恶行径。（31）他们向世尊老祖宗陈述了所有事实，向他俯首致敬，讨教诛灭阿修罗的方法。（32）听罢众天神的话，尊神便对他们说："那些阿修罗灵魂邪恶，仇视天神。他们经常捣乱，侵害你们。（33）毫无疑问，我对一切众生一视同仁。然而，我要对你们说，违法者应该受到惩处。（34）你们这些阿提迭，选择不知疲倦的斯塔奴，或称伊沙那，又称吉湿奴（湿婆），作为你们的战士吧！只有他才能消灭那些阿修罗。"（35）

听完他的话，以天帝释为首的众天神便请梵天走在前面，带领他们去寻求以雄牛为标志者（湿婆）的庇护。（36）这些通晓正法的天神在众仙人的陪同下，实行最严酷的苦行，吟诵不朽的吠陀诗句，全心全意前往跋婆那里。（37）他们用恰如其分的语言赞美这位消除一切恐惧的大神。他是一切的灵魂，伟大的灵魂。依靠他，灵魂遍及一切。（38）他通过多种特殊的苦行，通晓灵魂瑜伽，通晓灵魂数论。灵魂永远在他的控制之下。（39）他们看到充满光辉的伊沙那。他是乌玛之夫，在世间无人可比，恪守誓言，清白无瑕。（40）世尊虽然只有一个，然而他们却将他想象成各种各样的形象。他们在这位灵魂伟大的世尊身上看到各自心目中的形象，因而无不感到万分惊奇。（41）看到这位大神、未生者和宇宙之主由一切众生构成，众天神和众婆罗门仙人俯首触地。（42）世尊商迦罗以吉祥的话语向他们表示致敬，请他们起身，微笑着说道："请讲！请讲！"（43）

听到三眼神如此吩咐，他们都安下心来。于是，他们便对跋婆说："敬礼！主啊！向你敬礼！（44）向你这位至高无上的大神、弓箭手、愤怒之神敬礼！向你这位生主（陀刹）[①]的祭典的毁坏者敬礼！向你这位受到众生主称颂的天神敬礼！（45）向你这位总是受到赞美、值得赞美、如同死神的天神敬礼！向你这位凶猛的、执戟的红肤蓝颈神敬礼！（46）向你这位战无不胜、生着鹿眼、用精良的武器作战的天神敬礼！向你这位不可战胜的纯洁的梵、过着梵行生活的天神敬礼！（47）向你这位支配者、统治者、不可估量的天神敬礼！向你这位皮肤黄褐、身着兽皮、遵守誓言、坚持苦行的天神敬礼！（48）向你这位鸠摩罗之父、手执精良兵器的三眼神敬礼！向你这位消除寻求

[①] 这位生主是指陀刹。他是梵天的十位儿子中的一位。据说，有一次陀刹举行盛大的祭典，却未邀请湿婆。湿婆愤而捣毁这个祭典。

庇护者苦恼的、消灭敌视婆罗门者的天神敬礼！（49）向你这位树木之主、人之主敬礼！向你这位牛之主、永远的祭祀之主敬礼！（50）向你这位率领军队、威武勇猛的三眼神敬礼！我们在思想、语言和行动上都忠于你！神啊！请向我们施恩吧！"（51）

于是，世尊心中喜悦，向他们表示欢迎，说道："让你们的恐惧消除吧！说说我能为你们做些什么？"（52）

这位灵魂伟大的天神给予那些先人、天神和仙人这个恩惠后，梵天向商迦罗表示敬意。然后，为了世界的利益，对他说道：（53）"由于你的恩准，神中之主啊！我成为众生之主。身处这一位置，我给予众檀那婆一个大恩惠。（54）除了你，无人能够消灭那些破坏规则者，过去与未来之主啊！只有你才是他们的对手，能够将他们斩尽杀绝。（55）神啊！天国居民们寻求你的保护，施恩吧！神中之主啊！消灭檀那婆吧！执戟者啊！"（56）

吉祥的世尊说：

我认为，你们的一切敌人都该杀！不过，我不会孤身一人去消灭他们。天神的敌人们具有强大的力量。（57）你们全都联合起来，借助我的武器的威力，在战斗中消灭那些敌人！因为只有联合起来，才有巨大的力量。（58）

众天神说：

我们认为那些檀那婆的威力是我们的两倍，因为我们已经领教了他们的威力。（59）

世尊说：

一切冒犯你们的罪人都应该被消灭！你们借助我的一半威力去消灭那些敌人！（60）

众天神说：

我们承受不了你的一半威力，伟大的主啊！倒是你可以借助我们全体的一半力量去消灭敌人。（61）

难敌说：

听了他们的话，神中之主说："就这样吧！"王中至贤啊！他接受了他们全体的一半力量，变得更为强大有力。（62）这位天神此时比一切天神都更具威力，因而从那时起，商迦罗便被称作"大神"。(63) 然后，大神说："天国的居民们啊！我将要携带弓箭，乘着战车，在战斗中消灭那些敌人。(64) 你们看着我的战车和弓箭吧！就在今天，我要把他们打倒在地。"(65)

众天神说：

我们要从三界各处搜集一切材料，神中之主啊！为你建造一辆威力巨大的战车，(66) 一辆由毗首羯磨（工巧天）精心设计制作的美丽的战车。

言毕，神中之虎们便着手建造那辆战车。(67) 他们将一切众生的家园——大地女神连同众多的大城市、群山、森林和岛屿制成战车。(68) 用曼陀罗山做车轴，几条大河做车的后部，而大地的四面八方则成为战车上的覆盖物。(69) 用闪亮的行星做车底，群星做护栏，法、利和欲合成车辕，各种草木连同各种花朵、果实和嫩芽成为车上的绳索。(70) 日、月成为这上等战车的双轮，而日、夜成为吉祥的左右两翼。(71) 以持国为首的十位龙王成为另一根坚固的车辕，天空成为车辊，而卷云和雷云成为车辊上的皮索。(72) 坚定、智慧、稳重和谦卑成为辊钉，繁星闪烁的天空则成为战车的花斑皮制覆盖物。(73) 世界之主——神王、水神、死神和财神①成为御车之马，信守誓约的两位新月女神和两位满月女神成为挽绳、驭马者以及马的颈饰。(74) 行动、真理、苦行和利益成为车上的缰索，思想成为车的停泊地点，而语言则成为车的行进路径。(75) 五颜六色的美丽旗帜随风飞舞，还有闪电和因陀罗的弓（彩虹），那熠熠生辉的战车闪耀光芒。(76)

大王啊！就这样，众天神建造了这辆足以粉碎敌人的上等战车，人中之虎啊！(77) 商迦罗将自己那些神异的兵器置于车上，又以蓝天作为战车的旗杆，以雄牛作为标志。(78) 梵天之杖、死神之杖、楼陀罗之杖和热恼成为战车边上的护兵，警戒各个方向。(79) 阿达婆和鸯耆罗两位仙人成为灵魂伟大的湿婆的车轮护卫，而梨俱吠陀、娑摩吠陀和往世书则成为开路先锋。(80) 历史传说和夜柔吠陀成为

---

① 即因陀罗、伐楼拿、阎摩和俱比罗。

殿后的护卫,而一切神圣的语言和知识行进在车的周围。(81)刺棒等等,王中之王啊!"婆娑吒"① 和"唵"音,国王啊!都列于车前,光彩夺目。(82)他用六季组成的年制成神奇的弓,又用人类劫末之夜制成坚不可摧的弓弦。(83)毗湿奴、火神和月神成为箭。据说全部宇宙即是火神和月神;同样,据说宇宙由毗湿奴构成。(84)毗湿奴是力量无穷的世尊跋婆的灵魂,因而那些阿修罗根本无法接近那弓弦。(85)暴戾的神主商迦罗往那支箭中注入势不可挡的怒火。那怒火出自婆利古与鸯耆罗的愤怒,令人无法忍受。(86)

这位天神呈现蓝色、红色和烟色,身穿兽皮衣,形象可怕。他闪闪发光,宛若一万轮太阳,充满光焰。(87)这位诃罗(湿婆)永远是击垮难以击垮之敌的胜利者,婆罗门之敌的消灭者,遵守正法的善人的保护者,违背正法的恶人的消灭者。(88)世尊斯塔奴在大批形象可怖、力量可怕的杀敌者的簇拥之下,仿佛是唤醒了灵魂的一切功能,显得光彩照人。(89)包含一切生物和非生物的整个宇宙依附他的肢体,国王啊!光辉灿烂,蔚为奇观。(90)看到那神奇的战车,他披甲执弓,又拿起那支生自月神、毗湿奴和火神的神箭。(91)几位天神担任驾车的马匹,国王啊!风神吹送芳香的气息,王中翘楚啊!(92)尔后,大神准备就绪,登上战车,令众天神悚然,天地仿佛震颤摇晃。(93)这位赐予恩惠的天神手持宝剑和弓箭,光辉四射,微笑着发了话:"谁来做我的车夫?"(94)众天神对他说:"众神之主啊!您任命哪位,哪位就做您的车夫,这一点毫无疑问!"(95)天神又对他们说:"你们考虑一下,不要耽搁,谁比我强,就让谁做我的车夫!"(96)

听罢那位灵魂高尚者说的话,众天神来到老祖宗天神面前,请求他施恩,说道:(97)"天神啊!遵照您的盼咐,我们完成了为摧毁天神的敌人应做的一切事情,以雄牛为标志的天神也感到满意。(98)我们建造好了那辆装着许多神奇武器的战车。但是,我们却不知道谁能够成为那辆超群绝伦的战车的车夫!(99)因此,神中翘楚啊!你就委派一位车夫吧!天神啊!你应当实现你对我们承诺过的事情!主

---

① 婆娑吒是向神献祭时所用的感叹语。

啊！（100）从前，世尊啊！你曾经对我们这样说：'我要为你们谋利益！'现在你应当履行这个诺言！（101）天神啊！我们打造的这辆战车驱赶敌人，所向披靡。那位天神作为武士站在车上，手持毕那迦弓，准备出发，使众檀那婆闻风丧胆。（102）同样，四部吠陀成为四匹骏马，灵魂高尚者啊！而大地连同群山成为战车，群星成为保护武士和车夫的车护栏。（103）我们还应当为这辆战车寻找一位胜于一切人的车夫。除此之外，天神啊！战车、马匹、武士以及铠甲、武器和弓弩都已一应俱全，老祖宗啊！（104）除了您，我们挑不出其他可以担任车夫的人。您具有一切美德。主啊！您胜过一切神！快快登上战车去驾驭那些骏马吧！"（105）我们听说，众天神言毕，便向三界之主老祖宗俯首致敬，恳求他开恩担任车夫。（106）

梵天说：

天国居民们啊！你们说的话一点也不错。迦波尔提（湿婆）作战时，我就为他执掌马缰。（107）

于是，世尊天神、三界的创始者、老祖宗受诸神委托，担任灵魂高尚的伊沙那的车夫。（108）他迅速登上那辆举世景仰的战车时，那些速疾如风的马匹立即俯首。（109）而伟大的神主登上战车时，那些马双膝跪地。（110）三界之主老祖宗抓住缰绳，让那些快如思想疾如风的马匹立起身来。（111）赐予恩惠的宇宙之主登上车后，向众阿修罗进发，微笑着说："善哉！善哉！（112）天神啊！努力驱策马匹，向众提迭进发！今天，我在战斗中消灭敌人，请见识一下我双臂的力量吧！"（113）

于是，梵天驱策那些速疾如风的马匹，国王啊！向着众提迭和檀那婆守护的那三座城进发。（114）然后，沙尔婆拉开弓弦，搭上那支箭，与兽主法宝合用，心里想着三城。（115）愤怒的天神执弓站在那里时，国王啊！那三座城市合在一起了。（116）三城互相靠拢，合为一体，在灵魂高尚的众天神中引发出兴奋的骚动。（117）然后，全体天神、悉陀和大仙人兴高采烈，一齐发出胜利的欢呼声。（118）三城呈现在这位天神面前。他具有不可抗拒的力量和不可言状的可怖形象，一心要诛灭阿修罗。（119）世尊、宇宙之主拉开那张神奇的弓，对准三城射出那支汇聚三界精华的箭。他使三城连同众阿修罗一起燃烧起来，又将他们扔到西海中。（120）就这样，一心为三界谋幸福的大自在天愤怒地焚毁三城，彻底消灭众檀那婆。（121）而三眼神发出"哈！哈！"之声，将生于自身愤怒的烈火扑灭，说道："勿使三界化为灰烬！"（122）

尔后，众天神、三界和众仙人都恢复原状，都以恰当的言辞赞誉威力无比的斯塔奴。（123）以生主梵天为首的众天神实现愿望，在世尊的准许下，满意地离去。（124）

你要像世尊梵天、世界的创始者、老祖宗那样，为灵魂高尚的罗陀之子（迦尔纳）驾驭车马。（125）毫无疑问，王中之虎啊！你胜过黑天、迦尔纳和颇勒古拿（阿周那）！（126）在战斗中，无瑕者啊！迦尔纳好似楼陀罗，而你如同梵天。因此，你们两人有能力战胜我的敌人，一如那两位天神战胜众阿修罗。（127）沙利耶王啊！赶快动手吧！今天就让迦尔纳消灭以白马驾车、以黑天为车夫的贡蒂之子！迦尔纳、王国和我们大家都仰仗你。（128）请听我再讲述一段历史传说，那是一位通晓正法的婆罗门在我父亲面前讲的。（129）听了这些具有因果含义的奇妙言词后，沙利耶王啊！你就下定决心去做，不要再犹豫！（130）

在婆利古族中有一位大苦行者食火仙人，他的儿子罗摩闻名遐迩，具有力量和美德。（131）为了得到武器，他实施严酷的苦行，灵魂清静，意志坚定，控制感官，终于打动了跋婆。（132）他的虔诚和平和令大神满意。知道了他的心愿，商迦罗向他显身。（133）

自在天说：

罗摩啊！我对你很满意。愿你有福！我知道你的心愿。你要净化你的灵魂，然后你将会如愿以偿！（134）一旦你获得净化，我将给你那些武器。而那些武器，婆利古后裔啊！会焚毁那些不配使用它们的无能之辈！（135）

闻听神中之神持戟者这番话，食火仙人之子便俯首回答灵魂伟大的神主道：（136）"众神之主啊！当您认为我有资格使用这些武器时，再把这些武器赐予我。我始终对您恭顺。"（137）

难敌说：

于是，他实施苦行，控制感官，恪守誓言，供奉祭品，举行豪摩祭①，同时颂经。（138）他以此取悦沙尔婆，坚持了许多年。最后，大神终于对灵魂高尚的婆利古后裔表示满意。（139）他在自己的妻子面前，称赞罗摩具有很多美德，并说："这位信守誓言的罗摩对我永远虔敬。"（140）这位诛灭敌人的神主对罗摩心生喜爱，也在众天神和众先人面前多次称赞他的种种美德。（141）

与此同时，众提迭变得十分强大。傲慢和愚蠢蒙蔽了他们的双眼，他们开始侵扰天国的居民。（142）于是，众天神联合起来，决心消灭他们。众天神奋力拼搏，打击敌人，却未能获胜。（143）接着，众天神一起来到大自在天面前。他们以虔敬的态度博取他的好感，恳求道："杀死我们的敌人吧！"（144）这位天神答应要消灭众天神的敌人。尔后，商迦罗便唤来婆利古后裔罗摩，对他说：（145）"婆利古后裔啊！出于为三界谋利益，也为了让我满意，消灭一切前来进犯的诸神之敌吧！"（146）

罗摩说：

众神之主啊！我尚无兵器在手，大自在天啊！我怎么能够消灭那些武器精良、作战凶狂的檀那婆啊！（147）

自在天说：

遵照我的想法，你去吧！你将会消灭众檀那婆！你征服所有的敌人后，就会获得圆满的功德。（148）

难敌说：

听了这些话，罗摩完全接受。举行了祈求成功的仪式之后，他便向众檀那婆进发。（149）婆利古后裔消灭众天神的那些狂妄而又强大的敌人，他的每一下打击都如同因陀罗的金刚杵。（150）这位再生者中佼佼、食火仙人之子也被众檀那婆打伤，然而一经斯塔奴触摸，伤口就立即愈合。（151）尊神对于他的业绩感到满意，便赐予这位灵魂高尚的知梵者、婆利古后裔各种恩惠。（152）神中魁首持戟者高兴地说道："落在你身上的武器给你造成伤痛，（153）而你的表现说明你

---

① 豪摩祭，即将酥油投入祭火中，以此向神献祭，由婆罗门实施。

已获得超人的武艺。令婆利古族喜悦的人啊！如你所愿，从我这里接受这些神奇的武器吧！"（154）

罗摩获得所有那些武器以及心中向往的各种恩惠之后，便向湿婆俯首施礼。（155）在征得众神之主应允后，这位大苦行者就离开了。这就是仙人当时讲述的那个古老的故事。（156）人中之虎啊！婆利古后裔又心情愉快地将全套弓箭术传授给灵魂高尚的迦尔纳。（157）倘若迦尔纳有什么罪错的话，大地之主啊！令婆利古族喜悦的人决不会将那些神奇的武器赐给他！（158）我无论如何都不认为迦尔纳会出身车夫家族，我认为他是生自刹帝利世家的天神之子。（159）这位大勇士手臂修长，有天生的耳环和铠甲，犹如太阳神。这好比母鹿怎么可能生下老虎？（160）请看他那粗壮的双臂宛若象王的长鼻；再看他那宽阔的胸膛，足以抵御一切敌人！（161）

以上是吉祥的《摩诃婆罗多》中《迦尔纳篇》第二十四章(24)。

二五

难敌说：

就这样，世尊天神、三界的老祖宗做了车夫，楼陀罗则成为车上的武士。（1）英雄的战车车夫应胜过战车武士。因此，人中之虎啊！你就在这场战斗中执掌马缰吧！（2）

全胜说：

于是，敌人的消灭者、摩德罗国沙利耶王满心欢喜，拥抱你的儿子难敌，说道：（3）"国王啊！甘陀利之子啊！容貌英俊的人啊！如果你心里是这样想的，那么，我就会去做一切令你高兴的事情！（4）婆罗多族魁首啊！无论何时何地只要有适合我做的事情，我都会尽心尽力为你挑起重担。（5）不过，我出于善意对迦尔纳说的一切话，不管动听不动听，还请你和迦尔纳多多包涵！"（6）

迦尔纳说：

摩德罗国王啊！愿你无论做什么事情都始终为我们的利益着想，正如梵天对待伊沙那（湿婆）、美发者（黑天）对待普利塔之子那

样。(7)

沙利耶说：

自我谴责、自我崇拜、责难他人、恭维他人，这四种行为尊贵的人从不屑于去做。(8)然而，智者啊！为了增强你的信心，我要对你说些自夸的话。请你听仔细。(9)我就像摩多梨一样，主人啊！适合做天帝释的车夫。因为我沉着稳重，精通各种知识、学问和医术。(10)你与普利塔之子作战时，无瑕者啊！我将为你执掌马缰。请消除你的忧虑吧！车夫之子啊！(11)

以上是吉祥的《摩诃婆罗多》中《迦尔纳篇》第二十五章(25)。

二六

难敌说：

迦尔纳啊！摩德罗国王将要担任你的车夫。他胜似黑天，犹如天王的车夫摩多梨。(1)正如摩多梨驾驭套着黄褐马的战车，今天沙利耶王也要成为你的车马的御者。(2)你成为战车上的武士，而摩德罗国王成为车夫，这辆战车必将无敌于天下。普利塔之子在战斗中决不会获胜。(3)

全胜说：

然后，国王啊！难敌又对将在战斗中驾驭那些骏马的、勇敢的摩德罗国王说：(4)"有你的保护，罗陀之子必将战胜胜财！"婆罗多子孙啊！沙利耶听后，说道："就这样吧！"便登上战车。(5)当沙利耶王走向战车时，迦尔纳高兴地对车夫说："御者啊！快点为我备车！"他反复催促着。(6)沙利耶王精心备好健达缚城堡般的胜利战车，交给主人，并说："祝你胜利！"(7)战车武士中翘楚迦尔纳如仪敬拜这辆曾被一位精通吠陀的祭司净化过的战车，(8)从左至右绕车而行，又虔诚地敬拜了太阳，然后请侍立在身旁的摩德罗国王先登上战车。(9)于是，大光辉的沙利耶王登上迦尔纳那辆坚不可摧、天下无敌的巨大战车，俨若雄狮登上山岭。(10)看到沙利耶王就位，国王啊！迦尔纳也登上自己那辆盖世无双的战车，恰似太阳登上挟裹着雷电的云端。（11）两位英雄登上同一辆战车，发出太阳和火焰般的光芒，仿佛一同坐在天上云端的日神和火神，放射耀眼的光辉。（12）这时，这两位光辉灿烂的英雄受到歌颂赞美，犹如因陀罗和火神在祭祀仪式上受到众祭官召唤。（13）迦尔纳站在沙利耶王执缰的战车上，拉开他那可怕的弓，好似太阳带着光环。（14）站在超群绝伦的车上，人中之虎迦尔纳以箭矢组成光焰，熠熠生辉，宛若位于曼陀罗山上的一轮太阳。（15）

威力无限的大英雄罗陀之子（迦尔纳）站在战车上向前行进，难敌对他说道：（16）"升车之子啊！英雄啊！你要在全体弓箭手眼前，建立起连德罗纳和毗湿摩都未能建立的、难以企及的战功！（17）我一直认为，两位大勇士毗湿摩和德罗纳一定能够杀死阿周那和怖军。（18）罗陀之子啊！英雄啊！你要像第二位手执金刚杵者（因陀罗）那样，在大战中完成他俩未竟的英雄功业！（19）罗陀之子啊！你要生擒法王（坚战），或者杀死胜财、怖军和玛德利的一对双生子！（20）祝你胜利！愿你有福！出发吧！人中雄牛啊！将般度之子的所有军队都击为齑粉！"（21）接着，数千数万器乐和战鼓齐声奏响，令人振奋，仿佛是天空中的乌云发出阵阵雷鸣。（22）

听取了难敌的这番话后，战车武士魁首罗陀之子（迦尔纳）站在战车上，对能征善战的沙利耶王说道：（23）"策马前进吧！大臂者啊！让我去消灭胜财、怖军、双生子以及坚战王！（24）沙利耶王啊！今天，当我射出成百上千、成千上万支苍鹭羽毛箭时，就让胜财领教一下我的臂力吧！（25）今天，沙利耶王啊！我要为般度五子的毁灭和难敌的胜利，放出无数支锋利无比的箭！"（26）

沙利耶说：

车夫之子啊！你为何如此小看般度五子呢？要知道他们精通一切武艺，个个是大弓箭手，大勇士！（27）他们永不退却，大福大德，不可战胜，极其英勇，甚至能使百祭因陀罗本人心生胆怯！（28）你在作战时听到甘狄拨神弓发出的雷鸣般的声响时，罗陀之子啊！你就不会这么说了！（29）

全胜说：

而迦尔纳将摩德罗国王说的那番话当成耳旁风，对沙利耶王说：

"那你今天就看着吧！"人中之主啊！（30）

看到大弓箭手迦尔纳一心渴望战斗，全体俱卢族人兴高采烈，高声欢呼，敌人的镇伏者啊！（31）尔后，伴随乐声和鼓声，各式利箭的嗖嗖声，各路英雄的吼叫声，你的大军奔赴战场，誓死战斗到底。（32）迦尔纳登程，俱卢族武士们欢欣鼓舞，国王啊！这时，大地震颤，发出巨响。（33）但见七大行星偏离太阳，流星坠落，四面八方燃起大火，雷霆劈打，狂风四起。（34）大群大群的飞禽走兽一直走在你军的右侧，预示着巨大的灾难。（35）在迦尔纳上路之后，他的马匹跌倒在地。一阵可怕的骨头雨自天而降。（36）武器发热，旗帜颤抖，牲畜则眼泪涌流，民众之主啊！（37）这些以及其他许多恐怖的不祥之兆，陛下啊！频频出现，预示着俱卢族的灭亡。（38）由于受到命运的捉弄，他们谁也没有注意到这些凶兆。看到车夫之子（迦尔纳）登程，大地上的人们向他欢呼胜利。你的俱卢族人都认为般度五子已被打败了。（39）

而后，人中雄牛、敌方英雄的诛灭者、战车武士之魁首、日神之子迦尔纳在战车上想起战败的毗湿摩和德罗纳，婆罗多子孙啊！他好似火神，放射着光辉。（40）他想到普利塔之子的无可匹敌的功绩，却又妄自尊大，怒火中烧，便长叹一声，对沙利耶王开言道：（41）"当我在战车上手执弓箭，即便是愤怒的手持金刚杵的因陀罗也无法令我畏惧！目睹了以毗湿摩为首的英雄们陈尸战场，也不能使我有丝毫的动摇！（42）即使看到这两位犹如伟大的因陀罗和毗湿奴的无可指摘的英雄，最精锐的车、马、象军的歼灭者，仿佛不可杀害的武士毗湿摩和德罗纳被敌人杀害了，今天在战斗中我也不会感到丝毫的恐惧！（43）身为婆罗门雄牛，精通各种强有力的兵器，这位教师（德罗纳）为何不在战斗中消灭所有的敌人，却听任敌方的国王们在战场上用箭消灭我们强大的人、马、象、车？（44）回想起大战中德罗纳的牺牲，我要以实相告。俱卢族人啊！你们都听着，除我之外，你们无人能在战时抵御形象可怖、如同死神的阿周那的强劲攻势。（45）德罗纳武艺高超，力量强大，沉着勇敢，武器精良，又谦恭有礼。我认为，如果连这样一位灵魂高尚的人都难逃死神的掌心，那么，今天我军的其他人都危在旦夕。（46）由于世上万物无常，人们知道，任何事物，哪怕是想像中的事物，都不会固定不变。当教师本人业已死亡，谁还能坚信不疑，夸口自己活到日出时分呢？（47）教师就这样在战斗中被敌人杀害，足见无论是一般的武器，精良的武器，力量和勇气，还是行动和策略，都无法担保人的幸福。（48）他光焰四射犹如烈火和骄阳，英勇绝伦宛若毗湿奴和毁城者（因陀罗），计谋深远恰似毗诃波提和优沙那。对这样一位势不可挡的英雄，武器却无法将他保护。（49）当我们的妇孺悲鸣哀泣之时，当持国之子威风扫地之际，沙利耶王啊！我就知道该我上阵了。向敌军所在地进发吧！（50）除我之外，谁还能与那支拥有坚持真理的般度之子坚战王、怖军、阿周那、婆薮提婆之子、斯楞遮耶人、萨谛奇以及那一对孪生子的军队相抗衡？（51）因此，摩德罗之主啊！在战场上向着般遮罗人、般度人以及斯楞遮耶人全速前进！我想，在与他们交锋后，不是我将他们歼灭，就是我去与德罗纳会面。（52）你不要以为我不会跻身于那些英雄之中，沙利耶王啊！我不会容忍对我的朋友难敌的伤害！为此，我准备捐弃生命效法德罗纳！（53）无论智者和愚者，一旦命数已尽，都会落入死神之口，抛弃生命。因此，博学的人啊！我要向普利塔之子发动进攻。我无法回避命运。（54）奇武王之子（持国）的儿子一向对我有情有义，国王啊！为了帮他实现目标，我将舍弃可爱的享受和难以割舍的生命。（55）这辆战车覆盖虎皮，行进时车轴悄无声息，三节金车厢，银车辕，由骏马驾驭，盖世无双，是罗摩赠与我的。（56）看看这些神奇的弓，沙利耶王啊！这些旗幡、棒槌和形状凶猛的利箭，这把闪闪发光的宝剑，这件威力无比的武器，这只声音嘹亮的白螺号。（57）登上这辆战旗猎猎、响声如雷、白马驾驭、装饰着美丽箭袋的战车，我要在交战中奋力消灭战车武士之雄牛阿周那！（58）即使在战斗中毁灭一切的死神时刻警惕地护佑着那位般度之子，我仍要与他在战场上交锋，不是我将他杀死，就是我追随毗湿摩前往阎摩府。（59）纵然阎摩、伐楼拿、俱比罗、婆薮之主（因陀罗）与他们的随从在大战中一起来到这里保卫般度之子，也没有二话，我还是要将阿周那与他们一起打败！"（60）

听罢热衷战斗的迦尔纳这一番吹嘘之词，勇武的摩德罗国王鄙视他，嘲笑他，为了制止他而说道：（61）"打住！打住！迦尔纳啊！别再自吹自擂了。你可真是得意忘形，说了不该说的话！愚蠢的小人啊！那人中翘楚胜财（阿周那）处于何种地位？而你在这里算老几？（62）雅度族宅府受到因陀罗的弟弟（黑天）的护卫，好似天国由天王本人保护。除了阿周那之外，谁能从那里将人中翘楚（黑天）的妹妹掠走？（63）阿周那英勇绝伦，堪与天王（因陀罗）相媲美，除他以外，又有何人能够在那场因杀死一头野兽而引起的纷争中，向三界之创始者、主中之主跋婆挑战？（64）为了对火神表示敬意，伽耶（阿周那）用箭征服众阿修罗、众天神以及大蛇、人、大鹏金翅鸟、毕舍遮、药叉和罗刹，向火神献上他想要的祭品。（65）你还记得吗？日神之子啊！那一次持国之子（难敌）被敌人俘虏，那几位人中翘楚在荒野中歼敌无数，将他救出。（66）你还记得吗？当时连你都带头逃走了，而般度诸子击败大群在空中飞行的健达缚，救出好战的持国之子们。（67）又有一次，在夺取毗罗吒的牛群时，尽管俱卢族兵强马壮，并拥有教师和教师之子，拥有毗湿摩，却仍被那位人中佼佼（阿周那）打败。那时你为何没有战胜阿周那呢？（68）现在，为了消灭你，又一场恶战在即。假若你不因为惧敌而逃跑，那么今天，你就会在战场上丧命，车夫之子啊！"（69）

全胜说：

摩德罗国王对迦尔纳说了许多刻毒的话，又兴致勃勃地为敌人歌功颂德，俱卢大军统帅、人中雄牛（迦尔纳）勃然大怒，对他说：（70）"就算是那样吧！就算是那样吧！不过，你为什么要一味地吹捧阿周那呢？我和他马上就要开战了！如果他在大战中打败了我，那时你再好好吹捧他吧！"（71）

摩德罗之主没有给予正面回答，只是说："就这样吧！"而一心渴望战斗的迦尔纳则对他说："前进！摩德罗之主啊！"（72）这位以白马驾车、以沙利耶王为御者的战车武士向敌军进发，一路拼杀，消灭敌人，一如太阳驱除黑暗。（73）迦尔纳乘着覆盖虎皮、套着白马的战车，兴高采烈，一路前行。他一看到般度族军队，便迫不及待地打听胜财（阿周那）的下落。（74）

以上是吉祥的《摩诃婆罗多》中《迦尔纳篇》第二十六章(26)。

二七

全胜说：

迦尔纳向前挺进，令您的军队欢欣鼓舞。他在战场上逐一询问遇到的每一个般度族士兵：（1）"今天谁能为我指出灵魂高尚的白马驾车者阿周那在什么地方，那么，无论他想要什么恩惠，我都会赐予他！（2）谁要是告诉我胜财的下落，如果他想要的话，我还会送给他满满一车珍宝！（3）谁要是向我透露阿周那的下落，如果他想要的话，我还会送给他一辆六头大象般的雄牛拉的金车！（4）我还会赐给他百名盛装佳丽，肤色深深①，佩戴金项圈，吹拉弹唱无不精通。（5）谁要是向我指出阿周那的下落，如果他想要的话，我还会另有重赏，赐他五百匹白马。（6）全部披金挂银，珠围翠绕，满身的饰物。除此之外，我还要送他八百匹驯良的马。（7）我还要赏赐给告诉我胜财下落的人一辆光灿灿的金车，装饰华美，由甘波阁产的上等良马驾驭。（8）我对他还会另有重赏，给他六百头大象，配备有各种金鞍子，佩戴金项圈，产自西海岸，经过驯象师调教。（9）假如告诉我阿周那下落的人想要的话，我还会赐给他渴望的恩惠。（10）妻妾、子嗣、游乐场所以及我拥有的财产，如果他心里想要的话，我也统统给他。（11）一旦我杀掉那两位黑王子，我将把他俩的全部财产都赠给那位告诉我美发者（黑天）和阿周那行踪的人！"（12）

迦尔纳滔滔不绝地在战场上宣布这些话之后，便吹响音色嘹亮的绝妙海螺。（13）闻听车夫之子这一番颇为得体的话语，大王啊！难敌及其随从无不欢欣鼓舞。（14）接着，国王啊！四面八方，鼓乐齐鸣，狮子般的吼声、大象的吼声和各种乐器声响成一片。（15）婆罗多族雄牛啊！在你的军中，响起武士们欢快的呐喊声。（16）正当全军上下欢天喜地之时，摩德罗国王却讪笑着对这位在战场上自吹自擂的大勇士、杀敌者罗陀之子（迦尔纳）说出这些话：（17）"车夫之子

---

① 肤色深深，此词用于美女时，指的是其皮肤冬暖夏凉，肤色光灿如金。

啊！今天你不要口出狂言而将套有六头大象似的雄牛的金车送给别人！你还要见到胜财呢！（18）出于愚蠢，你像财神俱比罗似地散发财富。其实，罗陀之子啊！你今天不用费什么周折就会见到胜财。（19）你像个傻瓜一样，毫无道理地要将你所有的财产散尽。你还没有意识到，你向这些微不足道的人馈赠，犯下愚蠢的错误。（20）要知道，若用你想要散出的大量财富，你可以举行许多次祭祀。车夫之子啊！用它们举行祭祀吧！（21）你妄想消灭两位黑王子，那是痴心妄想！我们从未听说过两头雄狮能被一只豺狼击败！（22）你总是追求非分之想。看来你是没有朋友向你提出警告，劝你不要引火烧身。（23）你还不知道你已经死到临头。毫无疑问，你命数已尽。因为，哪个想要活命的人会信口雌黄，说出这许多不值得一听的话来？（24）你的企图恰如一个颈上缚着巨石的人打算依靠双臂游过海洋；又好似一个人想要从山顶往下跳。（25）倘若你想有个好的结局，你最好还是在你全体武士的帮助下，在严阵以待的各路军队的大力保护下，与胜财作战。（26）我说这些都是为了持国之子的利益，对你并无恶意。如果你还打算活下去，那么就听从我说的这些话！"（27）

迦尔纳说：

我对自己的力量充满信心，要与阿周那在战斗中一决雌雄！而你不过是以朋友面孔出现的敌人，一心想要恫吓我！（28）今天任何人都无法阻止我实现这一目标，即便是高举金刚杵的因陀罗本人也不行，更不用提一个凡人了。（29）

全胜说：

迦尔纳的话音刚落，摩德罗国沙利耶王为了进一步激怒他，又用这些话回答他：（30）"一旦颇勒古拿（阿周那）拉开弓弦，向你猛力射出无数锋利的苍鹭羽毛箭时，你就会后悔与阿周那交战。（31）左手开弓者普利塔之子取出神弓，照亮军队，以无数利箭折磨你之后，你才会感到后悔，车夫之子啊！（32）就像一个躺在母亲膝上的婴孩，想要取下月亮，你呆在战车上痴心妄想，要在今天战胜阿周那。（33）今天，你急于要与勇猛如同刀刃的阿周那交战，甚至不惜要以自己的整个血肉之躯去撞击锋利无比的三叉戟，迦尔纳啊！（34）你今天向阿周那挑战，车夫之子啊！正如一只肢体敏捷而头脑愚笨的小鹿向一头身躯魁伟、披着鬃毛的雄狮叫阵。（35）车夫之子啊！你不要向那位英勇超群的王子挑战，像一只满足于林中肉食的豺狼向披着鬃毛的森林之王叫阵。你不要在与普利塔之子交战中毁掉自己。（36）你向普利塔之子胜财挑战，迦尔纳啊！如同一只兔子向一头牙如犁铧、颞颥开裂的巨象挑战！（37）你想与普利塔之子交锋，恰似你出于愚昧，用一根木棒去戳弄洞穴中一条颈部鼓胀的剧毒黑蛇！（38）由于愚昧，你藐视人中雄狮般度之子，迦尔纳啊！犹如一只豺狼蔑视披着鬃毛的愤怒雄狮，冲着它号叫！（39）你向普利塔之子胜财挑战，迦尔纳啊！俨若一只自取灭亡的麻雀向身手矫健的鸟中魁首毗娜达之子大鹏金翅鸟叫阵！（40）你仿佛在月升潮涨时分，不用舟楫想要渡过充满鲨鱼和波涛而可怕的大海洋！（41）你向普利塔之子胜财挑战，迦尔纳啊！好比一头牛犊向一头犄角尖利、颈厚如鼓、勇猛好斗的雄牛叫阵！（42）就像一只青蛙，冲着将要倾泻滂沱大雨的雨云聒噪不休，你向人中雨云阿周那发出叫喊！（43）迦尔纳啊！恰似一只呆在主人房子周围的狗向林中的老虎狂吠不止，你向人中之虎胜财发出叫喊！（44）迦尔纳啊！一只豺狼生活在森林里，兔群环绕，一直认为自己就是一头狮子，直到它见到了一头狮子。（45）同样，罗陀之子啊！你也把自己当成了一头雄狮，因为你尚未见到克敌制胜的人中之虎胜财！（46）只要你没有亲眼见到宛若日月双辉、站在同一战车上的两位黑王子，你就会以为自己是一头猛虎。（47）只要你还未听到甘狄拨神弓在大战时发出的铮铮响声，迦尔纳啊！你尽可以随口乱说！（48）待你亲眼见到四面八方响彻他的战车隆隆声和弓弦铮铮声，还有他本人发出的虎啸般的吼声，你就会变成一头豺狼！（49）你永远是豺狼，而胜财永远是雄狮。白痴啊！由于你对英雄的嫉恨，你看上去永远不过是一头豺狼！（50）力量对比之悬殊，一如鼠与猫，狗与虎，豺与狮，兔与象；（51）又如谬误与真理，毒液与甘露，这就是你和普利塔之子各自的建树，众所周知。"（52）

全胜说：

听了威力无比的沙利耶王这一番唇枪舌剑般的恶语中伤，罗陀之子（迦尔纳）勃然大怒，对他说道：（53）"有德者才了解有德者的美德，沙利耶王啊！而无德者并不知晓这些。你从来都缺乏德行，你这缺德之人又怎能知道什么是美德呢？（54）阿周那的精良武器，他的愤怒，他的英勇，他的弓箭，我全都清楚地知道！沙利耶王啊！而你却并不知晓！（55）同样，我既了解自身的英勇，也了解般度之子的英勇。沙利耶王啊！我向他挑战，并非飞蛾扑火！（56）我这里也有一支箭，沙利耶王啊！它箭翼精美，嗜饮鲜血，装饰华丽，经油浸透，正独卧在一只箭囊中。（57）它涂满檀香粉，已被我敬拜多年。它凶猛如同毒蛇，足以杀死为数众多的人、马、象。（58）它盖世无双，威力无穷，极其可怕，足以刺穿甲胄和骨头。若将我激怒，我甚至能用它劈开弥卢大山！（59）除了颇勒古拿（阿周那）或者提婆吉之子（黑天），我决不会将它射向任何人！对此，我要对你以实相告，请听我说！（60）沙利耶王啊！我愤怒至极，要用那支箭与婆薮提婆之子和胜财决战！那才像是我的作为！（61）在婆薮提婆的所有后裔中，只有黑天吉祥幸运；在全体般度之子中，只有普利塔之子百战百胜。有谁能够在与这两人遭遇后战胜他们？（62）这两位人中之虎同乘一辆战车合力攻打我一个人，沙利耶王啊！今天你就要见识一下我高贵的血统！（63）你等着瞧吧！我要将这一对不可战胜的姑舅表兄弟①一箭射死，恰似一线串起两粒宝石。（64）阿周那的甘狄拨神弓及其以猴为徽的旗幡，黑天的飞轮及其以多尔刹（金翅鸟）为徽的旗幡，只能令懦夫心惊胆战，沙利耶王啊！却使我兴高采烈！（65）而你这个白痴生性邪恶，对大战一窍不通。你是吓破了胆，才满口胡言乱语！（66）不知何故，你要对他们两人大肆吹捧，你这生于邪恶国度的人啊！待我在战场上消灭他俩后，定要将你与你的全部亲友一并斩尽杀绝！（67）你这生于罪恶国度的人啊！你这心灵邪恶的小人！你这刹帝利的败类！作为一个朋友，你为何如同敌人，用那两个黑王子来恐吓我？（68）今天在战斗中，不是他俩杀了我，就是我杀死他们两人。我根本就不怕那两个黑王子，我很清楚自己的力量有多大。（69）我单枪匹马，就能消灭上千名婆薮提婆之子（黑天）或者数百名颇勒古拿（阿周那）。住嘴吧！你这生于邪恶国度的人！（70）

"你听我念诵关于邪恶的摩德罗人的诗节吧！沙利耶王啊！这些

---

① 婆薮提婆和贡蒂是兄妹，因而黑天和阿周那是表兄弟。

诗节在妇孺、老人以及娱乐场所的人们之间广为流传,仿佛成了他们的必修课程。(71)从前,婆罗门也照样在国王面前吟诵这些诗句。仔细听着吧!白痴啊!然后再决定默认或者回答。(72)'摩德罗人永远背叛朋友,那仇恨我们的人就是摩德罗人。在言语粗鄙、行为卑贱的摩德罗人那里,从无友谊可言。(73)摩德罗人灵魂邪恶,总是谎话连篇,欺诈成性。我们听说,摩德罗人至死阴险毒辣。(74)在摩德罗人中,父亲、母亲、儿子、岳父、岳母、舅父、女儿、女婿、兄弟、孙子和所有的亲属,(75)以及其他的朋友、宾客和男女奴仆,全都杂居在一起。女人们随心所欲地与相识不相识的男人混居一处。(76)在那些吃大麦牛奶粥的有身份者的家中,也常常是一边饮酒吃牛肉,一边狂喊大笑。(77)他们的行为举止不合情理,相互之间经常放肆地谈论淫秽之事,哪里还有正法可言?(78)这些败坏的摩德罗人因各种秽行而臭名昭彰。人们既不会与摩德罗人交友,也不会与他们为敌。(79)在摩德罗人中,无友谊可言,因为摩德罗人反复无常。在摩德罗人那里,恰似在犍陀罗人那里一样,几乎不存在纯洁。(80)在祭典中,国王既是祭祀者,又是祭司,这样供奉的祭品无效。(81)正如帮助首陀罗举行仪式的婆罗门走向堕落,憎恨婆罗门的人也走向堕落。(82)摩德罗人中没有友谊。而通过念诵阿达婆咒语,能解除蝎毒,一切平安。(83)人们确实看到智者们这样为毒蝎咬伤的病人治疗。'聪明人啊!你就住嘴吧,听我继续说!(84)

"那些喝得醉醺醺的妇女脱衣跳舞。她们不受限制,随心所欲与男人乱交。摩德罗人作为这类女人的儿子,怎么有资格宣讲正法?(85)那些妇女如同骆驼和驴子,随地小便。你身为这类不知羞耻的女人的儿子,怎么还想宣讲正法?(86)有人向一个摩德罗女人讨一点酸粥时,她也不想给,还会搔着屁股说出可怕的话:(87)'任何人都休想向我讨酸粥!我是那么喜爱它,我宁愿把我的儿子给他,也不能把酸粥给他!'(88)我们听说,摩德罗妇人身躯肥大,嘴馋贪吃,厚颜无耻,裹着毛毯,龌龊不堪。(89)诸如此类丑恶行为,我和其他人还可以列举许多,可谓从头到脚,举不胜举。(90)确实,摩德罗人和信度绍维罗人怎么会懂得正法?他们是生于罪恶国度的弥戾车蛮人,对正法一无所知。(91)我们听说,一个刹帝利的最高职责是：战死疆场，受到善人们崇敬。（92）在刀光剑影的鏖战中献出我的生命非我初衷。我是想死后升入天国。（93）此外，我是睿智的持国之子的挚友，我的整个生命和全部财产都是为了他而存在。（94）至于你，你这生自罪恶国度的人啊！明显就是般度五子派来的间谍！因为你对我们所做的一切都如同敌人所为！（95）正如一个邪教徒无法将一位知法者引入歧途，像你这样的人就是来几百个，也休想说服我离开战场！（96）我恪守刹帝利职责，不会被吓倒，不会像遭受炎热折磨的鹿，随意哭泣和忧伤。（97）回想从前我的师父罗摩对我讲过那些人中雄狮捐躯沙场，走上不归之路的结局。（98）你要知道，我已经做好准备保卫我们自己和消灭敌人，效法补卢罗婆娑的优秀子孙的壮举。（99）摩德罗人啊！我不想看到三界中有任何人阻止我实现这一目标。（100）聪明人啊！闭上你的嘴吧！你怎么就会吓得信口雌黄呢？我不会杀死你，把你献给食肉兽的，卑鄙的摩德罗人啊！（101）沙利耶王啊！就是因为考虑到朋友和持国之子以及为了避免人们的指责这三个原因，你才能活到现在。（102）你要是再说出这种话，摩德罗国王啊！我就要用坚如金刚杵的棒槌击落你的脑袋！（103）人们今天将会耳闻目睹，生于邪恶国度的人啊！不是那两名黑王子杀死迦尔纳，就是迦尔纳杀死他俩！"（104）

如是言毕，民众之主啊！罗陀之子（迦尔纳）又镇定地对摩德罗国王说："前进！前进！"（105）

以上是吉祥的《摩诃婆罗多》中《迦尔纳篇》第二十七章(27)。

二八

全胜说：

陛下啊！听了好战的升车之子（迦尔纳）的这一番话，沙利耶王又开口说话，向迦尔纳举例说明：（1）"你就像喝醉了酒似的，千万不要这样！我是出于友情，想要让你清醒。（2）你听我讲这个关于乌鸦的寓言！迦尔纳啊！听完之后，再根据你的意愿去做，你这给家族丢脸的家伙！（3）我不记得自己做错了什么，大臂迦尔纳啊！你竟然想要杀死我这个无辜的人!(4)然而,我必须向你提出忠告,尤其是我在为你驾车,想着为难敌王谋求利益。(5)道路平坦抑或坎坷,车上的武士强壮还是孱弱,马匹和武士是否劳累疲乏,(6)武器的知识,鸟兽的鸣叫声,马匹的负荷是否沉重或者过于沉重,箭伤的治疗,(7)武器的使用,作战方法,各种吉凶征兆,我作为执掌这辆车的御者,对这一切都应该了如指掌。因此,迦尔纳啊!我给你讲个例子。(8)

"从前在海边住着一位吠舍,他有万贯家财和大量粮食。他常行祭祀,乐善好施,宽厚仁慈,恪守职责,十分纯洁。(9)他有许多可爱的儿子。他怜悯一切生物,安然地生活在一位恪守正法的国王的王国中。(10)一只乌鸦就以他那些品行端正的年幼儿子们吃剩下的饭食为生。(11)吠舍幼小的儿子们总是喂给它肉食、凝乳、牛奶、牛奶粥、蜂蜜和酥油。(12)于是,那只被吠舍的年幼儿子们用剩饭喂养的乌鸦变得骄傲起来,看不起所有与它不相上下甚至胜于它的鸟儿。(13)

"一次,一群飞翔时能与大鹏金翅鸟相媲美的快乐的天鹅飞落到海边。(14)吠舍的孩子们看到天鹅后,便对乌鸦说:'飞鸟啊!你胜于一切飞鸟!'(15)乌鸦被那些不谙事理的小孩子的话语迷惑,出于愚蠢狂妄,认为那话是真的。(16)于是,那只以吃剩饭为荣的乌鸦便飞到那些能够飞越万里的天鹅中间,想要查明谁是它们的首领。(17)愚蠢的乌鸦认为其中的一只鸟儿是那些擅长远程飞行的众天鹅之魁首,便向它挑战,说:'咱们比一比飞行吧!'(18)听罢乌鸦的这句大话,那些聚在那里的、力量强大的鸟中魁首大笑起来。接着,天鹅们对乌鸦说道:(19)'我们是天鹅,居住在摩那娑湖,飞遍大地。由于我们擅长远程飞行,一向受到鸟类尊崇。(20)而你不过是只乌鸦,狂妄的鸟啊!你怎能向力量强大、体如金刚、善于长途飞行的天鹅挑战飞翔?你倒是说说,乌鸦啊!你怎么同我们一起飞?'(21)

"那只乌鸦因种类低下而愚蠢,却又喜好吹嘘,不断地对天鹅的话吹毛求疵,最后回答道:(22)'毫无疑问,我将会以一百零一种动作飞翔,每一百由旬变换出一种不同的优美动作。(23)我能够高飞、低飞,向各个方向飞,向上飞,向下飞,又往斜刺里飞。(24)侧飞,盘旋,向前飞,向后飞,舒展地飞,猛烈地飞,又低飞盘旋。(25)

今天我要来来回回地飞,将祖传下来的繁复多样的飞行技艺展现在你们大家眼前,让你们见识见识我的力量!'(26)

"乌鸦如是言毕,一只天鹅大笑起来。请听天鹅对那只乌鸦说了些什么。(27)天鹅说:'乌鸦啊!你无疑能飞出一百零一种动作!而我只能以所有的鸟都知道的一种姿势飞翔。(28)乌鸦啊!对于其他的动作,我是一无所知。至于你,红眼珠的家伙啊!你想以哪种动作飞就以哪种动作飞吧!'(29)于是,聚集在那里的众乌鸦大笑起来,说:'只能以一种动作飞翔的天鹅怎么可能战胜以百种动作飞行的鸟?(30)力量强大、快速飞行的乌鸦只消以百种姿势中的一种,就足以胜过以单一姿势飞翔的天鹅!'(31)

"随后,天鹅和乌鸦相互挑战,飞向天空。天鹅以一种姿势飞翔,而乌鸦以百种姿势飞翔。(32)天鹅飞着,乌鸦也飞着。这两只鸟夸耀着各自的成就,都想以自己的飞行引起观者惊叹。(33)看到乌鸦不断变换各种飞行动作,众乌鸦兴奋不已,呱呱大叫。(34)它们嗤笑着,对众天鹅恶语相加。它们飞来飞去,聒噪不休。(35)它们在树梢与地面之间飞上飞下,发出各种叫声,欢呼胜利。(36)然而,那只天鹅开始缓缓地穿越天空,一时间似乎落在乌鸦身后了,尊者啊!(37)乌鸦蔑视这种速度,对众天鹅说道:'那只飞上天空的天鹅落后了!'(38)闻听此言,那只天鹅高高飞起,飞向西方,疾速向西边的大海飞去。(39)尔后,一阵恐惧袭上乌鸦的心头,它几乎昏厥,因为它感到疲倦时,看不到任何岛屿或树木可供它落下栖息。在波涛汹涌的大海之上,它想:'我累了可往哪儿落呀?'(40)大海是无数生物的居所,不可抗拒。数百种庞大的海怪出没其间,使它甚至比天宇还要浩瀚。(41)万物深不过海洋,家族的败类啊!海洋辽阔似天空,海中的生物难以战胜,迦尔纳啊!乌鸦怎么能长途飞行,越过这海水?迦尔纳啊!(42)而天鹅转瞬间就飞越了很长距离。它看着那只乌鸦,心想不能丢下它。于是,天鹅超过那只乌鸦后又停下来等它。(43)天鹅又看到那只乌鸦落在后面,就要沉下去了,回想起好人的行为准则,打算救它,便对它说道:(44)'你反复提到多种飞行动作。但没有告诉我们这种飞行诀窍。(45)瞧你不断以双翅和喙接触水面,乌鸦啊!你对现在的这种飞行姿势有什么讲头吗?'(46)那只乌鸦双翅和

喙贴着海水,极其痛苦。它精疲力竭,突然掉了下去。"(47)

天鹅说：

乌鸦啊！你从前所说的一百零一种不同的飞法,现在看来都是谎言。(48)

乌鸦说：

天鹅啊！我以食吠舍孩子们的残羹剩饭为荣,自认为与金翅鸟不相上下。于是,我也就不把广大的乌鸦和其他的鸟儿放在眼里了。天鹅啊！我的生命就托付给你了！请把我带到岛岸吧！（49）如果我能够安然返回自己的国家,天鹅啊！我决不再蔑视任何人！请将我从灾难中解救出来吧！（50）

看到这只可怜的乌鸦诉说着,哀泣着,神志不清,呱呱呱呱地叫着,即将沉没在大海中,（51）受着海水折磨,悲惨不幸,浑身发抖,天鹅便来到它身边,用双脚提起它,慢慢地将它放到自己的背上。(52)天鹅将那只神志不清的乌鸦放到背上后,迦尔纳啊！回到它们因挑战而飞离的岛屿。（53）天鹅将那只鸟儿放到地上,安抚一番之后,便如思想一般,向自己想要去的地方疾飞而去。（54）

毫无疑问,迦尔纳啊！你就像那只以吠舍家的剩菜剩饭为食的乌鸦,因依赖持国诸子所赐的残羹剩汁,便傲视一切与你不相上下甚或胜过你的人！（55）你在毗罗吒城受到德罗纳、德罗纳之子、慈悯、毗湿摩以及其他俱卢族人的保护,为什么没有杀死一个普利塔之子呢？（56）你们像一群豺狼遇到一头狮子,被有冠者（阿周那）杀得一败涂地,你的勇气又在哪里呢？（57）你目睹自己的兄弟遭到杀害,自己也被左手开弓者（阿周那）击败,当着俱卢族诸英雄的面,第一个逃跑。（58）同样,迦尔纳啊！你们在双林遭到众健达缚的袭击,又是你抛弃所有的俱卢族人,率先逃命。（59）是普利塔之子前去应战,迦尔纳啊！战胜了以奇军为首的众健达缚,将难敌及其妻子救出。（60）迦尔纳啊！罗摩本人在国王们聚集的大会厅中提起普利塔之子（阿周那）和美发者（黑天）昔日的功绩。（61）你也不断听到德罗纳和毗湿摩在众国王面前所说的两位黑王子是不可杀害的话语。(62)在此,我不过是列举了一小部分事例,却件件都说明胜财

（阿周那）胜于你，恰如一位婆罗门胜于一切众生。（63）很快，在战场上你就会看到这两位站在战车上的英雄——婆薮提婆之子和般度之子胜财。（64）这两位人中雄牛在天神、阿修罗和人中广受称颂，英名远播，而你却似人间一只萤火虫。（65）知道这些后，车夫之子啊！你就不要小看那两位人中雄狮不退者（黑天）和阿周那！你这人中之狗，吹牛皮的家伙！闭嘴吧！（66）

以上是吉祥的《摩诃婆罗多》中《迦尔纳篇》第二十八章(28)。

二九

全胜说：

升车之子（迦尔纳）听了摩德罗国王这一番不友好的话语，很不服气，对沙利耶王说："阿周那和婆薮提婆之子是何种人我完全清楚。（1）梭利（黑天）的驭车术，般度之子阿周那的力量及其武器的威力，我也是一清二楚。而你对于这些却没有亲身体验，沙利耶王啊！（2）我会毫不胆怯地与这两位黑王子、战无不胜的武士中翘楚交战。不过，眼下令我极度不安的是来自婆罗门中翘楚罗摩的诅咒。（3）从前，我装扮成一个婆罗门住在罗摩那里，想要从他那儿得到神奇的武器。当时，天帝释为了颇勒古拿（阿周那）的利益，便来给我设置障碍，沙利耶王啊！（4）他变身为一只丑陋的小爬虫，前来咬破我的大腿。我害怕惊动正在睡觉的师父，便一动不动地呆着。然而，那位婆罗门却已醒来，看到了所发生的一切。（5）那位大仙人询问我之后，我对他说：'我是一名车夫。'于是，他诅咒我说：'车夫啊！由于这件武器是你用欺骗手段得来的，当你需要用它时，它就不会起作用。（6）当你死期来临时，它不会起作用，因为梵天法宝在非婆罗门手中肯定无效。'尊者啊！在今天这场可怕的激战中，这件武器会有效。①（7）

"一望无际、汹涌澎湃的众水之主大海要淹没无数生灵，然而，

---

① 这是因为迦尔纳不认为自己的死期已到。

海岸将无边的大海阻拦。(8) 今天,我将要在大战中抗击那位放出无数百发百中的羽毛箭、有效地杀死大批英雄的贡蒂之子,他是当今世界擅长挽弓射箭的第一高手。(9) 因此,那位力大无边、武器精锐的普利塔之子凶猛如同不可战胜的海洋,今天会以箭矢为巨浪淹没众多国王,而我将如同海岸,以利箭阻击他。(10) 今天就请看我与他之间展开的惊心动魄的大战吧!我认为,在今天的大战中,凡是持弓作战的人都不是他的对手,他能战胜天神和阿修罗。(11) 般度之子不可一世,他渴望战斗,将会带着一批非凡的武器接近我。而我也会在交锋中以我的武器迎击他的武器。我将用最具威力的利箭击倒普利塔之子。(12) 胜财(阿周那)声誉卓著,犹如驱散黑暗的一轮烈日,以其炽烈的光焰灼烤敌人。而我如同浓密的乌云,以无数利箭将他覆盖。(13) 我要在战斗中射出阵阵箭雨歼灭普利塔之子,恰似乌云将熄灭准备烧毁这整个大地的浓烟滚滚、烈焰熊熊的一场大火。(14) 正如雪山能够经受住强劲有力、打击一切、摧毁一切的凶狂风暴的肆虐,我也会在战斗中与复仇心切而狂怒的胜财相抗衡。(15) 在大战中我将要抗击世上一切弓箭手中翘楚胜财。这位英雄在所有的战斗中冲杀在前,英勇绝伦,又谙熟行车路线。(16) 我知道,今天在战场上,我将要与这位在执弓作战的人们当中无一对手、足以征服这整个大地的武士作战。(17)除我之外,有谁能一方面要保住性命,一方面还渴望与这位曾在甘味林一举征服包括诸神在内的一切众生的左手开弓者交战?(18)

"我自己就会心悦诚服地在众刹帝利集会上称道这位般度之子勇猛超群。而你这笨蛋为何要傻里傻气地絮叨,对我大谈什么阿周那英勇绝伦?(19) 你是个讨厌、恶毒、刻薄、狭隘的小人,你总是诋毁宽容者。我本可以杀掉几百个像你这样的人,但我生性宽宏大量,况且形势紧迫,我也就饶了你。(20) 你是个恶棍!你为了般度之子的利益,便像个傻瓜似的对我极尽谩骂之能事。你这不忠不义的家伙对我这忠义之士恶语相加,你真该死!因为你伤害朋友,而友情是神圣的七步①。(21) 现在,生死攸关的可怕时刻已经到来,难敌本人也亲

---

① 七步的原意是指在婚典结束时或在缔约时要围绕圣火行七步。

自上阵。我一心盼望着他的目标能够实现,而你却怀有贰心。(22)昔时智者说过:朋友关怀他人,令他人快乐,取悦他人,保护他人,为他人的快乐而快乐。我对难敌做到了这一切。(23)而敌人专事毁灭,惩罚人,磨尖武器伤害人,令人痛苦,令人叹息,用种种方法打击人。这些恶行你全部具备,并用来对付我。(24)为了难敌,为了气你,为了荣誉,为了我自己,也为了自在天,我要与般度之子和婆薮提婆之子决战。今天,你就等着看我的战绩吧!(25)今天,就请见识一下我那些极具威力的武器——梵天法宝以及其他天上和人间的武器。我将要与那位勇猛的英雄交锋,犹如一头狂怒的大象向另一头狂怒的象中魁首发起进攻。(26)为了胜利,我凭借意念,就能向普利塔之子发射那件无与伦比、不可战胜的梵天法宝。只要今天在交战中我的车轮不陷到坑洼不平的地里,阿周那就休想逃脱我那武器的打击。(27)手持刑杖的毗婆薮之子(阎摩),拿着套索的伐楼拿,举着棒槌的财神,手持金刚杵的婆薮之主(因陀罗),(28)或是其他任何手持弓箭的武士,沙利耶王啊!你要知道,我全都不怕。(29)因此,我既不惧怕普利塔之子(阿周那),也不惧怕遮那陀那(黑天)。今天,我要与他俩进行殊死的战斗!(30)

"过去,有个婆罗门对我说:'你的车轮会陷进坑里。'自然,我一上战场作战就会害怕。(31)因此,我惧怕这个婆罗门说过的话。而那些月亮族国王与我同甘共苦。(32)沙利耶王啊!那是我不小心,用箭射死了这个堪称苦行宝藏的婆罗门祭祀用奶牛的牛犊,因为这只牛犊在偏僻无人的地方游荡。(33)我送给这位婆罗门翘楚七百头象牙硕大的大象和数百名男女奴仆,但他不肯宽恕我。(34)我又给他整整一万四千头母牛,每一头都是黑色的,并带着一头白色的牛犊,却仍然得不到那位婆罗门之魁首的宽恕。(35)接着我又将一所富丽堂皇、各种令人向往的设施一应俱全的豪宅以及我的所有财富毕恭毕敬地献给他,但他又拒绝接受。(36)尔后,他对我这个虽然冒犯了他却又苦苦请求他原谅的人说:'车夫啊!我说过的话肯定会实现,不会有其他的结果。(37)假话会毁灭众生,我也会由此获罪!因此,为了维护正法,我是不敢说假话的。(38)你不要坏了婆罗门的规矩!你必须赎罪。世上没有人能让我的话落空。接受这些话吧!'(39)尽

管你指责我，但是我出于友谊，还是要对你说出这一切。我知道你谴责我。但请闭上嘴，听我接着说！"（40）

以上是吉祥的《摩诃婆罗多》中《迦尔纳篇》第二十九章（29）。

三〇

全胜说：

大王啊！罗陀之子（迦尔纳）让克敌制胜的摩德罗国王住口后，又接着对他说：（1）"对于你以举例的方式对我说的那些话，沙利耶王啊！我的回答是，在战场上我不会被你用话吓倒。（2）即便是全体天神与婆薮之主（因陀罗）一起同我作战，我也毫无惧色，更不用提普利塔之子和美发者了！（3）仅仅靠语言，是无论如何也吓不倒我的。你要知道，在战场上你能吓倒的是别人，而不是我。（4）你不遗余力地向我说了那么多刻毒的话，是卑鄙的小人之举！你就不能说说我的美德，却一味地出言不逊！你这心眼歹毒的人啊！（5）迦尔纳绝不是为恐惧而降生的！尊者啊！相反，我是为英勇，为荣誉而降生的。（6）你仔细听好我的这些话，摩德罗国王啊！那是我在持国面前听人讲述的。（7）在持国的身旁，常有婆罗门讲述各个地区和许多国王的各种轶闻趣事。（8）

"在那里，有一位年高德劭的婆罗门翘楚在讲述历史故事时，曾指责波力迦国和摩德罗人。他说：（9）'这些人的住地远离雪山、恒河、婆罗私婆蒂河、阎牟那河和俱卢之野，（10）远离信度河及其五大支流，不守正法，行为污秽。因此，应该避开这些波力迦人。（11）从孩提时代起，我就记得，宰牛场和酒壶街向来就是波力迦王宫入口的标志。（12）我曾接受秘密使命，居住在波力迦人之中，深知这些人的品行。（13）有一座名为沙迦罗的城，一条名叫阿波伽的河，一个称作阇尔狄迦的波力迦部族。这些人的行为为世诟病。（14）他们饮用乔罗酒①，佐以油炒大麦；吃加蒜的牛肉，吃油煎大麦肉饼，无

---

① 乔罗酒，一种用糖蜜酿制的酒。

视戒规。(15) 喝得醉醺醺的女人们脱去衣裙,戴着花环,涂着油膏,在城里院墙外的大街上狂笑着又唱又跳。(16) 她们酪酊大醉,互相打着招呼,疯疯癫癫地唱着各种歌曲,声音如同驴子和骆驼在号叫。(17) 这些愚蠢的女人肆无忌惮,大声地呵斥主人和丈夫:"嗨!该死的!嗨!该死的!"即使在圣洁的时日,她们也狂呼乱舞。(18) 生活在这群狂妄女人当中的某位杰出的波力迦人,曾经在俱卢疆伽国居住了一段时间,但他闷闷不乐,说道:(19)"那位身披薄毛毯的大胖姑娘睡觉时肯定思念我这个此刻住在俱卢疆伽国的波力迦男人。(20) 越过百溪河和那条美丽的伊罗婆蒂河①,到达我自己的国家后,我会见到那些大额角的美妙女郎。(21) 她们的前额点着耀眼的红痣,眼睛涂着三峰油膏,姣好的身材只披着兽皮,嬉戏玩闹。(22) 看到那些喝醉酒的女人在各种鼓点和螺号声中,发出驴子、骆驼、骡子般的号叫声,我会感到快乐。(23) 我将会与她们一起,在长着沙弥树、毕卢树、迦利罗树的、令人心旷神怡的林间小路上,就着乳酪,吃着面饼和油煎面团。(24) 何时我将与强壮的同胞一起,潜伏在路边,抢劫行路者,虐待他们,殴打他们?"(25) 有谁愿与如此卑鄙、堕落、灵魂邪恶的波力迦人生活在一起,哪怕是一时一刻?'(26)

"那位婆罗门这样描述行为荒唐的波力迦人。而他们的功过的六分之一都应由你承担责任。②(27) 如此说罢,那位婆罗门贤哲又继续讲述邪恶的波力迦人的故事。请听我的转述。(28) 从前,在人烟稠密的沙迦罗城中,每逢黑半月的第十四个黑夜,便有一位罗刹女击鼓唱曲。(29) '何时沙迦罗城居民饱食了牛肉、痛饮了乔罗酒后再放声高歌?(30) 装饰打扮,与那些少女和大胖女人一起,就着葱蒜,饱餐一顿羊肉,(31) 还有猪肉、鸡肉、牛肉、驴肉、驼肉和羊肉。不食这些美味佳肴,这辈子岂不是白活!'(32) 就这样,那些沙迦罗居民喝醉甘蔗酒,不分老幼,又唱又闹。这样的人民怎会有品行?(33) 因此,沙利耶王啊!你要知道这一切!不过,我还要接着给你讲另一位婆罗门在俱卢宫中告诉我们的事情。(34)

"毕卢树林遍布的五河流域包括百溪河和断索河,第三条是伊罗

---

① 伊罗婆蒂河在旁遮普。
② 一个国王要为他的臣民的功过的六分之一负责。

婆蒂河，还有月分河和毗多斯多河，加上第六条河信度河。（35）那里有一些名为阿罗吒①的地区，正法灭绝，人们不应前往。那些卑贱的陀舍摩人，不举行祭祀的毗提诃人，（36）还有毁灭正法的波力迦人，据说诸神、先人和众婆罗门从未接受过这些人的供奉。（37）这位博学的婆罗门还在优秀人士集会上说，波力迦人居然若无其事地用沾有剩羹残汁而被狗等舔过的木碗或陶钵吃饭。（38）波力迦人饮用羊奶、驼奶和驴奶，还食用这些奶制成的奶制品。（39）这些堕落的人生出许多混血儿，什么食物都敢吃，什么奶都敢喝。人们应该明智地避开这些称作阿罗吒的波力迦人。（40）因此，沙利耶王啊！你要知道这一切！不过，我还要告诉你另一位有教养的婆罗门在俱卢宫中讲述的事情。（41）

"一个人若在瑜甘陀罗城喝奶，在阿俱多私特罗居住，在普狄罗耶沐浴，他怎能升入天国呢？②（42）在五河从山上流下所经过的地区，在那些称作阿罗吒的波力迦人之中，没有一个尊贵的人能够在那里住上两天。（43）在断索河流域有两种毕舍遮，分别叫作波希③和力迦④。波力迦人便是他们的后裔，而非生主的创造。（44）迦罗私迦罗人、摩希奢伽人、羯陵伽人、吉迦吒吒毗人、迦拘吒迦人和毗罗迦人全都无视正法，应该对他们避而远之。（45）这是那位婆罗门在前往圣河沐浴的途中在那里过夜时，一个腹似大臼的罗刹女对他说的话。（46）那些地区称作阿罗吒，那里的人们叫作波力迦人。婆娑提人、信度人和绍维罗人大都为人不齿。（47）沙利耶王啊！你要知道这一切！不过，我还要继续给你讲。你要聚精会神听我说！（48）

"从前，有一位婆罗门来到一名工匠家中做客。观察了工匠的行为举止后，婆罗门十分满意，便对他说：（49）'我在雪山山顶上独自居住了很长时间。我看到不同的国家各自遵循不同的正法。（50）没有哪个国家的人民违反正法。他们全都承认由精通吠陀的人所宣布的

---

① 阿罗吒在旁遮普的东北部，以本地品种的马匹著称。
② 在瑜甘陀罗，人们出售和饮用各种奶，无人知晓是否纯净。在阿俱多私特罗，妇女不贞，人们的行为不符合正法。而在普狄罗耶，只有一条河，婆罗门与旃陀罗（贱民）共同沐浴。
③ "波希"意为"雌鬼"。
④ "力迦"意为"雄鬼"。

正法。（51）我一直在恪守各种正法的各国游历，大王啊！最后我来到波力迦人当中。（52）在那里，一个波力迦人先成为婆罗门，然后成为刹帝利。又依次成为吠舍、首陀罗和理发匠。（53）成为理发匠后，他又成为婆罗门。在成为再生者后，他又沦为奴隶。（54）家庭中若有一名成员变成婆罗门，剩下的其他人便会为所欲为。犍陀罗人、摩德罗人和波力迦人，哪个不是如此丧失理智！（55）我遍游整个大地，只在那波力迦人中听到这些毁坏正法的乖谬行为！'（56）沙利耶王啊！你要知道这一切！不过，我还要告诉你另一个人讲述的有关波力迦人为人不齿的事情。（57）

"据说，从前有一位贞洁女子被一伙来自阿罗吒的强盗劫持。由于受到非礼，她诅咒他们说：（58）'你们对我这个家有亲人的少女施行非礼，因此，你们家族的女人都将变得不贞！你们这些最卑劣的人啊！你们谁也无法逃脱这可怕罪孽的后果！'（59）俱卢人、般遮罗人、沙鲁瓦人、摩差人、飘忽林人、憍萨罗人、迦尸人、盎伽人、羯陵伽人和摩揭陀人，（60）还有车底人，这些大福大德之人都知道永恒的正法。除了外帮人（波力迦人）之外，各个国家中大都是善人。（61）从摩差人开始，到俱卢国和般遮罗国的居民们，从飘忽林人到车底人，这些高贵有德之人都奉行古老的正法，而摩德罗人和道德扭曲的五河人除外。（62）知道了这一切，国王啊！你就应该免谈正法，像白痴一样保持沉默，沙利耶王啊！你是那些人民的保护者和国王，故而应该承担他们功过的六分之一。（63）或者说，你只应对他们的罪愆承担责任，因为你从未保护过他们。一个行使保护职责的国王才是臣民功德的共享者。而你不是他们的功德共享者。（64）

"昔时，永恒的正法在一切国家都受到崇奉，而老祖宗看到五河人的所作所为，发出'呸！'的一声。（65）老祖宗蔑视五河人的所作所为，正像他在圆满时代对待行为卑贱的杂种姓陀舍摩人。当所有的种姓各司其职之时，他不能容忍这种行为。（66）沙利耶王啊！你要知道这一切！不过，我还要继续讲给你听。罗刹斑足王沉入湖中时，说道：（67）'乞讨是刹帝利的污秽，不守誓约是婆罗门的污秽，波力迦人是大地的污秽，而摩德罗妇女是女人的污秽。'（68）一位国王救起了溺水的罗刹。经国王询问，罗刹如是回答，请听我告诉你：（69）

535

'弥戾车人是人类的污秽，骗子是弥戾车人的污秽，阉人是骗子的污秽，刹帝利祭司①是阉人的污秽。（70）而刹帝利祭司和摩德罗人的污秽就是你的污秽，假若你救不了我的话！'（71）当人们被罗刹缠身或中毒，只要念诵这个罗刹咒语，就能得救。（72）般遮罗人遵循吠陀规定的职责，俱卢人遵循自己的正法，摩差人遵循真理，苏罗塞那人举行祭祀，东方人是奴仆，南方人是贱民，波力迦人是盗贼，而苏拉私吒罗人是杂种。（73）那些阿罗吒人和五河人忘恩负义，劫人财富，酗酒，玷污师父之妻，真是无恶不作。对于他们就是要斥之以一声'呸！'（74）自般遮罗人始，在俱卢人、飘忽林人和摩差人中，何为正法，尽人皆知。而羯陵伽人、盎伽人和摩揭陀人中的长者对于规定的正法，更是身体力行。（75）以火神为首的众神居住在东方；由具有美德善行的阎摩保护，众先人居住在南方。（76）强大的伐楼拿监护众阿修罗，捍卫西方；神圣的月神与众婆罗门一起守护北方。（77）雪山保护众罗刹和毕舍遮，香醉山保护众俱希迦；而坚定的毗湿奴又称遮那陀那保护三界的一切众生。（78）摩揭陀人了解事物的征兆，憍萨罗人了解目睹的事物，俱卢人和般遮罗人理解说出一半的教诲，沙鲁瓦人理解全部说出的教诲，而山区的人像山区一样崎岖不平。（79）耶婆那人无所不知，国王啊！修罗人尤其如此。弥戾车人耽迷自己的幻想，其他族人的情况没有听说。（80）波力迦人动辄发怒，而摩德罗人冥顽不化。你就是这样的人，沙利耶王啊！你不要回嘴！（81）知道这些后，就闭嘴！不要反驳我！我要先杀了你，再去杀死美发者（黑天）和阿周那！"（82）

沙利耶说：

遗弃病弱者，贩卖自己的妻儿，这些出现在盎伽人中，迦尔纳啊！而你正是他们的国王！（83）毗湿摩过去列举过武士和大武士，你知道自己的种种缺点，但请你别生气，别发火！（84）到处都有婆罗门，到处都有刹帝利。同样，到处都有吠舍和首陀罗。迦尔纳啊！贞节守信的妇女也到处都有。（85）而男人们则以相互嘲弄、相互伤害为乐。好色的男人也是无处不在。（86）要论对他人说三道四，人

---

① 刹帝利祭司即身为刹帝利而担任祭司，僭越婆罗门的职责。

人都是一把好手。然而,无人知道责备自己。即使知道,也羞于出口。(87)

全胜说:

迦尔纳不再作声,沙利耶王也面向敌人。罗陀之子(迦尔纳)又笑着,再次催促沙利耶王:"前进!"(88)

以上是吉祥的《摩诃婆罗多》中《迦尔纳篇》第三十章(30)。

三一

全胜说:

尔后,迦尔纳看到由猛光保护的、无与匹敌的普利塔之子们的军队阵容。(1)他继续前进,发出一声狮子吼,伴随着车轮声和各种器乐声,仿佛令大地震颤摇晃。(2)这位镇伏敌人、骁勇善战的大勇士似乎气得发抖,按照规则布置好作战阵容,婆罗多族雄牛啊!(3)他歼灭般度族的军队,犹如摩珂梵(因陀罗)歼灭阿修罗大军。他向坚战发起进攻。(4)

持国说:

全胜啊!罗陀之子(迦尔纳)如何排列阵容,与以猛光为前锋、以怖军为护卫的般度族英雄们对阵?(5)谁位于我军的侧翼和翼端?全胜啊!罗陀之子怎样按照规则进行调遣,排定武士们的位置?(6)般度诸子又如何排列他们的军队,与我军对峙?这场可怕的大战是如何开始的?(7)在迦尔纳向坚战发起进攻时,毗跋蒎(阿周那)在哪里?在阿周那面前,谁能靠近坚战?(8)这位从前在甘味林孤身一人就战胜一切众生的人,除了罗陀之子,哪个想要活命的人敢与他对阵交锋?(9)

全胜说:

请听我说军队如何列阵,阿周那如何到来,双方军队如何簇拥着各自的国王开战。(10)有年之子慈悯,国王啊!身手敏捷的摩揭陀国王、沙特婆多族成铠位于右翼。(11)沙恭尼和大勇士优楼迦位于其翼端,保护你的军队,偕同许多手持闪亮标枪的骑兵,(12)还有许多坚定沉着的犍陀罗士兵和难以战胜的山地士兵,如同成群成群的蝗虫和面目狰狞的毕舍遮。(13)三万四千名骁勇善战、永不退缩的敢死队车兵守护左翼。(14)他们簇拥着您的儿子们,渴望消灭黑天和阿周那。在其翼端,是甘波阇人、塞种人和耶婆那人。(15)他们连同车兵、骑兵和步兵,全都接受车夫之子(迦尔纳)指挥,站在那里向阿周那和大力士美发者(黑天)挑战。(16)在军队中央的前沿,站着迦尔纳。他身披铠甲,佩戴臂镯和花环,保卫大军的前阵。(17)在怒火中烧的儿子们护卫下,这位英雄、武士之魁首频频弯弓放箭,在军阵的前锋中光芒四射。(18)难降具有铁腕和大臂,光辉如同太阳和烈火,肤色黄褐,容貌英俊,骑着一头巨象,在许多军队的环绕下,为大军殿后。(19)跟随其后的,大王啊!就是难敌王本人,由骑着骏马、披坚执锐的同胞兄弟们保护。(20)在极其骁勇的摩德罗人和羯迦夜人组成的联军护卫下,大王啊!他宛如众神簇拥的百祭(因陀罗),放射着光辉。(21)而跟随在那支战车大军之后的,是马嘶和俱卢族其他杰出的战车武士,以及由勇敢的弥戾车人驾驭的永远疯狂的大象。这些大象颞颥上淌着液汁,仿佛云彩正在降雨。(22)这些由象兵驾驭的大象装饰着熠熠放光的幡幢,配备有各式精良的武器,十分壮观,恰似林木繁茂的群山。(23)成千成千手执利矛锐剑、永不退却的英勇战士,成为那些战象的护足步兵。(24)由骑兵、车兵、战象组成的这个超强阵容,堪与天神和阿修罗的军队相媲美。(25)这个由英明统帅根据天神之师毗诃婆提的策略精心部署的强大军阵,似乎踩着舞步前进,使敌人惊恐万状。(26)从军阵的侧翼和翼端,涌出大批求战心切的步兵、骑兵、车兵和象兵,正如雨季时分天空中不断涌现乌云。(27)

随后,坚战王一眼瞥见位于敌阵前锋的迦尔纳,便对诛灭敌人的孤胆英雄胜财说:(28)"看哪!阿周那啊!看看迦尔纳在战场上部署的强大军阵。添上侧翼及其翼端的敌军显得光辉灿烂。(29)看到敌军强大的阵容,我们必须采取措施,以防他们将我们击败。"(30)听罢国王的话,阿周那双手合十,说道:"一切都会按您所说去做,不会是别的样子。(31)我会采取消灭敌人的措施,婆罗多子孙啊!我会诛灭敌首,歼灭敌军。"(32)

坚战说：

为此，你要对付罗陀之子（迦尔纳），怖军对付难敌，无种对付牛军，偕天对付妙力之子，（33）百军对付难降，悉尼族雄牛萨谛奇对付诃利迪迦之子（成铠）。同样，猛光对付德罗纳之子（马嘶），而我本人亲自对付慈悯。（34）让德罗波蒂的儿子们同束发一起与持国其余的儿子们对阵，让我军的其他武士去攻打我们的其他敌人！（35）

全胜说：

听罢法王（坚战）的话，胜财回答说："遵命！"随即命令他的各路军队做好准备，自己则来到部队的前沿。（36）此时，沙利耶王看到那辆神奇的战车向他们驶来，便对作战凶猛的升车之子（迦尔纳）说：（37）"那边过来一辆套着白马、由黑天驾驭的战车。车上沿途杀敌的是贡蒂之子，就是你曾经问起的那位武士。（38）战车行进时轮辋发出巨大响声，扬起的滚滚烟尘遮天蔽日。（39）车轮隆隆向前，迦尔纳啊！大地震颤，狂风扫向你的军队两侧。那些食肉兽号叫着，而那些鹿群惊恐万状。（40）看哪！迦尔纳，那令人汗毛直竖、心惊胆战的无头怪在天上出现，如同乌云挡住太阳。（41）看哪！四面八方，成群结队的各种动物，许多强大而又高傲的老虎都在注视着太阳。（42）看哪！成千成千只可怕的苍鹭和秃鹫聚集在一起，面对面地似乎在交谈着什么。（43）迦尔纳啊！驾驭你的巨大战车的那些白马闪闪发光，旗幡也颤抖不已。（44）看哪！这些速度奇快、体形优美、俨若凌空翱翔的大鹏金翅鸟的高头大马蹦跶跳跃。（45）这种种迹象表明，成百成千的国王必然丧命，迦尔纳啊！他们将尸横遍野，长眠不醒。（46）喧闹的螺号声传来，令人汗毛竖起，罗陀之子啊！各种喧天的战鼓声也在四方响起。（47）迦尔纳啊！请听各种箭声，人、马和车的嘈杂声，灵魂高尚的武士们手戴皮护指挽弓放箭的弓弦声！（48）迦尔纳啊！看看阿周那战车上的那些旗帜，由能工巧匠们用亮闪闪的金线银线在各色布上绣制而成，（49）上面缀满小铃铛，镶嵌着金星金月金日，在风的吹动下，一如云中闪电。（50）再看另外一些旗幡在风中飘扬，发出呼啦啦的声响。旗幡下面是那些灵魂高尚的般遮罗族战车武士。（51）你军大批大批的象、马、车和步兵被歼灭着，而人们仅能见到阿周那的旗幡的顶端，仅能听到他拨动弓弦

539

的声音。(52) 今天,你就会见到那位以黑天为御者、在战斗中消灭敌人的白马英雄,迦尔纳啊!他就是你问起的那位武士!(53) 今天,迦尔纳啊!你将会目睹那两位折磨敌人的人中之虎、红眼睛的婆薮提婆之子和阿周那同在一辆战车上!(54) 如若你能将那位以苾湿尼族人黑天为御者、以甘狄拔神弓为战弓的英雄杀死,罗陀之子啊!你肯定会成为我们的国王!(55) 这位强大的武士受到敢死队的挑战,已经冲锋向前,在战场上杀戮敌人。"听到摩德罗国王这样说,迦尔纳怒不可遏,对他说:(56)"看哪!愤怒的敢死队正从四面八方冲上前去,恰似乌云遮住了太阳,普利塔之子已不见踪影。沙利耶王啊!阿周那必将沉没在悲伤的海洋中,就这样灭亡。"(57)

沙利耶说:

谁能用水淹死伐楼拿?谁能用木柴扑灭火?或者谁能够抓住风?谁又能喝干大海?(58) 我认为这些情况就如同要想在战斗中击败普利塔之子一样不可能。即便是全体天神和阿修罗联合起来,由因陀罗率领前来攻打,也无法战胜阿周那!(59) 我说了这些话,你也就心安理得了。你要心情舒畅。阿周那是不可战胜的,去实现你的其他心愿吧!(60) 谁能够用双臂举起大地,一怒之下烧毁众生,将众天神从天上抛下,他才能战胜阿周那!(61)

看看贡蒂的另一位英雄儿子、不倦战斗的怖军,这位大臂者光芒四射,站在那里犹如一座弥卢山!(62) 怖军总是怒不可遏,念念不忘复仇。这位勇士站在那里,渴望在战斗中获取胜利。(63) 那里站着杰出的执法者法王坚战,他攻陷敌人的城池,在战斗中难以抵御。(64) 那边站着两位人中之虎、俨若双马童的孪生兄弟无种与偕天,他们在战场上难以战胜。(65) 那边还可以看到黑天的五个儿子,宛若五座山峰。他们都渴望战斗,在战斗中个个与阿周那不相上下。(66) 那里还站着以猛光为首的木柱王的儿子们,其中少了真胜[①],个个威力无比。(67)

这两位人中雄狮正这样谈论着,两支军队已经激烈交战,如同恒

---

① 真胜已在大战第十二天被德罗纳杀死。

河和阎牟那河交汇在一起。(68)

以上是吉祥的《摩诃婆罗多》中《迦尔纳篇》第三十一章(31)。

三二

持国说：

排定阵容的两军开始交战后，全胜啊！普利塔之子怎样冲向敢死队？而迦尔纳如何扑向般度之子们？（1）你要详细地给我讲讲这场战争，因为你擅长讲述。而我对英雄们英勇战斗的事迹百听不厌。（2）

全胜说：

看到强大的敌人以那种方式排定军阵，阿周那也严阵以待，以对付你儿子的邪恶策略。（3）以猛光为前锋的大军排定位置，布满骑兵、战象、步兵和战车，光彩熠熠。（4）马匹洁白如鸽，光辉如同日月，水滴王之孙猛光手中持弓，好似死神化身。（5）而在水滴王之孙猛光身旁，簇拥着渴望作战的德罗波蒂之子们及其随从，个个形象骇人，犹如众星捧月。（6）此时，看到军阵中的敢死队，阿周那怒气冲冲地向他们冲去，拉开了甘狄拨神弓。（7）而敢死队也扑向普利塔之子，一心要杀死他。他们渴望胜利，奋不顾身。（8）敢死队拥有众多勇敢的英雄，大群的马匹、疯象、战车和步兵，迅速向阿周那发起进攻。（9）他们与有冠者（阿周那）展开了激战，一如我们听说的阿周那与全甲族进行过的那场激战。（10）战车、马匹、旗幡、战象、步兵和车兵，弓、箭、宝剑、飞轮和战斧，（11）高举着武器的臂膀、高举着的武器和敌人的头颅，数以千计，都被普利塔之子砍断。（12）敢死队以为阿周那的战车已陷入他们军队的如同地狱的大旋涡之中，发出一片欢呼声。（13）而毗跛蒺（阿周那）消灭了他前面的敌人，位置稍后的敌人，以及他左右的敌人，俨若愤怒的楼陀罗屠杀众兽。（14）

于是，在般遮罗人、车底人、斯楞遮耶人与你方军队之间，陛下啊！展开了一场惨烈异常的大战。（15）慈悯、成铠和妙力之子沙恭尼满腔愤怒，带领车队，偕同兴高采烈的军队，（16）与作战凶狂的憍萨罗人、迦尸人、摩差人、迦卢沙人、羯迦夜人和苏罗塞那人作战。（17）在那些刹帝利、吠舍和首陀罗英雄之间展开的这场决死之战摧毁身体和罪愆，有助于他们博取名誉，获得正法，升入天国。（18）俱卢族英雄难敌与兄弟们一起，婆罗多族雄牛啊！在许多俱卢族英雄和摩德罗大勇士的护卫下，（19）在战场上保护正在与般度五子以及般遮罗人、车底人和萨谛奇交战的迦尔纳。（20）而迦尔纳也不断放出利箭，袭击庞大的敌军，歼灭了许多杰出的战车武士，使坚战饱受折磨。（21）他使成千成千的敌人丧失战车、武器、身体和生命，将他们送往天国，为他们赢得英名，令亲友们欣喜万分。（22）

持国说：

告诉我，全胜啊！迦尔纳怎样深入到普利塔之子的军中大肆杀戮，致使坚战王气昏了头？（23）在战场上，普利塔之子中哪些英雄阻击迦尔纳？而在升车之子（迦尔纳）折磨坚战之前，他打垮了哪些人？（24）

全胜说：

折磨敌人的迦尔纳看见以猛光为前锋的普利塔之子们严阵以待，便立即向般遮罗人冲去。（25）而那些貌似胜利者的般遮罗人也立即迎战飞速前来的迦尔纳，大王啊！仿佛是一群天鹅扑向大海。（26）接着，两军阵中吹响千万只螺号，发出惊心动魄的声音，同时又传来可怕的鼓声。（27）此时，各种乐器声，象、马和车发出的嘈杂音，诸英雄豪杰发出的狮子吼，响成一片，令人毛骨悚然。（28）整个大地连同山峦、树木和海洋，整个天空连同风和云彩，整个苍穹连同日月星辰，明显受到震撼。（29）那些强大的生物感觉到这股声浪而焦躁，而那些脆弱的生物则大多死亡。（30）

此时，迦尔纳怒不可遏，迅速发射兵器，打击般度族军队，仿佛摩诃梵（因陀罗）歼灭阿修罗大军。（31）他飞速突入般度族战车阵中，放出多支利箭，杀死七十七名婆罗跋德罗迦族勇士。（32）接着，这位战车武士魁首从战车上射出二十五支锋利的羽毛箭，杀死二十五名般遮罗人。（33）这位英雄又发出许多足以射穿敌人躯体的金羽铁箭，歼灭了成百成千车底人。（34）他在战斗中创下非凡的战绩，大王啊！大批大批的般遮罗战车将他团团围住。（35）尔后，婆罗多子孙啊！人中雄牛、日神之子迦尔纳又将五支锐不可当的利箭搭上弓弦，射死五名般遮罗人。（36）他在战场上杀死的这五名般遮罗人是婆奴提婆、花军、塞那宾度、多波那，婆罗多子孙啊！还有勇军。（37）在这场大战中，当那五名英勇的般遮罗人被箭射死时，从般遮罗军中传出阵阵悲叫声。（38）他们悲叫着，四散而逃，而迦尔纳迅即又以利箭消灭他们。（39）迦尔纳的车轮卫士——他的两位难以战胜的儿子妙军和真军，陛下啊！也奋不顾身地投入战斗。（40）而迦尔纳的后卫，长子大勇士牛军亲自在后面护卫迦尔纳。（41）

　　猛光、萨谛奇、德罗波蒂诸子、狼腹（怖军）、镇群、束发和婆罗跋德罗迦勇士们，（42）车底人、羯迦夜人、般遮罗人、双生子无种和偕天以及摩差人，所有这些武士身披铠甲，迫不及待要杀死罗陀之子（迦尔纳），向他猛扑过去。（43）他们朝他倾泻各种武器和阵阵箭雨，使他饱受折磨，犹如雨季乌云折磨大山。（44）而迦尔纳那些骁勇善战的儿子一心想解救父亲，国王啊！与你军的其他英雄一起，阻击敌方的英雄们。（45）妙军用一支月牙箭击断怖军的弓，又向怖军的心口射去七支铁箭，并发出一声大吼。（46）于是，勇猛骇人的狼腹（怖军）又取出另一张坚固的弓，上好弓弦，射断了妙军的弓。（47）接着，怒气冲冲的怖军仿佛跳着舞，向妙军连发九箭，随即又向迦尔纳连射七十三支利箭。（48）他又放出十箭，将迦尔纳之子真军连同马匹、车手、旗幡和武器一并击倒，这一切就发生在真军朋友们的眼前。（49）那青年被剃刀箭射下的头颅上，美丽的脸庞宛若一轮明月，恰似一朵莲花被人从花梗上摘下。（50）

　　杀死迦尔纳之子后，怖军又开始折磨你的军队。他射断慈悯和诃利迪迦之子（成铠）的弓，折磨他俩。（51）他分别向难降和沙恭尼射去三支和六支铁箭后，又使优楼迦和波多特里双双失去战车。（52）接着，怖军又喝道："嗨！妙军！你死定了！"随即取出一支箭，而迦尔纳将其击断，并向他连发三箭。（53）于是，怖军又拿起另一支锋利的箭向妙军射去，而人中雄牛（迦尔纳）又将此箭击断。（54）迦尔纳一心想解救儿子，想要杀死残忍的怖军，便又向怖军射出七十三支可怕的利箭。（55）而妙军紧握一张张力强劲的弓，向无种连发五箭，射中他的双臂和胸膛。（56）无种向他的敌手射去二十支坚固强劲的箭,又猛地大吼一声,使迦尔纳惊骇不已。(57)大王啊!大勇士妙军向无种连发十箭,迅速用一支马蹄箭击断了他的弓。(58)此时,气昏了头的无种又取出另一张弓,放出许多箭,在战斗中抵挡妙军。(59)国王啊!那位敌方英雄的消灭者用密密麻麻的箭覆盖四面八方。他杀死了妙军的车夫,又向妙军本人连发三箭。他又射出三支月牙箭,将妙军的坚固的弓击为三段。(60)此时,同样也被气昏了头的妙军又拿起另一张弓,分别向无种和偕天射去六十支和七支箭。(61)

这场可怕的大战犹如天神与阿修罗之间的战争,双方武士迅速放箭,互相残杀。(62)萨谛奇用三支箭射死了牛军的车夫,又用一支月牙箭击断他的弓;接着用七支箭杀死他的马匹,用一支箭射落他的旗帜,又用三支箭射击他的心口。(63)于是,牛军倒在自己的战车上,但转瞬间他又站了起来。他一心想要杀死悉尼之孙(萨谛奇),便手执宝剑和盾牌,向他扑去。(64)看到那牛军飞速向自己冲来,萨谛奇立即射出十支猪耳箭,击中他的剑和盾。(65)难降看见牛军丧失了战车和武器,立刻让他登上自己的战车,带他驶离战场,让他上了另一辆战车。(66)现在,打不垮的大勇士牛军登上另一辆战车,重又在战斗中护卫迦尔纳的后方。(67)

悉尼之孙(萨谛奇)连续九次向难降连射九箭,使他丧失车夫、马匹和战车,又以三箭射中他的额头。(68)而难降又登上另一辆装备齐全的战车,来到迦尔纳的大军中,与般度族人血战。(69)然后,猛光向迦尔纳射去十箭,德罗波蒂诸子射去七十三箭,善战(萨谛奇)射去七箭。(70)怖军射去六十四箭,偕天射去五箭,无种射去三十箭,百军射去七箭,英雄束发射去十箭,法王(坚战)射去百箭。(71)这些以及其他渴望胜利的武士魁首,王中之王啊!轮番在这场激战中折磨大弓箭手车夫之子(迦尔纳)。(72)而那位车夫之子、克敌制胜的英雄则姿势优美地在战车上反击,向那些武士每人射去十支锋利的箭。(73)在那里,我们亲眼目睹了灵魂高尚的迦尔纳的武器的威力和出手的敏捷,大王啊!那仿佛是奇迹。(74)人们看不到他如何取箭,如何搭箭上弦,只看到那位大勇士怒气冲冲地放出阵阵箭雨。(75)天空、大地和四面八方顿时布满了利箭,这里的空中闪闪发光,仿佛被一大团红云覆盖。(76)威武的罗陀之子(迦尔纳)手执战弓,好似在战车上跳舞,向那些攻击者——回敬三倍于他们射来的箭。(77)他又向他们每人连同马匹、车夫、旗幡和华盖各射去十箭,接着大吼一声,于是,他们给他让出了一条通道。(78)敌人的折磨者罗陀之子以阵阵箭雨击垮那些大弓箭手后,顺利地突入坚战王率领的军中。(79)用利箭摧毁了永不退缩的车底人的三十辆战车后,罗陀之子向坚战发起进攻。(80)于是,国王啊!般度诸子以及束发和萨谛奇为了保护国王免遭罗陀之子袭击,便将坚战团团围住。(81)同样,你军所有英勇奋战的大弓箭手也在战斗中从四面八方保护不可抵抗的迦尔纳。(82)各种器乐声响彻四方,民众之主啊!勇往直前的武士们也发出狮子吼。(83)随后,又是英勇无畏的般度族与俱卢族的两军对峙:以坚战为首的普利塔诸子的军队,以车夫之子(迦尔纳)为首的我军。(84)

以上是吉祥的《摩诃婆罗多》中《迦尔纳篇》第三十二章(32)。

三三

全胜说:

迦尔纳由成千成千的车、象、马和步兵环绕着,突破般度族大军之后,径直向法王(坚战)冲去。(1)这位人中雄牛冲入敌阵,毫不慌乱地用凶猛的利箭射断敌军发射的成千成千件各种兵器。(2)他在四处砍下敌人的头颅、臂膀和大腿,使他们倒地身亡。其他的敌人则四散逃窜。(3)在战斗中,在萨谛奇督促下,一心要杀死迦尔纳的达罗毗荼人、安达罗人和尼沙陀人的步兵们再次向他发起进攻。(4)那些失去了臂膀和头盔,被迦尔纳的利箭杀死的人纷纷倒地,宛如一片遭到砍伐的婆罗树林。(5)就这样,在战斗中,千千万万个战士丧失生命,身体倒在地上,而名声传扬四方。(6)此时,般度族人和般遮罗人在战斗中阻击狂怒如死神的日神之子迦尔纳,恰似人们用咒语和药物抑制疾病。(7)而他将他们打垮后,再次向坚战扑去,一如用咒语和药物也无法抑制的危重疾病。(8)迦尔纳最终被拼死保护国王的

般度族人、般遮罗人和羯迦夜人挡住。他无法越过他们，犹如死神不能征服精通梵的人。（9）

然后，敌方英雄的消灭者坚战气得双眼血红，对被阻挡在离他不远地方的迦尔纳说：（10）"迦尔纳啊！迦尔纳！你这有眼无珠的人！车夫之子啊！听我说！你在战斗中总是向声名显赫的颇勒古拿（阿周那）挑战。你对持国之子言听计从，始终与我们作对。（11）凭借你的英雄气概，今天就展示你的一切力量、勇气和对般度族的仇恨吧！今天，我要在这场大战中打消你对战争的自信！"（12）如是言毕，大王啊！般度之子就向迦尔纳射去十支通体铁制的金羽利箭。（13）而克敌制胜的大弓箭手车夫之子仿佛微微一笑，向他射去九支小牛牙箭，婆罗多子孙啊！（14）在这一回合中，这位勇士射出多支锐利的弯头箭。他用两支剃刀箭，射死了灵魂高尚的坚战的两名车轮卫士——般遮罗国的两位王子。（15）那两位英雄位于法王（坚战）战车的两侧，宛若月亮两旁的补那尔婆薮星宿，闪烁着光辉。（16）

坚战又向迦尔纳连射三十箭，向妙军和真军分别射去三箭，（17）向沙利耶王射去九十箭，向车夫之子（迦尔纳）射去七十三箭，向他的那些卫士分别射去三支笔直飞行的利箭。（18）尔后，升车之子（迦尔纳）微笑着一抖他的弓，放出一支月牙箭，射中了坚战王，发出兴奋的吼叫，又连发六十箭。（19）许多般度族英雄急着要将坚战从车夫之子手中解救出来，纷纷冲向迦尔纳，放箭打击他。（20）萨谛奇、显光、尚武、般耶王、猛光、束发、德罗波蒂诸子和婆罗跋德罗迦人，（21）还有孪生子、怖军、童护之子以及迦卢沙人、幸存的摩差人、羯迦夜人和迦尸憍萨罗人，这些英雄迅速围堵富军（迦尔纳）。（22）般遮罗王子镇群向迦尔纳发射了多支利箭。般度族武士们携带各种利箭，有猪耳箭、铁箭、莲花箭、小牛牙箭、毗巴吒箭、马蹄箭和雀嘴箭，（23）以及各种锐利的兵器。他们驾驭着战车、战象和战马，从四面八方冲向迦尔纳，将他团团包围，一心要置他于死地。（24）

遭到般度族众英雄围攻，迦尔纳祭起了梵天法宝，使各个方向布满利箭。（25）尔后，迦尔纳在战场上左冲右突，如同烈火，以利箭为熊熊光焰，以勇气为热量，焚烧般度族大军森林。（26）这位大弓箭手阻截那些灵魂高尚的武士们的兵器，微微一笑，连发数箭射断坚战的弓。（27）转瞬之间，迦尔纳又将九十支弯头箭搭上了弦，用这些锋利的箭，击碎坚战王的甲胄。（28）那镶金的铠甲落地时光芒四射，俨若被风吹散的残云在太阳的照耀下闪烁光辉。（29）从坚战王身上落下的镶嵌珠宝的铠甲光辉灿烂，犹如星光璀璨的夜空。（30）甲胄被利箭击落，身上鲜血流淌，普利塔之子勃然大怒，将一支通体铁制的标枪掷向升车之子（迦尔纳）。（31）迦尔纳连放七箭，将好似燃烧着划过天空的标枪击断。标枪被大弓箭手的箭击断，落到地上。（32）然后，坚战又接连投出四支长矛，刺中迦尔纳的双臂、前额和心口，发出欢叫。（33）鲜血从伤口流出，迦尔纳怒气冲冲，像蛇一样咝咝喘息着。他射出一支月牙箭，将般度之子的旗幡击断，又向他本人连发三箭，击碎他的一对箭筒和战车。（34）

于是，普利塔之子开始撤退。他的后卫车手阵亡，他心情悲伤，无法再站在迦尔纳的面前。（35）罗陀之子（迦尔纳）追上他，用手摸着肩膀，国王啊！他笑着，仿佛责骂般度之子，说道：（36）"你血统高贵，恪守刹帝利职责，怎么会在大战中为了保命而放弃与敌人战斗？（37）我认为你并不通晓刹帝利职责，而只具有婆罗门的力量，只会诵习吠陀，举行祭祀。（38）不要再打仗了！贡蒂之子啊！不要再走近英雄的武士们！不要再讲冒犯他们的话！不要再参加大战！"（39）说罢，大力士（迦尔纳）放走普利塔之子，接着又开始歼灭般度族大军，恰似手持金刚杵者（因陀罗）消灭阿修罗军队。国王啊！人中之主（坚战）仿佛羞愧难当，迅速逃离战场。（40）尔后，车底国、般度族和般遮罗族的英雄们、大勇士萨谛奇、德罗波蒂的儿子们以及玛德利和般度的双生子跟随永不退缩的国王离去。（41）

随后，看到坚战的军队掉头离去，迦尔纳便与俱卢族英雄的追兵们一起追击。（42）螺号声、大鼓声、弓弦声和持国之子们的狮子吼四处响起。（43）俱卢后裔啊！坚战很快登上闻称的战车，大王啊！看到迦尔纳英勇作战。（44）目睹自己的军队遭到杀戮，法王坚战勃然大怒，对战士们命令道："消灭这些敌人！成千成千地消灭他们！"（45）于是，在国王的命令下，般度族全体大勇士在怖军的率领下，返身向你的儿子们冲去。（46）在那里，婆罗多子孙啊！双方将士们的呐喊声，象、马、车、步兵和各种兵器发出的声音，响成一片。（47）在战场上，战士们吆喝着："起来！冲啊！杀啊！进攻啊！"互相厮杀。（48）人中魁首们相互阻截拼杀时射出阵阵箭雨，使得天空中仿佛布满云的阴影。（49）许多受伤的国王在战斗中失去了旗帜、幡幢、华盖、马匹、车手和武器，肢体残缺，倒地身亡。（50）那些山峰般的大象连同骑手一起遭到杀害，倒在地上，犹如群山遭到雷劈。（51）成千成千匹战马的铁甲、饰物和躯体被击破，扯碎，散落一地，与英雄的骑手一起，倒地身亡。（52）许多丧失武器、折腿断臂的武士又被象、马和车杀死。在那场战斗中，数千步兵团被敌人消灭。（53）大地上到处布满能征善战的武士们的头颅，有着又圆又大的铜红色眼睛，如莲似月的面庞。（54）

　　这时，人们听到天空中传来阵阵笙歌，那是大群的天女在天车中抚琴唱曲的声音。（55）众天女不断将那些直面敌方英雄而被杀死、砍死的成千成千的英雄接到自己的天车上，尔后，向天国驶去。（56）亲眼目睹这个伟大的奇迹，渴望升入天国的勇士们立即兴高采烈地捉对厮杀起来。（57）在这场战斗中，车兵与车兵交手，打得精彩漂亮；步兵与步兵、战象与战象、战马与战马也分别交战。（58）这场屠杀象、马和人的大战激烈展开，两军鏖战，烟尘滚滚，自己人杀自己人，敌人杀敌人。（59）战士们相互扯着头发，用牙齿咬，用指甲抓，用拳头打，消灭着身体和罪愆。（60）当这场杀戮象、马和人的大战激烈展开，从无数人、马和象的尸体上淌出的鲜血汇成一条河。这条河又卷走大批倒下的人、马和象的尸体。（61）在这场人、马和象的大混战中，无数人、马、象和骑兵的血水流成河。在这条恐怖的河中，充满血污，漂满人、马和象的尸体，令胆小者魂飞魄散。（62）渴望胜利的英雄们跳入河中，游往对岸，或沉下，或浮出。（63）由于浑身沾满鲜血，他们的盔甲、武器、衣袍都变成红色。他们泡在河中，喝着血水，精神沮丧，婆罗多族雄牛啊！（64）此时，我们看到车、马、人、象、武器、饰物、衣服、铠甲、被杀者和将被杀者，以及大地、天上、空中和四面八方，血红一片。（65）到处是鲜血的色、声、香、味和触，军队的士气低落到了极点，婆罗多子孙啊！（66）然后，以萨谛奇为首的英雄的战车武士们又向你那遭到以怖军为首的武士们打击的军队发起猛攻。(67)那些灵魂高尚的武士们攻势凌厉，不可抵挡，国王啊！你儿子们的大军掉头逃跑。(68)你的那支充满车、马、象和人的军队丢盔弃甲，失落武器和弓箭，(69)向四面八方仓皇逃窜，犹如大森林中一群遭受狮子侵扰的大象。(70)

以上是吉祥的《摩诃婆罗多》中《迦尔纳篇》第三十三章(33)。

三 四

全胜说：

目睹你的军队遭到那些般度族武士的穷追猛打，国王啊！你的儿子难敌虽大声召唤，却不能使军队返回战场。(1)然后，在战斗中，许多俱卢族武士高举着武器，从军阵侧翼和翼端以及右方，向怖军冲去。(2)看到持国之子的军队从战场上掉头逃跑，迦尔纳也驱赶着那些色如天鹅的骏马向狼腹（怖军）冲去。(3)大王啊！在战斗中大放光彩的沙利耶王驾驭那些马匹，来到怖军的车前。(4)看见迦尔纳来到面前，怖军怒火满腔，决心要杀死迦尔纳，婆罗多族雄牛啊！(5)他对英雄的萨谛奇和水滴王之孙猛光说："你们两人去保护那以法为魂的坚战王吧！我看到他好不容易才脱了险。(6)那灵魂邪恶的罗陀之子为了讨好难敌，当着我的面击碎国王的铠甲。(7)今天，我就要结束这场灾难！水滴王之孙啊！不是我在战斗中消灭他，就是他经过一场恶战杀死我！我对你们说的是实话！(8)今天，我把国王托付给你们。你们大家都要沉着冷静，竭尽全力保护他！"(9)这样说完，大臂者便向升车之子（迦尔纳）冲去，大声发出狮子吼，震撼四面八方。(10)

看到好战的怖军飞速扑来，摩德罗国王便对车夫之子说：(11)"看哪！迦尔纳！看那生有大臂的愤怒的般度之子！毫无疑问，他是想要把长期积压的怒火一股脑儿地向你发泄！(12)我从未见过他这副模样，迦尔纳啊！即使是在激昂或者罗刹瓶首被杀时也没见过。(13)现在，他那怒火冲天的样子仿佛是世界末日的熊熊烈火，足以抵御整个三界。"(14)

摩德罗国王正这样对罗陀之子说着，国王啊！怒火中烧的狼腹（怖军）已经冲向前来。（15）看见好战的怖军来到自己面前，罗陀之子仿佛笑着对沙利耶王说：（16）"你今天对我说的有关怖军的这些话，摩德罗国王啊！毫无疑问，千真万确，主人啊！（17）狼腹（怖军）是位骁勇而又性情暴躁的英雄。他并不在乎自己的身体和性命，力大无比。（18）隐姓埋名居住在毗罗吒城时，他为了取悦黑公主，乔装打扮，仅仅依靠自己的双臂，便将空竹及其同伙消灭。（19）今天他披挂上阵，气得昏头昏脑地来到我们阵前。哪怕是面对高举刑杖的死神，他也会与他交战。（20）长期以来我都有一个愿望：或是我在战斗中杀死阿周那，或者胜财（阿周那）在战斗中杀死我。今天由于我与怖军交锋，我的这个愿望也许就会实现了。（21）如若我杀死了怖军或者使他失去战车，普利塔之子（阿周那）就会向我发起进攻，那样将对我有好处。对此你有什么想法，赶快说出！"（22）

听罢灵魂高尚的罗陀之子的这些话，在当时的情况下，沙利耶王对车夫之子这样说道：（23）"大臂者啊！你向大力士怖军进攻。先打败怖军，然后才能接近颇勒古拿（阿周那）。（24）长期以来你心中怀有的那个愿望就会实现，迦尔纳啊！我对你是实话实说。"（25）

听罢此言，迦尔纳又对沙利耶王说："不是我在战斗中杀死阿周那，就是胜财（阿周那）杀死我！你要把心思用于战斗，前进吧！把车赶到怖军那里。"（26）沙利耶王立即驱车前往大弓箭手怖军追击你军的地方，民众之主啊！（27）尔后，迦尔纳与怖军相遇，王中之王啊！鼓乐齐鸣，响彻云霄。（28）这时，强壮的怖军怒不可遏，从四面八方向你的难以制胜的军队发射光洁而又锐利的铁箭。（29）迦尔纳与般度之子的这场交锋战，民众之主啊！激烈、可怕而又残酷，大王啊！顷刻之间，王中之王啊！般度之子扑向迦尔纳。（30）看到他向自己扑来，日神之子雄牛迦尔纳怒火满腔。他放出一支铁箭，正中怖军的心口。接着，灵魂无限的迦尔纳又将阵阵箭雨向他倾泻而去。（31）被车夫之子射中的怖军也发出许多支箭，覆盖迦尔纳。随即，又向他射出九支锋利的弯头箭。（32）而迦尔纳却一箭射中他的弓的中央，将其击为两段；接着又向折弓的怖军射去一支足以穿透一切坚甲的极其锋利的铁箭，正中他的胸口。（33）熟悉要害部位的狼腹（怖军）又拿起另一张弓，国王啊！朝着车夫之子的致命部位连发多支极其锐利的箭，又用力大喝一声，仿佛惊天动地。（34）而迦尔纳又向狼腹（怖军）一连射出二十五支铁箭，犹如猎手在林中用许多火把猎杀一头狂傲凶猛的大象。（35）于是，身中多箭的般度之子气昏了头，怒不可遏，双眼血红，怀着杀死车夫之子的强烈愿望，（36）他将一支速度奇快、堪负重任、足以射穿群山的利箭搭上弓弦。（37）这位风神之子大弓箭手怀着满腔怒火，一心要将迦尔纳置于死地。他猛力将弓强拉向耳畔，射出了那支箭。（38）那支由大力士怖军在战斗中放出的箭，挟带着雷电般的声响刺中迦尔纳，俨若霹雳击中大山。（39）被怖军射中后，俱卢族魁首啊！那车夫之子、你军的统帅便瘫倒在车座上，昏厥过去。（40）看见车夫之子失去知觉，摩德罗国王即刻驾车载着在战斗中大放光彩的迦尔纳驶离战场。（41）击败迦尔纳后，怖军马上着手击溃持国之子的大军，一如因陀罗击溃檀那婆军队。（42）

以上是吉祥的《摩诃婆罗多》中《迦尔纳篇》第三十四章(34)。

三五

持国说：

怖军将大臂迦尔纳击倒在车座上，全胜啊！做了一件难以做到的事。（1）御者啊！难敌曾再三对我说："只有迦尔纳一人能在战斗中将斯楞遮耶人连同般度五子一并消灭。"（2）目睹了罗陀之子（迦尔纳）在战斗中被怖军击败后，我儿难敌接下来又做了些什么？（3）

全胜说：

看到罗陀之子与大军一起从大战中撤离，国王啊！你的儿子便对他的兄弟们说：（4）"愿你们有福！快去保护罗陀之子！他已陷入怖军的深不可测的灾难之海中。"（5）听到国王的命令，那些王子一心想杀死怖军，怒不可遏，纷纷冲向前去，犹如飞蛾扑火。（6）他们是闻寿、难持、迦罗特、欲知、变形、娑摩、持弓、披甲、持网、欢喜和喜悦，（7）难攻、妙臂、疾风、辉煌、挽弓、猖狂和婆诃。（8）这

些英勇的大力士在大批战车的簇拥下，来到怖军跟前，从四面八方包围他，向他连连发射各式利箭。（9）

大力士怖军饱受这些利箭折磨，人中之主啊！立即将攻上前来的、你的儿子们的五十辆战车连同五十名车兵一并消灭。（10）接着，愤怒的怖军用一支月牙箭射下欲知那戴着耳环和头盔、面如满月的头颅，大王啊！欲知被怖军杀死，倒在地上。（11）眼见那位勇士在战斗中遇难，主人啊！他的兄弟们从各个方向向骁勇骇人的怖军冲去。（12）尔后，骁勇骇人的怖军在交战中又放出另外两支月牙箭，在这场大战中又夺去你两个儿子的性命。（13）那两位如同神子的王子变形和娑摩，国王啊！宛若被暴风摧折的两棵大树倒在地上。（14）随即，怖军又迅速射出一支极其锋利的铁箭，将迦罗特送往阎摩府，使他倒地身亡。（15）国王啊！你那些执弓的儿子们接连阵亡，人中之主啊！只听得一声声"啊！啊！"的哀叫。（16）趁他们恐慌之时，大力士怖军又在战斗中将欢喜和喜悦两人送往阎摩府。（17）你的儿子们看到怖军在战斗中如同死神阎摩，惊骇不已，仓皇奔逃。（18）

目睹你的儿子们被杀，思想高尚的车夫之子（迦尔纳）重又驱赶色似天鹅的马匹冲向般度之子。（19）大王啊！摩德罗国王驱策那些马匹，飞速来到怖军的战车前，停在那里。（20）民众之主啊！迦尔纳和般度之子展开激战，残酷而又骇人，大王啊！（21）看到那两位大勇士交锋，大王啊！我就想，今天这场恶战将会如何结束？（22）尔后，王中之王啊！迦尔纳仿佛微笑着，没费多大劲儿转眼之间就使骁勇骇人的怖军失去战车。（23）而丧失战车的婆罗多族俊杰、快速如风的大臂者却微微一笑，手持铁杵从那辆上等的战车上一跃而下。（24）突然间，国王啊！那位镇伏敌人、脾气火暴的怖军大肆杀戮七百头能征惯战、象牙似犁的大象。（25）他熟知大象要害部位，一边呐喊着，一边猛烈打击它们的牙龈、眼睛、额头和颞颥等部位。（26）那些惊骇的大象四处逃窜，却又被骑手们驱赶回来，将怖军包围，好似云团遮蔽太阳。（27）徒步作战的怖军用铁杵将七百头大象连同骑手、兵器和旗幡一并消灭，恰似一阵大风吹散秋季的云。（28）接着，在战斗中，贡蒂之子又歼灭妙力之子的五十二头力量超群的大象。（29）般度之子折磨着你的军队，又在战斗中摧毁整整一百辆战车，另外还消灭了成百上千名步兵。（30）在骄阳和灵魂高尚的怖军的灼烤下，你的军队犹如一块落入火中的皮子蜷缩起来。（31）你的军队被怖军吓得心惊胆战，婆罗多族雄牛啊！他们纷纷在战斗中躲避怖军，向各方逃窜。（32）

另有五百位战车武士身披铠甲，呼叫着发射利箭，从四面八方快速冲向怖军。（33）而怖军用铁杵消灭所有这些武士及其车夫、战车、旗帜、幡幢和武器，俨若毗湿奴诛灭众阿修罗。（34）接着，在沙恭尼的命令下，三千名公认的优秀骑兵手持标枪、宝剑和梭镖向怖军冲去。（35）那位强敌的诛灭者立即迎战，运用各种步法，消灭那些耶婆那族骑手。（36）到处都是那些被击中的骑手发出的号叫声，婆罗多子孙啊！仿佛一大片芦苇被刀砍倒。（37）就这样，将妙力之子的三千名优秀骑兵悉数消灭后，愤怒的怖军又登上另一辆战车，去攻打罗陀之子。（38）

在此期间，国王啊！迦尔纳在战斗中以阵阵箭雨覆盖克敌制胜的正法之子（坚战），并将其车夫击倒。（39）看见坚战的车在战斗中逃遁，大勇士紧紧追击，发射许多笔直的苍鹭羽毛箭。（40）风神之子（怖军）勃然大怒，用箭雨笼罩天地，用箭网覆盖追击国王的迦尔纳。（41）于是，折磨敌人的罗陀之子立即回转身来，用阵阵利箭从四面八方覆盖怖军。（42）迦尔纳正在袭击怖军的战车，婆罗多子孙啊！灵魂无限的萨谛奇从后面袭击迦尔纳。迦尔纳冒着阵阵箭雨的猛烈袭击，依然向怖军冲去。（43）

这两位刚毅的英雄、一切弓箭手之雄牛接近之后，互相发射各种利箭，显得光彩夺目。（44.）但见两人放出的箭布满天空，王中之王啊！形成一张巨大的箭网，麻鹬脊背般猩红，恐怖骇人。（45）两人发射的成千成千支箭遮蔽了一切，我们看不清阳光和天空，分辨不出各个方向。（46）迦尔纳和怖军射出的无数利箭，国王啊！将正午时分灼热明亮的万道阳光全部扫光。（47）

看到妙力之子（沙恭尼）、成铠、德罗纳之子（马嘶）、升车之子（迦尔纳）、慈悯与般度诸子鏖战正酣，俱卢族人又返回了战场。（48）他们向敌军进发，民众之主啊！发出震耳欲聋的呐喊声，犹如涨满雨水的汹涌大海发出可怕的咆哮。（49）这两支愤怒的军队在大战中相遇，彼此看到后，兴奋地抓住对方投入战斗。（50）于是，一场激战在日当正午时开始了。这场战争的激烈程度前所未闻，前所未见。（51）一股军队洪流猛然间与另一股军队洪流相遇，仿佛滚滚洪流迅速汇入大海。（52）两股军队洪流互相咆哮，犹如海中激流发出巨大的吼叫。（53）两支军队猛烈交锋，迅即混作一团，好似两条大河汇合在一起。（54）

于是，民众之主啊！一场可怕的大战就在渴望获得巨大声誉的俱卢族人和般度族人之间展开了。（55）只听得武士们呼唤不同人的姓名，国王啊！喊叫声此起彼伏，响成一片。（56）倘若某人的父母或本人的行为品性有何污点，在战场上便可听到敌方武士对他指名叫骂。（57）目睹那些勇士在战场上相互恐吓谩骂，国王啊！我思忖着："这些人全都死到临头了！"（58）看到这些愤怒而又骁勇无比的武士的形体，我产生强烈的恐惧："这一切将会如何结束？"（59）接着，国王啊！般度族和俱卢族的大勇士们，互相发射锐利的箭矢，杀戮对方。（60）

以上是吉祥的《摩诃婆罗多》中《迦尔纳篇》第三十五章(35)。

三六

全胜说：

双方的刹帝利是仇人相见，分外眼红，都巴不得将对方置于死地，大王啊！他们在战场上厮杀着。（1）大王啊！到处都是车流、马流、人流和象流，互相汇合在一起。（2）我们看到，棒槌、铁匕、梭镖、标枪、长矛和火箭划过天空，（3）在战斗中激烈地碰撞坠地，而阵阵箭雨又似一群群蝗虫从四面八方飞落。（4）战象与战象遭遇后相互攻击，战马与战马交战，车兵与车兵交锋，步兵与步兵厮杀，骑兵与骑兵交手。（5）步兵们消灭战车战象，车兵们屠杀战象战马，而在战斗中猛冲猛打的战象则粉碎车兵、骑兵和步兵，国王啊！（6）在那里，无数勇士被击倒，互相高声呼唤着，恐怖的战场仿佛变成了屠宰场。（7）大地上到处鲜血流淌，红光闪烁，婆罗多子孙啊！犹如雨季时节大地布满成群的胭脂虫。（8）大地宛若一位黑皮肤的妙龄少女披上染有红花染料的白色长袍；由于四处血肉横飞，色彩斑斓，战场灿若黄金。（9）从武士身上砍下的头颅、臂膀以及大腿，从武士身上落下的耳环和饰物，婆罗多子孙啊！（10）还有弓箭手们的金系带、身躯、铠甲和旗帜，布满大地。（11）

大象向大象展开进攻，将尖利的象牙刺入对方，而那些被象牙刺中的大象显得光彩夺目。（12）那些鲜血淋漓的大象，俨若一座座移动的大山，布满矿石，流淌着赭石液汁。（13）许多大象用象鼻卷住那些象兵掷出或是倒拖着的长矛，还有不少大象将那些长矛折断。（14）那些被铁箭击碎护甲的大象，大王啊！犹如冬季失去云彩的大山。（15）而那些被金羽箭射中的大象，陛下啊！恰如顶峰被流星照亮的大山，熠熠生辉。（16）在战斗中，一些高耸如山的大象，遭到其他一些大象的攻击，宛若被劈去侧翼的高山倒在地上。（17）在大战中，还有许多中箭的大象身受重创，四处奔逃，以下巴或前额着地，纷纷倒下。（18）另外一些大象发出骇人的狮子吼，躺倒在地，国王啊！有许多精疲力竭，还有一些发出痛苦的呻吟。（19）大批装备着金马鞍的马匹中箭后，有的躺倒在地，有的萎靡不振，有的四处游荡。（20）还有许多马匹被箭或长矛击中倒地或被拖倒在地，痛苦地扭动身体，呈现出各种姿势。（21）在那里，无数被击倒在地的人呻吟着，陛下啊！有的人见到了亲属，有的人见到了父亲或祖父，（22）还有人在那里看到逃跑的敌人，婆罗多子孙啊！他们竞相夸耀自己的声名显赫的家族。（23）那些被砍下的佩戴金饰的手臂，大王啊！左右扭动，上下翻飞，纷纷落地。（24）成千上万只手臂落在地上又弹了起来，就像一条条蛇迅速蹿起投入战斗。（25）那些涂着檀香膏的手臂如同鼓胀的蛇颈，沾满鲜血，民众之主啊！光彩夺目，宛若一面面金制的旗幡。（26）

就这样，这场可怕的混战在四面八方展开，武士们奋力厮杀着，也不知杀死杀伤的是什么人。（27）地上扬起滚滚尘烟，空中飞着各种武器，国王啊！战场上一片昏暗，将士们已经分不清敌我。（28）这场残酷可怕的战争就这样进行着，战士们的鲜血流淌，汇成多条大河。（29）英雄们的头颅犹如河中的石头，毛发犹如水草和苔藓；河中遍布骨头和弓箭。（30）他们的筋肉犹如河里的淤泥。这些鲜血流成的河令人毛骨悚然，向前流动着，为阎摩的王国增添人口。（31）这些可怕的河流向阎摩府，淹没掉到河里的人，使刹帝利们惊骇不已。（32）此时，四处响起食肉兽的号叫声，人中之虎啊！恐怖的战场仿佛变成死神的领地。（33）无数具无头尸体从四面八方直立起来；恶魔们吃饱血肉，手舞足蹈。（34）人们看到大群的乌鸦和秃鹫飞来飞去，喝血吸髓，婆罗多子孙啊！又饱餐鲜肉、脂肪和骨髓。（35）然而，那些赫赫有名的勇士，国王啊！在战斗中摒弃难以摒弃的恐惧，恪守武士的誓言，无所畏惧地履行着他们的职责。（36）空中飞满利箭和标枪，地上布满食肉兽，而勇士们成群结队地前进，显示自己的英雄气概。（37）他们彼此通报自己的姓名和家庭，婆罗多子孙啊！在战斗中通报父亲和家族的姓氏，投入战斗。（38）在那里，众多武士自报家门，民众之主啊！互相用标枪、长矛和梭镖展开厮杀。（39）这场大战就这样惨烈而又恐怖地进行着，俱卢族军队已经溃不成军，仿佛是一条破船在大海中颠簸。（40）

以上是吉祥的《摩诃婆罗多》中《迦尔纳篇》第三十六章(36)。

三七

全胜说：

正当刹帝利们在战斗中陷入困境，战场上又响起甘狄拨神弓发出的巨大响声，陛下啊！（1）般度之子在那里杀戮敢死队、憍萨罗和那罗延的军队，国王啊！（2）渴望获胜的敢死队怒不可遏，在战场上从四面八方向普利塔之子劈头盖脸泼洒箭雨。（3）战车武士魁首普利塔之子迅猛抵挡箭雨，国王啊！冲锋陷阵，奋勇杀敌。（4）普利塔之子用在石上磨尖的苍鹭羽毛箭开路，突入敌军的战车部队，冲到大勇士善佑面前。（5）那位战车武士魁首向普利塔之子倾泻阵阵箭雨；与此同时，在场参战的敢死队也纷纷向阿周那放箭。（6）然后，善佑向普利塔之子一连射出九箭，向遮那陀那（黑天）的右臂连发三箭，接着又放出一支月牙箭，击中阿周那的旗帜，陛下啊！（7）

于是，国王啊！旗帜上由毗首羯磨（工巧天）制作的大猿猴发出一声大吼，恫吓你的军队。（8）听到猿猴的吼声，你的军队吓得魂飞魄散，呆立不动。（9）那支军队一动不动地伫立在那里，呈现出一道美丽的景观，国王啊！恰似盛开着各种花卉的奇车园林。（10）接着，那些武士恢复了知觉，俱卢族俊杰啊！他们向阿周那泼洒阵阵箭雨，犹如乌云向大山倾泻滂沱大雨。尔后，他们全体将般度之子的巨大战车团团包围。（11）他们奋力抓住阿周那的马匹、车轮和车辕，婆罗多子孙啊！猛地发出狮子吼。（12）有些人抓住了美发者（黑天）的一双巨臂，大王啊！还有些人高兴地抓住了站在车中的普利塔之子本人。（13）此时，美发者（黑天）在阵前一抖双臂，便将那些抓住他臂膀的人全都摔到地上，犹如一头凶狠的大象摔倒所有骑在象上的人。（14）被那些大勇士包围的普利塔之子在交战中看见战车被抓住，美发者（黑天）遭攻击，不禁勃然大怒，也将众多攀上战车的步兵全部摔到地上。（15）他又用许多适于近距离杀伤的箭矢击倒靠近他的武士们，在战斗中对美发者（黑天）说：（16）"看哪！大臂黑天啊！众多立下赫赫战功的敢死队被我杀死，数以千计！（17）雅度族雄牛啊！在人世间大地上，除了我以外，没有任何一位英雄能够承受如此可怕的对战车如此贴近的攻击！"（18）

如是言毕，毗跋蘇（阿周那）吹响天授螺号，黑天也吹响五生螺号，号声响彻天地。（19）听到那螺号声，敢死队吓得发抖，心惊胆战，大王啊！（20）接着，敌方英雄的诛灭者般度之子又不断祭起"蛇"武器，大王啊！缚住敌人的双脚。（21）那些武士在战斗中被灵魂高尚的般度之子用脚镣似的"蛇"武器缚住双脚，一动不动地站在那里，国王啊！仿佛成了金刚石。（22）尔后，般度之子消灭这些木然呆立的武士，俨若昔时因陀罗在杀死多罗迦的战斗中消灭众提迭。（23）那些武士在战斗中遭到杀戮，松手放开了那辆上等战车，也丢下他们所有的武器。（24）目睹自己的军队被束缚住，王中之王啊！大勇士善佑迅速祭起了"金翅鸟"武器。（25）于是，许多金翅鸟飞落下来，大肆吞食那些蛇。而那些蛇看到这些飞鸟，也纷纷逃窜，国王啊！（26）敢死队一经摆脱了脚镣般的"蛇"武器束缚，民众之主啊！便焕发出光彩，恰似太阳冲破重重云雾，照耀众生。（27）那些重获自由的武士又纷纷向颇勒古拿（阿周那）的战车发射箭雨，投掷武器，陛下啊！（28）敌方英雄的诛灭者因陀罗之子（阿周那）用阵阵箭雨粉碎倾盆大雨般袭来的各式兵器，抵御那些武士。（29）

尔后，国王啊！善佑射出一支笔直的利箭，正中阿周那的心口，接着他又连发三箭。阿周那被深深刺中，疼痛难忍，倒在车座上。（30）以白马驾车、黑天为御者的灵魂无限的阿周那恢复知觉后，迅即祭起"因陀罗"法宝，瞬间便发射出成千上万支箭，陛下啊！（31）国王啊！只见四面八方成千上万的象、马和车在战斗中被这些兵器消灭。（32）军队遭到杀戮，陷入大恐慌。无论是敢死队还是国王的军队，婆罗多子孙啊！都无人敢与阿周那交战。（33）在那里，英雄们眼睁睁地看着你的大军遭受杀戮。他们面对遭受杀戮，呆立不动，不再显示他们的英勇。（34）在战斗中，般度之子整整消灭了一万名武士，在战场上大放光彩，国王啊！宛若一团无烟的烈火熊熊燃烧。（35）婆罗多子孙啊！敢死队还剩下一万四千名步兵，一万辆战车以及三千头大象。（36）尔后，敢死队再次将胜财（阿周那）团团包围，下定决心或是战死或是凯旋。（37）于是，民众之主啊！在那里，你的军队与英勇强大的般度之子有冠者（阿周那）又展开一场大战。（38）

以上是吉祥的《摩诃婆罗多》中《迦尔纳篇》第三十七章(37)。

三八

全胜说：

成铠、慈悯、德罗纳之子（马嘶）和车夫之子（迦尔纳），陛下啊！优楼迦、妙力之子（沙恭尼）、国王（难敌）以及他的同胞兄弟们，（1）眼见自己的军队由于惧怕般度之子而溃不成军，就像漂荡在大海中的一条破船，迅速上前援救。（2）顷刻间，大战又变得分外酷烈，婆罗多子孙啊！使得懦夫心惊肉跳，而勇者欢欣鼓舞。（3）在战斗中，慈悯放出阵阵箭雨，如同一群群蝗虫飞来，消灭斯楞遮耶人。（4）随后，束发怀着满腔怒火，飞速冲向慈悯，从四面八方向这位婆罗门倾泻箭雨。(5) 精通精良武器的慈悯挡住了箭雨,又在交战中愤怒地向束发连发十箭。(6) 于是,束发怒火中烧,在交锋中又向慈悯射出七支笔直飞行的苍鹭羽毛箭,深深刺中他。(7) 而被利箭深深刺中的大勇士、再生者中佼佼慈悯使水滴王之孙(束发)丧失马匹、战车和车夫。(8) 大勇士束发随即从无马驾驶的战车上跳了下来,迅速地拿起剑和盾,向那位婆罗门扑去。(9) 看到束发向自己猛扑过来,慈悯在战斗中射出许多弯头箭将他覆盖,令人叹为观止。(10) 我们看到这个奇迹,仿佛看到石头在河中漂游,国王啊!束发伫立在战场上,一动不动。(11)

看见束发被慈悯的箭雨覆盖,王中俊杰啊!大勇士猛光迅速冲向慈悯。(12) 看到猛光向有年之子(慈悯)的战车冲来,大勇士成铠立即上前阻挡。(13) 目睹坚战偕同儿子及其军队冲向有年之子(慈悯)的战车,德罗纳之子(马嘶)上前阻截。(14) 你的儿子难敌射出阵阵箭雨,扼制住两位动作敏捷的大勇士无种和偕天。(15) 而日神之子迦尔纳在战斗中钳制住怖军以及迦卢沙人、羯迦夜人和斯楞遮耶人,婆罗多子孙啊!(16)

尔后,有年之子慈悯在交战中猛地向束发射出许多利箭,似乎想要焚毁他,陛下啊!(17) 而束发不断地挥舞着宝剑,将慈悯从四面八方射来的镶金利箭尽数斩断。(18) 接着,乔答摩(慈悯)猛地射出多枚利箭,击断了水滴王之孙(束发)的百月盾牌,使在场的人全都发出一声惊呼。(19) 束发失去了盾牌,完全被慈悯控制,大王啊!却仍然手持宝剑向慈悯冲去,仿佛一位病人冲向死神之口。(20) 眼见大力士束发受到有年之子(慈悯)的箭雨困扰和折磨,国王啊!花旗之子妙旗飞快地冲上前去。(21) 灵魂无限的妙旗在战斗中一边向婆罗门乔答摩(慈悯)放出无数利箭,一边向他的战车扑去。(22) 看到妙旗与忠于誓言而又难以抵挡的婆罗门交上了手,束发急忙撤退,王中魁首啊!(23) 妙旗向乔答摩射去九箭,国王啊!接着又向他连发七十箭,后又发射三箭。(24) 然后,妙旗击断了慈悯的带箭之弓,陛下啊!又射出一箭,狠狠地刺中车夫的致命部位。(25) 乔答摩(慈悯)勃然大怒,又取出一张坚固的新弓,向妙旗一连发出三十箭,射中他所有的要害部位。(26) 他感到整个肢体疼痛难忍,在上等的战车中颤栗不止，犹如一棵树在地震中剧烈摇摆颤动。（27）慈悯又射出一支马蹄箭，从妙旗仍然觳觫不止的身躯上射下那佩戴闪闪发光的耳环、头巾和头盔的首级。（28）那首级如同从鹰爪中掉下的一块肉，落到地上，随后他的身躯也扑倒在地。（29）他倒地身亡，大王啊！他的随从们大惊失色，纷纷放弃与乔答摩（慈悯）交战，四散而逃。（30）

大力士成铠在战斗中拦截水滴王之孙猛光，高兴地对他说："站住！站住！"（31）随后苾湿尼族武士与水滴王之孙之间展开了一场混战，俨若两只雄鹰为了争夺一块肉而进行激战，国王啊！（32）在交锋中，愤怒的猛光向诃利迪迦之子（成铠）连射九箭，正中胸部，使他倍受折磨。（33）在战斗中被水滴王之孙狠狠射中的成铠放出阵阵利箭，将水滴王之孙连同战车和马匹一起覆盖。（34）由于连同战车一起被箭雨覆盖，国王啊！战场上已不见猛光的踪影，恰似雨季里乌云密布，不见太阳的踪影。（35）中箭受伤的猛光用那些镶金利箭驱除射来的阵阵利箭，国王啊！在战斗中大放光彩。（36）尔后，大军统帅水滴王之孙愤怒地冲向成铠，向他泼洒可怕的兵器疾雨。（37）在交战中，诃利迪迦之子（成铠）放出数千支利箭，驱除那一阵突如其来的兵器疾雨。（38）看见自己那阵势不可挡的兵器疾雨受挫，水滴王之孙冲到成铠面前截住他。（39）他猛地射出一支箭头锐利的月牙箭，将成铠的车夫从车上射翻在地，送往阎摩殿。（40）强大的猛光战胜了大勇士敌手之后，又不失时机地以阵阵利箭阻击其他俱卢族人。（41）于是，你的那些武士发出狮子吼，向猛光扑了过去，又一场战斗开始了。（42）

以上是吉祥的《摩诃婆罗多》中《迦尔纳篇》第三十八章(38)。

三九

全胜说：

德罗纳之子（马嘶）看到悉尼之孙萨谛奇和德罗波蒂英勇的儿子们保护着坚战，便兴冲冲地冲上前去。（1）他一边倾泻在石上磨尖的可怕的金羽箭，一边展示着种种武艺，身手敏捷。（2）这位精通武器的英雄用神奇武器发出念过咒语的利箭，布满天空，在战斗中围堵坚战。（3）德罗纳之子的箭雨覆盖一切，什么都分辨不清了。战场前沿变成了箭的世界。（4）由镶金利箭组成的那张遍布天空的巨大箭网，婆罗多族俊杰啊！宛若一顶巨大的华盖，光华四射。（5）在战斗中，国王啊！那张辉煌的箭网覆盖战场，仿佛是空中阴云遭到利箭拦截。（6）我们目睹了一个奇迹：在这个箭的世界，看到德罗纳之子的英勇绝伦，空中没有生物降临地上。（7）目睹德罗纳之子的轻巧敏捷，在场的大勇士们惊诧不已，大王啊！所有的国王都不敢凝视他，就像不敢凝视刺目的太阳一样。（8）奋力厮杀的萨谛奇、般度之子法王坚战以及其他将士都显示不出自己的骁勇善战。（9）

尔后，眼见自己的军队遭到杀戮，德罗波蒂的大勇士儿子们、萨谛奇、法王（坚战）和般遮罗武士们一起，驱走对死亡的恐惧，向德罗纳之子冲了过去。（10）萨谛奇向德罗纳之子连发二十五箭，接着又射去七支镶金铁箭。（11）坚战射出七十三箭，向山射出七箭，闻业射出三箭，而闻称射出七箭。（12）子月射去九箭，百军射去七箭，其他许多勇士也从各个方向向他射去利箭无数。（13）于是，他勃然大怒，国王啊！像一条毒蛇那样咝咝喘息着，向萨谛奇射去二十五支石上磨尖的利箭。（14）他又向闻称射去九箭，向子月射去五箭，向闻业射去八箭，向向山射去三箭，向百军射去九箭，向正法之子（坚战）射去七箭。（15）他又向剩下的武士们每人分别射出两箭。接着，他又用数支锋利的箭击断了闻称的弓。（16）于是，大勇士闻称取出另一张弓，对着德罗纳之子先是连发三箭，随后又射出多支锐利的箭。（17）接着，大王啊！德罗纳之子泼洒箭雨，婆罗多子孙啊！从四面八方覆盖敌军及其国王们。（18）随后，灵魂无限的德罗纳之子击断法王（坚战）的弓，又微微一笑，向他连射三箭，将他射中。（19）于是，国王啊！正法之子（坚战）又取出另一张巨弓，向德罗纳之子接连发射七十支箭，射中对方的双臂和胸膛。（20）

尔后，愤怒的萨谛奇在交战中射出一支锋利的半月箭，击断武士德罗纳之子的弓，并猛地大喝一声。（21）力大无比的德罗纳之子折了弓，迅速掷出一支标枪，将悉尼之孙萨谛奇的车夫从车上击翻在地。（22）此时，威风凛凛的德罗纳之子取出另一张弓，以阵阵箭雨将悉尼之孙覆盖，婆罗多子孙啊！（23）由于萨谛奇的车夫阵亡，只见为他驾车的马匹在战场上到处乱窜，婆罗多子孙啊！（24）由坚战率领的那些武士立即放出阵阵利箭，倾泻到武士魁首德罗纳之子身上。（25）看到那些武士气势汹汹地向自己扑来，镇伏敌人的德罗纳之子笑嘻嘻地上前迎战。（26）随后，在战斗中，大勇士德罗纳之子以成百上千支利箭作为火焰，焚烧干草般的般度族军队，犹如烈火焚烧林中枯草。（27）于是，遭到德罗纳之子焚烧的般度之子的军队一阵骚乱，婆罗多族俊杰啊！宛若一头鲸鱼光临河口。（28）目睹德罗纳之子的英勇绝伦，大王啊！人们无不以为所有的般度族人都已被德罗纳之子杀死。（29）

此时，坚战冲到大勇士德罗纳之子面前，满怀着愤怒与仇恨，对德罗纳之子说：（30）"人中之虎啊！你冷酷无情，忘恩负义！因为你今天一心想要杀死我。（31）一位婆罗门的职责应是苦行、布施和吟诵吠陀；一名刹帝利的职守才是弯弓射箭。看来，你这位婆罗门只不过是徒有其名！（32）走着瞧，大臂者啊！我将在战斗中打败俱卢族人！你就在战斗中施展你的本领吧！你永远是一个不称职的婆罗门！"（33）

闻听此言，大王啊！德罗纳之子仿佛微微一笑，思考着正当性，不作任何回答。（34）然后，他一言不发就开了战，用箭雨覆盖般度之子，好像愤怒的死神正在消灭众生。（35）被德罗纳之子的利箭覆盖，陛下啊！普利塔之子立即撤退，脱离大军。（36）在正法之子坚战撤离之后，国王啊！灵魂高尚的德罗纳之子也离开那里。（37）就这样，坚战王在大战中避开德罗纳之子，向你军挺进，决心完成残忍的战争使命。（38）

以上是吉祥的《摩诃婆罗多》中《迦尔纳篇》第三十九章（39）。

四〇

全胜说：

日神之子迦尔纳亲自发射利箭，拦截怖军以及般遮罗人、车底人和羯迦夜人。(1) 愤怒的迦尔纳就在怖军的眼皮底下大肆杀戮车底、迦卢沙和斯楞遮耶族大勇士们。(2) 而怖军避开战车武士魁首迦尔纳，前去攻打俱卢族军队，恰似烈火焚烧干草。(3) 同样，车夫之子（迦尔纳）在战斗中也消灭成千成千的般遮罗、羯迦夜和斯楞遮耶族的大弓箭手。(4) 三名大勇士普利塔之子阿周那、狼腹（怖军）和迦尔纳分别在敢死队、俱卢族人和般遮罗人中间展开大屠杀。(5) 由于你的罪恶决策，国王啊！那些刹帝利在这三位如同火神的武士烧灼之下，在战斗中走向灭亡。(6)

然后，难敌怒气冲冲地向无种和他的四匹马连发九箭，婆罗多族魁首啊！(7) 接着，你的儿子、灵魂无限的国王又用剃刀箭射断偕天的金旗幡。(8) 无种勃然大怒，在交战中向你的儿子连射七十三箭，国王啊！而偕天向他射去五箭。(9) 难敌气急败坏，向那两位婆罗多族俊杰、一切弓箭手之魁首分别射去五箭，正中两人的胸膛。(10) 接着，他又以两支月牙箭射断他俩的弓，国王啊！随后他又笑着向这对双生子分别射去七箭。(11) 那两位勇士又拿起另外两张如同天帝释本人使用的优质精美的弓，在战场上神采奕奕，恰似两位神子。(12) 紧接着，国王啊！那勇猛善战的兄弟俩便向他们的堂兄泼洒阵阵猛烈的箭雨，俨若两团巨大的乌云将滂沱大雨向大山倾泻。(13) 于是，大王啊！你的儿子大勇士难敌勃然大怒，以无数利箭阻击般度的那两位大弓箭手儿子。(14) 在战斗中，婆罗多子孙啊！但见难敌的弓不断地挽成一个圆，无数利箭从那里射向四面八方。(15) 由于被他的箭雨覆盖，本是光芒四射的般度双子失去了光辉，好像天上的日月遭到云遮雾障。(16) 大王啊！那些在石上磨尖的金羽利箭铺天盖地，布满各方，恰似阳光洒满四面八方。(17) 天空中布满难敌的利箭，周围仿佛变成箭的世界，在那对孪生子看来，难敌似乎已经成为死神阎摩的化身。(18) 目睹你儿子的英勇绝伦，在场的大勇士们都认为玛德利的双生子已是死到临头。(19)

然后，国王啊！般度族大军统帅，灵魂高尚的水滴王之孙猛光冲向难敌王那里。(20) 猛光越过玛德利的两位大勇士儿子，开始用利箭打击你的儿子。(21) 你的儿子，灵魂无限的难敌怒不可遏，微微一笑，向那位般遮罗王子连发二十五箭，人中雄牛啊！(22) 接着，你的灵魂无限的儿子,大地之主啊!又向般遮罗王子接连射去六十五支箭,同时发出一声吼叫。(23)随后,陛下啊!国王又在战斗中以一支极其锋利的马蹄箭,将猛光的弓连同弦上的箭以及皮护指一并击断。(24)克敌者般遮罗王子扔掉那张断弓,又迅速拿起另一张张力强劲的新弓。(25)此时,大弓箭手猛光遍体鳞伤,气得双眼血红,好似熊熊燃烧的烈火放射着光彩。(26)猛光一心要将婆罗多族魁首置于死地,便向他一连射出十五支铁箭,犹如一条条咝咝喘息的蛇。(27)那些装饰着苍鹭与孔雀羽毛、在石上磨尖的铁箭刺穿国王的镶金铠甲,猛地插入地里。(28)你的儿子被深深刺伤,大王啊!这使他格外光辉灿烂,宛若春季里鲜花盛开的金苏迦树。(29)他的铠甲破裂,身体因遭铁箭击伤而变得虚弱。他怒火中烧,射出一支月牙箭,击断猛光的弓。(30)国王击断猛光的弓之后,国王啊!又迅速射出十箭,刺中他的眉心。(31)在那些经铁匠打磨抛光的利箭映衬下,他的脸庞犹如一朵盛开的旃簸迦花①,萦绕着采蜜的蜜蜂。(32)灵魂高尚的猛光扔掉那张断弓,又迅速取出另一张弓和十六支月牙箭。(33)随后,他用五支月牙箭射杀难敌的马匹和车夫,又用一支击断他的镶金的弓。(34)水滴王之孙(猛光)又用九支月牙箭将你儿子的车连同车上的器具、华盖、标枪、宝剑、棒槌和旗幡一并击毁。(35)所有的国王目睹俱卢国王难敌的那面以金猴盎伽陀和大象为旗徽的、镶嵌珠宝的彩色旗幡被射断的情景。(36)难敌在战斗中丧失了战车,折损了所有武器,他的同胞兄弟们一齐赶来救他,婆罗多族雄牛啊!(37)执杖请国王登上自己的战车,国王啊!然后,就在猛光的眼前,带着他匆忙驶离战场。(38)

与此同时,大力士迦尔纳在战胜萨谛奇以后,一心想着救援国王,也向杀害德罗纳的凶手、箭法厉害的猛光冲了过去。(39)而悉尼之孙(萨谛奇)在背后追赶他,用箭偷袭他,恰似一头大象用一对象牙去刺另一头象的后臀。(40)于是,婆罗多子孙啊!在迦尔纳与水滴王之孙(猛光)之间展开的战斗,演变成你军与般度族大军的灵魂高尚的武士们之间的大战。(41)但见般度族军队和我军的战士中

---

① 即金香木,花黄色,香气甚浓。

第八　迦尔纳篇

没有一人从战斗中退却。迦尔纳迅疾冲向般遮罗人。（42）人中魁首啊！此刻正当正午时分，国王啊！双方的象、马和人死伤无数。（43）渴望获胜的般遮罗人，大王啊！迅速从各个方向向迦尔纳扑去，俨如群鸟飞向大树。（44）愤怒的升车之子迦尔纳专拣那些奋力拼杀的英雄对阵，用极其锋利的箭打击他们。（45）其中有虎旗、妙福、钉桩、威猛、胜财、洁白、娄遮摩那和难以战胜的狮军。（46）那些英雄驱车飞驰而来，将人中俊杰、在战斗中大放光彩、正在愤怒放箭的迦尔纳团团包围。（47）而人中翘楚、威风凛凛的罗陀之子（迦尔纳）向这八名鏖战正酣的勇士射去八支锐利的箭。（48）威风凛凛、精通武艺的车夫之子（迦尔纳），大王啊！又消灭了成千上万名战士。（49）怒火冲天的迦尔纳还在战斗中杀死了毗湿奴、毗湿奴迦尔摩、天友、婆陀罗、檀陀、奇异、花械和诃利，（50）狮旗、娄遮摩那、大勇士沙勒跋和许多车底国的大勇士，国王啊！（51）升车之子（迦尔纳）夺取他们的性命时，肢体沾满鲜血，如同楼陀罗的身体光彩熠熠。（52）

在那里，婆罗多子孙啊！遭到迦尔纳的利箭打击的大象惊恐万状，四处奔逃，一片混乱。（53）在战斗中，被迦尔纳击中的大象如同被雷劈倒的大山，发出种种哀嚎，倒身在地。（54）在迦尔纳的战车路过的地方，象、马、人和车纷纷倒地，随处可见。（55）无论是毗湿摩、德罗纳还是你方的其他英雄，在战斗中立下的功绩都无法与迦尔纳相比。（56）车夫之子（迦尔纳）在象、车、马和人中展开了大规模的屠杀，人中之虎啊！（57）但见迦尔纳无所畏惧地在般遮罗人当中左冲右突，仿佛是一头狮子闯入鹿群。（58）迦尔纳驱逐般遮罗人的大批战车，犹如狮子将惊恐的鹿群追得四散而逃。（59）正如到了狮子嘴边的鹿无一能够逃生，靠近迦尔纳的大勇士也没有一人能够活命。（60）恰似人们落入熊熊烈火中会被烧死，婆罗多子孙啊！同样，斯楞遮耶人在战斗中落入火神般的迦尔纳手中也会被焚毁。（61）迦尔纳独自一人与车底人和般遮罗人作战，婆罗多子孙啊！他叫着许多公认的英雄的名字，将他们一一杀死。（62）目睹了迦尔纳的英勇气概，人中因陀罗啊！我就想，在今天的战斗中，恐怕连一个般遮罗人都无法活着从升车之子（迦尔纳）手中逃脱。（63）就这

样,威风凛凛的车夫之子(迦尔纳)在战斗中扫荡般遮罗人。接着,他又愤怒地冲向正法之子坚战。(64)

陛下啊!猛光、德罗波蒂的儿子们以及其他数百名英雄簇拥在诛敌者坚战王身旁。(65)其中还有束发、偕天、无种、无种之子(百军)、镇群、悉尼之孙(萨谛奇)以及许多婆罗跋德罗迦人。(66)这些威力无比的武士在猛光的率领下,在战斗中冲向迦尔纳,发射各种箭和武器。(67)而在那里,升车之子(迦尔纳)孤身一人上前迎战为数众多的车底人、般遮罗人和般度诸子,好似大鹏金翅鸟独自迎击许多条蛇。(68)

大弓箭手怖军怒气冲冲,独自一人与俱卢人、摩德罗人以及羯迦夜人作战,显得神采飞扬。(69)在那里,许多大象被怖军用铁箭击中致命部位,与阵亡的骑手一起纷纷倒下,使得大地震颤不已。(70)同样,无数战马被箭射中,连同阵亡的骑手以及战死的步兵,口吐大量鲜血,倒卧在疆场。(71)成千成千的车兵丢弃武器,倒在地上。只见他们身未负伤,却因惧怕怖军而魂断沙场。(72)大地布满被怖军的箭射中的战车武士、马匹、车夫、步兵和大象的尸体。(73)在怖军的军队折磨下,国王啊!难敌的军队创伤累累,士气低落,仿佛僵立在那里。(74)在激烈的大战中,他们一动不动,意气消沉,俨若秋天的海洋,风平浪静,波澜不兴,国王啊!(75)尽管你儿子的军队愤懑不平,勇武有力,但他们在怖军的利箭威慑下,失去勇力,只落得遍体沐浴鲜血,在血泊中挣扎。(76)愤怒的车夫之子(迦尔纳)在战斗中追击着般度大军,而怖军也追击着俱卢大军,两位英雄在战场上大放光彩。(77)

这场酷烈而又令人惊叹的大战正在进行。在军中杀死大批敢死队之后,(78)优胜者魁首阿周那对婆薮提婆之子(黑天)说道:"这支军队崩溃了,遮那陀那啊!(79)这些敢死队大勇士带着从属的军队一起逃遁,他们无法忍受我的利箭,正如鹿群忍受不了狮子的吼叫。(80)在大战中,斯楞遮耶人的大军也被击垮,黑天啊!只见聪慧的迦尔纳那面以象索为标志的旗子,在国王的军中不停招展。(81)其他的大勇士们都无法战胜迦尔纳。你是了解英勇强悍的迦尔纳的。(82)朝着迦尔纳追击我军的地方前进!(83)避开作战的其他武

士们，向着大勇士车夫之子前进！不要懈怠！黑天啊！依你所愿去做！"（84）

听罢此言，大王啊！乔宾陀（黑天）笑着对阿周那说："快去消灭俱卢人！般度之子啊！"（85）接着，由乔宾陀驱策、色似天鹅的骏马驾驭的战车载着黑天和般度之子突入你的大军中。（86）当美发者（黑天）驾驭的、缀有金饰品的白马突入你的军队，你军便开始土崩瓦解。（87）大光辉的美发者（黑天）和阿周那怒不可遏，双目血红，击溃你的大军，光彩熠熠。（88）仿佛是在祭仪中被祭司如仪召唤请来的两位神祇双马童，这两位能征善战的英雄也被他们的敌人召请到了战争的祭典中。（89）这两位人中之虎怒火中烧，行动迅猛，恰似大战中因听到击掌声而异常狂怒的两头大象。（90）颇勒古拿（阿周那）深入你军的战车部队和骑兵部队，左冲右突，犹如手执套索的死神。（91）目睹他在攻打你军的战斗中显示的英勇气概，婆罗多子孙啊！你的儿子又催促敢死队与阿周那交战。（92）于是，在大战中，一千辆战车，三百头大象，一万四千匹战马，（93）以及二十万名执弓的步兵，声名卓著的勇士们，协同那些大勇士，从四面八方向那两位英雄冲去，用箭雨将他们覆盖。（94）在战斗中，普利塔之子被箭雨覆盖，而这位敌军的折磨者依然显示出手执套索的死神般的凶猛形象，消灭着敢死队，场面甚为壮观。（95）有冠者（阿周那）不断射出闪电般的镶金利箭，仿佛布满整个空间。（96）从有冠者手臂发射出大批大批蛇一般的利箭，纷纷落下，覆盖一切，主人啊！（97）灵魂无限的般度之子使各个方向都充满箭头明亮的金羽弯头箭。（98）大勇士贡蒂之子歼灭一万名刹帝利之后，又迅速赶往敢死队的侧翼之端。（99）普利塔之子来到由甘波阇人保护的敌军翼端，以阵阵强劲的箭雨给予毁灭性打击，好似婆薮之主（因陀罗）消灭众檀那婆。（100）他飞速地发射月牙箭，射断那些手持武器攻击他的敌人的手、臂和头颅。（101）许多武士肢体断裂，武器丧失，倒在地上，俨若棵棵枝繁叶茂的大树遭到飓风摧折。（102）

看到阿周那大肆屠杀象、马、车兵和步兵，善巧的弟弟向他泼洒阵阵箭雨。（103）阿周那向正在放箭的敌手射去两支半月箭，砍断了他那铁闩般的双臂，又以一支剃刀箭射下他那面如满月的头颅。（104）他遍体流血从车上摔下来，犹如一座富含雄黄的山峰遭到雷劈倒塌。（105）人们看到，甘波阇国王善巧的弟弟身材伟岸，眼如莲花，相貌英俊，倒地身亡，好似断裂的金柱或金山。（106）

接着，一场可怕而又奇异的大战重又开始，呈现战士们作战的各种场面。（107）其中，甘波阇人、耶婆那人、塞种人和大批马匹被箭射中后血流不止，染红整个大地，民众之主啊！（108）战车武士、战车、马匹和车夫，战马及其骑手，战象及其骑手，被杀死，被摧毁，大王啊！人们相互之间展开恐怖的大屠杀。（109）

正当灵魂高尚的阿周那消灭敌军的侧翼和翼端之时，德罗纳之子（马嘶）飞快地向优胜者俊杰阿周那冲了过去。（110）德罗纳之子不断抖动着他那张镶金巨弓，发射可怕的利箭，仿佛是太阳放射自己的光辉。（111）大王啊！德罗纳之子放出的阵阵箭雨落在各处，覆盖战车上的黑天和胜财（阿周那）。（112）就这样，威武的马嘶在战斗中以成百成百支锋利的箭，使得摩陀婆（黑天）和般度之子两人动弹不得。（113）眼见这两位一切动物和不动物的保护者被利箭覆盖，一切动物和不动物发出了"哎呀！哎呀！"的哀号声。（114）成群结队的悉陀和遮罗纳从四面八方云集这里，都在心中默祷着："但愿今天三界一切安然无恙！"（115）德罗纳之子用箭覆盖两位黑王子时表现出的那种英勇气概，国王啊！是我以前从未见过的。（116）在战斗中，我们不断听到德罗纳之子的弓发出的声音，国王啊！如同狮子吼，令敌人闻风丧胆。（117）他在战场上驰骋，左右放箭，弓弦熠熠闪光，宛若乌云中的道道电光。（118）尽管般度之子身手矫捷，坚强有力，但面对德罗纳之子，却目瞪口呆。（119）他感到自己的英雄气概已被那位灵魂极其高尚的敌手夺走。在战斗中，国王啊！人们已经很难认清阿周那的模样。（120）就这样，德罗纳之子和般度之子在这场大战中，大力士德罗纳之子豪气倍增，而贡蒂之子一蹶不振，王中之王啊！黑天不由得勃然大怒。（121）国王啊！他因愤怒而喘着粗气，双眼似乎在冒火，不住地望着正在交锋的德罗纳之子和颇勒古拿（阿周那）。（122）然后，黑天怒不可遏，却以亲切的口吻对普利塔之子说："普利塔之子啊！在我看来，你今天在战斗中的举动十分古怪。德罗纳之子今天胜过了你，婆罗多子孙啊！（123）你的手中不是有甘狄拨

神弓吗？你不是在战车上吗？阿周那啊！你的双臂不是很灵活吗？你的勇气不是还像从前一样吗？"（124）

经黑天这么一说，阿周那立即取出十四支月牙箭，迅速将它们射了出去，当即击断德罗纳之子的弓，接着又射断他的旗帜、幡幢、华盖、战车、标枪和棒槌。（125）他又发射几支小牛牙箭，深深刺入马嘶的锁骨，使他陷入深度昏迷，倚着旗杆坐了下去。（126）马嘶遭到有冠者（阿周那）可怕的打击，失去知觉，大王啊！他的车夫载着他驶离战场，将他从阿周那手中救出。（127）与此同时，镇伏敌人的维阇那（阿周那）就在你的英雄儿子的眼皮底下，成百成千地歼灭你的军队，婆罗多子孙啊！（128）就这样，这场残酷可怕的大屠杀在你军与敌军之间展开着，国王啊！完全由你失策造成。（129）在战斗中，贡蒂之子（阿周那）全面击溃敢死队，狼腹（怖军）击溃俱卢族人，而富军（迦尔纳）击溃般遮罗人。（130）

以上是吉祥的《摩诃婆罗多》中《迦尔纳篇》第四十章(40)。

四一

全胜说：

黑天很快又对普利塔之子缓声说道："看哪！俱卢后裔啊！般度族人都撤到了国王身边。（1）看哪！迦尔纳好似一团火焰在广阔的战场上闪闪放光。而大弓箭手怖军又返回了战场。（2）以猛光为首的般遮罗人、斯楞遮耶人和般度族人的将士们也一同返回战场。普利塔之子们返回后，又开始粉碎敌方的大军。（3）那边，迦尔纳拦住正在奔逃的俱卢族人，阿周那啊！他快速似死神，英勇如天帝释。（4）武士魁首德罗纳之子正奔向这里，俱卢后裔啊！大勇士猛光冲过去与他交战。"（5）不可战胜的婆薮提婆之子（黑天）对有冠者（阿周那）说完这些话，国王啊！一场恐怖的大战又开始了。（6）双方军队抱着决一死战的决心，国王啊！发出阵阵狮子吼，开始交战。（7）

以上是吉祥的《摩诃婆罗多》中《迦尔纳篇》第四十一章(41)。

四二

全胜说：
　　于是，俱卢人与斯楞遮耶人又无所畏惧地展开交锋。普利塔诸子的军队以坚战为首，而我军则由日神之子迦尔纳率领。（1）迦尔纳与般度诸子之间开始了一场令人汗毛直竖的可怕大战，为阎摩的王国增添人口。（2）那场血流成河的激战开始以后，敢死队仅剩下一些勇士，婆罗多子孙啊！（3）猛光在己方所有国王的协同下，与般度诸子这些大勇士一起，向迦尔纳一人发起进攻，大王啊！（4）迦尔纳独自迎战那些兴奋地攻上前来、渴望获胜的武士，犹如大山迎接汹涌的洪流。（5）而那些大勇士一与迦尔纳遭遇，便被打得一败涂地，恰似滚滚洪水撞击大山后，四处流淌。大王啊！双方之间的大战令人毛发直竖。（6）愤怒的猛光向罗陀之子（迦尔纳）射去一支弯头箭，喝道："站住！站住！"（7）大勇士迦尔纳怒不可遏，抖动着他那张威力无比的唤作"取胜"的弓，射断水滴王之孙（猛光）的弓和毒蛇般的利箭，又向他本人连发九箭。（8）那些箭穿透那位灵魂高尚的人的镶金铠甲，沾满鲜血，宛若一群胭脂虫红光闪烁，无瑕者啊！（9）大勇士猛光扔掉那张断弓，又拿起另一张弓和毒蛇般的利箭，向迦尔纳一连发射了七十支弯头箭。（10）同样，国王啊！大弓箭手迦尔纳也向德罗纳的仇敌、镇伏敌人的水滴王之孙（猛光）射去许多锋利的箭。（11）迦尔纳怀着满腔怒火，大王啊！向他的敌手发出一支好似死神刑杖的镶金利箭。（12）
　　正当那支可怕的箭向猛光飞来之时，民众之主啊！出手敏捷的悉尼之孙（萨谛奇），国王啊！猛地将其击为七截。（13）看到自己的箭被萨谛奇的利箭阻截，民众之主啊！迦尔纳当即从四面八方向他倾泻阵阵箭雨，将他覆盖。（14）在交战中，他的七支铁箭刺中萨谛奇，而作为回击，悉尼之孙（萨谛奇）也用多支镶金的箭射向他。（15）这场激战变得极其恐怖，令人不忍耳闻，不忍目睹，国王啊！但又打得十分漂亮，从各个方向看都令人大饱眼福。（16）看到迦尔纳和悉

尼之孙（萨谛奇）交战，在场的一切众生毛发直竖，国王啊！（17）

正在这时，德罗纳之子（马嘶）冲向克敌制胜、大灭敌人威风的大力士水滴王之孙（萨谛奇）。（18）德罗纳之子远离胜财（阿周那），怒气冲冲地对猛光说："站住！站住！杀害婆罗门的凶手啊！你今天休想从我这里逃命！"（19）说罢，奋力拼杀的大勇士、英雄的马嘶便迅速放出无数利箭，覆盖同样迅速放出可怕利箭、奋力杀敌的水滴王之孙（萨谛奇）。（20）正如德罗纳之子在战场上一看到水滴王之孙就心中不悦，陛下啊！同样，敌方英雄的消灭者水滴王之孙在战斗中一见德罗纳之子也不高兴，两人都认为对方是自己的死敌。（21）英雄的德罗纳之子在战斗中看到猛光站在他面前，王中之王啊！便勃然大怒，他深吸一口气，向水滴王之孙冲去。两人相见之后，都怒不可遏。（22）民众之主啊！威风凛凛的德罗纳之子，大王啊！匆忙地对近在咫尺的猛光说："般遮罗人的败类啊！今天我要送你去见阎摩！（23）你先前犯下的杀害德罗纳的罪行，今天将会导致你覆灭的罪恶下场！（24）假如你在战斗中得不到普利塔之子的保护，或者拒不逃跑，傻瓜啊！我实话告诉你，你就在劫难逃！"（25）

闻听此言，威武的猛光回答道："对于你的话，我的这柄宝剑会做出回答。它曾经奋力拼杀，对你的父亲做出过回答。（26）既然过去我可以杀死徒有其名的婆罗门德罗纳，那么，现在我为什么不可以在战斗中勇敢地将你杀死呢？"（27）这样说完，大王啊！愤怒的统帅、水滴王之孙当即向德罗纳之子发射一支利箭。（28）于是，德罗纳之子勃然大怒，国王啊！在战斗中射出无数弯头箭，从四面八方覆盖猛光。（29）由于成千上万支利箭的覆盖，大王啊！无论是天空、四面八方还是周围的战士们，都已无法让人看清。（30）同样，国王啊！就在车夫之子（迦尔纳）的眼前，水滴王之孙也用箭雨将在战斗中大放光彩的德罗纳之子覆盖。（31）

引人注目的罗陀之子（迦尔纳），大王啊！独自一人拦截协同般度五子作战的般遮罗人、德罗波蒂五子、瑜达摩尼瑜和大勇士萨谛奇。（32）猛光在战斗中击断了德罗纳之子的弓。德罗纳之子立即将断弓扔到一边，马上取出另外一张可怕的弓和毒蛇般的利箭。（33）转眼之间，王中之王啊！他就用利箭击毁了水滴王之孙的弓、标枪、棒槌、旗幡、马匹、车夫和战车。（34）猛光车毁弓折，马匹和车夫死亡，但他又取出一柄硕大的宝剑和光辉闪耀的百月盾。（35）王中之王啊！武器强大的大勇士、英雄的德罗纳之子眼疾手快，在猛光尚未来得及从车上跃下，就在战斗中迅猛地发出多支月牙箭，击断了猛光的剑和盾，那场景令人叹为观止。（36）尽管猛光车毁马死弓折，多处中箭，遍体鳞伤，婆罗多族魁首啊！奋力搏杀的大勇士马嘶却无法将他杀死。（37）国王啊！英雄的德罗纳之子发现用箭不能杀死水滴王之孙，便扔下弓，猛地向他扑去。（38）国王啊！灵魂高尚的马嘶奔向敌手，速度之快，一如大鹏金翅鸟俯冲下来，急于抓住一条巨蛇。（39）

这时，摩陀婆（黑天）对阿周那说："看哪！普利塔之子啊！为了杀死水滴王之孙，德罗纳之子做出多么大的努力！毫无疑问，他能杀死猛光。（40）大臂者啊！快去救那位镇伏敌人的水滴王之孙！他已落入德罗纳之子的口中，就好似落入死神的口中一样。"（41）如是言毕，大王啊！威风凛凛的婆薮提婆之子（黑天）便驱赶马匹，前往德罗纳之子那里。（42）那些色如明月的骏马在美发者（黑天）的驱策下，驶向德罗纳之子的战车，仿佛痛饮天空。（43）

看到那两位大英雄黑天和胜财（阿周那）冲了过来，国王啊！大力士马嘶立即奋力打击猛光。（44）眼见猛光被马嘶拖走，人中之主啊！大力士普利塔之子（阿周那）向德罗纳之子发射了许多支箭。（45）那些从甘狄拨神弓发出的镶金利箭飞射到德罗纳之子身上，将他深深射中，犹如群蛇钻入蚁垤。（46）被这些可怕的箭射中，英雄的德罗纳之子、威风凛凛的马嘶登上战车。他饱受胜财利箭的折磨，抓起一张上好的弓，也向普利塔之子射去许多支箭。（47）与此同时，人中之主啊！英雄偕天用自己的战车载着镇伏敌人的水滴王之孙驶离战场。（48）

大王啊！阿周那又向德罗纳之子射去许多支箭，将他射中。德罗纳之子怒气冲冲，也射击敌手的双臂和胸口。（49）普利塔之子勃然大怒，在交战中，向德罗纳之子发射了一支俨若阎摩本人或阎摩刑杖的铁箭。那支光彩夺目的铁箭落在那位婆罗门的肩膀上。（50）交锋中遭此利箭猛击，大王啊！他顿时头晕目眩，靠在车座上，浑身瘫软无力。(51)那时,大王啊!迦尔纳拨动着"取胜"神弓的弓弦,不住愤怒地望着正在作战的阿周那,也想同普利塔之子进行一场一对一的激烈大战。(52)而车夫看到折磨敌人的英雄马嘶被击倒,便在战斗中驾车载着他飞速驶离战场。(53)此时,大王啊!看到水滴王之孙获救,德罗纳之子受苦,般遮罗人全都得胜似地欢呼起来。(54)目睹如此恐怖而又伟大的奇迹,般度族军中成千上万的乐器奏响美妙的音乐,将士们发出狮子吼。(55)立下如此战功之后,普利塔之子胜财(阿周那)对婆薮提婆之子(黑天)说:"向着敢死队前进!黑天啊!这是我下一步的使命。"(56)听罢般度之子说的话,陀沙诃族后裔(黑天)便赶着旗帜飘扬、速度如风似思想的战车继续前进。(57)

以上是吉祥的《摩诃婆罗多》中《迦尔纳篇》第四十二章(42)。

四三

全胜说:

这时,黑天指着贡蒂之子法王坚战,对普利塔之子说了这些话:(1)"般度之子啊!那是你的哥哥。那些身为大力士、大弓箭手的持国之子们正在追击他,一心想杀死他,普利塔之子啊!(2)而那些作战凶狂、行动迅速的般遮罗人一心想解救灵魂高尚的坚战,跟随在他的身后。(3)那是难敌,普利塔之子啊!他是全世界之王,披坚执锐,在战车部队的陪同下,正在追击坚战王。(4)强大的难敌,还有他那些精通一切武艺、如同毒蛇的兄弟,一心想杀死人中之虎坚战。(5)持国之子的那些象、马、车和步兵,渴望抓获坚战,恰似一群乞丐渴望夺取一块宝石。(6)看哪!那支大军被沙特婆多族人萨谛奇和怖军挡住,站在那里一动不动,仿佛是想要抢夺甘露的众提迭被天帝释和火神拦截。(7)然而,俱卢族大勇士数量众多,他们再次迅速地向般度之子坚战进发,犹如雨季的洪水滚滚流向大海。(8)那些强大的大弓箭手发出狮子吼,吹响螺号,拨动弓弦。(9)我认为贡蒂之子坚战已被难敌控制,落入死神之口,就像投入火中的祭品一样。(10)持国之子的军队部署严密,般度之子啊!即使是天帝释本人进入箭的射程之内,也难以逃生。(11)勇敢的难敌、德罗纳之子、有年之子(慈悯)和迦尔纳的利箭的威力之大,足以使群山碎裂。(12)正如无人能够抗衡愤怒的死神的威力,谁能抵御勇敢的难敌快速发射的箭流。(13)迦尔纳曾迫使精通武艺、出手轻巧、强壮有力、镇伏敌人的坚战王撤出战斗。(14)英勇的罗陀之子能够与灵魂高尚的持国诸子一起,在战斗中折磨这位般度族俊杰。(15)在战斗中,普利塔之子坚战集中思想交战,他的铠甲被另一些大勇士毁坏。(16)由于斋戒,国王十分虚弱,婆罗多族俊杰啊!他有婆罗门的力量,却无刹帝利的威力,主人啊!(17)我认为,大王坚战活不成了,普利塔之子啊!因为暴躁的怖军默认敌人的狮子吼。(18)同时,在战斗中,持国诸子一遍又一遍地呐喊着,敌人的征服者啊!吹响巨大的号角,似乎他们已经取得了胜利。(19)婆罗多族雄牛啊!迦尔纳正在激励持国的大力士儿子们:'般度之子坚战已经被杀死了!'(20)普利塔之子啊!那些大勇士追击国王,用桩耳箭、因陀罗套索和兽主法宝覆盖他。我认为国王情况危急,需要救援,婆罗多子孙啊!(21)在这紧急时刻,那些精通一切武器的般遮罗人与般度之子们一起,迅速赶到国王的身边,恰如一群强壮的人想要搭救一个坠入深渊者。(22)国王的旗帜已经不见了,普利塔之子啊!那是被迦尔纳用箭击毁的,当着双生子、萨谛奇和束发的面,(23)当着猛光、怖军、百军以及全体般遮罗人和车底人的面,婆罗多子孙啊!(24)

"迦尔纳在战斗中,普利塔之子啊!以阵阵利箭歼灭般度族军队,俨若一头大象摧毁莲花池。(25)那里,你军的那些战车武士正在逃逸,般度之子啊!看哪!看哪!普利塔之子啊!那些大勇士正在奔跑!(26)那些大象在战斗中遭到迦尔纳的攻击,婆罗多子孙啊!发出痛苦的号叫,向十方溃逃。(27)看哪!普利塔之子啊!那些车队在战斗中被折磨敌人者迦尔纳击溃,正向各方逃遁。(28)看哪!车夫之子(迦尔纳)车上以象索为标志的旗帜在战场上四处飘扬!无上精美旗帜的拥有者啊!(29)罗陀之子(迦尔纳)一边发射千百支箭消灭你的军队,一边冲向怖军的战车。(30)看哪!这些般遮罗人被灵魂高尚的迦尔纳追杀,宛如众提迭在大战中被天帝释歼灭。(31)

迦尔纳战胜般遮罗人、般度族人和斯楞遮耶人之后，正在环顾四周，我想，他是在寻找你！（32）看哪！普利塔之子啊！迦尔纳在众武士的簇拥下姿势优美地挽着他那堪称极品的弓，犹如击败敌人后被诸神簇拥着的天帝释，神采飞扬。（33）那些俱卢族人目睹迦尔纳的英雄气概，发出阵阵欢呼声，吓得战场上成千成千的般度族人和斯楞遮耶人心惊胆战。（34）罗陀之子（迦尔纳）在大战中将般度族人威慑住之后，对全军将士说道：（35）'全速前进！快走呀！冲啊！俱卢族人啊！不要让一个斯楞遮耶人在战斗中从你们手里逃生！（36）奋力拼杀吧！我们将跟随在你们身后。'这样说完，迦尔纳便一边放箭，一边跟随他们前进。（37）

"看哪！普利塔之子啊！皮肤白皙的迦尔纳在战斗中放射着白色的光芒，犹如太阳照耀着乌陀耶山。（38）在战斗中，头上遮着一顶状如满月的百骨华盖，婆罗多子孙啊！（39）迦尔纳一直在斜觑着你，民众之主啊！毫无疑问，他将要来到这里与你决战。（40）看哪！大臂者啊！这位大力士抖动着他那张巨弓，发射出无数支毒蛇般的利箭。（41）只见罗陀之子（迦尔纳）转到了这个方向，以猿猴为旗徽者啊！恰似飞蛾投向灯火，他这是前来自取灭亡。（42）看到迦尔纳孤身赴战，婆罗多子孙啊！持国之子竭力保护他，带领战车部队也朝这个方向挺进。（43）为了你渴望得到的荣誉、王权和最高幸福，你要全力以赴，消灭灵魂邪恶的迦尔纳及其所有同伙。（44）切记住，婆罗多族雄牛啊！你自己是个灵魂完善的人，而罗陀之子（迦尔纳）是加害以法为魂的坚战的罪人。（45）你要抓住这个时机，立即冲向罗陀之子，以高贵之心去作战！向那战车武士之首领展开进攻吧！（46）那边，五百名强大有力、威力可怕的战车武士，战车武士之俊杰啊！正快速向这里进发。（47）另有五千头大象，双倍于这个数目的马匹，贡蒂之子啊！数百万名步兵，相互保护着，英雄啊！向你这里挺进。（48）在大弓箭手车夫之子（迦尔纳）面前显示你的勇敢，奋勇向前！婆罗多族雄牛啊！（49）

"迦尔纳怒气冲冲地冲向般遮罗人，因为我看到他的旗帜正靠近猛光的战车。我想他将要消灭般遮罗人，敌人的镇伏者啊！（50）普利塔之子啊！我要告诉你一个好消息，婆罗多族雄牛啊！俱卢族国王、正法之子坚战还活着！（51）大臂怖军返回后，站在大军阵前，环绕在他身旁的是斯楞遮耶军队和萨谛奇，婆罗多子孙啊！（52）看哪！贡蒂之子啊！怖军和灵魂高尚的般遮罗人正在战斗中用无数利箭歼灭俱卢族人。（53）在怖军利箭的打击下，持国之子的军队正掉转头去，飞速逃离战场。（54）沐浴在鲜血中的婆罗多族军队，婆罗多族魁首啊！宛若谷物受灾的大地，呈现出凄惨的景象。（55）看哪！贡蒂之子啊！武士之主怖军返回战场，犹如愤怒的毒蛇，俱卢族军队四处溃逃。（56）而这些缀着日月星辰状饰物的黄、红、黑、白色旗帜和华盖散落各处，阿周那啊！（57）金旗、银旗和其他各种金属的旗帜落满战场，大象和马匹尸横遍野。（58）那些战车武士被一往无前的般遮罗人用各色利箭射中，从战车上坠下，丧失生命。（59）动作迅速的般遮罗人，胜财啊！追击着持国之子军队中那些无人驾驭的象、马和车。（60）这些人中之虎借助怖军的力量，不顾生命危险，粉碎着难以制胜的敌人军队，克敌者啊！（61）般遮罗人呐喊着，吹着螺号，在战斗中四处出击，用利箭歼灭敌人。（62）看看什么叫做天大的力量！敌人的镇伏者啊！那就是般遮罗人在消灭持国诸子，犹如一群暴怒的狮子在消灭一群大象。（63）仿佛是一群快速飞翔的天鹅从摩那娑湖飞到了恒河，般遮罗人从四面八方冲到持国之子大军跟前。（64）慈悯和迦尔纳等英雄极其英勇地抗击着般遮罗人，恰似一群雄牛抵御另一群雄牛。（65）持国之子的那些大勇士以及成千上万的敌兵已被怖军用各种兵器击溃，此时又遭到以猛光为首的英雄们杀戮。持国之子大军中的战车武士们大都陷入悲惨境地。（66）

"看哪！那些大象被怖军的铁箭射翻，犹如一座座被因陀罗雷杵劈倒的山峰。（67）那些被怖军的弯头箭射中的巨象一边仓皇逃窜，一边践踏着自己的军队。（68）阿周那啊！难道你没有听出英雄的怖军在战斗中发出胜利的呐喊，那令人难以忍受的狮子吼吗？（69）怒不可遏的尼沙陀王子骑着一头强壮无比的大象，向般度之子冲了过去，一心要杀死他，向他投掷长矛，俨若手执刑杖的死神。（70）他手执长矛大喊大叫，怖军发出十支烈焰般猛烈的锋利铁箭，射断他的双臂，将他杀死。（71）杀死他后，怖军又逼近其他凶猛的大象。看哪！狼腹（怖军）杀死那些由标枪和长矛般的象手们驱策的乌云般的大象。(72)你的哥哥用利箭杀死那些大象,每次七头,同时还射断它们的旗帜和幡幢,普利塔之子啊!而对另一些大象,他每头用十支铁箭射死。(73)愤怒的怖军如同毁城者(因陀罗),一旦他返回,战场上就听不到持国之子们的呐喊声,婆罗多族雄牛啊!(74)持国之子的三支大军就这样遭到愤怒的人中雄狮怖军拦截和杀戮。"(75)

全胜说:

目睹怖军创下的难以建立的功绩,阿周那以无数利箭消灭残存的敌人。(76)那些在战斗中遭到杀戮的敢死队,主人啊!变成了天帝释的座上客,摆脱忧愁,获得欢乐。(77)而人中之虎普利塔之子继续用大量的弯头箭,消灭持国之子的由四个兵种组成的军队。(78)

以上是吉祥的《摩诃婆罗多》中《迦尔纳篇》第四十三章(43)。

四四

持国说:

怖军和般度之子(坚战)返回战场,我军遭受般度族人和斯楞遮耶人屠杀。(1)一支支军队被击溃,得不到救援,全胜啊!请告诉我,俱卢族人在做什么?(2)

全胜说:

看见大臂者怖军后,威武的车夫之子(迦尔纳)气得双目血红,国王啊!他向怖军冲了过去。(3)目睹你的军队被怖军打得转身逃跑,国王啊!那位大力士竭尽全力使他们镇定下来。(4)大臂者迦尔纳重整你儿子的军队,又向作战凶狂的般度族人冲去。(5)而般度族大勇士们也纷纷挽弓放箭,冲向罗陀之子(迦尔纳)。(6)怖军、悉尼之孙(萨谛奇)、束发、镇群、大力士猛光以及全体波罗跛德罗迦人,(7)还有人中之虎般遮罗人,在战斗中似胜利者般从四面八方气势汹汹地扑向你的军队。(8)同样,国王啊!你军的大勇士们也飞速冲向般度族军队,一心想要消灭他们。(9)两军都拥有大量的车、马和象,无数的步兵和旗幡,蔚为壮观,人中之虎啊!(10)束发冲向迦尔纳,大王啊!而猛光冲向在大军簇拥下的你的儿子难降。(11)

在战斗中，无种冲向牛军，坚战冲向奇军，国王啊！偕天冲向优楼迦。（12）萨谛奇冲向沙恭尼，怖军冲向俱卢族人，而大勇士德罗纳之子扑向奋力作战的阿周那。（13）乔答摩（慈悯）向大弓箭手瑜达摩尼瑜发起进攻，而大力士成铠攻打优多贸阇。（14）陛下啊！大臂者怖军孤身一人便阻挡住全体俱卢族人、你的儿子们及其军队。（15）

接着，大王啊！杀害毗湿摩的束发以阵阵利箭拦截无所畏惧地猛冲猛打的迦尔纳。（16）迦尔纳受到拦截，气得嘴唇发抖，向束发连发三箭，射中了他的眉心。（17）那位前额上插着那些箭的束发显得格外光彩照人，宛若一座拥有三个顶峰的银山。（18）那位在交战中被车夫之子深深射中的大弓箭手动手还击，向迦尔纳一连射去九十支锋利的箭。（19）大勇士迦尔纳以三箭射死他的马匹和车夫后，又用一支马蹄箭射断他的旗幡。（20）尔后，镇伏敌人的大勇士束发气急败坏地从马匹倒毙的战车上跳了下来，向迦尔纳掷去一支标枪。（21）在交锋中，迦尔纳连射三箭，将那支标枪击断，婆罗多子孙啊！又一连发出九支利箭，击中了束发。（22）于是，为了躲避从迦尔纳的弓中射出的那些箭，人中翘楚、胜利者魁首束发飞快地逃离了战场。（23）接着，大王啊！仿佛一阵疾风吹散一堆棉花，迦尔纳又迅速击溃般度族军队。（24）

大王啊！猛光受到你儿子难降打击，便向难降的胸口连放三箭。（25）陛下啊！难降则向他发出一支锋利的金羽弯头月牙箭，射中他的左臂。（26）猛光被箭射中，怒不可遏，向难降射出一支可怕的利箭，婆罗多子孙啊！（27）而你的儿子连发三箭，击断猛光射出的、正向他飞速袭来的利箭，民众之主啊！（28）紧接着，他又逼近猛光，向他射去另外十七支镶金月牙箭，射中他的双臂和胸膛。（29）于是，水滴王之孙（猛光）勃然大怒，陛下啊！以一支极其锐利的马蹄箭击断难降的弓，使得在场的人们发出惊呼。（30）而你的儿子拿起另一张弓，婆罗多族雄牛啊！从四面八方向猛光发射箭雨，将他团团包围。（31）目睹你那灵魂高尚的儿子的勇猛，战场上的全体战士以及众悉陀和众天女全都惊叹不已。（32）接着，在你军与敌人之间展开了一场恐怖的大战，犹如世界末日众生遭到毁灭，敌人的镇伏者啊！（33）

牛军以五支铁箭射中站在父亲身旁的无种,接着又向他发射三箭。(34)于是,无种勃然大怒,却仿佛微笑着向牛军射去一支极其锋利的铁箭,猛烈击中他的心口。(35)这位折磨敌人者被有力的敌手深深刺中,便向敌手连射二十箭,而他本人又被敌手射中五箭。(36)接着,那两位人中雄牛相互发射上千支箭,将对方覆盖,而你的军队已被击溃。(37)看到持国之子的军队溃逃,车夫之子(迦尔纳)追上去,极力阻止他们,民众之主啊!迦尔纳返回后,无种又向俱卢人发起进攻。(38)而迦尔纳之子(牛军)在战斗中撇开无种,迅速上前保护罗陀之子(迦尔纳)的车轮,陛下啊!(39)

在战斗中,愤怒的优楼迦遭到偕天阻击。威风凛凛的偕天杀死他的四匹马后,又将他的车夫送往阎摩殿。(40)于是,那位令父亲喜悦的优楼迦跳下车,民众之主啊!飞速跑进三穴国人的军队里。(41)萨谛奇仿佛笑着发出二十支利箭,射中妙力之子沙恭尼,又以一支月牙箭击断他的旗幡。(42)威风凛凛的妙力之子怒不可遏,国王啊!在交战中,他击碎敌手的盔甲,又击断他的金旗。(43)萨谛奇以多支利箭回击,将他射中。大王啊!他又向沙恭尼的车夫射去三箭,接着又飞速放箭,将敌手的马匹送往阎摩府。(44)紧接着,大勇士沙恭尼从车上飞身跃下,婆罗多族雄牛啊!迅速登上优楼迦的战车,驶离骁勇善战的悉尼之孙(萨谛奇)。(45)然后,国王啊!萨谛奇对你的军队展开迅猛的进攻,击溃你的军队。(46)在悉尼之孙(萨谛奇)的利箭打击之下,民众之主啊!你的军队飞快地向十方奔逃,纷纷倒地死去。(47)

在战斗中,你的儿子难敌拦住怖军,而怖军转瞬之间就使这位世界之主丧失马匹、车夫、战车和旗幡,令天国歌手们兴高采烈。(48)接着,国王从怖军身旁撤离。于是,所有俱卢族军队都向怖军冲了过去,渴望杀死怖军一人,呐喊声惊天动地。(49)瑜达摩尼瑜向慈悯放箭,很快就射断了他的弓。于是,武士之魁首慈悯又取出另一张弓,(50)将瑜达摩尼瑜的旗幡、车夫和华盖统统射落在地。于是,大勇士瑜达摩尼瑜亲自驾车驶离了战场。(51)

优多贸阔猛不防向勇猛骇人的诃利迪迦之子(成铠)发射无数利箭,将他覆盖,犹如一团乌云突如其来,向大山泼洒一阵疾雨。(52)

那场大战残酷恐怖，敌人的镇伏者啊！为我前所未见，民众之主啊！(53)尔后，国王啊！在交战中，成铠射中优多贸阇的心口，使他一下子倒在车座上。(54)他的车夫驾车载着这位战车武士俊杰驶离了战场，国王啊！接着，成铠冲向般度族军队。(55)

以上是吉祥的《摩诃婆罗多》中《迦尔纳篇》第四十四章(44)。

四五

全胜说：

德罗纳之子（马嘶）在庞大的战车部队环绕下，国王啊！突然向坚战王那里挺进。(1) 由梭利（黑天）协助的勇士普利塔之子（阿周那）迅速拦截前来进犯的马嘶的军队，犹如海岸挡住海洋。(2) 于是，大王啊！威风凛凛的德罗纳之子勃然大怒，用无数支箭覆盖阿周那和婆薮提婆之子（黑天）。(3) 看到两位黑王子被箭网罩住，在场的俱卢族大勇士们无不深感惊奇，纷纷驻足观看。(4) 接着，阿周那似乎笑着使用一件神异的武器，然而，那位婆罗门在交锋中挡住了那件武器，婆罗多子孙啊！(5) 确实，般度之子在交战中发射的每一件旨在杀死德罗纳之子马嘶的武器，都被这位大弓箭手击毁。(6) 在这可怕的武器之战中，国王啊！我们看到德罗纳之子在拼杀时一直如同张开大口的死神。(7) 他使天地之间四面八方都布满他的利箭，随即又以三箭射中婆薮提婆之子（黑天）的右臂。(8) 接着，阿周那杀死那位灵魂高尚的人的所有马匹，使得地上血流成河。(9) 许多车兵被普利塔之子的弓射出的箭击中而倒地身亡，挣脱了缰绳的大批马匹在战场上东奔西跑，横冲直撞。(10)

看到在战斗中光辉四射的普利塔之子的功绩，德罗纳之子在交战中从四面八方向黑天泼洒利箭。(11) 然后，大王啊！德罗纳之子又弯弓放箭，在交锋中将一支羽毛箭射向阿周那，射中他的胸部。(12) 阿周那在交战中被德罗纳之子深深射伤，婆罗多子孙啊！便拿起一根可怕的铁刃，向德罗纳之子掷去。(13) 看见那根镶金铁刃向自己飞来，德罗纳之子一下子将它击断，引起在场的人们一片惊呼。(14)

那铁闩被婆罗堕遮之孙（马嘶）的利箭击碎，散落地上，国王啊！俨若山岭被摩多利首摧毁。（15）然后，在交战中，阿周那又以十箭射中德罗纳之子，并用一支月牙箭将他的车夫从车座上射翻。（16）德罗纳之子亲自驾车，并用许多支箭覆盖两位黑王子，使我们顿时目睹他的非凡勇气。（17）他一面驱策马匹，一面又要同颇勒古拿（阿周那）作战，国王啊！他的高超武艺博得全体武士交口称赞。（18）然而，颇勒古拿（阿周那）在战斗中遭到德罗纳之子攻击后，射出多支马蹄箭，击断敌手的马缰绳。（19）受到猛烈的利箭打击，那些马匹全都逃跑。于是，你的军队中又发出一片惊呼，婆罗多子孙啊！（20）

与此同时，获得胜利的般度族人逼近你的军队，依然渴望获胜，从四面八方发射锋利的箭矢。（21）持国之子的大军，大王啊！一次又一次被受到胜利鼓舞的英雄的般度族人击溃。（22）而你那些精通各种武艺的儿子们、妙力之子沙恭尼和灵魂高尚的迦尔纳，大王啊！眼睁睁地看着这一切发生。（23）尽管你的儿子们试图阻止大军溃逃，人中之主啊！四面遭受夹击的军队无法在战场上停下来。（24）惊恐的战士们四处奔逃，大王啊！你儿子们的大军一片混乱。（25）虽然车夫之子（迦尔纳）不住叫喊："站住！站住！"但是，遭到灵魂高尚的众武士杀戮的军队无法停住。（26）此时，看到持国之子的军队四处逃窜，大王啊！以胜利者姿态出现的般度族人发出一片呐喊声。（27）尔后，难敌仿佛恭敬地对迦尔纳说："看哪！迦尔纳啊！我军遭到般度族人重创。（28）尽管有你在这里坐镇，我军的将士还是吓得四散而逃。面对这种情况，大臂者啊！你采取必要的手段吧，克敌者啊！（29）成千上万的战士被般度族人穷追猛打，人中雄牛啊！在战斗中，英雄啊！仅仅向你呼救。"（30）

闻听难敌这一番严肃的话，罗陀之子（迦尔纳）对摩德罗国王说道：（31）"瞧瞧我双臂的力量和武器的威力，人中之主啊！今天在战斗中，我要将全体般遮罗人连同般度诸子一起消灭。人中之虎啊！带上良好的祝愿，赶着马匹前进吧！人中之主啊！"（32）如是言毕，大王啊！威风凛凛的英雄车夫之子（迦尔纳）拿起他那张古老而又威力无比的"取胜"弓，上好弓弦，大王啊！一遍又一遍地擦拭它。（33）以真理和誓言稳住自己的全体将士后，灵魂无限的大力士便祭起跋尔

581

伽婆（罗摩）所赠的武器。（34）于是，国王啊！在大战中，从那武器里倾泻出数千、数百万、数千万乃至数亿支利箭。（35）般度族军队被那些熊熊燃烧着的、极其可怕的苍鹭羽毛箭和孔雀羽毛箭覆盖，什么也分辨不清。（36）在战斗中，般遮罗人遭到强大的跋尔伽婆武器重创，民众之主啊！发出一片哀号声。（37）国王啊！四面八方，成千成千的象、人、车和马，人中之虎啊！纷纷倒翻在地。（38）由于他们身亡倒地，大地处处颤动不已，般度之子的整个大军惊慌失措。（39）惟有那位武士之魁首、镇伏敌人的迦尔纳，人中之虎啊！犹如一团无烟的烈焰焚烧着敌人，放射着光芒。（40）那些般遮罗人和车底人遭到迦尔纳屠杀，如同森林大火中的大象惊慌失措，人中之虎啊！那些人中俊杰发出声声号叫。（41）在战场的前沿，只听得般度族军队发出一片恐惧的哀号，他们吓得四处逃窜，国王啊！犹如卷入洪水的人们发出声声惨叫。（42）眼见他们遭受车夫之子（迦尔纳）杀戮，陛下啊！一切众生，甚至飞禽走兽，都吓得心惊胆战。（43）那些在战斗中遭到车夫之子（迦尔纳）屠杀的斯楞遮耶人，一遍又一遍地向阿周那和婆薮提婆之子（黑天）呼救，犹如在阎摩府中，失去知觉的人们向死神阎摩呼救。（44）

　　看到迦尔纳在那里使用极其可怕的跋尔伽婆武器，贡蒂之子胜财（阿周那）便对婆薮提婆之子（黑天）说：（45）"看哪！大臂的黑天啊！看看跋尔伽婆武器的威力！在战斗中，无论用何种方法都无法将这件武器摧毁。（46）再看看车夫之子（迦尔纳），黑天啊！他在这场大战中就像死神一样怒火冲天，创立着显赫的英雄业绩！（47）他快马加鞭，驱车飞驰，还不住地朝我这个方向张望。我看不出有谁能在战斗中从迦尔纳的手里逃脱。（48）在战争中，活着的人或胜利或失败。对于战败者，感官之主啊！只有死亡，哪有胜利？"（49）

　　尔后，遮那陀那（黑天）想着去见坚战，而迦尔纳也在战斗中渐显疲乏，陛下啊！（50）黑天便对阿周那说："国王已身负重伤，先去抚慰他，俱卢族魁首啊！然后再消灭迦尔纳。"（51）于是，遵照美发者（黑天）的命令，胜财（阿周那）迅速乘战车前去看望受箭伤的国王。（52）怀着与法王（坚战）相见的愿望，贡蒂之子边走边将目光投向路上的军队，却在哪里都找不见哥哥。（53）贡蒂之子与德罗纳

582

之子交战，婆罗多子孙啊！战胜了那位连手持金刚杵者（因陀罗）都难以抵御的婆利古子孙。（54）手持绝好战弓、克敌制胜的胜财（阿周那）打败了德罗纳之子，建立起难以建立的丰功伟绩之后，将目光投向自己的军队。（55）英勇作战的左手开弓者（阿周那）使站在阵前的勇士们欢欣鼓舞。他夸赞他们在以往的战斗中立下的战功，鼓励自己的战车武士部队坚守岗位。（56）然而，有冠者（阿周那）却在战场上找不见哥哥坚战，赶紧来到怖军身旁，对他说："国王在哪里？现在怎么样了？"国王啊！（57）

怖军说：

正法之子坚战王被迦尔纳的箭刺得遍体鳞伤，已经离开这里。是否还活着，我们不得而知。（58）

阿周那说：

你立刻从这里出发，去打听俱卢族最优秀的国王的消息。国王身上多处中了迦尔纳的箭，伤势严重，肯定已经回营了。（59）在那个双方激烈交战之夜，作战勇猛的坚战被德罗纳的利箭深深刺伤，他仍满怀胜利的期望坚持在战场上，直到德罗纳确实毙命为止。（60）这样一位最出色的般度之子、富有威力的坚战，今天却在战斗中被迦尔纳打得有了生命危险。你马上动身去了解他的情况，怖军啊！而我守在这里，拦截所有的敌人！（61）

怖军说：

威力巨大的人啊！你自己去了解婆罗多族雄牛坚战王的情况吧！阿周那啊！假如我去那里，众英雄豪杰就会说我是被吓跑的。（62）

于是，阿周那对怖军说："敢死队正与我的军队对峙，不把这帮敌人消灭，我不能离开这里。"（63）然后，怖军又对阿周那说："还是你去吧，胜财啊！我凭借自己的力量，俱卢族俊杰啊！就足以与全体敢死队抗衡！"（64）在敌人当中，听到自己的哥哥怖军这些不容置辩的话，阿周那急于见到俱卢族魁首，便对苾湿尼族俊杰黑天说：（65）"驱赶马匹，感官之主啊！越过这战车的海洋！我想见到无敌（坚战）王，美发者啊！"（66）尔后，一切陀沙诃族人之魁首黑天在驱赶马匹出发时，对怖军说道："消灭这大群的敌人，英雄啊！今天这对你来说算不得了不起的事。怖军啊！我们走了。"（67）于是，感官之主（黑天）驾驭快如大鹏金翅鸟的骏马，飞速赶往国王坚战那里。（68）王中之王啊！他已经将克敌者怖军部署在阵前，作了战斗指示。（69）

接着，两位人中俊杰来到独自卧床歇息的国王面前，双双从战车上下来后，一起向法王（坚战）行触足礼。（70）他看到那两位人中之虎、两位黑王子安然无恙，欢快地来到自己面前，人中雄牛啊！犹如双马童来到婆薮之主（因陀罗）面前。（71）国王向他俩表示祝贺，宛若毗婆薮向双马童表示祝贺；又似在消灭了大阿修罗瞻婆后，老师（毗诃波提）向天帝释和毗湿奴表示祝贺。（72）法王坚战认为迦尔纳已被消灭，心中大喜，以至在同两位镇伏敌人的英雄说话时都磕磕巴巴。（73）

以上是吉祥的《摩诃婆罗多》中《迦尔纳篇》第四十五章(45)。

四六

全胜说：

看到两位大勇士美发者（黑天）和阿周那结伴前来，坚战便以为升车之子（迦尔纳）在战斗中已被手持甘狄拨神弓的阿周那杀死。(1)诛敌者贡蒂之子用一种极其亲切悦耳的声调，微笑着欢迎两位英雄，向他们表示敬意，婆罗多族雄牛啊！(2)

坚战说：

欢迎你，提婆吉之子啊！欢迎你，胜财啊！看见你们两人，我真是太高兴了，不退者和阿周那啊！(3)我看到你俩没有负伤，安然无恙。你们是如何同那个作战时凶猛如毒蛇、精通一切武器的大勇士迦尔纳交战的？(4)他总是站在前面，充当持国所有儿子的保护伞和甲胄，而牛军和弓箭手妙军则时时护卫着他。(5)持斧罗摩教会那位大力士使用自己所拥有的一切武器，使他难以战胜，成为持国诸子的保护者，在军队中冲锋在前。(6)作为敌军的歼灭者，他消灭大批大批的敌人。为了难敌的利益，他随时准备与我们交战。(7)在大战中，即使是众天神连同婆薮之主（因陀罗）也无法战胜他；在威力和力量上，他堪与火神和风神相媲美。（8）他像地狱一般深不可测。他使朋友们增长欢乐，对敌人却同死神一样。宛若两位天神击败一名阿修罗，你们两人也幸运地在大战中击败迦尔纳，胜利归来。（9）

不退者和阿周那啊！迦尔纳斗志昂扬，俨如愤怒的死神，想要消灭一切众生，今天我与他展开了一场激战。（10）他击断了我的旗帜，杀死了我的双侧马匹的御者，还使我的马匹毙命，战车毁损，（11）就在萨谛奇、猛光、孪生子、英雄束发以及所有的德罗波蒂之子和全体般遮罗人的眼前。（12）迦尔纳击败这些大力士和无数敌人，大臂者啊！又在大战中打败了奋力厮杀的我本人。（13）毫无疑问，在战斗中，那位武士魁首处处对我围追堵截，恶语中伤，大加羞辱。（14）多亏了怖军勇力相救，胜财啊！我现在才能活在世上。在此，我何须多言，只是不能忍受这份耻辱。（15）十三年来，由于惧怕迦尔纳，胜财啊！我夜不成寐，日不安宁。（16）我心里燃烧着对他的仇恨怒火，胜财啊！我就像一条被砍掉鼻子的大象，知道自己会死去。（17）主人啊！我长期以来都在苦苦思索：我怎样才能在战斗中消灭迦尔纳？（18）无论是清醒着还是在睡梦中，贡蒂之子啊！我总是看到迦尔纳；不论在何处，世界在我眼里似乎都是迦尔纳的化身。（19）由于害怕迦尔纳，胜财啊！无论我走到哪里，似乎都看到迦尔纳站在我面前。（20）那位英雄作战时一往无前，将我打败，使我车毁马亡，普利塔之子啊！仅仅放了我一条生路。（21）遭到战斗中大放光彩的迦尔纳如此羞辱，我活着还有什么意义？获得王位又有什么意义？（22）从前，在与毗湿摩、慈悯和德罗纳交战时，我从未蒙受过这种屈辱，今天却在和大勇士车夫之子（迦尔纳）交锋时尝到了。（23）

我问你，贡蒂之子啊！你是怎么杀死迦尔纳的？请你直率地全都如实告诉我。（24）他作战勇猛如天帝释，力大似阎摩，精通武器又如同持斧罗摩。这样一位英雄是如何毙命的？（25）他是赫赫有名的大勇士，精通一切武器，是一切弓箭手之魁首，天下第一人。（26）由于处处与你为敌，民众之主啊！他一直受到持国及其诸子的尊崇。你是如何消灭罗陀之子（迦尔纳）的？（27）人中雄牛持国始终认为，阿周那啊！在所有的武士中，只有迦尔纳一人能够在战斗中将你置于死地。(28) 人中之虎啊！他在战斗中是如何被你杀死的？毗跋蔌啊！告诉我，你是怎样杀死迦尔纳的？(29) 你又是如何在亲朋好友的眼前取下他的首级，人中之虎啊！犹如猛虎撕下羚羊的头颅？(30) 车夫之子迦尔纳在战斗中走遍四面八方搜寻你，为此还悬赏成群的大象。如今，他已经被你用锋利的苍鹭羽毛箭射中。(31) 灵魂邪恶的车夫之子（迦尔纳）是否已经身亡倒地，长眠不起？你今天在战斗中是否已经杀死车夫之子（迦尔纳），做了一件令我至为高兴的事情。(32)

车夫之子（迦尔纳）狂妄自大，不可一世，在战场上到处找你挑战，今天与你遭遇后，真的被你在战斗中杀死了吗？(33) 这个罪人为了探明你的下落，向众人悬赏一辆由最好的大象驾驶的金车，总是在战场上向你叫阵，贤弟啊！真的被你在战斗中杀死了吗？(34) 这个罪人是难敌的心腹好友，总是在俱卢族人集会上自吹自擂，自恃英勇，目空一切，今天真的被你杀死了吗？(35) 这个罪人今天在你们交战时被你弯弓射出的无数嗜血的利箭射中，是否已经遍体鳞伤，倒卧在地？持国之子是否也折断了臂膀？(36) 这个妄自尊大的人，为了取悦难敌，一直在国王们中间愚蠢地夸下海口："我定将杀死胜财！"今天，他的战车失去威风了吧？(37) 迦尔纳信誓旦旦地保证："只要普利塔之子还活在人世，我就决不洗脚！"天帝释之子啊！这个智力低下的人今天真的被你杀死了吗？(38) 这个心灵邪恶的迦尔纳在俱卢族英雄们中间对黑公主说："般度五子软弱无力而又卑鄙堕落，黑公主啊！你为什么还不离开他们？"(39) 迦尔纳还为你立下誓言："若不将普利塔之子连同黑天一并杀死，我誓不回还！"这个心肠歹毒的人真的已经遍身中箭，卧倒不起了吗？(40)

你或许知道，在斯楞遮耶人和俱卢族人交战中，我陷入了那样危急的境地。而你今天与那迦尔纳交手后，真的将他置于死地了吗？(41) 在战斗中，你是用甘狄拨神弓射出熠熠闪光的利箭，将那个蠢人的佩戴耳饰、灿若太阳的头颅从他的躯干上射下来的吗？左手开弓者啊！(42) 今天，我被迦尔纳的箭射中。为了杀死他，我就想到了你。英雄啊！你今天是否已经杀死他，使我的心愿得以实现？(43) 自恃有迦尔纳保护，难敌总是趾高气扬，从不把我们放在眼里。今天，你是否以自己的骁勇，已经将那难敌的保护伞粉碎？（44）从前，心思恶毒的车夫之子（迦尔纳）曾经在大会厅中，在众国王的面前，将我们比作空心的芝麻粒。今天你在战场上与那个暴怒的迦尔纳遭遇后，是否已经把他杀死？（45）从前，灵魂邪恶的车夫之子（迦尔纳）淫笑着命令难降，将妙力之子在赌博中赢来的祭军之女黑公主强行拽来。今天，他真的被你杀死了吗？（46）这个智力低下的人曾经责骂天下一切武士之魁首、老祖宗毗湿摩，说他只能算是半个战车武士。今天，这个灵魂邪恶的升车之子（迦尔纳）真的被你杀死了吗？（47）一团复仇之火在我心中长燃，而含垢忍辱的风又使它燃烧得更为猛烈。只要你说出："今天我与那个罪人遭遇后，把他杀死了"，就会使我心中的这团火焰熄灭，颇勒古拿啊！（48）

以上是吉祥的《摩诃婆罗多》中《迦尔纳篇》第四十六章(46)。

四七

全胜说：

听罢恪守正法的国王对升车之子（迦尔纳）怀着满腔愤怒所说的这一席话，灵魂高尚、英勇绝伦的吉湿奴（阿周那）便对品性高贵、不可战胜的坚战说：（1）"今天，我与敢死队作战时，国王啊！在俱卢族军队前冲锋陷阵的德罗纳之子一路发射着毒蛇般的利箭，突然冲到我的面前。（2）看到我那犹如云中雷鸣般隆隆作响的战车，俱卢族的象兵们纷纷冲上前来送死。我消灭了整整五百名象兵后，冲向德罗纳之子，王中魁首啊！（3）尔后，德罗纳之子凭着自己的武艺、武器、力量和拼劲，拉满弓直至自己的耳畔，向我放箭不计其数，犹如雨季的乌云倾泻滂沱大雨。（4）在战斗中，德罗纳之子闪转腾挪，我们看不清他如何挽弓、搭箭和放箭，用左手还是用右手放箭。（5）接着，德罗纳之子分别以五支利箭射中我和婆薮提婆之子（黑天），而我也在转瞬之间向他射去三十支雷杵般的利箭。（6）他鲜血淋漓，看到自己的军队中那些优秀的武士被我击败，沐浴在鲜血之中，便进入车夫之子（迦尔纳）的战车部队。（7）

"目睹自己的军队被打败,战士们被击溃,马匹大象四处奔逃,杀敌者迦尔纳迅速召集五十名优秀的战车武士,向我冲来。(8)我将他们杀死,又甩开迦尔纳,急忙赶到这里来见你。所有的般遮罗人一见到迦尔纳就惶恐不安,仿佛是一群牛嗅到了狮子的气味。(9)波罗跋德罗迦人向迦尔纳发起进攻,却好似落入鲸鱼的巨口中;波罗跋德罗迦人遭遇迦尔纳,就仿佛进入死神张开的嘴里,国王啊!(10)今天,你就来看看渴望战斗的我怎样战胜车夫之子(迦尔纳)!婆罗多子孙啊!已有六千名身为战车武士的王子殒命沙场,升入天国。(11)王中之王啊!如若今天我在战场上见到车夫之子(迦尔纳),婆罗多子孙啊!犹如手持金刚杵者(因陀罗)遇到弗栗多,我们之间将会有一场恶战。(12)假如今天我不能将迦尔纳连同他的亲友们一并消灭,国王啊!那就让我像那些负约者一样下场悲惨,王中雄狮啊!(13)我请你祝福我在战斗中取得胜利!那边,持国诸子正要将怖军吞噬!王中雄狮啊!我定将消灭车夫之子(迦尔纳)以及军队和一切敌人!"(14)

以上是吉祥的《摩诃婆罗多》中《迦尔纳篇》第四十七章(47)。

四八

全胜说:

听说威武雄壮的迦尔纳安然无恙,威力无边而饱受迦尔纳利箭折磨的普利塔之子坚战愤怒地对胜财(阿周那)说道:(1)"如果当初你在双林时就对我说:'我无法与迦尔纳作战,国王啊!'那么,我们就会按照当时的情况另作安排,普利塔之子啊!(2)你在我的面前立下誓约,要消灭迦尔纳以及他的军队和亲友,英雄啊!你为什么言而无信,将我们带到敌人中间,抛到地上,粉身碎骨?(3)为了心中向往的许多美好事物,阿周那啊!我们总是为你祝福。然而,犹如那些盼望开花不结果的尼鸠罗树能结出果实的人,王子啊!我们的一切希望都落空。(4)仿佛鲜肉里藏着鱼钩,野兽挡住公牛,你最终向我们表明,我们对恢复王位的希望徒劳无益,执掌朝纲的幻想破灭。(5)

在你这个蠢人生下七天时,天上传来一个声音对普利塔说:'你的儿子生就婆薮之主(因陀罗)般英勇,他将会战胜一切骁勇的敌人。(6)这位英勇绝伦的人将在甘味林征服众神和一切众生。他将击败摩德罗人、羯陵伽人和羯迦夜人,还将在众国王中杀死俱卢族的王公们。(7)没有一个弓箭手能够胜过他。他将无敌于天下。这位高贵的人精通一切知识。他控制了自己的感官,只要他愿意,就能控制一切众生。(8)他美如月,灿如日,快如风,稳若弥卢山,宽容似大地,富比财神,勇若天帝释,力敌毗湿奴。(9)你所生的这个灵魂高尚的儿子,贡蒂啊!犹如阿提底之子毗湿奴,是敌人的诛灭者。这位威力无边的英雄将会歼灭敌人,为亲友们赢得胜利,声震四方,成为家族的维系者。'(10)天上的声音就是这样说的,百峰山顶上的许多苦行者都亲耳听到。即便如此,这些预言到今天并未实现。看来天神也有言而不实的时候。(11)还有不少卓尔不群的仙人也总是对你赞不绝口。听罢他们那些话,我从未在难敌面前低过头,也从未想到你还会惧怕升车之子(迦尔纳)。(12)陀湿多(大匠)打造了这辆车轴从不吱嘎作响的精美战车,以猿猴为旗徽。你乘着它,佩着光彩夺目的金柄宝剑,握着这张棕榈树般的甘狄拨神弓,还有美发者(黑天)为你驾车。既然如此,你为何还被迦尔纳吓得弃战而逃呢?普利塔之子啊!(13)倘若你在战斗中将这张弓交给美发者(黑天),而由你充当他的车夫,灵魂卑鄙的家伙啊!那么,美发者(黑天)定能将凶残的迦尔纳杀死,恰似众神之主手持金刚杵杀死弗栗多。(14)如果你在普利塔的子宫里被怀胎五月就胎死腹中,或者她根本就未怀上你,王子啊!那么,今天你也就可以免去临阵脱逃之劳了,灵魂卑鄙的人啊!"(15)

以上是吉祥的《摩诃婆罗多》中《迦尔纳篇》第四十八章(48)。

四九

全胜说:
经坚战这么一说,白马驾车的贡蒂之子(阿周那)勃然大怒,拔出剑来想要杀死那婆罗多族雄牛。(1) 看到他怒气冲冲的样子，洞悉人心的美发者（黑天）便说："普利塔之子啊！你为什么要拔出剑来？(2) 在这里，我看不出你需要与谁作战，胜财啊！机智的怖军正在消灭持国诸子，(3) 你说：'要去看国王'，就离开了战场，贡蒂之子啊！现在，你已经看到国王坚战安然无恙。(4) 看到这位勇猛似虎的王中之虎后，此刻你应该高兴才是，却为何还要生气呢？(5) 我看不出在这里有什么人需要你去杀死，贡蒂之子啊！那你为什么还要猛然拔出一把那么大的剑来呢？(6) 我问你，贡蒂之子啊！你气势汹汹地抓起这把剑，到底想要做什么？英勇非凡的人啊！"(7)

闻听黑天这一番话，阿周那盯着坚战，像一条蛇那样喘息着，气愤地对乔宾陀（黑天）说道：(8) "我曾暗暗发过誓：谁要是敢对我说，'把甘狄拨神弓交给别人'，我就砍下他的脑袋！(9) 国王当着你的面对我说了这种话，威力无限的乔宾陀啊！我不能饶恕他！(10) 我要杀死这位人中俊杰，才能恪守我的誓约。为此，我才拿起剑来，雅度之子啊！(11) 我杀了坚战后，方可清偿我对真理所欠的债，解除忧愁和烦恼，遮那陀那啊！(12) 你认为在这种情况下做什么合适？尊者啊！你对这个世界的一切过去未来之事无所不知。你说我该怎么做，我就怎么做。"(13)

黑天说：

现在我知道，普利塔之子啊！你不会侍奉长者，人中之虎啊！你在不该生气的时候生气。没有一个通晓各种正法的人会如此行事，胜财啊！(14) 放着应做的事不做，不应做的事却偏要去做，普利塔之子啊！这样的人是卑下的人。(15) 那些智者履行正法，通晓或简或繁的各种正法，而你不知道他们的结论。(16) 不知道这些结论，就不知道什么该做，什么不该做，头脑糊涂，普利塔之子啊！就像此刻的你举动愚蠢。(17) 要想分清何事该做，何事不该做，绝不是轻而易举，只有依据经典才能分辨清楚，而你恰恰不了解经典。(18) 由于你不了解经典，自以为精通正法，在捍卫正法，普利塔之子啊！而你自认为通晓正法，却不知道杀生是犯罪。(19) 我认为，尊者啊！不杀生是至高的正法。一个人哪怕撒谎都可以，但是千万不要杀生。(20) 你又怎能像其他普通人那样，人中翘楚啊！杀害自己的兄长和精通正法的国王呢？（21）婆罗多子孙啊！杀戮那些没有参战的人、手无寸铁的人、掉头逃跑的人、前来寻求庇护的人和合掌求饶的人，从不为智者们所称许。（22）你从前出自愚昧，立下那个誓言，普利塔之子啊！因此，你现在出于愚蠢，要做违背正法的事情。（23）为什么你心里想着正法，普利塔之子啊！却并不理解正法的微妙难解的性质，就要杀死你的长者？（24）

我要告诉你正法的秘诀，婆罗多族雄牛啊！这秘诀只有通晓正法的毗湿摩或坚战，（25）奴婢子维杜罗或美名远播的贡蒂能够说出来，现在我要如实告诉你。听着，胜财啊！（26）说真话是好事，没有比真话更好者。然而，说真话的实质却难以把握。（27）有时真话不宜言说，而谎言却可言说。某人在全部财物遭到打劫时，便该撒谎。（28）在生命危险时和结婚时，也可以说谎。此时，谎言变成真实，真实变成谎言。（29）愚人在实施真实的过程中分不清真实和谎言，而能够辨明真实和谎言的人是通晓正法者。（30）一个聪明的人甚至可以用残忍的手段获得极大的功德，就像一个名叫仙鹤的猎人因杀死盲兽而获得功德，这又有什么奇怪？（31）而一个愚蠢无知的人即使想要恪守正法，也可能会犯下大罪，犹如住在河边的憍尸迦，这又有什么奇怪？（32）

阿周那说：

请讲给我听吧，世尊啊！也让我知道仙鹤和盲兽以及住在河边的憍尸迦的故事。（33）

黑天说：

从前，有一位名叫仙鹤的猎人，婆罗多子孙啊！他为了养活妻儿而猎杀野兽，并非出于爱好。（34）他还供养着双目失明的父母以及其他靠他生活的人。他总是恪守自己的职责，从不撒谎，从不嫉妒别人。（35）一天，他去打猎。他想方设法，四处寻觅，却一无所获。此时，他看到一头猛兽在喝水，那是一头以鼻嗅代替眼看的盲兽。（36）尽管他从未见过这种野兽，他还是当即将它杀死。紧接着，从天空洒下一阵花雨。（37）天女们美妙的歌乐之声从一辆天车上传来。这辆天车从天国前来，准备接走猎人。（38）那只野兽为了毁灭一切众生，曾经修炼严酷的苦行，阿周那啊！如愿获得恩惠。为此，

自有（梵天）使他双目失明。（39）而杀死那头决心毁灭一切众生的野兽后，仙鹤得以升入天国。正法就是这样不可思议。（40）

从前，有一位名叫憍尸迦的婆罗门。他虽是苦行者却学识浅陋，住在一座村庄附近的河流交汇处。（41）他立下誓言："我要永远讲真话。"于是，他获得了"讲真话者"的名声，胜财啊！（42）一次，一些人因惧怕强盗而躲进他的林子，而那些凶恶的强盗也来到这里仔细搜寻。（43）强盗们来到"讲真话者"憍尸迦面前，对他说："尊者啊！有一群人从哪条路走了？我用实话问你，如果你知道他们的下落，就请告诉我们。"（44）经他们一问，憍尸迦便对他们以实相告："他们进入了这个长满树木、灌木和蔓藤的林子。"据说，随后那伙歹徒便搜出了他们，将他们尽数杀害。（45）由于出言不当而犯下大罪，愚蠢的憍尸迦堕入地狱。他对于微妙的正法不甚了了，对经典所知不多，故而不懂得如何辨别正法。（46）

有了疑惑而不去询问长者，这样的人只配堕入地狱。这里向你指出正法与非正法的一些特征。（47）有人说难以得到的最高知识可以通过思辨获得。另外，有许多人说："经典即是正法。"（48）我并不否认这些说法，然而，经典也并非对一切都是万能的。为了众生的利益，还需要对正法做出说明。（49）正法护持人民，由于护持的作用才被称作正法。因而，结论是具有护持作用者为正法。（50）每当遇到那些妄图非法掠夺别人财物的人，如想获得解脱，就无论如何也不要作声，保持沉默。（51）如果不得不说话，或者保持沉默有危险，那么，最好是不说真话，而说谎。（52）在有生命危险、结婚、所有亲属的财产遭到毁坏以及在戏谑之时，可以说谎。在这些情况下，了解正法真谛的人认为说谎并不算罪过。（53）若通过发誓就能摆脱那些盗贼，则应当立下虚假的誓言。不必迟疑，这符合真实。（54）只要可能，无论如何不要将财物给予那些盗贼。若给予罪犯财富，给予者也会遭受痛苦。所以，为了正法而说谎的人不能算作是说谎者。（55）我已经适当地向你讲述了正法与非正法的这些特点。听完这些话，普利塔之子啊！你说说你是否还要杀死坚战？（56）

阿周那说：

你说的这一席话表明你的学识博大，智慧过人，确实是为我们着想。(57)你就像我们的父母一样,黑天啊!你是至高归宿,话语非凡。(58)在三界中你无事不知晓,故而你精通一切至高正法。(59)现在我认为,不应当杀死般度之子法王坚战。不过,有关我立下的誓言,请你也略加关照。对此,我还想说几句心里话,请听。(60)陀沙诃族人啊!你知道我立的誓约:若有人胆敢对我说,"普利塔之子啊!你把甘狄拨神弓交给比你精通武器或比你更强的人吧!"(61)我就立即结果他的性命,美发者啊!怖军也曾立誓要杀掉那些称他为"阉人"的人。而现在国王却当着你的面对我说"把弓交给别人!"苾湿尼族雄狮啊!(62)但是,如果我真把他杀了,美发者啊!我在这人世间哪怕一刻也活不下去。卓越的正法护持者啊!今天,请为我出一个两全之策,一方面使世人知道,我恪守了誓言,同时,黑天啊!般度长子和我又都能活下来。(63)

婆薮提婆之子(黑天)说:

在战斗中,迦尔纳向国王射去无数利箭,使他遍体鳞伤,疲惫不堪。因此,普利塔之子啊!他才对你说了一些刺耳的话。确实,今天与迦尔纳一战事关重大。(64)若将他杀死,也就将俱卢族人彻底击败,而这正是正法之子(坚战)国王的想法。倘若一个人大受藐视,那么他就被称作"虽生犹死"。(65)国王一向备受你、怖军、双生子和世间一切年高德劭的人以及众英雄豪杰的尊崇。现在,你就在一些无关紧要的小事上对他表示蔑视。(66)对坚战你不要称呼"陛下",普利塔之子啊!而代之以"你"。称尊长为"你",不啻杀死他,婆罗多子孙啊!(67)你对法王坚战要这样做,贡蒂之子啊!你要采取这种不合正法的行为,俱卢后裔啊!(68)因为这是阿达婆和莺耆罗仙人宣讲的圣论中的至高圣论,想要为自己谋福利的人永远应该毫不犹豫地照此行事。(69)法王(坚战)听到你这种不敬的称呼后,般度之子啊!也就达到了所谓的"虽生犹死"。然后,你要向他行触礼,抚慰他,请求这位普利塔之子的宽恕。(70)你的长兄、般度长子是位英明的国王,他绝对不会生你的气。这样,说谎和弑兄这两种罪名你都不必承担,普利塔之子啊!你就心情愉快地去消灭车夫之子迦尔纳吧!(71)

全胜说:

听罢遮那陀那(黑天)这些话,普利塔之子阿周那称赞了好友的绝妙主意。尔后，他以粗暴的语气对法王（坚战）说了一些从未说过的难听话：(72)"国王啊！你不要用话责难我，因为你离战场足有两里地。只有那正在奋战的天下武士之魁首怖军才有资格指责我。(73)他不失时机地给敌人以重创，在战斗中歼灭大批英勇的国王，又消灭了一千多头大象，并发出可怕的狮子吼。(74)那位英雄创立了难以创立的业绩，这一点你永远也做不到。他手持铁杵，飞身跃下战车，在战斗中消灭了大批的人、马和象。(75)他用上好的宝剑歼灭骑兵、车、马和象，用车轮和弓箭粉碎敌人，用双脚和双臂杀死敌人，怒气和勇气犹如百祭（因陀罗）。(76)大力士怖军好似财神俱比罗和死神（阎摩），奋勇杀敌。只有他有资格指责我，而不是你。因为你总是受到朋友们保护。(77)怖军歼灭了许多大勇士、巨象、马匹以及卓越的步兵英雄，又独自深入到持国之子的军队中孤军奋战。只有这位敌人的征服者才有资格指责我！(78)怖军消灭羯陵伽、梵伽、盎伽、尼沙陀和摩揭陀人，一群又一群如同乌云的凶狂敌人。他有资格谴责我！(79)这位英雄乘着装备精良的战车，手里攥着满把利箭，不失时机地挽弓搭箭，在大战中发射阵阵箭雨，犹如乌云倾泻滂沱大雨。(80)智者云：'优秀的婆罗门的力量存在于言辞中，而刹帝利的力量存在于臂膀里。'你就是个语言有力的人，婆罗多子孙啊！你冷酷无情，并且认为我也同你一样。(81)我一直同我的妻儿一起，投入我的全部身心，为了实现你的目标而努力奋斗。尽管如此，你却以语言之箭戕害我，从你那里，我们得不到丝毫的快乐。(82)尽管我为你消灭了许多大勇士，你却呆在黑公主的床上对我大加贬损。为此，你还一味猜忌，婆罗多子孙啊！无情无义。从你那里，我从未体会过片刻的欢愉。(83)为了你的利益，恪守诺言的毗湿摩亲口告诉你在战斗中置他于死地的方法，人中之王啊！而木柱王之子、灵魂高尚的英雄束发在我的掩护下将他杀害。(84)对于你恢复王位，我并不感到高兴，因为你沉溺于有害的掷骰赌博。你自己干下了这种只有卑下的人才会痴迷的恶行，却又指望着依靠我们在战斗中消灭你的仇敌。(85)尽管偕天向你历数了掷骰赌博的种种危害，你却充耳不闻，不愿改弦更张，仍然沉湎于这种邪恶的游戏之中，拖累我们大家都陷入灾难。(86)人中之王啊！你是个赌棍。正是由于你，我们才失去

王位。正是因为你，我们才陷入灾难。国王啊！你不要再用无情的语言之鞭鞭挞我们这些不幸的人，小心把我们给激怒了！"（87）

左手开弓者（阿周那）对智慧坚定者（坚战）说了这一番刺耳的话后，感到十分懊丧。天王之子（阿周那）深深地叹了一口气，又拔出了剑。（88）于是，黑天又对他说："这是干什么？你为什么又拔出那柄宛若蓝天般的宝剑？你如实告诉我是怎么回事，然后我才为你出主意，帮助你达到目的。"（89）听到人中魁首（黑天）这样问他，阿周那沉痛地对美发者（黑天）说："我要立刻杀死自己的身体，因为它是这罪恶行径的根源。"（90）听罢普利塔之子的这番话，优秀的执法者（黑天）便对胜财（阿周那）说："普利塔之子啊！在此，你宣布你自己的功德，尔后你立即就会产生对自身的眷恋。"（91）

"好吧，黑天啊！"胜财（阿周那）满意地说。接着，天帝释之子（阿周那）弯了一下弓，对优秀的执法者坚战说："请听着！国王啊！（92）除了手持毕那迦弓的天神（湿婆）以外，人中之神啊！没有一个弓箭手能与我相匹敌！就连这位灵魂高尚者（湿婆）也认为，我能在刹那间毁灭世界及其一切生物和无生物。（93）国王啊！是我征服了各方及其统治者，使他们全都臣服于您；又是仰仗着我的威力，您才得以举行王祭，慷慨布施，并建成俨若天宫的大会厅。（94）我的双手带有箭和箭已上弦的巨弓标记，我的双脚带有箭和旗帜的标记，因此，我天下无敌。（95）东南西北各方敌众都被我或击溃，或歼灭，国王啊！我一个人就将全部敌军消灭过半，只有一些敢死队还在那里苟延残喘。（96）犹如天神军队的婆罗多族大军被我歼灭，倒卧疆场，国王啊！我用各种武器杀死了那些对武器一窍不通的人，为此，我才没有将世界化为灰烬！"（97）

如是言毕，普利塔之子又对优秀的执法者坚战说："现在我对你起誓，今天不是罗陀丧子失去迦尔纳，就是贡蒂丧子失去我！国王啊！高兴起来吧！国王啊！请宽恕我。很快你就会明白我说的话。我向你致敬。"（98）就这样，安抚克敌者坚战王之后，阿周那站在那里，又恭顺地对他说："我这就动身去将怖军从战斗中替换下来，今天我要竭尽全力杀死车夫之子（迦尔纳）。（99）我实话对你说，我的生命是为了忠于你而存在的，这点请你明白，国王啊！"说毕，光芒四射的有冠者（阿周那）触摸国王的双脚。起身后，他说："此事不宜耽搁，必须立即行动！迦尔纳正向此处扑来，我要上前迎战！"（100）

听罢弟弟颇勒古拿（阿周那）这一番尖锐的话语，般度之子法王从那张床上起身，满怀沉痛的心情，对普利塔之子说：（101）"普利塔之子啊！我是没干好事，才使你陷入可怕的灾难之中。为此，今天你把我的这个头砍下来吧！我是家族的毁灭者，是最卑鄙的人！（102）我是个罪人，沾有恶习，昏庸无能，懒惰怯懦！我目无尊长，冷酷无情！你有什么必要长期服从我这样一个冷酷的人？（103）今天，我这个罪人就要去往森林。没有我，你将会幸福地生活。灵魂高尚的怖军适合做国王，而像我这样一个阉人怎能执掌朝政？（104）况且，我也忍受不了你刚才怒气冲冲说出的那一番难听刺耳的话。就让怖军成为国王吧！今天受此耻辱，我活着还有什么意义呢？英雄啊！"（105）

言毕，国王倏地站起身来，离开了床，打算即刻动身前往森林。婆薮提婆之子（黑天）俯身施礼，对他说道：（106）"国王啊！你也知道，恪守誓言的持甘狄拨神弓者（阿周那）关于甘狄拨神弓的誓言。（107）若有哪个人敢对阿周那说：'你把甘狄拨神弓交给别人！'那么，阿周那就要杀死他。而你却偏偏对他说了这样的话。（108）因此，为了信守诺言，在我的建议下，阿周那才对你做出这种不敬之举，大地之主啊！因为蔑视尊长可视作将他们杀死。（109）因此，大臂者啊！请你宽恕我和普利塔之子对你的冒犯吧！国王啊！请宽恕阿周那吧！（110）大王啊！我们两人向你寻求庇护。国王啊！我向你敬礼，恳求你能够宽恕我们。（111）今天，大地就要喝罪恶的罗陀之子（迦尔纳）的鲜血。我向你发誓，车夫之子（迦尔纳）今天必死无疑，你要知道这一点。那个你盼着他死的人今天就要丢掉性命。"（112）

听罢黑天的话，法王坚战慌忙将俯伏在他脚下的感官之主（黑天）搀扶起来，紧接着又双手合十，对他说了这些话：（113）"你说得很对，你们是冒犯了我。然而，你的一番请求使我得到了补偿，乔宾陀啊！今天我得到了拯救，摩陀婆啊！今天，你将我们从可怕的灾难中解救了出来，不退者啊！（114）我们两人愚昧无知，多亏您成为我俩的救星，才使我们今天双双渡过了这可怕的灾难的海洋。（115）有了你的智慧之舟，我们才得以同我们的臣属一道渡过痛苦悲伤的海洋。有了你，我们就有了救星，不退者啊！"（116）

以上是吉祥的《摩诃婆罗多》中《迦尔纳篇》第四十九章(49)。

五〇

全胜说：

遵照黑天的建议，普利塔之子对坚战说了那番刺耳的话，犯下了些许罪愆，从而变得情绪低落。（1）然后，婆薮提婆之子（黑天）仿佛是微笑着对般度之子说："假若你恪守正法，手执利剑杀死了正法之子（坚战），普利塔之子啊！那你现在又会情形如何呢？（2）你仅仅称国王为'你'，就如此神情沮丧。如若你将国王杀死，普利塔之子啊！你又该怎么办呢？正法就是这样难以捉摸，对心智愚钝的人来说，尤其如此。（3）倘若你由于害怕违反正法而杀了你的长兄，毫无疑问，你也会因为这弑兄罪而堕入黑暗可怕的地狱。（4）在此，以我之见，你应该抚慰这位护法者中佼佼、恪守正法的国王、俱卢族俊杰。（5）在诚心诚意地抚慰国王坚战，博得他的欢心之后，我们两人立即向车夫之子（迦尔纳）的战车进发，去与他交战。（6）今天，你要用利箭消灭难以战胜的迦尔纳，给予正法之子（坚战）极大的欢乐！荣誉的赋予者啊！（7）在我看来，大臂者啊！此刻你应当这样做。做完这些后，你也就尽到责任了。"（8）

于是，大王啊！阿周那羞怯地匍匐在法王（坚战）的脚下，用头触到他的双足，无瑕者啊！（9）他一遍又一遍地说道："婆罗多族魁首啊！请宽恕我吧！国王啊！请原谅我为了要严守正法、担心犯罪而说过的那些话！"（10）法王坚战看到诛敌者胜财（阿周那）啜泣着，拜倒在自己的脚下，婆罗多族雄牛啊！（11）他扶起了弟弟，深情地将胜财（阿周那）紧紧搂在怀中，也放声痛哭起来。（12）大光辉的兄弟俩痛哭了许久，两位人中之虎双双获得净化，满怀喜悦。（13）然后，坚战又一次深情地拥抱般度之子，以鼻触他的额头，高兴至极，笑着对伽耶（阿周那）说：(14) "大臂者啊！虽然我奋力拼杀，迦尔纳还是在全军面前，用利箭将我的铠甲、旗幡、弓、标枪和棒槌一一击断，大弓箭手啊！他还击毙了我的马匹。(15) 我目睹了他的赫赫战绩后，颇勒古拿啊！便陷入痛苦之中，生命对我也不再宝贵。(16)如若你今天不杀死车夫之子（迦尔纳），英雄啊！我就要舍弃我的生命，因为我活着还有什么意义？"(17)

闻听此言，婆罗多族雄牛啊！维阇耶（阿周那）答道："国王啊！我以真理，以你的恩惠，人中翘楚啊！以怖军和双生子的名义对你起誓，大地之主啊！(18) 今天在战斗中不是我杀死迦尔纳，就是我本人身亡倒地！我手触武器立此誓言！"(19) 他这样对国王说了以后，又对摩陀婆（黑天）说："黑天啊！毫无疑问，今天，我要在战斗中杀死迦尔纳。请为我祈福！托你的福，那灵魂邪恶的迦尔纳死定了！"(20)

听了这些话，王中俊杰啊！美发者（黑天）便对普利塔之子说道："婆罗多族魁首啊！我一定尽力而为！(21) 我也总是在盼望着，大勇士啊！思索着，你怎样才能在战斗中杀死迦尔纳。"(22) 尔后，睿智的摩陀婆（黑天）又对正法之子（坚战）说："坚战啊！请你安慰毗跋蕤（阿周那），并命令他今天就消灭灵魂邪恶的迦尔纳。(23) 听说你被迦尔纳的箭击中，我和阿周那为了打听你的情况而双双来到这里，般度之子啊！(24) 国王啊！万幸的是，你没有危险。万幸的是，你没有被俘。你安慰了毗跋蕤（阿周那）之后，就祝福他大获全胜吧！无瑕者啊！"(25)

坚战说：

过来！过来！普利塔之子啊！毗跋蕤啊！拥抱我吧！般度之子啊！我原谅你对我说过那些尖刻刺耳的话！(26) 我命令你，胜财啊！现在就去杀死迦尔纳！我对你说过的那些难听话，普利塔之子啊！你也不要放在心上！(27)

全胜说：

然后，国王啊！胜财（阿周那）俯首向他行礼，用双手抱住长兄的双足，陛下啊！(28) 而国王搀扶起苦恼的阿周那，紧紧地将他搂在怀中，以鼻触着他的额头，又对他说道：(29) "胜财啊！大臂者

啊！你总是对我尊敬有加。但愿你永远获得胜利和威严！"（30）

阿周那说：

今天我在战场上与自恃有力、作恶多端的罗陀之子（迦尔纳）遭遇后，要用利箭结果他及其一切随从的性命。（31）那个向你弯弓搭箭猛射一气的迦尔纳，今天就要尝到自己行为的恶果。（32）我向你实言相告，大地之主啊！今天，待我在战斗中杀死迦尔纳后，我便前来见你，向你敬礼！（33）我手触你的双足向你发誓，今天，不杀掉迦尔纳，我不从战场上回来！世界之主啊！（34）

全胜说：

在抚慰法王（坚战）之后，普利塔之子满怀喜悦，准备去消灭车夫之子（迦尔纳），对乔宾陀（黑天）说：（35）"把战车备好！把骏马套好！把所有的武器放在大战车上！（36）那些马匹和受过良好训练的骑兵们正在那里徘徊。将战车上的一切装置备好，迅速出发吧！"（37）

听到灵魂高尚的颇勒古拿（阿周那）这样说，大王啊！黑天便命令达录迦道："一切按照婆罗多族之魁首和一切弓箭手之魁首阿周那的吩咐去做！"（38）于是，遵照黑天的命令，王中翘楚啊！达录迦将那些马匹套到覆盖虎皮、镇伏敌人的战车上。（39）看到灵魂高尚的达录迦备好战车，阿周那向法王（坚战）道别，请众婆罗门为自己祈福。然后，他带着吉祥的祝福，登上那辆最好的战车。（40）接着，大智慧的法王坚战又多次向他致以最高的祝福，祝愿他消灭迦尔纳。（41）

看到那位大弓箭手一路前行，婆罗多子孙啊！众生认为迦尔纳已经被灵魂高尚的般度之子杀死了。（42）国王啊！各个方位都变得清朗起来。一群群青樫鸟、孔雀和麻鹬，人中之主啊！从左至右在般度之子身边绕行，向他致敬。（43）一大群名叫"男子汉"的吉祥美丽的鸟儿，国王啊！环绕在阿周那身边欢快地鸣叫，激励阿周那迅速投入战斗。（44）许多可怕的苍鹭、秃鹫、兀鹰和乌鸦，民众之主啊！为了觅食而在他的车前盘旋着。（45）这对于普利塔之子是吉兆，预示着敌军的覆灭和迦尔纳的灭亡。（46）在奔赴战场之时，普利塔之子浑身上下大汗淋漓。他深为焦虑，思索着怎样才能实现自己的誓

言。(47)

看到普利塔之子焦虑不安的神色,诛灭摩图者(黑天)就对手持甘狄拨神弓者(阿周那)说:(48)"手持甘狄拨神弓者啊!除了你之外,世上无人能够战胜在战斗中被你用神弓战胜的那些人。(49)我们曾经见过很多骁勇善战如同天帝释的英雄,然而,他们一旦在战斗中与你这个英雄交手,便即刻达到最终归宿。(50)尊者啊!有谁与德罗纳、毗湿摩、福授王、阿凡提国的文陀和阿奴文陀、甘波阇国的善巧,(51)与勇力过人的闻寿和定寿遭遇之后,还能够像你那样安然无恙?(52)你武器非凡,敏捷有力。你注意力集中,打击目标百发百中,阿周那啊!你作战时头脑冷静,又富有学识,为人谦恭。(53)您一个人就足以消灭一切天神和阿修罗以及一切生物和无生物。普利塔之子啊!普天下的武士没有一个能与你相匹敌。(54)在那些作战凶狂的刹帝利弓箭手中,直至在众天神中,能与你并驾齐驱者我从未耳闻目睹过。(55)梵天创造了众生,也创造了非凡的甘狄拨神弓,普利塔之子啊!你依靠它作战,因此,无人能与你抗衡。(56)不过,般度之子啊!我也必须说些为你着想的话。大臂者啊!不要小看在战斗中大放光彩的迦尔纳!(57)因为大勇士迦尔纳强壮胆大,武艺高强。他足智多谋,战术非凡,善于在不同的时间和地点作战。(58)他猛如火,快似风,愤怒若死神,强壮有力犹如一头雄狮。(59)他相貌英俊,胳膊肘儿似铁,双臂粗大,胸膛宽阔。他难以战胜,目空一切,是英雄中的英雄。(60)他具有武士的一切美德,总是为朋友驱除恐惧。他处处与般度五子为敌,却时时维护持国诸子的利益。(61)我认为,除你之外,即使是婆薮之主(因陀罗)率领众天神,也无法将罗陀之子(迦尔纳)杀死。因此,你今天就杀掉车夫之子(迦尔纳)吧!(62)即使全体天神渴望作战,决心与迦尔纳浴血奋战,也无法战胜他。(63)他灵魂邪恶,心地歹毒,凶狠残忍,对般度五子始终不怀好意。他与般度五子作对,从不顾及自己的利益。今天,你将这个迦尔纳杀掉后,也就达到了你的目的。(64)因为有了他,罪恶的难敌才自认为是个英雄。今天,你一定要战胜这个万恶之源车夫之子(迦尔纳),胜财啊!"(65)

以上是吉祥的《摩诃婆罗多》中《迦尔纳篇》第五十章(50)。

五一

全胜说：

阿周那下定决心，无论如何也要杀死迦尔纳，灵魂无限的美发者（黑天）又对他说：（1）"今天，婆罗多子孙啊！是对人、马和象展开可怕的大屠杀的第十七天。（2）你的大军和敌军，曾经为数众多，经过相互多次交战后，已是数量锐减，民众之主啊！（3）俱卢族军队，普利塔之子啊！曾经拥有大批大批的马和象。在与你交锋之后，它们在前线被消灭殆尽。（4）而般遮罗族和斯楞遮耶族的所有国王及其随从属下，以及般度族人，由于拥有你这位难以战胜的英雄，依然坚守在阵地上。（5）在你的保护下，诛敌者啊！般遮罗人、般度人、摩差人、迦卢沙人、车底人和羯迦夜人歼灭了大量敌人。（6）除了由你保护的般度族大勇士们，尊者啊！谁还能够在战斗中击败俱卢联军？（7）即使是三界的天神、阿修罗和人联合起来，你也能战胜他们，更何况俱卢族军队！（8）除你之外，人中之虎啊！又有谁能够战胜福授王？哪怕他像婆薮之主（因陀罗）一样！（9）无瑕的普利塔之子啊！即使所有的国王联合起来，也不敢抬眼正视一下由你保护的这支大军！（10）同样，普利塔之子啊！正是因为始终受到你的保护，猛光和束发才得以在战斗中杀死毗湿摩和德罗纳。（11）确实，普利塔之子啊！有谁能够在战斗中战胜英勇如同天帝释的两位般遮罗族大勇士毗湿摩和德罗纳？（12）谁能在战斗中击败福身王之子（毗湿摩）、德罗纳、日神之子（迦尔纳）、慈悯、德罗纳之子（马嘶）、月授之子（广声）、成铠、信度国王（胜车）、摩德罗国王（沙利耶）以及国王难敌，（13）所有这些精通武艺、在战场上一往无前、凶狂无比的各路大军统帅？（14）你歼灭了许多部队，击溃了大量的马、车和象，消灭了大批从各国召来的凶悍愤怒的刹帝利。（15）那些由牛舍人、达婆弥耶人、婆娑提人、弗罗底耶人、伐吒陀那人，婆罗多子孙啊！以及骄傲的安乐族人，（16）这些由婆罗门和刹帝利组成的浩荡大军，婆罗多子孙啊！一与你遭遇，便连同他们的马、车和象一起走向灭亡。（17）那些凶猛残暴的杜伽罗人、耶婆那人、伽沙人、达尔婆人、阿毗沙罗人、德罗德人、塞种人、罗摩吒人和登伽纳人，（18）安陀罗人、布邻陀人、骁勇凶悍的吉罗陀人、弥戾车人、山地人和海岸人，凶猛有力，手执棍棒，能征善战。（19）他们个个怒气冲冲，为了难敌的利益而与俱卢族人联手作战。除了你之外，没有人能在战斗中征服他们，敌人的征服者啊！（20）如若没有你的保护，面对持国之子强大有力、部署严密的大军，何人还敢冲上前去？（21）正是在你的护卫之下，愤怒的般度族人才得以将犹如大海翻滚、扬起滚滚烟尘的俱卢族军队粉碎，主人啊！（22）

"摩揭陀国王、大力士胜军在战斗中被激昂杀死后，过去了七天。（23）后来，怖军又用铁杵消灭了围绕在那位国王身边的、立下可怕战绩的数万头大象，接着又奋力杀死了他另外的不少大象，摧毁了数百辆战车。（24）就这样，尊者啊！在这场惨烈恐怖的大战中，般度之子啊！俱卢族人一旦与怖军和你遭遇，便连同他们的马、车和象一起，从这里前往冥界。（25）当俱卢大军的前锋部队遭到般度之子们打击时，普利塔之子啊！毗湿摩发射一阵阵猛烈的箭雨，尊者啊！（26）那位英雄精通威力无比的武器，用无数利箭覆盖车底人、迦尸人、般遮罗人、迦卢沙人、摩差人和羯迦夜人，将他们置于死地。（27）从他的弓中直射出的、粉碎敌人身体的金羽利箭布满天空。（28）他将九种有缺陷的姿势摒弃不用，采用第十种姿势放箭无数，消灭了敌军大批的马、车和象。（29）毗湿摩杀戮你的军队总共十天，使无数的战车座位空虚无人，大象和马匹倒毙。（30）在战斗中，毗湿摩呈现出楼陀罗和优般陀罗的样子，长驱直入般度之子的各路军中大肆杀戮。（31）他杀死了车底国、般遮罗国和羯迦夜国的许多国王，猛烈打击充满人、马和象的般度族军队。（32）为了拯救沉入无法渡过的海洋中的愚蠢的难敌，他如同光焰四射的太阳驰骋在战场上，使得斯楞遮耶国和其他地区的国王们无法将他看清。（33）毗湿摩在战场上纵横驰骋，似乎胜利在望时，般度族大军突然倾尽全力，对他发动凌厉的攻势。（34）毗湿摩孤身奋战，在战场上驱赶般度族和斯楞遮耶族人，获得天下英雄之魁首的美名。（35）在你的掩护下，束发向那位大勇士发动偷袭，用许多弯头箭杀害了那位人中之

虎。(36)那位老祖宗倒下了，躺在箭床之上，把你叫到身旁，人中之虎啊！一如兀鹰唤来乌鸦。(37)

"凶猛的德罗纳曾连续五天歼灭敌军，在大战中严密布阵，使大批大勇士倒地身亡。(38)这位大勇士曾在战斗中保护了胜车。在凶险的夜战中，他犹如死神焚毁众生。(39)又过了两天，在与猛光遭遇之后，威风凛凛的英雄婆罗堕遮之子（德罗纳）才走向最高归宿。(40)倘若你没有在战斗中阻挡住车夫之子（迦尔纳）率领的敌方战车武士，德罗纳决不会死在战场上。(41)是您截住了持国之子的全部军队，德罗纳才在战斗中被水滴王之孙（猛光）杀死，胜财啊！(42)除了你之外，普利塔之子啊！哪个刹帝利能够像你一样，在战斗中立下杀死胜车这样的功绩。(43)你挡住庞大的军队，消灭众多勇敢的国王，又凭借你的武器的威力，诛灭了信度王（胜车）。(44)你杀死了信度王，国王们都认为这是一个奇迹。而这并没有什么值得惊奇的，因为这是你做的，普利塔之子啊！你是一位大勇士。(45)如果这些刹帝利在战斗中遇上了你，婆罗多子孙啊！我认为你不出一天的工夫就能把他们消灭。(46)毗湿摩和德罗纳两人被杀，普利塔之子啊！就意味着持国之子可怕的大军连同全体英雄一起在战场上覆灭。(47)现在，由于丧失了许多最优秀的武士，损失了无数人、马和象，婆罗多族军队仿佛变成了失去日月星辰的天空。(48)在战斗中，普利塔之子啊！你以可怕的勇气粉碎这支军队，恰似昔日天帝释英勇地粉碎阿修罗军队。(49)如今，他们仅有五名大勇士侥幸活了下来。他们是马嘶、成铠、迦尔纳、摩德罗国王和慈悯。(50)今天，人中之虎啊！你要杀死那五名大勇士！将一切敌人消灭干净！向国王献上整个大地连同它的所有岛屿和城市！(51)让这位威力无限、光辉吉祥的普利塔之子今天就赢得这片大地连同天上地下和山川森林！(52)犹如昔时诃利大神毗湿奴消灭了众提迭和檀那婆后，将天界奉献给天帝释，你也要将大地奉献给国王。(53)今天你要杀死敌人，让般遮罗人高兴，恰似毗湿奴杀死众檀那婆，使得众天神兴高采烈。(54)

"人中翘楚啊！假如你出于对教师德罗纳的敬重而对马嘶怀有怜悯之心，出于对教师威望的尊重也对慈悯怀有怜悯之心；(55)假如你特别看重母系亲属的情分而在与成铠相遇后,不打算送他去阎摩府;(56)假如你与你母亲的兄弟、摩德罗国王沙利耶王遭遇,生有莲花眼的人啊!又因心怀怜悯不愿杀害他,(57)那么今天,人中翘楚啊!你就用锋利的箭,迅速杀死那个心眼歹毒,总是对般度五子怀有恶意的迦尔纳!(58)完成此举是你的功德,没有任何不妥。我们都认为这样做没有任何错误。(59)难敌妄图在那个夜晚将你母亲连同儿子们一并烧死,无瑕者啊!又为了掷骰赌博而引出一系列恶行,而灵魂邪恶的迦尔纳正是这一切的祸首,阿周那啊!(60)难敌总是自恃有迦尔纳保护,因此,我作为使者去往他那里时,他也气势汹汹,甚至企图囚禁我。(61)持国之子、难敌王始终认为,毫无疑问,迦尔纳必将在战斗中击败所有的普利塔之子,荣誉的赋予者啊!(62)尽管持国之子了解你的实力,贡蒂之子啊!由于仰仗着迦尔纳,他才选择与你作战。(63)迦尔纳也总是说:'我要在大战中将普利塔诸子连同坚战王和婆薮提婆之子(黑天)统统打败!'(64)为了给生性邪恶的持国之子打气,思想邪恶的迦尔纳总是在俱卢族集会上发出这种叫嚣。今天你一定要杀死他,婆罗多子孙啊!(65)在持国之子对你们犯下的种种罪恶中,灵魂邪恶、心思歹毒的迦尔纳处处充当急先锋。(66)

"我亲眼见到生着雄牛眼的英雄、妙贤之子激昂被持国之子军队中六名凶残的大勇士杀害。(67)他使英雄的大勇士德罗纳、德罗纳之子和慈悯心惊胆战,使敌方的大象丧失骑手,大勇士们丧失战车,(68)马匹丧失骑手,步兵们丧失武器和生命。这些都是肩阔似雄牛的激昂所为,为俱卢族和苾湿尼族赢得名声。(69)他击溃敌方的各路军队,折磨那些大勇士,将无数人、马和象送往阎摩殿。(70)眼见以利箭奋勇消灭敌军的妙贤之子被杀,朋友啊!我对你起誓,我的整个身体都在燃烧!(71)即使在这件事上,迦尔纳也做出了恶意伤害之举,主人啊!在战斗中,迦尔纳无法与激昂当面对阵。(72)他被妙贤之子的利箭射中,鲜血淋漓,失去了知觉。他怒火中烧,深深地叹息着,因箭伤而离开战场。(73)他迫不及待仓皇逃离战场,对自己的生命已失去希望。他惊魂未定,又在战场上驻足片刻,因箭伤而疲惫不堪。(74)这时,迦尔纳听到德罗纳在战斗中适时发出的

残忍话语：'击断激昂的弓！'（75）于是，他击断了激昂的弓，而那五名狡诈的大勇士便放出阵阵箭雨，将激昂射杀。（76）

"在俱卢族的大会厅里，当着般度五子和俱卢族人的面，迦尔纳如同恶棍，对黑公主说出一番刻毒话语：（77）'般度五子都已经死了，黑公主啊！他们已经下了地狱，永世不得翻身。丰臀女郎啊！你另觅主子吧！出言谨慎的女人啊！（78）眉毛弯弯的女子啊！进持国之子的宫殿当一名女奴吧！睫毛卷曲的女子啊！你的丈夫们已不复存在了。'（79）就这样，不知正法、心肠歹毒的罪人迦尔纳说出这番邪恶的话，你们都在场听到了，婆罗多子孙啊！（80）今天，你要射出在石上磨尖而致命的镶金利箭，让那罪人的那些话语永远止息！（81）今天，你要用你的利箭，让灵魂邪恶的迦尔纳所犯下的这些以及其他的罪行，让他的生命，永远停息！（82）今天，让灵魂邪恶的迦尔纳的肢体尝到与甘狄拨神弓发出的可怕利箭接触的滋味，从而记住德罗纳和毗湿摩的话语。（83）让你射出的闪电般诛灭敌人的金羽铁箭刺入他的各个要害部位，痛饮他的鲜血！（84）今天，让你亲手发出的可怕而又猛烈的利箭穿透迦尔纳的致命部位，将他送往阎摩府！（85）今天，让那些饱受你的利箭之苦的大地之主们发出声声哀鸣，悲痛沮丧地看着迦尔纳从战车上跌落下来。（86）今天，让迦尔纳的亲友们亲眼看到他倒在自己的血泊中，躺在地上，丢弃了手中的武器。（87）你要用月牙箭射断升车之子（迦尔纳）以象索为标志的大旗，让它飘落地上。（88）让沙利耶王看到你用成百成百的利箭击碎镶金战车，击毙武士们，吓得弃车而逃！（89）尔后，难敌目睹升车之子（迦尔纳）今天被你杀死，他就会对生命和王位都失去希望，胜财啊！（90）

"看哪！婆罗多族魁首啊！那些般遮罗人尽管遭到迦尔纳阵阵利箭杀戮，依然跟随着般度之子冲锋陷阵。（91）般遮罗人、德罗波蒂诸子、猛光、束发、猛光的儿子们和无种之子百军，（92）无种、偕天、恶颜、镇群、妙铠和萨谛奇，你要知道，他们都处在迦尔纳的杀伤范围之内。（93）你可以听到在大战中你的般遮罗族亲友遭到迦尔纳打击时发出的可怕吼声，敌人的镇伏者啊！（94）然而，那些般遮罗人无论如何也不会转身仓皇逃离战场，因为这些大弓箭手、大勇士们早已把生死置之度外。（95）即使遭遇独自用箭雨围堵般度族军队的毗湿摩，般遮罗人也没有掉头逃跑。（96）他们勇往直前，攻打武器如同火焰闪闪发光、一切弓箭手的教师爷、敌人的折磨者、难以战胜的德罗纳。（97）那些敌人的征服者般遮罗人时刻准备战胜敌人，决不会因惧怕升车之子（迦尔纳）而从战场上掉头逃跑。（98）对于那些向自己发动猛攻的般遮罗人，骁勇的迦尔纳以无数利箭夺去他们的性命，恰似烈火夺去一群飞蛾的生命。（99）就这样，那些英勇的般遮罗人为了朋友的利益，不惜抛弃自己的生命，勇敢地面对敌人。而罗陀之子（迦尔纳）却在战斗中将他们成百成百地消灭。（100）

"迦尔纳从婆利古后裔、仙人魁首持斧罗摩处得到的那件武器，现在展现狰狞的面目。（101）那件形状可怕、极其锐利的武器折磨所有的军队，将我们的大军团团包围，闪闪发光，施展自己的威力。（102）这些从迦尔纳弓中射出的箭犹如大群大群的蜜蜂在战场上飞舞着，令你的军队痛苦不堪。（103）那些在战斗中遭到迦尔纳的武器打击的般遮罗人正向各处奔逃，婆罗多子孙啊！因为他们无法抵御这种武器。（104）怖军也受到这些利箭折磨，怒不可遏，普利塔之子啊！在斯楞遮耶人的团团簇拥下，与迦尔纳交战。（105）倘若对迦尔纳掉以轻心，婆罗多子孙啊！他就会像侵入身体却受到忽略的疾病一样，最终将般度五子、斯楞遮耶人和般遮罗人全部消灭。（106）除此之外，我看不出坚战的军队中还有哪位武士在与罗陀之子（迦尔纳）交战后，能够平安回家。（107）今天你要用利箭将他消灭，婆罗多族雄牛啊！按照你的誓言去做，普利塔之子啊！赢得荣誉！（108）我对你实言相告，武士魁首啊！在战斗中只有你才能击败拥有迦尔纳的俱卢族军队，其他人都不行。（109）杀死了大勇士迦尔纳后，你就立下赫赫功绩，普利塔之子啊！但愿你大功告成，达到目的，幸福如意，人中翘楚啊！"（110）

以上是吉祥的《摩诃婆罗多》中《迦尔纳篇》第五十一章(51)。

五二

全胜说：

听罢美发者（黑天）的话，婆罗多子孙啊！毗跋蹉（阿周那）忧

第八　迦尔纳篇

愁顿消,变得高兴起来。(1)然后,他立即摩擦甘狄拨神弓的弓弦,拉紧了弓,坚定了消灭迦尔纳的决心,对美发者(黑天)说:(2)"你是过去、现在和将来的主人,今天,你对我表示满意,乔宾陀啊!有你保护,我必将获胜!(3)有你相助,黑天啊!在大战中哪怕是三界一起前来,我也能把他们统统送往另一个世界,更不用提迦尔纳了!(4)我看见般遮罗人的军队在奔逃,遮那陀那啊!我看见迦尔纳无所顾忌地在战场上左冲右突。(5)我还看到迦尔纳发射出的婆尔伽婆法宝四处飞舞,苾湿尼族人啊!犹如天帝释发出的威力强大的金刚杵。(6)确实,这就是我要参加的战斗,黑天啊!只要大地存在,众生就会传颂这场战斗。(7)今天,黑天啊!我要在甘狄拨神弓上亲手射出许多致命的无耳箭,将迦尔纳送到死神那里。(8)今天,国王持国将会责怪自己头脑昏聩,将王位传与了不配做国王的难敌。(9)今天,大臂者啊!持国将会丧失王位、幸福、繁荣、王国、城市和儿子们。(10)我实话对你讲,黑天啊!今天,迦尔纳一死,难敌王也无望生还。(11)今天,难敌王看到迦尔纳被我用利箭射成碎片时,他就会记起你为了和平所讲的那番话语。(12)今天,黑天啊!我要让妙力之子(沙恭尼)领教一下我的箭就是骰子,甘狄拨神弓就是骰子盒,而我的战车则是骰子盘。(13)

"在战斗中,车夫之子(迦尔纳)从不把大地上的其他人放在眼里,而今天,大地就要痛饮他的鲜血。从甘狄拨神弓射出的利箭将要送迦尔纳走上最后的路程。(14)今天,罗陀之子(迦尔纳)就要为他在大会厅中对般遮罗族公主说的那番诋毁般度五子的污言秽语而追悔莫及。(15)当年被污蔑为空壳芝麻的般度五子,随着今天生性邪恶的车夫之子、日神之子迦尔纳的一命呜呼,也就变成了颗粒饱满的芝麻。(16)迦尔纳曾对持国之子们说过'我将保护你们不受般度五子侵害!'今天在我的利箭的打击下,这个许诺也将化为泡影!(17)迦尔纳曾经夸下海口:'我要将般度五子连同他们的儿子一起统统杀死!'今天我就要在全体弓箭手的注视之下杀死他。(18)狂妄自大、卑鄙愚蠢的持国之子仗着迦尔纳英勇善战,总是瞧不起我们。今天,我就要杀死罗陀之子迦尔纳,诛灭摩图者啊!(19)今天只要迦尔纳被杀死,黑天啊!持国众子便会同他们的国王一起,惊慌失措,四处逃遁，恰似一群惧怕狮子的小鹿。（20）今天，待我在战斗中将迦尔纳及其儿子和亲友们一并消灭后，就让难敌王对着大地干瞪眼吧！（21）今天，持国之子看到迦尔纳被杀，必定怒不可遏，黑天啊！就让他知道，在战斗中我是所有弓箭手中最优秀者！（22）

"今天，黑天啊！我将还清对众弓箭手、对我的愤怒、对俱卢族、对我的利箭和甘狄拨神弓欠下的债务。（23）今天，像摩珂梵（因陀罗）诛灭商波罗，我在战斗中杀死迦尔纳后，黑天啊！十三年来积压在我心中的痛苦就会解除。（24）今天，在战斗中迦尔纳一被消灭，甘愿在战斗中为盟友们完成使命的苏摩迦族大勇士们就可以认为他们的使命已经完成。（25）我不知道，今天，我诛灭迦尔纳，大获全胜后，摩陀婆啊！悉尼之孙（萨谛奇）会有多么高兴！（26）我在战斗中消灭了迦尔纳及其大勇士儿子后，将会把快乐带给怖军、双生子和萨谛奇。（27）今天，我在大战中杀死迦尔纳后，摩陀婆啊！也就还清了我对猛光、束发以及般遮罗人所欠下的债。（28）今天，就让所有的人都见识一下愤怒的胜财（阿周那）在战斗中与俱卢族人作战，打垮车夫之子（迦尔纳）。我又要在您的面前夸耀自己了。（29）天下精通弓箭术的武士当中，无人能与我并驾齐驱。在英勇作战方面，又有何人能与我相提并论？有谁能像我一样宽宏大量？同样，无人似我这般怒火万丈。（30）即使全体天神和阿修罗连同众生一起上阵，我手执弓箭，依靠自己双臂的力量，就能将他们征服。要知道，我的威力远胜他人。（31）我独自一人，利用甘狄拨神弓喷射出的箭之火，就能够向全体俱卢族人和波力迦人展开进攻，猛烈地焚毁他们及其随从，犹如冬末的一团烈火焚毁一堆干草。（32）我的手上有箭的标记，左手上有带箭之弓的标记，我的双脚上有战车和旗帜的标记。像我这样的人奔赴战场，无人能够战胜！"（33）

以上是吉祥的《摩诃婆罗多》中《迦尔纳篇》第五十二章(52)。

五三

全胜说：

般度族的各路军队大旗飘飘，士气高昂，齐心合力奔赴战场。鼓乐喧天，喊声动地，宛若夏末的漫天乌云发出阵阵雷鸣。（1）此时，无数巨象就是团团乌云，各式兵器是雨水，乐器、车轮和击掌之声是雷鸣，各种饰金的武器是闪电。大地上四处回响着大勇士们的呐喊之声。（2）双方开战，速度迅猛，剑光闪闪，血流成河，无数刹帝利丧命，犹如一场突如其来的可怕暴雨，危害众生。（3）普利塔之子发射箭雨，将所有的敌人，战车连同御者和马匹，大象，战马连同骑手以及步兵，统统送往死神的领地。（4）

在战斗中，慈悯与束发交锋，萨谛奇扑向难敌，而闻声和德罗纳之子（马嘶）、瑜达摩尼瑜和奇军也捉对厮杀起来。（5）迦尔纳之子战车武士妙军冲向斯楞遮耶人，优多贸阇上前迎战；而偕天冲向犍陀罗王（沙恭尼），犹如一头饿狮扑向一头大雄牛。（6）年轻的无种之子百军向年轻的迦尔纳之子牛军倾泻阵阵箭雨，而英雄的迦尔纳之子也向那黑公主之子射去利箭无数。（7）武艺非凡的战车武士之雄牛、玛德利之子无种打击成铠，而般遮罗王、祭军之子（猛光）向俱卢大军统帅迦尔纳及其军队展开进攻。（8）婆罗多子孙啊！难降与敢死队组成的婆罗多族的浩荡大军，在战斗中向势不可挡的武士俊杰怖军发起攻势。（9）勇敢的优多贸阇猛地砍死迦尔纳之子，随着震天动地一声巨响，那头颅滚落到地上。（10）眼睁睁地看着妙军的人头落地，迦尔纳立时悲痛万状。他怒不可遏地射出许多可怕的利箭，击毁优多贸阇的马匹、战车和旗幡。（11）而优多贸阇也射出阵阵利箭，又用闪着寒光的宝剑杀死慈悯的车轮卫士和马匹，旋即登上了束发的战车。（12）看到慈悯失去战车，在战车上的束发并不打算用箭打击他。德罗纳之子阻挡住束发，将战车武士慈悯救下，犹如救出一头陷入泥淖的公牛。（13）此时，身披金甲的风神之子怖军以无数利箭猛烈打击你儿子们的军队，俨若夏季中午的骄阳灼烤万物。（14）

以上是吉祥的《摩诃婆罗多》中《迦尔纳篇》第五十三章(53)。

五四

全胜说：

大战激烈展开，孤身奋战的怖军陷入无数敌军的重围之中。他边阻击持国之子的军队,边对自己的车夫说:"车夫啊!你赶着马儿向敌阵全速前进!我要把持国的这些儿子统统送到阎摩的面前。"(1)在怖军这番话的激励下,那位车夫快速驶向你儿子的军队,来到怖军想要到达的地点。(2)接着,另一批俱卢族人带着象、车、马和步兵从四面八方向怖军展开猛攻,向他那辆速度迅猛的上等战车发射密集的利箭。(3)然而,灵魂高尚的怖军用许多金羽箭将飞到面前的箭一一射断;敌人的金羽箭被怖军的利箭击为两截或三截,纷纷落地。(4)尔后,国王啊!你的那些王族武士的象、车、马和兵被怖军击中时,发出可怕的响声,人中因陀罗啊!恰似遭到雷击的群山发出巨响。(5)那些优秀的人中因陀罗在战斗中被怖军的利箭击中后,依然从四面八方向怖军冲去,仿佛一群鸟飞向一棵大树。(6)于是,勇猛的怖军在你的军队中展示自己的勇猛,好似世界末日来临时,手执刑杖的死神想要焚毁众生。(7)在战斗中,你军战士无法抵御勇猛过人的怖军,俨若劫末的众生抵挡不住张开大口扑向他们、毁灭他们的死神阎摩。(8)然后,婆罗多子孙啊!在战斗中遭到重创的婆罗多族军队,灵魂高尚的人啊!被怖军追击着,吓得四处溃逃,犹如大团大团的云彩被狂风吹散。(9)

接着,聪明而又强壮的怖军兴高采烈地对车夫说:"车夫啊!充满战车和旗幡的人马正向我处进发,分辨一下,是敌军还是我军。我鏖战正酣,已经无法辨清。别让我用箭把自己的军队覆盖!(10)除忧啊!举目四望,到处都是敌人,我忧心如焚。国王正在受苦,而有冠者(阿周那)尚未返回,令我万分焦虑,车夫啊!(11)法王(坚战)抛下我,御者啊!冲到敌阵之中,现在不知他是否还活着;而去寻找他的毗跋蹉(阿周那)也是生死不明,令我更加痛苦不安。(12)现在,我一定要消灭极其凶猛的敌军!今天,待我在战斗中将他们一网打尽,我和你都会万分高兴。(13)查看一下所有箭囊中的箭,看看我的车里还剩下多少箭,算清它们的种类和数量,告诉我,车夫啊!"(14)

除忧说:

你还剩有六万支箭,英雄啊!剃刀箭和月牙箭分别为一万支,铁箭有两千支,英雄啊!而波罗陀罗箭还剩下三千支,普利塔之子啊！（15）般度之子啊！你剩下的武器一辆六驾牛车也装不下，智者啊！即使你将这些兵器成千上万地都发射出去后，你还拥有铁杵、宝剑以及你的臂力。（16）

怖军说：

车夫啊！今天，你就等着观看一场可怕的大战吧！我的弓发出的那些凶猛骇人的利箭，将又快又狠地射入敌方众多王族武士的身体，使得太阳消失，战场变得如同冥界。（17）今天，所有国王及其子嗣们便会知晓，车夫啊！怖军或是战死疆场，或是独自战胜全体俱卢族人！（18）让全体俱卢族人都倒在战场上，让所有的人无论老幼都称道我。或是我一人打败所有人，或是所有人打败怖军一人。（19）但愿为崇高事业祝福的众天神护佑我完成这独一无二的事业！但愿此时诛敌者阿周那立即赶来，犹如祭祀中一经唤请便立时赶到的天帝释。（20）看哪！婆罗多族的军队正在溃退。这些人中因陀罗为何逃窜？显而易见，是人中翘楚、睿智的左手开弓者（阿周那）迅速用阵阵利箭将这支军队覆盖。（21）看哪！除忧啊！那些正在战场上奔逃的敌军的旗幡、大象、马匹和大群的步兵。看哪！那些被利箭和标枪打得溃不成军的战车和车兵们，车夫啊！（22）那边，胜财（阿周那）频频发射着雷杵般凶猛的孔雀金羽箭，大肆杀戮俱卢族军队。（23）那些车、马和象奔逃着，践踏着一群群步兵。所有的俱卢族人都惊慌失措，夺路而逃，宛若一群被森林大火吓坏了的大象。战场上响起一片哀号声，除忧啊！那些象王也发出巨大的吼声。（24）

除忧说：

般度之子啊！你所有的愿望都实现了。但见猿猴旗幡在象军之中飘扬。我还看到，甘狄拨神弓犹如乌云中的闪电闪闪发光。（25）从各个方向都能看到位于胜财（阿周那）的旗帜顶端的猿猴旗徽；镶在他的头冠上的那颗神奇宝珠更是有如太阳熠熠生辉。（26）看哪！在他的身旁是那只声音嘹亮、色泽如同白云的天授螺号。而遮那陀那（黑天）正手执缰绳，长驱直入敌军阵中。（27）看哪！遮那陀那身旁的那只飞轮灿若阳光，轮毂坚固如金刚，边缘锋利似剃刀。这只飞轮使美发者（黑天）美名远播，始终受到雅度族人敬拜。看哪！英雄啊！（28）

怖军说：

你告诉我阿周那到来的喜讯，御者啊！令我兴奋不已。因此，我要赐给你十四座富庶的村庄，一百名女奴和二十辆车，除忧啊！（29）

以上是吉祥的《摩诃婆罗多》中《迦尔纳篇》第五十四章(54)。

五五

全胜说：

听到战场上传来的战车声和狮子吼，阿周那对乔宾陀（黑天）说："快马加鞭！"（1）听罢阿周那的话，乔宾陀（黑天）对阿周那说："我这就快速前往怖军那里。"（2）

阿周那乘着装饰有黄金珠宝网幔、体色如同雪白海螺的骏马驾的车，为了胜利向前挺进，恰似手执金刚杵的天王（因陀罗）为了诛灭瞻婆，愤怒地向前挺进。（3）此时，敌军中的许多人中雄狮带着大批的车、马、象和步兵，伴随着震动天地四方的弓箭声、车轮声和马蹄声，怒气冲冲地向伽耶（阿周那）发起了进攻。（4）于是，在他们与普利塔之子之间爆发了一场毁灭身体、生命和罪愆的恶战，一如众阿修罗与胜利者魁首、天神毗湿奴之间为了争夺三界的统治权而展开的那场大战。（5）有冠者（阿周那）孤身奋战，用许多剃刀箭、月牙箭和锋利的箭，以种种手法击断那些敌人射来的各式武器，砍下他们的头颅和手臂不计其数。（6）无数华盖、拂尘、旗帜、马匹、车辆、步兵和大象纷纷倒在地上，或破碎，或变形，仿佛是遭到风暴袭击后的森林，一片狼藉。（7）那些身披金网幔、插有旗帜幡幢、乘坐着武士的大象，通体遍布金羽箭，犹如一座座燃着火焰的山峰，放射着光芒。（8）

阿周那以因陀罗的金刚杵般的利箭击溃大量象、车和马后，又迅速出击，想要杀死迦尔纳，俨若从前因陀罗想要撕裂勃罗。（9）于是，克敌制胜者啊！人中之虎大臂者（阿周那）冲入车夫之子（迦尔纳）的军队，宛若一头鲨鱼冲入大海。（10）一看到那位般度之子，国王啊！你的武士们立即伙同战车、步兵以及大批的战象和战马从四面八方向他扑了过来。(11)他们冲向普利塔之子时,发出吼叫,仿佛大海中的浪涛发出咆哮。(12)那些大勇士犹如一群猛虎,纷纷冲向那位人中之虎,与他交战,完全把生死置之度外。(13)他们向前冲着,放出一阵又一阵箭雨,而阿周那歼灭这支军队,恰似一阵狂风卷走漫天的云彩。(14)那些能征善战的大弓箭手联合起来,集结大批战车,发射大量利箭,向阿周那展开猛烈的进攻。(15)接着,阿周那放箭无数,将成千成千的车、象和马送往阎摩府。(16)那些大勇士在战斗中遭到普利塔之子的弓射出的利箭杀戮,吓得四处躲藏。(17)阿周那用利箭,将他们中的四百名英勇奋战的大勇士送往阎摩府。(18)那些大勇士在战斗中遭到各种类型的利箭打击,个个惊悚不已,纷纷避开阿周那,向各方逃逸。(19)那些前锋部队的大勇士溃逃时发出震天的呼喊声,仿佛滚滚洪流撞击大山时,惊涛飞溅发出的轰鸣声。(20)

在用利箭重创那支军队,将他们击溃后,普利塔之子阿周那又向车夫之子(迦尔纳)的军队挺进,陛下啊!(21)他向敌人冲去时,发出巨大的响声,一如从前大鹏金翅鸟扑向蛇时发出的响声。(22)听到那响声,大力士怖军欣喜若狂,渴望着能够见到普利塔之子。(23)一听到普利塔之子的到来,大王啊!威风凛凛的怖军立即奋不顾身地开始歼灭你的军队。(24)威风凛凛的风神之子怖军如风一般有力,似风一般迅猛。他像风一样在你的军队中左冲右突。(25)王中之王啊!你的军队在他的猛击之下,民众之主啊!立时乱了阵脚,犹如一条破船,大王啊!在大海中颠簸打转。(26)此时,怖军展现着敏捷的身手,以阵阵猛烈的利箭射击那支敌军,将他们送往阎摩府。(27)在战斗中目睹怖军超人的力量,婆罗多子孙啊!将士们个个心惊胆战,好似世界末日来临,众生见到死神的超凡力量。(28)

眼见自己强大的军队遭到怖军如此折磨,婆罗多子孙啊!难敌王便发了话。(29)在战斗中,婆罗多族雄牛啊!那位大弓箭手向全体武士和士兵们发布命令:"杀死怖军!我认为,一旦杀死了怖军,也就意味着敌人的全军覆灭。"(30)

接受你儿子的命令后,国王们从四面八方发射阵阵箭雨,将怖军覆盖。(31)国王啊!许多大象、渴望获胜的人们、大批的战车和战马,王中之王啊!将狼腹(怖军)团团包围。(32)国王啊!如同众星捧月,那位英雄、婆罗多族魁首被那些英雄的武士从四面包围,显得神采奕奕。(33)此时,在战斗中,大王啊!那位相貌英俊的人中翘楚看上去与维阇耶(阿周那)毫无二致。(34)在那里,全体国王发射阵阵箭雨。这些凶猛的武士个个气得双眼血红,恨不得立即杀死狼腹(怖军)。(35)而怖军在交战中用许多弯头箭突破敌军阵线,冲出重围,俨如鱼儿冲破鱼网后又遨游水中。(36)怖军消灭了一万头永不退缩的大象,二十万零二百名士兵,婆罗多子孙啊!(37)以及五千匹战马,并摧毁了一百辆战车。经过这场屠杀,怖军使战场上血流成河。(38)鲜血是河水,战车是旋涡,大象是遍布其间的鲨鱼,人是鱼儿,马是鳄鱼,而毛发是水草和苔藓。(39)被砍下的臂膀是一条条大蛇,许许多多珠宝被河水冲走。大腿是鳄鱼,骨髓变成淤泥,头颅成了遍布河中的石块。(40)弓是迦舍草①,箭穿插其间,铁闩和铁杵成了河床。在战斗中,这条河带着大群大群的战士,流向阎摩府。(41)那人中之虎刹那间就造成这条血河,仿佛是那条可怕的吠多罗尼河,心智不成熟的人无法渡过。(42)般度之子、战车武士之魁首冲向哪里,就使哪里的战士们成百成千地倒地毙命。(43)

目睹怖军在战斗中取得如此业绩,大王啊!难敌便对沙恭尼说:(44)"舅舅啊!请你击败大力士怖军!我认为,一旦打败他,也就打败了般度之子的整个大军。"(45)

于是,大王啊!威风凛凛的妙力之子(沙恭尼)在众兄弟簇拥下,冲上前去投入一场恶战。(46)与怖军遭遇后,那位英雄截住英勇骇人的怖军,仿佛是海岸挡住了海涛。怖军受到阻截,也用许多利箭回击他。(47)王中之王啊!沙恭尼向怖军射出数支在石上磨尖的金羽铁箭,射中他的左胸。(48)那些苍鹭和孔雀羽毛箭穿透那位灵魂高尚者的金铠甲,王中之王啊!深深刺入他的体内。(49)在交战中被深深刺伤的怖军却倏地向妙力之子射去一支镶金利箭,婆罗多子孙啊!(50)然而,镇伏敌人的大力士沙恭尼手疾眼快,国王啊!将飞到面前的那支可怕利箭击为百节。(51)那支断箭落到地上,民众

---

① 一种用以编织席子、苫盖屋顶的草。

之主啊！怖军勃然大怒。但他仿佛微笑着，用一支月牙箭击断了妙力之子的弓。（52）威风凛凛的妙力之子丢弃那张断弓，又飞快地拿起另一张弓和十六支月牙箭。（53）大王啊！他向怖军的车夫和怖军分别射去四支和五支弯头月牙箭。（54）妙力之子用一支箭击断他的旗幡，用两支箭射断华盖，民众之主啊！又用四支箭射中他的四匹马。（55）于是，大王啊！威风凛凛的怖军暴跳如雷，在交锋中，他又掷出一支金杆铁头标枪。（56）但见怖军亲手掷出的那支标枪犹如毒蛇的舌头，迅速游动，落到灵魂高尚的妙力之子的战车上。（57）于是，沙恭尼怒不可遏，抓起那支镶金标枪又向怖军扔了回去，民众之主啊！（58）那支标枪穿透灵魂高尚的般度之子的左臂后，又落到地上，仿佛是一道闪电自天而降。（59）此时，大王啊！四面八方响起了持国诸子的吼声，而怖军无法忍受英雄们的狮子吼。（60）那位大勇士、大力士又迅速握住上了弦的弓，王中之王啊！奋不顾身地投入战斗，刹那间就用无数支箭覆盖妙力之子的军队。（61）接着，英勇的怖军又迅速杀死沙恭尼的四匹马和车夫，民众之主啊！并用一支月牙箭射断他的旗幡。（62）那位人中翘楚飞身跳下马匹倒毙的战车，站在地上。他喘着粗气，气得双眼血红，将弓弦拨得嘣嘣作响。国王啊！他从四面八方向怖军射去许多利箭。（63）但是，威风凛凛的怖军迅速回击，怒气冲冲地击断了沙恭尼的弓，又向他发射多支利箭。（64）那位敌人的折磨者被强大的敌人深深刺伤，倒在地上，奄奄一息，人中之主啊！（65）看到沙恭尼昏迷不醒，民众之主啊！你的儿子就在怖军的眼皮底下，用自己的车载着他驶离了战场。（66）

人中之虎沙恭尼被接到战车上时，持国诸子极端惧怕怖军，纷纷掉头逃窜，奔向四面八方。（67）妙力之子被执弓的怖军击败，国王啊！你的儿子难敌吓得魂飞魄散。为了救护舅父，他快马驾车驶离战场。（68）眼见自己的国王撤离了战场，婆罗多子孙啊！你的各路军队纷纷抛开各自的对手，向各个方向逃逸。（69）看见超群绝伦的战车武士持国诸子纷纷掉头逃遁，怖军立即穷追猛打，向他们放箭无数。（70）那些遭到怖军杀戮而转身逃跑的持国诸子全都来到迦尔纳那里，国王啊！他们驻足围绕在他的身旁，而那位大英雄、大力士也就成了他们的庇护者。（71）国王啊！仿佛是一条破船上的船夫们，人中之虎啊！终于登上了一座海岛，获得新生。（72）同样，来到迦尔纳身旁后，婆罗多族雄牛啊！你的军队互相安慰，欣喜万分，国王啊！他们重返战场，与敌人决一死战。（73）

以上是吉祥的《摩诃婆罗多》中《迦尔纳篇》第五十五章(55)。

五六

持国说：

那么，我军在交战中被怖军击溃时，难敌和妙力之子（沙恭尼）说了些什么？全胜啊！（1）胜利者之俊杰迦尔纳或我军那些参战的武士，慈悯、成铠、德罗纳之子和难降说了些什么？（2）我认为般度之子的勇气极其惊人，而罗陀之子（迦尔纳）也恪守誓言，完成了武士应尽的职责。（3）诛敌者迦尔纳是全体俱卢族人的欢乐、守护者、支柱和生命的希望，全胜啊！（4）目睹自己的军队被威力无限的贡蒂之子击溃，罗陀和升车之子迦尔纳在战斗中做了些什么？（5）我的难以战胜的儿子们和那些王族大勇士们又做了些什么？把这一切全都告诉我吧！因为你善于叙述，全胜啊！（6）

全胜说：

在下午，大王啊！威风凛凛的车夫之子（迦尔纳）在怖军的眼前消灭所有的苏摩迦族人，而力大过人的怖军也摧毁持国之子的军队。（7）眼看自己的军队被足智多谋的怖军打得四散而逃，迦尔纳便对御者沙利耶王说："把我带到般遮罗人那里去！"（8）于是，摩德罗国王、大力士沙利耶赶着那些速度极快的白马，前往车底人、般遮罗人和俱卢人所在的地方。（9）敌军的折磨者沙利耶王深入敌军之后，高高兴兴地赶着马儿前往统帅迦尔纳想要去的每一个地方。（10）看到那辆覆盖着虎皮、好似云朵的战车，般度族和般遮罗族人都惊恐不已，民众之主啊！（11）接着，似雷鸣，如山崩，在大战中响起隆隆车声。（12）随即，迦尔纳将弓拉至耳畔，射出成百成百支锋利的箭，消灭成百成千般度族军队的士兵。（13）

正当他在战斗中建立非凡的功绩，般度族的大弓箭手、大勇士们已将他团团包围。(14)束发、怖军、水滴王之孙猛光、无种和偕天、德罗波蒂五子以及萨谛奇将罗陀之子（迦尔纳）团团包围。他们一心要杀死他，向他倾泻阵阵箭雨。(15)尔后，在交战中，勇敢的人中翘楚萨谛奇向迦尔纳连发二十支利箭，射中他的锁骨。(16)在战斗中，束发向迦尔纳发射二十五支箭，猛光发射五支，德罗波蒂五子六十四支，偕天七支，无种一百支。(17)而愤怒的大力士怖军在交锋中向罗陀之子（迦尔纳）一连射出九十支弯头箭，射中他的锁骨。(18)

然而，杰出的大力士升车之子（迦尔纳）笑了笑，拉开他那张威力无比的弓，发射利箭，折磨敌手。罗陀之子（迦尔纳）向他们每人回击五箭。(19)那人中雄牛射断了萨谛奇的弓和旗幡，又以九箭射中他的胸口。(20)而愤怒的怖军向迦尔纳连发三十箭，陛下啊！那敌人的镇伏者又用三箭射击他的车夫。(21)仅仅是眨眼之间，人中雄牛（迦尔纳）就使德罗波蒂五子丧失了战车，这仿佛是奇迹。(22)在以自己那些弯头箭迫使所有那些英雄退出战斗后，英勇的迦尔纳又开始杀戮般遮罗人和车底国的大勇士们。(23)然而，那些在战斗中遭到杀戮的车底人和摩差人，民众之主啊！仍然纷纷冲向孤身奋战的迦尔纳，向他身上泼洒阵阵箭雨，而大勇士车夫之子（迦尔纳）也以无数利箭杀伤他们。(24)我亲眼目睹了迦尔纳创造的这种奇迹，婆罗多子孙啊！威风凛凛的车夫之子（迦尔纳）在战斗中独自面对众勇士。(25)他用利箭狙击手执弓箭、奋力拼杀的般度族英雄们，大王啊！(26)在那里，婆罗多子孙啊！灵魂高尚的迦尔纳敏捷轻巧的身手令一切天神、悉陀和至尊的仙人深感满意。(27)大弓箭手持国诸子也都对这位最优秀的战车武士、一切弓箭手之魁首、人中翘楚迦尔纳充满敬意。(28)

接着，大王啊！犹如夏季的一场熊熊大火焚毁一堆干草，迦尔纳又开始摧毁敌军。(29)般度族军队的士兵们遭到迦尔纳杀戮，个个心惊胆战，只要在战场上一见到这位大力士，便四处逃窜。(30)在大战中，般遮罗人遭到迦尔纳的威力无比的弓发出的无数利箭杀戮，发出一片巨大的哀号声。(31)那喊声使般度族大军惊恐万状。在那里，就连敌人们也认为在战斗中只有迦尔纳一人是武士。(32)

接着，敌人的折磨者罗陀之子（迦尔纳）又在那里创造了一个非凡的奇迹，使得全体般度族人甚至不敢正眼看他。（33）正如滚滚洪流一与大山撞击便浪花四溅，般度族军队一与迦尔纳遭遇便分崩离析。（34）在战斗中，大臂者迦尔纳，国王啊！如同一团熊熊燃烧的无烟烈火，焚毁着般度族大军。（35）这位英雄，大王啊！以轻巧的箭法，射下了许多英雄的头颅、坠着耳环的耳朵和臂膀。（36）国王啊！无数象牙柄宝剑、旗帜、标枪、马匹、大象、各种车辆、旗幡和扇子，（37）各式各样的车轴、辕杆、车轭、车轮和缰绳，都被恪守武士誓言的迦尔纳击得粉碎。（38）在那里，婆罗多子孙啊！被迦尔纳杀死的大象和马匹尸横遍野，大地无路可走，遍布泥泞的血肉。（39）大地布满倒毙的马匹、步兵、大象和毁坏的车辆，无法辨清哪里是平地，哪里高低不平。（40）迦尔纳的武器大显威力，密集的箭雨制造恐怖的黑暗，以致双方的战士们彼此无法分清敌我。（41）从罗陀之子（迦尔纳）的弓中发射出的无数镶金利箭，大王啊！将奋力拼杀的般度族大勇士们完全覆盖。（42）这些般度族大勇士尽管奋力作战，大王啊！却再三被迦尔纳击溃。（43）犹如森林中一头愤怒的狮子追击一群鹿，声名显赫的迦尔纳在战斗中打得那些武士四处奔逃。他追赶那支军队，恰似狼追赶一群弱小的野兽。（44）

看到般度族军队掉转头逃跑，大弓箭手持国诸子发出可怕的吼声，向他们扑去。（45）难敌欣喜若狂，王中之王啊！高兴地命令各处鼓乐高奏。（46）虽然一再被击溃，般遮罗族大弓箭手们再次返回战场。这些英勇的人中翘楚重新投入战斗，决一死战。（47）然而，镇伏敌人的人中雄牛罗陀之子（迦尔纳），大王啊！又不止一次地将那些重返战斗的勇士们击溃。（48）在那里，婆罗多子孙啊！迦尔纳怒气冲冲，一连杀死了二十名般遮罗车兵和一百多名车底国战士。（49）婆罗多子孙啊！他造成车座上和马背上空无一人，象颈上失去象兵，步兵们四处逃窜。（50）镇伏敌人的迦尔纳如同正午的太阳令人不敢凝视；暴戾的车夫之子（迦尔纳）又好似活阎王四处巡游。（51）这样消灭了大批的人、马、车和象之后，大王啊！敌众的消灭者大弓箭手迦尔纳停了下来。（52）仿佛是强大的死神毁灭众生后停住了脚步，那位大勇士歼灭苏摩迦人后独自站在那里。（53）

在那里，我们也看到另一个奇迹，般遮罗人的英雄气概。尽管遭到迦尔纳杀戮，他们决不从战斗的最前方撤离。（54）与此同时，国王、难降、有年之子慈悯、马嘶、成铠和妙力之子沙恭尼也都成百成千地歼灭着般度族军队。（55）迦尔纳的两个儿子，王中之王啊！那一对真正英勇的兄弟，也在各处消灭强大有力的般遮罗人。在那里，战斗已变为一场残忍的大屠杀。（56）同样，勇敢的般度族武士猛光、束发和德罗波蒂五子也怀着满腔怒火，杀戮着你的军队。（57）就这样，般度族人在战场上四处被歼，而你的军队在战斗中与大力士怖军遭遇，也损失惨重。（58）

以上是吉祥的《摩诃婆罗多》中《迦尔纳篇》第五十六章（56）。

五七

全胜说：

在那场大战中，大王啊！阿周那已经击溃各路敌军，也看到了怒火冲天的车夫之子（迦尔纳）。（1）他已经使大地血流成河，河中布满肉、骨头和骨髓。然后，人中雄牛啊！他对婆薮提婆之子（黑天）说了这一番话：（2）"那边，黑天啊！可以看到车夫之子（迦尔纳）的旗帜正在战斗中迎风招展，怖军等人正与敌方的大勇士们交战；而那边，般遮罗人正被迦尔纳吓得望风而逃，遮那陀那啊！（3）那边，难敌王在光华四射的白色华盖的遮盖下，与迦尔纳一起追击溃逃的般遮罗人，因而大放异彩。（4）那些受到车夫之子（迦尔纳）保护的武士慈悯、成铠和大力士德罗纳之子护卫着难敌王。倘若我们现在不去攻打他们，他们就要灭掉苏摩迦人。（5）那里，黑天啊！精通驭马执缰之术的沙利耶王正坐在车座上为车夫之子（迦尔纳）驾车，显得神采奕奕。（6）今天，我不在战斗中杀了大勇士迦尔纳，我决不返还！因此，我希望你这就把车赶到他那里去。（7）否则，罗陀之子（迦尔纳）就会在我们的眼皮底下，在战斗中将普利塔诸子和斯楞遮耶族大勇士们一个不剩地消灭干净，遮那陀那啊！"（8）

于是，美发者（黑天）立即驱车向你的军队进发，以便让左手开弓者（阿周那）与大弓箭手迦尔纳进行一场一对一的决斗。（9）大臂的诃利（黑天）奉般度之子之命驾车前行，鼓舞了各处般度族军队的士气。（10）战场上四处回响着般度之子的战车声，恰似婆薮之主（因陀罗）金刚杵的雷鸣声，又如滚滚洪流的轰鸣声，陛下啊！（11）伴随着巨大的战车声，真正英勇、灵魂无限的般度之子维阇耶（阿周那）来到了你军阵前。（12）

摩德罗国王看到白马驾车、黑天为御者的阿周那来到面前，又瞥了一眼那位灵魂高尚者的旗帜，就对迦尔纳说：（13）"你打听的那个人，用白马套车、以黑天为御者的战车武士，迦尔纳啊！一路作战杀敌，来到我们这里。（14）这位贡蒂之子手持甘狄拨神弓站在那里。如若今天你能杀死他，那就是我们大家的福祉。（15）阿周那迅速歼灭着大批敌人，持国之子的军队出于对他的恐惧，向各方逃散。（16）胜财（阿周那）驱散我军所有的其他将士，正在飞速前进。看他那斗志昂扬的样子，我想，他是要来向你挑战的。（17）看到狼腹（怖军）遭受打击，普利塔之子心中怒火燃烧。除你之外，他无心停下与任何人交战。（18）目睹法王（坚战）身负重伤，失去战车，又见到束发、萨谛奇和水滴王之孙猛光，（19）德罗波蒂五子、瑜达摩尼瑜、优多貿阇、无种和偕天俩兄弟的情况，（20）普利塔之子气得双眼血红，敌人的镇伏者啊！他愤怒至极，恨不得杀尽所有的弓箭手。此刻，他单独飞车向你驶来。（21）毫无疑问，他避开了其他的将士，快速向我们冲来。迦尔纳啊！你上前与他交战吧！因为除你之外，没有哪个弓箭手是他的对手。（22）依我看，在这个世界上，除了你以外，没有一个弓箭手能够在战斗中与潮水般来势凶猛的愤怒的阿周那抗衡。（23）我看他的侧翼和后部都无人保护，独自一人向你冲来。你自己可要抓住这个成功的机会！（24）只有你能战胜这两个黑王子。这是你肩负的重任，罗陀之子啊！向胜财（阿周那）冲过去吧！（25）你如同毗湿摩、德罗纳、德罗纳之子和慈悯，是能与左手开弓者（阿周那）相匹敌的战车武士。因此，上前击退这位般度之子吧！（26）迦尔纳啊！你杀死胜财（阿周那）吧！犹如杀死吐信的毒蛇，吼叫的雄牛，雄踞林中的猛虎。（27）那些持国之子军中的国王和大勇士们，在战斗中被阿周那吓得不顾一切地飞奔而逃。（28）现在，除了你以外,英雄啊!没有任何人能在战斗中驱除那些临阵逃跑的人们心头的恐惧,车夫之子啊!(29)在战斗中,所有这些俱卢族人都把你视作他们的避难所,人中之虎啊!他们依赖你,渴望得到你的保护。(30)你依靠勇气战胜了难以战胜的毗提诃人、安波私咤人、甘波阇人、那伽那吉人以及犍陀罗人。(31)罗陀之子啊!拿出这种勇气,上前迎战般度之子有冠者(阿周那)和他钟爱的苾湿尼族婆薮提婆之子(黑天)!"(32)

迦尔纳说:

你恢复了自己的本色,沙利耶王啊!与我的想法一致。大臂者啊!你显出对胜财(阿周那)毫无畏惧。(33)今天,你看看我双臂的力量,再见识一下我高强的武艺。今天,我独自一人就能灭掉般度族大军。(34)我实话对你说:若不在战斗中诛灭那两位英雄的人中之虎黑王子,我决不离开战场!(35)或者,我被他们两人杀死后长眠不醒,因为胜败乃兵家常事。今天不论是我杀了他俩还是我被杀,我都将达到目的。(36)我们听说,人世间没有诞生过像阿周那那样优秀的战车武士,而我就要在大战中同这位普利塔之子交手。等着见识我的英雄气概吧!(37)那位战车武士魁首、俱卢族王子正由快马驾车载着,驰骋在战场上。或许,今天他会引我走上覆灭之路。然而,一旦我迦尔纳死了,所有的人也就难逃灭顶之灾。(38)这位王子的一双粗大的手臂从不出汗,从不颤抖,上面长满疤痕。般度之子武器强大,武艺高超,出手敏捷,哪个武士都无法同他相比。(39)他拿起多支苍鹭羽毛箭,仿佛只发出一箭似的,瞬间便将它们统统射出,射翻许多国王。这些箭能射出一迦娄沙①远,百发百中。普天之下,有哪位武士能与他相提并论?(40)

无与伦比的战车武士般度之子与黑天结伴,在甘味林中博得了火神的欢心,于是在那里,灵魂高尚的黑天得到飞轮,而左手开弓者般度之子得到甘狄拨神弓。(41)那斗志昂扬的大臂者又从火神那里得到套着白马、发出巨响的战车,两只取之不尽的神奇大箭筒以及许多天神的兵器。(42)在因陀罗天界中,他杀死无数提迭和所有的迦罗

---

① 一迦娄沙约等于两英里。

盖耶,得到了天授螺号。普天之下,有谁能超过他?(43)威力巨大的阿周那以出色的战斗直接博得大神(湿婆)的欢心,得到了兽主法宝。这件武器强大可怕,足以毁灭三界。(44)聚集在那里的护世天王们分别赠给他一些威力无边的武器。那位人中雄狮利用这些武器,很快就在战斗中诛灭联手作战的名为迦罗康迦的众阿修罗。(45)在毗罗吒城,他以一乘战车,就击败了我们全体联合作战的武士。在战斗中,他不仅掠走大群的牛,还抢走大勇士们的衣裳。(46)今天,我就要向这位阿周那挑战。他具有英雄的各种美德,又与黑天结伴,得到威力无比的美发者(黑天),亦即盖世无双的那罗延保护。(47)灵魂高尚的婆薮提婆之子(黑天),又名毗湿奴或吉湿奴,手持螺号、飞轮和宝剑,他的功德,让一切世界说上一万年也说不完。看见这两位黑王子并肩同乘一辆战车,我也不禁心生恐惧。(48)这两位大勇士作战英勇,武艺高超,武器强大,身体强健。像颇勒古拿(阿周那)和婆薮提婆之子(黑天)这样两位英雄,除了我以外,还有谁能与他们交手?沙利耶王啊!(49)今天这一战不是我将他们两人击倒,就是两位黑王子将我灭掉!

诛敌者迦尔纳一边对沙利耶王这样说着,一边在战斗中发出云中雷鸣般的吼声。(50)

迦尔纳来到你儿子面前,与他相见,接受了他的敬意。然后,迦尔纳对俱卢族的众英雄豪杰,包括两位大臂武士慈悯和安乐国王成铠,犍陀罗国王(沙恭尼)和他的弟弟,教师之子马嘶,他自己的弟弟以及全体步兵、骑兵和象兵说:(51)"大家立即向不退者(黑天)和阿周那发起进攻,从各个方向围堵他们,使他们很快精疲力竭。这样,我今天就可以轻而易举地杀死那两个被诸位打得遍体鳞伤的武士了,诸位国王啊!"(52)

那些英雄豪杰一心要杀死阿周那,说道:"好吧!"立刻向阿周那冲了过去。阿周那在战斗中吞噬他们,犹如大海吞纳百川。(53)敌人们看不清他何时挽弓搭箭,何时射出那些利箭,但见大批的人、马和象遭到胜财(阿周那)的利箭袭击,纷纷倒地身亡。(54)仿佛有眼疾的人不敢凝视太阳,此时俱卢族人也不敢正视伽耶(阿周那)。

利箭是他的光辉，甘狄拨神弓是他美丽的日轮，威力如同世界末日的太阳。（55）慈悯、安乐国王和你的儿子难敌本人都向他冲去，发射着阵阵箭雨。而在激战中，那般度之子也奋力射出无数利箭，将那些武艺精湛、渴望杀死他的武士快速射来的利箭一一击断，又向他们每人迅速放箭三支，射中他们的胸部。（56）阿周那俨若一轮骄阳，以利箭为强烈的光芒，拉满的甘狄拨神弓为日晕，灼烤着敌人，恰似盛夏时节带有光环的炎炎烈日，将世界烤焦。（57）

此时，德罗纳之子（马嘶）向胜财（阿周那）射去十支利箭，向不退者（黑天）射去三支，向四匹马射去四支，又向猿猴旗徽泼洒许多精良铁箭。（58）同样，胜财（阿周那）也以箭还击，用三箭将德罗纳之子手中拉满的弓，一支剃刀箭将车夫的头颅，四箭将他的四匹马，三箭将他的旗幡，统统从他的车上射到地上。（59）马嘶勃然大怒，又拿起另一张镶着钻石黄金、灿若多刹迦身体的坚弓，犹如从大山上抓起一条巨蛇。（60）品质优秀的德罗纳之子将自己的武器放在地上，上好弓弦，从近处向那两位并肩作战、难以征服的人中翘楚射去无数支利箭。（61）接着，慈悯、安乐国王和你的儿子难敌都冲向阿周那，恰似大团大团的乌云向太阳奔涌。而普利塔之子用许多利箭，击中慈悯的带箭之弓、马匹、旗幡和车夫。（62）威风凛凛的阿周那又放出阵阵箭雨，击断正在咆哮的你儿子的旗和弓，还杀死成铠的那些骏马，随后又射断他的旗幡。（63）接着，他又迅速摧毁你军的象、马和车，连同骑手、弓和旗帜。于是，你的大军顷刻之间即被击溃，好似大坝被洪水冲垮。然后，美发者（黑天）又迅速驾着阿周那的战车，将饱受折磨的敌军置于自己的右侧。（64）

此时，其他求战心切的大勇士们也乘着战旗高高飘扬的装备精良的战车，紧随着胜财（阿周那）冲上前来。而胜财（阿周那）飞速前进着，仿佛百祭（因陀罗）急于诛灭弗栗多。（65）大勇士束发、悉尼之孙（萨谛奇）、双生子无种和偕天泼洒着箭雨，拦截前往胜财（阿周那）战车附近的那些敌人。他们边用利箭消灭敌人，边发出阵阵可怕的怒吼。（66）于是，俱卢族英雄与斯楞遮耶人双方怒气冲冲地交战，彼此用无数锐利猛烈的箭打击对方，犹似昔日众阿修罗与天神魁首们交锋。（67）那些渴望获胜和急于前往天国的象兵、骑兵和车兵很快倒在地上,敌人的镇伏者啊!他们高声呐喊,互相发射利箭,猛烈攻击对方。(68)在激战中,这些灵魂高尚的武士魁首互相泼洒箭雨,使得战场天昏地暗,四面八方都不见天日,国王啊!太阳的光辉笼罩在一片黑暗之中。(69)

以上是吉祥的《摩诃婆罗多》中《迦尔纳篇》第五十七章(57)。

五八

全胜说:

国王啊!贡蒂之子怖军遭到俱卢军队许多英雄豪杰的攻击,身陷重围,胜财(阿周那)想去解救他。(1)胜财(阿周那)粉碎车夫之子(迦尔纳)的军队,婆罗多子孙啊!用利箭将敌方的英雄们送往冥界。(2)只见他用多张箭网覆盖天空的各个部分,又用一阵紧似一阵的箭雨消灭你的军队。(3)他使群鸟飞翔的天空布满利箭,大王啊!胜财(阿周那)已变为俱卢族人的死神。(4)接着,普利塔之子又发射各种月牙箭、马蹄箭和磨得锃亮的铁箭,大量射伤敌人的肢体,砍下他们的首级。(5)战场上到处布满倒下的和正在倒下的战士们,他们有的肢体破碎,有的丢失铠甲,有的失去头颅。(6)胜财(阿周那)的利箭击毁无数车、马、人和象,国王啊!使得战场看上去好似冥界的大吠多罗尼河。(7)大地上遍布破碎的辕杆、车轮和车轴,有马驾驭或无马驾驭、车夫活着或车夫已死的战车。(8)四百头身披铠甲、训练有素、经常发情的大象,身上骑着披挂金甲、佩戴金饰的武士,在愤怒的象手们的驱策下,愤怒地冲向阿周那。(9)然而,它们在有冠者(阿周那)阵阵箭雨的打击下,纷纷倒地,犹如一座座居住着生灵的高山顶峰坍塌下来。(10)大地布满被胜财(阿周那)的利箭射翻的巨象,宛若破开云层重现的太阳,阿周那的战车穿过这些大象尸体,出现在战场上。(11)颇勒古拿(阿周那)造成道路壅塞,到处是倒毙的象、人和马的尸体和各种支离破碎的车辆。许多能征善战的武士丧失了武器、战车和盔甲,丢弃了手中的各种兵器,倒在那里,命殒气绝。(12)阿周那拨动甘狄拨神弓的弓弦,发出巨大的声响，仿佛是天空中乌云爆发恐怖的霹雳声。（13）于是，俱卢军队在胜财（阿周那）利箭的猛击之下，土崩瓦解，俨若一艘大船被海上的风暴摧毁。（14）甘狄拨神弓发射出各式各样的致命利箭，如火炬，若流星，似闪电，焚毁着你的军队。（15）你的大军受到利箭的重创，犹如夜晚大山上一片燃烧的竹林，光彩熠熠。（16）在有冠者（阿周那）利箭的打击下，你的军队被粉碎，被焚毁，被击溃，被屠杀，向各个方向逃逸。（17）俱卢族人在左手开弓者（阿周那）的焚毁下，恰似大森林中被森林大火吞噬的一大群鹿，四处逃窜。（18）此时，俱卢军队所有将士纷纷撇开大臂者怖军，仓皇地从战斗中撤离。（19）将俱卢族人击溃之后，不可战胜的毗跋蓣（阿周那）来到怖军身旁，停留片刻。（20）颇勒古拿（阿周那）与怖军相见后，与他交谈，告诉他坚战身上的箭已经取出，身体很好。（21）

与怖军告别后，胜财（阿周那）继续前进，一路上战车发出惊天动地的声响，婆罗多子孙啊！（22）接着，十位可怕的敌人中的雄牛，亦即你的儿子难降的弟弟们将胜财（阿周那）团团包围。（23）那些凶残的武士跳舞般地挽弓放箭，折磨着他，仿佛一群猎人用火炬折磨一头大象，婆罗多子孙啊！（24）诛灭摩图者（黑天）立即驾车将他们置于自己的右侧。看到阿周那的战车转到另一个方向，那些英雄又迅速转身向他扑来。（25）普利塔之子①迅速放出许多铁箭和月牙箭，将那些攻上前来的武士的旗帜、战车和弓箭击落。（26）接着，他又用十支月牙箭，射下他们的首级。那些人头滚落在地面上，脸上有气得血红的双眼和紧咬着的双唇，宛若天上璀璨的群星。（27）用十支迅猛的金羽月牙箭杀死那十名佩戴金臂镯的俱卢族人后，诛敌者又继续前进。（28）

以上是吉祥的《摩诃婆罗多》中《迦尔纳篇》第五十八章(58)。

---

① 精校本编者认为这里的普利塔之子是指怖军，因为在婆罗多族大战中，是怖军杀死持国的所有儿子。

五九

全胜说：

看到以猿猴魁首为旗徽的阿周那乘着快马驾驶的战车前进，九十名俱卢族英雄的战车武士冲上前去与他交战。那些人中之虎将人中之虎阿周那团团包围。（1）然而，黑天不理会他们，驱赶着身佩金饰、身覆珠网的速度奇快的白马向迦尔纳的战车驶去。（2）看到诛敌者胜财（阿周那）向迦尔纳的战车进发，那九十名敢死队战车武士穷追不舍，并用密集的箭雨袭击他。（3）然而，阿周那用许多利箭，将这些飞速攻上前来的九十名英雄连同他们的车夫、弓弩和旗幡一并消灭。（4）他们在有冠者（阿周那）各式各样利箭的打击下，倒地身亡，一如一群功德已尽的悉陀连同他们的天车一起从天国坠落于地。（5）

接着，又有许多俱卢族人带着车、象和马，俱卢族翘楚啊！无所畏惧地向婆罗多族俊杰颇勒古拿（阿周那）发起进攻。（6）你儿子们的这支大军有着众多紧握武器、奋力拼杀的战士和许多巨象，然而，胜财（阿周那）挡住了他们。（7）俱卢族大弓箭手们用无数标枪、双刃剑、长矛、梭镖、棒槌、剑和箭覆盖俱卢后裔阿周那。（8）般度之子以自己的利箭击毁俱卢族人发射的铺天盖地的武器疾雨，恰似太阳以自己的光辉将黑暗驱除。（9）

遵照你儿子的命令，弥戾车人骑着一千三百头狂怒的大象，向普利塔之子的侧翼发起进攻。（10）他们向站在战车上的普利塔之子投射了无数倒钩箭、那利迦箭、铁箭、长矛、梭镖、标枪、摇头箭和飞镖。（11）而颇勒古拿（阿周那）微微一笑，以锋利的月牙箭和半月箭将这些象兵发射的兵器疾雨统统击毁。（12）他又用各种各样的上好利箭，击中所有那些大象及其旗帜和骑手，犹如因陀罗用雷杵将群山劈裂。（13）于是，那些身上插满金羽箭、戴着金项圈的巨象倒在地上，如同一座座燃烧着熊熊烈焰的高山。（14）接着，在无数人、马和象发出的哀嚎悲鸣声中，民众之主啊！又出现甘狄拨神弓发出的巨响。（15）那些被箭击中的大象四处逃窜，国王啊！那些骑手倒毙的马匹也向各个方向奔逃。（16）成千成千辆失去车夫和马匹的战车，大王啊！看上去宛若健达缚的城堡。（17）但见许多策马四处飞奔的骑手，大王啊！被普利塔之子的利箭射翻落地。（18）在那一刻，充分展示般度之子双臂的威力——他孤身作战，击败无数骑兵、象兵和车兵。（19）

然后，婆罗多族雄牛啊！怖军看到有冠者（阿周那）被俱卢族大军的车兵、骑兵和步兵团团包围，国王啊！（20）他舍弃他尚未消灭的你军战车武士的部分残余，国王啊！迅速冲向胜财（阿周那）战车所在的地方。（21）此时，你那遭到重挫的军队已经极度虚弱，正仓皇逃窜。看到这些，怖军前往弟弟阿周那那里。（22）于是，在大战中，镇定自若的怖军手执铁杵，消灭着已被阿周那歼灭大半的神速的敌军骑兵残部。（23）那铁杵犹如凶残恐怖的世界毁灭之夜，吞噬着大批的人、马和象，足以摧毁城墙、城楼和城门。（24）怖军挥舞着这根铁杵，迅速砸向敌军的人、马和象，杀死许多马匹和骑手，陛下啊！（25）般度之子用铁杵歼灭了许多披挂铁甲的人和马，使他们号叫着倒地殒命。（26）大力士怖军消灭了那支象军之后，又乘着自己的战车，跟随阿周那继续前进。（27）

你的大军受到武器围堵，大王啊！呆立在那里，士气极其低落，纷纷掉头逃跑。（28）看到那支军队畏缩不前，阿周那就用无数致命的利箭将他们覆盖。（29）在激战中，俱卢族军队的人、车、马和象受到阿周那的阵阵索命利箭的杀戮，发出痛苦的号叫声。（30）人们拼命哀号，相互挤作一团。此时，你的军队四处乱窜，犹如旋转的火轮。（31）利箭刺透战士们的铠甲，使他们个个鲜血淋漓。你的军队仿佛全都燃烧起来，俨若一片鲜花盛开的无忧树林。（32）

眼见左手开弓者（阿周那）骁勇善战，那里所有的俱卢族人对迦尔纳的存活失去希望。（33）在战斗中，俱卢族人被手执甘狄拨神弓的阿周那击败，认为无法抵御他的箭雨，从战场上撤退。（34）遭到利箭杀戮的俱卢族人，魂飞魄散，纷纷离开普利塔之子，奔向四面八方，一路呼唤车夫之子（迦尔纳）。（35）然而，普利塔之子紧紧追击他们，向他们射出成百成千支利箭，使得以怖军为首的般度族众武士欢欣鼓舞。（36）你的儿子们向迦尔纳的战车跑去，大王啊！仿佛是一群落入深不可测的大海的溺水者,正向一座海岛游去,而迦尔纳就是他们的救命之岛。(37)俱卢族人被持甘狄拨神弓者吓破了胆,大王啊!如同一群失去毒液的蛇,爬向迦尔纳寻求庇护。(38)犹如带有业障的一切众生惧怕死亡,婆罗多子孙啊!向正法寻求庇护,(39)同样,你的儿子们畏惧灵魂高尚的般度之子,人中之主啊!向大弓箭手迦尔纳寻求保护。(40)于是,迦尔纳对这些浑身箭伤、鲜血流淌、处境悲惨的武士们说:"不要害怕!到我这里来!"(41)看到你的军队被普利塔之子发威击溃,渴望杀敌的迦尔纳站在那里,将弓弦拉得嘣嘣作响。就在左手开弓者(阿周那)的眼皮底下,他又向般遮罗人冲了过去。(42)接着,刹那间,般度族的大地之主们就瞪着血红的双眼,向迦尔纳泼洒了无数利箭,好似层层乌云向大山倾泻滂沱大雨。(43)尔后,迦尔纳射出成千成千的利箭,陛下啊!又夺走大批般遮罗人的生命,众生魁首啊!(44)于是,在战斗中遭受为朋友而战的车夫之子(迦尔纳)杀戮的般遮罗人中,民众之主啊!响起了一片震天的号叫声。(45)

以上是吉祥的《摩诃婆罗多》中《迦尔纳篇》第五十九章(59)。

六〇

全胜说:

正当俱卢族人被白马驾车的阿周那击溃之时,国王啊!车夫之子迦尔纳却用他那强劲的利箭歼灭般遮罗族王子们,恰似一阵大风驱散重重云霭。(1)他用一支鼠嘴箭将镇群的车夫射翻于车下,又杀死了他的马匹。他又向百军和子月泼洒月牙箭,击断了他俩的弓。(2)接着,在战斗中,他连发六箭,射中猛光,又杀死了他右侧的马。车夫之子(迦尔纳)还杀死了萨谛奇的马匹,又诛灭羯迦夜国王子毗梭迦。(3)看到王子被诛,羯迦夜国统帅猛弓立即向迦尔纳之子妙军冲去,发射许多支迅猛的利箭。(4)这时,迦尔纳猛地发出三支半月箭,砍下猛弓的双臂和头颅。他命殒气绝,从车中栽到地上,犹如一棵沙罗树被斧子砍倒在地。(5)迦尔纳之子妙军如跳舞一般,发出许多笔直飞行的利箭,覆盖马匹毙命的悉尼族英雄,而他自己却身中悉尼之孙(萨谛奇)的箭倒下了。(6)眼见儿子身亡,迦尔纳怒火满腔,恨不得立刻杀死那悉尼族雄牛,便对他说:"你死定了!悉尼之孙啊!"随即向他射去一支足以致敌死命的利箭。(7)而束发却以三箭将那支箭击断,又以三箭射中迦尔纳。而迦尔纳用两箭射断束发的弓与旗,又放箭射击那位出身高贵的人。(8)这位凶悍而又镇定自若的英雄以六箭射中束发,又砍下猛光之子的首级。接着,灵魂高尚的升车之子(迦尔纳)又以一支利箭射伤子月。(9)

　　大战激烈进行,猛光之子殒命沙场,黑天在那里说道:"般遮罗人遭到灭绝,普利塔之子啊!去杀死迦尔纳!"王中雄狮啊!(10)于是,在这恐怖的时刻,那臂膀强健的人中翘楚微笑着,怀着解救那些遭到重挫的般遮罗人的愿望,乘着战车之王向升车之子(迦尔纳)的战车飞驰而去。(11)他拉动着发出巨响的甘狄拨神弓,使弓弦猛烈地击打着自己的手掌。顷刻间,他发出的利箭就造成一片黑暗,歼灭了大量的象、马、车和人。(12)怖军驾车跟在他的身后,保卫着这位般度之子、盖世无双的英雄。这两位王子一路冲破敌人的重重围堵,飞车驶向迦尔纳所在的地方。(13)

　　与此同时,车夫之子(迦尔纳)投身于一场歼灭苏摩迦人的大战,摧毁了无数的车、马和象,用密集的箭雨覆盖四面八方。(14)优多贸阇、镇群、愤怒的瑜达摩尼瑜、束发和水滴王之孙(猛光)一起,高声呐喊着,向迦尔纳射去大批利箭。(15)尽管那五位相貌英俊的般遮罗战车武士联合向日神之子迦尔纳发起猛攻,却无法撼动他,使他从车上跌下,就像感官诱惑无法动摇灵魂纯洁的人。(16)而迦尔纳放出阵阵箭雨,迅速击毁他们的弓、旗帜、幡幢、马匹和车夫,又连发五箭,射中那五名武士,随即发出狮子般的吼声。(17)迦尔纳手不离弓弦和箭,不断放箭消灭敌人,世人无不忧心忡忡,生怕他的弓弦发出的巨响,会将大地连同山峦林木一并震裂。(18)升车之子(迦尔纳)拉满那张大弓,宛若天帝释的弓,不断射出利箭,仿佛是一轮光芒四射的太阳,在战场上闪耀光辉。(19)迦尔纳连发十二支利箭,射中束发,六箭射中优多贸阇,三箭射中瑜达摩尼瑜,又分别向苏摩迦王(镇群)和木柱王之子(猛光)各发三箭。(20)

那五位歼灭敌人的大勇士在恶战中被车夫之子（迦尔纳）击败,陛下啊!悲伤地站在那里,犹如感官诱惑被意志坚定的人征服。(21)然后,犹如一些船上的人将那些沉船的商人从海里搭救到自己的船上,德罗波蒂五子也用装备精良的战车,将沉没在迦尔纳之海中的五个舅舅解救出来。(22)

接着,悉尼族雄牛萨谛奇用许多利箭,击断迦尔纳射来的无数支箭,又用多支铁制利箭击中迦尔纳,还向你的长子射去八箭。(23)于是,慈悯、安乐国王、你的儿子以及迦尔纳本人立即以利箭反击。那雅度族魁首与他们四人展开激战,俨若提选王大战四方守护神。(24)但见萨谛奇拉满了弓,随着弓弦嘣嘣作响,倾泻出无数箭雨,根本无法抵挡,正如秋季正午的太阳。(25)尔后,在大战中,那些敌人的征服者,身披坚甲的般遮罗族战车武士又驱车前来保护悉尼族魁首,犹如众风神在征服敌人的战斗中护卫天帝释。(26)接着,你的敌人与你的军队之间爆发一场可怕的大战,大批车、马和象遭到毁灭,一如昔日天神与阿修罗之间发生的那场大战。(27)无数车、马、象和步兵陷入各种兵器的重围中,四处乱冲乱撞。他们彼此攻击,有的踉跄而行,有的痛苦号叫,有的倒地毙命。(28)

在这紧急关头,你的儿子难敌王的弟弟(难降)无所畏惧地向怖军冲去,一路放着箭雨。而狼腹(怖军)也立即向他扑来,好似一头狮子扑向一头大羚羊。(29)接着,这两位勇猛的武士互相充满愤怒,以生命为赌注,展开了一场殊死战斗,仿佛是商波罗与天帝释之间的那场决死之战。(30)他们两人向对方猛烈地发射无数致命的利箭,一如两头春情发动的巨象为了争夺一头牝象而在她的身旁激烈交战。(31)狼腹(怖军)猛地发出两支剃刀箭,击断你儿子的弓和旗,以一支羽毛箭射中他的前额,又一箭射下他的车夫身上的头颅。(32)而那位王子又拿起另一张弓,朝着狼腹(怖军)连发十二箭,将他射中。他亲自执缰驭马驾车,又冲着怖军泼洒阵阵箭雨。(33)

以上是吉祥的《摩诃婆罗多》中《迦尔纳篇》第六十章(60)。

六一

全胜说：

两人鏖战正酣，王子难降建立了难以建立的战绩，以一支剃刀箭击断怖军的弓，又以六箭射中他的车夫。（1）接着，那位灵魂高尚的人又迅速向怖军射出许多利箭，将他击中。而怖军如同流淌着汁液的春情发动的大象，不顾伤口淌血，在激战中向难降投射了一根铁杵。（2）怖军掷出的这根铁杵，猛烈地击中难降，将他抛到离战车十弓的地方。难降被这根迅猛的铁杵击倒，浑身觳觫不已。（3）随着铁杵落地，难降的马匹连同车夫一起被击毙，人中因陀罗啊！他的战车也被击碎。至于难降本人，则是盔甲和衣衫破裂，饰物和花环散落，因剧烈的伤痛而扭动着身体。（4）接着，勇猛的怖军回忆起你的儿子们犯下的恶行。他从战车跳到地上，眼睛紧紧盯着难降。（5）他举起一把锋刃极其锐利的宝剑，脚踏着簌簌发抖的难降的咽喉，剖开了倒在地上的敌手的胸膛。然后，他开始痛饮难降温热的鲜血。他不断品尝那鲜血的味道，怒不可遏地望着难降，说了这些非同寻常的话：（6）"我觉得，今天我这仇敌的鲜血的滋味，比母亲的乳汁、蜜奶、迎客蜜酒、琼浆玉液、牛奶、凝乳和其他一切甘美的饮料都更为可口。"（7）

看到怖军品尝鲜血后，大摇大摆，兴高采烈，说了这些话，当时在场的人们大惊失色，吓得瘫倒在地。（8）没有瘫倒的人们，目睹此景，也吓得失落手中的武器。许多人因恐惧而拼命大叫，双眼紧闭，不敢观看。（9）周围的人们看到怖军喝难降鲜血，全都吓得逃跑，纷纷说道："这人不是人！"（10）怖军当着世间众英雄的面说了这些话："在此，我喝了你颈管中的血，最卑鄙的人啊！现在，你再气势汹汹地冲我嚷几声'喂！公牛！公牛！'（11）让我们睡在波罗摩纳俱胝的宫中，在饭食中投下剧毒，放出毒蛇咬我们，妄图把我们烧死在紫胶宫；（12）掷骰赌博夺走我们的王国，放逐森林，在战场上用刀枪弓箭伤害我们，住在哪儿都不得安宁。（13）我们历经了所有这些痛苦

631

哀伤，从未得到过片刻的幸福欢乐。持国及其儿子们就是造成这一切的罪魁祸首。"（14）

说完这番话以后，国王啊！赢得胜利的狼腹（怖军），大王啊！又笑着对那美发者（黑天）和阿周那说：（15）"我昔日立下的关于难降的誓言，两位英雄啊！在今天的这场战斗中已全部实现。今天，我还要宰杀第二个畜生难敌，将他作为祭牲。我要当着俱卢族人的面，用脚践踏那灵魂邪恶的人的脑袋，我才会得到安宁。"（16）如是言毕，灵魂高尚、力大过人、浑身沾满鲜血的怖军高声欢叫着，乐得手舞足蹈，犹如千眼神（因陀罗）杀死了弗栗多。（17）

以上是吉祥的《摩诃婆罗多》中《迦尔纳篇》第六十一章（61）。

六二

全胜说：

难降一被杀死，国王啊！你的十个英雄儿子，那些英勇非凡、在战场上从不退却的大勇士悲愤填膺，纷纷用箭雨将怖军覆盖。（1）披甲、持弓、持网、执杖、执弓、无贪、舍罗、联合、疾风和辉煌，（2）他们因兄长被害而悲痛，集合起来，放射利箭围堵大臂者怖军。（3）怖军遭到众位大勇士从四面八方射来的利箭阻击，气得两眼血红，犹似愤怒的死神现身。（4）普利塔之子冲着那十名佩戴金臂镯的王子，射去十支速度奇快的金羽月牙利箭，将他们送往阎摩府。（5）

在这十位英雄阵亡之际，你的军队被般度之子吓得魂飞魄散，就在车夫之子（迦尔纳）的眼皮底下四处逃窜。（6）目睹怖军犹如死神向众生展示神威，大王啊！迦尔纳投入到这场大战中。（7）而在战斗中放射光彩的沙利耶王看出迦尔纳此刻的心态，克敌者啊！便及时地对他说了这一番话："不要悲伤，罗陀之子啊！这可不合时宜呀！（8）这些国王被怖军吓得仓皇逃窜。难敌也因弟弟遇难而哀痛不已，神志不清。（9）在灵魂高尚的怖军喝了难降鲜血之后，以慈悯为首的诸英雄心如刀割，悲愤交加。（10）他们和难敌那些死里逃生的弟弟们从四面八方围拢过来，来到难敌身边，迦尔纳啊！（11）而由胜财（阿周那）率领的般度族众英雄为了达到他们的目的，正在向你进发，要与你交战。（12）现在，人中之虎啊！你要以伟大的英雄气概，恪尽刹帝利的职守，冲上前去迎战胜财（阿周那）。（13）持国之子将这整副重担全都托付给你。大臂者啊！你就全力以赴，挑起这副重担吧！若胜，你将声震天下；若败，你也必将升入天国。（14）你的儿子牛军，罗陀之子啊！看到你在这里犯糊涂，已经怒不可遏，正在向般度之子冲去。"（15）闻听威力无限的沙利耶王这一番话，迦尔纳调整好心态，决心去战斗。（16）

然后，愤怒的牛军冲向狼腹（怖军）。而怖军站在自己的战车上，手执铁杵，犹如手执刑杖的死神，歼灭着你的军队。（17）看到迦尔纳之子兴冲冲地前来挑战，卓越的英雄无种勃然大怒，冲上前去，向敌手发射多支利箭，一心要把他置于死地，俨若百战百胜的摩诃梵（因陀罗）正在打击瞻婆。（18）接着，英雄的无种以一支剃刀箭射断迦尔纳之子缀着水晶和彩色海螺的旗幡，又用一支月牙箭击断他那系缚金带的漂亮的弓。（19）然而，迦尔纳之子迅速拿起另一张弓。这位英雄精通武艺，渴望为难降之死复仇，向般度之子无种发射许多神奇强大的武器。（20）于是，灵魂高尚的无种勃然大怒，向他射去许多宛若巨大流星的利箭，将他射中。而精通武器的迦尔纳之子也用多件神奇的武器，击中无种。（21）国王啊！迦尔纳之子用优异的武器，杀死稚嫩的无种所有那些身佩金饰、林寿地区产的快速白色良马。（22）然后，无种从马匹倒毙的战车上跳下，抓起一面亮闪闪的八月盾和一把闪耀蓝天光辉的宝剑，如鸟儿一般腾跃着。（23）尔后，他在空中闪转腾挪，做出各种姿势，杀伤众多人中俊杰、马匹和大象。他们纷纷被剑砍倒在地，恰似在马祭上被屠夫宰杀的一群牲畜。（24）求胜心切的无种孤身奋战，很快就消灭了两千名训练有素的武士。他们来自不同的国度，个个装备精良，能征善战，恪守誓言，身上敷着上好的檀香粉。（25）牛军冲向正在猛打猛冲的无种，从四面八方向他射去许多利箭。无种被箭击中，气急败坏，也以箭还击那位英雄。（26）迦尔纳之子身负箭伤，勃然大怒，朝着无种连发十八箭，将他射中。而英雄的无种孤身一人，如同游戏一般，消灭了许多出类拔萃的人、马、象和车。（27）接着，人中英豪般度之子又在交战中向迦尔纳之子扑了过去，一心要杀死他。在激战中，迦尔纳之子以多支利箭击毁了无种的千星盾。（28）无种挥舞着他那把出了鞘的剑。那剑通体铁制，锋刃锐利，张力强劲，状如毒蛇，令人畏惧，足以毁灭一切敌人的身体。（29）而克敌制胜的牛军迅速发出六支锋刃锐利的箭，击断了无种的宝剑。接着，他又射出多支锃光闪亮的利箭，深深刺入无种的胸膛。（30）然后，在胜财（阿周那）的注视下，那马匹被杀、饱受迦尔纳之子折磨的玛德利之子（无种）跳上了怖军的战车，恰似一头雄狮跃上山峰。（31）

　　获悉无种被迦尔纳之子用武器击败，弓折箭断，战车毁损，饱尝利箭之苦，一批战车武士乘着由优秀御者驾驭的战车飞速驶来。一路上战旗迎风招展，车声隆隆，骏马奔腾。（32）木柱王的五个出色的儿子，悉尼之孙（萨谛奇）是第六位，加上德罗波蒂五子，这十一名克敌制胜的英雄，手持兵器，向你的军队发射无数蛇王般可怕的利箭，摧毁了大批象、车、人和马。（33）同样，你方的战车武士魁首诃利迪迦之子（成铠）和慈悯，德罗纳之子和难敌，沙恭尼、苏迦和狼氏以及迦罗特和天增，也执弓登上响声如象吼似雷鸣的战车，飞速向那些敌方武士挺进。（34）你方的英雄豪杰向那十一位英雄发射无数支威力无比的利箭，挡住了他们的去路。此时，许多俱宁陀人骑着色如初升的乌云、状如巍峨的山峰、速度极其迅猛的大象，向那些俱卢族英雄冲去。（35）这些产自雪山的大象极其凶狂，身披金网，装备精良，骑着武艺高强、热爱战斗的武士，犹如挟裹着闪电的乌云熠熠放光。（36）

　　俱宁陀国王子气势汹汹地向慈悯及其车夫和马匹连发十支大铁箭。接着，他被有年之子（慈悯）的利箭射中，连同他的大象一起倒地身亡。（37）俱宁陀王子的弟弟嗷嗷叫着，朝着犍陀罗王（沙恭尼）的战车掷去多支灿若阳光的铁制长矛，而犍陀罗王却将这位仍在喊叫着的俱宁陀王子的首级取下。（38）在这些俱宁陀人倒下之际，你的那些大勇士无不欢欣鼓舞，用力地吹响螺号，手执弓箭向敌人扑去。（39）接着，俱卢族人与般度族人和斯楞遮耶人之间又爆发一场可怕的激战。弓箭、宝剑、标枪、双刃剑、棒槌和战斧到处飞舞，大批大批的人、马和象一命呜呼。(40) 车兵、骑兵、象兵和步兵互相残杀,纷纷倒地。整个战场如同乌云密布的天空,四处狂风袭来,电闪雷鸣。(41)

尔后,百军痛击你军的大象、马匹、车兵和成群的步兵。而安乐国王成铠冲上前来,杀死许多马匹和失去武器的大象。(42) 此时,又有三头武器齐备、武士驾驭、旗幡招展的大象被德罗纳之子的利箭击中,仿佛被雷劈倒的三座大山,倒地身亡。(43) 俱宁陀国王的第二个弟弟射出上好的利箭,击中你儿子难敌的胸膛。而你儿子也以多支利箭,刺中敌手及其大象的身体。(44) 那头象王连同王子一起倒地,满身鲜血,流淌不止,恰似雨季中被沙姬之夫(因陀罗)的雷杵劈裂的一座红垩山,无数条红色小溪汩汩而流。(45) 俱宁陀王子爬上另一头大象,驱象进攻苏迦及其车夫、马匹和战车。然而,在迦罗特的利箭打击下,那头大象连同自己的主人一起倒下,好似遭到雷击的山峰。(46) 这位骑着大象的山区王子向难以战胜的战车武士迦罗特王发射了一阵箭雨,将他连同马匹、车夫和弓一起射翻在地,仿佛一棵大树被狂风摧折。(47) 狼氏猛地向那骑在象背上的雪山王子连发十二箭,深深地击中他。然后,王子的坐骑飞速冲向狼氏,用四足将狼氏连同马匹和战车一起踏碎。(48) 而这头象王却被褐氏之子的多支猛箭射中,与象夫一起倒在地上。接着,天增之子又被偕天之子击倒在地。(49) 另一名俱宁陀王子骑着用犁头般的象牙和肢体杀死敌人的大象,飞快地冲向沙恭尼,攻势猛烈,一心要把他置于死地,却被犍陀罗王斩首。(50)

接着,百军痛击你军的大象、马匹、战车和大群大群的步兵,使他们无力再战,倒在地上,粉身碎骨,犹如一大片遭到大鹏金翅鸟卷起的飓风袭击的蛇。(51) 然后,一名你方的俱宁陀王子微笑着,向无种之子连发多支利箭,却被无种之子以一支剃刀箭砍下了他身上那颗面如莲花的头颅。(52) 接着,迦尔纳之子以三支快速的利箭射中百军,三箭射中阿周那,三箭射中怖军,七箭射中无种,又以十二箭射中遮那陀那(黑天)。(53) 目睹这位业绩非凡的英雄立下的赫赫战功,俱卢族人满心欢喜,啧啧称赞;而那些知道胜财(阿周那)威力的人,则都把他视作已经投入火中的祭品。(54)

然后，消灭敌方英雄的有冠者（阿周那）看见人中魁首无种损失了马匹，就在战斗中向位于车夫之子（迦尔纳）前方的牛军冲了过去。（55）在大战中，携带着上千支利箭的人中豪杰、凶猛的阿周那向迦尔纳之子冲去，而这位大勇士也向阿周那扑来，一如从前那牟吉扑向因陀罗。（56）接着，具有大威力的车夫之子（迦尔纳）的儿子冲着普利塔之子一连射出一百支神奇的利箭，又发出一声吼叫，好似当年那牟吉射中天帝释时发出的吼声。（57）牛军又向普利塔之子射去多支可怕的利箭，正中其腋窝处，还向黑天连发九箭，又向普利塔之子射去十支箭头锋利的箭。（58）于是，身处战斗前沿的灵魂高尚的有冠者（阿周那）勃然大怒，皱眉蹙额，眉头拧成了三道弯，国王啊！他为了杀死车夫之子（迦尔纳）的儿子，便在交锋中放出多支利箭。（59）有冠者（阿周那）猛力射出十支利箭，击中牛军的各个要害部位。接着，他又连发四支锋利的剃刀箭，击断牛军的弓，砍下他的双臂和头颅。（60）那遭受普利塔之子利箭打击而失去双臂与头颅的牛军从战车上坠落于地，宛若一棵鲜花盛开、枝叶繁茂的参天沙罗树遭风摧折，从山巅倒下。（61）眼见自己的儿子遭受箭击从战车上跌下，那动作敏捷的车夫之子（迦尔纳）为儿子遇难而悲痛万分，立即驱车向有冠者（阿周那）的战车飞驰而去。（62）

以上是吉祥的《摩诃婆罗多》中《迦尔纳篇》第六十二章（62）。

六三

全胜说：

目睹牛军遇难，雄牛（迦尔纳）悲愤交加，顿时眼中流出悲伤的泪水。（1）勇猛的迦尔纳怒不可遏，双眼变成红铜色。他驱车直冲着敌人驶去，向胜财（阿周那）挑战。（2）那两乘覆盖虎皮、灿若太阳的战车在战场上遭遇，就仿佛是两轮太阳相遇。（3）两位人中的太阳、灵魂高尚的灭敌者都是白马驾车，犹如天上日月双辉，光芒四射。（4）看到两位英雄如同想要征服三界的因陀罗和毗娄遮那之子（钵利）准备决战，陛下啊！众生无不惊异万分。（5）目睹两辆战车在隆隆的车轮声、嘣嘣的弓弦声、啪啪的击掌声、嗖嗖的放箭声和呜呜的螺号声中冲向对方。(6)又看到迦尔纳以象索为标志的旗幡和有冠者（阿周那）以猿猴为标志的旗幡交相辉映，比肩飘扬，全体大地之主惊叹不已。(7)看到两车相遇，婆罗多子孙啊！国王们全都发出狮子吼，连声夸赞："好啊！好啊！"(8)听说那两位英雄要在那里进行一对一的战斗，四周的战士们都用力挥动手臂和衣衫。(9)俱卢族人为了给迦尔纳鼓劲助威，高奏着乐器，吹响着螺号，来到那里。(10)同样，为了给胜财（阿周那）鼓劲助威，全体般度族人也使各个方向都响彻乐器声和螺号声。(11)迦尔纳与阿周那准备交战之时，四面八方众英雄的吼叫声、击掌声、呐喊声和拍击臂膀声喧嚣鼎沸，响成一片。(12)

但见两位人中之虎、战车武士中魁首站在战车上，配备有大弓、利箭、标枪和棒槌等武器。(13)两人身披铠甲，腰挂宝剑，白马驾车，携带着美丽的螺号和上好的箭袋，相貌英俊。(14)两人肢体上都敷着红色的檀香粉，仿佛是两头醉狂的雄牛，也好似两条毒蛇，又像是两位毁灭一切的死神阎摩。(15)他们愤怒如同因陀罗和弗栗多，光辉如同日月，凶暴如同世界末日出现的两颗大行星。(16)人中之虎迦尔纳和胜财（阿周那）同是天神之子，有着天神的外貌和勇武，交战在即。(17)两位英雄都有精锐的武器，身经百战，武艺高强，拍击臂膀的声音也都是震天响。(18)两人都有勇气和力量，战功赫赫而名扬天下。两人能征善战，堪与商波罗和天王（因陀罗）相媲美。(19)两人的武艺和勇气可与作武、十车王之子（罗摩）、毗湿奴和跋婆相匹敌。(20)国王啊！两人都乘坐优异的战车，由白马驾车，御者是出类拔萃的大力士。(21)目睹了那两位光彩照人的大勇士，大王啊！在场成群的悉陀和遮罗纳无不深感惊奇。(22)

然后，持国诸子与自己的军队一起，婆罗多族雄牛啊！迅速将那位在战斗中大放光彩的灵魂高尚的迦尔纳团团围住。(23)同样，以猛光为首的兴高采烈的般度族人，也将战场上的盖世英雄、灵魂高尚的普利塔之子围在中间。(24)在这场战争赌博中，民众之主啊！迦尔纳成为你方的骰子；同样，普利塔之子也成为般度族一方的骰子。(25)在那里，双方将士都是这场战争赌博的参与者和观众。确实,在那里进行赌博的双方都必将是或输或赢。(26)我方和般度族方的军队都已站立阵前,迦尔纳和阿周那两人开始赌博,以决胜负。(27)两位骁勇善战的英雄站在战场上,大王啊!彼此怒目相向,渴望击败对方。(28)他们两人好似因陀罗和弗栗多迎面而立,一心要打击对方。两人形象可怖,犹如一对烟雾腾腾的行星。(29)

　　接着,婆罗多族雄牛啊!从空中传来一切众生对于迦尔纳和阿周那孰胜孰负的争论。世界各地对此众说纷纭,莫衷一是,陛下啊!(30)众天神、檀那婆、健达缚、毕舍遮、蛇族和罗刹对于迦尔纳和阿周那的交战意见相左。(31)整个天空连同群星为迦尔纳担忧,民众之主啊!而广袤的大地则像母亲对待儿子为普利塔之子焦虑,婆罗多子孙啊!(32)所有的河流、海洋、山峦、林木和药草,人中翘楚啊!全都站在有冠者(阿周那)一边。(33)而全体阿修罗、亚杜达那、俱希迦(密迹天)、空行者和鸟类,敌人的镇伏者啊!全都支持迦尔纳。(34)一切珠宝、宝藏、四部吠陀、往世书、副吠陀、奥义书以及它们的秘要和概要,(35)蛇王婆苏吉、花军、多刹迦、优波多刹迦、一切山脉、迦德卢诸子及其后代和狂怒的毒蛇全都拥护阿周那。(36)爱罗婆多蛇族、怡悦的牛族和毗沙利蛇族支持阿周那,而各种小蛇拥护迦尔纳。(37)所有的狼、食肉兽、吉祥兽和飞禽,国王啊!期待着普利塔之子的胜利。(38)众婆薮、摩录多、沙提耶、楼陀罗、毗奢神、双马童、火神、因陀罗、月神、风神和十方神偏向胜财(阿周那),而众阿提迭站在迦尔纳一边。(39)众天神及其属下偕同众先人、阎摩、俱比罗和伐楼拿是阿周那的支持者。(40)众多的天仙、梵仙和王仙都是般度之子的拥护者,国王啊!以冬布鲁为首的全体健达缚也赞同阿周那。(41)波罗维和穆尼所生的众健达缚和天女们,或以狼、食肉兽和大象为坐骑,或乘车,或步行,(42)还有许多圣人乘风驾云,全都赶往战场,渴望一睹迦尔纳与阿周那交锋。(43)众天神、檀那婆、健达缚、蛇、药叉、鸟禽、通晓吠陀的大仙和享用供品的祖先,(44)还有苦行、学识和药草,形态服饰各异,大王啊!他们停在半空中,发出一片喧嚣声。(45)

　　此时,梵天偕同众梵仙、众生主和跋婆(湿婆),乘着天车也来到那个地方。(46)看到生主自有(梵天)莅临,众天神便对他说:

"天神啊！让这两位人中雄狮同样取胜吧！"（47）闻听此言，摩诃梵（因陀罗）对老祖宗施礼道："不要因为迦尔纳和阿周那的灭亡而导致整个世界的毁灭！（48）自有啊！请你说：'让这两人同样取胜吧！'就这样做吧！向你致敬！世尊啊！请对我赐恩！"（49）

于是，梵天和伊沙那（湿婆）对众神之主（因陀罗）说道："灵魂高尚的维阇耶（阿周那）必定取得胜利！（50）阿周那智勇双全，强大有力，武艺高超，具有苦行财富，尤其精通弓箭术。（51）如果阿周那不取胜，命运就失去重要性。倘若如此，三界肯定会毁灭。（52）如果两位黑王子被激怒，世界就会处处不得安宁。两位人中雄牛是一切存在和不存在的创造者。（53）这两位英雄是古代最杰出的两个仙人那罗和那罗延。他俩不受制约，而主宰一切；无所畏惧，而镇伏一切敌人。（54）让人中雄牛、骁勇的英雄、日神之子迦尔纳前往三界中的最佳去处，而让两位黑王子赢得胜利吧！（55）让迦尔纳到达众婆薮或者众风神的天界，让他与德罗纳和毗湿摩一起在天国受到崇敬。"（56）

两位神中之神如是言毕，千眼神（因陀罗）便召集一切众生，按照梵天和伊沙那（湿婆）的旨意，说道：（57）"大家都听到了两位世尊为了宇宙的利益而说的一席话。现在这已成为定局，不会有别的结果。对此，你们要心悦诚服，坚决支持。"（58）听罢因陀罗的这番话，陛下啊！一切众生深感惊异，国王啊！纷纷赞美黑天和阿周那。（59）接着，众天神从天上洒下一阵阵五彩缤纷、馥郁芬芳的花雨，仙乐缭绕天地。（60）所有的天神、檀那婆和健达缚都等在那里，盼望亲眼目睹两位人中雄狮之间展开的一场无与伦比的一对一决战。两人的战车都由白马驾驭，旗飘飘，车辚辚。（61）许多盖世英雄聚集到英雄的婆薮提婆之子（黑天）和阿周那以及迦尔纳和沙利耶王身旁，吹响各自的螺号，婆罗多子孙啊！（62）

于是，一场令懦夫胆寒的大战开始了。两位英雄出手交锋，犹如天帝释和商波罗正在一决高低。（63）他们两人的战车上都饰有鲜艳的旗幡，流光溢彩，而在战斗中也愤怒地互相攻击。（64）迦尔纳旗幡上的象索镶嵌宝石，异常坚固，形状如同毒蛇，又如同毁城者（因陀罗）的那张弓，熠熠放光。（65）而普利塔之子旗幡上的那只猿猴魁首，大口洞开，面目狰狞，尖利的獠牙令人胆战，俨若一轮骄阳令人无法凝视。（66）手持甘狄拨神弓者（阿周那）旗幡上的猿猴渴望战斗，咆哮着蹿到迦尔纳的旗幡上，进行挑衅。（67）那猿猴飞跃过去，牙爪并用，对着象索连撕带咬，仿佛是大鹏金翅鸟扑打一条蛇。（68）于是，饰有一排排精美铃铛、犹如阎摩套索的铁制象索勃然大怒，向大猿猴发起反击。（69）就这样，两位英雄之间超群绝伦的一对一的战斗赌博开始，而双方的旗幡率先交锋。与此同时，双方的马匹也相互嘶鸣起来。（70）莲花眼黑天将犀利的目光之箭频频投向沙利耶王，而沙利耶王也以同样的目光回敬黑天。（71）经过数次以目光之箭交战的回合，婆薮提婆之子（黑天）战胜了沙利耶王，而贡蒂之子胜财（阿周那）也以目光击败了迦尔纳。（72）然后，车夫之子（迦尔纳）笑着对沙利耶王说：“如果在今天的战斗中，普利塔之子将我杀死，朋友啊！请实话告诉我，接下来你该怎么办？”（73）

沙利耶说：

迦尔纳啊！倘若你今天在战斗中被白马驾车者（阿周那）杀死，那么我会独自驾车杀死摩陀婆（黑天）和般度之子（阿周那）。（74）

全胜说：

阿周那也向乔宾陀（黑天）提出同样的问题。然而黑天却微微一笑，向普利塔之子说了这番意味深长的话：（75）"纵使太阳从自己的位置上坠落，大地裂成无数碎片，烈火自行冷却，迦尔纳也杀不死你胜财（阿周那）！（76）若万一发生了这种情况，世界就会倾覆。那么，我就会在战斗中亲手杀死迦尔纳和沙利耶王。"（77）

听罢黑天的这番话，以猿猴为旗徽的阿周那微笑着对不倦奋进的黑天说道："这迦尔纳和沙利耶王合在一起也不是我的对手，遮那陀那啊！（78）迦尔纳连同他的旗幡，连同沙利耶王、战车和马匹，连同华盖、铠甲、标枪和弓箭，（79）今天，你将目睹我在战斗中用利箭粉碎这一切。我要把他连同战车、马匹、标枪、铠甲和所有武器都击得粉碎。一想到从前他对黑公主的嘲笑侮辱，我的心头之恨就无法平息。（80）今天，乔宾陀啊！你就要看到，迦尔纳将被我碾得粉碎，恰似一棵繁花满枝的树被一头狂怒的大象摧毁。（81）今天，你将会听到悦耳的话语，诛灭摩图者啊！今天，你将会以偿清债务的轻松心情去抚慰激昂的母亲,满心欢喜地去抚慰你的姑母贡蒂,遮那陀那啊!(82)今天,摩陀婆啊!你将以甘露般的话语去安慰以泪洗面的黑公主和法王坚战。"(83)

以上是吉祥的《摩诃婆罗多》中《迦尔纳篇》第六十三章(63)。

六四

全胜说:

此时,天上聚集着成群成群的天神、蛇、阿修罗、悉陀、健达缚、药叉、天女、梵仙、王仙和大鹏金翅鸟,呈现出一幅神奇的景象。(1)空中充满各种美妙动人的器乐、歌舞和赞美之声。地上的人们无不举头注目这天上奇观。(2)然后,俱卢族和般度族的战士们个个欢欣鼓舞,使大地和四面八方响彻器乐、车马、武器和狮子吼的喧嚣声,向敌人展开了屠杀。(3)战场上拥满数以万计的各种马、象和车。无畏的战士们抵挡不住威力无比的刀、标枪和双刃剑的打击,纷纷倒地身亡,鲜血染红了战场。(4)

在这场歼灭无数战士的大战开始之后,身披铠甲的胜财(阿周那)和升车之子(迦尔纳)就向对方军队发出阵阵锐利的箭雨,覆盖各个方位。(5)箭雨造成四面八方一片黑暗,无论你军还是敌军都什么也分辨不清。于是,他们心惊胆战,纷纷向阿周那和迦尔纳两位战车武士寻求庇护,正如洒满天空的光辉依赖日月双辉。(6)接着,仿佛是东风和西风相斗,那两位英雄不断以自己的武器击毁对手的武器。他们犹如驱除漫天乌云造成的黑暗之后升起的两轮太阳,放射出夺目的光芒。(7)两位英雄都鼓励自己的军队:"不必担心!"于是,你军和敌军都停下脚步,分别将两位大勇士团团围住,仿佛是众天神和众阿修罗各自围绕在婆薮之主(因陀罗)和商波罗的身旁。(8)伴随着两军发出的响彻天地的阵阵战鼓、大鼓、小鼓的鼓声和螺号声,婆罗多子孙啊!两位人中魁首发出狮子吼,犹如太阳和月亮在雷声隆隆的云海中出现,大放光芒。(9)两位武士将各自的巨弓拉圆拉满,宛若处在光环之中,而射出的成千成千支利箭构成一束束耀眼的光

641

芒。就这样，两位光辉灿烂的英雄在战斗中所向披靡，不可抗拒，犹如世界末日的两轮太阳，将要焚毁整个世界，连同一切生物和无生物。（10）两位英雄都是不可战胜的杀敌能手，武艺高强，渴望诛灭对方。在大战中，两位盖世英雄迦尔纳和般度之子（阿周那）交锋，俨若因陀罗遇到瞻婆。（11）

然后，两位无与伦比的英雄手持大弓，发出许多威力巨大的武器和可怕的利箭，杀伤敌方的人、马和象。他们还用威力无比的利箭互相对射。（12）于是，再次饱受两位人中魁首的利箭折磨，俱卢族和般度族军队连同各自的象、马、车和步兵，纷纷向四面八方溃逃，恰似一大群遭到狮子袭击的野兽仓皇逃窜。（13）接着，难敌、安乐国王、妙力之子、慈悯和婆罗堕遮之孙（马嘶）这五位大勇士，以无数足以致命的利箭，向胜财（阿周那）和不退者（黑天）发起进攻。（14）然而，转瞬之间，胜财（阿周那）就发出利箭，将他们五人的弓、箭袋、马匹、旗幡、战车和车夫同时击毁，又以威力无比的利箭将他们一一刺中，还朝车夫之子（迦尔纳）连射十二箭。（15）

这时，一百辆战车，一百头大象，塞种人、杜伽罗人和耶婆那人的骑兵，与优秀的甘波阇战士一起，迅速冲向阿周那，想要将他置于死地。（16）胜财（阿周那）用许多剃刀箭击断他们的手和手中的精良武器，又迅速砍下前来挑战的敌手们的头颅，摧毁他们的马匹、大象和战车，粉碎了这群敌人的进攻。（17）接着，空中阵阵仙乐缭绕，众天神兴高采烈，发出阵阵叫好声。微风吹过，天上降下无比美丽芬芳的吉祥花雨。（18）

看到这人神共睹的奇迹，众生无不惊诧万分，国王啊！只有你的儿子（难敌）和车夫之子（迦尔纳）既不痛苦也不惊异，依然是目标一致，坚定不移。（19）此时，德罗纳之子紧紧抓住你儿子的手，好言劝慰道："愿你满意，难敌啊！与般度五子讲和吧！没有必要再敌对下去！让战争见鬼去吧！（20）你的精通兵器、可与梵天媲美的师父德罗纳已经牺牲。同样，以毗湿摩为首的诸多人中雄牛也已阵亡。至于我，是杀不死的。我的母舅（慈悯）也是如此。你就与般度五子联合起来，共同长久地治理王国吧！（21）我可以劝阻胜财（阿周那），让他停战。而遮那陀那（黑天）根本就不愿打仗。坚战则始终为众生的利益着想,狼腹(怖军)和孪生子都听命于他。(22)看来只要你愿意,你与普利塔诸子就可以达成和解,而黎民百姓也会获得福祉。让那些幸存的国王返回自己的城市!让双方的军队停止敌对!(23)假如你不听我的话,人中之主啊!等你在战斗中遭到敌人打击,你肯定会后悔莫及。你和全世界都已目睹有冠者(阿周那)孤身作战创下的功绩。这些功绩,就连诛灭波罗者(因陀罗)、死神、波罗吉多(伐楼拿)以及尊贵的药叉王(俱比罗)也无法建立。(24)至于胜财(阿周那)的品德,比他的功绩还要大得多。他完全听得进我说的话。同样,他也会听从你的意见。国王啊!你应该为世界的和平感到高兴!(25)我始终对你怀有崇高的敬意。出于至高的友情,我才对你说这番话。只要你想求和,我也去劝阻迦尔纳。(26)智者们说朋友有四种,一种是与生俱来的,一种是通过安抚得来的,一种是用财富换来的,还有一种是迫于威力屈从的。在你与般度五子的关系上,这四种因素都有。(27)他们天生就是你的亲友,英雄啊!通过双方的谅解,你与他们再次成为坚定的朋友吧!倘若你乐于和解,他们肯定会成为你的朋友!王中之王啊!你就这样做吧!"(28)

听罢好友这一番忠告,难敌思忖片刻,长叹一声,郁郁不乐地说:"朋友啊!你确是言之有理。不过,也请听听我对你说的话。(29)心思邪恶的狼腹(怖军)猛虎般地杀害难降后说的那些话,仍在我的心头回响。这些话你也不是没有听到。因此,和平从何谈起?(30)你也不应当对迦尔纳说'停战'之类的话,永不退缩的教师之子啊!今天颇勒古拿(阿周那)已经疲惫不堪,迦尔纳很快就会把他杀死。"(31)就这样,你的儿子对马嘶再三劝说,说服了他。接着,又对自己的军队下令道:"你们愣在那里干什么?赶紧冲向前去,消灭那些嗖嗖发箭的敌人!"(32)

以上是吉祥的《摩诃婆罗多》中《迦尔纳篇》第六十四章(64)。

六五

全胜说:
由于你儿子坚持他的恶毒计划,战场上号角喧天,鼓声震地,那两位白马驾车的人中魁首日神之子、车夫之子（迦尔纳）和阿周那又向对方冲去，国王啊！（1）仿佛是两头象牙尖利、春情发动的雪山雄象为了争夺一头雌象而厮打在一起，两位凶猛骇人的英雄胜财（阿周那）和升车之子（迦尔纳）互相交战。（2）犹如两团云相互奔涌，又似两座山猛然相撞，两位英雄伴随着弓弦声、击掌声和车轮声，相互泼洒箭雨。（3）宛若两座充满顶峰、树木、藤蔓、药草和各种山民的大山，两位大力士冲向对方，以强大的武器相互打击。（4）两人之间的大战愈演愈烈，一如昔日天王（因陀罗）与毗娄遮那之子（钵利）之间展开的那场恶战。双方军队遭到对方难以抵御的重创，致使战场上血流成河，布满被利箭射裂的肢体，车夫和马匹的尸体。（5）俨若两座毗邻的大湖，充满各种莲花、鱼儿和龟鳖，回荡着各种鸟鸣之声，在风的吹动下流到一起，那两辆旗幡招展的战车也在战场上相遇。（6）两位英勇堪比伟大的因陀罗的大勇士，好似伟大的因陀罗现身，彼此频频发射着伟大的因陀罗的金刚杵般的利箭，一如伟大的因陀罗与弗栗多厮杀。（7）双方军队连同大象、马匹、步兵和战车，五颜六色的饰物、衣裳和花环，以及天空的居民们，看到阿周那和迦尔纳交战的情景，无不惊骇万分，觳觫不已。（8）也有许多观战者兴奋地举起长有金刚手指的手臂，发出阵阵狮子吼。此时，急于杀死阿周那的升车之子（迦尔纳）正向敌手发起进攻，恰似一头大象攻击另一头狂怒的大象。（9）

　　站在那里的苏摩迦人冲着普利塔之子大声喊叫："快点！阿周那！冲上前去向迦尔纳发箭！别再耽搁了！将他的头颅连同持国之子独霸王位的野心一并斩断！"（10）同样，我军的许多战士也在那里对迦尔纳说："冲啊！冲啊！迦尔纳啊！杀死阿周那！然后，让普利塔的儿子们衣衫褴褛地重新回到森林，长期流放！"（11）于是，在交战中，迦尔纳首先向普利塔之子一连射去十支大箭，阿周那勃然大怒，立即以十支箭头锐利的箭向他还击，射中他的腋窝。（12）车夫之子（迦尔纳）和阿周那交相发射着极其锋利的箭。在激战中，他们都力图发现对方的弱点，兴高采烈地向对手发起凶猛的攻势。（13）

　　此时，灵魂高尚的怖军在这场大战中已是忍无可忍。他怒气冲冲地击打手掌，紧咬嘴唇，手舞足蹈地对阿周那说："你怎么能让车夫之子（迦尔纳）首先下手，有冠者啊！让他先射你十支大箭？（14）从前在甘味林，你沉着冷静地征服一切众生，向火神献祭。现在，你也要沉着冷静地杀死车夫之子（迦尔纳），否则，我要用铁杵将他击得粉碎！"（15）接着，婆薮提婆之子（黑天）看到普利塔之子瞄准战车射出的箭被迦尔纳击毁，也对他说："你这是怎么了？有冠者啊！你今天发射的武器怎么全都被迦尔纳用武器摧毁了呢？（16）英雄啊！你怎么还糊里糊涂？你没有注意到吗？这些俱卢族人欣喜若狂，大喊大叫。所有在场的人都看到了，你的武器全都被迦尔纳的武器挫败。（17）在过去年代的各次战斗中，你沉着冷静地先后摧毁过黑暗武器，消灭了不少可怕的罗刹，杀死过许多生就狂妄的阿修罗。现在，你要以同样的沉着冷静诛灭车夫之子（迦尔纳）。（18）今天，你要用我给你的这只边缘为剃刀的'妙见'飞轮，迅速砍下敌手的头颅，恰似天帝释用金刚杵将敌手那牟吉斩首。（19）你曾以极大的耐心，使得化身为吉罗陀人的世尊湿婆大为满意。英雄啊！你要重新拿出这样的耐心，将车夫之子（迦尔纳）及其亲友属下统统消灭！（20）然后，你就将这片海洋环绕、拥有无数城市和乡村、清除了一切敌人的繁荣富饶的大地献给国王，普利塔之子啊！而你自己也将赢得无与伦比的荣誉！"（21）

在怖军和遮那陀那（黑天）两人的激励下，阿周那回忆往事，反省自身，明白了作为灵魂高尚的人来到这里的目的。于是，他对美发者（黑天）说：（22）"为了世界的福祉，为了消灭车夫之子，现在，我要祭起一件强大而又可怕的法宝。请你允许我使用它，也希望得到众天神、梵天、跋婆和一切通晓梵学者的首肯。"（23）如是言毕，阿周那祭起了那件只能用心祭的不可抵御的梵天法宝。随即，大放光辉的阿周那使四面八方到处布满箭雨。这位婆罗多族雄牛本人也射出成千上万支快箭。（24）同样，日神之子迦尔纳也在战斗中泼洒成千成千阵箭雨，那些嗖嗖作响的利箭仿佛是乌云倾泻的瓢泼大雨，落在般度之子身上。（25）尔后，那位业绩非凡、力大骇人的迦尔纳又向怖军、遮那陀那（黑天）和有冠者（阿周那）分别射去三箭，并大声地发出可怕的吼叫。（26）有冠者（阿周那）被迦尔纳的箭射中，看到怖军和遮那陀那（黑天）也是如此，感到忍无可忍。于是，普利塔之子又连发了十八箭。(27)一箭射中妙军,四箭射中沙利耶王,三箭射中迦尔纳,还有十箭也是箭无虚发,射中身披金甲的会主。(28)那位王子的头颅和臂膀被砍断,马匹和车夫被射死,弓和旗被击落。接着,他那残缺破碎的躯体,犹如一棵遭到斧子砍伐的沙罗树,从车顶上栽了下来。(29)尔后,阿周那又向迦尔纳接连射去三支、八支、两支、四支和十支箭。接着,他又杀死四百头大象及其全副武装的象兵,八百名车兵,一千名骑兵及其坐骑,八千名勇敢的步兵。(30)

目睹两位武士之魁首、英勇绝伦的诛敌者迦尔纳和普利塔之子在战场上厮杀,天上地下的人们全都停住自己的坐骑或车辆,驻足观战。(31)然后,般度之子在开弓时,用力过猛,随着一声巨响,弓弦突然断了。就在这一刹那,车夫之子(迦尔纳)向普利塔之子连发了一百支小头箭。(32)他又向婆薮提婆之子(黑天)射去六十支锋利的铁箭,支支饰有鸟羽,经过油浸,状如蜕皮的蛇,将黑天刺中。此时,众多的苏摩迦族人向迦尔纳冲了过来。(33)随后,在战斗中被迦尔纳的利箭射伤肢体的普利塔之子勃然大怒,将弓弦拉得嘣嘣作响,迅速击断升车之子(迦尔纳)射来的所有利箭,迎接苏摩迦族人到来。由于他快速发射武器,整个天空一片黑暗,连鸟儿也无法飞翔。(34)

普利塔之子微微一笑,猛地向沙利耶王射出十箭,将他的铠甲深深刺穿。随即又朝迦尔纳连发十二箭,接着又是七箭,箭箭命中。(35)从普利塔之子的弓中猛力发出的又快又狠的羽毛箭,射得迦尔纳遍体鳞伤。他浑身插箭,沐浴在鲜血中,犹如楼陀罗光辉四射。(36)接着,升车之子(迦尔纳)冲着如同天王(因陀罗)的胜财(阿周那)放了三箭,将他射中。他一心要杀死不退者(黑天),也向他连发五支燃烧的蛇一般的利箭。(37)那些又快又猛、百发百中的利箭穿透人中魁首的镶金铠甲,猛地钻入地下,沐浴后,又返回迦尔纳。(38)这五支箭是追随多刹迦之子(马军)的五条大蛇。胜财(阿周那)立即发射出五支快速的月牙箭,箭无虚发,每条蛇被击为三截后,坠落于地。(39)接着,仿佛是烈火燃烧干草,怒火中烧的有冠者(阿周那)将弓拉至耳畔,向迦尔纳射出闪闪发光的致命利箭,刺中了他的各个要害部位。迦尔纳痛得浑身发抖,然而他刚强坚

忍，以极大的毅力挺立在那里。（40）

尔后，随着胜财（阿周那）怒气冲冲地不断放箭，国王啊！各个方位连同阳光以及迦尔纳的战车都被箭流遮蔽，无法看清，整个天空仿佛浓雾弥漫。（41）他歼灭了迦尔纳的车轮护卫，象腿护卫以及前锋后卫，歼灭了遵从难敌之命奋勇杀敌的俱卢军中最精锐的车兵部队。（42）国王啊！左手开弓者、俱卢族雄牛、盖世无双的英雄阿周那在刹那间歼灭了整整两千名俱卢族英雄豪杰及其战车、马匹和车夫。（43）于是，你那死里逃生的儿子们和残存的俱卢军队抛开迦尔纳，丢下被箭击伤而哀哀呼救的儿子和父亲，仓皇逃逸。（44）看到俱卢族人惊恐万状，纷纷离他而去，四处溃逃，周围空无一人，婆罗多子孙啊！迦尔纳站在那里并不张皇失措，依然向敌手阿周那冲去。（45）

以上是吉祥的《摩诃婆罗多》中《迦尔纳篇》第六十五章(65)。

六六

全胜说：

俱卢军队溃不成军，逃到阿周那的箭的射程之外的地方，在那里驻足观望，只见胜财（阿周那）的武器如同闪电，射向四面八方。（1）在大战中，愤怒的普利塔之子为了杀死迦尔纳，迅速发射这一武器，消灭了大批英雄，发出震天巨响。（2）迦尔纳用罗摩所赐的威力强大的杀敌武器阿达婆法宝，将阿周那的那件燃烧的武器摧毁，又向普利塔之子射去多支利箭。（3）于是，国王啊！阿周那与升车之子（迦尔纳）之间的大战愈演愈烈，互相以利箭攻击对方，犹如两头凶猛的大象用象牙厮杀。（4）

然后，在交战中，迦尔纳将一支致敌死命的利箭搭上弓弦。这支可怕的蛇口箭极为锋利，锃光瓦亮，熠熠放光。为了杀死普利塔之子，迦尔纳已将它保存了很长时间。（5）它时时受到崇拜，被置于镶金箭壶里的檀香粉中。它具有剧毒，光芒四射，生于爱罗婆多族。迦尔纳想要用这支箭在战斗中取下颇勒古拿（阿周那）的头颅。（6）看到日神之子迦尔纳搭上了箭，灵魂高尚的摩德罗国王就对他说："迦尔纳啊！这支箭射不中阿周那的脖子，你再瞄准一下，搭好箭，射下他的头颅！"（7）迦尔纳已经搭好箭，闻听此言，勃然大怒，瞪着血红的双眼对沙利耶王说："迦尔纳决不搭箭两次，沙利耶王啊！像我这样的武士决不会有不良行为！"（8）如是言毕，他迅即射出那支他已敬拜多年的蛇箭，大声吼道："颇勒古拿！你死定了！"（9）

一看到迦尔纳将蛇箭搭上弦，大力士魁首摩陀婆（黑天）立即使用双脚，用力将战车往下压。（10）战车被压到地里，那些马匹也双膝跪地而行。于是，那支箭射中聪明的阿周那的头冠。（11）阿周那头顶上那件闻名于天上、空中、地面和水下的饰物，就这样被车夫之子（迦尔纳）用那支利箭——满怀愤怒、竭尽全力发射出的强大兵器，从他的头上射落于地。（12）这顶头冠闪耀日月星辰火焰之光，装饰着黄金珠宝网幔，是菩婆那之子（工巧天）通过苦行亲自为毁城者（因陀罗）精心制作。（13）这顶造型华贵的头冠散发着芳香，使戴它的人充满幸福，却令敌人闻风丧胆。当年有冠者（阿周那）准备诛灭众神的敌人时，天王（因陀罗）怀着愉快的心情亲手将这顶头冠赠与他。（14）纵使是天神魁首诃罗（湿婆）、水域之主（伐楼拿）、因陀罗和财神（俱比罗）用他们最好的武器三叉戟、套索、金刚杵和利箭，也无法摧毁这顶头冠。然而，人中雄牛（迦尔纳）却以蛇箭猛地射落了它。（15）普利塔之子那顶光芒四射、惹人喜爱、无与伦比的华冠，被那支喷着毒火、熠熠闪光、威力无比的利箭击毁，坠落于地，宛若一轮夕阳，闪烁着光辉沉落于西山下。（16）那顶镶满各色珠宝的华冠，被那条蛇从阿周那的头上强行掠去，俨如一座树木繁茂、鲜花盛开、嫩枝吐绿的山峰，被伟大的因陀罗的金刚杵削去。（17）伴随着一声巨响，一阵狂风席卷天上、空中、大地和水域，引起一片动荡，婆罗多子孙啊！三界的人们尽管竭力镇定，仍然心中惊恐，站立不稳。（18）而阿周那却镇定自若地站在那里，用一方白巾绾起自己的头发，使他犹若山顶充满阳光的乌陀耶山。（19）

从迦尔纳的手中射出的蛇箭如同太阳和火焰光辉夺目。这条大蛇对阿周那怀有仇恨，袭击了那顶华冠后，又腾身飞起。（20）这条蛇对黑天说道："你要知道，他曾对我犯下罪行，黑天啊！我与他有杀母之仇。"于是，黑天在战斗中对普利塔之子说："杀了这条对你充满敌意的大蛇!"(21)诛灭摩图者(黑天)这样说完,对敌凶狠的弓箭手、手持甘狄拨神弓者(阿周那)问道:"这条蛇是谁?今天它为什么跑到我面前来,就像把自己往大鹏金翅鸟的嘴里送?"(22)

黑天说:

从前在甘味林中,你手持弓箭取悦火神。这条蛇变幻各种形态在空中飞行,它的身体被箭射碎,它的母亲被你杀死。(23)

于是,吉湿奴(阿周那)一连射出六支箭头锐利的箭,将那条正在空中斜向飞行的蛇击得支离破碎,坠落于地。(24)就在这时,迦尔纳将十支在石上磨尖的孔雀羽毛箭射向目光斜向天空的人中翘楚胜财(阿周那)。(25)接着,阿周那将弓拉至耳畔,朝着迦尔纳一连放出十二支利箭。他再次将弓拉满直至耳际,射出一支威猛如同毒蛇的铁箭。(26)那支被阿周那准确射出的威力无比的铁箭,穿透迦尔纳色彩斑斓的铠甲,索取生命似地痛饮他的鲜血后,一头扎入地里,箭翼上还沾着斑斑血迹。(27)人中雄牛(迦尔纳)遭到箭击,犹如一条大蛇遭到棒击,怒不可遏,立即做出反应,射出许多威力无比的利箭,好似一条剧毒的蛇喷出致命的毒液。(28)迦尔纳一连向遮那陀那(黑天)射去十二箭,又向般度之子阿周那连发九十九箭,接着又补射了一支可怕的利箭,随着一声吼叫,大笑起来。(29)

般度之子英勇如同因陀罗,无法忍受他的那种得意忘形。他谙熟人的要害部位,向迦尔纳的各个要害处射去多支羽毛箭,犹如因陀罗猛烈打击波罗。(30)接着,阿周那又朝迦尔纳一连射去九十九支利箭,支支都似死神的刑杖。迦尔纳遍体箭伤,痛得浑身发抖,好似一座遭到雷劈的山峰。(31)他那镶满上好的珠宝、钻石和黄金的头饰以及一对华贵的耳环都被胜财(阿周那)的羽毛箭射落于地。(32)他的那件由多名出类拔萃的工匠精心制作了很长时间的豪华精美、璀璨夺目的铠甲,也在顷刻之间被般度之子用箭击成碎片。(33)此时,怒气冲冲的阿周那又冲着失去铠甲的迦尔纳连射四支威力无比的利箭。遭敌重创的迦尔纳伤痛难忍,宛若一名体内的胆汁、黏液和风[①]

[①] 胆汁、黏液和风,为印度古生理学所称的人体三种要素。

染上重疾的病人。(34)

阿周那又一次将巨弓拉满拉圆，用力快速射出无数威力无比的利箭，击中迦尔纳的各个要害部位。(35) 迦尔纳被普利塔之子用各种快速凶猛、尖端锐利的箭狠狠射中，浑身鲜血流淌，犹如一座被赭石矿染红的高山，在瀑布冲击下，流淌红水。(36) 有冠者（阿周那）又用无数小牛牙箭围困迦尔纳及其马匹和战车，婆罗多子孙啊！接着，他又竭尽全力，用金羽箭覆盖四面八方。(37) 升车之子（迦尔纳）的宽阔厚实的胸膛上插满了小牛牙箭，俨若一座遍布鲜花盛开的无忧树、波罗奢树①、木棉树和檀香树的山岳，光彩夺目。(38) 在那场战斗中，民众之主啊！迦尔纳通身中箭，宛如峰峦长满树林、盛开娇艳的迦尔尼迦罗花②的摩亨陀罗山，光彩熠熠。(39) 迦尔纳仍在频频挽弓放箭，那些带血的利箭织就的箭网组成红色的光环，一眼望去，迦尔纳好似一轮西沉的落日。(40) 从升车之子（迦尔纳）的手中射出的无数喷着火光、宛若条条大蛇的利箭，在四面八方与阿周那手中射出的尖端锐利的箭遭遇，都被击毁。(41)

两人鏖战正酣，车夫之子（迦尔纳）的车轮突然陷入地里，他张皇失措起来。此时，由于当初那位婆罗门的诅咒，战车开始摇晃，从罗摩那里得到的武器也黯然无光。(42) 他无法忍受这些突如其来的灾祸，便挥动着双手抱怨起来："那些精通正法的人总是说，正法护佑恪守正法的人们。可是今天，它却不保护我这个陷入灾难的人。因此我认为，正法并不是永远保护它的忠实信徒。"(43) 这样说着，他的马匹和车夫踉踉跄跄，难以前行。由于受到阿周那的兵器的打击，命中要害部位，他浑身颤抖，无法采取任何措施，只是不住声地在战场上责难正法。(44)

然后，迦尔纳在交战中向普利塔之子连发三支极其可怕的利箭，又以七箭击中他的手臂。(45) 接着，阿周那向迦尔纳发射出十七支笔直飞行的利箭，支支威猛如同因陀罗的金刚杵，可怕如同烈火。(46) 那些异常迅猛的利箭穿透迦尔纳的身体后纷纷坠地。迦尔纳尽管浑身颤栗，依然奋力搏杀。(47) 他尽力使自己站稳，开始唤请

---

① 波罗奢树即金苏迦树。
② 迦尔尼迦罗树，盛开金黄色的美丽花朵。

梵天法宝。阿周那看在眼里，也祈请因陀罗法宝。（48）胜财（阿周那）对甘狄拨神弓、弓弦和利箭念过咒语后，开始泼洒箭雨，好似毁城者（因陀罗）倾泻滂沱大雨。（49）那些迅猛有力的利箭从普利塔之子的战车中射出，在迦尔纳的车旁飞舞。（50）然而，大勇士迦尔纳将这些飞到面前的利箭全部击毁。看到这件法宝被摧毁，苾湿尼族英雄（黑天）对阿周那说：（51）"罗陀之子击毁了那些箭。普利塔之子啊！发射更厉害的法宝吧！"于是，阿周那也祭起了梵天法宝。（52）接着，阿周那用无数利箭将迦尔纳覆盖，使他惊慌失措。迦尔纳怒不可遏，发出多支迅猛的利箭，击断了阿周那的弓弦。（53）般度之子安上另一根弓弦，擦了一擦，向迦尔纳倾泻成千成千支闪闪发光的利箭。（54）由于动作迅速，迦尔纳在战斗中没有觉察到阿周那的弓弦的断裂和更换，仿佛是个奇迹。（55）

　　罗陀之子（迦尔纳）以武器挫败左手开弓者（阿周那）的武器，显示出的自己的勇武超过普利塔之子。（56）眼看阿周那饱受迦尔纳的兵器折磨，黑天对普利塔之子说："使用威力无上的武器！向他发射过去！"（57）于是，胜财（阿周那）念咒唤请另一支神奇的利箭，通体铁制，如烈火，如蛇毒。（58）有冠者（阿周那）拿起这件可怕的武器，打算将它射出。值此激战之际，大地吞噬了罗陀之子（迦尔纳）的一只车轮。（59）

　　看到车轮陷没，罗陀之子（迦尔纳）气得直流眼泪。他对阿周那说："稍等片刻，般度之子啊！（60）看到我的车轮不幸陷入地里，普利塔之子啊！你可不要像卑鄙小人那样伺机图谋不轨！（61）阿周那啊！在战斗中，对于那些披散头发者、撤离战斗者、婆罗门、双手合十前来寻求庇护者、放下武器者和陷入灾难者，（62）还有失去弓箭者、失去铠甲者和武器丢失毁损者，王族勇士们决不会去打击他们。你是勇士，贡蒂之子啊！因此，请稍等片刻！（63）你在车上，而我在地上，毫无抵抗能力，胜财啊！只要我还在从地里往外拽这只车轮，你就无权杀死我！般度之子啊！无论是你还是婆薮提婆之子，我都毫不畏惧！（64）你是刹帝利的儿子，要为伟大的家族增光。请你牢记正法的教导，稍候片刻，般度之子啊！"（65）

　　　　　　　　　以上是吉祥的《摩诃婆罗多》中《迦尔纳篇》第六十六章（66）。

六七

全胜说:

此时,坐在车上的婆薮提婆之子(黑天)开口说道:"谢天谢地!罗陀之子啊!你现在总算想起正法来了。通常,卑贱的小人在陷入灾难时总是责怪命运不公,却从不谴责自己的恶行。(1)你和难敌、难降以及妙力之子沙恭尼派人将只穿一件单衫的德罗波蒂带到大会厅时,迦尔纳啊!你的正法并没有出现啊!(2)在大会厅中,精通掷骰赌博的沙恭尼赢了对此一窍不通的贡蒂之子坚战,你的正法又到哪里去了?(3)处于经期的黑公主迫于难降的威胁而站在大会厅当中,你却在那里阴笑,迦尔纳啊!你的正法又去到哪里?(4)你贪图王国,迦尔纳啊!与犍陀罗王(沙恭尼)沆瀣一气,再次召唤般度之子赌博,你的正法又到哪里去了?"(5)

听了婆薮提婆之子(黑天)对罗陀之子(迦尔纳)说的这些话,般度之子回想起往事,一股强烈的怒火从心头升起。(6)由于怒火中烧,他浑身的毛孔都迸发出耀眼的光焰,大王啊!这仿佛是奇迹。(7)见此情景,迦尔纳祭起了梵天法宝,向胜财(阿周那)泼洒箭雨。接着,他再次拼命拽那只车轮。而般度之子用自己的武器抵挡住他的武器,对他进行打击。(8)然后,贡蒂之子瞄准迦尔纳,发射他钟爱的另一件武器,熊熊燃烧的火神法宝。(9)接着,迦尔纳用伐楼拿法宝扑灭大火,使得四面八方乌云翻滚,出现阴暗的雨天。(10)但英勇的般度之子镇定自若,用风神法宝驱散了漫天乌云,而罗陀之子只能眼睁睁地瞧着。(11)那面以象索为标志的旗幡,镶嵌着黄金、珠宝和钻石,由一批能工巧匠精心制作而成,美丽无瑕,高高飘扬。(12)它总是使你的军队士气高昂,却永远令敌人闻风丧胆。它的形象值得颂扬。它举世闻名,如同太阳,光辉如同日月和火焰。(13)而灵魂高尚的有冠者(阿周那)以一支锋利的金羽剃刀箭,奋力击毁了大勇士升车之子(迦尔纳)这面光芒四射的旗幡。(14)随着那面旗帜坠落,陛下啊!俱卢族人的荣誉、正法、胜利以及一切心爱之物

和他们的心也全都坠落,战场上响起一片巨大的哀号声。(15)

接着,为了尽快消灭迦尔纳,般度和普利塔之子立即从箭袋中取出一支合掌箭,威猛如同伟大的因陀罗的金刚杵和火神的刑杖,光辉如同光芒千道的太阳。(16)它能够命中要害,沾带血肉。它灿若火神和太阳,造价昂贵,足以使人、马和象毙命,长三肘尺,饰有六羽,射程笔直,速度奇快。(17)它的威力如同千眼神(因陀罗)的金刚杵,无法抵御如同食肉兽,令人恐惧如同湿婆的毕那迦弓和那罗延的飞轮,足以毁灭众生。(18)通晓咒语的阿周那将这支强大无比的武器搭上甘狄拨神弓,随着拉弓发出的声响,说道:"让这支具有无与伦比的强大武器之功能的利箭夺取敌人的身体和生命!(19)假若我修炼过苦行,令师长满意,听从朋友的忠告,那么就凭此真言,让这支百战百胜、锐不可当的利箭杀死我的敌手迦尔纳!"(20)

如是言毕,胜财(阿周那)为了诛灭迦尔纳,射出了那支可怕的箭。它犹如阿达婆和鸯耆罗施展的魔法,来势凶猛,火光熊熊,在战斗中,即使是死神本人也无法抵御。(21)渴望杀死迦尔纳的有冠者(阿周那)心中大悦,说道:"愿这支箭给我带来胜利!它与日月同辉,愿它击中迦尔纳,将他带往阎摩处!"(22)渴望杀死迦尔纳的有冠者(阿周那)喜形于色,拉开了弓,向着忙于拽出车轮的敌手射出那支与日月同辉、导致胜利的威力无上的利箭。(23)仿佛是一轮带着血色光环的夕阳沉入西山,但见那大军统帅的头颅坠落于地,灿若初升的朝阳和正午的秋阳。(24)他的灵魂极其勉强地离开了立下丰功伟绩而理应长久享福的身体,犹如一位富有的房主极不情愿地离开他那充满财富的豪宅。(25)犹如一座高山被雷电削去顶峰,山体上遍布红色赭石溪流,迦尔纳魁伟的身躯倒下,失去铠甲,失去生命,遍体箭伤,浑身淌血。(26)接着,从迦尔纳倒下的身体中,飞出一道耀眼的光芒,倏地升入天空。在迦尔纳殒命之际,国王啊!所有的人间武士全都目睹了这个奇迹。(27)

看到迦尔纳倒地身亡,苏摩迦人高兴万分,与般度族的其他军队一起发出欢呼。大家欣喜若狂,奏响乐器,挥动衣衫和手臂。其他强壮有力的战士,也乐得手舞足蹈,互相拥抱,欢声雷动,说道:(28)"看到迦尔纳被箭击中,血肉模糊,呻吟着从战车上坠地毙命,仿佛是祭祀结束后熄灭的火堆被一阵大风吹散。(29)那遍体插箭、浑身淌血的迦尔纳的身体,犹如辉煌的太阳光芒四射。(30)在以自己灼人的利箭光芒使敌军饱受折磨之后,迦尔纳太阳被强大的阿周那时间带入西山。(31)仿佛是一轮夕阳在落山时收起了自己的光辉,同样,那支利箭在落地时也带走了迦尔纳的生命。"(32)在担任大军统帅的第二天下午,陛下啊!车夫之子(迦尔纳)的头颅在战斗中被那支合掌箭斩断,连同他的身体一起倒在地上。(33)只见那支箭在军队上方飞行,转瞬之间就使敌手迦尔纳的脑袋和身子分了家。(34)

全胜说：

看到英勇的迦尔纳遍体插箭,浑身淌血,倒卧在地,摩德罗国王驾着旗幡破碎的战车,驶离了战场。(35)迦尔纳阵亡之后,在战斗中遭到沉重打击的俱卢族人不断见到阿周那那面光彩夺目的大旗,吓得心惊肉跳,落荒而逃。(36)迦尔纳的功业如同千眼神(因陀罗),俊美的面庞如同千瓣莲花,头颅坠落于地,如同日暮时分千道光芒的太阳落入西山。(37)

以上是吉祥的《摩诃婆罗多》中《迦尔纳篇》第六十七章(67)。

六八

全胜说：

在迦尔纳与阿周那的交战中,无数利箭粉碎了大批部队,婆罗多子孙啊!沙利耶王亲眼目睹这一切。他看到难敌赶上前来,便向他说明战场上的情况。(1)看到自己军中战车、马匹和大象被摧毁,车夫之子(迦尔纳)被杀害,难敌泪水盈眶,形容哀戚,不住声地叹息着。(2)英勇的迦尔纳遍体插箭,浑身淌血,倒地身亡,犹如太阳居然落到地上。众武士都想一睹他的遗容,便围绕在他的身旁。(3)他们当中,有人高兴,有人恐惧,有人沮丧,有人惊愕,也有人悲伤。就这样,你军与敌军的将士们根据各自的本性表现各不相同。(4)有许多俱卢族人,一听说迦尔纳被胜财(阿周那)杀死,盔甲、首饰、衣裳和武器散落一地,失去了光辉,便四散而逃,好似一群失去雄牛

的母牛仓皇逃窜。(5)

迦尔纳与阿周那经过一场恶战后被杀死,犹如大象被狮子杀死,倒在地上。目睹了这一场面,摩德罗国王吓得魂飞魄散,飞速驱车驶离了战场。(6)神情恍惚的摩德罗国王匆匆赶着那辆失去旗幡的战车来到难敌身旁,叫住难敌,沉痛地说道:(7)"你军的象、马、车和英勇的战士被消灭,这里简直成了阎摩的领地!大批的战士、战马以及山峰般的战象相遇之后相互残杀。(8)婆罗多子孙啊!今天,在迦尔纳与阿周那之间展开的那场战斗真是前所未有!两位黑王子以及你所有的其他敌人一与迦尔纳相遇便遭到重创。(9)然而,那自行其是的命运总是保护般度五子,打击我们,一手造成了这一切:那些为了实现你的目的而奋战的英雄全都被敌人残忍地杀害。(10)那些英雄富有美德,在威力、勇敢和力量上与俱比罗、毗婆薮之子(阎摩)、婆薮王(因陀罗)和水神(伐楼拿)不相上下。(11)这些人中因陀罗几乎是杀不死的。他们都企望实现你的目标,却被般度之子们在战斗中杀害。对此你不要悲伤,婆罗多子孙啊!这就是命运!成功交替循环,不会固定不变。"(12)

听罢摩德罗国王的这一番话,难敌回顾自己的种种恶行,不禁悲从中来。他神思恍惚,面容哀戚,叹息不已。(13)面对这位沉思不语、神情沮丧、悲痛忧伤的难敌,沙利耶王说:"看哪!战场上到处是被英雄们杀死的人、马和象,多么恐怖!(14)许多身巨如山的大象倒在那里,被利箭射中要害,血肉模糊。它们有的在痛苦挣扎,有的已命殒气绝,身上装备的各种器械、武器和护甲都已被摧毁,驾驭它们的象兵也被消灭。(15)仿佛是遭到雷劈的一座座大山,山体上破碎的岩石、草木和野兽纷纷坠落,这些倒毙的大象浸在血泊中,身上的铃铛、铁钩、刺棒、旗幡和金花环也散落一地。(16)许多中箭的马匹倒在地上,有的艰难地喘息着,口吐鲜血,有的发出微弱的呻吟声,有的圆睁双目,有的咬着身下的土地,有的发出哀哀的嘶鸣。(17)无数重伤倒地的战象、战马和战士,有的奄奄一息,有的一命呜呼。到处布满人、马和象的尸体以及破碎的战车,大地似乎变成了大吠多罗尼河,令人目不忍睹。(18)大批的大象被砍断后腿、象鼻和肢体,倒在地上簌簌发抖;许多骑着象和马、乘着战车的赫赫有名的武士和无数步兵冲锋陷阵,在交战中被敌人杀死,铠甲、饰物、衣衫和武器散落一地,整个大地好似布满一片熄灭的火焰。(19)只见成千成千的大力士纷纷被箭击中倒下,布满大地。他们失去知觉,但有的又恢复了呼吸。大地仿佛遍布渐渐熄灭的余火,犹如一颗颗自天而降的璀璨的行星,又仿佛清澈的夜空闪烁着点点星光。(20)从迦尔纳和阿周那的臂中发出的无数利箭穿透象、马和人的身体,使他们即刻丧命。随即,这些箭一头扎入地里,犹如那些大蛇一头钻进洞穴中。(21)在战斗中被胜财(阿周那)和升车之子(迦尔纳)的利箭摧毁的人、马、象和战车遍布各处,使战场上无路可走,仿佛是被一群大象堵塞的道路。(22)大量的战车,车上的武士、车夫和车马,车上配备的精良武器和旗幡,各种器具、缰绳、车轮、车轴、车辄和车辕,都被利箭击得粉碎。(23)各种铁制机械散落,各种附件、箭壶和缰绳毁损,车座破裂。大地遍布这些镶满黄金珠宝的破碎战车,宛若布满云彩的秋空。(24)快马拉着失去车主的装备精良、装饰精美的战车在战场上疾驰,大群大群的人、马、象和车飞奔逃命,在混乱中撞得粉身碎骨。(25)镶金的铁闩、战斧、铁杵、梭镖和铁叉,出鞘的闪光刀剑和镶金棒槌,纷纷坠落于地。(26)许多镶金弓弩,美丽的金羽箭,出鞘的洁净明亮的双刃剑,金光闪闪的标枪和宝剑,(27)华盖,拂尘,螺号,精美的饰金花环,象披,旗帜,衣袍,冠冕,项饰,光华四射的顶冠,(28)拂尘,象披,上等的珍珠项链,散落各处。顶饰,臂饰,腕饰,金丝镶嵌的颈饰,(29)各式各样精美吉祥的珍珠、黄金、钻石和宝石,享尽荣华富贵的身体和面如皎月的头颅,触目皆是。(30)英雄们抛弃身躯、衣食和各种享乐,尽到自己的职责,获得伟大的功德,名声传遍一切世界。"(31)

如是言罢,沙利耶王沉默不语。难敌心中充满悲痛,不住地哀鸣道:"呜呼!迦尔纳啊!呜呼!迦尔纳啊!"他满眼是泪,忧伤过度,失去知觉。(32)于是,以德罗纳之子为首的全体人中因陀罗上前劝慰他。而后,他们返回营地,一路上不断地回首观望阿周那那面享誉四方的闪光大旗。(33)

此时,从无数人、马和象的尸体上流出的鲜血已经浸透大地,使它仿佛变成一名身穿绯红衣袍、佩戴绯红花环和黄金饰物的妓女。(34)在这令人毛骨悚然的时刻,国王啊!俱卢族人大都因沾满鲜血而面目难辨,却又显得光彩熠熠。他们目睹大地的可怖景象,感到无法呆在那里,而决定去往天界。(35)他们都因迦尔纳被杀而极度悲伤,哀叫着:"呜呼!迦尔纳啊!呜呼!迦尔纳啊!"望着血红的太阳,国王啊!迅速赶回营地。(36)

至于迦尔纳,虽然他浑身上下都布满从甘狄拨神弓发出的、箭翼上沾满鲜血的金羽利箭,倒地身亡,却仍似一轮骄阳放射着万道光芒。(37)此时,那轮对虔信者充满慈悲的辉煌的太阳,仿佛正在以自己的光辉抚摸着迦尔纳浸满鲜血的身躯,自身也变得一片血红;接着,又好似想要洗去这片血红,向西海沉去。(38)这样想着,成群结队的天神和仙人便动身返回各自的住处。怀有同样想法的其他众生也根据自己的意愿回到天上或地上。(39)目睹了俱卢族英雄之魁首胜财(阿周那)和升车之子(迦尔纳)之间那场令众生心惊胆战的神奇战斗之后,人们惊诧不已,一路上交口称赞着这两位英雄。(40)

尽管遭到箭击,铠甲破裂,殒命沙场,英雄罗陀之子(迦尔纳)却不失其迷人的风采。(41)国王啊!日神之子迦尔纳身佩各种饰物和纯金臂环,虽身亡倒地,却宛若一株枝叶繁茂的大树。(42)这位光辉灿烂如纯金、似烈火的人中之虎以自己的武器威力,对般度族人和般遮罗人进行打击后,国王啊!与自己的儿子一起,被普利塔之子的威力镇伏。(43)雄牛(迦尔纳)总是有求必应,从不言一个"不"字。他一向被高尚者视作高尚者,却在一对一的决斗中被杀害了!(44)这位灵魂高尚的人将自己的全部财富都奉献给了婆罗门,他没有什么东西不能奉献给婆罗门,哪怕是自己的生命!(45)他一向受到人们的爱戴,慷慨大方,将一切美好物品赠与别人,现在升天而去,带走了你儿子们胜利的希望、福祉和庇护。(46)在迦尔纳被杀之际,河水断流,昏暗的太阳西沉,而阎摩之子化作的行星,却闪耀着太阳的光辉透迤升空,国王啊!(47)此时,天空崩裂,大地怒吼,狂风劲吹,众人混乱,浓烟四起,火光冲天,大海咆哮,波涛汹涌。(48)群山连同森林一起震颤不已,一切众生惶恐不安,陛下啊!木星紧贴着卢醯尼星座升起,放射出日月般的光辉。(49)在迦尔纳被杀之际,各个方向无法辨清,天空笼罩着一片黑暗,大地不住颤动,曳着火光的流星不时陨落,而夜行的罗刹和野兽则兴奋不已。(50)阿周那用剃刀箭将迦尔纳那面如明月的头颅射落之时,天上、空中和地上众生发出的哀号声不绝于耳。(51)普利塔之子阿周那在战斗中将受到众天神、健达缚和人类尊崇的敌手迦尔纳杀死之后,犹如诛灭弗栗多的千眼神(因陀罗),因自身至高无上的威力而大放光彩。(52)

但见那辆战车发出云中雷鸣般的隆隆声,射出秋天中午太阳般的光芒;车上飘着旗帜,旗徽(猿猴)发出阵阵可怕的吼声;战车光洁明亮如冰雪,似皎月,若海螺,又类乎水晶,镶满黄金、珍珠、宝石、钻石和珊瑚,行驶起来快速无比。(53)两位人中翘楚、光辉如同烈火和太阳的般度之子和诛灭盖辛者(黑天)登上这辆战车,宛若毗湿奴和婆薮之主(因陀罗)同乘一辆战车,在战场上无所畏惧,大放光彩。(54)他们使自己的弓弦、手掌和车轮都发出猛烈的巨响,使敌人变得虚弱无力,又以阵阵箭流摧毁俱卢族人。然后,以猿猴为旗徽者和以鸟中魁首为旗徽者都用力吹响螺号,发出可怕的响声,令敌众心惊胆战。(55)两只螺号都覆盖金网,洁白如雪,音色嘹亮。两位人中佼佼手举这两只优异的螺号,贴近自己美丽的嘴唇,同时吹响。(56)这两只螺号——五生螺号和天授螺号发出的高亢激越的声声号角,响彻天上、空中、大地和江河湖海。(57)两位英雄的号声回响在森林、山岭和河流,响彻四面八方,令你儿子的军队心胆俱裂,却使坚战笑逐颜开。(58)于是,听到那螺号声后,俱卢族人丢下摩德罗国王和婆罗多族国王难敌,婆罗多子孙啊!飞速逃窜。(59)

胜财(阿周那)在战斗中大放光彩,与遮那陀那(黑天)恰似两轮冉冉升起的太阳,众生聚集起来向他们表示祝贺。(60)镇伏敌人的不退者(黑天)和阿周那遍身布满迦尔纳利箭,宛若正在升起的明亮的日月双辉,驱散了黑暗,在战场上放射着光芒。(61)两位英勇绝伦的武士拔去了那些利箭,在朋友们簇拥下,兴高采烈地进入自己的营地,俨若在祭典上被祭司们唤请来的两位天神婆薮之主(因陀罗)和不退者(毗湿奴)。(62)在这场空前的大战中,迦尔纳一被杀死,众天神、健达缚、人类、遮罗纳、大仙、药叉和大蛇便向两位英雄表示最高的敬意,祝福他们胜利和繁荣。(63)

以上是吉祥的《摩诃婆罗多》中《迦尔纳篇》第六十八章(68)。

六九

全胜说：

就这样，在迦尔纳被杀害以及你的军队仓皇逃跑之后，陀沙诃族后裔（黑天）高兴地拥抱普利塔之子，对他说道：（1）"正如诛灭波罗者（因陀罗）诛灭了弗栗多，你也杀死了迦尔纳，胜财啊！人们会对迦尔纳和弗栗多的灭亡谈论不休。（2）弗栗多在战斗中被富有威力的因陀罗用金刚杵诛灭，而迦尔纳被你用弓与利箭杀死。（3）现在，我们就去向英明的法王（坚战）报告你的这一英勇战绩，贡蒂之子啊！它将给你带来荣誉，使你名扬天下。（4）在战斗中消灭迦尔纳，是法王（坚战）长期以来的心愿。今天你告知他这个消息，也就偿清了你欠他的债。"（5）

普利塔之子对雅度族雄牛美发者（黑天）说道："就这样吧！"于是，黑天驾车载着那位战车武士魁首，不慌不忙地踏上归途。（6）接着，乔宾陀（黑天）又对猛光、瑜达摩尼瑜、玛德利的双生子、狼腹（怖军）和善战（萨谛奇）说道：（7）"在我们向国王报告迦尔纳被阿周那杀死的消息时，你们要守在这里，面对敌人，提高警惕。祝你们好运！"（8）

在这些英雄的赞许下，乔宾陀（黑天）驾车载着普利塔之子前往国王的营帐。尔后，他们见到坚战。（9）那位王中之虎正躺在精美的金床上，两人高兴地上前抱住国王的双脚。（10）看到他们两位欣喜若狂的样子和身上异乎寻常的累累伤痕，坚战就知道罗陀之子（迦尔纳）已被杀死，便站起身来。（11）然后，言辞动听的雅度后裔婆薮提婆之子（黑天）向他如实讲述了迦尔纳被消灭的过程。（12）接着，不退者黑天微笑着双手合十，对敌手被诛的国王坚战施礼道：（13）"非常幸运，执甘狄拨神弓者（阿周那），般度之子狼腹（怖军），还有你，国王啊！以及玛德利和般度的孪生子全都平安无事。（14）从这场毁灭英雄的令人毛发直竖的可怕大战脱身之后，赶紧着手做下一步应该做的事情吧！国王啊！（15）凶残的大力士、日神之子、车夫之子迦尔纳已经灭亡。你幸运地获胜了，王中之王啊！你幸运地崛起了，般度之子啊！（16）卑鄙的车夫之子（迦尔纳）曾对在掷骰赌博中输掉的黑公主出言不恭，今天大地正在畅饮他的鲜血。（17）你的这个敌人，俱卢族雄牛啊！遍体插箭，卧倒在地。看哪！人中之虎啊！看那被无数利箭刺得血肉模糊的迦尔纳！"（18）

坚战满怀喜悦，向陀沙诃族后裔（黑天）还礼道："万幸！万幸！"王中之王啊！然后又高兴地说了这些话：（19）"有你做御者，大臂者啊！普利塔之子今天才大展雄风，提婆吉之子啊！对你来说这一点都不稀奇！"（20）接着，俱卢族魁首、护持正法的普利塔之子又拉着黑天佩戴臂环的右臂，对美发者（黑天）和阿周那说：（21）"那罗陀曾经说过，你们两位人中翘楚是古代确立正法的两位天神那罗和那罗延。（22）而聪明睿智的主人黑仙岛生（毗耶娑），大臂者啊！也曾再三给我讲过这个神奇的故事。（23）仰仗你的威力，黑天啊！胜财（阿周那）始终手持甘狄拨神弓，勇敢面对敌人，战胜敌人，从不退缩。（24）当你在战斗中担当起普利塔之子的御者时，就决定了我们必将获胜而决不会失败！"（25）

如是言毕，大王啊！大勇士坚战便登上那辆由生有黑尾、色似象牙的白马驾驭的镶金战车。（26）这位人中之虎在自己军队的簇拥下，怀着对两位英雄黑天和阿周那的赞赏之情，愉快地登程上路。（27）他一路与两位英雄摩陀婆（黑天）和颇勒古拿（阿周那）交谈着，巡视那发生了许多事件的战场。（28）

他一眼望见人中雄牛迦尔纳横尸战场，遍身布满甘狄拨神弓发出的利箭，肢体破裂，血肉模糊。（29）看到迦尔纳与其子一起被杀，坚战王对两位人中之虎摩陀婆（黑天）和般度之子称赞道：（30）"乔宾陀啊！由于得到你这位智者、英雄和保护主的护佑，今天，我和兄弟们一起终于成为大地之王。（31）在大勇士迦尔纳毙命之际，今天，那灵魂邪恶的持国之子看到不可一世的人中之虎罗陀之子（迦尔纳）被杀，对于生活和王位的一切希望都将破灭。（32）由于你的恩惠，人中雄牛啊！我们达到了目的。雅度后裔啊！你和手持甘狄拨神弓者（阿周那）是胜利者。十分幸运，你们赢得了胜利！乔宾陀啊！十分幸运，迦尔纳被消灭了！"（33）

就这样，王中之王啊！法王坚战兴高采烈地对遮那陀那（黑天）和阿周那赞不绝口。（34）尔后，欣喜万分的大勇士们对以怖军为首的众兄弟簇拥下的国王表示祝贺。（35）无种、偕天、般度之子狼腹（怖军），大王啊！以及苾湿尼族最杰出的战车武士萨谛奇，（36）猛光、束发以及其他般度族、般遮罗族和斯楞遮耶族人，都为车夫之子（迦尔纳）被诛向贡蒂之子表达敬意。（37）在对般度之子坚战王表示祝贺之后，那些达到目的、充满胜利豪情、武艺精湛的卓越的武士，（38）又以美妙动听的言辞，对两位镇伏敌人的黑王子大加颂扬。然后，那些大勇士便欢快地返回各自的营地。（39）这场令人毛骨悚然的大屠杀就这样发生了，完全由于你的昏庸失策造成，国王啊！对此你还有什么可悲伤的呢？（40）

护民子说：

听到这个噩耗，国王啊！俱卢族国王持国痛苦至极，昏倒在地。同样，恪守誓约、通晓正法的王后甘陀利也倒了下去。（41）维杜罗和全胜扶起了那位人中之主，他们俩对这位国王好言相劝。（42）同样，众嫔妃宫娥也搀扶起甘陀利。在维杜罗和全胜两人的劝慰下，神情恍惚的国王沉默不语。（43）

以上是吉祥的《摩诃婆罗多》中《迦尔纳篇》第六十九章(69)。

《迦尔纳篇》终。

第九　沙利耶篇

沙利耶伏诛篇

一

镇群说：

再生者啊，迦尔纳在战场上被左手开弓者（阿周那）杀死以后，剩下的俱卢族人就很少了。他们是怎样做的呢？（1）看到般度族军队情绪高涨，俱卢族国王善敌（难敌）做了什么当时该做的事呢？（2）再生者中的翘楚啊，我很想请你把这些讲给我听。对于已逝者的伟大业绩，我听起来从不厌倦。（3）

护民子说：

国王啊，迦尔纳死后，持国之子善敌极度绝望。他陷入无边的悲痛之海。（4）怀着忧伤，他一遍又一遍地呼唤着："啊，迦尔纳！啊，迦尔纳！"然后，同幸免于难的王公们，艰难地返回了自己的营帐。（5）尽管有众王公引经据典，说明道理，百般抚慰，他想到车夫之子（迦尔纳）已经丧生的事实，无论如何不能使自己平静下来。（6）最后，认识到命运和必然都无法抗拒，国王决定继续战斗。于是，他又步出营帐，走向战场。（7）这位王中雄牛按照以往的规矩任命沙利耶为军队统帅，然后带着那些死里逃生的王公们，回到战场。（8）接着，婆罗多族俊杰啊，厮斗又在俱卢族和般度族之间重新展开。一时杀声震天，犹如天神和阿修罗在彼此拼搏。（9）大王啊，在战斗中，沙利耶大肆杀戮般度族的军队。到正午时刻，他自己倒在了法王（坚战）的脚边。（10）国王难敌的族人尸横遍野，他自己也逃离了战场。强大的敌手令他丧胆失魄。他逃入了一个泥泞可怕的池塘。（11）当天下午，许多大勇士围住了池塘。然后，怖军把难敌诱迫出来，杀死了他。（12）看到这位伟大的弓箭手遭杀，三个侥幸活

下来的战车手怒火中烧。王中之王啊,他们趁着月夜杀死了般遮罗族的战士们。(13)

第二天早上,全胜走出营帐,向俱卢族的都城走去。他心情沮丧,充满忧伤。(14)快步走进城后,他痛苦地举起双臂,浑身颤抖,进入王宫。(15)人中之虎啊,这悲伤的人哭诉道:"国王啊,真是可怕!那具有伟大灵魂的人遭到杀害,我们的军队垮了!(16)啊,时间的力量实在强大!它大步向前,踏毁一切!我们那些像天帝释一般孔武有力的国王们全都死了!"(17)看到全胜这个样子,国王啊,所有在场的人都激动异常。他们泪流满面,哭喊道:"国王啊!"(18)人中之虎啊,听到国王的噩耗,所有的人,连孩子在内,都悲伤万分,不禁失声痛哭起来。哀号之声,到处可闻。(19)人们也看到那三位人中雄牛在奔跑。这三个人被强烈的悲痛折磨着,失去理智,疯了一般。(20)全胜心绪烦乱,进入王宫,看到了那最优秀的人中之君,以智慧为双眼的伟大国王。(21)这位无瑕者坐在那里,身边围着他的儿媳们、甘陀利和维杜罗。(22)在座的还有他的好友和亲族,他们都是心疼老王的人。老王的心还沉浸在迦尔纳战死的消息中。(23)

来到国王面前,内心充满悲痛的御者(全胜)边哭边说,镇群王啊,泪水使他的声音哽咽不清:(24)"人中之虎啊,我是全胜。婆罗多族雄牛啊,向你致敬!摩德罗王沙利耶死了,妙力之子沙恭尼和孔武有力的吉多婆之子优楼迦也死了。(25)所有敢死队的人都死了。所有的甘波阇人和塞种人都死了。所有的弥戾车人、山地人、耶婆那人也都倒地而死。(26)东方人,大王啊,还有南方人,全都死去了。北方人,众人之主啊,还有西方人,也全死了。无论是国王,还是王子,统统被杀死了。(27)国王啊,难敌被般度之子(怖军)杀死了,照着后者当初发誓要做的那样。大王啊,他的腿折断了,浑身血迹,僵卧在尘土之中。(28)猛光和不可战胜的束发死了。国王啊,优多贸阇、瑜达摩尼瑜和钵罗跋德罗迦人也死了。(29)人中之虎般遮罗人和车底人被杀死了。婆罗多后裔啊,你的儿子都死了,德罗波蒂的儿子也死了。迦尔纳勇敢无畏而又武艺高强的儿子牛军也死了。(30)参战的人都阵亡了,大象也倒地而死。人中之虎啊,驾车战斗的将士和骏马都横尸在疆场上。(31)主上啊,你军营里的人已经所剩无几。这全是同般度族勇士们对抗的结果。(32)世界被命运弄得失去了理智,剩下的差不多只有妇女了。般度族有七人未死,持国一方仅余三人。(33)前者是五个兄弟,加上婆薮提婆之子(黑天)和萨谛奇。后者是慈悯、成铠和胜者中的胜者德罗纳之子(马嘶)。(34)大王啊,王中翘楚,在你这方面,全部上阵的人员中,死里逃生的只有这几个战车手。人民之主啊,其他人全战死了。(35)婆罗多族雄牛啊,都是因为难敌与坚战作对,整个世界就这样被命运毁灭了。"(36)

大王啊,听到全胜这一番痛彻肺腑的诉说,人中之王持国颓然倒地,人事不省。(37)见老王倒地,众人敬仰的维杜罗深深为之难过,也倒在了地上。(38)王中俊杰啊,听到这可怕的消息,甘陀利和俱卢族的其他女人也都一下子昏死过去。(39)国王周围的人就这样东倒西歪,意识不清,谵语连连,那景象很像是一幅涂在画布上的故事画。(40)国王持国,这大地之主,被儿子们的不幸遭遇击倒了。后来,他又困难地渐渐恢复了正常的呼吸,(41)神志也开始恢复过来。国王抬眼四望,内心悲凉,身体禁不住嗦嗦抖动。他对奴婢子(维杜罗)说:(42)"好学问的奴婢子啊,智慧不凡的人!你现在是我这无助者惟一的指望了。婆罗多族雄牛啊,我的儿子已经死光!"说过这话以后,他又失去知觉,倒在地上。(43)看到他再次昏倒,他的族人们便用凉水喷他,又用扇子扇他。(44)过了很长时间,这大地的保护者才恢复过来。他深怀失子之痛,默默陷入沉思,不时地发出叹息。人民之主啊,他看上去就像一条关进罐子的蛇。(45)看到老王痛苦欲绝,全胜又流起了眼泪。众人景仰的甘陀利和其他女眷们也痛哭不止。(46)又过了很久,人中之虎持国迷离恍惚,反反复复地对维杜罗说:(47)"让女人们离开吧,请那远近闻名的甘陀利和我的朋友们也离开。我痛苦的心已经破碎不堪。"(48)听国王这么说,婆罗多族雄牛啊,奴婢子(维杜罗)便开始慢慢地将妇女们逐个请出宫去。他自己的身体也在不停地颤抖。(49)所有的女眷都退出了王宫,朋友们也全部离去。婆罗多族雄牛啊,他们边走边看着陷入悲痛的国王。(50)全胜十分难过,他看到国王已经恢复知觉,正在痛苦的煎熬下哭泣。(51)奴婢子(维杜罗)双手合十,正在用温和的言词一

遍遍地抚慰那不断叹息的人中之王。(52)

以上是吉祥的《摩诃婆罗多》中《沙利耶篇》第一章(1)。

二

护民子说：

女眷们走后，大王啊，安必迦之子持国陷入了比以前更大的悲痛。(1) 他喘息着，就像在吐出烟气。他的手臂不停地摇动。沉思了一会儿之后，他说出了如下的话：(2) "唉，这是多么巨大的痛苦啊！御者啊，我从你那里听到般度诸子在战场上安然无恙，也无损失。(3) 我的心确实像金刚石的核心一样坚硬，即使是听到自己儿子的死讯也没有破碎。(4) 可是，全胜啊，一想到他们儿时说话和游戏的样子，现在再听到他们死亡的消息，我的心就真的彻底碎了。(5) 诚然，由于失明，我不曾见过他们的模样，但是父子之情还是使我对他们充满了永恒的爱。(6) 听着他们经过孩提时代，经过青春期，变成了成年人，无瑕者啊，我真是高兴。(7) 然而，如今我却听说他们死了。他们的精神气，他们的王国都不复存在了。儿子带给我的伤痛撕扯着我的心，我再也无法平静。(8)

"儿子啊，王中之王！[①] 来吧，到我这无助者这里来！失去了你，巨臂啊，我到哪里去找自己的归宿呢？(9) 大王啊，你曾是族人们和朋友们的庇护者。英雄啊，现在你到哪里去了，留下我这瞎眼的老人？(10) 你曾有过何等的慈悯，何等的友善，何等的骄傲。[②] 你这沙场无敌的人是怎样被普利塔之子杀死的呢？(11) 你怎么会像一个平庸无能的国王，撂下前来助战的大地之主们，自己倒在战场上？(12) 如今还有谁在清晨'爸爸'、'爸爸'地将我唤醒，或者不断地唤我'大王'，唤我'人民之主'？(13) 你总是用你湿润的眼睛看着我，满怀深情地勾着我的脖子，对我说：'俱卢后裔啊，请指示我。'话说得那么通情达理。(14) 亲爱的孩子啊，真的，我还能听到你嘴里说

[①] 指难敌。
[②] 意思是这些东西到关键时刻却都无济于事。

出的那些话。你说：'我的土地和普利塔之子（坚战）的一般大。(15)福授王、慈悯、沙利耶、阿凡提王、胜车王、广声、月授大王和波力迦，(16)马嘶、安乐王、勇力无比的摩揭陀王、巨力王、迦尸王和妙力之子沙恭尼，(17)成千上万的弥戾车人、塞种人、耶婆那人、善巧、甘波阇王和三穴国王，(18)老祖父毗湿摩、婆罗堕遮之子（德罗纳）、乔答摩之孙（慈悯）、闻寿、不退寿和勇敢的百寿，(19)水连、鹿角仙人之子、阿罗瑜达罗刹、大臂指掌和大勇士妙臂，(20)以及众多的其他国王都准备好了，王中俊杰啊，愿意为我的事业献身疆场。(21)我站在战场上，在所有这些人中间，四周由我的弟兄们围护着。我将会勇战般度族人和般遮罗人，(22)王中之虎啊，还有车底人、德罗波蒂的儿子们、萨谛奇、贡提婆阇和瓶首罗刹。(23)他们之中的任何一个人，每当激于义愤的时候，都能在战场上抵挡大批蜂拥而至的般度军队，大王啊，更何况这些英雄准备团结一致，共同对敌！(24)王中之王啊，他们将会一齐同般度族的追随者作战，把他们消灭在战场上。(25)迦尔纳一个人，再加上我，就足以把般度人统统消灭。那些英武的国王将统统臣服在我的权威之下。(26)他们的领导者，伟力无穷的婆薮提婆之子（黑天）将不会给自己配备武器——这是他亲口对我说的。'(27)

"御者啊，这样的话难敌对我说过无数次。所以，我理所当然地相信般度族将横尸疆场。(28)谁知，后来我的儿子们置身在他们中间，奋力战斗，自己却被杀死了。除了命运注定如此，还能是别的什么呢？(29)武艺高强的世界之主毗湿摩与束发对阵，结果被杀，真可说是一头兽中之王遇到豺狼，却被杀死。(30)婆罗门德罗纳可称样样武器无所不精，却在战场上死于般度族人之手，除了命运使然，又能作何解释？(31)在战场上，广声死了，月授和波力迦也死了。大王啊，不是命运使然，又是什么？(32)善巧死了，俱卢族的水连、闻寿和不退寿也死了。不是命运使然，又是什么？(33)巨力死了，大力士摩揭陀国王、阿凡提国王、三穴国王以及许多敢死队都死了。不是命运使然，又是什么？(34)指掌死了，国王啊，阿罗瑜达罗刹和鹿角仙人之子也死了。不是命运使然，又是什么？(35)作战凶猛的那罗延牧人们和成千上万的弥戾车人也死了。不是命运使然，又是

669

什么？（36）妙力之子沙恭尼死了，雄壮而又孔武有力的英雄吉多婆之子（优楼迦）死了。不是命运使然，又是什么？（37）无数骁勇善战的国王和王子，他们臂膀有如铁闩，现在也死了。不是命运使然，又是什么？（38）全胜啊，刹帝利们从不同的地方来到这里，他们全都在沙场上倒下了。不是命运使然，又是什么？（39）我那武力不凡的儿子和孙子们，还有我的朋友和兄弟，都死了。不是命运使然，又是什么？（40）人生在世，注定要受命运摆布。交好运的，就有福分等着。（41）我被好运抛弃，也就注定会失去儿子。全胜啊，我已登耄耋之年，怎么能向敌国称臣呢？（42）有力者啊，现在我别无选择，只有到森林里去生活了。我将要到森林里去，因为我已经失去亲友，没有族人。（43）除了森林，对我来说，再没有更好的归宿。全胜啊，我是一个剪掉羽翼的人。对我来说，这是惟一的出路。（44）难敌被杀死了，沙利耶被杀死了，勇力无比的难降和毗迦尔纳也殒命疆场。（45）当此时刻，难道还让我去忍受怖军的咆哮吗？他一个人就杀死了我一百个儿子！（46）他一定会当着我的面反复唠叨难敌的死。我痛苦悲伤，肝肠寸断，无法再去忍受他那粗鲁的语言。"（47）

　　这位失去亲人的大地之主，在悲痛中受着煎熬。对儿子的思念占据了他的整个身心，一次又一次地扰乱他的神志。（48）在长时间伤心落泪之后，安必迦之子持国想起本族的失败，又开始深长地叹息。（49）婆罗多族雄牛啊，巨大的伤痛如火焰般炙烤着他，他又向牛众之子（全胜）询问起战场上发生的情况。（50）他说："毗湿摩和德罗纳倒下了，车夫之子（迦尔纳）也倒下了。这以后我方推举了谁做军队的统帅？（51）我方推举的统帅，过不了多久，般度族人就会把他杀死。（52）毗湿摩是在前锋的位置上，就在众人面前，被有冠者（阿周那）打倒的。德罗纳也是这样当着众人的面被杀死的。（53）同样，威武的车夫之子迦尔纳也在众国王的面前被有冠者杀死了。（54）早先，灵魂伟大的维杜罗就曾对我说过，由于难敌的错误，全体人民都将遭到毁灭。（55）有些人会愚蠢到事情摆在眼前，全然视而不见。这话说的，就是我这样的蠢人。（56）维杜罗是有眼光的人，灵魂中渗透着正法。他的话果然应验了，因为他说的是真理。（57）命运让我的心智遭到污染。我没有听他的话而采取正确的行动。结果恶行带

670

来了恶报。牛众之子啊,再给我讲讲其他的情况吧。(58)迦尔纳死后,谁做了我们军队的首领?是谁驾着战车去迎击阿周那和婆薮提婆之子(黑天)的?(59)在战场上,谁保护摩德罗王战车的右翼?谁保护那冲锋陷阵者的左翼?又是谁在为那英雄殿后?(60)当你们大家聚集在一起的时候,全胜啊,怎么力大无比的摩德罗王和我的儿子就会被般度诸子杀死了呢?(61)请你如实地告诉我,婆罗多族是怎样遭到大毁灭的,我的儿子难敌又是怎样在战场上死去的。(62)所有般遮罗人和他们的追随者是怎样死去的,还有猛光、束发和德罗波蒂的五个儿子。(63)请告诉我,般度五子是怎样从战场上逃脱的,还有两个沙特婆多族人,[①]以及慈悯、成铠和婆罗堕遮之孙(马嘶)。(64)我想知道这场战争的前前后后是个什么样子。全胜啊,你擅长叙述,就请把这些全讲给我听吧。"(65)

以上是吉祥的《摩诃婆罗多》中《沙利耶篇》第二章(2)。

三

全胜说:

国王啊,那就请专心致志,听我讲述俱卢族和般度族是怎样彼此对抗,到头来演成了一场大屠杀的。(1)车夫之子(迦尔纳)被灵魂伟大的般度之子(阿周那)杀死以后,军队一次次逃跑而又重新集结。(2)你的儿子怀着一颗为悲伤所咬啮的心向后退却,你的军队看到普利塔之子大步逼近而惊恐万分。(3)四周军队遭到蹂躏发出的哀号响在士兵们的耳际。婆罗多后裔啊,面对灾难,他们在考虑何去何从。(4)看到战场上那些灵魂高尚的王中因陀罗们已经明显失态,战车和车厢纷纷掀翻倒地,(5)尊者啊,看到大象和步卒都被打倒,恐怖的战场犹如楼陀罗的游戏场,(6)看到那成千上万死去的王公默默无闻的结局,国王啊,年高德劭的慈悯动了哀怜之心。(7)精力充沛,长于言词的慈悯来到人主难敌的面前,以难以抑制的愤怒对他说

[①] 指黑天和萨谛奇。

道：(8)"难敌啊,俱卢后裔！请听我说。如果你听了满意,那么,无瑕者啊,你就照着去做吧。(9)王中之主啊,没有比奉行战斗之法更高的人生道路了。刹帝利雄牛啊,凡信奉此法的刹帝利,都要冲锋陷阵。(10)任何职业刹帝利都应该同他的儿子、兄弟、父亲、外甥、舅父、亲戚和族人并肩战斗。(11)捐躯疆场,最合正法。临阵脱逃,就是背离正法。因此,渴望生活的刹帝利的生活方式,是残酷可怕的。(12)

"在这方面,我想对你敬献一点良言。现在,毗湿摩、德罗纳和优秀的战车手迦尔纳已经倒下,(13)胜车和你的兄弟们,以及你的儿子罗奇蛮,也战死了。剩下该由我们来做的是什么事呢?(14)我们曾把我们关切的国事重担委托给这些英雄。如今他们捐弃自己的躯体,去了那知梵者的世界。(15)我们失去了品质优异的大勇士,也使众多王公丧了命。现在,我们只能在哀痛中继续前进。(16)不过,即使他们全都活着,毗跛蓏(阿周那)也是不可战胜的。这位黑眼睛的巨臂英雄,连天神都接近不了。(17)即使让俱卢族大军①向饰有猴像的旗帜②推进,他们也不免胆战心惊。这面旗帜像因陀罗的旗帜一样高,还像因陀罗的神弓和金刚杵一样闪耀着光芒。(18)听到毗摩(怖军)的狮子吼,听到五生螺号的嘟嘟声,听到甘狄拨神弓的嘣嘣声,我们的心就会收紧。(19)甘狄拨神弓动如闪电,璀璨夺目,看上去宛如一圈火焰。(20)巨大的弓身装饰着纯金,抖动起来,就像闪电从铺天盖地的浓云中劈出。(21)和乌云受着劲风的推动一样,精通武艺,天下第一的阿周那在黑天的驱动下,摧毁你的军队,就像熊熊的烈焰吞噬冬日浓密的干草。(22)胜财(阿周那)像大因陀罗一样光彩照人。他冲入我们的军阵,看上去宛如一头四齿大象。③(23)胜财使你的军队陷入混乱,又让那些王公们丧魂落魄,那

---

① 这里的大军,说的是一支声势浩大的队伍,包括729头大象,729辆战车,2187名骑兵,3645名步卒。

② 指阿周那的旗帜。阿周那在一次周游中看到以前猴众为罗摩渡海进攻楞伽岛造的桥,认为只要用箭造桥即可,不必动用猴众。为此,他同一个年轻的猴子打赌,只要猴子踩塌了他的箭桥,他便投火就死;踩不塌,则猴子归他为奴。结果猴子两次胜斯,阿周那难免一死。此时过来一婆罗门少年,提议重赌,由他仲裁。这一次猴子失败,在婆罗门的建议下,做了阿周那旗帜上的标志。实际上,婆罗门少年即黑天大神,猴子即哈奴曼。

③ 因陀罗的坐象为四齿。

景象就如大象踏入了长满莲花的池塘。(24)这位般度之子用他的弓声吓住了敌方的将士,在我们看来,正像一头猛狮吓坏了鹿群。(25)这两个世上最伟大的弓箭手,这两个所有携弓者中的雄牛,这两个身被铠甲的黑王子,在世人中间闪耀着光辉。(26)婆罗多后裔啊,这场恶战开始以来,到如今已是第十七天。很多人都在战争中死去了。(27)你的军队四散奔逃,就像秋云被劲风吹得到处飘荡。(28)大王啊,你的军队在左手开弓者(阿周那)面前颤抖不已,就像大海上一叶孤舟在狂风中随浪颠簸。(29)车夫之子(迦尔纳)哪里去了?德罗纳和他的大批追随者哪里去了?我在哪里?你在哪里?诃利迪迦之子(成铠)哪里去了?你的兄弟难降和别的兄弟到哪里去了?(30)阿周那看到胜车已在自己的箭程之内,便朝着你的兄弟、娘舅、亲戚和盟友们奔去。(31)他向他们发起进攻,冲到阵前,当着众人的面,杀死了胜车。国王啊,事已至此,我们该如何行动?(32)如今,我们之中应该由谁来战胜这般度之子呢?这伟大的战士有各式各样神奇的武器。他那嘣嘣作响的'甘狄拨'已经使我们失魂落魄。(33)没有统帅的军队就像没有月亮的夜晚,还像岸上树木已被大象折毁的河流,势必陷入混乱。(34)那膂力无比的驱白马者(阿周那)在缺乏将领的军队中任意横冲直撞,就像灌木丛中熊熊燃烧的一团火焰。(35)萨谛奇和怖军的猛烈攻击,足以使高山崩毁,大海干涸。(36)众人之主啊,毗摩(怖军)当众所发的誓言,几乎都实现了;其余那些,他也将让它实现。(37)当迦尔纳面对般度之子的军队时,那军队正受到'甘狄拨'神弓的严密保卫,难以接近。(38)你们曾经无缘无故对善良的人做了那么多坏事。现在,报应降临到了你们头上。(39)

"为了自己的利益,你曾努力夺取整个世界。婆罗多族雄牛啊,你现在的境况十分危险。(40)难敌啊,请你保护好你的自我,因为自我是一切的庇护所。如果这个庇护所毁坏了,一切也就四散了。(41)势弱的一方应该寻求和解;势均力敌,也是一样。如果己方势强,就应积极投入战斗。这是毗诃波提确定的策略原则。(42)目前,就力量和能力来说,我们弱于般度诸子,所以,主人啊,我想同他们讲和是最可取的办法。(43)一个不能判断什么对自己有利的人,难免对有利的情况视而不见。这样的人会很快丢失王国，也不可能为自己谋得利益。（44）向坚战国王屈膝求和，我们就能够保住自己的王国。这是上策。否则，国王啊，我们就会由于愚蠢而走向失败。（45）坚战为人，同情心重。只要奇武之子（持国）说话，乔宾陀（黑天）求情，坚战一定会将王国留给你。（46）对于不可战胜的坚战王、阿周那和怖军来说，凡是感官之主（黑天）讲的，他们都会照做。这是没有疑问的。（47）我看，黑天不会把俱卢族持国的话当作耳旁风，般度之子也不会把黑天的话当作耳旁风。（48）我以为，对你来说，与普利塔之子停战是最有利的选择。我对你这样讲，不是出于怜悯，也不是为了挽救自己的生命。国王啊，我对你讲这话，是因为它对你有利。你在生命的最后一刻一定会想起我这番话的。"（49）

有年之子慈悯已经年迈。说完这番话后，他叹了一口气，既长又热，同时深深地陷入悲痛，几乎晕倒。（50）

以上是吉祥的《摩诃婆罗多》中《沙利耶篇》第三章（3）。

四

全胜说：

人民之主啊，听了名声显赫的乔答摩之孙（慈悯）这样一番话后，国王难敌叹了一口气，既长又热。随后他沉默下来。（1）沉思了一会儿，这位伟大的持国之子，敌人的折磨者，对有年之子慈悯说了这样的话：（2）"所有好朋友该说的话，你都对我说了。你不惜生命，参加作战，为我做了种种事情。（3）世上的人都看到你冲入敌阵，面对威力无比的般度族大勇士们，勇敢战斗。（4）朋友应该说的话，你都对我说了。可是，就像药草对于垂死的人一样，它并不使我高兴。（5）巨臂啊，你说的话尽管不乏原因和道理，堪称高见，但是，对我来说，最优秀的婆罗门啊，它似乎并不可取。（6）般度之子曾被我们夺走了王国，凭什么他还相信我们？我们还在掷骰子赌博中赢了这位富有的国王。我的话他怎么会相信？（7）当初黑天代表普利塔之子的利益，作为使节，来到我们这里。可是，感官之主（黑天）被我们欺骗了。婆罗门啊，我们同他立场敌对。他怎么会爱听我们的话呢？（8）德罗波蒂站在大会堂里，悲伤地啼哭。黑天绝不会忘记那时的情景，也不会忘记是我们夺走了坚战的王国。（9）过去我们曾经听说两个黑王子共有一个灵魂，他们紧密地结合在一起。现在，这事我们亲眼看到了。（10）美发者（黑天）听到自己外甥（激昂）的死讯后，一个个夜晚都是在痛苦中度过的。我们对他犯下了罪过，他凭什么原谅我呢？（11）激昂死了，阿周那也变得郁郁寡欢。他还会花力气为我操心吗，即使我去求告他？（12）般度的仲儿怖军[1]力量巨大且凶猛异常。他立下过可怕的誓言，说他要做的是折断，而不是弯曲。（13）这两个英雄对我们充满敌意。他们身被铠甲，手持利剑，活像是一对阎摩王。（14）猛光和束发同我也是势不两立，最优秀的再生者啊，他们会花力气为我操心吗？（15）难降当着大庭广众残忍地侮辱过德罗波蒂，其时她月事在身，只穿着一件衣裳。（16）般度之子们到今天也没有忘记那可怜裸身的德罗波蒂。这些敌人的折磨者是不会退出战场的。（17）木柱王之女德罗波蒂，为了毁灭我们，为了使她丈夫们的目的得以实现，一直修炼最严酷的苦行。她每晚睡在硬地上，准备一直如此，直到复仇一天的到来。（18）婆薮提婆之子（黑天）的同胞姊妹（妙贤）将自负和骄傲弃置一边，像个婢女一样侍奉德罗波蒂，谨慎地为她服务。（19）所有这一切都如上腾的火焰，无论如何无法熄灭。在激昂死后，他们就更不会同意缔和了。（20）

"我过去享有过周边环海的大片土地，如今再凭着般度人的恩典，偏安于一个小小王国，这怎么可能呢？（21）我曾如太阳一般，照耀于众王之上，怎么能一下子变成奴仆，跟在坚战的后面亦步亦趋？（22）我曾经应有尽有地享受过，也曾大把大把地施舍过，怎么能再和卑贱的人一起过卑贱的生活呢？（23）对于你温和而充满善意的话，我是不会生气的。但是我想，无论怎样，现在还不是讲和的适当时机。（24）敌人的折磨者啊，依我看，勇敢地投入战斗才是正途。现在不是表现懦弱的当口，而是需要共同战斗的时刻。（25）我举行过多次的祭祀，也慷慨地将酬金付与婆罗门。我希望达到的目的都达

---

[1] 般度和贡蒂生有三子：坚战、怖军和阿周那。怖军是居中的老二。

到了。我曾经正规地学习吠陀圣典。我也曾脚踏敌人的头颅。(26)仆人们我都尽心供养,穷困者我都一心救助。我不止一次地踏上敌国。我依法治理我的国家。(27)我已经享受过各种快乐。我积极致力于人生三要。① 我偿还了对于祖先的债务,完成了刹帝利应尽的职责。(28)世上并无恒久不衰的幸福,更何况王国和声望。令名是值得追求的,但途径只能是战斗,而不是其他。(29)对于一个刹帝利来说,死在家里是为人诟病的。如果他死于家中的床上,则更是违背正法,其罪莫大。(30)只有那一生谨行祭祀,最后将生命弃置在荒林,或牺牲于沙场的人,才能在死后获得伟大的名声。(31)围在泣不成声的亲戚中间,在病痛和衰老的折磨下可怜地死去,真正的人不是个死法。(32)

"现在,我要放弃各种享乐,通过战斗,去往至善之境。那是人能得到的最高归宿。(33)只有行为高尚,聪明智慧,崇尚真理,坚持行祭,在沙场上从不退缩的英雄,(34)才有资格住在天国之中。他们是以武器为祭品者。可以肯定,天国中一群群欢乐而又光彩照人的天女注视着他们。(35)过世的祖先也注视着他们。在天国里,他们在众天女的簇拥下,心情愉快。在因陀罗的集会上,他们也备受敬重。(36)我们将要登上的就是这样一条路。它是不死的神明、战场上不知退缩的英雄们行走的路,(37)也是年迈的祖父(毗湿摩)、智慧的老师(德罗纳)、胜车、迦尔纳和难降行走的路。(38)为了我的事业,多少勇敢的国王奋不顾身,最终牺牲了自己的性命。他们躺倒在大地上,遍体箭伤累累,四肢鲜血流淌。(39)这些英雄精通最优良的兵器,一向依照经典举行祭祀。他们履行了自己的职责,捐弃了自己的生命,最后在因陀罗的天国里居住下来。(40)他们开通了这条道路。这条道路将会十分难行。将有巨大的人流蜂拥而来,奔走在这善人之途上。(41)那些英雄为了我的事业而捐躯。想到他们的功勋,我就觉得应该偿还我所负的债责,而不该总是想着自己的王国。(42)如果我使我的朋友、兄弟和父辈们赴死,而自己却保全了性

---

① 三要是传统印度教为婆罗门、刹帝利和吠舍这些"再生者"所设定的三个人生目标:法、利、欲。法指正确的行为,包括社会要求人履行的各种责任、义务、规矩和宗教礼仪。利指可以享受的手段,如财物、权力、名声等。欲首指情爱,也包括种种耳目之娱和权力带来的享受。

命,世人必会对我大张挞伐。(43)如果我对般度之子俯首称臣,而偏安之地却缺乏亲族、朋友和关心爱护自己的人,那还称得上是什么王国!(44)我已经征服过这个世界。我将奋力战斗,以求上达天国,此外别无他途。"(45)

听了难敌这番话后,在场的刹帝利全都肃然起敬,对这位国王齐声说道:"善哉!善哉!"(46)他们不再为失败感到悲伤,转而下定决心,拿出勇气,义无反顾,准备战斗,因而倍感兴奋。(47)于是,这些渴望战斗的俱卢族人喂好牲畜,转移到另外一块距战场不到两由旬的地方,歇息下来。(48)他们来到雪山山脚一块空旷无树的台地,美丽而吉祥。在红色的娑罗私婆蒂河边,他们饮水沐浴。(49)你的儿子们精神振奋,来回走动。他们一方面自我激励,一方面互相鼓舞。国王啊,所有的刹帝利都在命运的驱使下,重新振作起来。(50)

以上是吉祥的《摩诃婆罗多》中《沙利耶篇》第四章(4)。

五

全胜说:

大王啊,在大雪山的山麓,那些渴望战斗的人们驻扎下来。所有的战士也都聚集在这里。(1)沙利耶、花军、大勇士沙恭尼、马嘶、慈悯和沙特婆多族的成铠,(2)苏室纳、阿利私吒塞那、英勇的持军和胜军,这些国王就这样在这里过了夜。(3)自从英雄迦尔纳死于沙场之后,胜利在望的般度族使你的儿子们胆战心惊。他们已经无处藏身,除了此时的大雪山。(4)国王啊,现在这些人决心在沙场上再显身手。他们当着众军士的面,一齐对难敌王施礼如仪,说道:(5)"请你甄拔一位军队统帅,带领我们向敌人作战。在他的保护下,我们一定能在战场上征服那些同我们对立的人。"(6)

于是,难敌伫立在战车上,驶向那最优秀的战车手[①],那位精通一切战法,在战场上像毁灭者[②]一般可怕的勇士。(7)他四肢漂亮,

---

[①] 指德罗纳之子马嘶。下面至第16颂都是对他的描写。
[②] 指阎摩王。

顶戴头盔,颈似螺贝,说话优美动听,面如莲花饱绽,口牙阔如猛虎,伟岸像弥卢山。(8)他的肩、眼、步态和声音,正像斯塔奴之牛①;他的长臂肌肉丰满,关节灵活,胸部宽阔而厚实。(9)他的力量和速度堪与金翅鸟和风神相比较;他的光彩有如太阳,智慧足以同优沙那一决高下。(10)他的外貌、形体和容颜超群出众,堪与月神相媲美;他的身体看上去像是由紧密连结的黄金和宝石所构成。(11)他的腰部、臀部和大腿外形健美,小腿、手指和指甲也十分好看;他的整个身体,似乎就是创造主将世上创造物的优点一件件挑选出来,精心攒集而成。(12)他的相貌在一切方面都完美无缺;他聪明过人,腹中经典如海;他以神速战胜强敌,而从不为敌人的武力所屈。(13)他透彻地掌握武器的学问"十支"和"四根"②;他通晓全部四吠陀和吠陀支,以及第五种学问——历史传说。(14)德罗纳以顽强的意志,通过严格的誓约,敬拜了三眼大神(湿婆),然后这位并非妇女所生的大苦行者通过一位亦非妇女所生的妻子,生下了他(马嘶)。(15)他的业绩无与伦比,天生美貌举世无双,任何学问无不精通,优良品质无一不备,举止行为无懈可击。此时,你的儿子驱车来到马嘶跟前,说道:(16)"你是尊敬的先师之子,我们全体将士的最高归宿!请你告诉我,如今我的军队,应该由谁担任统帅。应该把谁置于军队之首,才能使我们团结一致,在沙场上战胜般度族人。"(17)

德罗纳之子(马嘶)说:

请选择沙利耶担任你军队的统帅吧。无论就出身、勇敢和精力,还是就名声、美貌和任何别的品德来说,他都是最优秀的。(18)他是一个知恩感激的人。他离开了自己的外甥们,来到我们这边。这位巨臂之人拥有大批的军队,真可称作天军统帅第二。③(19)王中魁首啊,你任命这位国王作我们全军的统帅,我们必能获得胜利,就像有了室建陀作统帅的天军一样。(20)

---

① 斯塔奴为大神湿婆名号。他的坐骑是一头公牛。
② "十支"有多说,其一为:弓、箭、弓弦、教师、徒弟、双臂、(大象、战车等等的)驭手、目标、专注、射手。"四根"为:华美、坚固、稀罕、贴身。
③ 天军统帅指战神室建陀。

全胜说：

听了德罗纳之子（马嘶）这一番话，所有国王围站在沙利耶的身边，发出胜利的呼声。他们下定了继续作战的决心，准备向敌军愤怒冲击。（21）难敌走下战车，双手合十，对立在车上，堪与罗摩和毗湿摩相比的沙利耶说道：（22）"重交情的人啊，对于朋友们来说，关键的时刻到了。此时，聪明智慧的人应该分辨谁是真正的朋友，谁不是真朋友了。（23）可敬的人啊，我要请你这位大英雄担任统帅，在我的军队前面带领他们。当你开向战场的时候，般度族人和他们的亲友将会闻风丧胆，而般遮罗人也会士气低落。"（24）

沙利耶说：

俱卢族国王啊，我一定遵旨去做！我的一切，都将为了你钟爱的事业而献出，包括我的生命、王国和财富。（25）

难敌说：

舅父啊，我委任你为军队统帅，请你比任何人都更可靠地保护我们，最优秀的战士啊，就像室建陀在战场上保护众天神一样。（26）王中魁首啊，请灌顶为帅吧，就像火神之子①就任天军统帅一样。英雄啊，去到战场上制服敌人吧，就像因陀罗制服众檀那婆②一般。（27）

以上是吉祥的《摩诃婆罗多》中《沙利耶篇》第五章（5）。

六

全胜说：

听了国王这番话后，国王啊，威武的摩德罗王便对难敌说道：（1）"巨臂难敌啊，言辩之雄！请听我说。你觉得那两个黑王子③站立在战车上，都是最高明的车兵。然而，若论膂力，他们两个加在一起，也不是我的对手。（2）怒气上来，我敢在阵前同全世界作战，

---

① 即战神室建陀。因为他系湿婆将自己的种子投入火中而生，故名。
② 檀奴之子，父亲为迦叶波。他们身躯巨大，曾与众神作战。
③ 指黑天和阿周那。

包括全副武装的天神、阿修罗和人类,更何况般度之子们!我将在战场上把那一齐上阵的普利塔之子们和苏摩迦人统统打垮!(3)我会担任你的军队统帅,没有问题。我会布置好战阵,使敌人无法击破。我此话当真,难敌啊,不必怀疑。"(4)人民之主啊,听了摩德罗王这些话后,难敌王喜形于色,马上按照经典规定的仪式,在军队中为他灌顶授职。(5)沙利耶灌顶过后,婆罗多后裔啊,一阵巨大的狮子吼在你的军队里爆发出来,各种器乐声也同时响起。(6)俱卢族军队和摩德罗族大勇士们高兴异常。他们齐声赞颂能征惯战的国王沙利耶:(7)"万岁,大王!胜利属于你!把敌人统统杀死吧!有你那强大膂力的帮助,大力的持国之子们定能消灭敌人,统治整个大地!(8)你能在战场上打败包括天神、阿修罗和人类在内的所有对手,更不要说那苏摩迦人和斯楞遮耶人①,他们本是服从那生死规律的②。"(9)受到大家众口一词的称颂,强大有力的摩德罗王满心欢喜,这欢喜是寻常俗人无从获得的。(10)

沙利耶说:

王中之主啊,今天,我将要在战场上消灭所有的般遮罗人和般度族人,否则就捐躯阵前,上升天国。(11)今天,让世人看我怎样采取无畏的行动吧!让般度诸子、婆薮提婆之子(黑天)和萨谛奇,(12)让般遮罗人、车底人、德罗波蒂的儿子们、猛光、束发和所有的钵罗跋德罗迦人,(13)都来沙场见识一下我作战的骁勇、弓法的强劲、行动的神速、兵器的威势和双臂的力量吧。(14)今天,让普利塔之子们以及悉陀们和遮罗纳们也来见识一下我的膂力何等巨大,兵器何等精良。(15)今天,般度族大勇士们看到我的骁勇之姿,必会采取各种方式,前来应战。(16)今天,我将彻底击溃般度族军队,胜过当初的德罗纳、毗湿摩和车夫之子(迦尔纳)。俱卢族主人啊,我将不断战斗,使你如愿以偿。(17)

全胜说:

令名的赐予者啊,婆罗多后裔!沙利耶在你的军中灌顶为帅之后,迦尔纳之死带来的沮丧一扫而光。(18)全军上下心情愉快,士

---

① 斯楞遮耶人是般遮罗人的盟友。
② 即是能够死亡的。

气高昂。在他们的想象中,普利塔之子们已经一败涂地,匍匐在摩德罗王的脚下。(19)婆罗多族雄牛啊,一阵兴奋过后,你的军士们心绪平静,舒舒服服地睡了一夜。(20)此时,国王坚战听见了你军队的动静。他用所有刹帝利都能听到的声音对苾湿尼人①说道:(21)"那位摩德罗国王,伟大的弓箭手沙利耶已被持国之子(难敌)任命为军队统帅。摩豆人(黑天)啊,他是在军中遍受尊敬的人。(22)知道了这个情况,就请采取必要的行动吧。你是我们的领袖。你是我们的保护者。摩豆人啊,请立即行动吧!"(23)

大王啊,婆薮提婆之子(黑天)回答人民之主(坚战)道:"婆罗多后裔啊,这位利多耶那之子(沙利耶)我是很了解的。(24)他勇敢无畏,精力充沛,人格高尚,出类拔萃,身经百战,行动迅捷。(25)依我看,这位摩德罗国王在战场上的表现,足可与毗湿摩、德罗纳和迦尔纳相比,或有过之。(26)婆罗多后裔啊,人民之主!让我搜索枯肠,我也想不出打起仗来有谁能够同他相比。(27)倘若沙场对阵,婆罗多后裔啊,他的力量当在束发、阿周那、怖军、沙特婆多人(成铠)和猛光之上。(28)大王啊,这位摩德罗国王有着狮子和大象的勇猛。他无所畏惧,就像宇宙末日来到众生中间那愤怒的死神。(29)人中之虎啊,我看不出谁能在战场上与他匹敌,除了你这骁勇可比猛虎的人。(30)俱卢后裔啊,在全部天地之间,除你以外,没有人可以在战场上除掉那发怒的摩德罗国王。他会在持续不断的战斗中,日复一日地威胁你的军队。(31)因此,你要在战场上制伏沙利耶,就像摩珂梵(因陀罗)制伏商波罗一样。这位英雄一直被持国之子敬为上宾。(32)一旦摩德罗王在战斗中被杀,你就胜券在握了。只要杀死他,就能够彻底打败持国之子的强大军队。(33)普利塔之子啊,该说的话我已经说过,你可以对强大的摩德罗国王宣战了。巨臂啊,去杀死他吧,就像婆薮之主(因陀罗)杀死那牟吉一样。(34)此刻切不可妄生怜悯,心想:'这是我的舅父。'你要以刹帝利法为重。去杀死摩德罗王吧!(35)成功地渡过了毗湿摩、德罗纳和迦尔纳那些地狱般的大海,再遇到沙利耶这样牛蹄印般的水洼,你

---

① 指黑天。黑天属苾湿尼族。

和你的追随者是不会沉没的。(36)把你来自苦行的英雄气概和作为刹帝利的非凡力量展现出来吧,到战场上去杀死那大勇士!"(37)

说完这番话后,美发者(黑天)受到般度族人的敬拜。此时天已暮色苍茫,这位诛灭敌中枭雄的豪杰走回自己的帐幕。(38)美发者走后,法王坚战遣退了自己的兄弟、般遮罗人和苏摩迦人,也回去睡觉了。现在他摆脱了痛苦,就像受伤的大象拔除了身上的箭头。(39)所有的般遮罗族和般度族大弓箭手都同样回去睡了,由于迦尔纳已死而一夜愉快。(40)尊者啊,车夫之子(迦尔纳)阵亡,般度族人得胜,整个军队,包括那些非凡的弓箭手和战车手,全都驱除了忧伤。他们到达了岸边,心情整夜都很愉快。(41)

以上是吉祥的《摩诃婆罗多》中《沙利耶篇》第六章(6)。

七

全胜说:

一夜过去,到了清晨,国王难敌对你的士兵们喊道:"大勇士们,穿戴好你们的盔甲!"(1)听到国王的命令,兵士们开始披挂起来。有的急忙将马套到车上,有的这里那里跑来跑去。(2)大象被装备起来,步兵也穿起铠甲,另外还有上千的人给马匹披上护毡。(3)人民之主啊,这时器乐响起,声音嘹亮,为的是振奋人心,在战前鼓舞士气。(4)婆罗多后裔啊,所有剩下的战士,可以看到,都已经武装停当。他们视死如归,准备战到最后一刻。(5)大勇士们以摩德罗国王沙利耶为统帅,全部分散开来,排入不同的战阵。(6)全体军人,包括慈悯、成铠、德罗纳之子(马嘶)、沙利耶和妙力之子(沙恭尼),(7)以及其他依然活着的国王,都与你的儿子携手战斗。他们约定:任何人都不与般度族人单独作战。(8)他们说:"谁若同般度族人单独作战,或者撇开正与敌人交锋的同伴,他就犯了五大罪和所有的过失罪。我们一定要互相保护,协同作战。"(9)这样约定之后,大勇士们便在摩德罗国王的带领下,飞快地冲向敌军。(10)与此同时,国王啊,般度族一方也在沙场上排开战阵。他们向俱卢族军队推进，准备从各个方向发动攻击。（11）婆罗多族俊杰啊，军队的呐喊声就像狂涛在咆哮；战车和战象往来奔腾，就像海浪在翻滚。（12）

持国说：

德罗纳遭难，毗湿摩和罗陀之子（迦尔纳）也已遭难，这些我都听说过了。现在，请你讲讲沙利耶和我的儿子是怎样遭到不幸的。（13）全胜啊，沙利耶是怎样被法王（坚战）杀死的呢？我的儿子巨臂难敌又是怎样被怖军杀死的呢？（14）

全胜说：

国王啊，请听我讲下去，你要镇定。我就要说到战争，说到人们如何捐躯，战车、大象和马匹如何毁灭。（15）在毗湿摩、德罗纳和车夫之子（迦尔纳）相继阵亡的情况下，国王啊，你的儿子们更加求胜心切。尊者啊，沙利耶要在战场上把普利塔之子们全部杀光。（16）婆罗多后裔啊，你的儿子难敌心怀得胜的希望，并从这种希望中求得自慰。他在战场上依靠大勇士摩德罗国王，当他是自己的保护者。（17）当初，迦尔纳战死的时候，普利塔之子们发出一阵狮子吼，国王啊，使持国之子们陷入大恐怖。（18）此刻，威武的摩德罗国王叫持国之子们放心。大王啊，他布置了一个从各方面看去都很吉祥的军阵。（19）然后，他便开始向普利塔之子们推进，同时挥动着他那漂亮而又发箭神速，杀伤力强的弓。（20）这位大勇士站在华美的战车上，驾辕的是信度河良马。大王啊，有他雄踞其上，战车显得更加灿烂辉煌。（21）在战车的保护下，这位英雄，这位敌人的折磨者挺立着，驱散了你儿子们内心的恐惧。（22）摩德罗国王身被铠甲，在阵前率领着军队冲向敌人。同他一齐前行的还有勇敢的摩德罗人和迦尔纳所向无敌的儿子们。（23）他的左翼是成铠，由三穴人环护着；右翼是乔答摩之孙（慈悯），由塞种人和耶婆那人簇拥着。（24）马嘶殿后，由甘波阇人护卫着。难敌自己居于中军，由俱卢族雄牛们担任保卫。（25）妙力之子（沙恭尼）周围是一支庞大的骑兵队。大勇士吉多婆之子（优楼迦）则和全体军队一同前进。（26）

大王啊，般度族的大弓箭手们，那些制胜强敌者，将自己分成三组，迎向你的军队。（27）猛光、束发和大勇士萨谛奇飞快地冲向沙利耶的队伍。（28）婆罗多族雄牛啊，国王坚战在自己部队的保护下也向沙利耶猛扑过来，意图将他斩杀。（29）灭敌无数者阿周那亦疾速冲向大弓箭手诃利迪迦之子（成铠）和敢死队。（30）众王之首啊，怖军和苏摩迦族大勇士们径奔乔答摩之孙（慈悯），希望把敌人都消灭在战场上。（31）玛德利的两个儿子，这两位大勇士，带着自己的部队攻向沙恭尼和优楼迦。（32）同样，你那成千上万的士兵也手执各种武器，愤怒地冲向般度族人。（33）

持国说：

大弓箭手毗湿摩、德罗纳和大勇士迦尔纳相继倒下，俱卢族和般度族两败俱伤，（34）而普利塔之子们勇力不减，又变得满腔激愤，全胜啊，此时我方和敌方的兵力究竟各剩多少呢？（35）

全胜说：

请听我告诉你，国王啊，在我们和敌方准备激战的时候，战场上双方剩余人马的情况。（36）婆罗多族雄牛啊，一万一千辆战车，一万零七百头战象，（37）足足二十万匹战马以及三千万步兵，这是你方当时的军力。（38）婆罗多后裔啊，六千辆战车，六千头战象，一万匹战马和一千万步兵，（39）这是般度族人剩在战场上的军力。婆罗多族雄牛啊，双方即将投入战斗的兵力就是这样。（40）王中魁首啊，按照摩德罗国王的旨意，我们将兵力做了如上部署。大家求胜心切，心怀激愤，起而迎击般度族人。（41）勇敢的般度族人也是一样。那些人中之虎似乎已经胜券在握，和名声响亮的般遮罗人一齐发起进攻。（42）双方如潮的军队都亟欲杀敌。主上啊，这些人中之虎在黎明之时互相遭遇。（43）一场恐怖的战役就此开始。你的和敌人的军队彼此展开了残酷的厮杀。（44）

以上是吉祥的《摩诃婆罗多》中《沙利耶篇》第七章(7)。

八

全胜说：

王中之首啊，一场可怕的战役在俱卢族人和斯楞遮耶人之间展开，犹如天神和阿修罗之间恶战再现。（1）步兵、战车、成群的大象、成千的骑兵和骏马一概顽强勇猛，互相攻击。（2）大象的样子令人畏惧，它们在奔跑时发出巨大的声音，听上去宛如雨季空中乌云发出的滚滚沉雷。（3）在大象的攻击下，许多战车连同战车手一齐翻倒在地。勇敢的战士们被疯狂的大象追迫着，在战场上拼命奔逃。（4）婆罗多后裔啊，训练有素的战车手用利箭将大群的骑兵和护脚兵①赶到了另外那个世界里。（5）国王啊，经验丰富的骑兵又会围住战车，用标枪、长矛和双刃剑向战车手进攻，并将他们杀死。（6）大王啊，手持弓箭的步兵将巨大的战车团团围住，数人对付一辆，直至把战车手送进阎摩殿。（7）另外一些战车手又会共同包围一头战象，或者一辆制造精良的战车，杀死车中剽悍的战士。这些车辆在战场上往来奔突，发出巨大的声响。（8）大王啊，大象也会从四面八方围住愤怒地发射箭雨的车手，把他杀掉。（9）大象攻击大象，战车撞击战车，人们用长矛、刺棒和铁箭彼此厮杀。（10）经常看到的是战车、大象和战马将步兵碾在车下或踏在脚下，战场由此变得更加混乱。（11）

　　装饰着牦牛尾的骏马四处奔窜，犹如雪山天鹅疾速腾越，像要把大地吞噬下去。（12）马蹄的印迹装饰着大地，人民之主啊，就像亲爱者在女人身上留下的指甲痕。（13）奔马的踢踏声、车轮的滚动声、步兵的喊杀声和大象的吼叫声，（14）器乐声和螺号声，声震大地，婆罗多后裔啊，就像是风暴雷霆滚过一样。（15）弓弦霹雳，铠甲闪烁，剑光逼人，所有这些混杂在一起，让人难以分辨。（16）无数的臂膀被砍断，像象鼻一样扭曲抖动，景象恐怖，惨不忍睹。（17）大王啊，头颅滚落，摔向大地，那声音听上去就像果实从棕榈树上跌落地面一样。（18）沙场上满是落下的头颅，鲜血流淌，婆罗多后裔啊，看上去就像应时开放的朵朵金莲。（19）已经失去生命的头颅带着创伤和凸出的眼珠遍布战场，就像一朵朵莲花到处绽放。（20）无数斫下的臂膀都涂抹着檀香，戴着贵重的手镯，王中之首啊，大地上仿佛布满了天帝释的旗杆。（21）在混战中，国王们的大腿被砍下来，铺满沙场，如同大象的长鼻。（22）数以百计的尸体只剩下躯干，横七竖八，还有各种华盖和牦牛尾。如此形成的军阵，很像是繁花满树的

---

① 一种手执武器，跟在大象周围，以保护象脚免受攻击的战士。他们也有驱赶大象的任务。

685

森林。(23)

　　大王啊，兵士们冲锋陷阵，英勇无畏，四肢上下，鲜血流淌，看上去就像繁花满枝的金苏迦树①。(24) 许多大象在利箭和长矛的刺杀下颓然倒地，看上去就像被撕裂的乌云纷纷坠落一样。(25) 大王啊，象军遭到战士们的勇敢逐杀，溃不成队，就像乌云被风吹散一般。(26) 那些宛如乌云的战象受伤倒地，就像时代末日世界毁灭之时，大山在雷电的打击下崩塌一样。(27) 阵亡的战马和骑手们在大地上堆叠起来，形成了座座小山。(28) 战场上出现了一条通往另一个世界的河流，鲜血是它的河水，战车是它的漩涡，旗幡是树木，骨骼是卵石，(29) 臂膀是鳄鱼，弓箭是流水，大象是巨石，马匹是石头，油脂和骨髓是淤泥，棍棒是船只，华盖是天鹅，(30) 旗帜是河畔美丽的树木。到处是铠甲和头巾。无数的车轮弃置各处，三旗车的旗杆横七竖八。(31) 这条可怕的大河奔腾流淌，俱卢族人和斯楞遮耶人混在一起。它使英雄们欢喜雀跃，使懦夫们恐惧觳觫。(32) 这令人恐怖的大河流向祖先聚居的世界。真正的英雄以手臂为铁棍，以象马战车为舟楫，顺利地渡过了它。(33)

　　人民之主啊，随着残酷无情的战争继续进行，大量的四兵②遭到毁灭。斗争的激烈，正像是天神和阿修罗互相开战。(34) 有些人高呼自己亲友的名字，有些人又被自己的亲友高声地呼唤着。他们受着恐惧的折磨，但是并不后退。(35) 残酷无情、令人胆寒的战争继续发展，阿周那和怖军设法锁住了敌军。(36) 人民之主啊，你的大军就像醉酒的女人，迷迷糊糊，惨遭杀戮。(37) 在锁住敌方的军队后，怖军和胜财（阿周那）吹起螺号，并发出一阵狮子吼。(38) 听到螺号和狮子吼的巨大声响，猛光和束发就在法王（坚战）的统领下，冲向摩德罗国王。(39) 人民之主啊，这些英雄的战术奇妙而怪异，他们时分时合，与沙利耶往来交手。(40) 两位玛德利之子（无种和偕天）精通兵器，勇敢强悍，作战凶猛，求胜心切。他们也向你的军队发动了迅速的攻击。(41) 般度族人胜利在望。在这些英雄各个方向的追逼下，婆罗多族雄牛啊，你的队伍纷纷后撤。(42) 他们就在你

---

① 金苏迦树为一种花红无香的乔木。
② 四兵为构成古代印度军队的四个兵种：象兵、车兵、骑兵和步兵。

儿子们的面前惨遭杀戮。大王啊,他们在弓箭手密集的射击下,四面八方,夺路而逃,同时发出"啊啊"的惨叫声。(43)有些勇敢的刹帝利仍想顶住败局,大声呼叫着:"站住!站住!"然而,在般度族人的攻击下,你的兵士们还是被打得七零八落。(44)他们将自己亲爱的儿子、兄弟和祖辈丢弃在战场上,还有他们的舅父、外甥、亲戚和族人。(45)婆罗多族雄牛啊,你的战士驱使着骏马和大象向各个方向快速奔逃,千方百计,以求活命。(46)

以上是吉祥的《摩诃婆罗多》中《沙利耶篇》第八章(8)。

九

全胜说:

见自己的队伍溃不成军,威武的摩德罗国王对他的车夫说道:"把我们的快马再赶快些!(1)国王坚战,般度之子就站在那里,白色的华盖高擎在头上,真是漂亮。(2)快把我送到他的跟前。车夫啊,今天我要让你看看我的力量。沙场上但有我在,普利塔之子们休想挺住。"(3)听到摩德罗国王这么说,车夫便赶紧催马,朝着那热爱真理的法王坚战方向驶去。(4)沙利耶独自一人在战场上挡住奋勇冲来的般度族大军,犹如堤岸挡住波涛汹涌的大海。(5)尊者啊,般度族士兵如潮。他们迎战沙利耶,就像大海之水冲向山峦。(6)俱卢族人见摩德罗国王勇往直前,投入战斗,便纷纷回头,拿出视死如归的气概。(7)

国王啊,待他们重回战场,再整军阵之后,一场凶残无比,血流如水的战斗又告开始。凶猛的无种和花军彼此遭遇。(8)这两个优秀的弓箭手互相射击,犹如一南一北两块乌云彼此倾泻大雨。(9)两人同时向对方洒出箭雨。般度之子和他的敌手孰高孰下,我一时很难看出。(10)他们两个同样地膂力强大,善使武器,精通车术。此刻他们正在一心寻找对方的破绽。(11)花军搭起一支锐利的黄色月牙箭,射中无种的弓身。弓身从手攥的地方折断了。(12)接着,毫不犹豫,他又将三支在石头上磨尖的金羽箭射向弓已折断的无种,正中他的额头。(13) 随后，他用利箭把无种的骏马送到死神那里，又各用三箭射倒了他的车夫和旗幡。(14) 敌人手中射出的三支利箭扎在无种的前额上，就像是山上突兀的三个尖峰，光彩熠熠。(15) 既然弓折车毁，英雄无种便一手握剑，一手持盾，跳下战车，活像猛狮扑下山冈。(16) 他的双足方才落地，一阵箭雨已经扑面而来。机敏勇敢的无种立即用盾牌挡住了它们。(17) 这位不知疲累，武艺精妙的大臂英雄，当着众军士的面，一跃蹿上了花军的战车。(18) 这般度之子将花军的头颅从他的身体上一剑斩落。那头颅上戴着冠冕耳环，眼睛又长又大，耳朵也很好看。灿若太阳的花军旋即从车座上跌落下来。(19) 见杀了花军，在场的大勇士们齐声叫起好来，随即又发出一阵狮子吼。(20)

迦尔纳的两个儿子苏舍那和真军也是伟大的战车手。他们见兄弟死去，便向敌军发射利箭。(21) 国王啊，他们朝般度之子，那车手中的佼佼者，飞快地冲杀过来，就像山林中的两只猛虎冲向一头大象，急欲夺它性命。(22) 这两个剽悍的战士将密集的利箭射向那伟大的战车手，宛若两块乌云向汹涌的波涛倾泻大雨。(23) 英雄的般度之子尽管浑身刺满利箭，却表现得十分高兴。他跳上另一辆战车，抄起一张强弓，像愤怒的世界毁灭者（阎摩）一样挺立着。(24) 国王啊，那两兄弟用笔直的利箭又将他这辆战车射散了架。(25) 无种笑了笑，旋即用四支锋利无比的箭射杀了真军的四匹骏马。(26) 接着，王中之主啊，般度之子又搭上那在石头上磨得非常锐利的金羽箭，射断了真军手中的弓。(27) 真军迅速跳上另一辆战车，抄起一把新弓，与苏舍那一起，朝般度之子飞奔而来。(28) 大王啊，威武的玛德利之子（无种）当即于阵前各射两箭，命中临危不慌的两兄弟。(29) 大勇士苏舍那怒起心头，笑着用剃刀箭削断了般度之子手中的强弓。(30) 无种气得发昏。他再取一弓，向苏舍那连发五箭，还用另一支箭射倒了他的旗幡。(31) 尊者啊，紧接着，他又射坏了真军的弓和皮制护手。在场的军队发出一阵狂喊。(32) 真军拿起一张强劲而又出箭疾速的大弓。他发出的利箭从四面八方将般度之子团团围住。(33) 杀敌者无种挡住了来箭，并向真军和苏舍那各还两箭。(34) 那两兄弟分别回击，用疾速穿行的箭对付无种。王中之主啊,他们还拿锋利的箭射中了他的车夫。(35)骁勇的真军身手轻捷,独自一人一箭摧折了无种的弓,又一箭击断了他的车辕。(36)大勇士(无种)站立车上,顺手抓起一根旗杆。那旗杆全身金色,顶端尖锐,曾在麻油中浸泡过,闪闪发光。(37)主人啊,他举起这根旗杆,犹如举起一条身含剧毒的母蛇,掷向真军。(38)旗杆刺入真军的心脏,使它碎裂成一百瓣。国王啊,真军从战车上跌落下来,顿时意识全无,断了气儿。(39)

见到兄弟被杀,苏舍那怒不可遏。他迅速向已经落地的般度之子射去一阵箭雨。(40)在场的子月看到无种没有战车可用,这位膂力强大的德罗波蒂之子便飞奔而来,援救父辈。(41)无种跳上子月的战车。这位婆罗多族俊杰浑身焕发着光彩,犹如一头屹立在山巅的雄狮。他抄起另一张弓,准备再战苏舍那。(42)两位大勇士互相接近,彼此射出箭雨。他们想方设法,要置对方于死地。(43)愤怒的苏舍那向般度之子(无种)射出三箭,向子月射出二十箭,正中他的胸部和臂膀。(44)大王啊,英勇的诛敌者无种怒气冲天,用利箭从四面八方将苏舍那紧紧罩住,(45)然后抓起一支尖端锋利的月牙箭,飞速射向迦尔纳之子(苏舍那)。(46)王中俊杰啊,这支利箭旋即使他的头颅离身而去。事情眼睁睁发生在众军士的面前,简直就是奇迹。(47)国王啊,苏舍那被伟大的无种杀死以后,身体颓然仆地,就像一棵岸边的大树在湍急河水的冲击下,终于倾倒一般。(48)

婆罗多族雄牛啊,看到迦尔纳之子死去,无种又威力无比,你的将士惊恐万状,疾速奔逃。(49)大王啊,见此,威武的摩德罗国王,这位善屈敌兵的英雄统帅,立即出来保护自己的军队。(50)他勇敢无畏,阻止了军队的溃散。他发出一声猛烈的狮子吼,手中的硬弓嘭嘭作响,令人震恐。(51)国王啊,你的军队得到那坚定的弓箭手的保护,沮丧顿消,又全都准备起身迎敌。(52)他们从四面八方返回,聚拢在大弓箭手摩德罗国王的周围。国王啊,整个大军渴望着再次投入战斗。(53)此刻,萨谛奇、怖军和玛德利的两个儿子①也以谦逊自持而又善克强敌的坚战为先锋,(54)聚集在他的周围。众英雄发出

---

① 指偕天和无种。

狮子吼，并以呼啸的射箭声和各种高昂的喊叫声相应合。（55）他们快速地包围了摩德罗国王和你的整个军队，情绪激愤，急于再度交战。（56）战斗重新开始。战士们都抱着必死的信念，而在你方和敌方的军队中，胆怯者的恐惧也在增长。（57）人民之主啊，像当初天神和阿修罗交战一样，那些无畏的战士彼此厮杀，致使阎摩王国的人口陡然增加。（58）国王啊，以猿猴为旗徽的般度之子①在战场上击杀敢死队后，又疾速冲向俱卢族军队。（59）般度族军队余下的人在猛光的领导下，一面冲锋，一面向敌军射出利箭。（60）俱卢族军队在般度人的打击下头脑发昏，连东南西北也辨别不出了。（61）他们失去了优秀的将士，又处在般度族人利箭的包围之中，终于溃不成军，四散奔逃。大勇士般度诸子将俱卢族的军队痛加杀戮。（62）国王啊，般度族军队中死在你儿子们弓箭之下的人，也是成百上千。（63）两边的军队情绪激烈，互相厮杀，犹如雨季交汇在一起的两条河流。（64）国王之首啊，战斗就这样进行着，巨大的恐怖弥漫在你的和般度族的军队中。（65）

以上是吉祥的《摩诃婆罗多》中《沙利耶篇》第九章(9)。

一〇

全胜说：

两军往来拉锯，继续互相杀戮。战士疾速奔突，战象拼命嘶鸣。（1）大王啊，步兵们有的呻吟，有的号叫，无数的战马四处奔逃。（2）人员伤亡惨重，所有的生命都面临毁灭。各种武器交相碰击，战车和大象叉在一起。（3）好战的人欢欣鼓舞，胆小的人恐惧觳觫。战士们冲锋陷阵，一心想致敌死命。（4）这里进行着一场极其可怕的掷骰子游戏，赌注就是人的生命。战场上的景象异常恐怖，阎摩王国里已经人满为患。（5）般度族人拿利箭杀伤你的军队，你的战士们也用同样的方法对付他们。（6）这是一场使胆小者心生恐怖的战斗，它

---

① 指阿周那。

在早上太阳升起时就已开始。(7) 此时，国王啊，般度族人在灵魂伟大者（坚战）的保护下，志在必胜，视死如归，正同你的军队勇敢作战。(8) 般度族人强大有力，善于战斗，期在必胜，盛气凌人。面对他们的进攻，俱卢族军队惊慌失措，就像一群母鹿遇到了山林大火。(9)

沙利耶看到自己的人马像陷入泥潭的母牛一样，变得软弱无力，遂急加救援，扑向般度军队。(10) 这位摩德罗国王怒气填膺。他抓起一张硬弓，对着同样引弓待发的般度族人冲去。(11) 大王啊，般度族人胜利在望，一面朝着摩德罗国王迎来，一面向他射出利箭。(12) 孔武有力的摩德罗国王也当着法王（坚战）的面，将成百支利箭射向他的军队。(13) 这时，国王啊，种种异象一一出现。大地连同高山一齐开始震动，发出巨大的声响。(14) 流星冲向太阳的光轮，然后自天穹坠落大地，顶端燃烧着，与棍棒和铁叉一起，散向各处。(15) 人民之主啊，大批的鹿、水牛和飞鸟麇集战场，你的军队正在它们的右方。① (16) 然后，一场可怕的激战开始，无数的将士席卷进去。众人之主啊，在重整自己的队伍以后，俱卢族人向般度族人发起了进攻。(17) 沙利耶精神抖擞，像千眼大神（因陀罗）倾泻大雨一般，冲着贡蒂之子坚战泼出箭雨。(18) 他也用在石头上磨尖的金羽箭射向怖军、德罗波蒂的儿子们②和玛德利为般度所生的两个儿子③，(19) 以及猛光、悉尼之孙（萨谛奇）和束发。这位大力士对他们每人各发十箭，然后又洒出箭雨，直如摩珂梵（因陀罗）在热季之末④自天倾盆。(20) 国王啊，在沙利耶箭雨的打击下，数以千计的钵罗跛德罗迦人和苏摩迦人纷纷倒地，或正在跌倒。(21) 沙利耶的箭密集地落下，像是蜂群，像是蝗群，像是乌云发出的雷电。(22) 战象、战马、步兵和驭手在飞箭的打击下，有的仆倒，有的哀叫，有的四散奔逃。(23) 像时间创造者死神（阎摩）一样，满怀愤怒和勇气

---

① 意思是兽群在军队的左面通过。此为不吉之兆。
② 即为坚战所生的向山、为怖军所生的子月、为阿周那所生的闻称、为无种所生的百军和为借天所生的闻军。
③ 即无种和借天。
④ 热季结束，雨季到来。

的摩德罗王用箭雨将敌人罩个严实。大力士摩德罗王发出一声巨吼,响如云中沉雷。(24)

般度族军队惨遭沙利耶的杀戮,他们纷纷奔向贡蒂之子,无敌者坚战。(25)沙利耶动作轻快敏捷,用利箭打击他们,同时用瓢泼箭雨折磨坚战。(26)见沙利耶带着众多的步兵和战马威逼而来,国王坚战勃然大怒。他用利箭阻截他们,就像用铁钩制住发疯的大象。(27)沙利耶射出一支毒蛇般可怕的利箭。这支箭飞速击中灵魂伟大者(坚战),然后落在地上。(28)狼腹(怖军)大怒。他向沙利耶射出七箭;偕天也向他射出五箭,无种射出十箭。(29)德罗波蒂的五个儿子也向杀敌英雄利多耶那之子(沙利耶)射出一阵密箭,就像乌云向高山洒下大雨。(30)见沙利耶受到普利塔之子们的围攻,成铠和慈悯怒不可遏,急忙来援。(31)长翅膀的优楼迦①、妙力之子沙恭尼、面带微笑的大勇士马嘶以及你的儿子们,都来全力保护沙利耶。(32)成铠向怖军射出三箭,又洒出一阵箭雨来阻截这满面怒容的敌人。(33)慈悯也是怒不可遏。他向猛光发射出阵阵箭雨。与此同时,沙恭尼冲向德罗波蒂诸子,而德罗纳之子(马嘶)则冲向那孪生子②。(34)威武有力的难敌向那两个优秀的战士美发者(黑天)和阿周那逐渐逼近,同时射出许多利箭。(35)就这样,你方和敌方数以百计的战士在战场上捉对厮杀,人民之主啊,看上去真是既恐怖,又精彩。(36)博遮王杀死了怖军的那些栗色马。失去了马匹,这位般度之子立即从车座上纵身跳下,挥动铁杵继续战斗,样子活似高举刑杖的死神阎摩。(37)当着偕天的面,摩德罗国王杀死了他的战马。而偕天则挥刀杀死了沙利耶的儿子。(38)师父乔答摩之孙(慈悯)同猛光再次接战,一个谨慎,另个不慌,一个勇猛,另个更凶。(39)师父之子③看上去并无愤激之态。他似乎是带着微笑向德罗波蒂英雄的儿子们每人射去十箭。(40)国王啊,沙利耶却是怒气冲天。他击倒了不少苏摩迦人和般度族人,又用利箭逼住坚战。(41)

英勇的怖军紧咬牙关,愤怒地抄起铁杵,瞄准沙利耶,企图将他

---

① 优楼迦原意为猫头鹰,所以有"长翅膀"之说。
② 指无种和偕天。
③ 这里的"师父"指德罗纳,"师父之子"即他的儿子马嘶。

置于死地。(42) 这铁杵犹如阎摩王的刑杖，又像是黑夜女神①。无论是人是象，还是战马，它都能夺其性命。(43) 它身裹金缕，熠熠生光，像似燃烧的流星；顶端尖锐，又如母蛇。它通体用精铁打成，坚不可摧，就像是金刚杵；(44) 檀香和芦荟香涂敷在身，像是一位可爱的女子；骨髓、脂肪和血污沾满上下，又像是毗婆薮之子（阎摩）的舌头。(45) 成百个铃铛挂在棒上，响声如同因陀罗的滚滚雷鸣。它还像刚刚蜕皮的毒蛇，浑身净是发情大象的分泌液。(46) 敌人的军队见了它魂飞魄散，自己的军队见了它欢欣鼓舞。它能削平山峰，名震天下。(47) 贡蒂之子（怖军）这位力士曾用它在盖拉娑山挑战愤怒的阿罗迦王（俱比罗）②。阿罗迦王是大自在天（湿婆）的朋友。(48) 为了取得珊瑚树③花，使德罗波蒂高兴，大力士怖军曾突破重重阻截，在施财者④的住地杀败了众俱希迦⑤。那些俱希迦隐身有术，生性狂妄。(49) 就是这根镶着钻石、宝石和美玉，与因陀罗的金刚杵齐名的八棱棒，巨臂怖军擎着它，向沙利耶飞奔而去。(50) 用这根带着可怕声音的铁杵，攻战能将怖军一下子击垮了沙利耶的四匹神速马。(51) 沙利耶大怒，遂拿他的长矛对准怖军宽阔的胸膛，扎将过去。这英雄大吼一声，刺破怖军的铠甲，触到了他的身体。(52) 狼腹（怖军）并未惊慌失措。他拔出长矛，反向摩德罗国王的车夫刺去。这一刺正中他的心脏。(53) 铠甲已被洞穿，车夫浑身颤抖。他口吐鲜血，栽下车来。摩德罗国王也从车上跳下，泄气地望着怖军。(54) 见自己功败垂成，沙利耶多少有些惶惑。这内心坚强的勇士手持铁杵，瞪着他的敌人。(55) 普利塔之子们心中欢喜。看到怖军战绩非凡，这些精勤努力，从不倦怠的战士对他表示出由衷的敬佩。(56)

以上是吉祥的《摩诃婆罗多》中《沙利耶篇》第十章(10)。

---

① 此女神形象丑陋，肤色黝黑如炭，口眼肿胀，身穿红衣，系红色花环，在人濒死之夜手持绳索来到，将他的灵魂牵走。
② 盖拉娑山在喜马拉雅山脉，为财神俱比罗的住地。阿罗迦为俱比罗的都城。
③ 一种豆科刺桐属乔木，开红花。
④ 施财者为俱比罗的名号之一。
⑤ 俱希迦又译密迹天，为一种小神灵，善隐身，是俱比罗的随从，也负责保护他的财宝。

一一

全胜说：

国王啊，看到自己的车夫倒下，沙利耶迅速拿起一根纯铁的铁杵，巍然屹立，犹如一座高山。（1）他像是猛烈燃烧的时间之火①，手持绳索的阎摩大王，峰巅耸立的盖拉娑山，身携雷电的婆薮之主（因陀罗），（2）林中一头疯狂的野象，手握三叉戟的褐眼神（湿婆）。而怖军也攥着沉重的大铁杵，飞快地向他扑去。（3）此时此刻，螺号声、狮子吼、乐器声，数以千计，同时响起，为勇士们助阵。（4）所有的将士，你方的和敌方的，看着这两位战士中的大象彼此对垒，一齐纵声高呼："好哇！好哇！"（5）

除了摩德罗国王，或者雅度族的罗摩，没有一个战士能在战场上抵挡怖军的勇猛。（6）同样，除了狼腹（怖军），也没有一个战士能在战场上抵挡伟大的摩德罗国王迅猛的铁杵。（7）摩德罗国王和狼腹（怖军）各自紧握铁杵，像公牛般大声吼叫，腾身跳跃，兜着圈子。（8）这两位人中之狮互相搏斗，无论兜圈奔跑，还是挥舞铁杵，一时都难分高下。（9）沙利耶的铁杵裹有闪闪发亮的金片，舞动起来，就像窜腾的火焰，令人生畏。（10）同样，伟大的怖军也绕着圈子移动身躯，手中的铁杵光芒四射，犹如破云而出的闪电。（11）怖军的铁杵在摩德罗国王铁杵的打击下，火星迸发，就像是着了火。（12）同样，沙利耶的铁杵在怖军手中铁杵的打击下，也下起火炭雨，仿佛是出了奇迹。（13）

他们用这两根无与伦比的铁杵对阵厮杀，恰像两头大象挺牙搏击，两头公牛伸角互抵，两个战士用刺棒对打。（14）刹那间，两人的肢体都被对方的铁杵击中，鲜血流淌，看上去就像两株鲜花盛开的金苏迦树。（15）巨臂怖军的左右两胁均遭摩德罗国王铁杵的重创，但他屹立不动，稳如高山。（16）沙利耶同样遭到了怖军铁杵反复的

---

① 即毁灭世界的劫火。

猛烈打击，国王啊，他也毫不动摇，犹如遭到大象顶撞的山。（17）两位人中之狮铁杵对击的声音响如沉雷，四面八方都能听到。（18）随后，稍事喘息，这两大英雄调换位置，高举铁杵，重又兜起圈子。（19）这两位业绩非凡的勇士各迈八步，彼此接近，举起铁杵，杀向对手。（20）他们都想袭击对方，便又绕起了圈子。这两个武艺高强的英雄都在表演自己的看家功夫。（21）他们高举手中可怕的铁杵，互相搏杀，就像两座顶峰突兀的高山遭遇地震，彼此撞击。（22）两个人全都出手迅疾，铁杵的打击也就格外猛烈。这一对英雄同时仆倒在地，就像因陀罗的两根旗杆。（23）双方的战士发出"嗬！嗬！"的叫声。由于要害部位遭到重创，这两个英雄开始支撑不住。（24）慈悯见状，将摩德罗族雄牛沙利耶，连同他的铁杵，一齐扶上自己的战车，带着他迅速驶离战场。（25）怖军尽管虚弱不堪，但在眨眼之间，又酒醉般站立起来，手持铁杵，向摩德罗国王发出挑战。（26）

你军中的勇士们手持各色武器，伴着各种乐器的鸣奏，同般度族军队继续厮杀。（27）大王啊，他们高举着双臂和武器，发出震耳的喊叫声，在难敌的带领下，冲向敌阵。（28）般度的儿子们看到你的军队蜂拥而来，便也迎上前去。他们发出一阵狮子吼，欲将难敌诛杀阵前。（29）婆罗多族雄牛啊，你的儿子[1]在迅速扑杀过来的敌军中直取显光[2]，将一支长矛奋力插入他的心脏。（30）遭到你儿子的致命打击，显光立刻倒在车座上，鲜血淌满全身，眼前一片漆黑。（31）看到显光被杀，般度族大勇士们向俱卢族人的军队连续不断地射去一阵又一阵箭雨。（32）大王啊，般度族人表现出胜利者的样子。他们从各个方向对你的军队发动进攻。（33）慈悯、成铠、力大无穷的妙力之子（沙恭尼）在摩德罗国王的率领下迎击法王（坚战）。（34）大王啊，难敌则与猛光接战。猛光勇力非凡，就是他杀死了婆罗堕遮之子（德罗纳）。（35）你的儿子（难敌）调动三千战车，以德罗纳之子（马嘶）为前锋，与维阇耶（阿周那）交战。（36）他们将生死置之度外，下定决心，志在必胜。国王啊，他们冲入敌人的军队，像一群天鹅降临在一片宽阔的湖面。（37）这是一场彼此索命的残酷战争。

---

[1] 指难敌。
[2] 显光是苾湿尼族武士，为般度盟军中的一员。

将双方联系起来的是死亡，相互厮杀也给他们带来快乐。（38）

正在进行的是一场毁灭英雄豪杰的战争。国王啊，一阵大风吹来，尘沙上腾，遮天蔽日。（39）此刻，只是从呼唤名字的声音，从般度族士兵互相叫喊的声音，我们才知道双方仍在无所畏惧地交战。（40）人中之虎啊，不久，飞扬的尘沙被鲜血驱散。障天尘雾不复存在，东南西北也可以辨清了。（41）残酷而又可怕的战斗就这样继续着。无论是你方还是敌方，都没有一个人掉头逃窜。（42）战士们向往梵天世界，也渴望在战场上屈敌制胜。他们都是期待着往生天国的人，通过勇敢战斗展现自己的英雄气概。（43）这些战士要报效主人，因为主人养活了他们。他们下定决心，要实现主人的目标。他们一心眷念着天国，所以才在此时此刻投入战斗。（44）伟大的战车手们投掷出各式各样的武器。他们互相咆哮，互相厮杀。（45）"杀啊！""刺死他！""抓住他！""打啊！""砍倒他！"无论在你的，还是在敌方的军队里，到处都是这样的叫喊。（46）

大王啊，沙利耶将一支支利箭射向法王坚战，企图杀死这位大勇士。（47）普利塔之子（坚战）深知要害所在。他瞄准沙利耶的这些地方，面带微笑，射出了十四支铁箭。（48）声誉卓著的沙利耶杀敌心切。他用利箭抵挡般度之子（坚战），并满腔愤怒地向坚战发射了许多苍鹭羽毛箭。（49）随后，当着全体战士的面，他又搭上一支杆身光滑的利箭，射向坚战。（50）国王啊，声誉卓著的法王坚战也是怒不可遏。他向摩德罗国王发射了许多锋利的苍鹭羽毛箭和孔雀羽毛箭。（51）这位大勇士将利箭七十支射向月军，九支射向沙利耶的车夫，六十四支射向树军。（52）伟大的般度之子（坚战）还杀死了沙利耶的两个护车①。而沙利耶，国王啊，则杀死了二十五个车底人。（53）他还将二十五支利箭射向萨谛奇，五支射向怖军，一百支射向玛德利的两个儿子。（54）

就在沙利耶这样驰骋战场的时候，王中翘楚啊，普利塔之子（坚战）向他射出了许多毒蛇般的利箭。（55）贡蒂之子坚战还从战车上向迎面而来的沙利耶射出一支月牙箭，正中他的旗杆顶部。（56）我

---

① 打仗时在战车的两旁随车奔跑，以护卫战车的士兵。

们看到那被伟大的般度之子射断的旗杆顶部飞落地面，像是一座高山的峰巅被劈了下来。（57）摩德罗国王见自己的旗帜跌落，而般度之子就在眼前，不禁怒火中烧，向这敌手洒去一阵箭雨。（58）灵魂不可限量的刹帝利雄牛沙利耶向刹帝利（坚战）射出密集的利箭，犹如乌云降下大雨。（59）他向萨谛奇、怖军以及玛德利为般度所生的两个儿子各射五箭，接着再次袭击坚战。（60）呈现在我们眼前的，是一张用利箭编成的大网。国王啊，它像一片宽阔的乌云，撒向般度之子（坚战）的胸膛。（61）大勇士沙利耶怒火填膺，用他那杆身光滑的利箭覆盖了四面八方。（62）此时的国王坚战深为箭网所苦，感到浑身勇力已被剥夺殆尽，就像瞻跛遇到了杀弗栗多者①。（63）

以上是吉祥的《摩诃婆罗多》中《沙利耶篇》第十一章(11)。

一二

全胜说：

尊者啊，战场上，法王坚战受到摩德罗国王的打击，与此同时，萨谛奇、怖军和玛德利为般度所生的两个儿子则用战车包围并打击沙利耶。（1）看到那么多大勇士围攻他，观阵的悉陀们②和牟尼们兴高采烈，大声叫好称奇。（2）论勇力，这时的沙利耶的确名实相副。③怖军先向他射出一箭，接着又射出七箭。（3）为了援救正法之子（坚战），萨谛奇向摩德罗国王射出一百支箭，同时发出狮子吼。（4）无种向他射出五支箭。偕天射出七支；接着又迅速地再补七支。（5）在众多大勇士的围攻下，英雄沙利耶奋力挽开一张可怕的弓。这弓强劲有力，能迅速有效地致敌死命。（6）尊者啊，用这张弓，他向萨谛奇射出二十五支利箭，向怖军射出七十三支，向无种射出七支。（7）他还用一支月牙箭斩断了偕天那搭箭欲发的弓，并向他射出二十一

---

① "杀弗栗多者"是因陀罗的名号之一。瞻跛为一阿修罗，曾与诸神为敌，后被因陀罗所杀。
② 悉陀为一种半人神，住在太阳和大地之间的天空中。他们纯洁神圣，据说共有88000位。
③ 沙利耶原文意为矛尖、箭镞。这里的意思是他如矛尖、箭镞般奋勇难当。

箭。(8)偕天旋即又将利箭搭上另一张弓,向他那勇力非凡的舅父①射出五支。这些箭像剧毒的蛇,或者燃烧的火。(9)他满腔愤怒地用一支杆身光滑的利箭射中沙利耶的车夫,然后又向沙利耶本人射出三箭。(10)与此同时,照着沙利耶的身体,怖军射去七十三箭,萨谛奇射去九箭,法王坚战射去六十箭。(11)

大王啊,在那些大勇士的围攻下,沙利耶浑身流血,看上去就像一座遍布红垩的小山。(12)即使如此,沙利耶还是迅速地向那些大弓箭手每人射去了五箭。国王啊,看来就像是出了奇迹。(13)尊者啊,这位伟大的战车手再次搭上一支月牙箭,一举射断了正法之子(坚战)手中的弓和弦。(14)大勇士正法之子(坚战)立即抓起另一张弓,用利箭笼罩住沙利耶以及他的车、马、驭手和旗帜。(15)处在利箭的包围之下,沙利耶也向正法之子坚战射出十支锐利的箭。(16)见正法之子(坚战)为飞箭所困,萨谛奇怒气横生,遂以如潮的利箭射向英勇的摩德罗王。(17)摩德罗国王用一支马蹄箭摧毁了萨谛奇的强弓,又向以怖军为首的般度族人各射了三箭。(18)大王啊,萨谛奇果然勇力不凡。他愤怒地将一支贵重的金杆长矛投向沙利耶。(19)怖军也向沙利耶射出一支火蛇般的铁箭。无种向他投去一杆梭镖,偕天掷去一根闪亮的铁杵。法王(坚战)打击他,用的是百杀器。(20)沙利耶反应敏捷,连发数支月牙箭,一一击落了来自五个战车手中的武器,也击断了萨谛奇投来的长矛。(21)威武的摩德罗国王武功娴熟。他将怖军射来的镶金利箭一断为二。(22)接着,他又射出无数利箭,阻截了偕天掷来的铁杵和无种那令人胆寒的金杆梭镖。(23)婆罗多后裔啊,就在般度诸子的面前,他发出一声狮子吼,用两支利箭击破了国王(坚战)的百杀器。眼见敌手占了上风,悉尼之孙(萨谛奇)感到难以忍受。(24)萨谛奇气得发昏,抓起弓来,便向摩德罗王射了两箭,向他的车夫射去三箭。(25)大王啊,沙利耶愤然回应,用十支箭射向他们所有人,就像用刺棒扎向大象一般。(26)那些诛灭敌人的大勇士遭到摩德罗国王的阻截,竟然一时无法迎面立足。(27)

---

① 摩德罗国王沙利耶是偕天的母亲玛德利的兄弟。

国王难敌看到沙利耶昂扬的斗志，以为那些般度族人、般遮罗族人和斯楞遮耶人等已被杀死。(28)国王啊，威武的大臂怖军此时下定决心，置生死于度外，准备同摩德罗国王再决雌雄。(29)无种、偕天和伟大的战车手萨谛奇也向沙利耶包抄过来，从四面八方向他射出利箭。(30)威武的沙利耶在般度族四位大勇士和大弓箭手的围攻下，顽强战斗。(31)大地之主啊，正法之子（坚战）迅速出手，用一支马蹄箭射倒了摩德罗国王的护车手。(32)看到自己强悍的护车手死去了，力量超群的摩德罗国王再一次将他的利箭撒向敌人的军队。(33)发现自己的将士又一次被无数的利箭所笼罩，法王坚战心里盘算：(34)"为什么摩豆族后裔（黑天）的话没有变成现实？但愿那发怒的国王（沙利耶）不会打败我的军队。"(35)于是般度诸子带着他们的战车、大象和战马，再次从四面八方扑向摩德罗王，使他陷入困境。(36)可是，国王啊，沙利耶击落了如潮似雨扑来的各种武器，就像暴风驱散大团的乌云一样。(37)我们看到沙利耶射出的金羽箭穿行空中，密集如雨，如同铺天盖地的飞蝗。(38)确实，摩德罗国王在阵前射出的利箭纷纷落地，看上去就像一群群的蝗虫。(39)摩德罗国王离弓的镶金利箭如此密集，人民之主啊，竟使天空变得没了缝隙。(40)在这无边而又可怕的黑暗中，无论是我们的人，还是般度族的人，全都什么也看不见了。(41)强有力的摩德罗国王身手敏捷，他撒布的箭雨使般度人的军队变成了波浪翻滚的海洋。看到这种景象，天神、健达缚和檀那婆全都惊诧不已。(42)尊者啊，沙利耶用他的利箭从四面八方压迫着奋勇的般度族军队，也笼罩着法王（坚战）。他还像狮子一样，一次次发出怒吼。(43)般度族的大勇士们就这样被他钳制着，失去了反击之力。(44)英雄的沙利耶是战场之花。不过，以法王（坚战）为统帅，以怖军为先锋的勇士们，谁也没有从沙利耶面前脱逃。(45)

以上是吉祥的《摩诃婆罗多》中《沙利耶篇》第十二章(12)。

一三

全胜说：

此时，阿周那也遭到了德罗纳之子（马嘶）及其追随者三穴国大勇士们的攻击。他们在战斗中使用了许多铁制武器。阿周那搭上三支利箭，射向德罗纳之子（马嘶）。（1）大臂胜财（阿周那）还向其他的大弓箭手每人射去两箭。接着，他又向他们洒去一阵箭雨。（2）婆罗多族雄牛啊，你的战士们虽然遭到无数利箭的伤害，箭在身上有如芒刺，但是却没有一人背向普利塔之子（阿周那）而逃。（3）这些勇敢的战车手在德罗纳之子（马嘶）的率领下，驾车将阿周那团团围住，向他发起进攻。（4）他们放出的镶金利箭很快就堆满了阿周那的车座。（5）两位黑王子①都是大弓箭手。他们作战凶猛，是所有弓箭手中的雄牛。虽然看到自己的肢体扎满利箭，他们仍然兴高采烈，战斗的劲头十足。（6）此时，无上之人啊，阿周那的车辕、车轮、缰绳、车杆和车轭上，处处是箭。（7）国王啊，你的将士们和普利塔之子（阿周那）的这场激战，真是见所未见，闻所未闻。（8）阿周那的战车布满各色羽毛的利箭，光辉灿烂，就像点着数百火炬的天车降落在大地上。（9）

大王啊，阿周那也向敌军射出了无数杆身光滑的利箭，犹如乌云向高山洒下密雨。（10）箭上统统刻着普利塔之子的名字。受到利箭威胁的士兵们看着眼前的景象，感觉普利塔之子似乎无处不在。（11）阿周那之火把你的军队当作燃料迅速烧掉。他的利箭是美丽的火焰，弓弦之声是助长火势的风。（12）地面上到处是脱落的车轮、车轭、箭袋、旗杆、旗幡和翻倒的战车，（13）婆罗多后裔啊，还有车杆、轴承、三旗杆、车轴、缰绳和刺棒。（14）大王啊，到处是戴着耳环和头饰的头颅、胳膊和肩膀，（15）以及成堆的华盖、拂尘和冠冕，它们散布在普利塔之子战车经过的辙印附近。（16）婆罗多族俊杰啊，

---

① 黑天和阿周那。

第九　沙利耶篇　9.13.33

血肉和污泥相混的地面让人无法通过，看上去就像是楼陀罗的游戏场。它使懦弱者胆战心惊，勇敢者精神抖擞。（17）折磨敌人者啊，普利塔之子（阿周那）在战斗中击毁了两千辆带着护栏的战车。他像一团无烟的火，熊熊地燃烧着。（18）崇高的火神能够烧毁宇宙间一切动物和不动物。① 国王啊，大勇士普利塔之子（阿周那）也是一样，看上去就像无烟的火。（19）

见般度之子（阿周那）在战斗中表现得如此豪勇，德罗纳之子（马嘶）便驱动他那旗幡招展的战车，前来阻截。（20）这两位都是人中之虎、弓箭手中的佼佼者，全使白驹驾车。他们彼此迅速接近，渴望置对方于死地。（21）大王啊，他们互相泼洒可怕的利箭，婆罗多族雄牛啊，就像夏末的乌云倾泻大雨。（22）他们彼此逞雄，企图用杆身光滑的利箭杀伤对方，就像两头公牛伸角互抵。（23）战斗长时间不分胜负，他们的兵器激烈地碰击。（24）婆罗多后裔啊，德罗纳之子（马嘶）向阿周那射去十二支锋利的金羽箭，向婆薮提婆之子（黑天）射去十支。（25）毗跋蓰（阿周那）先对师父之子②表示短暂的敬意，接着闪过一笑，拉开了他的甘狄拨神弓。（26）这左手开弓的大勇士（阿周那）一举使他失去了马匹、车夫和战车，然后从容地向德罗纳之子（马嘶）射出三箭。（27）德罗纳之子（马嘶）站在马匹倒毙的战车上，向般度之子（阿周那）投去一根门闩般的铁杵。（28）忽见缠着金缕的铁杵迎面飞来，普利塔之子（阿周那），这善驱敌兵的英雄，一举将它劈成了七段。（29）眼见自己的铁杵遭到摧折，武艺高强的德罗纳之子怒不可遏。他拿起一根像山主③顶峰般可怕的铁闩，照准普利塔之子，狠狠掷去。（30）般度之子阿周那紧盯那根像发怒的死神一般的铁闩，急忙放出五支上好利箭，将它摧毁。（31）铁闩被普利塔之子的利箭击碎落地。婆罗多后裔啊，它崩毁的声音也粉碎了俱卢族王公们的心。（32）般度之子又向德罗纳之子射出另外三支利箭。这膂力超人的德罗纳之子遭到普利塔之子的有力打击，但是凭着自己的勇敢和魄力，他依然方寸不乱。（33）国王啊，

---

① 这里指一劫之末，劫火要烧毁宇宙中的一切，尔后复有新的宇宙诞生。
② 阿周那曾从德罗纳习武，故对他来说，德罗纳之子即师父之子。
③ 山主即众山之主，往往指喜马拉雅山或盖拉婆山。

就这样，当着众刹帝利的面，妙法（阿周那）向大勇士婆罗堕遮之孙（马嘶）撒出无数利箭。(34)

与此同时，般遮罗族大勇士妙车驾着他的战车冲向德罗纳之子，战车的隆隆声有如云中沉雷。(35) 他挽开一张举世无双，足以承受一切力量的强弓，向德罗纳之子射出一连串有如火焰，又如毒蛇的利箭。(36) 德罗纳之子看到正在发火的大勇士妙车朝自己冲来，也变得怒气冲天，像一条遭到棒打的蛇。(37) 他的眉毛拧成了三个尖，舌头舔着嘴角，双眼瞪着妙车。他摩挲了一下自己的弓弦，愤怒地射出一支锋利的铁箭。它闪闪发光，犹如阎摩手中的刑杖。(38) 利箭飞速穿透妙车的心脏，扎进地面，就像天帝释放出的雷电劈开大地一样。(39) 恰似高山之巅被霹雳击中，妙车被利箭击倒在地。(40) 见那英雄气绝身死，威武的德罗纳之子，这战车手中的佼佼者，立即登上他的战车。(41) 大王啊，此时德罗纳之子浑身披挂，斗志昂扬，在敢死队的护卫下，再与阿周那接战。(42) 阿周那与众多敌人展开激战。打到中午时分，阎摩王国中的居民已经大大增加。①(43) 阿周那一人同时应付众多英雄。看到战士们表现出的非凡勇气，我们都感到十分惊奇。(44) 阿周那与众多敌人奋力厮杀，犹如当年百祭（因陀罗）奋战提迭大军。(45)

以上是吉祥的《摩诃婆罗多》中《沙利耶篇》第十三章(13)。

一四

全胜说：

大王啊，难敌与水滴王之孙猛光也在酣战之中。梭镖和利箭在他们之间飞来飞去。(1) 双方数以千计的利箭形成箭雨，大王啊，就像雨季时乌云形成的瓢泼。(2) 国王难敌向水滴王之孙（猛光）射出五支铁箭，之后，这勇猛的弓箭手又向杀德罗纳者（猛光）射去七箭。(3) 坚定有力的猛光则用七十支无羽箭回敬难敌。(4) 婆罗多族

---

① 意为死亡甚众。阎摩为冥府之王。

第九 沙利耶篇

雄牛啊，难敌的同胞兄弟看到国王遭到攻击，遂带领大军向水滴王之孙（猛光）包抄过来。（5）虽被众多杰出的勇士团团围住，国王啊，水滴王之孙还是左奔右突，充分显示出他动作敏捷，身手不凡。（6）与此同时，束发也和钵罗跋德罗迦人一起，与成铠和大勇士乔答摩之孙（慈悯）这两位弓箭手展开激烈的交锋。（7）人民之主啊，这是一场恐怖的大战。上阵的人全都奋不顾身。他们已将生命放在了赌盘上。（8）

沙利耶向四面八方泼洒箭雨，紧逼般度族的军队，包括萨谛奇和狼腹（怖军）。（9）王中之王啊，靠着自己的勇气和力量，他还腾出手来同凶悍有如阎摩的双生子[①]相周旋。（10）般度族的大勇士们被沙利耶的利箭迫得无路可走，再也找不到庇护者。（11）玛德利之子无种见法王坚战受困，便向他的娘舅（沙利耶）疾速冲去。（12）敌方英雄的消灭者（无种）先用箭雨罩住沙利耶，然后微微一笑，搭上十支利箭，朝他的心窝射去。（13）这些金羽箭全用纯铁制成，由匠人仔细抛光，锋镝也在石头上磨得十分尖锐。（14）沙利耶受到自己外甥无种的打击，也向他射去一连串杆身光滑的利箭。（15）见此情形，国王坚战、怖军、萨谛奇和玛德利之子偕天一齐向摩德罗国王扑去。（16）他们疾速飞驰，车轮声响彻八方，使大地震颤不已。善于克敌制胜的统帅（沙利耶）遂上前接战。（17）他以三支利箭射向坚战，七支利箭射向怖军，百支射向萨谛奇，三支射向偕天。（18）摩德罗王用一支马蹄箭射断了无种手里搭箭待发的弓。接着，尊者啊，沙利耶再发数箭，将他的断弓斫成碎片。（19）大勇士玛德利之子（无种）马上抄起另一张弓，不一会儿便将摩德罗国王的战车笼罩在羽毛箭中。（20）尊者啊，坚战和偕天也照准摩德罗王的胸膛，每人射出十箭。（21）怖军和萨谛奇亦朝摩德罗王冲来，向他射出苍鹭羽毛箭。一人射了六十支，一人射了九支。（22）摩德罗国王大为恼怒，立刻回敬萨谛奇九箭，旋即又补了七十支杆身光滑的利箭。（23）随后，尊者啊，他一箭击中了萨谛奇搭箭待发的弓，就在手握的地方将它折断。萨谛奇的四匹骏马也被他送到了死神那里。（24）力大无比的摩

[①] 指无种和偕天。

德罗国王使萨谛奇的战车就此瘫痪,接着从四面八方向他射去成百支箭。(25)俱卢后裔啊,玛德利的两个儿子怒火冲天。就在这时,摩德罗国王又向他俩,以及般度之子怖军和坚战各射了十箭。(26)摩德罗国王表现出来的英雄气概,真是让人惊叹不已。普利塔之子们即使联合起来,对他还是近身不得。(27)

　　然而,萨谛奇毕竟是真英雄。他跳上另一辆战车,看到般度诸子正受制于摩德罗国王,便飞快地朝他冲去。(28)沙利耶亦是出类拔萃之辈,见萨谛奇驱车飞奔而来,便也驾车迎上前去,那样子颇似两头疯象对冲。(29)萨谛奇和大英雄摩德罗国王彼此交锋,场面壮观,与往昔天王(因陀罗)会战商波罗①一般无二。(30)萨谛奇发现摩德罗国王来到自己面前,遂向他放了十箭,同时高呼:"站住!站住!"(31)遭到伟大敌手的射击,沙利耶也向萨谛奇报以各种美丽的羽毛箭。(32)大弓箭手普利塔之子们看见萨谛奇正在攻击沙利耶,也一齐驱车向他冲去,意欲夺取这位舅爷的性命。(33)这又是一场英雄之间的激烈搏斗。甲胄之士,血如泉涌,呐喊之声,如狮子吼。(34)大王啊,他们彼此冲杀,有如狂吼的狮子扑向肉食。(35)顷刻之间,空中利箭密布,数以千计的箭流朝着大地笼罩下来。(36)飞箭铺天盖地,到处是晦暗一片,犹如云翳投下巨大的阴影。(37)国王啊,离弦的金羽箭犹如刚从皮壳蜕出的蛇,闪闪发光,照亮了四面八方。(38)杀敌勇士沙利耶创造了非凡的奇迹。在沙场上,他只手面对无数强敌。(39)从摩德罗国王手中射出的苍鹭和孔雀羽毛箭十分可怕。它们纷纷落下,布满了大地。(40)国王啊,我们看到沙利耶在大战中驾车驰骋,往来奔突,就像当年天帝释驱杀阿修罗一般。(41)

　　　　　　　　以上是吉祥的《摩诃婆罗多》中《沙利耶篇》第十四章(14)。

---

① 在吠陀神话中,商波罗为一阿修罗,提婆达萨王的敌人。天王因陀罗将他战败杀死,并摧毁了他的城池。

一五

全胜说：

主上啊，现在，你的军队在摩德罗国王的带领下，又一次全速冲向普利塔之子们。（1）你的将士尽管面临激烈的抵抗，但还是顽强作战，冲锋向前。毕竟人多势众，刹那之间，他们就把普利塔之子们打得晕头转向。（2）般度族军队在俱卢族人手里死伤惨重。虽有怖军极力抵挡，他们还是稳不住阵脚。这一切就发生在黑天和普利塔之子[①]眼前。（3）胜财（阿周那）怒不可遏。他向成铠、慈悯和他们的追随者发射出一阵箭流。（4）偕天阻截住沙恭尼和他的军队。无种也在一侧紧紧盯住摩德罗国王。（5）德罗波蒂的儿子们堵住许多其他的国王。般遮罗王子束发则去阻截德罗纳之子（马嘶）。（6）怖军手持铁杵，挡在国王（难敌）的面前。贡蒂之子坚战率领自己的部下咬住了沙利耶。（7）就这样，在战场的不同的地方，你的军队和敌人的军队捉对厮杀，没有一个人临阵脱逃。（8）也就是在这个战场上，我们看到了沙利耶非同寻常的表现。他一个人单独对付般度族的全部军队。（9）在战斗中，沙利耶趋近坚战，看上去就像是土星出现在月亮的身旁。（10）他那毒蛇似的利箭使坚战穷于招架。他又冲向怖军，向他泼洒出暴雨般的利箭。（11）看到他身手敏捷，箭法娴熟，无论是你方的军人，还是敌方的战士，全都表示敬佩。（12）在沙利耶的打击下，般度族军队遭到重创。他们纷纷逃离战场，置坚战的大声呼喊于不顾。（13）

眼见般度族军队惨遭摩德罗国王屠戮，法王坚战怒火中烧。他凭借自己的勇力，再一次对摩德罗国王发起进攻。（14）这位智慧成熟的大勇士发出号召："不是战胜，就是阵亡！"接着他又向自己的兄弟们和摩豆族后裔黑天说道：（15）"毗湿摩、德罗纳、迦尔纳和其他为俱卢族奋勇作战的国王们，都已在战场上走向死亡。（16）可敬的人

[①] 这里的普利塔之子指阿周那而非坚战。

啊，你们已经依照各自的职分和能力，展现出英雄气概。余下来就看我如何对付这大勇士沙利耶了。（17）今天，我要在战斗中击败这摩德罗王。现在就让我告诉你们我的想法吧。（18）这两位摩德罗公主之子①要充当我的护车。他俩是英雄们公认的豪杰，即使是婆薮提婆之子（黑天）也无法战胜他们。（19）他俩视刹帝利的职责为第一要务，信守誓约，值得敬重。为了实现我的目的，他们将要在战场上迎战自己的舅父。（20）在这场战斗中，不是沙利耶杀死我，就是我杀死他。祝福你们，盖世英雄！这是我的誓言，请你们听清。（21）今天，我将遵行刹帝利的职责，同我的舅父②交战。诸位大地之主啊，不是我打败他，就是他战胜我。（22）让管车的人赶快照规矩把我的战车准备好，带上超过沙利耶的武器和其他各种必备之物。（23）今天，让悉尼之孙（萨谛奇）保护我的右轮，猛光保护我的左轮，普利塔之子胜财为我殿后。（24）让最擅长使用武器的怖军作我的前锋。这样，我就能在大战中先胜沙利耶一筹。"（25）

　　所有的人都希望国王高兴满意。坚战讲了这番话后，他们便照着他的要求做去。国王啊，般度族军队重又振奋起来。（26）般遮罗人、苏摩迦人和摩差人的士气尤其高昂。他们要实现法王（坚战）的誓言。（27）般遮罗人吹起螺号，敲响数以百计的大小鼙鼓，同时发出阵阵的狮子吼。（28）兴奋的吼声震天动地。俱卢族雄牛们③斗志昂扬，飞快地扑向摩德罗国王。（29）巨大的螺号声、乐器声和大象身上的铃铛声在大地上回荡。（30）你的儿子和英雄的摩德罗国王迎战纷纷拥来的敌军，就像阿私陀和优陀耶两座大山④迎接滚滚而至的乌云。（31）沙利耶向以勇敢战斗而自豪。他朝着善驱强敌的法王（坚战）泼洒箭雨，犹如摩诃梵（因陀罗）向大地洒下密雨。（32）同时，高傲的俱卢国王（坚战）也紧握漂亮的战弓，展示着德罗纳教给他的诸般武艺。⑤（33）他泼洒箭雨，动作轻快自如而又漂亮，谁也找不出

---

①　指偕天和无种。
②　沙利耶实为坚战异母弟偕天和无种的舅父。这里的甥舅关系是通过坚战的非生身母亲玛德利（偕天和无种的母亲）来确定的。
③　指般度王子们。
④　它们是传说中的神山。一为西方之山，日月沉于其后；一为东方之山，日月升自其后。
⑤　德罗纳曾是难敌兄弟和坚战兄弟的武术教师。

他的破绽。(34) 为了杀伤对方,这两个勇士互相射出各式各样的利箭,像是两头猛虎为了抢夺一块鲜肉而彼此厮杀。(35) 和怖军杀作一团的是你那好战的儿子。般遮罗王子猛光、萨谛奇和玛德利为般度所生的两个儿子(偕天和无种)则从四面八方围攻以沙恭尼为首的众英雄。(36)

国王啊,这是你的错误决策导致的又一场激烈混战。你方和敌方都渴望胜利。(37) 难敌用杆身光滑的利箭瞄准怖军的镶金旗幡,将它射断。(38) 它倒了下去。这顶狮子旗幡十分漂亮,上面还挂着丁零作响的串串铜铃。(39) 接着,那人中之主(难敌)又搭上一支锋利的剃刀箭,一举射断怖军手中雕饰华丽的弓,犹如砍断一头象王的鼻子。(40) 然而,尽管弓已折断,怖军却勇气不减。他朝你的儿子猛冲过去,手执旗杆,刺向他的胸部。难敌一下子倒在了车座上。(41)趁着难敌昏晕过去,狼腹(怖军)又用一支剃刀箭割下了他车夫的头颅。(42) 婆罗多后裔啊,难敌的马匹失去了车夫,便拉着战车四处奔跑,同时发出悲鸣。(43) 见此,伟大的战车手德罗纳之子(马嘶)、慈悯和成铠疾驶而来,打算将你的儿子救出。(44) 此刻,俱卢军队陷入一片混乱,难敌的随从们也吓破了胆。手持甘狄拨神弓者(阿周那)拉开神弓,将利箭射向他们。(45)

坚战怒火冲天,亲自驱策那色如象牙,快如思想的战马,冲向摩德罗国王。(46) 这时,我们看到了贡蒂之子坚战身上发生的惊人变化:一向温文尔雅,而今凶猛暴烈。(47) 这位贡蒂之子的身体由于愤怒而抖动着。他双眼圆睁,把成百上千的利箭射向敌群。(48) 敌军之中凡是挡路的,国王啊,这位般度长子一概射杀,就像雷电劈破山峰一样。(49) 他击翻了许多战车手,连同他们的战车、马匹、车夫和旗幡。他勇力非凡,一人奔突在敌阵之中,犹如狂风戏弄乌云。(50)怒气难消的坚战把成千的骑兵、马匹和步兵击倒在脚下,就像楼陀罗毁灭无数的兽类一样。①(51) 他用泼向四面八方的箭雨扫荡战场,然后直奔摩德罗国王而去,大呼:"沙利耶,站住!"(52) 目睹坚战在战场上的凶猛表现,你的军队全都颤栗不已,惟有沙利耶迎

---

① 楼陀罗(即湿婆)会在宇宙末日毁灭所有的兽类。

上前去。(53)两个人全都怒气冲天,大吹螺号。他们互相挑战,彼此逼近,同时发出威胁。(54)沙利耶向坚战泼洒一阵箭雨,坚战也向摩德罗国王还以箭雨。(55)国王啊,苍鹭羽毛箭一时横飞,两位英雄,坚战和摩德罗国王,全都中箭流血。(56)他们一个像沙罗摩丽树①,一个像金苏迦树,繁花满枝,摇曳在树林中。这两个伟大的人物光芒闪烁,全副精力投入狂热的战斗。(57)

看到这样的景象,所有的战士都拿不准两人谁能取胜。也许是普利塔之子能够杀死摩德罗国王,最终享有大地。(58)也许是沙利耶杀死般度之子,把大地奉与难敌。婆罗多后裔啊,到底如何,战士们都说不准。(59)在战斗中,法王(坚战)总是设法将自己的军队置于右方。(60)沙利耶迅速向坚战射去成百支箭,又用一支锋镝锐利的箭斩断了他手中的弓。(61)坚战马上抄起另一张弓,向沙利耶射去三百支箭,并用一支剃刀箭劈断了他的弓。(62)他还用一连串杆身光滑的箭杀死了沙利耶的四匹骏马,另用两支利箭射翻了两侧的车夫。②(63)此外,坚战又用一支经过淬火而尖锐锃亮的月牙箭,射断了沙利耶插在车前的旗幡。克敌制胜者啊,这时,难敌的军队开始溃散。(64)摩德罗国王处境窘迫。德罗纳之子(马嘶)疾速赶到他的身边,将他接到自己的战车上,飞奔而去。(65)两人在坚战的怒吼声中跑了一阵,然后停下,让摩德罗国王登上另外一辆战车。(66)那战车装备齐全,气派辉煌,轮声隆隆,有如云端沉雷,敌人见了,无不毛发倒竖。(67)

以上是吉祥的《摩诃婆罗多》中《沙利耶篇》第十五章(15)。

一六

全胜说:

摩德罗国王拿起另一张强劲有力的弓,射击坚战,同时发出一声狮子般的怒吼。(1)像饱含雨水的乌云,这位灵魂无限伟大的刹帝利

---

① 木棉科树木,开红花。
② 驷马战车两侧的马拴在前轴的两端,各由一名车夫驾驭。

雄牛把箭雨洒向另外的刹帝利们。（2）他向萨谛奇射出十支箭后，又向怖军射出三支，向偕天射出三支，并使坚战陷入困境。（3）这位战车手中的佼佼者还射倒了许多大弓箭手，连同他们的马匹、战车和大象，射倒了许多大象和象兵、马匹和骑兵、战车和战车手。（4）他砍断了许多旗幡和举着武器的手臂。他使敌军尸横遍野，就像祭坛上铺排的拘舍草。（5）就这样，他像夺人性命的死神一样杀戮敌军。般度族人、般遮罗人和苏摩迦人怒火冲天，一齐奋力将他围住。（6）怖军、悉尼之孙（萨谛奇）和玛德利两个勇敢非凡的儿子冲到正与力量骇人的国王（坚战）交手的沙利耶面前，双方彼此发出挑战。（7）摩德罗国王乃是人中因陀罗，最优秀的战士。那几位英雄也是人中豪杰。他们截住他，向他射出快速强劲的羽毛箭。（8）在怖军、玛德利的两个儿子和摩豆后裔（黑天）的共同卫护下，法王坚战瞄准摩德罗国王的胸口，也射出快速强劲的羽毛箭。（9）

你方优秀的战车手们发现摩德罗国王遭到利箭的攻击。他们在难敌的命令下，从四面八方围拢过来保护他。（10）在喧嚣与混乱中，摩德罗国王迅速向坚战射出七支利箭。国王啊，伟大的普利塔之子（坚战）也立刻回敬了他九支。（11）两位伟大的战车手，坚战和摩德罗国王，将弓拉满到耳边，互相用涂过油的利箭笼罩对方。（12）这两位伟大的战车手都是王中翘楚，膂力强大，难以战胜。他们彼此寻找对方的破绽，以便迅速射出利箭。（13）这两个伟大的战士，英勇的摩德罗国王和般度之子，互相泼洒箭雨。他们的弓、弓弦和手掌发出的巨响，犹如因陀罗大神的雷霆。（14）他们往来奔突，就像两只幼虎在树林里为了一块肉食而彼此争斗。他们由于饱经战阵而傲视群雄，像两头挺着长鼻的大象互相搏杀。（15）伟大的摩德罗国王逼住坚战，然后朝着那勇猛暴烈，力量骇人的英雄，对准心窝，就是一箭。那箭光芒四射，堪比烈火，犹如太阳。（16）虽遭严重刺伤，国王啊，伟大的俱卢族雄牛坚战还是准确地还给摩德罗国王一支利箭，同时心中感到一阵欢欣。（17）

不过，那豪勇不让千眼（因陀罗）的大地之主（沙利耶）很快就回过神来。他瞪着气得发红的双眼，朝普利塔之子迅速射去百箭。（18）伟大的正法之子（坚战）同样怒不可遏，照准沙利耶当胸速射九箭，接着朝他的纯金锁子甲又是六箭。(19) 摩德罗国王兴奋地引弓发矢，其中两支快如剃刀，斩断了俱卢族雄牛（坚战）手中的弓。(20) 伟大的国王坚战立即抓起另一张更加厉害的强弓，对着沙利耶射出锋镝尖锐的利箭，就像大神因陀罗将利箭射向那牟吉一样。① (21) 沙利耶也将九支箭射向怖军和国王坚战，穿破他们金光闪闪的锁子甲，射中了他们的胳膊。(22) 接着，他又用另外一支威力如同烈火和太阳的剃刀箭，摧毁了国王（坚战）的弓。同时，慈悯也用六支利箭杀死了他的车夫。车夫就倒在他的面前。(23) 摩德罗国王再射四箭，杀死了坚战的马匹。除掉了马匹，他又开始驱杀正法之子坚战的军队。(24)

看到国王处境不妙，伟大的怖军立刻发出一支迅猛的利箭，将摩德罗国王手中的弓一下射断。接着，他又向这位强有力的人中因陀罗补了两箭。(25) 随后他再搭一箭，射向身被铠甲的车夫，使他身首异处。借着怒气，眨眼之间，怖军又杀死了沙利耶的四匹骏马。(26) 这位弓箭手中的佼佼者再向勇猛的沙利耶放出一百支箭。玛德利之子偕天也对着那独自驰骋的英雄一阵劲射。(27) 怖军见沙利耶为利箭所困，便趁机另搭数箭，射破了他的铠甲。铠甲破碎的摩德罗国王旋即抄起一块千星盾牌。(28) 这位灵魂伟大者力量骇人。他紧握宝剑，跳下战车，迅速冲向贡蒂之子（坚战），在劈断无种的车辕后，径取坚战。(29) 看到沙利耶怒火冲天，像死神般扑向坚战，猛光、束发、悉尼之孙（萨谛奇）和德罗波蒂之子们急忙围抄过去。(30) 怖军以十支利箭击碎他那无与伦比的盾牌，然后又用月牙箭从把柄处射断了他的宝剑。按捺不住心中的狂喜，怖军冲着你的军队大叫起来。(31) 见怖军骁勇如此，般度族优秀的战车手们一阵兴奋。他们放声大笑，竭力狂吼，还吹响月亮般洁白的螺号。(32) 听到这可怕的吼声，你那已经饱受磨难的军队变得胆战心惊。他们大汗淋漓，浑身淌血，意气沮丧，几乎麻木不仁。(33)

尽管被以怖军为首的般度族勇士围困着，摩德罗国王还是朝着坚

---

① 那牟吉为一阿修罗。他曾一度战胜并抓住因陀罗，后来又放了他，条件是因陀罗答应既不在白天，也不在黑夜，既不用湿的，又不用干的东西杀死自己。因陀罗获释后用泡沫在黄昏时杀死了他。

战迎面扑去，就像狮子朝猎物扑去一样。（34）摩德罗国王失去了马匹和车夫，满腔愤怒，看上去犹如燃烧的火焰。法王（坚战）见敌手迎面而来，也快速勇猛地冲上前去。（35）他想起了乔宾陀（黑天）的话，马上集中心力，以便置沙利耶于死地。法王站立在马匹和车夫已经倒毙的战车上，感到需要一支标枪。（36）他看到伟大的沙利耶在战场上表现不凡，想到自己还没有完成杀死沙利耶的任务，便下定决心，把因陀罗之弟（黑天）嘱咐他的话变为现实。（37）于是，法王坚战抓起一支标枪，枪杆上镶嵌着黄金和宝石，闪闪发光。他的怒气在心中升腾，明亮的双眼来回转动，紧紧地盯着摩德罗国王。（38）人中之神啊，虽然被灵魂纯洁、罪愆已经涤除的国王坚战紧盯不放，摩德罗国王却没有化作灰烬。国王啊，这事在我看来十分奇异。（39）俱卢族俊杰（坚战）奋力将标枪快速投向沙利耶。那标枪镶嵌着宝石和珊瑚，光焰闪耀，美丽而又可怕。（40）所有的俱卢族人都聚在一起，看着那猛力掷出的标枪。它喷着烈焰，迸着火花，有如宇宙末日自天而降的巨大流星。（41）法王（坚战）投出的标枪就像手持套索的黑夜女神，①又像阎摩形象可怕的母亲，还像百发百中的梵杖。（42）这武器一直受到般度之子们的精心供奉，用香料和花环，以及最好的坐具和饮食。它喷射烈焰，犹如毁灭宇宙之火，又如可怕的阿达婆茑耆罗咒术。（43）它是陀湿多②为大神伊沙那（湿婆）制造的，能够吞噬敌人的生命和躯体，足以毁灭大地、天空、所有水聚之处③以及一切众生。（44）标枪上还装饰着铃铛、旗帜、宝石、钻石和各色琉璃，杆柄则用纯金制成。陀湿多在锻制它时小心翼翼，谨守戒条。对于憎恨婆罗门的人来说，它是百发百中的致命武器。（45）

坚战先是念念有词，使标枪附上可怕的咒语，然后再谨慎而有力地将它投掷出去，让它又高又快地划出最漂亮的弧线，直向摩德罗国王刺去，取其性命。（46）法王（坚战）一面掷出标枪，一面对着沙利耶高叫："死到临头啦，你这家伙！"他的姿势如同跳舞，就像当年

---

① 参见前第10章第43颂注。
② 《梨俱吠陀》神话中的能工巧匠，曾制造因陀罗神的金刚杵。他也是世上万物原型的发明和制造者，生命的激励者，长寿的赐予者。
③ 指河流、湖泊、海洋等。

愤怒的楼陀罗为了毁灭阿修罗而伸出有力的臂膀,从美丽的手中发射利箭一样。(47)沙利耶也大喝一声,试图迎面接住坚战奋力掷来的那支威力不可阻挡的标枪,就像按规矩点燃的祭火准备接受投献的酥油一般。(48)然而,标枪刺穿了他的要害部位,他那宽阔而漂亮的胸膛和铠甲,一直扎入土地,就像穿入水中一样容易。它也同时焚毁了摩德罗国王尽人皆知的名声。(49)鲜血从他的鼻、眼、嘴、耳和其他受伤部位流淌出来,沾满全身,就像被室建陀劈开的迦龙遮山。① (50)灵魂伟大的沙利耶有如因陀罗的坐骑②。他被俱卢后裔(坚战)刺穿铠甲,伸着双臂,从车上跌落在地,就像遭到雷劈的高山巅峰。(51)这位摩德罗国王双臂伸展,正落在法王坚战面前,宛如坚挺的因陀罗旗幡倒在地上。(52)当他落地的时候,大地似乎是出于挚爱之情,起身迎接了这位四肢破裂,浑身流血的人中雄牛,(53)就像一位可爱的妻子接受倒在自己怀抱中的丈夫。这位国王长期享受大地,犹如享受自己的妻子。现在,他沉睡在大地之上,用四肢紧紧地拥抱着她。(54)在一场公平合理的战斗中,他死在以法为魂的正法之子(坚战)手里,宛如祭坛上按规矩点燃的祭火在接受祭品后最终熄灭。(55)沙利耶武器断损,旗幡倾折,心脏被标枪刺破从而命殒疆场,但是他的美貌似乎并未离他而去。(56)

　　坚战的弓像因陀罗的弓一样强。他拿起它,继续攻击他的敌人,就像鸟王攻击众蛇一样。③ 他用锋利的月牙箭敏捷地刺杀敌人的肉体,夺取他们的生命。(57)普利塔之子射出的箭雨笼罩着你的军队。你的兵士们在混乱中闭着眼睛,彼此残杀。他们丢盔弃甲,损弓折枪,命丧沙场。(58)就在沙利耶倒下的时候,一位年轻的战车手向般度之子(坚战)冲去。他是沙利耶的弟弟,兄长的优点他无一不

---

① 迦龙遮为一阿修罗。一次他故意化作一座大山挡住投山仙人的路,被后者诅咒永远作为高山立在那里,只有战神室建陀能够救他。一次室建陀与众阿修罗大战,后者败,一个名叫波那修罗的阿修罗逃进迦龙遮山。室建陀用火神阿耆尼给他的利箭将山劈成两半,杀死波那修罗,迦龙遮亦因而得救。另说战神与因陀罗通过赛跑来比谁更有力,后发生争执,请迦龙遮山判断。迦龙遮山偏袒因陀罗,战神室建陀一怒之下用标枪劈开了它。

② 天神因陀罗的坐骑爱罗婆多,象类的原型,传说诞生于众神搅乳海之时。

③ 鸟王即金翅鸟。他是众蛇之敌,因为他的母亲毗娜达曾与同事一夫(迦叶波仙人)的迦陀卢不和,而迦陀卢乃是千蛇之母。

备。(59)这位人中豪杰迅速向坚战射出密集的铁箭。他作战勇猛,渴望为死去的兄长报仇。(60)法王(坚战)旋即还了他六支快箭。其中两支剃刀箭,一支砍断了他的强弓,一支劈折了他的旗幡,(61)然后,见他已近在咫尺,便用一支坚硬、锋利、光芒四射的月牙箭,斩掉了他的头颅。(62)我看到他那戴着耳环的头颅从战车上滚落在地,就像一位功德耗尽的天国居民下归凡尘。(63)他那失去头颅的身体也随之从战车上跌落下来,四肢上下,沾满鲜血。一见这般景象,你的军队顿时溃散。(64)摩德罗国王那身着漂亮铠甲的弟弟死了,俱卢族人开始疾速奔逃,同时发出悲哀的叫声。(65)看到沙利耶的弟弟死了,你勇敢的兵士们由于对般度人的恐惧而魂飞魄散。他们浑身尘土,拼命奔跑。(66)婆罗多族雄牛啊,悉尼之孙萨谛奇向这些失魂落魄、溃不成军的俱卢族人泼箭如雨,发起了进攻。(67)

这时,诃利迪迦之子(成铠)出现了。国王啊,他飞速上前,勇敢无畏地迎战那难以接近,不可抵御的弓箭手。(68)这两位不可战胜的伟大人物,一个是诃利迪迦之子,一个是萨谛奇,同出于苾湿尼族。如今他们彼此遭遇,像两头凶猛暴怒的雄狮。(69)他们用锃亮耀眼的利箭互相对射,仿佛两个太阳用光线彼此照射。(70)这一对苾湿尼族雄狮射出的利箭强劲有力。它们在天空中往来穿梭,在我们眼里,就像是迅速舞动的飞虫。(71)诃利迪迦之子向萨谛奇射出十箭,向他的骏马射出三箭,还用一支杆身光滑的箭射断了他的弓。(72)悉尼族雄牛(萨谛奇)丢开断裂的强弓,迅速拿起另一件更加厉害的武器。(73)这位弓箭手中的佼佼者拿起一张最好的弓,对着诃利迪迦之子当胸就是十箭。(74)接着,他又用数支月牙箭摧毁了诃利迪迦之子的战车和车辕,杀死了他的马匹和两侧的车夫。(75)摩德罗国王已经阵亡,成铠也失去了战车,国王啊,难敌的军队再一次弃阵而逃。(76)腾起的烟尘笼罩着军队,接下来的情形无法看清。难敌的将士已经死伤太半,剩下的正在奋力奔逃。(77)

过了一阵,由于到处鲜血流淌,腾起的尘土开始沉落,人中雄牛啊,一切又能看清了。(78)难敌也就近看到自己的军队已经溃散。面对疾速杀来的普利塔之子的人马,他只有独力迎战。(79)冲着驱动战车而来的般度之子们,以及水滴王之孙猛光、难以战胜的阿那尔多（萨谛奇），他射去一阵利箭。(80) 但是，敌人还在继续逼近。他们不似常人，不畏死神。正在这时，诃利迪迦之子（成铠）返回这里。他已经登上另外一辆战车。(81) 大勇士坚战王飞快赶来，搭上四箭，射杀了成铠的马匹；又以六支锋利的月牙箭射中了乔答摩之孙（慈悯）。(82) 马嘶见状，遂让马匹倒毙而战车失灵的诃利迪迦之子登上自己的战车，驶离坚战。(83) 有年之子（慈悯）射出八箭还击坚战，又用八支利箭射杀了他的马匹。(84) 大王啊，战斗的结果就是这样。婆罗多后裔啊，这全是由你和你儿子们的错误决策造成的。(85) 在战场上，最优秀的大弓箭手都被俱卢族雄牛（坚战）杀死了。看到沙利耶已死，普利塔之子们聚在一起，吹响螺号，欣喜若狂。(86) 他们对坚战百般赞美，就像当初众天神赞美因陀罗杀死弗栗多一样。他们奏响各种乐器，喧闹之声在大地上四处回响。(87)

以上是吉祥的《摩诃婆罗多》中《沙利耶篇》第十六章(16)。《沙利耶伏诛篇》终。

进入池塘篇

一七

全胜说：

国王啊，沙利耶死后，他的追随者，七百位英勇的战车手，又带着巨大的勇气，投入了战斗。(1) 难敌坐在一头稳如丘山的大象背上，上张华盖，扇着拂尘。他试图阻止这些摩德罗人，喊着："不要去！不要去！"(2) 虽经难敌一再劝阻，这些一心要杀坚战的英雄还是冲入了般度族的军队。(3) 大王啊，这些勇士慷慨赴战的决心已定。他们拉动弓弦，嘣嘣作响，誓与般度族人一决雌雄。(4) 摩德罗人对他们死去的国王充满热爱。听到沙利耶已经战死，而正法之子（坚战）正在遭受摩德罗族大勇士们的攻击，(5) 伟大的战车手普利塔之子[①]挥动他的甘狄拨神弓疾速赶来，隆隆的车声充满四面八

[①] 这里指阿周那。

方。（6）阿周那、怖军、玛德利为般度生的两个儿子、人中之虎萨谛奇以及德罗波蒂的所有儿子，（7）猛光、束发、般遮罗人和苏摩迦人，为了救援坚战，从四面八方将他团团围住。（8）那些人中雄牛[①]遭到般度族人的围攻。他们开始扰乱敌军，犹如摩伽罗[②]搅动大海。（9）就像宽阔的恒河被狂风掀起浪涛，国王啊，般度族的军队再次受到侵扰。（10）

你方的大勇士们奋不顾身，向敌方的大军猛扑过去，使他们浑身颤抖，犹如劲风摇撼大树。（11）他们大声地叫喊着："坚战王在哪里？为什么看不到他勇敢的兄弟们？（12）那些般遮罗英雄、伟大的战车手束发、猛光、悉尼之孙和德罗波蒂的儿子们都在哪里？"（13）那些摩德罗国王的追随者一边叫喊，一边战斗。德罗波蒂的儿子们对他们发动了猛烈的攻击。（14）你的人马惨遭敌人杀戮。有的被飞离的车轮碾死，有的被折断的旗杆捅死。（15）婆罗多后裔啊，尽管受到你儿子的阻拦，那些战士还是盯住般度族人，勇猛地冲向他们。（16）难敌用温和的言语劝阻那些英雄，但没有一个大勇士肯听他的话。（17）这时，大王啊，卓有辩才的犍陀罗王之子沙恭尼向难敌进言：（18）"婆罗多后裔啊，我们怎么能眼睁睁看着摩德罗战士惨遭屠杀呢？你就这么站着，无所作为。（19）作战时共进退是当初大家约定好的。国王啊，你怎么能容忍你的敌人肆意杀戮呢？"（20）

难敌说：

我曾经阻拦过他们，但是我的话他们不听。结果那些冲进般度军队的人就被杀死了。（21）

沙恭尼说：

在战场上，那些怒火填膺的英雄们常常不受将令。你不能对他们生气。现在也不是袖手旁观的时候。（22）我们应该全部集合起来，带着战车和大象，前去救援摩德罗国王的追随者，那些优秀的弓箭手。（23）国王啊，我们要尽一切努力互相保护。

---

① 指摩德罗族的勇士们。

② 神话里的海中巨兽，可能是鲨鱼、鳄鱼、海豚之类，又说头、肢似羚羊，身、尾像鱼，是江河大海之神伐楼拿的坐骑。

全胜说：

所有人都觉得沙恭尼说得有理，于是，全军开始向前挺进。(24)①经沙恭尼如此劝说，国王难敌也在大军的护卫下向敌方冲去，同时发出狮子吼，震得大地不停颤动。(25)"杀呀！""刺啊！""抓啊！""打呀！""砍呀！"你的军队发出一阵阵狂吼。(26)般度族人看到摩德罗国王的追随者们一齐冲来，便组成一个中等大小的混合方阵，奋起迎战。(27)人民之主啊，双方的英雄开始了徒手格斗。不久，摩德罗国王的追随者们便伤亡惨重。(28)正当我军向前冲锋的时候，团结一致而又敏捷勇敢的敌军已经结束消灭摩德罗人的战斗。他们兴高采烈，发出一阵阵欢呼。(29)到处可见成堆的无头尸。巨大的流星似乎是从太阳的光轮中坠落下来。(30)覆盖着地面的净是破碎的战车、车辕、车轴以及死去的车手和翻倒的马匹，(31)还有奔腾如飞的骏马、依然套在车辕上的马匹。大王啊，战场上还有活着的战士。(32)有些马拉着轮子已坏的战车不断地跑，有些马拉着只剩一半的战车四处狂奔。这些马始终套在缰绳上，不得解脱。(33)最优秀的人啊，那些车手从战车上跌落下来，就像功德已尽的圣者从天国跌回地面。(34)

当摩德罗国王英雄的追随者们死伤殆尽的时候，大勇士普利塔之子们看到我们的军队直朝他们冲来。(35)这些武士渴望胜利，立刻迎战。离弦的箭嗖嗖作响，呜呜的螺号声中夹杂着人的吼叫。(36)武士们渐渐逼到我们的军阵跟前。他们志在必胜，不断地舞动手中的弓，一阵阵发出狮子吼。(37)看到摩德罗大军一败涂地，而英雄的摩德罗国王也已陈尸疆场，难敌的军队再一次掉头逃窜。(38)大王啊，勇敢的般度族弓箭手们的无情杀戮，使他们浑身颤抖，不知所措，四面八方，纷纷溃逃。(39)

以上是吉祥的《摩诃婆罗多》中《沙利耶篇》第十七章(17)。

---

① 本颂后半原文放在沙恭尼所说的话内，但是实际上已经回到全胜的叙述，故译文将它移至这里。

第九　沙利耶篇

一八

全胜说：

在伟大的战车手，难于战胜的摩德罗国王捐躯沙场以后，你的军队，还有你的儿子们，便大都离阵逃跑了。（1）伟大的英雄死去之后，你的军队就像那些樯倾楫摧的商人，漂浮在深广无边的大海中，为求彼岸而望眼欲穿。（2）大王啊，摩德罗国王不在了，他们失去了庇护，因而渴求庇护者。他们身被箭伤，心怀恐惧，就像为众狮所困的鹿群一样。（3）他们败在了正法之子坚战的手里，像是断角的公牛，伤牙的大象，在正午时分逃离了战场。（4）沙利耶死了，你的军队中再也没人把心思放在重整队伍和鼓舞士气上。（5）婆罗多后裔啊，毗湿摩、德罗纳和车夫之子（迦尔纳）倒下以后，你的军队里曾经充满了悲伤和恐惧。人民之主啊，现在，这种恐惧和忧愁又出现了。（6）伟大的战车手沙利耶死后，他们失去了对于胜利的信心。英雄阵亡，队伍溃散，纷纷遭到利箭的杀戮。国王啊，摩德罗国王死了，你的士兵们就陷入了恐怖，疾速奔逃。（7）那些大勇士有的跳上骏马，有的骑上大象，有的驱动战车，与步兵们一起，魂离魄散，飞快地逃跑。（8）沙利耶死了，两千头像山丘一样的大象，在刺钩和足尖的驱策下，不顾一切地奔跑。（9）婆罗多族俊杰啊，在利箭的追逐下，你的将士们离开战场，喘着粗气，四面八方，仓皇而逃。（10）

看到他们惨遭失败，元气丧尽，弃阵脱逃，溃不成军，求胜心切的般遮罗人和般度族人紧紧地追赶上去。（11）战场的上空回响着利箭的嗖嗖声、人们的叫喊声、鼓声、狮子吼和勇士们的螺号声，震耳欲聋。（12）俱卢族军队在恐惧中狼狈逃窜，般遮罗人和般度族人看在眼中，互相说道：（13）"今天，坚战恪守誓言，战胜了敌人。今天，难敌失去了国王的荣耀和人生的光彩。（14）今天，人主持国听到儿子死去的消息，一定会气绝倒地。让他去品尝痛苦的滋味吧！（15）今天，他应该明白了，在所有的弓箭手里，只有贡蒂之子真正高明。让那愚蠢而干尽坏事的人去扪心自责吧！让他再想想奴婢子

（维杜罗）当初说过的话吧，那正确而又有益的话！（16）从今往后，就让他作普利塔之子们的奴仆吧。让这位国王也来尝尝般度之子们遭受过的痛苦吧！（17）今天，那大地之主应该知道黑天是如何伟大了。今天，他终于领教了阿周那的弓在战场上响起来是多么可怕，（18）也知道他的箭是多么强劲，他的双臂是多么有力了。今天，他还将明白怖军的武艺有多么高强。（19）难敌将败死其手，一如阿修罗死于天帝释之手。怖军杀死了难降。这样的事除了大力怖军，世上再没有任何人能做。（20）杀死摩德罗国王是连天神也难以做到的事，但是般度长子做到了。如今，那国王该知道他是何等骁勇了。（21）在英雄的妙力之子（沙恭尼）和所有的犍陀罗人被杀以后，他也将明白玛德利的两个儿子具有何等伟力了。（22）难道胜利不该属于那些战士，不该属于胜财（阿周那）、萨谛奇、怖军和水滴王之孙猛光，（23）德罗波蒂的五个儿子、玛德利的双生子、大弓箭手束发以及国王坚战吗？（24）难道胜利不该属于这样的人吗，他们以正法为归宿，以宇宙的保护者遮那陀那也即黑天为自己的保护者？（25）说到毗湿摩、德罗纳、迦尔纳、摩德罗国王以及其他成百上千的英雄和王公，（26）除了普利塔之子坚战，这位一向视黑天为保护者，视正法和名誉为财富的人，谁还能在沙场上战胜他们呢？"（27）

　　他们一路这样兴高采烈地说着，未几，国王啊，斯楞遮耶人就从后面追上了你那已经溃散的军队。（28）英勇的胜财（阿周那）开始攻击俱卢族的战车部队，玛德利的两个儿子和大勇士萨谛奇开始攻击沙恭尼。（29）难敌看到自己的队伍被怖军吓得魂飞魄散，纷纷逃命，便对车夫说道，似乎还笑了一下：（30）"我有弓箭在手，不能让普利塔之子就这样超过我。把我的马带到全军的后面去。（31）有我殿后迎战，贡蒂之子胜财就不能越过我的后卫线，就像大海不能越过堤岸一样。（32）车夫啊，看看在般度之子们率领下疾奔而来的大军，看看他们四面腾起的障天尘烟。（33）车夫啊，听听那巨大而令人胆战心惊的狮子吼！放慢速度吧，让我们把队伍的后尾保护好。（34）只要我站在战场，挡住般度族人的进攻，我们的军队就能迅速返回，勇敢地投入战斗。"（35）你的儿子不愧为英雄豪杰。听了他的话，车夫便放慢速度，赶着那些浑身裹金的骏马。（36）没有大象、马匹和战车，两万一千名步兵舍生忘死，准备继续战斗。（37）这些战士来自不同的国度，穿着形形色色的衣服。他们坚持战斗，渴望为自己赢得伟大的名声。（38）两军战士全都兴奋异常。他们互相逼近，彼此交锋。这一场大战打得激烈而残酷。（39）

国王啊，来自不同国度的将士们用四兵抵挡怖军和水滴王之孙猛光的进攻。①（40）另外一部分步兵则向怖军发起攻击。他们情绪高涨，拍打臂膀②，口中呼喊着，急欲去往英雄世界③。（41）陷于战争狂热的持国诸子向怖军冲去，激动地叫喊着。他们并不交谈，只是将怖军团团围住，从四面八方攻打他。（42）然而，尽管遭到众多步兵的围攻，怖军却稳坐车座，纹丝不动，就像弥那迦山④一样。（43）大王啊，他们十分气恼，继续奋力攻击般度族这位战车手，并阻住其他前来援助之敌。（44）受到重兵围困，怖军也生气了。他迅速跳下战车，稳稳地站在地上。（45）他抄起一根裹金大铁杵，像手持刑杖的死神阎摩一般，朝你的军队冲杀过去。（46）强有力的怖军用他手中的铁杵，猛烈打击俱卢族缺少大象、马匹和战车的两万一千名步兵。（47）他杀败了俱卢族的军队，确实是勇敢无畏的战士。很快，猛光也出现在军队的面前。（48）俱卢族的步兵惨遭杀戮，浑身是血，倒在地上，就像被狂风摧折，鲜花盛开的伽尼迦罗树⑤。（49）这些将士陈尸沙场，他们出身不同，籍贯各异，戴着各式各样的花环和耳环。（50）浩浩荡荡的步兵大军就这样遭到杀戮，旗杆和旗帜覆盖在他们身上，可怕的景象令人胆寒。（51）

在坚战的率领下，般度族军中所有的大勇士们向你灵魂伟大的儿子难敌发起了进攻。（52）你方的大弓箭手们纷纷掉头溃逃。但是，般度族军队却不能越过你的儿子，恰如大海不能越过堤岸。（53）你儿子的英雄气概令人赞叹。普利塔之子们联合行动，仍不能打破他一人所设的防线。（54）不过他的军队伤亡惨重，一心想的就是逃跑，

---

① 此颂与前第37颂的说法有不一致处。"四兵"参见第8章第34颂注。
② 拍打臂膀是战士或角力者用来表示兴奋的动作。
③ 英雄世界即因陀罗所在的天国。
④ 神话中的弥那迦山是大雪山和天女梅那迦的儿子。据说在因陀罗砍断众山翅膀的时候，独他得以幸免。
⑤ 一种梧桐科，翅子树属乔木，开红花。

只是此时还没有跑远。难敌对他们喊道：（55）"无论是平地还是高山，不管你们逃到哪里，我看不出般度族人会不追杀到底。（56）他们的军力已经有限。两位黑王子①都已身受重创。如果我们大家坚守阵地，胜利定将属于我们。（57）可是，如果你们四散逃跑，般度族人就会追上并且杀死你们这些有罪的人。所以，我们还是留下坚守阵地为好。（58）各地聚来的刹帝利啊，请你们听好。死神对于英雄和懦夫从来一视同仁。既然终归是死，哪个自称是刹帝利的人还会糊涂到逃避战斗呢？（59）我们最好还是坚决面对愤怒的怖军。按照刹帝利法在战斗中捐躯沙场本是人生善事。胜利固然快乐，赴死也有福报。（60）俱卢族人啊，若想去往天国，没有比依照正法投入战斗更好的途径了。在战斗中死去，便能马上投生福界。"（61）

众王公听了难敌这番话后，深表赞同。于是，他们又向般度族军队发起了进攻。（62）这些英勇的武士重新排好阵容，迅速扑向般度族人。渴望胜利的普利塔之子们马上应战。（63）英雄胜财（阿周那）驱车投入战斗，挽开那闻名三界的甘狄拨神弓。（64）玛德利的两个儿子，还有膂力过人的萨谛奇，一同快速冲向沙恭尼。其他人也满怀兴奋，冲向你的军队。（65）

以上是吉祥的《摩诃婆罗多》中《沙利耶篇》第十八章(18)。

一九

全胜说：

俱卢族大军开始掉头反击，首先向般度族军队发起进攻的是怒气冲冲的弥戾车族首领沙尔婆。（1）他高踞于一头如同爱罗婆多②的巨象之上。这头象高似山岳，生性狂傲，颞颥开裂，最善踏破敌军。（2）它出生于高贵的群种，一向为持国诸子所崇拜。训练它的是精通象经的驯象师。国王啊，它最适合用于骑战。（3）那位王中翘楚骑在这头大象背上，犹如黎明时初升的太阳。他驾驭着举世无双的巨

---

① 指黑天和阿周那。
② 参见前第 16 章第 51 颂注。

象，向般度的儿子们猛冲过去，同时向四面八方射出利箭，那箭像因陀罗的金刚杵一般令人生畏。（4）国王啊，他的利箭把对方的将士们纷纷送往阎摩殿，而他的箭术无论是自己人还是敌人，都看不出破绽，就像当初提迭看不出持金刚杵者（因陀罗）武艺中的破绽一样。（5）般度族人、苏摩迦人和斯楞遮耶人看着这头大象，竟如一千头同样的大象在他们周围往来奔跑，就像大神因陀罗的坐象出现在眼前。（6）他们环顾四周，觉得在劫难逃，于是惊恐万状，无心恋战，拼命奔窜，互相践踏。（7）在人中之主沙尔婆的突击下，般度族大军旋即崩溃，四下逃遁，不堪承受象王的冲杀力。（8）

看到敌方大军溃于一旦，你方的军事首领们对沙尔婆竞相敬拜，同时吹响螺号，那螺号像月亮一样洁白。（9）听到俱卢族人的欢叫声和螺号声不断传来，般度人和斯楞遮耶人的军事统帅，般遮罗王子猛光怒气陡升，难以忍受。（10）这位灵魂伟大者迅速冲向那头大象，想要制服它，就像阿修罗占跋遭遇天帝释时，冲向他的坐骑象王爱罗婆多一样。（11）王中之狮（沙尔婆）看到般遮罗王（猛光）迎面而来，便驱使大象向他疾速扑去，意欲置他于死地。（12）猛光向扑来的大象迅速射出三支强劲有力的铁箭，这些箭被铁匠打磨得异常尖利，闪着太阳般的光芒。（13）紧接着，这位灵魂伟大者又发出五支铁箭，正中大象脑门的隆起处。那象中魁首遭此打击，便转身逃离了战场。（14）沙尔婆赶紧用刺棒和刺钩制住仓皇逃窜的象王，并且示意般遮罗王（猛光）的战车，驱使它快速冲去。（15）见大象返身朝自己撞来，猛光急忙抓起铁杵，迅速跳下战车。这位英雄落地后，感到自己的肢体因害怕而一阵软瘫。（16）转瞬间，那巨象已将黄金装饰的战车踏翻在地，连同马匹和车夫。然后，它又拿鼻子把它抛上天去，摔在地上。（17）

看到般遮罗王子遭到那头大象的折磨，怖军、束发和悉尼之孙（萨谛奇）急忙赶来救援。（18）他们用利箭遏制住大象左冲右突的凶猛势头。遭到众战车手的阻遏，大象一时进退两难。（19）国王（沙尔婆）见此，即向四周泼洒箭雨，犹如太阳大放光芒。那些战车手遭到飞箭杀伤，纷纷逃跑。（20）国王啊，般遮罗人、摩差人和斯楞遮耶人目睹了沙尔婆的战绩，不禁发出"啊！啊！"的叫喊声。这些人中豪杰再一次组织了对于大象的围剿。（21）英勇的般遮罗王紧握那根山峰般的铁杵。婆罗多后裔啊，这位杀敌制胜的英雄毫不惊慌，飞快地朝着大象冲去。（22）大胆的般遮罗王子挥舞铁杵对着大象一阵猛打。大象高耸如山，额角液体流淌，直如乌云降雨一般。（23）突然，随着一声巨吼，大象前额开裂，口喷鲜血，颓然倒地，就像山峰遭遇地震，摇摇晃晃，轰然坍塌一样。（24）象王倒地，你儿子的军队发出一阵"啊！啊！"的叫喊声。就在这时，悉尼族勇士（萨谛奇）用一支锋利的月牙箭砍下了沙尔婆王的头颅。（25）沙尔婆被沙特婆多族后裔（萨谛奇）斩去了头颅，与象王一起倒在地上，就像巨大的山峰遭到天王（因陀罗）释放的雷霆劈打而顷刻崩塌一般。（26）

以上是吉祥的《摩诃婆罗多》中《沙利耶篇》第十九章(19)。

二〇

全胜说：

勇士沙尔婆是战争之花。现在他死了，你的军队也在敌人的强攻下开始溃散，就像大树被暴风摧折一样。（1）伟大的战车手，力大无比的英雄成铠看到你军走向崩溃，便努力阻止敌军的进攻。（2）国王啊，那些勇士发现沙特婆多族后裔（成铠）处在利箭的包围之中，却如同高山般岿然不动，便又返回了战场。（3）于是，俱卢族人和般度族人之间重新开战。大王啊，这一次返回的俱卢族人准备战斗到生命的最后一刻。（4）发生在沙特婆多族后裔（成铠）和其敌手之间的这场战斗堪称奇迹。他一个人抵挡住了难以抵御的般度族军队。（5）看到他完成了难以完成的任务，朋友们兴奋地发出狮子吼。那巨大的吼声直达天国。（6）

婆罗多族雄牛啊，那吼声使般遮罗人大为恐惧。膂力巨大的悉尼之孙萨谛奇马上赶到阵前。（7）在这里，他首先遭遇大力士忏摩杜尔提王，遂用七支利箭将他送到了阎摩殿。（8）智慧的诃利迪迦之子（成铠）飞快地迎向一边奔驰而来，一边发射利箭的巨臂悉尼族雄牛（萨谛奇）。（9）这两位弓箭手和最优秀的战车手不断地发出狮子般的狂吼。他们彼此接近，随身携带着最精良的兵器。（10）两位人中雄狮冲突在即，般度族人和般遮罗人以及其他优秀的战士将成为这一场激战的见证人。（11）苾湿尼族和安陀迦族两位杰出的战车手像两头兴奋的大象。他们互相进攻，对射带齿的铁箭。（12）诃利迪迦之子和悉尼族雄牛往来奔突，不断地变换着路数，相机向对方泼洒箭雨。（13）利箭从两头苾湿尼族雄狮的强弓上飞速射出，在我们眼中，就像是空中穿梭飞舞的昆虫。（14）

诃利迪迦之子突然靠近信守誓言者（萨谛奇），放出四支利箭，射杀了他的四匹骏马。（15）长臂萨谛奇大为恼怒，就像一头大象遭到刺棒的打击，立刻还成铠以八支上等利箭。（16）成铠将弓拉圆，把三支在石头上磨尖的利箭射向萨谛奇，又用另一支射断了他的弓。（17）悉尼族雄牛立刻抛掉手中断裂的宝弓，拿起另一张带箭的新弓。（18）这是一位最优秀的弓箭手拿起一张最优秀的弓。这位大智大勇的大力士迅速上好了弓弦。（19）由于不能容忍成铠斫断自己的弓，大勇士（萨谛奇）愤怒地冲向他。（20）悉尼族雄牛射出十支锋利的箭，杀死成铠的车夫和马匹，摧折了车上的旗幡。（21）国王啊，成铠，这位伟大的弓箭手和战车手，瞪着自己黄金装饰的战车，没了马匹，没了车夫。（22）尊者啊，他满腔怒火，举起一根铁叉，竭尽全力，投向悉尼族雄牛，企图将他扎死。（23）然而，沙特婆多族后裔（萨谛奇）用利箭摧毁了铁叉，使之断成碎块，纷纷落地。成铠几乎昏了过去。趁此机会，萨谛奇又将一支月牙箭射向他的胸口。（24）善战（萨谛奇）精通兵器。在他的打击下，成铠丢了战马，死了车夫，只好跳下车来。（25）就这样，在这场两人的对战中，英雄成铠败在萨谛奇手里，丢了车马。俱卢族全军陷入了大恐怖。（26）成铠落到无车无马无车夫的境地，你的儿子也变得异常沮丧。（27）

国王啊，慈悯看到克敌者成铠没了战车，也没了车夫，遂逼向悉尼族雄牛，企图将他击杀。（28）这位大臂者把成铠安置在自己战车的座位上，当着所有弓箭手的面，载他扬长而去。（29）国王啊，成铠丢车，悉尼之孙（萨谛奇）无敌疆场，难敌的军队再一次全体弃阵脱逃。（30）但是，敌人并没有发现这点，因为腾起的尘土笼罩住了逃跑的兵士。国王啊，此时战场上除了难敌王以外，你方的军队全跑光了。(31)难敌见自己的军队从身边溃逃而去,便独自冲向敌军,企图阻挡他们。(32)他怒气冲天,一个人单独面对所有的般度族人、水滴王之孙猛光、束发、德罗波蒂诸子和般遮罗军众,(33)以及羯迦夜人和苏摩迦人。尊者啊,这难以战胜的武士毫不慌乱,力图用利箭阻挡敌人。(34)你那力大无穷的儿子坚定地站立在战场上,像经过圣诗净化的火焰在祭坛上熊熊燃烧,放射光芒。(35)所有的敌人都不敢近前,就像所有生命之躯都不敢靠近死神一般。就在此时,诃利迪迦之子(成铠)又乘着另一辆战车,返回了战场。(36)

以上是吉祥的《摩诃婆罗多》中《沙利耶篇》第二十章(20)。

二一

全胜说:

大王啊,你的儿子是战车手中的佼佼者。他挺立在车上,就像威风凛凛的大神楼陀罗一样,不可抵御。(1)大地很快被他射出的数千支利箭所覆盖。他向敌人洒去箭雨,恰似乌云向山峰泼雨一般。(2)在战场上,没有一个般度族人能够躲过他那利箭的伤害;马匹、大象和战车也躲不过。(3)人民之主啊,就我目力所及,没有哪一个人不在他利箭覆盖的范围之内。(4)他的箭遮没了般度族的整个军阵,犹如士兵奔跑,腾起尘土,覆盖了自己的队伍。(5)大地之主啊,我看到这大地被娴熟的弓箭手难敌变成了箭的世界。(6)你的军队和敌人的军队都有兵士成千上万,可是在我眼中,惟有难敌一人存在。(7)看着你儿子非凡的勇力,感觉真是看到了奇迹。婆罗多后裔啊,普利塔诸子加在一起,也敌不过他一个人。(8)

婆罗多族雄牛啊,他向坚战射去一百支箭,向怖军射去七十支,向偕天射去七支,(9)向无种射去六十四支,向猛光射去五支,向德罗波蒂诸子射去七支,向萨谛奇射去三支。尊者啊,他还用一支月牙箭射断了偕天手中的弓。(10)威武的玛德利之子扔掉坏弓,另取一张强弓,向国王难敌逼去,对着他连射十箭。(11)英雄无种,这位大弓箭手,也向难敌射出九支可怕的利箭,随之大吼一声。(12)萨谛奇向他射出一支杆身光滑的箭,德罗波蒂的儿子们射出七十三支,法王坚战射出七支,怖军射出八十支。(13)然而,处在四面八方纷纷而落的箭雨之中和全体将士的注视之下,大王啊,难敌纹丝不动。(14)论身手敏捷、精力充沛和英雄气概,在所有人的眼里,没有谁能够超过伟大的难敌。(15)

王中之首啊,持国的儿子们离开阵地刚跑了一会儿,发现难敌不在,只好身被铠甲,又转了回来。(16)他们的返回,像是雨季深夜大海的狂涛一样,带来了一阵阵可怕的喧嚣。(17)这些大弓箭手来到不可征服的国王难敌跟前,然后引弓发箭,冲向般度族的军队。(18)大王啊,德罗纳之子(马嘶)前去阻截愤怒的怖军。此刻,战场上万箭齐发,八方乱飞,竟使得众英雄们一时辨不清东西南北。(19)婆罗多后裔啊,这两位都是所向无敌,业绩骇人的英雄。他们的手皮都因反复挽弓而磨伤。他们或攻或防,无不出手凶狠,战斗景象确实可怖,致使整个世界全都胆战心惊。(20)英雄的妙力之子沙恭尼进逼坚战,杀死了他四匹骏马,接着发出一声巨吼,使整个军队为之震颤。(21)威武的偕天抓紧时机,用自己的战车,带走了不可战胜的英雄国王(坚战)。(22)法王坚战旋即登上另一辆战车返回阵前,先向沙恭尼射去九箭,复又补了五箭。随后,这位首屈一指的弓箭手发出一声巨吼。(23)尊者啊,这场战斗恐怖而又奇妙,旁观者看得兴起,悉陀们和遮罗纳们也都驻足观看。(24)

灵魂无限的大弓箭手优楼迦冲向作战勇猛的无种,对着他泼洒箭雨。(25)英勇的无种则在战斗中用瓢泼的箭雨笼罩了妙力之子(沙恭尼)的儿子(优楼迦)。(26)这两位伟大的战车手都是英雄的世家子弟。他们彼此交手,欲报世仇。(27)成铠同折磨敌人的悉尼之孙捉对厮杀,国王啊,宛如天帝释同波罗力决雌雄。(28)难敌一箭射断了猛光手中的弓,接着又向那手持断弓的英雄发出数支利箭。(29)猛光拿起另一件锐利的武器,在众多弓箭手的注视之下,再战难敌。(30)婆罗多族雄牛啊,这两人的战斗异常激烈,颇似两头颞颥开裂的发情大象彼此遭遇。(31)愤怒的乔答摩之孙(慈悯)向德罗波蒂的大力士儿子们射出了许多弯头箭。(32)他同他们的斗争,就和有情识者无边的思想同他的感官之间不可避免的斗争,一样残酷。①(33)他们折磨他,就像感官折磨愚蠢的人一样。而他也在奋勇地进行反击。(34)他同他们之间进行的,婆罗多后裔啊,确实是一场奇妙的战斗。主公啊,那真的与有情识者同他的感官之间时起时伏的斗争一般无二。(35)

　　人民之主啊,人和人之间,象和象之间,马和马之间,车和车之间,再次发生恐怖的混战。(36)大王啊,这样的战斗有的奇妙,有的暴烈,有的恐怖,而以恐怖的居多。(37)克敌制胜的英雄们在战场上彼此遭遇,一旦交手,必会刀光剑影,互相杀戮。(38)但见兵器高举,烟尘滚滚。国王啊,那随风而动的烟尘,不是骏马腾踏而起,(39)就是车轮飞滚或大象喘息的结果。它如黄昏时分褐色的雨云,翻滚而上,直达苍穹。(40)尘土使太阳变得晦暗不明,也覆盖了大地和伟大的战车手们。(41)然而,过了一会儿,婆罗多族俊杰啊,英雄们的血水浸透大地,浓厚而让人心悸的尘土开始沉落,战场上的一切又复显露出来。(42)大王啊,就在那个酷烈的中午,我看到了将士们正在依照地位和年龄,捉对厮杀。王中之主啊,甲胄的光芒是那样地耀眼。(43)在战斗中,飞落的利箭劈啪作响,就像无边的竹林在大火中爆裂。(44)

　　以上是吉祥的《摩诃婆罗多》中《沙利耶篇》第二十一章(21)。

<h1 style="text-align:center">二 二</h1>

全胜说:
　　残酷而可怕的战斗就这样进行着,你儿子的军队被般度族人打散了。(1)你的儿子竭尽全力阻截那些大勇士,与般度族军队展开激战。(2)为了帮助你的儿子,俱卢族的军队急忙返回。他们返回后,战斗又趋激烈。(3)你的军队同他们对手的战斗堪比当年天神和阿修罗之战。此时,无论是你方战士,还是敌方战士,都不见一个人转身

---

①　这里借喻肉体内的灵魂同代表欲望的感官之间的斗争。感官有眼、耳、鼻、舌和身五种,德罗波蒂的儿子也是五个。

逃跑。(4) 混乱之中，他们不免要靠推测，靠互相呼叫名字来帮助作战。恶战使双方伤亡惨重。(5) 国王坚战满腔怒火，渴望在这场战斗中打败持国诸子和其他王公。(6) 他将三支在石头上磨尖的金羽箭射向有年之子（慈悯），又用四支箭射杀了成铠的马。(7) 马嘶过来，带走名声显赫的诃利迪迦之子（成铠）。有年之子（慈悯）则发出八支利箭回敬坚战。(8) 国王难敌派出七百辆战车，向正法之子坚战的阵前攻去。(9) 这些车手驾驶的战车疾如思想快如风，直逼贡蒂之子（坚战）的战车。(10) 大王啊，他们包围住坚战，从四面八方向他发射利箭，就像乌云遮住太阳一样，使我看都看不到他。(11) 见此，以束发为首的战车手们怒不可遏。他们驾着挂满铃铛，速度飞快的战车前来保护贡蒂之子坚战。(12) 般度族人和俱卢族人之间的激战就此开始。但见血流如水，阎摩王的国度里又平添了大批人口。(13) 般度族人同般遮罗人一起，摧垮了俱卢人来攻的七百辆战车，随后将他们团团围住。(14) 你的儿子和般度族军队互相交锋，其间的大战真是见所未见，闻所未闻。(15) 一场没有限度的战斗持续着，你方和对方的将士们纷纷遭杀。(16) 在战士们的呐喊声中，夹杂着劲吹的螺号声，高昂的狮子吼和弓箭手发出的吆喝声。(17) 战斗渐趋白热化，不断有参战者遭到致命的打击。尊者啊，将士们冲锋陷阵，全都怀抱着取胜的愿望。(18) 一切都在毁灭。大地充满悲伤。众多高贵的妇女瞬间成了寡妇。(19) 没有限度的战斗继续着，毁灭的凶象已经显现。大地连同高山和树林都在颤抖，并且发出声响。(20) 国王啊，流星自天穹纷纷陨落，犹如带柄的火炬从太阳的光轮落向大地。(21) 四周狂风骤起，地上飞沙走石。大象流泪，身体抖动，豰觫不止。(22) 对于这些令人毛骨悚然的凶象，众刹帝利似乎视而不见。他们毫不为之所动，坚定地站在那里，互相商量，准备在这美丽圣洁的俱卢之野，怀着上升天国的愿望，再次投入战斗。(23)

这时，犍陀罗王之子沙恭尼说道："你们从前面进攻，让我从背后杀死般度的儿子！"(24) 于是，我们的队伍开始前进。军队中勇猛的摩德罗战士们情绪激昂。他们发出一阵阵欢呼，其他士兵们也跟着呼喊起来。(25) 这时，难以攻破的般度族人感到胜利在握，便又冲杀过来。他们挥动着手中的弓,不断地泼洒箭雨。(26)看到敌人击垮了摩德罗王的队伍,难敌的军队又一次掉头逃跑。(27)这时,强壮有力犍陀罗王①又出来喊话:"回来,你们这些背弃正法的人!继续战斗吧,跑有何用!"(28)婆罗多族雄牛啊,犍陀罗王的军队有一万名骑兵,个个手中拿着闪闪发光的标枪。(29)就在两军互相杀戮的时候,沙恭尼带着自己的人马开始从后面攻打般度族的军队,向他们发射无数锋利的箭。(30)大王啊,般度族大军顿时溃散,就像乌云遭到狂风的驱赶,四处飘游。(31)坚战发现自己的军队开始溃逃,便冷静地对大力士偕天命令道:(32)"身穿铠甲的妙力之子正从后面骚扰我们的队伍,屠杀我们的战士。般度之子啊,看看那邪恶的家伙吧!(33)一齐向前冲啊,你和德罗波蒂的儿子们!去杀死妙力之子沙恭尼!无瑕者啊,我将和般遮罗人一起保护我们的车队。(34)所有的战象和骏马都和你一起去,再给你三千步兵,去杀死妙力之子沙恭尼!"(35)于是,勇敢的偕天带着弓箭手驾驭的七百头战象,加上五千战马,(36)三千步兵,由德罗波蒂之子们助阵,向作战凶猛的沙恭尼冲杀过去。(37)国王啊,威武的妙力之子取胜心切。他冲锋陷阵,从般度族军队的后面杀将起来。(38)但是,勇敢的般度族骑兵发怒了。他们越过妙力之子的战车手们,冲入他的军队。(39)这些骑兵英雄在象兵的环护下,向着妙力之子的队伍大泼箭雨。(40)正是因为你的决策失误,国王啊,才酿成了这场战祸,致使勇士们棍棒交加,战场上标枪飞舞。(41)

　　这时,弓弦声消歇下来,战车手全都住手观看。敌方和我方之间一时看不出区别了。(42)俱卢族人和般度族人都伫立观看。婆罗多族雄牛啊,在他们眼里,英雄们手中掷出的标枪划过天空,就像流星一般。(43)人民之主啊,整个天空布满明晃晃的利剑。它们竞相落下,无比壮观。(44)国王啊,婆罗多族俊杰!标枪从四面八方纷纷坠落,那景象真如蚱蜢漫天飞舞。(45)成百上千的马匹浑身流血,与受伤的骑手一起倒下。(46)那些没有受伤的也彼此冲撞,互相践踏,眼看着鲜血从口中喷出。(47)腾起的尘土笼罩着所有的战士,

---

① 即前第 24 颂的犍陀罗王之子。两个名字都可以用来称沙恭尼。

到处是一片可怕的黑暗。国王啊，在尘土的笼罩下，我看到那些百战不殆的战士和马匹纷纷离开了阵地。（48）另外有些则仆倒在地，大口地吐着鲜血。还有些人头发纠结在一起，跑也跑不脱。（49）那些大力士在马背上你拽我，我拽你，像是搭上手的角斗士，谁都想把对方摔死。许多人战死了，就由自己的马驮着，背负而去。（50）许多人以勇武自豪，求胜心切，现在都眼看着这里那里倒在了地上。（51）但见成百上千的战士躺在大地上，浸在血泊里，胳膊断裂，头发披散。（52）任何马匹都不可能跑出多远，因为战场上到处是倒毙的马和骑兵，（53）到处是彼此格斗的武士，有的铠甲浸满鲜血，有的手持刀枪，有的高举各种可怕的武器，渴望杀敌，大家拥挤在一起，而多数都已死亡。（54）

人民之主啊，经过一阵交战，妙力之子沙恭尼带着余部六千骑兵撤出战斗。（55）与此同时，般度族军队，包括所余六千骑兵，也撤离了阵地。他们的将士遍体鳞伤，象、马也已疲惫不堪。（56）般度族骑兵们浑身血迹。他们聚在一起，怀着视死如归的决心，说道：（57）"现在已经不适合驾车作战，乘象上阵也是困难重重。还是让战车攻打战车，大象攻打大象吧！（58）此刻，沙恭尼已经撤到他自己的队伍中间。这位妙力之子看来已不想重回战场。"（59）于是，德罗波蒂诸子和那些疯狂的大象便一齐向大勇士般遮罗王子猛光那里走去。（60）偕天也在腾起尘雾的笼罩下，独自去往国王坚战的身边。（61）就在他们离开之时，妙力之子沙恭尼突然又愤怒地冲向猛光的队伍，对他的侧翼发动了进攻。（62）一时间混战重起，无论是你方的，还是敌方的军队，全都怀着杀敌的愿望，抱定必死的决心。（63）

在这场英雄对英雄的厮杀中，上阵的人又是成百上千。他们互相瞪着眼睛，向对方猛扑过去。（64）在这毁灭性的杀戮中，刀起头落，落地之声就像棕榈树果成熟坠地。（65）破碎的躯体散了魂，倒在地上，粗壮的手臂还攥着武器。人民之主啊，那沉重的倒地之声令人毛发倒竖。（66）手中利器杀向自己的兄弟、儿子或朋友，战士之间的搏斗就像猛禽争食一般激烈。（67）他们怒目相向，捉对厮杀。上千的人大声喊叫着："让我上！""让我上！"同时杀向对方。（68）骑兵遭到打击,从坐垫上坠地丧命。成百上千没了主人的马匹盲目奔跑。(69)人民之主啊,它们奔腾跳跃,彼此碰撞,狂跑如飞;全身披挂的士兵们扬声吼叫。(70)梭镖、利剑和投枪嗖嗖作响,刺向敌人的要害,到处一片嘈杂。国王啊,这都是你错误决策的结果。(71)此时,你的战士已经筋疲力尽,口渴难耐,马匹也都困乏不堪。然而,他们愤怒填膺,尽管身体已遭兵刃所伤,还是继续冲锋。(72)空气中的血腥味让他们癫狂。许多人失去了理智,已经不辨敌友,见人就杀。(73)国王啊,有多少渴望胜利的刹帝利在箭雨的笼罩下仆倒在地,丢掉了生命。(74)豺、狼和兀鹰欣喜若狂,在光天化日之下大声号叫。就在你的儿子眼前,你的军队遭到可怕的杀戮。(75)人民之主啊,人和马的尸体覆盖着大地,血流成河,足以使胆小者不寒而栗。(76)由于遭到刀剑、铁叉和投枪的不断打击,伤亡惨重,婆罗多后裔啊,你的军队和般度族军队都不再前进。(77)众将士曾经不遗余力,不顾生死,互相追杀,结果纷纷倒地,伤创之处,血涌如注。(78)还能见到身首异处的躯体,一手握着敌人首级的头发,一手举着滴血的利剑。(79)人民之主啊,无头的躯体越积越多,血腥气把将士们熏得头昏脑涨。(80)

当嘈杂声开始沉寂下来的时候,妙力之子又率所余有限的骑兵向般度族大军发起了进攻。(81)般度族的步兵、象兵和骑兵亦高举武器,怀着对于胜利的渴望,飞速迎上前去。(82)他们从四面包抄过去,将敌人团团围住,用各种武器打击敌人,以期达到战争的彼岸。(83)看到般度族人从四面八方冲杀过来,你们的骑兵、步兵、战象和战车也迎上前去。(84)有些勇敢的步兵失去了武器,便用拳脚互相搏斗,最终倒地而亡。(85)车兵从战车上跌下,象兵自战象上滚落,就像功德已尽的悉陀从天车上跌落一样。(86)在这场混战中,战士们竭尽全力互相厮杀,即使是父辈、兄弟、朋友或儿子,也照样视若仇敌。(87)婆罗多族雄牛啊,在这场可怕的战斗中,到处飞舞着战刀、标枪和利箭,通常的作战界限已经不存在了。(88)

以上是吉祥的《摩诃婆罗多》中《沙利耶篇》第二十二章(22)。

第九　沙利耶篇

二三

全胜说：

当军队遭到般度族人的重创，而嘈杂声也已减弱下来的时候，妙力之子带着剩余的七百匹战马再次投入战斗。（1）这位克敌者快速驶到队伍面前，对他们喊道："振作起来，投入战斗！"喊过几次后，他又问众刹帝利："国王在哪里，那位伟大的战车手？"（2）婆罗多族雄牛啊，听到沙恭尼这样问，众刹帝利回答道："俱卢国王，那伟大的战车手正在战场的中央。（3）那里张着宛如满月的巨大华盖，那里的战车手们身被铠甲，戴着皮制的护手。（4）那里发出的声音有如雨云中的沉雷。赶快到那里去吧，国王啊，你将看到俱卢族王子。"（5）

人民之主啊，听到众英雄这么说，妙力之子沙恭尼便迅速赶到你的儿子那里，发现许多从不退缩的勇士正护卫在他的周围。（6）沙恭尼看到难敌身处战车队伍中间，便对那些在场的战车手加以鼓励。（7）人民之主啊，他神色喜悦，对难敌说了如下的话，那样子似乎认为自己做了该做的事：（8）"向坚战的战车部队进攻吧，国王！我已经击垮了他们的马队。只要拿出不怕死的精神，我们就能战胜坚战。（9）我们先消灭般度之子保护的战车部队，然后再打垮他们的象队、步兵和其他部队。"（10）你的军队渴望胜利。他们听了沙恭尼的话后，顿时精神振奋，朝着般度族军队迅速地冲杀过去。（11）他们解开箭囊，挥舞着握在手中的弓，同时发出狮子吼。（12）人民之主啊，一时间弓弦声、手掌声、离弦利箭可怕的嗖嗖声，响成一片。（13）

看到他们举弓疾奔而来，贡蒂之子胜财（阿周那）对提婆吉之子（黑天）说道：（14）"不要惊慌，策马前进，让我们冲进那士兵的海洋！今天我要用手中利箭给敌人带来末日！（15）遮那陀那啊，大战开始至今，已经到了第十八天。我们双方一直没有停止交锋。（16）当初，那些伟大的英雄们将兵无数；如今还在战斗的，已经所剩无几。你看命运就是这样无情！（17）摩豆族后裔啊，持国之子（难敌）

731

的队伍原来如同大海，不退者啊，在同我们接战之后，现在变成了牛蹄印水洼。（18）毗湿摩倒地之后倘若能够议和，那么，摩豆族后裔啊，如今一切都已吉祥平安。可是持国之子那无知的傻瓜就是不肯这么办。（19）摩豆族后裔啊，毗湿摩说的话合理有益。然而，丧失理智的善敌（难敌）却不愿照办。（20）毗湿摩重创倒地以后，为什么战争还会继续进行，我不知道。（21）我看是持国的儿子们幼稚无知，愚蠢呆笨，所以在福身王之子（毗湿摩）倒地后，他们还要把战争打下去。（22）

"最优秀的知梵者德罗纳死了，罗陀之子（迦尔纳）和毗迦尔纳也死了，到这地步，战争还是没有停止。（23）车夫之子（迦尔纳）这人中之虎以及他的儿子都死了，军队也已所剩无几，到这地步，战争还是没有停止。（24）勇敢的闻寿死了，补卢族的水连死了，国王闻杵也死了，到这地步，战争还是没有停止。（25）遮那陀那啊，广声、沙利耶和沙尔婆都死了，阿凡提的英雄们也死了，到这地步，战争还是没有停止。（26）胜车王死了，罗刹阿罗逾达死了，波力迦王和月授王也死了，到这地步，战争还是没有停止。（27）英雄的福授王死了，甘波阁王善巧死了，难降也死了，到这地步，战争还是没有停止。（28）看到各领一方，强大有力的国王们都已战死沙场，即使如此，黑天啊，战争还是没有停止。（29）看到大军统帅们先后死于怖军之手，即使如此，由于愚蠢和贪婪，战争还是没有停止。（30）除了善敌（难敌），有哪个出身王族的人，特别是俱卢族后裔，会徒然无益地与别人结仇？（31）有哪个头脑清醒，理智健全而又能明辨善恶利弊的人，明知对方的德性、武力和胆识都比自己强，还要发动战争？（32）一个无心倾听你的金玉良言，从而同般度兄弟缔和的人，怎么还能听进别人的话呢？（33）连福身王之子毗湿摩、德罗纳，甚至维杜罗的话都当作耳旁风，不肯议和的人，对他来说，如今哪里还有什么祛病良药！（34）遮那陀那啊，那种愚蠢到了连年迈的父亲都拒绝服从，连好心的母亲都不当回事，对她的善言置若罔闻的人，还能听得进谁的话呢？（35）

"遮那陀那啊，明明白白，难敌生来就是为了毁灭自己家族的。人民之主啊，这从他定下的政策和行事方式就能看出。不退者啊，我断定他是不会把王国还给我们的。(36) 伟大的维杜罗跟我说过多次,只要持国之子(难敌)活着,他就无论如何不会把属于我们的那部分国土交出来。(37)'荣誉的赐予者啊,持国之子只要能够喘息,就会继续对无辜的你们犯罪。(38) 不通过战争是无法制服难敌的。'摩豆族后裔啊,这就是明辨真理的维杜罗对我说过的话。(39) 现在我已经看清楚那邪恶之人的所有行径。它们同伟大的维杜罗所说的完全一样。(40) 食火仙人之子(持斧罗摩)也曾对他合情合理,好言相劝,他同样不屑一顾。① 现在这个头脑愚蠢的人真的离毁灭不远了。(41) 在善敌(难敌)刚刚出生的时候,就有很多悉陀预言他将变成一个灵魂邪恶的人,从而带来刹帝利的毁灭。(42) 遮那陀那啊,现在他们的话应验了。由于难敌的恶行,国王们走向了毁灭。(43) 摩豆族后裔啊,今天,在战场上,我要把他们所有的兵士都杀掉。到了刹帝利被消灭,而俱卢族军营变得空无一人的时候,(44) 难敌就将与我们交战,从而自取灭亡。摩豆族后裔啊,依我看,冤仇至此就会结束。(45) 蕊湿尼人啊,回顾维杜罗的谈话,返观难敌邪恶的行为,再运用自己的智慧思考,我只能得出这样的结论。(46) 英雄啊,冲向婆罗多族军队吧。我要在战斗中用我的利箭,杀死灵魂邪恶的难敌,消灭他的军队。(47) 摩豆族后裔啊,今天,我要当着持国之子(难敌)的面,消灭他元气已伤的队伍,为法王(坚战)赢得福祉!"(48)

全胜说:

听了左手开弓者(阿周那)这番话,陀沙诃族人(黑天)手握缰绳,勇敢无畏地冲入了敌人的大军。(49) 那里的强弓形成可怕的密林。长矛是它的荆棘,铁杵和铁闩是它的路,战车和大象是它的树,(50) 骏马和步兵是它的藤。名声显赫的乔宾陀(黑天)驾着插满旗幡的战车,深入密林,四处出击。(51) 国王啊,但见黑天驱动白色的骏马,载着阿周那在战场上往来奔跑。(52) 那折磨敌人的左手开弓者(阿周那)由战车带着飞奔。他射出数百支利箭,犹如乌云洒下瓢泼大雨。(53) 利箭的嗖嗖声和在阿周那箭雨笼罩下士兵的叫喊声,混成一片,十分巨大。(54) 箭流穿过将士的甲胄,落在地上。

---

① 持斧罗摩以及上述毗湿摩、德罗纳、维杜罗、持国和甘陀利对难敌的劝说,均参见《斡旋篇》。

遇到甘狄拨神弓射出的利箭，就像触到了因陀罗的雷电。（55）人民之主啊，利箭杀伤人、马和大象以后，又落在战场上，那声响仿佛来自漫天飞蝗。（56）甘狄拨神弓射出的利箭覆盖了阵地上的一切，人们连东南西北都辨不清了。（57）

整个世界仿佛到处是利箭。这些金羽箭刻有普利塔之子的名字，并由铁匠抛光，浸过麻油。（58）俱卢人遭到普利塔之子利箭的杀戮，犹若大象遭到烈火的焚烧。（59）婆罗多后裔啊，普利塔之子携弓带箭，犹如熊熊之火。它烧炙敌兵，宛若烈火焚烧干草。（60）就像林居者点燃的呼呼作响的大火，其势凶猛，足以焚毁灌丛、密林和枯藤，（61）强悍而又怒不可遏的英雄（阿周那）也一样充满热力和能量。他以铁箭为烈火，利箭为光焰，迅速地焚烧着你儿子的军队。（62）阿周那准确射出的金羽箭足以穿透盔甲，致人死命，无论射人，射马，还是射象，都能百发百中，无需补箭。（63）就这样，阿周那身携各种各样的利箭，独自深入巨大的车阵。他大肆杀戮你儿子的人马，就像持金刚杵者（因陀罗）赶杀众提迭一样。（64）

以上是吉祥的《摩诃婆罗多》中《沙利耶篇》第二十三章(23)。

二四

全胜说：

俱卢族的勇士们奋力回射，不肯退缩。然而，胜财（阿周那）的甘狄拨神弓却使他们企图落空。（1）但见阿周那发射利箭如乌云泼雨。它们势头凶猛，锐不可当，中箭者仿佛触到了因陀罗的雷电。(2)婆罗多族俊杰啊，你儿子的军队遭到有冠者（阿周那）的杀戮，纷纷在他的面前逃离阵地。（3）人民之主啊，他们的战车有的马匹被杀，有的车夫丧命，有的折了车轴，有的碎了车辊，有的脱了轮子，有的断了辕杆。（4）有的人箭囊已空，有的人箭伤累累，皮肉尚全的失魂落魄，拼命奔逃。（5）有的人骏马尽丧，拉着儿子快逃。有的人呼叫父亲，有的人高喊同伴。（6）人中之虎啊，人民之主！还有人丢弃族人、兄弟和亲戚，独自逃窜。（7）许多战车手身被重创，不省人事。有些人为普利塔之子的利箭所伤,痛苦地叫唤着。(8)有些人将他们放上战车,让他们有所恢复,而自己在稍事休息,饮水解渴后,便又重新投入战斗。(9)另外有些人作战凶猛,渴望战斗,索性将他们放弃,自己则依然听你儿子的调遣。(10)婆罗多族俊杰啊,有些人饮水秣马,有些人换好铠甲。(11)有些人安慰自己的兄弟、儿子或父亲,将他们置于营帐,然后又重返战阵。(12)人民之主啊,有些人按照次序,排好车位,冲向般度族大军,继续战斗。(13)有些英雄驾着挂满铃铛的战车,光彩夺目,就像要去征服三界的提迭或檀那婆一样。(14)有些人驱动黄金装饰的战车,猛然逼向般度族大军中的猛光,向他挑战。(15)

般遮罗王子猛光、伟大的战车手束发和无种之子百军一齐过来迎抵敌车。(16)般遮罗王子怒火中烧,在大军的卫护下,冲向你的军队,准备给它以致命的打击。(17)婆罗多族后裔啊,见猛光很快扑来,你的儿子便向他射出密集的利箭。(18)国王啊,你的儿子弯弓劲射,许多铁箭刺中了猛光的臂膀和前胸。(19)大弓箭手身受重创,就像大象遭到刺棒猛扎。然而,他却用他的利箭将难敌的四匹骏马送到了死神那里,又用一支月牙箭使难敌的车夫身首异处。(20)

国王难敌失去战车,遂翻身骑上一匹快马,退到不远的一处地方。(21)大王啊,看到自己的军队意气消沉,你的儿子便策马来到妙力之子(沙恭尼)身旁。(22)战车既已毁坏,俱卢族人便用三千头战象,将般度五子从四面八方团团围住。(23)婆罗多后裔啊,般度五子被敌人的象军围在中央,光彩照人,恰似五颗行星处在密云中间。(24)

人中之虎啊,乘着黑天驾驭的白马战车,志在必胜的巨臂阿周那准备突围。(25)从四面围住他的大象个个高耸如山。他放出锃亮锋利的铁箭,狠击敌人的象军。(26)左手开弓者(阿周那)每发必中。我们看到,中箭的大象有的摇摇晃晃,有的已经倒下。(27)大力怖军本身就像一头发疯的大象。他看着周围的战象,紧握铁杵,跳下车来,俨如手持刑杖的死神,飞快地奔了过去。(28)见般度族大勇士(怖军)高举铁杵,冲杀过来,你的士兵们吓得屁滚尿流。狼腹(怖军)挥舞铁杵,使得整个军队陷入混乱。(29)我们看到那些高耸如山的大象因春情发动而颤颤开裂,在怖军铁杵的打击下,四散奔逃。(30)遭到怖军铁杵的打击,那些大象急忙逃跑。它们发出痛苦的哀号,不久就倒在地上,犹如一座座断翅的山岳。(31)眼前有那么多颞颥开裂的大象东奔西跑,哀号倒地,你的军队直吓得浑身乱抖。(32)与此同时,怒火中烧的坚战和玛德利的两个儿子,则用锋利的兀鹰羽毛箭射杀那些象兵。(33)猛光也在战斗中打败了国王(难敌),此时你的儿子(难敌)正骑在马背上遁逃。(34)后来,般遮罗王子猛光发现般度诸子仍然处在敌人战象的包围之中,便又带着所有的钵罗跋德罗迦人赶来,打算将它们杀死。(35)

在俱卢族的车队里,马嘶、慈悯、沙特婆多族的成铠发觉不见了克敌制胜者难敌,便一齐问众刹帝利:"难敌到哪里去了?"(36)他们想,在眼前这场劫难中失踪,你的儿子怕是死了。不过,尽管满面沮丧,他们还是不断探问。(37)有些人说:"车夫死后,他到妙力之子那里去了。"另外一些伤势严重的刹帝利说:(38)"难敌能够做什么呢?如果他还活着,你们就看吧!你们团结一致,战斗下去就是。这位国王还能为你们做什么?"(39)还有一些身体受伤的刹帝利,车马丧失殆尽,饱受利箭之苦。他们含糊不清地说道:(40)"让我们把包围我们的敌军统统消灭!般度族人在打垮我们的象军后,已经杀过来了。"(41)听了众刹帝利这些话,大力马嘶还是撇下般遮罗王子那难以抵御的军队,(42)同慈悯和成铠一起,朝着妙力之子那里奔去。这些英勇顽强的弓箭手离开自己的战车队,前去寻找难敌。(43)

他们走后,国王啊,般度族军队在猛光的带领下,开始冲向你的队伍,大肆杀戮起来。(44)看到那些英雄的战车手欢欣鼓舞,不顾死活地冲杀过来,你的将士大多惊惶失色。(45)国王啊,眼见他们丢失武器,陷入重围,而自己手里还有两支部队,我也就顾不得生死了。(46)于是,作为第五个,[①] 我也投入了与般遮罗军队的战斗,来到有年之子(慈悯)所在的地方。(47)冒着有冠者(阿周那)射来的箭雨,我们五个人共同御敌,和猛光的大军展开激战。然而,我们很快败北,只好退出战斗。(48)此时,我看到伟大的战车手萨谛奇朝着我们奔驰而来。这位英雄带着四百辆战车。(49)我好不容易从

---

① 所谓"第五个",指马嘶、慈悯、成铠和沙恭尼之外的第五个。

第九　沙利耶篇

猛光手下逃脱出来，带着我那疲惫的战马，一下子又撞上了摩豆族的军队，就像一个恶人掉进了地狱。接下来是一场短暂而恐怖的厮拼。(50)巨臂萨谛奇毁坏了我的周身披挂，乘我昏倒落地，将我生擒。(51)不一会儿，我们的象军就被怖军的铁杵和阿周那的铁箭摧垮了。(52)伤亡的大象四处倒卧，高耸如山，阻碍了般度族人的通行。(53)于是，大王啊，大力士怖军开始拖开大象，以便为般度族人的战车腾出道路。(54)

马嘶、慈悯和沙特婆多族的成铠没能在战车队中找到克敌制胜的国王难敌，便继续寻找你的大勇士儿子。(55)他们撇下般遮罗王子，赶往妙力之子所在的地方。血腥的战斗还在进行。他们因为找不到难敌王而焦急。(56)

以上是吉祥的《摩诃婆罗多》中《沙利耶篇》第二十四章(24)。

二五

全胜说：

婆罗多后裔啊，你的象军被般度之子消灭了，军队也遭到怖军的杀戮。(1)克敌制胜的怖军手持铁杵，愤怒地来回奔突，犹如夺人性命的死神。(2)既然一时无法找到你的儿子难敌，国王啊，你那些在战斗中幸存的儿子们便自己集合起来。这些同胞兄弟一齐冲向怖军。(3)大王啊，他们是难耐、胜利、富力和罗毗等人。就这样，你的儿子们从四面八方会聚到了一起，然后扑向怖军，将他团团围住。(4)大王啊，怖军则重登战车，冲着你儿子们身体的要害处，射出利箭。(5)你的儿子们冒着不断飞来的利箭，阻截怖军，就像阻截一头从斜坡上冲下的大象。(6)怖军顿时怒起，迅速用一支马蹄箭斩下了难耐的头颅，使它滚落在地。(7)随后，这伟大的战车手又用另一支月牙箭杀死了你的儿子闻止。此箭足以穿透任何盔甲。(8)接着，这位克敌者微微一笑，再出一支铁箭，射中胜军，让他从车座上跌落下来。国王啊，他从车上翻滚在地，立刻气绝身亡。(9)尊者啊，有闻气愤不过，遂向怖军射出一百支锋利的兀鹰羽毛箭。(10)

怖军怒气未消，也朝胜利、富力和罗毗发射了三支堪比毒药和火焰的利箭。(11) 这几个伟大的战车手从车上翻落下来，倒地死去，犹如春季鲜花盛开的金苏迦树被砍倒在地。(12) 然后，那敌人的折磨者再搭一支锋利的铁箭，射中难解，将他送到死神那里。(13) 这位战车手中的佼佼者中箭丧命，翻身落下车子，就像一棵狂风吹折的大树滚下山巅。(14) 你的两个儿子难攻和妙生也在阵前各遭怖军两箭。这两个非凡的战车手身体中箭，摔下车来。(15) 接着，怖军又瞄准你的另一个奋勇作战的儿子难拒，用一支月牙箭将他射杀，使他当着所有弓箭手的面，掉下车来。(16)

见怖军一人杀死了自己那么多兄弟，有闻怒不可遏，径直朝他扑去。(17) 他拉开一张黄金装饰的巨弓，对着怖军射出了许多堪比毒药和火焰的利箭。(18) 国王啊，利箭斫断了般度之子的弓。随后，他又朝着手持断弓的怖军发去二十支箭。(19) 伟大的战车手怖军另取一弓，对着你的儿子一番劲射，同时喊道："站住！站住！"(20) 这两人之间的大战既奇妙，又恐怖，真可比当年婆薮之主（因陀罗）同阿修罗占跋之间的那场激战。(21) 射出的利箭明晃晃，宛如阎摩手中的刑杖，东西南北净是，多得铺天盖地。(22) 愤怒的有闻引弓发箭。国王啊，利箭直射怖军的双臂和胸口。(23) 大王啊，你那强弓在手的儿子把怖军伤得不轻。怖军怒气升腾，犹如望日的大海。①(24) 尊者啊，怒火中烧的怖军连发数箭，射中你儿子的车夫和四匹骏马，将他们一齐送到了阎摩殿。(25) 一见有闻无车可驾，灵魂无限的怖军旋即向他射去一阵羽毛箭，表明他确实动作敏捷。(26) 国王啊，失去战车的有闻拿起一把宝剑和一块盾牌。就在这时，般度之子（怖军）用一支马蹄箭将他的头颅从身体上削了下来，此刻他手里还抓着宝剑和明亮的百月盾牌。(27) 头颅被马蹄箭削掉了，这位灵魂伟大者的身体扑通一声，从战车摔到地上。(28)

你的战士见那英雄倒地而死，全都大惊失色。但他们还是冲向怖军，打算决一死战。(29) 威武的怖军全身披挂，迎战那些在军队的海洋里幸存的士兵。他们来到怖军跟前，从四面八方将他围住。(30)

---

① 望日潮大，故有此喻。

虽然处在围困之中，怖军还是用无数利箭射向你的将士，就像千眼大神（因陀罗）对付众阿修罗一般。（31）他摧毁了五百辆庞大的战车，连同它们的护栏，还杀死了七百头战象。（32）接着，这位般度之子又用上好的利箭消灭了一万步兵和八百骏马，一时战绩辉煌。（33）贡蒂之子怖军在战斗中杀死了你的儿子们。主人啊，他感觉自己的目的已经达到，人生的意义也已实现。（34）婆罗多后裔啊，你的将士眼看怖军在战斗中这样杀戮你的军队，确实无法忍受。（35）他驱逐俱卢族人，屠杀他们的追随者，然后拍打两臂，发出响亮的声音，吓住了大象。（36）人民之主啊，你的军队损失惨重，士卒所剩无几。大王啊，他们的处境实在悲惨。（37）

以上是吉祥的《摩诃婆罗多》中《沙利耶篇》第二十五章(25)。

二六

全胜说：

大王啊，此时，难敌和你的儿子妙见还在骑兵中间。他们是你儿子中仅存的两位了。（1）看到难敌在自己的骑兵中间，提婆吉之子（黑天）对贡蒂之子胜财（阿周那）说道：（2）"敌人已经消灭殆尽，亲友们得到了保护。悉尼族雄牛（萨谛奇）也在擒获全胜后，回转来了。（3）婆罗多后裔啊，无种和偕天已经筋疲力尽。他们曾经大战那些邪恶的持国之子及其追随者。（4）慈悯、成铠和伟大的战车手德罗纳之子（马嘶）三人已经离开难敌，去了别处。（5）般遮罗王子（猛光）貌美非常。他在打败难敌的军队后，正同钵罗跋德罗迦人在一起。（6）普利塔之子啊，难敌正在自己的骑兵中间，头顶遮着华盖，时不时地张望一阵。（7）他重新整顿了全部队伍，自己站在中间。你若能用利箭杀死他，你的使命也就完成了。（8）克敌制胜者啊，如果看到自己象军的毁灭，看到你来了，他们还不逃跑的话，你就去把难敌消灭掉吧！（9）此外，还应派一个人到般遮罗王子那里去，让他赶快回来。敌人的军队已经疲累不堪，那个罪人也已无路可逃。（10）持国之子（难敌）曾在战斗中歼灭你的部队。他自以为打败了般度之子们，从而自我膨胀起来。（11）如今，国王（难敌）看见自己的军队遭到般度之子们的打击和杀戮，必会卷土再来，自取灭亡。"（12）

听了黑天这番话后，翼月生（阿周那）回答道："荣誉的赐予者啊，持国所有的儿子都已被怖军杀死，黑天啊，剩下的这两个也活不过今天。（13）毗湿摩倒下了。德罗纳死了。迦尔纳，也就是毗迦尔多那也死了。摩德罗国王沙利耶和胜车，黑天啊，也都死了。（14）遮那陀那啊，如今只剩下妙力之子沙恭尼的五百匹战马，外加战车二百辆，大象一百头，步兵三千；（15）还有马嘶、慈悯和三穴国王，以及优楼迦、沙恭尼和沙特婆多族的成铠。（16）摩豆族后裔啊，这就是持国之子所剩的全部军力。在这个世界上，没有谁能够逃脱命运的力量。（17）俱卢族军队毁灭了，可是你看，难敌自己还在。今天，大王坚战将会把敌人全部杀死。（18）我相信，没有一个敌人能从我的面前逃走。今天，黑天啊，只要不弃阵脱逃，无论多么骁勇，我都将杀死他们，哪怕他们是非人类。（19）今天，在战场上，我将凭着难以抑止的怒气，用我的利箭把犍陀罗王子（沙恭尼）射落在地，结束国王坚战长久不得安眠的状态。（20）当初邪恶的妙力之子（沙恭尼）在赌场上抢走的财宝，我将把它们重新夺回。（21）那些象城的女人们，今天就会知道她们的丈夫和儿子被般度诸子斩于沙场的消息。（22）黑天啊，一切应当完成的事业都将在今天完成。难敌将失去他的荣华富贵和生命。（23）黑天啊，苾湿尼人，只要没有因为恐惧而从战场上溜走，你看吧，那愚蠢的持国之子（难敌）必将丧命。（24）克敌制胜者啊，那些马匹已经不能忍受我的弓弦声和手掌声。驱车向前吧，我要杀死它们。"（25）

听了名声远扬的般度之子（阿周那）这番话后，陀沙诃族人（黑天）便策马驱车，朝着难敌的军队奔去。（26）尊者啊，不久，敌人的部队出现在怖军、阿周那和偕天三个伟大战车手的眼前。他们一心要斩杀难敌，准备停当之后，便开始进攻，同时发出狮子吼。（27）妙力之子（沙恭尼）见他们高举弓箭，一齐冲来，便移师向前，迎击来犯的般度诸子。（28）你的儿子妙见扑向怖军，善佑[①]和沙恭尼接战

[①] 即三穴国王。

有冠者(阿周那)。你的儿子(难敌)骑在马上,杀向偕天。(29)
人民之主啊,你的儿子飞马向前,没费力气,就把标枪狠狠地刺在了
偕天的头上。(30)遭到你儿子的沉重打击,偕天倚倒在车座上,四
肢淌满鲜血,像蛇一样地喘息着。(31)人民之主啊,恢复了知觉后,
偕天大怒,遂向难敌射出一连串锐利的箭。(32)这时,普利塔之子,
又称贡蒂之子的胜财(阿周那)大显身手,击碎了许多马上勇士的头
颅。(33)普利塔之子用他的利箭打散了敌人的骑兵。他杀死了所有
的马匹,然后冲向三穴国人的战车队。(34)

三穴国伟大的战车手们聚在一起,将箭雨洒向阿周那和婆薮提婆
之子(黑天)。(35)而鼎鼎大名的般度之子(阿周那)也将一支马
蹄箭射向诚行①,劈断了他的车辕。(36)接着,主人啊,这位鼎鼎大
名者面含微笑,又用另一支在石头上磨快的马蹄箭,砍下了他戴着明
晃晃耳环的头颅。(37)随后,国王啊,当着众将士的面,阿周那再
取诚箭②,就像林中饥饿的雄狮捕杀小鹿一般。(38)斩掉诚箭之后,
普利塔之子又用三支利箭射向善佑,并对所有黄金装饰的敌方战车进
行打击。(39)他快速冲到钵罗私他罗王③前,向他喷射出积蓄已久的
愤怒毒汁。(40)婆罗多族雄牛啊,阿周那用成百支利箭覆盖住他,
杀死了这位弓箭手所有的马匹。(41)他再搭一支阎摩刑杖般的利箭,
瞄准善佑,面带笑容,发射出去。(42)这位弓箭手怒火中烧,迅速
射出的利箭落在善佑身上,刺穿了他的心脏。(43)大王啊,善佑命
殒身亡,倒在地上。顿时,所有的般度族人兴高采烈,而你方的队伍
则陷入惊恐不安。(44)杀死善佑后,他又转而攻击他的儿子,用利
箭把这些伟大的战车手七个、八个、三十个一批地送去了阎摩
殿。(45)然后,这位伟大的战车手又拿磨尖的箭消灭了善佑的众随
从,并向婆罗多军队的余部发起冲锋。(46)

人民之主啊,此时,在另一处战场上,怖军面带微笑,用密集的
利箭将你的儿子妙见遮了个严实;(47)然后,露着笑意,拿一支锋

---

① 诚行为三穴国王善佑的兄弟,曾发誓要杀死阿周那。
② 诚箭亦为善佑的兄弟。
③ 即善佑。钵罗私他罗一说为善佑的宫殿名,另说是三穴国城市,即今巴赫马纳巴德,在拉维河与萨特累季河之间。

利的马蹄箭，将他的头颅从身体上削掉。那无头之尸随即跌落地面。（48）这位英雄倒地死去，他的随从们便把怖军团团围住，向他洒去利箭。（49）狼腹（怖军）也用一连串的利箭回敬他们，那箭触人如同因陀罗的雷电。婆罗多族雄牛啊，刹那之间，他就把他们消灭了。（50）见自己的兵士惨遭杀戮，俱卢族军队的众将领一齐扑向怖军，与他厮杀。婆罗多后裔啊，般度之子则用威力可怕的利箭回射他们。（51）你方将士向般度族战车手们洒去浓密的箭雨，从四面八方围攻他们。（52）般度族人渴望同敌人交锋，你方战士也渴望同般度族人拼杀。沙场上一片混乱。（53）对垒双方的战士们都为亲友的死伤而悲痛。国王啊，他们互相厮杀，纷纷倒地。（54）

以上是吉祥的《摩诃婆罗多》中《沙利耶篇》第二十六章（26）。

二七

全胜说：

战争继续进行，人、马和大象不断伤亡。这时，国王啊，妙力之子沙恭尼又向偕天发起了攻击。（1）威武的偕天见他来势凶猛，便向他射出一阵箭流，那箭流看去正似狂飞的蚱蜢。与此同时，优楼迦也将十支利箭射向怖军。（2）大王啊，沙恭尼对着怖军发出三箭，随后又将利箭九十支连射偕天。（3）国王啊，沙场上的英雄们彼此交手，把强弓拉向耳边，飞速射出锋利的箭。无论是金羽箭，还是苍鹭和孔雀羽尾箭，全都在石头上打磨过。（4）人民之主啊，他们那健臂强弓射出的箭雨覆盖着四面八方，仿佛是乌云布下的密雨。（5）怖军和偕天这两位大力士在阵前往来奔驰，愤怒地大肆杀戮。（6）婆罗多后裔啊，你的军队笼罩在他俩的数百支利箭之下，一时只觉得昏天黑地。（7）人民之主啊，利箭包围下的马匹到处奔跑，拽着许多伤亡的将士，连道路也给堵塞了。（8）尊者啊，满地是死亡的骏马、折断的长矛和碎盔烂甲的骑兵，就像是色彩斑斓的花朵。（9）大王啊，沙场上的战士你来我往，刀兵相向，满腔怒火，彼此厮杀。（10）大地上遍布掉落的头颅。它们戴着耳环，眼珠上翻，嘴唇紧闭，怒气犹在，远看就像无数莲花的花蕊。(11)大王啊,砍断的胳膊戴着护甲和臂钏,有如大象的鼻子,手中还紧攥着宝剑、标枪或战斧。(12)无头的躯体奇怪地直立着,像在跳舞。主人啊,麇集战场的净是食肉野兽,那种景象怎不可怕!(13)

参战的兵士越来越少。般度诸子兴奋无比,不断把战场上的俱卢族人遣往阎摩殿去。(14)就在这个当口,强壮的勇士妙力之子将一支标枪猛扎到偕天头部。大王啊,偕天痛苦地倒在了车座上。(15)婆罗多后裔啊,见偕天受伤,威武的怖军勃然大怒,迎面截住了俱卢大军。(16)他射出无数的利箭,造成敌军成百上千的伤亡。然后,克敌制胜者啊,他发出一声狮子吼。(17)狮子吼吓坏了沙恭尼的随从和他们的马匹大象,使之大为恐惧,顿时四散奔逃。(18)国王难敌见他们纷纷溃逃,大声喝道:"赶快停住,你们这些不知正法的家伙!继续战斗吧!逃有何用?(19)不肯背对敌人,乐于捐躯沙场,这样的英雄才能在今生荣获令名,来世享受幸福。"(20)听到国王的召唤,妙力之子的随从们停住了脚步。他们变得视死如归,开始向般度族发起进攻。(21)王中之主啊,他们疾奔向前,可怕的尖叫声震撼四方,就像波涛滚滚的大海。(22)

看到妙力之子的随从们冲杀过来,般度族人迎接上去。大王啊,他们期在必胜。(23)人民之主啊,这时难于战胜的偕天缓过劲来,随即向沙恭尼射去十支利箭,又向他的马匹射去三支。接着,他微微一笑,几箭摧折了妙力之子手中的弓。(24)作战凶猛的沙恭尼拿起另一张弓,对着无种射去六十支箭,对着怖军射去七支。(25)大王啊,优楼迦想要解救他的父亲,① 便对准怖军射去了七支箭,另对偕天射去七十支。(26)怖军立即还了优楼迦数箭,然后又朝沙恭尼发出六十四支利箭,并对攻到身边的那些敌人各给三箭。(27)他们遭到怖军蘸过麻油的铁箭攻击,甚是恼火,于是便用一阵箭雨覆盖偕天,就像携带雷电的乌云用暴雨覆盖山峰一般。(28)大王啊,威武的英雄偕天见优楼迦冲杀过来,便用月牙箭一举削掉了他的头颅。(29)遭此偕天一击,他从战车上滚落在地,浑身上下浸满鲜血。

---

① 优楼迦是沙恭尼的儿子。

战场上的般度人见了无不欢欣鼓舞。（30）婆罗多后裔啊，看到自己的儿子死了，沙恭尼仰天叹息，喉咙哽咽。此刻他想起了奴婢子（维杜罗）当初的话。（31）他的眼中充满了泪水。就这样在叹息中沉思片刻以后，他又向偕天猛扑过去，对着他射出三支利箭。（32）

　　大王啊，威武的偕天用密集的利箭挡住射来的箭，又在交手中射断了沙恭尼手中的弓。（33）王中之主啊，妙力之子沙恭尼见弓已折断，就抄起一把锋利的宝剑，朝偕天掷去。（34）人民之主啊，偕天面露微笑，将那把突然飞来的可怕利剑一斩为二。（35）见利剑断为两截，妙力之子又抓住一根大铁杵，对准偕天，猛抛过去。铁杵砸在地上，没能击中目标。（36）妙力之子再次举起一支黑夜般可怕的标枪，愤怒地向般度之子投去。（37）同样，偕天面带微笑射出几支黄金装饰的利箭，把突然袭来的标枪击成三段。（38）那支黄金装饰的标枪碎为三段后，就像雷霆自天而降迸出的道道闪电一般，落在地上。（39）见到标枪被毁，妙力之子害怕起来。你的整个军队都心生恐惧，纷纷奔逃，妙力之子也在其中。（40）般度族人感到胜利在望，遂高声地叫喊起来。持国之子的士兵们大多掉头逃窜。（41）威武的玛德利之子（偕天）看到敌人士气萎靡，便又放出数千支利箭，断其逃路。（42）妙力之子由犍陀罗骑兵殿后护卫着，节节撤退，然而心中还盼着一朝反败为胜。这时偕天追上了他。（43）主人啊，偕天记着沙恭尼是留给他来处置的，于是就乘着黄金装饰的战车朝他冲去。他用力上好弓弦，挽开大弓。（44）他快速逼近妙力之子，愤怒地朝他射去许多在石头上磨尖的兀鹰羽毛箭，犹如用刺棒打击大象。（45）

　　看到自己已经把他钳制住，机灵的偕天便发了话，似乎是想促使他有所追忆："坚持刹帝利的职责啊，继续战斗！得做个男子汉！（46）傻瓜啊，当初在大会堂里掷骰子的时候，你是何等开怀！蠢人啊，如今就接受恶行的果报吧！（47）那些灵魂邪恶的人曾经嘲笑我们。如今他们全都死了，只剩下难敌这个毁灭自己家族的人和你，他的母舅。（48）今天，我要用剃刀箭砍掉你的头颅，就像拿棍子打下树上的果实。"（49）说罢，大王啊，大力偕天这人中之虎就带着怒气，迅猛地冲上前去。（50）难以抵御的军中战将偕天向沙恭尼逼近，心中愤怒，但面露微笑。他奋力挽弓，（51）对沙恭尼射出十支利箭，对他的马匹射出四支，随后又砍断了他的华盖、旗幡和手中的弓，同时像狮子那样发出吼叫。（52）妙力之子不但被偕天摧毁了旗幡、华盖和弓，身上各要害处也中箭多支。（53）大王啊，威武的偕天接着又向沙恭尼发射了一阵难以抵御的箭雨。（54）妙力之子大为震怒。他抓起一杆黄金装饰的标枪，独自一人快速冲向前去，想要刺死偕天。（55）玛德利之子（偕天）迅速射出三支月牙箭，同时砍断了阵前沙恭尼粗壮的双臂和已经举起的标枪，然后发出一声高叫。（56）他动作敏捷，随即又搭上另一支硬铁制成，足以穿透任何铠甲的金羽月牙箭，削掉了沙恭尼的头颅。（57）般度之子（偕天）的利箭锋镝尖锐，饰有黄金，闪耀着太阳般的光芒。它使妙力之子变成了无头躯体，颓然倒地。（58）那支在石头上磨尖的金羽箭迅疾威猛。愤怒的般度之子用它削掉了那颗头颅，这头颅正是俱卢族人恶行的根源。（59）

你的将士们看到沙恭尼身首异处，僵卧在地，浑身浸血，吓得失魂落魄，带着武器，四散奔逃。（60）耳际响着甘狄拨神弓的霹雳之声，步兵和持国的儿子一起仓皇溃逃。他们心怀恐惧，神志不清，面如死灰，车、马、象等，俱已毁亡。（61）婆罗多后裔啊，将沙恭尼射下车后，美发者（黑天）和般度诸子欣喜若狂。他们吹响螺号，让整个军队同享欢乐。（62）所有的人都对偕天表示敬意。他们心情愉快，齐声说道："英雄啊，谢天谢地！那灵魂卑污，行为邪恶的家伙，还有他的儿子，终于被你除掉了！"（63）

以上是吉祥的《摩诃婆罗多》中《沙利耶篇》第二十七章（27）。

二八

全胜说：

大王啊，妙力之子的随从们恼恨异常。他们不顾死活，将般度诸子团团围住。（1）阿周那决心维护偕天的胜利，便和怖军一同起而迎战。勇猛的怖军怒形于色，看上去就像一条毒蛇。（2）敌人手持长矛、宝剑和标枪，一心想杀偕天。胜财（阿周那）举起他的甘狄拨神弓，使他们的企图最后落空。（3）敌人猛扑过来。毗跋蒺（阿周那）放出月牙箭，削断他们握着武器的手臂，杀死他们的马匹，砍掉了他们的头颅。（4）左手开弓者（阿周那）真是盖世英雄。在他迅猛的打击下，敌人纷纷丧命倒地。（5）主上啊，国王难敌见自己的军队迅速减员，变得怒气冲天。他将残剩的几百辆战车召集在一起，（6）还有战象、骏马和步兵。敌人的折磨者啊，持国之子（难敌）对聚在一起的全体将士说了如下的话：（7）"勇敢迎战般度人和他们的盟友，杀死般遮罗王子和他的军队，然后我们班师回城！"（8）那些作战勇猛的将士对他的话俯首称是。他们服从你儿子的命令，重又发起对普利塔诸子的进攻。（9）

面对疾速扑来的敌军残部，般度诸子泼洒出毒蛇一般的利箭。（10）婆罗多族俊杰啊，难敌的军队刚刚投入战斗，就遭到灵魂伟大的般度诸子的杀戮。他们找不到保护者，由于心怀恐惧而无法面对坚定而又全副武装的敌手。（11）马匹奔驰腾起的尘土笼罩着军队，战场上已经辨不清东西南北。（12）一批战士从般度族军队里冲出，对你的人马横加屠杀。婆罗多后裔啊，没有多久，你的人马就全都完了。（13）主上啊，在般度族人和斯楞遮耶人的打击下，你儿子召集起来的十一支大军①在这场战争中全部覆没。（14）国王啊，在你方数千优秀的王公中，现在还活着的，只有难敌一人了，而且身受重伤。（15）他举目四望，但见大地上空空荡荡。自己的战士已经没有了，战场上只剩下般度族人。（16）般度人欣喜若狂，为愿望实现而高声欢呼。听着他们嗖嗖的飞箭声，（17）大王啊，难敌心中充满沮丧。他没有了军队，也没有了战马。他决定逃跑。（18）

持国说：

我的军队被消灭了，营地也已空无一人。御者啊，如今般度族的军队还剩多少？这是我的问题，全胜啊，请回答我，因为你擅长叙述。（19）愚蠢的难敌，我的儿子，他看到全军覆没，只剩下他一个国王，又做了些什么？（20）

---

① 大军为一多兵种的综合军事单位。按传统，一支大军应该有两万一千八百七十头战象、两万一千八百七十辆战车、六万五千六百一十匹战马和十万零九千三百五十名步兵。

第九　沙利耶篇

全胜说：

两千辆战车、七百头战象、五千匹战马和一万名步兵，（21）国王啊，这就是般度族大军剩余的兵力。掌握着这些兵力，猛光正在等待再战。（22）婆罗多族俊杰啊，国王难敌，这位优秀的战车手，独自一人站在战场上，看不到一个同伴。（23）敌人在高声欢呼，而自己已全军覆没。他丢下死去的战马，满怀恐惧，向东逃去。（24）你光辉的儿子难敌曾经是十一支大军的统帅，现在他手提铁杵，朝着一个水塘徒步跑去。（25）没走多远，他便想起聪慧而又信守正法的奴婢子（维杜罗）说过的话：（26）"大智慧的维杜罗早就预见到了，在战场上，我们刹帝利之间要发生一场大屠杀。"（27）国王啊，看到自己的军队已经彻底覆灭，回忆的痛苦咬啮着他的心。他准备进到水塘里去。（28）

大王啊，般度族人以猛光为先锋，愤怒地朝着你的军队冲杀过来。①（29）你的军队手持长矛、宝剑和标枪，口中高声呐喊着。但是，胜财（阿周那）拨动他的甘狄拨神弓，使他们的迎战归于失败。（30）阿周那站在白马驾辕的战车上，光彩熠熠，用他的利箭赶杀着你方将士及其盟友和亲族。（31）妙力之子死去，大量的战车、马匹和大象也都毁灭掉了。你的军队看上去就像一片遭到砍伐的森林。（32）原来难敌数十万人的大军里，国王啊，已经看不到活着的大勇士了，（33）只剩下英雄的德罗纳之子（马嘶）、成铠、乔答摩之孙慈悯以及你的儿子，那大地之主。（34）这时，猛光看到了我，大笑起来，对萨谛奇说："抓到这个家伙有什么用呢？可是让他活着也照样没用。"（35）听到猛光这么说，悉尼之孙（萨谛奇）举起锋利的宝剑，就要杀我。（36）就在此刻，大智慧的黑仙岛生（毗耶娑）走了过来，说道："放了全胜吧，让他活着，无论如何不能杀他。"（37）听岛生（毗耶娑）这么说，悉尼之孙（萨谛奇）便放了我，并双手合十，对我说道："祝你平安！全胜啊，请走吧。"（38）

既然他已允许我走，我便脱去甲胄，放下武器，在暮色朦胧中，朝着城里走去，浑身上下，淌着鲜血。（39）走了一拘卢舍②，我看见

---

① 这里全胜叙述的是俱卢族大军覆灭以前的情况。
② 古代印度计程单位，为牛的吼声所能达到的距离，约合七、八华里。

了难敌。他手持铁杵,独自一人,伤势很重,站在那里。(40)他的眼中充满泪水,看不见我。我沮丧地站在他的面前。他看到了我,却没有认出来。(41)看到他孤独地站在战场上,陷入痛苦,我也悲不自胜,一时说不出话来。(42)后来,我向他讲述了我的遭遇,我如何被俘,又如何蒙受岛生(毗耶娑)的恩惠,获得释放,拣了一条性命。(43)他沉思了一会儿,慢慢回过神来,这才问起他的兄弟和整个军队的事。(44)于是,我就把我亲眼见到的一切如实向他禀告,说明他的兄弟全已捐躯沙场,整个军队惨遭覆灭。(45)人民之主啊,我还告诉他:"你的军队只剩下三位战车手了,那是我在离开般度族人时,听黑仙岛生(毗耶娑)说的。"(46)你的儿子深深地叹了一口气,又对我反复地端详了一阵,然后手抚我肩,对我说道:(47)"全胜啊,在这个战场上,除了你以外,没有活着的人了。我看不到第二个活着的人,只看到般度诸子和他们的盟友们。(48)全胜啊,你要告诉那以智慧为眼光的国王(持国):'你的儿子难敌进入池塘了。'(49)失去了朋友,失去了儿子和兄弟,连王国也被般度的儿子们夺了去,像我这样,谁还会活下去呢?(50)请你将全部情形告诉他,告诉他我活着从这场大战中逃脱出来,遍体鳞伤,已经安息在池塘中。"(51)

大王啊,对我说完这些话后,这位人主便进入池塘,运用幻力凝固了池水。(52)他进入池塘后,就留下我一个人。这时,我看到三位战车手驾驭着疲惫不堪的马匹,来到这里。(53)他们是英雄的有年之子慈悯、战车手中的佼佼者德罗纳之子(马嘶)和博遮王成铠,全都遍体箭伤。(54)他们发现了我,急忙策马跑上前来,对我说道:"谢天谢地,全胜啊,你还活着!"(55)他们向我问起你的儿子:"全胜啊,国王难敌还活着吧?"(56)我告诉他们,国王很好。我还向他们转述了难敌对我所说的话,并把人主(难敌)进入的那个池塘指给他们。(57)国王啊,马嘶听了我说的话后,眼睛紧盯着那个大池塘,悲伤地哭泣起来:(58)"啊呀,人主并不知道我们还活着;不然,有他在我们中间,我们就有足够的力量同敌人厮杀。"(59)大勇士们哭泣了很长时间。后来,看到般度之子们出现,这几位战车手中的佼佼者便一同逃离开去。(60)他们让我登上慈悯那装饰华丽的车子。然

后，三位战后幸存的战车手便朝着俱卢族军队的营地驶去。(61)

此时太阳正在下沉。留守营地的有几固罗摩①的人马。他们听到你的儿子们阵亡的消息，全都痛哭失声。(62) 然后，大王啊，一些护卫女眷的老年人带着王公们的妻室，上路返回都城。(63) 听说自家的军队已经覆灭，女眷们忍不住恸哭流涕，啼号之声，远近可闻。(64) 国王啊，她们哭哭啼啼，那声音在大地上回荡，就像是雌鹗的哀鸣。(65) 她们一面痛哭，一面用指甲抓自己的头发，用手掌拍打自己的头。(66) 人民之主啊，她们一时呜呜咽咽，一时尖声号叫，一时涕泪俱下，一时捶胸顿足。(67) 就这样，难敌的亲友们伤痛欲绝，哽咽失声，带着王室女眷，踏上返城的路。(68) 人民之主啊，那些门卫手持棍棒和杖鼓，那些女眷护卫抬着铺有贵重毛毯的华丽床具，快步朝着城里走去。(69) 有些人把自己的妻室安排在骡车上，也一起奔向都城。(70) 那些女眷平日深居后宫，连太阳也见不到她们。而如今，大王啊，老百姓也能看到她们赶回城里的样子。(71) 婆罗多族俊杰啊，这些女人细嫩娇弱，亲人们都已战死疆场，现在正急忙赶着回城。(72) 那些看牛的、赶羊的害怕怖军，一时不知如何是好，也都跟着往城里撤去。(73) 怀着对普利塔之子们的强烈恐惧，他们你看我，我看他，一起撤往都城。(74)

就这样，他们惶恐不安地撤退着。此时，尚武因痛苦忧伤而头脑昏乱，心想决定的时刻已经来到：(75) "难敌这位十一支大军的统帅已经在战斗中败在勇敢而令人生畏的般度兄弟手下。他的兄弟们都死了。毗湿摩和德罗纳统帅的俱卢族军队也已全部覆没。(76) 由于命运的眷顾，只有我一个人大难不死。难敌营地的人都在四散逃跑。(77) 他的大臣中幸免于难的，正带着王族眷属向城里撤退。(78) 我想，现在正是时候，我应该跟他们一同进入都城；但此事应先征得坚战和怖军的同意。"(79) 决定以后，这位巨臂王子就向坚战和怖军说明了自己的想法。坚战国王一向慈悲为怀，对他的想法甚表满意。他拥抱了这位母亲是吠舍的王子②，同意让他回去。(80)

---

① 固罗摩为一军事单位，由九头战象、九辆战车、二十七匹战马和四十五名步兵组成。
② 尚武是持国同一位吠舍女所生的儿子，不在持国百子之列。他在婆罗多大战前夕加入了般度族阵营。参见《毗湿摩篇》第41章。

于是，他登上战车，策动骏马，疾速前行，不久便加入了回城王族女眷的队伍。（81）太阳正在下沉，尚武随众王族女眷快速地进入象城。这时他喉咙哽咽，眼睛充满了泪水。（82）他看见了大智慧的维杜罗。维杜罗刚从国王持国那里出来，泪眼模糊，忧心忡忡。（83）他来到维杜罗面前，对他躬身行礼。坚守真理的维杜罗对他说道："真是福运护佑啊，孩子，俱卢族人毁灭殆尽，你却保住了性命！（84）不过，为什么你回来了，却不见国王难敌进门呢？请你把个中缘由仔细地告诉我。"（85）

尚武说：

长辈啊，沙恭尼和他的亲友们死去以后，国王难敌周围还有一些人死里逃生。但他出于恐惧，放走了自己的马匹，向东逃去。（86）难敌逃离后，营地中的人们为恐惧所笼罩，便一起逃来都城。（87）国王的后妃们，他兄弟的女眷们，以及女眷的护卫们，也都登上车子，在恐慌中逃命。（88）我征得国王坚战和美发者（黑天）的同意，来到象城，为的是保护大家。（89）

全胜说：

听了吠舍之子（尚武）的叙述，精通一切正法的维杜罗明白尚武来得正是时候。于是，这位灵魂无限者便对能言善辩的尚武表示敬意道：（90）"可敬的人啊，你来得正是时候，在这婆罗多族毁灭的时刻。今天，请你稍事休息，明天再去坚战那里。"（91）说罢，精通一切正法的维杜罗告别尚武，进入王宫。尚武则在自己的馆舍里过夜。（92）

以上是吉祥的《摩诃婆罗多》中《沙利耶篇》第二十八章（28）。《进入池塘篇》终。

朝拜圣地篇

二九

持国说：

我们的军队在战场上被般度之子消灭以后，全胜啊，那些幸存的

人又做了些什么呢？（1）成铠、慈悯和骁勇的德罗纳之子（马嘶），还有那迟钝的国王难敌，他们都做了些什么呢？（2）

全胜说：

伟大的刹帝利们的妻室都逃跑了，营地已是人去帐空。三位战车手心绪烦乱。（3）此时天色近晚，般度族胜利的欢呼声已经沉寂。这三人营救国王心切，见营地人已跑空，便也无意久留，立即往池塘走去。（4）国王啊，此时，以法为魂的坚战和他的兄弟们满怀喜悦，还在战场上奔走。他们想找到难敌，把他除掉。（5）他们怒气未消，为了取得最终的胜利，正在搜寻你的儿子。然而他们竭尽全力，却不见这位国王的踪影。（6）因为，难敌手持铁杵，迅速逃离阵地以后，已经进入池塘，并且运用幻力，将水凝固。（7）最后，般度诸子和他们的马匹找得精疲力竭，只好返回营帐，同众将士一起安歇下来。（8）

见普利塔之子们已经宿营，慈悯、德罗纳之子（马嘶）和沙特婆多族成铠便悄悄走向池塘。（9）他们来到池畔，难敌正躺在水中歇息，无法接近。他们对国王说道：（10）"请起来吧，国王，让我们共同和坚战拼搏！不是胜利而享受大地，就是战死而去往天国！（11）难敌啊，他们的军队已经被你消灭，剩下的人马也大多受到重创。（12）人民之主啊，他们再也经受不住你猛烈的打击，特别是你还有我们保护。因此，婆罗多后裔啊，请起来吧！"（13）

难敌说：

看到你们这些人中雄牛能从般度和俱卢两族血腥的大厮杀中活着回来，真是幸运！（14）经过休息，解除疲乏，我们可以上阵征讨敌人。然而，你们疲惫不堪，我也身受重伤，而坚战的军队又士气高昂，所以我现在还不想战斗。（15）英雄们啊，你们的做法并不奇怪。你们思想高尚，对我无限忠诚。但现在不是逞强的时候。（16）今天休息一夜，明天我将和你们再上战场，同敌人搏斗。我会说到做到。（17）

全胜说：

听了这话以后，德罗纳之子（马嘶）对作战凶猛的国王说："国王啊，还是起来吧！愿你有福。我们会在战场上打败敌人。（18）国王啊，以我的功德，以我的施舍，以我的默祷，以真理本身，我发

751

誓，今天我一定要杀尽苏摩迦人。（19）如果到明天早晨我还没消灭敌人，那就让我再也享受不到祭祀带来的快乐，那是善人们理应享受的。（20）主上啊，不消灭所有的般遮罗人，我就不卸下铠甲。这是我的誓言。人民之主啊，请相信我！"（21）

　　正在说着，来了一帮猎人。肩上沉重的猎物使他们疲惫不堪。他们来到这里，想找口水喝。（22）大王啊，这些猎人一向尽心竭力，为怖军供应大量肉食。（23）他们聚在隐蔽处，正好听到难敌和他手下将的秘密对话。（24）他们听出俱卢国王（难敌）不愿出战，而那些大弓箭手却渴望战斗，力主一搏。（25）他们看到了这些伟大的俱卢族战车手，也知道国王正呆在水中，不愿再战。（26）通过几个人和水中国王的对话，王中之首啊，猎人们确实了解到难敌就在水里。（27）就在来到这里之前，般度之子正在搜寻你的儿子，碰巧还向他们打听过他的下落。（28）这些猎人想起般度之子的话，便彼此窃窃私语起来：（29）"如果我们把难敌的消息报告给般度之子，他们一定会赏给我们钱财。大名鼎鼎的难敌国王就在池塘里，不会错。（30）让我们一块儿去见坚战国王，告诉他恼怒的难敌正呆在水中。（31）让我们也把持国之子躺在水中的事告诉智慧的弓箭手怖军。（32）他一高兴，就会给我们大量的赏格。我们干吗要过那种老吃干肉，操劳不息，耗神伤身的日子。"（33）这样，经过商量以后，那些盼着得赏的猎人便带着沉重的猎物，欢欢喜喜，朝着坚战的营帐走去。（34）

　　大王啊，勇敢善战的般度诸子已经胜利在握，但他们还是找不到难敌藏匿的地方。（35）他们急于知道那邪恶骗子的去处，为此向战场各处派出了很多密探。（36）派出的士兵回来后，全都向法王坚战报告说，国王难敌不见踪影。（37）婆罗多族雄牛啊，听了这些密探的报告，坚战陷入深深的忧虑之中，不断地叹息着。（38）正当般度诸子一筹莫展的时候，婆罗多族雄牛啊，那些猎人从池塘那边匆匆地赶来了。（39）人主啊，他们知道了国王难敌的踪迹，就兴冲冲地来到坚战的营地。虽有严密把守，他们还是当着怖军的面，闯了进来。（40）他们走到大力士般度之子怖军面前，将自己听到的一切告诉了他。（41）国王啊，折磨敌人的狼腹（怖军）给了他们丰厚的赏金，然后就把全部情况报告了法王（坚战）：（42）"国王啊，难敌已经被我的猎手们发现了。那个使你焦虑不安的人将水凝固后，正躺在水底。"（43）

人民之主啊，听了怖军说出的好消息，贡蒂之子无敌（坚战）和他的兄弟们欣喜欲狂。（44）知道那位大弓箭手已经钻入池塘，般度族军队便以遮那陀那（黑天）为前驱，迅速赶往那里。（45）人民之主啊，般度族人和般遮罗人喜不自胜。他们发出一阵阵快乐的叫喊。（46）国王啊，婆罗多族雄牛！接着这些刹帝利又发出一阵狮子吼和呼叫声，同时向着岛生池塘疾速进发。（47）苏摩迦人喜形于色，反反复复地叫喊着："罪恶的持国之子找到了！"（48）大地之主啊，那些快速行进的车辆响声巨大，直达天庭。（49）他们的马匹已很疲惫，但是为了捉拿难敌，还是在国王坚战的后面紧紧跟着，速度不减。（50）阿周那、怖军、玛德利为般度所生的两个儿子（偕天和无种）、般遮罗王子猛光和战无不胜的束发，（51）优多贸阁、瑜达摩尼瑜、不可战胜的萨谛奇、德罗波蒂五子和般遮罗人余部，全部的马匹和战象，以及数百步兵，（52）所有这些人随着正法之子坚战，一起来到名叫岛生的池塘，难敌所在的地方。（53）

池水清凉而澄澈，令人心旷神怡，就像大海一般。你的儿子运用幻力将水凝固后，就呆在那里。（54）婆罗多后裔啊，正是依靠这种神奇的手段，手持铁杵的国王潜藏在水中，人主啊，谁也看不到他。（55）藏在水下的国王难敌听到了外面的嘈杂声，就像听到了云中的滚滚沉雷。（56）王中之主啊，为了追杀你的儿子，坚战国王和他的兄弟们来到了这个池塘。（57）人马腾踏，烟尘障天，螺号和车轮的巨大音响震撼着大地。（58）伟大的战车手成铠、慈悯和德罗纳之子（马嘶）听到了坚战军队来到的声音。他们对难敌说道：（59）"般度族人追来了，带着胜利者的姿态，欢欣鼓舞。请允许我们离开这里吧。"（60）见声誉卓著的勇士们这么说，难敌回答道："好吧。"他自己则继续用幻力凝固着池水。（61）

征得国王同意后，大王啊，这些满怀悲伤的战车手以慈悯为首，向远处跑去。（62）跑出很远的路后，他们看到一棵大榕树。尊者啊，他们已经疲乏不堪，便来到树阴下面，同时想起了国王：（63）"大力士持国之子凝固池水，躺在水中，而般度族人已经到达那里，意欲再战。(64) 仗会打成什么样子呢？国王的命运又将如何？般度族人会怎样向俱卢王发动进攻？"(65) 国王啊，以慈悯为首的战车手们一面这样想着，一面将马匹从战车上卸下来，准备就地休息一阵。(66)

以上是吉祥的《摩诃婆罗多》中《沙利耶篇》第二十九章(29)。

三〇

全胜说：

三位战车手离开以后，般度诸子来到池塘，难敌就在这儿藏身。(1) 俱卢族俊杰啊，他们来到岛生池塘，看到持国之子（难敌）凝固了池水，躺在里面。于是，俱卢后裔（坚战）对婆薮提婆之子（黑天）说道：(2) "看吧，持国之子施展幻术，凝固湖水，躺在里面，再也不怕任何人。(3) 难敌施展神奇的幻术，藏身水下。他通晓诡计，善施骗术。我绝不能让他活着从我手里逃脱。(4) 即使手持金刚杵者（因陀罗）亲来帮他打仗，摩豆族后裔啊，我也要教世人看到他暴尸沙场。"(5)

吉祥的婆薮提婆之子说：

婆罗多后裔啊，你要用幻力摧毁通幻者的幻力！通幻者应该用幻力去铲除，坚战啊，这乃是真理。(6) 婆罗多族俊杰啊，拿出种种方法和手段来，将幻术施于池水，杀死那灵魂邪恶的难敌吧！(7) 正是通过种种方法和手段，因陀罗杀死了众提迭和众檀那婆。也是通过种种方法和手段，灵魂伟大者（毗湿奴）缚住了钵利。(8) 从前，杀死金眼和金垫这两个大阿修罗，用的是种种方法和手段。杀死弗栗多，国王啊，不用说，靠的也是种种方法和手段。(9) 罗刹罗波那是宝罗私底耶的儿子。罗摩也是这样杀死他以及他的亲戚和追随者的。因此，你也要依靠方法和手段来施展你的威力。(10) 过去，我杀死大提迭多罗迦和英勇的毗波罗制底，国王啊，靠的也是种种方法和手段。(11) 伐达比、伊罗瓦罗和三首，还有孙陀和优波孙陀这两个阿修罗，同样都是靠方法和手段来杀死的。(12) 主人啊，因陀罗得以享受最高的天国，靠的就是种种方法和手段。国王坚战啊，方法强大有力，没有任何东西可比。（13）无论是提迭、檀那婆、罗刹，还是国王，都能用方法和手段杀死。因此，你就依靠方法来行动吧！（14）

全胜说：

大王啊，严守誓愿的般度之子听了婆薮提婆之子这番话后，脸上露出一丝微笑，对水中你的大力士儿子发话说道：（15）"难敌啊，人民之主，你导致了所有刹帝利和自己家族的毁灭，如今自己却藏进了水里，这是个什么道理？（16）你潜入水底，是为了保全自己的性命。起来吧，国王！起来同我们交手，难敌！（17）国王啊，你使水凝固，心怀恐惧，躲在里面。那么，人中俊杰啊，你过去的骄傲心和荣誉感，现在都到哪里去了？（18）人们聚在一起谈到你时，都说你是英雄。但据我看，你躲在水下，已经勇气丧尽。（19）起来战斗吧，国王！你是出身高贵的刹帝利，何况还是俱卢的后裔！你要记住你的出身。（20）你惧怕战斗，潜入水中，百唤不动。那么，你还能自豪地说自己出生在俱卢世系吗？（21）缺乏毅力，回避战斗，不合永恒的刹帝利法。国王啊，临阵脱逃，既不是高贵者的行为，也不是去往天堂之路。（22）你为什么不把战争进行到底，只顾自己活命？眼看着儿子、兄弟和父亲，（23）姻亲、朋友、舅父和族人纷纷倒地，你这造成他们毁灭的人却躲在池塘里，这究竟是为什么？（24）

"婆罗多后裔啊，你不是勇士，却以勇士自诩。你当着众人的面自称：'我是勇士'，愚蠢的人啊，你是在胡说。（25）真正的勇士遇到敌人从不逃跑。请告诉我，勇士啊，放弃战斗究竟能给你带来什么满足和愉快？（26）所以，起来战斗吧，丢掉你的恐惧。难敌啊，你已经毁了你的全部军队和你的兄弟们。（27）难敌啊，一个在思想和行为上追求正法，奉行刹帝利法的人，是不会像你这样只求保命的！（28）你依赖迦尔纳和妙力之子沙恭尼，便自以为有了不死之身。你真是愚蠢得自己不认识自己了。（29）婆罗多后裔啊，你已经犯下大罪。出来战斗吧！以你这样的身份，怎么会愚蠢到以临阵脱逃为乐！（30）你的阳刚之气到哪里去了？你的自尊自傲到哪里去了？你的英雄气概到哪里去了？难敌啊，你的大声吼叫到哪里去了？（31）你高强的武艺到哪里去了？你今天为何躺在水下？婆罗多后裔啊，遵照刹帝利的法，起来战斗吧！（32）不是你战胜我们，统治大地，就是你死在我们手中，陈尸大地。（33）这是灵魂伟大的创造主建立的第一法则。伟大的战车手啊，照着去做吧，当个真正的国王！"（34）

难敌说：

大王啊，有生命就有恐惧，这不奇怪。至于我，婆罗多后裔啊，并不是因为贪生怕死而离开战场。（35）我的战车毁了，箭囊丢了，两侧的车夫死了。如今士兵尽丧，变成孤身一人，我得休息。（36）我不是为了活命，不是出于恐惧或绝望，才潜入水中。人民之主啊，我这样做是因为我疲劳。（37）贡蒂之子啊，你也喘口气，还有你的随从们。我就会起来，同你们所有人战场上一见雌雄！（38）

坚战说：

我们全都休息过了。难敌啊，我们已经追了你很长时间，现在你就出来战斗吧！（39）你不是在沙场上战胜普利塔之子们，享有富庶的王国，就是被我们诛灭，前往英雄们的世界。（40）

难敌说：

俱卢后裔啊，争取这个王国，我为的是俱卢族人。如今，人民之主啊，我的兄弟们已经全部死去。（41）财宝耗尽了，刹帝利雄牛们也已死光，这样的大地，我无意享用，就像我无意享用一个寡妇一样。（42）不过，坚战啊，婆罗多族雄牛！时至今日，我仍想战胜你，在粉碎般遮罗人和般度族人的勇气之后！（43）只是现在德罗纳和迦尔纳相继阵亡，祖父（毗湿摩）也已倒下，我认为已经没有必要战斗。（44）如今，就让这别无其他的大地全归你吧！身边无一同伴，哪个国王愿意统治王国？（45）我给这么多朋友带来了死亡，还有儿子、兄弟和父辈；王国也被你们夺了去。如今的我难道还会留恋生命吗？（46）我要穿上兽皮衣，隐居林莽。婆罗多后裔啊，我已经失去辅助者，不再对王国感兴趣。（47）大多数亲友都死了，马匹和大象也死了，国王啊，这一片大地属于你。你无忧无虑去享受吧。（48）我就要到森林里去了，身穿鹿皮衣。主人啊，作为一个失败者，我了无所求，包括生命。（49）王中之首啊，财宝耗尽，城倾堞摧，主人已经死去，战士也被杀光，这样的大地，你就尽情享受吧！（50）

坚战说：

你别呆在水底，说这些伤心话了。国王啊，它们就像鸟叫一样，

756

打动不了我的心。(51)难敌啊,虽然你能把大地送给我,但是,我却不愿统治它。(52)我不能违背正法,从你的手里接受大地。国王啊,刹帝利接受施舍不符合传承的正法。① (53)我不想接受你施舍的大地。我要在战斗中打垮你,然后享受这片大地。(54)你已经不是主人,怎么还能把大地送人?国王啊,为什么当初你不肯将这大地给我,(55)那时我依照正法,为了本族的安宁,向你求取那么一份,而你却在一开始就拒绝了苾湿尼族英雄(黑天)的建议。(56)为什么现在你又想给了?你怎么这样朝三暮四?哪个遭到攻击的国王会乐意交出大地?(57)俱卢族后裔啊,你今天已经没有能力施舍大地了。为什么不想凭力量夺取大地,反倒要送出大地啦?还是在战场上打败我,然后统治这大地吧!(58)

婆罗多后裔啊,原先你连一块针尖般大的地皮都紧紧攥住,不肯给我。(59)如今,人民之主啊,你怎么会交出这片大地呢?本来连针尖般的地皮都不肯松手的,现在怎么又乐意舍弃整个大地了?(60)假若你今天依然掌握王权,统治大地,哪个傻瓜还会把它交给敌人?(61)纯粹因为愚蠢,你才看不出这种事的荒唐。即使你愿意交出大地,我今天也不会放你逃命。(62)要不你战胜我们,统治大地;要不你战死在我们手中,去往无上的世界。(63)国王啊,我们两人都还活着,究竟谁胜谁负,在众生眼里还未可知。(64)现在,愚蠢的人啊,你的死活全在我的掌握之中。我愿意,可以让你活。但是你自己决定不了这事。(65)过去,国王啊,你千方百计,想要烧死我们,毒死我们,淹死我们,施展诡计夺走我们的王国。(66)就是为了这些缘故,有罪的人啊,你必须付出生命的代价。起来吧,起来战斗!这才是你的上策。(67)

全胜说:
人民之主啊,那些求胜心切的英雄们就是这样,反反复复,变着说法,刺激难敌。(68)

以上是吉祥的《摩诃婆罗多》中《沙利耶篇》第三十章(30)。

---

① 古代印度教传统理论认为,四种姓中,婆罗门能够接受施舍,刹帝利则不能。

三一

持国说：

我的儿子是大地之主，敌人的折磨者，生性暴躁。受到这样的责难，这英雄有什么反应？（1）他以前从未听到过这样的责难。由于身居王者地位，所有的人都尊敬他。（2）你是亲眼看到的，所有大地上的居民，包括弥戾车人和林中部落民，都曾蒙受他的恩惠。（3）如今他一人独处，身边既无亲人，也无随从，却遭到般度诸子的百般指责。（4）听了那些求胜心切的敌人没完没了的尖刻指责，他又对般度之子们说了些什么话？全胜啊，请告诉我。（5）

全胜说：

国王啊，王中之首！你的儿子一直藏在水中，承受着坚战和他兄弟们的严词指责。（6）这位人中之主听了那些尖刻的话，如坐针毡。他在水中一次又一次地发出深长的叹息。（7）国王在水下不断地挥动他的双手，最后决心投入战斗。他对国王坚战说道：（8）"普利塔诸子啊，你们身边有朋友，有车马，样样俱全。而我却是单独一人，马死车毁，身陷窘境。（9）我孤身一人，徒步行走，手无寸铁，而你们这么多人包围着我，个个披坚执锐，驾驭战车，我怎么同你们对阵？（10）坚战啊，你们来同我一对一格斗吧。在战场上，单兵对众将有失公平。（11）更何况我在水下，疲惫不堪，缺盔少甲，四肢重伤，身边无马，周围无兵。（12）国王啊，我并不怕你，也不怕普利塔之子狼腹，以及翼月生（阿周那）、婆薮提婆之子（黑天）和般遮罗人、（13）还有善战（萨谛奇）和双生子（偕天和无种），或者你手下军中别的什么人。尽管愤怒填膺，我还是不打算单独对付你们所有人。（14）

"人民之主啊，善人的名誉植根于正法。为了维护正法和名誉，我才对你说这些话。（15）我就要起来，迎战你们所有的人，就像年迎接连续而来的所有季节一样。（16）我虽然手无寸铁，缺少战车，但仍能施展威力，消灭你们这些既有战车，又有马匹的人，就像暗夜过去，太阳用光辉驱逐群星一样。挺住吧，般度之子们！（17）今天，我就要偿还我对那些声誉卓著的刹帝利们的债责了。他们是波力迦、德罗纳、毗湿摩和灵魂伟大的迦尔纳，（18）英勇的胜车、福授王、摩德罗国王沙利耶和广声，（19）婆罗多族俊杰啊，还有我的儿子们，妙力之子沙恭尼，以及所有的朋友、同伴和亲戚。（20）消灭了你和你的兄弟们，我就偿还了我对他们的债责。"说到这里，这位人主便停下来。（21）

坚战说：

多么幸运，难敌啊，你还知道刹帝利的法。多么幸运，巨臂啊，你还能想到战斗。（22）多么幸运，俱卢后裔啊，你还是个英雄。多么幸运，你还懂得格斗，愿意独自一人挑战我们全军。（23）你可以挑选任何武器，邀战任何一人。我们其他将士，一律在旁观看。（24）英雄啊，除此之外，我还给你一个合你心愿的恩惠，就是战胜我们任何一人，王国即可归你，否则请你上赴天堂。（25）

难敌说：

你满足了我的要求，只派一人同我作战。倘你同意，诸般武器之中，我就选用这根铁杵。（26）请你们兄弟中自忖能将我打倒的，站出一位，同样手持铁杵，与我徒步格斗。（27）战争的各种精彩场面经常发生在车战之中。这一次，让我们来一场精彩绝伦的杵战。（28）人们生性喜欢调换口味。如果你同意，我们就换成这种较量方式。（29）巨臂啊，今天，凭这铁杵，我不仅要战胜你和你的兄弟，还将战胜般遮罗人和斯楞遮耶人，以及你的其他将士。（30）

坚战说：

甘陀利之子啊，起来吧！起来同我交手！难敌啊，大力士，拿起你的铁杵，让我们一个对一个！（31）甘陀利之子啊，做个男子汉！还是集中精神战斗吧。你是活不过今天了，哪怕你就是因陀罗。（32）

全胜说：

对于这话，你的儿子，那人中之虎，感觉很难忍受。他在水中叹息，就像巨蛇在洞中喘息一般。（33）尖刻语言的反复刺激，终于使这聪明的人无法容忍，就像骏马无法忍受鞭打一样。（34）这英雄猛力地搅动着池水，拿着一根精铁制成，饰有金环的沉重铁杵，喘着粗气，像一头象王似地从水下浮了上来。（35）你的儿子劈开凝结的池水，肩上扛着铁杵，浮出水面，就像是散发着热力的太阳。（36）聪慧的大力士持国之子紧握着这花纹铁杵，它身镶金饰，沉重无比。（37）这位婆罗多后裔手持铁杵，犹如一座顶峰突兀的高山，又似怒视众生的持戟者（湿婆），还像热力炙人的太阳。（38）这位善驱敌兵的巨臂勇士，手握铁杵，出水而立，一切众生还当他是刑杖在手的死神。（39）人民之主啊，在那些般遮罗人的眼中，你的儿子既像手持金刚杵的天帝释，又似铁戟在握的诃罗神（湿婆）。（40）

看见他出水而立，般遮罗人和般度族人一阵狂喜，互相击掌。（41）你的儿子难敌认为这举动是对他的嘲笑。他满腔怒火，双目圆睁，恨不得将般度族人烧成灰烬。（42）他紧咬双唇，额皱三尖，对着般度诸子和美发者（黑天）说道：（43）"般度之子啊，对于你们的嘲笑，我会给予回答！你们和般遮罗人将会命丧今日，去阎摩殿。"（44）你的儿子（难敌）浮出池面后，浑身上下，布满鲜血，手执铁杵，兀然挺立。（45）池水顺着沾满鲜血的身体淌下，那样子，就像高山坡上流着道道清泉。（46）这位英雄高举铁杵，般度诸子一时竟以为是毗婆薮之子（阎摩）举着紧迦罗①，怒气发作。（47）英勇的难敌兴奋地发出长吼，像是云中惊雷，又似公牛鸣叫，然后仗杵而立，向普利塔之子们发出了挑战。（48）

难敌说：

坚战啊，你们派人上阵吧，一次一个。英雄啊，因为战场上一人敌众兵，有失公平；（49）尤其是我浸泡水中，疲惫不堪，四肢伤重，既无盔甲护身，也无车马士兵。（50）

坚战说：

难敌啊，你难道不知道吗，激昂②就是被众多的战车手联合杀死的？（51）英雄啊，穿上你的盔甲，绾起你的头发。婆罗多后裔啊，还缺什么，尽管拿去。此外，我还要满足你的一个愿望。（52）般度五子中的任何一个，你都可以挑出来同你对阵。只要杀死他，你就是一国之主。你若被杀，那就请你到天国去。英雄啊，除了你的性命之

---

① 紧迦罗原义为奴仆，这里指死神阎摩手中的刑杖。
② 激昂是阿周那之子。

外，还有什么需要我们效劳？（53）

全胜说：

于是，国王啊，你的儿子穿上黄金铠甲，戴好镶金的漂亮头盔。(54)系好头盔，披上黄金铠甲后，你的儿子显得光彩照人，就像是金色的众山之王。（55）披挂停当，手执铁杵，国王啊，你的儿子难敌来到阵前，对般度之子们说道：（56）"你们兄弟中站出一位来同我杵战吧！我可以跟偕天、怖军、无种交手，（57）也可以与你或翼月生（阿周那）对阵。婆罗多族雄牛啊，我将赴战并在战场上取得胜利。（58）今天，人中之虎啊，我要用这根系有金带的铁杵，了结这场难以了结的冤仇。（59）想想吧，在杵战中我没有对手。我会用这铁杵把你们全都杀光！哪个愿同我较量，拿起你的铁杵吧！"（60）

以上是吉祥的《摩诃婆罗多》中《沙利耶篇》第三十一章(31)。

三 二

全胜说：

国王啊，见难敌一次又一次叫阵，婆薮提婆之子（黑天）十分生气，便对坚战说道：（1）"坚战啊，如果难敌选你同他对阵，或者选阿周那、无种、偕天，事情将不好办。（2）国王啊，你怎么能轻率地对他说出这样的话：'只要在格斗中杀死一个人，你就能在俱卢人中为王。'（3）为了杀死怖军，难敌对着一个模型铁人，练了整整十三年功夫。（4）婆罗多族雄牛啊，我们应该怎么办呢？王中翘楚啊，因为心软，你说了轻率的话。（5）在战场上能够同难敌一决高下的，我找不到别的人了，除去普利塔之子狼腹（怖军）。他现在还没有筋疲力尽。（6）当初你曾答应和沙恭尼进行那不公道的赌博。人民之主啊，现在你又要重蹈覆辙。（7）怖军以力大见长，国王难敌则有功夫。力量和功夫两相比较，国王啊，功夫会占上风。（8）国王啊，正是你说过的话为敌人（难敌）提供了平坦大道，而将自己置于崎岖小路，使我们陷入困境。（9）有谁在打败全部敌人之后，却同所剩惟一的孤注一掷之敌订约，进行一对一的决斗？（10）在这个世界上，与手持铁杵的人中俊杰难敌交战而能占上风的人,我看不到。(11)翼月生(阿周那)、你或者玛德利的两个儿子,依我看,较量起来,都不是手持铁杵的难敌的对手。(12)你为什么要对你的敌人说:'拿起铁杵来战斗吧!只要杀死我们中的一个人,你就成为国王'?(13)难敌有巨大的膂力和熟练的功夫。在我们这些公正作战的兄弟中,就是他挑选狼腹(怖军)对垒,对于我们能否取胜,我也毫无把握。"(14)

怖军说：

雅度族后裔啊,诛摩图者!请不要先自忧心忡忡。今天我就要了结这场难以了结的冤仇。(15)毫无疑问,我将在战斗中杀死难敌。黑天啊,法王坚战已经胜利在握。(16)我的铁杵重量是持国之子的一倍半。摩豆族后裔啊,请不要烦恼。(17)我高兴同三界中手持各种武器的任何英雄交战,包括诸神在内;难敌更是不在话下。(18)

全胜说：

听到狼腹(怖军)这样说,婆薮提婆之子(黑天)喜不自胜。他对怖军表示赞赏,对他说道:(19)"巨臂啊,在敌人全部覆灭之后,法王坚战靠你夺回他自己的富贵吉祥看来已经没有问题。(20)你已经在战场上杀死所有的持国之子。其他的国王、王子和战象也都倒在了你的脚下。(21)般度之子啊,羯陵伽人、摩揭陀人、东方人、犍陀罗人和俱卢族人,他们在大战中同你交锋,结果全都命丧疆场。(22)杀掉难敌之后,贡蒂之子啊,你就可以将大地连同海洋呈与法王(坚战),就像当初毗湿奴将三界呈与沙姬之夫(因陀罗)一样。(23)在战斗中,罪恶的持国之子将会向你挑衅,从而自取灭亡。你将会打断他的双腿,实现你的诺言。(24)不过,普利塔之子啊,与持国之子对垒,你始终要尽心竭力。他这人武功好,力气大,好战成性。"(25)国王啊,此时摩豆族后裔萨谛奇也来对般度之子(怖军)表示钦佩,并用种种言词称颂他。(26)般遮罗人和以法王(坚战)为首的般度族人,全都对他方才所讲的话称赞不已。(27)

法王坚战此时正站在斯楞遮耶人中间,像一轮炙人的太阳。威力骇人的怖军对坚战说道:(28)"我就去会那难敌,同他决一死战。那个卑劣的人休想在战斗中打败我。(29)今天,我要把郁积胸中的愤憿吐向持国之子善敌（难敌），就像当初阿周那把火投向甘味林。(30) 般度之子啊，今天，我也将拔除扎在你心上的箭。等我杀了那个罪人，国王啊，你就高兴吧！(31) 无瑕者啊，今天，我将为你戴上荣誉的花环。今天，难敌也将失去他的生命、财富和王国。(32) 国王持国听到我杀死了他的儿子，将会想起沙恭尼策划的种种恶事。"(33) 说罢，这位勇敢的婆罗多族俊杰举起铁杵，挺身出战，就像天帝释挑战弗栗多一般。(34) 大力士难敌孤身一人，就像一头离群无助的大象。般度族人见了，感到一阵欢喜。(35)

国王啊，持国之子高举铁杵，如同尖峰突兀的盖拉娑山。怖军看到了他，对他说道：(36) "想想国王持国和你对我们所做的种种恶事吧，想想在多象城发生的一切。(37) 想想德罗波蒂在大会堂遭受的折磨，而当时她正月事在身，还有沙恭尼施展诡计，致使国王坚战在掷骰子赌博中惨输。(38) 你对于清白无辜的普利塔之子们还做了多少其他的坏事！奸邪之人，看吧，大报应就在你的眼前。(39) 正是由于你的恶行，声誉卓著的恒河之子（毗湿摩），这位婆罗多族俊杰，我们所有人的祖父，才遭到致命的打击，躺在了箭床上。(40) 德罗纳死了，迦尔纳死了，威武的沙利耶死了，仇恨的制造者沙恭尼也在战场上被杀死了。(41) 你勇敢的兄弟们、儿子们以及军中将士们都死了。那些堪称英雄，不肯从战场上逃逸的国王们也死了。(42) 众多的刹帝利雄牛死了，还有那邪恶的侍者也死了，他欺侮过德罗波蒂。(43) 现在只剩下你一个人，一个卑劣的毁灭家族的人。毫无疑问，今天此地，我就要用我的铁杵杀死你。(44) 国王啊，今天我还要横扫你到处表现的傲慢，打破你巨大的王国美梦，清算你对般度诸子犯下的罪孽！"(45)

难敌说：

何必说那么多毁谤的话？还是同我交手吧！狼腹啊，今天我就来打掉你对于战斗的自信。(46) 坏蛋啊，你没有看到我站在这里，举着像雪山顶峰一般的大铁杵，正等着一场杵战吗？(47) 恶人啊，有此铁杵在握，哪个敌手能占上风？若能公平较量，就是众神之中那城堡的破坏者（因陀罗）也奈何我不得。(48) 贡蒂之子啊，甭白白地咆哮了，就像秋天的云，干打雷，不下雨。如果你有威力，还是到战

斗中去施展吧！（49）

全胜说：

般遮罗人和斯楞遮耶人一心渴望胜利，听了难敌这些话，全都表示赞赏。（50）就像人们经常用拍巴掌来刺激发狂的大象一般，国王啊，他们也这样来鼓励难敌王。（51）这时，战象开始吼叫，骏马也不断地嘶鸣。般度族人求胜心切，手中的武器闪闪发光。（52）

以上是吉祥的《摩诃婆罗多》中《沙利耶篇》第三十二章（32）。

三三

全胜说：

大王啊，激烈的战斗就要开始，灵魂伟大的般度族兄弟们坐了下来。（1）这时，国王啊，以多罗树为旗徽，以犁为武器的罗摩①听到一场战斗就要在他的两个弟子之间展开，便赶来这里。（2）看见罗摩来到，众位人主异常高兴，纷纷对他表示敬意，然后说道："罗摩啊，请观看你两位弟子娴熟的武艺吧。"（3）罗摩看着黑天、般度之子和手持铁杵，站在那里的俱卢族难敌，说道：（4）"从我离开算起，至今已经有四十二天。我是在鬼宿所指的那天离开，而在女宿所指的那天回来的。② 摩豆族后裔啊，我想来观看我这两个徒弟的杵战。"（5）国王坚战上前拥抱这以犁为武器者，依礼问候他福体安康，并且表示欢迎。（6）接着，两位声誉卓著的黑皮肤大弓箭手③也充满亲情，十分高兴地向他致以问候，并拥抱他。（7）国王啊，玛德利两个英勇的儿子和德罗波蒂的五个儿子则站起身来，对大力士卢醯尼之子④表示敬意。（8）力大无比的怖军和你的儿子也各自举着铁杵，向这位力士

---

① 指大力罗摩。

② 这里严谨的表达方式应该是："我是在月亮住于鬼宿的那天离开，而在月亮住于女宿的那天回来的。"印度古代天文学认为月亮每天经停一宿。按照28宿体系计算，完成一周天大致28天；如果按27宿体系算，则是27天。罗摩离开的天数可能是按27宿计算（41天），再加上头尾得来（42天）的。为此计算问题，译者曾请教过专治古代印度天文学史的钮卫星先生，得到了他的热心帮助，在此特致诚挚的感谢。

③ 指黑天和阿周那。

④ 卢醯尼为婆薮提婆的妻子之一，大力罗摩之母。

敬拜如仪。(9) 其他诸王亦对罗摩频频致意，表示欢迎，并对灵魂伟大的卢醯尼之子说道："巨臂啊，请观看这场战斗。"(10)

精力无限的罗摩拥抱了般度诸子和斯楞遮耶人，并问候全体般度族人身体康健。同样，他们也趋前回礼，问候他果无恙否。(11) 思想高尚的持犁者（罗摩）对诸刹帝利称颂有加，依年龄对他们逐一问好。(12) 他满怀感情地拥抱遮那陀那（黑天）和萨谛奇，嗅他们的头部，向他们问候健康。(13) 国王啊，他俩亦满怀欣喜，对这位师长敬礼如仪，就像因陀罗和因陀罗弟（毗湿奴）向众神之主大梵天敬礼一样。(14) 婆罗多后裔啊，正法之子（坚战）对克敌制胜的卢醯尼之子说道："罗摩啊，请观看兄弟之间的这场大战吧！"(15) 这位吉祥的巨臂英雄，美发者（黑天）之兄[①]，在众战车手的恭敬逢迎之下，高兴地在大家中间就座。(16) 他身着青衣，端坐于众王之间，光彩夺目，就像天穹中众星拱卫下的一轮明月。(17) 国王啊，这样，为了了结你两个儿辈之间的冤仇，一场令人毛发倒竖的残酷搏斗就要开始了。(18)

以上是吉祥的《摩诃婆罗多》中《沙利耶篇》第三十三章(33)。

三四

镇群说：

当初，在大战爆发的前夕，罗摩带着许多苾湿尼人离开了战场。他告别美发者说：(1)"美发者啊，我既不帮助持国之子，也不帮助般度诸子。我要去我想去的地方。"(2) 说罢，罗摩，这敌人的毁灭者，就走了。婆罗门啊，后来他又是怎样回来的呢？请告诉我。(3) 请你仔细讲讲罗摩如何来到那里，他又是怎样观看这场战斗的。贤士啊，你善于讲述。(4)

护民子说：

巨臂啊，灵魂伟大的般度之子们在水没城安顿下来以后，就请诛

[①] 美发者为黑天名号之一。大力罗摩和黑天同为婆薮提婆的儿子。

摩图者（黑天）作为使者，去见持国，为了所有人的利益，去争取和平。（5）他前往象城，会见了持国。他说的话实实在在，那是对大家都特别有利的。但是，正像我以前说过的，国王不肯听他的话。（6）人中翘楚黑天没有争取到和平。于是，人民之主啊，这位巨臂英雄又返回了水没城。（7）人中之虎啊，遭到持国之子的拒绝而返回后，黑天向般度之子通报使命失败，说道：（8）"俱卢族人命中注定对我的劝说不予理睬。般度诸子啊，在鬼宿所指的那天，随我一起出发吧。"（9）

后来，在双方军队列好战阵的时候，优秀的力士，思想高尚的卢醯尼之子对他的兄弟黑天说道：（10）"巨臂啊，诛摩图者！让我们也帮助他们吧！"① 然而，黑天没有听他的话。（11）这使得雅度族后裔，声誉卓著的持犁（罗摩）很不高兴。于是他出发前往娑罗私婆蒂河朝圣。他在房宿所指的那天②离开，陪他同行的还有所有的雅度族人。（12）克敌制胜的博遮王（成铠）站在难敌一边，善战（萨谛奇）和婆薮提婆之子（黑天）则拥护般度诸子。（13）英雄的卢醯尼之子（罗摩）在鬼宿所指的那天离开后，诛摩图者（黑天）便让般度之子们作前锋，朝着俱卢族人进发。（14）

罗摩上路时，曾对手下的仆从说："带上全部的朝圣用品和一切必需之物，带上多门城的圣火和祭司。（15）带上金、银、牛、马、衣物、大象、车辆、骡子、骆驼和其他拉车的牲畜，以及所有圣地需用的东西。（16）还要带上祭官和成百优秀的婆罗门。然后，我们就赶快前往娑罗私婆蒂河吧！"（17）这样吩咐了仆从以后，国王啊，就在俱卢族人陷入自相残杀的时候，膂力无穷的力天（罗摩）踏上了朝圣之路，从大海朝娑罗私婆蒂河行去。（18）陪他同行的，婆罗多族雄牛啊，有祭司、朋友、优秀的婆罗门、仆人、车、马、象以及驾着牛、骡和骆驼的众多车辆。（19）婆罗多后裔啊，一路所到之处，他们常会把备好的食物供给疲乏的人、体弱的人、幼儿、老人和饥饿的

---

① 这里的他们指俱卢族。持犁罗摩认为俱卢族和般度族都是自己的亲友，不赞成黑天单方面支持般度族。

② 此说与前第33章第5颂及本章第9、14颂所说似有矛盾。原文注释称，这里指的是日（而不是月）在房宿，故无矛盾。

人。(20) 人主啊，无论何时何地，但有婆罗门相求，他们无不以所需之物一一相赠。(21) 国王啊，按照卢醯尼之子的命令，人们沿途不断补充大量的食品和饮水。(22) 他们还将备好的贵重衣物、床具和被褥赠与那些需要过舒适生活的婆罗门，以示恭敬。(23) 婆罗多后裔啊，不管在哪里宿营，任何一个婆罗门和刹帝利都能看到床具被褥都已为他准备齐全。(24) 无论行路，还是歇脚，他们都会感到舒适。行路有车辆，渴了有饮料，(25) 饿了有精美的食品。婆罗多族雄牛啊，一行人携带的还有大量的衣服和装饰品。(26) 英雄啊，一路上景致优美，所有的人都感到心情舒畅，仿佛在游览天国。(27) 吃食应有尽有，用品到处都是，欢声笑语，不绝于耳。商店、货摊鳞次栉比，路人行者充塞于道，林木葱茏，蔓藤缠绕，各色珍宝，装饰道旁。(28)

国王啊，灵魂伟大的雅度族英雄（罗摩）以"持犁"一名广为人知。他善于约制自身，每到一处吉祥圣地，都要向婆罗门施舍财物，向祭司给付酬金。(29) 他向婆罗门施舍数以千计的产奶母牛，牛角包金，身披上好布料；施舍产自各地的良马、车辆和女奴。(30) 罗摩还向优秀的婆罗门施舍宝石、珍珠、美玉、珊瑚、黄金首饰、闪闪发光的白银，以及铁制或铜制的水罐。(31) 灵魂伟大的罗摩沿着婆罗私婆蒂河各处著名圣地慷慨施舍财物。就这样，这位威力无比而又行为高尚的人一路前行，来到俱卢之野。(32)

镇群说：

两足物[①]中的佼佼者啊，关于沿娑罗私婆蒂河诸圣地的特点和起源，以及有关的功果和仪轨，请你为我讲讲。(33) 婆罗门尊者啊，最优秀的知梵者！请你依照各个圣地的先后顺序，讲给我听。我真是好奇心切呢。(34)

护民子说：

国王啊，各个圣地的特点和起源是个吉祥的话题。王中之主啊，请听我详细完整地告诉你。(35) 大王啊，在祭司、朋友和婆罗门的陪同下，雅度族英雄首先来到吉祥的波罗婆沙圣地。在那里，众星之

---

① 指人。

王①一度为痨病所苦。(36) 后来它摆脱诅咒，重新恢复了精力，便又开始照耀世上一切。于是，人中之主啊，这大地上的非凡圣地，便因光辉普照而被称作波罗婆沙②。(37)

镇群说：

为什么尊贵的月亮会得痨病？它又怎么会到这非凡的圣地来沐浴呢？(38) 何以那兔影③在这里沐浴以后，又能复元？大牟尼啊，请你将这一切仔细地讲给我听。(39)

护民子说：

陀刹生有二十七个女儿。人民之主啊，后来他把她们统统嫁给了月亮。(40) 婆罗多后裔啊，王中之首！靠着与不同星宿的位置相合，月亮那些具有吉相的妻子帮助人们进行计算。④ (41) 她们长着大眼睛，若论美貌，这大地上实在没有谁可以同她们匹敌。而在她们之中，最出众的要算是卢醯尼了。(42) 结果，尊贵的月神日渐对卢醯尼独钟其情。她成了他的心肝宝贝，他也只宠爱她一个人。(43) 众王之首啊，月神总是和卢醯尼住在一起，使得其他那些称作星宿的妻子对她们伟大的夫君大为不满。(44) 于是，她们不辞辛苦，一齐回到父亲生主（陀刹）身边，对他说道：“月神不来和我们住，只宠卢醯尼一个人。(45) 众生之主啊，我们全都回到你的身边，准备同你住在一起，节制饮食，专修苦行。”(46) 陀刹听女儿们这么讲，便对月神说道：“你要对你的妻子们一视同仁，不要让严重违背正法的行为玷污了你自己！”(47) 然后，陀刹又对女儿们说道：“离开这儿，回到月神那里去吧。按照我的要求，月神将不再厚此薄彼，而会和你们同住。”(48) 被打发出来以后，她们又回到了寒光宫。可是，大地之主啊，尊贵的月神一如既往，仍然专宠卢醯尼，只同她在一起。(49) 于是，女儿们又回到父亲那里，对他说：“我们愿意住在你的净修林里，随时听你吩咐。月神不肯和我们同住。他不拿你的话当

---

① 众星之王指月亮。
② 波罗婆沙意为光辉。
③ 原文意为"有兔者"，指月亮，这里意译为兔影。古代印度传说称月亮上有兔子的影像。
④ 参见前章第5颂注。陀刹的二十七个女儿显然是与二十七宿相应的。这里的计算指时间计算。

回事。"（50）陀刹听女儿这么讲，又对月神说道："你要对妻子们一视同仁，毗娄遮那①啊，不要落得让我诅咒你。"（51）

这一次，尊贵的兔影还是无视陀刹的警告，只同卢醯尼贪欢，让其他的妻子十分生气。（52）她们再次回到父亲身边，俯首行礼，对他说道："月神还是不与我们同住，我们只好求你庇护。（53）月神始终和卢醯尼在一起。尊者啊，请你保护我们，让月神接受我们。"（54）大地之主啊，再次听到女儿们这么说，尊贵的陀刹真的火了。他愤怒地派遣痨病侵入众星之王月神的身体。（55）受着痨病的折磨，兔影的身体一天瘦似一天。国王啊，他竭尽努力，希望治好这病。（56）大王啊，月神一次又一次举行各种祭祀，但始终无法摆脱诅咒。他还是一天天消瘦下去。（57）在月神消瘦下去的时候，药草也开始枯萎；即使能够服用，也变得没了味道，反伤元气。（58）在药草枯萎的同时，人的生命也受到威胁。当月亮亏缺的时候，众生也会消瘦下去。（59）

大地之主啊，此时诸神来看月神，询问他说："你怎么变成这个样子，不再发光了？（60）请你告诉我们，是什么原因造成了这么巨大的不幸。知道了个中道理，我们就能设法帮助你。"（61）见诸神这样询问，兔影便告诉他们，自己因为受到诅咒，得了痨病。（62）听了月神的回答，众神就到陀刹那里，对他说："世尊啊，请开恩，解除对月神的诅咒吧。（63）月神正在不断地消瘦，看上去只剩下不大一点了。神中之主啊，他瘦了，众生也开始变得虚弱起来，（64）植物和药草枯萎了，各种谷物不再生长，连我们都衰靡不振了。世界之师啊，请你赐恩吧！"（65）见诸神也来求情，生主（陀刹）沉吟了一会儿，对他们说道："我的话既经说出，就不能收回。不过，富贵者啊，它还是可以通过某种办法来撤消的。（66）让兔影永远对所有的妻子一视同仁吧。此外，他只要到婆罗私婆蒂河上那非凡的圣地去沐浴，就能够逐渐复元。诸位神明啊，我对你们说的都是真话。（67）今后，月亮会在半个月内一直亏缺下去，而在另半个月又逐渐长满。这也是我要告诉你们的真话。"（68）

---

① 毗娄遮那原为日神的名号，这里偶然用于月神。

于是，月亮就依照仙人陀刹的指示，前往娑罗私婆蒂河，来到河边最好的圣地波罗婆沙。（69）在朔日之夜沐浴以后，这有大精力、大光辉的月亮遂重获寒光，普照世界。（70）众王之首啊，诸神也来到非凡的波罗婆沙圣地，偕同月神，一齐去见陀刹。（71）尊贵的生主接待了他们。送走诸神以后，他对月神亲切地说道：（72）"孩子啊，任何时候都不要轻视妇女，也不要怠慢婆罗门。去吧，永远约束自己，照我的话去做。"（73）大王啊，月神离开以后，便返回了自己的住处。众生欢欣鼓舞。他们又像以往那样享受生活。（74）

上面我讲过了月神受到诅咒的故事。波罗婆沙也由此而成为所有圣地中的佼佼者。（75）大王啊，每到朔日之夜，兔影都会到非凡的圣地波罗婆沙去沐浴。然后，这位吉祥的月神便又慢慢变得丰满起来。（76）自此以后，大地之主啊，波罗婆沙圣地也就广为人知了。因为月神在这个圣地沐浴以后，获得了无上的光辉。（77）

然后，力士罗摩便向杯涌泉行去。杯涌泉是人们给一处圣地取的名字。（78）持犁（罗摩）在那里施舍了许多贵重的财物。住过一夜之后，他按规矩进行了沐浴。（79）这位美发者（黑天）的长兄在那里获得了好运气和大功果，然后迅速赶往优陀波那圣地。（80）镇群王啊，这里的土地和草木都很滋润，悉陀们由此判断娑罗私婆蒂河就在地下流动。（81）

以上是吉祥的《摩诃婆罗多》中《沙利耶篇》第三十四章(34)。

三五

护民子说：

大王啊，这位以犁为武器的英雄来到就在河边的优陀波那圣地，那原是声名卓著的老三一度住过的地方。（1）罗摩到这里后，除布施大量财物外，还敬拜了众婆罗门。沐浴之后，这位以棍棒为武器的英雄感到身心愉快。（2）老三是一位恪守正法的大苦行者。当初这灵魂伟大的人曾经住在洞穴里，在那儿举行苏摩祭。（3）他的两个兄弟把他丢弃在山洞里，自己回了家。于是老三，这婆罗门中的佼佼者，对

他俩发出了诅咒。(4)

镇群说：

优陀波那圣地是怎么来的？那大苦行者怎么会掉进洞穴？为什么这婆罗门中的佼佼者会被他的兄弟所遗弃？(5) 他的兄弟是如何把他丢在洞穴中，自己又回家去的？婆罗门啊，如果你认为我听听无妨的话，就请你把这些事都告诉我。(6)

护民子说：

在过去那一个时代里，生活着三兄弟。这三个牟尼叫老大、老二和老三。他们个个漂亮，像太阳神。(7) 他们也像生主一样，子息满堂。这些知梵者通过苦行赢得了梵天世界。(8) 由于勤修苦行，控制欲念，调伏身心，所以长期以来，他们很得一向笃好正法的父亲乔答摩的欢心。(9) 世尊乔答摩从孩子们那里获得很大的快乐。这样的日子过了很久，最后，他去了适合他去的地方。① (10) 那些以前崇拜这位灵魂伟大者的国王，在他升天以后，便开始崇拜他的儿子们。(11) 在三个儿子中，国王啊，老三行为端正，勤于学习，颇有其父之风，因而最为优秀。(12) 当地所有大福大德，具有吉相的牟尼都敬仰这位学识渊博的大福大德者。(13)

国王啊，有一次，老大老二俩兄弟想要举行祭仪，目的主要是敛取钱财。(14) 敌人的折磨者啊，他们商量说："我们拉着老三一起干，找到愿意举行祭祀的人，挣到相当数量的牲畜。(15) 这样，我们不仅能由于行祭而获得大福报，还能高高兴兴饮用苏摩汁。"于是，大王啊，三兄弟想做就做起来。(16) 为了得到牲畜，他们找了所有想要举行祭祀的人。在为这些祭主举行祭祀以后，他们获得了大量牲畜。(17) 就这样，凭借为他人行祭，依照常例获得报酬以后，国王啊，这些大仙人出发向东方走去。(18) 大王啊，一路上，老三高兴地走在前面，老大和老二殿后，赶着牲口。(19) 看着眼前大批的牲畜，他俩心中盘算："干吗不撇开老三，由我俩占有这些牲畜呢？"(20) 老大和老二交头接耳，商量起来。人中之主啊，请听这两个罪人暗中是怎样说的：(21) "老三精研吠陀，擅长祭祀，他还会挣得更多的牲

---

① 即死去。

畜。（22）我俩一起把牲畜赶走。老三愿意到哪里，就让他到哪里去吧，只要不跟我们在一起。"（23）

说着到了晚上，一只狼出现在他们面前。就在娑罗私婆蒂河岸上不远处，有一个很大的洞穴。（24）老三走在前面，忽见有狼挡住去路，吓得拔腿就跑，正好掉进洞里。洞穴很深，十分可怕，足以让所有众生丢魂丧魄。（25）老三这位十分优异的牟尼翘楚在洞穴中发出痛苦的叫喊。他的两位牟尼兄弟听到了他的喊声。（26）老大和老二知道他掉进了洞里，但他们一是怕狼，二是心贪，到底还是撇下老三，自己跑了。（27）两兄弟赶着牲畜走了，把这位大苦行者抛弃在优陀波那。大王啊，洞中没有水源，净是尘土。（28）老三看到自己掉入这长满荒草蔓藤的洞穴，婆罗多族俊杰啊，简直就像作恶多端的人堕入了地狱。（29）

这位智者害怕自己就这样成了一个未饮苏摩汁而死的人。于是，他开动脑筋琢磨："我怎样在这里也能饮到苏摩汁呢？"（30）这位大苦行者蹲在洞里冥思苦想。忽然，垂在洞壁上的青藤映入他的眼帘。（31）尽管洞中满是灰尘，他还是想象这里有水，有火，而自己则正在举行祭祀。（32）这位苦行牟尼把青藤当作苏摩草，心中默念《梨俱吠陀》、《夜柔吠陀》和《娑摩吠陀》颂诗。他还把碎石当作砂糖，并在意念中沐浴净身。（33）他又在想象中把水当作酥油，一份份地敬献给忉利天（最高天）中的诸神。他又仿佛在榨苏摩汁似地，弄出很大的声响。（34）国王啊，老三按照古代诵梵者的规定进行祭祀，抑扬顿挫的诵经声传到了天庭。（35）灵魂伟大的老三如此行祭，忉利天上的众神感到莫名其妙。（36）毗诃波提也听到了这震耳的声响。于是，这位天庭的祭司便对众神说道：（37）"这是老三在举行祭祀。众位神明啊，我们应该去看看。万一这位大苦行者生了气，说不定会另外创造出许多神来。"（38）

听毗诃波提这么说，所有的天神便朝老三举行祭祀的地方，一齐走去。（39）诸神来到老三所在的洞穴，发现这位灵魂伟大者正在专心行祭。（40）众天神看到这位灵魂高尚的大福大德者具有无上吉相，便对他说道："我们是来向你求取给予我们的那一份供品的。"（41）仙人回答众天神道："天国的居民啊，你们看，我掉进了这个可怕的洞穴，几乎失去了知觉。"（42）随后，大王啊，老三依照规矩，将供品分给他们，同时口诵相应的颂诗。众天神十分高兴。（43）在依照规矩得到自己的那一份供品之后，天国的居民们满心欢喜。他们赐给老三若干恩惠，由他按照自己的心愿，随意挑选。（44）他说道："我选择的恩惠是请你们把我从这里救出去！而且，以后凡是来此沐浴的人，都让他能得到饮苏摩汁者的结局。"（45）于是，国王啊，娑罗私婆蒂河带着波涛在洞中出现了，把老三冲到洞口。他来到众神面前，对他们行礼致敬。（46）众神说道："你的愿望满足了！"然后他们按原路返回了来处。老三也满心欢喜，返回自己的家中。（47）

这位大苦行者见到两个哥哥，登时怒生心头，遂以严厉的语言对他们发出诅咒：（48）"你们两个贪图牲畜，就把我扔下跑了。因此，你们将会变成长着獠牙的野兽，到处游荡。（49）由于你们的罪恶行径，受我诅咒，你们的后代也将成为熊、猿和猴子之类。"（50）人民之主啊，这位言而有信的智者刚刚说罢，刹那之间，他的话就在两兄弟身上应验了。（51）

以犁为武器者勇力无限。他在优陀波那圣水中沐浴过后，广施种种财物，并敬拜了众婆罗门。（52）他注视圣地良久，对它一再表示赞美。然后，他精神饱满，来到娑罗私婆蒂河边的毗那沙那圣地。（53）

以上是吉祥的《摩诃婆罗多》中《沙利耶篇》第三十五章(35)。

三六

护民子说：

国王啊，以犁为武器者（罗摩）来到毗那沙那。在这里，娑罗私婆蒂河因为蔑视首陀罗和阿毗罗①而消失。（1）婆罗多族俊杰啊，正由于娑罗私婆蒂河因蔑视他人而在这里消失了，所以仙人们一直称此

---

① 阿毗罗为一杂种姓名称。婆罗门父和吠舍母所生的后代称安钵湿陀。婆罗门父和安钵湿陀母所生的后代称阿毗罗。

地为毗那沙那①。(2) 力大无穷的罗摩在娑罗私婆蒂河中沐浴后，又向该河河岸上的妙地进发。(3) 在那里，面庞清秀，婀娜多姿的众天女经常玩着各种纯洁的游戏，不知疲累。(4) 人中之主啊，这吉祥的圣地是婆罗门常来的地方，天神和健达缚们也是月月光顾。(5) 众多的健达缚和成群的天女随处可见。国王啊，他们总是成群结队而来，尽兴欢乐而去。(6) 诸神和众祖先经常身携蔓藤，到这里嬉戏游乐，不时会有一阵阵天国的花雨撒到他们身上。(7) 国王啊，这里是天女们美丽的游玩之处，所以娑罗私婆蒂河边这非凡的圣地就以妙地之名著称于世。(8) 摩豆族后裔（罗摩）在这里进行沐浴，并向婆罗门施舍了财物。在这里，他还听到了天国的歌声和各种乐器的演奏声，(9)看到了很多天神、健达缚和罗刹的影子。随后，卢醯尼之子（罗摩）离开这里，又朝着健达缚圣地走去。(10)

以广慈为首的健达缚苦行功深。他们常在这儿唱歌，跳舞，奏乐，十分迷人。(11) 在这里，持犁（罗摩）向婆罗门施舍了种种财物，包括山羊、绵羊、牛、驴、骆驼和金银。(12) 他用各种美食款待他们，用大量他们想要的财物满足他们。然后，摩豆族后裔在一片赞美声中，在他们的陪同下，继续前进。(13) 克敌制胜的巨臂罗摩习惯只戴一只耳环。离开健达缚圣地以后，他又来到伽尔伽溪大圣地。(14) 伽尔伽②年高德劭，他的灵魂曾因苦行而净化。他精通时间的计算和星象的变化。(15) 他善于预测休咎吉凶。镇群王啊，他指出娑罗私婆蒂河这处地方是吉祥圣地，所以这圣地也就用他的名字，称作伽尔伽溪。(16) 人主啊，经常有戒行严格的仙人来陪侍大福大德的伽尔伽，请教有关时间的知识。(17) 大王啊，大力罗摩来到这里。他将身体涂成白色，依照惯例向灵魂纯洁的牟尼们施舍财物。(18)这闻名遐迩的英雄将各种美食施与众婆罗门，然后身着青服，去往巨螺圣地。(19)

圣地坐落在娑罗私婆蒂河岸上。在那儿，以多罗树为旗幡的大力罗摩看到一棵大树，称作巨螺，高耸有如大弥卢山，又似白山，来访的仙人成群结队。(20) 这里住着药叉、持明、精力无限的罗刹、力

---

① 毗那沙那的意思就是消失不见。
② 伽尔伽是印度古代天文学家，据称有天文学和星象学著作。

大无穷的毕舍遮以及数以千计的悉陀。（21）他们约束自身，谨守戒律，全都放弃了别的食物，只吃这林木之主供给的时令鲜果。（22）人中雄牛啊，他们三五成群，四处游荡，而常人的肉眼却看不到他们。（23）人中之王啊，这林木之主举世闻名，娑罗私婆蒂河畔这个纯洁的圣地也随之举世闻名。（24）在这儿，雅度族之虎（罗摩）把各种衣物，以及铜制和铁制的器皿施与杰出的婆罗门。（25）他遍拜诸婆罗门，也受到那些以苦行为财富者的敬拜。然后，国王啊，这以犁为武器的罗摩又去访问吉祥的双林圣地。（26）

大力罗摩来到这里，看到身穿各色衣服的众多牟尼。在水中沐浴过后，他便遍拜诸婆罗门。（27）国王啊，他向众婆罗门施舍了大量可供享用的物品，而后沿着娑罗私婆蒂河的南岸，继续前行。（28）走不多远，这位闻名遐迩，以法为魂，不可战胜的巨臂英雄便来到那伽弹伐那圣地。（29）大王啊，这儿是光辉显赫的蛇王婆苏吉的住地。环护着婆苏吉的是大小无数的蛇。这里也是四万成道仙人的聚居处。（30）当初，众天神来到这里，按照仪礼为婆苏吉灌顶，立这位蛇中翘楚为众蛇之王。俱卢后裔啊，在这地方，对于蛇的惧怕是不存在的。（31）国王啊，罗摩精力充沛，容光焕发。他遵照惯例向婆罗门施舍了成堆的珍宝，然后转向东方，继续前行。（32）持犁（罗摩）一路上欣喜欢畅，但逢圣地，必行沐浴，并以财物施舍众婆罗门和苦行者。（33）每到一地，罗摩都要向居住在当地的仙人们行礼致敬，而他拜访的圣地也都是众仙人常去的地方。（34）不久，娑罗私婆蒂河转向东流，为的是去照顾飘忽林中灵魂伟大的仙人们。（35）身体涂成白色的持犁（罗摩）看到这河中魁首改变了流向，国王啊，他感到十分惊讶。（36）

镇群说：

婆罗门啊，为什么娑罗私婆蒂河要转向东方呢？祭司之首啊，我希望听到你的解释。（37）雅度后裔（罗摩）为何感到惊讶呢？优秀的婆罗门啊，到底为什么这河中魁首要改变流向呢？（38）

护民子说：

过去，在圆满时代，国王啊，住在飘忽林中的苦行者们举行了一次长达十二年的大苏摩祭，很多仙人前来参加。（39）那些大福大德者在飘忽林中住了十二年，按照仪规，举行祭祀。活动结束以后，仙人们纷纷前来朝拜圣地。（40）人民之主啊，到这里来的仙人如此之多，结果娑罗私婆蒂河南岸的那些圣地个个都成了小城镇。（41）人中之虎啊，渴望朝谒圣地的优秀婆罗门休憩在河岸上，最后竟排到了普五①。（42）灵魂纯洁的牟尼们在这里举行祭供，诵经之声高扬，声浪远近可闻。（43）这些灵魂伟大者向祭火中投献供品。在熊熊火光的照耀下，河中魁首显得庄严而美丽。（44）大王啊，来到这里的有矮仙，有以石碾谷、以齿为杵②的苦行者和其他依照仪规进行沐浴的苦行者。（45）此外还有以风为食者、以水为食者、以叶为食者和以硬地为床者，以及修习种种其他苦行的人。（46）这些牟尼来自娑罗私婆蒂河附近。他们为这河中魁首增光，就像众天神为恒河增光一样。（47）举行过大苏摩祭的众仙人自西而来。这些戒行严格的仙人发现俱卢之野这里已经没有多少地方了。（48）于是，他们拿自己佩带的圣线量出一块块地盘，开始举行火神祭和其他各种祭祀。（49）

　　王中之主啊，娑罗私婆蒂河看出前来的仙人们有些意气沮丧，他们很想得到大一点的地方。（50）镇群王啊，这众河之主对修习圣洁苦行的仙人们深怀同情，于是便掉转方向，形成很多带水洼的林地，供他们使用。（51）王中之主啊，为了仙人们的方便，娑罗私婆蒂河转了个弯子，然后她又回复到原来的方向，朝西流去。（52）她似乎在说："我必须这样做，不让他们白白来此一趟。"国王啊，这条大河创造了一个伟大的奇迹。（53）王中之主啊，相传这就是飘忽林中那些水洼地的由来。俱卢族俊杰啊，你就在俱卢之野举行大祭吧！（54）灵魂伟大的罗摩来到这里，看见那么多水洼地，又看见娑罗私婆蒂河转了弯，感到非常惊讶。（55）雅度族的后人（罗摩）在这儿依照仪规进行沐浴后，又向众婆罗门施舍财物和各种器皿，并将各种食物和饮料送给他们。（56）

　　国王啊，在众多婆罗门的拜送下，这大力罗摩又开始向娑罗私婆蒂河边另一个优秀的圣地进发，那里住着成群成群的再生者。（57）

---

① 地名，般度和俱卢两族之间的大战，就发生在这里的俱卢之野。
② 即发誓只用石头或牙齿碾去谷皮，或索性连谷皮一起吃的苦行者。

那里生长着枣树、因固陀树①、迦湿摩罗耶树②、波罗叉树③、阿湿婆陀树④、维毗陀迦树⑤、木菠萝树、波罗舍树⑥、伽力罗树⑦和比卢树⑧。（58）在激流淌过的婆罗私婆蒂河岸边，还生长着波芦舍迦⑨林、苹萝婆树⑩和猪李树，（59）以及阿底目多伽树、香陀树和刺桐等，使这里看上去十分美丽。一片片可爱的大蕉林也让人悦目赏心。（60）许多牟尼住在林中，他们有的以风维生，有的以水维生，有的以果维生，有的以叶维生，有的以齿为杵，有的以石碾谷。（61）这里诵经的声音琅琅可闻，成百上千的动物自由游荡。这里是那些崇尚正法，不肯杀生的人乐于久居之处。（62）以犁为武器者来到这里，来到萨波陀娑罗私婆陀圣地。它也是大牟尼曼迦纳迦修炼苦行，最终得道的地方。（63）

以上是吉祥的《摩诃婆罗多》中《沙利耶篇》第三十六章(36)。

三七

镇群说：

为什么这个圣地称作萨波陀娑罗私婆陀？那叫作曼迦纳迦的牟尼是什么人？这位世尊是怎样成道的？他又是如何制约自身的？（1）他的出身世系如何？优秀的再生者啊，他受教育的情况怎样？再生者中的魁首啊，所有这些我都希望了解。（2）

护民子说：

国王啊，七条娑罗私婆蒂河流贯整个世界。哪里有强有力者召唤

---

① 一种木本植物，学名不详，可以入药。
② 一种石梓属乔木。
③ 一种无花果树，叶子呈波浪形。
④ 一种无花果树，其木可制容器。
⑤ 一种榄仁树属乔木。
⑥ 一种紫铆属乔木。
⑦ 一种山柑属灌木，有刺，可供骆驼食用。
⑧ 一种刺茉莉属乔木。
⑨ 波芦舍迦为一种椴科，扁担杆属乔木，其浆果可制饮料。
⑩ 檀香科乔木，又称孟加拉苹果树。果实味美，生时可入药。

她,她就会在哪里现身。(3)这七条娑罗私婆蒂河是妙光、金眼、宽阔、心水、激流、妙竹和净流。(4)有一次,伟大的祖宗(梵天)在一座宽阔的祭坛中举行祭祀,到场的还有许多婆罗门。(5)祝愿一日吉祥和诵读吠陀圣诗的声音此起彼伏。这一场祭祀颇令众天神兴奋激动。(6)大王啊,老祖宗(梵天)已经就位,能够满足一切愿望的大苏摩祭顺利进行。(7)那些精通法和利的人一想到需要什么,什么就出现在众婆罗门面前。(8)健达缚唱着歌,众天女跳起舞,应和着歌舞的器乐一齐奏响。(9)众天神对祭祀的成功十分满意,凡人见了更是惊诧不已。(10)老祖宗的祭祀就这样在补湿迦罗圣地进行着,国王啊,众仙人说道:"这场祭祀不会有大果报,因为河中魁首娑罗私婆蒂没有来。"(11)经他们这么一提,正在行祭的老祖宗想起了她。他高兴地召唤娑罗私婆蒂河前来补湿迦罗。于是,王中之主啊,这条河流便以妙光之名应邀而到。(12)见娑罗私婆蒂河迅速前来向老祖宗表达敬意,众牟尼感到十分满意。他们对这场祭祀给予了高度的评价。(13)就这样,为了老祖宗(梵天)的需要,为了使众牟尼满意,河中魁首娑罗私婆蒂出现在补湿迦罗圣地。(14)

又有一次,国王啊,众牟尼来到飘忽林,在这里住了下来。他们经常围绕吠陀经典展开讨论。(15)这些牟尼都是精通各种吠陀学问的人。他们群集这里,但都思念着娑罗私婆蒂河。(16)大王啊,举行祭祀的仙人们惦记着富贵吉祥的娑罗私婆蒂河。为了陪伴那些聚在一起的牟尼,她便来到这里。(17)婆罗多后裔啊,这位河中魁首以金眼之名出现在牟尼们行祭的飘忽林,并在这里受到崇拜。(18)又有一次,伽耶王在伽耶地方举行大祭①,河中魁首受到召唤,来到伽耶祭祀现场。(19)这条大河发源于雪山山麓,水流湍急,受到那些戒行严格的仙人召唤来到伽耶后,称名宽阔。(20)婆罗多后裔啊,优陀罗迦也举行过一次祭祀,来到祭祀现场的牟尼不在少数。(21)国王啊,灵魂伟大的优陀罗迦在圣洁的憍萨罗国北方之地举行祭祀。在仪式开始前,他想起了娑罗私婆蒂河。(22)于是,河中魁首为了仙人而来到这里。身着树皮衣或鹿皮衣的众牟尼对她礼敬有加。在这

---

① 大祭指某些大型的祭祀,如王祭、马祭等。

里，她以心水之名为人所知，因为众仙人曾在心中召唤她来。（23）圣洁的雄牛岛是一个王仙们常去的地方。灵魂伟大的俱卢曾在俱卢之野举行过一次祭祀，大福大德的河中魁首娑罗私婆蒂也曾光临，当时称作妙竹。（24）诸王之首啊，娑罗私婆蒂河还曾应灵魂伟大的极裕仙人之请而在俱卢之野出现。此时她水势壮观，称作激流。（25）又有一次，陀刹在恒河之门①举行祭祀，尊贵的娑罗私婆蒂河应邀来到圣洁的雪山山麓，称作净流。在这里，她也曾受到过梵天的邀请，当时他正在行祭。（26）就在这个圣地，七条河流汇聚为一。于是它便以萨波陀娑罗私婆陀圣地之名②著称于世。（27）大王啊，我已经讲述了七条娑罗私婆蒂河名字的由来，以及传说中吉祥的萨波陀娑罗私婆陀圣地的故事。（28）

国王啊，下面请听曼迦纳迦在河中沐浴游玩时发生的故事，他是个自幼就谨守梵行的人。（29）婆罗多后裔啊，当他跨入河水的时候，碰巧看到一个女子也在水中。这女子眉目含情，天衣③而浴，肢体美妙，无可挑剔。结果，大王啊，曼迦纳迦的精液泄入了娑罗私婆蒂河。（30）不过，这位大苦行者用一只泥罐接住了精液。后来，精液在罐中一分为七，七位仙人随之而生；自他们复生出众位风神。④（31）七位仙人是风劲、风力、风击、风圈、风炬、风精和勇敢的风轮。后来他们成为众风神的生父。（32）

现在，王中之首啊，请听另外一个更精彩的故事吧。故事所说仙人的事迹在三界遐迩闻名。（33）国王啊，那是很久以前的事了。据说，曼迦纳迦成道以后，他的手偶然被拘舍草尖割伤，流出了蔬菜的汁液。看到流出的菜汁，他高兴得跳起舞来。（34）英雄啊，就在他跳舞的时候，被他的威力所左右，一切动物和不动物也都跳起舞来。（35）这时，人民之主啊，以梵天为首的众天神和以苦行为财富的

---

① 婆罗门教圣地，又称毗湿奴之门、诃利之门等，为恒河离开喜马拉雅山，进入平原之处，即今北方邦的哈尔德瓦。
② 此名中"萨婆陀"的意思就是"七"。
③ 天衣，以天地为衣，即裸体。
④ 风神的出身有多说，此为其一。他们的数量亦有不同说法，如二十七、四十九等。此处似乎取四十九说。

众仙人将曼迦纳迦仙人的事报告了大神①。他们说:"天神啊,请你让他不要再跳舞吧!"(36)大神看那牟尼,果然是一副欣喜若狂的样子。为了满足众天神的愿望,大神对他说道:(37)"婆罗门啊,知法者!你这样跳舞,究竟是为了什么?牟尼中的佼佼者啊,你这样高兴,又是什么原因?再生者中的翘楚,作为修习苦行的人,你一直走的是正法之路啊。"(38)

仙人说:

婆罗门啊,②你没有看到我受伤的手上流出了蔬菜的汁液吗?主上啊,正是看到了这个,我才高兴得跳起舞来。(39)

护民子说:

大神不禁一笑,对那一时让兴奋冲昏了头脑的牟尼说道:"婆罗门啊,对我来说,这并不希奇。现在看看我吧!"(40)说罢,王中之首啊,这位智慧无限的大神便用指尖戳破了自己的一个拇指。(41)顿时,国王啊,雪一般的灰烬从伤口里冒了出来。牟尼见此,羞愧难当,随即匍匐在大神的双足前。(42)

仙人说:

我想,你一定是至高的楼陀罗大神,不是别个。持铁戟者啊,你是世上一切天神和阿修罗的最后归宿!(43)智者们说,宇宙由你创造;当它毁灭之时,一切又复归于你。(44)连众天神都认不出你来,更何况我!无瑕者啊,就是以梵天为首的众天神也在你的包容之中。(45)你是一切。你是众天神的创造者和指挥者。有赖于你的恩惠,众天神才得以无忧无虑,欢喜快活。(46)

护民子说:

仙人这样称颂了大神以后,又躬身行礼,继续说道:"世尊啊,蒙你施恩,我的苦行才没有毁灭。"(47)大神心中喜悦,遂对仙人说道:"婆罗门啊,我要给你更多的恩惠,让你的苦行增长一千倍!我还要同你一道,永远居住在这处净修林里。(48)往后,任何人只要在萨波陀婆罗私婆陀对我加以赞颂,无论在今生,还是在来世,他都会无愿不遂。毫无疑问,他们将会在死后往生婆罗私婆陀世

---

① 这里大神指湿婆,即楼陀罗。
② 这里表明,出现在曼迦纳迦面前的,是化身为婆罗门的大神。

界。"(49)以上所说，就是精力充沛的曼迦纳迦的事迹。他是风神之子，母亲是萨迦尼耶①。(50)

以上是吉祥的《摩诃婆罗多》中《沙利耶篇》第三十七章(37)。

三八

护民子说：

以犁为武器的罗摩在这里住下来。他敬拜净修林里的居民，并对曼迦纳迦表示了敬爱之意。(1) 然后，他又向诸婆罗门施舍财物，而自己也受到了众牟尼的恭敬礼拜。就这样，在这里住过一夜之后，持犁（罗摩）清晨起身。(2) 婆罗多后裔啊，大力罗摩向全体牟尼告别，在入水沐浴后，又赶往别的圣地。(3) 不久，以犁为武器者来到一处名叫奥沙那的圣地。那圣地又称伽波罗末遮那②，是大牟尼摆脱头颅之地。(4) 大王啊，从前，罗摩③割下了一个罗刹的头颅，将它远远抛出。这巨大的头颅正好落在仙人巨腹的腿上，粘在了那里。(5) 当初，灵魂伟大的迦毗之子（优沙那）曾在该地修习严格的苦行，所有的治国处世之道都显现在他的心中。④ 他也同时思考着众天神与提迭和檀那婆们的斗争。(6) 国王啊，大力罗摩来到这无与伦比的圣地。他依照惯例，向灵魂伟大的众婆罗门施舍了财物。(7)

镇群说：

婆罗门啊，那大牟尼怎么会来到伽波罗末遮那？那头颅是怎样粘上去的？又是怎样摆脱的？(8)

护民子说：

王中之虎啊，往昔，灵魂伟大的罗怙后裔（罗摩）住在弹吒迦林

---

① 萨迦尼耶身世不详。有的抄本称曼迦纳迦之母为美娘。
② 伽波罗末遮那意为"脱开头颅"。下文对这个圣地名称的来由作了说明。此外又有传说称，湿婆大神曾砍去梵天五颗头颅的一颗，不料它粘在他的手上，摆脱不掉。后湿婆到这处圣地沐浴，才得以脱去头颅的困扰。
③ 此罗摩不是持犁罗摩，而是史诗《罗摩衍那》中十车王之子罗摩。
④ 奥沙那圣地的名称源自仙人优沙那。传说他写过所谓"利论"，即有关治国处世理论的著作。

中，为的是消灭罗刹。（9）在阇那私陀那，他用一支锋利的剃刀箭砍掉一个邪恶罗刹的头颅。那头颅掉进了浓密的树林。（10）此时仙人巨腹正在林中走动。它碰巧弹到了他的腿上。国王啊，那头颅破皮伤骨，粘在了那里。（11）带着那粘得牢牢的头颅，这位大智慧的婆罗门就很难再到各个圣地或者别的地方去了。（12）但是，我们听说，这位大牟尼还是忍着疼痛，拖着脓血流淌的腿，遍访了大地上的各个圣地。（13）这位大苦行者还去了所有的江河大海，将自己的遭遇讲给那些灵魂纯洁的仙人们。（14）每到一处圣地，他都沐浴净身。然而他却没能因此而摆脱痛苦。后来，这位杰出的婆罗门从众牟尼口中得知，（15）在娑罗私婆蒂河畔，有一处非凡的圣地，名叫奥沙那。它能治愈任何病苦，是成道者的无上妙地。（16）于是，这位婆罗门便前往奥沙那圣地。他在这个圣地的水中沐浴，那头颅果然从他的腿上脱落下来，沉入水底。（17）国王啊，巨腹摆脱了痛苦，涤除了污垢，灵魂也得到了净化。他心满意足，高高兴兴返回了自己的净修林。（18）解除了痛苦的大苦行者回到圣洁的净修林，向那些灵魂纯洁的仙人们讲述了一切。（19）荣誉的赐予者啊，听过他的叙述以后，聚集在那里的仙人们便给这圣地取了个名字，叫伽波罗末遮那。（20）

摩豆族后裔（罗摩）将大量的财物施与众婆罗门，向他们表示敬意。然后，这位苾湿尼族俊杰（罗摩）继续前往卢尚固的净修林。（21）在这个净修林里，阿哩湿底赛那曾经修炼过严厉的苦行。婆罗多后裔啊，也正是在这里，大牟尼众友获得了婆罗门的身份。（22）在这儿，卢尚固摆脱了他的肉体。王中之主啊，吉祥的持犁（罗摩）在众婆罗门的环护下，来到这个净修林。（23）婆罗多后裔啊，卢尚固是一位年老的婆罗门。他长年修习苦行，经过反复思考，决心抛弃肉体。（24）这位大苦行者将自己的儿子们召集在一起，对他们说："把我带到广水去吧。"（25）那些以苦行为财富者知道卢尚固年事已高，于是便把他带到娑罗私婆蒂河边的这处圣地。（26）充满智慧的卢尚固被他的儿子们带到娑罗私婆蒂河边。河畔分布着成百个吉祥的圣地，都是婆罗门结伴常到的地方。（27）这位大苦行者依照仪规在这儿进行了沐浴。然后，国王啊，人中之虎，这位深知朝圣功德的仙人魁首愉快地对侍奉在旁的儿子们说道：（28）"谁能在娑罗私婆蒂河

第九　沙利耶篇

北岸的广水圣地抛弃自己肉体，同时心中默念祷词，他就不会受死亡之苦。"（29）

那以犁为武器者（罗摩）以法为魂，对婆罗门怀有深挚的感情。他触摸了圣地之水并在其中沐浴后，将大量的财物施与众婆罗门。（30）就在这处圣地，俱卢后裔啊，尊贵的世界之祖创造了诸般世界。严守誓愿的阿哩湿底赛那也在这里通过修习大苦行，取得了婆罗门身份，成为优秀的仙人。（31）这儿也是王仙信度兑波、大苦行者天友①和大牟尼众友获得婆罗门身份的地方。尊贵的众友是一位修习严厉苦行，具有可怕威力的大苦行者。（32）就这样，威武有力的力贤②来到了这处圣地。（33）

以上是吉祥的《摩诃婆罗多》中《沙利耶篇》第三十八章(38)。

三九

镇群说：

尊贵的阿哩湿底赛那为什么要修炼严厉的苦行，而信度兑波又是如何获得婆罗门身份的？（1）贤士啊，天友和众友是怎样成为婆罗门的？世尊啊，我好奇心重，请你把这一切讲给我听吧。（2）

护民子说：

过去，国王啊，在圆满时代，优秀的婆罗门阿哩湿底赛那长期住在自己老师的家中，日日以学习为乐。（3）国王啊，人民之主，他在老师家住了很久。虽然如此，但还是没能把吠陀或其他知识全学到手。（4）国王啊，忧郁之余，这位大苦行者开始修习严厉的苦行。通过苦行力，他终于学得了无上的吠陀知识。（5）他掌握了吠陀，成为一个有学问的智者，一个成功得道的优秀仙人。于是，这位大苦行者来到圣地，宣布了三项恩惠：（6）"从今往后，任何人只要到这条大

---

① 天友是波罗底波之子，福身王之兄。他因患皮肤病而被剥夺了继承王位的权利，沮丧之余，退入森林，修习苦行。

② 即大力罗摩。

河①边上的圣地进行沐浴,就能得到和举行马祭一样的丰厚果报。(7)从今往后,他再也不会惧怕任何猛兽;他只用很小的力气,就能获得丰硕的果报。"(8)说完如上的话,这位精力过人的牟尼便去了忉利天。高贵威严的阿哩湿底赛那就这样获得了成功。(9)大王啊,威严的信度兑波和天友也是在这处圣地获得伟大的婆罗门地位的。(10)拘湿迦之孙(众友)长期修炼苦行,善于控制感官。他同样通过有效的苦行获得了婆罗门身份。(11)

当初,在大地上,有一位伟大的刹帝利,名扬四海,叫作伽亭。国王啊,他有个威武的儿子,名叫众友。(12)国王拘湿迦之子(伽亭)是一位大瑜伽行者和大苦行者。他将王位传给了儿子众友。(13)他已下定决心,抛弃肉体,但是臣民们纷纷前来行礼,对他说道:"大智者啊,请不要走!请保护我们,让我们免受恐惧的威胁!"(14)听到人们这样说,伽亭王回答道:"我的儿子会成为一切世界的保护者。"(15)说罢,伽亭便让众友登上王位,自己去了忉利天。众友就这样成了一国之君。然而,不管怎样努力,他也尽不到保护大地的职责。(16)这位国王经常听人讲起臣民遭受罗刹威胁的事。于是他带领四兵,出城搜剿。(17)经过长途跋涉,最后来到极裕仙人的净修林。国王啊,他的军队在那里行为不检,做了许多坏事。(18)不久,尊贵的婆罗门极裕回到自己的净修林,发现大片树林遭到了破坏。(19)大王啊,极裕这位牟尼中的魁首怒不可遏。他对自己的母牛说道:"创造出一批可怕的沙钵罗人吧!"(20)按照主人的命令,母牛创造出一班人众。他们面目狰狞,从四面八方围住众友的军队,将它打得落花流水。(21)

伽亭之子众友看到自己的军队四散溃逃,暗自思忖:苦行之力果然不凡。于是,他下定决心,修炼苦行。(22)国王啊,他来到婆罗私婆蒂河边这个非凡的圣地,在那里内敛精神,控制身心,严格禁食,以致身体很快就消瘦下去。(23)他饮水,餐风,取食落叶,席地而睡,并实践其他种种戒行。(24)众天神不止一次设法破坏他的戒行,但到底不能使这灵魂伟大者的智慧脱离自制。(25)伽亭之子

---

① 即婆罗私婆蒂河。

（众友）竭尽全力修炼各种苦行。凭借由此得来的内在力，他变得像太阳一样灿烂。（26）于是，威力无限的老祖宗（梵天），这位施恩者，决定将一份恩惠赐给潜心苦行的众友。（27）国王啊，众友提出了自己选择的恩惠："让我成为一个婆罗门吧！"一切世界的老祖宗梵天答道："行！"（28）四海闻名的众友依靠严厉的苦行获得了婆罗门身份，如愿以偿。于是，他像一位天神那样，开始云游大地。（29）

在这个非凡的圣地，罗摩施舍了种种财物，以及奶牛、车辆和床具，（30）还有衣物、饰品、食物和上好的饮料。他先向众位优秀的婆罗门敬拜如仪，然后十分高兴地向他们施舍。（31）随后，国王啊，罗摩又前往附近钵迦的净修林。据说，当初陀罗婆之子钵迦曾在那里修炼过严厉的苦行。（32）

以上是吉祥的《摩诃婆罗多》中《沙利耶篇》第三十九章(39)。

四〇

护民子说：

雅度族后裔（罗摩）来到这个婆罗门聚居的地方。国王啊，就在这里，陀罗婆之子，大苦行者钵迦将奇武王之子持国的王国当作供品献祭了，为的是一些牲畜的事。（1）威武的钵迦一向以正法为灵魂，因为修炼可怕的苦行而使自己的身体枯瘦不堪。这一次他愤怒至极。（2）那时，飘忽林中正举行一次长达十二年的大苏摩祭。当其中的全胜祭结束时，众仙人去了般遮罗国。（3）牟尼们请求当地的国王施舍二十一头健康而又强壮的牛犊，作为祭祀的酬金。（4）然后，年高德劭的钵迦对同来的仙人们说："你们把这些牛分了吧。把这些牛给了你们，我还可以到另外一位王中魁首那里去乞施。"（5）向众仙人说过这话之后，国王啊，这位威武的婆罗门魁首便去了持国的宫殿。（6）来到持国跟前，陀罗婆之子（钵迦）向这位人主提出乞要牲畜。（7）王中翘楚啊，当时持国恰巧看到自己的牛有不少无缘无故地死去了，就粗声粗气对他说道："你这个婆罗门啊，若是想要的话，快把这些牛拿走吧！"（8）这位通晓正法的仙人听说此话，心想：

"啊，当众对我说出这话，真是多么无礼！"（9）这婆罗门魁首怒火中烧。他思索了一会儿，决意毁掉国王持国。（10）于是，这优秀的婆罗门将死牛肉切成碎块，把人主持国的王国当作供品投入了祭火。（11）

陀罗婆之子钵迦在娑罗私婆蒂河畔的圣地点燃祭火。然后，大王啊，这位大苦行者极其严格地控制身心，将持国的王国和死牛肉一起作为供品，投入火中。（12）可怕的祭祀依照一定的仪规进行着，随之，大地之主啊，持国的王国便开始衰微。（13）宛如一片无际的森林遭到斧斤的砍伐，王国到处呈现出凋敝荒芜的景象。（14）看到自己的王国败落下去，国王啊，这位人中之主满怀忧戚，陷入沉思。（15）为了拯救自己的王国，这位大地之主和众婆罗门竭尽努力，但无济于事。他感到十分沮丧，众婆罗门也是一样。（16）镇群王啊，眼见无力使王国摆脱灾厄，持国便去求教卜师们。（17）卜师告诉他："你做了拿死牛施舍婆罗门的事。这位牟尼钵迦把死牛肉和你的王国当作供品投入了祭火。（18）你的王国因为作了祭品而遭到毁灭大难。他的苦行功力也使你陷入了大不幸。大地之主啊，到娑罗私婆蒂河边的水洼地去，求他开恩吧！"（19）

于是，国王来到娑罗私婆蒂河畔。婆罗多族雄牛啊，他匍匐在地，头面礼足，然后双手合十，对钵迦说：（20）"请你开恩！世尊啊，请你原谅我的冒犯。我的卑鄙和贪婪使我变得愚蠢而昏聩。你是我的归宿，你是我的保护者。请赐给我你的恩惠。"（21）看到持国王泣不成声，悲痛欲绝，钵迦动了恻隐之心，决定让他的王国脱离灾难。（22）受到抚慰的仙人打消了怒气。为了拯救持国的王国，他又向祭火中投献了祭品。（23）在拯救了王国，获得了大量牲畜之后，钵迦满怀喜悦，返回了飘忽林。（24）而以正法为灵魂而又心高气盛的国王持国如释重负，也返回了自己富庶的京城。（25）

大王啊，才智非凡的毗诃波提也曾来到这个圣地，为了毁灭阿修罗，保护天国的居民而在这里举行祭祀。（26）他也把供品和肉投入祭火，结果阿修罗衰败下去，终于在战场上被渴望胜利的众天神所击溃。（27）

名扬四海的大力罗摩在这里依照规矩向众婆罗门施舍了骏马、大象、骡车，（28）以及贵重的宝石、财物和大量的谷物。然后，大地之主啊，大臂罗摩又去了迅行王圣地。（29）大王啊，灵魂伟大的友邻王之子迅行王在那里举行祭祀的时候，娑罗私婆蒂河流淌着酥油和乳汁。（30）迅行王是大地之主，人中之虎。祭祀过后，他高兴地升上天去，获得了许多吉祥世界。（31）国王啊，迅行王在那里行祭的时候，娑罗私婆蒂河满足了灵魂伟大的众婆罗门的各种愿望。（32）任何一位参加祭祀的婆罗门，无论怀有什么愿望，那众河之首都会满足他，为他创造出许多美味来。（33）看到这样丰盛的祭祀，众天神和健达缚满怀喜悦，而凡人们则惊讶不已。（34）大力罗摩以多罗树为旗徽，以伟大的正法为津梁，人格高尚，自我完善，意志坚定，善于自制，向来施舍慷慨。此刻，他又去了名叫"水卷极裕"的圣地，那里的河水汹涌湍急。（35）

以上是吉祥的《摩诃婆罗多》中《沙利耶篇》第四十章（40）。

四一

镇群说：

"水卷极裕"圣地的流水为什么那样汹涌湍急？众河魁首将那仙人卷走，又是为了什么缘故？（1）人主啊，是谁和他发生了争吵？争吵的原因又是什么？大智者啊，请回答我的问题。我对你的叙述从不厌倦。（2）

护民子说：

婆罗多后裔啊，激烈的争吵是在仙人众友和极裕之间发生的，国王啊，那是一场苦行功力的大战。（3）极裕仙人的净修林在娑罗私婆蒂河东岸的斯塔奴圣地。智者众友的净修林在西岸。（4）大王啊，斯塔奴（湿婆）曾在这里修炼大苦行。他令人生畏的事迹至今还在众牟尼中流传。（5）当初，世尊斯塔奴还在这里举行过祭祀，并敬拜娑罗私婆蒂河。人主啊，他创建了这个圣地，即后世所谓斯塔奴圣地。（6）人民之主啊，众天神还在这里为天神之敌的毁灭者室建陀灌顶，使他成为天兵的最高统帅。（7）在这娑罗私婆蒂河的圣地上，大

牟尼众友曾经运起强大的苦行力，扰乱了极裕。请听我把这故事讲给你。（8）

婆罗多后裔啊，众友和极裕这两个以苦行为财富的仙人日日斗法，在苦行功力上争逐激烈。（9）大牟尼众友的苦行功力略胜一筹。但是，他发现极裕确实精力非凡，心中也不免忧虑起来。他是一个素来奉行正法的人，婆罗多后裔啊，却产生了这样的想法：（10）"这以苦行为财富的极裕，这杰出的默祷者，优秀的婆罗门，娑罗私婆蒂河湍急的水流将把他带到我这里。毫无疑问，我定能把他置于死地。"（11）尊贵的大牟尼众友由于愤怒而双眼发红。做出这样的决定以后，他开始默思那众河魁首娑罗私婆蒂。（12）牟尼的沉思默想使那美女激动不安，于是她来到那怒气冲天的大英雄身边。（13）娑罗私婆蒂面色苍白，身体颤抖，双手合十，伫立在牟尼魁首众友面前。（14）她满脸愁苦，样子就像是新寡的婺妇。她向那牟尼中的佼佼者问道："请告诉我，我可以为你做什么？"（15）愤怒的牟尼说道："快去把极裕带到我这里来，好让我杀掉他。"听到这话，娑罗私婆蒂陷入了焦虑不安。（16）这长着莲花眼的女神双手合十，身体不停地抖动，就像疾风中的蔓藤一般。（17）众友见她双手合十而身体颤抖的样子，非常生气，又对她说道："快去把极裕带来！"（18）

这众河魁首心中害怕。婆罗多后裔啊，她暗自思忖："众友和极裕的诅咒都很可怕。这如何是好？"（19）她来到极裕跟前，说明来意，并把智慧的众友的话如实相告。（20）因为对两人的诅咒都很害怕，她又一次浑身觳觫不止。想到他们威力强大的诅咒，她对那两位仙人充满恐惧。（21）看到她面色灰暗，虚弱乏力，忧心忡忡，国王啊，那两足生物中的佼佼者，以法为魂的极裕对她说道：（22）"众河魁首啊，保护好你自己。湍流啊，把我带走好了。不然，众友会诅咒你。你就不要犹豫了！"（23）听了这慈悲为怀者的话，俱卢后裔啊，娑罗私婆蒂还是犯嘀咕，不知该怎样做才好。（24）她的心中产生了这样的想法："极裕仙人对我这样同情，我也应该为他做好事。"（25）

国王啊，这时她看到，就在自己的岸上，仙人魁首极裕正在默祷，而拘湿迦之孙（众友）也在献祭。她想：（26）"机会到了。"于是，这众河魁首用自己湍急的流水冲垮了一段河岸。（27）她冲垮堤岸，带走了密多罗和伐楼拿之子（极裕）①。国王啊，极裕顺流而下，一路称赞娑罗私婆蒂。他说：(28)"娑罗私婆蒂啊，你发源于众湖之祖②。你的圣水流遍整个世界。(29)女神啊，你在天穹中穿行，为雨云注水。普世之水，非你莫属。靠了你，我们才能学得知识。③(30)你是丰饶，你是美丽，你是令名，你是成功，你是繁荣，你是乌玛④，你是言语，你是娑婆诃⑤。整个世界都依靠你。你生活在所有四类众生⑥之中。"(31)国王啊，就这样，娑罗私婆蒂一边听着大仙人的称赞，一边用湍急的流水把极裕带到了众友的净修处，告诉众友说极裕来了。(32)众友看到娑罗私婆蒂已经把极裕带到，便愤怒地寻找武器，准备将他杀死。(33)大河见众友怒容满面，生怕自己也卷入杀婆罗门罪，于是又用力把极裕冲向东岸。她虽然照着两个仙人的话做了，但到底还是诳了伽亭之子（众友）。(34)

众友发现那出类拔萃的仙人极裕又被带走了，怒火上升，不可抑止，便对娑罗私婆蒂说道：(35)"众河魁首啊，你蒙骗我，来了又跑了。美丽的大河啊，你将流淌罗刹嗜好的血水！"(36)遭到智者众友的诅咒，娑罗私婆蒂一下子变成了血河，血水流淌了一年之久。(37)看到娑罗私婆蒂河变成这个样子，仙人、天神、健达缚和天女们个个痛心。(38)人民之主啊，就是为了这件事，世界上出现了一个名叫"水卷极裕"的圣地。后来，众河魁首又恢复了自己的老样子。(39)

以上是吉祥的《摩诃婆罗多》中《沙利耶篇》第四十一章(41)。

四二

护民子说：

由于智者众友愤怒的诅咒，娑罗私婆蒂河上这个优美吉祥的圣地

---

① 极裕仙人的血统有多说，其中之一为密多罗和伐楼拿共同的儿子，母亲是天女优哩婆湿。
② 即圣湖摩那娑。摩那娑湖在盖拉娑山上，亦为一众人朝圣之地。
③ 娑罗私婆蒂也是知识女神。
④ 乌玛为大神湿婆之妻。
⑤ 吉祥的呼语，常在祭献供品时使用。
⑥ 指胎生、卵生、湿生（汗生）和芽生（种子生）四类生物。

流淌起血水来。(1)国王啊,婆罗多后裔,罗刹们纷纷来到这里住下,高高兴兴地喝着河里的血水。(2)他们无忧无虑,心满意足,不是欢笑,就是歌舞,犹如生活在天国里,快乐而幸福。(3)过了一段时间,大地之主啊,有些以苦行为财富的仙人到娑罗私婆蒂河圣地来朝拜。(4)这些牟尼雄牛曾经到过所有的圣地进行沐浴,从中获得了最大的愉悦。国王啊,他们酷好苦行,学识渊博,现在又来到这娑罗私婆蒂河畔的圣地。(5)王中魁首啊,大福大德的牟尼们来到这可怕的圣地,只见水面上漂浮着血污,众多罗刹正在河边畅饮。(6)看到那么多罗刹肆行在娑罗私婆蒂河畔,这些恪守誓愿的牟尼们决意竭尽全力解救她。(7)大福大德,戒行非凡的牟尼们走上前来,召唤那众河魁首,对她说道:(8)"美丽的女神啊,请告诉我们,是何原因使你的河水会变得这样恶浊。了解了原因,我们就会帮助你。"(9)娑罗私婆蒂把此前发生的一切向众牟尼和盘托出,说得哆哆嗦嗦,言语不清。看到她痛苦的样子,这些以苦行为财富者又说道:(10)"原因我们知道了,无瑕者啊,也知道你受了诅咒。我们将会尽力帮你。"(11)对众河魁首说过这些话后,他们彼此商量道:"我们一定要把娑罗私婆蒂从诅咒中解救出来。"(12)后来,由于他们的努力,娑罗私婆蒂河果然恢复了原状。河水又像以前那样清澈,众河魁首再现出昔日的光彩。(13)

娑罗私婆蒂河水由众牟尼恢复了原样,国王啊,那些罗刹就陷入了饥饿的痛苦。他们双手合十,向慈悲为怀的牟尼们反复求告:(14)"我们如今饥饿难耐。我们背弃永恒的正法,一再为非作歹,实在不是出于我们自己的意愿。(15)由于得不到你们施恩,由于我们自己的恶行,我们拉帮结伙,结果都变成了梵罗刹[①]。(16)凡是对婆罗门恶意相向的吠舍、首陀罗和刹帝利,都会变成罗刹。(17)谁怠慢老师、祭司、师父和老人,谁同道德败坏的女人行淫,他也会变成罗刹。(18)优秀的再生者啊,请怜悯我们!你们是连整个世界都能拯救的。"(19)众牟尼听了他们的话,便对大河表示赞美。为了解救那些罗刹,这些虔诚的牟尼说道:(20)"那些沾上喷嚏,落过虫子的食

[①] 梵罗刹为一种恶鬼,由生前屡屡破戒的婆罗门所转生。

物，吃剩的食物，落进毛发的食物，被人搅过的食物，被人踩过的食物，被狗碰过的食物，都是罗刹吃的食物。（21）智者懂得这点，所以一向避开这些食物。谁吃了这样的食物，他就是吃了罗刹食。"（22）以苦行为财富的众仙人净化了这个圣地，现在又敦促大河帮助解救众罗刹。（23）人中雄牛啊，众河魁首理解诸大仙人的意愿，于是就使自己变成阿鲁喏河①。（24）凡是在阿鲁喏河中沐浴的罗刹，都能摆脱肉体，去往天国。大王啊，这条河还能为人涤除杀婆罗门罪。（25）天王百祭（因陀罗）深明此理，所以曾到这个非凡的圣地进行沐浴，从而涤除了自己的罪孽。（26）

镇群说：

为何缘故世尊天帝释会犯下杀婆罗门罪？他又是怎样通过来这圣地沐浴而得到净化的？（27）

护民子说：

人中之主啊，请听我如实讲述事情的原委。当初，婆薮之主（因陀罗）与那牟吉之间曾有约言，然而他破坏了它。（28）原先，那牟吉因为害怕婆薮之主，曾藏身在太阳光里。因陀罗为了同他结交，就对他提出一项约言，说：（29）"阿修罗魁首啊，我保证不拿湿的，也不拿干的东西杀你；既不在夜间，也不在白天杀你。朋友啊，我以忠诚对你发誓！"（30）这样约定以后，有一天，婆薮之主（因陀罗）放出大雾，然后，国王啊，这众神之王用水的泡沫，砍下了那牟吉的头颅。（31）可是，那牟吉掉下的头颅紧追着因陀罗不放，在他的脚跟后面不断喊叫："杀朋友的人啊，你这罪犯！"（32）眼见那头颅跟在身后，不肯放松，因陀罗变得焦躁不安。于是，他向老祖宗（梵天）禀告了自己的烦恼。（33）世界导师（梵天）教给他说："你先举行祭祀，然后依照规矩到阿鲁喏河中沐浴。天王啊，这条河能够洗刷杀婆罗门罪。"（34）

镇群王啊，经老祖宗（梵天）如此指点，诛波罗者（因陀罗）便到婆罗私婆蒂河畔的水洼地举行祭祀，然后又在阿鲁喏河中沐浴如仪。（35）就这样，他涤除了犯下的杀婆罗门罪。这位三十三天之主

---

① 意为红色河，实为婆罗私婆蒂河的一条支流。

满怀欣喜,返回了忉利天。(36)婆罗多后裔啊,王中俊杰!那牟吉的头颅同样在那里沐浴了一番。于是,这阿修罗也由此而去了那些不朽的如意世界。(37)

现在,灵魂伟大的大力罗摩来到这里沐浴,并施舍种种财物。这行为高尚者获得了无上功德,随后又朝着苏摩圣地行去。(38)王中之王啊,当初,苏摩本人曾在这里依照仪规,举行王祭。在这重大祭祀仪式上为他担任诵者祭司的,是婆罗门中的佼佼者,灵魂伟大而又智慧超卓的阿多利。(39)就在祭祀结束时,展开了一场血腥大战,一方是众天神,一方是众檀那婆、提迭和罗刹,人称多罗迦之战。结果,室建陀杀死了多罗迦①。(40)在这场战争中,诛提迭者大军(室建陀)取得了天兵统帅的地位。他又名迦缔吉夜或鸠摩罗,时常住在那长着无花果王的地方。②(41)

以上是吉祥的《摩诃婆罗多》中《沙利耶篇》第四十二章(42)。

四三

镇群说:

优秀的再生者啊,你已经讲过了娑罗私婆蒂河的非凡之处。婆罗门啊,请你再给我讲讲当初鸠摩罗灌顶的情形。(1)优秀的辩士啊,请告诉我,那位强大有力的尊者,他的灌顶仪式是在什么时间,什么地方,依照什么仪规,由谁来举行的。(2)室建陀后来又是如何给予众提迭以毁灭性打击的。请你告诉我这一切,我实在是十分好奇。(3)

护民子说:

有这样的好奇心说明你不愧出身于俱卢族。镇群王啊,我要说的话一定会给你带来愉快。(4)人民之主啊,既然你想听,我就来给你讲述鸠摩罗灌顶的情形,以及这位灵魂伟大者的威力表现。(5)当初,大神(湿婆)的生命种子泄出以后,落入了火中。然而,那足以

---

① 多罗迦为众提迭的首领,苦行功力强大,对诸神构成威胁。室建陀出生就是为了剿灭他。
② 这里传说是婆罗私婆蒂河的发源地。

吞噬一切的世尊①却烧不坏这永恒不灭之物。(6) 这位供品运送者②因为有了它而精气十足，光焰万丈。但他毕竟无力容受这充满能量的胎藏。(7) 于是，接受梵天的指示，火神前往恒河，将这光辉灿烂如同太阳的神胎丢入河中。(8) 然而，恒河同样无力承受这个神胎，只好把它投到美丽可爱，诸神崇拜的雪山中。(9) 在那里，这火神之子成长起来。他的能量充满了所有世界。这时，六位吉提迦发现了这个具有火神风采的婴儿。(10) 她们望子心切，看见这火神之子，灵魂伟大的主卧在芦苇丛中，便凑上前去，同声说道："这是我的孩子！"(11) 威武的世尊颇能理解众位母亲的心情，于是便用六张嘴同时吮吸她们的乳汁。(12) 看着婴孩超乎寻常的表现，体态曼妙的女神吉提迦们大为惊异。(13)

俱卢族俊杰啊，这位世尊是恒河放在雪山之巅的。这样一来，漫山遍野全都变得金光闪闪了。(14) 随着婴儿不断长大，整个大地越来越光彩夺目，群山也开始生产黄金。(15) 鸠摩罗身怀瑜伽功力，英勇非凡，最初曾称恒河之子，后来人们也叫他迦缔吉夜③。(16) 王中之王啊，这位神明成长起来，既夺苦行之功，又藏英雄之气，而容貌可亲可爱，则如团栾之月。(17) 他经常休憩于金色的芦苇丛中，周围祥光环绕，健达缚和众牟尼的赞颂之声不绝于耳。(18) 对鸠摩罗百般称颂，在他面前竟日舞蹈的，还有上千的天女。她们容颜美丽可人，娴于奏乐歌舞。(19) 众流之首恒河侍坐一旁。貌美无双的大地女神将他抱在自己的膝上。(20) 毗诃波提为他主持出生之后的各种仪式。四吠陀各自显身，也都双手合十，前来侍奉。(21) 分作四部的弓箭吠陀，诸般兵器及其使用方法，还有辩才女神本人，同样亲侍在侧。(22)

一天，他看到了乌玛的夫君，那勇力非凡的神中之神④。他正同雪山之女⑤坐在一起，成百成百群妖精围绕着他们。(23) 这些妖精长

---

① 指火神。
② 指火焰，也即火神。人们在祭祀时将供品投入火中，故火有此称。
③ 意为吉提迦之子。
④ 即大神湿婆。
⑤ 即乌玛。

得极其怪异，畸形的身体上戴着光怪陆离的首饰。（24）他们的脸面有的像老虎、狮子、熊罴、花猫或摩迦罗①，有的像弗栗舍旦沙②、大象或骆驼。（25）有的像猫头鹰、秃鹫或豺狗，有的像鹿、麻鹬或鸽子。（26）还有的身体像狗，像豪猪，像蜥蜴、驴子、绵羊或母牛。（27）有的像山，有的像云，手持飞轮、火把或棍棒等武器。又有的像成堆的眼膏，或者白色的山。（28）人民之主啊，七神母也结伴前来。所有的沙提耶、毗奢神、风神、婆薮神和祖先们，（29）所有的楼陀罗、阿提迭、悉陀、蛇精、檀那婆和鸟众，自在尊神梵天及其子息、毗湿奴，（30）以及天帝释，也全都来到这儿，为的是看望这所向无敌的最胜童子。此外，到这里来的还有以那罗陀为首的众天神和优秀的健达缚们，（31）以毗诃波提为首的众神仙、众悉陀、普施恩惠的神中之神利菩们③、众亚摩④和众陀摩⑤。（32）

这个尊贵而又膂力强大，瑜伽功深的孩童向着那手持三叉铁戟的众神之主毕那紧（湿婆）跨步走去。（33）见他迎面走来，湿婆、雪山之女、恒河和火神同时在心中思忖起来：（34）"这童子会向谁先行致意呢？"同样，他们全都自信："一定是我。"（35）童子猜出了他们心中的想法，便借助瑜伽力幻化出不同的身形。（36）这强大的世尊刹那间幻化出四个身形。他们是室建陀、沙戟、毗沙戟和尼伽弥沙。（37）强有力的世尊将自己变幻成四种形象后，容貌奇异的室建陀便向楼陀罗（湿婆）的跟前走去。（38）毗沙戟走向无上之山（雪山）的女儿身边。貌若风神的沙戟向火神走去。光辉似火的尼伽弥沙则走向恒河。（39）这四位的形体彼此相似，光彩闪射。他们从容地走向不同的神明，那景象真是见所未见。（40）看到这妙不可言，令人毛发倒竖的一幕，天神、罗刹和檀那婆们禁不住发出"啊！啊！"的叫声。（41）

楼陀罗（湿婆）、提毗（雪山之女）、火神和恒河女神一齐起身，

---

① 见前第17章第9颂注。
② 弗栗舍旦沙为神话中一种住在洞中的兽类。
③ 印度古代传说中的工匠神，因陀罗的神马、双马童的车乘、毗诃波提的神牛等都出自其手。
④ 一类神明。
⑤ 一类小神灵。

向宇宙之主、老祖宗（梵天）躬身致敬。（42）王中雄牛啊，致敬如仪以后，他们怀着对迦缔吉夜的好感，表达他们的愿望道：（43）"世尊啊，诸神之主，请给予这童子他所希望的，也适合于他的权位吧。我们会因此而高兴。"（44）听大家这么说，聪明睿智的世尊，一切世界的祖宗（梵天）心中盘算："给予他什么呢？"（45）所有属于天神、健达缚、罗刹、妖精、药叉、鸟类和蛇族的统治权，（46）他早已分别交给了灵魂伟大者们。在这位大智者看来，那童子也是有资格获得统治权的。（47）婆罗多后裔啊，他一向关心天神的利益。于是，沉思了一会儿，他决定让那童子在一切众生中担任军队统帅。（48）这位一切众生的祖宗（梵天）还对所有的天神首领发出命令，要求他们服从他。（49）接着，为了给童子举行灌顶礼，以梵天为首的众天神带着他一同来到众山之主（雪山）。（50）吉祥神圣的婆罗私婆蒂河是众河魁首。她源于雪山，流经普五，三界之内无人不知。（51）就在这圣洁完美的婆罗私婆蒂河岸，众天神和健达缚心满意足地各自就座。（52）

以上是吉祥的《摩诃婆罗多》中《沙利耶篇》第四十三章(43)。

四四

护民子说：

然后，根据经典的要求，毗诃波提备好各种灌顶用具，并按照仪规向点燃的祭火中投献了酥油。（1）迦缔吉夜坐在雪山赠送的座椅上。这坐椅举世无双，镶嵌着天国的宝石，极品的珠宝闪闪发光。（2）众天神携来了灌顶用品，都是事先按仪规念过咒的。随身带着的还有各种吉祥之物。（3）来到这里的有勇力非凡的因陀罗和毗湿奴，有日神和月神，以及陀多、毗陀多、阿尼罗（风神）和阿那罗（火神），（4）普善、跋伽、阿尔耶摩、鸯舍、毗婆薮、智慧的楼陀罗、密多罗和伐楼拿，（5）众楼陀罗①、众婆薮、众阿提迭、双马童、

---

① 楼陀罗曾在梵天的命令下，将自身分作男、女二身。此二身又复各分为十一个个体。由男身所分的个体仍称作楼陀罗。这里指的就是他们。

众毗奢、众摩录多、众沙提耶和众祖先，(6) 众健达缚、众天女、众药叉、众罗刹、众蛇精、无数的神仙和优秀的众梵仙，(7) 众吠伽那娑、众矮仙、众餐风者、众饮光者、婆利古族众后裔、鸯耆罗族众后裔、灵魂伟大的众耶提、众持明和众位功德圆满的瑜伽行者，(8) 老祖宗（梵天）、补罗斯迭、大苦行者补罗诃、鸯耆罗、迦叶波、阿多利、摩利支和婆利古，(9) 迦罗都、诃罗、波罗吉多、摩奴、陀刹、各季节、诸行星、人民之主啊，以及众星辰。(10) 还有显身的众河流、永恒的众吠陀、众大海、众湖泊、各处圣地、大地、天空、各个方向和树木，(11) 天神之母阿提底、羞愧天女、吉祥天女、娑婆诃（火神之妻）、娑罗私婆蒂、乌玛、沙姬、悉尼伐利（新月）、阿奴摩提（圆月）、俱忽（朔日）、罗迦（望日）、提沙那（火神之女）和天国居民的夫人们，(12) 雪山、文底耶山、峰峦叠嶂的弥卢山、爱罗婆多①及其追随者、迦罗②、迦湿吒③、月、半月、季④、黑夜和白昼，(13) 名叫高嘶的无上宝马、名叫蜷曲的众蛇之王、阿鲁嗜、金翅鸟、树木和药草，(14) 以及尊贵的正法之神、时间之神、阎摩、死神和阎摩的随从——他们全都来到这里。(15) 前来参加鸠摩罗灌顶仪式的各路神明数量太多，我实在无法一一列举。(16)

国王啊，所有天国的居民都带来了灌顶所需的各种器皿和吉祥之物。(17) 取自娑罗私婆蒂河的吉祥圣水盛在黄金罐里，人主啊，罐内还放有别的神圣之物。(18) 天国的居民们欢欣鼓舞，将这吉祥圣水倾倒在鸠摩罗的头上，使他成为让阿修罗心惊胆战的天兵统帅。(19) 大王啊，世界的老祖宗，尊神梵天和精气旺盛的迦叶波，以及其他我在这里没有一一提到的天神为他灌顶，就像当初他们为众水之神伐楼拿灌顶一样。(20) 强有力的世界之主梵天高兴地赠给他一批了不起的扈从。他们个个力大无穷，行走如风，业绩不凡，还具备随意增强自己勇气的本领。(21) 他们是喜军、赤目和著名的铃耳；

---

① 参见前第 16 章第 51 颂注。
② 时间单位，为一分钟，或四十八秒，或八秒。
③ 时间单位，为迦罗的三十分之一。
④ 前第 10 颂已经提到季节。

第四位扈从名叫莲花环。（22）王中之主啊，斯塔奴①也送给室建陀一个了不起的扈从，他充满智慧，迅猛异常，能够随意变幻出成百种幻象，还有本领随意增强自己的勇气和力量，摧垮天神之敌。（23）在天神和阿修罗的大战中，他满腔愤怒，用自己的双臂诛杀了一千四百万创下过可怕业绩的提迭。（24）众天神赠给他一支军队。它战无不胜，具有多种形象，常与恶魔遭遇，能给天神的敌人以毁灭性打击。（25）见此景象，以婆薮之主（因陀罗）为首的众天神，以及所有的健达缚、药叉、罗刹、牟尼和祖先异口同声地发出一阵胜利的欢呼。（26）

阎摩也送给他两个扈从，一个叫温摩特，一个叫钵罗摩特。他们勇气非凡，光彩焕发，犹如阎摩和死神。（27）高贵的太阳神也高兴地将自己的两个随从送给了迦缔吉夜。他们分别叫苏婆罗阇和跛私迦罗。（28）苏摩也送给他两个侍从，摩尼和苏摩尼。他们高大有如盖拉娑山峰，常戴白色花环，涂抹白色油膏。（29）食祭品者（火神）赠给他的儿子两个扈从，火舌和光芒。他们英勇善战，常给敌人以致命打击。（30）鸯舍送给聪慧的室建陀五个随从，他们是铁闩、无花果、力大无穷的恐怖、骁勇凶悍的燃烧和火焰。（31）善制强敌的婆薮之主（因陀罗）送给阿那罗（火神）之子的两个随从名叫鱼鹰和莲花。他们一个手持金刚杵，一个挥舞大棍棒，曾经在战场上杀死过无数大因陀罗的敌人。（32）名满天下的毗湿奴送给室建陀三个扈从，遮伽罗、毗伽罗摩迦和力大无穷的商伽罗摩。（33）婆罗多族雄牛啊，双马童高兴地送给室建陀两个随从。他们是一切知识无不通晓的福增和喜乐。（34）声誉卓著的陀多赠给那灵魂伟大者的是恭陀那、俱苏摩、俱目陀、旦波罗和阿旦波罗。（35）陀湿多赠给室建陀两个优秀的扈从，瓦迦罗和阿奴瓦迦罗。他们强悍有力，善施幻象，面似绵羊。（36）强有力的密多罗送给灵魂伟大的鸠摩罗两个随从，妙誓和忠信。他们灵魂高尚，学识渊博，勤修苦行。（37）毗陀多送给迦缔吉夜两个扈从，妙光和懿行。他们容貌俊美，善施恩德，三界之内，广有令名。（38）婆罗多后裔啊，普善送给迦缔吉夜两个侍从，波厘

---

① 这里指大神湿婆。

陀迦和伽厘迦，也都善施幻象。（39）婆罗多族俊杰啊，风神伐由送给迦绨吉夜两个扈从，大力和超力。他们面生巨口，力大无穷。（40）素重然诺的伐楼拿赠给迦绨吉夜两个扈从，饕餮和超饕餮。他们孔武有力，口大如鲸。（41）国王啊，雪山送给食祭品者（火神）之子灵魂高尚的妙光和超光。（42）婆罗多族后裔啊，弥卢山赠给火神之子两个随从，灵魂高尚的金财和云环。（43）弥卢山还赠给火神之子另外两个随从，恒毅和超毅。他们力大无穷，勇气非凡。（44）文底耶山送给火神之子两个扈从，高峰和超峰。他们用巨石作战。（45）大海送给火神之子两个随从，聚合和分离。他们用棍棒作战。（46）美丽的雪山之女赠给火神之子的随从是癫狂、华齿和钉耳。（47）人中之虎啊，众蛇之王婆苏吉送给火神之子两条蟒蛇，胜利和大胜。（48）强大有力的众沙提耶、众楼陀罗、众婆薮、众祖先、众海洋、众河流和众山岳也纷纷慨然相赠。（49）他们赠给他各级军队将领。将领们手持铁叉和三叉戟等天兵武器，服饰五花八门。（50）

下面请听我讲述室建陀所获其他将士的名字，他们手持诸般兵器，佩戴着各种饰物。（51）他们是钉耳①、尼恭跋、莲华、睡莲、无垠、十二臂、克里希那和优波克里希那迦，（52）德罗纳湿罗瓦、猴肩、金目、阇琅陀摩、目责、鸠那地迦和陀默婆罗伽厘陀，（53）独目、十二目、独髻、千臂、狰狞、虎目和地震，（54）吉相、妙相、妙嘴、悦容、闻名、红莲和美环膏，（55）羊腹、象头、肩目、百眼、火舌、可怖、黑发、盘髻和诃利，（56）四獠牙、八舌、云中雷、退闻、电目、弓嘴、坚定和食风，（57）腹眼、鱼目、金刚脐、明光、海涛和山摇，（58）子羔、激流、欢喜、喜悦、烟色、白色、羯陵伽、成就和施恩，（59）变色龙、欢喜②、牛喜、辉煌、欢乐、喜乐、万字和持久，（60）奇摩瓦波、贵生、成行、牛栏和金冠。婆罗多后裔啊，这些都是扈从首领。（61）此外还有歌人、欢笑、利箭、宝剑、吠陀林、阿提陀林、伽底迦和赞扬者，（62）天鹅生、涂泥肢、海癫、战怒、喜笑、白首和喜欢，（63）青颈、放光、瓶卵、奇异、青眼、白

---

① 前第 47 颂已有此名。
② 前一颂已提到此名。

光和地动，（64）致祭、激流①、天祭、苏摩饮、浓发者、大能、迦罗陀和迦腊陀，（65）度诃那、度哈那、勇敢的花天、甜美、妙赠、冠冕和大力，（66）着衣、蜜色、瓶腹、陀门得、成爱和针尖，（67）白嘴、妙嘴②、喜嘴、浅白、壮臂、妙臂、尘埃和杜鹃，（68）山峦、金眼、跋罗那摩佚迦、共行、红莲③、雕面和豺狗，（69）血食口、肚腹、瓶嘴、宝瓶、鸱鹠颈、黑力、天鹅嘴和月光，（70）手龟、贝壳、五嘴、授徒、桦鸟嘴、瞻部伽、菜面和宝瓶④。（71）此外，老祖宗（梵天）还向室建陀赠送了很多随从，个个灵魂高尚，修炼瑜伽，亲近婆罗门。镇群王啊，他们有的年轻，有的年老，有的尚幼。（72）

来到鸠摩罗身边的随从成千上万。他们的嘴脸各不相同，镇群王啊，请听我讲。（73）他们的嘴脸，有的像乌龟，有的像公鸡，有的像兔子，有的像鸥䳱，有的像驴子，有的像骆驼，有的像野猪，（74）有的像人，有的像绵羊，有的像母豺，有的像可怕的摩迦罗，有的像海豚，（75）有的像猫，有的像兔⑤，有的长着大长脸，有的像猫鼬，有的像鸥䳱⑥，有的像狗，（76）有的像老鼠，有的像赤目獴，有的像孔雀，有的像鱼，有的像绵羊⑦，有的像山羊，有的像野牛，（77）有的像熊，有的像虎，有的像豹，有的像狮，有的像可怕的大象，有的像鳄鱼，（78）有的像金翅鸟，有的像犀牛，有的像狼，有的像母牛，有的像骡子，有的像骆驼⑧，有的像大猫，（79）有的长着大肚子，有的长着大脚，有的肢体肥大，有的眼睛像星星。婆罗多后裔啊，嘴脸有的像鸽子，有的像公牛，（80）有的像杜鹃，有的像鹰隼，有的像鹧鸪，有的像蜥蜴，有的穿着洁净的衣服。（81）有的像蟒蛇，有的像铁叉，有的面目狰狞，有的长着百首，有的以毒蛇为衣，有的长着牛鼻，穿牛皮衣。（82）

---

① 前第 59 颂已提到此名。
② 前第 55 颂已提到此名。
③ 同上。
④ 前一颂已提到此名。
⑤ 前第 74 颂已提到此类形象。
⑥ 同上。
⑦ 前第 75 颂已提到此类形象。
⑧ 前第 74 颂已提到此类形象。

有的大腹便便而肢体细弱，有的肢体肥大而肚皮干瘪，有的长着短脖，有的长着大耳，有的拿各种各样的蛇当装饰。（83）有的穿着象皮衣，有的穿着黑鹿皮衣。嘴巴有的长在肩膀上，有的长在肚子上，（84）有的长在后背上，有的长在下巴上，有的长在大腿上，有的长在胸肋边，还有的长在别的什么地方。（85）军队的首领们有的长着蛆虫嘴，有的长着蝗虫嘴，有的张着猛兽的血盆大口，有的长着多手多头。（86）有的胳膊像大树，有的脑袋长在腹部，有的嘴巴弯曲如蛇，有的住在灌木丛中。（87）有的披着木片，有的身穿兽皮，有的仅以碎布蔽体，衣着五花八门。（88）有的裹着头巾，有的戴着尖顶冠，有的戴着新月冠，有的脖颈上挂着贝壳，有的浑身透着光彩，有的顶扎五髻，有的头发坚硬。（89）有的梳着三髻，有的梳着两髻，有的梳着七髻，有的束有顶髻，有的戴着尖顶冠①，有的完全剃光，有的绾成发髻。（90）有的戴着各色花环，有的脸上毛发浓密，有的穿着天国的衣服，戴着天国的花环，他们全都爱好战斗。（91）

有的皮肤黝黑，有的脸上无肉，有的后背奇长，有的没有肚子，有的后背宽阔，有的后背狭窄，有的肚皮和阳物下垂。（92）有的胳膊粗长，有的胳膊细短，有的身材五短，有的就是侏儒，有的背驼，有的腿长，有的脑袋耳朵似大象。（93）有的长着象鼻，有的长着乌龟鼻，有的长着狼鼻。有的嘴唇厚，有的舌头长，有的脸部耷拉下来，模样可怕。（94）有的獠牙巨大，有的牙齿短小，有的只长四齿。国王啊，还有的体大有如象王，数以千计，令人生畏。（95）有的肢体匀称，身佩饰物，光彩照人。有的眼睛棕色，有的耳朵像箭，有的鼻子下勾。（96）有的牙齿宽阔，有的牙齿巨大，有的嘴唇肥厚，有的头发变绿。婆罗多后裔啊，他们长着各不相同的足、唇、齿、手、头，身被各种铠甲，操着各种语言。（97）这些将领擅长多种方言，能够互相交谈。他们为了辅佐室建陀而来，个个兴高采烈，不停地走动。（98）他们有的脖颈长，有的指甲长，有的长着大脚、长臂和大头。有的眼睛棕色②，有的脖子青色，有的耳朵下垂。（99）有的腹部

---

① 前一颂已提到此类形象。
② 前面第96颂已经提到这种特征。

像狼，有的像眼膏，有的肢体雪白，有的脖颈赤红，有的眼睛棕色①。国王啊，还有很多黑白相间，或色彩斑驳。（100）有的冠饰像牦牛尾，有的身被红白条纹，有的周身五彩，有的上下一色，有的绚丽像似孔雀。（101）

还有一些随从是武装而来的。请听我讲述他们携带的武器。（102）有的长着驴面，张着驴口，手中高举套索。有的青颈巨目，手持铁闩。（103）有的手持百杀器，有的手持轮宝，有的手持铁杵，有的手持铁叉，有的手持战刀，个个身躯魁梧，力大无比。（104）有的手持棒槌，有的手持火箭，有的手持标枪，有的手持战刀，有的手持铁锤，有的手持棍棒。（105）作为室建陀的随从，他们个个灵魂高尚，力大无穷，速度飞快，动作迅猛，所携兵器各异，件件令人心惊。（106）他们威武有力，性好战斗，亲见鸠摩罗的灌顶大典，无不兴高采烈，摆动着四肢上的串串铜铃，跳起舞来。（107）国王啊，还有很多随从来到灵魂伟大，伟岸显赫的迦缔吉夜身边。（108）这些勇士行动如风。他们来自天界、空界和地界，全是按照众天神的指令，来做室建陀的随从。（109）这样的随从计有百万千万之多。灵魂伟大的室建陀举行灌顶大礼，他们聚集在他的周围，准备为他效力。（110）

以上是吉祥的《摩诃婆罗多》中《沙利耶篇》第四十四章(44)。

<h1 style="text-align:center">四五</h1>

护民子说：

国王啊，在鸠摩罗的随从之中，还有一批善破敌众的女性。英雄啊，请听我讲讲她们。（1）婆罗多后裔啊，请听这些声誉卓著的女性名字。在包括动物与不动物的三界中，这些高贵的女性无处不在。（2）她们是：有光、广眼、灰发、牛鼻、吉祥女、丰饶和多子，（3）水生、牛护、广母、能胜、摩罗提迦、坚宝和生畏，（4）善索、妙索、离

---

① 前面第96、99两颂已经提到这种特征。

忧、难底尼、单髻、大髻和轮缘，（5）磨光、胜军、莲目、吉美、胜敌、激愤、沙勒皮和牝驴，（6）春华、秀面、津边、喜歌、优异、伽陀卢拉和无尽食，（7）云雷、雌蟒、秀眉、火舌、火眼、勇健和闪舌，（8）有莲、妙星、大谷、多驾、散陀尼迦、吉富和大力，（9）妙索①、多索、妙光、美名、喜舞和百白带，（10）百铃、百喜、吉喜、靓女、婀娜、月寒和时母贤，（11）集尘、豆蔻、巡行、方庭、妙福、吉福、愿增和爱胜，（12）财施、妙恩、生施、水主、绵羊、山羊、萨弥提、僵尸鬼母、奇痒、乌云和天友，（13）倒悬、羯陀吉、花军、有力、鸠鸠提迦、商戟尼伽和褴褛，（14）瓶敌、拘伽里迦、大腱、百腹、乌陀伽罗提尼、老日、大潮和庚伽那，（15）念速、饕餮、红苋、布陀那、居空、鸠罗伐由提、爱女、吼主和电光，（16）脂腹、象鼻、树洞、云居、妙喜、垂下、长发、宝髻和颂赞，（17）高辩、红目、赤带、阔面、蜜甘和蜜罐，（18）羽额、搅棒、蛇蜕、裂面、广知、灼目和劲吹，（19）裂隙、菩商、宝环、无脱和乳垂，（20）竹琴、红目②、赤带③、兔枭面、克里希娜、坚胫和大速，（21）海豚面、亮白、赤眼、威吓、辫额、欲行、长舌和力强，（22）青壤、小身、冠冕、赤眼④、大身和绿身，（23）独字、妙华、青耳、刀耳、四耳和耳覆，（24）四路居、牛耳、牛面、坚耳、大耳和大鼓声，（25）螺瓶音、碎施、大力⑤、从众、妙众、攻袭和欲施，（26）四路喜、富津、别域、牲施、钱施、乐施、大名、乳施、牛施和妙角，（27）坚立、妙坚立、欢愉、妙欢、牛耳⑥、妙耳、萨昔罗、私台梨迦、独轮、雷鸣、聚云和毗卢遮娜。（28）

婆罗多族雄牛啊，这些以及其他来做迦绨吉夜女性扈从的不仅形象各异，而且为数众多，可以千计。（29）她们有的长着长指甲，大牙齿，宽嘴巴，腰身笔直，容颜迷人，周身装饰华美，正值青春年华。（30）有的四肢不肥，皮肤白皙，闪着金子般的光辉，不仅气韵

---

① 前面第 5 颂已有此名。
② 前第 18 颂已有此名。
③ 同上。
④ 前一颂已有此名。
⑤ 前第 9 颂已有此名。
⑥ 前第 25 颂已有此名。

高贵，还能随心所欲，变化外貌。（31）有的肤色黧黑如乌云，有的皮肤呈烟色，有的形容富态，宛如朝霞，有的长发垂肩，身穿白衣。（32）有的发辫高盘，有的眼目赤红，有的长带飘拂，有的广腹，有的长耳，有的丰乳。（33）有的眼呈铜色，有的眼呈绿色，有的肤色如铜。她们随意而行，乐于施人恩惠，总是高高兴兴。（34）她们个个勇力非凡，敌人的折磨者啊，像阎摩，像楼陀罗，像苏摩，像俱比罗，像伐楼拿，像大因陀罗，像阿耆尼，（35）像伐由，像鸠摩罗，像梵天。在容貌上，她们像天女；在迅捷上，她们像风神；（36）在声音上，她们像杜鹃；在富有上，她们像施财者①；在光辉上，她们像火神；在勇气上，她们像天帝释。（37）她们住在树木上、场地上、大路的交汇处；或者栖身洞穴、墓地、山间、泉旁。（38）她们佩戴不同的饰物和花环，身穿色彩斑斓的衣服，操着各种各样的语言。（39）按照三十三天之主（因陀罗）的旨意，她们和其他许多足以让敌人望而生畏的女性，都来追随灵魂伟大的室建陀。（40）

王中之虎啊，尊神诛灭巴迦者（因陀罗）将飞镖送给古诃（室建陀），使他能消灭所有天神之敌。（41）婆罗多族雄牛啊，因陀罗还送给他美丽的旗幡，颜色就像初升的太阳，闪着耀眼的光芒，巨大的铃铛发出震耳的声响。（42）兽主（湿婆）给了他一支由一切众生组成的庞大军队。这支军队勇猛善战，掌握着各式兵器，具有来自苦行的非凡勇力。（43）毗湿奴送给他一只胜利花环，它能使佩带者的力量与日俱增。乌玛送给他两袭洁净的衣衫，闪闪发光，如同太阳。（44）恒河高兴地送给鸠摩罗一只能够产生甘露的无上神瓶。毗诃波提送给他一根神杖。（45）金翅鸟把自己喜欢的儿子送给了他，那是一只羽色斑斓的孔雀。曙光送给他一只以脚爪为武器的公鸡。（46）伐楼拿王送给他一根强劲有力的套索。世界的创造者梵天送给这位敬重婆罗门者一张黑羚羊皮，同时赐予他战斗胜利。（47）

室建陀荣任天神军队的统帅之后，在男性和女性扈从的簇拥下，容光焕发。他浑身闪耀着烈火般的光芒，俨若火神第二。（48）这支军队全副武装，令人畏惧。它高擎着挂有铃铛的旗幡，携带着大鼓、

---

① 即财神俱比罗。

小鼓和螺号,像是点缀着繁星的秋夜晴空,十分壮观。(49)众天神和由众生组成的军队秩序井然。无数的鼙鼓和螺号一齐响起。(50)小鼓、恰罗恰拉①、吉迦遮②、牛角、阿敦波罗、喇叭和玎狄摩③的声音震耳欲聋。(51)以婆薮之主(因陀罗)为首的众天神齐声赞颂鸠摩罗。众天神和健达缚们唱起歌来,众天女也婆娑起舞。(52)天兵统帅高兴地赐给三十三天神一份恩惠,说道:"我要在战斗中消灭那些企图杀死你们的敌人!"(53)众天神获得了这位神中俊杰的恩惠,心中充满快乐,觉得好像敌人已经消灭。(54)灵魂伟大的室建陀施恩之后,一切众生欣喜若狂,欢呼之声充满了三界。(55)

接着,在天兵统帅的率领下,庞大的军队出发了,前去征讨众提迭,以保护天国居民的安全。(56)人民之主啊,走在室建陀大军前面的是精进、胜利、正法、成就、繁荣、坚定和传承。(57)就这样,古诃(室建陀)率领着令人畏惧的大军出发了。战士们手持铁叉、铁锤、棍棒、铁杵、铁箭、标枪和长矛,同时发出骄傲的狮子吼。(58)见此阵势,所有的提迭、罗刹和檀那婆都大惊失色,四散奔逃。众天神则手执武器,紧紧追赶。(59)威力强大的室建陀将手中可怕的飞镖一次次愤怒地投向敌军。他所展示的威力,正像投放酥油后蹿腾的祭火。(60)室建陀威力巨大,不可限量。他一掷出飞镖,大王啊,空中燃烧的流星便纷纷坠落大地。(61)雷电轰鸣,暴风雨降临大地,人主啊,景象恐怖,就像世界末日来临。(62)婆罗多族雄牛啊,令人畏惧的火神之子每投出一支飞镖,都会有千万支飞镖从它迸发出来。(63)在战斗中,这位强有力的世尊用飞镖杀死了同样威武有力的提迭王多罗迦。人主啊,环护在多罗迦周围的有数十万强壮有力的提迭英雄。(64)后来,他又在交战中杀死了统帅着八万亿士兵的摩希舍和手下士兵达数千万的陀哩波陀。(65)这位大神还杀死了诃罗道陀罗。护卫诃罗道陀罗的有数以百亿计,手持各种武器的随从。(66)国王啊,随同鸠摩罗出征的战士们一面奋勇杀敌,一面发出传遍十方的巨大吼声。(67)王中之首啊,成千上万的提迭被室建陀

---

① 一种鼓,又说一种笛。
② 何种乐器不详。
③ 阿敦波罗和玎狄摩都是鼓。

飞镖上的光焰烧死了。还有许多为室建陀的巨吼惊吓而死。(68) 有些天神之敌死于摇动的旗幡下。有些被铃铛声吓得仆倒在地。有些遭到各种武器的杀戮,倒地身亡。(69) 就这样,在战斗中,力大无穷的英雄迦缔吉夜杀死了无数的天神之敌,武力强大的进犯者。(70)

这时,一个大力提迭,钵利之子名叫巴纳的,登上了麻鹨山①,在这里抵御众天神。(71) 见此,智慧高超的天兵统帅迦缔吉夜直向那天神之敌冲去,吓得他逃进了麻鹨山中。(72) 世尊迦缔吉夜大为震怒,遂用火神送给他的飞镖一举劈开了麻鹨山。这座山上经常回响着麻鹨的叫声,(73) 娑罗树的枝干直插云天。此刻,猕猴和大象心头惊慌,鸟儿纷飞,蟒蛇滑落。(74) 受惊的鹿儿挤在一起。成群猿猴和熊罴的奔跑声,羚羊的惊逃声,此起彼伏。(75) 沙罗跋②和狮子也突然从藏匿处跑出。整座麻鹨山陷入可悲的境地,却依然光彩熠熠。(76) 室建陀飞镖落下时发出的声响使紧那罗们失魂落魄,也使住在山巅的持明们惊跳起来。(77) 成千上万的提迭从这大火燃烧的众山之主逃离,身上戴着各种首饰和花环。(78) 鸠摩罗的随从们制服并杀死他们。这位诛杀强敌的火神之子用他的飞镖劈开了麻鹨山。(79) 他一次又一次地把自己化作多身,又复原为一身;一次又一次地掷出飞镖,然后又把它收回手中。(80) 就这样,尊贵的火神之子展示出他的无穷伟力。麻鹨山劈翻了,成百上千的提迭死在他的手下。(81)

这位尊神消灭了天神的敌人。众神对他崇拜有加,使他满心欢喜。(82) 于是鼙鼓奏响,螺号长鸣,婆罗多后裔啊,天上的神女们也洒下无上美妙的花雨。(83) 宜人的和风徐徐吹拂,带来阵阵的天香。健达缚们唱起赞歌,大仙人们纷纷举祭。(84) 有些人认为他是老祖宗强大有力的儿子,即梵天所出诸子中的长子永童。(85) 有些人认为他是大神(湿婆)之子。有些人认为他是火神之子。有些人则说他是乌玛之子,或诸吉提迦之子,或恒河之子。(86) 无论他是其中哪一位的儿子,或是哪两位的儿子,或是哪四位的儿子,数以百计和数以千计的人都在称颂这瑜伽行者之主,力大无比之神。(87)

---

① 该山为喜马拉雅山东部一支脉,在阿萨姆邦北部。
② 一种传说中的八足兽。

国王啊，上面讲的，就是迦缔吉夜灌顶的事情。现在，请继续听我讲述娑罗私婆蒂河畔那些圣地的吉祥往事。（88）在鸠摩罗消灭了众神之敌以后，大王啊，那地方就成了优秀的圣地，仿佛另起了一座因陀罗的天堂。（89）作为主人，这位火神之子就在这里将三界之内的主权分赠给各路天神。（90）大王啊，也就在这个圣地，那位诛灭提迭族的世尊（鸠摩罗）由众天神灌顶而成为天兵统帅。（91）另外一处圣地，称作奥遮婆的，则是以前诸天神为众水之主伐楼拿举行灌顶礼的地方。（92）持犁（罗摩）在这优秀的圣地进行沐浴，赞颂室建陀，并向婆罗门赠送了黄金、衣服和饰物。（93）诛灭强敌的摩豆族后裔（罗摩）在当地度过了一个夜晚。翌日，持犁（罗摩）敬拜这个优秀的圣地，触摸了圣地之水，遂觉心怀舒畅，面露喜色。（94）现在，你的问题我已经全部回答完了。众天神聚集在这里，为世尊室建陀举行灌顶礼的故事，就是这些。（95）

以上是吉祥的《摩诃婆罗多》中《沙利耶篇》第四十五章(45)。

四六

镇群说：

婆罗门啊，鸠摩罗灌顶如仪的故事美妙神奇，你已经为我细说端详。（1）以苦行为财富的人啊，听了它，我感觉自己得到了净化。我兴奋得毛发倒竖，心中充满喜悦。（2）那鸠摩罗灌顶，消灭众提迭的故事，我听了以后，真是无上欢喜。不过，我的好奇心依然存在。（3）诸天神和阿修罗是怎样在那处圣地为众水之主灌顶的？大智者啊，你最娴辞令，请讲给我听。（4）

护民子说：

国王啊，请听我说。那是一个奇妙故事，发生在上一劫[①]的一个圆满时代。有一次，所有的神明聚在一起，来到伐楼拿的跟前，对他

[①] 印度古代神话传说中的时间单位，据计算约当四十三亿二千万年。印度的创世传说认为宇宙存在一劫之后，即被劫火烧尽，归于毁灭；再过一劫后，又会重新创造出来，如此反复，以至无穷。每一劫等于一千个大时代。每个大时代下含有四个时代（或称时），圆满时代列在第一。

说道：(5)"众神之主天帝释一向保护我们，使我们免受各种威胁。请你也像他一样，来作众河之主吧。(6)神啊，你一直住在大海之中，那里是摩伽罗①的家。那么就让海洋，这众河之主，归你管辖吧。(7)你将同月神苏摩一起出现盈亏。"伐楼拿回答道："好，就这样吧！"(8)于是，众天神聚在一起，按照规矩，举行仪式，将住在大海中的伐楼拿立为众水之主。(9)众天神为伐楼拿灌顶，使他成为耶陀斯②之主。他们在敬拜这位水神之后，便一一返回了各自的住处。(10)大名鼎鼎的伐楼拿由诸神灌顶之后，便按照规则，保护河流、湖泊、大海和其他水域，就像百祭（天帝释）保护诸神一般。(11)

诛灭波罗楞波者③在这里④进行沐浴并广施各种财物。然后，这位大智者又开始向阿耆尼圣地进发。当初，那食祭品者（火神阿耆尼）在众人面前消失，藏匿在这个圣地的莎弥树⑤中。(12)结果，整个世界都失去了光亮。于是，无瑕者啊，众天神一齐去见一切世界的老祖宗（梵天），对他说道：(13)"世尊阿耆尼不见了，我们不知道什么原因。千万别让世界毁灭！请再把火造出来吧！"(14)

镇群说：

那么阿耆尼，这世界的创造者，究竟是为了什么而消失的呢？他又是怎样被众神找到的？请你如实讲给我听。(15)

护民子说：

那威武的知众生者（火神）遭到婆利古诅咒，十分害怕。于是，这位世尊就钻进莎弥树里，消失不见了。(16)火神消失以后，包括婆薮之主（因陀罗）在内的众天神焦虑不安。他们开始到处寻找。(17)后来，他们来到阿耆尼圣地，发现火神就藏在莎弥树里。(18)人中之虎啊，以毗诃波提为首的众天神和婆薮之主（因陀罗）见到了火神，十分高兴，然后循原路返回了来处。火神也成了杂

---

① 参见第17章第9颂注。
② 耶陀斯为海中巨兽。
③ 即大力罗摩。波罗楞波为一提迭名。
④ 即前第45章第92颂所说的奥遮婆圣地。
⑤ 一豆科含羞草属乔木，木质坚硬，古代用于摩擦取火，以备行祭时用。

食者。① （19）大地保护者啊，那是宣梵者婆利古诅咒的结果。智慧的大力罗摩在这里沐浴以后，转而前往梵胎圣地。（20）

那是一切世界的老祖宗（梵天）创世的地方。当初，世尊梵天曾和众天神一起在那里依照为神明制定的规矩举行沐浴，并且创造了食物。（21）大力罗摩在梵胎圣地沐浴并施舍了种种财物以后，又转而去了俱比罗圣地。国王啊，强有力的伊罗毗罗之子（俱比罗）在该地修炼过大苦行，从而取得了财富之主的权位。（22）国王啊，当初伊罗毗罗之子在那里修炼苦行时，各种财物和宝藏曾一起聚集到他的身边来。人民之主啊，持犁（罗摩）拜访这个圣地并在那里沐浴后，又向众婆罗门施舍了各种财物。（23）在俱比罗圣地优美的树林里，他见到了从前灵魂伟大的俱比罗修炼严酷苦行的地方。（24）俱比罗王在那儿得到了许多恩惠，得到了财富之主的权位，得到了精力无限的楼陀罗的友情。（25）巨臂啊，很快地，这位财富之主还得到了神的地位，世界保护者的地位，以及一个名叫那罗俱波罗的儿子。（26）众摩录多前来为他行灌顶礼。他们给了他一辆可爱的神辇，由天鹅驾辕，名叫补湿波迦。他们还赐给他统治尼内多②的王权。（27）国王啊，大力罗摩在这里沐浴并散施大量财物后，又身涂白色油膏，迅速前往另外一处圣地。（28）这处圣地名叫烹枣，是个一切众生常去拜访的地方。那里各季树木常年开花结果，美丽异常。（29）

以上是吉祥的《摩诃婆罗多》中《沙利耶篇》第四十六章(46)。

四七

护民子说：

罗摩去了那非凡的烹枣圣地。那是一个苦行者和成道者常去的地方，曾经住着一个严守誓愿的女子。（1）她是仙人婆罗堕遮的女儿，

---

① 有一次，仙人婆利古外出沐浴，要火神为他守护好自己已有身孕的妻子。火神失职，致使其妻被罗刹劫去。婆利古忿而诅咒火神成为无所不食者。痛苦的火神躲了起来。后梵天宣布，凡火神接触过的东西都会受到净化。火神得到安慰，便又出现在世界上。参阅《初篇》第5—7章。

② 尼内多是西南方的罗刹族群。

名叫婆卢遮婆蒂，生得貌美无双。主上啊，这年轻女子一直过着梵行生活。（2）人主啊，在那里，她多方约制自身，修炼严酷的苦行。这美丽的女子一心想让天神之主成为自己的丈夫。（3）就这样，许多年过去了。俱卢后裔啊，在这些年里，她约制自身，其严厉程度，不是一般女子所能承受的。（4）人民之主啊，她的表现，她的苦行，她的无限虔诚，使尊贵的诛灭巴迦者（因陀罗）非常高兴。（5）于是，这位强大的三十三天之主便来到她的净修林，装扮成灵魂伟大的婆罗门仙人极裕的样子。（6）见修炼严酷苦行的极裕仙人到来，婆罗多后裔啊，她就按照牟尼的规矩，对这位苦行者中的佼佼者敬拜如仪。（7）接着，这位通晓戒规的美丽女子以亲切的语言说道："世尊啊，强大的牟尼之虎，请指示吧！（8）严守誓愿者啊，今天我要尽力为你做到一切，只是为了保持对于天帝释的虔诚，我不能把手给你。（9）以苦行为财富者啊，为了使三界之主天帝释满意，我坚持苦行，慎守誓愿，严格约制自身。"（10）

婆罗多后裔啊，听她说过这话，尊贵的大神露出了微笑。他望着这通晓戒规的女子说道，仿佛是在抚慰她：（11）"严守誓愿者啊，我知道你一直在修炼严酷的苦行。美丽的人啊，我也知道你这样做，心中要达到的目的是什么。（12）面庞姣好的人啊，你期望的任何目标都能达到。通过苦行可以获得一切。一切都在苦行之中。（13）容颜光艳的人啊，通过苦行，人可以达到天神的崇高地位。苦行是至福的根基。（14）任何人坚持苦行，抛弃邪恶的肉体，都不难达到神的地位。美丽的女子啊，请听我说。（15）福庇之人啊，你要煮一些红枣。誓愿高妙之人啊，一定要煮！"说完这些话后，诛灭波罗的尊神就离开了。（16）告别那美丽的女子后，他在离她的净修林不远的一处非凡圣地默念了几句祷词。大王啊，从此，这地方就成了三界闻名的因陀罗圣地。（17）

不过，尊贵的诛灭巴迦者（因陀罗）还想考验一下这个女子。于是，这位众神之主便设法阻挠她将枣子煮熟。（18）而婆卢遮婆蒂则穿上洁净的衣衫，将红枣放在火上，开始烧煮。王中之虎啊，她约束自身，沉默不语，专心致志，不辞辛苦。（19）人中雄牛啊，她不断地煮，煮了很长时间，眼看一日将尽，枣竟没有煮熟。（20）堆积的柴薪全烧光了。眼看火中无柴可续,她便开始烧她自己的身体。(21)这容貌可爱的女子先把自己的双脚伸进火里。渐渐地,这无辜女子的双脚烧着了。(22)尽管双足燃烧,十分疼痛,这无可指摘的莲花眼女子却不在意。她要让大仙人高兴。(23)三界之主(因陀罗)看到她这样做,非常满意。于是,他就向这女子展现了自己的本来面貌。(24)

众神之主(因陀罗)对这位能够坚守誓愿的女子说道:"美女啊,你的虔诚,你的苦行,你的持戒令我非常满意。(25)因此,美女啊,你一向怀抱的愿望将会实现。日后当你摆脱肉体的时候,大福之人啊,一定能来到我的忉利天住。(26)你的净修林将永远成为世上的非凡圣地,能够为人涤除一切罪过。美眉啊,它的名字就叫烹枣圣地。它将驰名三界,成为梵仙们喜欢朝拜的圣地。(27)大福美女啊,当初,就是在这处圣地,七仙人曾经把阿容达提①留下,自己去了雪山。(28)那些持戒极严的大福之人到那里去,是为了采集果实根茎,以便维持生计。(29)为了维持生活,他们在雪山的树林里住了下来。那时,世上发生了连续十二年的大旱。(30)这些苦行者在该地营建了自己的净修处,并在那儿一直住着。与此同时,美丽的阿容达提则在圣地修习苦行。(31)善施恩惠的三眼大神(湿婆)发现阿容达提正在遵奉严格的戒行,非常高兴,便来到这里。(32)闻名遐迩的大神将自己装扮成一个婆罗门,来到她的身边,对她说道:'美人儿啊,我想求点施舍。'(33)这容貌可爱的女子回答婆罗门道:'我这里的粮食已经吃光。婆罗门啊,请吃些枣子好吗?'大神说:'严守誓愿的人啊,那就煮些枣子吧。'(34)听婆罗门这么说,为了使他满意,这名声卓著的女子便把一些红枣放在燃烧的火上,开始烹煮。(35)她一面煮枣,一面听婆罗门吟诵神圣、吉祥、动人的故事。这样,十二年的赤地大旱就这样过去了。(36)她一面煮枣,一面听美妙的故事,不吃不喝,那可怕的大旱就过去了,像是只过了一天似的。(37)

"七位牟尼采得果子以后,从大雪山返回圣地。这时,深感满意的世尊(湿婆)对阿容达提说道:(38)'知法者啊,像以前一样,去

---

① 阿容达提为七大仙人之一的极裕之妻。它也是一颗小星的名字,属大熊座,因处在北斗七星中间,故又有说,称其为七仙人的共同妻子。

迎接回来的仙人吧。知法者啊，你的苦行，你的持戒，使我非常满意。'（39）接着，世尊诃罗（湿婆）向她示现了自己原来的形貌，并对仙人们称述了阿容达提出色的行为：（40）'诸位婆罗门啊，你们在雪山上所得的苦行功果同她在这里所得到的，照我看，不能相比。（41）这苦行女所修的苦行，一般人很难修炼。她为我烹枣，而自己却不吃不喝度过了整整十二年。'（42）然后，世尊又对阿容达提说道：'美丽的女子啊，请你依照自己的心愿，选择一种恩惠吧。'（43）于是，当着七大仙人的面，这长着棕色大眼睛的女子向大神说道：'世尊啊，如果我确实使你高兴的话，请让这个地方成为一处非凡的圣地吧。就让它叫烹枣圣地，成为得道者和仙人们喜爱访游的地方。（44）神中之神主啊，如果一个人净化自身，在这里住上三夜，就让他获得斋戒十二年才能得到的善果吧。'诃罗（湿婆）答道：'可以！'随后便回天国去了。（45）看着如今的阿容达提，众仙人惊诧不已。这贞淑的女子虽然饱受饥渴的煎熬，却既不见倦容，也不见衰色。（46）就是这样，纯洁的阿容达提取得了无上成就。大福之人，誓愿严酷之人啊，你为我所做的也是一样。（47）贤女啊，你奉守的苦行更为严厉。我对你的戒行非常满意。如今，我要给你一个恩惠。（48）美丽的人啊，灵魂伟大者（湿婆）曾经给了阿容达提一个恩惠。现在我要给你的会比她的还好。（49）美女啊，由于你所表现的仁善和能力，我在这里宣布要给你一个你理应得到的恩惠。（50）那就是，以后，任何人只要在这圣地住上一夜，收束身心，入水沐浴，他就能在抛弃肉体的时候，前往常人难于达到的世界。"（51）

对纯洁的婆卢遮婆蒂说完这些话后，尊贵威武的千眼大神（因陀罗）便起身回忉利天去了。（52）就在手持金刚杵者（因陀罗）离开的时候，婆罗多族俊杰啊，散发着天香的天花之雨纷然飘落。（53）人民之主啊，四面八方传来天鼓震耳的声响，和风吹拂，飘送着清香。（54）婆卢遮婆蒂抛弃了她那美艳的肉体，升天成为因陀罗的配偶。不退者啊，通过严厉的苦行，她取得了这样的地位，得以在天国同因陀罗嬉戏游乐。（55）

镇群说：
尊者啊，谁是婆卢遮婆蒂的母亲？这幸运的女子是在哪里长大

的？婆罗门啊，我好奇心重，很想知道这些。(56)

护民子说：

有一次，灵魂伟大的婆罗门仙人婆罗堕遮看到路过的大眼睛天女诃哩达吉，精液不觉泻出。(57) 这位优秀的默祷者急忙用手接住精液，把它盛在一只用树叶卷成的小杯里。后来，从那里诞生了这个美丽的女子。(58) 以苦行为财富的大牟尼婆罗堕遮为她举行了诞生礼和其他礼仪，又给她取了名字。(59) 当着在场众仙人的面，这位以法为魂者说："就叫她娑卢遮婆蒂吧！"然后，他把女孩留在净修林里，自己去了雪山的树林。(60) 大威力的苾湿尼族俊杰（罗摩）在烹枣圣地沐浴，并向伟大的再生者们广施财物。然后，他收束身心，集中精神，出发前往天帝释圣地。(61)

以上是吉祥的《摩诃婆罗多》中《沙利耶篇》第四十七章(47)。

四八

护民子说：

雅度族俊杰大力（罗摩）来到因陀罗圣地。他依照规矩先行沐浴，然后向众婆罗门施舍了财物珍宝。(1) 在这里，天王（因陀罗）举行过一百次祭祀，也向毗诃波提赠送了大量的财物。(2) 在众多精通吠陀的婆罗门协助下，他依据经典，耗资无限，举行了包括阁卢陀耶祭在内的所有祭祀，并支付了各种祭祀酬金。(3) 婆罗多族俊杰啊，这位大光辉的尊神按照仪规，举行了整整一百次祭祀，由此得名"百祭"。(4) 以因陀罗的名字命名的这个圣地永远吉祥圣洁，能够为人涤除一切罪愆。(5) 以铁杵为武器者（大力罗摩）在这里依照惯例进行沐浴。在敬拜众婆罗门，向他们施赠饮料、衣物和食品后，他又登程前往那美丽的罗摩圣地。(6)

这大福大德的罗摩[①]是婆利古族后裔。他有大苦行功，不止一次杀尽大地上所有刹帝利雄牛。(7) 他曾经举行过强力酒祭和一百次马

[①] 指持斧罗摩。传说他先后二十一次杀尽大地上的刹帝利。参阅《森林篇》第117章。

祭，请导师和牟尼中的佼佼者迦叶波主持其事。作为酬谢，他将大地连同海洋一起赠与了迦叶波。（8）镇群王啊，大力罗摩在这里向再生者们散施了钱财，在按照规矩沐浴后，又对他们加以敬拜。（9）在这个吉祥美丽的圣地，容貌俊秀者（大力罗摩）广施财物，并向众牟尼致礼问安，然后又向阎牟那河圣地走去。（10）

  光芒闪耀的阿提底之子伐楼拿有大福气。大地之主啊，当初，他曾在这处圣地举行过王祭。（11）诛灭强敌的伐楼拿是在一次战争中征服了人类和天神以后，来到这里举行大祭的。（12）就在大祭进行的时候，天神和檀那婆之间发生了一场战争，给三界带来了毁灭。（13）盛大的王祭结束后，镇群王啊，刹帝利之间又发生了一场恶战。（14）现在，以犁为武器的罗摩来到这个非凡的圣地进行沐浴。这位摩豆族的后裔还向再生者们布施了财物。（15）他满怀喜悦地接受了众再生者的赞颂。然后，戴着野花编制的花环，这位长着莲花眼的英雄又去了阿提迭①圣地。（16）

  王中翘楚啊，当初，光芒四射的太阳尊神在这里举行过祭祀之后，获得了巨大的能量，也取得了君临众星的王权。（17）这里的河边岸上，是以婆薮之主（因陀罗）为首的众天神常来的地方。所有的毗奢神、摩录多、健达缚和众天女，（18）人民之主啊，还有岛生（毗耶娑）、苏迦②、诛灭摩图者黑天、药叉、罗刹和毕舍遮，（19）以及成千上万的瑜伽成就者，敌人的折磨者啊，都愿意到娑罗私婆蒂河畔这个纯洁而又吉祥的圣地来。（20）从前，毗湿奴在杀死了阿修罗摩图和盖达跋后，曾来这个非凡的圣地沐浴。（21）婆罗多后裔啊，以法为魂的岛生也在这儿沐浴过，在这儿练就无上瑜伽，获得了无上成就。（22）大苦行者阿私多·提婆罗仙人也曾在这里修炼并获得无上瑜伽。（23）

  以上是吉祥的《摩诃婆罗多》中《沙利耶篇》第四十八章(48)。

---

① 阿提迭为太阳神的名号之一。
② 毗耶娑之子。

四九

护民子说：

以苦行为财富的阿私多·提婆罗是一个以法为魂的人。当初他住在这里，举止行为尽合家居者的法。（1）这位大苦行者心地纯洁，善于自制，信守正法，从不操棒向人，在思想、语言和行为上都能平等对待一切众生。（2）大王啊，这位大苦行者从不发怒，对于褒贬爱憎一视同仁，对于黄金土块同等看待。（3）正法是他的最后归宿。对于神明、客人、再生者和勤修梵行者，他一向谨慎敬拜，从不懈怠。（4）大王啊，这一天，一位名叫阇吉舍维耶的乞食游方者来到他所在的圣地。这位牟尼聪明睿智，潜心瑜伽，经常凝思静虑。（5）国王啊，他就住在提婆罗的净修林里。这位具有大光辉的大苦行者日日勤修瑜伽，终于成功得道。（6）在大牟尼阇吉舍维耶留住期间，提婆罗一直悉心照顾他，同时又注意避免太过拘谨。（7）大王啊，就这样，他们两人一起住了很长时间。然而有一天，大牟尼阇吉舍维耶忽然消失不见了。（8）镇群王啊，到了吃饭的时候，深通正法，充满智慧的游方者又出现在提婆罗的跟前，乞求食物。（9）看见大牟尼回来，一身游方者的打扮，提婆罗满怀喜悦，对他深致敬意。（10）婆罗多后裔啊，多年以来，提婆罗一直遵照先贤制定的规矩，尽其所能，恭谨小心，对他敬事不怠。（11）这一天，人中之主啊，望着那位大光辉的牟尼，灵魂高尚的提婆罗心中产生了深深的疑虑：（12）"这么多年过去了，我对他敬拜有加，可是这麻木的游方者对我却从来不则一声。"（13）

这样想着，吉祥的提婆罗便带上自己的水罐，腾空而行，去了大海。（14）然而，等这位以法为魂的提婆罗到达百川之主大海的时候，婆罗多后裔啊，他发现阇吉舍维耶早已到了那里。（15）阿私多大吃一惊，心想："这位游方者比我到得还早，而且已经下海沐浴，到底是怎么回事？"（16）大仙人阿私多一边想着，一边也依照规矩，下海沐浴净身，默诵祷词。（17）镇群王啊，诵完每日必念的祷词，吉祥的提婆罗就带着满罐的水，返回了净修林。（18）当这位牟尼踏进净修林里自己的住处时，他看到阇吉舍维耶已经坐在那里。（19）阇吉舍维耶依然是一言不发。这位大苦行者住在净修林中，就像一段木头。（20）阿私多看到这位深沉有如大海的牟尼在海水中沐浴，又看到他先于自己而回到净修林。（21）国王啊，亲眼目睹阇吉舍维耶源自瑜伽的苦行功力，聪明的阿私多·提婆罗开始沉思。（22）王中之首啊，这位牟尼中的佼佼者自忖："我刚才还在大海边看见他，转瞬间他又到了净修林，这是怎么回事？"（23）

人民之主啊，这样想着，提婆罗便从净修林拔身而入空中。这位精通吠陀颂诗的牟尼希望弄清游方的阇吉舍维耶到底是谁。（24）他看到众多的悉陀①收心入定，腾空而行，都对阇吉舍维耶礼敬有加。（25）此情此景使勤勉努力，坚守誓言的阿私多·提婆罗情绪激动。就在这时，他看见阇吉舍维耶朝着天国飞去。（26）随后，他又看到阇吉舍维耶离开天国，去了祖先世界；离开祖先世界，他又飞抵了阎摩世界。（27）离开阎摩世界，他看到大牟尼阇吉舍维耶又腾入虚空，去了备受赞颂的苏摩世界。（28）后来他到了不少美丽的行祭者的世界，并从这些世界去了那些行火祭者的世界。（29）接着，他去了那些举行新月祭和满月祭的苦行者的世界。从这些地方，智慧的提婆罗看到，他又去了那些举行动物祭者的世界，并随之转往众神崇拜的无垢世界。（30）此后，他去的是举行各种四月祭②的苦行者们居住的地方，以及举行颂火祭者居住的地方。（31）后来，提婆罗看见他去了举行赞火祭的苦行者居住的地方。（32）随之，提婆罗又看见他去了举行强力酒祭的大智者们聚居的世界，这种大祭需要花费大量的黄金。（33）提婆罗下一次见到阇吉舍维耶的地方，是那些举行莲花祭和王祭的人们居住的世界。（34）后来，他看到阇吉舍维耶又去了那些举行大型马祭和人祭的人中俊杰居住的世界。（35）接着，提婆罗发现他又去了那些举行难以操办的全祭和东方酒祭的人居住的世界。（36）人中之王啊，阇吉舍维耶随后去的是举行各种历时十二天的苏摩祭的人居住的世界。（37）后来，阿私多看见他去了密多罗和伐

---

① 悉陀指修行得道者，也指一类具有神通力的半神。
② 每四个月举行一次的一种祭祀，在该月的月圆日行祭。

楼拿的世界，以及阿提迭们的世界。（38）往后，他又经过了众楼陀罗的世界、众婆薮的世界和毗诃波提的世界，以及所有的其他世界。（39）再往上腾飞，他又到了母牛世界和举行梵祭的人居住的世界。（40）凭借自己的威力，这位婆罗门又腾空向上，去了其他三个世界，到达了忠于夫君的贞妇世界。（41）就在这时，克敌制胜者啊，阇吉舍维耶这位瑜伽行者，牟尼翘楚，却从阿私多的视界里消失了。（42）

阇吉舍维耶的威力、他严格的戒行和无与伦比的瑜伽成就引起了大福大德提婆罗的思索。（43）聪明而又善于约制自我的阿私多向那些非凡的行梵祭者合十施礼，启齿问道：（44）"阇吉舍维耶不见了。请告诉我那威力巨大的人到哪里去了。我十分好奇，急于知道真情。"（45）众悉陀说："坚守誓愿的提婆罗啊，请听我们把实情告诉你：阇吉舍维耶如今去了永恒不灭的梵天世界。"（46）听行梵祭的悉陀们这么说，阿私多·提婆罗急忙腾空而起，但马上又掉了下来。（47）见此，众悉陀对他说道："提婆罗啊，以苦行为财富者！那阇吉舍维耶去得的梵天住地，你可是去不得的。"（48）既然众悉陀这样说，提婆罗只好由前面所说的那些世界依次下降，返回地面。（49）他像飞鸟一样回到了自己吉祥的净修林。然而，他一走进自己的住处，就发现阇吉舍维耶已经在那里了。（50）

看到阇吉舍维耶源自瑜伽的苦行威力，提婆罗运用他合于正法的智慧，开始进行思考。（51）于是，国王啊，他躬身趋前，谦恭地向灵魂高尚的大牟尼说道："世尊啊，我想求得解脱的法。"（52）听了提婆罗的请求，阇吉舍维耶便对他进行指导，告诉他瑜伽的最高法则，以及按照经典规定，什么该做，什么不该做。（53）这位大苦行者看他决心弃世，就依照传统规则，为他举行了全部仪式。（54）然而，众生和祖先们见提婆罗决定弃世，都一个个哭泣起来，说："从今往后，谁来供给我们食物呢？"（55）听到四面八方众生伤心的哭喊声，提婆罗有了放弃解脱的念头。（56）这时，婆罗多后裔啊，数以千计纯洁的花草根果一齐叫喊起来："提婆罗这个坏心眼的小人又要来采摘我们了。他本已施众生以无畏，如今却变了主意。"（58）

于是，这位牟尼中的佼佼者运用自己的智慧，再次反省：究竟是求得解脱好呢，还是遵行家居者的法好？（59）经过用心思考，王中翘楚啊，他还是决定放弃家居者的法，而去遵行解脱法。（60）就这样，婆罗多后裔啊，经过一番考虑，他做出这样的决定，并最终获得了最高成就和无上瑜伽。（61）以毗诃波提为首的众天神聚集在一起，称颂阁吉舍维耶和那位苦行者的苦行之功。（62）这时，仙人魁首那罗陀对众神说道："阁吉舍维耶身上没有苦行，既然他弄得阿私多神魂颠倒。"（63）听到智慧的那罗陀如此断言，众天神对他说道："万勿这样说大苦行者阁吉舍维耶！"（64）灵魂伟大的持犁（罗摩）在这处圣地沐浴后，向再生者们施舍了财物。这位行为高尚的人在这里获得了无上功德，然后径往苏摩圣地而去。① （65）

以上是吉祥的《摩诃婆罗多》中《沙利耶篇》第四十九章(49)。

五〇

护民子说：

婆罗多后裔啊，当初，在这处圣地，众星之主（苏摩，也即月亮）曾经举行过一次王祭。就在行祭的过程中，爆发了一场大战，战争是由陀罗迦引起的。（1）克制自我，以法为魂的大力罗摩到这里沐浴后，广行布施，接着又去了娑罗湿婆多牟尼的圣地。（2）那里曾经发生过连续十二年的大旱。大旱以后，娑罗湿婆多牟尼为众位再生者中的佼佼者教授了吠陀经典。（3）

镇群说：

为什么在连续十二年大旱以后，以苦行为财富的牟尼娑罗湿婆多要教授吠陀经典呢？（4）

护民子说：

大王啊，从前，有一位聪慧的大苦行者，名叫陀提遮。他善能制御诸根，一向勤修梵行。（5）主上啊，很长时候了，天帝释对他的超常苦行心存戒惧，尽管动用了种种利诱，始终不能使他掉转心

---

① 此前在第42章第38颂已说过前往苏摩圣地。

意。(6)为了诱他离轨,诛灭巴迦者(天帝释)便将清纯可爱的天女阿兰菩娑遣下天国。(7)正当灵魂伟大的陀提遮在娑罗私婆蒂河畔敬拜众天神的时候,大王啊,那美丽动人的天女来到他的身旁。(8)这位灵魂纯洁的仙人一见那绝色天女,精液不禁流淌出来,掉进娑罗私婆蒂河。那大河也就接住了它。(9)人中雄牛啊,她看到那精液,便把它放入了自己的子宫。这伟大的河流怀着这个胎儿,让他长成一个孩子。(10)后来,这孩子降生了。于是,主上啊,那河中翘楚便带上这个儿子,去找原来的仙人。(11)王中之主啊,娑罗私婆蒂河见那牟尼中的佼佼者正坐在众仙人间,就把他的儿子递了过去,对他说道:"梵仙啊,这个儿子是你的。我出于对你的虔敬,收留了他。(12)你一见来到面前的天女阿兰菩娑,就掉出了精液。我对你虔心景仰,所以把它放进了我的子宫。(13)我认定,它是你的精气所成之物,不能让它毁灭。现在,你无辜的儿子已经由我送来,你就把他留下吧。"(14)

听娑罗私婆蒂这样说,那优秀的牟尼接过孩子,心中充满欢喜。他疼爱地亲吻着他的头部,口中念念有词。(15)婆罗多族俊杰啊,那大牟尼长时间地拥抱着自己的孩子。他高兴地赐给娑罗私婆蒂一个恩惠,说:(16)"福庇者啊,今后,只要是接受了用你的水所行的供奉,众毗奢、众祖先、众健达缚和众天女都会表示满意。"(17)对大河说过这话后,内心无比喜悦的陀提遮又说了以下这些让她高兴的话。大地之主啊,请听。(18)他说:"福庇者啊,古昔之时,你发源于梵湖。众河之首啊,所有那些严守誓愿的牟尼都知道你。(19)你真是至美至艳,永远人见人爱啊!你为我做了一件好事。因此,这个伟大的儿子就取名娑罗湿婆多①吧。(20)你的儿子以你的名字命名,将会促进世界的福利。他会成为大苦行者,并以娑罗湿婆多之名著称于世。(21)在一次持续十二年的大旱后,有大福者啊,娑罗湿婆多将为那些婆罗门雄牛讲授吠陀经典。(22)美丽的娑罗私婆蒂啊,有大福者!由于我的恩惠,你将永远是圣洁河流中的最圣洁者。"(23)就这样,那大河受到陀提遮的称颂,并且从他那里获得了恩惠。然

---

① 意为娑罗私婆蒂之子。

后，婆罗多族雄牛啊，她带着自己的儿子，高兴地离去了。（24）

后来，在天神和檀那婆之间发生了一场大战。为了寻找武器，天帝释走遍了三界。（25）可是，世尊天帝释找不到足以诛杀天神之敌的有力武器。（26）最后，他对众天神说道："这些大阿修罗是三十三天之敌，除非使用陀提遮的骨头，我无法杀死他们。（27）所以，你们这些神中翘楚赶快去找那位仙人魁首陀提遮，央告他说：'请把你的骨头给我们吧，我们要拿它们去杀死诸神之敌。'"（28）于是，众天神去见陀提遮，央求他说："请放弃你的生命吧。"见他们乞求自己的骨骼，这位优秀的仙人不假思索，满足了他们。做了使诸神满意的事后，他便去了那些永恒不朽的世界。（29）天帝释非常高兴，遂用仙人的骨头制成各种天兵武器，诸如金刚杵、飞轮、铁杵和大棒等。（30）世界福利的促进者陀提遮乃是至上仙人，生主之子婆利古通过严厉的苦行生出来的。（31）他身躯魁梧，精力充沛，长成了世界上力气最大的人，因而赫赫有名。他又高又宽，强壮伟岸，身骨沉重，犹如高山。很久以来，诛灭巴迦者（因陀罗）就对他的威力心生畏惧了。（32）婆罗多后裔啊，世尊（因陀罗）挥舞着他那生于梵天精气，已经念过咒语的金刚杵，愤怒地将它抛掷出去，杀死了九十九个提迭和檀那婆的英雄好汉。（33）

经过了可怕而又漫长的一段时日后，国王啊，又出现了一场持续十二年的大旱。（34）在这连旱无雨的十二年间，众大仙人忍饥挨饿，为了生计，国王啊，他们不得不四出逃荒。（35）牟尼婆罗湿婆多见众人八方逃命，自己也打算离开。这时婆罗私婆蒂对他说道：（36）"不要离开这里，孩子。我会供给你食物，给你带来上等好鱼。留在这里吧。"（37）听了这话，他留了下来，并继续不断地向祖先和神明供应食物，既活了性命，又没有荒废吠陀学习。（38）旱灾过去以后，为了学习吠陀，大仙人们开始互相询问讨教。（39）经年在饥饿中奔走求食，他们的吠陀学问全荒疏了。王中魁首啊，他们之中已经没有一个人能够通解吠陀。（40）这一天，有个仙人遇见婆罗湿婆多，看到这位优秀的牟尼正在专心致志，诵习吠陀。（41）回去以后，他告诉众仙人说，婆罗湿婆多神采奕奕，如同天神，正在一处静谧无人的树林中诵习吠陀。（42）于是，国王啊，大仙人们便前往那个地方，见到娑罗湿婆多后,对那牟尼魁首齐声说道:(43)"请把学问教给我们!"牟尼答道:"那你们就按照规矩,做我的学生吧。"(44)众仙人说:"孩子啊,你还是个年幼的童子哩。"娑罗湿婆多回答众牟尼道:"我不能让我的正法丧失啊。(45)不依正法教授吠陀的,不依正法学得吠陀的,这两种人很快都会死去,或者彼此产生仇隙。(46)仙人们履行正法,靠的不是年齿,不是白发,不是财富,也不是亲族。我们之中,谁最有学问,谁就最伟大。"(47)听他这么一说,众牟尼便按照规矩,拜他为师。他们从他那里学会了吠陀,并得以继续履行正法。(48)为了学习吠陀,有六万牟尼成了婆罗门仙人娑罗湿婆多的学生。(49)尽管这婆罗门仙人还只是个孩子,他们仍对他表示敬从,一把一把地采来达哩薄草,为他铺好坐垫。(50)

卢醯尼之子,美发者(黑天)的长兄大力(罗摩)在这里施舍了财物。然后,他心情愉快地举步前往另一个圣地。据说那个圣地曾经住着一位年纪很大的妇女。(51)

以上是吉祥的《摩诃婆罗多》中《沙利耶篇》第五十章(50)。

五一

镇群说:

尊者啊,这位女子为什么要修习苦行呢?她修习苦行的目的是什么?她是怎样克制自身的?(1)你所讲述的传说无与伦比,难得一闻。婆罗门啊,请你把那女子勤修苦行的事,完完整整讲给我听。(2)

护民子说:

从前有一个仙人,叫作俱尼·伽罗吉耶,勇力无穷,闻名遐迩。国王啊,这位苦行者中的佼佼者修炼的大苦行是极其严厉的。后来,他通过意念生下一个美眉之女。(3)声名远被的俱尼·伽罗吉耶看着自己的女儿,心中十分高兴。于是,国王啊,他抛弃自己的身体,去了忉利天。(4)这无可挑剔的美眉之女长着莲花瓣般的双眼,美丽极了。她也不知疲倦地修习非常严厉的苦行。(5)她经常以斋戒的方式敬拜祖先和神明。人民之主啊，她坚持修炼严厉的苦行，很长的时间就这样过去了。（6）她的父亲曾想为她找一个夫君，但是这无可挑剔的女子却不愿出嫁，因为一直见不到能同自己般配的人。（7）她就这样用严厉的苦行折磨自己的身体，在静谧的深林里，沉湎于对祖先和神明的崇拜之中。（8）尽管她辛苦劳累，因修炼苦行而身体枯瘦，人也变老，王中之首啊，她还是认为自己做了该做的事。（9）后来，终于到了她举步维艰，不能自行的一天。她开始考虑辞别人间，去往另一个世界的事。（10）仙人那罗陀看到她想要抛弃肉体，便来对她说道："无瑕者啊，你是一个没有经过净化的女子①，无法前往你想去的世界。（11）戒行高超的人啊，这是我们在天神世界里听到的说法。你即使修炼过最高的苦行，也还是不能赢得那个世界。"（12）

听那罗陀仙人这样说，她起身来到众仙人聚集的地方，对他们说："诸位贤士啊，谁愿意执我之手，我就分给他一半我的苦行功德。"（13）见她有此表示，一位仙人，伽罗婆的儿子，名叫有角的，表示愿意牵她的手并同她缔约，说道：（14）"美丽的人啊，今天，我将依约触摸你的手，与你同宿一夜。"（15）"好吧！"她答应道，同时把自己的手伸给了他。于是，伽罗婆之子接受了她的手，同她举行了婚礼。（16）新婚之夜，国王啊，她一变而成一个年轻的女子，长着天女般的容貌，身上的衣服和饰物、花环和香膏也像是来自天国的。（17）看着她光彩照人的样子，伽罗婆之子喜不自胜。同宿一夜之后，黎明时分，那女子对他说道：（18）"婆罗门啊，苦行者中的佼佼者！我同你之间的约定已经实现。我已在此宿过一夜，该离去了。祝你好运！祝你幸福！"（19）告别时，她又说道："从今往后，谁能收束身心，来此圣地，敬拜诸神，取悦他们，并留宿一夜，（20）那么他所获取的功德，便与谨守梵行五十八年所能得到的一样。"说完这番话后，这位女圣者就抛弃自己的肉体，去了天国。（21）留下的仙人心情沮丧，总惦念着那美丽的人儿。按照约定，他勉强地接受了她苦行功德的一半。（22）然而，他心中的痛苦依旧。在美色力量的驱动下，他还是了结今生，步那女子的后尘而去。婆罗多族俊杰啊，这

---

① 指没有举行过结婚仪式的女子。

就是你要听的那老年女子的非凡故事。(23)

就在拜访这个圣地的时候,以犁为武器者(罗摩)听到了沙利耶的死讯。敌人的折磨者啊,他先向再生者们布施财物,然后哀悼在疆场上命丧般度族兄弟之手的沙利耶。(24)随后,摩豆族后裔罗摩走出普五之门,向众仙人询问俱卢之野的功果。(25)见雅度族之狮(罗摩)殷勤询问俱卢之野的功果,灵魂高尚的众仙人便一五一十地告诉了他。(26)

以上是吉祥的《摩诃婆罗多》中《沙利耶篇》第五十一章(51)。

五二

众仙人说:

罗摩啊,人们都说普五是生主北方的永恒祭坛。当初,天国的居民,那些大恩惠的赐予者们,曾在这里举行过盛大的苏摩祭。(1)王仙魁首俱卢灵魂伟大,聪明睿智,精力无限,曾用多年时间开辟土地,于是就有了这著名的俱卢之野。(2)

罗摩说:

为什么灵魂伟大的俱卢要开辟这片土地?以苦行为财富者啊,这方面的事情,我想听诸位讲讲。(3)

众仙人说:

罗摩啊,当初天帝释就曾从忉利天来到俱卢跟前,询问他长期坚持开辟这里土地的原因:(4)"国王啊,为什么要花大力气做这件事呢?王仙啊,你开辟这片土地的目的是什么?"(5)

俱卢说:

百祭啊,在这里,在这个地方,人死了,就能涤除罪愆,去往那些行善者的世界。(6)

天帝释对他嘲笑一番,然后返回了忉利天。这位王仙则继续开辟土地,并不因此而气馁。(7)后来,百祭一次又一次地来到这里,反复询问同样的问题,继而将这从不气馁的王仙嘲笑一通,返回天国。(8)看到这位国王含辛茹苦,顽强地开辟土地,天帝释便向众天神报告了这位王仙正在从事的工作。(9) 众天神听后,便对这位千眼大神说道:"天帝释啊,去给他什么恩惠,让他得到满足吧,如果你能做到的话。(10) 倘若那个地方的人死了就能进入天国,而不必举行祭祀供奉我们,那我们的福分也就完了。"(11) 于是,天帝释又一次来到那位王仙的身边,对他说道:"不要这样辛苦操劳了。还是照我的话去做吧!(12) 人中之主啊,只要实行斋戒,从不懈怠,在这里抛弃肉体,或在这里捐躯沙场,任何人,甚至包括畜牲,(13) 大智慧的王中之王啊,都能享受天国之乐。"国王俱卢听后,回答天帝释道:"那好吧!"(14) 诛灭波罗者(天帝释)满心喜悦,遂辞别国王,飞快地返回了忉利天。(15)

雅度族俊杰啊,这就是古代王仙俱卢开辟土地,以及天帝释向那些在该地摆脱肉体的人许以吉诺的故事。(16) 此外,众神之主天帝释还亲自吟唱了一首关于俱卢之野的歌。以犁为武器者啊,请听我唱给你:(17) "连风儿从俱卢之野扬起的尘土,也能净化做恶事的人,将他引向至高归宿。"(18) 人中雄狮啊,在这里慷慨不吝,行过大祭的神中雄牛、婆罗门中的佼佼者、尼伽王之类的王中魁首,都已在捐弃肉体后,往生善道。(19) 俱卢之野的普五,地处陀仑度迦和阿仑度迦、罗摩湖区和摩阇迦录迦①之间,据称是生主的北方祭坛。(20) 那是连天上神明也一致公认的吉祥圣洁之地,具有天国的种种优长。一切大地之主,只要是在这里捐躯的,都可以达到灵魂伟大者的归宿。(21)

以上是吉祥的《摩诃婆罗多》中《沙利耶篇》第五十二章(52)。

五三

护民子说:

镇群王啊,拜访了俱卢之野,并在那里施舍财物之后,沙特婆多族后裔(罗摩)又去了一处广阔而神圣的净修林。(1) 那里长满了摩

---

① 摩阇迦录迦为一药叉名,此处指他所守卫的地域。

莵迦①和芒果树，波罗刹树②、大榕树和毕罗婆树③，以及美丽的面包果树和阿周那树④。(2) 这位雅度族俊杰在这里看到了诸多无上吉祥之象，便向众仙人询问这座优秀的净修林属谁所有。(3) 国王啊，仙人们向灵魂伟大的以犁为武器者（罗摩）解释说："罗摩啊，请听我们详细地告诉你这古老的净修林原先属谁。(4) 古时候，大神毗湿奴住在这儿，修炼严厉的苦行，并且依照规矩，举行所有永恒的祭祀。(5) 在这里，还住过一位自幼恪守梵行的婆罗门女。这苦行女常习瑜伽，修炼苦行并获得成功，最终去了天国。(6) 国王啊，灵魂伟大的香底利耶的女儿也曾住在这里。她信守誓愿，约制自我，勤修梵行，生得吉祥美丽，是一位贞淑女子。(7) 这位美女在净修林中修得无上瑜伽，所获功果，不亚于举行马祭。后来，这位大福大德的女子去了最高的天国，受到众多洁身自好者的崇拜。"(8)

随后，雅度族雄牛（大力罗摩）便进入并观看了吉祥的净修林。在对众仙人致敬告别以后，这位荣光长存者又去了雪山山麓。他先去看了各处国王的帐幕，接着开始登山。(9) 以多罗树为旗徽的大力（罗摩）没走多远，就看到了一处吉祥无比的圣地，那里的景象让人惊异。(10) 他看到了娑罗私婆蒂河的源头波罗刹泉，拜访了非凡的伽罗波遮那圣地。(11) 在那里，以犁为武器的大力（罗摩）散施了财物，并且下到清凉的水中进行沐浴。然后，他满怀喜悦，前往密多罗和伐楼拿的净修林。(12) 离开伽罗波遮那圣地以后，他又到了阎牟那河畔的一处地方。以前，因陀罗、阿耆尼和阿尔耶摩都曾在这儿度过快乐的时光。(13) 以法为魂的雅度族雄牛大力（罗摩）就地沐浴，感觉十分快乐。然后，他又同众仙人和众得道者坐在一起，聆听他们精妙的谈话。(14)

正当罗摩同大家围坐在一起的时候，世尊那罗陀仙人游方来此停留。(15) 国王啊，这位大苦行者头缠耸起的发辫，身着金色的树皮衣，手执金制的拐杖，还有精致的水罐。(16) 他还拿着一把龟壳琵

---

① 一种藜科雾冰草属植物，其花和籽可以酿酒榨油。
② 一种波状叶子的无花果树，树身巨大，果实小而白。
③ 一种芸香科，带刺乔木属植物。
④ 一种使君子科，榄仁树属的灌木或乔木，见于热带。

琶，它看上去赏心悦目，听起来优美动人。他擅长歌唱和舞蹈，备受天神和婆罗门的崇拜。（17）他性喜论辩，经常挑起舌战。现在他来到了高贵的罗摩所在的地方。（18）众人起立迎接，对这位戒行严格的神仙敬拜如仪，然后向他问起俱卢族的情况。（19）国王啊，世上正法无不精通的那罗陀将俱卢族毁灭的一切情况，如实告诉了罗摩。（20）卢醯尼之子（罗摩）继续询问那罗陀，声音哽咽："那里现有的刹帝利情况如何，国王们又怎样了？（21）以苦行为财富的人啊，先前我已经听到过那里的种种情况，但我还是十分好奇，想详细了解全部情形。"（22）

那罗陀说：

毗湿摩、德罗纳、信度王（胜车）早已倒下。日神之子迦尔纳和他的儿子们，那些伟大的战车手，也已全被杀死。（23）卢醯尼之子啊，广声和勇敢的摩德罗王，以及其他很多大力士，都战死了。（24）那些国王和王子们拒绝从战场上撤退。为了让俱卢王（难敌）高兴，他们不惜抛弃可爱的生命。（25）巨臂摩豆族后裔啊，请听我告诉你活着的还有谁。持国军队中剩下的只有慈悯、英勇的博遮王（成铠）和马嘶。整个军队已经溃散，逃向四方。（26）眼见军队伤亡惨重，慈悯等人逃跑，难敌痛苦不堪，躲进了名叫岛生的池塘。（27）持国之子（难敌）躺在凝固的水下，备受般度诸子和黑天尖刻言词的折磨。（28）罗摩啊，四面八方投来的言词激怒了他。这位英雄手执大铁杵，从湖中挺身站起。（29）他走上前去，迎战怖军。罗摩啊，一场凶狠的厮杀就要发生。（30）如果你确实好奇，摩豆族后裔啊，那就赶快前往，不要耽搁。倘若你愿意的话，就去看看你这两个徒弟的残酷搏斗吧！（31）

护民子说：

听了那罗陀的这番话后，罗摩向众位优秀的再生者致意告辞，然后遣散所有陪同人员，吩咐他的随从们说："回多门城！"（32）荣光永存的罗摩走下山中魁首（雪山），离开美丽的波罗刹泉。他已经获知朝拜圣地的巨大功果，心里十分高兴，于是便在众婆罗门面前吟出一首诗来：（33）"住在婆罗私婆蒂河的愉快，何处能比？住在婆罗私婆蒂河的功德，何处能比？到过婆罗私婆蒂河的人，必升天国。婆罗私婆蒂这条大河，永留记忆。（34）娑罗私婆蒂河在所有河流中最为圣洁。娑罗私婆蒂河永远为世间带来幸福。任何人到过娑罗私婆蒂河，就再也不必为自己的罪愆而忧戚，无论在今生，还是在来世。"（35）这位敌人的折磨者怀着愉悦之情，一次又一次地回望娑罗私婆蒂河，然后登上光芒四射的骏马快车。（36）雅度族雄牛乘着快车一路飞跑，希望赶到现场，观看他两个徒弟即将进行的战斗。（37）

以上是吉祥的《摩诃婆罗多》中《沙利耶篇》第五十三章（53）。

《朝拜圣地篇》终。

杵 战 篇

五 四

护民子说：

镇群王啊，战斗的骚动已经出现，国王持国痛苦地询问全胜：（1）"看到罗摩来到现场，一场杵战行将开始。全胜啊，我的儿子（难敌）是怎样迎战怖军的？"（2）

全胜说：

你的儿子难敌渴望战斗。看到罗摩到场，这位巨臂英雄大为振奋。（3）婆罗多后裔啊，国王坚战也看到了持犁（罗摩），遂起身来迎接他。他满怀喜悦，对坚战说：（4）"人民之主啊，我们赶快到普五去吧。在天神世界，普五被称作生主的北方祭坛。（5）它是三界之内永恒的大吉大利之地。所有在这个战场上捐躯的战士，都将往生天国，确定无疑。"（6）大王啊，贡蒂之子坚战答道："好吧。"然后，这英雄便转身往普五走去。（7）于是，国王难敌手持大铁杵，光彩熠熠，和般度族人一起徒步前往普五，脚步显得急不可耐。（8）空中诸神见难敌铁杵在手，戎装在身，前往战场，齐声赞道："好哇！好哇！"看到这样的景象，那些旁观的人们也跟着欢喜雀跃。（9）你的儿子俱卢族王被般度人包围着，蹒跚向前，步态就像醉了的大象。（10）这时，螺号声和喧嚣的鼙鼓声骤然四起，英雄们也发出一阵阵狮子吼。（11）他们和你的儿子一起向西行进，到达指定的地点，

然后在那里向各个方向散开。(12)

那是一处无与伦比的圣地,就在婆罗私婆蒂河的南岸。这里地势平坦,适合作战。(13)怖军身被盔甲,手提尖顶大铁杵,大王啊,看上去同金翅鸟一模一样。(14)你的儿子头系帽盔,身着黄金铠甲,光芒闪射,立于战阵,国王啊,浑然就是山中之王①。(15)怖军和难敌这两个英雄裹在盔甲里厮杀起来,就像两头兴奋的大象在拼搏。(16)这两兄弟,两个人中雄牛,站在交手的圈子中,大王啊,就像同时升起了太阳和月亮。(17)他们像两头愤怒的大象彼此对视,国王啊,恨不得用自己的双眼把对方烧死。(18)俱卢后裔(怖军)战兴正浓。国王啊,他紧握铁杵,怒眼红睁,舔着嘴角,喘着粗气。(19)英勇的难敌王高举铁杵,瞪着怖军,就像一头大象挑战另一头大象。(20)同样,英勇的怖军也牢抓石头般坚硬的铁杵,向难敌挑战,就像一头林中猛狮挑战另一头猛狮。(21)难敌和狼腹(怖军)手执铁杵,高高举起,看上去正像两座顶峰突兀的高山。(22)

他们两人都是聪慧的卢醯尼之子(罗摩)的徒弟。在杵战中,他们同样地怒不可遏,同样地威武骇人。(23)他们都生得力大无穷,都有像阎摩和婆娑之主(因陀罗),或像伐楼拿一样的业绩。(24)打起仗来,大王啊,他们都像婆薮提婆之子(黑天)和罗摩,或像毗湿罗婆之子(罗波那)、摩图和盖达跋。(25)他们都有孙陀和优波孙陀一样的战斗业绩。他俩都是敌人的折磨者,都像时神和死神。(26)他们就像两头傲慢的大象,秋季动情,为了争夺异性而彼此疯狂地冲向对方。(27)这两位婆罗多族雄牛同时陷入了疯狂,就像两头渴望在斗争中获胜的大象。他们又像两条蟒蛇,互相喷射火焰般愤怒的毒汁。(28)这两个克敌制胜的婆罗多族之虎同样地勇敢无畏,此时正互相瞪着愤恨的眼睛。(29)在这场杵战中,这两位折磨敌人的英雄也用指甲和牙齿作武器,像雄狮一样难以战胜。像猛虎一般难以抵御。(30)这两位愤怒的大勇士还像难以渡越的大海,奔腾咆哮,执意吞没众生;又像两颗火星②,发出炙人的热力。(31)这两个俱卢族俊杰,灵魂伟大的大力士,光辉闪耀,犹如世界末日升起的太

---

① 指喜马拉雅山,或弥卢山。
② 指行星火星。

阳。（32）这两位巨臂英雄兴奋无比，像两只激怒的猛虎，或两团咆哮的乌云，或两头鬣毛耸起的雄狮。（33）他们还像两头激愤难耐的大象，两团火舌蹿腾的烈火，两座尖峰突兀的高山。（34）这两个灵魂伟大的人中豪杰手握铁杵，互相接近。他们彼此对视，由于怒气填膺而嘴唇哆嗦。（35）他们两个同样情绪激昂，视对方为劲敌，像两匹骏马嘶鸣，像两头大象吼叫。（36）难敌和狼腹（怖军）这两个人中豪杰像公牛般相对狂吼。勇力加上疯狂，使他们像两个提迭一样，光彩照人。（37）

这时，国王啊，坚战正站在斯楞遮耶人中间，光热炙人，犹如太阳。难敌对他说道：（38）"这是我和怖军两人之间的决战。你们这些王中翘楚，只管坐着观看。"（39）于是，诸位大王围圈而坐，一时光彩熠熠，就像众阿提迭聚会天国一般。（40）坐在中间的是美发者（黑天）的长兄（大力罗摩），那相貌堂堂的巨臂英雄。大王啊，周围的人们对他莫不衷心崇敬。（41）他坐在众王之中，身着青衣，容光焕发，恰似夜半时分，群星烘托的一轮圆月。（42）大王啊，持杵交战的双方，都是不易近身的英雄。此时，两人对面伫立，放出尖刻的言词，彼此诟骂。（43）如此互泼逆耳詈言之后，两位俱卢族雄牛又开始彼此瞪视，一个像弗栗多，一个像天帝释。（44）

以上是吉祥的《摩诃婆罗多》中《沙利耶篇》第五十四章（54）。

五五

护民子说：

镇群王啊，那边两英雄正在唇枪舌剑，这边国王持国则是心怀愁结。他对全胜说道：（1）"真是不堪设想啊，人的结局就是如此！当初我的儿子勇冠群雄，曾是十一支大军的统帅！（2）他号令所有君王，享有整个大地，如今却手提铁杵，匆匆上阵，浑然一介步卒！（3）我的儿子曾是整个世界的保护者，如今他自己竟无人保护。他一个人举着铁杵上阵。命运真是变化无常！（4）哦，我遭难的儿子啊！"说到这里，那痛苦忧伤的国王沉默下来。（5）

第九 沙利耶篇

全胜说：

此时，勇敢的难敌正在挑战普利塔之子（怖军），准备一决雌雄。他像公牛一样兴奋地吼叫着，声音有如云中沉雷。（6）就在灵魂伟大的俱卢族王挑战怖军的时候，种种凶险之象开始显露出来。（7）这时狂风大作，夹带霹雳，尘沙之雨，纷纷而下，天昏地暗，四方不辨。（8）雷声轰鸣，喧嚣嘈杂，令人毛发倒竖。数以百计的流星撕破天穹，纷纷坠落。（9）人民之主啊，罗睺在不当之时吞吃了太阳。[①]大地连同树木都在剧烈颤动。（10）狂飙卷起的石块像大雨般倾泻下来。它还摧折了众多的山峰，使它们滚落大地。（11）各种各样的野兽在四面八方疾速奔窜。丑陋凶狠的豺狼兴奋地发出嗥叫。（12）猛烈而可怕的旋风让人毛发倒竖。王中之主啊，四面八方都在燃烧，各种不祥的动物纷纷出现。（13）到处可见井水涌冒。人主啊，巨大的声音在空中回荡，却不知发自何处。（14）

狼腹（怖军）眼见诸如此类的征兆一再出现，便对长兄法王坚战说道：（15）"这个愚蠢的难敌休想在战斗中打败我。今天，我将把心中郁积已久的怒气吐向俱卢族王难敌，就像当初阿周那将烈火投向甘味林一样。（16）般度之子啊，我要用铁杵杀死这个罪人，这个俱卢家族的败类，把一直插在你心头的利箭拔出来。（17）今天，我要在阵前用我的铁杵杀死这坏事做尽的家伙，把光荣的花环戴在你的肩上。（18）今天，我要用铁杵将他的身体砸成百块，让他再也回不了那以大象命名的城市。（19）无瑕者啊，当初他乘我们熟睡时放出蟒蛇，在我们吃饭时送来有毒食物，把我们投入波罗摩纳俱胝的水中，纵火焚烧紫胶宫，（20）在大会堂羞辱我们，侵吞我们的全部财产，迫使我们流亡森林，还要隐姓埋名一年。（21）所有这些往日的邪恶行径，今天就要有个了结了！婆罗多族俊杰啊，不出今天，我就要杀死这个家伙，清偿我久欠的债责。（22）今天，这个愚蠢而又邪恶的持国之子算是死到临头。婆罗多族俊杰啊，他再也看不到自己的父母了。（23）这个俱卢族福身王世系的败坏者如今就要失去生命、福分

[①] 罗睺为印度古代天文学家设想的两颗隐星之一（另一颗是计都），民间则认为日、月食是它们吞食了太阳和月亮的结果。现代天文学研究结果表明，罗睺是白道的升交点，计都是白道的远地点。

和王国，躺倒在地。（24）持国王听到他儿子被我杀死的消息，将会想起沙恭尼肚子里酝酿出来的各种恶行。"（25）

　　王中之虎啊，说完这些话后，英勇的怖军就手持铁杵，挺身投入战斗，浑如天帝释挑战弗栗多。（26）看到高举铁杵的难敌有如尖峰突兀的盖拉娑山，怖军又一次怒上心头，说道：（27）"想想持国王和你自己在多象城所做的恶事吧！（28）德罗波蒂在大会堂遭受折磨，而她当时正有月事！你和妙力之子（沙恭尼）在掷骰子赌博中对坚战王行诈！（29）你迫使我们在森林里受苦受难，而我们在毗罗吒城的经历，简直就像死后投胎转生！今天，我要报复这一切！蠢人啊，谢天谢地，你到底又让我看到了！（30）由于你的恶行，那最优秀的战车手，威武的恒河之子（毗湿摩）被祭军之子（束发）击倒了，正躺在箭床上。（31）德罗纳死了，迦尔纳死了，勇猛的沙利耶死了。妙力之子沙恭尼，那仇恨之火的点燃者，也死了。（32）那个给德罗波蒂制造痛苦的恶侍者死了。你的兄弟们，那些英雄豪杰，勇敢战士，也全死了。（33）死去的还有许多国王，同样是由于你的恶行。毫无疑问，今天我就要用我的铁杵将你就地处死。"（34）

　　国王啊，你的儿子无所畏惧，果然豪勇，见狼腹（怖军）如此高声叫骂，便回话道：（35）"狼腹啊，你这家族中的恶种！喋喋夸口作甚，过来交手就是！你对战斗的自信，今天我就叫它破灭无遗！（36）贱种啊，难敌绝不会像别的等闲之辈那样，让你这类人用大话一吓就倒。（37）我心中早就盼着同你杵战上一见高下。感谢命运，三十三天神终于给了我机会！（38）傻瓜啊，夸口的话说得再多，有什么用！拿行动来兑现你的话吧！不要耽搁了！"（39）听了难敌这一番话，在场的苏摩迦王和其他国王发出了一片赞赏之声。（40）受到众人如此赞赏，俱卢后裔（难敌）兴奋得浑身汗毛直竖，横下心来，一战到底。（41）在场的众王又一次鼓起掌来，激励已经不耐烦的难敌，就像激励发疯的大象一样。（42）灵魂伟大的般度之子狼腹举起铁杵，快速冲向灵魂伟大的持国之子（难敌）。（43）大象发出吼叫，骏马不断嘶鸣。般度族人渴望胜利，手中的武器闪闪发光。（44）

　　　　以上是吉祥的《摩诃婆罗多》中《沙利耶篇》第五十五章(55)。

五六

全胜说：

见怖军冲上前来，难敌精神振奋。他大声吼叫着，飞快地猛扑过去。（1）两敌相迎，犹如一对公牛拼力角牴，彼此交兵，发出雷鸣般的巨大声响。（2）他们两人无不急于取胜，展开了一场让人毛发倒竖的恶战，就像因陀罗同波罗诃罗陀①彼此交锋。（3）这两个灵魂伟大者斗志昂扬。他们手握铁杵，浑身淌血，看上去就像盛开红花的金苏迦树。（4）这是一场激烈的大战。战酣之际，火花迸溅，就像一群群萤火虫当空飞舞。②（5）一阵激烈的混战过后，这两个交战的克敌者疲惫下来。（6）喘息了一会儿，两位敌人的折磨者又紧握漂亮的铁杵，扑向对方。（7）经过喘息，这两个勇力非凡的人中雄牛看上去像是两头体力强大的大象，春情发动，为争夺雌象而搏斗。（8）天神、健达缚和檀那婆看到他俩手执铁杵，勇力无限，全都惊讶不已。（9）一切众生看着手执铁杵的难敌和狼腹（怖军），对于谁将取胜，都拿不准。（10）

这两个堂兄弟都是优秀的力士。他们再次互相逼近，寻找对方的破绽，准备下手。（11）国王啊，在观战者的眼里，他们高举的铁杵沉重可怕，轻易就能致人死命，犹如阎摩的刑杖和因陀罗的雷杵。（12）那铁杵在怖军的手中挥舞时，发出一阵可怕的声响。（13）眼见般度之子（怖军）的铁杵舞动得疾速有力，持国之子（难敌）也感到非常惊讶。（14）婆罗多后裔啊，英雄狼腹（怖军）不断变换腾挪的路线，绕着圈子，显得十分洒脱漂亮。（15）他们两个一面谨慎防身，一面彼此接近，忽而进击，忽而躲闪，像两只争食的猫。（16）怖军不停变化奔突的路线，绕着千奇百怪的圈子，时不时又在这里那里驻足等待。（17）他一会儿前进，一会儿后退，忽左忽右，犹如牛

---

① 波罗诃罗陀为提选之王，钵利之父，曾与以因陀罗为首的众神作战。
② 这里形容兵器相击，碰出大量的火花。

溺。① 为了躲避打击，有时他也奔窜逃逸。（18）这两位娴于杵战的斗士一阵子互相冲击，一阵子彼此分开，转前转后，跳起落下，一会儿聚头，一会儿脱离。（19）两位俱卢族俊杰就这样腾挪奔窜，待机出手；有时又掉头佯逃，诱敌来追。（20）两个手擎铁杵的大力士互相兜着圈子，一时你停我绕，一时我停你绕，好似游戏一般。（21）

国王啊，持国之子（难敌）向右转圈，怖军则向左转圈。（22）大王啊，就当怖军在阵前不停转动的时候，难敌突然攻击他的胁部。（23）婆罗多后裔啊，遭你儿子如此打击，怖军便挥起手中沉重的铁杵，反攻过去。（24）在观战者的眼中，大王啊，怖军的铁杵犹如因陀罗可怕的雷杵，或阎摩王高举的刑杖。（25）你那善驱敌兵的儿子见怖军挥舞铁杵，也将自己可怕的铁杵高高举起，猛攻过去。（26）婆罗多后裔啊，你儿子的铁杵动如狂飙，声响巨大，威力无穷。（27）精力充沛的难敌不断变换腾挪的路线，绕着圈子。他表现出的光彩，真有盖过怖军之势。（28）而怖军巨大的铁杵也以全速舞动着，可怕地呼啸着，喷着火焰和浓烟。（29）难敌看到怖军舞动铁杵，也将自己那硬如坚石的铁杵挥舞起来，展示出各种优美的姿态。（30）看到这灵魂伟大者的铁杵迅猛似风，般度族人和苏摩迦族人不免心生恐惧。（31）两个善驱敌兵的英雄在沙场上操演武戏，不断以铁杵突袭敌手。（32）他们彼此交手，就像两头大象挺着长牙互相攻击。大王啊，他们浑身鲜血流淌，显得光彩熠熠。（33）这场黄昏展开的当众厮杀景象酷烈，正可比作弗栗多和婆薮之主（因陀罗）之间的凶猛搏斗。（34）

看到怖军站住不动，你那力大无穷的儿子便以更加奇妙的步态左右腾挪，进攻贡蒂之子（怖军）。（35）怖军愤怒地迎击同样愤怒的难敌疾速袭来的镶金铁杵。（36）两杵相击，迸出一阵火花，同时发出巨大的声响，大王啊，就像两根金刚杵碰在一起。（37）大王啊，怖军出手迅猛。铁杵落时，大地也跟着摇晃起来。（38）俱卢后裔（难敌）哪肯忍受自己的铁杵遭到打击。他怒火中烧，就像一头疯象看到了自己的对头。（39）国王啊，他当机立断，先将圈子向左转去，随

---

① 牛溺不定于一处。

即以惊人之势,将铁杵照着贡蒂之子的头部打去。(40)可是,遭你儿子如此一击,大王啊,出人意料,般度之子怖军竟然晃也没晃。(41)在铁杵的重击下,怖军未挪一步。国王啊,这个奇迹使所有在场的战士大为赞叹。(42)

怖军的勇力令人畏惧。他将光芒四射,但更加沉重的镶金铁杵投向难敌。(43)大力士难敌不慌不忙,敏捷地避开了怖军的打击,引得观战者们惊叹不已。(44)国王啊,怖军投出的铁杵未中落地,发出雷鸣般的巨响,大地也跟着震动起来。(45)难敌发现怖军铁杵落地,便采取一种称作"憍湿迦"的路数,一步步跳跃前进,向他逼近。(46)待接近怖军,这位力大无穷的俱卢族俊杰就对着他的胁部,愤怒地将手中铁杵猛击过去。(47)你儿子的铁杵击中了他。怖军一时精神恍惚,不知如何是好。(48)国王啊,见此情形,苏摩迦族人和般度族人变得意气沮丧,不知所措。(49)怖军遭此重创,像一头大象似地发起怒来。他朝着你的儿子扑去,仿佛一头大象冲向另一头大象。(50)凶猛的怖军举起铁杵,迅速地冲向你的儿子,就像一头雄狮冲向一头野象。(51)国王啊,这位掷杵好手步步逼近你的儿子,然后瞄准他,投出铁杵。(52)这一回,怖军击中了难敌的侧肋。受此打击,难敌昏然倒地,跪在那里。(53)就在这位婆罗多族俊杰跪倒在地的时候,世界之主啊,一片欢呼声从斯楞遮耶人中爆发出来。(54)

听到斯楞遮耶人的欢呼声,这人中雄牛激愤难忍。婆罗多族俊杰啊,你的儿子怒气大发。(55)这愤怒的巨臂英雄站立起来,像蛇蟒那样喘息着,双眼瞪住怖军,似乎要把他烧死。(56)这位婆罗多族俊杰手攥铁杵,朝着怖军冲去,好像要把他的头颅砸碎。(57)这位灵魂伟大者威力吓人。他击中了另一位灵魂伟大者怖军的额角。然而怖军竟像高山一般,纹丝未动。(58)在经受铁杵打击之后,普利塔之子(难敌)变得更漂亮了。国王啊,他的额角流着鲜血,恰似大象发情,颞颥淌液。(59)胜财(阿周那)的兄长(怖军),这位敌人的粉碎者,紧抓横扫英雄的精铁棍棒,径奔对手,狠狠打去。这铁杵发出的声响,如同惊雷轰鸣。(60)在怖军的打击下,你的儿子跌倒在地。他浑身颤抖,就像林中繁花满枝的娑罗树在狂风的袭击下,不停地摇晃。（61）见你的儿子仆倒在地，般度族人欣喜若狂，发出一阵欢呼。你的儿子旋即恢复了神志，站立起来，就像一头大象从水池中站立起来一样。（62）这位向来不肯容忍的国王是个伟大的勇士。他动作熟练地围着站在面前的般度之子来回腾挪，挥棒猛击。怖军顿时四肢瘫软，颓然倒地。（63）俱卢后裔（难敌）奋力将怖军打倒在地，并发出一阵狮子吼。随即，他用他那威力有如雷电的铁杵，砸碎了怖军的护身铠甲。（64）这时，空中传来一片响亮的呼叫声，那是由天神和天女发出的。同时，天神们还撒播起五颜六色，纷纷而降的花雨。（65）看到那人中俊杰（怖军）倒地不起，结实的铠甲已经破裂，而俱卢后裔（难敌）却奋力克服了虚弱，巨大的恐惧攫住了那些敌人的心。（66）过了一会儿，狼腹（怖军）恢复了知觉。他揩了揩沾满血迹的脸，转动着双眼，然后竭力保持镇静，坚定地站立起来。（67）

以上是吉祥的《摩诃婆罗多》中《沙利耶篇》第五十六章(56)。

五七

全胜说：

看着两位俱卢族俊杰往来搏斗，阿周那对名声远扬的婆薮提婆之子（黑天）说道：（1）"在你看来，战来战去，两位英雄，谁占上风？他们各人的长处都是什么？遮那陀那啊，请你告诉我。"（2）

婆薮提婆之子说：

"他们所受的训练相同，但怖军在力量上更胜一筹。不过，持国之子（难敌）比狼腹（怖军）更加勤奋努力。（3）如果依照规则搏斗，怖军很难取胜。但若采用非法手段，他就能够打败难敌。（4）我们曾经听说，众天神是靠幻术战胜众阿修罗的。朋友啊，诛灭波罗的天帝释靠幻术打败了毗娄遮那，同样借幻术剥夺了弗栗多的能力。（5）胜财啊，怖军曾在掷骰子赌博时发誓在战场上用铁杵打断难敌的大腿。（6）让这位粉碎敌人者（怖军）实现他的诺言，使用诈术杀死这个善使诈术的国王吧！（7）如果怖军仅靠力量，照规则作战，国王坚战就会陷入困境。（8）请听我告诉你，般度之子，正是由于法

第九　沙利耶篇

王（坚战）的错误，我们才再一次面临险境。（9）就在打败了以毗湿摩为首的俱卢族人，建立了伟大的功业，取得了胜利和非凡的名声的时候，就在这胜利已经在握，冤仇即将了结的时刻，却又出了岔子。（10）般度之子啊，法王（坚战）把战争的赌注押在了单独一人的胜负之上，真是愚不可及。难敌是个精明能干的英雄，他必将殊死一搏。（11）我们听到过一首古代优沙那诵唱的诗。请让我把这含有真谛的诗念给你听：（12）"溃军残敌，唯求生路，一旦回头，狭路相逢，实在可怕。"（13）难敌已被打垮，军队也被消灭。他自己躲进池塘，作为失败者，只求亡命林莽，再无复国之梦。（14）对这样的失势者，有哪个聪明人会再提出一对一的挑战？不能再让难敌把你们已经到手的王国夺回去。（15）为了使好铁杵，他整整苦练了十三年。现在他时而上蹿，时而横挪，一心想把怖军杀死。（16）如果巨臂（怖军）不以非法手段杀死持国之子（难敌），那位俱卢后裔就将成为你们的国王。（17）"

　　胜财（阿周那）听了灵魂伟大的美发者（黑天）所说的话后，就用手击打自己的大腿，向怖军示意。（18）怖军明白了胜财暗示的意思，于是举着铁杵，移动步伐，兜起各式各样的圈子，变换着包括"阎摩迦"在内的种种路数。（19）国王啊，般度之子（怖军）的圈子忽左忽右，犹如牛溺，试图迷惑他的敌人。（20）同样，你的儿子精通杵战套路，步法灵活多变，也在伺机击杀怖军。（21）他们就像两个愤怒的死神，急于在战斗中了结冤仇，手中挥动着可怕的铁杵，杵上涂着檀香膏和沉香膏。（22）这两个英勇的人中雄牛彼此都想致敌死命，像是两只争食同一条蛇的金翅鸟。（23）国王（难敌）和怖军都兜着各种奇妙的圈子。两杵相击，迸发出耀眼的火花。（24）两个大力英雄在战场上往来攻击，每个都像狂风下奔腾咆哮的大海。（25）他们像两头发疯的大象互相搏斗，铁杵撞击，发出雷鸣般的巨响。（26）尖锐而激烈的厮斗就这样进行着，两个善驱敌兵的战士逐渐显出疲累的样子。（27）这两个敌人的折磨者喘息了一会儿，便又紧握着大铁杵，愤怒地厮杀起来。（28）

　　王中之首啊，两人重新展开一场可怕的激战，但见杵起杵落，互相劈砍。（29）他们彼此冲向对方，蛮劲十足，瞪着公牛般的眼睛。

这两个英雄杀得兴起，就像两头野牛在泥潭里厮斗。（30）他们遍体鳞伤，鲜血流淌，看上去就像雪山上盛开红花的金苏迦树。（31）忽然，难敌露出一个明显的破绽。普利塔之子（怖军）发现了，微微一笑，猛冲过去。（32）大力狼腹（怖军）精于战阵。待难敌近身，他便将铁杵向他猛力掷出。（33）人民之主啊，见铁杵掷来，你的儿子挪身闪避。铁杵失去目标，落在地上。（34）躲过袭击后，你的儿子，那俱卢族的俊杰，迅即朝怖军一杵打去。（35）怖军虽称力大无穷，但遭到沉重打击，还是流血过多，变得昏沉麻木起来。（36）不过，难敌并不知道般度之子的伤势。而怖军虽遭重创，也还在勉力支撑着身体。（37）你的儿子看他立定不动，以为他在准备还击，便没有继续对他下手。（38）国王啊，乘难敌驻足停手之机，英勇的怖军喘息了一会儿，随后又向他凶猛地冲杀过去。（39）婆罗多族雄牛啊，见力大无穷的怖军怒气冲天，朝自己袭来，难敌便捉摸设法破他。（40）国王啊，你骄傲的儿子考虑了当时的情况，打算跳起来，给狼腹（怖军）使个虚招。（41）怖军识破了国王（难敌）的用意，遂如雄狮一般疾步向前，扑将过去。（42）国王啊，般度之子（怖军）迅速跨步向前，猛力将铁杵投向再次跳起躲避的难敌，正中他的大腿。（43）难敌漂亮的大腿当即折断。般度之子（怖军）骁勇可畏，那铁杵的打击力堪比金刚杵。（44）大地之主啊，你儿子的双腿被怖军打断了。这位人中之虎仆倒在地，使大地发出一阵轰响。（45）

这时狂风骤起，伴着雷鸣，沙尘如雨，纷纷而下。大地也震动摇晃起来，连同树木、灌丛和高山。（46）这位英雄，这世上一切国王之主倒下了。随着这位大地之主倒下，一颗巨大的流星也冒着火光，自天而坠，带着狂风，发出巨响，令人胆战心惊。（47）婆罗多后裔啊，你的儿子倒下了，摩珂梵（因陀罗）洒下来血雨和沙尘雨。（48）婆罗多族雄牛啊，天空中传来众药叉、众罗刹和众毕舍遮的呼叫声。（49）听见这可怕的声音，四面八方，无数的走兽飞禽也跟着惊叫起来，凄厉无比。（50）你的儿子倒下了，战场上幸存的马匹、大象和战士们也都发出大叫。（51）你的儿子倒下了，鼙鼓螺号也扬声齐鸣，仿佛是从地心里发出来的。（52）国王啊，许多形象可怕的无头躯干带着大腿和胳膊跳起舞来，四面八方，触目皆是，让人毛骨悚然。(53)国王啊,你的儿子倒下了,那些拿着旗幡、弓箭和其他武器的战士浑身颤抖。(54)王中魁首啊,池塘和井里血水直冒,奔腾的河水逆向流动。(55)国王啊,你的儿子难敌倒下了,世上的女人变成男人的样子,男人也变成了女人的样子。(56)婆罗多族雄牛啊,看到种种异象出现,般遮罗族人和般度族人都感到焦虑不安。(57)婆罗多后裔啊,众天神、众健达缚和众天女都去了他们想去的地方,一路谈论着你的两个儿辈之间这场惊人的争斗。(58)同样,王中之首啊,那些悉陀和天国乐人遮罗纳也都返回了自己的住处,称颂着那两位人中雄狮。(59)

以上是吉祥的《摩诃婆罗多》中《沙利耶篇》第五十七章(57)。

五八

全胜说:

难敌倒下了,像一棵连根拔起的大娑罗树。般度族人看到以后,无不由衷喜悦。(1)看到他像一头癫狂的大象被猛狮掀翻在地,苏摩迦人高兴得毛发直竖。(2)威武的怖军将难敌打倒后,走到那倒在地上的俱卢族王身边,对他说道:(3)"愚蠢的人啊,当初,你曾在大会堂嘲笑只穿一件单衣的德罗波蒂,骂我们:'蠢牛!蠢牛!'如今,邪恶的人啊,你得到了羞辱他人的果报。"(4)说罢,他就用左脚去触那王中之狮的头,把它拨来拨去。(5)怖军,这敌军的折磨者,依然是满腔愤怒。他还说了另外的话,人中之主啊,请听我告诉你:(6)"那些人过去对着我们跳舞,高叫着:'蠢牛!蠢牛!'我们现在也要对着他们跳舞,同样高叫:'蠢牛!蠢牛!'(7)我们不欺诈,不放火,不掷骰子赌博,不施诡计,只靠自己的膂力,抗击敌人。"(8)

冤仇了结,狼腹(怖军)微笑着对坚战、美发者(黑天)、斯楞遮耶人、胜财(阿周那)以及摩德罗公主(玛德利)的两个儿子说道:(9)"把月事在身的德罗波蒂拖进厅堂,当众剥她衣服,你们看吧,做这些事的持国之子们已经在战场上被般度之子们杀死了,靠的就是祭军之女（德罗波蒂）的苦行。（10）国王持国的儿子们卑鄙无耻，曾经骂我们是空心芝麻。现在，我们把他们杀死了，连同他们的亲族和追随者。至于为此而上天堂，还是下地狱，那是我们自己的事。"（11）国王（难敌）躺在地上。怖军看了看他肩上的铁杵，左脚踏上他的头颅，说道："你这个骗子手！"（12）看着气量狭小的怖军把脚踩在俱卢族王的头上，兴高采烈，国王啊，苏摩迦人中那些以法为魂的优秀武士感到心中不悦。（13）

狼腹（怖军）打倒了你的儿子，便自鸣得意，手舞足蹈起来。于是，法王（坚战）对他说道：（14）"不要拿脚踩他的头！不要做不合正法的事！他是国王，是我们的亲戚。他已经倒下了。无瑕者啊，你不该那样做！（15）如今，他已经垮了；他的臣僚、兄弟和儿子，也都死去，连祭供米团也没有了。①他毕竟是我们的兄弟。你那样做是不对的！（16）过去人们提到你，总说：'这个怖军是守法的人！'怖军啊，为什么现在你要践踏这位国王呢？"（17）

看到难敌这样倒在地上，贡蒂之子（坚战）双眼含泪，对他说道：（18）"俱卢族俊杰啊，我们想要杀死你，你想要杀死我们，这一切无疑都是强大有力的创造主的旨意。（19）婆罗多后裔啊，你的贪婪、傲慢和无知使你犯了错误，从而导致你遭受这样的大灾难。（20）你造成了自己朋友、兄弟、父辈、子辈、孙辈和师父的死亡，如今你也走上死亡之路。（21）由于你的错误，你的兄弟，那些伟大的战车手，以及其他亲戚，都被我们杀死了。我想，这是命运不可抗拒的安排。（22）不幸的是持国的儿媳和孙媳们。不用说，那些由于愁苦而憔悴的寡妇将会咒骂我们。"（23）说完这些话以后，这位正法之子，坚战国王，感到痛苦不堪。他深深地叹了一口气，长久地深陷在哀伤中。（24）

以上是吉祥的《摩诃婆罗多》中《沙利耶篇》第五十八章(58)。

---

① 古代印度人有用裹着芝麻和蜂蜜的熟米团供奉过世先人的习俗。没有了这样的祭供米团，意味着断了香火。

五九

持国说：

看到国王（难敌）是被非法手段击倒的，御者啊，那摩豆族俊杰，力大无比的力天（罗摩）是怎样说的？（1）卢醯尼之子（罗摩）熟悉杵战，精于杵战，全胜啊，他又做了些什么，请告诉我。（2）

全胜说：

看到怖军踢你儿子的脑袋，膂力非凡的优秀战士罗摩非常愤怒。（3）以犁为武器者（罗摩）高举手臂，发出一阵痛苦的叫声，当着众位国王的面喝道："呸！呸！怖军！（4）哦！呸！在纯粹较量勇气的杵战中，竟然攻击脐下部位！狼腹（怖军）的这种做法，到今天都没见过！（5）脐下部位不可伤，是明载经典的定规。这蠢材不通经典，任意妄为！"（6）说着说着，这位力士变得怒不可遏。他高举手中的犁，朝着怖军冲去。（7）这灵魂伟大者高举手臂的样子，就像那座绚丽多彩，蕴含着各种矿藏的大白山。（8）

见此，膂力强大而又谦恭有礼的美发者（黑天）伸出筋肉发达的手臂，奋力挡住了冲上前来的罗摩。（9）国王啊，这两位雅度族的非凡人物，肤色一白一黑，全都非常漂亮，宛如日暮行空的太阳和月亮。（10）为了缓解罗摩的怒气，美发者（黑天）对他说道："一个人有六种发展，即自身的发展、朋友的发展、朋友的朋友的发展，以及利用敌人的败落、敌人朋友的败落和敌人朋友的朋友的败落而求得的发展。（11）一旦败落出现在自己或朋友方面，就应该认识到令人沮丧的时刻将会来到，从而立即设法加以补救。（12）般度诸子是我们与生俱来的朋友，都是真正的男子汉。他们是我们姑母的儿子，曾经受到敌人凶狠的欺侮。（13）你们都知道，履行诺言是刹帝利的不易之法。当初，怖军在大会堂发过誓言：'我要在大战中拿铁杵打断难敌的大腿！'（14）敌人的折磨者啊，大仙人弥勒也曾诅咒过难敌，对他说：'怖军将会用铁杵打断你的腿！'① 因此，诛灭波罗楞钵者啊，

---

① 参阅《森林篇》第11章。

我看不出这里有什么错，请你息怒。（15）我们同般度诸子的关系是建立在出身和亲缘上的，此外还有内心感情。我们的发展有赖于他们的发展。因此，人中雄牛啊，请你息怒。"（16）

罗摩说：

善人们一向认真履行正法。正法受两种东西的牵制，那就是贪得无厌者的利得和执迷不悟者的欲望。（17）一个人如果不忽视法和利，或法和欲，或欲和利，而同时实现法、利、欲三者，他就能获得全面的幸福。（18）正是由于忽视了正法，怖军的所作所为才出现混乱。乔宾陀啊，你对我的解释只涉及怖军的欲求，而不及其他。（19）

婆薮提婆之子说：

在这个世界上，众所周知，你一向热爱正法，以正法为灵魂，不为怒气所左右。所以，请你静气息怒。（20）你知道迦利时代①即将来临，也知道般度之子（怖军）所发誓言。那就让他实现誓言，了却债责吧。（21）

全胜说：

人民之主啊，听了美发者（黑天）对于正法的曲解，罗摩心中不快。他又当众说了这样的话：（22）"般度之子（怖军）以非法手段杀害了以正法为灵魂的难敌王，他就在世界上留下了狡诈战士的名声。（23）而持国之子难敌以正法为灵魂，终将获得永恒的归宿。这位国王是作为正派的战士而遭杀害的。（24）他把战斗当作净身仪式，在战场上举行祭祀。他视敌人为祭火，而将自身作为供品投献进去，由此获得了代表净化沐浴的光荣名声。"（25）说过这些话后，威武的卢醯尼之子（罗摩）便登上车子，驶向多门城去。他自己就像车上耸起的一朵白云。（26）人民之主啊，罗摩去了多门城，留下的般遮罗人、苾湿尼人和般度族人无不感到心情沮丧。（27）坚战也感到难过。内心怀着悲哀，他低着头，陷入沉思，不知如何是好。婆薮提婆之子（黑天）对他说道：（28）"法王啊，你为什么同意这种不合正法的事呢？难敌已经没有亲友。他倒在地上，浑无知觉，（29）而怖军还要用脚践踏他的头颅！人民之主啊，你通晓正法，为什么眼看这样的事

---

① 即所谓争斗时代。它是"四时代"中最为堕落的时代。

却无动于衷呢？（30）

坚战说：

黑天啊，怖军出于愤怒而脚踏难敌的头颅，并不使我高兴。看到家族遭到毁灭，我也不觉欢喜。（31）多少次了，持国的儿子们施展诡计欺侮我们，用无数粗话羞辱我们，还把我们流放到森林里去。（32）极度的痛苦煎熬着怖军的心。苾湿尼族后裔啊，想到这些，我就眼看那样的事而无动于衷了。（33）难敌是一个愚蠢、贪婪而又放纵欲望的人。就让般度之子（怖军）杀死他，实现自己的愿望吧，不管做得合乎正法，还是不合正法！（34）

全胜说：

法王（坚战）说了这些话后，雅度族后裔婆薮提婆之子（黑天）勉强说道："就让他实现愿望吧。"（35）听到一向为怖军利益着想的婆薮提婆之子（黑天）这样说，坚战对于怖军在战场上所做的一切，也就采取了听任的态度。（36）愤怒的怖军在战斗中击倒了你的儿子，满怀喜悦，站到坚战面前，双手合十，向他致意。（37）人民之主啊，他英气勃勃，喜眉笑眼，带着胜利者的样子，向法王坚战说道：（38）"今天，国王啊，大地已经属于你！荆棘清除了，它变得安全宁静。大王啊，你就来统治它，履行你的职责吧。（39）那个制造敌意的人，那个喜欢施展阴谋诡计的人，大地之主啊，已经被打倒了，僵卧在地。（40）以难降为首的那些说话恶毒的人，还有你的敌人罗陀之子（迦尔纳）和沙恭尼，都被杀死了。（41）今天，大王啊，你的敌人全已消灭，那布满珍宝的大地，连同森林和高山，又都回到了你的手中。"（42）

坚战说：

国王难敌已被击倒，冤仇也已了结。我们听从黑天的意见，终于赢得了大地。（43）由于幸运，你偿还了对于母亲和自己愤怒誓言的债责。不可战胜者啊，由于幸运，你取得了胜利。由于幸运，你的敌人归于毁灭。（44）

以上是吉祥的《摩诃婆罗多》中《沙利耶篇》第五十九章（59）。

六〇

持国说：

看到难敌在战场上被怖军击倒，全胜啊，般度族人和斯楞遮耶人都有什么表现？（1）

全胜说：

难敌在战场上被怖军击倒，大王啊，就像一头疯狂的野象在森林里被猛狮所杀。（2）看到俱卢后裔（难敌）倒下，般度族人、黑天、般遮罗人和斯楞遮耶人全都满心欢喜。（3）他们挥舞着自己的上衣，发出一阵阵狮子吼。他们欢笑闹腾，直闹得连大地也无法承受。（4）有的人举起强弓，有的人掣动弓弦，有的人紧吹螺号，有的人猛击大鼓，（5）有的人又蹦又跳。你的敌人有些也在扬声大笑。英雄们反复地对怖军说着：（6）"今天，在战场上，你拿铁杵击倒那已经筋疲力尽的俱卢族王，完成了一件难以完成的大事！（7）你消灭了顽敌。大家都说那功绩可以同因陀罗在大战中杀死弗栗多相比。（8）难敌善于变换进击路线，巧妙地兜圈子。除了狼腹（怖军），谁能战胜这个英雄？（9）你了结了冤仇，那是其他人难以做到的。你完成了其他人无法完成的事业。（10）英雄啊，多么幸运，你像一头狂暴的大象，在阵前脚踩难敌的头颅！（11）无瑕者啊，多么幸运，你创造了战斗奇迹，得以痛饮难降的血，就像雄狮痛饮野牛的血一样！①（12）那些人伤害以法为魂的国王坚战。多么幸运，你凭借自己的努力，把脚踏在了他们的头上！（13）怖军啊，多么幸运，你压倒了敌人，杀败了难敌，在大地上名声远播！（14）婆罗多后裔啊，你消灭了强敌，我们为你欢歌，正像弗栗多被消灭后，游吟者为天帝释欢歌一样。（15）难敌被打倒的时候，我们浑身汗毛直竖。你知道，这些竖起的汗毛到现在还没有倒下。"聚拢过来的赞美者们就这样对怖军说着。（16）

见般遮罗族和般度族这些人中之虎如此高兴，赞辞不断，诛灭摩

---

① 参阅《迦尔纳篇》第61章。

图者（黑天）便对他们说道：（17）"诸位国王啊，对于已经死去的敌手，再用种种刺耳的言词反复地伤害他，是不合适的。那愚笨的家伙已经死了。（18）那贪婪、无耻、罪恶的人已经死了。他信任恶人，而对朋友的忠告置若罔闻。（19）尽管维杜罗、德罗纳、慈悯、恒河之子（毗湿摩）和斯楞遮耶都曾多次进言，他却不肯把般度诸子从祖辈那里继承的一部分王国归还他们。（20）现在，这个卑劣的家伙既不能说是朋友，也不能说是敌人了。对于一个已经形同木桩的人，说那些话还有什么用呢。（21）大地的主人们，快上车吧！我们该走了。多么幸运，这内心邪恶的人已被打倒在地，还有他的大臣、亲戚和朋友。"（22）

听到黑天这番责骂的话，人民之主啊，国王难敌怒不可遏。他痛苦地抬起身来。（23）靠着两臂支撑，臀部着地，他坐了起来，皱着双眉，愤怒地盯着婆薮提婆之子（黑天）。（24）婆罗多后裔啊，被激怒的国王半支着身子，那模样就像一条断了尾巴的毒蛇。（25）难敌不顾濒死之躯的巨大痛苦，向婆薮提婆之子投去尖刻的言词：（26）"奴隶刚沙的儿子啊，你真是恬不知耻，似乎不知道我是在杵战中被非法攻击打倒的！（27）是你出坏主意，提醒怖军打断我的双腿。你当我不知道你是怎样对阿周那说的？（28）利用各种不正当的手段，杀死了成千上万公平战斗的国王，你不感到耻辱，不觉得丢脸吗？（29）一天又一天，你制造着英雄们的大屠杀。你将束发置于前方，造成祖父（毗湿摩）的死亡。①（30）居心险恶的人啊，杀死了一头与马嘶同名的大象，从而促使师父放下武器，你当我不知道这件事吗？②（31）当凶残的猛光就要杀死那位英雄的时候，你看到了，却不去阻止他。（32）为了消灭般度之子（阿周那）而求得的标枪，你设法让它用于瓶首而作废。还有比你更恶的人吗？③（33）强壮有力的广声已断一臂，且正在实行绝食静坐，而你却放手让邪恶的悉尼之孙（萨

---

① 参阅《毗湿摩篇》第114章。
② 师父指德罗纳，马嘶之父。参阅《德罗纳篇》第164章。
③ 迦尔纳从因陀罗那里求得标枪，用以杀死阿周那。后来，这支标枪在杀死瓶首后升天而去，阿周那遂得免遭其害。参阅《德罗纳篇》第154章。

谛奇）将他杀死。① （34）为了战胜普利塔之子（阿周那），迦尔纳竭尽全力。但是，你却挫败了蛇王之子马军的进攻。② （35）在战场上，人中豪杰迦尔纳的战车车轮下陷，一时不知所措，处境危险，又是你导致了他的失败。③ （36）如果你们肯在战场上同我，同迦尔纳、毗湿摩和德罗纳公平交战，胜者必定不是你们。（37）由于你使用不正当的卑劣手段，我们和其他众多遵守自己正法的国王，才遭到杀害。"（38）

婆薮提婆之子说：

甘陀利之子啊，你和你的兄弟、儿子、亲戚、朋友以及整个军队的覆亡，是因为你走上了罪恶的道路。（39）由于你的邪恶行径，毗湿摩和德罗纳这两位英雄倒下了。迦尔纳因为学你的样，也被杀死了。（40）我曾向你请求归还般度诸子那一半祖传的王国，但是，愚蠢的人啊，出于贪婪，你听从沙恭尼的主意，不肯给。（41）你把毒药给了怖军。黑心人啊，你还企图烧死般度诸子和他们的母亲，当时他们正住在紫胶宫里。（42）在掷骰子赌博的时候，你们将月事之中的祭军之女（德罗波蒂）强行拽到大会堂。因此，你这心狠手辣的无耻之徒是死有余辜！（43）妙力之子（沙恭尼）精于掷骰子赌博。全靠他欺骗只懂正法而不懂掷骰子的坚战，你才赌赢。所以，你就该横尸疆场。（44）在森林里，当般度族兄弟外出打猎时，德罗波蒂在草滴仙人的净修林中遭到恶徒胜车的欺凌。④ （45）战场上的激昂不过是个孩子，而且独自一人，却被你们大批人马合起来杀死了。⑤ 因此，罪人啊，你作恶多端，就该横尸疆场。（46）

难敌说：

我曾学习吠陀，也曾按照仪规广行布施。我曾统治大地和海洋，站立在敌人的头颅之上。难道谁能有比我更好的结局吗？（47）遵循自己正法的刹帝利们渴望如此舍生，现在我实现了。难道谁能有比我

---

① 参阅《德罗纳篇》第118章。
② 马军化作迦尔纳的利箭，射向阿周那。参阅《迦尔纳篇》第66章。
③ 参阅《迦尔纳篇》第67章。
④ 参阅《森林篇》第252章。
⑤ 参阅《德罗纳篇》第46—48章。

更好的结局吗？（48）那只有神明才配享受，而其他帝王很难获得的人间福祉，那至高无上的统治地位，我都获得了。难道谁能有比我更好的结局吗？（49）我就要到天国去了，还有我的朋友和追随者。至于你们，就只能怀着破灭的希望，悲哀地生活下去。（50）

全胜说：

婆罗多后裔啊，俱卢族王说完这话后，便有纷纷花雨自天而降，散发着宜人的香气。（51）众健达缚奏乐，众天女歌唱，众悉陀齐颂："善哉！善哉！"（52）众天神吹起轻柔的风，清香扑鼻，令人心旷神怡。天空澄澈，闪射着琉璃般的光芒。（53）看见这些奇妙的景象，看见难敌受到的尊崇，以婆薮提婆之子（黑天）为首的般度族人感到了羞愧。（54）他们听到说毗湿摩、德罗纳、迦尔纳和广声都是用非法手段杀害的，不免情绪忧伤，心中痛苦。（55）见般度诸子满怀愁绪，精神沮丧，黑天便以鼙鼓和沉雷般的声音对他们说道：（56）"这位武器出手神速的国王，还有那些伟大的车战骁将，单凭公正的战斗，你们是不可能在战场上杀死他们的。（57）我必须使用种种手段同那些国王战斗，否则，胜利绝不会属于般度族人。（58）他们四个都是灵魂伟大的人，世上的车战大将。就是护世天王们也无法依靠公正手段战胜他们。（59）铁杵在手的持国之子（难敌）就是在筋疲力尽的时候，死神也无法依靠公正的手段拿刑杖战胜他。（60）你们的心里不应该认为国王难敌是靠诡计杀死的。如果敌人明显势众，就不妨采取各种手段杀死他们。（61）当初众天神诛灭阿修罗，走的就是这条路。善者走过的道路，所有人都可以跟着走。（62）我们已经达到目的。夜幕正在降临，我们应该宿营了。国王们啊，让我们带着马匹、大象和战车回去休息吧。"（63）

听婆薮提婆之子（黑天）这样一说，般遮罗人和般度族人心中欢喜，遂像一群狮子那样齐声吼叫起来。（64）看到难敌已被击倒，这些人中雄牛高兴地吹起螺号。摩豆族后裔（黑天）也将他的五生螺号呜呜吹起。（65）

以上是吉祥的《摩诃婆罗多》中《沙利耶篇》第六十章（60）。

六一

全胜说：

这些国王们长着铁闩般的臂膀。他们前往营地，一路上高高兴兴，猛吹螺号。（1）人民之主啊，般度诸子来到了我们的营地，后面跟着大弓箭手尚武和萨谛奇。（2）猛光、束发、德罗波蒂的儿子们和其他大弓箭手也都来到我们的营地。（3）普利塔的儿子们进了难敌的营帐。那营帐没了主人，也没了昔日的辉煌，像一座观众散尽的戏场。（4）还像节后的城镇，或者没有大象的池塘。留在那里的大多是女眷和阉人，还有上了年纪的臣僚。（5）难敌的随从们恭候一旁。国王啊，他们穿着已经脏了的红褐色衣服，双手合十。（6）大王啊，般度诸子，这些战车手中的佼佼者，到达俱卢族王的营帐后，便纷纷走下车来。（7）

美发者（黑天）是个一向多方关照朋友的人。婆罗多族雄牛啊，现在，他对甘狄拨神弓持有者（阿周那）说道：（8）"把你的甘狄拨神弓摘下来吧，还有那两只取之不尽的箭囊。婆罗多族俊杰啊，我也将跟着你摘下来。（9）无瑕者啊，还是先下车吧，那样对你方便。"于是，胜财（阿周那），这英雄的般度之子，就照着他的话做了。（10）随后，智慧的黑天解开马匹的缰绳，也跟着下了甘狄拨神弓持有者的车。（11）这灵魂伟大的众生之主一下车，阿周那车上作为标志的神猿就消失不见了。（12）这辆曾被德罗纳和迦尔纳的天神兵器焚烧过的大战车，大地之主啊，即刻为烈火所吞噬。（13）转瞬之间，甘狄拨神弓持有者（阿周那）的战车，连同所有缰绳、马匹和车辕，便统统化作灰烬，委堕于地。（14）看到那战车化成灰烬，人主啊，般度诸子大为吃惊。国王啊，阿周那就此发问。（15）他向黑天双手合十，俯首行礼，致意过后，谦恭地问道："尊者乔宾陀啊，我的战车为什么会被火烧掉呢？（16）雅度族后裔啊，怎么会发生这样的奇事？巨臂啊，如果你认为我可以听，就请为我讲讲吧。"（17）

婆薮提婆之子说：

阿周那啊，敌人的折磨者！当初酣战之时，你的战车曾被大量的各式兵器所焚烧，但是由于我在车上，才没有被焚毁。（18）现在，贡蒂之子啊，你的任务已经完成，我也离开了这辆车子，于是它就被梵天兵器的神力焚烧成灰。（19）

全胜说：

接着，这位世尊，诛灭敌人的美发者（黑天）微笑着拥抱了国王坚战，对他说道：（20）"多么幸运，贡蒂之子啊，你取得了胜利。多么幸运，你的敌人失败了。多么幸运，甘狄拨神弓持有者（阿周那）和般度之子怖军，（21）你这善良的人，以及玛德利为般度生的两个儿子（偕天和无种），既消灭了敌人，又没有葬身于这场吞噬英雄的战争。婆罗多后裔啊，接下来就赶快去做该做的事吧。（22）当初，我到达水没城时，你和甘狄拨神弓持有者（阿周那）过来见我，送我蜜食①，并对我说：（23）'黑天啊，胜财（阿周那）是你的兄弟和朋友。巨臂啊，人主！但有危难，请你保护他！'听你这么说，我即答道：'好吧。'（24）后来，那左手开弓者（阿周那）受到我的保护。人中之主啊，你也成了胜利者。王中之王啊，那确有实力的英雄和他的兄弟们都避免了葬身于这场战争，它无情吞噬英雄，让人毛骨悚然。"（25）

听了黑天的这些话，法王坚战高兴得毛发直竖。接着，大王啊，他对遮那陀那（黑天）说道：（26）"诛灭敌人者啊，除你之外，谁能抵挡德罗纳和迦尔纳掷出的梵天武器？即使毁城者（因陀罗）手持金刚杵显身也不行。（27）由于你的恩惠，我们在战争中取得了众多胜利，而普利塔之子（阿周那）也从未在大战中转身脱逃。（28）由于你的恩惠，巨臂啊，我才一次又一次恪尽职守，从而使家族赓续不绝，使自己获得辉煌的归宿。（29）在水没城，大仙人黑仙岛生（毗耶娑）就曾说过，哪里有正法，那里就有黑天；哪里有黑天，那里就有胜利。"（30）说过这些话后，婆罗多后裔啊，众英雄便进入了你的营帐。他们得到了成箱的珍宝和大量的财物。（31）他们得到了银器、金器、宝石、珍珠、贵重饰物、毛毯、毛皮、无数男女奴仆以及各种王室常用之物。（32）婆罗多族雄牛啊，王中之王！这些大弓箭手战

---

① 一种敬客的食品，常用等份的蜂蜜、奶酪和酥油做成。岳父招待上门的新婿也常用它。

胜了敌人，占有了你无穷无尽的财物后，高声地欢呼起来。（33）然后，般度诸子和萨谛奇这些英雄为马匹卸下车轭，就地休息了一会儿。（34）

这时，大王啊，名声卓著的婆薮提婆之子（黑天）说道："为了吉祥如意，我们大家还是住在营区以外为好。"（35）般度诸子和萨谛奇一齐答道："好吧！"便和婆薮提婆之子一同撤出营区，以求吉祥。（36）国王啊，消灭了敌人的般度诸子来到吉祥的波涛河边。他们就在这里过夜。（37）然后，他们派遣雅度族后裔（黑天）前往象城。威武的婆薮提婆之子（黑天）吩咐车夫达录迦上车，然后迅速驶往国王安必迦之子（持国）居住的城市。（38）当塞尼耶和妙颈[①]已经驾好，黑天准备出发的时候，般度诸子对他说道："请好好安慰那声誉卓著的甘陀利，她失去了所有的儿子！"（39）等般度之子们说完这些话后，沙特婆多族俊杰（黑天）就向象城迅速驰去，前去会见那失去了儿子的甘陀利。（40）

以上是吉祥的《摩诃婆罗多》中《沙利耶篇》第六十一章(61)。

六二

镇群说：

王中之虎法王坚战派遣折磨敌人的婆薮提婆之子（黑天）到甘陀利那里去，目的是什么？（1）当初，为了寻求和平，黑天就曾去过俱卢族人那里。但他未能实现所愿，于是就爆发了这场大战。（2）如今，全部将士捐躯，难敌也已倒下，战争结束了，般度之子在大地上已经没有敌手。（3）营地既已人去帐空，般度之子也已赢得英名，究竟是为什么，婆罗门啊，黑天还要再次到那里去？（4）据我看，婆罗门啊，其中的原因，当非小可，因为毕竟是灵魂无限的遮那陀那（黑天）亲自前往。（5）婆罗门啊，优秀的行祭者！请将作出这一决定的原因如实地告诉我。（6）

[①] 为黑天驾车的两匹马名。

护民子说：

大地之主啊，你向我提出了你迫切关心的问题。婆罗多族雄牛啊，我将把情况原原本本地告诉你。（7）国王啊，看到怖军在战斗中违反规则，击倒了持国之子，大力士难敌，（8）婆罗多后裔啊，看到难敌在不公平的杵战中倒下，巨大的恐惧占据了坚战的心。（9）他想到大福大德的甘陀利深修苦行，功力可怕，足以烧毁整个三界。（10）这样想着，他产生了一个念头，觉得应该先让怒火中烧的甘陀利平静下来：（11）"她听到自己的儿子被我们用那样的方式杀死，愤怒之下，必会用胸中的烈火将我们烧成灰烬。（12）知道自己的儿子公平作战，却被人用非法手段杀死，甘陀利怎么能忍受那巨大伤痛呢？"（13）

就这样，经过反复思考，最后，充满恐惧和忧虑的法王（坚战）向婆薮提婆之子（黑天）说道：（14）"乔宾陀啊，靠了你的恩惠，王国的荆棘拔除了，不敢想象能够实现的事，不退者啊，终于被我们实现了。（15）巨臂啊，雅度族后裔！我亲眼目睹，在这场让人毛骨悚然的战争中，你所经受的磨难是太大了。（16）过去，在天神和阿修罗的战争中，为了消灭天神之敌，你伸出援助之手，打败了天神的敌人。（17）同样地，巨臂啊，不退者，如今你又来支援我们，苾湿尼族后裔啊，帮助我们驾驭战车。（18）大战中如果没有你做翼月生（阿周那）的保护者，他怎么能打败战场上如潮的敌军？（19）你受到铁杵的沉重打击，还有铁闩、标枪、飞镖、长矛和战斧。（20）为了我们的利益，你还要忍受刺耳的言词。不退者啊，难敌死了，你还得承担由此而来的种种后果。（21）巨臂啊，你了解甘陀利的愤怒。摩豆族后裔啊，这位大福大德者由于经年修炼严厉的苦行而变得十分消瘦。（22）听到自己儿子和孙子的噩耗，她一定会焚烧我们。我想，英雄啊，现在要设法使她平息下来。（23）人中翘楚啊，她由于痛失爱子而面目憔悴，满腔愤怒而眼中冒火。除你之外，还有谁能够哪怕仅仅看她一眼？（24）摩豆族后裔啊，克敌制胜者！我想，请你前去一趟比较合适，去抚慰那怒火燃烧的甘陀利。（25）你是创造者和毁灭者，是所有世界的起源和终结，或用因果相续的话来说，是时间运行的结果。（26）大智者啊，请快去抚慰甘陀利。我们尊敬的祖父黑

仙（毗耶娑）也在那里。（27）巨臂啊，沙特婆多族俊杰！为了般度诸子的利益，你要千方百计消除甘陀利的怒气。"（28）

雅度族后裔（黑天）听了法王（坚战）如上的话，便召来达录迦，对他说："去备车吧！"（29）听到美发者（黑天）在召唤，达录迦赶忙动手，然后向这灵魂伟大的人报告说，车已备好。（30）于是，折磨敌人的雅度族俊杰（黑天）登上战车，朝着象城飞驰而去。（31）大王啊，这位世尊，英勇的摩豆族后裔乘车来到象城，进入城里。（32）隆隆的车声在城里回荡。这位英雄进城以后，遂使人禀报持国，然后从那华贵的战车上走了下来。（33）他兴奋地走进持国的宫殿，在那里见到了先他而来的仙人魁首（毗耶娑）。（34）美发者遮那陀那（黑天）俯身触摸了黑仙（毗耶娑）和国王（持国）的双足，并镇静地向甘陀利致意。（35）然后，雅度族俊杰轴下生（黑天）握住国王的手，恸哭失声。（36）

这位克敌制胜者由于悲伤而痛哭流涕。这样过了一会儿，他便依照仪规用清水洗眼漱口，然后以谦恭的语气对持国说道：（37）"婆罗多后裔啊，任何事没有你不知晓的，无论发生在过去，还是发生在未来。人主啊，你也清楚地知道时间的流转。（38）所有般度族兄弟都关心你，考虑如何避免家族的毁灭和刹帝利的灭亡。（39）深爱正法的坚战和他的兄弟们有个一致的愿望，就是过和平安定的生活。在掷骰子赌博受骗失败后，他也情愿去森林过流放生活。（40）他们兄弟乔装改扮，过着隐姓埋名的日子，还经受了种种的其他苦难，就像他们是能力不济的人。（41）在大战发生的前夕，我曾亲自来到这里，当着众人的面，请求你给五个村庄。（42）但是，受着命运的捉弄，也是出于贪欲，你不肯给。人民之主啊，正是由于你的错误，所有的刹帝利一起走向了毁灭。（43）毗湿摩、月授、波力迦、慈悯、德罗纳和他的儿子，以及智慧的维杜罗，都曾要求你以永久和平为重。可是，你不肯采纳他们的意见。（44）婆罗多后裔啊，一旦命运摧毁理智，人就会误入歧途。当初在这件事情上，你就表现愚钝。（45）除了时间的作用，世上还有什么？命运乃是最高的归宿。大王啊，还是不要把错误归在般度族兄弟身上吧。（46）敌人的折磨者啊，拿正法、规矩和亲情来衡量，灵魂伟大的般度诸子连丝毫过失也没有。（47）

你应该知道，一切都是自作自受。不要对般度诸子有什么抱怨。（48）今天，对于你和甘陀利来说，家族、世系、祖祭饭团和儿辈的果报，所有这些都取决于般度诸子。（49）请仔细想想自己犯过的所有过失，友善地对待般度族兄弟。婆罗多族雄牛啊，我向你致敬！（50）巨臂啊，婆罗多族之虎！法王（坚战）对你的忠诚和出自天然的亲情，你是知道的。（51）在消灭了伤害自己的敌人之后，他便经受着燃烧般的痛苦，日夜郁郁寡欢。（52）人中之虎啊，婆罗多族俊杰！他为你和名声显赫的甘陀利感到忧伤，无法得到内心的宁静。（53）失子的伤痛折磨着你，搅乱着你的理智和感官。他深深地感到羞愧，没有来到你的跟前。"（54）

大王啊，雅度族俊杰（黑天）对持国讲过这番话后，又对忧伤憔悴的甘陀利说了如下高度赞美的话：（55）"大德之人啊，妙力之女！请听我对你讲。吉祥的女子啊，如今，像你这样的女性世界上再也无法找到。（56）我还记得你在王族聚会上说过的话，当时我也在场。你的话中充满正法和利益的道理，对双方都有好处。可是，高贵的人啊，你的儿子们对它置若罔闻。（57）难敌求胜心切。你对他讲的话也十分锐利。你说：'傻瓜啊，你听我说！有正法的地方，才有胜利！'（58）公主啊，你的话应验了。既然知道这个道理，就不必忧伤不已。吉祥的人啊，你也决不要想着让般度诸子灭亡的事。（59）大福大德的人啊，靠着苦行之力，你那怒火熊熊的眼睛，足以烧毁整个大地，连同动物和不动物。"（60）听了婆薮提婆之子（黑天）这番话后，甘陀利对他说道："巨臂啊，美发者！你所说的，确实不错。（61）我的心曾经因为焦虑而燃烧，震颤不已。现在，听了你的话后，遮那陀那啊，它开始安定下来。（62）美发者啊，两足之尊！[①]至于那双目失明而又老年丧子的国王，也只有把你和英雄的般度诸子当作自己的归宿了。"（63）说到这里，备受失子之痛煎熬的甘陀利以衣遮面，哭泣起来。（64）巨臂美发者（黑天）遂用因果相续的道理，来抚慰这位忧伤憔悴的妇人。（65）

在安慰过甘陀利和持国以后，摩豆族后裔美发者（黑天）忽然获

---

① "两足"指人。"两足之尊"是指人群中的优秀者。

得一种感觉,感觉德罗纳之子(马嘶)有了某种念头。(66)王中之王啊,他急忙起身,向岛生(毗耶娑)行头面触足之礼,然后对俱卢族后裔(持国)说道:(67)"俱卢族俊杰啊,我向你告辞。请你节哀。德罗纳之子有了一个罪恶的念头,这就是我突然起身的原因。我预感般度诸子有夜半遭袭的生命危险。"(68)听到这话,巨臂持国和甘陀利便对诛灭盖辛①的美发者(黑天)说道:(69)"巨臂啊,赶快走吧,快去保护般度诸子!遮那陀那啊,希望我们不久再见。"然后,不退者(黑天)立即和达录迦一起出发上路。(70)婆薮提婆之子(黑天)走后,国王啊,那举世崇敬,灵魂无限的毗耶娑又开始安慰人主持国。(71)国王啊,以法为魂的婆薮提婆之子完成了他的任务,离开象城,驶回营地,准备会见般度诸子。(72)晚间到达营地以后,他便去见般度诸子。他向他们汇报了出访的情况,同他们围坐在一起。(73)

以上是吉祥的《摩诃婆罗多》中《沙利耶篇》第六十二章(62)。

六三

持国说:

我那骄傲自负的儿子躺在地上,大腿折断了,头被人拿脚踩着,他说了些什么呢?(1)国王难敌对般度族兄弟怀有满腔愤怒和刻骨仇恨。那么,在大战中身陷绝境,他又说了些什么呢?(2)

全胜说:

国王啊,断腿以后的难敌国王身陷绝境。他都说了些什么话,人中之主啊,请听我如实告诉你。(3)这位国王的大腿被打断了,浑身沾满尘土。国王啊,他将了将已经散乱的头发,把眼光投向四方。(4)他费力地理好头发,像蛇一般喘息着,用充满激愤和泪水的眼睛看着我。(5)忽然,他又像一头发疯的大象,拿双臂拍打地面,甩动披散的头发,不断地磨着上下牙齿,喘着粗气,责骂般度长子

---

① 盖辛是一阿修罗名。

（坚战），然后对我说道：（6）

"福身王之子毗湿摩、武艺高手迦尔纳、乔答摩之孙（慈悯）、沙恭尼和优秀的武士德罗纳，（7）还有马嘶、英雄的沙利耶和成铠，都是我的保护主，而我依然落到这步田地，命运真的是不可抗拒！（8）我曾是十一支大军的统帅，而终于落到这般地步，巨臂啊，命运的安排，谁都休想逃脱。（9）应该告诉我们那些在战场上活下来的人，是怖军违反战规打倒了我。（10）对于广声、迦尔纳、毗湿摩和光辉的德罗纳，般度诸子也做了许多残忍的事。（11）邪恶的般度诸子做了这类卑鄙的事，必会在善人中间遭到唾弃，对此我坚信不疑。（12）对于坚持真理的人来说，通过诈术取得胜利，能够获得快乐吗？有哪个智者会赞同破坏成规的人？（13）罪恶的般度之子狼腹（怖军）用非法手段获得胜利，居然兴高采烈，有哪个智者会这样做？（14）像我这样已经断腿的人，却被愤怒的怖军拿脚踏在头上，岂不是出了咄咄怪事？（15）对于一个在族人中间享有荣华富贵的人做出这等勾当，全胜啊，他还值得别人尊重吗？（16）

"我的父母深明刹帝利法。他们虽然沮丧痛苦，全胜啊，还是请将我的话告诉他们。（17）我例行祭祀，供养仆从，依照规矩统治大地和海洋。全胜啊，我还站在那些活着的敌人头上。（18）我尽我所能广行布施，善待朋友，抵御顽敌。难道还有谁比我更幸运吗？（19）我踏遍敌国的领土，役使那里的国王如同奴隶，做事总想使亲者快。难道还有谁比我更幸运吗？（20）我尊重我的亲族，也尊敬所有值得尊敬的人。我履行了人生三要①。难道还有谁比我更幸运吗？（21）我能对王公们发号施令，受到他人难以获得的尊敬。我还常骑骏马四处周游。难道还有谁比我更幸运吗？（22）我学习过吠陀，依照规矩进行布施，享有健康的生命。我遵行自己的正法，赢得了所有世界。难道还有谁比我更幸运吗？（23）靠着幸运，我在战场上未被征服，也不曾像仆从般仰事敌人。靠着幸运，我那荣华富贵只有到我死后才有别人享用的份儿。（24）坚守自己正法的刹帝利们一心向往的结局，今天我实现了。难道还有谁比我更幸运吗？（25）靠着幸运，我没有

---

① 参见第4章第28颂注。

面对敌人而脱逃，没有像普通人那样被降伏，也没有因为自己的失误而被敌人打败。（26）就像趁人熟睡或不注意时杀死他，或用毒物将他药死一样，他们违反规则，用非法手段杀死了我。（27）大福大德的马嘶、沙特婆多族成铠，还有有年之子慈悯，应该让他们听到我的话：（28）'你们不要相信那帮般度之子，他们是破坏成规的人，利用非法手段做了很多坏事。'"（29）

接着，你的儿子，那真正勇敢的国王又对周围的信使说："怖军在战斗中用非法手段打倒了我。（30）现在，我要追随已经到达天国的德罗纳，还有沙利耶、迦尔纳、勇力无穷的牛军和妙力之子沙恭尼，（31）勇力无穷的水连、福授王、大弓箭手月授之子（广声）和信度王胜车，（32）以难降为首的那些同我一样的兄弟们、难降之子和我的儿子罗奇蛮，（33）以及其他成千上万为我而战的人。我要追随他们而去，就像一个掉了队的旅行者。（34）当我的妹妹杜沙罗听到自己的兄弟和丈夫都已死去的消息时，将会怎样绝望地痛哭啊！（35）还有我那年迈的父王和甘陀利，以及他们的媳妇和孙媳妇，他们将会何等悲恸，陷入怎样的境地啊！（36）罗奇蛮的妈妈①长着美丽的大眼睛。现在，她既失去了丈夫，又失去了儿子，自己也将不久人世。（37）如果行者遮婆迦②知道这里的一切，这卓有辩才的大福之人一定会替我复仇。（38）死在普五这三界有名的吉祥之地，我将前往众多的永恒世界。"（39）

尊者啊，听了国王的悲诉，成千上万的人满含着眼泪，跑向四面八方。（40）这时，大地连同大海、森林、动物和不动物，一齐剧烈地震动起来，发出巨大的声响，周围也跟着变得晦暗不明。（41）那些信使来到德罗纳之子（马嘶）跟前，将杵战的情况和难敌王战死的消息，如实地禀报了他。（42）婆罗多后裔啊，向德罗纳之子汇报了所有的情况之后，他们沉默良久，然后怀着悲痛，踏上了返回的路。（43）

以上是吉祥的《摩诃婆罗多》中《沙利耶篇》第六十三章（63）。

---

① 指难敌自己的妻子。
② 难敌的朋友，装扮成婆罗门游方行者，实为一罗刹，后被真正的婆罗门识破，用咒火将他烧死。参阅《和平篇》第39章。

第九　沙利耶篇

六四

全胜说：

国王啊，从信使那里，俱卢族战后幸存的几位大勇士听到了难敌被杀的消息。（1）这几位，包括马嘶、慈悯和沙特婆多族成铠，都已被利箭、铁杵、标枪和长矛刺杀得遍体鳞伤。闻后他们急策快马，飞速来到战场。（2）但见灵魂伟大的持国之子倒在那里，就像林中一棵被飓风刮倒的大娑罗树。（3）他浸满鲜血的身体在地面上蜷曲着，犹如一头被猎人击倒的林中大象。（4）带着浑身流淌的鲜血，他不停地翻滚着，看上去就像忽然落地的日轮；（5）又像被劲风吹干的大海，或像天空中雾气笼罩的月轮；（6）还像一头挺着长鼻，沾满尘土，英勇豪迈的大象，周围净是可怕的野兽和食肉兽；也像一位王中俊杰，身边簇拥着渴望财物的仆从。（7）前额紧皱，怒目圆睁，这位人中之虎激愤难忍，就像一头被人打倒在地的猛虎。（8）看到国王这样倒在地上，以慈悯为首的大弓箭手和战车手脑子便发了蒙。（9）他们跳下车子，冲到国王难敌跟前，一面紧盯着他，一面围坐在地面上。（10）

德罗纳之子（马嘶）泪流满面。大王啊，他喘息着对这位婆罗多俊杰，一切世界的王中之主说道：（11）"人中之虎啊，如今你满身污泥，躺倒在尘土之中，我们才明白，人世之上，没有什么事不能发生。（12）王中之王啊，你曾身为人中之主，号令四方。现在你却孤卧荒原，这究竟是为什么？（13）我见不到难降和伟大的战车手迦尔纳，也见不到所有那些朋友们。婆罗多族雄牛啊，这到底是为什么？（14）世界之尊啊，你满身污泥，辗转在尘土之中，末日制造者①的行事方式确实难以理解。（15）曾经是敌人的折磨者，一向走在灌顶者②队伍前面的人，如今却嘴啃带草的泥土！你看，时间就是这样昨是今非！（16）大地之主啊，你那洁白的华盖到哪里去了？你的拂尘到哪里去了？王中俊杰啊，你那庞大的军队又在哪儿？（17）当原

---

① 指阎摩。
② 刹帝利中有资格成为王者的都行过灌顶礼。

855

因隐而不彰时,事情的趋向就难以捉摸。你曾是世界之主,而今却落到如此境地!(18)毫无疑问,对于一切有生有死之物来说,富贵吉祥,脆弱无常。尽管你能与天帝释一争高下,到头来仍不免悲惨下场。"(19)

听了悲伤的马嘶如上这些话后,国王啊,你的儿子也说了一番时机得当的话。(20)他用双手擦了擦眼睛,但伤心的眼泪旋即又溢了出来。这位国王对慈悯等众英雄说道:(21)"据说,这样的死亡之法是创造主(梵天)规定的。时间的推进会为一切众生带来毁灭。(22)你们亲眼看见死亡来到我的身上。我曾经统治过整个大地,如今落到这般境地。(23)靠着幸运,在战场上无论面临什么危险,我都没有脱逃。尤其靠着幸运,我被那些邪恶之人使用诡计所杀。(24)靠着幸运,我始终积极投入战斗,竭尽全力。靠着幸运,我得以同我的族人和朋友一起捐躯沙场。(25)靠着幸运,我看到你们在这场大屠杀中幸免于难,安然无恙。这大合我意。(26)你们不要出于情谊为我的死亡而悲伤。如果以吠陀为标准,那么我已经赢得了不朽的世界。(27)我承认光辉无边的黑天威力巨大,但是他无法让我背离我坚持遵行的刹帝利法。(28)我已经达到目的。没必要为我悲伤。你们也做了该做的事。为了胜利,你们始终在竭尽全力。然而,命运毕竟不可抗拒。"(29)

说完这些话后,他便沉默下来,眼中充满泪水。王中之王啊,忧伤和痛苦折磨着他。(30)看到难敌国王泪流满面,悲不自胜,德罗纳之子(马嘶)怒火中烧,其焰之烈,犹如世界末日燃起的毁灭之火。(31)他满腔激愤,紧攥双拳,对国王说了如下的话,几乎泣不成声:(32)"我的父亲被那些卑鄙小人用奸计杀死了。然而,国王啊,他的死去还没有你今天的遭遇给我带来的痛苦大。(33)主上啊,请听我现在要说的话。我以我的祭祀功德、施舍、正法和善行的名义发誓,(34)今天,我要不惜一切手段,当着婆薮提婆之子(黑天)的面,把所有的般遮罗人送到冥王府去。大王啊,请允许我告辞吧。"(35)

德罗纳之子(马嘶)这番话在俱卢后裔(难敌)听来正合心意。于是,他对慈悯说道:"师父啊,请你快拿一个装满水的罐子来吧！"（36）听到国王这么吩咐，那位优秀的婆罗门便取来一个装满水的罐子，送到国王面前。（37）大王啊，人民之主！你的儿子对他说道："婆罗门翘楚啊，如能承蒙善意，愿意为我做这件好事的话，那么就请照我的命令为德罗纳之子灌顶，让他成为军队统帅吧！（38）在国王的命令下，即使是婆罗门也要投身战斗，尤其是他若奉行刹帝利法的话。通晓正法的人都知道这一点。"（39）听到国王这么说，有年之子慈悯便按照他的命令为德罗纳之子（马嘶）举行灌顶礼，使他成为军队统帅。（40）大王啊，灌顶之后，德罗纳之子拥抱了王中翘楚（难敌），然后离去。四面八方回荡着他的狮子吼。（41）这里，王中之主啊，在浑身淌血的难敌周围，给一切众生带来恐惧的夜幕笼罩下来。（42）国王啊，德罗纳之子（马嘶）一行人马疾速地奔离战场。他们的心中充满悲伤，思绪也在翻腾。（43）

以上是吉祥的《摩诃婆罗多》中《沙利耶篇》第六十四章(64)。
《杵战篇》终。《沙利耶篇》终。

第十　夜襲篇

夜 袭 篇

全胜说：

然后，这些勇士朝南行去，在太阳落山时，来到营地附近。（1）他们迅速松开牲口，满怀恐惧，躲进一个隐蔽的地方。（2）他们躲在营地不远处，身上布满锐利武器击中的伤口。（3）他们想着般度族，沉重地喘息，呼出热气。这时，他们听到渴求胜利的般度族发出可怕的喊声。（4）他们害怕般度族追来，又朝东逃跑。跑了一会儿，牲口疲惫，他们自己也口渴。（5）这些大弓箭手怒不可遏，想到国王遇害，忧心如焚，停了下来。（6）

持国说：

怖军的行为难以置信，全胜啊！他居然击倒我的力似万象的儿子。（7）我的儿子年轻力壮，身躯结实如同金刚，任何人都不能杀死他，全胜啊！居然在战斗中被般度之子们击倒。（8）任何人都不能超过他，全胜啊！居然在战斗中被普利塔之子们击倒。（9）我的心确实是铁石制成，全胜啊！听到我的一百个儿子遇害，它也不碎成千瓣。（10）老夫老妻失去儿子，今后怎么过啊？我可不敢住在般度族的王国里。（11）全胜啊！我自己曾经是国王和国王的父亲，怎么能成为奴仆，听从般度之子摆布？（12）全胜啊！我曾经统治大地，凌驾于一切之上，如今怎么能成为奴仆，忍受无穷的痛苦？（13）我怎么能听怖军开口对我说话？全胜啊！他独自一人杀死了我的整整一百个儿子。（14）灵魂高尚的维杜罗的话应验了，全胜啊！我的儿子就是不肯听从他的话。（15）我的儿子遭到非法杀害，全胜啊！成铠、慈悯和德罗纳之子（马嘶）怎么办？（16）

全胜说：

你的这些勇士没走多远就停下了，国王啊！他们看到一座可怕的森林，长满各种树木和蔓藤。（17）他们休息了片刻，那些骏马也饮了水，在太阳落山时，进入这座大森林。（18）林中充满各种动物、各种飞鸟、各种树木和蔓藤，猛兽出没。（19）到处是水溪，点缀着池塘湖泊，覆盖着数以百计的红莲和青莲。（20）进入这座可怕的森林，他们四处观察，看到一棵枝条繁茂的榕树。（21）这些大勇士走近这棵榕树，国王啊！这些人中俊杰看出这是林中的树王。（22）他们下车，松开马匹，依礼沾水洁身，进行晚祷，主人啊！（23）

然后，太阳落山，一切世界之母——黑夜降临。（24）天空布满群星，犹如精致漂亮的衣裳，光彩夺目。（25）那些夜晚活动的生物渐渐活跃，那些白昼活动的生物开始入睡。（26）那些夜晚活动的生物发出可怕的鸣叫，食肉兽满怀喜悦，夜晚变得恐怖。（27）

恐怖的夜晚降临，成铠、慈悯和德罗纳之子（马嘶）满怀痛苦和忧伤，一起坐下。（28）他们坐在榕树周围，回首往事，哀叹俱卢族和般度族的毁灭。（29）他们全身布满箭伤，疲惫不堪，困倦难忍，躺倒在地。（30）慈悯和成铠两位大勇士睡着了，大王啊！他俩习惯舒适，不该受苦，现在却躺倒在地，充满疲倦和烦恼，睡着了。（31）然而，德罗纳之子（马嘶）怒不可遏，不能入睡，婆罗多子孙啊！他像毒蛇那样发出喘息。（32）这位大臂者怒火中烧，无法入睡，凝视着这座恐怖的森林。（33）

这位大勇士看到林中各种动物出没，看到榕树上布满乌鸦。（34）数以千计的乌鸦在树上过夜，一个挨一个，舒服地入睡，俱卢后裔啊！（35）正当这些乌鸦安然入睡，他看到突然飞来一只面目狰狞的猫头鹰。（36）鸣声粗犷，身躯庞大，绿眼睛，棕眉毛，长长的鹰勾鼻，如同快速的金翅鸟。（37）它像鸟一样，发出轻声的鸣叫，悄悄降落，寻找榕树的枝条，婆罗多子孙啊！（38）乌鸦的死敌猫头鹰降落在榕树枝条上，杀死许多熟睡的乌鸦。（39）它以爪子为武器，撕碎一些乌鸦的翅膀和脑袋，折断一些乌鸦的腿。（40）强壮的猫头鹰杀死落入它的视线的所有乌鸦，民众之主啊！顷刻之间，乌鸦的肢体堆满榕树底下的地盘。（41）杀死了这些乌鸦，猫头鹰满怀喜悦，犹如杀敌者如愿制服敌人。（42）

第十　夜袭篇

看到猫头鹰在夜间的这种狡诈行为，德罗纳之子（马嘶）产生联想，独自思忖道：（43）"这只猫头鹰给我上了一堂战斗课。我一心要消灭敌人，我想现在时机到了。（44）般度族兄弟强大有力，英勇善战，我不可能杀死他们。但我今天已在国王面前发誓要杀死他们。（45）如果我采取合法的战斗手段，无疑会丢掉性命，犹如飞蛾扑火，自取灭亡。但是，如果我采取狡诈的手段，我就能成功地摧毁敌人。（46）那些精通利论的人们赞赏采取可靠的手段，而放弃不可靠的手段。（47）即使这种手段可能会引起非议，遭到世人谴责，遵行刹帝利正法的人们也应该采用。（48）灵魂欠缺的般度族兄弟每个步骤都采用卑劣的、该受谴责的诡计。（49）在这方面，思考正法、关注正理和洞察真谛的人们听说过两首古老的输洛迦（偈颂）：（50）'敌人的军队或疲惫，或崩溃，或就餐，或出发，或宿营，都应该予以打击。（51）或夜深困倦，或失去首领，或士兵不和，出现分裂，都应该予以打击。'"（52）

这样，威武的德罗纳之子（马嘶）做出决定，要杀死熟睡的般度族和般遮罗族军队。（53）他产生这个残酷的念头，跃跃欲试，唤醒熟睡的母舅（慈悯）和博遮王（成铠）。（54）他满怀羞愧，难以启口，仿佛沉思了片刻，含泪说道：（55）"难敌王这位大力士、孤胆英雄，我们为了他，与般度族结仇。（56）这位十一支大军的统帅，英勇纯洁，在战斗中孤身一人，被怖军和许多卑鄙小人击倒。（57）卑鄙的狼腹（怖军）做出这种残忍的举动，用脚践踏灌顶的难敌王的脑袋。（58）般遮罗族军队发出呼叫和狂笑，兴奋地吹响螺号，敲响战鼓，数以百计。（59）器乐声混合螺号声，借助风势，这种可怕的喧嚣声充斥四面八方。（60）还能听到战马的嘶叫，大象的鸣叫，勇士们高昂的狮子吼。（61）还能听到东边巨大的欢呼声，令人毛发直竖。（62）般度族对持国族的打击沉重，在这场大屠杀中，只有我们三人逃生。（63）那些力似百象、精通武艺的勇士遭到般度族之子们杀戮，我认为这是时运倒转。（64）确实，事情本身就是这样。即使做出难以想象的努力，结局也是这样。（65）如果你们的头脑没有糊涂，智慧没有减弱，请说说面对这种灾难局面，我们最好做什么？"（66）

以上是吉祥的《摩诃婆罗多》中《夜袭篇》第一章(1)。

二

慈悯说：

听了你这些蛮有道理的话，勇士啊！现在你也听我说几句，大臂者啊！（1）所有的人都受缚于这两件事：命运和人力。没有比这两者更高者。（2）没有人单靠命运获得成功，也没有人单靠人力获得成功，贤士啊！成功依靠这两者的结合。（3）我们看到，所有的事情无论大小高低，或行或止，都受缚于这两者。（4）雨水降落在山上会产生什么结果？而降落在耕田上又会产生什么结果？（5）努力而无运气，有运气而不努力，事情都不会成功。两者之中，无所谓哪个优先。（6）正如田地精耕细作，天适时下雨，种子就会结出硕果，人的成功就是这样。（7）命运一旦确定，便自动运作，智者们则凭借自己的才干，做出努力。（8）我们看到，一切人事或行或止，都依靠这两者，人中雄牛啊！（9）

一个人即使做出努力，也要依靠命运获得成功。同样，只有做出努力，行动者才能获取成果。（10）能干的人即使尽心尽责，做出努力，如果缺少运气，他在世上也不见成果。（11）因此，那些头脑愚钝的懒汉否定勤奋努力，而智者们不赞成这种看法。（12）通常在这大地上，做出努力不会不见成果，无所事事倒会产生痛苦的后果。（13）不做事而偶然获得什么，或者做事而一无所获，这两者都是不幸。（14）勤劳的人能够维生，懒惰的人得不到幸福。在这生命世界，能干的人通常都谋求利益。（15）如果能干的人努力工作，而不获得成果，也不应该受到责备。（16）在这世上不做事，而无偿享有他人的成果，这样的人应该受到谴责，通常也令人痛恨。（17）谁不顾忌这些，自行其是，那是自己害自己。这种态度为智者们所不取。（18）

做事而无成果有两个原因：或者缺少努力，或者缺少运气。在这世上，做事缺少努力，不会成功。（19）敬拜天神，正当地追求财富，精明能干，他的目的不会落空。（20）同样，侍奉老人，虚心求教，听从他们有益的教诲，他的正当愿望不会落空。（21）勤奋努力，经常请教受到老人尊重的人。这些人是他的方法之源，成功之源。（22）听取老人的教诲，勤奋努力，他的努力很快就会取得应有的成果。（23）出于激情、愤怒、恐惧或贪婪，渴求财富，不能把握自己，又藐视他人，这样的人很快失去荣华富贵。（24）

　　难敌头脑愚痴，目光短浅，满怀贪婪，不假思索，鲁莽行事。（25）他无视有益的智慧，与恶人共谋，即使受到劝阻，仍然与品德高尚的般度族兄弟结仇。（26）他原本品行恶劣，吃不得苦，不愿意听取朋友的话，结果一败涂地，痛苦烦恼。（27）而我们追随这个恶人，因此，巨大的不幸也降临我们头上。（28）现在，苦难烧灼我的智慧，我左思右想，也不知道自己该怎么办才好。（29）头脑糊涂的人应该请教智慧的朋友，按照他们所说的去做。（30）我们去见持国和甘陀利，去见大智者维杜罗，向他们请教吧！（31）他们会回答我们的询问，告诉我们下一步怎么做，我们就按照他们所说的去做。这是我的最终想法。（32）不做出努力，事情绝不会成功。而做出了努力，事情也没有成功，毫无疑问，这是命运作怪。（33）
　　　　　　　　　　以上是吉祥的《摩诃婆罗多》中《夜袭篇》第二章(2)。

三

全胜说：
　　听了慈悯这番蕴含正法和利益的精彩的话，大王啊！马嘶满怀痛苦和忧伤。（1）忧愁如同烈火燃烧，他做出残酷的决定，对他俩说道：（2）"人人都有吉祥的智慧，人人都满意自己的智慧。（3）在这世上，人人都认为自己的智慧更出色。人人都重视自己，称赞自己。（4）人人都为自己的智慧叫好，总是指责别人的智慧，称赞自己的智慧。（5）即使出于不同的原因，而对事情抱有相同的想法，人们便互相表示满意和尊重。（6）虽然抱有相同的想法，一旦时运倒转，人们便互相拆台。（7）尤其是人们遇事不假思索，一旦心中出现困惑，便产生各种想法。（8）正如高明的医生运用自己的技能，诊断病

情，对症下药，消除病患。(9) 人们也是这样，为了完成事业，运用智慧，而仍然有人自以为是，横加指责。(10)

"人在青年时期，稀里糊涂，有一种想法；在中年时期，有另一种智慧；在老年时期，又赞赏另一种想法。(11) 一旦陷身可怕的灾难，或者获得荣华富贵，博遮王啊！人的想法又会发生变化。(12) 在同一个人身上，也会随时随地产生不同的想法。由于没有固定的智慧，他会不喜欢以前的想法。(13) 一个人凭借智慧，做出决定。一旦认准自己的想法可行，就付诸实施。正是这种想法，激励他勤奋努力。(14) 博遮王啊！所有的人都一样，一旦认准自己的想法可行，就会满怀喜悦，采取行动，甚至甘冒死亡的风险。(15) 所有的人都一样，确信自己的计谋和智慧，认定有利可图，采取各种行动。(16) 我在灾难中产生一个想法，能消除我的忧伤，现在讲给你俩听。(17)

"生主创造众生，确定他们的职责，依次赋予每种种姓各自的品德。(18) 赋予婆罗门宁静自制，赋予刹帝利崇高的威力，赋予吠舍勤劳，赋予首陀罗服从一切种姓。(19) 不自制的婆罗门和无威力的刹帝利均属低下者，不勤劳的吠舍和不服从的首陀罗应受谴责。(20) 我出生在备受尊敬的婆罗门望族，由于命运作怪，我遵行刹帝利正法。(21) 既然我懂得刹帝利正法，我若按照婆罗门的方式行事，人们不会赞同我的行为。(22) 我在战斗中握有神奇的弓和神奇的武器，目睹父亲被杀，我还能在大庭广众说什么？(23) 今天，我要如愿履行刹帝利正法，追随大光辉的国王和父亲的足迹。(24)

"今天，般遮罗族军队满怀胜利的喜悦，劳累困顿，卸下车马和铠甲，心想'我们已经取胜'，放心睡觉。(25) 他们今夜在自己的营地里舒服地入睡，我要做一件常人难以做到的事，偷袭他们的营地。(26) 我要袭击营地里这些睡死过去、没有知觉的人，犹如因陀罗奋勇杀戮檀那婆。(27) 今天，我要奋勇杀死以猛光为首的所有这些人，犹如烈火焚烧干草堆，贤士啊！杀死了这些般遮罗人，我才能平静。(28) 今天，我要在战斗中横扫般遮罗人，犹如楼陀罗手持棍棒，满腔愤怒，横扫群兽。(29) 今天，我杀死所有般遮罗人后，我还要在战斗中满腔愤怒地杀死般度之子们。(30) 今天我要一个一个杀死所有的般遮罗人，让他们尸横遍地，为我的父亲报仇雪恨。(31) 今天，我要让般遮罗人追随难敌、迦尔纳、毗湿摩和信度王的难以追踪的足迹。（32）今天夜里，我要施展威力，砍下般遮罗王猛光的脑袋，犹如砍下牲畜的脑袋。（33）今天夜里，我要在战斗中用锋利的刀剑，砍死般遮罗族和般度族的儿子们，乔答摩之孙啊！（34）今天，在沉睡的夜晚，我歼灭般遮罗族军队，完成任务，我会感到快乐，大智者啊！"（35）

以上是吉祥的《摩诃婆罗多》中《夜袭篇》第三章（3）。

四

慈悯说：

多么幸运，你决心要复仇，不退者啊！即使手持雷杵者（因陀罗）本人也不能阻拦你。（1）天亮后，我俩会跟随你。今天夜里，你就卸下铠甲和旗帜，休息吧！（2）我和沙特婆多族成铠会全副武装，登上战车，跟随你冲向敌人。（3）明天，你和我俩一起奋勇杀敌，优秀的勇士啊！消灭般遮罗人及其随从。（4）你能大显身手，今晚就休息吧！你已经多夜未睡，今晚就入睡吧！（5）睡醒后，解除疲劳，精神饱满，你就能投身战斗，消灭敌人，赐人荣誉者啊！这毫无疑问。（6）优秀的勇士啊！你手持锐利的武器，没有人能战胜你，哪怕是天神中的战神室建陀。（7）德罗纳之子（马嘶）与慈悯和成铠一起挺进，奋勇作战，有谁敢对抗，哪怕是天王（因陀罗）？（8）我们今夜睡觉休息，解除疲劳，明天早上，一起消灭敌人。（9）

毫无疑问，你和我都有神奇的武器。沙特婆多族后裔（成铠）是大弓箭手，一向精通战斗。（10）我们一起在战斗中抵御和消灭所有聚集的敌人，会获得极大的快乐。你放心休息吧！今夜舒舒服服睡一觉吧！（11）你驾着战车冲向敌人，人中俊杰啊！我和成铠是折磨敌人的弓箭手，也会全副武装，驾着战车跟随你。（12）进入敌人的营地，在战斗中通报你的名字，然后你将给予迎战的敌人沉重的打击。（13）明天早上，在晴朗的白昼，你痛快地消灭他们吧！犹如帝释天（因陀罗）消灭阿修罗。（14）你能在战斗中战胜般遮罗族军队，犹如诛灭檀那婆者（因陀罗）愤怒地战胜提迭的军队。（15）在战斗中，我协助你，成铠保护你，即使手持雷杵者（因陀罗）本人显身，也不能抵御你。（16）无论是我，还是成铠，在战斗中不战胜般度族，决不后退。（17）在战斗中消灭了卑鄙的般遮罗族和般度族，我们才会罢休，或者我们全都战死，升入天国。（18）明天早上，我俩会千方百计协助你，大臂者啊！我说的是实话，无罪的人啊！（19）

德罗纳之子（马嘶）听了母舅（慈悯）说的这番有益的话，国王啊！他愤怒地睁大双眼，对母舅说道：（20）"病痛的人，愤慨的人，操心的人，渴望的人，怎么能够入睡？（21）请看，我今天占全了这四项。而只要占有其中一项，就无法入睡。（22）在这世上，想起父亲遇害是多么痛苦！痛苦烧灼我的心，日夜不安。（23）尤其是那些恶人怎样杀死我的父亲，你们都亲眼目睹，对我是致命的打击。（24）像我这样的人怎么还能活在世上，哪怕活上片刻？我听到般遮罗人呐喊'德罗纳死了！'（25）不在战斗中杀死猛光，我无法活下去。由于我的父亲遇害，他和所有的般遮罗人应该遭到杀戮。（26）

"我听到国王大腿断裂后的哀诉。有谁听了之后，他的心不会燃烧，哪怕是个冷酷的人？（27）听了断腿国王说的那些话，谁的双眼不会流泪，哪怕是个残忍的人？（28）我所支持的盟军已经战败，这增添我的忧伤，犹如洪水增添大海的容量。现在我满怀忧伤，怎么能安心入睡？（29）他们得到婆薮提婆之子（黑天）和阿周那的保护，母舅啊！我认为甚至因陀罗也无法与他们对抗。（30）我怎么也控制不了自己不做这件事。我觉得在这世上，没有人能劝阻我做这件事。这是我的智慧的决定，良计妙策。（31）信使们报告说我的朋友们失败，般度族获胜，我的心仿佛在燃烧。（32）今天，我消灭了熟睡的敌人，我再睡觉休息，解除疲劳。"（33）

以上是吉祥的《摩诃婆罗多》中《夜袭篇》第四章(4)。

五

慈悯说：

缺乏智慧，不能控制感官，我认为这样的人即使温顺听话，也不足以通晓正法和利益。（1）同样，聪明机智，而缺乏修养，这样的人也一点儿不懂得正法和利益。（2）温顺听话，聪明机智，控制感官，这样的人才会理解一切经典，不会违背准则。（3）桀骜不驯，藐视他人，灵魂邪恶，这样的恶人不顾命运，为了自己的利益，大肆作恶。（4）朋友们阻止他堕落。他停止作恶，就会有吉利；不停止作恶，就不会有吉利。（5）正如用各种话语说服头脑混乱的人，朋友能够劝阻桀骜不驯的人。（6）聪明的朋友做恶事，智者们会竭尽全力反复劝阻他。（7）

孩子啊！你要考虑利害得失，自己控制自己，按照我的话去做，以后不会后悔。（8）依照正法，在这世上，杀死熟睡的人，不会受人尊敬。杀死放下武器的人和脱离车马的人，也是如此。（9）杀死投降的人、寻求庇护的人、头发披散的人和坐骑倒毙的人，也是如此。（10）勇士啊！今天夜里，般遮罗人卸下铠甲，安然入睡，个个如同失去知觉的死人。（11）哪个狡诈的人伤害这些熟睡的人，他肯定会堕入深广的地狱，不可救度。（12）你是精通一切武器的优秀武士，举世闻名，甚至没有犯过任何微小的错误。（13）明天太阳升起，普照万物，你灿若太阳，在战斗中战胜敌人。（14）受人谴责的行为如同落在白布上的血迹，我认为与你不相称。（15）

马嘶说：

母舅啊！在这世上，我正如你说的那样要求自己。但是，他们首先破坏规则。（16）当着许多国王的面，众目睽睽，猛光居然杀死我的放下武器的父亲。（17）优秀的勇士迦尔纳车轮下陷，处境艰难，手持甘狄拨神弓者（阿周那）居然乘机将他杀死。（18）福身王之子毗湿摩放下武器，手无寸铁，手持甘狄拨神弓者（阿周那）居然以束发为掩护，将他杀死。（19）大弓箭手广声在战场上打坐入定，善战

（萨谛奇）居然不顾众位国王的呼叫，将他杀死。（20）怖军也在战斗中，当着众位国王的面，采取非法手段，用铁杵杀死难敌。（21）人中之虎难敌孤身一人，陷入众多大勇士的包围。怖军采取非法手段，将他杀死。（22）从信使们通报的消息中，我得知断腿国王的悲诉，对我是致命的打击。（23）这些邪恶的般遮罗人不守正法，破坏规则，你为何不谴责他们？（24）我利用沉睡的夜晚，消灭这些杀死我父亲的般遮罗人，来世哪怕转生蛆虫或飞蛾，我也愿意。（25）我迫切想要完成这个任务。事情紧急，我怎么能安心入睡？（26）在这世上，能打消我杀死他们的想法，这样的人还未出生，也不会出生。（27）

全胜说：

威武的德罗纳之子（马嘶）说完这些话，大王啊！在一旁套上马匹，准备驶向敌人。（28）灵魂高尚的博遮王（成铠）和有年之子（慈悯）对他说道："你为何套车？你想要做什么？（29）我俩和你目标一致，同甘共苦，人中雄牛啊！你不应该怀疑我俩。"（30）

马嘶牢记父亲遇害，满腔愤怒，向他俩如实说明自己想做什么：（31）"我的父亲用利箭杀死数百数千士兵后，放下武器，却被猛光杀死。（32）因此，即使这个般遮罗族王子今夜已经卸下铠甲，我也要将他杀死，以恶报恶。（33）我认为这个邪恶的般遮罗族王子像牲畜那样被我杀死后，他怎么能进入战死疆场的英雄们的世界？（34）赶快披上铠甲，携带剑和弓，上车待命，两位折磨敌人的优秀勇士啊！"（35）

说完，马嘶登车，驶向敌人，国王啊！慈悯和沙特婆多族成铠跟随他。（36）他们三人驶向敌人，光彩熠熠，如同祭祀仪式上点燃的三堆接受祭供的祭火。（37）他们驶向人人都已入睡的营地，主人啊！到达营地门口，德罗纳之子（马嘶）停车。（38）

以上是吉祥的《摩诃婆罗多》中《夜袭篇》第五章（5）。

六

持国说：

看到德罗纳之子（马嘶）在营地门口停车，全胜啊！博遮王（成

第十　夜袭篇

铠）和慈悯做什么？请你告诉我。（1）

全胜说：

德罗纳之子（马嘶）满腔愤怒，招呼成铠和大勇士慈悯，走近营地门口。（2）他看到一个身躯魁伟的生物站在那里，挡住门口，像太阳和月亮那样光辉灿烂，令人毛发直竖。（3）这个生物围着滴血的虎皮衣，上身披着黑鹿皮，以缠绕的蛇为圣线。（4）许多粗壮的手臂高举各种武器，以缠绕的蟒蛇为臂钏，嘴中充满火焰。（5）展开恐怖的大口，满嘴可怕的牙齿，脸上点缀着数以千计奇妙的眼睛。（6）他的身体和服装不可描述。群山看到他，也会震动破裂。（7）熊熊的烈焰从他的嘴巴、鼻孔、耳朵和数以千计的眼睛中喷出。（8）而从这些光焰中出现数百数千位手持螺号、飞轮和铁杵的感官之主（毗湿奴）。（9）

看到这个令世界恐惧的奇特生物，德罗纳之子（马嘶）并不畏惧，而向他泼洒神奇的武器之雨。（10）但是，那个庞大的生物吞下德罗纳之子（马嘶）射出的所有利箭，犹如海火吞噬海水。（11）马嘶看到那些箭流无效，便向他发射火焰般燃烧的标枪。（12）顶端燃烧的标枪在那个生物身上撞得粉碎，犹如在世界末日，大彗星撞上太阳，从空中坠落。（13）于是，马嘶立即从剑鞘中抽出一把神奇的金柄剑，色泽如同天空，仿佛一条燃烧的蛇窜出蛇洞。（14）聪明的马嘶掷出这把利剑。利剑击中那个生物后，却像棉絮那样消失不见。（15）愤怒的马嘶又掷出燃烧的铁杵，如同因陀罗旗杆。而那个生物吞下这根铁杵。（16）最终，马嘶耗尽所有武器，环视四周，发现空中布满许多遮那陀那（毗湿奴）。（17）

德罗纳之子（马嘶）目睹这个奇迹，耗尽武器，焦躁不安，想起慈悯的话，说道：（18）"谁不听取朋友们的逆耳忠言，他就会遭逢灾难，痛苦忧伤，就像我不听取两位朋友的话那样。（19）谁无视经典规定，企图杀害禁止杀害的人，他就是偏离正道，走上邪路。（20）牛、婆罗门、国王、妇女、朋友、母亲、老师、老人、儿童、傻子、瞎子、睡着的人、恐惧的人和起身的人，（21）还有醉汉、疯人和疏忽大意的人，古代老师经常教导人们，不能用武器打击这些人。（22）我偏离经典规定的永恒之路，走上邪路，遭逢可怕的灾难。（23）

871

"但是，从事一项重大的任务，由于畏惧而退缩，智者们认为这是更可怕的灾难。（24）谁竭尽全力从事不可能完成的任务，人们就说人力不敌天命。（25）如果尽了人力，由于命运作怪，没有获得成功，人们就说他偏离正道，走上邪路。（26）一旦从事某项任务，由于畏惧而退缩，智者们认为这是愚蠢的失败。（27）我采取险恶的举动，面对这种恐怖，但我是德罗纳之子，决不会在战斗中退缩。（28）

"这个庞大的生物仿佛是高耸的神杖，尽管我苦思冥想，也不知道他是谁。（29）肯定是我心思恶浊，采取非法手段，他向我显示可怕的后果。（30）这是天命阻止我投入战斗。除非天命认可，我决不能采取行动。（31）我现在就请求大神庇护，他会为我消除这根可怕的神杖。（32）这位梳有贝壳形发髻的神中之神，乌玛之夫，佩戴骷髅项圈的楼陀罗，挖出薄伽眼睛的诃罗。（33）这位大神凭借苦行和勇气超越众天神。因此，我请求这位手持三叉戟的吉利舍大神（湿婆）庇护。"（34）

以上是吉祥的《摩诃婆罗多》中《夜袭篇》第六章(6)。

七

全胜说：

德罗纳之子（马嘶）这样考虑之后，民众之主啊！从车座下来，站在那里沉思入定。（1）

德罗纳之子说：

优揭罗，斯塔努，湿婆，楼陀罗，舍尔婆，伊夏纳，自在天，吉利舍，赐予恩惠者，提婆，薄婆，跋婆纳，不灭者，（2）青项，不生者，释迦罗，迦罗特，摧毁陀刹祭祀者，诃罗，宇宙相，怪眼，多相，乌玛之夫，（3）以火葬场为家者，傲慢者，伽那之主，手持棍棒者，削发者，束发者，梵行者，（4）即使我智慧浅薄，思虑不周，难以成功，我也要以自己为祭品，乞求这位摧毁三城的大神。（5）他值得赞颂，备受赞颂，真实不虚，身穿兽皮，肤色棕红，脖子发青，不可侵害，不可抵御。（6）纯洁者，创造一切者，梵，梵行者，奉守誓言者，永远修炼苦行者，无限者，苦行者的归宿。（7）形象多变，伽那之主，三眼，为侍从所爱戴，为群主所仰望，为高利女神所心爱。（8）鸠摩罗的父亲，肤色棕红，以雄牛为坐骑，身穿薄衣，行为暴烈，精心打扮乌玛。（9）比至高者更高，没有比他更高的至高者，手持锐利的箭和武器，以南方为终极。（10）身披金铠甲，以月亮为头饰，我以至高的禅定，寻求这位大神庇护。（11）我今天要度过这个难以度过的可怕灾难，我以一切众生为纯洁的祭品，乞求这位纯洁的大神。（12）

知道他决心舍弃自己，一座金祭坛出现在这位灵魂高尚者面前。（13）祭坛上燃起祭火，光焰充满天空和四面八方。（14）也出现许多生物，身躯如同大象和高山，嘴巴和眼睛燃烧，有许多手足和脑袋，脸部庞大。（15）形体如同狗、野猪和骆驼，面容如同马、牛、豺狼、老虎和豹，嘴巴如同熊和猫。（16）或者，乌鸦嘴，青蛙嘴，鹦鹉嘴，蟒蛇嘴，天鹅嘴。（17）啄木鸟嘴，青楗鸟嘴，乌龟嘴，鲨鱼嘴，鳄鱼嘴，婆罗多子孙啊！（18）大摩竭罗鱼嘴，提弥鱼嘴，狮子嘴，麻鹬嘴，鸽子嘴。（19）山鸠嘴，水鸟嘴，手掌眼，千眼，百腹。（20）杜鹃嘴，兀鹰嘴，熊嘴，国王啊！或者，无肉，无头，形貌可怕，婆罗多子孙啊！（21）燃烧的眼睛和舌头，燃烧的嘴巴，另一些是绵羊嘴，山羊嘴，国王啊！（22）或者，肤色似海螺，嘴巴似海螺，耳朵似海螺，佩戴海螺项圈，声音似海螺。（23）

或束发，或留五撮头发，或削发，或瘪肚，或四牙，或四舌，或螺耳，或佩戴头冠。（24）或有头饰，或有卷发，或有顶髻，或有顶冠，或有漂亮的嘴巴，或精心打扮，王中因陀罗啊！（25）佩戴红莲、青莲或白莲，崇高庄严，数以百计，数以千计。（26）或手持百杀器和飞轮，或手持棒槌，或手持火箭和套索，或手持铁杵，婆罗多子孙啊！（27）背着箭囊，装有奇妙的箭，英勇善战，携带旗帜、旗杆、铃铛和战斧。（28）或高举大套索，或手持棍棒，或手持木柱，或手持利剑，或以蛇为顶饰，或以蟒蛇为臂钏，或佩戴各种奇妙的装饰品。（29）或沾有尘土，或涂抹灰泥，全都是白衣白冠，肢体或青或红，剃除胡须。（30）那些侍从金光灿烂，兴高采烈，敲响大鼓和小鼓，奏响乐器，吹响螺号。（31）一些侍从唱歌，另一些侍从跳舞，大力士们奔走跳跃。（32）他们快速奔跑，头发随风飘舞，如同疯狂的大象，一再发出吼叫。（33）

他们容貌可怕，手持长矛和铁叉，身穿各种颜色的衣服，佩戴奇妙的花环，涂抹油膏。（34）高举的手臂佩戴宝石和奇妙的臂钏，这些杀敌勇士锐不可当。（35）喝血和脂肪，吃肉和内脏，或束发，或瘦削，或大腹似罐。（36）或矮小，或高大，或强壮，或狰狞，厚嘴唇，大阴茎，骨肉健壮。（37）或佩戴各种昂贵的头冠，或削发，或束发，他们能将整个天空连同太阳、月亮和星星移到地上。（38）他们能杀死四类物群，永远无所畏惧，令诃罗皱眉。（39）他们随心所欲，成就卓著，成为三界的主宰，永远快乐，精通语言，摆脱妒忌。（40）他们获得八种品德和荣华富贵，不再产生惊奇感，而尊神诃罗经常对他们的行为感到惊奇。（41）他们以思想、语言和行动崇拜诃罗。诃罗也以思想、语言和行动保护这些虔诚的崇拜者，如同保护亲生儿子。（42）

他们经常愤怒地痛饮梵的敌人的血和脂肪，也经常畅饮苏摩汁。（43）他们以学问、梵行、苦行和自制取悦和接近以三叉戟为标志的薄婆大神。（44）这位大自在天，过去、现在和未来的主宰，与波哩婆提以及这些追随者一起享用各种生物。（45）他们发出震撼天地的各种笑声、叫声和吼声，走向马嘶。（46）他们赞颂大神，大放光芒，想要增加灵魂高尚的德罗纳之子（马嘶）的威严。（47）想要了解他的威力，希望看到夜袭，这些形貌恐怖的生物手持锐利可怕的铁冃、火把、铁叉和长矛，从四面八方涌来。（48）一看到他们，三界都会恐惧，而大力士马嘶望着他们，无所畏惧。（49）德罗纳之子（马嘶）手中握弓，手指戴着蜥蜴皮套，自愿将自己祭供大神。（50）在这场祭祀中，他以弓为燃料，以利箭为祭勺，以自己为祭品，婆罗多子孙啊！（51）威武的德罗纳之子（马嘶）满怀愤慨，念诵吉祥的咒语，以自己作祭品供奉大神。（52）

他以恐怖的仪式祭供行为恐怖的楼陀罗，赞颂这位灵魂高尚的大神，双手合十，说道：（53）"我出身鸯耆罗族，今天我投身祭火，请你接受我这份祭品。（54）在危难中，我以至高的禅定表达对你的忠诚，拜倒在你的面前，宇宙之魂啊！（55）一切众生在你之中，你在一切众生之中，一切要素和性质统一于你。（56）你是一切众生的庇护，主人啊！我不能战胜我的敌人，大神啊！请你接受我这份祭品吧！"（57）

说完这些话，德罗纳之子（马嘶）走上火光熊熊的祭坛，舍弃自己，进入祭火。（58）看到他高举双臂，屹立不动，充当祭品，大神显身，仿佛微笑着说道：（59）"通过诚实、纯洁、正直、舍弃、苦行、自制、宽容、虔诚、坚定、智慧和语言，（60）我受到行为纯洁的黑天崇拜，因此，没有比黑天与我更亲近者。（61）我给予黑天荣誉，同时也考察你，呈现多种幻象，保护般遮罗人。（62）我保护般遮罗人，给予黑天荣誉。但随着时间流逝，他们的生命活力现在不复存在。"（63）

说完这些话，尊神进入这位大弓箭手的身体，赐给他一支明亮锋利的剑。（64）尊神附身，马嘶通体光辉闪耀，在战斗中具备神赐的威力。（65）许多不可见的生物和罗刹追随左右，他像自在天显身，走向敌人的营地。（66）

以上是吉祥的《摩诃婆罗多》中《夜袭篇》第七章(7)。

八

持国说：

大勇士德罗纳之子（马嘶）走向营地，慈悯和博遮王（成铠）是否满怀恐惧，停步不前？（1）这两位大勇士是否被卑贱的卫兵们察觉，受到阻拦，而停步不前，认为对方不可抵御？（2）他俩是否捣毁营地，杀死苏摩迦族人和般度族人，在战斗中追随难敌崇高的足迹？(3)或者，他俩是否被般遮罗人杀死，躺倒在大地？他俩取得什么业绩，全胜啊！请你告诉我。(4)

全胜说：

灵魂高尚的德罗纳之子（马嘶）走向营地，慈悯和成铠站在营地门口。（5）马嘶看到这两位大勇士尽心尽力，国王啊！便高兴地悄悄对他俩说道：(6)"你俩施展威力，能消灭所有的刹帝利，何况这些入睡的残兵？(7)我将进入营地，像死神那样行动，没有一个人能活着逃出我的手掌。"(8)说罢，德罗纳之子（马嘶）摒弃恐惧，从一处无门的地方，进入普利塔之子们的大营地。(9)

这位大臂者进入营地，凭借标识，悄悄走近猛光的住处。(10)士兵们完成重大的战斗任务，现在处在自己的军队保护下，放心地睡觉休息。(11)德罗纳之子（马嘶）进入猛光的住处，看见这位般遮罗王子睡在前面的床上，婆罗多子孙啊！(12)这张大床铺着精致洁净的亚麻床单，装饰有美丽的花环，洒有香粉。(13)灵魂高尚的猛光放心地睡在床上，无所畏惧，大地之主啊！马嘶用脚将他踢醒。(14)

灵魂不可测量、勇于战斗的猛光感到脚踢，起身认出大勇士德罗纳之子（马嘶）。(15)大力士马嘶用手揪住从床上起身的猛光的发髻，将他摔倒在地。(16)这位般遮罗王子尚未睡醒，遭到马嘶一顿乱揍，不能动弹，婆罗多子孙啊！(17)马嘶用脚猛踹猛光的脖子和胸脯，犹如宰杀一头挣扎嚎叫的牲畜，国王啊！(18)猛光也用指甲抓德罗纳之子（马嘶），声音嘶哑地说道："老师之子啊！用武器杀死我吧，不要拖延时间！那样，我可以进入善人的世界，人中俊杰啊！"(19)德罗纳之子（马嘶）听了他的声音嘶哑的话，说道："杀害老师的人没有任何世界可去，败家子啊！因此，你不配用武器杀死，思想邪恶的人啊！"(20)说着，愤怒的马嘶用脚跟猛踹这位英雄的致命部位，犹如雄狮杀死疯象。(21)

听到这位英雄临死时的叫声，他的女人和卫兵们都醒来，大王啊！(22)他们看见这个人勇敢非凡，以为是怪物，吓得不敢吱声。(23)威武的马嘶用这种手段将猛光送往阎摩殿后，出来登上漂亮的战车。(24)这位力士走出猛光的住处，吼声震撼四方，驾车进入营地，一心想要杀死敌人，国王啊！(25)

大勇士德罗纳之子（马嘶）走开后，所有的女人和卫兵一起发出呼喊。(26)看到国王遭到杀害，猛光的所有这些刹帝利妇女悲痛欲绝，发出哀叫，婆罗多子孙啊！(27)听到她们的声音，附近的刹帝利雄牛们赶紧披上铠甲，询问出了什么事？(28)那些妇女恐惧地望着婆罗堕遮之孙（马嘶），声音哽咽地说道："快去追他！（29）我们不知道他是罗刹还是人。他杀死般遮罗族国王后，登上了那辆车。"（30）那些优秀的战士立即包围马嘶。而马嘶用楼陀罗武器击倒和杀死所有这些战士。（31）

他杀死猛光及其随从后，看见优多贸阇睡在附近的床上。（32）他用脚猛踹优多贸阇的脖子和胸脯，杀死这位发出叫喊的克敌英雄。（33）瑜达摩尼瑜赶到这里，以为优多贸阇被罗刹杀死，举起铁杵，奋力打击德罗纳之子（马嘶）的心窝。（34）而马嘶冲上前去，把他拽倒在地，杀死他，犹如杀死一头挣扎的牲畜。（35）这位英雄杀死瑜达摩尼瑜后，又四处奔跑，杀死另一些熟睡的大勇士，犹如宰杀挣扎颤抖的祭牲。（36）

然后，精通剑术的马嘶举着剑，沿着营地的每条路，分别杀死另外许多人。（37）他搜寻一个个兵营，顷刻之间杀死里面所有放下武器、躺着休息的士兵。（38）他用利剑砍杀士兵、马和象，全身沾满鲜血，犹如时间派遣的死神。（39）德罗纳之子（马嘶）高举利剑，向每个挣扎的士兵连砍三剑，全身沾满鲜血。（40）他举着燃烧的利剑投身战斗，沾满鲜血，形象极其可怕，仿佛不是凡人。（41）士兵们醒来，茫然闻听喧嚣声，互相观望，俱卢后裔啊！一旦看到德罗纳之子（马嘶），他们惊恐不安。（42）这些折磨敌人的刹帝利看到他的形象，以为是罗刹，吓得闭上眼睛。（43）

马嘶形貌恐怖，像死神那样在营地里游荡，看到了德罗波蒂的儿子们和苏摩迦族残兵。（44）德罗波蒂的儿子们听到喧嚣声，惊恐不安，民众之主啊！这些大勇士听说猛光遇害，手持弓箭，无所畏惧，向婆罗堕遮之孙（马嘶）发射箭流。（45）钵罗跋德罗迦人在喧嚣声中醒来，和束发一起，向德罗纳之子（马嘶）发射利箭。（46）婆罗堕遮之孙（马嘶）看到他们泼洒箭雨，便发出吼叫，想要杀死这些难以战胜的勇士。（47）他想起父亲之死，愤怒至极，从车座上跳下，快速冲向前去。（48）这位力士在战斗中紧握宽阔的千月盾牌，手持宽阔的镶金神剑，冲向德罗波蒂的儿子们。（49）

人中之虎（马嘶）在战斗中击中向山腹部，国王啊！向山倒地而死。（50）勇武的子月用长矛击中德罗纳之子（马嘶），又举剑冲向他。（51）而人中雄牛（马嘶）砍下子月的手臂，连同握着的剑，接着又击中他的胁部。子月心脏破碎，倒地而死。（52）英勇的无种之子百军用双手举起车轮，奋力袭击马嘶胸脯。（53）马嘶打击掷出车轮的百军。百军在慌乱中跌倒在地，马嘶便砍下他的脑袋。（54）闻业紧握铁门，冲向德罗纳之子（马嘶），猛烈打击他的左肩。（55）而马嘶的利箭击中闻业的脸。闻业面部变形，失去知觉，倒地而死。（56）伴随着喧嚣声，英勇的大弓箭手闻称迎战马嘶，向他泼洒箭雨。（57）马嘶用盾牌挡住箭雨，砍下闻称漂亮的脑袋，连同佩戴的耳环。（58）

然后，杀害毗湿摩的力士（束发）和所有的钵罗跋德罗迦人一起，从四面八方，用各种武器袭击这位英雄，一支利箭射中他的眉心。（59）大力士德罗纳之子（马嘶）满腔愤怒，迎战束发，用利剑将他砍成两截。（60）这位折磨敌人者满腔愤怒，杀死束发后，快速冲向所有的钵罗跋德罗迦人，也冲向毗罗吒王的残余部队。（61）这位大力士一见到木柱王的儿子、孙子和朋友，都给予可怕的打击。（62）精通剑术的德罗纳之子（马嘶）一次又一次追赶另外一些人，用利剑砍倒他们。（63）

黑色的女神手持套索，束有发髻，血红的嘴巴和眼睛，血红的花环和油膏，身披一件血红的衣裳。（64）他们看到这位死亡之夜女神微笑着，用可怕的套索拴住人、马和象，拽走各种拴上套索的秃头死人。（65）这些优秀的战士们经常在夜梦中看到她拽走熟睡的人，而德罗纳之子（马嘶）杀死熟睡的人。（66）自从俱卢族和般度族两军交战以来，他们经常梦见这位女神和德罗纳之子（马嘶）。（67）德罗纳之子（马嘶）杀死这些遭受命运打击的人，发出可怕的吼叫，恐吓一切众生。（68）这些遭受命运打击的英雄记得梦中的景象，认为现在发生的事情正是这样。（69）

在营地中，数百数千位般度族弓箭手在喧嚣声中醒来。（70）马嘶像时间派遣的死神，砍断某人的双腿，削掉某人的臀部，刺穿某人的胁部。（71）主人啊！大地上布满身负重伤的人们，在象和马的践踏下，发出痛苦的哀叫。（72）他们呼喊道："这是什么？""这人是谁？""这是什么声音？""这是怎么回事？"就这样，德罗纳之子（马嘶）成了他们的死神。（73）优秀的战士德罗纳之子（马嘶）将这些没有佩戴武器和铠甲而惊慌失措的般度族人和斯楞遮耶人送往死神的世界。（74）

惧怕他的武器，腾身跃起，惊慌失措，睡眼蒙眬，失去知觉，呆立不动。（75）腿脚僵硬，浑身无力，心惊胆战，发出尖叫，互相打击。（76）德罗纳之子（马嘶）再次登上响声可怕的战车，挽弓射箭，将另一些人送往阎摩殿。（77）另一些英勇的人中俊杰冲上前来，马嘶在远处就将他们送交死亡之夜女神。（78）战车奔驰，他在前沿厮杀，向敌人泼洒各种箭雨。（79）他握着奇妙的百月盾牌，举着色似天空的利剑，驰骋营地。（80）骁勇善战的德罗纳之子（马嘶）扰乱营地，犹如大象扰乱湖泊，王中因陀罗啊！（81）

战士们在喧嚣声中跃起，睡意未消，神志不清，惊慌失措，四处乱跑，国王啊！（82）许多战士发出尖叫，说话声音哆嗦，找不到武器和衣服。（83）有些战士披头散发，互相认不出来；有些战士惊恐地起身乱跑；有些战士屎尿失禁。（84）马和象挣断缰绳，横冲直撞，造成极大的混乱。（85）有些人满怀恐惧，躺倒在地，而马和象践踏倒地的人们。（86）人中雄牛啊！在这种局面中，罗刹们高兴满意，大声呼叫，婆罗多族俊杰啊！（87）

妖怪们满怀喜悦，发出大声呼叫，震撼四面八方和天空。（88）马和象听到这种可怕的声音，胆战心惊，挣脱缰绳，横冲直撞，践踏营地里的人们，国王啊！（89）它们狂奔乱跑，扬起尘土，使营地的夜晚加倍黑暗。（90）在漆黑一团中，人们晕头转向，父亲认不出儿子，兄弟认不出兄弟。（91）在无人驾驭的情况下，大象冲撞大象，马匹冲撞马匹，猛踢，猛踹，猛踏，婆罗多子孙啊！（92）人们陷入混乱，横冲直撞，互相杀害，推倒和打击别人。（93）人们睡意未消，神志不清，陷入黑暗，在死神的怂恿下，杀害自己人。（94）

门卫不再守门，士兵离开兵营，竭尽全力逃跑，失魂落魄，不辨方向。（95）互相杀害，互不认识，主人啊！他们遭受命运打击，呼喊着父亲或儿子。（96）他们抛弃亲友，逃向四面八方，互相呼叫着族名。（97）一些人发出哀鸣，倒在地上。疯狂战斗的德罗纳之子（马嘶）认出和杀死他们。（98）一些刹帝利一再遭到打击，满怀恐惧，失魂落魄，逃出营地。（99）成铠和慈悯在营地门口，杀死这些仓皇逃出营地、渴望活命的人。（100）没有武器和铠甲，头发披散，倒在地上，满怀恐惧，浑身颤抖，双手合十，他俩也不放过这些人。（101）大王啊！慈悯和心思狠毒的成铠不放过任何一个逃出营地的人。（102）

他俩为了取悦德罗纳之子（马嘶），又在营地放了三处火。（103）父亲的爱子马嘶武艺娴熟，大王啊！他手持利箭，在明亮的营地游荡。（104）再生族俊杰（马嘶）挥舞利剑和长矛，对付那些冲上来或逃跑的勇士。（105）英勇的德罗纳之子（马嘶）愤怒地用利剑腰斩那些战士，犹如砍断芝麻秆。（106）大地上布满倒地哀鸣的人、马和象，婆罗多族雄牛啊！（107）成千成千个人倒地死去，许多无头躯体站起又倒下。（108）他砍断那些握着武器和戴着臂钏的手臂，如同象鼻的大腿，还有脑袋和手脚，婆罗多子孙啊！（109）德罗纳之子（马嘶）截住那些逃跑的人，粉碎他们的背脊、脑袋和胁部。（110）他砍中一些人腰部，剁掉一些人的耳朵，击碎一些人的肩膀，将一些人的脑袋打进身躯。（111）

他驰骋营地，杀死许多人，黑夜变得阴森恐怖。（112）大地上布满数以千计的死人和奄奄一息的垂死者，许多倒毙的象和马，阴森恐怖。（113）到处是药叉和罗刹，可怕的车、象和马，被愤怒的德罗纳之子（马嘶）杀死的人们倒在地上。（114）一些人呼叫着母亲、父亲或兄弟。一些人说道："愤怒的持国之子们在战斗中做不出这种事。（115）那是行为暴戾的罗刹们杀死我们这些睡觉的人。由于普利塔之子们不在场，他们才对我们犯下这种暴行。（116）天神、阿修罗、健达缚、药叉和罗刹都不能战胜受遮那陀那（黑天）保护的贡蒂之子（阿周那）。（117）普利塔之子胜财（阿周那）具有梵性，说话诚实，自制，怜悯一切众生，不会杀害睡觉的人、疏忽大意的人、放下武器的人、双手合十的人、逃跑的人和头发披散的人。（118）行为暴戾的罗刹们才对我们犯下这种暴行。"许多人受到这些话的安慰，躺倒在地。（119）

过了一会儿，人们停止哀鸣和呼叫，巨大的喧嚣声平息下来。（120）大地浸透鲜血，混浊的尘土顷刻消失，大地之主啊！（121）

第十　夜袭篇

他杀死数以千计惊恐不安、失去活力的人，犹如愤怒的兽主（楼陀罗）杀死牲畜。（122）有些人互相抱着，躺倒在地，有些人逃跑，有些人躲藏，有些人抵抗，德罗纳之子（马嘶）杀死所有这些人。（123）或被大火烧死，或被马嘶杀死，战士们又互相把对方送往阎摩殿。（124）王中因陀罗啊！经过半个夜晚，德罗纳之子（马嘶）将整个般度族大军送往阎摩殿。（125）

恐怖的黑夜毁灭人、象和马，为夜行的生物增添欢乐。（126）但见各种各样的罗刹和毕舍遮吞噬人肉，吸吮鲜血。（127）肤色棕红，面目狰狞，满身尘垢，束有发髻，石牙，长腿，五脚，大腹。（128）手指后翻，粗鲁，丑陋，声音恐怖，膝盖似罐，身材低矮，脖子发青，形貌可怕。（129）但见各种各样的罗刹携带妻儿，面目狰狞，行为残忍。（130）他们成群结队，兴高采烈，手舞足蹈，吸吮鲜血，说道："这好吃！这干净！这可口！"（131）那些食肉猛兽贪婪地吞噬脂肪、骨头、骨髓、鲜血和肥肉。（132）面目各异的食肉猛兽吸吮脂肪，鼓着肚皮，东奔西跑。（133）形貌恐怖和行为暴戾的罗刹有数万、数百万和数千万。（134）在这场大屠杀中，他们满怀渴求，喜形于色，人主啊！许许多多妖怪汇聚这里。（135）

天亮后，德罗纳之子（马嘶）想要离开营地，人主啊！他浑身沾满鲜血，手掌紧握剑柄，仿佛两者结为一体。（136）在这场大屠杀中，他斩尽杀绝一切人，犹如世界末日，烈火将一切众生焚烧成灰。（137）主人啊！德罗纳之子（马嘶）实现誓言，追随父亲的难以追随的足迹，解除烦恼。（138）这位人中雄牛在夜晚进入营地，杀尽熟睡的人们，现在在沉寂中走出。（139）英勇的马嘶走出营地，与他俩会合，愉快地告诉他俩一切，令他俩高兴，主人啊！（140）他俩也讨他喜欢，告诉他好消息，怎样在门口杀死数以千计的般遮罗人和斯楞遮耶人。他们愉快地拍手叫好。（141）就这样，在这个可怕的夜晚，苏摩迦人疏忽大意，在熟睡中遭到毁灭。（142）毫无疑问，时间的运转不可阻挡，曾经毁灭我们的人现在自己遭到毁灭。（143）

持国说：

大勇士德罗纳之子（马嘶）为何以前不为我的儿子获胜，创造这样重大的战绩？（144）大弓箭手德罗纳之子（马嘶）为何在刹帝利们

遭到杀害后,才完成这个业绩?请你告诉我。(145)

全胜说:

确实,他以前害怕他们,不敢这样做,俱卢后裔啊!这次,由于普利塔之子们和聪明睿智的黑天不在场,(146)萨谛奇也不在场,德罗纳之子(马嘶)才完成这个业绩。如果他们在场,甚至风神之主(因陀罗)也不能杀害他们。(147)而且,这个事件发生在熟睡的人们身上,国王啊!对般度族人实行大屠杀后,这三位大勇士会合,互相说道:"真幸运,真幸运!"(148)德罗纳之子(马嘶)拥抱他俩,庆贺胜利,满怀喜悦地说道:(149)"我已经杀死所有的般遮罗人、德罗波蒂的儿子们、苏摩迦人和摩差族残兵。(150)现在,我们已经完成任务,不要耽搁,走吧!如果我们的国王还活着,我们可以向他报喜。"(151)

以上是吉祥的《摩诃婆罗多》中《夜袭篇》第八章(8)。

九

全胜说:

他们杀死所有的般遮罗人和德罗波蒂的儿子们后,一起前往受伤的难敌那里。(1)他们到达那里,看到国王一息尚存,便从车上跳下,围住你的儿子。(2)他们看到断腿的国王躺在地上,呼吸艰难,神志不清,嘴中淌出鲜血。(3)许多模样可怕的猛兽围着他,成群的豺狼站在附近,等待吃他。(4)他躺在地上,不能动弹,疼痛剧烈,艰难地驱赶想要吃他的猛兽。(5)灵魂高尚的难敌躺在地上,鲜血流淌。马嘶、慈悯和沙特婆多族成铠这三位残剩的英雄满怀忧伤,围住他。(6)这三位大勇士全身沾满鲜血,叹息着围住国王,犹如三堆祭火围住祭坛。(7)看到国王不应该这样躺在那里,他们三人不胜悲痛,哭泣起来。(8)他们用手擦去他脸上的血,哀悼这位躺在战场上的国王。(9)

慈悯说:

命运无所不能,难敌这样一位十一支大军的统帅受到杀害,躺倒在地，流淌鲜血。（10）请看这根镶金铁杵掉在地上，在酷爱铁杵、灿若黄金的难敌身旁。（11）这根铁杵在战斗中从不离开这位声誉卓著的勇士，即使现在他即将升入天国，也是这样。（12）请看这根镶金铁杵在这位英雄身边，犹如一位躺在正法之床的可爱的妻子。（13）请看时间的运转！这位折磨敌人者曾经凌驾于所有国王之上，现在遭到杀害，吞噬尘土。（14）过去，敌人在战斗中遭到他打击，倒在地上。现在，这位俱卢族国王遭到敌人打击，倒在地上。（15）过去，数以百计的国王出于惧怕，向他致敬。现在，他躺在英雄之床，陷入食肉猛兽的包围。（16）过去，国王们有所企求，侍奉这位主人。现在，他突然遭到杀害，躺倒在地。请看命运的运转！（17）

全胜说：

婆罗多族俊杰啊！马嘶望着躺倒在地的王中俊杰难敌，发出哀悼：（18）"人们说你是最优秀的弓箭手，王中之虎啊！说你像是财神，在战斗中是商迦尔舍那的学生。（19）怖军怎么会看出你的破绽？无罪的人啊！你一向是精明的力士，而他灵魂邪恶，国王啊！（20）我们看到你在战斗中遭到怖军杀害，大王啊！在这世界上，时间确实更加强大有力。（21）你通晓一切正法，卑鄙邪恶的狼腹（怖军）头脑愚钝，怎么会施展诡计杀死你？时间确实难以违抗。（22）

"在合法的战斗中，怖军不依法凭借威力作战，而用铁杵砸断你的大腿。（23）他还在战斗中用脚践踏遭到非法杀害者的脑袋，而卑鄙的坚战居然默认这一切！（24）你遭到非法杀害，只要万物存在，战士们肯定都会在战斗中谴责狼腹（怖军）。（25）国王啊！英勇的雅度族后裔罗摩经常说起你：'在杵战中，难敌无与伦比。'（26）婆罗多子孙啊！这位苾湿尼族后裔经常在集会上赞扬你：'这位俱卢后裔精通杵战，是我的好学生'。主人啊！（27）

"至高的仙人们指出刹帝利在战斗中面向敌人战死而达到的归宿，你已经达到。（28）难敌啊！我不为你忧伤，人中雄牛啊！我为儿子遇害的甘陀利和你的父亲忧伤。他俩将满怀忧伤，在大地上游荡乞食。（29）可耻啊！苾湿尼族后裔黑天和心思邪恶的阿周那，他俩自诩精通正法，却眼看着你遇害。（30）所有的般度族人怎样向国王们交代？能厚颜无耻地说自己杀死了难敌吗？（31）你是幸运的，甘陀

利之子啊！你依法冲向敌人，在战斗中遭到杀害，人中雄牛啊！（32）

"甘陀利失去儿子和亲友，难以抗衡的持国以智慧为眼，他俩的结局会怎样？（33）可耻啊！大勇士成铠、慈悯和我，我们没有跟随国王你走向天国。（34）你是一切愿望的赐予者，保护者，众生的利益所在。可耻啊！我们没有跟随你。（35）依靠你的威力，人中之虎啊！慈悯、我和我的父亲才拥有仆从、宝石和住宅。（36）由于你的恩惠，我们和亲友一起举行多次盛大的祭祀，慷慨布施。（37）我们怎么能获得这样的旅队，像你那样与许多国王一起走向天国？（38）你走向最高归宿，国王啊！我们三个人没有跟随你，因此，我们会忧愁烦恼。（39）没有跟随你升入天国，没有财富，只能回忆你的好处。我们没有跟随你，这是怎么一回事？（40）俱卢族俊杰啊！我们只能在这大地上痛苦地游荡。离开了你，国王啊！我们哪里还会有宁静和幸福？（41）

"大王啊！你到了天国，遇见那些大勇士，请依照地位和辈分，代我向他们一一表示敬意。（42）你向老师——一切弓箭手的旗帜致敬后，告诉他我已经杀死猛光，国王啊！（43）你要拥抱大勇士波力迦王、信度王、月授和广声。（44）还有其他一些已经升入天国的优秀国王，你要代我们拥抱他们，问候安康。"（45）

马嘶向神志不清的断腿国王说完这些话，又望着他，继续说道：（46）"难敌啊！如果你还活着，请听这个悦耳的消息。般度族剩下七人，持国族剩下我们三人。（47）他们是般度族五兄弟、婆薮提婆之子（黑天）和萨谛奇。我们三人是我、成铠和有年之子慈悯。（48）德罗波蒂的儿子们、猛光的儿子们、般遮罗人和摩差族残兵，都已被杀死，婆罗多子孙啊！（49）请看，这是对他们的报复！般度族兄弟已经失去儿子。在沉睡中，营地中的人马全部覆灭。（50）大地之主啊！我在夜晚进入营地，像宰杀牲畜那样杀死了行为邪恶的猛光。"（51）

难敌听到这些合乎心意的话，鼓起精神，说道：（52）"恒河之子（毗湿摩）、迦尔纳和你的父亲没有为我做到的事，现在由你、慈悯和成铠一起做到了。（53）如果卑鄙的军队统帅（猛光）和束发一起已被杀死，那么，我现在觉得自己同因陀罗一样了。（54）祝你们吉祥幸福，我们会在天国相会。"灵魂高尚的俱卢族国王说完这些话，保持沉默。这位英雄命殒气绝，令朋友们悲伤。(55)他们拥抱国王，说道："好吧。"一再回首凝视国王，登上各自的战车。(56)

天亮时分，听了你的儿子的这些悲痛的话，我满怀忧伤，跑进城里。(57)你的儿子升入天国，无罪的人啊！我满怀忧伤，仙人赐予我的天眼通现在消失了。(58)

护民子说：

国王听说儿子已死，叹出长长的热气，陷入忧虑之中。(59)

以上是吉祥的《摩诃婆罗多》中《夜袭篇》第九章(9)。

《夜袭篇》终。

芦苇篇

一〇

护民子说：

夜晚逝去，猛光的车夫向法王（坚战）报告发生在沉睡中的大屠杀：(1)"大王啊！德罗波蒂的儿子们和木柱王的儿子们一起，在夜晚疏忽大意，在自己的营地里安然入睡。(2)残忍的成铠、乔答摩之孙慈悯和邪恶的马嘶在夜里捣毁我们的营地。(3)数以千计的人、象和马遭到长矛、标枪和利斧的杀戮。你的军队全部覆灭。(4)仿佛大森林遭到利斧砍伐，婆罗多子孙啊！我听到你的军队发出大声呼叫。(5)大地之主啊！我是军队中惟一的幸存者，不知怎么躲过了成铠的注意，以法为魂的人啊！"(6)

贡蒂之子坚战得到这个噩耗，满怀对儿子们的悲伤，这位不可抗衡者倒在地上。(7)萨谛奇、怖军、阿周那和玛德利的双生子抱起倒地的坚战。(8)贡蒂之子坚战恢复知觉，发出痛苦的悲诉，因忧伤而话音含混："我们战胜了敌人，却又被敌人战胜。(9)即使具有天眼通，也难料事情的结局。失败的敌人又成为胜利者，胜利的我们又成为失败者。(10)已经杀死兄弟、同伴、父亲、儿子、朋友、亲戚、大臣和孙子们，战胜一切人，现在我们又被敌人战胜。(11)不幸看来像幸运，幸运看来像不幸。这种胜利不像胜利，这种胜利是失败。（12）已经取得胜利，却像落难者那样忧愁烦恼，我怎么能认为这是胜利？倒是更像被敌人战胜的失败者。（13）

"为了他们，我杀戮亲友们，取得这个罪恶的胜利！他们取胜后，却又被保持警惕的失败者战胜。（14）在战斗中以耳箭为牙齿，以利剑为舌头，以弓为张开的大嘴，以弓弦声和手掌声为吼叫，（15）迦尔纳这位人中之狮愤怒暴戾，在战斗中从不退缩。他们躲过了他，如今却疏忽大意遭到杀戮。（16）以战车为湖泊，以箭雨为波浪，宝石成堆，车马成流，以标枪和刀剑为鱼，以旗帜和大象为鳄鱼，以弓为漩涡，以利箭为泡沫，（17）以战斗为月亮升起，以速度为潮汐，以弓弦声和手掌声为涛声，那些王子以各种武器为船舶，渡过这片德罗纳之海，现在却疏忽大意，遭到杀戮。（18）在这个生命世界上，任何人遭到杀戮的原因莫过于疏忽大意。幸运抛弃疏忽大意的人，不幸控制疏忽大意的人。（19）

"以精美的旗帜顶端为升腾的火焰，以箭为火光，以愤怒为大风，弓弦声，手掌声，车轮声，以铠甲和各种武器为祭品，（20）以大军为成堆的干草，勇猛的毗湿摩挥舞武器，成为大战中的熊熊烈火。那些王子曾经抵御他，现在却疏忽大意，遭到杀戮。（21）疏忽大意的人不能获得知识、苦行、财富和卓著的名声。请看，因陀罗保持警惕，杀死一切敌人，获得幸福。（22）请看，这些般度族子孙能与因陀罗媲美，由于疏忽大意，全部遭到杀戮。犹如富有的商人渡过大海，却在不经意间，在小河里翻船沉没，他们遭到怀恨在心的人们杀戮，躺倒在地。毫无疑问，他们已经升入天国。（23）我怎么能不为贤惠的黑公主忧伤？她今天肯定会沉入忧伤之海。听到兄弟、儿子和年迈的般遮罗族父王遭到杀害，她肯定会失去知觉，跌倒在地。她会卧床不起，肢体因忧伤而瘦削。（24）她适合过幸福生活,怎么能承受悲伤痛苦？在儿子和兄弟亡故的刺激下,她如同遭到烈火焚烧。"（25）

俱卢族国王（坚战）痛苦地诉说了这些话后，对无种说道："你去把不幸的黑公主和她的母系亲属带到这里来。"（26）玛德利之子（无种）依法听从如同正法之神的国王的命令，驾车迅速前往王后的住处，那里也住着般遮罗王的妻子们。（27）

第十　夜袭篇　　　　　10.11.14

阿阇弥吒后裔（坚战）派遣玛德利之子（无种）后，忧愁难解，伤心哭泣，与朋友们一起前往儿子们战斗的地方，那里成群成群的怪物出没。（28）他进入这个阴森可怕的地方，看到儿子们和朋友们躺倒在地，肢体流淌鲜血，身首分离破碎。（29）优秀的执法者坚战看到他们后，痛苦不堪。这位俱卢族俊杰放声痛哭，与随从们一起倒在地上，失去知觉。（30）

以上是吉祥的《摩诃婆罗多》中《夜袭篇》第十章(10)。

一一

护民子说：

他看到儿子们、弟兄们和朋友们在战斗中遭到杀害，心中充满痛苦，镇群王啊！（1）灵魂高尚的坚战想起这些儿孙、兄弟和自己人，悲痛欲绝。（2）他眼中涌满泪水，身体颤抖，神志不清。朋友们惶恐不安，连忙安慰他。（3）

正在这时，无种带着痛苦万分的黑公主，乘坐灿若太阳的车子来到。（4）黑公主住在水没城，听到她的所有儿子死去的噩耗，心情沉痛。（5）她浑身颤抖，犹如芭蕉树在风中摇晃。她满怀忧伤，一见到国王，就倒在地上。（6）她的双眼如同盛开的莲花，面庞因忧伤而突然消瘦，犹如太阳笼罩在黑暗中。（7）看到她倒在地上，英勇的狼腹（怖军）激动地走上前去，用双臂抱起她。（8）

美丽的黑公主得到怖军的安抚，她哭泣着对般度之子（坚战）及其弟弟们说道：（9）"多么幸运，国王啊！按照刹帝利正法，将儿子们献给阎摩，你现在可以享用整个大地了。（10）多么幸运，普利塔之子啊！你安然无恙，获得整个大地，也就不会再记得行为如同疯象的妙贤之子（激昂）。（11）多么幸运，听到英勇的儿子们按照刹帝利正法捐躯后，你就不会再记得和我一起在水没城的日子。（12）听到行为邪恶的德罗纳之子（马嘶）杀死这些熟睡的英雄，普利塔之子啊！我像躺在烈火中，忧愁烧灼我。（13）如果今天你不奋勇作战，拿下作恶的德罗纳之子（马嘶）及其随从的性命，（14）如果德罗纳

之子（马嘶）的恶行得不到报应，般度之子们啊！你们要知道，我就在这里绝食至死。"（15）

说完这些话，声誉卓著的祭军之女黑公主坐在般度之子法王坚战身旁。（16）般度之子（坚战）看到可爱的王后坐在身旁，这位以法为魂的王仙对容貌美丽的德罗波蒂说道：（17）"通晓正法的美女啊！你的儿子们和兄弟们依法而死，你不必为他们悲伤。（18）贤女啊！德罗纳之子（马嘶）已经远去森林，美女啊！你怎样确认他在战斗中被杀死？"（19）

德罗波蒂说：

我听说德罗纳之子（马嘶）头上有一颗天生的摩尼珠。在战斗中杀死这个罪人后，我要看到取回的摩尼珠，将它戴在你的头上，国王啊！这样我才活下去。这是我的决定。（20）

护民子说：

容貌美丽的黑公主对般度族国王说完这些话，走近怖军，悲愤地说道：（21）"你牢记刹帝利正法，怖军啊！你能保护我。像因陀罗杀死商波罗那样，杀死那个行为邪恶的人吧！在这世上，你的勇气无人可比。（22）举世皆知，在多象城大祸临头，你成为普利塔之子们的庇护。同样，遇见希丁波，你成为救主。（23）在毗罗吒城，我受空竹欺凌，也是你从危难中救出我，犹如因陀罗救出宝罗密。（24）普利塔之子啊！正像你以前创造种种伟大的业绩，杀敌者啊！杀死德罗纳之子（马嘶），获得快乐吧！"（25）

听了她滔滔不绝的悲诉，贡蒂之子大力士怖军怒不可遏。（26）他登上车身镶金的大战车，拿起美丽的弓，搭上箭。（27）他让无种担任车夫，一心想要杀死德罗纳之子（马嘶），挽开搭上箭的弓，迅速策马前进。（28）人中之虎啊！那些骏马快速似风，受到催促，飞快地奔驰。（29）永不退却的勇士怖军离开自己的营地，沿着德罗纳之子（马嘶）的车辙，快速前进。（30）

以上是吉祥的《摩诃婆罗多》中《夜袭篇》第十一章(11)。

一二

护民子说：

难以抗衡的怖军出发后，眼似莲花的雅度族雄牛（黑天）对贡蒂之子坚战说道：（1）"般度之子啊！你的这位弟弟满怀丧子的悲痛，想要杀死德罗纳之子（马嘶），前去挑战，婆罗多子孙啊！（2）怖军是你最宠爱的弟弟，婆罗多族雄牛啊！今天他去冒险，你为何无动于衷？（3）攻克敌人城堡的德罗纳教给儿子的武器，名叫梵颅。这个法宝甚至能焚烧整个大地。（4）灵魂高尚、大福大德的老师（德罗纳）是一切弓箭手的旗帜。他喜欢胜财（阿周那），赐给他梵颅法宝。（5）他的儿子不能忍耐，向他乞求这个法宝。于是，他仿佛不情愿地也教给他的儿子这个法宝。（6）灵魂高尚的老师（德罗纳）通晓一切正法，知道自己的儿子浮躁，一向对他不寄予厚望。（7）'孩子啊！即使遇到最大的危难，你也决不能在战斗中对人类使用这个法宝。'（8）德罗纳老师对儿子说完这些话后，又说道：'你始终没有走上正道，人中雄牛啊！'（9）

"灵魂邪恶的马嘶听了父亲的逆耳之言，对一切幸福感到绝望，悲哀地在大地上游荡。（10）俱卢族俊杰啊！那时你在森林中，婆罗多子孙啊！他来到多门城住下，受到苾湿尼族崇敬。（11）他住在多门城，有一天，在海边，与我单独会面，仿佛微笑着，说道：（12）'黑天啊！我的父亲，婆罗多族的老师，真正英勇，修炼严厉的苦行，从投山仙人那里，（13）获得天神和健达缚崇拜的法宝，名叫梵颅，陀沙诃族后裔啊！它现在在我手里，如同在我的父亲手里。（14）你拿走我这个法宝，雅度族俊杰啊！你也给我在战斗中杀敌的飞轮法宝。'（15）

"国王啊！他双手合十，竭力向我乞求法宝，婆罗多族雄牛啊！我高兴地对他说道：（16）'天神、檀那婆、健达缚、人、鸟和蛇即使合在一起，也不及我的勇气的百分之一。（17）这张弓，这支标枪，这只飞轮，这根铁杵，你想要取走哪件，我就给你哪件。（18）你能拿起哪件，或者你能在战斗中使用哪件，你就取走吧！我也不要你想给我的武器。'（19）他仿佛与我竞争，大臂者啊！挑选这只金刚轮毂、千条轮辐的铁制飞轮。（20）我对他说道：'你拿走飞轮吧！'随即，他上前使劲用左手抓住飞轮，但他不能移动它，永不退却者啊！（21）然后，他又用右手抓住飞轮，但竭尽全力，也拿不起来。（22）德罗纳之子（马嘶）用尽力气，也不能抓起或移动飞轮，灰心丧气，婆罗多子孙啊！他尽了最大努力，精疲力竭，只得罢休。（23）

"马嘶停下手，精神沮丧，心情温和，我上前招呼他，对他说道：（24）'他（阿周那）是神和人中的最高典范，手持甘狄拨神弓，驾驭白马，以猿猴为旗徽。（24）他在两人格斗中，想要战胜神中之神主、乌玛之夫青项（湿婆）的化身，令商迦罗（湿婆）满意。（25）在这大地上，没有比他令我更喜欢的人。我没有什么东西不能送给他，甚至包括妻子和儿子。（27）婆罗门啊！甚至我的这位行为纯洁的朋友普利塔之子，也从未说过你对我说的这种话。（28）我遵行十二年严酷的梵行，前往雪山山麓修炼苦行。（29）艳光公主遵行与我同样的誓言，生下我的儿子始光，光辉灿烂，是永童的化身。（30）即使是他，也没有像你这样向我乞求这只无与伦比的神奇飞轮，傻瓜啊！（31）强大有力的罗摩、伽陀和商波也从来没有向我提出像你这样的乞求。（32）住在多门城的其他一些苾湿尼族和安陀迦族大勇士也从来没有向我提出像你这样的乞求。（33）你是婆罗多族老师的儿子，受到所有雅度族人尊敬，优秀的勇士啊！你想要用飞轮与谁作战？'（34）

"听了我说的这些话，德罗纳之子（马嘶）回答道：'黑天啊！我向你致敬后，准备与你作战，永不退却者啊！（35）因此，我向你乞求天神和檀那婆崇拜的飞轮，心想我会变得不可战胜，主人啊！我对你说的是实话。（36）我现在不能实现我的难以实现的愿望，盖沙婆啊！我准备离开这里，乔宾陀啊！请你祝福我吧！（37）你这位苾湿尼族雄牛拥有这个飞轮，在这世上没有人能获得这个飞轮。'（38）说完这些话，愚蠢的德罗纳之子（马嘶）从我这里取走许多车马、财物和各种宝石，然后离去。（39）他灵魂邪恶，冲动，浮躁，残忍，而

890

通晓梵颅法宝，因此，狼腹（怖军）要防备他。"（40）

以上是吉祥的《摩诃婆罗多》中《夜袭篇》第十二章(12)。

一三

护民子说：

全体雅度族宠爱的优秀战士（黑天）说完这些话，登上配备有一切武器的大战车，套上戴有金花环的甘波阇骏马。（1）色似朝阳的战车车辕，右边套着塞尼耶马，左边套着妙项马，外侧的两匹马是云花马和巨云马。（2）但见车上耸立着工巧天制造的神奇的旗杆，镶有各种宝石，如同幻象。（3）但见旗杆顶上有光辉灿烂的毗娜达之子（金翅鸟）。这位蛇的敌人是言而有信的黑天的旗徽。（4）一切弓箭手的旗帜——感官之主（黑天）、行为诚实的阿周那和俱卢族国王坚战登上这辆战车。（5）

这两位灵魂高尚者坐在手持角弓的陀沙诃族后裔（黑天）身旁，光彩熠熠，犹如双马童坐在婆薮之主（因陀罗）身旁。（6）陀沙诃族后裔（黑天）让他俩登上这辆举世崇拜的战车后，鞭策快马前进。（7）这些骏马飞速奔驰，拉着这辆上等战车，上面坐着两位般度之子和雅度族雄牛（黑天）。（8）这些骏马拉着手持角弓者（黑天）飞速奔驰，发出的声音犹如飞鸟凌空俯冲。（9）他们快速追赶大弓箭手怖军，婆罗多族雄牛啊！顷刻之间，这些人中之虎追上了他。（10）

即使这些大勇士追上了贡蒂之子（怖军），也不能劝阻他。他怒火中烧，一心复仇。（11）这些手持硬弓、光辉吉祥的勇士眼看着他驾驭快马，驰向跋吉罗提河岸。他听说杀死这些灵魂高尚者的儿子们的马嘶就在这里。（12）他看到灵魂高尚、声誉卓著的黑岛生毗耶娑和仙人们一起坐在水边。（13）他也看到行为残忍的德罗纳之子（马嘶）坐在附近，身穿拘舍草衣，涂抹酥油，沾满尘土，头发披散。（14）大臂者贡蒂之子怖军紧握弓箭，跑向他，喊道："站住！站住！"（15）

德罗纳之子（马嘶）看到这位可怕的弓箭手手持弓箭，后面遮那陀那（黑天）的车上还站着他的两位兄弟，顿时心中恐慌，认为自己的时限已到。（16）但德罗纳之子（马嘶）振作精神，召唤至高的法宝。他用左手握住芦苇箭，在这危难时刻发射法宝。（17）不能忍受那些利箭和这些手持神奇武器的勇士，他愤怒地说出残忍的话："杀死般度之子！"（18）威武的德罗纳之子（马嘶）说罢，放出法宝，想要搅乱一切世界，王中之虎啊！（19）那支芦苇箭中产生烈火，犹如世界末日的阎摩，仿佛要焚毁整个三界。（20）

以上是吉祥的《摩诃婆罗多》中《夜袭篇》第十三章（13）。

一四

护民子说：

大臂者陀沙诃族后裔（黑天）从一开始就凭迹象知道德罗纳之子（马嘶）的意图，对阿周那说道：（1）"阿周那啊！德罗纳教给你的那个法宝，一直藏在你的心中，般度之子啊！现在是用它的时候了。（2）为了保护你的兄弟和你自己，在战斗中放出这个法宝吧！它能拦截一切武器，婆罗多子孙啊！"（3）

诛灭敌雄的般度之子（阿周那）听了盖沙婆（黑天）的话，迅速下车，手握弓箭。（4）这位折磨敌人者首先祝福老师之子（马嘶），然后祝福自己和所有的兄弟。（5）他向所有天神和长辈们致敬，放出法宝，心中默念："让这个法宝制服那个法宝！"（6）

手持甘狄拨神弓者（阿周那）突然放出的这个法宝熊熊燃烧，大放光芒，犹如世界末日的烈火。（7）同样，威武勇猛的德罗纳之子（马嘶）的那个法宝也熊熊燃烧，光焰笼罩。（8）狂风大作，数以千计的彗星坠落，一切众生陷入大恐怖。（9）天空中充满响声和燃烧的光焰，整个大地连同山林树木摇晃不停。（10）

这时，两位大仙看到这两个法宝正在以光焰燃烧三界。（11）以法为魂的那罗陀和婆罗多族祖父（毗耶娑）想要安抚堕罗婆遮之孙（马嘶）和胜财（阿周那）这两位英雄。（12）这两位牟尼通晓一切正法，为一切众生谋利益，具有无上威力，站在燃烧的两个法宝中间。(13)这两位声誉卓著的优秀仙人不可抵御,上前站在两个法宝中间,犹如燃烧的两堆烈火。(14)他俩受天神和檀那婆崇敬,一切众生不可抗拒,为了维护三界利益,想要制止法宝的威力。(15)

两位仙人说:

那些已故的大勇士即使精通一切武器,也决不在人类中使用这种法宝。(16)

以上是吉祥的《摩诃婆罗多》中《夜袭篇》第十四章(14)。

一五

护民子说:

人中之虎胜财(阿周那)看到这两位威力如同烈火的仙人,便迅速收住神箭。(1)这位优秀辩士双手合十,对两位仙人说道:"我是想用法宝制服法宝。(2)一旦我的法宝收回,行为邪恶的德罗纳之子(马嘶)肯定会凭借他的法宝的威力,焚毁我们所有人。(3)你俩如同天神,应该设法维护我们和世界的利益。"(4)

说罢,胜财(阿周那)收回法宝。甚至天神也难以收回交战中的法宝。(5)除了般度之子(阿周那)之外,即使百祭(因陀罗)显身,也不能收回在战斗中放出的法宝。(6)除非恪守梵行誓言,任何灵魂不完善的人都不能收回放出的、具有梵力的法宝。(7)不遵守梵行的人放出法宝后,又收回法宝,法宝会粉碎他和随从们的脑袋。(8)阿周那遵奉梵行,恪守誓言,获得难以获得的法宝。即使陷身最大的危难,也不使用这个法宝。(9)英勇的般度之子阿周那信守誓言,遵奉梵行,尊敬长辈,因此,他能收回法宝。(10)

德罗纳之子(马嘶)也看到两位仙人站在前面,但他不能收回作战的法宝。(11)国王啊!德罗纳之子(马嘶)不能收回作战的法宝,神情沮丧,对岛生(毗耶娑)说道:(12)"我遭遇极大的危险,惧怕怖军,想要保住自己的生命,放出这个法宝,牟尼啊!(13)怖军一心想要杀死持国之子,在战斗中不守正法,行为狡诈,尊者啊!(14)因此,我这个灵魂不完善的人放出这个法宝,婆罗门啊!现在,我不敢收回它。（15）我放出的这个法宝难以抗拒，牟尼啊！我已经祈祷这个具有烈火威力的法宝杀死般度之子。（16）这个法宝的目标是毁灭般度之子们，因此，它今天会剥夺所有般度之子的生命。（17）我心中充满愤怒，做了这件恶事，婆罗门啊！我在战斗中放出法宝，想要杀死普利塔之子们。"（18）

毗耶娑说：

孩子啊！普利塔之子胜财（阿周那）熟谙梵颅法宝。他放出法宝，不是出于愤怒，也不是要在战斗中杀死你。（19）阿周那是在战斗中，用他的法宝制止你的法宝。他放出法宝后，又收回法宝。（20）在你的父亲教导下，他获得梵宝。即使这样，大臂者胜财（阿周那）也绝不背离刹帝利正法。（21）这样一位坚定沉着、通晓一切武器的贤士，你为何要杀死他和他的兄弟？（22）一旦梵颅法宝被另一件法宝击毁，这里的王国就会遭逢旱灾，连续十二年不下雨。（23）因此，大臂者般度之子（阿周那）即使有能力，也不击毁你的那个法宝，以维护众生的利益。（24）般度族、你和王国都应该得到保护，因此，你收回那个法宝吧！大臂者啊！（25）请你息怒吧！让般度之子们安然无恙吧！王仙般度之子（坚战）不愿采取非法手段获胜。（26）你把你头上的那颗摩尼珠送给他们吧！般度族兄弟们拿到这颗摩尼珠，会让你保留性命。（27）

德罗纳之子说：

我的这颗摩尼珠胜过般度族和俱卢族获得的任何宝石和财富。（28）谁戴上它，就不会惧怕武器、疾病、饥饿和疲劳，不会惧怕天神、檀那婆或蛇。（29）不会惧怕罗刹，不会惧怕强盗。具有这般威力的摩尼珠，我决不应该舍弃。（30）但你对我说了这话，我应该照办。这就是摩尼珠。而这支放出的芦苇箭不能落空，它将掉进般度族妇女的子宫。（31）

毗耶娑说：

你就这样做吧！决不要再有其他想法。你把它投进般度族妇女的子宫后，就停止吧！（32）

护民子说：

听了岛生（毗耶娑）的话，他极其痛苦地把法宝投进般度族妇女

的子宫。(33)

以上是吉祥的《摩诃婆罗多》中《夜袭篇》第十五章(15)。

一六

护民子说：

感官之主（黑天）确认行为邪恶的德罗纳之子（马嘶）投出法宝后，高兴地对他说道：(1)"有位恪守誓言的婆罗门在水没城看到毗罗吒王的女儿，也就是手持甘狄拨神弓者（阿周那）的儿媳，对她说道：(2)'在俱卢族灭绝时，你的儿子会出生。这个胎儿将成为继绝者。'(3) 这位善人的话会兑现，名叫继绝的儿子将延续他们的家族。"(4)

沙特婆多族俊杰乔宾陀（黑天）说着这些话，德罗纳之子（马嘶）极其愤怒，回答他说：(5)"你偏心眼，盖沙婆啊！事情不会像你说的那样，莲花眼啊！我就这样说，不会有别的结果。(6) 因为我放出的法宝将击中你想要保护的毗罗吒女儿的胎儿，黑天啊！"(7)

婆薮提婆之子（黑天）说：

法宝不会落空，但这个胎儿死后会复活，还会长寿。(8) 所有的智者都知道你是个卑鄙的罪人，屡屡作恶，杀害儿童。(9) 因此，你要尝到恶行的苦果！你将在大地上游荡三千年，在任何地方都没人理你。(10) 你将独自在荒野游荡，没有同伴，卑鄙的小人啊！因为在人间没有你的地位。(11) 满身病痛，散发脓血味，灵魂邪恶的人啊！你将到处游荡，栖居人迹罕至的森林。(12)

而继绝成年后，通晓吠陀，信守誓言。这位英雄将从有年之子慈悯那里获得一切武器。(13) 熟悉各种神奇的武器，恪守刹帝利正法，以法为魂，他将统治大地六十年。(14) 尤其是这位大臂者将成为俱卢族国王，名叫继绝，出现在你的眼前，心思邪恶的人啊！请看，这是我的苦行和真理的威力，下贱的人啊！(15)

毗耶娑说：

你不顾我们，做出这种残忍的事。即使你是婆罗门，却采取这样

的行为。（16）因此，提婆吉之子（黑天）说出这些话。毫无疑问，你将会那样，行为卑劣的人啊！你走吧！（17）

马嘶说：

有你在，婆罗门啊！我将在人间活下去。让这位人中俊杰的话实现吧！（18）

护民子说：

德罗纳之子（马嘶）将摩尼珠交给般度族兄弟后，在他们的目送下，无精打采地前往森林。（19）诛灭敌人的般度族兄弟将乔宾陀（黑天）、黑岛生（毗耶娑）和大牟尼那罗陀请到前面。（20）他们带着德罗纳之子（马嘶）天生的摩尼珠，迅速去见正在绝食的、机智的德罗波蒂。（21）

这些人中之虎们驾驭快速似风的骏马，和陀沙诃族后裔（黑天）一起，返回营地。（22）这些大勇士迅速下车，看到痛苦的黑公主德罗波蒂，而他们的痛苦也不亚于她。（23）般度族兄弟和盖沙婆（黑天）一起，走近悲痛忧伤、失去欢乐的德罗波蒂，围绕她站着。（24）大力士怖军按照国王的吩咐，交给她神奇的摩尼珠，说道：（25）："吉祥女啊！这颗摩尼珠给你。杀死你的儿子的人已被打败。起来吧！抛弃忧愁，记住刹帝利正法！（26）黑眼睛女郎啊！婆薮提婆之子（黑天）前去和谈时，胆怯的女郎啊！你对诛灭摩图者（黑天）说了这些话：（27）'我没有丈夫，没有儿子，没有兄弟，甚至没有你，乔宾陀啊！因为国王想要求和。'（28）你对人中俊杰（黑天）说的这些坚定的话符合刹帝利正法，你应该记取。（29）罪恶的难敌阻挡我们的王国之路，已被杀死。我也撕裂难降，喝了他的血。（30）我们已经报仇雪恨，不会受人谴责。我们打败德罗纳之子（马嘶），又放了他，考虑到他是婆罗门和老师的儿子。（31）他已经丧失名誉，空余躯体，王后啊！他已经交出摩尼珠，放下武器。"（32）

德罗波蒂说：

我只是要报仇。老师的儿子如同我的老师。请国王把这颗摩尼珠戴在头上吧！婆罗多子孙啊！（33）

护民子说：

于是，国王拿起摩尼珠，戴在头上。按照德罗波蒂的说法，这是老师的遗物。(34) 大王头上戴着这颗神奇的摩尼珠，光彩熠熠，犹如月亮照耀山岳。(35) 怀着丧子悲痛而聪明贤惠的黑公主站起身来。法王（坚战）又询问大臂者黑天。(36)

以上是吉祥的《摩诃婆罗多》中《夜袭篇》第十六章(16)。

一七

护民子说：

三位勇士杀死熟睡的全部军队，坚战王悲痛地对陀沙诃族后裔（黑天）说道：(1)"黑天啊！德罗纳之子（马嘶）这个卑鄙的恶人，怎么会杀死我的所有大勇士儿子？(2) 德罗纳之子（马嘶）怎么会杀死木柱王的儿子们？他们武艺高强，能与数百数千敌人作战。(3) 他怎么会杀死优秀的勇士猛光？大弓箭手德罗纳在战斗中也不在猛光前露面。(4) 我们老师的这个儿子做了什么事，人中雄牛啊！居然能独自杀死营地所有人？"(5)

婆薮提婆之子（黑天）说：

确实，德罗纳之子（马嘶）已经寻求永恒不灭的神中之神主（湿婆）庇护。因此，他能独自杀死许多人。(6) 如果大神（湿婆）满意，也会赐予长生不死。吉利舍（湿婆）赐予的勇气甚至能制服因陀罗。(7) 我十分了解这位大神，婆罗多族雄牛啊！我知道他过去的各种事迹。(8) 他是众生的开始、中间和结束，婆罗多子孙啊！整个世界依靠他的行动运转。(9)

老祖宗（梵天）想要创造众生，首先看到他，对他说道："创造众生吧！别耽搁。"(10) 感官之主（湿婆）说道："好吧！"这位大苦行者了解众生的缺陷，潜入水中修炼长期苦行。(11) 老祖宗（梵天）等他等了很长时间后，依照自己的心愿创造出另一位创造一切众生者。(12) 这位创造主看到吉利舍（湿婆）沉在水中，便对父亲说道："如果没有在我之前出生者，我才会创造众生。"(13) 父亲回答说："没有人在你之前出生。这棵树桩沉在水中，你放心创造吧！"(14)

他创造出以陀刹为首的七位生主，通过他们创造出所有四类生物群。（15）一旦创造出来后，一切众生感到饥饿，突然跑向创造主，想要吞噬他，国王啊！（16）他即将遭到吞噬，跑向老祖宗（梵天），寻求庇护，说道："你保护我吧！安排他们的生活吧！"（17）于是，老祖宗（梵天）赐给他们食物、药草和植物，也将弱小的动物赐给强大的动物。（18）食物得到安排后，众生满意地前往各自的去处，国王啊！他们高兴地在同类中繁殖。（19）

　　生物群繁殖，世界师父（梵天）满意。年长者（湿婆）从水中出来，看到这些众生。（20）看到各种各样的生物凭自己的能力繁殖，尊者楼陀罗（湿婆）满腔愤怒，除掉自己的生殖器。（21）他把除掉的生殖器放在地上。永恒不灭的梵天仿佛用话语安抚他：（22）"你怎么在水中呆了这么长时间？沙尔婆啊！你为什么除掉那个生殖器，扔在地上？"（23）

　　世界师父（湿婆）愤怒地回答师父（梵天）说："已经由别人创造出众生，我还要它做什么？（24）我用苦行为众生创造食物，老祖宗啊！正像众生一样，这些药草会永远滋生。"（25）大苦行者薄婆（湿婆）满腔愤怒，说完这些话，神情沮丧，前往孟阇凡山脚修炼苦行。（26）

　　　　　　　　　以上是吉祥的《摩诃婆罗多》中《夜袭篇》第十七章（17）。

一八

婆薮提婆之子（黑天）说：

　　天神时代（圆满时代）过去，众天神想要举行祭祀，便按照吠陀的规定进行准备。（1）他们有条不紊，确定适合祭祀的地方、适合分享祭品的天神和各种祭祀用品。（2）众天神确实不认识楼陀罗（湿婆），没有安排斯塔努（湿婆）这位天神分享祭品，人主啊！（3）

　　在祭祀中，众天神没有让这位身穿兽皮者分享祭品。他想要强行获得祭品，首先造了一张弓。（4）世界祭，行动祭，永恒的家祭，五大元素祭，第五是人祭。（5）迦波尔迪（湿婆）渴望祭祀，用世界祭制作这张弓，造出的弓有五腕尺长。（6）以祈祷感叹词作为弓弦，以祭祀的四个分支作为弓的身体，婆罗多子孙啊！（7）然后，这位大神愤怒地拿着这张弓，来到众天神举行祭祀的地方。（8）

看到这位永恒的梵行者挽弓，大地女神惧怕，群山颤抖。（9）风不吹拂，火不继续燃烧，空中的星星乱了阵脚。（10）太阳不放光芒，月亮黯然失色，整个天空笼罩在昏暗中。（11）众天神无可奈何，不知所措。祭祀失去光彩，吠陀离开他们。（12）然后，他用可怕的利箭射中祭祀心窝。祭祀化作鹿，和火神一起逃走。（13）祭祀在空中遭到楼陀罗（湿婆）追逐，以那种形象到达天国，光彩熠熠。（14）

祭祀逃跑后，知觉不照耀众天神。众天神失去知觉，浑然不知一切。（15）愤怒的三眼神（湿婆）用弓的尖端捅碎萨毗多的手臂、薄伽的眼睛和普善的牙齿。（16）于是，众天神和祭祀的各个分支一齐逃跑。其中一些在那里抖动着，仿佛就要死去。（17）青项（湿婆）引起众天神逃跑，又笑着用弓的尖端拦截他们。（18）众天神发出的呼喊切割弓弦，国王啊！弓弦突然断裂。（19）

然后，众天神和祭祀一起走近无弓的神中之主，请求他庇护。神主赐予他们恩惠。（20）尊神已经平静，将愤怒抛进大海。愤怒变成烈火，永远焚烧海水。（21）他也赐予薄伽双眼，赐予萨毗多双臂，赐予普善牙齿，也恢复祭祀，般度之子啊！（22）一切恢复稳定祥和，众天神让他分享一切祭品。（23）

他发怒，整个世界都不安定；他平静，整个世界都安定。英勇的湿婆对马嘶感到满意。（24）因此，你的所有大勇士儿子，还有其他许多勇士，般遮罗人以及随从们，遭到杀戮。（25）你不必把此事放在心上，因为这不是德罗纳之子（马嘶）的业绩，而是大神赐给他的恩惠。你就接着做你应该做的事吧！（26）

以上是吉祥的《摩诃婆罗多》中《夜袭篇》第十八章(18)。《芦苇篇》终。

《夜袭篇》终。

第十一　妇女篇

除 忧 篇

一

镇群说：

难敌被杀，全军覆灭，持国大王听了之后做些什么？牟尼啊！（1）同样，思想高尚的正法之子、俱卢后裔坚战王做些什么？以慈悯为首的三位勇士做些什么？（2）我已经听了马嘶的事迹，互相的诅咒，请你说说全胜讲述的此后的事情。（3）

护民子说：

一百个儿子被杀，犹如大树砍去所有树枝。大地之主持国满怀丧子的悲痛，忧伤苦恼。（4）大智者全胜走近忧心忡忡、默默沉思的持国，说道：（5）"你为何忧伤？大王啊！忧伤毫无用处。十八支大军已经覆灭，民众之主啊！大地荒无人烟，一片空虚。（6）来自四面八方的国王们全都与你的儿子一起走向死亡。（7）依次为父亲、儿子、亲戚、朋友和老师们举行葬礼吧！"（8）

护民子说：

子孙遭到杀戮，满怀悲痛，听了这些伤心话，顽强的持国倒在地上，犹如大树被狂风刮倒。（9）

持国说：

儿子们、大臣们和所有的朋友遭到杀戮，我将痛苦地在这大地上游荡。（10）失去了亲人们，如同一只衰老的鸟失去双翼，我如今活着还有什么用？（11）失去王国、朋友和眼睛，我将黯然失色，犹如日月失去光芒。（12）我不听从阇摩陀耆尼之子（持斧罗摩）、神仙那罗陀、黑天和岛生（毗耶娑）的劝告。（13）在大会堂上，黑天为了我好，说道："国王啊！你儿子的敌意也太过分了。"（14）我心思不正，没有听从他的话，现在极其后悔。我没有听从毗湿摩的符合正法的话。（15）我听说吼声如牛的难敌和难降遭到杀戮，迦尔纳遇难，德罗纳如同太阳陨落，我的心都碎了。（16）我不记得我过去做了什么恶事，现在让我这个愚昧之人遭受恶报，全胜啊！（17）我肯定在前生做了错事，造物主才让我尝到这些恶果。（18）在我年老之时，由于命运作祟，所有的亲人和朋友遭到毁灭，在这世上，还有比我更痛苦的人吗？（19）今天，就让般度族看着我这个严守誓言的人，踏上通向梵界的漫长的路吧！（20）

护民子说：

人中因陀罗（持国）沉浸在忧伤中，哀悼不已，全胜说了这些话，消除他的忧伤：（21）"国王啊！摒弃忧伤吧！你已从老人们那里听取吠陀和各种经典的教导，王中俊杰啊！你也听取过仙人们对满怀丧子悲痛的斯楼遮耶说的话。（22）你的儿子少年气盛，国王啊！你不听从朋友们的劝告。你贪图果实，不做任何对自己真正有益的事情。（23）你的谋士是难降，灵魂邪恶的罗陀之子（迦尔纳），灵魂恶毒的沙恭尼，心思不正的奇军，还有沙利耶，致使整个世界变成毒箭。（24）你的儿子不听从俱卢族长辈毗湿摩、甘陀利和维杜罗的劝告，婆罗多子孙啊！（25）不尊重任何正法，一味主张战斗，所有的刹帝利遭到毁灭，增长敌人的荣誉。（26）你作为仲裁人，却不说该说的话。你作为掌秤人，却不保持天平平衡。（27）遇事从一开始就处理恰当，人们就不会为过去的事情后悔。（28）你溺爱儿子，想要讨好他，国王啊！现在你感到后悔了。但你不必陷入忧伤。（29）

"一个人只看到蜂蜜，不看到陷阱，因贪图蜂蜜而坠落，便会像你一样忧伤。（30）忧伤者不会获得财富，不会获得幸福，不会获得吉祥，也不会达到至高目标。（31）自己引起了火，而用衣服去遮盖，结果被烧着，智者不该为此忧愁烦恼。（32）你和儿子用语言之风扇旺普利塔之子们的烈火，还往里面浇灌贪婪之酥油。（33）你的儿子们犹如飞蛾栽进烈火，遭到盖沙婆（黑天）的火焰焚烧。你不必为他们忧伤。（34）你的脸上挂满泪水，国王啊！这不符合经典规定，不为智者们赏识。（35）这些泪珠如同火花烧灼人们。你用智慧抑止愤怒，自己控制住自己吧！"（36）

灵魂高尚的全胜这样安慰持国,折磨敌人者啊!接着,维杜罗又说了这些充满智慧的话。(37)

以上是吉祥的《摩诃婆罗多》中《妇女篇》第一章(1)。

二

护民子说:

请听,维杜罗取悦人中雄牛奇武之子(持国),说了这些如同甘露的话。(1)

维杜罗说:

国王啊!你为何躺着?起来吧!你要自己控制住自己!这是一切动物、植物和人的定命。(2)一切积累的东西毁灭,一切居于高处的东西坠落,结合者以分离告终,生命以死亡告终。(3)阎摩拽走勇士和懦夫,婆罗多子孙啊!这些刹帝利为何不战斗?刹帝利雄牛啊!(4)不战斗则死亡,战斗则活命,而时间一到,大王啊!谁也不能逃脱。(5)你不必为这些战死者忧伤,国王啊!以经典为准则,他们走向至高归宿。(6)他们全都诵习吠陀,恪守誓言,面向敌人而死,你何必忧伤?(7)他们来自不可见的地方,又回到不可见的地方;他们不属于你,你也不属于他们,你何必忧伤?(8)战死者升入天国,杀敌者赢得名声,战斗不会徒劳无功,两者都享有功德。(9)因陀罗会为他们安排如意的世界,人中雄牛啊!因为他们是因陀罗的客人。(10)人们通过慷慨布施的祭祀,通过苦行,通过知识,都不能像战死的勇士那样立即升入天国。(11)

数以千计的父亲和母亲,数千百计的妻子和儿子,经历轮回,他们属于谁?或者,我们属于谁?(12)数以千计的悲痛状况,数以百计的恐惧状况,每天都在发生,它们困扰愚者,而不困扰智者。(13)对于时间,没有可爱者,也没有可恨者,俱卢族俊杰啊!时间也决不保持中立,它拽走一切。(14)生命、美貌、青春、财富、健康以及与可爱的人共同生活,一切无常,智者均不贪恋。(15)你不必独自为共同的痛苦忧伤。即使一个人已不复存在,这痛苦也不会停息。(16)如果你感受到强烈的痛苦,你不要忧伤,而应该对抗它。不为痛苦忧伤,这是治疗痛苦的良药。为痛苦忧伤,不能克制痛苦,反而增加痛苦。(17)

与可憎者结合,与可爱者分离,只有智慧浅薄的人才会为此心烦意乱。(18)你为痛苦忧伤,并不导致财富、正法和幸福。它背离原定的目标,以致失去人生三要(正法、利益和爱欲)。(19)面对以盛衰兴亡为特征的财富,人们永不满足,陷入愚痴。而智者永远知足。(20)一个人应该凭借智慧消除思想痛苦,犹如凭借草药消除肉体痛苦。知识具有这种力量。愚者不能达到心灵平静。(21)从前的业追随一个人,随他躺而躺,随他站而站,随他跑而跑。(22)他在这样或那样的情况下做的善事或恶事,会在这样或那样的情况尝到善果或恶果。(23)

以上是吉祥的《摩诃婆罗多》中《妇女篇》第二章(2)。

三

持国说:

你用美妙的话语消除我的忧伤,大智者啊!我愿意继续听取你的真实可信的话。(1)与可憎者结合,与可爱者分离,智者怎么会不为此心烦意乱?(2)

维杜罗说:

智者摆脱思想的痛苦和快乐,就能获得平静,找到美好的归宿。(3)人们忧虑的一切皆属无常,人中雄牛啊!这个世界如同芭蕉树,毫不坚实。(4)智者们说,人的身体如同房屋,到时候会倒塌。惟一的实质是外表装饰。(5)正像人们抛弃旧的或不旧的衣裳,换上另一件衣裳,人的身体也是这样。(6)奇武之子啊!众生凭借自己的业,在这世上获得痛苦或幸福。(7)凭借自己的业升入天国,或幸福,或痛苦,婆罗多子孙啊!或自愿,或被迫,都要承受这个结果。(8)

正如泥制的陶罐,有的在陶工的转轮上就破裂,有的半成形就破裂，有的刚成形就破裂。（9）有的移动时破裂，有的移动后破裂，有的潮湿时破裂，有的干燥时破裂，有的烘烤时破裂。（10）有的取下时破裂，有的烧煮时破裂，有的用餐时破裂，人的身体也是这样。（11）有的在胎中就死去，有的刚生下就死去，有的一天后死去，有的半月死去，有的满月死去。（12）有的周岁死去，有的两岁死去，有的青年死去，有的中年死去，有的老年死去。（13）由于以前的业，众生或生或死。世界就是这样运转，你何必忧愁烦恼？（14）

正如在水中游戏，忽而沉下，忽而浮出，人主啊！（15）人在轮回深渊中忽而沉下，忽而浮出。智慧浅薄的人受业束缚，痛苦烦恼。（16）而智者们立足真理，洞悉轮回的本质，了解众生的来去，走向至高的归宿。（17）

以上是吉祥的《摩诃婆罗多》中《妇女篇》第三章(3)。

四

持国说：

怎样理解轮回深渊？优秀的辩士啊！我想要听取，请你告诉我。（1）

维杜罗说：

请听众生从出生开始的全部过程，主人啊！先在胎中慢慢长大。（2）五个月后，形成肉团。然后，形成肢体完整的胎儿。（3）胎儿处在污秽的血和肉中。然后，由于风和力量，脚朝上，头朝下。（4）胎儿带着过去的业，到达子宫。子宫收缩挤压，他遭受很多折磨。（5）脱离子宫后，他又遇见尘世中的其他苦难。这些苦难追逐他，犹如群狗追逐肉。（6）

他活着时，受到自己的业的束缚。到时候，各种疾病追逐他。（7）他受到各种感官、欲望和美味的束缚，痛苦烦恼，人主啊！各种恶习追随他。他受到这些束缚，从不知满足。（8）他没有意识到自己已经临近阎摩的世界。到时候，阎摩的使者拽着他走向死亡。（9）他眼看着自己受自己束缚，像哑巴那样说不出满意不满意。（10）

哎呀！这个畸形的世界受贪欲控制。人们贪婪，愤怒，疯狂，不意识到自我。（11）以出身高贵而自豪，蔑视出身低贱的人；以拥有财富而傲慢，藐视贫穷的人。（12）指称别人是傻瓜，而不看看自己；一味教训别人，而不严格要求自己。（13）

在这无常的生命世界，谁从出生开始，遵行正法，他就会达到至高的归宿。（14）谁明白这一切，追随真理，他就会走上解脱之路，人主啊！（15）

以上是吉祥的《摩诃婆罗多》中《妇女篇》第四章（4）。

五

持国说：
依靠智慧越过正法丛林，请你为我详细讲述智慧之路。（1）
维杜罗说：
我先向自在天致敬，然后像至高的仙人们讲述轮回深渊那样，我向你讲述智慧之路。（2）有位婆罗门处在轮回大世界中，有一次，到达一个人迹罕至的森林，里面充满大猛兽。（3）到处是狮子、老虎和大象这样一些可怕的食肉兽，连死神见了也会感到恐怖。（4）看到这座森林，婆罗门的心情紧张到极点，毛发直竖，惊恐万状，折磨敌人者啊！（5）

婆罗门进入森林后，东奔西跑，环顾四周，寻找庇护处。（6）他在惊恐中奔跑着，想要在猛兽中间寻找空隙，但是不能避开和远离它们。（7）然后，他看见可怕的森林笼罩在网中，一个极其可怕的女人用双臂环抱森林。（8）大森林中到处是五头蛇，高耸似山岳和摩天大树。（9）在森林中间，有一口水井，覆盖着蔓藤和茂密的草丛。（10）

婆罗门掉进这口隐蔽的水井，悬挂在纠缠交错的蔓藤上。（11）犹如波那娑树枝头上结出的一个大果子，他脚朝上，头朝下，悬挂着。（12）随即，他又面临其他一些危险。他看见井边有一头大象。（13）六嘴，十二足，黑斑，向这口覆盖着蔓藤树的水井迈步走来。（14）

他悬挂在树枝中间，各种各样形状可怕的蜜蜂在前面忙于吸吮蜂巢中产生的蜂蜜。（15）它们贪恋蜂蜜，一次又一次吸吮，婆罗多族雄牛啊！蜂蜜是众生的美味，甚至儿童也不知餍足。（16）蜂蜜流淌不止，这个悬挂着的人不断吸吮。他在危境中，也不打消吸吮蜂蜜的渴望。（17）他始终充满渴望，一再吸吮，不知餍足，国王啊！他没有对生命产生厌倦。（18）

这个人保持着对生命的渴求，这时，许多黑鼠和白鼠正在啃啮那棵树。（19）森林深处有许多老虎，有极其可怕的女人，井下有蛇，井边有大象。（20）老鼠们啃啮，大树摇摇欲坠，蜜蜂们贪恋蜂蜜，这一切构成大恐怖。（21）就这样，他被抛在轮回之海中，依然不知厌倦地渴求生命。（22）

以上是吉祥的《摩诃婆罗多》中《妇女篇》第五章(5)。

六

持国说：

这个人确实处在极其痛苦的危难中，优秀的辩士啊！他怎么会喜欢或满意？（1）他处在正法丛林中，这个地方在哪儿？他怎么能摆脱大恐怖？（2）请你告诉我这一切，贤士啊！我对他极其同情，我们要采取行动拯救他。（3）

维杜罗说：

这是通晓解脱的人们运用的一个比喻，国王啊！借助它，人们能在来世获得好的归宿。（4）那是说他处在大轮回的旷野中，这座人迹罕至的森林是轮回丛林。（5）所说的那些猛兽是各种疾病。那个身躯庞大的女人站在那里，智者们说她是失去美貌的衰老。（6）那口水井是人的身体，国王啊！井下的那条大蛇是时间，夺去一切者，毁灭一切有躯体的众生。（7）那个人悬挂其上的井中蔓藤是众生的求生欲望。（8）井边那头走向那棵树的大象是年份，国王啊！它的六嘴是六季，十二足是十二月。（9）那些老鼠始终努力啃啮那棵树，深思熟虑的人说它们是众生的白昼和黑夜。那些蜜蜂是爱欲。（10）那些流淌

的蜂蜜是欲乐，人们沉溺其中。（11）智者们知道轮回之轮这样运转，他们砍断轮回之轮的束缚。（12）

以上是吉祥的《摩诃婆罗多》中《妇女篇》第六章(6)。

七

持国说：

你洞悉真谛，这个故事大有裨益，我乐于再聆听你的甘露般的话语。（1）

维杜罗说：

请听我详细讲述这条道路，聪明的人听了之后，能摆脱轮回。（2）国王啊！正如一个人长途跋涉，由于疲劳，会在某处停下或留宿。（3）智慧浅薄的人在轮回转生途中，留宿子宫。而智者摆脱投胎转生，婆罗多子孙啊！（4）因此，通晓经典的人们说轮回是旅途；智者们说轮回是森林。（5）

婆罗多族雄牛啊！死去的动物和不动物都会返回这个世界，而智者不留恋。（6）凡人肉体的和精神的疾病，或可见，或不可见，智者们称之为猛兽。（7）凡人由于自己的业，始终遭到这些大猛兽侵袭和杀害，而智慧浅薄的人不忧虑，婆罗多子孙啊！（8）即使人们摆脱这些疾病，以后衰老也会缠身，丧失美貌，国王啊！（9）追逐各种声、色、味、触和香，陷身大泥沼，无所攀援。（10）每年，每季，每月，每半月，每日，每夜，都在剥夺人的美貌和寿数。（11）智慧浅薄的人不懂得这些是时间的定律。人们说一切众生都受业控制。（12）

人们说众生的身体是车辆，精力是车夫，各种感官是马匹，行动和智慧是缰绳。（13）谁追随这些奔驰的马匹，他就像轮子一样不断轮回转生。（14）谁依靠智慧控制这些马匹，他就不会返回。人们说应该控制这辆车，而智慧浅薄的人困惑不解。（15）国王啊！他们得到的结果像你那样，失去王国，失去朋友，失去儿子，婆罗多子孙啊！（16）

欲望造成痛苦，婆罗多子孙啊！善人应该用止痛的良药治疗痛苦不堪的人们。(17) 勇气、财富和朋友都不可能像坚定控制的自我那样有效地摆脱痛苦。(18) 因此,慈悲为怀,遵守戒律,婆罗多子孙啊!自制、舍弃和不放逸是三匹梵马。(19) 谁乘坐思想之车,以戒律为准绳,他就能抛弃死亡的恐惧,驰向梵界,国王啊!(20)

以上是吉祥的《摩诃婆罗多》中《妇女篇》第七章(7)。

<h1 style="text-align:center">八</h1>

护民子说:

听了维杜罗的这些话,俱卢族俊杰(持国)不堪忍受丧子之痛,昏倒在地。(1) 亲友们看到他倒在地上,失去知觉,黑天、岛生(毗耶娑)和奴婢子维杜罗,(2) 全胜和其他朋友,以及那些站在门口的心腹侍从,用清凉的水喷洒,用棕榈树叶扇风,婆罗多子孙啊!(3) 努力用手按摩持国的肢体,这样持续了很长时间。(4)

经过很长时间,大地之主(持国)恢复知觉,依旧满怀丧子之痛,长时间地悲悼不已:(5) "呸!呸!人啊!可悲啊,生而为人!一再成为痛苦的根源。(6) 失去儿子,失去财富,失去亲友,陷入巨大的痛苦,如同毒药和烈火。(7) 在痛苦折磨下,肢体发烧,智慧丧失,人们认为不如死去。(8) 由于命运倒转,我陷入这种苦难,婆罗门俊杰啊!我今天就要死去。"(9)

持国王忧伤至极,精神恍惚,对优秀的知梵者、灵魂高尚的父亲(毗耶娑)说完这些话,保持缄默,陷入沉思,大地之主啊!(10) 黑岛生(毗耶娑)听了他的话,对满怀丧子之痛的儿子说道:(11) "持国啊!你听我对你说,大臂者啊!你聪明睿智,富有学问,精通正法和利益。(12) 没有什么应该知道的你不知道,折磨敌人者啊!毫无疑问,你知道人生无常。(13) 生命世界无常,地位无常,生命以死亡告终,你为何为这些忧伤?婆罗多子孙啊!(14) 就在你的眼前,时间以你的儿子为缘由,制造敌意。(15) 俱卢族的战乱不可避免,国王啊!这些勇士已经达到至高的归宿,你为何忧伤?(16) 灵魂高尚的维杜罗知道一切,大臂者啊!他竭尽全力谋求和平,人主

啊！（17）但我认为命定的道路，任凭任何人怎样持久努力，也无法控制。（18）

"我曾经亲自听到天神的安排。我现在讲给你听，你会变得坚定。（19）从前，我不知疲倦地快速前往因陀罗的会堂。在那里，我看到聚集着众天神，还有以那罗陀为首的众神仙。（20）我也看到大地女神来到众天神身边，有事相求，大地之主啊！（21）大地女神走近聚集在那里的众天神，说道：'诸位大德啊！你们在梵天宫中答应我的事，赶快兑现吧！'（22）听了她的话，举世尊敬的毗湿奴在天神集会上，微笑着对大地女神说道：（23）'持国有一百个儿子，年长者名叫难敌。他会成全你的事。通过这位国王，你会达到目的。（24）为了他，国王们聚集在俱卢之野。这些武士会用坚固锐利的武器互相杀戮。（25）这样，你的负担就会在战斗中减轻，女神啊！赶快回到自己的位置去，维持世界，美女啊！'（26）

"国王啊！出于毁灭世界的需要，你的儿子作为迦利恶神的部分化身，投胎甘陀利腹中。（27）他暴躁，轻浮，愤怒，难以对付。由于天意安排，他的弟弟们也与他一样。（28）他的母舅沙恭尼，心腹朋友迦尔纳，还有其他许多国王，都是为了毁灭的目的，出现在大地上，大臂者啊！那罗陀如实知道这一切。（29）你的儿子们由于自己的过错，遭到毁灭，大地之主啊！你不必忧伤，王中因陀罗啊！因为没有理由忧伤。（30）般度之子们没有犯下任何过错，婆罗多子孙啊！你的儿子们灵魂邪恶，造成大地毁灭。（31）祝你幸运！毫无疑问，以前在王祭集会上，那罗陀把这情况告诉了坚战：（32）'般度族和俱卢族会互相交战，遭到毁灭，贡蒂之子啊！你要履行你的职责。'（33）听了那罗陀的话，般度之子们忧愁悲伤。这是永恒的天神的秘密，我已经全部告诉你。（34）

"主人啊！知道了这是天意安排，你为何不消除忧伤，怜悯生命，关心般度之子们？（35）大臂者啊！我以前听说了这件事，也在盛大的王祭中告诉法王（坚战）。（36）我在暗中告诉他以后，正法之子（坚战）曾经竭力向俱卢族求和，无奈天命更加强大有力。（37）国王啊！动物和不动物都不能扭转天神的安排。（38）你热爱事业，智慧杰出，知道众生的行止，现在却头脑糊涂。（39）如果坚战王知道你忧愁烦恼，悲伤不已，他甚至会舍弃生命。（40）这位英雄一向慈悲为怀，甚至同情牲畜，王中因陀罗啊！他怎么会对你无情？（41）天命不可违背，也出于对般度之子们的关心，你听从我的话，保持生命，婆罗多子孙啊！（42）你这样做，必将名扬世界，孩子啊！你会赢得伟大的正法和持久的苦行。（43）大王啊！你就用智慧之水，永远浇灭丧子之痛引起的烈火吧！"（44）

听了无限光辉的毗耶娑的话，持国沉思片刻，说道：（45）"我笼罩在忧伤的大网中，头脑昏聩，久久不能醒悟。（46）听了你讲述天神的安排，我将保持生命，不再忧伤。"（47）贞信之子毗耶娑听了持国的话，从那里消失不见，王中因陀罗啊！（48）

以上是吉祥的《摩诃婆罗多》中《妇女篇》第八章（8）。
《除忧篇》终。

妇 女 篇

九

镇群说：

尊者毗耶娑离去后，大地之主持国做什么？婆罗门仙人啊！请你告诉我。（1）

护民子说：

听了之后，持国沉思良久，人中俊杰啊！他心神不安，命令全胜套车，然后对维杜罗说道：（2）"赶快把甘陀利和全体婆罗多族妇女带来！也把贡蒂和其他妇女带来！"（3）以法为魂的持国理智受到忧伤打击，对精通正法的维杜罗说罢，登上车子。（4）甘陀利满怀忧伤，奉丈夫之命，偕同贡蒂和其他妇女跑到国王这里。（5）她们遇见国王，悲痛至极，互相问候后，放声大哭。（6）奴婢子（维杜罗）安慰这些妇女，而自己比她们更悲痛。他让这些泪流满面、话音哽咽的妇女登上车子，离城出发。（7）

这时，在俱卢族的所有房屋中发出哀鸣，包括儿童在内，整座城市悲痛忧伤。（8）那些妇女从前连天神也未曾看到，现在她们失去主人，人人都能看到。（9）这些妇女披散美丽的头发，卸去各种装饰品，只穿一件单衣，如同无依无靠的难民。（10）她们从巍峨似白山的宫殿中走出，犹如一群失去头领的雌羚羊从山洞中走出。（11）一群群乱跑的妇女，犹如庭院中一群群马驹，国王啊！（12）她们拽着别人的手臂，哭喊着儿子、兄弟和父亲，仿佛展现时代末日世界毁灭的景象。（13）她们哀叫着，哭喊着，奔跑着，理智遭到忧伤打击，不知道应该怎么办？（14）以前这些妇女在女友面前都害羞，如今身穿单衣，在婆婆面前也不羞涩。（15）以前遇到一点儿烦恼，她们就互相安慰，如今她们个个满怀忧伤，互相照顾不上。（16）

数以千计的哭泣的妇女围绕可怜的国王，迅速离城前往战场。（17）工匠、商人、吠舍和各行各业的人跟随国王出城。（18）妇女们为俱卢族毁灭悲痛，高亢的哭喊声震撼众生。（19）这哭喊声听来像是时代末日众生遭到焚烧，众生觉得也许到了世界毁灭的时刻。（20）那些忠诚的市民为俱卢族毁灭忧伤，也高声哀号，大王啊！（21）

以上是吉祥的《摩诃婆罗多》中《妇女篇》第九章（9）。

一〇

护民子说：

刚走了十里，他们遇见大勇士有年之子慈悯、德罗纳之子（马嘶）和成铠。（1）看到以智慧为眼的国王，他们三人话音哽咽，安慰哭泣的国王：（2）"大王啊！你的儿子完成难以完成的事业，带着随从前往帝释天的世界。（3）在难敌的军队中，我们三人得以逃生，而其他的战士全都丧生，婆罗多族雄牛啊！"（4）

有年之子慈悯对国王说罢，又对满怀丧子悲痛的甘陀利说道：（5）"你的儿子们无所畏惧，奋勇作战，杀死大量敌人，创造英雄的业绩，走向死亡。（6）他们肯定到达死于武器者的纯洁世界，像天神那样具有光辉的形体，愉快生活。（7）没有一个勇士在战斗中转身逃跑。他们都被武器杀死，没有一个人拱手求饶。（8）人们说，自古以来，在战斗中被武器杀死，这是刹帝利的最高归宿。因此，你不必为他们忧伤。(9)他们的敌人般度族也没有如愿,王后啊!请听以马嘶为首我们三人做的事。(10)听到怖军以非法手段杀死你的儿子,我们进入沉睡的营地,给予般度族毁灭性打击。(11)以猛光为首的所有般遮罗人都被杀死,木柱王的儿子们和德罗波蒂的儿子们也都被杀死。(12)歼灭你的儿子的敌人后,我们三人不能留在战场,只能逃跑。(13)因为般度之子们都是英勇的大弓箭手,很快就会赶来,怒不可遏,企图报复。(14)这些人中雄牛听说儿子们没有防备,遭到杀害,立即追踪我们,声誉卓著的王后啊!(15)我们得罪了般度之子们,不敢停留,王后啊!请你答应我们,不要伤心。(16)国王啊!请答应我们,要振作起来!你要看到这个结局完全符合刹帝利正法。"(17)

说罢,慈悯、成铠和德罗纳之子(马嘶)向国王右绕致敬,婆罗多子孙啊!(18)这些灵魂高尚的勇士望着聪明睿智的持国王,迅速策马前往恒河。(19)离开那里后,这三位大勇士郁郁寡欢,依依惜别,分三路出发,国王啊!(20)有年之子慈悯前往象城,诃利迪迦之子(成铠)前往自己的国家,德罗纳之子(马嘶)前往毗耶娑的净修林。(21)这三位英雄得罪了灵魂高尚的般度之子们,满怀恐惧,互相凝望着分别出发。(22)这三位克敌英雄会见国王后,在太阳升起前,依照各自的意愿启程离去,大王啊!(23)

以上是吉祥的《摩诃婆罗多》中的《妇女篇》第十章(10)。

— —

护民子说:

全军覆灭后,法王坚战听说年迈的伯父从象城出发。(1)他满怀丧子悲痛,忧心忡忡,与弟弟们一起,去见满怀丧子悲痛的伯父。(2)后面跟随着陀沙诃族灵魂高尚的英雄(黑天)、善战(萨谛奇)和尚武。(3)德罗波蒂满怀痛苦,忧伤憔悴,与聚集在那里的般遮罗族妇女一起跟随在后。(4)

婆罗多族俊杰啊!坚战看到恒河岸边,一群群妇女如同雌鹗痛苦哀号。(5)顿时,数以千计的妇女围绕这位国王,痛苦地高举双臂哭诉着，不管这些话好听或难听：（6）"国王哪里通晓正法？哪里仁慈？他已经杀死父亲、兄弟、老师、儿子和朋友们。（7）杀死了德罗纳和祖父毗湿摩，杀死了胜车王，大臂者啊！你的心情怎么样？（8）你再也见不到父亲们和兄弟们，见不到顽强的激昂和德罗波蒂的儿子们，婆罗多子孙啊！王国对你还有什么用？"（9）

大臂法王坚战走过这些如同雌鹗哀号的妇女，向伯父俯首致敬。（10）然后，消灭敌人的般度之子们依礼一一向伯父致敬，通报名字。（11）伯父满怀丧子悲痛，勉强拥抱般度之子（坚战），想到他是儿子们的毁灭者。（12）拥抱和安慰法王（坚战）后，灵魂邪恶的持国如同渴望焚烧的烈火，寻找怖军。（13）他的愤怒之火在忧伤之风的煽动下，仿佛要焚毁怖军这座森林。（14）

诃利（黑天）察觉他的可怕意图，伸手拽开怖军，替换上一座怖军铁像。（15）大智者遮那陀那（黑天）早就看出迹象，作好这种安排。（16）持国王用双手抱住怖军铁像，以为是狼腹（怖军），用力碾碎它。（17）持国王力似万象，碾碎怖军铁像。他自己的胸脯也受伤，口中流血。（18）他流着鲜血倒在地上，犹如顶部开花的波利质多树。（19）智慧的牛众之子（全胜）抱起他，仿佛安抚他，说道："别这样。"（20）思想高尚的国王平静下来，摒弃愤怒，怀着忧伤，哭喊道："唉呀！怖军啊！"（21）

人中俊杰婆薮提婆之子（黑天）知道他怒气已消，而为杀死怖军悲伤，便对他说道：（22）"别悲伤，持国啊！你没有杀死怖军，国王啊！你杀死的是一座铁像。（23）知道你怒不可遏，婆罗多族雄牛啊！我从死神口中拉出贡蒂之子（怖军）。（24）王中之虎啊！你的力量无与伦比，大臂者啊！有谁能经得起你的双臂紧抱？（25）进入你的双臂，就像遇到死神，没有人能逃命。（26）因此，我把你的儿子制造的这座怖军铁像取来给你，俱卢后裔啊！（27）由于满怀丧子悲痛，你的思想背离正法，想要杀死怖军，王中因陀罗啊！（28）你杀死了狼腹（怖军），对你也没有好处，国王啊！因为你的儿子们决不会复活，大王啊！（29）因此，请你赞成我们现在正在考虑做的善事，不要伤心不已。"（30）

以上是吉祥的《摩诃婆罗多》中《妇女篇》第十一章(11)。

一二

护民子说：

侍女们上前来为持国洗脸，洗完脸，诛灭摩图者（黑天）又对他说道：（1）"国王啊！你学过吠陀，通晓各种经典、传说和王法。（2）你这样有学问，当时却不愿意听取忠告，大智者啊！你知道般度之子们在力量和勇气上占优势，俱卢后裔啊！（3）智慧坚定，能看到自己的弊病，认清地点和时间，这样的国王能获得至高幸福。（4）不顾利害，不听取忠告，坚持错误的策略，他就陷入灾难，忧愁悲伤。（5）你看看自己的下场，婆罗多子孙啊！你不把握自己，而受难敌控制，国王啊！（6）你是自作自受，为何想要杀死怖军？因此，你记住自己的错误，抑止愤怒吧！（7）那个逞强的卑鄙小人将般遮罗公主拉到大会堂。怖军一心复仇，将他杀死。（8）看看你自己和你的灵魂邪恶的儿子犯下的过错！般度之子们完全无辜，折磨敌人者啊！"（9）

黑天说的全是实话，人主啊！大地之主持国听后，对提婆吉之子（黑天）说道：（10）"正像你说的那样，以法为魂的大臂者啊！爱子之心动摇了我的意志，摩豆族后裔啊！（11）幸好有你保护，黑天啊！这位真正英勇的力士、人中之虎怖军没有进入我的双臂中。（12）现在我消除愤怒，摆脱烦恼，迫切想要抚摸般度族这位英勇的仲儿，盖沙婆啊！（13）国王们已经牺牲，儿子们已经牺牲，现在我的安全和快乐全都依托般度之子们。"（14）于是，他拥抱肢体美好的怖军、胜财（阿周那）和人中俊杰玛德利的双生子，安慰和祝福他们。（15）

以上是吉祥的《摩诃婆罗多》中《妇女篇》第十二章(12)。

一三

护民子说：

这些俱卢族雄牛得到持国同意，五兄弟和盖沙婆（黑天）一起走向甘陀利。(1) 无可指摘的甘陀利得知是杀敌者法王坚战,满怀丧子悲痛,想要诅咒他。(2) 贞信之子仙人(毗耶娑)知道她对般度之子们的恶意。他早就觉察到这一点。(3) 用圣洁芳香的恒河水净身,这位至高的仙人快速似思想,到达那里。(4) 他凭天眼通看到一切,凭谦卑的思想觉察一切人的心情。(5)

这位说话吉祥的大苦行者及时对儿媳说道:"此刻你要放弃诅咒,表达善意。(6) 你不要对般度之子发怒,甘陀利啊!你要心平气和。克制激情,请听我说吧!(7) 你的儿子渴望胜利,在十八天中总是说:'我正在与敌人作战,母亲啊!祝福我吧!'(8) 他渴望胜利,一次又一次这样恳求你,甘陀利啊!而你总是回答说:'有正法,就有胜利。'(9) 我不记得你以前说过虚假的话,甘陀利啊!你始终坚持这样。(10) 你牢记正法,说话正直,贤女啊!你要克制愤怒,不要诅咒。"(11)

甘陀利说:

尊者啊!我不嫉恨他们,也不希望他们毁灭。由于丧子之痛,我的头脑仿佛一片混乱。(12) 我会像贡蒂那样保护贡蒂之子们。我也会像持国那样保护他们。(13) 由于难敌、妙力之子沙恭尼、迦尔纳和难降他们的过错,造成俱卢族毁灭。(14) 毗跋蓣(阿周那)、狼腹(怖军)、无种、偕天和坚战他们都没有过错。(15) 俱卢后裔们互相战斗厮杀,和其他人一起毁灭。我对此没有怨恨。(16) 但有一件事,是怖军当着婆薮提婆之子(黑天)的面做的。思想高尚的怖军在杵战中向难敌挑战。(17) 他明明知道在多次战斗回合中,难敌武艺高强,于是打击难敌的腰下部位。这激起我的愤怒。(18) 作为勇士,怎么能为了自己活命,居然在战斗中抛弃灵魂高尚的知法者确立的规则?(19)

以上是吉祥的《摩诃婆罗多》中《妇女篇》第十三章(13)。

一四

护民子说:

听了她的话,怖军似乎感到害怕,便用这些话安抚甘陀利:(1)

"不管合法不合法,我是出于惧怕,想要保护自己,请你宽恕我。(2)你的儿子是大力士,谁也不能依靠合法的战斗手段制服他,因此,我采取了不正当手段。(3)他是军队中剩下的最后一位杵战勇士,我不愿意让他杀死我,夺走我们的王国,因此,我这样做了。(4)般遮罗公主在月经期,身穿一件单衣,你知道你的儿子对她说了些什么话。(5)不制服难敌,我们不能享有连同大海在内的整个大地,因此,我这样做了。(6)你的儿子总是欺侮我们,居然在大会堂上向德罗波蒂展露左腿。(7)伯母啊!我们当时就应该杀死你的行为邪恶的儿子,但我们听从法王(坚战)的嘱咐,遵守协议。(8)你的儿子挑起强烈的仇恨,王后啊!我们一直在森林中受苦,因此,我这样做了。(9)在战斗中杀死难敌,报仇雪恨,坚战获得王国,我们也消除愤怒。"(10)

甘陀利说：

像你对我说的那样,我的儿子做了这一切,孩子啊!他也不该这样死去。(11)无种的马被牛军杀死,婆罗多子孙啊!你在战斗中喝难降体内的鲜血。(12)这是野蛮人的可怕行为,遭到善人谴责,狼腹啊!你为何做出这种残忍的事?(13)

怖军说：

即使是别人的血,也不能喝,更何况是自己人的血!兄弟就像自己一样,没有什么区别。(14)血没有越过我的牙齿和嘴唇,伯母啊!不要悲伤。太阳之子(迦尔纳)知道这些,我只是双手沾上鲜血。(15)看到牛军在战斗中杀死无种的马,我便让兴高采烈的俱卢族兄弟们感到恐怖。(16)掷骰子赌博引起德罗波蒂的发髻被揪,我在愤怒中说出的话,一直回荡在心中。(17)如果我不实现誓言,在未来的岁月中,我将成为背离刹帝利正法的人,王后啊!因此,我才这样做。(18)你从前没有制止你的儿子们,甘陀利啊!我们是无辜的,请你不要怪罪我。(19)

甘陀利说：

你不可战胜,杀死老人的一百个儿子,为什么不留下一个过错较轻者?(20)为什么不为我们这对失去王国的老人留下一个儿子?为什么不为我们这对失明的老人留下一根拐杖?(21)你杀死我的儿子

们，自己活了下来，孩子啊！如果你遵行正法，我就不会感到痛苦。（22）

以上是吉祥的《摩诃婆罗多》中《妇女篇》第十四章(14)。

一五

护民子说：

甘陀利说完这些话，怀着丧子之痛，愤怒地寻找坚战，说道："国王在哪里？"（1）王中因陀罗坚战颤抖着，双手合十，走近她，温和地说道："坚战在这里。（2）王后啊！我是坚战，残忍地杀死你的儿子们的人。我是大地毁灭的原因，该受诅咒。你就诅咒我吧！（3）杀死这些朋友后，我成了背叛朋友者。对于我这个傻瓜，生命、王国或者财富已经没有意义。"（4）

坚战站在她身边，害怕地这样说着，而甘陀利不说一句话，沉重地喘息着。（5）坚战王正要俯身下跪，洞悉和通晓正法的王后从蒙眼的布条中看到他的脚指头。（6）于是，坚战王漂亮的脚指甲变成畸形。阿周那看到后，躲到婆薮提婆之子（黑天）的身后。（7）就这样，他们步步后退，婆罗多子孙啊！这时，甘陀利消除愤怒，像母亲那样安慰他们。（8）

得到她的同意，这些胸膛宽阔的勇士一起走向英雄的母亲普利塔（贡蒂）。（9）这位王后长期为儿子担忧，现在终于见到儿子们。她用衣服蒙住脸，流下热泪。（10）普利塔（贡蒂）和儿子们一起擦干泪水。她看到他们身上有许多武器伤疤。（11）她依次反复拥抱儿子们，伤心悲痛。然后，她看到失去儿子们的般遮罗公主德罗波蒂哭泣着倒在地上。（12）

德罗波蒂说：

夫人啊！你的孙子们，还有妙贤之子（激昂），他们全都在哪儿？眼看你长期蒙受痛苦，他们今天才来到你的面前。我失去了儿子们，王国对我还有什么用？（13）

护民子说：

大眼睛的普利塔（贡蒂）扶起忧伤憔悴、哀哀哭泣的祭军之女

（德罗波蒂），安慰她。(14) 普利塔（贡蒂）和她一起，在儿子们陪随下，去见悲痛的甘陀利，尽管普利塔（贡蒂）自己更为悲痛。(15) 甘陀利对声誉卓著的贡蒂及其儿媳说道："不必这样忧伤悲痛，女儿啊！你看我也像你一样遭遇痛苦。(16) 我觉得世界的毁灭是时运倒转造成。这场恐怖自动降临，无法避免。(17) 它应验了黑天求和失败后，大智者维杜罗说过的话。(18) 不必为不可挽回的事情悲伤，尤其是事情已经过去。他们都在战斗中死去，不必为他们悲伤。(19) 我也像你一样，谁来安慰我？由于我的过失，这个优秀的家族遭到毁灭。"(20)

以上是吉祥的《摩诃婆罗多》中《妇女篇》第十五章(15)。

一六

护民子说：

甘陀利说罢，站在那里，凭天眼通看到俱卢族的一切惨状。(1) 这位大福大德的妇女忠于丈夫，与丈夫过同样的生活，实施严厉的苦行，永远说话正直。(2) 由于行为圣洁的黑仙（毗耶娑）赐予恩惠，她具备神奇的知识和力量。她发出种种哀叹。(3) 她富有智慧，看远若近，看到战场上人间英雄们的奇观，令人毛发直竖。(4) 到处是骨头和头发，鲜血汩汩流淌，尸横遍地，数以千万计。(5) 地面上覆盖着象兵、马兵和车兵的污血，无头颅的躯体和无躯体的头颅。(6) 覆盖着象、马和勇士们的尸体，豺狼、苍鹭和乌鸦出没。(7) 吃人的罗刹欢欣鼓舞，鹗和兀鹰成群，不吉祥的豺狼嗥叫。(8)

然后，征得毗耶娑同意，大地之主持国和以坚战为首的般度之子们，(9) 让婆薮提婆之子（黑天）位于前面，与俱卢族妇女们一起，前往战场。(10) 到达俱卢之野，失去主人的妇女们看到死去的儿子、兄弟、父亲和丈夫。(11) 他们遭到食肉的豺狼、苍鹭、乌鸦、妖怪、毕舍遮、罗刹和各种夜行者吞噬。(12) 妇女们看到这种血腥场面如同楼陀罗的游戏，哭喊着从精美的车上下来。(13) 看到这种前所未见的惨状，婆罗多族妇女们痛苦不堪，有些肢体发软，有些倒在地

上。（14）有些疲惫乏力，孤苦无助，失去知觉。般遮罗族和俱卢族妇女们凄惨可怜。（15）

通晓正法的妙力之女（甘陀利）看到可怕的战场上四处回响着妇女们痛心的呼喊。（16）看到俱卢族遭遇的屠杀，她招呼人中俊杰莲花眼（黑天），痛苦地对他说道：（17）"莲花眼啊！你看我的这些儿媳失去夫主，披头散发，像雌鹨那样哀号，摩豆族后裔啊！（18）看到这些尸体，想起婆罗多族雄牛们，她们跑向各自的儿子、兄弟、父亲和丈夫。（19）这里到处是英雄的母亲，却失去了儿子，大臂者啊！到处是英雄的妻子，却失去了丈夫。（20）

"人中之虎毗湿摩、迦尔纳、激昂、德罗纳、木柱王和沙利耶，如同燃烧的烈火，为战场增色。（21）灵魂高尚的英雄们的金铠甲、金首饰、珠宝、臂钏、腕环和花环装饰战场。（22）到处是英雄掷出的标枪、铁闩、明亮锋利的刀剑和弓箭。（23）食肉兽成群结队，欢欣鼓舞，或站着，或游戏，或躺着。（24）英雄啊！请看这样的战场。我看到之后，忧心如焚，遮那陀那啊！（25）般遮罗族和俱卢族遭到毁灭，而我觉得五大元素仿佛没有毁灭，诛灭摩图者啊！（26）数以千计凶猛的金翅鸟和兀鹰拽着这些鲜血淋漓的尸体，揪住铠甲，吞噬他们。（27）谁能想到胜车王、迦尔纳、德罗纳、毗湿摩和激昂会遭到毁灭？（28）这些不可杀害者遭到杀害，遭到兀鹰、苍鹭、秃鹫、狗和豺狼的吞噬。（29）

"请看难敌麾下，这些怒不可遏的人中之虎，现在如同熄灭的火焰。（30）他们习惯躺在柔软洁净的床上，现在悲惨地躺在空旷的地上。（31）他们经常高兴地听取歌手们的赞颂，现在听到豺狼不断发出凶险可怕的嗥叫。（32）这些声誉卓著的英雄过去躺在床上，身上涂抹檀香膏，现在躺在尘土中。（33）兀鹰、豺狼和乌鸦啄下他们的装饰品，不断发出凶险可怕的鸣叫。（34）这些奋勇作战的英雄仿佛还活着，高兴地握着弓箭、利剑和明亮的铁杵。（35）许多英雄容貌英俊，眼似雄牛，佩戴金花环，躺在地上，遭到食肉兽侵袭。（36）

"一些臂似铁闩的勇士躺在地上，还抱着铁杵，犹如搂着可爱的妻子。（37）另一些勇士披戴铠甲，手持明亮的武器，食肉兽不敢叼啄，以为他们还活着，遮那陀那啊！（38）那些灵魂高尚的勇士被食肉兽拽着，他们的美丽的金花环散落各处。（39）数以千计可怕的豺狼拽下声誉卓著的英雄们脖子上的项圈。（40）以前每天早上，训练有素的歌手们用最动听的赞辞取悦他们。（41）现在这些美女满怀忧愁悲伤，痛苦地哀悼他们，苾湿尼族之虎啊！（42）

"这些美女面容憔悴，但仍然光彩熠熠，如同满池可爱的红莲花，盖沙婆啊！（43）有些俱卢族妇女停止哭泣，陷入沉思，痛苦地走来走去。（44）这些俱卢族妇女的面庞因发怒和哭泣而通红，灿若太阳和黄金。（45）满耳是含混不清的悲诉，妇女们互相号啕，听不清说些什么。（46）有些妇女长吁短叹，悲悼不已，痛苦地抽搐着，失去生命。（47）许多妇女望着尸体，呼喊着，哭诉着。有些妇女用柔软的手掌拍打自己的头颅。（48）

"大地上遍布成堆成堆砍断的头颅、手臂和各种肢体，杂乱无序。（49）妇女们看到无头颅的躯体和无躯体的头颅，亦惧亦喜，困惑不安。（50）她们拼接头颅和躯体，仔细察看，发现对不上，痛苦地说道：'这部分不是他的。'（51）她们逐一拼接利箭砍断的手臂、大腿和脚，满怀痛苦，一次又一次昏厥。（52）有些尸首已经遭到鸟兽吞噬，婆罗多族妇女们认不出自己的丈夫。（53）有些妇女凝望着被敌人杀死的兄弟、父亲、儿子或丈夫，用手掌拍打自己的头顶。（54）

"大地上遍布握着剑的手臂，戴着耳环的头颅，血肉模糊，泥泞难行。（55）这些无可指摘的妇女没有受过痛苦，看到大地上遍布兄弟、父亲和儿子，陷入深深的痛苦。（56）遮那陀那啊！请看持国的这些儿媳，如同一群群鬃毛美丽的母驹。（57）看到这些妇女的种种形态，盖沙婆啊！对我来说，还有什么比这更痛苦？（58）肯定是我在前生作了孽，如今我看到儿子、孙子和兄弟遭到杀戮，盖沙婆啊！"她这样悲痛地诉说着，看到了遇害的儿子。（59）

以上是吉祥的《摩诃婆罗多》中《妇女篇》第十六章(16)。

一七

护民子说：
忧伤憔悴的甘陀利看到难敌后，突然倒在地上，如同林中遭到砍伐的芭蕉树。（1）她恢复知觉后，望着鲜血淋漓、躺在地上的难敌，放声号啕。（2）甘陀利抱着儿子，悲痛哭泣。她满怀忧伤，感官紊乱，发出哀鸣："哎呀！儿子啊！"（3）

她悲痛忧伤，泪水洒在儿子戴着金首饰的、锁骨深藏的宽阔胸膛上，对站在身旁的感官之主（黑天）说道：（4）"在这场毁灭亲族的战争爆发前夕，苾湿尼族后裔啊！这位人中俊杰双手合十，对我说道：'妈妈啊！祝福我在这场亲族内战中取胜。'（5）听了他的话，我完全知道我们大祸临头，人中之虎啊！我对他说：'有正法，就有胜利。（6）只要你在战斗中不犯糊涂，儿子啊！你肯定能到达死于武器者的世界，像天神一样。'（7）我当时对他说了这些话。我不为他悲伤。我为失去亲属的可怜的持国悲伤。（8）

"摩豆族后裔啊！请看，我的儿子，这位优秀的战士，性格暴躁，武艺高强，奋勇作战，躺在英雄之床。（9）请看，这位折磨敌人的英雄曾经凌驾于一切国王之上，而现在时运倒转，躺在尘土中。（10）英雄难敌肯定到达难以到达的归宿，因为他躺在英雄之床。（11）以前国王们围绕他，取悦他，现在倒地死去，兀鹰们围绕他。（12）以前妇女们用精美的扇子为他扇风，现在鸟禽用翅膀为他扇风。（13）这位真正英勇的大臂力士在战斗中被怖军击倒，躺在地上，犹如大象被狮子击倒。（14）

"请看，难敌鲜血淋漓，躺在那里，黑天啊！怖军举起铁杵，将他杀死。（15）这位大臂英雄曾经在战斗中带领十一支大军，盖沙婆啊！由于自己失策，现在走向死亡。（16）大弓箭手、大勇士难敌被怖军击倒，躺在地上，犹如老虎被狮子击倒。（17）这个不幸的傻瓜轻视维杜罗和父亲，不听老人言，落入死神之手。（18）我的儿子作为国王，统治大地十三年，没有对手，现在遭到杀害，躺在地上。（19）黑天啊！不久前，我看到在持国之子（难敌）统治下，大地布满象、牛和马，苾湿尼族后裔啊！（20）现在，在别人统治下，大臂者啊！大地缺少象、牛和马，摩豆族后裔啊！我怎么还能活下去？（21）

"请看，战场上这些妇女围在死去的勇士们周围，这比我的儿子遇害更凄惨。（22）难敌的妻子、罗奇蛮的母亲臀部优美，如同金制祭坛，黑天啊！请看，现在她披头散发！（23）以前大臂英雄（难敌）活着时，这个机智的少妇依偎在他的美妙的双臂中玩耍。（24）看到我的儿子和孙子一起在战斗中遭到杀害，我的心怎么没有碎成百瓣？（25）这位无可指摘的女子吻着流血的儿子，用手抚摸难敌的左股。（26）这位机智的女子怎样同时哀悼丈夫和儿子？她呆在丈夫身边，而又望着儿子。（27）这位大眼睛女子用双手拍打自己的头顶，倒在英勇的俱卢族国王胸脯上，摩豆族后裔啊！（28）这位蒙受痛苦的女子美似莲花，抚摸儿子和丈夫的脸。（29）如果经典所言属实，这位国王肯定已经到达凭臂力赢得的世界。"（30）

以上是吉祥的《摩诃婆罗多》中《妇女篇》第十七章(17)。

一八

甘陀利说：

摩豆族后裔啊！请看，怖军在战斗中用铁杵杀死了我的一百个不畏艰辛的儿子。（1）现在，我的这些年轻的儿媳失去儿子，披头散发，在战场上跑来跑去，这令我更加悲痛。（2）以前她们脚上佩戴装饰品，走在宫殿的地面上，现在悲惨地踏在浸透鲜血的大地上。（3）她们满怀忧伤，像疯人一样跑来跑去，驱赶兀鹰、豺狼和乌鸦。（4）这位肢体无可指摘的女子腰肢纤细，看到这种可怕的血腥场面，痛苦不堪，倒在地上。（5）看到这位公主，我的儿媳，罗奇蛮的母亲，大臂者啊！我的心情不能平静。（6）这些手臂美丽的女子看到倒地死去的兄弟、丈夫或儿子，抓住他们的手臂，倒在地上。（7）不可战胜者啊！请听在这场大屠杀中失去亲人的中年和老年妇女的哭喊！（8）大力士啊！请看，她们疲惫不堪，精神恍惚，靠在车厢和倒毙的象和马的躯体上。（9）黑天啊！请看，这个女子捧着自己亲人的头颅，那是从躯体上砍下的，还戴着美丽的耳环，鼻梁高耸。（10）我认为我和这些无可指摘的妇女智慧浅薄，似乎在前生犯下不小的罪孽，无辜者啊！（11）这是法王（坚战）对我们的惩罚，遮那陀那啊！因为善业和恶业都不会消灭，苾湿尼族后裔啊！（12）请看这些少妇,乳房和腹部美观,出身高贵,知廉耻,睫毛、眼睛和头发乌黑。(13)请看她们满怀忧伤悲痛,精神恍惚,像天鹅那样口齿不清,像雌鹤那样发出哀鸣,倒在地上,摩豆族后裔啊!(14)炽烈的太阳烧灼妇女们灿若莲花的秀丽面庞,莲花眼啊!(15)现在,人人都能看到我的像疯象那样骄傲和妒忌的儿子们的后宫妇女,婆薮提婆之子啊!(16)

我的儿子们的百月盾牌,灿若太阳的旗帜,各种金制的铠甲,(17)各种头盔,散落在地面上,乔宾陀啊!如同一堆堆燃烧的祭火。(18)难降被杀敌勇士怖军杀死,吸干全身血液,躺在地上。(19)请看,怖军记得掷骰子赌博的耻辱,在德罗波蒂鼓动下,用铁杵杀死我的儿子,摩豆族后裔啊!(20)因为难降在会堂上,为了讨好哥哥和迦尔纳,遮那陀那啊!对赌博赢得的般遮罗公主(德罗波蒂)说道:(21)"你已成为奴隶的妻子,般遮罗公主啊!赶快与偕天、无种和阿周那一起,进入我们的宫中!"(22)于是,黑天啊!我对难敌王说道:"你要抛弃缠上死亡套索的沙恭尼,儿子啊!(23)你要知道你的舅舅诡计多端,热衷争斗,儿子啊!赶快抛弃他,与般度族和解!(24)傻瓜啊!你不知道自己是在用语言之箭刺激暴躁的怖军,犹如用炽烈的火把刺激大象。"(25)可是,暴戾残忍的难敌向他们发射语言之箭,犹如毒蛇向牛群喷吐毒液。(26)如今,难降被怖军杀死,摊开粗壮的双臂,躺在地上,犹如雄牛被狮子杀死。(27)怖军怒不可遏,在战斗中做出恐怖的举动,喝难降的血。(28)

以上是吉祥的《摩诃婆罗多》中《妇女篇》第十八章(18)。

一九

甘陀利说:

摩豆族后裔啊!我的儿子毗迦尔纳受到智者们尊敬,被怖军砍碎,躺在地上。(1)诛灭摩图者啊!毗迦尔纳躺在大象中间,犹如秋天的太阳被乌云覆盖。(2)他的大手经常握弓而长茧,戴着护套,被想要吃肉的兀鹰用力啄开。(3)他的年轻的妻子悲惨凄苦,不能始终挡住那些想要吃肉的兀鹰,摩豆族后裔啊!(4)年轻英俊的勇士毗迦尔纳习惯享福,也理应享福,现在却躺在尘土中,人中雄牛啊!(5)即使在战斗中,要害部位被耳箭和铁箭射穿,这位婆罗多族俊杰至今没有失去熠熠光彩。(6)

我的儿子丑面在战斗中杀死成群的敌人,被履行诺言的战斗英雄怖军杀死,躺在地上。(7)他的脸被猛兽吃掉一半,却更加光辉,犹如第七夜的月亮,黑天啊!(8)这位勇士的脸在战斗中变成这样,黑天啊!我的儿子怎么会被敌人杀死,吞噬泥土?(9)贤士啊!在战斗中,没有人敢站在丑面跟前,他怎么会被敌人杀死?赢得天神世界的人啊!(10)

请看,奇军被杀死,躺在地上,诛灭摩图者啊!这位持国之子是弓箭手的楷模。(11)忧伤憔悴的少妇们哭泣着,与成群的食肉兽一起圈绕这位佩戴美丽花环的勇士。(12)妇女们的哭泣声和食肉兽的嗥叫声,奇怪地混合在一起,令我惊异,黑天啊!(13)

年轻英俊的毗文沙提一向由美女侍奉,摩豆族后裔啊!现在躺在地上,沾满尘土。(14)这位英雄在战乱中遭到杀害,铠甲被利箭射穿。现在,至少有二十只兀鹰围绕毗文沙提。(15)这位英雄在战斗中冲进般度族军队,现在躺在勇士之床。(16)请看,毗文沙提的脸多么英俊,端庄的鼻子和眉毛,含着微笑,美如月亮,黑天啊!(17)以前数以千计的美女侍奉他,犹如婆薮女侍奉婆薮,天女侍奉健达缚。(18)

难偕是集会上的荣耀,消灭敌人的勇士,有谁能抵御这位杀敌者?(19)他的身上扎满利箭,犹如一座山上盛开迦尼迦罗花。(20)佩戴金花环和明亮的铠甲,难偕尽管失去生命,依然像一座火焰燃烧的白山。(21)

以上是吉祥的《摩诃婆罗多》中《妇女篇》第十九章(19)。

二〇

甘陀利说:

摩豆族后裔啊!人们说他如同勇猛骄傲的狮子,力量和勇气胜过他的父亲和你，陀沙诃族后裔啊！（1）他突破我的儿子的难以突破的军队，曾经成为别人的死神，现在自己落入死神手中。（2）黑天啊！看到无限光辉的苾湿尼族激昂死去，这位光辉的女子不能平静。（3）毗罗吒的女儿，手持甘狄拨神弓者（阿周那）的儿媳，这位无可指摘的少妇哀悼英雄丈夫，令人悲痛。（4）毗罗吒的女儿走近丈夫身边，用手抚摸他，黑天啊！（5）这位声誉卓著的女子吻着妙贤之子（激昂）的脸。这张脸如同绽开的莲花，连着贝螺似的脖子。（6）以前这位容貌可爱的美女借着酒醉，羞涩地拥抱他。（7）现在她脱去他的金铠甲，凝视着他的沾满鲜血的躯体，黑天啊！（8）

这位少妇望着丈夫，黑天啊！对你说道："莲花眼啊！他的眼睛像你一样，现在已经倒下。（9）他的力量和勇气与你一样，光辉和美貌也非常像你，无辜者啊！他已经遇害，躺倒在地。（10）你的肢体十分柔软，习惯躺在鹿皮床上，如今躺在地上，怎么会不难受？（11）你的粗壮的双臂如同象牙，戴得臂钏，经常挽弓而结茧，如今摊开着躺倒在地。（12）你仿佛辛苦劳累，现在舒服地入睡。我这样痛苦哭泣，你也不答理我。（13）贵人啊！离开尊贵的妙贤，离开天神一般的父辈们，离开痛苦不堪的我，你要去哪里？"（14）

她用手挽起他的沾满鲜血的发髻，把他的头抱在自己怀中，仿佛这位阿周那的儿子和黑天的侄子还活着，询问道：（15）"你在战斗中，那些大勇士怎么会杀死你？呸！呸！这些残忍的人！慈悯、迦尔纳和胜车王，（16）还有德罗纳父子。你遭到他们杀害。这些勇士当时是怎么想的？（17）他们包围你一个少年，想要杀死你，带给我痛苦。当着般度族和般遮罗族的面，英雄啊！你明明有保护者，怎么会像孤立无助的人一样走向死亡？（18）看到你在战斗中像孤立无助的人一样遭到围攻死去，人中之虎、英勇的般度之子（阿周那）怎么能活下去？（19）失去眼似莲花的你，获得辽阔的王国和战胜敌人都不能带给普利塔之子们快乐。（20）

"我会依靠正法和自制，迅速追随你到达死于武器的世界。到了那里，你要保护我！（21）任何人不到时限，都很难死去。看到你在战斗中死去，我这不幸的人还活着。（22）在祖先的世界，人中之虎啊！你现在会带着微笑招呼谁，就像招呼我那样？（23）凭你的无与伦比的美貌和话语，你肯定会打动天国天女的心。（24）你到达幸福世界，与天女们相会，妙贤之子啊！在娱乐中要经常记得我对你的好处。（25）你和我在这世上只共同生活了六个月，英雄啊！在第七个月，你就走向了死亡。"（26）

至上公主满怀悲痛，痴心臆想，这样诉说着。摩差王族的妇女们扶起她。（27）她们扶起悲痛的至上公主，而她们自己更为悲痛，望着死去的毗罗吒王，哭泣哀悼。（28）毗罗吒王死于德罗纳的武器和利箭，鲜血淋漓，躺在那里。那些兀鹰、豺狼和乌鸦正在侵袭他。（29）这些黑眼睛的妇女无力阻挡飞禽叼啄毗罗吒王，痛苦不堪。（30）太阳烧灼，困顿劳累，这些妇女面容变色，失去妩媚。（31）摩豆族后裔啊！请看，至上、激昂、甘波阇族善巧和英俊的罗奇蛮，这些战死的少年，躺在战场的前沿和中间。（32）

以上是吉祥的《摩诃婆罗多》中《妇女篇》第二十章(20)。

二一

甘陀利说：

太阳之子（迦尔纳）这位大弓箭手、大勇士躺在这里，他在战斗中如同燃烧的烈火，被普利塔之子扑灭。（1）请看，太阳之子迦尔纳杀死许多大勇士，全身沾满鲜血，躺倒在地。（2）这位大弓箭手、大勇士长期积怨，怒不可遏，在战斗中被手持甘狄拨神弓者（阿周那）杀死，躺倒在地。（3）我的大勇士儿子们惧怕般度之子，在战斗中把他推在前面，如同象群中的带头象。（4）他在战斗中被左手开弓者（阿周那）杀死，犹如老虎被狮子杀死，大象被疯象杀死。（5）

人中之虎啊！妻子们披头散发，哭泣着围在这位战死的勇士身边。（6）法王坚战始终为他忧虑不安，十三年不能安睡。（7）他在战斗中像因陀罗那样不可抵御，如同世界末日的烈火和巍然屹立的雪山。（8）摩豆族后裔啊！这位英雄成为持国之子（难敌）的庇护，现在战死躺倒在地，如同大树被狂风刮倒。（9）

请看，迦尔纳的妻子、牛军的母亲，哭泣着倒在地上，发出凄惨的哀悼：（10）"肯定是老师的诅咒追着你，以致大地吞噬你的车轮，胜财（阿周那）在战斗中用利箭砍下你的头。"（11）哎呀！看到精力充沛的大臂迦尔纳还佩戴着各种金首饰，苏塞纳的母亲倒在地上，放声痛哭，失去知觉。（12）这位灵魂高尚者遭到食肉兽吞噬，所剩不多，犹如黑半月第十四夜的残月，令人难受。（13）这位倒在地上的可怜的女子又站起身来，吻着迦尔纳的脸，满怀丧子之痛，发出哀号。（14）

以上是吉祥的《摩诃婆罗多》中《妇女篇》第二十一章(21)。

二二

甘陀利说：

兀鹰和豺狼吞噬被怖军杀死的勇士阿凡提王。他有很多亲友，而仿佛没有亲友。（1）诛灭摩图者啊！请看，他给予敌人沉重的打击，现在沾满鲜血，躺在英雄之床。（2）请看，时运倒转！豺狼、苍鹭和各种食肉兽在拽拉他。（3）阿凡提王在战斗中奋勇杀敌，现在躺在英雄之床，妇女们哭泣着围在他身旁。（4）黑天啊！请看，波罗底波之子波力迦被月牙箭杀死。这位机智的大弓箭手躺在那里，如同一头熟睡的老虎。（5）尽管他被杀死，依然容光焕发，犹如白半月升起的圆月。（6）

因陀罗之子（阿周那）怀着丧子之痛，履行诺言，在战斗中杀死增武之子（胜车王）。（7）请看，灵魂高尚的阿周那想要实现誓言，在征服十一支大军后，杀死受到保护的胜车王。（8）遮那陀那啊！豺狼和兀鹰正在吞噬信度族和绍维罗族机智而骄傲的胜车王。（9）永不退却者啊！尽管受到忠诚的妻子们保护，它们依然呼啸着，将他拖向附近的隐秘处。（10）信度族、绍维罗族、犍陀罗族、甘波阇族和耶婆那族的妇女们保护这位大臂者，围在他身边。（11）

胜车王曾经与羯迦夜人一起劫走黑公主，理应被般度之子们杀死，遮那陀那啊！（12）可是，他们看在杜沙罗的面上，放了胜车王，黑天啊！那么，他们为什么没有再次看在她的面上？（13）我的这位年轻的女儿痛苦地哭泣。她思量自己，咒骂般度族。（14）年轻的女儿成为寡妇，儿媳们失去夫主，我还有什么比这更痛苦？（15）哎呀！请看，杜沙罗仿佛摆脱忧伤和恐惧，跑来跑去，寻找丈夫的头颅。（16）他钟爱儿子，拦截所有的般度族人，杀死许多士兵，最后自己走向死亡。（17）这位英雄如同疯象，难以战胜。面庞似月的妇女们哭泣着，围在他身旁。（18）

以上是吉祥的《摩诃婆罗多》中《妇女篇》第二十二章(22)。

二三

甘陀利说：
　　无种的舅舅沙利耶在战斗中被通晓正法的法王（坚战）杀死，躺在这里。（1）这位大勇士摩德罗王经常与你较劲，人中雄牛啊！他被杀死，躺在这里。（2）孩子啊！他在战斗中为升车之子（迦尔纳）驾车，为了让般度族获胜，破坏迦尔纳的威力。（3）哎呀！请看，他的完美无瑕的脸如同圆月，眼睛如同莲花，正在遭到乌鸦吞噬。（4）肤色似金，嘴中伸出的舌头如同灼热的赤金，正在遭到飞禽吞噬，黑天啊！（5）沙利耶是集会上的荣耀，现在被坚战杀死。摩德罗王族的妇女们哭泣着，围在他身旁。（6）这些身穿细腻衣裳的刹帝利妇女哭喊着，走近刹帝利雄牛摩德罗王。（7）这些妇女围在倒下的沙利耶身旁，犹如牛犊们鸣叫着，围在陷入泥沼的雄牛身旁。（8）请看，为人提供庇护的优秀勇士沙利耶被利箭射死，躺在英雄之床。（9）

　　这位威武的山区国王福授是优秀的驭象手，现在躺倒在地。（10）食肉兽正在吞噬他，而他头上的金花环依然闪闪发光，照耀他的发髻。（11）他与普利塔之子的战斗激烈，令人毛发直竖，犹如帝释天和钵利交战。（12）这位大臂者与普利塔之子胜财（阿周那）交战，陷入困境，最终被贡蒂之子（阿周那）杀死。（13）

　　这位令人畏惧的毗湿摩在战斗中被杀死，躺在这里。在这世上，他的勇力无与伦比。（14）黑天啊！请看，福身王之子（毗湿摩）躺在这里，灿若太阳，犹如世界末日，太阳从天空坠落。（15）这位威武的人中太阳在战斗中用武器的威力烧灼敌人，然后，如同太阳落山，盖沙婆啊！（16）请看，这位英雄像天友那样遵行正法，躺在箭床上。这是由利箭支撑的英雄之床。（17）他躺在这张由耳箭和铁箭铺成的高贵之床，犹如尊神室建陀躺在芦苇丛中。（18）这位恒河之子（毗湿摩）用手持甘狄拨神弓者（阿周那）赐予的三支箭充当最佳枕头。（19）

这位福身王之子（毗湿摩）为了维护父亲的权威，终生禁欲，声誉卓著，在战斗中无可匹敌，现在躺在这里，摩豆族后裔啊！（20）他通晓正法，以法为魂，维持着生命，渐渐离去，孩子啊！他是凡人，又不像凡人。（21）福身王之子毗湿摩如今遭到别人杀害，躺在这里，战场上不再会有智勇双全的英雄。（22）这位英雄通晓正法，言而有信，亲自告诉向他求教的般度之子们在战斗中杀死他的办法。（23）这位大智者与俱卢族人一起归于失败，由此拯救灭亡的俱卢族。（24）一旦天神般的人中之虎天誓（毗湿摩）升入天国后，俱卢族人还能向谁请教正法？摩豆族后裔啊！（25）

德罗纳是阿周那的老师，也是萨谛奇的老师。请看，这位俱卢族的优秀老师倒在这里。（26）德罗纳通晓四类武器，如同天王（因陀罗）或婆利古族大勇士，摩豆族后裔啊！（27）由于他的恩惠，般度之子毗跋蹉（阿周那）完成难以完成的业绩。他现在遭到杀害，躺在地上，武器不再保护他。（28）俱卢族将他推在前面，向般度族挑战。优秀的武士德罗纳最终死于武器。（29）他在战斗中如同烈火，焚烧敌人军队，现在遭到杀害，躺在地上，如同火焰熄灭。（30）手上依然戴着护套，紧握弓柄，摩豆族后裔啊！死去的德罗纳看上去仍像活着。（31）四吠陀和一切武器从不离开这位勇士，犹如从不离开生主，盖沙婆啊！（32）他的光辉的双脚值得赞颂，也受到歌手们赞颂和数以百计的学生们崇拜，现在却被豺狼们拽拉。（33）

德罗纳被木柱王之子（猛光）杀死，诛灭摩图者啊！慈悯伤心悲痛，守候在他身旁。（34）请看，她披头散发，痛苦不堪，低头哭泣，守候在死去的丈夫、优秀的武士德罗纳身旁。（35）猛光用利箭射穿他的铠甲，盖沙婆啊！这位苦行女遵守梵行，在战场上守候德罗纳。（36）柔美的慈悯声誉卓著，满怀悲痛，尽心竭力为战死的丈夫举

行葬仪。（37）

精通娑摩吠陀的祭司们将德罗纳安放在火葬堆上，按照规则取火点燃，诵唱三首娑摩颂诗。（38）那些遵守梵行的苦行女用弓箭、标枪和车厢堆起火葬堆，摩豆族后裔啊！（39）她们收集各种武器，把光辉灿烂的德罗纳放在火葬堆上，进行火化，赞颂他，哀悼他。（40）其他的人诵唱三首娑摩颂诗。他们火化德罗纳，仿佛用火火化火。（41）德罗纳的婆罗门学生们右绕火葬堆致敬后，将慈悯安排在前面，一起向恒河走去。（42）

以上是吉祥的《摩诃婆罗多》中《妇女篇》第二十三章(23)。

二四

甘陀利说：

请看，月授之子（广声）被善战（萨谛奇）杀死，摩豆族后裔啊！附近许多飞禽正在叼啄他。（1）仿佛能看到月授满怀丧子悲痛，斥责大弓箭手善战（萨谛奇）。（2）广声的母亲满怀忧伤，这位无可指摘的女子安慰丈夫月授，说道：（3）"大王啊！幸好你没有看到婆罗多族可怕的毁灭，俱卢族的哀号，世界末日的恐怖。（4）你的英雄儿子以祭柱为旗徽，多次举行祭祀，慷慨布施，幸好你没有看到他被杀死。（5）大王啊！幸好你没有听到儿媳们痛苦哀悼，犹如海上雌鹤发出哀鸣。（6）你的儿媳们失去儿子和丈夫，身穿单衣，披头散发，跑来跑去。（7）幸好你没有看到这位人中之虎被阿周那击倒，砍断手臂，现在遭到猛兽吞噬。（8）幸好你没有看到舍罗和广声在战斗中被杀死，所有的儿媳成为寡妇。（9）月授之子（广声）灵魂高尚，以祭柱为旗徽，幸好你没有看到他车座上的金华盖撕裂破碎。"（10）

这些黑眼睛的妻子围着被萨谛奇杀死的丈夫广声哀悼。（11）她们为丈夫忧伤憔悴，痛哭不止，扑倒在地，盖沙婆啊！（12）毗跋蘇（阿周那）为什么做出这种可怕的事？乘人不备，砍下这位热心祭祀的勇士的手臂。（13）萨谛奇做出更加可怕的事，居然杀害这位灵魂坚强、静坐入定的人。（14）摩豆族后裔啊！这位以祭祀为旗徽者

（广声）的妻子们哭诉道："你一个人遵守正法，被两个人用非法手段杀害，躺在这里。"（15）

这位以祭柱为旗徽者（广声）的妻子腰肢纤细，将丈夫的手臂抱在怀里，哭诉道：（16）"这只手伸向腰带，抚摸丰满的乳房，触摸肚脐、大腿和阴部，解开衣结。（17）就在婆薮提婆之子（黑天）的眼前，行为纯洁的普利塔之子（阿周那）趁他与另一人交战，没有防备，砍下他的这只手臂。（18）遮那陀那啊！在集会上，你将怎样讲述阿周那的这项伟大业绩？有冠者（阿周那）本人将怎样讲述？"（19）这位美女这样谴责后，保持沉默。小妾们也为她悲伤，如同为自己的儿媳悲伤。（20）

真正英勇有力的犍陀罗王沙恭尼，作为舅舅，被外甥偕天杀死。（21）以前，一对金柄扇为他扇风，现在，他躺在这里，飞禽的翅膀为他扇风。（22）以前他千变万化，诡计多端，但他的幻术被般度之子摧毁。（23）他阴险狡诈，曾施展诡计，在大会堂上战胜坚战，赢得辽阔的王国。现在，坚战征服了他的生命。（24）黑天啊！那些飞鸟围绕沙恭尼。这位赌博高手葬送了我的儿子们。（25）由于他，与般度族结下大仇，导致我的儿子们、他自己和随从们走向灭亡。（26）我的儿子们凭武器进入的世界，这个心思邪恶的人也能凭武器进入。（27）但是，这个心术不正的人怎么会不在那里挑拨离间，分裂我的那些思想纯正的儿子们和兄弟们？诛灭摩图者啊！（28）

以上是吉祥的《摩诃婆罗多》中《妇女篇》第二十四章(24)。

<h1 style="text-align:center">二五</h1>

甘陀利说：

请看，这位不可抵御的甘波阇王肩似雄牛，习惯甘波阇床单，现在战死，躺在尘土中，摩豆族后裔啊！（1）他的双臂以前涂抹檀香膏，现在沾满鲜血。他的妻子满怀痛苦，凄惨地望着他哭诉：（2）"这双臂如同铁闩，手掌和手指漂亮。以前我投入这双手臂中，欢乐无边。（3）离开了你，国王啊！我将到达哪里？"她远离亲友，孤苦

第十一　妇女篇

无助，话音甜蜜。（4）如同阳光曝晒下的各种花环，这些困顿劳累的妇女的身体没有失去光彩。（5）

请看，附近躺着英勇的羯陵伽王，诛灭摩图者啊！他的粗壮的手臂戴着一对明亮的臂钏。（6）请看，摩揭陀族妇女们哭泣着，围在摩揭陀王胜军身旁，遮那陀那啊！（7）这些大眼睛妇女声音甜美，悦耳动听，仿佛迷住我的心。（8）这些摩揭陀族妇女忧伤憔悴，首饰散落，哀哀哭泣。她们都有舒适的床，现在却躺在地上。（9）另外一些妇女哭泣着，围在她们的丈夫、憍萨罗族王子巨力身旁。（10）她们艰难地拔除激昂施展臂力射在他身上的利箭，一次又一次昏厥过去。（11）由于炎热和劳累，这些无可指摘的妇女的脸如同褪色的莲花，摩豆族后裔啊！（12）

这些臂钏美丽的勇士被德罗纳杀死。他们是羯迦夜族五兄弟，全都面朝德罗纳，躺在那里。（13）闪亮的金铠甲，赤红的旗帜、战车和花环，以光辉照亮大地，犹如燃烧的烈火。（14）摩豆族后裔啊！请看，木柱王在战斗中被德罗纳杀死，犹如林中大象被雄狮杀死。（15）莲花眼啊！这位般遮罗王的宽大的白华盖犹如秋天的太阳。（16）那些妻子和儿媳满怀悲痛，已经火化这位年迈的般遮罗族木柱王，右绕而行，向他致敬。（17）

车底族雄牛、大弓箭手勇旗被德罗纳杀死。妇女们精神恍惚，正在移动这位勇士。（18）这位大弓箭手曾经击碎德罗纳的武器，诛灭摩图者啊！如今被杀死，躺在地上，犹如大树被河水冲走。（19）车底王勇旗这位大勇士曾经在战斗中杀死数以千计的敌人，如今被杀死，躺在地上。（20）车底王及其军队和亲友遭到杀戮，感官之主啊！飞鸟们叨啄他，妻子们守护他。（21）这位真正英勇的陀沙诃族英雄躺在那里。他的美女们哭泣着，把他抱在怀里。（22）感官之主啊！请看，他的儿子面容英俊，耳环优美，在战斗中被德罗纳用利箭射得粉碎。（23）这位勇士在战斗中紧随父亲，与敌人作战，诛灭摩图者啊！即使现在，他也不背对父亲。（24）

我的孙子杀敌英雄罗奇蛮也是这样紧随父亲难敌，大臂者啊！（25）请看，阿凡提族文陀和阿奴文陀倒在这里，犹如冬末春初，两棵开花的娑罗树被大风刮倒，摩豆族后裔啊！（26）他俩佩戴金臂钏和洁净的花环,身穿金铠甲,手持弓箭和刀剑,眼似雄牛,躺在这里。(27)黑天啊!般度之子们与你在一起,不可能被杀死。他们摆脱德罗纳、毗湿摩、太阳之子迦尔纳和慈悯,(28)摆脱难敌、德罗纳之子(马嘶)、大勇士信度王、月授、毗迦尔纳和勇士成铠。这些人中雄牛凭借武器的威力,甚至能杀死天神。(29)请看,时运倒转,他们在战斗中被杀死,摩豆族后裔啊!命运肯定没有办不到的事。这些英勇的刹帝利雄牛被刹帝利们杀死。(30)

黑天啊!当时你没有实现愿望,返回水没城。于是,我的勇猛的儿子们都被杀死。(31)福身王之子(毗湿摩)和智慧的维杜罗当时对我说:"你不要溺爱儿子们。"(32)孩子啊!他俩的预见真实不虚。不久,我的儿子们都化为灰烬,遮那陀那啊!(33)

护民子说:

说罢,忧伤憔悴的甘陀利倒在地上,婆罗多子孙啊!理智遭受痛苦打击,失去坚定。(34)满怀丧子悲痛,周身冒火,感官混乱,甘陀利指责梭利(黑天)。(35)

甘陀利说:

黑天啊!般度之子们和持国之子们互相伤害,你为何眼看着他们走向毁灭?遮那陀那啊!(36)你有很多随从,掌握大量军队,能说会道,有能力阻止双方。(37)而你故意眼看着俱卢族灭亡,诛灭摩图者啊!为此,你要得到报应,大臂者啊!(38)凭着我尽心侍奉丈夫获得的一点苦行,灵魂难以接近者啊!我将诅咒你,手持飞轮和铁杵者啊!(39)由于你眼看着俱卢族和般度族亲属之间互相残杀,乔宾陀啊!你也将会毁灭自己的亲属。(40)到了第三十六年,你会在林中施展卑劣的手法,造成亲属、大臣和儿子们死亡,自己也走向死亡。(41)儿子和亲友们遭到杀戮,你的妇女们也会像婆罗多族妇女们那样倒在地上。(42)

护民子说:

听了这些可怕的话,思想高尚的婆薮提婆之子(黑天)仿佛微笑着,对甘陀利王后说道:(43)"除了我之外,没有人能灭绝苾湿尼族,光辉的刹帝利女子啊!我理解你发出这样的誓愿。(44)其他人,甚至天神和檀那婆都不能杀死他们。因此,雅度族人会互相残

杀。"(45)

陀沙诃族后裔（黑天）说出这些话，般度之子们听了惊恐不安，精神沮丧，甚至对生活失去希望。(46)

以上是吉祥的《摩诃婆罗多》中《妇女篇》第二十五章(25)。
《妇女篇》终。

葬 仪 篇

二六

婆薮提婆之子（黑天）说：

起来，起来，甘陀利啊！你不要伤心。由于你的过失，俱卢族走向灭亡。(1) 你的儿子难敌灵魂邪恶，狂妄自大，妒忌心重，作恶多端，而你还看重他，认为他很好。(2) 他粗野暴戾，充满敌意，不听从老人忠告。你为什么要把自已的过失推到我的身上？(3) 为已经死去的人或已经毁灭的东西忧伤，那是通过痛苦获得痛苦，倍加不幸。(4) 婆罗门女怀孕生子为了苦行，母牛为了负轭，母马为了奔跑，首陀罗女为了仆役，舍吠女为了放牧，像你这样的公主为了杀戮。(5)

护民子说：

听了婆薮提婆之子（黑天）这些逆耳的话，甘陀利保持沉默，眼中充满忧伤。(6) 王仙持国以法为魂，努力克制愚痴，询问法王坚战：(7) "你知道军队活着的人数，般度之子啊！如果你知道战死的人数，请你告诉我。"(8)

坚战说：

在这场王族大战中，阵亡者有十六亿六千零二万个。(9) 还有失踪的英雄二万四千一百六十五个，王中因陀罗啊！(10)

持国说：

坚战啊！这些人中俊杰的最终归宿是什么？请你告诉我，大臂者啊！因为我知道你通晓一切。(11)

坚战说：

那些真正英勇的武士愉快地献身至高的战斗，到达与天王（因陀罗）一样的世界。（12）想到会死去，心中不快，婆罗多子孙啊！这些武士投身战斗，战死后，与健达缚们会合。（13）在战场上求饶，转身逃跑，这些武士战死后，到达俱希迦们那里。（14）遭到敌人打击，失去武器，威力减弱，但灵魂高尚，不愿受辱，依然迎战敌人。（15）忠于刹帝利正法，遭到锐利的武器劈砍，这些光辉的英雄战死后，进入梵界。（16）国王啊！其他武士无论怎样在战斗中战死，他们都到达北俱卢洲。（17）

持国说：

孩子啊！凭哪种知识的力量，你像悉陀那样见到这一切？如果我适宜听取，大臂者啊！请你告诉我。（18）

坚战说：

我以前遵照你的命令，漫游森林，在朝拜圣地中，获得这个恩惠。（19）我遇见神仙毛密，获得记忆力。这样，通过智瑜伽，获得天眼通。（20）

持国说：

这些死者无论有没有人照看，婆罗多子孙啊！人们是否应该按照规则火化他们的尸体？（21）那些无人照看的死者，没有祭火的死者，我们应该为他们做些什么？孩子啊！要做的事情还很多。（22）金翅鸟和兀鹰到处叼啄他们，坚战啊！他们将按照他们的功德到达他们的世界。（23）

护民子说：

大智者贡蒂之子坚战听后，吩咐妙法、烟氏和御者全胜，（24）还有大智者维杜罗、俱卢后裔尚武和以帝军为首的所有侍从和御者，说道：（25）"你们为所有的死者举行葬仪吧！不要让任何人仿佛死去无人照应。"（26）

遵照法王（坚战）的命令，奴婢子（维杜罗）、御者全胜、妙法、烟氏和以帝军为首的侍从们，（27）收集檀香木、沉香木、芦荟木、酥油、香油、香料、亚麻布和衣服，（28）成堆成堆的名贵木材、破碎的战车和各种武器。（29）他们努力堆起火葬堆，沉着地按照各种仪规，火化这些著名的国王。（30）难敌王及其一百个弟弟，沙利耶、舍罗和广声王。（31）胜车王、激昂、难降之子、罗奇蛮和勇旗王，婆罗多子孙啊！（32）毗诃特、月授和一百个斯楞遮耶人，安弓王、毗罗吒王和木柱王。（33）般遮罗王子束发、水滴王之孙猛光、英勇的瑜达摩尼瑜和优多贸阇。（34）憍萨罗王、德罗波蒂的儿子们、妙力之子沙恭尼、不摇、雄牛和福授王。（35）愤慨的太阳之子迦尔纳及其儿子，羯迦夜族大弓箭手们和三穴族大勇士们。（36）罗刹王瓶首、钵迦的兄弟、指掌王和水连王。（37）

他们灌浇大量酥油，熊熊的烈火焚化这些和其他数以百计、数以千计的国王。（38）他们为一些灵魂高尚者举行父祭，或诵唱娑摩颂诗，或发出哀悼。（39）娑摩颂歌和梨俱颂诗的诵唱声，妇女们的哭泣声，夜晚一切众生忧郁沮丧。（40）那些熊熊燃烧的火焰无烟明亮，犹如空中乌云环绕的行星。（41）那些来自各地、无人照应的死者堆在一起，数以千计。（42）遵照法王（坚战）的盼咐，维杜罗安排许多人，怀着强烈的爱心，郑重地用木柴堆起火葬堆。（43）俱卢族国王坚战为他们完成葬仪后，将持国安排在前面，启程前往恒河。（44）

以上是吉祥的《摩诃婆罗多》中《妇女篇》第二十六章（26）。
《葬仪篇》终。

献水祭篇

二七

护民子说：

他们到达适合善人的吉祥的恒河，那里有湖泊、堤岸、河滩和树林。（1）俱卢族妇女们卸下首饰，脱去上衣，满怀悲痛，哀哀哭泣。(2)她们为父亲、儿子、孙子、兄弟、亲人和行为高尚的丈夫举行献水祭。她们通晓正法，也为朋友们举行献水祭。（3）这些英雄的妻子在举行献水祭时，恒河变宽，台阶通畅。（4）恒河岸边布满英雄们的妻子，如同大海，充满悲伤，没有欢乐。（5）

大王啊！忧伤憔悴的贡蒂突然失声痛哭，以缓慢的语调对儿子们说道：（6）"那位勇士，大弓箭手，车队首领中的首领，具备英雄的特征，在战斗中被阿周那杀死。（7）你们认为他是车夫之子，称他为罗陀之子。这位勇士在军队中灿若太阳,般度之子们啊!(8)他统率难敌的所有军队,光彩熠熠,与我们所有人以及随从交战。(9)这位勇士恪守誓言,在战斗中决不退却。他的勇力在大地上无人可比。(10)他是你们的大哥,是我和太阳神生下的。他天生有耳环和铠甲,灿若太阳。你们为这位行为纯洁的大哥举行献水祭吧!"(11)

般度之子们听了母亲这番痛苦的话,为迦尔纳感到伤心,倍加悲痛。(12)贡蒂之子英雄坚战这位人中之虎像蛇那样喘息着,对母亲说道:(13)"除了胜财(阿周那)之外,没有人能进入他的射程。他怎么会是你以前与天神生的儿子?(14)他的臂力折磨我们所有的人。你怎么会守住这个秘密,犹如用衣服包住火?他的可怕的臂力受到持国之子们崇拜。(15)除了贡蒂之子迦尔纳之外,没有人能获得这种臂力。他是优秀的武士,勇士中的勇士,我们的大哥。你怎么会首先生下这个勇力奇异的儿子?(16)哎呀!由于你保守秘密,我们受到伤害。我们和亲友为迦尔纳之死感到悲痛。(17)激昂死去,德罗波蒂的儿子们死去,般遮罗族毁灭,俱卢族毁灭,(18)迦尔纳之死带给我的痛苦胜过他们百倍。我为迦尔纳悲伤,浑身发烧,犹如陷入烈火之中。(19)没有我们不能获得的东西,哪怕是天国的东西。这场俱卢族毁灭的可怕灾难不应该出现。"(20)

法王坚战这样反复诉说,大声痛哭,慢慢地为迦尔纳举行献水祭,国王啊!(21)在为迦尔纳举行献水祭时,站在周围的男男女女号啕大哭。(22)聪明睿智的俱卢族国王坚战怀着兄弟情谊,吩咐带来迦尔纳的随从们和妇女们。(23)以法为魂的坚战与他们一起完成迦尔纳的葬仪,然后,从恒河水中走出,情绪激动。(24)

以上是吉祥的《摩诃婆罗多》中《妇女篇》第二十七章(27)。
《献水祭篇》终。《妇女篇》终。